Liebe Kolleginnen und Kollegen im Sortiment,

zu berichten ist die Hintergrundgeschichte dieses Buches oder wie das Manuskript eines kanadischen Schriftstellers über Oberbayern nach Frankfurt und in unser Programm gelangte.

Vor vier Jahren, 1993, erreicht die Familie Lohmeyer im oberbayerischen Tengling ein Brief eines Unbekannten aus Kanada. Der Absender: Rudolf Marko junior, geboren in Böhmen und aufgewachsen in Österreich und Bayern, vor fast 15 Jahren nach Kanada ausgewandert und dort tätig als Farmer und Handwerker.

Marko teilt der Familie mit, er habe einen Roman geschrieben und sei nun auf der Suche nach einem Verlag in Deutschland. Ob er ihnen das Manuskript einmal schicken dürfe ? Der ehemalige Verlagslektor und Autor Wolfgang Lohmeyer, dem deutschen Buchhandel als `Hexen-Lohmeyer´ bekannt, erinnert sich. Bei dem Absender des Briefes handelt es sich um den Sohn seines alten Freundes Rudolf, den er in einem Kriegsgefangenenlager in Frankreich kennenlernte. Nach dem Krieg konnte Lohmeyer seinem Freund sogar eine Stelle als Kunstpädagoge vermitteln, dann riß der Kontakt zwischen den beiden Familien jedoch ab. Nach wenigen Wochen trifft schließlich das Manuskript des vergessenen Sohnes bei den Lohmeyers ein. Die Familie ist erst einmal entsetzt, der deutschsprachige Roman hat einen Umfang von 1623 Seiten und zudem sind aus Gründen der Gewichtsersparnis zwei Seiten auf eine DIN-A4-Seite kopiert. Lektoren bezeichnen solche Werke allein wegen ihres Gewichts als Ziegelsteine, die oft auch als langatmig und schwer verkäuflich gelten.

Wolfgang Lohmeyer beginnt nun, mit großen Vorbehalten den Wälzer zu lesen. Doch innerhalb kürzester Zeit muß das Manuskript innerhalb der Familie in vier Teile zerlegt werden. Aufgrund der Begeisterung des Vaters stürzt sich gleichzeitig nun auch seine Frau, sein Sohn Till Lohmeyer, freiberuflicher Autor und Übersetzer, und dessen Frau auf die losen Blätter. Die vom Lesesog gepackte Familie ist sich schnell einig, daß es sich hier um einen ganz einzigartigen Roman eines schriftstellerischen Naturtalents handelt. Für diesen Rohdiamant voll wunderschöner Bilder und sprachlicher Kraft des unbekannten deutschen Farmers aus Kanada wollen sie schnellstmöglich einen Verlag finden. Doch kennt man auch die undurchschaubaren Gesetze des Buchmarktes: Was dem freien Lektoren gefällt, muß nicht zwingend den

Unverkäufliches Leseexemplar

Geb., ca. 49,80 DM
Erstverkaufstag: 15. August 1997
Wir bitten Sie, Rezensionen nicht vor dem
Erstverkaufstag zu veröffentlichen.
Wir danken für Ihr Verständnis.

Verlagslektoren gefallen, und die Begeisterung des Verlags und seiner Verlagsvertreter überträgt sich nicht immer auf die Buchhändlerinnen und Buchhändler, die das Werk dem Leser vermitteln sollen.

Da aber der Sortimenter den besten Überblick über den Geschmack seiner Kunden hat, will Familie Lohmeyer das Manuskript von einer erfahrenen Buchhändlerin „überprüfen" lassen. Renate Grütter ist die engagierte Chefin der gleichnamigen Buchhandlung in Traunreut, das wenige Kilometer östlich des Chiemsees zu finden ist. Sie erscheint den Lohmeyers als ideale Prüfstelle für Markos Roman, denn sie liest nicht nur wie eine Besessene, sondern besitzt auch das unbestechliche Gespür für die Durchsetzbarkeit von literarischen Stoffen. Mit dem pauschalen Kommentar „Schau doch mal rein, wenn Du eine freie Minute findest" wird das Werk an sie weitergereicht. Eine Gabe, die Frau Grütter laut auflachen läßt, denn gerade in diesen Wochen wird ihr Laden von Dutzenden von Leseexemplaren überschwemmt, die gelesen werden müssen. Aus Neugier wirft sie doch einen Blick hinein und wird wie die Lohmeyers in die faszinierende Welt des Rudolf Marko hineingezogen. Die Begeisterung der Buchhändlerin geht sogar soweit, daß sie beim nächsten Besuch von Hansjörg Kieser, dem Vertreter des Wolfgang Krüger Verlags, den Spieß einmal umdreht. Sie läßt sich diesmal nicht nur die Neuerscheinungen seines Verlages vorstellen, sondern empfiehlt ihm ein Buch, von dem sie überzeugt ist, daß es in Deutschland erscheinen müsse. Noch in der Buchhandlung greift Hansjörg Kieser zum Telefon, um mich zu informieren, und nach wenigen Tagen ist der Kontakt zu der Familie in Tengling hergestellt.

Rund drei Jahre nach dem Eintreffen des Briefes aus Kanada reist Rudolf Marko nach Deutschland. Mehrere Wochen arbeiten Marko und Till Lohmeyer, deren Väter bereits befreundet waren, an der Endfassung des Manuskripts.

Der Roman von Rudolf Marko, der seinen abenteuerlichen Weg aus der kanadischen Atlantikprovinz Nova Scotia über das bayerische Voralpenland nach Frankfurt nahm, erscheint Mitte August unter dem Titel „Erntemond".

Der Enthusiasmus von Frau Grütter und den Lohmeyers hat sich auf den Verlag übertragen: „Buchhändler machen Bücher" - und so ist *Erntemond* zum deutschsprachigen Spitzentitel unseres Herbstprogramms (Bestseller-Werbeetat, Leseexemplar, Lesereise mit Presseterminen von Rudolf Marko vom 22. bis 27. September durch Deutschland, Österreich und die Schweiz) geworden.

Natürlich bin ich nun sehr gespannt, ob die Begeisterung aller bisher Beteiligten auch auf Sie überspringt.

Aus dem Verlag grüßt

Peter Wilfert

Rudolf Marko

ERNTEMOND

ROMAN

Wolfgang Krüger Verlag

© 1997 Wolfgang Krüger Verlag GmbH, Frankfurt am Main
Satz: Wagner GmbH, Nördlingen
Druck und Einband: Clausen & Bosse, Leck
Printed in Germany 1997
ISBN 3-8105-0860-9

Gedruckt auf chlor- und säurefreiem Papier

DIE SEVEN PERSONS

Seven Persons
Strange Goose ∞ Taguna: Mooin†.
Amos Pierce ∞ Sara: Joshua, Nilgiri.
Arwaq Long Cloud ∞ Atagali: Oonigun, Kagwit.
Gioconda Camará.
Jesús Ibárruri ∞ Pilar: Encarnación, Ane-Maria.
Magun.
Chas Meary.

Clemretta
Aaron Wiebe ∞ Ruth: David, Deborah.
Ephraim Giesbrecht ∞ Deborah: Adam, Jochanaan.
Antal Gácsér † ∞ Piroschka †: Todor, Ferenc, Nina.

Malegawate
Maguaie†.
Baquaha Maguaie ∞ Nedooa: Eelset, Baquaha.
Chinoi Kolaholi ∞ Sumara.
Chrestien Soubise ∞ Anaissa: Anaissa.

Noralee
Lee Newosed† ∞ Nora: Leona, Cheegoon.
Zachary Pierce ∞ So: Kiri, Sureeba.
Arihina Koyamenya.
Baquaha Maguaie ∞ Nina: Baquaha.

Mytholmroyd
Saul Giesbrecht ∞ Tabitha: Ephraim, Anna, Beulah.
Cheegoon Newosed.
Amabuimé Kolaholi ∞ Sangali: Chinoi, So.

Druim-la-Tène
Vlad Istrate†.
Nicolae Istrate ∞ Iliana: Micul, Anaissa.
Mooin† ∞ Ankoowa Kobetak: Arwaq, Oneeda, Oonamee.
Igatagan Kobetak ∞ Eleesog: Atagali, Matnagget.

Troldhaugen
Björn Svansson ∞ Agneta: Per†, Sigurd, Dagny.
Sigurd ∞ Inga: Knud, Aagot.
Piero Tomasi.

JAGD

Wir hörten das hechelnde, grunzende Atmen des Pferdes, bevor wir den Reiter sahen. Er beugte sich nah an den Hals seines Tieres und trieb es schräg die Böschung zur Straße hoch. Gras und Klumpen roter Erde flogen, und dann flogen Kies und Brocken von Asphalt, als er die Straße überquerte; und der Reiter legte sich weit nach hinten, während das Pferd begann, den steilen Abhang auf der anderen Straßenseite hinabzurutschen.
»Eine Jagd«, sagte Mond de Marais. Er zog die Zügel an. Die Ochsen blieben stehen.
»Eine Jagd?«
»Eine Jagd, Mr. Meary. Warte nur, und du wirst sehen.«
Ich sah den Reiter, der uns für Augenblicke durch die steile Böschung verborgen gewesen war, nun durch einen Bestand junger Ahorne und Birken hetzen. Außer dem Brechen geknickten Holzes und dem Hecheln des Pferdes war nichts zu vernehmen, und diese Geräusche wurden rasch leiser. Der Reiter war nun mehr als eine Viertelmeile entfernt.
»Was jagt er?« fragte ich.
»Was er jagt? Du bist fremd, und du weißt nichts. Warte! Horch!«
»Ich höre nichts.«
»Aber ich höre sie. Da!«
Und er wies mit der Hand, in der er die Zügel hielt, nach links. Zwei Reiter, noch einer, ein vierter, noch zwei, kamen auf der Spur des ersten herangaloppiert. Einer war ein Schwarzer. Die drei letzten waren Indianer. Alle sechs waren in lange Fellhosen gekleidet, trugen schwarze, wollene Umhänge, die mit farbigen Mustern verziert waren, und die seltsamen zweispitzigen Fellmützen, die ich unterwegs schon ein paarmal gesehen hatte. Alle sechs führten die Zügel mit der linken Hand und hielten ihre Büchsen in der rechten, den Schaft gegen den Oberschenkel gestützt. Ihre Pferde waren fast

schwarz vor Nässe und atmeten schwer. Ohne den Blick zu uns zu wenden, ohne einen Ruf, ohne einen anderen Laut als das Spritzen von Kies und das Poltern von Erdbrocken erreichten sie die Straße, überquerten sie in zwei oder drei gestreckten Sätzen, tauchten den Abhang hinunter und waren außer Sicht. Eine lange Zeit schien mir zu vergehen, bis ich sie wieder sah: nun schon klein, weit weg, hintereinander durch das nasse Jungholz jagend in einer zielsicheren, unbeirrbaren Reihe.

Ich weiß nicht, wie lange ich ihnen hinterdreinstarrte. Sie waren längst meinen Blicken entschwunden, als mir das leise Schüttern der Holzbank bewußt wurde, auf der wir saßen. Ich wandte mich zu Mond de Marais. Das Schüttern kam von ihm. Mond de Marais kicherte. Es schüttelte ihn. Ein Speichelfaden lief in seinen grauschwarzen Bart. Ich schaute ihn starr an.

»Was er jagt?« brachte er schließlich hervor. Es schüttelte ihn immer noch. »Was er jagt, willst du wissen, Mr. Meary! Bon Dieu! Warte, hab ich gesagt. Du hast gewartet. Du wirst sehen, hab ich gesagt. Du hast gesehen. Hast du gesehen?«

Ich schwieg.

Mit der freien rechten Hand wischte Mond de Marais Speichel und Tränen aus seinem Bart. Er seufzte. Dann nahm er die Zügel in beide Hände, schüttelte den Kopf mit der Bewegung eines Wasservogels, der nach langem, blindem Suchen unter Wasser endlich wieder auftaucht, und gab den Zügeln einen kurzen Ruck, daß sie in einer Welle über die Rücken der Ochsen hinliefen.

»Attali!« rief er. Die Ochsen zogen an.

Wir kamen an die Stelle, an der die Reiter die Straße überquert hatten. Der Schweißgeruch der Pferde hing noch in der windstillen Luft, frisch und heftig.

»Die Jagd«, murmelte Mond de Marais.

»Was ist mit der Jagd?«

»Die Jagd, Mr. Meary, die Jagd, die geschieht meist im Winter, weißt du. Da ist sie leichter. Und im Sommer, da hat niemand Zeit. Jetzt, im Frühjahr, hat auch niemand Zeit. Eine Jagd im Frühjahr ist selten. Sehr selten. Aber wenn du wartest, siehst du vielleicht eine. Wie lange ich gewartet habe? Dreißig Jahre? Fünfunddreißig? Seit es die Jagd gibt. Du hast Glück, Mr. Meary.«

»Glück?«

»Qui. Wie lange bist du hier? Keine zwei Wochen. Und voilà: Du siehst eine Jagd im Frühjahr. Glück, Mr. Meary. Das Glück des Fremden. Möge es dich begleiten.«

»Möge das Glück der Älteren stets mit dir sein, Mond de Marais«, erwiderte ich.

Er begann wieder zu kichern.

»La chasse«, flüsterte er. »La justice.«

Ungefähr zwei Meilen fuhren wir in Schweigen. Die Reifen der Räder rauschten im Kies. Die Hufe der Ochsen stampften. Vor uns endete die Straße, und ein schlammiger Fahrweg führte in steilem Bogen hinunter in den Talgrund, durch einen braun dahinströmenden Bach und jenseits wieder steil nach oben, um die eingestürzte Betonbrücke zu umgehen.

»Braigh!« rief Mond de Marais. Er drehte an der Bremskurbel; die Ochsen stemmten die Beine ein, und der Wagen schwankte und schaukelte in den zerfahrenen roten Radspuren.

Dann hörten wir die Schüsse. Zwei oder drei, von sehr weit; eine lange Stille, dann nochmals zwei Schüsse und den Schrei, der nicht anstieg, der auf einmal da war, als hätte er schon immer über den nassen Wäldern gegangen, und der nicht verhallte, sondern abbrach, als hätte es ihn nie gegeben.

»Un misérable, Mr. Meary«, sagte Mond de Marais, während sich die Ochsen den Fahrweg am jenseitigen Bachufer hinaufwühlten. »Ein Elender. Gib ihm bei dir ein besseres Leben, Bon Dieu!«

Und er bekreuzigte sich.

Als wir die Straße wieder erreichten, begann es leise zu regnen. Ich erinnerte mich nicht genau, ob dies seit unserer Abfahrt von Peggy's Cove die siebente oder die achte zerstörte Brücke war, die uns zu einem beschwerlichen Umweg genötigt hatte. Zwei Brücken waren befahrbar gewesen.

Der Regen nahm zu. Mond de Marais drückte mir die Zügel in die Hand. Ich schaute ihn fragend an.

»Halt sie nur«, sagte er. »So, siehst du? Ja, das ist gut. Nicht ziehen. Sonst bleiben die Ochsen stehen. Ja. So ist es gut, Mr. Meary. Was ist eigentlich dein erster Name?«

»Mein Taufname? Chas.«

»Chasse?«

»C-h-a-s«, buchstabierte ich. »Charles, nur abgekürzt.«

»Schade«, meinte Mond de Marais.

Ich dachte, er würde wieder zu kichern anfangen. Doch er schüttelte nur den Kopf und kletterte nach hinten unter die Plane. Ich hörte ihn murmeln und seufzen. Dann legte er etwas um meine Schultern, einen schwarzen wollenen Umhang. Als er über die Sitzbank wieder nach vorn stieg, sah ich, daß auch er einen solchen Umhang trug. Er setzte sich zurecht und nahm mir die Zügel ab.

»Attali!« rief er.

Gingen die Ochsen wirklich ein wenig rascher? Schien es mir nur so? Die Straße jedenfalls verlief nun eben. Nein: sie führte ein wenig bergab. Und nach einer Biegung öffnete sich vor uns der Blick in eine tiefer gelegene Ebene, in welcher der Nebel Wiesen und gepflügte Felder zwischen bewaldeten Hügeln gerade noch erkennen ließ. Der Regen kam von vorn, so daß die überstehende Plane uns kaum noch schützte. Mond de Marais zog mit einer geflochtenen Schnur den Umhang fester um seinen Hals. Ich machte es ihm nach. Unsere Umhänge waren mit dem gleichen Muster bestickt. Es begann in einem Punkt. Aus diesem kam eine Linkskurve heraus, die sich zu einem Halbkreis rundete, in eine Rechtskurve überging, in einer Schleife sich selber kreuzte und in einem zweiten Punkt endete. Dieses Muster wiederholte sich. Gestickt war es mit rot, blau und grün eingefärbten Stachelschweinborsten.

Punkt. Linksherum. Und grade. Rechtsherum. Und Schleife. Punkt. Links und rechts pendelten die Köpfe der Ochsen. Die Hornspitzen beschrieben Kurven: links und rauf und rechts und runter und links und rauf. Die Reifen schlürften im Regenwasser. Weich schwankte der Wagen. Links und ...

Ich erwachte mit einem Ruck.

Wir standen. Die Bank neben mir war leer. Es war Nacht. Irgendwo hinter dem Wagen stand der Mond und warf Licht und Schatten in den dünnen warmen Nebel voraus. Die Ochsen dampften. Es schien, als seien sie es, von denen der Nebel ausging.

Ich stand auf, ergriff die Strebe, die den vorderen Rand der Plane hielt, zog mich ein Stück hoch und streckte mich. Das tat gut. Ich fühlte mich ausgeruht und hellwach. Der Umhang war warm und trocken. Der Regen mußte bald, nachdem ich eingeschlafen war, aufgehört haben.

Ich stieg vom Wagen und ging nach vorn zu den Ochsen. Sie hatten Säcke vor die Mäuler gebunden und fraßen. Es roch süß nach eingespeicheltem Hafer. Ich verspürte Hunger.

»Hunger?« sagte die Stimme von Mond de Marais hinter mir, als habe er meinen Gedanken gelesen.

»Ja«, sagte ich. »Aber woher …?«

»Woher ich das weiß? Wenn ich den beiden da beim Fressen zusehe, muß ich auch was haben. Das ist bei dir nicht anders, denke ich. Die Menschen sind sich gleich. Hier!«

Er reichte mir einen kleinen Brotlaib, breit wie meine Hand und etwas länger.

»Mehr kann ich dir nicht geben«, sagte er. »Paß auf. Sind Knochen drin.«

»Was ist das?« fragte ich.

»Moorhuhn, in Brotteig eingebacken. Macht meine Madame.«

Der Teig war dunkel, säuerlich und locker und enthielt ein ganzes Huhn, das wiederum mit gekochten Eiern und Kräutern gefüllt war. Die Knochen steckten nur noch lose im zarten Fleisch.

»Woher nimmt deine Madame junge Moorhühner, um diese Jahreszeit?« fragte ich.

Mond de Marais kicherte.

»Sie hat ein paar zahme Hennen im Stall«, sagte er nach einer Weile. »Zwei haben nach Weihnachten gebrütet. Du kannst die Knochen ruhig auf den Weg schmeißen. Die bleiben nicht lange liegen. Da! Schau!«

Er warf ein Stück Hühnerbrustkorb mitten auf die Straße. Aus dem Dunkel der Büsche am Straßenrand löste sich ein dunklerer Schatten und schritt ruhig und zielsicher auf die Reste zu.

»So einen großen Raben«, sagte ich, »hab ich lang nicht gesehen.«

Der Vogel setzte einen Fuß auf den Brustkorb und begann mit dem Schnabel Fleischfetzen und Knorpelstückchen abzureißen. Als er fertig war, warf ich ihm meine Handvoll Überreste hin. Er legte den Kopf zur Seite, sah mich mit einem Auge an, spreizte die Flügelenden, legte sie wieder zurecht und machte sich ans Fressen.

»Bon Dieu«, sagte Mond de Marais. »Das will ich glauben, daß der groß ist! Der ißt mit mir jedesmal, wenn ich hier Rast halte. Wir kennen uns seit über zwanzig Jahren. Hier, Alter!«

Er tat ein paar Schritte zu dem Raben hin, der kein Zeichen von Furcht zeigte, und hielt ihm einen Brocken Brot vor.

Der Vogel blickte auf, packte den Brocken und verschlang ihn. Dann tat er etwas Merkwürdiges. Er nahm Monds Zeigefinger in den Schnabel, zog mehrmals daran und ließ ihn wieder los, wobei er einen kleinen glucksenden Laut von sich gab.

»Nichts zu danken, mon vieux!« sagte Mond de Marais und wandte sich zu mir. »Du hast sicher Durst. Es gibt gutes Wasser in der Nähe. Komm.«

Der Nebel war dünner geworden. Monds Füße in den Mokassins machten kein Geräusch. Ich hatte Mühe, ihm durch das Dickicht aus Buschwerk und Schatten zu folgen. Wenn er seit mehr als zwanzig Jahren regelmäßig hierherkam, mußte er in der Lage sein, den Pfad, den ich kaum erkennen konnte, mit geschlossenen Augen zu gehen.

Ich stolperte über eine Wurzel und griff nach einem Erlenstamm. Die feuchte Rinde glitt durch meine Finger. Ich plumpste auf den Hintern und rutschte eine Böschung hinunter. Nasse Zweige schlugen mir ins Gesicht.

»Hast du dich verletzt?« fragte Mond de Marais.

»Nein, keine Spur«, sagte ich und öffnete die Augen.

Diesmal blieb ich sitzen, weil ich so verblüfft war von dem, was ich sah.

Ich saß am Rand einer Lichtung, die etwa einen halben Morgen groß und ziemlich genau rechteckig war. An ihrer linken Seite wurde sie von Felsen begrenzt, die Schicht um Schicht bis zu gut fünffacher Mannshöhe anstiegen. Es mußte roter Sandstein sein; die Farbe war im Mondlicht schwer zu erkennen. Ganz unten kam ein dickes Rohr zwischen zwei Gesteinsschichten hervor, aus dem ein glatter schwarzer Strahl in einen Teich hinabschoß, fast waagrecht erst, dann abgebogen, dann in einem Strudel endend, der im Mondlicht glitzerte. Der Teich war rechteckig wie die Lichtung. An seinem anderen Ende, der Felswand gegenüber, hing eine ungeheure Trauerweide über den fußhoch aufgemauerten Rand. Die Lichtung war mit Gruppen alter Obstbäume bestanden. Zierbüsche duckten sich da und dort.

Jetzt fehlt nur, daß Titania und Oberon Hand in Hand hinter dem Fliederbusch hervortreten, dachte ich.

Mond de Marais balancierte über die Teichmauer an der Felswand entlang zum Quellrohr, machte sich dort zu schaffen und kam auf demselben Weg wieder zurück. Er hielt mir einen Zinnbecher mit Wasser hin.

»Danke«, sagte ich und trank. Es war kalt und schmeckte gut.

»Woran denkst du?« fragte Mond de Marais.

»An Titania und Oberon.«

»Kenn ich nicht. Freunde von dir?«

»Nein. Ich meine, schon, doch nicht so. Ich frage mich, wo das ganze Wasser hinfließt. Das ist eine Menge.«

»Ja. Das ist eine gute Quelle. Das Wasser fließt ab, wo es immer abgeflossen ist. Dort drüben, an der Innenseite der Mauer, ist der Kanal.«

Er wies mit ausgestrecktem Arm in Richtung der Trauerweide.

»Dort hinten«, fuhr er fort, »geht der Kanal durch den Wald zu den Fischteichen. Das heißt, dort waren einmal Fischteiche. Jetzt ist da bloß noch ein Sumpf.«

»Sind in dem Teich hier keine Fische?«

»Wer weiß? Jedenfalls ist das kein Teich, Chas. Das ist ein Keller. Und auf diesen Mauern stand einmal ein Haus. Die Quelle lief in der Küche in einen Steintrog. In dem haben sie die Milch kaltgestellt, gleich wenn sie aus dem Stall kam. Der Trog liegt da unten im Wasser. Er ist noch ganz. Bei Tag kannst du ihn sehen.«

»Waren es deine Vorfahren, die hier gelebt haben, Mond?«

»Meine Großeltern.«

»Was ist geschehen?«

»Sie haben ihre Kinder genommen, fünf Kinder, und ein paar Tiere, und Kleider, Werkzeug, was sie halt tragen konnten, und sind in die Wälder gegangen. Das war im Herbst, weißt du. Damals, als die Leute aus den Städten kamen und nach Essen suchten. Sie waren fast alle bewaffnet. Mein Großvater hat gesagt, es hatte keinen Sinn zu kämpfen. Die Nachbarn waren tot; was hätte er allein ausgerichtet? Er ist einmal zurückgekommen, um nach den verbliebenen Tie-

ren und nach der Farm zu schauen. Aber sie hatten alles niederge-
brannt. Die Tiere hatten sie umgebracht und liegengelassen. Sie hat-
ten fast nichts von ihnen gegessen.«
»Was ist aus ihnen geworden?«
»Aus den Stadtleuten? Die sind wohl alle verreckt, Bon Dieu.«
»Ich meine, aus deinen Großeltern. Was ist aus ihnen geworden?«
»Sie sind umgekommen. Die jüngste Tochter, meine Mutter, hat
überlebt. Und mein Onkel Philippe. Außerdem eine schwarzweiße
Katze, Tia hat sie geheißen. Und eine rote Kuh. Das war die Ur-ur-
urgroßmutter von meinen beiden Ochsen.«
»Deine Mutter und dein Onkel – wie haben sie das gemacht? Wie
haben sie den Winter überlebt?«
»Das ist eine lange Geschichte, Chas Meary.«
»Erzähle. Wir haben Zeit.«
»Ein andermal. Dann erzähle ich. Und du erzählst mir von Titania
und Oberon. So heißen sie doch?«
»Ja«, sagte ich. »So heißen sie.«
Ich stand auf, ging zum Teich und beugte mich über den Mauerrand.
Den Trog konnte ich nicht erkennen. Doch es flitzte und glitzerte in
dem schwarzen Wasser, vom Mondlicht – oder von Schuppen.
»He«, sagte ich. »Mir scheint, da sind Fische!«
»Wer weiß«, sagte Mond de Marais.
»Fängt die niemand?«
»Niemand. Das sind Geister.«
»Geister?«
»Ja. Die Geister von denen, die damals hier umgekommen sind.«
Er bückte sich, hob den Zinnbecher aus dem Gras auf, balancierte,
ein Schatten unter Schatten, die Mauerkrone entlang bis zum
Quellrohr, schob den Becher in einen Felsspalt und huschte zurück
zu mir.
»Komm«, sagte er. »Wir gehen.«
Ich hielt mich dicht hinter ihm. Mitten in den Büschen drehte er
sich zu mir um und packte mich an den Schultern. Sein Gesicht war
dicht vor meinem. Sein Atem war heiß und roch nach Tabak.
»Bei den Fischen bin ich mir nicht sicher«, flüsterte er, »und bei den
Eichhörnchen auch nicht. Aber der Rabe! Du weißt: der Rabe dort
oben, der mit uns gegessen hat?«

»Ja. Er ist der Geist deines Großvaters. Nicht wahr?«
»Du lachst nicht?«
»Nein.«
»Du glaubst?«
»Ja«, sagte ich ruhig.
Er ließ mich los.
Wir gingen.
Wir nahmen den Ochsen ihre Futtersäcke ab. Mond ergriff den Eimer, der hinten am Wagen zwischen den Rädern hing, und verschwand in der Nacht. Er fragte mich nicht, ob ich mitkommen wollte. Noch dreimal machte er den Weg, bis die Ochsen sich sattgetrunken hatten.
Und wir fuhren.
Von den nächsten Stunden weiß ich nicht mehr viel. Ob es eine Folge der schlaflosen Nächte auf der stürmischen Überfahrt mit der *Golden Retriever* war, oder des endlosen Wartens in Peggy's Cove, oder der Fahrt mit dem Ochsenwagen, die nun schon länger als eine Woche währte? Oder ob mich die Ereignisse dieses letzten Tages stärker hergenommen hatten, als ich mir eingestehen wollte? Ich saß da, warm in meinen Umhang und in den dichter werdenden Nebel gehüllt, und es wäre mir schwergefallen zu sagen, ob ich schlief oder wachte; die Grenze zwischen Wachen und Schlaf schien breiter zu werden und ein eigenes Land zu bilden, ein Niemandsland, in dem ich schwebte wie in einer warmen Fruchtblase, während Gerüche und Geräusche durch mich hindurchgingen und vielfältige Bilder einander jagten.
Von der Ankunft im Gasthaus weiß ich: das erleichterte Aufseufzen der Ochsen, die Mond de Marais ausspannte und wegführte; das Schnauben von Pferden im Stall; das Licht einer Fackel; Stimmengewirr in einer mir unbekannten Sprache; schwarzes Haar über einem braunen Umhang im Schein einer Kerze, die mir einen Gang entlang, in dem es nach altem Holz, Bier und Bienenwachs duftete, zu meiner Kammer leuchtete; und das Bett, in das ich mich fallen ließ.
Bin ich in der Nacht aufgestanden und ans Fenster getreten? Ich bin nicht sicher. Brannte im Hof ein Feuer, vor dem zum langsamen Doppelschlag einer Trommel Menschen tanzten? Ich weiß es nicht.

Doch am folgenden Morgen lag ein Haufen Asche im Hof, der freilich schon vorher dort gelegen haben mochte.

Ich weiß, daß ich geträumt habe. Vor mir war ein Buch aufgeschlagen. Ich schwebte über dem Buch wie ein Vogel und sah, wie auf seinen grünen Seiten sechs Reiter einen siebenten jagten, in weiten Bögen einem farbigen Muster folgend, das keinen Anfang hatte und kein Ende. Mit angehaltenem Atem hoffte ich, daß meine Empfindungen sich entscheiden würden zwischen Entsetzen und Erwartung.

EINKEHR

Die aufgewickelten Papierschlangen, von denen meine Großmutter manchmal mit Spott und Wehmut in der Stimme erzählt hatte, gab es auch hier nicht mehr. Statt ihrer stand auf dem Sitzbrett neben dem Loch, über dem ich saß, ein Korb mit gehäckselten Heuresten. Ich griff drei- oder viermal zu. Mir gegenüber, an der Innenseite der Tür, war mit Holznägeln eine Scheibe aus Eichenholz befestigt. Ihr Rand war mit Enzianblüten und Alpenrosen bemalt. In der Mitte trug sie eine Inschrift in schwarzen, gotischen Buchstaben:

Hier scheißen Kinder, Mann und Frau
Für den Tiroler Ackerbau;
Scheiß nun auch du mit aller Kraft
Für die Tiroler Landwirtschaft!

Ich verließ den Abtritt, der, außen an den Stall angebaut, auf vier dicken Pfosten unmittelbar über dem Misthaufen stand, und ging zu den Ochsen hinein. Sie lagen wiederkäuend in ihrer Einstreu. Satte Wärme strömte von ihnen aus.
Laßt euch Zeit, sagte ich. Das Wetter ist grauslich.
Sie schauten mich aus runden, blanken Augen an. Gelbgrüner Saft tropfte von ihren Mäulern. Jenseits einer Trennwand klirrte eine Kette. Weiter hinten im Stall schnaubte ein Pferd.
Ich ging hinaus, um mir die Hände zu waschen. Es war still. Der Nebel war dick. Vom Brunnen aus konnte ich die Stalltür eben noch erkennen. Der nasse Dunst drang in Haare und Kleider, schlug sich auf der bloßen Haut, an den Zaunpfählen, den abgestellten Wagen nieder. Aus den Dachrinnen tropfte es.
Am Gartenzaun brach ich einen dürren Holunderzweig ab und stocherte mit ihm in dem Aschenhaufen, der mitten im Hof lag. Kein Funken Glut, kein bißchen Wärme mehr. Nasse Asche.
Hinter der schweren braunen Eingangstür, deren Zapfen sich

geräuschlos in ihren Löchern drehten, lagen Tannenzweige. Ich streifte die nasse Erde von meinen Stiefeln. Auf der rechten Seite des Ganges befand sich die Kammer, in der ich geschlafen hatte. Die beiden anderen Türen auf derselben Seite führten vermutlich in andere Gästekammern. Die Tür am Ende des Ganges mußte die zu den Stallungen sein. Links sah ich zwei weitere Türen. Ich trat auf die erste zu, schob sie einen Spalt weit auf und hatte die Gaststube vor mir.

Wärme empfing mich, die nach schlafenden Menschen, Tabak, Holzasche, Milch und gebratenem Fleisch roch. Decke und Wände der niedrigen Stube waren aus Balken gezimmert, die Spuren des Breitbeils zeigten, mit dem sie zugehauen worden waren. Die kleinen Fenster hatten je sechs Scheiben aus grünlichem, schlierigem Glas. Schwere Tische aus Tannenholz standen nah bei den Fenstern; zum Sitzen gab es Bänke aus in der Mitte gespaltenen Kiefernstämmen mit schräg eingezapften Beinen. An einem der Tische saßen fünf Männer über ihre Schüsseln gebeugt, aßen und unterhielten sich murmelnd. Zwei von ihnen waren Indianer; einer war ein Schwarzer. Er blickte auf, nickte mir zu, und aß dann weiter.

Nun sah ich im dämmrigen Licht auch Mond de Marais, der neben einer Frau am Herd an der hinteren Wand der Stube stand. Er wandte sich um, erblickte mich und winkte. Ich schloß die Tür und ging auf die beiden zu.

»Félix!« rief hinter mir einer der Gäste. Ich bückte mich unter den tief herabreichenden Deckenbalken. Rechts von mir an der Wand sah ich eine Reihe von Schlafkojen. Die Vorhänge waren aus Elchfellen, rechteckig zugeschnitten und mit dünnen Lederriemchen gesäumt. Aus einer der Kojen drang brummendes Schnarchen.

Die Frau rührte in einem Topf mit Grütze. Zwei braune Zöpfe hingen über den Rücken ihres knöchellangen Lederkleides.

»Grüß Gott, Tirol!« sagte ich.

»Jessas!« rief sie aus, fuhr herum und schaute mich aus graublauen Augen an. Dann lachte sie. »Du bist wie der Michel. Der tut sich auch immer so anschleichen.«

. In der Koje neben uns erstickte das Schnarchen in einem gurgelnden Geräusch, das in Seufzen und Ächzen überging. Eine Hand erschien und schob den Vorhang beiseite. Ihr folgte ein rundes braunes Gesicht mit dicklippigem Mund, kleinen blauen Augen und einer schweren kantigen Nase. Es war rundum von dichten, roten, lockigen Haaren umgeben.

»What is so bloody funny?« fragte eine leise Baritonstimme.

»Erzähl ich dir nachher, Bruin«, sagte die Frau auf Englisch. »Jetzt geh dich waschen. Gleich hab ich das Frühstück soweit.«

Bruin murmelte etwas, fischte unter der Koje nach seinen Mokassins, schob einen Lederbeutel unter den Arm und tapste seufzend zur Tür. Mond de Marais kicherte.

»Er ist immer so«, sagte er. »Erst am Nachmittag wird er richtig munter.«

Er legte seine Hand auf die Schulter der Frau.

»Das ist Marianne Amrahner«, sagte er, den Namen auf der letzten Silbe betonend. »Und das, Marianne, ist Chas Meary.«

»Grüß Gott«, sagte ich abermals, und wir reichten einander die Hand. »Tirol ist doch richtig?«

»Freilich«, sagte sie, lehnte sich mit der Hüfte gegen die Messingstange, die rund um den Herd lief, und rührte in der Grütze.

»Von wo genau?« fragte ich.

»Weißenbach. Das ist im oberen Zillertal, fünf oder sechs Stunden von Mayrhofen. Du hast draußen den Spruch gelesen, stimmt's?«

Ich nickte.

»Von wo bist du her?« fragte sie. »Sprichst wie ein Bayer, aber dein Name ist englisch, nicht wahr?«

»Ja. Mein Großvater stammte aus England. Er ist damals in Regensburg hängengeblieben. Allein. Du weißt, wie das damals zugegangen ist. Meine Großmutter ist aus der Nähe von Passau.«

»Leben sie noch, deine Großeltern?«

»Nein, Marianne.«

»Und deine Eltern?«

»Freilich. Die schon.«

»Was habt ihr vor? Wollt ihr alle herüberkommen?«

»Vielleicht. Aber nicht alle. Bloß die Kinder und ich.«

»Und deine Frau?«

»Meine Frau ist tot.«

»Das tut mir leid. Hast du Geschwister?«

»Einen Bruder. Wir sind am selben Tag geboren. Aber wir sind keine richtigen Zwillinge.«

»Bon Dieu«, sagte Mond de Marais.

»Und ihr?« sagte ich zu Marianne. »Warum seid ihr ausgewandert?«

»Es ist nimmer so wie früher, Chas! Die Wälder sind hin. Im Winter kommen überall die Lawinen herunter. Und im Sommer die Muren. Es schaut schlecht aus mit der Tiroler Landwirtschaft. Da sind wir halt davon, vor sechs Jahren.«

Hinter uns rief einer der Männer etwas in einer Sprache, die ich nicht verstand. Marianne antwortete ihm in derselben Sprache.

»Ich muß melken gehen«, sagte sie dann zu uns. »Hockt euch hin. Essen ist fertig. Tee auch. Milch kommt.«

Sie ergriff zwei Eimer und verschwand.

»Tee?« sagte ich. »Woher habt ihr Tee?«

»Vasco hat ihn mitgebracht«, sagte Mond de Marais. »Zusammen mit dir, auf der *Golden Retriever*. Du mußt geschlafen haben beim Ausladen.«

»Muß ich wohl«, sagte ich.

Mond de Marais schöpfte von der Grütze in zwei irdene Schüsseln, die er vom Wandregal hinter dem Herd nahm. Ich füllte zwei Becher mit Tee. Wir setzten uns an einen der freien Tische und begannen zu essen. Die Männer am anderen Tisch waren fertig, rauchten ihre Pfeifen und sprachen miteinander. Nach einer Weile stand einer der Indianer auf und kam zu uns herüber.

»Good Morning«, sagte er zu mir.

»Good Morning«, sagte ich.

Dann begann er mit Mond de Marais in der fremden Sprache zu reden; rasch, metallisch, mit vielen hellen Lauten. Schließlich nickte er, berührte Mond de Marais mit der Hand in der Mitte der Brust und ging zu seinem Tisch zurück.

Mond de Marais löffelte seine Grütze und trank dazwischen Tee.

»War das eure Sprache?« fragte ich.

»Mhm! Anassana. Hast du etwas verstanden?«

»Nur ein Wort: *tamawa*. Was heißt das?«

»*Tamawa*? Das ist Tabak. In einem Monat wirst du schon mehr verstehen. Wenn du wirklich ein Jahr bei uns bleibst, wirst du sprechen können wie wir.«

Marianne kam mit ihren Eimern zurück, goß Milch durch ein Sieb in einen Ziegenlederschlauch und brachte ihn den Männern, die sich einer nach dem anderen erhoben, sie umringten und zu ihr sprachen. Manchmal erwiderte sie kurz, manchmal schwieg sie und hörte nur zu. Dann sprachen zwei der Männer, der Schwarze und einer der Indianer, abwechselnd, rasch und lebhaft. Marianne nickte.

Die Männer setzten ihre zweispitzigen Mützen auf, zogen ihre Umhänge über und gingen. Marianne setzte sich neben uns.

»Hast du die Männer erkannt?« fragte mich Mond de Marais.

»Nein.«

»Das waren die Jäger von gestern.«

Ich verschüttete einen Schluck Tee und stellte meinen Becher hin.

»Wo ist der sechste?« fragte ich.

»In den Wäldern. Er hat den Mann bewacht, den sie gestern getötet haben. Er muß eine Nacht lang liegenbleiben. Es wäre nicht gut, wenn die Tiere ihn anfressen würden.«

»Und dann?«

»Dann wird er verbrannt. Sie reiten jetzt hinaus und verbrennen ihn. Seine Seele geht auf den Langen Weg.«

»Was hat er getan?«

»Seine Frau erschlagen«, sagte Marianne. »Wegen einem Kind, soviel ich gehört hab.«

»Wer war er?« fragte ich.

»Seine Sippe heißt Myschkin«, sagte Mond de Marais. »Er selber war nach dem heiligen Sergius getauft.«

»Sergej Myschkin«, sagte ich.

»Sprich es nicht aus!« sagte Mond de Marais. »Willst du ihn zurückrufen?«

Ich schüttelte den Kopf.

»Habt ihr keine Gefängnisse?« fragte ich.

»Für wen denn?« sagte Marianne. »Diebstahl, Raub, Tierquälerei, Körperverletzung bei Raufereien – das alles kommt selten vor. Wer so etwas anstellt, muß drei Jahre bei einem anderen Clan leben. Auf Bewährung. Wenn er sich noch einmal etwas zuschulden kommen läßt, wird er verbannt. Für schwere Verbrechen haben wir die Jagd.«

»Für welche?«

21

»Wenn du jemanden tötest«, sagte Mond de Marais. »Außer in Notwehr. Wenn du eine Frau vergewaltigst. Wenn du deine Leute verrätst. Dann wirst du gejagt.«

»Die Jagd endet immer so – wie gestern?«

»Manchmal gelingt es dem Gejagten zu entkommen. Das ist dann so, als ob er verbannt wäre. Er darf nicht zurückkehren.«

»Niemals?«

»Niemals, Chas.«

»Kommt es vor, daß ihr einen Unschuldigen jagt?«

Mond de Marais beugte sich über den Tisch und stützte das Kinn auf beide Hände.

»Nein«, sagte er. »Das ist ausgeschlossen. Wir haben einmal jemanden verdächtigt, der unschuldig war. Er ist zu der Versammlung gekommen, auf der wir beraten haben, was geschehen soll. Er hat mit uns gesprochen, und wir haben gesehen, daß er nicht der Schuldige sein konnte.«

Ich schaute an ihm vorbei in den Garten hinaus. In dem grünen schlierigen Fensterglas schienen die kahlen Obstbäume sich zu krümmen, schienen zu flackern wie die Zypressen auf dem Bild, das ich Naomi geschenkt hatte. Mein Gesicht fühlte sich an wie gefroren. Ich sah meinen Fingern auf der Tischplatte zu. Die der einen Hand klammerten sich um die der anderen Hand, rissen sich los, verklammerten sich wieder und rissen sich wieder los.

»Um Christi willen, Chas«, sagte Marianne. »Was ist?«

Ich zog meine Arme an, stieß mit einem Ellbogen gegen meinen Teebecher, griff mit der anderen Hand zu und bekam ihn gerade noch zu fassen, bevor er umstürzte.

»Mit mir?«

»Was ist?« wiederholte Marianne. »Sind wir für dich Barbaren?«

Ich hob meinen Becher an den Mund und trank ihn aus. Der Tee war kalt geworden.

»Nein«, sagte ich. »Nein. Das seid ihr nicht.«

»Hat dich die Jagd erschreckt?« fragte Mond de Marais.

»Ja. Ich war nicht darauf gefaßt. Ich hab es nicht verstanden.«

»Verstehst du es jetzt?« fragte Marianne.

»Vielleicht«, sagte ich. »Weißt du, bei uns werden Mörder auch umgebracht. Geköpft werden sie. Von einem Scharfrichter. Es ist sein

Beruf, und er wird dafür bezahlt. Ihr macht es anders. Dafür habt ihr sicher einen Grund.«

»Mehr als einen«, sagte Mond de Marais. »Gründe wachsen in Bündeln, Chas Meary. Wie Schilf.«

Marianne stand auf und stellte unsere Schüsseln und Becher zusammen.

»Ich muß den Michel wecken«, sagte sie. »Er ist spät in der Nacht nach Haus gekommen. Habt ihr noch einen Wunsch, ihr beiden?«

»Danke«, sagte ich. »Ich glaube, wir sollten jetzt fahren.«

Mond de Marais nickte.

»Den Bruin solltest du auch wecken, Marianne«, sagte er. »Der ist sicher wieder eingeschlafen da draußen.«

Wir suchten unsere Sachen zusammen, spannten die Ochsen ein und verabschiedeten uns von Marianne.

Dann fuhren wir.

ANKUNFT

Bis auf die wenigen Gasthäuser gab es entlang der Landstraße keine Gebäude. Die neu errichteten oder wieder aufgebauten Siedlungen und Höfe lagen sämtlich abseits, mitunter mehrere Meilen von der Landstraße entfernt. Sie waren nur über Fahrwege erreichbar, die dort, wo sie durch Senken oder an Hängen entlang führten, oft so naß waren, daß die Räder fußtief einsanken.

Obwohl die Jahreszeiten mit ihrem ständigen Wechsel von Hitze und Frost, Nässe und Trockenheit schon lange daran gearbeitet hatten, die Landstraße abzutragen, war sie auf große Strecken noch in gutem Zustand. Wo der Asphaltbelag Löcher aufwies oder am Rand abgerutscht war, hatten Menschen die schadhaften Stellen mit Feldsteinen, grobem Bachkies und schließlich mit einer Deckschicht aus rotem, lehmigem Sand gefüllt.

Schmutziger Schnee lag im Schatten der Waldränder, in den Gräben beiderseits der Straße und an den Nordhängen.

Gegen Mittag erblickten wir einen Zaun, der aus einem Waldstück herauskam und in einer Zickzacklinie entlang der Straße verlief. Die Kiefernstämme, aus denen er gebaut war, hatten an beiden Enden halbrunde Kerben, mit denen sie aufeinander ruhten. Bald erreichten wir ein Tor in dem Zaun. Mond de Marais bog nach links ab und hielt, und ich stieg hinunter, um das Tor zu öffnen und hinter uns wieder zu schließen. Dabei sah ich, daß einer der beiden hinteren Gummireifen unseres Wagens flacher dem Boden anlag als die anderen und stark federte. Ich sagte es Mond de Marais.

»Gut, daß wir hier sind«, sagte er. »Sigurd Svansson hat eine Luftpumpe. Er ist Schmied und Mechaniker. Du glaubst nicht, was der alles zusammenbauen kann. Aber neue Reifen, die kann auch er nicht machen. Ich werde mir bald andere verschaffen müssen.«

»Von wo?« fragte ich.

»Aus den Ruinen bei Chebookt. Oder aus einer anderen Stadt.«
»Und wenn es dort keine gibt?«
»Fahren wir wieder auf Holzrädern. Viele tun das schon. Sigurd
wird mir dann Federn für die Bank hier anfertigen müssen.«
»Ah ja«, sagte ich. »Solche gefederten Sitzbänke hab ich schon gese-
hen.«
»Wirklich? Schade. Ich hab gedacht, das ist mein – wie heißt das
Wort?«
»Einfall?«
»Nein. Ein Wort für einen Einfall, den einem keiner mehr wegneh-
men darf.«
»Geistiges Eigentum?«
»Nein!«
»Patent?«
»Das ist es! Ich hab gedacht, das mit den Federn ist mein Patent.«
»Gibt es hier bei euch Patente?«
Mond de Marais lachte. »Bon Dieu!« rief er aus. »Wo denkst du
hin?«
Eine Schafherde mit vielen jungen Lämmern stob vor uns über den
Weg, sammelte sich am Rand eines Birkenwäldchens und beäugte
mißtrauisch unser Fuhrwerk. Ein Stück weiter kamen wir an zwei
mannshohen kegelförmigen Erdhaufen vorbei, aus denen dünner
Rauch in den Nebel aufstieg.
»Holzkohle«, sagte ich.
»Mhm«, brummte Mond de Marais. »Als ich so alt war wie du jetzt,
hat es hier noch die andere Kohle gegeben. Die aus der Erde. Jetzt
ist alles, was auf den Halden lag, verbraucht. Und die Gruben sind
längst abgesoffen.«
Wir fuhren durch ein Waldstück, in dem Ahorne, Buchen und Eichen und ab und zu auch Birken wuchsen. Von den Zweigen tropfte
es. Dann kamen wir in offenes Land, bogen um eine Felsnase und
sahen Sigurd Svanssons Anwesen vor uns. Ein langgestreckter, mit
der einen Seite in den Hang hineingebauter Schafstall; ein Schuppen, vor dem ein Wagen stand; eine Hundehütte. Aus der Dachluke
des Schafstalls warf jemand Heu herunter. Als wir näherkamen, erkannte ich, daß das Wohnhaus ein Teil des Schafstalls war. Zwei
flachshaarige Kinder standen in der offenen Tür, ein Bub und ein

Mädchen. Jedes hatte einen Finger im Mund. Auf der schmalen
Stirn des Buben stand eine senkrechte Falte.
»*Boosool!*« rief Mond de Marais.
Der Bub rührte sich nicht. Das Mädchen nahm den Finger aus dem
Mund, lächelte und winkte uns zu.
Hinter dem Wohnteil des Schafstalls sah ich nun einen freistehen-
den Holzschuppen und ungefähr zweihundert Schritt weiter, dicht
vor einem schwarzgrauen Felsen, die Schmiedewerkstatt. An ihrer
Seite ruhte auf gemauerten Fundamenten ein Wasserrad. Es war fast
so hoch wie das Werkstattgebäude, überdacht und von einer Bretterwand gegen das Wetter geschützt. Das Rad stand still. Neben ihm
stürzte ein kräftiger Wasserfall die Granitwand herab; das Wasser
kreiste schäumend um sich selber und verschwand in einem Durchlaß, um auf der anderen Seite des Weges als Bach ins Tal hinunter zu
rauschen. Vor der Schmiede lag, über einen Felsbrocken gebreitet,
ein blutiges Schaffell.
Zwei schwarzweiße Hütehunde schossen stumm aus der Tür der
Schmiede, verhielten, duckten sich und krochen auf die Ochsen zu,
sie fest ins Auge fassend. Die Ochsen senkten die Köpfe.
»Braigh!« rief Mond de Marais.
»Freki! Freya!« erscholl eine hohe, scharfe Stimme aus der Werk-
statt. »Hierher!«
Die Hunde richteten sich auf, nahmen die Schwänze zwischen die
Hinterbeine, trotteten zurück und legten sich hin, jeder auf einer
Seite der Tür.
Zwischen den Hunden erschien Sigurd Svansson. Schmale Beine
und Hüften trugen einen schweren, etwas geduckten Oberkörper.
Gewaltige Arme ragten aus der Lederweste hervor, die auch ein
Stück spärlich behaarte Brust sehen ließ. Auf dem kurzen, dicken
Hals saß ein hoher, schmaler Kopf mit einem hageren Gesicht. Hell-
blaue, fast grünliche Augen; eine kleine, gerade Nase; ein breiter
schmallippiger Mund unter einem strähnigen Schnauzbart. Die
schulterlangen graugelben Haare waren mit einem geflochtenen Lederband zusammengehalten. Aus der linken Hosentasche hingen
zwei fahlgrüne Wollfäustlinge heraus.
»Mond de Marais!« rief er. »Alter Vagabund!«
Ich sah, daß ihm oben zwei Schneidezähne fehlten.

»Sigurd Svansson!« sagte Mond de Marais. »Alter Schläger!«
Sie schüttelten einander die Hand. Freki und Freya hatten ihre
Schnauzen auf die Vorderpfoten gelegt.
»Wie geht es Björn und Agneta?« fragte Mond de Marais.
»Ganz gut, für die Jahreszeit«, sagte Sigurd. Dann streckte er mir
seine Hand entgegen. Der Handrücken war voller brauner Som-
mersprossen.
»Das ist Chas Meary«, sagte Mond de Marais. »Er will sich unser
Land und unsere Leute ansehen. Vielleicht bleibt er ganz bei uns.«
Sigurd begrüßte mich. Seine Augen sahen an mir vorbei.
»Viel zu tun?« fragte Mond de Marais.
»Doch«, sagte Sigurd. »Ziemlich. Sobald die Feldarbeit angeht, wird
es noch mehr. Aber ich bekomme Hilfe. Einen jungen Mann aus Ita-
lien. Er will für ein Jahr bei mir arbeiten.«
»Vielleicht bleibt er?« sagte ich.
»Das glaub ich nicht«, antwortete Sigurd. »Meine Mutter hat mir
seinen Brief vorgelesen. Er ist jung. Er möchte die Welt sehen.«
»Wie heißt er?«, fragte Mond de Marais.
»Da mußt du Inga fragen. Ich kann mir einen Namen erst merken,
wenn ich das Gesicht gesehen hab, das dazugehört. Hast du alles
mitgebracht?«
»Komm«, sagte Mond de Marais. »Schau es dir an. Aber erst sollten
meine Ochsen etwas bekommen. Hast du einen Zuber in der Werk-
statt?«
Sigurd ging in die Werkstatt. Vor der Tür fielen die beiden Wollfäustlinge aus seiner Hosentasche in den Schlamm. Ich hob sie auf.
Als Sigurd mit dem Zuber zurückkam, hielt ich sie ihm hin.
»Hier«, sagte ich. »Das sind wohl deine.«
Er grinste. »Danke dir. Inga schimpft immer, wenn ich welche verliere. Sie sagt, sie wird sie mir noch mal mit einer Schnur zusam-
menhäkeln und um den Hals hängen. So, wie sie es für die Kinder
macht.«
Nachdem wir die Ochsen getränkt und ihnen ihre Futtersäcke um-
gebunden hatten, luden Mond de Marais und ich ab. Sigurd trug das
Eisen allein in die Werkstatt. Es waren vorwiegend alte Maschinen-
teile, Blattfedern, Stücke von Stahlträgern und Eisenrohren sowie
einige Rollen dicken, steifen Drahts.

»Wo kommt das alles her?« fragte ich.
»Das meiste aus den Ruinen bei Chebookt. Du hast sie sicher vom Schiff aus gesehen?«
Ich nickte.
»Der Draht hier«, fuhr er fort, »kommt aus England.«
»Was machst du aus dem Draht, Sigurd?« fragte ich.
»Nägel«, antwortete er. »Hufnägel und Schindelnägel, meistens. Wo ist das Messing, alter Vagabund?«
»Vasco hat keins bekommen, alter Schläger«, sagte Mond de Marais. »Ferenc will uns welches mitbringen. In acht oder zehn Wochen.«
»So lang?«
Mond de Marais hob die Schultern und streckte die offenen Hände weit von sich.
»Was willst du machen?« sagte er. »Zachary braucht auch welches. Kann ich es mir aus dem Hintern kratzen?«
»Probiers!« meinte Sigurd und grinste.
»Hol mal deine Handpumpe«, sagte Mond de Marais. »Der linke Hinterreifen hat Luft verloren.«
Sigurd kam mit der Handpumpe, schraubte eine Weile an dem Ventil herum und pumpte dann den Reifen auf.
»So«, sagte er. »Jetzt kannst du fahren. Was meinst du – reicht der Platz für Ingas Wolle?«
»Ich denke schon«, sagte Mond de Marais. »Wenn es nicht mehr ist als im letzten Jahr.«
Er wendete den Wagen und fuhr ihn hinunter zum Schafstall. Sigurd und ich gingen hinterher.
»Ihr habt hübsche Kinder«, sagte ich. »Wie heißen sie?«
»Das sind Knud und Aagot.«
»Gehen sie schon zur Schule?«
»Nein. Später vielleicht. Wenn sie wollen.«
»Wenn sie wollen? Habt ihr keine Schulpflicht?«
»Nein. Wozu? Was die Kinder brauchen, lernen sie alles hier.«
»Was für Schulen gibt es bei euch?«
»Schulen eben. Kirchliche. Klosterschulen. Wer Spaß daran hat, kann hingehen.«
»Wieviel müßt ihr dafür bezahlen?«
»Bezahlen? Wie meinst du das?«

»Ich meine, wenn die frommen Brüder und Schwestern eure Kinder unterrichten, werden sie dafür wohl etwas verlangen. Sie können doch nicht umsonst arbeiten.«

Sigurd schüttelte den Kopf.

»Ich verstehe«, sagte er. »Aber wir bezahlen nichts.«

»Bist du in die Schule gegangen?« fragte ich.

»Unsere Schwester«, sagte er. »Die war in der Schule. Ihr hat es Spaß gemacht. Uns nicht. Wir sind nach zwei Tagen heimgeritten. Beide auf demselben Pferd.«

Er lachte, hoch und scharf.

»Du hast einen Bruder?« fragte ich.

»Einen Bruder. Ja!«

Wir standen vor dem Schafstall.

»Inga!« rief Sigurd zur offenen Dachluke hinauf. »Inga!«

Heu rieselte auf uns nieder.

»Inga!« rief er abermals. »Wo ist deine Wolle? Der alte Vagabund ist da. Er will deine Wolle mitnehmen!«

In der Dachluke raschelte es. Ein breites Gesicht zeigte sich, in das auffallend hellblonde Haarsträhnen hingen. An der verschwitzten Nase und an dem schmalen, runden Kinn klebte Heustaub. Hellblaue Augen schauten auf uns herab.

»Dastehen und schreien!« sagte Inga Svansson mit tiefer, ein wenig rauh klingender Stimme. »Das kannst du! Hol die Wolle doch selber!«

»Woher soll ich wissen, was mitgeht und was hierbleibt?« sagte Sigurd. »Komm jetzt!«

»Soll ich fliegen? Die Leiter steht ganz hinten. Alles, was eingepackt ist, geht mit. Du brauchst mich nicht dazu.«

»Das ist Chas Meary«, sagte Sigurd und deutete mit dem Kinn auf mich. »Komm jetzt!«

»Guten Tag, Inga!« sagte ich.

»Hej!« sagte sie. »England?«

»Bayern«, sagte ich.

Sigurd trat einen Schritt vor und breitete seine gewaltigen Arme aus.

»Komm!« rief er. »Spring! Ich laß dich nicht fallen, das weißt du.«

Inga schnaubte und wischte sich den Heustaub von der Nase.

»Spiel deine Kinderspiele mit Dagny«, sagte sie. »Ich hab zu tun. Hej!«

Der Kopf verschwand aus der Luke.

Sigurd war blaß geworden. Braune Flecken traten auf seinem Gesicht hervor. Er seufzte und schneuzte sich in einen seiner Fäustlinge.

»Kommt«, sagte er. »Sie will nicht.«

Die gefärbte und gesponnene Wolle war in einer Kammer am Ende des Flurs aufgestapelt. Rechts lag die Ware, die wir mitnehmen sollten. Die Stränge waren nach Farben sortiert, zu runden Ballen gepreßt und in Sackleinwand eingenäht. An den Enden hatte Inga handtellergroße Öffnungen gelassen, so daß der Inhalt mit einem Blick zu erkennen war. Ich sah ein blasses Himbeerrot, ein leuchtendes Mohnrot, Seidelbastrosa, Löwenzahngelb, ein fahles Bartflechtengrün wie das von Sigurds Fäustlingen, ein sattes Moosgrün, lichtes Rauchgrau, warmes Eichenrindenbraun und ein tiefes, rötlich schimmerndes Schwarz.

Sigurds Eisen hatte etwa den dritten Teil der Ladefläche des Wagens eingenommen. Diesen Raum füllten wir nun mit den Wollballen. Sie türmten sich bis unter die Plane.

Als wir geladen hatten, brachten die Kinder uns heiße Milch, dunkles, schweres Brot und zu länglichen Rollen geformten Schafskäse.

Mond de Marais biß zuerst in einen Käse. »Mon Dieu!« sagte er. »Der ist alt!«

Sigurd lachte. »Nicht wahr? Stark ist der. Du beißt hinein, und er beißt zurück!«

Wir aßen und tranken, und dann nahmen wir Abschied.

»Du wirst genug zu tun haben«, sagte Sigurd zu mir. »Aber wenn du Zeit hast, besuch uns. Bei uns findest du immer eine offene Tür.«

»Danke«, sagte ich. »Das will ich tun. Ich würde gerne deine Werkstatt sehen.«

Ich stieg zu Mond de Marais auf den Kutschbock, und wir fuhren los. Aagot winkte uns mit einem aus brauner Wolle gestrickten Bären nach, bis wir um die Felsnase bogen und in den triefenden Wald hineinfuhren.

»Wer ist Dagny?« fragte ich. »Seine Schwester?«
Mond de Marais nickte. »Dagny ist verlobt«, sagte er. »Im Herbst
wird sie heiraten.«
»Sind Dagny und Inga einander nicht grün?«
Mond de Marais wischte sich die Nässe aus dem Bart.
»Hm!« brummte er. »Es scheint so. Nicht wahr?«
»Arbeitet Sigurds Bruder in der Werkstatt mit?«
»Sigurds Bruder ist tot.«
»Was? Er hat von ihm gesprochen, als käme er gleich vom Mittag-
essen zurück.«
»Ja, ja. Das tut er immer.«
»Merkwürdige Menschen.«
»Das ist wahr, Chas. Weißt du, wie sie ihren Hof genannt haben?
Troldhaugen. Frag mich nicht, warum. Eigentlich heißt er Musha-
much.«
»Kann jeder seinen Hof nennen, wie er will?«
»Gewiß. Warum auch nicht?«
Wir fuhren gerade durch das Gattertor, da bog von der Straße ein
kleiner Planwagen ab und kam auf uns zu. Zwei stämmige, grauge-
fleckte Rösser waren vorgespannt. Unter der schwarzen Plane er-
kannte ich ein rundes, braunes, von rotgelocktem Haar umgebenes
Gesicht.
»Bonjour!« rief Mond de Marais.
»Guten Tag, Bruin«, sagte ich.
Die Fuhrwerke hielten nebeneinander an.
»Brian Hannahan«, sagte Bruin. »Das ist mein Name. Wenn wir sie-
benmal Brot und Fleisch miteinander gegessen haben, darfst du
mich Bruin nennen.«
Er stieg ab und beugte sich über den Gurtriemen des Handpferdes,
um etwas daran zu richten.
»Was meint ihr?« sagte er. »Brauchen die Svanssons etwas von mei-
nen Sachen?«
»Ich denke schon«, sagte Mond de Marais. »So zerbrechlich, wie du
sie machst.«
»Ha! Zeig mir unzerbrechliches Geschirr, und ich zeig dir einen
weißen Raben!«
Mond de Marais kicherte. »So einen hab ich schon gesehen«, sagte

er, »da warst du nicht mehr als ein Glitzern in den Augen deines Vaters!«

»Was ist dein Handwerk, Brian?« fragte ich.

Er richtete sich auf. »Du hast Tee getrunken, heut morgen?« fragte er.

»Hab ich.«

»Na, woraus?«

»Aus einem dicken Tonbecher mit eingeritztem Blumen- und Blättermuster. Salzglasur.«

Seine blauen Äuglein zogen sich zusammen. »Hat er dir gefallen?«

»Ja, er war hübsch.«

»So hübsch wie ich, was? So hübsch wie alles, was aus meiner Werkstatt kommt: Teller und Schüsseln und Krüge und Kerzenleuchter und Butterfässer. Alles, was sich mit Mühe herstellen und mühelos zerbrechen läßt.«

»Machst du auch Puppengeschirr?«

»Erin macht das. Unsere Kleine. Meine Finger sind zu dick.«

»Was kosten deine Sachen?«

»Hab ich schon gesagt: Mühe.«

»Wo hast du heute früh so lange gesteckt?« fragte Mond de Marais.

»Ich bin auf dem Scheißhaus eingeschlafen. Ihr drei habt mich zu früh aufgescheucht.«

»Wer hat dich geweckt?«

»Irgend so ein Viehmensch. Er hat an die Tür gedroschen und geschrien, er muß jetzt rein, und ich soll fertigmachen oder abschneiden und nachher weiterkacken, weil er es eilig hat, es hängt ihm schon in den Kniekehlen …«

»Welchem Ratschlag bist du gefolgt, Bruin?«

»Keinem. Ich war doch längst fertig.«

Er stieg auf seinen Kutschbock und setzte sich zurecht.

»Kommst du heute bis Malegawate?« fragte er.

»Kann sein«, sagte Mond de Marais. »Was soll ich Baquaha ausrichten?«

»Daß ich in vier Tagen die Schüsseln bringe, die Nedooa sich gewünscht hat, und daß ich meine Bretter mitnehmen will. Behältst du das?«

»Kann sein. Kann sein, auch nicht.«

»Untersteh dich!« sagte Bruin. »Wir sehen uns noch!«
Er schlenkerte die Zügel, und seine Pferde zogen an.
»Au revoir!« rief Mond de Marais ihm nach.
Wir fuhren wieder. Die Landstraße stieg sacht an.
»Björn und Agneta«, sagte ich. »Sind das die Eltern von Sigurd und
Dagny?«
»Mhm!«
»Sind die Svanssons auch erst vor kurzem ins Land gekommen wie
die Marianne und – wie heißt ihr Mann?«
»Michel. Nein, die Svanssons leben seit über hundert Jahren hier.
Aber sie halten sich abseits.«
»Weshalb?«
»Du fragst mich, und ich frag dich. Sie sind eben so. Selten, daß
einer von ihnen zu den Versammlungen kommt. Ist dir an Sigurd
etwas aufgefallen?«
Ich überlegte. »Meinst du, daß ihm ein paar Zähne fehlen?«
»Si! Die hab ich ihm ausgeschlagen. Das war, bevor er Inga geheira-
tet hat. Sein Bruder war damals noch am Leben. Es geschah in dem
Gasthaus, in dem wir vor vier Tagen über Nacht geblieben sind. Du
erinnerst dich? Wo sie die schwarzen Rinder haben?«
Ich nickte.
»Also dort hab ich gesessen«, fuhr Mond de Marais fort. »Ich hab
meinen Wein getrunken und mit einem Bekannten verhandelt, der
eine Ladung Saatkorn nach Miramichi gebracht haben wollte. Da ist
auf einmal Sigurd hereingekommen. Ich hab ihn zum erstenmal gesehen. Er ist an unserem Tisch stehengeblieben und hat mich angeschaut. ›Mir gefällt dein Gesicht nicht, alter Vagabund‹, hat er gesagt. ›Schluck es runter, oder ich schlag es dir bis in die Därme.‹ –
›Du bist betrunken‹, hab ich gesagt. ›Trink weiter. Amüsier dich. Laß
uns in Frieden.‹ Da hat er zugeschlagen. Ich bin ausgewichen und
hab zurückgeschlagen. Er hat sich auf den Boden gesetzt, ein paar
Zähne ausgespuckt und gelacht. So war das.«
»Greift er öfter Leute an?«
»Seitdem nicht mehr.«
»Trinkt er noch?«
»Manchmal. Inga sagt, er ist dann wie ein Unterirdischer. Aber er
läßt sie in Ruhe. Die Kinder auch.«

Wieder kamen wir an eine eingestürzte Brücke. Jenseits des Tales führte die Landstraße in einer weit ausschwingenden Krümmung am Hang dahin. Der Nebel lichtete sich. Im Tal rauschte ein kleiner Fluß vielfach verzweigt um bewaldete Inselchen. Oberhalb des Flusses kam ein Damm aus einem Wald heraus, um bald darauf in einem anderen Wald zu verschwinden. Zwischen den Weiden, mit denen der Damm bewachsen war, schauten hie und da Eisenbahnschienen hervor; sie hoben sich rostrot gegen den grauen Schotter ab. Eine Weile später, in einem Einschnitt zwischen zwei Berghängen, sah ich die Bahnstrecke wieder. Auf den Gleisen standen Gerippe alter Waggons, Drehgestelle und Achsen, mehrere verrostete und zerbeulte Kesselwagen und schließlich, fast ganz unter Buschwerk und Pappeln begraben, das Wrack einer Lokomotive.

»Da unten liegt noch viel Eisen herum«, sagte ich.

»Ich weiß«, sagte Mond de Marais. »Was wir holen konnten, haben wir geholt. Die großen Teile sind zu schwer. Schade. Fahren bei euch drüben die Züge noch?«

»Wieder!« sagte ich und hüllte mich fester in meinen Umhang. »Ich war vier Jahre alt, da ist bei uns zum erstenmal wieder ein Zug vorbeigefahren. Mit einer Dampflokomotive. Du weißt, was das ist?«

»Ich hab einmal ein Bild von einer gesehen. Wozu braucht ihr die Züge?«

»Es geht schneller mit ihnen. Von Peggy's Cove bis hier – das wären mit einem Zug ungefähr fünf Stunden.«

»Ah! Aber dann hättest du die Büffel nicht gesehen. Du hättest den dicken Dudelsackspieler nicht gehört. Wir wären der Jagd nicht begegnet. Du hättest nicht mit Marianne und Bruin, nicht mit Sigurd, Inga und all den anderen gesprochen!«

»Das ist wahr, Mond.«

Es begann leise zu regnen. Die Wälder drängten sich dicht an die Landstraße heran. Ich nickte ein.

Ich erwachte von der Sonne auf meinen geschlossenen Lidern und davon, daß Mond de Marais sang. Langsam zu mir kommend, verstand ich nur die letzten Zeilen:

Pourquoi ton bébé, délourière,
Est-il mort l'été, délourion?
Des chevaux tout blancs, délourière.
L'ont noyé en mer, délourion.

Ich schlug die Augen auf und blinzelte.
»Sing weiter«, sagte ich.
»Das war das Ende«, sagte er.
»Fang von vorn an!«
»Später einmal. Warst du in den Wäldern?«
»Ich hab geschlafen.«
»Eben – du warst in den Wäldern.«
»Kann sein.«
»Was hast du dort gesucht?«
»Eine Frau, glaub ich –«
»Ah! Wie hieß sie, Chas?«
»Ich weiß es nicht.«
»Erinnere dich!«
»Es will mir nicht einfallen, Mond. Später einmal, vielleicht – «
Wir fuhren im Sonnenschein über eine moorige Hochfläche.
Schwarze Granitfelsen dampften. Riedgräser, Rohrkolben vom vori-
gen Jahr, Birken und einzelne Wacholderbüsche standen reglos im
Licht. Unter uns lag glatt und weiß leuchtend der Nebel; da und
dort ragten Hügelkuppen wie Inseln aus ihm hervor.
Wir hielten an, um den Ochsen eine Ruhepause zu gönnen. Als ich
abstieg, weil ich den Wassereimer holen wollte, der zwischen den
Hinterrädern hing, sah ich weit entfernt eine schwarze Rauchsäule.
Sie stand in der weiß daliegenden Nebelebene wie der Strunk eines
verkohlten Baumes im Schnee.
»Mond!« rief ich, »das sieht nach einem großen Brand aus!«
Ich hörte seine Schritte im Sand. Dann blieb er neben mir stehen.
»Mais non«, sagte er. »Nach nassem Holz sieht das aus. Nun ver-
brennen sie ihn.«
Er bekreuzigte sich.
»Und sein Geist?« fragte ich. »Seine Seele? Was geschieht mit seiner
Seele?«
»Sie ist auf dem Langen Weg«, sagte Mond de Marais. »Die fünf

Männer, die du heute früh im Gasthaus gesehen hast, haben in der
Nacht auf dem Hof getanzt. Sie haben seine Seele zu sich geholt.
Sie haben sie auf den Langen Weg geschickt.«
»Macht ihr das immer, wenn jemand stirbt?«
»Nur, wenn jemand bei der Jagd getötet wird. Aber laß uns erst den
Ochsen Wasser geben. Dann fahren wir weiter, und ich sag dir, was
du wissen willst.«
Eine halbe Stunde später rollten wir wieder dahin. Es ging nun
bergab. Bald tauchten wir in den Nebel ein, und die Sonne ver-
blaßte hinter uns. Es wurde kalt und naß. Wir hüllten uns in unsere
Umhänge.
»Wenn du stirbst«, begann Mond de Marais, »bleibt deine Seele viermal sieben Tage in der Nähe des Leibes. Wir sagen ihr, wie sie den
Langen Weg findet. Schließlich geht sie dann auf den Langen Weg,
um eines Tages wiederzukehren.
Wirst du bei der Jagd getötet, so ist es anders. Deine Seele darf nicht
wiederkehren. Daher verbrennen wir deinen Leib. Deine Seele will
versuchen, alle Überreste einzusammeln: den Rauch, die Asche, die
Knochenstückchen, die Zähne. Es ist unmöglich, doch das weiß
deine Seele nicht. Sie versucht es, wieder und wieder, bis sie verwil-
dert und bösartig wird. Das aber müssen wir verhindern. Deshalb
locken wir die Seele von deinem Leib fort. Wir überlisten sie und
schicken sie auf den Langen Weg.«
»Indem ihr tanzt?«
»Mhm! Einer beginnt. Ein zweiter kommt hinzu. Der zweite verlangt den dritten. Der dritte führt den vierten heran, und der vierte
holt den fünften. Der sechste Platz bleibt frei für die Seele. Sie hört
die Trommel und möchte mittanzen, wie sie das gewohnt ist. Sie
kommt herbei.«
»Was tut ihr, damit sie bleibt und mittanzt?«
»Wir überlisten sie. Wir haben dem Getöteten eine Haarsträhne abgeschnitten. Die werfen wir jetzt ins Feuer. Die Seele riecht das. Sie
denkt, wir haben angefangen, den Leib zu verbrennen. Sie muß dabeisein, um die Überreste zu sammeln. Sie sieht den freien Platz im
Kreis der Tänzer um das Feuer. Sie springt an ihren Platz. Sie tanzt
mit.«
»Wie lange?«

»Das ist verschieden. Wir tanzen, bis wir spüren, die Seele ist da. Dann zeigen wir ihr mit unseren Schritten, wie sie den Langen Weg findet. Es kann Stunden dauern, bis die Seele das begreift. Sie will ja nicht fortgehen. Wenn sie es begriffen hat, hören wir das an ihren Schritten. Sie macht dann die gleichen Schritte, die wir machen.

Nun müssen wir sehr geschickt sein. Wir tanzen die langsamen, kleinen Schritte der Seelen auf dem Langen Weg. Dann schlägt die Trommel dreimal sehr laut und verstummt. Wir bleiben stehen. Die Lücke in unserer Reihe weist nach Westen. Dort ist der Eingang zum Langen Weg. Die Trommel fängt wieder zu schlagen an. Wir tanzen nun die langen, hüpfenden Schritte, mit denen man den Langen Weg betritt. Einer nach dem anderen tanzen wir durch die Lücke hindurch nach Westen. Die Seele tanzt hinter uns her. Jetzt schlägt die Trommel viermal, sehr laut. ›Ay!‹ rufen wir, viermal. Und der Eingang zum Langen Weg schließt sich wie ein Mund.«

»Der Tanz ist zu Ende?«

»Der Tanz ist zu Ende. Wir gießen Wasser auf das Feuer. Sobald die Sonne aufgeht, machen wir uns auf den Weg, um den Leib des Getöteten zu verbrennen. Die nächsten sieben Tage dürfen wir unter keinem Dach leben. Wir dürfen nur Pflanzen essen, die wir selber gesammelt haben. Wir dürfen uns nur Gesicht, Hände und Füße waschen, und nur mit Wasser, das aus Felsen hervorkommt und noch keine Pflanze, kein Tier und keinen Menschen berührt hat. Feuer dürfen wir keins mitnehmen. Wir dürfen aber welches machen.«

Ich zog meinen Umhang dicht um meine Schultern. Es hatte zu regnen angefangen.

»Wo findet ihr Pflanzen, die ihr essen könnt?« fragte ich. »Um diese Jahreszeit?«

»Ah, mein Freund! Das ist leicht. Baumrinde. Wurzeln. Bisher ist noch keiner verhungert.«

»Was geschieht, wenn die sieben Tage vorbei sind?«

»Am Morgen nach dem siebenten Tag nehmen wir gemeinsam ein Schwitzbad. Dann essen wir, soviel in uns hineingeht, und werden wieder richtige Menschen.«

Er dehnte die Schultern, streckte sich und gähnte.

Eine Weile fuhren wir schweigend dahin.

»Bist du katholisch?« fragte ich dann.

»Si!« sagte Mond de Marais.

»Du glaubst an all das, was du mir eben erzählt hast?«

»Gewiß!«

»Der eine Glaube – der andere Glaube: Wie können sie beide wahr sein?«

»Der Mensch ist ein Mann«, sagte Mond de Marais. »Der Mensch ist eine Frau. Wie kann beides wahr sein?«

»Das ist beides wahr!« sagte ich heftig und wandte mich zu ihm hin. Die Kapuze glitt von meinem Kopf.

»Ja, eben«, sagte Mond de Marais. »Ich glaube, du mußt mit Pater Erasmus reden.«

»Du bist es, mit dem ich rede!«

»Ich bin nicht gelehrt genug. Sprich mit Pater Erasmus.«

»Wer ist dieser Pater Erasmus?«

»Ein Kapuziner. Du findest ihn in Signiukt – falls er nicht zuvor dich in Seven Persons findet. Simon Latène, unser Abbé, nennt ihn den ärgsten Ketzer von allen. Er sagt, er ist sich nie sicher, ob er die Kutte von Erasmus rascheln oder die Flammen des höllischen Feuers prasseln hört. Eigentlich müßte er es längst herausgefunden haben. Er spielt so oft Schach mit ihm!«

Er kicherte. Die Kutschbank, auf der wir saßen, bebte leise.

»Lachst du über mich?« fragte ich.

»Bon Dieu!« sagte Mond de Marais. »Warum sollte ich.«

»Ich frage dummes Zeug.«

Er kramte unter seinem Umhang fand, was er suchte und stopfte langsam und umständlich seine Pfeife.

»Du stellst die gleichen Fragen wie ich damals, als ich hierherkam«, sagte er, während er den Tabak zum Glimmen brachte. »Das ist lange her. Aber ich erinnere mich. Wie willst du die Menschen verstehen, wenn du nicht fragst? Wie willst du Wasser aus dem Brunnen ziehen, wenn du keinen Eimer hinabläßt? Frag nur, Chas Meary. Frag. Du wirst merkwürdige Dinge sehen, und jedesmal wirst du fragen müssen.«

»Was für merkwürdige Dinge, Mond?«

Er zog an der Pfeife und blies den Rauch vor sich hin.

»Warte, und du wirst sehen«, sagte er. »Wir sind bald da. Möchtest du, daß ich dich hinaufbringe nach Seven Persons? Es ist weit.«
»Danke dir«, sagte ich. »Es ist noch früh genug. Ich gehe lieber zu Fuß.«
Wir fuhren in die Talsenke hinab. Links sah ich grasbewachsene Mauerreste. Wo sich einmal Räume befunden hatten, wuchs Erlengebüsch. Zwanzig oder dreißig Schritte weiter lag ein Haufen grünbemoderter Bretter und Balken, die einst zu einer Scheune oder Stallung gehört haben mochten. Jetzt wuchsen schenkeldicke Birken aus dem Haufen empor; auf ihren Knospen lag ein violetter Schimmer.
Eine geländerlose kurze Brücke aus Baumstämmen, die mit Kies und Sand abgedeckt waren, überspannte den Bach im Talgrund. Rechts hinter der Brücke führte ein steiler Fahrweg den Hang hinauf.
»Braigh!« rief Mond de Marais.
Wir hielten.
Einige von Inga Svanssons Wollballen waren nach vorn gerollt. Ich mußte meinen alten Seesack unter ihnen hervorgraben. Dann stand ich auf der Straße und sah hinauf zu Mond de Marais, der seinen Bart kratzte und mich nachdenklich betrachtete.
»Da sind wir also«, sagte ich. »Danke für alles. Fährst du mich nächstes Jahr zurück nach Peggy's Cove?«
»Das wird sich machen lassen«, sagte er. »Aber wir sehen uns bestimmt schon vorher wieder.«
Er reichte mir die Hand.
»Alors, mon ami«, sagte er. »Sois sage!«
»On verra«, sagte ich. »Adieu, mon ami!«
»Attali!« rief Mond de Marais.
Der Wagen rollte an mir vorbei. Die Reifen rauschten auf dem sandigen Asphalt. Zwischen den Hinterrädern schaukelte an seinem Haken der Wassereimer. Ich sah dem Wagen nach, bis er in der weiten Linkskurve hinter Bäumen verschwand. Unter der Brücke gurgelte der Bach. Ab und zu hörte ich das Poltern eines Steins, den die Strömung ein Stück mit sich rollte.
Der Umhang! Ich trug noch den Umhang, den Mond de Marais mir gegeben hatte. Einen Augenblick lang überlegte ich, ob ich dem Wagen hinterherlaufen sollte, besann mich dann aber anders. Einstwei-

len konnte ich den Umhang gut gebrauchen. Es würde sich gewiß bald eine Gelegenheit finden, ihn zurückzugeben.

Es war dunkler geworden. Aus den Wolken, die sich über den Nebel geschoben hatten, fiel feiner Regen.

Ich hob meinen Seesack auf die Schulter und schritt die Straße entlang, bis ich die Abzweigung nach Seven Persons erreichte. Das Tosen des Bachs wurde lauter; rechts unter mir stürzte er aus der waldigen Schlucht herab. Am Fuß der Wasserfälle arbeitete ein Mann. In Abständen von etwa drei Schritten ragten Pfähle aus dem Uferlehm hervor. Der Mann flocht Weidenruten zwischen sie, von denen ein ganzer Haufen neben ihm im Wasser lag.

Ich blieb stehen.

Der Mann hatte mich über dem Geräusch des stürzenden Wassers nicht kommen hören, doch als er die Reihe zu Ende geflochten hatte, schaute er zu mir hoch und bedeutete mir mit einer eigentümlichen Handbewegung, dort zu bleiben, wo ich war.

Ohne Eile packte er seinen Vorrat an Weidenruten hinter die geflochtene Wand, legte mehrere Steine obenauf, stieg über die Wand aufs Ufer und stapfte den nassen Hang herauf. Er war älter, als er aus der Entfernung gewirkt hatte.

»Guten Abend!« sagte er.

»Guten Abend!« sagte ich.

Er wies mit dem Kinn, das wie Wangen und Oberlippe dicht mit weißen, kurzgelockten Barthaaren bewachsen war, auf seine Arbeit.

»Das eilt«, sagte er. »Sobald ich fertig bin, füllen die jungen Männer Lehm und Steine dahinter.«

Er deutete auf den Kolk vor der Brücke, in dem das braune Wasser in träger Gegenströmung kreiste.

»Wenn wir das nicht machen«, fuhr er fort, »wird der Kolk dort größer und größer, und eines Tages nimmt der Bach dann die Brücke mit. So ist das. Und du bist Mr. Meary, nicht wahr? Ich habe drei Tage – nein, ich lüge: vier Tage hab ich auf dich gewartet und mich dabei ein wenig nützlich gemacht, wie du siehst. Nun willst du wissen, weshalb ich gewartet habe. Das ist so: Wir haben uns gesagt, vielleicht kommst du an, wenn es dunkel ist. Dann wäre es besser, wenn jemand dir den Weg zeigt. Es zweigen andere Wege ab: der zum Steinbruch und der nach Clemretta oder Tawitk, auch der

41

nach Noralee oder Oochaadooch und der zum großen Wasserfall. Außerdem gibt es noch ein paar Holzwege, hehe!«

Seine hellbraunen Augen blickten mich eindringlich an. Auch seine Gesichtshaut war braun, dunkelbraun, mit grauen und schwärzlichen Flecken gesprenkelt und fast faltenlos über die tiefliegenden Backenknochen und den kantigen Unterkiefer gespannt. Von den Flügeln der großen, leicht gekrümmten Nase liefen tiefe Falten zu den Mundwinkeln. Das weiße Haupthaar hing dicht in die Stirn und halb über die Ohren. Ein Stück der rechten Ohrmuschel fehlte. Knorplig rotes Narbengewebe zog sich von dort den Hals hinunter.

»Ja«, sagte ich, »ich bin Chas Meary. Danke, daß du auf mich gewartet hast. Ich hätte mich gewiß verirrt.«

»Danke, daß du gekommen bist«, entgegnete er, streckte mir die rechte Hand entgegen und schloß die Lider. Erst nachdem wir einander die Hand geschüttelt hatten, öffnete er die Augen und blickte mich abermals eindringlich an.

»Ich bin Gregory Strange Goose«, sagte er. »Wir sollten uns auf den Weg machen, Chas Meary. Ich bin nicht mehr so schnell wie du. Und die Nacht ist schneller als wir beide.«

Ich stimmte ihm murmelnd zu, schulterte meinen Seesack, und wir gingen los. Ich merkte bald, wie rasch ich ausschreiten durfte, damit er bequem Schritt halten konnte. Es kostete mich keine Mühe, langsamer zu gehen als sonst; der Weg war steil, und ich war während der langen Schiffsreise und der langen Fahrt mit Mond de Marais aus der Übung gekommen.

Zedern standen zu beiden Seiten des Weges. Viele gewaltige Stämme waren dabei, vier und fünf Fuß dick und sicher über hundert Jahre alt. Der kräftige Geruch ihrer Rinde hing in der nebelfeuchten Luft. Der Regen hatte fast aufgehört, doch tropfte es noch von den Zweigen.

»Wie alt bist du, Gregory Strange Goose?« fragte ich nach einer Weile.

»Du kannst mich einfach Strange Goose nennen«, sagte er. »Im Winter bin ich zweiundneunzig geworden. Das hättest du nicht gedacht, was? Ja, so ist das.«

»Ich hab dich für achtzig gehalten«, sagte ich.

»Hehe! Alle denken das. Aber es stimmt, was ich dir sage. Zweiundneunzig. Damals, da war ich gerade zehn geworden.«
»Wie viele von deinem Stamm haben damals überlebt?«
»Von meinem Stamm? Ah, du denkst, ich bin ein Indianer? Ja, viel-
leicht bin ich einer geworden. Aber damals – nein. Ich hatte keinen
Stamm, Chas Meary. Ich hatte Eltern. Und ich hatte eine Großmut-
ter. Aber die lebte weit von uns entfernt, in so einem Haus, wo nur
die Alten wohnten. Ich kann mich an sie nicht mehr erinnern, nur,
daß sie dort gelebt hat. Meine Mutter sprach manchmal mit ihr. Du
weißt, durch dieses Ding. Telephon. Gibt es das bei euch drüben?«
»In den Städten schon«, sagte ich.
»Städte habt ihr auch noch?«
»Ein paar.«
»Wir nicht«, sagte er.
»Haben deine Eltern überlebt?« fragte ich.
»Nein«, sagte er. »Niemand in ihrem Alter hat überlebt. Nur die Kin-
der. Und die ganz Alten. War das bei euch anders?«
»Bei uns war es ebenso.«
»Hehe«, sagte er. »So war das. Weißt du, Chas Meary, ich hab damals
vier Tage auf meine Eltern gewartet. Am Morgen des fünften Tages
hab ich gewußt, sie kommen nicht wieder. Da bin ich losgefahren.
Nicht im Spiel, weißt du. Nicht wie vorher. Sondern wirklich. Und
viel, viel später bin ich hier angekommen.«
»Das war vor zweiundachtzig Jahren?«
»Fast auf den Tag. In diesem Monat. Wir nennen ihn den Mond der
fremden Gänse, weil die wilden Gänse aus dem Süden zurückkommen. Und weil ich fremd war und aus dem Süden kam, haben sie
mich Strange Goose genannt.«
Der Weg verlief nun beinahe eben. Auf der rechten Seite, tief unter
uns, rauschte der Bach. Links begleiteten Sandsteinschichten den
Weg, aus denen es rieselte und tropfte. Das Wasser sammelte sich in
einem flachen Graben und floß in Rinnen ab, die ungefähr alle hundertfünfzig Schritte in den Weg eingegraben waren und aus zwei
spannendicken, mit Eisenklammern verbundenen Baumstämmen
bestanden. Sie leiteten das Wasser auf die Talseite des Weges, wo es
den Hang hinab dem Bach zustrebte.
»Strange Goose«, sagte ich halblaut vor mich hin.

»Hehe! Dir gefällt der Name?«

»Es ist ein guter Name. Er erzählt eine Geschichte.«

»Das ist wahr. Wenn du lang genug bei uns bist, gibt Taguna dir vielleicht auch einen Namen, der eine Geschichte erzählt. Mit wem bist du gekommen?«

»Mit Mond de Marais.«

»Ich meine, mit welchem Schiff?«

»Mit Kapitän Vasco. Auf der *Golden Retriever.*«

»Andres Arrión Vasco?«

»Du kennst ihn?«

»Er kennt mich, und ich kenne ihn. Wohin ist er unterwegs?«

»Yucatán. Wer ist Taguna?«

»Die Mutter von unserem Clan. Wann will Vasco zurück sein?«

»In einem Jahr, hat er gesagt.«

»Das ist eine lange Zeit. Ich meine, wenn er nur nach Yucatán will.«

»Er geht vielleicht ums Hoorn.«

»Er hat Mut! Habt ihr viel Eis gesehen?«

»Sehr viel. Und sehr nah. Einmal hat es uns eingeschlossen, obwohl Vasco einen weiten Umweg nach Süden gemacht hat.«

Strange Goose nickte mehrmals, ergriff meinen Arm und wies mit der anderen Hand in den Nebel zwischen den Bäumen.

»Daher kommt der Nebel bei uns«, sagte er. »Vom vielen Eis. Es ist wärmer geworden – und das macht, daß es manchmal kälter wird. Seltsam, nicht?«

Wir waren stehengeblieben. Er sah mich an. »Als ich so alt war wie du, gab es im Mond der fremden Gänse nie so viel Nebel wie heute.«

Er schüttelte heftig den Kopf, ohne den Blick von mir zu lassen.

»Auch bei uns«, sagte ich, »hat sich vieles verändert.«

»Hat er dir den Teich gezeigt?« fragte er.

»Wer?«

»Waiting Raven.«

»Meinst du Mond de Marais?«

»Eben. Waiting Raven. Du hast seinen Großvater kennengelernt, nicht wahr, Chas Meary?«

»Ah! Ja, das hab ich.«

»Und? Du hast ihm geglaubt?«

»Dem Raben?«

»Dem einen wie dem anderen, hehe! Antworte!«

»Ich hab ihm geglaubt, ja.«

»Gut, Chas Meary. Das ist gut. Dann wirst du auch meine Eltern kennenlernen.«

Er zog mich, meinen Arm festhaltend, mit sich. Der Weg wurde steiler, wurde nach einer Weile flacher und begann nach einer guten Stunde wieder anzusteigen. Mir war es, als arbeiteten wir uns mühselig die Stufen einer ungeheuren Treppe hinauf. Auf beiden Seiten überragten hohe Zedern unseren Pfad. Ab und zu zweigten rechts oder links andere Wege ab. In der wachsenden Dunkelheit hätte ich, wäre ich allein unterwegs gewesen, schon lange nicht mehr sagen können, ob ich mich noch auf dem Weg nach Seven Persons befand; es hätte ebensogut der nach Tawitk, der nach Clemretta oder der nach Noralee sein können. Ich wechselte mehrmals den Seesack von der einen Schulter auf die andere.

»Hat Vasco auch noch die *Cairina*?« fragte Strange Goose auf einem flacheren Wegstück.

»Die Cairina? Von der weiß ich nichts.«

»Sie war ein Schoner. Ungefähr hundert Fuß. Vor sechs Jahren hat er sie noch gefahren. Wie groß ist das Schiff, das er jetzt hat?«

»Etwa hundertfünfzig Fuß. Eine Bark.«

»Hast du die Frau gesehen, Chas Meary?«

»Welche Frau, Strange Goose?«

»Es heißt, Vasco versteckt eine Frau bei sich an Bord. La Mulatta. Du hast nichts von ihr gesehen oder gehört?«

»Nein«, sagte ich. »Das ist ausgeschlossen. Ich hab wochenlang in Vascos Kajüte gewohnt und geschlafen. Da war keine Frau.«

»Hehe«, sagte Strange Goose. »Hab mir fast gedacht, daß es nur eine Lagerfeuergeschichte ist.«

Endlich wichen die Wälder zurück. Ein gelblicher Fleck im Nebel verriet die Stelle, wo der Mond stand. Rechts von mir schimmerte eine Wasserfläche.

»Wir sind bald zu Hause«, sagte Strange Goose. »Der See war nicht immer da, weißt du. Er ist im Jahr des endlosen Regens entstanden. Da war ich siebzehn. Fast vier Monate lang hat es geregnet. Der

ganze Hang dort drüben, wo die Baumwipfel aus dem Nebel
schauen, kam damals ins Rutschen. Die Menschen hatten ihn abge-
holzt, mit diesen Maschinen, die sich bewegten wie Gottesanbete-
rinnen. Du kennst sie?«
Ich schüttelte den Kopf.
»Macht nichts. Eine von ihnen liegt noch unten im Wald. In jenem
Jahr hörten wir es eines Nachts donnern. Es hat vier oder fünf Stunden lang gedonnert, manchmal laut, dann wieder leise. Die Erde hat
gezittert. Am Morgen gingen wir nachschauen. Der ganze Hang – er
ist anderthalb Meilen lang – war ins Tal gerutscht und staute den
Bach. Im Herbst des folgenden Jahres ist der See dann zum erstenmal übergeflossen. Wir haben den neuen See Ashmutogun genannt
und uns gefreut, weil der Bach wieder geflossen ist. Es war der Tag,
an dem ich mich verlobt habe.«
»Lebt deine Frau noch?« fragte ich.
»Sie lebt noch, Chas Meary. Morgen wirst du sie sehen. Wir haben
ein langes Leben gehabt.«
Wir gingen beide rascher, wie Pferde, die sich ihrem Stall nähern.
Hinter einer Wegbiegung lichtete sich der Nebel ein wenig, so daß
wir ein größeres Stück des Sees erkennen konnten. Erst eine dunkle
Baumgruppe begrenzte unser Blickfeld. Ein seltsamer Geruch, den
ich nicht gleich benennen konnte, drang zu mir. Doch als wir zu den
Bäumen gelangten, deren Äste den Weg überhingen, war der Geruch unverkennbar. Es roch nach verwesendem Fleisch.
Ich blieb stehen und sah mich um. In einer Astgabel war ein Elchschädel festgekeilt. Von der Stirn herab hing ein Fetzen Fell.
Auch der Blick von Strange Goose ruhte auf dem Schädel. Als er
sich mir zuwandte, schimmerten seine Augen schwarz in dem
schwachen Licht, das durch die Zweige der Eichen drang.
»Damit die Hunde nicht an ihn herankönnen«, sagte er. »Seine Seele
wäre sonst gekränkt. Erweisen wir ihm Achtung, indem wir ihn vor
den Hunden schützen, kehrt er wahrscheinlich zurück, um wiedergeboren zu werden.«
»Und um wieder gejagt zu werden.«
»Vielleicht. Wenn die Götter es wollen.«
»Macht ihr dasselbe mit Haustieren?«
»Manchmal, ja. Mit wilden Tieren immer.«

»Alle Seelen wandern und kehren wieder. Ist es so, Strange Goose?«
»Nicht alle, Chas Meary!«
»Ah ja! Mond de Marais sagte so etwas. Gestern, als wir der Jagd begegnet sind.«
»Ihr seid der Jagd begegnet? Du hast alles gesehen?«
»Nein, nein. Ich sah nur die Reiter vor uns die Straße überqueren. Das andere hat Mond de Marais mir erzählt.«
»Komm«, sagte er. »Gehen wir. Du mußt müde sein.«
Hinter der Baumgruppe sah ich die honigbraun glühenden Lichtflecke von Fenstern. Um sie herum formte sich aus dem Dunkel der lange Schatten eines Gebäudes. Fell streifte mein Bein. Ein großer Hund schnüffelte an meinem Knie, drängte sich an Strange Goose heran, murrte erkennend, trabte vor uns her.
»Warte hier«, sagte Strange Goose. »Wenn die anderen dich jetzt sehen, kommst du heut nacht nicht ins Bett.«
Eine Tür öffnete und schloß sich. Im flüchtigen Lichtschein sah ich zwei oder drei Hunde. Sie schnüffelten an meinem Seesack. Ich spürte den Luftzug von wedelnden Schweifen. Eine Schnauze berührte feucht meine Hand. Der Mond stand höher, war jedoch nach wie vor nur ein lichter Fleck im Nebel. Von drinnen hörte ich Stimmen; dann das Lachen einer Frau.
Ich mußte stehend eingenickt sein, denn ich hörte die Tür nicht, hörte auch keine Schritte. Strange Goose war plötzlich wieder neben mir. Er trug eine Laterne, in der eine Kerze brannte.
»Komm«, sagte er.
Die Hunde blieben zurück, als wir an dem langen Gebäude vorbeigingen, über feuchte, lehmige Erde, dann nach rechts über einen grasigen, von Obstbäumen gesäumten Pfad, einige breite Steinstufen hinab, eine Trockenmauer entlang und wiederum unter Obstbäumen hin. Weiter unten schimmerte der See.
»Wir sind da«, sagte Strange Goose.
Im Licht der Laterne sah ich die braune Giebelwand einer kleinen Blockhütte.
»Du kannst die Tür von innen verriegeln, wenn du willst«, fuhr Strange Goose fort. »Ich glaube, die Mädchen haben dir etwas zum Essen auf den Tisch gestellt.«
Er reichte mir die Laterne.

»An der Decke über dem Tisch ist ein Haken«, sagte er. »Du kannst sie da dranhängen. Ich brauche sie nicht.«

»Wann kann ich die Mutter sehen?« fragte ich.

»Wenn du geschlafen hast, Chas Meary. Und noch etwas. Falls du von einem Tier träumst, vergiß es nicht. Sag es der Mutter. Es ist deine erste Nacht hier. Möge es eine gute Nacht sein!«

»Auch dir eine gute Nacht, Strange Goose!« sagte ich.

»Ja. Ich werde nun gehen und meinen Schnabel unter den Flügel stecken.«

Er hob grüßend die Hand, wandte sich um und war lautlos verschwunden.

Ich öffnete die Tür und hörte Wasser rinnen, roch trockenes Holz, Fell, Rauch und Stroh.

Ich stellte meinen Seesack auf den Boden, suchte und fand den Haken für die Laterne und hängte sie auf.

Auf dem Tisch stand ein großer Holzteller mit Braten, geräuchertem Fisch und dunklem Brot, alles in Scheiben geschnitten. Neben dem Teller standen ein Krug und ein Becher mit eingeritzten Blättermustern. Ich goß mir ein und trank. Es war Apfelwein.

Das Wasser, das ich beim Eintreten gehört hatte, floß aus einem bronzenen Hahn in der Wand in einen kleinen Granittrog und lief durch ein hölzernes Rohr im Boden des Trogs ab. Ich wusch mir die Hände und das Gesicht. Das Wasser war kalt. Mitten im Raum stand, an den Schornstein angebaut und wie dieser aus roten Sandsteinplatten gemauert, ein kleiner Herd. Ich öffnete die schmiedeeiserne Feuertür, nahm zwei Scheite von dem Stapel, der in einem Gewölbe unter dem Herd aufgeschichtet lag, und legte sie in die verbliebene Glut. Sie waren trocken und fingen sofort Feuer. Dann holte ich mir ein Stück Braten und aß. Es war Wildbret.

In die Giebelwand am anderen Ende der Hütte war, aus Balken gezimmert, das breite Bett eingebaut. Neben ihm stand ein Wandschrank mit Schiebetüren, wie die Täfelung der Wände aus Zedernholzbrettern gefügt. Über den frisch gefüllten Strohsack im Bett waren Ziegenfelle gebreitet. Zwei Kopfkissen waren da, zwei leichte Wolldecken und zwei dicke, dem Gewicht nach mit Wolle gefüllte Steppdecken.

Ich holte meinen Seesack, begann auszupacken und verstaute meine Sachen im Wandschrank. Dann zog ich einen der beiden Stühle unter dem Tisch vor, setzte mich und aß und trank, bis Teller und Krug leer waren.

Ich zog mich aus, hängte meine Kleider über einen Stuhl, wusch mich mit dem kalten Wasser am ganzen Körper und zog die alte Leinenhose und das Leinenhemd an, die ich meistens zum Schlafen trug. Barfuß trat ich noch einmal vor die Hütte. Der See war nicht mehr zu sehen. Das Gras war naß und warm. Ich war müde und voller Erwartung.

In der Nacht erwachte ich von der Helligkeit im Raum, warf die Decke zur Seite und ging ans offene Fenster.

Der See und die Hügel waren im Nebel verborgen. Der Himmel war klar. Der Mond stand hoch und nah an der Traufe des Hüttendachs, eine Kugel aus leuchtender Flüssigkeit. So hatte ich ihn schon einmal gesehen; drei oder vier Jahre alt war ich damals gewesen. Jetzt verspürte ich denselben Drang wie in jener Nacht, und wieder gab ich ihm nach. Vorsichtig streckte ich die Hand nach der leuchtenden Quecksilberkugel.

»Naomi«, sagte ich.

TAGUNA

Ich erinnere mich nicht, ob die Sonne mich weckte oder die vielerlei Geräusche aus dem Balkenwerk der Hütte, in dem es ächzte, knackte, krachte und seufzte, als dehne sich das Holz wohlig in der Wärme. Die Sonne stand hoch über den Wäldern und schien mir ins Gesicht. In den Ohren hallte mir noch das spöttische Gelächter aus meinem Traum.

Ich wusch mich und zog mich an. Durch das Fenster wehte ein leichter Luftzug herein, der den Geruch von feuchter Erde mit sich trug. Ich erblickte den leeren Holzteller und wünschte, ich hätte in der Nacht zuvor nicht alles aufgegessen. Ich war heißhungrig.

Zwischen den Ästen der Pflaumenbäume vor meinem Fenster sah ich den See glitzern. Er war breiter als ich erwartet hatte, wenigstens eine Meile breit. Links von einer kleinen baumbestandenen Insel befand sich eine zweite, größere; auch sie war dicht mit Bäumen und Büschen bewachsen.

Ich setzte mich auf meinen Stuhl. Nun, da meine Augen auf gleicher Höhe mit der niedrigen Fensteröffnung waren, sah ich auf einem etwa zehn Schritte entfernten Granitquader eine alte Indianerin sitzen. Die Äste und Zweige der Pflaumenbäume warfen ein lockeres Schattengewebe über sie. Sehr dunkle Augen blickten unverwandt zu den Inseln hinüber. Die kräftigen Brauen, an den Seiten kaum geschwungen, wölbten sich zur Nasenwurzel hin. Die Nase war groß und gerade. Zwei tiefe Falten führten von oberhalb der Nasenflügel bis unterhalb der Mundwinkel, die sich in einer kleinen, eigenwilligen Biegung nach oben wandten. Der breite Mund war locker geschlossen; die vollere Unterlippe über dem runden Kinn schob sich ein wenig vor. Mundwinkel und Augen schienen zu lächeln.

Von dem in der Mitte gescheitelten Haar waren nur ein paar dichte, weiße Strähnen sichtbar. Das übrige verbarg eine prachtvolle Kopfbedeckung, die den Mützen der Männer ähnelte, sich jedoch in mehreren Einzelheiten von diesen unterschied.

Während die Mützen der Männer oben gerundet dem Kopf anlagen und zwei lange, nach unten schmaler werdende Ohrenklappen besaßen, die hochgebunden werden konnten und dann von weitem wie lauschend aufgestellte Ohren aussahen, stieg diese Mütze von der Stirn nach hinten zu einer Spitze an. Die Ohrenklappen wurden nach unten zu breiter. Ihre hinteren Ecken lagen auf den Schultern. Die vorderen waren rechtwinklig, und die Vorderkante der Mütze, die das Gesicht wie mit einer romanischen Bogenwölbung umschloß, war mit einer weißen Borte eingefaßt, die, wie die ganze Mütze, aus Leder bestand. Auf der linken Ohrenklappe, die ich sehen konnte, war ein weißer Lederstreifen aufgenäht. Er folgte dem das Gesicht umschließenden Bogen bis über die Stirn und lief von dort neben der mittleren Naht der Mütze bis zur Spitze hinauf. Eine Seite dieses Streifens war gerade; die andere war in aufeinanderfolgenden Bögen ausgeschnitten, und die Mitte des Streifens war mit schwarzen Strichen bestickt.

Unvermittelt sammelte sich das Gleißen auf der Wasserfläche des Sees in einer Linie, die aufs Ufer zulief. Gleich darauf spürte ich den Windhauch; die Laterne an ihrem Haken begann sacht zu schaukeln. Gleichzeitig nahm ich aus dem Augenwinkel noch eine andere Bewegung wahr. Als ich mich umdrehte, sah ich einen großen, fast schwarzen Wolfshund den Pfad herauftrotten. Es war eine Hündin. Um Ohren und Schnauze waren die Haare silbrig grau. Die Hündin trottete zu der alten Frau, stieß die Schnauze gegen ihre Knie und setzte sich. Ohne ihre Haltung zu verändern, legte die Frau eine Hand auf den Hals des Tiers.

Ich war beschämt. So selbstverständlich wie die Hündin zu der Frau gegangen war, hätte ich zu ihr gehen sollen, statt sie heimlich zu beobachten.

Ich erhob mich und trat vor die Hütte. Aus einem Obstbaum kam der Ruf eines Vogels, rasch ansteigend und abfallend, dann lang und höher ansteigend und jäh abbrechend.

Mit raschen Schritten ging ich um die Ecke der Hütte herum und auf die Frau und die Hündin zu.

»Guten Morgen«, sagte ich.

»Guten Morgen, Chas Meary«, sagte sie. »Du bist in der vergangenen Nacht angekommen, nicht wahr?«
»Ja.«
»Hast du gut geschlafen?«
»Danke. Sehr gut.«
»Du suchst Hosteen Strange Goose? Er ist nicht hier. Er arbeitet wieder unten am Bach, wo du ihn gestern getroffen hast.«
»Ah, ja. Ich wollte ihn einiges fragen. Ich bin noch fremd hier.«
»Sprich weiter!«
»Ich hätte gern mit der Mutter gesprochen.«
Sie musterte mein Gesicht. Ihre Augen waren beinahe schwarz; ein dunkles durchscheinendes Schwarzbraun.
»Mit Taguna?« sagte sie. »Ihre Hütte ist dort drüben!«
Sie nahm die Hand vom Hals der Hündin und wies auf die größere der beiden Inseln.
»Taguna ist jetzt nicht zu Hause«, fuhr sie fort. »Siehst du die rote Sandsteinklippe am anderen Ufer? Zwischen den Inseln?«
»Ja.«
»Wenn die Sonne über dieser Klippe steht, wird Taguna in ihrer Hütte sein.«
»Aber dann ist es spät! Später Nachmittag!«
Sie betrachtete mich, den Kopf ein wenig zur Seite geneigt. »Ja und? Ich habe gehört, du willst ein Jahr bei uns verbringen. Ist das so?«
»Ja.«
»Dann hast du Zeit. Komm, hilf mir auf!«
Sie streckte mir beide Hände entgegen. Ich ergriff sie und half ihr hoch. Sie kam leicht auf die Füße.
»Abit!« sagte sie.
Die Hündin erhob sich.
»Was bedeutet der Name?« fragte ich.
»Frau bedeutet er.«
»Abit sieht aus wie eine Wölfin.«
»Sie ist eine Wölfin. Die Jäger brachten sie mir, als sie fünf oder sechs Wochen alt war. Komm, Chas Meary! Ich zeige dir, wo die Boote liegen.«
Wir gingen den Pfad hinab zu einer Bucht, wo das Seeufer flach in einen rotbraunen sandigen Strand auslief. An einem Plankensteg,

der auf dicken, tangbewachsenen Pfosten ruhte, lagen drei etwa
zehn Fuß lange Kanus sowie ein großes, das mehr als doppelt so lang
war.

»Nimm eins von den kleinen«, sagte sie. »Du hast schon gepaddelt?«

»Nicht mit einem Kanu.«

»Es ist leicht. Du kniest dich ein bißchen hinter die Mitte. Da hin!
Du nimmst das Paddel. Du tauchst es ein: einmal rechts, einmal
links. So! Du kannst schwimmen?«

»Ja.«

»Gut! Dann wirst du auf jeden Fall ankommen. Siehst du die
Hütte?«

Ich suchte das Ufer der Insel ab und entdeckte einen dunkleren
Fleck.

»Vor der alten Zeder mit dem doppelten Stamm?« fragte ich.

»Ja. Du hast gute Augen, Chas Meary. Außerdem hast du Hunger.
Geh jetzt und iß, was auf deinem Tisch steht!«

»Aber da steht nichts!«

»Doch. Kiri hat dir etwas gebracht. Oder Sureeba. Sie hat gewartet,
bis sie uns fortgehen sah, ist kichernd in deine Hütte gelaufen, hat
das Essen hingestellt und ist kichernd nach Hause gelaufen. Ich
kenne sie.«

Sie lachte, als sie mein Gesicht sah. »Was ist? Kichern drüben bei
euch die jungen Mädchen nicht?«

»Doch«, sagte ich. »Aber mir fällt gerade etwas ein. Ein Traum aus
der letzten Nacht. Gibt es hier Vögel, die lachen?«

»Aber ja. Ein Paar von denen brütet jedes Jahr auf der kleinen Insel
dort. Hast du von ihnen geträumt? Oder hast du sie gehört?«

»Das weiß ich nicht.«

»Hm! Wahrscheinlich beides. Jetzt geh und iß. Sonst wird alles
kalt.«

Sie packte meine Schulter und drehte mich herum.

»Nun geh!« wiederholte sie. »Wir sehen uns noch. Ich wohne hier in
der Nähe.«

Ich nickte ihr zu und ging.

Wie sie gesagt hatte, stand das Essen auf meinem Tisch. Eine irdene
Schüssel mit Buchweizengrütze und getrockneten Blaubeeren und

ein Becher mit grünlichem Tee, der würzig roch und angenehm bitter schmeckte. Ich aß alles auf, spülte die Schüssel und den hölzernen Löffel in meinem Trog ab, spülte auch den Becher aus und stellte das Geschirr aufs Fensterbrett in die Sonne.

Sie stand noch weit links von dem roten Sandsteinfelsen.

Ich machte mich daran, mein Unterzeug und meine Strümpfe zu waschen.

Als die Sonne nahezu über der Sandsteinklippe stand, ging ich hinunter zum Landungssteg.

Die Kanus waren bemalt. Da waren Jäger auf Schneeschuhen, die einem Elch nachsetzten; ein Fisch, der aufrecht auf der Schwanzflosse neben einem dunkelroten Mond stand; zwei merkwürdige Geschöpfe, die Fischgerippen mit Adlerschnäbeln glichen; ein pfeiferauchender Mann bei einem Feuer, das seinen Schatten auf die Felswand hinter ihm warf – doch der Schatten war nicht der eines Mannes, er war der eines Bären.

Ich wählte eines der kleinen Kanus. Auf den Bug waren Wildgänse gemalt. Drei stiegen steil in die Luft. Ihre Flügel und Flanken leuchteten rötlichbraun. Die nach hinten gestreckten Füße waren schwarz, und schwarz waren auch Hals und Kopf, bis auf einen dreieckigen weißen Fleck hinter dem Auge. Eine vierte Gans stürzte, von einem Pfeil durchbohrt, mit schlaffen, halb angelegten Schwingen und hängendem Hals nach unten.

Vorsichtig setzte ich den rechten Fuß in die Mitte des Kanus und verlagerte mein Gewicht auf ihn. Das Kanu sank ein wenig tiefer. Vorsichtig zog ich den linken Fuß nach und kniete mich hin.

Zwei kurze Paddel hingen in Schlaufen an der Innenseite der Bordwand. Ich zog eins heraus. Es war leicht. Der Griff lag glatt in der Hand.

Ich machte den Hanfstrick los, der mit einer Schlinge an einem der Pfosten belegt war, und tauchte das Paddel ins Wasser, einmal auf der rechten, dann auf der linken Seite. Es planschte und spritzte. Der Bug des Kanus schwankte heftig hin und her. Ich versuchte, das Paddel möglichst lautlos einzutauchen und es dann schräg nach hinten durchzuziehen, um das Kanu auf geradem Kurs zu halten. Nach und nach gelang es mir. Als ich den Blick hob, sah ich, daß ich auf die kleinere der beiden Inseln zuhielt. Mehrmals hintereinander paddelte ich nur auf der rechten Seite, bis ich wieder die große Insel vor dem Bug hatte.

Langsam wurde die Insel größer und höher, als stiege sie vor meinen Augen aus dem Wasser auf. Bald konnte ich an dem dunklen Fleck in der Nähe ihres Ufers Wände, Dach, Fenster und eine Tür unterscheiden. Die Hütte war ebenso hoch wie meine, aber sowohl länger als auch breiter. Die alte Zeder hinter ihr, die sich über dem Dachfirst in zwei gleich dicke Stämme teilte, schien weiter und weiter von der Hütte fortzurücken.

Vom Ufer ragte eine schwarze Felsplatte weit ins Wasser hinaus und diente offenbar als Landungssteg; ein Kanu war an ihr festgemacht. Kleinere Felsbrocken lagen umher. Auf einem von ihnen saß jemand.

Als ich die Spitze der schmalen Felsplatte erreicht hatte, konnte ich die sitzende Gestalt erkennen. Es war die Frau, mit der ich vor wenigen Stunden gesprochen hatte. Statt der spitzen Mütze trug sie nun ein schwarzes geflochtenes Stirnband. Ihre langen weißen Haare lagen locker um ihr Gesicht und hingen nach vorn über die Schultern. Ich brachte mein Kanu längsseits, verlangsamte mit dem Paddel die Fahrt, bremste den letzten Schwung ab, indem ich nach dem glattgewaschenen Rand der Felsplatte griff und mich heranzog. Nun lag ich Bug an Heck mit dem anderen Kanu. Behutsam richtete ich mich auf und stieg an Land. Eine Windbö ließ die Bäume aufrauschen.

»Du solltest dein Schiffchen festbinden«, sagte die Frau.

Ich nickte und ließ mich auf ein Knie nieder, um den Hanfstrick meines Kanus an dem Eisenring festzumachen, der mit seinem Schaft in eine Gesteinsspalte getrieben war.

»Du paddelst schon ganz ordentlich«, fuhr die Frau fort.

Ich stand auf und stieß fast mit ihr zusammen. Sie hatte sich erhoben und war lautlos hinter mich getreten.

»Du wolltest wohl vor mir bei der Mutter sein?« sagte ich lächelnd.

»Das ist wahrer als du denkst, Chas Meary.«

»Du sitzt gerne auf Steinen«, sagte ich, »und du sprichst in Rätseln.«

»Tue ich das? Ich wollte, daß du etwas gegessen hast, wenn du hierherkommst. Und ich selber hatte noch zu tun. Ich bin Taguna.«

»Du? Warum hast du das nicht gleich gesagt?«

»Weil du dich vor mir versteckt hattest.«

»Wie? Du hast die ganze Zeit gewußt, daß ich in meiner Hütte sitze und dich beobachte?«

»Abit hat es gewußt. Ich hab es gewußt. Spürst du es nicht, wenn jemand heimlich seinen Blick auf dir ruhen läßt?«

»Doch. Manchmal.«

»Du bist ein seltsamer Mann, Chas Meary.«

»Du bist auch anders, als ich erwartet hatte, Taguna.«

»So? Wen hattest du denn erwartet?«

»Nun ja – jemanden wie Tante Theresa, die Schwester meines Vaters. Sie steht einem Kloster vor.«

»Eine Mutter Oberin? Nein, das bin ich nicht. Und Seven Persons ist kein Kloster. Komm, gehen wir in den Garten. Dort können wir ungestört reden.«

»Wer stört uns hier?«

»Das Wasser. Es spricht zu mir. Komm!«

Sie nahm meinen Arm, und wir gingen langsam auf die Hütte zu, aus deren Schornstein dünner blauer Rauch stieg und das Schindeldach entlangwehte. Vor der Hüttentür ließ sie meinen Arm los.

»Geh um das Haus herum«, sagte sie. »Setz dich. Ich bin gleich da.«

Sie verschwand in der offenen Hüttentür, neben der Abit lag. Die Hündin warf mir aus schmalen Augen einen Blick zu, legte die Schnauze wieder auf die Vorderpfoten und schlief weiter.

Hinter der Hütte fand ich einen Garten, der mit einem Flechtzaun eingefriedet war. Wilder Wein kletterte an der Hüttenwand hoch. In einer Ecke stand ein Fliederbusch; die ersten winzigen Blätter ließen sich sehen, und viele pralle Blütenknospen glänzten in der schräg einfallenden Sonne. Umgegrabene, aber noch nicht bepflanzte Beete erstreckten sich an drei Seiten den Zaun entlang. Hinten im Garten, unter der alten Zeder, deren Stamm am Boden von einer Seite zur anderen gute sechs Schritte maß, standen drei Sessel und ein kleiner niedriger Tisch, alle aus altersdunklem Eschenholz gefügt. Sitz und Lehne der Sessel und die Fläche des Tischchens waren mit bastartigen Schnüren beflochten; das Muster

57

bestand aus weißen und schwarzen Dreiecken, die abwechselnd mit Spitzen und Grundlinien aneinanderlagen.

Ich setzte mich. Während es in den Wipfeln der Zeder kräftig rauschte, war unten nur ein schwacher Luftzug zu spüren.

Taguna brachte einen Tonkrug und zwei Becher, verschwand noch einmal und kam dann mit einer Pfeife zurück, die sie auf den Tisch legte, und mit einem Gefäß, aus dem es qualmte und das aussah wie ein sehr kleiner faßförmiger Eimer mit einem geschwungenen Henkel. Sie setzte sich mir gegenüber, füllte die beiden Becher, nahm einen in die linke Hand und reichte mir den anderen. Ich ergriff ihn mit der linken Hand. Wir sahen einander an, tranken und stellten die Becher nieder.

Taguna nahm nun die Pfeife und begann sie zu stopfen. Mundstück und Stiel waren aus Holz und mit eingekerbten spitzen Winkeln verziert. Der Kopf bestand aus grünem Stein. Zwei Schildkröten, mit den Rückenpanzern nach außen, bildeten den Tabakbehälter, der gegen den Stiel von zwei auf ihren flachen Schwänzen stehenden Bibern abgestützt wurde.

»Die hat einmal meinem Vater gehört«, sagte Taguna.

Sie bückte sich zu dem qualmenden Fäßchen, nahm ein Stück Astholz heraus, das an einem Ende glühte, hielt es an den Pfeifenkopf und brachte mit einigen kräftigen Zügen den Tabak zum Glimmen. Dann drückte sie ihn mit einer raschen, geschickten Bewegung ihres Zeigefingers fester zusammen, nahm einen tiefen Zug und blies den Rauch in drei Stößen von sich.

»Willkommen in Megumaage, Chas Meary!« sagte sie. »Willkommen im Land der roten Erde!«

Sie reichte mir die Pfeife. Auch ich nahm einen tiefen Zug und blies den Rauch in drei Stößen von mir.

»Was muß ich sagen?« fragte ich.

»*Kwa!* mußt du sagen. Das heißt: Ich freue mich, hierzusein!«

»*Kwa!*« rief ich.

Sie lachte, neigte sich herüber, nahm mir die Pfeife aus der Hand und stellte sie neben sich auf den Boden, das Mundstück an ihren Sessel gelehnt. Sie schlug ein Bein über das andere, stützte die Ellbogen auf den Tisch und das Kinn auf die Hände.

»Wie alt bist du?« fragte sie.

»Im nächsten Winter werde ich einunddreißig.«

»Dann bin ich fast dreimal so alt wie du.«

»Nein!«

»Doch. Den Frauen in meiner Familie siehst du ihr Alter erst an, wenn sie tot sind.«

»Dann hast du alles noch miterlebt, damals?«

»Ja, mein Freund. Alles. Du bist Arzt?«

»Ich lerne jetzt bei meinem Vater«, sagte ich, »bin aber noch lange nicht fertig. Vater hat bei Großvater gelernt. Großvater war Engländer und befand sich damals mit seinen Eltern auf einer Reise durch Europa.«

»Wer hat sich um ihn gekümmert, Chas?«

»Ein alter Mann. Fast so alt wie du, Taguna. Er war Arzt. Bei ihm ging Großvater in die Lehre. Großmutter stammte aus der Passauer Gegend und ist bei einer alten Verwandten untergekommen. Von den Kindern, die damals auf sich allein gestellt waren, haben nur wenige den ersten Winter überlebt.«

»Das war wohl überall so«, sagte Taguna und strich sich eine Haarsträhne aus dem Gesicht.

»Ihr wart sieben, nicht wahr?« sagte ich. »Kapitän Vasco hat erzählt, daß die Siedlung nach den sieben Kindern heißt, die sie gegründet haben.«

»Das stimmt«, sagte Taguna. »Im Herbst waren wir sieben. Im Frühjahr waren wir nur noch vier. Dann sind Tom und Anna gekommen und haben Gregory mitgebracht. Wer weiß, was ohne Tom und Anna aus uns geworden wäre.«

»Wo habt ihr gewohnt, Taguna?« fragte ich. »Was habt ihr gegessen? Hattet ihr Tiere?«

Sie schob die Unterlippe ein wenig vor. »Wenn ich dir alles erzählen wollte, Chas, dann säßen wir in einer Woche noch hier. Lies die Bücher. Wir haben alles aufgeschrieben.«

»Wo finde ich diese Bücher?«

Sie zeigte auf die von wildem Wein überrankte Südwand der Hütte. »In unserem Bücherzimmer. Setz dich hinein und lies, wann immer du Zeit hast.«

Sie bückte sich, sammelte einige Aststückchen vom Boden auf und steckte sie in das qualmende Fäßchen.

»Diese Dinger«, sagte ich, »heißen bei uns Kometen.«

»Bei uns auch«, sagte sie. »Wenn du sie im Dunkeln um den Kopf schwingst, ziehen sie einen Funkenschweif hinter sich her.«

»Wir haben sie manchmal auch fliegen lassen«, sagte ich. »Vor allem beim Heimtreiben der Herden, wenn die Tiere ausbrechen wollten.«

»Du hast Tiere gehütet?«

»Ja. Schweine. Bei meinem Onkel.«

»Du hast viele Verwandte?«

»Ziemlich viele.«

»Weißt du, wie viele Menschen jetzt in Bayern leben?«

»Etwas über dreißigtausend. Weshalb fragst du?«

Sie lehnte sich in ihrem Sessel zurück und schüttelte den Kopf. »Ihr seid ja verrückt da drüben. Hier in Megumaage sind wir dreitausend, und Megumaage ist größer als Bayern. Habt ihr drüben keine Bücher, in denen geschrieben steht, was sich ereignet hat?«

»Doch, die gibt es. Viele Menschen, die damals alles miterlebten, haben Aufzeichnungen hinterlassen. Meine Großeltern auch.«

»Und? Lest ihr die Aufzeichnungen?«

»Wenige lesen sie, Taguna. Die Menschen möchten vergessen.«

Sie nickte und blinzelte in die Sonne, die bereits tief über dem bewaldeten Tal stand, durch das ich in der vergangenen Nacht mit Strange Goose heraufgewandert war. Nach einer Weile wandte sie sich mir wieder zu, ergriff den Weinkrug und sah mich fragend an.

»Gerne!« sagte ich.

Sie füllte beide Becher, und wir tranken.

»Es ist lange her«, sagte sie dann, »daß ich mit jemandem von drüben sprechen konnte. Bei den Seeleuten weißt du nie, was an ihren Geschichten wahr ist und was erfunden. Stimmt es, daß ihr wieder Staaten habt?«

»Freilich. Königreiche, Fürstentümer, Herzogtümer, Grafschaften. Die Schweiz ist eine Republik. In Euzkadi und Erin hat es ein paar Jahre lang Könige gegeben. Jetzt sind beide Länder wieder in Clans eingeteilt, wie in alten Zeiten.«

»Ah!« Sie beugte sich vor, legte die Arme auf den Tisch und stützte das Kinn in die Hände. »So ist es auch bei uns! Neunundzwanzig Clans haben wir.«

»Dann gibt es außer dir noch achtundzwanzig Mütter?«
Sie nickte und tank einen Schluck aus ihrem Becher.
»Bei euch regieren also die Mütter?« fragte ich.
»Regieren? Du denkst, wir sind so etwas wie Könige, wie Fürsten oder Präsidenten? Nein. Wir regieren nicht, Chas.«
»Was tut ihr dann?«
»Wir reden miteinander. Zu den Versammlungen der Mütter und der Ältesten kann jeder kommen. Jeder kann sagen, was er meint.«
»Wie entscheidet ihr? Stimmt ihr ab?«
»Nein. Wir versuchen herauszufinden, was die Menschen wollen. Und was die Götter wollen. Dann entscheiden wir so, daß alle einverstanden sind – die Menschen und die Götter.«
»Das scheint mir schwierig, Taguna.«
»Ich weiß, es hört sich schwierig an. Wenn ich jetzt versuche, es dir zu erklären, wird es noch schwieriger. Du mußt einmal zu einer unserer Versammlungen kommen. Dann wirst du sehen.«
Ich nickte. »Ich werde ganz bestimmt kommen.«
Eine Bö wühlte aufbrausend in den Kronen der Bäume. Die Zweige der großen Zeder scharrten und kratzten aneinander. Rindenstückchen und trockene Nadeln regneten auf uns herab. Die Pfeife, die an Tagunas Sessel lehnte, fiel um. Ich beugte mich vor, um sie aufzuheben.
»Laß nur«, sagte sie. »Möchtest du gerne rauchen?«
»Wenn du gestattest.«
»Ich gestatte.« Sie lachte.
Mit einem kleinen Messer kratzte sie die verkohlten Tabakreste aus dem grünen Pfeifenkopf, blies die Pfeife durch, füllte sie und reichte sie mir über den Tisch.
»Anzünden darfst du sie selber.«
Ich holte mir ein glimmendes Aststück aus dem Kometen, hielt es an den Tabak und zog.
»Schmeckt gut«, sagte ich. »*Tamawa*, nicht wahr?«
Sie nickte.
»Wächst der bei euch?«
»Ja, der wächst hier. Don Jesús hat den besten. Aber sag mir: Seit wann ist Bayern wieder ein Staat?«
»Ein Königreich? Seit dreißig Jahren.«

61

»Gibt es Steuern bei euch? Geld? Banken? Gibt es Menschen, die für Lohn arbeiten? Gibt es Kriege?«

»Ja«, sagte ich und zog an der Pfeife, »das alles gibt es. Weshalb fragst du?«

»Mir scheint, ihr gebt euch Mühe, zu vergessen. Ihr fangt das alte Spiel von vorne an. Ihr seid gierig, wollt immer mehr: mehr Geld, mehr Zerstreuung, mehr Menschen. Warum laßt ihr es zu, daß die alten Zustände wiederkehren?«

»Ich weiß es nicht, Taguna. Vielleicht liegt es daran, daß sie so langsam wiederkehren wie eine Krankheit, die schleichend von dir Besitz ergreift. Wenn du merkst, daß du krank bist, ist es zu spät.«

»Denkst du deswegen daran, zu uns zu kommen?«

Ich nickte.

»Wer hat dir von Megumaage erzählt, Chas?«

»Ein Freund.«

»Hat er dir auch von der Jagd erzählt? Du hast doch vorgestern eine Jagd gesehen?«

»Von wem weißt du das?«

»Von meinem Mann.«

»Strange Goose?«

»Strange Goose!«

»Ah!« Ich begann zu lachen und nahm die Pfeife aus dem Mund.

»Was ist?« sagte sie. »Sind wir so ein komisches Paar?«

»Nein, nein!« meinte ich, immer noch lachend. »Überhaupt nicht! Ich hab mir nur vorgestellt, eine Clanmutter müßte unverheiratet sein. Ich hab wohl an meine Tante gedacht.«

Sie schob die Unterlippe vor. »Ich hab dir schon einmal gesagt, daß Seven Persons kein Kloster ist.«

»Es gibt aber Klöster in Megumaage, nicht wahr?«

»Ja, die gibt es.«

»Wie ist es mit Steuern? Gibt es die? Gibt es Geld? Banken? Menschen, die für Lohn arbeiten? Gibt es Kriege?«

Taguna schwieg eine Weile, lehnte sich zurück und stützte ihre Wange in die Hand.

»Geld gibt es«, sagte sie. »Für den Handel mit den Schiffen. Unter uns verwenden wir kein Geld. Wir tauschen. Niemand arbeitet für Lohn. Niemand arbeitet nur für sich selber. Das wäre unmöglich.

Wir sind wenige, und es gibt viele Arbeiten, für die wir einander brauchen. Wir müssen heuen, Häuser bauen, Wege instand halten. Und was die Kriege betrifft – sag, führt Bayern zur Zeit einen Krieg?«

»Ja.«

»Wer hat euch angegriffen?«

»Niemand. Vor zwei Jahren ist am Schwarzen Meer ein arabisches Heer gelandet. Der Papst hat zum Kampf gegen die Ungläubigen aufgerufen, und die meisten Staaten haben Soldaten geschickt.«

»Wie viele hat Bayern geschickt, Chas?«

»Hundertfünfzig.«

»Das sind viele. Was ist mit dem Krieg gegen die Protestanten?«

»Die zweite Gegenreformation? Die ist längst abgeschlossen. Aber du hast meine Frage noch nicht beantwortet, Taguna: Gibt es hier bei euch Kriege?«

»Es gab welche, als unten im Süden die drei Reiche entstanden: das von Peru, das von Petén Itzá und das von Mexico. Das war vor zweiundfünfzig Jahren.«

»Sind das Indianerreiche?«

»Es leben auch Menschen anderer Rassen dort, Chas. Aber die meisten sind Indianer wie hier bei uns.«

»Führen sie Kriege gegeneinander?«

»Die drei Reiche? Nein. Auch die Stämme hier im Norden und die weiter im Süden halten Frieden. Doch es gibt noch einen anderen Staat, am Mississippi. Es heißt, daß dort die Weißen herrschen und alle Menschen anderer Hautfarbe als Sklaven behandeln. Wir wissen nichts Genaues. Es kann ein Gerücht sein. Jedenfalls kamen die Männer, die uns vor elf Jahren überfallen haben, von dort. Sie haben die Siedlung von Memramcook niedergebrannt und alles umgebracht, Menschen und Tiere. Danach sind sie an Land geblieben, statt auf ihr Schiff zurückzukehren. Was sie sonst noch vorhatten, haben wir nie erfahren. Aber es war ein Fehler, daß sie an Land geblieben sind. Unsere Jäger haben sie gefangen, alle neunundzwanzig, bevor der Morgen kam.«

»Ihr habt sie getötet?«

Tagunas dunkle Augen sahen mich voller Genugtuung an.

»Unsere Jäger haben sie bei lebendigem Leibe auf zugespitzte Zedernpfähle gezogen«, sagte sie. »Danach sind die Moskitos gekommen, die Fliegen, die Vögel, die roten Ameisen. Es war Sommer. Der letzte ist nach fünfeinhalb Tagen gestorben.«

Sie streifte mit beiden Händen ihr Haar nach hinten und verschränkte die Hände im Nacken.

»Megumaage ist kein Paradies«, sagte sie.

Die Sonne war untergegangen. Der kaltgrüne Himmel spiegelte sich in den Fensterscheiben der Hütte. Von Südwesten kam ein stetiger, warmer Luftzug.

»Erzähl mir von deinen Eltern, Taguna«, bat ich.

»Von meinen Eltern, ja.« Sie schwieg eine Weile. »Mutter war Mutter«, sagte sie dann. »Das war ihr Beruf. Vater war Professor für Bildende Kunst. Ich glaube, er war bei seinen Schülern sehr beliebt. Es ist kaum ein Tag vergangen, an dem nicht mehrere von ihnen bei uns im Haus waren. Von den Professoren haben einige auf ihn herabgeschaut, weil er Indianer war. Bei anderen war es genau umgekehrt. Sie haben ihn für etwas Besonderes gehalten. Sie dachten, Indianer seien bessere Menschen. Kann ich die Pfeife haben, Chas?«

»Hier, Mutter«, sagte ich und reichte ihr die Pfeife über den Tisch.

»Vater hat unter den Professoren einen Freund gehabt«, fuhr sie fort. »Angus McDiarmuid. Angus war Soziologe. Wir hatten ein Haus in der Stadt. An den Wochenenden und in den Ferien sind wir immer nach Passamaquoddy hinausgefahren, in das Reservat. Das konnte Angus nicht verstehen. Er fand, wir führten ein Doppelleben, und das sei nicht gut. Zwischen ihm und Vater kam es darüber regelmäßig zum Streit.

An einem Freitagnachmittag kam Vater lachend nach Hause. Das Auto war schon gepackt. Mutter, meine Geschwister und ich waren umgezogen. Das Essen stand auf dem Tisch. Vater setzte sich, immer noch lachend, und aß ein paar Bissen. Dann legte er Messer und Gabel hin.

›Angus hat heute etwas sehr Komisches gesagt‹, begann er. ›Ich muß euch das erzählen.‹ Er machte eine Pause. Wir warteten, bis er fortfuhr. ›Long Cloud‹, hat Angus gesagt, ›ich habe, seit ich dich kenne, darüber nachgegrübelt, was ihr da draußen in eurem Reservat wirklich macht. Letzte Nacht hab ich es herausgefunden. Soll ich es dir sagen?‹

›Angus‹, hab ich gesagt, ›du hast studiert, was die Leute tun und warum sie es tun. Schieß los!‹

›Also gut‹, hat Angus gesagt. ›Es ist so: Ihr sitzt da draußen und wartet, bis wir Weißen wieder aus eurem Land verschwinden.‹

Vater lachte, und wir lachten alle mit.

›Was hast du geantwortet, Peter?‹ fragte meine Mutter.

›Ich?‹ sagte mein Vater. ›Angus‹, hab ich geantwortet, ›du hast unrecht. Unsere Vorfahren haben deine Vorfahren eingeladen, mit ihnen zu leben. Mit ihnen. Nicht über ihnen. Wir warten auf den Tag, an dem ihr *mit* uns leben werdet.‹«

Taguna kratzte die Pfeife aus, stopfte sie von neuem, brannte sie an und gab sie mir zurück. Wir saßen einander an dem Tischchen gegenüber. Beide hatten wir die Ellbogen aufgestützt und die Gesichter einander zugeneigt. Dunkelheit stieg aus der Erde auf und senkte sich aus den Bäumen herab. Es ging ein warmer Wind. Wolken hatten den Himmel überzogen und den Mond verborgen.

»Wie viele Geschwister hast du gehabt, Mutter?« fragte ich.

»Zwei«, sagte sie. »Mein Bruder Magun lebt noch. Du kannst seine Hütte vom Anlegesteg aus sehen. Er ist stumm, Chas. Aber er kann hören. Oonamee war die Jüngste. Sie ist mit Vater und Mutter in Passamaquoddy umgekommen. Später haben wir eine unserer Enkeltöchter nach ihr genannt. Wie viele Kinder habt ihr, du und deine Frau?«

»Zwei. Markus ist sieben Jahre alt; Mary sechs. Meine Frau starb bei Marys Geburt.«

»Wie hat sie geheißen, Chas?«

»Naomi.«

Wir schwiegen lange. Dann knackte es weit weg in den Büschen; ein Schnaufen war zu vernehmen, ein rasches, leises Getrappel kleiner Füße.

»Ein Stachelschwein«, sagte Taguna. »Sobald wir aufstehen und weggehen, wird es nachsehen, ob wir etwas Eßbares zurückgelassen haben.«

»Ja«, sagte ich.

»Nach sechs Jahren«, sagte Taguna, »hast du die schlimmste Zeit hinter dir, Chas.«

»Wie meinst du das?«

»Im ersten Jahr hast du das Gefühl, es ist ein Abschied wie alle anderen. Dann spürst du, wie der Abstand langsam wächst; wie du Versäumtes genauer und untröstlicher betrachtest; wie deine Verlassenheit zunimmt.«

Ich sog an meiner Pfeife.

»Ja«, sagte ich. »Ja, so ist es. Aber dann bist du schon ein anderer. Du denkst über die Versäumnisse dessen nach, der du nicht mehr bist. Du möchtest mit den Toten darüber reden, doch das kannst du nicht.«

»Doch, Chas. Das kannst du.«

»Wie denn? Sie sind auf dem Langen Weg. Drüben.«

»Die Wand zwischen Hier und Drüben ist wie die Wand einer Seifenblase, Chas. Du solltest aber jetzt nach Hause fahren, ehe es ganz dunkel ist.«

»Ja. Du hast recht.«

Ich stand auf. Die Pfeife war ausgegangen; ich schob sie unter den Arm und ergriff die beiden Becher mit der einen und den Weinkrug mit der anderen Hand. Taguna nahm den Kometen mit. Die Sessel und den Tisch ließen wir im Garten stehen.

Taguna trug die Sachen in die Hütte. Abit lag immer noch neben der Tür. Am jenseitigen Ufer des Sees leuchtete ein winziger gelber Lichtfleck.

»Schau«, sagte Taguna. »Jemand hat in deiner Hütte Licht gemacht. Du mußt ein wenig rechts davon steuern.«

»Du sprichst wie Kapitän Vasco!«

»Ja?« Sie streckte mir die Hände entgegen und ich ihr die meinen. Sie trat einen Schritt vor. Ich umfaßte ihre Schultern, zog Taguna an mich und küßte ihr Haar über dem Stirnband. Sie hob ihr Gesicht und trat einen Schritt zurück.

»Du fühlst dich an wie Mooin«, sagte sie. »Wie mein Sohn. Heut morgen hab ich dich für einen sehr jungen Mann gehalten.«

»Das bin ich«, sagte ich.

»Du bist älter, als ich gedacht hab.«

Das Wasser war unruhig, und es kostete mich einige Mühe, den Bug meines Kanus in der Lichtbahn zu halten, die auf den Wellen hin und her sprang. Am plötzlichen Nachlassen des warmen Nachtwindes spürte ich dann, daß ich mich im Schutz der Bucht befand.

Gleich darauf tauchte vor mir schwarz der Landungssteg auf. Ich glitt heran, machte mein Kanu bei den anderen Kanus fest und stieg heraus. Der Lichtschimmer aus dem Fenster meiner Hütte traf die drei steil aufsteigenden Wildgänse auf dem Bug meines Kanus. Einen flüchtigen Augenblick lang meinte ich zu sehen, wie sie mit den Flügeln schlugen.

MEGUMAAGE

Am nächsten Morgen erwachte ich früh. Einer der Fensterläden hatte sich gelöst und schlug hin und her. Ich stand auf, um ihn wieder einzuhaken. Weiches, graues Licht lag über dem Land. Obwohl ein frischer Wind aus Südosten wehte, schien die Wolkendecke reglos; das Wasser des Sees aber war lebhaft bewegt. Ich beschloß, zum Landungssteg hinunterzugehen und mich zu überzeugen, daß die Kanus alle sicher festgemacht waren.

Aus den Bäumen auf der Landzunge links von der Bucht stieg Rauch auf. Dort lag wohl Maguns Hütte. Auf Tagunas Insel sah ich weder Rauch noch einen Lichtschein.

Das große Kanu und die beiden kleinen lagen an ihren Plätzen wie gestern, nur hoben und senkten sie sich jetzt mit den Wellen, die in breiten, graugrünen Zügen auf das Ufer zuliefen. Zwischen Bordwänden und Plankensteg hingen prall gefüllte Ledersäckchen. Das dritte kleine Kanu, das mit den Gänsen, fehlte. Strange Goose war wohl spät von seiner Arbeit am Bachufer zurückgekommen und zur Insel hinübergefahren.

Es roch stark und erfrischend nach Wasser, Tang und nassem Holz. Ich hockte mich an den Rand des Stegs. Tang strömte wie Haar. Ich sah bis auf den sandigen Grund. Dann erblickte ich den Fisch, einen großen Fisch mit spitz zulaufendem Kopf, grünem Rücken und silbrig bräunlichen Seiten, der dem Druck jeder anlaufenden Welle mit einem abgemessenen Schwanzschlag begegnete. Als ich mich vorbeugte, schlug der Schwanz zweimal; der Fisch glitt in den Schatten unter dem Steg.

»Falls du laichen willst«, sagte ich, »such dir einen ungestörten Platz dafür.« Aber was wußte ich von seinen Absichten?

Ein paar Spritzer trafen mein Gesicht. Ich stand auf. Sollte ich hinüberfahren zu Taguna und ein paar frühe Tagesstunden mit den Büchern verbringen, von denen sie gesprochen hatte?

Sicher schlafen die beiden noch, dachte ich. Selbst wenn ich leise bin, störe ich sie. Und die Bücher sind auch morgen oder in einer Woche noch da.

Ich ging über den Steg zurück, sprang hinab auf den Sand und wanderte den Strand entlang. Muschelschalen knirschten unter meinem Schritt. Der kalkweiß polierte Wirbelknochen eines großen Tiers schaute halb aus dem Sand heraus. Ein Weidenbusch versperrte mir den Weg; ich tat ein paar Schritte die grasige Uferböschung hinauf. Hinter dem Busch lag ein riesiger Baumstrunk. Wasser und Sand mußten jahrzehntelang vereint an ihm gearbeitet haben, um das weiche Holz zwischen den Jahresringen abzutragen, die einen Finger breit hervorstanden. Ihre Seiten waren grau, die Grate scharf wie schwarze Linien. Um den Strunk herumgehend, stieg ich über einige Wurzeln und hielt inne. Jemand hatte dem Strunk ein Gesicht gegeben: Zwei Löcher im Holz bildeten die Augen; ein Wurzelstumpf zwischen ihnen die Nase. So weit mochten noch Sand und Wasser am Werk gewesen sein. Der Mund jedoch war das Werk eines Menschen, der es verstanden hatte, beinahe so geduldig zu arbeiten wie sie. Auch das Werkzeug in seiner Hand war den Jahresringen gefolgt. Der Mund war breit und gleichmütig. Die Lippen schienen leicht geöffnet, als sögen sie die Luft ein, um eines Tages etwas zu rufen.

Das Gesicht blickte das Tal hinab auf jenen Punkt, an dem gestern die Sonne untergegangen war.

Ich legte meine Hand auf den Mund, ließ sie seitlich die Nase hinaufgleiten, schob sie vorsichtig in eine der beiden Augenhöhlen. Mulm rieselte heraus, haftete an meinen Fingern. Ich schlug die Hände gegeneinander, um ihn loszuwerden, sah plötzlich eine Bewegung unter dem Weidenbusch im Wasser, hörte ein nasses Aufklatschen, und ein großer schwarzer Vogel, in dessen Federn irgendwo auch Rot aufblitzte, rannte flügelschlagend, den spitzschnabligen Kopf weit vorgestreckt, über das Wasser, stieg, legte die Füße an, flog. Ein zweiter tauchte wie hergezaubert aus dem Wasser, rannte, schlug mit den Flügeln das Wasser, dann die Luft, stieg, folgte dem ersten. Juhuhuhuhuu, juhuhuhuhuu, kam ihr Ruf; wie ein Lachen, voll wilder, spöttischer, triumphierender Freude.

Langsam ging ich zurück zu meiner Hütte.

Ich erinnerte mich an den Ausdruck auf Tagunas Gesicht, als sie von
dem Ende der Siedlung in Memramcook erzählt hatte.
In der Hütte kramte ich in meinen Sachen und holte mein Briefpapier hervor. Dann fiel mir ein, daß ich weder Tinte noch Feder besaß und mir beides besorgen mußte, und ich legte das Papier an seinen Platz zurück. Ich nahm meine alte Schere, die vom vielen
Schärfen dünn und glänzend war, und begann meinen Bart zu stut-
zen, behutsam und unsicher, da ich keinen Spiegel hatte. Es klopfte
an der Tür.
»Komm herein!« rief ich.
Die Tür schob sich langsam in den Raum, ehe sie mit einem Ruck
weit aufflog.
Auf der Schwelle stand ein schwarzes Mädchen. Am rechten Arm
trug es einen Spankorb, in der linken Hand einen Krug. Sie hielt den
Fuß noch erhoben, mit dem sie die Tür aufgestoßen hatte, schlenkerte ihn, als hätte sie sich die Zehen gestaucht, und setzte ihn nieder.
»Tut mir leid«, sagte sie. »Ich hab keine Hand frei.«
»Ich auch nicht«, sagte ich und lächelte ihr schief zu, denn ich war
gerade mit dem Bart an meiner Oberlippe beschäftigt.
Ihr krauses Haar stand wie das Licht einer schwarzen Sonne um das
schwarze Gesicht mit der zierlichen Nase, den Augen, die nicht
ganz so dunkel wie die Tagunas waren, und den dunkelrot glänzen-
den Lippen.
»Ich bringe dein Frühstück«, sagte sie.
»Das ist lieb von dir«, sagte ich. »Stell es bitte da auf den Tisch.«
Sie stellte den Krug hin und packte den Korb aus, während ich wei-
terschnippelte.
»Du weißt, wer ich bin?« fragte ich.
Sie nickte mehrmals.
»Wie heißt du?«
»Kiri Pierce.«
»Wo wohnt ihr?«
»Wir wohnen bei Onkel Amos, meine Schwester Sureeba und ich.
Wir sind gekommen, um bei den Frühjahrsarbeiten zu helfen. Aber
die Erde ist noch zu naß.«
»Wo wohnt ihr sonst?«

»In Noralee. Bei unseren Eltern.«

»Wie alt bist du?« fragte ich und versuchte gleichzeitig, dem Kinnbart die richtige Form zu geben.

»Dreizehn«, sagte das Mädchen.

»Und wie alt bin ich?«

»Oh! Alt! Mindestens fünfundzwanzig!«

Ich lachte und legte die Schere hin.

»Das ist schief geworden«, sagte sie und zeigte auf ihr eigenes Kinn.

»Ich fürchte, du hast recht. Ich hab keinen Spiegel.«

»Soll ich dir einen bringen?«

»Gern. Aber dann habt ihr keinen.«

»Doch! Ich habe einen. Sureeba hat einen. Tante Sara hat einen. Das sind drei. Zwei genügen auch, meinst du nicht?«

»Wenn es so ist, borge ich mir gern einen aus.«

»Oh! Nein, wir schenken dir einen. Mein Vater stellt sie selber her, weißt du.«

»Das möchte ich auch können. Was für Sachen macht dein Vater sonst noch?«

»Aus Kupfer Pfannen und Töpfe. Aus Messing – oh, viele Sachen, verzierte Platten und Schnallen für Pferdegeschirre zum Beispiel. Aus Silber Halsketten, Ohrringe. Viel Schmuck.«

»Auch aus Gold?«

»Auch!«

Ich setzte mich an den Tisch und goß meinen Becher voll. Heute war es Milch statt Tee.

»Ich gehe jetzt«, sagte Kiri Pierce, »damit du ungestört essen kannst.«

»Du kannst ruhig noch ein bißchen bleiben«, sagte ich. »Ich unterhalte mich gern beim Essen.«

»Aber das geht heute nicht! Wir haben zu tun.«

»Die Erde ist noch zu naß«, sagte ich.

»Schon. Aber wir haben anderes zu tun: Getreide in Säcke schaufeln, Bindegarn ordnen. Die Wintersachen waschen und flicken und forträumen. Viel, viel zu tun!« Sie breitete die Arme weit aus.

»Ja«, sagte ich, »dann mußt du wohl gehen. Schade. Hast du gestern auch mein Frühstück gebracht?«

»Nein. Das war Sureeba.«

»Hat Sureeba gekichert, als sie das Frühstück in meine Hütte stellte?«

»Sureeba? Das ist schon möglich. Sie ist schließlich erst elf.«

»Kicherst du niemals, Kiri?«

»Ich? Manchmal. Wenn es einen wirklichen Anlaß gibt.«

»Das möchte ich hören«, sagte ich und sah ihr ins Gesicht.

Sie kicherte.

»Oh«, sagte ich. »Den Wunsch hast du aber rasch erfüllt.«

Ihre Haut war noch einen Schatten dunkler geworden.

»Ich muß nun wirklich gehen«, sagte sie hoheitsvoll. »Ach ja: Strange Goose läßt dir sagen, wenn du möchtest, kannst du nach dem Frühstück mit ihm das Bachufer befestigen. Was soll ich ihm antworten?«

»Daß ich kommen werde.«

»Gut. Er wird oben beim Langhaus warten.«

Sie hängte den Korb mit dem Tuch, das die Grütze warmgehalten hatte, in ihre Ellenbeuge und wandte sich zur Tür.

»Ist die Grütze richtig so?« fragte sie.

»Sie ist ausgezeichnet. Grüß Sureeba und Tante Sara und Onkel Amos von mir. Ich danke euch allen!«

»Ich werde es nicht vergessen.«

Rasch lächelte sie mir zu, weiße große Zähne zwischen dunkelroten Lippen, und schritt mit hocherhobenem Kopf zur Tür hinaus.

Ich wusch mein Frühstücksgeschirr ab und zog die schweren Stiefel an, die ich von Kapitän Vasco erworben und während der Fahrt mit Mond de Marais die ganze Zeit getragen hatte, um das neue Leder geschmeidig zu machen.

Sollte ich mein Bettzeug draußen auf dem Granitblock ausbreiten? Lieber nicht. Es sah nach Regen aus.

Ich schloß die Tür meiner Hütte und ging den Pfad entlang, die Steinstufen hinauf zum Langhaus, dessen Dach ich über den Obstbäumen sah. Den Umhang, den Mond de Marais mir gegeben hatte, trug ich zusammengerollt unterm Arm.

Als ich das Langhaus vor mir hatte, hinter dessen Dach die Wipfel hoher Ulmen emporragten, blieb ich stehen und schaute mich um. Rechts, nach Osten hin, reichte das Tal weit und offen bis zu entfernten niedrigen Hügeln. Hinter Wiesen und Hecken sah ich ein gepflügtes Feld; dahinter, etwa anderthalb Meilen weit entfernt, eine Gebäudegruppe, zu der ein schmaler, von Pappeln gesäumter Fahrweg führte.

Vor mir, am Ostgiebel des Langhauses vorbei nach Norden schauend, erblickte ich eine Anhöhe, die erst sanft und bewaldet anstieg und weiter oben kahl, felsig und steil wurde. Ich konnte die waagrecht liegenden Sandsteinschichten gut erkennen. An ihrem Fuß lagen, vielleicht eine halbe Meile entfernt und teils hinter Bäumen verborgen, fünf oder sechs Gebäude. Auf dem Fahrweg, der zwischen Kastanienbäumen gerade auf mich zulief, sah ich ein Pferdefuhrwerk langsam herankommen.

Wände und Dachstuhl des Langhauses waren aus Kiefernstämmen gefügt, die nur dort flach behauen waren, wo sie aufeinanderlagen; die Seiten zeigten die geschälte, geglättete Baumkante, die von einer Schicht glänzenden, hart getrockneten Harzes überzogen war. Das flach geneigte Dach, aus dem zwei Schornsteine hervorschauten, war mit Zedernschindeln gedeckt. Die Dachrinne, ein längs gespaltener und ausgehöhlter Baumstamm, befand sich knapp über meiner Kopfhöhe.

Ich zählte gerade sieben kleine Fenster in der Längswand, da legte sich eine Hand auf meine Schulter.

»Guten Morgen, Chas!«

»Guten Morgen, Strange Goose. Ich hab wohl gestern dein Kanu benutzt? Das mit den Gänsen?«

»Ja, das ist meins. Nimm es nur, wenn du es brauchst. Für mich ist immer eins da.«

Er wies auf das Fuhrwerk, das sich nun bis auf Rufweite genähert hatte. »Dort kommt Amos Pierce«, sagte er.

Ich nickte.

»Wer hat die Gänse auf dein Kanu gemalt?« fragte ich.

»Ich«, sagte er. »Sie gefallen dir, die Gänse? Ich habe das Kanu gebaut und die Gänse gemalt. Da war ich ungefähr so alt wie du. Die Farben verbleichen nach einer Weile, mußt du wissen. Ich frische sie jedes Jahr im Winter ein wenig auf. Im Winter haben wir viel Zeit. Ich denke, es ist die Zeit, die uns im Sommer fehlt. Ja. Obwohl es besser geworden ist. Ich meine, die Sommer sind länger geworden. Drei, vier Wochen länger. Manchmal fünf.«

»Fällt weniger Schnee als früher?« fragte ich.

»Im Gegenteil, Chas. Mehr Schnee. Doch es regnet manchmal auch. Du wirst es sehen. Dann bildet sich eine Eiskruste auf dem Schnee. Nicht gut für die Rehe, für die Elche. Unseren Jägern macht sie nichts aus. Den Wölfen auch nicht. Die sind ja auch Jäger. Ja, so ist das.«

Das Fuhrwerk war nun herangekommen. Zwei stämmige Pferde mit langer Mähne und dickem Schweif zogen einen offenen Ackerwagen. Die hölzernen Räder waren mit Schlamm bespritzt. Auf der Ladefläche saßen einander gegenüber zwei junge Männer von fünfzehn oder sechzehn Jahren, ein Schwarzer und ein Indianer. Sie blickten nicht auf, als Amos Pierce die Zügel anzog. Die Pferde blieben stehen, warfen die Köpfe auf und stampften mit den Hufen.

»Tut mir leid, wenn ihr gewartet habt«, sagte Amos.

Die Stimme war deutlich und weich, der Mann selbst eher eckig, lang, breitschultrig und ebenso schwarz wie seine Nichte Kiri.

»Das braucht dir nicht leid zu tun, Amos!« sagte Strange Goose. »Wir haben uns gut unterhalten.«

»Dann steigt mal auf!« Amos reichte mir über Strange Goose hinweg, der in der Mitte saß, seine Hand. »Willkommen in Seven Persons, Chas Meary.«

»Danke, Amos Pierce«, erwiderte ich und drückte seine Hand. »Ist das dort oben dein Hof?«

Er machte mit den Lippen einen scharf schmatzenden Laut, ließ die Zügel locker, und die Pferde zogen an.

»Yep«, sagte er dann. »Meine Vorfahren sind alle Bauern gewesen, seit fünfhundert Jahren, rund gerechnet. Fünfhundert Jahre lang haben meine Leute gepflügt, gesät und geerntet. Mein Vater war der erste, der gut davon leben konnte.«

Er grinste mich an. Sein Kopf war groß mit hoher Stirn und eckigem, glattrasiertem Kinn. Das kurzgeschnittene krause Haar wich an den Schläfen weit zurück. Über der Stirn wurde es grau.

»Haben deine Leute für andere arbeiten müssen?« fragte ich.

»Schon. Aber das war es nicht. Ich arbeite auch für andere. Was bei mir in einem Jahr wächst, könnten wir in fünf Jahren nicht aufessen. Der Unterschied ist, die anderen hier arbeiten auch für mich. Jeder hat, was er braucht. Mein Großvater ist von Virginia heraufgekommen, damals, du weißt, nach dem Jahr der Gottesstrafe. Er hat gesagt, sie haben dort gearbeitet wie wir hier, aber sie hatten nie, was sie brauchten. Die anderen, also die, denen das Land gehörte, haben nicht gearbeitet. Nicht so!«

Er hob die Fäuste, in denen er die Zügel hielt.

»Und nur sie haben mehr gehabt, als sie brauchten«, fuhr er fort.

»Gott will nicht, daß wir mehr haben, als wir brauchen, Chas Meary. Er hat Geduld. Er sieht sich das eine Weile an. Eine Weile bei Gott – fünfhundert Jahre bei den Menschen!«

Er schmatzte den Pferden zu, und die Pferde fielen in Trab. Dann wies er mit dem Daumen über die Schulter.

»Da hinten«, sagte er, »siehst du unseren Sohn Joshua.«

»Und unseren Urenkel Oonigun«, fügte Strange Goose hinzu.

Ich drehte mich um. Die beiden saßen mit gekreuzten Beinen zwischen Schaufeln, Hacken und anderem Gerät. Das schwarze und das ockerbraune Gesicht waren über eine aus Stroh geflochtene Zielscheibe gebeugt, die zwischen ihnen auf den Bodenbrettern lag. Abwechselnd ließen die beiden Wurfpfeile darauf fallen, spannenlange Eisennadeln, an deren hinteren Enden je eine spiralig gedrehte Vogelfeder befestigt war, die eine blau, die andere rot.

»Guten Morgen, ihr beiden«, sagte ich.

Beide blickten auf, lächelten kurz, nickten und wandten sich wieder ihrem Spiel zu. Joshua hob seinen roten Pfeil hoch über den Kopf, zielte, ließ los. Der Pfeil begann sich zu drehen, schien neben die Scheibe fallen zu wollen, kreiselte rascher und landete fast genau in der Mitte. Joshua lachte und sagte etwas Rasches in Anassana. Oonigun entgegnete in derselben Sprache, nickte und hob seinen blauen Pfeil.

»Wie heißt das Spiel?« fragte ich.

»Adler und Hase«, sagte Strange Goose. »Sie haben es sich ausgedacht, als sie acht oder neun Jahre alt waren. Jeder, der uns besucht, nimmt so ein Spiel mit nach Hause – die Männer jedenfalls. Die Frauen schütteln die Köpfe. Sie halten uns für kindisch.«

»Ah ja«, sagte ich. »Ich verstehe.«

Es ging bergan. Die Pferde fielen von selber in Schritt. Wir kamen zu dem Eichenwäldchen, wo der Elchschädel in seiner Astgabel hing. Jetzt, im Tageslicht, sah ich, daß überall in dem Wäldchen

Tierschädel hingen; einige waren frisch, die meisten verwittert, zahnlos und grünlich verfärbt. Gleich gegenüber dem Elchschädel hing ein besonders großer, dessen Schädeldach sich wie ein knöcherner Grat erhob, wie ein Kamm. Im Unterkiefer saßen noch fast alle Zähne, darunter ein langer, spitzer Fangzahn.

»Mooin«, sagte Strange Goose, der meinem Blick gefolgt war. »Ein Bär.«

»Mooin?« sagte ich. »So heißt doch euer Sohn?«

»So hieß er, ja. Er ist in Memramcook umgekommen.«

»Das hat mir Taguna nicht erzählt.«

Nun senkte sich der Weg, erst sacht, dann steiler. Amos drehte an der Kurbel der Gewindestange, die über eine schwere vierkantige Mutter und ein Gestänge die Bremsklötze an die Hinterräder anlegte. Der beißende Geruch schwelenden Holzes drang mir in die Nase. Die Pferde verlegten ihr Gewicht auf die Hinterhand und stemmten die Hufe ein. Die Hufeisen besaßen scharfe Zinken und waren fast neu.

»Wer beschlägt deine Pferde, Amos?« fragte ich. »Sigurd?«

»Yep! Sigurd Svansson macht das. Er hat jetzt viel zu tun, wo überall so langsam die Feldarbeit angeht. Er hat eine Feldesse auf seinem Wagen. Mit der kommt er angefahren und beschlägt deine Pferde oder deine Ochsen oder deine Maultiere und bringt auch andere Dinge in Ordnung, was eben so anfällt. Da sparst du dir den langen Weg zu ihm. Er arbeitet gut. Gib ihm Milch.«

»Wie?« sagte ich.

»Oder Tee«, sagte Amos. »Oder Wasser. Alles, nur keinen Wein. Wein macht ihn traurig, und dann – wer weiß? – beschlägt er nicht deinen Ochsen, sondern statt dessen dich.«

»So ist das«, pflichtete Strange Goose ihm bei.

»Sein Bruder war auch so«, fuhr Amos fort. »Sein Großvater ebenfalls. Nur sein Vater konnte trinken, ohne traurig zu werden.«

Die Zedern traten näher an den Weg heran. Wir kamen zu der Stelle, an der mir Strange Goose von dem großen Erdrutsch erzählt hatte. In der Tiefe brauste der Bach. Das Geräusch, das, durch die Wälder gedämpft, zu uns drang, mußte in der Nähe sinnbetäubend sein.

Das Gefälle ließ nach. Amos lockerte die Bremsen, und die Pferde beschleunigten ihren Schritt. Bald wurde der Weg wieder steiler, und Amos zog die Bremsen an. Das wiederholte sich mehrmals. In regelmäßigen Abständen holperten die Räder über die hölzernen Wasserrinnen und schüttelten uns durch. Dann, viel eher, als ich es erwartet hatte, sah ich die Wasserfälle, die Landstraße und die kleine Brücke, in deren Nähe ich Strange Goose getroffen hatte.

Oonigun und Joshua spannten die Pferde aus, nahmen ihnen die Zuggeschirre ab und legten sie auf den Wagen. Die Pferde ritten sie über die Landstraße und die kleine Brücke in die Wiese, die die Ruinen der Scheune umgab. Die Birken, deren Blattknospen inzwischen aufgebrochen waren, schimmerten lichtgrün herüber.

»Du denkst, wir bekommen Regen?« sagte Amos, auf meinen Umhang zeigend, den ich auf dem Kutschsitz hatte liegen lassen.

Ich sah zum Himmel auf. Er war gleichmäßig grau und ruhig wie am Morgen.

»Nicht wegen der Wolken«, sagte ich. »Aber der Wind heute früh. Ich hab gedacht, der könnte Regen bringen.«

»Kaum«, sagte Amos. »Diese Wolken sind bloß Nebel. Doch hier ist alles möglich. Früher haben die Leute gesagt: Wenn dir das Wetter nicht paßt – einen Augenblick, bitte! Und das ist immer noch so.«

Wir nahmen die Geräte von der Ladefläche und lehnten sie an den Wagen. Ich sah, daß Amos das linke Bein ein wenig nachzog.

»Wenn du willst, kannst du Strange Goose beim Flechten helfen«, sagte Amos. »Die Jungen können Erde und Steine bringen, und ich fülle auf, wo ihr fertig seid.«

»Hast du schon einmal geflochten?« fragte Strange Goose.

»Ja«, sagte ich. »Mädchenzöpfe.«

»Von kleinen Mädchen?« fragte Amos.

»Auch«, sagte ich. »Meist von größeren.«

»Hehe«, sagte Strange Goose. »Das hier ist leichter, weil es stillhält. Schau: diese Rute kommt von hinten und liegt oben. Diese da kommt von vorn und liegt unten. Du biegst die von hinten nach vorn, so, und die von vorn nach hinten, so. Und weil die von hinten oben war, kommt sie nun nach unten, und die andere, die von vorn, kommt über sie: so!«

»Was mache ich, wenn eine Rute zu Ende ist?«

»Du läßt das Ende hinten überstehen, so, und setzt daneben die

nächste Rute an. Von der läßt du auch ein Stück überstehen.
Eine Handbreit. Und wenn du drei oder vier Pfosten weiter gekommen bist, mußt du die neu geflochtene Reihe fest nach unten
drücken.«
Er zeigte es mir.
»Erst einmal brauchen wir mehr Ruten«, sagte er dann. »Am anderen Ufer stehen genug.«
Er reichte mir ein hakenförmig gekrümmtes Messer mit einem Griff
aus Elchgeweih.
»Nimm die Ruten mit der linken Hand«, sagte Strange Goose, »ungefähr in Kniehöhe, und halt sie straff. Dann schneidest du sie von
unten her mit einem Zug durch.«
Der Bach führte weniger Wasser als bei meiner Ankunft. Von einem
flachen Stein zum anderen springend, überquerte ich ihn und war
bald mit dem ersten schweren Bündel Weidenruten zurück. Ich
machte den Weg noch einige Male, bis der Vorrat nach meiner
Schätzung für mehrere Stunden Arbeit ausreichte. Dann begab ich
mich ans Flechten. Anfangs überlegte ich bei jeder Rute, ob sie nun
nach hinten, nach oben, nach unten oder nach vorn gehörte, und
war daher langsamer als Strange Goose, der mich einholte, an meiner Stelle weiterflocht und mich am oberen Ende von vorn beginnen ließ. Bald jedoch brauchte ich nicht mehr zu überlegen. Die
Griffe saßen, und der Abstand zwischen Strange Goose und mir
blieb gleich, es sei denn, einer von uns setzte eine neue Rute an oder
rastete ein paar Augenblicke, weil ihm der Rücken krumm werden
wollte.
Amos, Joshua und Oonigun hielten mit uns Schritt. Joshua und Oonigun hackten Erde los. Amos schaufelte die Erde hinter unser Faschinengeflecht und schlug sie fest. Obenauf kam eine Lage flacher
Steine, die Joshua und Oonigun aus dem Bach geholt hatten. Es
folgte wieder eine Schicht Erde und Lehm. Die Steine in der nächsten Lage wurden so angeordnet, daß sie die Lücken zwischen den
Steinen der vorigen Lage überdeckten, wie bei einer richtigen
Mauer.
Joshua und Oonigun hackten die Erde nicht willkürlich los, sondern
so, daß eine ebene Terrasse entstand, die mit dem oberen Rand der
Uferbefestigung abschließen würde. Auf diese Weise konnte sich

das bei starken Regenfällen oder bei der Schneeschmelze vom Hang her kommende Wasser verteilen. Ohne diese Vorsichtsmaßnahme hätte es im Laufe der Zeit unsere Arbeit weggespült.

Der Wind, der hier unten schwächer wehte als oben in Seven Persons, schlief gegen Mittag vollständig ein. Die gleichmäßig graue Wolkendecke begann in ungleich geformte, unterschiedlich große Felder zu zerfallen, die vorerst aber noch zusammenhingen. Sie sah aus wie die Eisschicht auf einem Gewässer, die allmählich in Schollen zerbirst. Langsam, so langsam, daß ich es mit den Augen nicht verfolgen konnte, trieben die Wolkenschollen auseinander, und es zeigten sich die ersten Streifen blauen Himmels. Als wir unsere Arbeit unterbrachen, um etwas zu essen, lag die Sonne warm auf unseren Schultern, und die Wolkentrümmer schwammen nach Norden davon.

Es gab Brot, Käse und Apfelwein. Der Käse erinnerte im Geschmack an die bekannte Schweizer Sorte aus dem Emmental, hatte jedoch mehr und überdies kleinere Löcher. Sara Pierce hatte ihn hergestellt, erklärte mir Amos auf meine Frage. Er und Strange Goose schnitten sich Scheiben vom Brot und legten Käsescheiben darauf; Oonigun, Joshua und ich hielten jeder in einer Hand einen Ranken Brot und in der anderen einen beinahe ebenso großen Brocken Käse, in die wir abwechselnd hineinbissen. Es schmeckte herrlich. Den Apfelwein hatten wir mit Wasser aus dem Bach vermischt.

Nach dem Essen holte Amos aus dem Wald ein Häufchen trockener Rinde und Flechten, das er mit einer Glaslinse in Brand setzte. Er legte ein paar Reiser hinzu, und bald konnten wir unsere Pfeifen füllen und anzünden. Nur Amos und Strange Goose hatten Pfeifen mitgebracht, die nun von Hand zu Hand und von Mund zu Mund gingen. Der Rauch schmeckte gut.

»Wie ist das«, sagte ich zu Amos, nachdem wir die Pfeifen zum zweitenmal gefüllt hatten, »du hast heute morgen erwähnt, daß deine Vorfahren in Virginia Land bearbeiteten, das anderen gehörte. Wie ist das nun hier: Gehören deine Äcker und Wiesen dir? Oder gehören sie der Siedlung Seven Persons?«

»Mein Großvater hat hier angefangen und die erste Hütte gebaut«, sagte Amos. »Mit den Jahren sind andere Gebäude dazugekommen.

Nach meinem Großvater übernahm mein Vater den Hof. Er hat ein größeres Haus und einen neuen Stall gebaut. Nach mir wird Joshua den Hof haben. Er hat schon letztes Jahr an der neuen Scheune mitgearbeitet. Niemand wird uns von hier vertreiben, wenn es das ist, was du meinst.«

»Du könntest aber fortgehen und das Land verkaufen«, sagte ich.

»Keiner von uns wird fortgehen«, sagte Amos und grinste erst mich und dann Strange Goose an, der mit dem Rücken zur Sonne saß. Der Rauch aus seiner Pfeife stand als bläulich leuchtende Säule über seinem Kopf.

»Du fragst, ob ihm das Land gehört«, sagte Strange Goose. »Was meinst du damit?«

»Ich meine«, sagte ich, »ob er darüber verfügen kann.«

»Ja und nein«, sagte Strange Goose und fächelte mit der Hand den Rauch von sich weg. Die Rauchsäule über ihm verwirbelte und löste sich auf.

»Ja und nein«, wiederholte er. »Laß mich dich etwas fragen, Chas. Wann gehört dir ein Mensch?«

»Wenn ich diesem Menschen gehöre«, sagte ich. »Wenn wir einander lieben.«

»Ja, so ist das«, sagte er. »Ich habe noch eine Frage. Wann gehört dir ein Tier? Ein Hund, zum Beispiel?«

»Er gehört mir, wenn er auf mich hört. Und er hört nur auf mich, wenn auch ich auf ihn höre. Wenn ich ihm gebe, was er braucht, wird er mir geben, was ich brauche.«

Strange Goose nickte. »Das ist wahr. So ist es auch mit dem Land. Amos gibt dem Land, was es braucht: Arbeit, Fürsorge, Dünger – ich müßte lange sprechen, wollte ich alles genau aufzählen. Das Land gibt ihm und uns, was wir brauchen: Essen, Kleidung, Wärme – wieder müßte ich lange reden, wollte ich alles im einzelnen erwähnen. Also gehört das Land Amos. Dies ist das Ja auf deine Frage.«

Er schaute zu Amos hinüber, der in die Sonne blinzelte.

»Das Nein auf deine Frage ist einfach«, sagte Amos. »Weder hat mein Großvater das Land gekauft, noch kann ich es verkaufen. Es ist Gottes Land. Das Land ist unsere Mutter. Verkaufst du deine Mutter?«

»Wir haben ein Gesetz«, sagte Strange Goose. »Du darfst nur verkaufen oder eintauschen, was ein Mensch, du selbst oder ein anderer, hergestellt hat.«

»Ist das aufgeschrieben?« fragte ich.

»Wozu? Jeder kennt es. Jeder, der alt genug ist, versteht es.«

»Wein«, sagte ich und nahm einen Schluck, »Wein darf ich verkaufen. Wasser nicht. Ist das richtig?«

Strange Goose, Amos, Oonigun und Joshua nickten.

»Wer entscheidet, ob sich jemand ansiedeln darf?« fragte ich.

»Die Clans verwalten das Land«, sagte Strange Goose. »Wenn sich jemand ansiedeln will, entscheidet die Ältestenversammlung. In der Ältestenversammlung sind meist ungefähr gleich viele Männer wie Frauen. Wir, ich meine die Männer, sagen, was wir denken, genau wie die Frauen. Auch wenn es um eine Neuansiedlung geht. Doch die Entscheidung überlassen wir in diesem Fall den Frauen.«

»Das leuchtet mir ein«, sagte ich. »Ich meine, daß ihr in dieser Frage die Frauen entscheiden laßt. Ich – ich kann das nicht begründen«, fuhr ich fort, ein wenig verlegen, weil alle mir aufmerksam zuhörten. »Aber es fühlt sich richtig an, gewissermaßen.«

»He«, sagte Amos, stand langsam auf und streckte das linke Bein. »He, Chas, du brauchst nicht zu stottern, wenn dir einmal kein Grund einfällt. Ein richtiges Gefühl ist so richtig wie ein richtiger Grund, oder? Was mich betrifft, so habe ich jetzt das Gefühl, wir sollten weitermachen. Hab ich das so ausgesprochen, daß alle mir zustimmen?«

Wir lachten und standen auf. Amos hinkte zu seiner Schaufel und schlenkerte mit dem linken Fuß, wobei er das Gesicht verzog.

»Ein Elch«, sagte er, als er meinen Blick bemerkte. »Ich hab ihn töten wollen. Er mich aber auch. Seit damals überlasse ich das Jagen den Jüngeren.«

Er trat die Schaufel in die Erde.

»Ich hab ohnehin fast nur Elche, Rehe und Hasen gejagt«, fuhr er dann fort. »Einmal einen Bären. Keinen Wolf. Und auch keinen Menschen.«

»Weshalb nicht?« fragte ich.

»Weil geschrieben steht: Mein ist die Rache.«

»Es steht auch geschrieben: Ihr sollt das Schwert sein in meiner Hand«, sagte Strange Goose.

»Beide Worte lassen sich auf vielerlei Weise auslegen«, sagte ich.

»Nur eine Auslegung kann richtig sein«, wandte Amos ein.

»Welche das ist, wissen die Götter«, sagte Strange Goose.

Wir arbeiteten weiter. Über der Landstraße, die sich breit und leer durch den Talgrund und den jenseitigen Hang hinauf zog, flimmerte die Luft. Ab und zu richteten wir uns auf, streckten uns und wechselten einige Worte.

»Ihr sprecht Englisch mit mir«, sagte ich einmal zu Strange Goose.

»Mond de Marais hat einmal Englisch, dann wieder Französisch mit mir geredet. Was sprecht ihr untereinander? Anassana?«

»Ja«, sagte Strange Goose. »Vor allem. Aber auch Englisch und Französisch.«

»Kann hier jeder drei Sprachen?«

»Schreiben nicht. Und lesen auch nicht. Aber sprechen schon, mehr oder weniger gut. Wir verstehen uns. Zu Hause sprechen viele Familien auch noch die Sprache ihrer Vorfahren. Die Amrahners sprechen Deutsch, die Svanssons Schwedisch, die Gácsérs Ungarisch. Erasmus behauptet, du kannst hier so viele Sprachen hören wie beim Turmbau zu Babel.«

Er nahm ein paar frische Ruten auf und bückte sich wieder über seine Arbeit, und ich tat es ihm nach. Neben uns floß der Bach dahin. Die Flechtwand wuchs allmählich höher, und die Sonne rückte unmerklich nach Westen vor.

Als ich mich nach langer Zeit wieder einmal aufrichtete, um meinen Rücken zu strecken, richtete auch Strange Goose sich auf und sah mich an. Über sein Gesicht spielten die flüssigen Lichter, die von der Oberfläche des Baches kamen.

»Strange Goose«, sagte ich, »woher weiß ein Mensch, ob er das tut, was die Götter von ihm wollen?«

Er dachte lange nach und rieb mit dem Handrücken das Narbengewebe an seinem Hals.

»Er spürt es. Er ist dann zufrieden.«

»Zufrieden mit sich selber?«

»Ah, nein! Nein! Das wäre fast das Gegenteil. Er ist zufrieden mit den Göttern. Sie haben ihm gesagt, was er tun soll.«

»Sagen sie dir, was du tun sollst?«

»Oft.«

»Mir sagen sie es nur selten.«
»Warte, und du wirst sie hören.«
»Wie sprechen sie, Strange Goose?«
»So!« flüsterte er fast unhörbar und zwinkerte mir zu.

Wir beendeten unsere Arbeit, als die Sonne über die Hälfte ihres Weges von der Mittagshöhe zum Untergang zurückgelegt hatte. Ein Bündel Weidenruten war uns übriggeblieben.
Strange Goose nahm einige Ruten und fädelte sie von oben her durch unser Faschinengeflecht. Die angeschnittenen unteren Enden drückte er fest in die Erde, wo der Bach sie ständig feucht hielt.
»In fünf Jahren«, sagte er, »wächst hier ein dichtes Weidengebüsch.«
Ich half ihm. Amos, Oonigun und Joshua stampften die Terrasse fest und zogen dort, wo sie an den Hang stieß, einen Graben, der das Wasser weiter abwärts in den Sumpf leiten würde.
Wir luden unser Gerät auf den Wagen. Joshua und Oonigun holten die Pferde, spannten sie an und brachten noch einige Armvoll kleiner flacher Steine mit.
»Ein paar Rinnen sind ausgewaschen«, sagte Amos. »Das bringen wir im Vorbeifahren in Ordnung.«
Joshua führte das Gespann. Wir übrigen gingen zu Fuß. Unterwegs zeigte mir Amos die Stellen, an denen wir während der folgenden Tage die gleichen Arbeiten verrichten würden wie heute. Die Schatten waren lang, als wir den See erblickten. Bald nachdem wir an dem Eichenhain mit den Tierschädeln vorbeigewandert waren, sahen wir ein wenig unter uns die Ulmen und das Langhaus von Seven Persons. Ich wandte mich Strange Goose zu.
»Wenn wir einen Weg zum erstenmal gehen«, sagte ich, »scheint er uns immer weiter zu sein, als er wirklich ist. Weshalb ist das so?«
Er sah mich ernst an. »Der Weg, den du zum erstenmal gehst, ist weiter.«
Wir verabschiedeten uns von Amos und den beiden jungen Männern an der südöstlichen Ecke des Langhauses, wo wir uns am Morgen getroffen hatten. Die Sonne war untergegangen. Es wurde kühl.
Als wir uns nach rechts wandten, wo der Pfad zu meiner Hütte und zum Landungssteg abbog, fiel mein Blick auf die Hofgebäude, die

weit entfernt vor den auf den Höhen noch dunkelrot glühenden Hügeln im Osten lagen.

»Wer wohnt dort?« fragte ich.

»Dort hinten, bei den Hügeln? Jesús und Pilar Ibárruri mit ihren beiden Töchtern. Und Doña Gioconda Camará.«

»Spanier?«

»Don Jesús ist halb Spanier und halb Indianer. Doña Pilar ist eine Maya, wie ihre Mutter.«

»Ich hab noch keinen von ihnen gesehen.«

»Du hast die meisten von uns noch nicht gesehen. Um diese Jahreszeit haben alle zu tun. Jesús arbeitet im Wald. Er zieht Holz und schält Stämme. Er will einen neuen Stall bauen. Pilar hat ihren Webstuhl und die Tiere, und dann hat sie noch einen Gast. Viel zu tun, Chas. Doch auch im Winter ist es so: Manche Leute siehst du jeden Tag, andere nur bei den Versammlungen.«

Als wir vor meiner Hütte standen, fiel mir ein, daß ich Tinte und Schreibfedern brauchte. Ich bat Strange Goose, mir beides zu borgen.

»Borgen?« fragte er. »Und wie willst du Tinte zurückgeben, die du verschrieben hast? Nein, das Schreibzeug ist für alle da, die schreiben können. Viel wird es nicht gebraucht. Wir haben übrigens nur Gänsefedern. Soll ich sie für dich anschneiden?«

»Danke dir«, sagte ich, »das kann ich selber. Ich habe Übung. Eine gute Nacht euch beiden!«

»Gute Nacht, Chas«, sagte er.

Ich durchquerte den Obstgarten, in dem die Pflaumenbäume winzige Blätter bekamen, und ging die Wiesen hinunter zum See. Dort saß ich vor dem Baumstrunk mit dem Gesicht, bis der Mond aufging. Ich hatte gehofft, das Mondlicht würde mir etwas zeigen, was das Tageslicht verborgen hatte, doch ich hatte mich getäuscht. Das Gesicht sah im Mondlicht nur weicher und jünger aus, wie ein lebendiges Menschengesicht.

Strange Goose kam mich am folgenden Morgen abholen, als ich soeben mit dem Frühstück fertig war. Er brachte mir eine Glasflasche, so hoch und so dick wie meine Faust. Sie war mit einem Glasstopfen verschlossen und enthielt eine dickliche schwarze Flüssigkeit, die dunkelgrün schimmerte, wenn ich sie gegen das Licht hielt. Er brachte auch ein Päckchen gelbbraunen Schreibpapiers und ein Bündel Gänsefedern. Unten, nahe den Kielen, waren sie weiß wie Daunen. Die Fahnen waren unten hellbraun und wurden zur Mitte hin dunkler; ihr oberstes Drittel war schwarz. Die Federn steckten in einem Köcher aus weichgegerbtem Rehleder, der mit der gleichen Doppelkurve verziert war wie mein Umhang. Ich hängte den Köcher mit den Federn an einen Holznagel neben dem Fenster.

Doch ich kam an diesem Tag nicht zum Briefschreiben, und auch an den folgenden beiden Tagen war ich abends zu müde dazu.

Für den dritten Tag hatte ich Amos versprochen, ihm beim Pflügen zu helfen.

Es war kühl und windig, als ich neben Kiri am Ostgiebel des Langhauses vorbei auf den Hof ihres Onkels zuging. An den Kastanienbäumen brachen die ersten Knospen auf. Wir trafen Amos auf halbem Weg. Zusammen mit Joshua lud er einen hölzernen Beetpflug von dem Ackerwagen, vor den die beiden Stuten gespannt waren. Ein zweiter, eiserner Pflug stand bereits am Feldrain. Neben ihm warteten ein Hengst und ein Wallach von demselben kräftigen, gedrungenen Schlag wie die Stuten.

Die Sonne stand niedrig über den Hügeln im Osten. Langgestreckte schieferblaue Wolken zogen wie flossenlose Fische nach Norden. Ich blickte zum Hof der Ibárruris hinüber. Ein Glitzern fing meinen Blick. Es erlosch, ehe ich ausmachen konnte, woher es kam. Da! Da war es wieder.

»Was glitzert da unten, Amos?« fragte ich.

»Wo denn?«

»Da! Vor dem Wohnhaus von Don Jesús. Zwischen den Bäumen.«

»Ich kann nichts sehen.«

»Warte einen Augenblick.«

Wir standen im kühlen Sonnenschein und schauten. Eine lange Weile war nichts zu sehen. Dann blitzte es wieder auf.

»Da!« sagte ich. »Hast du es jetzt gesehen? Was ist das?«

»Ach so!« sagte Amos und drehte mir sein tiefschwarzes Gesicht zu, in dem Augäpfel und Zähne weiß leuchteten. »Das meinst du! Das ist nur der Springbrunnen, den Don Jesús gebaut hat. Für seinen Gast, weißt du. Sein Gast sitzt oft den ganzen Tag lang da und sieht dem Strahl zu, wie er steigt, wie er fällt und wie er im Wind tanzt.«

Er hüpfte vor den Köpfen seiner Pferde im Kreis herum, grinste und schlenkerte mit den Armen. Eine der Stuten schnaubte.

»Das muß ein geehrter Gast sein«, sagte ich.

»Yep«, sagte Amos und hielt inne. »Welcher Pflug ist dir lieber, Chas?«

»Die Sorte da kenne ich«, sagte ich und deutete auf den eisernen Wendepflug.

»Abgemacht! Komm, laß uns anspannen!«

Während wir den Hengst und den Wallach anschirrten, sah ich, daß einige Bruchstellen am Scharträger und an den Radfelgen ungewöhnlich sauber geschweißt waren.

»Kann Sigurd auch schweißen?« fragte ich.

»Natürlich«, sagte Amos. »Er hat eine kleine Maschine in seiner Werkstatt, die elektrischen Strom erzeugt. Mit dem Strom kann er schweißen – und er kann ein Metall mit einem anderen überziehen.«

»Galvanisieren«, sagte ich. »Aber wenn er so eine Maschine besitzt, hat er wohl auch elektrisches Licht?«

Amos schüttelte den Kopf. »Dazu müßte er diese Glaskugeln haben, in denen der Strom zu Licht wird. Die gibt es nicht mehr. Gibt es sie bei euch?«

»Man kann sie bekommen«, sagte ich. »Sie sind aber ziemlich teuer. Reiche Leute haben manchmal welche.«

»Reiche Leute? So wie früher, unten in Virginia?«

Ich nickte.

»Jetzt verstehe ich, warum du von drüben fortgehen willst«, sagte er. »Was die elektrische Maschine betrifft, kannst du Sigurd selber fragen. Er wird heute vorbeikommen, um Hoss und Maalat zu beschlagen.«

Er wies mit seinem eckigen Kinn auf den Hengst und den Wallach; beide stellten die Ohren auf, als sie ihre Namen hörten.

»Im Acker brauchen sie ja eigentlich keine Eisen«, fuhr er fort. »Ich will sie aber auch zu anderen Arbeiten verwenden.«

»Wie heißen die Stuten?« fragte ich.

»Switha und Sinda. Switha muß bald rossig werden. Sei froh, daß es heute noch nicht soweit ist.«

Er grinste. Ich grinste zurück.

Wir gingen an die Arbeit. Amos hatte einen guten Tag gewählt. Die Erde war noch so feucht, daß der Sodenstrang glatt vom Streichblech floß und sich gleichmäßig umlegte, und schon so trocken, daß der Pflug die Furchensohle nicht verschmierte. Als die Sonne höher stieg, gewann ihr Licht an Wärme, doch der Wind blieb kühl und beständig, so daß weder die Pferde noch wir in Schweiß gerieten. Den ganzen Vormittag lang zogen die eigentümlichen Wolken von Süden nach Norden über uns hinweg, ein ungeheurer Fisch dem anderen folgend, indes Amos und ich unsere Furchen von Osten nach Westen zogen und von Westen wiederum nach Osten.

Ich pflügte eine Furche nach rechts, wendete an ihrem Ende, nachdem ich die Schar angehoben hatte, klinkte sie aus, gab ihr einen Tritt, daß sie herumschwang, bis die andere Schar einrastete, und pflügte die anschließende Furche nach links.

Amos dagegen, dessen Pflug nur nach rechts warf, hatte am nördlichen Ende des Ackers ein Beet begonnen und pflügte an dessen einer Seite hinauf, an der anderen Seite hinunter. Sobald es ganz umgebrochen war, begann er daneben ein weiteres. Wir kamen beide ungefähr gleich rasch voran.

Es roch stark und feucht nach Erde. Eine Schar Krähen sowie einige Raben hatten sich eingefunden, suchten die Furchen ab und hüpften lässig zur Seite, wenn wir uns näherten. Später kamen auch zwei weiße Möwen. Die Küste, an der sie zu Hause waren, mußte zehn oder fünfzehn Meilen entfernt liegen. Wie hatten sie herausgefunden, daß es hier etwas zu erbeuten gab?

Auf ihren möhrenfarbenen Schwimmfüßen trippelten sie über den Acker. Hatten die schwarzen Augen etwas erspäht, hackten die scharfen roten Schnäbel blitzschnell zu. Kamen wir den Möwen zu nahe, breiteten sie die Schwingen in den Wind und ließen sich hochtragen, ohne einen Flügelschlag zu tun. Seitlich schwebten sie davon, segelten einen Steinwurf weit, landeten, äugten wachsam zu uns herüber, bis wir vorbei waren, und nahmen ihre trippelnde Suche wieder auf.

Ungefähr zwei Drittel des Ackers hatten wir gepflügt, als Amos mir etwas zurief und in die Richtung deutete, in der das Langhaus lag. Ich schaute mich um und sah einen Wagen, der im Schritt näher kam. Es mußte Sigurd sein. Er kam nicht allein; ein Begleiter saß neben ihm auf dem Kutschbock.

Amos und ich pflügten unsere Furchen zu Ende, spannten die Pferde aus und führten sie an den Feldrain zu unserem Ackerwagen, neben dem inzwischen auch Sigurds Wagen stand. Die Sonne hatte fast den Zenit erreicht. Wir konnten also gemeinsam unsere Mittagsmahlzeit halten.

Während wir mit Sigurd Svansson einige Worte wechselten, hielt sich sein Begleiter, der nur wenige Jahre jünger war als ich, groß gewachsen, mit hellem Haar und braunen Augen, im Hintergrund. Dann trat er einen Schritt vor und reichte erst Amos und daraufhin auch mir die Hand.

»Ich bin Piero Tomasi«, sagte er in klarem, etwas hartem Englisch. »Meine Freunde nennen mich Gatto.«

»Ein recht ansehnlicher Kater«, sagte ich, und musterte ihn lächelnd.

»Oh, danke«, sagte er. »Aber verglichen mit dem alten Kater bin ich gar nichts.«

Sein Blick sprang rasch und offen von Gesicht zu Gesicht, um die Wirkung seiner Worte zu prüfen. Zwischen Stirn und Nase saß eine kleine waagrechte Falte.

»Ich spreche, mit voller Ehrerbietung, wie ich betonen muß, von meinem Vater«, fuhr er fort. »Katzen sind seit Jahrhunderten die Wappentiere unserer Familie. Wir sind manchmal verspielt und schläfrig, können aber auch zäh sein. Und geduldig.«

»Du bist Sizilianer«, sagte ich bestimmt.

»Ja«, sagte er, »das bin ich. Aber woher weißt du das?«

»Mein Bruder hat ein Mädchen aus deiner Heimat zur Frau«, sagte ich. »Ihr habt etwas gemeinsam. Frag mich nicht, was. Ich weiß es nicht.«

»Wir tragen das Mittagslicht Siziliens in unseren Augen«, sagte er ernsthaft.

Wieder sprang sein Blick von Gesicht zu Gesicht. Er biß sich auf die Unterlippe. Dann lachte er hell heraus.

Auch ich lachte. Amos grinste und nickte. Sigurd schüttelte langsam den Kopf.

»Trag es nicht mit dir herum, dieses Mittagslicht«, sagte Amos. »Laß es heraus. Wir können dann unseren Weizen eine Woche früher schneiden. Und die Äpfel werden süßer.«

»Ich hatte mir die Sizilianer schweigsamer vorgestellt«, sagte Sigurd verdrossen. »Aber tüchtig – das sind sie.«

»Worin bist du tüchtig, Piero Tomasi?« fragte Amos.

»Ich habe das Schmiedehandwerk gelernt«, sagte Piero. »So weit wir zurückdenken können, hat in unserer Familie jeder ein Handwerk gelernt. Auch wenn er wußte, er würde später zu anderem berufen werden. Seit zwei Jahren reise ich nun umher, um noch mehr zu lernen.«

»Du kannst genug«, sagte Sigurd mürrisch.

»Ich habe in vier Tagen mehr von dir gelernt als von anderen in ebenso vielen Wochen«, sagte Piero. »Du bist zu bescheiden. Oder du hast schlecht geschlafen.«

Sigurd brummte etwas Unverständliches.

»Gegen Bescheidenheit hab ich nichts«, sagte Amos. »Gegen die Müdigkeit bringt Kiri uns gleich heißen Tee und etwas zu essen. Da hinten kommt sie schon.«

Wir löffelten eine dicke Suppe aus getrocknetem Gemüse, frischem Sauerampfer, Kartoffeln und Räucherspeck, aßen Brot dazu und tranken brühheißen Tee. Amos fragte Piero über Sizilien aus und lauschte aufmerksam. Piero neckte Kiri, indem er sie wiederholt seine schwarze Perle nannte; ihr Gesicht wurde daraufhin jedesmal dunkler, und einmal kicherte sie sogar. Sigurd war schweigsam. Vielleicht war er wirklich müde oder mürrisch oder beides zugleich.

Nach dem Essen ließ Amos seine Pfeife herumgehen. Kiri lehnte ab; sie mußte nun endlich gehen, daheim war viel zu tun. Wir rauchten zu Ende. Sigurd und Piero luden die Feldesse ab. Piero häufte Holzkohlen zusammen und setzte sie in Brand. Amos und ich holten Hoss und Maalat, die zusammen mit den Stuten inzwischen ihren Hafer gefressen und ihr Wasser getrunken hatten, und die beiden Schmiede begannen mit ihrer Arbeit.

Beide hatten sich Schurze aus dickem Leder vorgebunden. Sigurd klopfte Hoss auf die Flanke, strich beruhigend mit der Hand über den Hinterschenkel, hob den Huf an, klemmte sich das Bein des Pferdes zwischen die Knie und lehnte sich gegen das Tier. Piero brachte in einer Zange das erhitzte neue Eisen und paßte es auf. Es zischte. Eine gelbliche Qualmwolke stieg hoch; sie stank nach verbranntem Horn. Piero zog das Eisen ab, stieß es in den Wasserbehälter, der seitlich an der Esse angebracht war, legte es wieder an die Hufsohle und begann zu nageln. Die Hufnägel hielt er zwischen den Lippen. Einen nach dem anderen trieb er sie ein, bis sie festsaßen und die Spitzen zwei Zoll über der Sohle aus dem Huf hervorkamen. Jede Spitze schlug er mit dem Hammer nach unten um. Als alle Nägel an ihren Plätzen waren, feilte er die umgenieteten Spitzen glatt. Dasselbe tat er mit der Hufsohle überall dort, wo ihr das neue Eisen anlag. Zum Schluß ergriff er einen dicken, kurzborstigen Pinsel und strich den Huf außen und innen sorgfältig mit Hufteer ein.

Ich sah ihm mit Vergnügen zu. Er arbeitete ohne Hast, flink und überlegt.

»Wie heißt dein Bruder, Chas?« fragte er, als wir uns verabschiedeten.

»Jon«, sagte ich. »Seine Frau heißt Giulia.«

»Du mußt mir bald mehr von ihnen erzählen«, sagte er, indem er meine Hand drückte. »Jetzt müssen wir weiter, zu Don Ibárruri. Nicht nur Kiri hat viel zu tun. Tanti auguri, Chas!«

»Alles Gute, Gatto!« sagte ich.

Als unser Acker umgepflügt war, hatte es die Sonne nicht mehr weit bis zu den Wäldern im Westen. Amos bat mich, ihm noch beim Aufladen der Pflüge an die Hand zu gehen.

»Wird es regnen?« fragte ich. »Oder warum holst du sie für eine Nacht herein?«

»Regnen wird es nicht«, sagte er. »Doch morgen ist der Tag, an dem der Herr sich ausgeruht hat. Wir tun es ihm nach. Er will es so.«

»Aber dies hier ist eine dringende Arbeit«, sagte ich. »Dringende Arbeiten sind erlaubt.«

»Aha, du bist katholisch?«

Ich nickte.

»Ich nicht«, sagte er. »Aber in Gottes Haus sind viele Wohnungen. Habe ich recht?«

»Das ist sicher wahr«, sagte ich.

»Gut«, sagte er und kratzte sich am Kopf. »Dann sehen wir uns also übermorgen. Hat dir Kiri den Spiegel gebracht?«

»Noch nicht.«

»Sie wird ihn morgen bestimmt bringen.«

Wir hoben die Pflüge auf den Wagen, spannten Hoss und Maalat vor und banden die Halfter von Switha und Sinda rechts und links an den hintersten Rungen fest. Dann fuhr Amos seinen Weg, und ich ging den meinen.

Am nächsten Morgen nach dem Frühstück wickelte ich den Spiegel aus dem blauroten Baumwolltuch, in dem Kiri ihn gebracht hatte. Er maß etwa zehn auf sechs Zoll und war aus schwerem, hellem Messing. Um den Rand der fein polierten Oberfläche lief eingraviert die vertraute Doppelkurve. Auf der Rückseite war eine Gabel eingelassen, die sich ein Stück weit herausklappen ließ, so daß er leicht geneigt auf dem Tisch stand. Ich holte meine Schere. Mein Bartschnitt neulich war doch recht schief ausgefallen. Nachdem ich mein Aussehen verbessert hatte, räumte ich den Spiegel, in ein Tuch gewickelt, in meinen Wandschrank, wischte den Tisch ab, legte das Briefpapier zurecht, stellte das Tintenfaß daneben, holte zwei Gänsefedern aus ihrem Köcher und schnitt sie an: eine leichte Krümmung, welche die Luftkammern im Kiel öffnete; dann gerade nach unten, so daß eine gute Spitze entstand; und dann der kurze Einschnitt von der Spitze aufwärts. Der war das Schwierigste, und ich klemmte die Zunge zwischen die Zähne. Fertig.

Liebe Mutter, lieber Vater, liebe Mary, lieber Markus, schrieb ich. Dann nahm ich das Blatt und hielt es schräg. Das Papier saugte die Tinte auf, ohne daß die Schrift auseinanderlief; dafür wurde sie auf der Rückseite sichtbar, so daß ich von jedem Blatt nur eine Seite würde beschreiben können.

Nun bin ich eine Woche hier in Seven Persons, fuhr ich fort, *und es kommt mir vor, als wäre es viel, viel länger. Doch ich will der Reihe nach berichten.*

Wir liefen von Bremerhaven in einem nassen Schneetreiben aus, das sich draußen im Kanal zu einem Schneesturm steigerte. Kapitän Vasco hatte vorgehabt, Rotterdam anzusteuern, in der Hoffnung, noch einige Tonnen zusätzliche Ladung zu finden. Ich war begierig zu sehen, wieviel von den Resten der alten Hafenstadt unter Wasser stand. Einen Tag und eine Nacht lagen wir vor Treibanker und warteten darauf, daß der Sturm nachlassen und die Sicht sich bessern würde. Wir warteten vergebens. Kapitän Vasco beschloß, die Fahrt fortzusetzen. Auf der Höhe von Brest gerieten wir in ruhigeres Wetter, und in der Bucht von Vizcaya begegneten wir dem ersten Schiff, einer Bark aus Santander. Das war auch die Stadt, wo wir fast drei Tage darauf anlegten und Ladung fanden. Von Santander gingen wir über Vigo und Setúbal nach den Azoren. Am Tag, nachdem wir von Setúbal ausgelaufen waren, drehte der Wind auf Südost. Kevin Aylwyn, der erste Steuermann, meinte, wir bekämen einen Shirocco. So war es auch. Der Wind wurde warm, er wurde heiß. Der feine gelbrote Staub, den er aus der Sahara brachte, drang überall hin. Er färbte die Segel, das Deck, unsere Gesichter und unsere Kleider und sogar das Wasser, das wir gierig tranken.

In São Miguel nahmen wir Gemüse, Obst und Wasser an Bord sowie einen Fahrgast, der alsbald unter Deck verschwand und sich für den Rest der Reise nicht mehr blicken ließ. Wir kreuzten gegen einen kräftigen Westwind an und kamen nur langsam vorwärts. Vier Tage, nachdem wir die Inseln hinter uns gelassen hatten, wurde es kalt. Der Wind ließ nach, blies jedoch immer noch aus dem Westen. Am folgenden Tag im frühen Morgengrauen stießen wir auf Eis. Erst waren es einzelne Schollen, später ausgedehnte Felder. Am Nachmittag sahen wir von fern die ersten blaugrün leuchtenden Eisberge; am Abend waren wir von ihnen eingeschlossen.

Kein Wind wehte. Boote wurden ausgesetzt und bemannt, um das Schiff verholen zu können, falls das Eis ihm zu nahe käme. Wir verbrachten eine schlaflose Nacht in ständiger Bereitschaft. Kapitän Vasco und Aylwyn sagten, so weit südlich hätten sie noch nie so viel Eis vorgefunden, nicht einmal im Winter.

Am nächsten Vormittag öffnete sich eine schmale Gasse im Eis, die geraden Wegs nach Süden führte. Da es immer noch windstill blieb, ließ Kapitän Vasco das Schiff von zwei Booten in Schlepp nehmen. Die Rudermannschaften wurden alle zwei Stunden abgelöst. Die Schleppfahrt nahm fast den ganzen Tag in Anspruch. Es war Nacht, als wir die offene See erreichten. Eine südöstliche Brise kam auf. Wir hievten die Boote an Bord, setzten Segel, und der Kapitän beschloß, einen südlicheren Kurs zu halten, um dem Eis möglichst aus dem Wege zu gehen.

Einige Tage darauf begegneten wir den Walen. Zwei große Bullen hiel-

ten Abstand vom Schiff. Die fünf Kühe hingegen, von denen zwei Junge bei sich hatten, kamen nah heran. Aylwyn, der die Wache hatte, ließ Segel wegnehmen, um uns Gelegenheit zu geben, das seltene Schauspiel zu betrachten. Einer der Seeleute brachte ein hölzernes Instrument an Deck, das ähnlich aussah wie die Alphörner in der Schweiz; nur war es kleiner. Auf ihm brachte er, blaurot im Gesicht vor Anstrengung, die merkwürdigsten Töne hervor: ein tiefes, erbarmungswürdig hohles Gestöhn, ein noch tieferes Baßgetriller und ein quälend langsam ansteigendes Jaulen, das dem Zuhörer die Haare am Rücken und an den Armen zu Berge stehen machte.

Den Walen jedoch schien es zu gefallen. Zwei der Kühe glitten dicht an der Bordwand unseres Schiffes entlang und scheuerten ihre graublauen schwartigen Rücken an den Planken. Die Masten schwankten merklich; Aylwyn warf einen belustigten Blick nach oben, wo der Ausguck sich mit beiden Händen am Rand seiner Tonne festklammerte. Eine der Walkühe kehrte nun in weitem Bogen zurück und begann, keinen Steinwurf weit vom Schiff abliegend, sich langsam auf den Rücken zu wälzen. Wir sahen den hellen, tief gerillten Bauch und die Saugtasche, in die, wie Aylwyn mir erklärte, das Junge seine Schnauze schiebt, um sich die Milch in den Schlund spritzen zu lassen. Wir sahen die riesigen, wie federlose Flügel geformten Brustflossen, die nachlässig einige Schläge in der Luft ausführten und uns mit einem Schauer salziger Wassertropfen besprühten. Dann drehte die Kuh sich wieder mit dem Bauch nach unten. Ihre Schwanzflosse schlug dröhnend aufs Wasser. Sogleich glitt zwischen zwei anderen Kühen ihr Kalb hervor und drängte sich an ihre Seite.

Eine Woche vor unserer Ankunft im kleinen Hafen Peggy's Cove gerieten wir in dichten Nebel. Der Wind blieb frisch und kam aus Südosten. Wir konnten jedoch nur langsame Fahrt machen; die Gefahr eines Zusammenstoßes mit Eis oder mit einem anderen Fahrzeug war zu groß. In Peggy's Cove machte ich die Bekanntschaft eines Fuhrmanns, dessen Vorfahren, wie er mir erzählte, vor mehreren Jahrhunderten aus der Provence eingewandert waren und sich seither mit den Indianern vermischt hatten. Er hat mich in einer schier endlosen Fahrt mit vielen Umwegen zu einsam gelegenen Siedlungen, wo er Waren abzuliefern oder abzuholen hatte, nach Seven Persons gebracht.

Das Land ist noch menschenärmer als bei uns. Die Städte, von denen *ich nur eine sah, sind verlassene Trümmerhaufen. Entweder sind ihre Namen vergessen, oder die Menschen vermeiden es absichtlich, sie zu erwähnen.*

Die ganze große Insel wird nur noch von etwa dreitausend Menschen bewohnt. Es ist ein buntes Gemisch aller Rassen. Vielerlei Sprachen sind zu hören. Drei von ihnen, nämlich Englisch, Französisch und die indianische Sprache Anassana, gelten als linguae francae.

Die Menschen, gleich welcher Herkunft, sind offen, freundlich und zufrieden. Armut, wie sie bei uns vorkommt, habe ich bislang nicht gesehen, Reichtum freilich ebensowenig. Nicht einmal der behagliche Wohlstand, wie ihn Du, lieber Vater, in einem arbeitsreichen Leben für uns zusammengetragen hast, ist mir hier begegnet. Doch, wie ich schon sagte: die Menschen sind offenbar zufrieden.

Von dem Merkwürdigen, das ich bisher gesehen oder gehört habe, möchte ich dreierlei erwähnen.

Niemand kann einen Acker, eine Wiese oder einen Wald erwerben oder veräußern. Grund und Boden ist Gemeinbesitz; so etwas wie eine von Gott verliehene Allmende. Auf den ersten Blick mag dies an den großangelegten Versuch erinnern, mit dem Rußland Schiffbruch erlitt. Doch eben nur auf den ersten Blick. Gebäude, Hausrat, Werkzeug, Tiere und so fort sind durchaus persönliches Eigentum. Daß dem Grund und Boden eine so besondere Stellung eingeräumt ist, geht auf andere Beweggründe zurück, vor allem auf eine von der unseren vollkommen verschiedene Weltsicht.

Weiter: Gott, ich meine unseren christlichen Gott, Götter, die wie die Menschen hier aus aller Herren Ländern stammen, sowie vielerlei gute und böse Geister werden nebeneinander verehrt oder gefürchtet, ohne daß es zwischen ihnen oder den Menschen deswegen Unfrieden gibt. Anfangs hielt ich das für eine sträfliche Nachlässigkeit im Glauben oder für seelische Finsternis; und euch, denke ich, wird es nicht anders ergehen. Doch wenn ihr, wie es mir mehrmals erging, einen Menschen vor euch habt, der seine Arbeit geschickt verrichtet, von Freunden umgeben ist und klare Gedanken zu äußern weiß, und dieser Mensch in ein und demselben Satz Geister, Götter und Gott unbefangen und überzeugt nebeneinandersetzt, so erkennt ihr: Aberglauben ist das nicht. Doch was ist es?

Schließlich: auch hier verstoßen Menschen gegen die Gesetze des Zu-

sammenlebens, was ich nicht anders erwartet hatte, und auch hier wer-
den Verbrechen verfolgt. Ich habe mit eigenen Augen so eine Jagd gese-
hen, mit eigenen Ohren ihr tödliches Ende gehört, wenn auch nur von
weitem. Ich will euch davon erzählen, sobald wir uns wiedersehen.
Ich hoffe, lieber Vater, Dein neuer Praxishelfer vertritt mich gut, doch
wiederum nicht so gut, daß ich mich im Vergleich mit ihm unnütz
fühlen muß, wenn ich nächstes Frühjahr zurückkomme.
Wie macht sich die neue Wirtschafterin, liebe Mutter? Hat sie sich ein-
gelebt? Du hast recht, sie ist sehr jung. Ich verstehe, daß Du deswegen
Bedenken hattest. Auf der anderen Seite macht gerade ihre Jugend sie
Deinen Vorschlägen und Wünschen leichter zugänglich. Und jedenfalls
ist sie nicht eigenköpfig wie die alte Anastasia, die sich, ich sage das of-
fen, ihren Ruhestand seit langem redlich verdient hatte.
Mein lieber Markus, meine liebe Mary: Seid ihr brav? Seid ihr höflich
zu eurem Hauslehrer? Denkt daran, er kann nichts für seinen Namen!
Markus, wenn die Maikäferzeit kommt, darfst Du den Streich mit dem
Tabaksbeutel auf keinen Fall wiederholen!
Mary, ißt Du jetzt Deine Frühstücksgrütze, ohne eine Gosch'n zu zie-
hen?
Die Überraschungen, die ich euch mitbringen werde, habe ich noch
nicht. Sie sind auch für mich noch Überraschungen. Ich glaube, das
macht es besonders spannend. Glaube ich richtig?
Wir haben herrliches Frühjahrswetter. Gestern habe ich den ganzen Tag
lang gepflügt, zusammen mit einem der Bauern von Seven Persons. Er
heißt Amos Pierce, ist schwarz und hat wunderbar weiße Zähne. Seine
Urahnen waren Sklaven in Amerika. Seine Nichte, die ebenso schwarz
ist wie er und Kiri heißt, bringt mir jeden Morgen mein Frühstück. Ihr
dürft raten, was es ist. Nun? Grütze!
Ich werde euch allen bald wieder von meinen Erlebnissen und Aben-
teuern in diesem Land berichten, das in der Indianersprache Megu-
maage heißt. Das bedeutet: Land der roten Erde.
Ich umarme und küsse euch alle und verbleibe euer liebender Sohn und
Vater, Charles Meary.

Ich stand auf, um im Wandschrank nach den Umschlägen zu suchen, die mein Vater für mich geschnitten und geklebt hatte. Ich
fand sie zwischen zwei Stapeln Wäsche. Zugleich rollte zwischen

Pullover und Lodenjacke ein Lederbeutelchen hervor, um das der dünne Trageriemen herumgewickelt war. Beutelchen und Riemen waren beinahe schwarz. Wie kam mein Talisman hierhin? Ich hatte ihn während der Schiffsreise vergeblich gesucht und mich fast damit abgefunden, ihn vergessen oder, was schlimmer gewesen wäre, verloren zu haben. Er mußte in einer der inneren Taschen meines Seesacks gesteckt haben, und ich hatte ihn im Halbdunkel mit den anderen Sachen in den Schrank geräumt, ohne es zu bemerken. Ich wickelte den Riemen ab, hängte mir das Beutelchen um den Hals, setzte mich mit einem der Umschläge an den Tisch und schrieb in großen Buchstaben die Adresse:

Herrn Doktor J. C. Meary,
Königlich Bayerischer Chirurg und Geburtshelfer,
Regensburg an der Donau,
Fröhliche-Türken-Straße 16,
Königreich Bayern.

Es war kurz vor Mittag. Was sollte ich mit der anderen Hälfte des Sonntags beginnen?
Ich konnte Tagunas Bruder Magun besuchen, falls er zu Hause war. Oder Amos und seine Familie. Würde ihnen das recht sein? Vielleicht störte ich sie in ihrer Sonntagsandacht. Ich konnte mich mit Don Jesús und Doña Pilar bekannt machen; wer weiß, vielleicht gelang mir dabei ein Blick auf ihren geheimnisvollen Gast. Oder ich konnte zur großen Insel hinüberpaddeln und in den Büchern stöbern.
Ich entschied mich für die Bücher.
Als ich zum Landesteg hinunterging, wirbelten meine Füße kleine rote Staubwolken auf. Sobald wir eingesät hatten, würden wir Regen brauchen.

WAWA

Ich verspürte einen winzigen Stich von Enttäuschung, als ich das Kanu mit den Wildgänsen nicht an seinem Platz fand. Wenn es auch nicht mein Eigentum war, so hatte ich doch seit meinem Besuch bei Taguna und meiner nächtlichen Heimfahrt das Gefühl gehabt, es gehöre ein wenig mir.

Statt seiner nahm ich das mit dem rauchenden Jäger am Lagerfeuer, dessen Schatten an den Felsen hinter ihm der eines Bären war. Was das wohl bedeuten mochte? Ich nahm mir vor, Taguna oder Strange Goose danach zu fragen.

Der See war glatt wie ein polierter Metallspiegel. Ich paddelte in langen, kräftigen Zügen. Nur das Wasser war zu hören, das sich am Bug rauschend teilte, zischend an der Bordwand entlangfloß und sich am Heck gurgelnd wieder vereinigte. Ich konnte die Schindeln auf dem Dach von Tagunas Hütte voneinander unterscheiden, hatte also mehr als die Hälfte der Überfahrt hinter mir, da hörte ich über mir die Rufe und blickte auf.

Ich erinnerte mich, wie mein Großvater sich gefreut hatte, als er das erste Mal wieder ziehende Wildgänse sah und ihren weittragenden, etwas klagenden Ruf hörte. Das war mehr als ein Vierteljahrhundert her. Seitdem hatte ich öfter und öfter welche gesehen; in den letzten sieben oder acht Jahren waren sie niemals ausgeblieben. Aber so viele wie jetzt hatte ich noch nie gesehen.

Vor dem lichtblauen, mit weißen Wolken bezogenen Himmel bildeten ihre Reihen eine nach Nordost weisende Pfeilspitze, die sehr ungleich geformt war. Die rechte Seite war kurz; ich begann zu zählen und kam auf etwa dreißig Vögel. Die linke Seite hingegen war lang, schätzungsweise zwanzigmal so lang wie die rechte; zuerst verlief sie gerade, krümmte sich dann in weitem Bogen nach außen und zuletzt langsam wieder nach innen. An ihrem Ende hatten einige Gänse den Anschluß verloren und suchten ihn mit beschleunigten Flügelschlägen wieder zu gewinnen. Schließlich gelang es, und nun flogen sie wieder hintereinander und bildeten den Schluß der Reihe, die sich mehr und mehr streckte und bald fast gerade war. Die Spitze des Gänsezuges, im Sonnenglast kaum noch erkennbar, war nach Osten eingeschwenkt, in die Richtung, in die sich auch der See krümmte. Den Kopf weit nach hinten gelegt, sah ich den Gänsen nach. Leiser und leiser drangen ihre Rufe zu mir; dann waren sie meinen Blicken und meinem Gehör entschwunden.

»Glückliche Reise, Akka von Kebnekajsse«, sagte ich vor mich hin.
Strange Goose trat aus der Hütte und kam zu der flachen Felszunge herunter, als ich deren Spitze fast erreicht hatte. Er ging rasch.
»Hast du sie gesehen?« rief er, während ich den Hanfstrick aus dem Wasser fischte, um das Kanu festzumachen. Seine hellbraunen Augen glänzten. Ich hatte ihn noch nie so erregt gesehen.
»Freilich«, entgegnete ich. »Sie sind herrlich. So möchte ich auch fliegen können.«
»Könntest du auf sie schießen?« fragte er.
»Einmal hab ich auf wilde Gänse geschossen«, sagte ich.
»Und?«
»Ich war dreizehn Jahre alt. Sie flogen ziemlich niedrig über unseren Garten hinweg. Der erste Apfelbaum blühte. Ich bin ins Haus gerannt, hab Großvaters Flinte geholt, bin zurück in den Garten und hab steil nach oben geschossen.«
»Und? Hast du getroffen?«
»Es gab einen mächtigen Knall. Die Flinte schlug zurück und flog mir aus der Hand; der Abzugsbügel hat mir einen Fetzen Haut und Fleisch vom Daumen gerissen. Hier! Du kannst die Narbe immer noch sehen!«
Ich hielt ihm meine rechte Hand hin.
»Das ist dir recht geschehen, Chas«, sagte er. »Hast du eine Gans getroffen?«
Ich schüttelte den Kopf.
»Eine von ihnen«, sagte ich, »drehte im Fliegen den Kopf der Gans zu, die seitlich hinter ihr flog, und sagte etwas. Etwas Einsilbiges, es klang wie ein Wort. Sie sind einfach weitergeflogen, Strange Goose. Alle.«

»Was war mit der Flinte?«

»Mein Großvater war auf einmal neben mir. Er hat sich meine Hand angeschaut und die Flinte aufgehoben.

›Komm mit mir‹, hat er gesagt. ›Du brauchst einen Verband. Danach darfst du die Flinte putzen und in den Schrank stellen.‹

Er hat meinen Daumen gewaschen und eingebunden und mir geholfen, die Flinte auseinanderzunehmen. Als die Teile vor uns auf dem Tisch lagen, hat er zu mir gesagt: ›Wahrscheinlich wirst du eines Tages heiraten, Chas. Wie würde es dir gefallen, wenn du mit deiner Frau am Fluß spazierengehst und jemand schießt auf euch und einer von euch beiden fällt um und ist tot?‹«

»Was hast du darauf gesagt?« fragte Strange Goose.

»Nichts. Mein Großvater hat mir dann erzählt, wie das bei den Gänsen ist.«

»Daß sie sich verheiraten?«

»Ja. Und ich hab die Teile alle geputzt und eingeölt und wieder zusammengesetzt. Mit dem verbundenen Daumen hat es ziemlich lang gedauert. Der Verband ist schmutzig geworden dabei. Großvater mußte einen neuen machen.«

»Möchtest du mit mir hinüberfahren? Ich will nachsehen, ob unsere Gänse auch schon da sind.«

»Eure Gänse?«

»Emily und Lawrence, ja. Sie brüten jedes Jahr auf der kleinen Insel drüben.«

»Freilich möchte ich mit. Steig ein!«

»Gut«, sagte er, stieg schwerfällig zu mir ins Kanu, ergriff das zweite Paddel und stieß uns von der Felsplatte ab. Wir trieben ein Stück. Dann hob er sein Paddel und tauchte es rechts ein. Ich tat dasselbe links. Nach einigen Zügen waren wir im gleichen Takt.

Wir hielten auf das Nordufer der kleinen Insel zu. Links von uns lag die Durchfahrt zwischen den beiden Inseln; an ihrer schmalsten Stelle maß sie etwa zweihundert Fuß. Das Wasser glitzerte unruhig, als ginge dort eine starke Strömung.

»Bist du heute gekommen, um in den Büchern zu lesen?« fragte Strange Goose.

»Ja«, sagte ich.

»Vielleicht kommst du besser an einem anderen Tag wieder, Chas.

Pater Erasmus ist da. Er sitzt mit Taguna in der Bibliothek. Er hat eine schlechte Nachricht gebracht. Es ist wieder jemand verschwunden.«

»Wieder?«

»Ja, das war so: Vor drei Wochen war es einer unten in Shubenacadie. Er ist morgens in den Wald gegangen, Holz hacken. Als er am Tag darauf immer noch nicht zurück war, hat sein Sohn mit einigen Freunden nach ihm gesucht. Sie haben seine Axt gefunden, seine Keile, sein Mittagessen, das unberührt war – aber von ihm selbst keine Spur.«

»Hatte er einen Grund wegzulaufen?«

»Wegzulaufen? Marlowe Manymoose?« Er schüttelte langsam den Kopf.

»Und der andere? Was ist mit ihm?« fragte ich.

»Das war vorgestern, und nicht weit von uns, drüben bei Teegoonkoote. Der Mann heißt Tim Chezzet. Ein Bauer. Er ist morgens noch im Dunkeln in die Hügel hinter seinem Hof gegangen. Er wollte das Dach einer Heuhütte richten und nahm Werkzeug und einen Packen Schindeln mit. Er hat noch gesagt, er wolle früh am Abend zurück sein. Der Rest der Geschichte ist wie bei Marlowe Manymoose: Werkzeug, Schindeln und Essen waren da; ja, und die warme Felljacke. Die hat er wohl ausgezogen, als die Sonne wärmer wurde. Von ihm selber: nichts.«

»Wie oft kommt so etwas vor?« fragte ich. »Daß jemand spurlos verschwindet?«

»Soweit ich zurückdenken kann, Chas, ist das nur einmal vorgekommen. Es sind bald zehn Jahre her. Von den anderen acht Menschen, die verschwunden sind – nein: es waren neun –, sind zwei zurückgekommen.«

»Was war mit denen, die nicht zurückgekommen sind?«

»Wir haben ihre Überreste gefunden.«

»Wann hat sich das alles abgespielt, Strange Goose?«

»In den vergangenen siebzig Jahren.«

»Wer waren die beiden, die zurückkamen?«

»Junge Männer. Jünger als du. Der eine ist wegen einer Frau davongegangen. Der war nach einem Jahr wieder da. Der andere, der hat wohl mehr von der Welt sehen wollen. Fünfeinhalb Jahre hat er

dazu gebraucht. Rechts, Chas! Rechts paddeln! Wir gehen hier an
Land.«

Unser Kanu glitt unter die tiefhängenden Zweige einer Trauerweide. Das Wasser war zwei, drei Faden tief, bis an die felsigen Ufer
heran. Muscheln lagen auf dem braungrünen Grund. Winzige Fische
zuckten nach allen Seiten davon. Viele trugen noch den Dottersack
unterm Bauch. Wir legten neben dem Stamm der Trauerweide an,
der fast waagrecht aus dem Ufer übers Wasser wuchs und sich erst
dort verzweigte. Moosbewachsene Stufen, aus den Sandsteinschichten herausgeschlagen, führten hinauf zwischen die Bäume.

Unsere Schritte waren beinahe lautlos auf dem nachgiebigen Wald-
boden. Ab und zu raschelte vorjähriges Farnkraut. Wir schoben
Zweige und Ranken mit den Händen auseinander. Manchmal mußten wir gefallene Baumstämme umgehen, die in der feuchten, stehenden Luft langsam zu Erde zerfielen. Aus einem gestürzten
Stamm wuchsen mehr als ein Dutzend junge Kiefern empor, eine
immer ein Stück größer als die zu ihrer Linken.

Der Unterwuchs lichtete sich. Wir stiegen zwischen Buchen einen
Abhang hinauf. Oben blieb Strange Goose stehen. Er schnaufte ein
wenig durch die Nase.

»Ich wollte dich etwas fragen«, sagte ich.

»Ja? Dann frag. Hier bin ich!«

»Was bedeutet das Bild auf unserem Kanu?«

»Ah! Der Mann, der den Schatten eines Bären wirft? Dieser Mann
hat einen Bären zum Geisterfreund. Jeder Mensch hat Freunde unter den Menschen, nicht wahr? Manche von uns haben auch
Freunde unter den Seelen, den Geistern. Das kann der Geist eines
Baumes sein. Oder der Geist eines Tieres. Oder ein – nun, ein anderer Geist. Der Geisterfreund kommt und hilft ihnen, wenn sie ihn
rufen.«

»Ist er ihr Totem?«

»Ja. Oft tragen sie auch etwas von ihrem Totem bei sich – ein Stück
Rinde oder Fell, einen Zahn. Sie tragen es da drin!« Er legte die Fingerspitzen auf den Lederbeutel, der um meinen Hals hing.

»Das ist ein *teomul*«, sagte er. »Wer hat es dir gegeben?«

»Meine Frau.«

»Ah! Ihr habt dort drüben ähnliche Bräuche wie wir!«

Ich nickte.

»War das euer Sohn«, fragte ich, »dessen Geisterfreund ein Bär war?«

»Ja«, sagte er, wandte sich ab und ging voraus.

Unser Weg führte eine Weile eben dahin und senkte sich dann allmählich. Wasser blitzte von fern zwischen den Stämmen. Bald traten wir auf eine Lichtung hinaus, wo einzelne alte Eichen und Ahorne standen, die Äste voller kleiner hellgrüner Blätter, um die ein ständiges Summen war. Vor uns lief die grasige Lichtung flach in den Strand aus. Das jenseitige Ufer des Sees schien weit entfernt; die rote Sandsteinklippe, deren schmale Vorderkante zu uns her zeigte, wirkte sehr nah.

Rechts von ihr sah ich eine weit zurückweichende Bucht; links eine bedeutend kleinere, in die von der Seite der Klippe herab ein Wasserfall stürzte. In dieser Bucht schwammen die Gänse.

Langsamen Schritts gingen wir dem Ufer zu. Unter einer Esche stand zwischen Weidenbüschen eine Hütte; eigentlich waren es nur vier Pfosten mit einem Pultdach darüber. Nach Süden hin war der Unterstand offen. Die drei anderen Seiten und das Dach waren mit Birkenrinde bedeckt. Strange Goose und ich setzten uns in das trockene Gras. Ich begann die Gänse zu zählen.

»Ich glaube nicht, daß das unsere sind«, flüsterte Strange Goose mir zu, als ich bei einundvierzig angelangt war.

Wir schienen die Vögel nicht zu stören. Manche steckten die Köpfe unter Wasser. Andere gründelten, das Hinterteil senkrecht nach oben streckend und mit den schwarzen Füßen in der Luft rudernd. Einige aber behielten dauernd die Köpfe oben und schauten sich um.

»Ich will nach ihnen rufen«, flüsterte Strange Goose.

Er legte die Hände gewölbt an beide Seiten des Mundes.

»Waaa-Waaa!« rief er. »Waaa-waa-waa-waa-wa!«

Ein Ruck ging durch die Gänseschar. Hälse streckten sich lang. Köpfe drehte sich zu uns her. Ein heller Warnruf schallte über das Wasser, ein zweiter, noch einer, dann ein mehrsilbiges Schnattern einiger Vögel, das andere aufnahmen, das sich in Augenblicken allen mitteilte und anschwoll zu einem Getöse vieler Stimmen, in dem die einzelne Stimme unterging. Flügel schlugen. Wasser spritzte und rauschte, als die Gänse, über die Wasserfläche laufend, sich in die

Luft erhoben und, immer noch aufgeregt schreiend, einige Fuß über dem See nach Osten abflogen.

»Das waren nicht unsere«, sagte Strange Goose und sah mich aus hellbraunen Augen zufrieden an.

»Weil sie geflüchtet sind?«

»Mhm! Unsere wären herangekommen. Vielleicht siehst du es noch. Sie kommen gerne an solchen Tagen wie heute.«

Wir schwiegen. Die Sonne lag warm auf unseren Gesichtern. Wärme strahlte von der Wand des Unterstandes auf uns zurück. Ein Stockentenpaar schwamm am Ufer entlang, sah uns, näherte sich neugierig, drehte dann ab und hielt auf das andere Ufer des Sees zu.

»Ich weiß nicht, ob ich danach fragen darf«, sagte ich. »Was geschieht wegen der beiden verschwundenen Männer?«

Strange Goose fuhr hoch.

»Was?« sagte er. »Ich glaube, ich bin eingeschlafen, was hast du gesagt?«

Ich wiederholte meine Frage.

»Wir suchen nach ihnen«, sagte er. »Viel mehr können wir nicht tun. Chezzet und Manymoose sind erwachsene Männer, Chas. Älter als du. Sie haben Frauen und Kinder. Sie sind angesehen in ihren Clans. Sie sind mit ihrem Leben zufrieden. Das sind keine halberwachsenen Kinder, die einfach davonlaufen.«

»Du willst sagen, ihnen ist etwas zugestoßen?«

»Wenn ich das sagen wollte, hätte ich es gesagt.«

»Ist ihnen etwas zugestoßen, Strange Goose?«

»Wer weiß? Es kann sein. Aber was?«

Ich überlegte.

»Etwas, das uns nicht in den Sinn kommt«, sagte ich schließlich.

»Eben«, sagte er. »Wir können nur suchen. Und warten, bis uns etwas einfällt.«

Wieder schwiegen wir eine lange Weile, und ich mußte wohl eingedöst sein; ich fuhr hoch, als Strange Goose mir die Hand auf den Arm legte.

»Horch!« sagte er.

»Ich höre nichts.«

»Aber ich höre sie. Da!«

105

Er zeigte nach Westen zum unteren Ende des Sees, und ich sah sie sofort: einen schlanken, spitzen Pfeil mit gleich langen Seiten, der auf uns wies. Schon konnte ich sie auch hören.

Strange Goose wartete, bis die Gänse auf eine Viertelmeile herangekommen waren. Dann rief er sie.

»Waaa-Waaa! Waaa-waa-waa-waa-wa!«

Nichts geschah. Unbeirrt flogen die Gänse auf uns zu. Plötzlich lösten sich zwei aus der Schar und gingen tiefer. Drei andere folgten, dann noch eine. Sie ließen sich steil herabsinken, schräg hintereinander fliegend. Weiß leuchteten die Augenflecken an den schwarzen Köpfen. Sie waren noch hoch über den Baumwipfeln, als sie den Flügelschlag einstellten. Wir hörten den Fahrtwind durch ihre Schwungfedern sausen. Tiefer und tiefer gingen sie. Die Flügel wölbten sich; die Gänse verlagerten ihr Gewicht nach hinten, krümmten die Hälse abwärts, nahmen die Füße nach vorn, berührten mit ihnen das Wasser, glitten ein kurzes Stück auf ihm entlang, nun wieder mit den Flügeln schlagend, falteten die Flügel auf dem Rücken, schüttelten sich, und schwammen.

»Waaa-wa!« rief Strange Goose.

Zwei Gänse wendeten und schwammen auf uns zu. Die anderen vier folgten, blieben jedoch im Wasser, während die beiden ersten an Land stiegen, sich schüttelten und zu uns kamen; die Gans voraus, der größere Ganter, der auf dem linken Bein ein wenig hinkte, hinterdrein. Einen Schritt vor uns blieben sie stehen, kreuzten die Hälse und schnatterten, hoben die Köpfe, schauten uns aus tiefbraunen, klaren Augen an, streckten die Hälse vor und schnatterten abermals.

»Ja-ja-ja-ja«, sagte Strange Goose. »Ich hab euch was mitgebracht.«

Er schob die Hand in die Jackentasche, zog sie mit Weizenkörnern gefüllt wieder hervor und hielt sie den Gänsen entgegen.

»Hier, Emily!« sagte er. »Lawrence! Kommt. Ihr habt Hunger.«

Ohne zu zögern stießen sie mit ihren schwarzen Schnäbeln in den Weizen. Als die Hand leer war, begannen sie vorsichtig an den Fingern zu knabbern.

»Ja-ja«, sagte Strange Goose. »Knabbert nur. Ich hab noch mehr. Und euer Nachwuchs bleibt hungrig, hehe.«

Lawrence und Emily verzehrten eine zweite und eine dritte Handvoll Weizen. Dann drehte Strange Goose seine Tasche um, schüttelte sie aus und warf die letzte Handvoll in weitem Bogen ans Ufer. Die jungen Gänse, die so groß waren wie Emily, fraßen die Körner mit langen Hälsen vom Sand und aus dem Gras, ohne dabei aus dem Wasser zu steigen.

»Heute abend komme ich wieder«, sagte Strange Goose zu den Gänsen. »Jetzt richtet euch erst ein bißchen ein.« Er sprach in demselben Ton wie zu Amos oder zu mir.

Nachdem wir ein Stück die Lichtung hinaufgegangen waren, wandte ich mich um. Alle sechs Gänse standen nun in der Wiese und weideten. Lawrence rupfte nur ab und zu; im übrigen hielt er mit hocherhobenem Kopf Wache.

»Ja«, sagte Strange Goose lächelnd, »so ist das. Nun hast du sie gesehen. Lawrence und Emily werden bleiben und brüten.«

»Und die Jungen?« fragte ich.

»Mir scheint, die haben sich noch nicht verheiratet. Kann sein, sie bleiben in der Nähe. Nicht allzu nah; das würde Lawrence nicht zulassen. Oder sie ziehen weiter. Wer weiß? Letztes Jahr hat Emily sieben Eier gehabt«, fuhr er nach einer Weile fort. »Fünf Junge hat sie großgezogen. Mit vieren ist sie zurückgekommen. Das ist gut.«

»Sind die Gänse deine Geisterfreunde, Strange Goose?«

»Gewiß«, sagte er. »Schließlich sind Lawrence und Emily die Geister meiner Eltern.«

»Hast du die beiden selber aufgezogen?« fragte ich. »Sie sind sehr zahm.«

»Hehe! Ein Sohn, der seine Eltern großzieht! Aber warum nicht? Alles ist möglich. Nein, es war anders. Eines Tages sind sie gekommen und an Land gestiegen. So wie vorhin. Ich sah sofort, daß Lawrence hinkte. Und als dann Emily mich etwas fragte, da – nun ja, da wußte ich, sie hatten mich gesucht und gefunden.«

An der Felszunge vor Tagunas Hütte lag das Kanu mit den Gänsen. Vor ihm lag ein zweites, das mir vorher nicht aufgefallen war; doch das Gesicht, das, auf seinen Bug gemalt, nach vorn blickte, erkannte ich sofort.

»Gehört das Kanu Pater Erasmus?« fragte ich.

»Es gehört Taguna«, sagte Strange Goose. »Sie hat Erasmus herübergeholt.«

»Das Gesicht hab ich schon gesehen, aber nicht hier.«

»Du meinst drüben, auf dem Baumstrunk?«

»Ja. Wen stellt es dar?«

»Das ist Memajuokun, der nach seinen Freunden ruft. Memajuokun ist die Seele, der Geist. Und noch etwas: Waiting Raven nennt es élan vital.«

»Ah ja«, sagte ich, und fügte auf Deutsch hinzu: »Lebensdrang.«

»Lebensdrang«, wiederholte er mit drolligem Akzent. »Ja. Das hört sich danach an. Das muß ich Waiting Raven sagen.«

»Was hat Mond de Marais mit Memajuokun zu tun?«

»Waiting Raven ist ein *puoin*.«

»Ein *puoin*?«

»Ja. Ein Singer. Ein Schamane.«

»Das wußte ich nicht.«

»Ja«, sagte Strange Goose. »So ist das. Wegen der Bücher kannst du morgen kommen. Übermorgen. Wann du möchtest. Es tut mir leid, daß du heute umsonst gekommen bist.«

»Ich habe Lawrence und Emily kennengelernt«, sagte ich. »Vielleicht nehmen sie beim nächstenmal auch von mir etwas zu essen an. Die Bücher können warten. Wenn Marlowe Manymoose und Tim Chezzet zurückkommen, sagt es mir.«

»Wenn wir sie finden, meinst du? Wir werden es dir sagen, Chas.«

Bevor es dunkelte, sah ich noch eine Schar wilder Gänse auf ihrem Zug nach Norden. In der Nacht erwachte ich einmal von ihren weittragenden, fragenden Rufen und trat ans Fenster. Doch der Mond lag hinter Wolken, und die Rufe verhallten, ohne daß ich die Gänse sah.

GRUNDSTEINE

Amos runzelte die Stirn, als ich ihn beim Mittagsmahl nach Tim Chezzet und Marlowe Manymoose fragte. Seine Stirn war hoch, und er legte sie in viele Falten. Die unterste ging gerade durch seine Brauen und zog sie nach oben, was dem Gesicht einen erstaunten und besorgten Ausdruck verlieh. Er kratzte sich am Kinn und sah mich an.

»Hab nichts Neues gehört«, sagte er. »Gekannt hab ich sie beide. Den Tim nur flüchtig. Den Marlowe aber, den hab ich gut gekannt. Mit dem hab ich oft im Wald gearbeitet und im Steinbruch. Dem seine Hose könntest du mit mir zusammen tragen, und dann wäre noch Platz drin. Ich hab mal gesehen, wie er zwei junge Bullen eingefangen hat, damit Sigurd ihnen Nasenringe einziehen konnte. Er hat sie in die Ecke gedrängt, gepackt, zu Boden gedrückt und festgehalten. Ohne Trick, weißt du. Einfach mit Kraft. Yep.«

»Kann irgendein Tier die beiden überrascht haben?« fragte ich.

»Glaub ich nicht«, sagte er. »Marlowe ist zu stark, wie gesagt. Und von Tim sagt seine Frau, er habe auch hinten Augen. Der war schon als Kind so. Wenn wir Anschleichen gespielt haben, hat er uns immer erwischt. Immer.« Er schüttelte langsam den Kopf. Seine Stirn war immer noch gerunzelt.

»Die Sache gefällt mir nicht«, sagte ich. »Sie paßt nicht hierher.«

Seine Lippen verzogen sich langsam zu einem Grinsen. Zugleich verschwanden die Falten von der Stirn.

»Das kannst du noch mal sagen, Chas. Mir gefällt sie auch nicht. Was meinst du, wenn du sagst, sie paßt nicht hierher?«

»Das ist wieder so ein Gefühl, Amos. Drüben, wo ich herkomme, geschieht es öfter als hier, daß jemand spurlos verschwindet. Wenn wir den Grund nicht wissen, glauben wir, ihn erraten zu können. Häufig genügt uns das.«

Er nickte.

»Ihr seid nicht so viele wie wir«, fuhr ich fort. »Ihr kennt einander. Wenn jemand verschwindet, wißt ihr entweder den Grund, oder ihr wißt ihn nicht. Ihr gebt euch nicht mit Vermutungen zufrieden. So ist es doch?«

»Yep. Und das gefällt mir nicht. Daß keiner was weiß und daß jeder was anderes vermutet.«

Vor dem Essen hatten wir den größten Teil des zweiten Ackers gepflügt. Joshua und Kiri hatten angefangen, mit einem von Don Jesús geliehenen Ochsengespann und einem Gestell aus gelenkig miteinander verbundenen Kanthölzern den ersten Acker abzuschleppen. Amos meinte, sie würden heute damit fertig werden. Morgen könnten Kiri und Sureeba einsäen; Joshua könnte die Saat eineggen und anwalzen, während wir inzwischen den zweiten Acker zur Einsaat vorbereiten würden. Am darauffolgenden Tag müßten wir dann mit dem Umbrechen des dritten, größten Ackers anfangen, der ein Stück entfernt in nordöstlicher Richtung hinter dem Hof lag.

Sara Pierce hatte uns das Essen gebracht. So groß wie Amos, mit langen Beinen und gemessenen Bewegungen, war sie den Weg unter den Kastanienbäumen herabgekommen. Ihr Haar war in zahllose steife Zöpfchen geflochten. Sie trug den Korb auf dem Kopf und stützte ihn mit einer Hand, die großen Augen unter hohen Brauenbögen nicht auf den Weg, sondern auf uns gerichtet. Ihre Stimme war weich und langsam wie die ihres Mannes. Sie hatte wenig gesagt.

Am folgenden Tag übernahm Joshua das Führen der Pferde, und ich fuhr die Walze. Jedesmal, wenn es in südlicher Richtung ging und ich den See vor mir hatte, hielt ich Ausschau nach dem Gleißen des Springbrunnens der Ibárruris und sah es auch einige Male, bis am Nachmittag ein Gewitter von Osten herantrieb und die Sonne verdunkelte. Schwarz und schwer blieb es über den Hügeln stehen, während sich bei uns der Himmel nur grau bezog. Dumpfes, schütterndes Grollen drang zu uns her, langgezogenes Murren, manchmal ein massiger, gedämpfter Schlag, nach dem man auf einen zweiten wartete, der jedoch ausblieb. Blitze sahen wir keine; doch ab und zu leuchtete es in den Wolken gelblich auf, als brenne dort Schwefel.

Ich war mit dem Anwalzen fertig und spannte soeben Hoss und
Maalat aus, da trafen uns die ersten Tropfen. So lang, wie man
braucht, um eine Pfeife zu rauchen, ging ein staubfeiner Regen nieder. Amos stand neben mir und grinste.
»Das hast du gut gemacht«, sagte er. »Einsäen, eggen, anwalzen; und
dann ein bißchen Regen. Mond de Marais hätte es nicht besser gekonnt. Paß auf, Chas, aus dir wird noch ein *puoin*.«
Über den Hügeln schüttete es. In den schwarzen Wolken hatte sich
eine riesige runde Öffnung aufgetan, so hell, daß sie beinahe weiß
wirkte. Senkrecht hingen aus ihr die Wasserfahnen herab, graustrei-
fig erst, und dann glitzernd, als der Himmel über uns sich lichtete
und die Sonne wieder schien. Bald darauf wölbte sich ein dicker Regenbogen vor den Fetzen der schwarzen Wolken, die ausblichen,
aufstiegen und zerflatterten.
Obwohl es bei uns nur kurz geregnet hatte, war unser zweiter Acker
zum Abschleppen nun zu naß. Amos verschob die weitere Feldarbeit auf morgen. Ich half ihm, die Pferde abzureiben, rauchte eine
Pfeife mit ihm, und wir sahen zu, wie der Regenbogen blasser und
blasser wurde. Dann war er fort. Den genauen Augenblick, in dem
er verschwunden war, hatte ich verpaßt; das ferne Aufblitzen des
Springbrunnens in den schrägen Sonnenstrahlen hatte mich abge-
lenkt.
Ich ging ein Stück den Weg entlang, der schon wieder fast trocken
war. Kurz vor dem Langhaus blickte ich mich um. Amos mit seinem
Wagen und den beiden Gespannen war nicht mehr zu sehen. Ich
wandte mich nach links und wanderte durch die Wiesen auf den
Hof der Ibárruris zu. Je näher ich kam, um so öfter sah ich den auf-
blitzenden Wasserstrahl, bis ich neben einer Haselnußhecke in eine
Bodensenke geriet, die den Hof samt Bäumen und Garten meinen
Blicken entzog. Als ich die Senke hinter mir gelassen und die langgestreckte jenseitige Anhöhe erreicht hatte, war die Hecke an meiner Seite zu hoch und zu dicht; ich konnte den Hof nicht sehen. Ich
wanderte weiter und suchte nach einer Stelle, an der ich durch die
Hecke gelangen konnte.
Ich fand einen Durchschlupf, schob die feuchten Zweige auseinander, machte ein paar Himbeerranken von meinen Ärmeln los und
kletterte über einen vermoderten Baumstumpf.

Ich hatte Glück gehabt. Jetzt befand ich mich nicht nur nah beim Hof der Ibárruris, sondern auch ein Stück oberhalb, höher, als ich erwartet hatte; das gab mir einen guten Blick auf den Fahrweg. So weit ich sehen konnte, war er von lombardischen Pappeln gesäumt. Ich hatte gedacht, der Weg ende hier bei dem Hof. Doch er ging weiter auf die Hügel zu, die mir nicht näher schienen als an dem Morgen, da ich sie vom Langhaus her gesehen hatte.

Eine breite Zufahrt führte schräg die Wegböschung hinab. Am Fuß der Böschung krümmte sie sich nach rechts und endete bald darauf in einem rechteckigen, mit unregelmäßig geformten Sandsteinplatten gepflasterten Hofplatz. Links stand eine geräumige Scheune, mit überluckten Brettern verkleidet und mit einem doppelten Schiebetor versehen, zu dem eine gemauerte Auffahrt führte; südlich der Scheune sah ich zwei größere und einen kleinen Schuppen. Rechts vom Hofplatz erhob sich das an die Stallungen angebaute Wohnhaus. Die Schindeldächer standen weit über, um den Regen vom Balkenwerk und den Grundmauern fernzuhalten.

Die Einfahrt zum Hofplatz war von zwei gewaltigen Eichen beschattet. Hinter den Gebäuden, also auf der Südseite, standen Bäume; ich erkannte Buchen, Ahorne und Weißeschen. Rechts, nordwestlich vom Wohnhaus, befand sich ein großer, mit einem Staketenzaun eingefriedeter Obstgarten. Der Zaun war an zwei Seiten von einer hohen und dichten Hecke wilder Rosen überwuchert. Gerade unter mir und keine zweihundert Fuß entfernt sah ich den Springbrunnen. Auf einer winzigen Insel inmitten eines schilfumrandeten kleinen Teichs stieg der Strahl weit über Mannshöhe in die Luft. Das überlaufende Wasser floß als gewundenes Rinnsal durch die von Obstbäumen eingefaßte Wiese und verschwand zwischen den Bäumen. Jenseits des Zauns weidete eine Herde sahnegelber Kühe. Nirgendwo war ein Mensch zu sehen.

Ich zog meine Fellweste aus, breitete sie auf das kaum noch feuchte Gras und setzte mich hin.

Obwohl die Sonne schon tief stand, war es hier im Schutz der Haselhecke warm, ja beinahe schwül. Der Wasserstrahl des Springbrunnens stieg hoch, knickte um und rieselte leise auf die Insel nieder. Wenn ihn ein Windstoß erfaßte, von dem ich hier oben auf meinem Aussichtsplatz nichts spürte, und das fallende Wasser über die Fläche des Teichs trug, änderte sich das Geräusch zu einem hohlen Murmeln, und in den sprühenden Tropfen leuchteten die Farben des Regenbogens auf.

Weit im Westen erkannte ich die Landzunge, die unseren Bootssteg nach Osten hin schützte. Der dunkle Fleck zwischen den Bäumen mußte Maguns Hütte sein. Weiter links sah ich auf der flirrenden Seefläche Tagunas Insel und, halb von ihr verdeckt, die Gänseinsel, wie ich sie bei mir nannte. Nach Osten verengte sich der See; von beiden Seiten stießen flachgewölbte Bergrücken in ihn vor, deren Spitzen sich beinahe trafen. Jedenfalls schien es von hier aus so. Dahinter verbreiterte sich der See wieder, doch lag jener Teil bereits im Schatten und zeigte ein stumpfes, fast schwarzes Grün. Wie weit mochte es wohl sein bis zum oberen Ende des Sees?

Ich nahm mir vor, bald einmal mit meinem Gänsekanu hinauszufahren und den See zu erkunden.

Warum trug Tagunas Kanu das Gesicht Memajuokuns? War sie es, die dem Baumstrunk das gleiche Gesicht gegeben hatte? War es Strange Goose? War es Memajuokuns einziges Gesicht – oder eines von vielen?

Frag, Chas Meary! dachte ich, und mein Gedanke sprach mit der Stimme von Mond de Marais, der auch Waiting Raven hieß und ein *puoin* war, ein Singer, ein Schamane.

Ein Windstoß ließ den Wasserstrahl farbig aufleuchten. Fast zugleich fühlte ich einen Blick auf mir ruhen und drehte das Gesicht nach links. Auf den Pflastersteinen des Hofplatzes stand ein Hund und sah mit erhobener Nase und gespitzten Ohren zu mir her. Als er meine Kopfbewegung wahrnahm, setzte er sich in Trab, lief über die schräge Zufahrt auf mich zu, kam heran und beroch meine Stiefel; er schnüffelte, leckte sich die Lefzen, stieß ein kurzes Winseln aus, drehte sich um, hob ein Bein, besprühte meine Stiefel mit einigen sparsamen Tropfen, wedelte einmal und lief weiter den Fahrweg hinauf. An der Zaunecke verschwand er hinter der Böschung. Gleich darauf sah ich ihn wieder. Er trieb die Kühe weiter in die Wiese hinein, ohne Hast und ohne zu bellen. Bald verbargen die Obstbäume sie vor meinen Blicken.

Im Garten vor mir schritt eine Gestalt in langem, dunklem Rock und schwarzem Umhang, dessen Kapuze über den Kopf gestreift war, am Teich mit dem Springbrunnen vorbei. Eine Frau. Wo war sie hergekommen? Hatte sie die ganze Zeit lang hinter der Wildrosenhecke am Zaun gesessen?

Unwillkürlich war ich aufgestanden. Die Fellweste hing aus meiner Hand und schleifte am Boden; mit ein paar raschen Schritten war ich am Rand der Böschung und sprang auf den Weg hinunter. Die Frau mußte mich gehört haben. Gleich würde sie sich umdrehen und mich sehen.

Doch sie ging weiter. Ich öffnete den Mund, um zu rufen, und rief nicht; denn jetzt war die Frau an dem gewundenen Abfluß angelangt, hob mit der linken Hand ihren Rocksaum eine Handbreit, setzte einen Fuß auf die andere Seite des Bächleins, hob den anderen, langte mit der Hand hinunter und richtete ihren Schuh. Etwas an ihren Bewegungen war so unheimlich und so vertraut, daß es mir die Stimme verschlug. Ich stand mit offenem Mund auf dem Weg, die Weste in der Hand, und schaute der Frau nach. Sie schritt auf das Haus zu, bückte sich unter dem Ast eines Apfelbaums, doch nicht tief genug; der Ast streifte ihr die Kapuze vom Kopf, ein Sonnenstrahl ließ langes Haar schwarz aufleuchten, dann ging sie zwischen die Bäume hinein, und ich sah sie nicht mehr.

Ich atmete aus und schloß den Mund. Aus dem Haus klang Musik. Jemand spielte auf der Gitarre einen Marsch.

Eine große Fliege umkreiste meinen Kopf mit hellem, bissigem Gesumm. Ich wehrte sie mit der Fellweste ab, doch sie war beharrlich, und ich schlug ein paarmal nach ihr, bis ich sie endlich traf. Ich dachte, ich hätte sie erledigt; doch dann krabbelte sie aus dem Fell hervor, ließ sich fallen und schoß scharf aufsummend davon.

Ich machte mich auf den Heimweg, verwundert, enttäuscht und ärgerlich über die tölpelhafte Vorstellung, die ich mir selber gegeben hatte. Warum hatte ich mich auch von dem Hund ablenken lassen? Und warum hatte ich mit offenem Mund dagestanden wie Parsifal vor dem Gral, statt die Frau anzurufen, sie dazu zu bringen, ihr Gesicht zu zeigen? Ich hatte dem Gefühl nachgegeben, ihre Bewegungen erinnerten mich an jemanden; und mein Gedächtnis hatte getreulich versucht, diesen Jemand dingfest zu machen.

Ich verlangsamte den Schritt, zog meine Weste an und ging dann weiter, in die sinkende Sonne blinzelnd, die den roten Sand des

Weges mit blutrotem Licht tränkte. Auch der Himmel über den Hügeln im Westen war rot und versprach für morgen einen schönen Tag. Noch zwei, drei solcher Tage, und wir würden nach dem Hafer auch die Gerste und den Weizen eingesät haben; danach durfte es regnen.

Wie es sich zeigte, brauchten wir zwei Tage, bis der zweite Acker eingesät und der letzte und größte zur Einsaat vorbereitet war. Den ganzen Vormittag des dritten Tags gingen Kiri und Sureeba, die kaum kleiner war als ihre Schwester und deren Kopf von Zöpfchen starrte wie der ihrer Tante Sara, hin und her über den Acker und streuten den Weizen aus, den ich dann eineggte. Ihre geflochtenen Säkörbe hatten die Form von Mondsicheln und lagen der Rundung der Hüfte bequem an. Am Feldrain standen Säcke, aus denen die Schwestern ihre Körbe nachfüllten.

»Wie machst du das«, fragte ich Sureeba beim Mittagessen, »daß du so gerade über das Feld gehst? Ich hab dir zugeschaut. Du läßt keine Stelle aus, und du säst auf keine zweimal.«

Sie kicherte.

»Ich mach das wie du, wenn du die erste Furche pflügst«, sagte sie. »Ich merke mir einen Baum oder einen Strauch oder einen Hügel. Auf den geh ich zu. Und ich weiß, daß ich ungefähr acht Schritte weit werfe. Also geh ich am Ende der Reihe zweimal acht Schritte am Feldrain entlang. Und dann geh ich gerade zurück. Es ist leicht.«

Ihr Gesicht wurde dunkler, wenn ich zu ihr sprach. Auch Sara bemerkte es. Sie sagte ein paar rasche Worte zu ihrem Mann, die mir wie Anassana klangen. Amos schaute mich an, dann die Mädchen; und dann grinsten er und Sara einander zu.

Später rauchten Amos und ich eine Pfeife. Der auffrischende Wind trug den Rauch mit sich fort. Sara saß neben uns in der Sonne, die Beine seitlich angezogen, einen Fuß über den anderen gelegt, und summte. »Das kenne ich«, sagte ich, als ich meiner Sache sicher war. »Die Seeleute haben das manchmal gesungen. Ein spanisches Lied, in dem eine Yémanjá vorkommt.«

Sara Pierce lachte leise auf.

»Yé-man-já«, sagte sie weich und gedehnt; es klang wie eine Woge, die einen langen sandigen Strand hinaufrauscht.

»Also doch«, sagte ich. »Eine Spanierin.«

Sie schüttelte den Kopf und fuhr mit der Zungenspitze über ihre Oberlippe.

»Nicht Spanien«, sagte sie. »Brasilien. Yémanjá. Das ist die Mutter des Meeres. Die Mutter des Wassers.«

Und sie summte die letzten Takte noch einmal.

»Du sollst keine anderen Götter neben mir haben«, sagte Amos.

Sara ließ den letzten Ton lang ausklingen.

»Du hast recht, Amos Pierce«, sagte sie. »Yémanjá ist eine Göttin.«

Beide sahen einander in die Augen, bis Amos die Pfeife ausklopfte und sie in seine Jackentasche schob. Dann stand er langsam auf und streckte seiner Frau die Hände entgegen, um ihr aufzuhelfen.

»Wenn wir jetzt weitermachen«, sagte er, »können wir vielleicht heute noch fertig werden.«

Den ganzen Nachmittag über blieb der Wind frisch und ziemlich stetig. Kurz vor der Dämmerung war unsere Arbeit getan. Auf dem Heimweg schien mir, als nehme der Wind zu; vielleicht, weil er mir entgegenwehte und ich müde war. Nach dem Abendessen, das Sureeba gebracht hatte, zusammen mit einer neuen Pfeife und einem Lederbeutel voller Tabak – beides als Dank von Amos für meine Arbeit auf seinen Feldern –, heulte der Wind um die Ecken meiner Hütte, pfiff an den Traufen, klapperte mit den Schindeln; und wenn er manchmal nachließ, dann nur, um sich gleich darauf um so schwerer gegen die Balkenwände zu werfen. Ich hatte mein Licht gelöscht und stand am Fenster. Nur der Schaum auf den Kämmen der Wogen strahlte ein fahles Licht aus.

Lange Zeit lag ich wach, sah die Frau im schwarzen Umhang vor mir, sah, wie sie am Springbrunnen vorbei auf das Haus der Ibárruris zuschritt, sah, wie der Ast des Apfelbaums ihr die Kapuze vom Kopf streifte, wie ein Sonnenstrahl ihr langes Haar schwarz aufleuchten ließ. Ich erwachte von einem Schlagen. Während mein Bewußtsein aus den Tiefen des Schlafs auftauchte, wiederholten sich die Schläge und machten mich hellwach. Draußen fiel Regen. Der Sturm war vorbei. Also konnte es nicht der Fensterladen sein. Jemand schlug an meine Tür. Da war es wieder: tam-tam-tam-tam.

»Ja«, rief ich. »Komm herein.«

Zuerst sah ich nur den Schein einer Laterne und die Schatten der

Stühle, des Kamins und des Laternengitters, die an den Wänden hochfuhren und schwankend an der Decke entlangglitten. Dann erkannte ich in dem gelben Licht das regenfeuchte Gesicht von Strange Goose.

»Kannst du reiten, Chas?«

»Freilich. Wohin?«

»In die Hügel. Joshua wartet oben mit einem Pferd für dich. Wir glauben, daß wir gefunden haben, was von Marlowe Manymoose übrig ist.«

»Guter Gott! Komm herein, Strange Goose. Mach die Tür zu. Setz dich. Ich bin gleich fertig.«

Während ich Unterzeug, Winterhose, Stiefel und Lodenjacke anzog, erzählte mir Strange Goose, was er wußte. Viel war es nicht. Kagwit, Ooniguns elfjähriger Bruder, hatte beim Ziegenhüten die Entdeckung gemacht. Er hatte seine Ziegen eingepfercht und war nach Hause geritten, an die zwei Stunden weit. Sein Vater, Arwaq, der Enkel von Strange Goose und Taguna, hatte Oonigun zu Amos geschickt. Amos war über den See gepaddelt und hatte Strange Goose und Taguna die Nachricht überbracht.

Ich hängte mein *teomul* um, zog den Umhang über meine Lodenjacke und war fertig. Dann fielen mir meine Stulpenhandschuhe ein, und ich holte sie aus dem Wandschrank.

»Ich bleibe hier«, sagte Strange Goose. »Nichts mehr für mich. Taguna und ich werden im Langhaus sein, wenn ihr zurückkommt. Niscaminou soll mit euch sein!«

»Niscaminou?«

»Der Sehr Große, der tagsüber am Himmel leuchtet.«

Ich nickte und drückte ihm die Hand. Draußen zog ich die Kapuze über meinen Kopf. Kräftig und gleichmäßig fiel der Regen. Nebel zog über die Wiesen, hing in den Kronen der Bäume, drehte sich schlaftrunken im nassen Halblicht. Der Morgen konnte nicht mehr weit sein.

Joshua hatte mit den Pferden unter dem überhängenden Dach des Langhauses Schutz gefunden. Wir begrüßten uns.

»Willst du den Hengst oder den Wallach?« fragte er.

»Hoss«, sagte ich.

»Also den Hengst. Hab ich mir gedacht.«

»Worauf hört er?«

»Mond de Marais hat ihn eingeritten.«

»Ah. Dann weiß ich Bescheid.«

Wir stiegen auf. Ich setzte mich in dem ungewohnten Sattel zurecht, ergriff die Zügel, die um das Sattelhorn geschlungen waren, und rief halblaut: »Attali!«

Schritt, Trab, Galopp. Der Regen schlug uns ins Gesicht. Schlamm spritzte auf. Die Äcker, die wir gepflügt und eingesät hatten, zogen vorbei. Eine Weile ritt ich voran, dann schob sich Joshua an meine Seite.

»Wir werden sie fangen«, rief er. »Yep-yep-yep! Wir werden sie fangen! Nicht wahr, Chas?«

Ich sah seine Zähne.

»Sie?« rief ich zurück. »Wen meinst du?«

»Die das getan haben. Weil einer allein einen Bullen wie Marlowe nicht umbringen kann, sagt Arwaq.«

»Hast du Marlowe gekannt?«

»Ja. Wir sind jedes Jahr zum Fischen gefahren. Marlowe, mein Vater, Oonigun und ich.«

Der Hof von Amos tauchte vor uns auf. Das helle Holz der neuen Scheune glänzte naß. Auch hier waren Wohnhaus und Stall aneinandergebaut. Der Hof war von Bäumen umgeben und lag geschützt in einer Senke links vom Weg. Hinter den Bäumen schimmerte matt eine Wasserfläche. Gänse oder Enten hockten nah am Ufer; sie hatten die Hälse eingezogen und hielten Köpfe und Schnäbel schräg aufwärts gerichtet, dem Regen entgegen.

»Die werden nicht naß«, rief Joshua. »Steig ab!«

Sara brachte jedem von uns eine Schüssel Grütze und einen Becher heiße, fette Milch. Wir aßen und tranken im Stehen. Amos, auch er im Umhang, ging zum Stall und kam mit einer der Stuten wieder.

»Switha?« sagte ich.

»Sinda«, sagte er. »Switha ist rossig. Das hab ich dir nicht antun wollen.«

»Hast du denn gewußt, daß ich Hoss reiten würde?«

»Yep. Hab sogar mit Joshua wetten wollen. Aber er war derselben Meinung. Schade.«

Wir saßen auf. Amos beugte sich hinunter und küßte seine Frau schmatzend auf den Mund. Sie legte die Arme um seinen Hals und zog ihn fast vom Pferd.

»Ah!« seufzte er schließlich und richtete sich auf. »Weiber!«

Sara preßte beide Fäuste unters Kinn und sah ihn an. Der Regen tropfte von ihren Zöpfchen.

Bald führte der Weg zwischen Bäumen bergan. Als wir in offenes Wiesengelände kamen, hatte sich das nasse Grau um uns her merklich gelichtet. Arwaqs Hütte erhob sich auf einem Hang neben einem Bach. Ein Fenster war erleuchtet. Neben der Hütte stand ein flacher, langgestreckter Schuppen aus unbehauenen Stämmen.

»Arwaq Long Cloud ist Jäger«, sagte Amos zu mir. »Da kommt er schon. Ho, Arwaq!«

Zwei dunkel gekleidete Reiter patschten auf uns zu.

»Ho, Amos«, rief eine hohe, heisere Stimme. »Ho, Joshua. Und du bist Chas Meary, der *aglaseaoo* aus dem Land, wo die Sonne aufgeht?«

»Der bin ich«, sagte ich. »Was ist ein *aglaseaoo*? Ich lerne eure Sprache ein Wort nach dem anderen. Das ist neu.«

»Ein *aglaseaoo* ist ein weißer Mann. Willkommen in Megumaage!«

»Guten Morgen, Arwaq«, sagte ich. »Und danke!«

Er neigte kurz den Kopf, auf dem die zweispitzige Männermütze saß. Die Kapuze seines Umhangs war nach hinten geschlagen. Langes, schwarzes Haar, mit einem Riemen zusammengefaßt, fiel in sie hinab. Gesicht und Gestalt waren schmal, der Schnurrbart schwarz und dicht, die Lippen dünn, die Nase kräftig und gebogen, die Augen hellgrau.

»Das ist mein Sohn Kagwit«, sagte er, auf einen kleinen Buben mit heller Haut weisend, der wie er selbst auf einem schwarzen Pferd saß und gekleidet war wie er.

»Er ist elf Jahre alt«, fuhr Arwaq fort. »Er hat gehandelt wie ein Mann. Taguna wird stolz auf ihn sein.«

»Taguna ist stolz auf ihn«, sagte Amos. »Vor dem Winter wird sie ihm seinen Männernamen geben.«

Kagwit sah uns aus weiten hellgrauen Augen an.

»Kommt Oonigun nicht mit?« fragte Joshua.

»Das Haus kann nicht ohne Mann bleiben«, sagte Arwaq. »Es sind Mörder im Wald. Das hat nicht einer allein gemacht, sag ich euch.«

Er spie aus und biß mit braunfleckigen Zähnen ein neues Stück Kautabak ab.

»Das hat nicht einer gemacht«, wiederholte er.

Was bis zu Arwaqs Behausung ein Fahrweg gewesen war, verengte sich nun zum Pfad. Kagwit ritt voraus, dann kam ich, dann Amos, gefolgt von Joshua. Arwaq ritt am Schluß. Der Regen rann. Stellenweise war der Pfad nurmehr ein schlammiges Bächlein, das uns entgegenfloß; stellenweise war er steil und steinig, und wir legten unser Gewicht in die Steigbügel, um den Pferden das Klettern zu erleichtern. Nach und nach wurde es hell. Der Pfad wand sich weiter und weiter in die Hügel hinein.

Einmal rasteten wir kurz, gaben unseren Pferden Hafer und aßen kaltes Rindfleisch, das Amos mitgenommen hatte. Wir versuchten, unsere Pfeifen anzubrennen. Doch es war zu naß, und wir stiegen auf und ritten weiter.

Nebel strömte um die Bäume. Die Hufe der Pferde schmatzten im Schlamm.

Wir kamen an einer Zeder vorbei, die der Sturm vor langen Jahren gefällt hatte. Aus dem gezackten Stumpf wuchs ein junger Baum von doppelter Mannshöhe. Der gefallene Stamm, halb in die Erde gesunken, war an vielen Stellen aufgerissen bis zum Kernholz, das noch frisch war. Mulm und Holzspäne lagen in Häufchen umher.

»Mooin«, sagte Kagwit zu mir. »Eine Bärin mit zwei Jungen. Sie holen sich die fetten Maden aus dem Holz. Ich hab sie nicht gesehen, nur gehört. Ich mußte einen Umweg machen.«

Wir ritten nun durch einen alten Zedernbestand. Hier war der Pfad grasbewachsen und außerordentlich breit, als sei an seiner Stelle früher einmal eine Landstraße verlaufen. Vor uns leuchtete das helle Grün einer Lichtung durchs dunkle Grün der Zedern. Kagwit hielt sein Pferd an und hob die Hand. Wir lenkten unsere Pferde neben ihn und hielten gleichfalls an.

Ein Elch stand keine fünfzig Schritte vor uns im Gras. Den Kopf mit den kleinen Schaufeln, noch vom Bast geschützt, hielt er vorgestreckt, die Vorderläufe waren weit auseinandergestellt. Sein Brustkorb hob und senkte sich in raschen Stößen. Den linken Hinterlauf hatte er hochgezogen. Gleich vor dem Schenkel klaffte braun-

120

schwarz ein Riß in der Bauchdecke, aus dem einige grünliche Darm-
schlingen hingen.

Ohne daß ich es bemerkt hätte, war Arwaq vom Pferd geglitten.
Langsam ging er auf den Elch zu. Der wandte den Kopf und machte
ein paar mühselige, humpelnde Schritte. Dann brach er vorn in die
Knie.

Arwaq beugte sich über ihn, ergriff eine der Schaufeln und bog den
Kopf des Tieres mit einer flinken Bewegung weit nach hinten. Mit
der anderen Hand zog er sein Messer aus dem Gürtel und stieß es in
die linke untere Halsseite, drehte den Griff einmal im Kreis und zog
das Messer wieder heraus. Schwarz schoß ihm das Blut über die
Hand und floß ins Gras. Arwaq trat zurück, ließ sich auf ein Knie
nieder und wischte das Messer im Gras ab. Der Elch brachte einen
gurgelnden Laut hervor. Seine Hinterläufe gaben nach. Der schwere
Körper rutschte vor, schwankte und rollte dann langsam auf die
Seite. In einem dicken Klumpen quoll dampfendes Gedärm aus der
Bauchwunde hervor. Die Läufe schlugen heftig, verloren aber rasch
an Kraft; dann zuckten sie steif und streckten sich. Vom Kopf bis
zum Hinterteil lief ein Zittern über das Fell, einer Brise gleich, die
die Oberfläche eines Gewässers streift. Danach regte sich nichts
mehr.

Arwaq stand auf, schob das Messer in seinen Gürtel und kehrte zu
uns zurück. Die Muskeln in seinem dunklen Gesicht zeigten keine
Regung. Er sah uns nicht an, war mit einem Satz auf seinem Pferd,
trieb es mit einem sanften Kehllaut an und ritt langsam voraus.

Jenseits der Lichtung ging es wieder durch Wald, hinter dem sich
ein flacher Talkessel auftat. Wiesen schwangen sich weit die Hänge
hinauf. Sie waren durch dichte Hecken voneinander getrennt, aus
denen da und dort Birken emporwuchsen. Der Regen hatte während der vergangenen halben Stunde allmählich nachgelassen; jetzt
nieselte es nur noch.

Weit hinter einer Hecke erblickte ich einen offenen Unterstand und
auf der Wiese hinter ihm eine Herde brauner gehörnter Ziegen. Kagwit ritt zu seinem Vater vor, wechselte einige Worte mit ihm und
lenkte sein Pferd dann links hinab zu der weidenden Herde. Arwaq,
Amos, Joshua und ich wandten uns nach rechts. Der Pfad stieg an.
Wir kamen an einem frischen Windbruch vorbei. Auf einer Fläche

von mehreren Morgen türmten sich die Stämme zu wirren, spiralig gedrehten Haufen, wie Gras- oder Getreidehalme, die ein Hagelsturm zu Boden geschlagen hat. Der Terpentinduft von Kiefernharz hing in der feuchten Luft. Der Regen hatte gänzlich aufgehört. Von der nahen Hügelkuppe strich uns Wind entgegen und trug das tiefe Koraq-Koraq einiger Raben und das vielstimmige, zudringliche Quorr-Quorr eines Krähenschwarms an unsere Ohren. Gleich darauf flogen die schwarzen Vögel auf, zogen einige Kreise und ließen sich in den Kronen der Kiefern nieder, die dem Sturm widerstanden hatten. Der Boden war dicht mit Blaubeerbüschen bewachsen.

Arwaq zog die Zügel an, sprang zu Boden und ging auf die Kuppe der Anhöhe zu, wo etwas lag, das wie ein Häufchen regengeschwärzten Bruchholzes aussah. Wir folgten ihm. Joshua war gleich nach Arwaq zur Stelle, beugte sich nieder, wandte sich ab. Dann war auch ich bei Arwaq. Jetzt erst sah ich den Toten. Meine Lider gerieten in ein krampfhaftes Zwinkern, das ich mühsam zu beherrschen suchte.

Ein Bein lag, in der Hüfte rechtwinklig abgeknickt, flach am Boden. Das andere war im Kniegelenk fast ganz abgetrennt, der Oberschenkelknochen einen halben Fuß tief in die Erde getrieben. Beide Arme waren mehrfach gebrochen, am linken ragte die gesplitterte Elle weißglänzend aus dem fast schwarzen, zerfetzten Fleisch hervor. Die Bauchdecke und die untere Hälfte des Brustkorbs waren geborsten. Därme, Magen, Milz und die zerrissene Leber waren teils hervorgequollen, teils von Vögeln herausgezerrt und angefressen. Ein schwarzbraun verschmierter Kiefernknüppel, lang wie ein Zaunpfahl, war mit einem Stück Hanfseil lose an den Hals der Leiche geknotet. Ein zweiter, kürzerer Knüppel lag einen Schritt daneben. Der nach hinten gebogene Kopf ruhte in einer farbig schillernden Wasserlache. Der Mund klaffte; einige Zähne waren zersplittert, die Nase war gebrochen und verschoben. Im übrigen war das Gesicht erhalten.

Der Körper war vollständig nackt. Der Gestank war betäubend.

Arwaq hatte sich hingehockt und hielt seine Mütze zwischen den Händen. Kein Muskel regte sich in seinem Gesicht. »Ja«, sagte er schließlich ruhig und heiser. »Das ist Marlowe Manymoose. Wir können ihn nicht nach Hause bringen. Laßt uns Holz sammeln.«

Er stand auf, wandte der Leiche den Rücken zu und sah uns, einen nach dem anderen, an. »Das waren Menschen«, sagte er. »Mehrere. Vier. Vielleicht fünf. Glaubt ihr mir jetzt?«

Wir suchten den Boden im Umkreis von dreißig Schritten ab, fanden aber nur Vogelspuren.

Das Holz holten wir aus dem Windbruch. Die dickeren Stücke legten wir im Rechteck um den Toten herum, als wollten wir ein Blockhaus bauen. Als die Wände hoch genug waren, bedeckten wir sie mit zwei Lagen möglichst trockener Äste, auf die wir Reisig schichteten. Gegen Mittag brach die Sonne durch den Nebel. Keiner von uns sagte ein Wort; doch jeder war froh, wenn er zum Windbruch gehen konnte. Der Verwesungsgestank hing hartnäckig über dem Häuflein zerschlagener Knochen und faulenden Fleisches, das einmal Marlowe Manymoose gewesen war.

Mit seinem Brennglas setzte Amos den Scheiterhaufen in Brand. Bald rauschten die Flammen in die Höhe. Die Kiefernnadeln knatterten, als sie Feuer fingen. Wir sahen dem Feuer zu und blickten dem Rauch nach, der erst blau, dann grau, später schwarz und fett gen Westen trieb.

»Was ist mit seinem Memajuokun?« fragte ich. »Bleibt er in der Nähe?«

Amos nickte, sagte jedoch nichts.

»Gewiß«, sagte Arwaq. »Viermal sieben Tage. Sie werden ihm viel zu trinken bringen müssen. Das Feuer hat ihn durstig gemacht.«

Als der Scheiterhaufen halb heruntergebrannt war, brachten wir neues Reisig und Knüppelholz und häuften es fast so hoch wie beim erstenmal. Das Feuer würde bis in die Nacht hinein brennen. Am folgenden Tag wollte Arwaq noch einmal heraufreiten und das, was das Feuer übriggelassen hatte, einsammeln und mitnehmen. Marlowe Manymoose würde bei seinen Vorfahren am Begräbnisplatz des Clans von Umtaban beerdigt werden.

Eine halbe Stunde hinter der gestürzten Zeder, in der die Bärin mit ihren Jungen gewühlt hatte, überholten wir Kagwit, der seine Ziegen nach Hause trieb. Arwaq entschied sich, ihn zu begleiten, und blieb zurück. Amos, Joshua und ich erreichten Amos' Hof am späten Nachmittag. Unsere Pferde waren erschöpft. Amos wollte mich zu Fuß zum Langhaus begleiten. Da ich sah, daß sich sein Hinken nach den vielen Stunden im Sattel verschlimmert hatte, redete ich ihm das aus. Auch Saras Einladung, zum Essen zu bleiben, nahm ich nicht an. Ich verspürte keinen Hunger, trank jedoch einen Becher heiße Milch, in die Sara Honig hineingerührt hatte, und machte mich auf den Weg zum Langhaus, der mir so weit vorkam wie vorher der ganze Ritt. Ich war müde und verschwitzt.

Alle Fenster des Langhauses waren mit ihren hölzernen Läden verschlossen. Ich trat ein. Das Innere war nur von dem Feuer beleuchtet, das auf dem offenen Herd brannte. Das rückwärtige Drittel des Raums war mit einer Balkenwand abgetrennt, in der sich zwei Türöffnungen befanden. Zwischen ihnen sah ich mit Fellen verhängte Schlafkojen, ähnlich wie in der Stube von Mariannes Gasthof. An beiden Seitenwänden erstreckten sich aus dunklem Holz gezimmerte Sitzbänke, auf denen gebündelte Schaffelle, fertige und begonnene Flechtarbeiten, Rollen von Birkenrinde, bestickte Kleidungsstücke und Leder- und Fellriemen unterschiedlicher Breite lagen. Neben der Tür standen mehrere Bockspinnräder mit schön gedrechselten Speichen, eine Schachtel aus Birkenrinde voller Spulen und zwei große, aus hellen und dunklen Spaltspänen geflochtene Truhen. Bei einer stand der Deckel offen. Sie war zur Hälfte mit gewaschener und gekämmter Schafwolle gefüllt.

Es roch nach frisch gegerbtem Leder, fetter Wolle und brennendem Ahornholz. Im flackernden goldbraunen Schein des Feuers erkannte ich einige der Schnitzereien an den zwei Fuß starken, waagrechten Deckenbalken und den Dachsparren, die sich zum First hin im Dunkel verloren.

Da arbeiteten zwei Biber an einem Damm; der eine trug einen Knüppel im Maul, der andere schob mit den Vorderpfoten einen Stein vor sich her.

Da war eine Frau mit spitzer Mütze, die einen kleinen Korb auf den Knien hielt und den beiden Mädchen an ihrer Seite das Flechten beibrachte.

Da war ein Bär, der zusammengerollt in seiner Höhle schlief. Die Höhle war im Querschnitt dargestellt; aus dem Schneehügel darüber stieg der Atem des Bären in einer dampfenden Wolke empor, und zwei Jäger schoben dünne Stangen durch den Schnee, um den Bären zu wecken.

Und da war ein Mann mit bloßem Oberkörper, der mit erhobenen Armen und zurückgebogenem Kopf an einem Baum stand, während ihm ein anderer von unten her ein Messer ins Herz stieß.

In der Mitte des Raums standen in zwei Reihen Sessel, ähnlich denen in Tagunas Garten. Die Dielen dazwischen waren mit Bären- und Elchfellen belegt. Taguna saß in einem Sessel zu meiner Rechten nächst dem Feuer. Links von ihr, den Kopf an ihr Knie gelehnt, saß Strange Goose mit gekreuzten Beinen auf einem langhaarigen schwarzen Bärenfell und schlief.

Ich setzte mich auf den Rand des ersten Sessels, um meine Stiefel auszuziehen, die schlammverkrustet und feucht waren.

»Komm näher ans Feuer«, sagte Taguna. »Ich will sehen, was du zu erzählen hast.«

Wie am ersten Tag in ihrem Garten setzte ich mich ihr gegenüber, und sie reichte mir einen gefüllten Becher, den ich langsam in einem Zug leertrank. Strange Goose hob den Kopf von ihrem Knie und öffnete die Augen. Sie waren klar und vollkommen wach.

Ich begann mit meinem Bericht. Beide hörten mir zu, ohne mich mit Fragen zu unterbrechen. Als ich fertig war, reichte Strange Goose mir seinen Tabaksbeutel. Ich füllte die Pfeife, die ich von Amos bekommen hatte; ihr Kopf war aus Messing gegossen und stellte einen Getreidemörser dar, den zwei Frauengestalten mit den Armen umspannten. Dann reichte ich den Beutel zurück, und Strange Goose stopfte eine Pfeife für Taguna und eine für sich. Vom Herd holte ich Feuer.

»Der Elch«, sagte Taguna. »Kein Jäger in Megumaage hätte den angeschossenen Elch seinem Schicksal überlassen.«

»Womit wurde der Elch verwundet?« fragte Strange Goose.

»Ich glaube, mit einem Schrotschuß«, sagte ich.

Taguna nickte.

»Letzte Nacht«, sagte sie, »hat jemand drüben bei Ooniaque auf einer Waldwiese einundzwanzig Kühe getötet. Mit Schrotschüssen. Mikko Lahtainens ganze Herde. Sein Hof ist keine zwei Meilen von der Waldwiese entfernt, aber er hat nichts gehört. Sie hatten ein Gewitter.«

»Das alles hat nicht einer gemacht«, sagte ich. »Arwaq meinte das auch.«

»Es ist wieder ein Mann verschwunden«, meinte Strange Goose. »Urbain Didier. Sein Hof steht am Zusammenfluß von Tirin und Musquodoboit. Das ist nicht weit von hier.«
»Wir werden uns übermorgen hier versammeln und besprechen, was wir tun können«, sagte Taguna.
»Eine Ältestenversammlung?«
»Ja.«
»Wie viele werden kommen, Taguna?«
»Alle, die können.« Einen Augenblick lächelten ihre dunklen Augen. Sie stand auf.
»Wir müssen schlafen«, sagte sie. »Du auch, Chas. Wir treffen uns übermorgen nach Sonnenuntergang.«
»Das sind zwei ganze Tage, Taguna«, sagte ich. »Was gibt es für mich zu tun?«
Sie dachte nach.
»Don Jesús ist sicher froh, wenn ihm jemand im Steinbruch hilft. Willst du?«
»Freilich. Soll ich in der Früh zu ihm gehen?«
»Nein, Chas. Es ist einfacher, wenn du hier auf ihn wartest.«
»Gut. Bleibt ihr beide hier?«
»Wir bleiben hier«, antwortete Strange Goose.
»Schlaft euch aus«, sagte ich. »Eine gute Nacht!«
Als ich meine Hütte betrat, war mein Hunger zurückgekehrt, und als ich sah, was auf dem Tisch stand, wurde er zum Heißhunger. Ich aß. Danach erst zog ich die Stiefel aus, putzte sie, so gut es ging, und hängte meine Überkleider zum Trocknen auf. Ich war gerade dabei, mich zu waschen, als ich meinte, fernen Donner zu hören. Ich trat ans Fenster und beugte mich hinaus. Der Wind kam aus dem Süden, in langen, anschwellenden Böen. Wenn sie abflauten, war das Brausen der Wälder zu hören. Ich lauschte. Ja, es donnerte, fern und anhaltend. Ehe ich die Richtung feststellen konnte, war die nächste Bö heran. Wetterleuchten sah ich keins.
Während der Nacht hatte ich mehrmals denselben Traum. Ich ritt durch das vollkommen dunkle Langhaus, eine Hand schützend vor mir erhoben, um die Deckenbalken zu ertasten, ehe ich mit dem Kopf gegen sie stieß. Das Pferd schnaubte. Wieder und wieder stießen wir an Gegenstände, die polternd zu Boden stürzten oder

weich hinunterplumpsten und von den Hufen des Pferdes zertreten
wurden. Ich wagte nicht abzuspringen, weil ich nicht selber unter
die Hufe geraten wollte. Ich hatte vergessen, wo sich die Tür befand, und ließ dem Pferd die Zügel. Schließlich spürte ich Wind im
Gesicht. Wir befanden uns im Freien. Auch hier war die Dunkelheit
vollkommen. Nach wenigen Schritten blieb das Pferd stehen, und
ich konnte es nicht dazu bewegen weiterzugehen. Als ich absteigen
wollte, fand mein Fuß keinen Boden. Ich zog mich wieder in den
Sattel hoch und war schon bereit, mich mit der Lage der Dinge abzufinden und auf den Morgen zu warten, als das Pferd am ganzen
Körper zu zittern begann, den Kopf hochwarf, entsetzt schnaubte
und mit mir auf dem Rücken das Gleichgewicht verlor.
An dieser Stelle des Traums wachte ich jedesmal auf.

Don Jesús Ibárruri erwartete mich schon, als ich unter windzerzaus-
ten Federwolken im dünnen Licht der frühen Sonne, das noch keine
Wärme brachte, auf das Langhaus zuschritt. Er war gedrungen gebaut, mit kurzen, starken Armen und Beinen, einem viereckigen
muskulösen Gesicht, das von einem kurzgeschnittenen schwarzen
Bart wie von einer Hecke umgeben war. Er hatte kleine graublaue
Augen und einen kleinen entschlossenen Mund mit schmalen,
scharfen Zähnen, zwischen denen er eine erloschene Pfeife hielt.
»Willkommen«, sagte er mit kurz angebundener Offenheit, die hei-
ter wirkte, obgleich er nicht lachte, nicht einmal lächelte. »Amos
sagt, du bist ein guter Arbeiter, und Kraft hast du, scheint's, auch.
David – ich meine den Sohn von Aaron Wiebe, nicht den anderen
David – braucht Steine für sein neues Haus. Er wird bald heiraten.
Na, und da bringen wir ihm eben seine Steine.«
Er schlug mir auf die Schulter.
»Pues vamos«, sagte er. »Steig auf.«
Vier sahnegelbe Ochsen waren vor den Wagen gespannt. Das Fahr-
gestell glich dem des Karrens von Mond de Marais, doch lag die
Ladefläche aus Buchenbohlen, die mit Eisenbändern beschlagen
waren, unmittelbar den Achsen auf. Außer dem Kutschbock gab es
keinerlei Aufbauten. In einer flachen, offenen Kiste erblickte ich einen Flaschenzug, sorgsam aufgerollte Hanfseile, kurze Meißel ver-
schiedener Breite, zwei schwere Hämmer und zwei Brecheisen.

»Ja, der David«, sagte Don Jesús, als die Ochsen sich in Bewegung setzten und wir an der Südseite des Langhauses entlangrollten. »Ich denke, das hat ihn getroffen. Du hast von Urbain Didier gehört, Don Carlos? Ich darf dich doch so nennen? Oder mißfällt es dir?«

»Im Gegenteil«, sagte ich. »Ja, von Urbain Didier habe ich gehört, erst gestern. Aber ich weiß von ihm nur, daß er verschwunden ist, und wo sich sein Hof befindet.«

»Muerto«, sagte Don Jesús. »Tot. Wie die anderen zwei. Ich kann das spüren, glaub mir. Ob einer noch lebt, meine ich. Spürst du das auch?«

»Ich denke ja«, sagte ich. »Wenn ich jemanden kenne, natürlich.«

»Natürlich, Don Carlos, natürlich. Was ich sagen wollte: Er, ich meine Urbain, und David, die waren wie Zwillinge. Nicht, daß sie einander ähnlich waren. Ganz und gar nicht. Aber sie waren am selben Tag geboren, und sie waren wie Zwillinge. Du verstehst, was ich damit sagen will?«

»Ich weiß, was du meinst, Don Jesús.«

»Gut! Und deshalb bringen wir dem David nun seine Steine. Damit er sein Haus bauen und heiraten kann und wieder jemanden hat. Obwohl – eine Frau und ein Freund, das ist nicht das gleiche.«

»Das ist wahr«, sagte ich. »Mit der Frau streitest du manchmal.«

»Ich sehe, du hast Erfahrung«, sagte er. »Mit dir kann man offen reden.« Er klopfte seine Pfeife an der Spritzwand aus, blies in den Kopf und steckte sie ein.

»Wer ist David Wiebes Braut?« fragte ich.

»Sie stammt aus der Svansson-Sippe. Du kennst Sigurd Svansson?«

»Ich hab ihn unterwegs kennengelernt.«

»Ah. Gut. Nun, es ist seine Schwester Dagny. Sie ist mit David verlobt.«

»Seit wann?«

»Seit vorigem Jahr. Die beiden kennen sich, seit Dagny vier Jahre alt war und David zehn. Du weißt, wie man sich bei uns verlobt?«

»Nein, das weiß ich nicht, Don Jesús.«

»Es geht so, Don Carlos: Zwei junge Leute finden aneinander Gefallen, und irgendwann werden sie sich einig. Das kann ein Jahr dauern oder zehn Jahre – bei David und Dagny waren es sogar fast zwanzig Jahre. Du verstehst?«

»Ich folge deinen Worten, Don Jesús.«

»Gut. Sie sind sich also einig, daß sie heiraten wollen, und der junge Mann ist in der Lage, eine Frau und Kinder zu versorgen. Er stattet dann eines Tages den Eltern des Mädchens einen Besuch ab. Die Eltern müssen nämlich zustimmen.«

»Kommt es vor, daß sie nein sagen?«

»Selten. Nimm Doña Pilar und mich. Wir würden nein sagen, wenn wir denken, die Ehe wird nicht gutgehen.«

»Selbstverständlich, Don Jesús.«

»Wir würden nein sagen, aber uns wäre nicht wohl dabei. Ganz und gar nicht wohl. Und warum? Weil wir es haben so weit kommen lassen. Wenn Ane-Maria oder Encarnación einen jungen Mann kennenlernen, und Pilar und ich sehen, das paßt nicht, das geht nicht zusammen, dann müssen wir sofort etwas sagen. Wir sollten nicht warten, bis die beiden sich einig sind und wir unsere Zustimmung verweigern müssen.«

»Aha. Halten die jungen Leute sich daran?«

»So gut wie immer, Don Carlos. Sie haben ja Zeit, sich jemanden auszusuchen, nicht wahr? Und sie wissen, daß wir nicht ihre Feinde sind. Doch wo war ich stehengeblieben? Ah ja: Björn und Agneta Svansson haben nicht nein gesagt, aber sie hatten Bedenken. Die Svanssons sind Lutheraner, die Clemrettas sind Mennoniten.«

»Ist das nicht fast das gleiche, Don Jesús?«

»Vielleicht für uns, Don Carlos. Für Björn und Agneta nicht, und für Ruth und Aaron ebensowenig. Ich weiß nicht, was sie da im einzelnen besprochen haben. Jedenfalls haben Björn und Agneta am Ende zugestimmt, und David ist zu ihnen gezogen.«

»Was? Ich hab gedacht, er und Dagny sind erst verlobt.«

»Ja eben! So fängt die Verlobung an: Der junge Mann zieht in das Haus der Eltern des Mädchens, das er heiraten möchte. Er lebt dort und arbeitet für sie. Ein Jahr lang. Sie müssen sehen, ob er wirklich für eine Familie arbeiten kann. Und sie wollen wissen, ob er ein verträglicher Mensch ist. Wer kann sich ein Jahr lang verstellen?«

Er drehte an der Bremskurbel, denn es ging bergab.

»Leben die beiden Verlobten wie Mann und Frau miteinander?« fragte ich.

»Don Carlos! Was fällt dir ein? Ist das etwa bei euch so üblich?«

»Gott behüte! Doch es kommt vor. Auch, wenn es eine Sünde ist.«

»Ja, gut, hier ist es auch vorgekommen. Aber das ist lange her. Alle fürchten die Schande.«

»Kommt es denn vor«, fragte ich, »daß eine Verlobung nach dem Probejahr auseinandergeht?«

»Schon. Aber das ist noch seltener.«

»Was ist, wenn sich nach einigen Jahren herausstellt, daß die beiden Eheleute nicht miteinander leben können?«

»Sie dürfen sich trennen, wenn die Frau einwilligt, zu ihren Eltern zurückzugehen. Das gilt allerdings nur, wenn die Ehe kinderlos ist.«

»Und wenn die Frau nicht einwilligt?«

»Dann gibt es keine Trennung, Don Carlos.«

»Bei uns gibt es weder Trennung noch Scheidung, Don Jesús. Die Kirche hat beides verboten.«

»Bei uns hat die Kirche damit nichts zu tun. Aber daß Eheleute sich trennen, kommt nur selten vor. Wie ich gesagt habe: Solange wir jung sind, haben wir Zeit, uns umzuschauen. Und wir sind nicht allein dabei. Wir haben unsere Familie, unsere Sippe, unseren Clan.«

»Geschieht es, Don Jesús, daß zwei Menschen einander lieben, obwohl sie wissen, daß sie miteinander nicht auskommen werden?«

»Mag sein, daß es das gibt, Don Carlos. Mir ist es nicht begegnet. Es hört sich nach einer merkwürdigen Krankheit an.«

Er strich mit der Peitschenschnur über die Rücken der rechts eingespannten Ochsen, die daraufhin ihre Schritte verkürzten, indes die links eingespannten weitergingen wie bisher. In weitem Bogen schwenkten wir auf den Weg ein, der zum Steinbruch führte. Über grünbewucherte Sandsteinstufen floß uns ein Bach entgegen. An den Hängen des schmalen Seitentals standen Lärchen. Ein großer Specht lief in einer Spirallinie an einem der Stämme empor. Der rote Farbfleck an seinem Kopf leuchtete auf, als er kurz zu uns herüberschaute. Dann stemmte er den Schwanz ein und tastete mit der Schnabelspitze die Rinde ab. Im Weiterfahren hörten wir das hallende Stakkato seines Getrommels.

»Wo baut David sein Haus?« fragte ich.

»Du wirst es sehen«, sagte Don Jesús. »Mit den Ochsen sind es ungefähr zwei Stunden.«

»Endet der Weg bei Davids Bauplatz?«

»Nein! Er führt geradeaus weiter nach Clemretta. Dort wohnen Davids Eltern und seine Schwester mit ihrer Familie.«

»Clemretta«, sagte ich. »Das hört sich nach einer Kletterpflanze an, mit gelben Blüten.«

»Por Diós!« sagte Don Jesús. »Das muß ich Aaron erzählen. Er haßt Kletterpflanzen. Er sagt, es kommen sowieso genug Krabbelviecher ins Haus, auch ohne daß er ihnen eine Leiter vor die Fenster pflanzt. Nein: Clemretta, das geht auf die beiden Kühe zurück, die Aarons Vorfahren mitgebracht haben. Clementine und Henrietta hießen sie. Gute Kühe. Jerseys.«

Der Weg senkte sich, die Lärchen blieben zurück. Das Tal wurde weiter. Wir fuhren an einem Biberdamm vorbei. Dahinter begann ein Irrgarten stehender Gewässer, brauner Kolke und schilfiger In selchen, der durch Weiden- und Erlengebüsch und abgestorbene Nadelbäume, die schief aus dem Morast ragten oder wirr durchein anderlagen, noch unübersichtlicher wurde. Ganz nah erscholl ein rauher, kreischender Ruf. Ihm antwortete von weither das trium phierende Spottgelächter, das ich an jenem Morgen zum erstenmal vernommen hatte, an dem ich den Baumstrunk mit dem Gesicht Memajuokuns entdeckte.

»Ein Graureiher«, sagte Don Jesús.

»Dieses Lachen?«

»Nein! Das sind Seetaucher. Sie verheiraten sich, Don Carlos. Wie die Gänse.«

»Verloben sie sich vorher?«

»Ich weiß nicht. Da mußt du Strange Goose fragen.« Für einen Au genblick zeigte er seine schmalen, scharfen Zähne.

»Das werde ich tun«, sagte ich. »Sind eigentlich alle Indianer in Me gumaage Jäger?«

»Nein. Vielleicht die Hälfte. Die Métis, zu denen ich gehöre, sind überwiegend Bauern.«

»Leben die Jäger nur von der Jagd?«

»Nein. Jedes Tier darf nur in einer bestimmten Jahreszeit gejagt werden, sonst ist das Fleisch zäh oder das Fell schäbig. Wenn sie nicht jagen, verarbeiten sie die Felle zu Leder oder zu Pelzen, aus denen die Frauen dann Kleider, Stiefel und Mokassins nähen. Sie flechten Körbe und Truhen. Sie stellen viele Gegenstände aus Birkenrinde her. Sie sammeln Beeren, Blätter und Wurzeln. Sie bauen Kanus. Und wenn du einen guten Jagdbogen oder Pfeile brauchst, geh zu einem Jäger. Der weiß, worauf es ankommt.«

»Ihr benutzt aber auch Gewehre«, sagte ich.

»Natürlich. Einen Elch oder einen Bären kannst du mit einem einzigen Gewehrschuß töten. Mit dem Bogen oder mit der Armbrust gelingt das nur selten. Die nehmen wir für die kleineren Tiere und für die Vögel.«

»Woher bekommt ihr die Patronen, Don Jesús?«

»Aus den Städten. Da sind immer noch welche zu finden. Aber verläßlich sind sie nicht mehr. Als ich jung war, gingen von zehn Patronen acht oder neun los. Jetzt nur noch zwei, kann sein drei. Das ist nicht so gut. Fast jeder Jäger stellt nun sein eigenes Pulver her.«

Der Weg führte bergan. Auf der Höhe fuhren wir zwischen Felsen hindurch, die so nah an den Weg heranrückten, daß der Wagen kaum mehr als zwei Handbreit freien Raum hatte. Dann bog der Weg scharf nach links, und vor uns tat sich der Steinbruch auf. Zu unserer Rechten lag eine mit Gras und Buschwerk bewachsene Ebene, auf der einzelne alte Kiefern mit schlanken, geraden Stämmen standen, die nur ganz oben Äste und grüne Nadeln trugen. Zur Linken erhob sich die Wand des Steinbruchs. Der Sandstein leuchtete in frischem, feuchtem Rot. Einige Stellen waren heller gefärbt, manche fast gelb. Die Gesteinsschichten standen nahezu senkrecht. Große Teile der Wand waren offenbar erst kürzlich heruntergestürzt. Riesige Blöcke, große und kleinere Platten, Brocken von Ziegelsteingröße und Unmengen von Schotter lagen bereit.

»Ich dachte schon, wir müßten die Steine von Hand brechen«, sagte ich grinsend.

Diesmal grinste auch Don Jesús.

»Loco!« sagte er. »Das macht der Frost. Im Herbst treiben wir Hartholzkeile in die Spalten und begießen sie mit Wasser. Die Keile quellen und vergrößern die Spalten. Wasser rinnt hinein und gefriert, sobald es kalt genug wird. Wenn es dann taut, kommt ein Stück von der Wand herunter, manchmal auch die ganze Wand. Uns bleibt genug zu tun.«

Für die Grundmauern brauchten wir Stücke, die einen Fuß dick, zwei Fuß breit und fünf bis sechs Fuß lang waren. Um die richtige Dicke zu erhalten, mußten wir größere Platten spalten. Wir trieben Keile zwischen die Schichten und hebelten diese dann mit Brechstangen auseinander. Das Behauen auf Breite und Länge war mühsamer. Don Jesús zeichnete die Linien mit einem Kratzeisen an. Einer von uns setzte dann einen breitschneidigen Meißel mit dickem, kurzem Griff auf die vorgezeichnete Linie, und der andere schlug mit dem Vorschlaghammer auf den Meißel, der nach jedem Schlag um eine Breite versetzt werden mußte. War entlang der ganzen Linie eine zolltiefe Kerbe eingemeißelt, genügte meist ein letzter kräftiger Schlag, und das überflüssige Stück brach ab.

Als wir vier Blöcke zugerichtet hatten, ging es ans Aufladen.

Vom letzten Jahr lag noch ein Stapel Rundhölzer da. Vier lange lehnten wir schräg gegen die Seite der Ladefläche; die kürzeren kamen als Rollen unter die Blöcke. Wir verankerten den Flaschenzug an einer der Kiefern auf der anderen Seite des Wagens und führten zwei Seilschlingen um den ersten Block herum. Don Jesús zog am Seil, und ich sorgte dafür, daß die Rollhölzer an den richtigen Stellen bereitlagen, daß der Block nicht herunterkippte und daß seine Enden auf gleicher Höhe waren, während er die Rampe hinaufrollte. Am schwersten fiel es uns, die Blöcke auf der Ladefläche zurechtzurücken; das ging nur Zoll um Zoll mit Hilfe der Brechstangen.

Die Lücken zwischen den vier Blöcken füllten wir mit kleineren Steinen.

»Wenn der Weg eben wäre«, sagte Don Jesús, »könnten wir mehr aufladen. Aber er geht bergauf, bergab.«

Wir brauchten zwei Stunden bis zu dem Bauplatz, den David Wiebe für sich und Dagny Svansson ausgesucht hatte. Er war nach Norden durch einen mit Laub- und Nadelbäumen bewachsenen Hügel geschützt. Die Gräben für die Grundmauern, aus denen Entwässerungsgräben das Schneewasser abgeleitet hatten, waren bereits ausgehoben.

»Die Quelle ist da oben bei den Eschen«, sagte Don Jesús und deutete auf die östliche Flanke des Hügels. »Es ist eine gute Quelle.«

Jenseits der Waldzunge, die den Bauplatz im Westen begrenzte, sah ich eine ebene Waldlichtung von acht oder zehn Morgen Ausdehnung.

»Ist das genug Ackerland?« fragte ich.

»David wird Wald roden«, sagte Don Jesús. »Um Clemretta ist nicht mehr genug ebenes Land für einen zweiten Hof. Hängiges Land ist schlecht. Das Wasser nimmt zuviel von der Erde mit. Die Ebene für die Bauern, die Hügel für die Jäger.«

Wir luden ab und fuhren zurück zum Steinbruch. An diesem Tag machten wir noch eine Fuhre und ließen zwei fertige Blöcke zurück. Am folgenden Tag, an dessen Abend die Versammlung stattfinden sollte, schafften wir drei Fuhren. Auf der Heimfahrt sah ich zum erstenmal einen Biber. Er saß auf seinem Schwanz und war damit beschäftigt, einen dünnen Pappelstamm durchzunagen. Ich rechnete damit, daß er ins Wasser flüchten würde, aber er ließ sich von uns nicht stören und nagte weiter, die Vorderpfoten um das Stämmchen gelegt.

»Wie ist das, Don Jesús«, sagte ich, als ich beim Langhaus vom Wagen stieg. »Kann jeder zu der Versammlung kommen?«

»O ja! Die Ältesten sind gerufen, aber jeder kann kommen. Du mußt unbedingt dabeisein. Du warst mit oben in den Penobscot-Hügeln. Die Ältesten werden dir Fragen stellen wollen. Ich komme auch!«

VERSAMMLUNG

Nach dem Abendessen wusch ich mich von Kopf bis Fuß, zog saubere Kleider an und suchte meine Mokassins hervor. Ich hatte den Tag über in Stiefeln gearbeitet; nun, als ich in den Mokassins zum Langhaus hinaufging, waren meine Füße so leicht, als wäre ich eben erst aus dem Bett aufgestanden.

Ein Ackerwagen und zwei einspännige Wägelchen mit hohen Rädern, schmalen Felgen und Gabeldeichseln standen in der Nähe des Eingangs. Die Pferde weideten in einer umzäunten Wiese. Die Sonne war vor kurzem untergegangen; in der beginnenden Dämmerung roch es süß nach verbrennendem Ahornholz und den ersten Apfelblüten. Vom See her riefen Wildgänse.

Ich trat durch die offenstehende Tür. Auf dem Herd brannte ein Feuer. Mehrere Laternen hingen an den Deckenbalken; die Schnitzereien warfen schwarze, bewegte Schatten. Die Sitzbänke an den Wänden waren abgeräumt und mit Schaffellen bedeckt. Sieben Sessel standen in der Mitte des Raums und bildeten einen Kreis. Ich sah Taguna und rechts von ihr Strange Goose. Zu ihrer Linken saß ein mittelgroßer, massiger alter Mann mit dünnem weißem Haar, riesiger Nase, zerklüfteten Ohren und vorstehendem Adamsapfel unter dem kurzen weißen Kinnbart. Bestimmte Ähnlichkeiten im Blick der dunklen Augen, im Verlauf der Falten, die von der Nasenwurzel zu den Mundwinkeln gingen, und in der Bildung der Mundwinkel selber ließen mich vermuten, dies sei ihr Bruder Magun. Die Frau neben ihm, zart, langgliedrig, knochig, schwarzhäutig, mit verschrumpeltem Gesicht, das nur noch aus Augen, Nase und Mund zu bestehen schien, redete rasch und mit ausholenden Gesten auf ihn ein. Manchmal nickte er.

Ich sah Amos und Sara Pierce auf der Bank in der Nähe des Herdes, ging zu ihnen und setzte mich. Uns gegenüber, auf der anderen Seite des Raums, saßen Joshua und Kagwit und, ein wenig abseits, das Kinn in die Hände und die Ellbogen auf die Knie gestützt, Arwaq.

»Ist das Magun, neben Taguna?« fragte ich.

Sara nickte so heftig, daß ihre Zöpfchen raschelnd aneinanderschlugen, wie Äste im Wind.

»Ja«, sagte sie. »Das ist Magun. Er ist stumm, weißt du. Seit damals. Die Frau neben ihm ist Arihina Koyamenya, die Großmutter von Kiri und Sureeba. Sie erklärt ihm gerade die dreiundvierzig Arten, wie man Hasen zubereiten kann. Er ißt nur, was er selber gekocht hat.«

»Arihina Koyamenya«, sagte ich. »Das hört sich afrikanisch an.«

»Das ist auch afrikanisch«, sagte Sara. »Es heißt: Neben den Flußpferden schöpft sie klares Wasser.«

Sigurd Svansson erschien, gefolgt von Piero Tomasi. Sie setzten sich zu Joshua und Kagwit. Piero sah uns und winkte. Dann zog er einen kleinen Gegenstand aus der Tasche, den er, Joshua und Kagwit lange betrachteten, hin und her drehten und von Hand zu Hand gehen ließen. Sigurd stopfte sich eine Pfeife und holte sich am Herd Feuer. Auf dem Rückweg wechselte er einige Worte mit Taguna, wobei sie eine Hand auf seinen Arm legte.

Ich hörte draußen einen Wagen vorfahren und das kehlige Wiehern eines Pferdes, dem sogleich zwei oder drei andere Pferde von der Weide her antworteten. Eine Weile später trat ein hagerer, hochgewachsener Mann herein, der eine viel kleinere, rundliche Frau am Arm führte. Sie war in einen schwarzen, fußlangen Rock und einen schwarzen Umhang gekleidet und trug eine spitze Frauenmütze. Der Mann, ebenfalls in schwarzes Tuch gekleidet, mit einem runden, breitkrempigen schwarzen Hut auf dem Kopf, hielt sich aufrecht, obwohl der obere Teil seines Rückens gekrümmt war und die breiten Schultern nach vorn hingen. Beide gingen auf Taguna zu. Taguna erhob sich, reichte dem Mann die Hand und umarmte die Frau.

»Aaron und Ruth Wiebe«, sagte Amos zu mir. »Sie sind alt geworden im letzten Jahr.«

Ein weiteres Ehepaar kam und setzte sich neben Arwaq. Ich schätzte die beiden auf über fünfzig Jahre.

»Nicolae und Iliana Istrate«, sagte Sara. »Ihre Tochter ist mit Tim Chezzet verheiratet.«

»Wo wohnen sie?« fragte ich.

»Druim-la-Tène. Das ist in der Nähe von Memramcook.«

»Kommt niemand von Noralee?«

»Arihina ist von Noralee«, sagte Amos. »Lee Newosed ist vor elf Jahren gestorben. Nora ist bettlägerig. Sie ist so alt wie Taguna. Aber sie träumt nur noch.«

»Wie viele Siedlungen gehören denn zu Seven Persons?« fragte ich.

»Wir hier«, sagte Amos. »Dann Noralee, Druim-la-Tène, Clemretta, Malegawate, Mytholmroyd und Troldhaugen. Yep, das sind alle.«

»Und wo liegen sie?«

»Malegawate liegt westlich von hier, an der Bucht von Manan. Troldhaugen ist der Hof, der den Svanssons gehört. Inga hat ihn so genannt. Frag mich nicht, weshalb. Nach Mytholmroyd kommst du, wenn du am Ibárruri-Hof vorbei weiterreitest. Hinter Mytholmroyd liegt Druim-la-Tène, und dann kommt Memramcook. Das ist schon an der Küste.«

»Den Weg nach Clemretta kenne ich. Er führt durch den Steinbruch und an David Wiebes Bauplatz vorbei.«

»Richtig«, sagte Amos, »aber es gibt noch einen zweiten Weg. Wenn du an dem Hügel vorbeireitest, wo wir Marlowe gefunden haben, kommst du auch nach Clemretta. Und Noralee liegt zwischen Clemretta und Malegawate.«

»Das mußt du mir alles einmal aufzeichnen«, sagte ich.

»Muß ich nicht«, sagte Amos. »Don Jesús hat eine Landkarte von Megumaage. Da kommt er. Mit Doña Pilar und Doña Pilars Mutter, Doña Gioconda Camará.«

Doña Pilar war ebenso alt wie Don Jesús, etwas kleiner, schmal gebaut, aber kräftig. Ihre schrägstehenden Augen blickten wach und listig jedem von uns ins Gesicht. Jeden grüßte sie mit einem Lächeln, bei dem sich zu beiden Seiten ihrer Nase Fältchen zeigten, und mit einem Neigen des Kopfes, auf dem ein olivbrauner Filzhut saß. Um die Schultern trug sie eine gewebte Decke in leuchtenden, reinen Farben, auf die ihr blauschwarzes Haar herunterfiel. Sie bewegte sich zurückhaltend, doch spürte ich, daß es ihr Freude machte, von allen angeschaut zu werden.

Zwischen Doña Pilar und Don Jesús, sich schwer auf die beiden stützend und dabei leise schnaufend, ging mit langsamen, ausgreifenden Schritten eine alte Indianerin. Der dunkle Umhang stand wie ein Zelt von ihren mächtigen Schultern ab; die Hüften, bedeutend breiter als die Schultern, wogten. Die Füße in den blauen Mokassins waren klein wie die Doña Pilars. Unter dem Umhang waren zarte, bräunliche Finger zu sehen. Weißes Haar, in dem ich mehrere schwarze Strähnen erblickte, hing bis auf die Schultern. Das Gesicht war rund und ockerrot, die Züge aus kraftvollen, beweglichen Muskelsträngen gebildet und von wenigen tiefen Falten gegeneinander abgegrenzt.

»Meine Lieben!« sagte sie in einem warm dröhnenden Bariton. »Meine Lieben! Taguna! Strange Goose! Magun, alter Küchenteufel! Arihina! Du gibst die Hoffnung niemals auf, was? Aaron und Ruth! Niscaminou ist mit euch. Yémanjá ebenfalls, wenn ihr sie auch mit anderen Namen ruft. Kinder! Laßt mich hinunter!«

Don Jesús und Doña Pilar halfen ihr behutsam in den letzten freien Sessel, so daß sie den Eingang im Rücken und das Feuer unmittelbar vor sich hatte. Ich schaute angespannt auf die Beine des Sessels. Sie rutschten ein Stückchen nach außen und blieben dann stehen, als hätten sie das Gewicht von Doña Gioconda Camará mit anfänglichem Zagen geprüft, dann aber für tragbar befunden.

»Schlecht bin ich heute dran!« sagte Doña Gioconda und faltete ihre kleinen Hände im Schoß. »Der Rücken! Die Knie! Aber keine Angst! Diesmal braucht ihr das große Loch noch nicht zu schaufeln. In ein paar Tagen kann ich wieder springen wie ein Eichhorn. Es ist nur der elende Winter. Den muß ich ausschwitzen. Ah! Danke, mein Freund!«

Sie nahm die Pfeife entgegen, die Strange Goose ihr reichte, zog daran und pustete den Rauch nach oben zwischen die Dachbalken.

Don Jesús und seine Frau kamen zu uns und setzten sich neben mich. Ich blickte nach links in die schmalen, schrägstehenden Augen und sagte meinen Namen.

»Ich bin Pilar Ibárruri«, erwiderte sie mit einer Stimme, die der ihrer Mutter glich, nur daß ihr der dröhnende Unterton fehlte. »Du mußt bald einmal unser Gast sein, Don Carlos.«

»Gerne«, sagte ich. »Sobald wir im Steinbruch fertig sind.«

»Einstweilen nimm etwas von meinem Tabak«, meinte Don Jesús. »Versuch ihn einmal.«

Er reichte mir mit einer Hand den Beutel, während er sich mit der anderen auf das Knie seiner Frau stützte. Ich stopfte meine Pfeife; er ging zum Herd und holte Feuer.

»Ah!« sagte er, während ich die erste Rauchwolke von mir blies. »Der ist gut, was, hombre? Richtiger Virginia. Die Samen hat mir Amos gegeben. Bei ihm gedeihen sie nicht so recht. Aber an meiner Hauswand!«

Er grinste Amos an, und Amos grinste zurück.

»Sie fangen gleich an«, sagte Doña Pilar.

»Dürfen wir dabei rauchen?« fragte ich.

»Gewiß doch«, sagte Don Jesús. »Schau, selbst Aaron hat sich eine Pfeife angezündet.«

Aaron hielt eine langstielige schwarze Pfeife zwischen den Zähnen, umfaßte den Pfeifenkopf mit beiden Händen und blies in regelmäßigen Abständen kleine Rauchwolken vor sich hin.

Taguna erhob sich, trat ans Feuer und warf etwas in die Flammen, die sich violett verfärbten. Rasch verbreitete sich im ganzen Raum ein Geruch nach Harz und Kräutern. Die Gespräche waren verstummt.

»Ho!« rief Taguna.

»Ho!« antworteten alle.

»Ho! Ho!«

»Ho! Ho!« antworteten alle.

»Ho! Ho! Ho!«

»Ho! Ho! Ho!« antworteten wir.

»Niscaminou ist bei uns«, sagte Taguna. »Sein Mundoo ist bei uns. Sein Mundoo, der in Steinen und Bäumen, Hügeln und Flüssen, Tieren und Menschen wohnt, ist bei uns.

Hören wir, was unsere Freunde sagen: ältere und jüngere Freunde, geborene und ungeborene Freunde, gestorbene und wiedergeborene Freunde. Alle werden sie sprechen. Mundoo wird sprechen. Ihre Stimmen und Mundoos Stimme werden eine Stimme sein.«

Taguna setzte sich und schlug ein Bein über das andere. Strange Goose reichte ihr seine Pfeife.

Eine lange Weile blieb es still bis auf das weiche Zischen der Flammen im Herd. Dann sprach Doña Gioconda Camará.

»Die Tiere!« sagte sie, und die Luft im Raum bebte vom Klang ihrer

Stimme. »Der Elch, von dem Arwaq mir erzählt hat! Mikko Lahtainens Kühe! Keiner von uns würde solche Schande auf sich laden. Das waren Fremde!«

Sie nickte langsam und lehnte sich zurück. Der Sessel ächzte.

»Ich glaube«, sagte Aaron Wiebe, »diese Untaten sind eine Erinnerung an Memramcook.«

Er sprach langsam und bedächtig. Seine Stimme bebte leise.

»Böse Geister haben das getan«, sagte Arihina Koyamenya. »Böse Geister, als Menschen verkleidet.« Sie sprach so rasch, daß es sich anhörte wie ein einziges langes Wort.

»Es ist eine Strafe Gottes«, sagte Amos Pierce.

Aaron Wiebe nickte, nahm die Pfeife aus dem Mund und sah mit einem geisterhaften Lächeln zu Amos hinüber.

»Arihina hat recht«, sagte Strange Goose. »Böse Geister brauchen einen Körper. Ohne Körper können sie nichts ausrichten. Wir müssen sie in ihrer Verkleidung erkennen. Dann müssen wir sie fangen.«

»Sind die Männer hier, die Marlowe Manymoose gefunden haben?« fragte Ruth Wiebe.

Sie sprach mit fester, ein wenig kindlicher Stimme. Amos, Arwaq, Joshua, Kagwit und ich antworteten ihr jeweils mit einem Ja.

»Gut«, sagte sie. »Dann bitten wir euch, uns noch einmal zu erzählen, was ihr wahrgenommen habt.«

Amos berichtete ausführlich. Nach ihm kam Arwaq. Ich hörte nur halb zu. Mir war der Traum eingefallen, den ich in der vorletzten Nacht wiederholt geträumt hatte. Gleichzeitig wuchs in mir das hilflose Gefühl, daß wir alle etwas übersehen hatten.

Arwaq beendete seinen Bericht und stützte das Kinn in die Hände. Taguna hatte ihm in der gleichen Haltung zugehört. Alle schwiegen.

»Dieser Pfahl«, sagte schließlich Aaron. »Ihr sagt, er war an den Hals des Toten geknotet. War dieser Pfahl zugespitzt?«

»Ich weiß es nicht«, sagte Amos.

»Doch«, sagte Arwaq. »Da war eine Spitze. Sie hatte sich in den Schlamm gebohrt. Ich hab sie gesehen.«

»Seht ihr?« sagte Aaron und schob seine Pfeife in den Mundwinkel. »Haben nicht unsere Jäger damals in Memramcook solche zugespitzten Pfähle benutzt?«

Strange Goose, Magun, Gioconda und Arwaq nickten.

»Wir verstehen, worauf du hinauswillst, Aaron«, sagte Ruth Wiebe.

Sie machte eine Pause und schaute jedem von uns in die Augen.

»Du magst recht haben, Aaron«, fuhr sie fort. »Ich zweifle nicht daran, daß Arwaq die Spitze gesehen hat, obwohl Amos, der neben ihm stand, nichts von einer Spitze weiß. Aber ich habe eine andere Frage. Warum war dieser Pfahl mit einem festen Strick an dem Toten befestigt? Warum?«

Wieder machte sie eine Pause und blickte jeden von uns herausfordernd an.

»Warum?« wiederholte sie. »Wenn sie sicher sein wollten, daß wir den Pfahl sehen, daß wir begreifen, was er bedeutet: Warum haben sie ihn dann nicht einfach neben dem Toten liegen lassen?«

Niemand antwortete.

»Joshua?« sagte Taguna.

Joshua erzählte lebhaft, mitunter atemlos. Auf seiner schwarzen Oberlippe sah ich den Flaum eines beginnenden Schnurrbarts. Ich hörte seine Worte, ohne sie zu verstehen. Ich saß wieder auf dem Pferd, umgeben von der vollkommenen Finsternis meines Traums, und spürte, wie das Tier am ganzen Leib zu zittern begann. Zugleich sah ich vor mir, was ich auf der Hügelkuppe gesehen hatte, aber alles war bruchstückhaft, so als habe jemand das Bild gezeichnet und zerrissen und ein Sturm triebe die Fetzen einzeln und in willkürlicher Folge an meinen Augen vorbei.

Nun kam Kagwit an die Reihe. Manchmal stockte er, ließ ein Wort aus, sprach rasch und flüssig weiter, stockte abermals. Er schilderte, wie er, durch die Vögel aufmerksam geworden, den Hügel hinaufgelaufen war und den Toten gefunden hatte. Er hatte gleich gedacht, dies sei wahrscheinlich Marlowe Manymoose. Er hatte die Ziegen zusammengetrieben und eingepfercht und war geritten, bis er die Bären in der gestürzten Zeder hatte scharren hören. Den Hang hinauf war er in weitem Bogen ausgewichen, nach der richtigen Seite, wie er sagte, so daß der Wind seine Witterung den Bären nicht zutragen konnte; war weitergeritten, hatte dann im Schlafraum seiner Eltern gestanden, naß von Regen und Schweiß, und flüsternd hervorgebracht: »Ich hab da was Grauenhaftes gefunden. Marlowe, glaub ich. Und mir ist nicht schlecht geworden.«

»Nein«, sagte Taguna. »Dir ist nicht schlecht geworden, Kagwit Long Cloud.«

Strange Goose und Doña Gioconda sprachen murmelnd miteinander. Die Luft war rauchig. Eine der Laternen flackerte. Mehrere Gesichter wandten sich mir zu. Jetzt war die Reihe an mir.

Magun erhob sich.

Die Gesichter wandten sich von mir ab.

Er trat schwerfällig in die Mitte und drehte sich einmal im Kreis. Sein Mund formte unhörbare Worte. Abermals drehte er sich im Kreis, blieb stehen, den Rücken zum Herdfeuer, das Gesicht zu Doña Gioconda gewandt, und stampfte auf den Boden, daß es dröhnte. Sein Unterkiefer spannte sich. Die fleischigen Lippen brachten sichtbare Worte hervor. Doña Gioconda hatte ihren Oberkörper vorgebeugt, ihre Augen auf seinen Mund gerichtet, und ihre eigenen Lippen versuchten, die Worte, die sie sah, nachzubilden.

Magun führte beide Hände vor seiner Brust hoch, drehte die Handflächen nach oben, stieß die Hände von sich weg, bis seine Arme gestreckt waren, drehte die Hände um und führte sie mit gestreckten Armen nach hinten, indes er tiefer und tiefer in die Knie ging. Er sah aus wie ein Vogel, der landen wollte. Einen Augenblick verharrte er in der hockenden Stellung, ließ die Hände hängen, schüttelte sie dann heftig, stieß ein rauhes Hauchen aus und sprang plötzlich auf, wobei er die Arme hochschleuderte, daß sich die Fingerspitzen beider Hände berührten. Glas klirrte. Magun hatte die Laterne getroffen, die über ihm an einem Dachbalken hing. Ihr Licht erlosch. Splitter fielen. Einer von ihnen, spannenlang und wie eine Pfeilspitze geformt, blieb aufrecht in dem Bärenfell zu Maguns Füßen stecken.

Als ich den Splitter betrachtete, sah ich den weißen Oberschenkelknochen von Marlowe Manymoose, der einen halben Fuß tief aufrecht in der Erde steckte.

Ein Luftzug wehte durch die offene Tür herein und trieb den Rauch nach oben unter das Dach.

»Hat sich Magun verletzt?« hörte ich mich sagen.

»Nein, Chas«, sagte Taguna, die neben ihrem Bruder stand, das Gesicht über seine Hände geneigt.

»Gott sei Dank«, sagte ich.

Taguna half Magun zurück in seinen Sessel, nahm selbst wieder Platz und schlug ein Bein über das andere.

»Wir hören dir zu, Chas Meary«, sagte sie.

»Ja«, sagte ich. Dann merkte ich, daß ich mich erhoben hatte, und setzte mich wieder.

»Mein Großvater war Arzt«, sagte ich. Meine Stimme klang belegt. Ich räusperte mich.

»Auch mein Vater ist Arzt«, fuhr ich fort. »Ich war so alt wie Kagwit, da wurde mein Vater zu einem Unglücksfall gerufen und nahm mich mit. Ein Mann war aus dem Fenster seines Hauses in den Garten gestürzt. Vielleicht war er auch gesprungen – ich weiß es nicht mehr genau. Er lag in einem Blumenbeet. Der Aufprall hatte eins seiner Beine im Kniegelenk abgerissen, und der Knochen des Oberschenkels steckte zwischen blühenden Vergißmeinnicht in der Erde. Es war ein hohes Haus. Sechs- oder siebenmal so hoch wie dieses hier.« Ich blickte zu den Dachsparren hinauf.

»Vielleicht höher«, fuhr ich fort. »Jedenfalls ist Marlowe Manymoose nicht erschlagen worden. Ich glaube, die Knüppel sollten uns irreführen. Marlowe Manymoose ist von hoch oben heruntergefallen. Daran ist er gestorben. Ich war blind. Ich hab das alles erst verstanden, als Magun die Laterne zerschlagen hat und ich den großen Splitter dort sah.« Ich verstummte.

Viele Stimmen redeten durcheinander. Dann wurde es ruhiger.

»Du hast gut gesprochen«, rief Arwaq. »Nun mußt du uns noch sagen, von wo Marlowe heruntergestürzt ist. Dort oben stehen Bäume, das ist wahr. Doch der nächste war vierzig Schritte entfernt oder weiter.«

»Ich weiß es nicht«, antwortete ich.

Wieder redeten alle durcheinander, und diesmal dauerte es lange, bis es ruhiger wurde. Strange Goose stand am Herd und legte ein Holzscheit aufs Feuer.

Amos begann zu sprechen.

»Magun hat uns gesagt, was er denkt«, sagte er. »Ich glaube, ich hab ihn verstanden. Er hat mich an etwas erinnert. Mein Urgroßvater war Bauer. Dann gab es einen Krieg, und er wurde Soldat. Ein Krieger. Ein Jäger. Er hat das meinem Großvater erzählt, und der erzählte es mir.

Sie haben in einem fernen Land gekämpft. Ich hab vergessen, wie es hieß. Die Feinde waren schlau. Sie haben viele von unseren Leuten getötet. Sie haben ihnen Fallen gestellt, und unsere Leute haben die Fallen nicht erkannt. Plötzlich gab die Erde unter ihnen nach; sie fielen in eine Grube, die voller spitzer Pfähle war, und wurden aufgespießt. So war das.

Aber unsere Leute waren auch schlau. Und sie hatten mehr Kampfmaschinen als die Feinde. Sie hatten auch Flugmaschinen. Wenn sie einen der Feinde fingen, nahmen sie ihn in so einer Flugmaschine mit sich, stiegen hoch auf in die Luft und warfen den Gefangenen hinaus. Die anderen Feinde konnten das sehen. Sie haben sich gefürchtet. Viele hörten auf zu kämpfen und liefen vor unseren Leuten davon.

Yep. Das ist mir eingefallen, und das wollte ich sagen.«

Diesmal blieb es still.

Aaron Wiebe hatte sich erhoben. Eine Hand auf die Schulter seiner Frau gestützt, stand er vornübergebeugt da. Seine Stimme zitterte.

»Ich war töricht«, sagte er. »Ich war ungläubig. ›Lasset die Kinder zu mir kommen‹, hat der Herr gesagt. Mein Enkel Jochanaan kam vor einigen Tagen zu mir. ›Ich hab eine Libelle gesehen‹, hat er gesagt. ›So groß wie ein Haus!‹

›Das ist ein Märchen‹, habe ich geantwortet. ›Du mußt bei der Wahrheit bleiben.‹ Und ich habe ihn fortgeschickt. Ich war im Unrecht. Es gab doch Flugmaschinen, die wie Libellen aussahen, nicht wahr?«

»Ja«, sagte Amos. »Mein Großvater hat mir Bilder von Flugmaschinen gezeichnet. Da sind solche Libellen dabeigewesen. Sie hatten einen seltsamen Namen. Ich hab ihn vergessen.«

»Hubschrauber«, sagte Strange Goose.

»Ah ja«, rief Amos. »Hubschrauber.«

»Ich kann mich an sie erinnern«, sagte Strange Goose. »Vielleicht gibt es noch ein paar, die fliegen können.«

»Nicht bei uns«, sagte ich.

»Bei uns auch nicht«, sagte Strange Goose. »Aber in Mississippi? Wer weiß.«

»Arwaq!« rief ich.

Arwaq wandte sich mir zu.

»Der Kopf von Marlowe lag in einer Pfütze«, sagte ich. »Erinnerst du dich?«

Er nickte.

»Ist dir an der Pfütze etwas aufgefallen?«

»Ja. Auf dem Wasser waren Farben. Wie ein Regenbogen.«

»Öl!« rief Sigurd Svansson. »Das war Öl! Alle Maschinen verlieren ein bißchen Öl.«

»Das ist wahr«, sagte Aaron Wiebe.

»Wenn es Öl war«, sagte Arwaq, »dann war es die einzige Spur.«

»Sicher«, sagte Amos. »Die Maschine war ja in der Luft.«

»Hubschrauber machen viel Lärm«, sagte Strange Goose. »Von weitem hört ihr nur den Motor. Er grollt wie ein fernes Gewitter. Wenn ein Hubschrauber näherkommt, könnt ihr auch die Drehflügel hören, die ihn in der Luft halten. Das hört sich an wie ein riesengroßer Vogel, der sehr schnell mit nassen Schwingen schlägt. Hat jemand von uns solche Geräusche gehört?«

Niemand konnte sich an das Geräusch der Drehflügel erinnern. Aber Piero Tomasi, Nicolae Istrate und ich hatten fernen Donner gehört, ohne Wetterleuchten zu sehen.

Taguna nahm Strange Goose seine Pfeife aus der Hand, zog einige Male daran, gab ihm die Pfeife zurück und stand auf.

»Mundoo hat gesprochen«, sagte sie. »Nun müssen wir beschließen, was zu tun ist. Tim, Marlowe und Urbain waren allein, als sie gefangen wurden. Diese Gefahr sollten wir fortan vermeiden. Keiner von uns sollte mehr allein abseits der Siedlungen arbeiten.«

»Ja, das ist gut«, sagte Don Jesús.

Die anderen nickten.

»Die Gefahr wird erst vorüber sein, wenn wir die Fremden gefangen haben«, sagte Strange Goose.

»In der Luft können wir sie nicht fangen«, sagte Iliana Istrate. »Dazu müssen sie auf die Erde herunterkommen.«

»Yep«, sagte Amos. »Das haben sie schon dreimal getan. Sie werden es wieder tun.«

»Kann so eine Flugmaschine schießen, solange sie in der Luft ist?« fragte Aaron Wiebe.

»Manche können es«, sagte Strange Goose. »Manche können es

nicht. Auf jeden Fall können die Männer in der Maschine durch die geöffneten Türen schießen.«

»Ah ja«, sagte Don Jesús. »So haben sie wohl die Kühe getötet. Wir müssen vorsichtig sein.«

»Niemand darf auf die Flugmaschine schießen«, sagte Doña Gioconda. »Sie sollen ruhig glauben, daß sie die Adler sind und wir die Hasen. Dann werden sie auch herunterkommen.«

»Wir könnten ihnen Fallen stellen«, sagte Arwaq. »Taguna hat gesagt, niemand soll mehr allein in den Wald gehen, in den Steinbruch, auf die Jagd. Gut. Wo bisher einer ging, gehen jetzt zwei. Wir nehmen Waffen mit – Waffen, die keinen Lärm machen. Wenn wir die Flugmaschine hören, arbeitet einer von uns weiter, als ob nichts wäre. Der andere nimmt seine Waffe und versteckt sich so, daß ihn die Männer aus der Flugmaschine nicht sehen können. Dann – wer weiß!« Er hieb die Faust in die hohle Handfläche.

Strange Goose nickte.

»Was, wenn wir sie nicht hören?« fragte Sigurd. »Wenn sie ihre Maschine im Wald versteckt haben und auf uns warten? Was machen wir dann?«

»Aufpassen«, sagte Arwaq heiser. »Auf die Vögel horchen.«

»Schnüffeln«, sagte Strange Goose. »Wenn die Maschine in der Nähe ist, könnt ihr sie riechen.«

»Was werden wir mit den Fremden tun, wenn wir sie gefangen haben?« fragte Aaron.

»Sie dürfen nicht heimkehren«, sagte Taguna.

»Warum nicht?« fragte Ruth. »Wir könnten einen oder zwei von ihnen zurückschicken mit der Botschaft, daß wir Frieden wollen. Ich glaube, diese Saat könnte auf fruchtbaren Boden fallen.«

»Das mag sein«, sagte Doña Gioconda. »Aber was wären die Früchte?«

»Eben«, sagte Taguna. »Du bist ein guter Mensch, Ruth. Wenn alle Menschen so wären wie du, würde ich deinen Worten zustimmen. Aber diese Menschen sind anders. Ihr wißt, was sie mit unseren Leuten und unseren Tieren gemacht haben. Wenn wir einen von ihnen freilassen, werden sie uns für schwach halten und uns verachten. Hassen werden sie uns auch, weil wir schlauer waren als sie und sie gefangen haben. Haß und Verachtung sind die Eltern der Grausamkeit, wie nur die Menschen sie kennen. Tiere hassen niemanden. Tiere verachten niemanden. Tiere verteidigen ihr Nest, ihre Jungen, ihr Wasser, ihre Nahrung, ihre Freunde.

Laßt uns sein wie die Tiere.

Diese Männer haben unsere Männer getötet. Wer weiß, was sie noch vorhaben. Wir müssen sie töten. Ihre Freunde, die sie ausgeschickt haben, dürfen von ihrem Schicksal nichts erfahren. Ungewißheit ist die Mutter der Furcht. Wenn sie uns fürchten, werden sie Megumaage vielleicht in Frieden lassen.

Wir haben in mehr als achtzig Jahren niemanden angegriffen. Warum auch? Wir haben, was wir brauchen. Wir hassen niemanden und wir verachten niemanden. Doch wir werden unsere Häuser, unsere Kinder, unser Wasser, unsere Nahrung, unsere Freunde verteidigen.

Das wollte ich sagen.«

Taguna setzte sich. Strange Goose gab ihr seine Pfeife. Sie blies ihm eine Rauchwolke entgegen, stützte das Kinn in die Hand und schaute ihn nachdenklich an.

»Tötet sie nicht sofort«, sagte Arihina Koyamenya mit ihrer flinken Vogelstimme in die Stille hinein. »Fragt sie aus: Wo sie herkommen, wer sie geschickt hat, was sie wollen. Wenn sie schweigen, bringt sie zu mir. Mir werden sie alles erzählen.«

Sie kicherte und schüttelte sich wie eine schwarze Möwe.

»Seid vorsichtig«, sagte Taguna. »Ich will nicht, daß noch mehr von uns umkommen.«

»Wir werden vorsichtig sein«, sagte Arwaq. »Sie haben jetzt drei von uns getötet. Ihnen ist nichts geschehen. Sie glauben, ihnen wird auch beim nächsten Mal nichts geschehen. Sie fühlen sich sicher. Sie sind es, die unvorsichtig sein werden.«

»So ist es«, sagte Amos.

»Können sie auch im Dunkeln fliegen?« fragte Aaron.

»Hm!« sagte Strange Goose und nahm die Pfeife aus dem Mund. »Fliegen schon. Aber landen? Das glaub ich nicht.«

»Doch«, sagte Sigurd. »Die Maschine hat sicher elektrisches Licht.«

»Aber dann könnten wir sie sehen«, sagte Arwaq. »Bisher haben sie sich vor uns versteckt.«

»Ja«, sagte Don Jesús. »Das ist wahr.«

Strange Goose nickte.

»Wer von uns möchte noch etwas sagen?« fragte Taguna.

»Ich«, sagte Sigurd. »Ich hab Durst!«

»Bringt eine Kuh herein!« rief Amos.

Gelächter brach los. Magun grinste. Doña Gioconda lachte lautlos; ihr Körper bebte so heftig, daß ich unwillkürlich auf die Beine ihres Sessels schaute. Aaron lachte, bekam einen Hustenanfall, lachte und hustete durcheinander und wischte sich die Tränen aus den Augen, indes seine Frau ihm auf den Rücken klopfte. Doña Pilar beugte sich lachend über mich hinweg. Ihr Haar roch nach Zedernharz. Sie flüsterte Sara etwas zu. Beide standen auf und verschwanden im rückwärtigen, abgetrennten Teil des Langhauses.

Tagunas dunkle Augen glänzten.

»Gut«, sagte sie, als das Gelächter nachgelassen hatte. »Wir haben besprochen, was zu besprechen war. Wir haben beschlossen, was die leise Stimme Niscaminous uns gesagt hat. Wir werden tun, was wir beschlossen haben. Und möge es den Göttern gefallen.«

Sie hielt inne. Ihre Unterlippe schob sich vor. Wieder schaute sie reihum jedem von uns ins Gesicht.

»Wir müssen Passamaquoddy und Matane von unserer Beratung verständigen«, sagte sie. »Ich brauche zwei gute Reiter.«

»Das sind die Nachbarclans«, flüsterte Amos mir zu.

»Ich reite«, sagte Piero.

»Ich auch«, sagte Joshua.

»Joshua kennt beide Wege«, sagte Taguna. »Wie ist es mit dir, Piero?«

»Matane liegt auf unserer Seite«, sagte Piero. »Ich kenne den Weg bis zur Morne Trois Pitons.«

»Gut. Ich werde für jeden von euch ein paar Worte aufschreiben. Könnt ihr in zwei Stunden wieder hier sein?«

»Gewiß«, sagte Piero.

Joshua nickte.

»Seid wachsam unterwegs. Haltet euch in den Wäldern!«

Beide nickten.

»Die Pferde sind ausgeruht«, sagte Amos. »Kiri kann euch die Suppe wärmen. Braten ist auch noch da.«

Piero legte Joshua seinen Arm um die Schulter. Die Köpfe zusammensteckend und in ein lebhaftes Gespräch vertieft, gingen die beiden durch die offene Tür in die Nacht hinaus.

Sara kam zurück. Sie trug einen dickbauchigen Tonkrug mit schmalem Hals. Ihr folgte Doña Pilar mit einem Korb ineinandergestellter irdener Becher. Sigurd tat, als wolle er Sara den Krug entreißen; sie hob ihn hoch über seinen Kopf hinweg. Doña Pilar setzte die Becher nebeneinander auf die Sitzbank. Sara füllte sie, und wir reichten sie von Hand zu Hand weiter, bis alle versorgt waren.

»Wer benachrichtigt die anderen Clans?« fragte ich.

»Wir schicken zwei Reiter«, sagte Amos. »Passamaquoddy schickt dann zwei andere aus, ebenso wie Matane. Und so geht es weiter. Spätestens bis übermorgen sind alle Clans verständigt.«

»Ist Seven Persons der oberste Clan?« fragte ich. »Oder weshalb richten sich die anderen nach dem, was wir beschließen?«

»Nein«, sagte Don Jesús. »Kein Clan ist der oberste! Die anderen richten sich diesmal nach uns, weil wir mehr wissen. Wir haben Marlowe Manymoose gefunden.«

»Wie lange haben wir noch im Steinbruch zu tun, Don Jesús?«

»Noch die ganze kommende Woche, Don Carlos. Es sei denn, es regnet. Dann dauert es länger. Unser Wagen ist zu schwer für nasse Wege. Kannst du schießen?«

»Du meinst, mit dem Bogen? Ja.«

»Auch auf ein lebendes Ziel?«

»Bisher nur auf Zielscheiben, Don Jesús.«

»Und mit der Armbrust?«

»Das mußt du mir zeigen.«

Doña Pilar kam und setzte sich zwischen uns.

»Seid vorsichtig«, sagte sie. »Wer weiß, wie viele in so einem Ding drinsitzen.«

»Mach dir keine Sorgen«, sagte ich.

»Ich mach mir aber Sorgen«, sagte sie. »Und du machst dir auch welche, Don Carlos. Sonst wärst du dümmer, als du aussiehst.«

»Du hast recht«, sagte ich lachend. »Ich mach mir Sorgen. Du weißt doch, wie Männer daherreden.«

Sie blickte mich unter der Hutkrempe hervor an und krauste die Nase.

»O ja!« sagte sie.

»Kinder!« Das war Doña Giocondas Stimme. »Kommt! Wir müssen nach Hause!«

Doña Pilar erhob sich, ergriff ihren Mann am Arm und zog ihn hoch.

»Komm, du armer geplagter Ibárruri«, sagte sie. »Allein gegen vier Weiber!« Sie schaute mich an.

»Er hat Mut, nicht?« sagte sie. »Das hat mir gleich gefallen.«

Don Jesús packte sie von hinten unter den Armen, hob sie hoch, hielt sie einen Augenblick und stellte sie dann auf die Bank nieder.

»Ha!« sagte er. »Mut? Kraft!«

BÜCHER

Don Jesús und ich setzten unsere Arbeit im Steinbruch fort. Bis zum Ende der Woche hatten wir sechs weitere Fuhren Steine an David Wiebes Bauplatz abgeladen. Es waren angenehme Tage, warm und windstill bei bedecktem Himmel. Es regnete nicht. Ich war rasch mit dem Bogen vertraut geworden, den ich von Arwaq bekommen hatte. Mit der Armbrust, die Don Jesús dem Bogen vorzog, übte ich jeden Tag; auf fünfzig Schritt Entfernung war ich schon ziemlich zielsicher.

Von der Flugmaschine sahen und hörten wir nichts.

Spät am Sonntagvormittag fuhr ich zu Tagunas Insel hinüber. Hinter der Felszunge gründelten zwei Wildgänse. Wenn sie auftauchten, hatten sie die Schnäbel voll dunkelgrüner, weicher Wasserpflanzen, die sie mit ruckenden Kopfbewegungen verschlangen. Jeder Bissen beulte ihre Hälse aus; ich konnte verfolgen, wie er langsam tiefer und tiefer rutschte.

»Emily!« rief ich. »Lawrence!«

Sie schauten zu mir herüber, kamen jedoch nicht näher.

Zwischen zwei Zedernstämmen links von der Hütte war ein Seil gespannt, an dem einige Wäschestücke hingen. Abit lag neben der Tür, aus der Taguna kam. Sie trug einen kleinen Korb mit nasser Wäsche unterm Arm.

»Du kommst wegen der Bücher? Warte. Ich zeige dir alles.«

Sie stellte den Korb auf den Boden und ging voraus.

Der Vorraum hinter der Haustür war zur Hälfte mit aufgestapeltem trockenem Brennholz gefüllt. An der Wand hingen Gartengeräte. In der Mitte befand sich ein gemauerter Brunnen mit einem runden Holzdeckel, auf dem eine gußeiserne Handpumpe festgeschraubt war. Neben dem Brunnen stand auf einem Fußgestell ein hölzerner Waschzuber.

»Hier links wohnen wir«, sagte Taguna. »Da ist auch noch ein winziger Raum, falls ein Besucher über Nacht bleiben will. Und hier, im größten Raum des Hauses, wohnen die Bücher.« Sie schob einen Holzriegel zurück, stieß die Tür auf und winkte mir, einzutreten. Grünliches Licht flutete warm durch die Südfenster herein, die von wildem Wein fast zugewuchert waren. Zwischen den Fenstern standen Regale, die bis zur Decke reichten. Weiter hinten sah ich einen einfachen Tisch mit fünf oder sechs Stühlen; links einen schweren Schreibtisch und davor einen hochlehnigen Sessel. Die Möbel waren alt, aus nahezu schwarzem Eichenholz und offenbar alle von ein und derselben Hand angefertigt.

Ich trat ein und wandte mich dem Schreibtisch zu, der vor einem der Fenster stand. Zwischen diesem und dem nächsten Fenster befand sich kein Regal. An dieser Stelle hing das Bild.

Es war nur drei Fuß hoch und zwei Fuß breit, doch kam es mir ungeheuer groß vor.

In der unteren rechten Hälfte des Bildes stand ein grünes Haus, von dem aus sich die Landstraße blaugrau auf mich zu wand. Zwei Männer waren unterwegs zur morgendlichen Feldarbeit. Hinter ihnen näherte sich ein zweirädriger, überdachter Karren, von einem Maultier gezogen. Aus dem braungelben Weizenfeld, das den ganzen linken Vordergrund füllte und sich bis zu dem grünen Haus hin erstreckte, züngelte in heftigen, doch beherrschten Krümmungen die tiefgrüne Flamme einer Zypresse in den dunkelblauen Morgenhimmel, an dem inmitten kreisender Lichthöfe gelbrot der Mond und zwei Sterne standen. Hinter dem grünen Haus krümmten sich drei oder vier kleinere Zypressen dem Licht entgegen.

Ich ging um den Sessel und den Schreibtisch herum und stand nun dicht vor dem Bild. Ja, so hatte er gemalt. Heftig und beherrscht. Die Farben unmittelbar aus den Tuben auf die Leinwand gedrückt, stellenweise in dicken Wülsten, so daß das Bild nicht nur Landschaft darstellte, sondern selbst Landschaft war.

»Es gefällt dir?« sagte Taguna.

»Es war das Lieblingsbild meiner Frau«, sagte ich. »Ich habe ihr am Hochzeitstag eine Kopie geschenkt. Eine gute Kopie. Aber die hier ist besser.«

»Das ist keine Kopie, Chas. Das ist das Bild. Dasselbe, das er vor rund zweihundert Jahren gemalt hat.«

»Das kann nicht sein, Taguna. Seine Bilder waren damals Millionen wert, hat mir mein Großvater erzählt. Und sie wurden kaum jemals verkauft. Die meisten hingen sowieso in Museen. Und wenn ein Privatmann eins besaß, war er so reich, daß er es nicht nötig hatte, es zu verkaufen.«

»Es stammt aus einem Museum, Chas. Wir haben es sozusagen gestohlen. Ich denke, das Museum zeigte eine Ausstellung seiner Bilder. Damals. Und die Bilder blieben eben hängen. Es war niemand mehr da, dem sie gehörten.«

»Habt ihr es gemeinsam gestohlen?« fragte ich lächelnd.

»Strange Goose hat es aus der Stadt mitgebracht, in der er aufgewachsen war. Das ist über fünfzig Jahre her. Er wollte sehen, was aus der Stadt geworden war. Verstehst du? Er kam an dem Museum vorbei und ging hinein. Viele Fenster waren zerbrochen. Das Dach war schadhaft. Eiszapfen hingen von den Wänden. In den Gängen lagen Schneewehen. Aber einige Bilder befanden sich noch an ihren Plätzen. Die meisten waren fort. Wir waren also nicht die ersten. Strange Goose hat mir das Bild geschenkt. Aber es gehört mir nicht, glaube ich. Es gehört dem, der es gemalt hat.«

»Dann habt ihr es auch nicht gestohlen«, sagte ich.

Wir sahen einander an. Taguna schob die Unterlippe vor.

»Nein«, sagte sie. »Das haben wir wohl nicht. Wer es anschauen will, kann es anschauen. Stundenlang. Allein.«

Ich nickte.

»Aber du bist ja wegen der Bücher gekommen. Schau: hier sind sie.« Sie öffnete die linke Tür des Schreibtischs und zog drei flache Schubladen auf.

»Oben liegt das Tagebuch«, sagte sie, »darunter das Buch, in dem wir die Familienereignisse verzeichnen. Ganz unten findest du das Buch mit den alten Geschichten. In das Tagebuch kann jeder hineinschreiben. Du auch, wenn du willst.«

»Das werde ich bestimmt tun, Taguna«, sagte ich. »Ich kann mir dann jedesmal das Bild ansehen.«

»Woher hast du deine Kopie bekommen, Chas?«

»Ein Schreinermeister im Salzburgischen – das liegt schon in den Bergen, in den Alpen – fand sie auf seinem Dachboden. Einer seiner Vorfahren hatte sie um die Mitte des vorigen Jahrhunderts nach diesem Bild hier gemalt. Als ich davon hörte, wollte ich sie ihm abkaufen, aber er hatte sie verschenkt. Dann fand ich den, dem er sie geschenkt hatte, doch der hatte die Kopie verkauft. Es ist eine lange Geschichte.«

»Du erzählst sie mir ein andermal, Chas. Ich muß mich um meine Wäsche kümmern. Wenn du etwas fragen willst, findest du mich draußen.«

Leise schloß sie die Tür hinter sich. Ich war mit den Büchern und dem Bild allein.

Ja, es war eine lange Geschichte. Wie stolz war ich gewesen, als ich mit der mühsam erbeuteten Rolle unterm Arm auf dem Marktplatz von Regensburg aus dem kotigen Reisewagen gestiegen war und den Weg zu unserer Straße, unserem Haus eingeschlagen hatte. Ich war durch das Gartentor eingetreten und zum Gartenhaus gegangen, in dem es nach Erde, Kleidern und Blumenzwiebeln roch und in dem ein grünliches Zwielicht herrschte, weil die Fenster von wildem Wein überwachsen waren. Wo sollte ich die Rolle verstecken? Schließlich stellte ich sie in einen der Wandschränke neben eingerollte Landkarten und alte Baupläne. Ich verließ das Grundstück durchs Gartentor, das ich gewissenhaft versperrte, und ging zum Kasparbauer Hans, um ihm die genauen Maße für den bereits bestellten Rahmen zu bringen. Dann war ich nach Hause gegangen und diesmal durch die Haustür eingetreten, neben der links das Schild mit dem Namen der Straße und der Hausnummer, rechts das Praxisschild mit dem königlichen Wappen hing.

Ich zog den Sessel vom Schreibtisch zurück, setzte mich und legte das Tagebuch vor mich hin, einen dicken, lose in Wildleder eingeschlagenen Folioband. Ich schlug das Buch auf und blätterte. Das Papier war an den Rändern angegilbt, einige Ecken waren geknickt oder abgegriffen; im übrigen war es in gutem Zustand. Mehr als die Hälfte der Seiten war bereits vollgeschrieben. Am Anfang gab es schwarze, blaue, grüne Eintragungen zu sehen; eine war sogar mit violetter Tinte geschrieben. Später verschwanden die Farben allmählich. Schwarz überwog und setzte sich schließlich durch. Ich staunte über die Vielfalt der Handschriften: runde und eckige, links- und rechtsgeneigte und steil aufrechte, schlichte und verschnörkelte; solche, die schwierig zu lesen schienen, bei näherem Hinsehen jedoch gut zu entziffern waren, und eine, bei der beinahe ein Buchstabe dem anderen glich. Manche Handschriften kamen selten vor, andere öfter; drei oder vier wiederholten sich regelmäßig.

Es gab keine Jahreszahlen. Die Jahre hatten Namen: Jahr der Stürme; Jahr des Weizens; Jahr, in dem die Lachse zurückkamen; Jahr der drei Elenden; Jahr der ersten Überflutung; Jahr der großen Coyoten; Jahr, in dem das Eis in der Bucht blieb; Jahr des endlosen Regens – hatte Strange Goose nicht gesagt, in diesem Jahr sei er siebzehn Jahre alt gewesen? Das war also fünfundsiebzig Jahre her und mit blauer Tinte geschrieben. Ich blätterte weiter, bis ich nur noch schwarze Schrift sah. Ein bekannter Name streifte meinen Blick. Ich mußte zurückblättern und suchen, bis ich ihn wiederfand.

Jahr ohne Sommer, stand da. *Mond der langen Nächte, 22. Tag. Ich, Amos Pierce, danke dem Herrn dafür, daß ich noch am Leben bin. Vor dreizehn Tagen waren Arwaq, Ben und ich auf der Jagd. Es lag Neuschnee. Wir hatten den Elchbullen vom Morgengrauen an verfolgt. Am Nachmittag konnte Arwaq schießen. Er traf unter der Schulter. Der Elch brach zusammen, und wir hielten ihn für tot. Als ich mein Messer in seinen Hals stieß, kam der Bulle hoch. Er hat mit seinen Schaufeln mein linkes Bein von der Hüfte bis unters Knie aufgerissen. Wir haben das Blut mit Schnee zum Stocken gebracht. Arwaq und Ben haben mich getragen. Der Herr hat die Kälte geschickt, der ich mein Leben verdanke. Dank und Amen.*

Jahr ohne Sommer. Diesen Namen konnte es erst erhalten haben, nachdem offenkundig war, es würde in diesem Jahr keinen richtigen Sommer geben. Wie hatte das Jahr bis dahin geheißen? Ich mußte Taguna fragen. Außerdem mußte ich sie bitten, mir zu helfen, die Jahresnamen in der richtigen Reihenfolge aufzuschreiben. Dann konnte ich die mir gewohnten Jahreszahlen danebensetzen und würde mich leichter zurechtfinden.

Ich schloß das Tagebuch, legte es an seinen Platz zurück und hob das zweite Buch aus seiner Schublade. Es besaß gleichfalls einen Schutzumschlag aus Wildleder, der rundum mit dem Muster der Doppelkurve bestickt war. Sie hob sich grün von dem rotbraunen Leder ab.

Auch in diesem Buch fand ich die Jahresnamen, doch waren die

Eintragungen nicht nach Jahren geordnet, vielmehr nach Sippen und Familien. Für jede Sippe waren viele Seiten freigelassen. Das letzte Drittel des Buches war noch unbeschrieben. Alle Eintragungen waren mit schwarzer Tinte und in derselben Schrift ausgeführt: steile, ein wenig nach links liegende, schlanke Buchstaben mit dünnen Auf- und kräftigen Abstrichen.

David Wiebe war im Jahr des treibenden Schnees geboren. Er hatte eine Schwester, Deborah, verheiratet mit Ephraim Giesbrecht aus Mytholmroyd. Neben Davids Namen war vermerkt: *Verlobt mit Dagny Svansson aus Troldhaugen, Jahr der Seeadler, Mond der fremden Gänse, siebenter Tag.*

Ich suchte und fand die Sippe Svansson. Sigurd und sein Bruder waren Zwillinge gewesen; Per Svansson war am selben Tag geboren wie Sigurd. Anders als sein Bruder hatte Per sich nicht verheiratet und auch nicht verlobt. Neben seinem Namen stand: *Gestorben im Jahr der Nebel.* Monat und Tag des Todes waren nicht vermerkt.

Bei Sigurd war keine Verlobung eingetragen, nur die Heirat: *Verheiratet mit Inga Thulinn aus Öland.*

Dagny war die jüngste der drei Geschwister. Verlobt mit David Wiebe aus Clemretta, Jahr der Seeadler, Mond der fremden Gänse, siebenter Tag.

Ephraim und Deborah Giesbrecht lebten in Clemretta. Sie hatten einen Sohn mit dem Namen Adam und einen zweiten, der Jochanaan hieß. Ich blätterte, bis ich die Familie Giesbrecht aus Mytholmroyd fand. Ephraim war der einzige Sohn. Er hatte zwei Schwestern, Anna und Beulah, beide am selben Tag geboren und jünger als Ephraim.

Gab es noch mehr Zwillinge in Seven Persons? Ich machte mich an die Suche, blätterte erst aufs Geratewohl, fing dann von vorne an und war bereits über die Mitte hinaus, als ich wiederum auf Kinder mit demselben Geburtstag stieß. Taguna und Strange Goose hatten nur einen Sohn gehabt, Mooin, verheiratet mit Ankoowa Kobetak aus Druim-la-Tène. Mooin und Ankoowa hatten zuerst einen Sohn bekommen, Arwaq, und danach Zwillingstöchter, Oneeda und Oonamee. Keine von beiden hatte geheiratet. Bei der übernächsten Familie, den Istrates, fand ich, daß Nicolae einen Zwillingsbruder besaß. Vlad Istrate hatte nicht geheiratet und war nicht mehr am

Leben. *Gestorben im Jahr der tanzenden Hügel, Mond der reifen Ähren, neunundzwanzigster Tag.*

»Nein«, sagte ich laut vor mich hin. »So kommst du nicht weiter, Chas Meary.«

Ich lehnte mich in meinen Sessel zurück. Mit den Augen folgte ich den Krümmungen der flackernden Zypresse von unten nach oben. Die Spitze war nicht mehr auf dem Bild. Vor den Fenstern im Laub des wilden Weins summte es.

Ich stand auf und öffnete die Tür. Taguna stand über ihren Waschzuber gebeugt, aus dem gerade ein Strahl seifigen Wassers in eine Rinne abfloß, die erst offen und dann mit vermörtelten Ziegelsteinen abgedeckt in den Garten hinaus führte.

»Was hast du denn gelesen?« sagte sie. »Du machst so ein klägliches Gesicht!«

Ich erklärte ihr, auf welche Schwierigkeiten ich gestoßen war. Sie lauschte mit vorgeschobener Unterlippe und strich eine Haarsträhne unter ihr Stirnband zurück.

»Ja, das war gedankenlos von mir«, sagte sie. »Ich werde dir die Namen der Jahre und der Monate heute abend aufschreiben. Das hätte ich gleich tun sollen. Uns sind sie vertraut, weißt du. Wir hören sie wieder und wieder, und wir kennen nichts anderes.«

»Wie gebt ihr einem Jahr seinen Namen, Taguna? Nimm das Jahr des endlosen Regens. Niemand hat vorher wissen können, daß es endlos regnen würde, nicht wahr?«

»Natürlich nicht. Als dieses Jahr begann, hatte es bereits einen Namen. Es hieß ›Jahr nach dem Jahr der Wildfeuer‹. In diesem Jahr hat es dann geregnet und geregnet. Manchmal hat es aufgehört, für ein paar Stunden, für einen Tag. Dann regnete es weiter. In diesem Jahr ist die Erde weiter unten im Tal ins Rutschen gekommen und hat den Bach gestaut, und so ist der See hier entstanden.«

»Strange Goose hat es mir erzählt«, sagte ich.

»Ja? Nun, das Jahr, das folgte, hieß ›Jahr nach dem Jahr des endlosen Regens‹. So haben wir es auch genannt, wenn wir von ihm sprachen. Wenn ich etwas aufschrieb, kürzte ich den Namen ab. Ich schrieb: ›Jahr des endlosen Regens‹. Jeder wußte, daß dies ein abgekürzter Name war. Nach und nach ist es dann so gekommen, daß wir die kürzeren Namen auch benutzt haben, wenn wir von einem Jahr sprachen; nicht nur, wenn wir etwas aufschrieben. Wenn jetzt jemand vom Jahr spricht, in dem die Lachse zurückkamen, wissen die anderen, welches Jahr gemeint ist. Sie wissen aber auch, daß es das Jahr vor diesem Jahr war, in dem die Lachse zurückgekommen sind.«

»Es ist so einfach, daß ich von selber hätte dahinterkommen müssen«, sagte ich.

»Du hast nicht gedacht, daß wir so mundfaul sind, Chas. Ihr benutzt weiterhin die Jahreszahlen?«

»Ja, das tun wir. Aber mir gefallen die Namen besser. Sie erzählen eine Geschichte. Den Anfang einer Geschichte.«

»Oder das Ende, Chas. Das Jahr nach dem Überfall auf Memramcook heißt ›Jahr der Tränen‹.«

»Verzeih. Ich wollte dich nicht daran erinnern.«

»Du hast mich nicht daran erinnert. Ich hab mich daran erinnert. Und zu verzeihen gibt es da nichts. Im Gegenteil. Ich müßte dir dankbar sein, wenn ich vergessen hätte und du hättest mich erinnert. Nur wenn du an deine Toten denkst, kann es geschehen, daß sie in deiner Nähe wiedergeboren werden. Und nun geh zu deinen Büchern. Und schau nicht so traurig drein!«

Sie verschloß den Abfluß des Waschzubers mit einem Holzstopfen, stellte einen runden kleinen Bottich unter die Pumpe und begann zu pumpen.

»Danke«, sagte ich.

Ich schloß die Tür des Bücherzimmers hinter mir, setzte mich, legte das Familienbuch an seinen Platz zurück und holte mir aus der untersten Schublade das Buch mit den alten Geschichten.

Eigentlich war es kein Buch, sah ich, als ich es öffnete; es war eine Mappe, in der lose Blätter, Hefte, Zeichnungen, Photographien, Ausschnitte aus alten Zeitungen und mehrere kleine und größere Umschläge sorgfältig geordnet lagen. Nur einer von ihnen war beschriftet. *Gregory Manach*, stand da in einer senkrechten, etwas unsicheren Handschrift mit blaßblauer Tinte; daneben, in derselben, doch nun leicht nach rechts geneigten und klarer gewordenen Handschrift und mit schwarzer Tinte geschrieben: *Strange Goose.*

Ich öffnete die Klappe des Umschlags und zog ein paar beschrie-

bene Blätter heraus. Die Seiten waren numeriert. Auf der ersten
stand als Überschrift das einzige Wort: VIDEO.

Ich begann zu lesen. Noch ehe ich am unteren Rand der ersten Seite
angelangt war, hatten die Eichenholzmöbel, das warme grünliche
Licht im Raum, das Summen im wilden Wein vor den Fenstern und
selbst unser Bild aufgehört, für mich vorhanden zu sein. Ich war an
einem anderen Ort in einer anderen Zeit.

VIDEO

Ich hatte vier Tage lang auf meine Eltern gewartet. Zu essen war genug im Haus: im Kühlschrank, in den Küchenschränken, im Keller und in der Tiefkühltruhe, die im Wintergarten neben der Tür stand, hinter der zwei hölzerne Stufen hinabführten in den Garten, wo ich das gefallene Laub der Hecken und Bäume zu Haufen zusammengerecht hatte.

An den ersten beiden Tagen hatte das Telephon noch funktioniert. Ich hatte versucht, meinen Vater zu erreichen, der Kommandant eines Küstenwachbootes war, und meine Mutter, die halbtags in der Unfallabteilung des Kennedy-Memorial-Hospitals arbeitete. Irgendwelche fremden Leute hatten geantwortet und gefragt, ob dies ein Notfall sei. Als ich verneinte, hatten sie mich gebeten, die Leitung freizumachen. Schließlich hatte ich es dann nur noch klingeln gehört … Niemand hatte mehr den Hörer abgenommen.

Das Fernsehen sendete bis zum Morgen des vierten Tages. Das Programm bestand nur noch aus Nachrichten, und mir schien, sie wiederholten sich. Eine Boeing 747 war über der Stadtmitte abgestürzt. Brände waren ausgebrochen und griffen um sich. Supermärkte wurden geplündert und angezündet. Die Nationalgarde hatte Räumpanzer eingesetzt, um Tausende ineinander verkeilter, verlassener Fahrzeuge von den Stadtautobahnen zu schieben. Die letzte Sendung, die ich sah, war ein Aufruf des Gouverneurs. Er saß hinter einem Schreibtisch, ohne Krawatte und in Hemdsärmeln. Die Fenster hinter ihm waren zerbrochen; ich sah, wie die Gardinen sich im Wind bewegten. Der Gouverneur hatte ein humorvolles, dunkles Gesicht und erschöpfte Augen. Er bat alle verantwortungsbewußten Bürger – und als er es sagte, blickte er mich bittend an –, in ihren Wohnungen zu bleiben und die Anweisungen der Polizei, der Nationalgarde und der Armee abzuwarten und zu befolgen. Mit fester Stimme sagte er, die Lage sei nicht unter Kontrolle, werde je-

161

doch unter Kontrolle gebracht werden, wenn jeder von uns nach Kräften mithelfe. Für diese Mithilfe dankte er uns, legte dann das Blatt Papier, das er in der Hand gehalten hatte, auf den Schreibtisch und ergriff ein anderes. Als er den Mund öffnete, um weiterzusprechen, schwankte das Fernsehbild, wurde für einen Augenblick wieder ruhig und klar, klappte dann zusammen und löste sich in rieselnden bunten Sand auf.

Ich versuchte alle anderen Kanäle, einen nach dem anderen. Es war überall das gleiche.

Ich schaltete auf Videospiel um, schob meine Lieblingskassette in das Gerät und stöpselte das dazugehörige Kontrollpult ein. Auf dem Bildschirm erschien die getönte Windschutzscheibe mit der Mittelstrebe und den Scheibenwischern. Der Wind trieb Staubwolken und Papierfetzen über das Gleis. Ich ließ die Diesel an. Langsam stiegen die Nadeln der Drehzahlmesser, pendelten und blieben stehen. Das Ausfahrtsignal rechts neben dem Gleis leuchtete rubinrot. Ein Vogel flog auf die Windschutzscheibe zu, als sähe er sie nicht, warf sich im letzten Moment zur Seite und flatterte verstört davon. Nun standen auch beide Bremsmanometer auf VOLL. Eine Hupe blökte. Ich drückte die Wachsamkeitstaste. Von nun an würde die Hupe alle dreißig Sekunden blöken. Drückte ich nicht sofort die Taste, würde sich das Blöken wiederholen, diesmal länger; falls ich dann immer noch nicht reagierte und durch Drücken der Taste bewies, daß ich am Leben, wach und verläßlich war, würde die Sicherheitsautomatik die Notbremsung einleiten. Und ich würde von meinem Posten abgelöst.

Das rubinrote Licht des Ausfahrtsignals erlosch. Über ihm ging ein grünes Licht an, als hätte sich ein Auge geöffnet. Ich schob den Bremshebel nach vorne, bis er gerade in Fahrtrichtung zeigte. Mit der linken Hand schob ich den Fahrhebel auf SLOW.

Die Diesel brausten auf. Ihr Geräusch vertiefte sich um einige Baßnoten, als der Drehmomentwandler anlief und der erste Gang sich einschaltete. Weich gleitend setzten wir uns in Bewegung. Die Diesel wurden leiser. Der zweite Gang löste den ersten ab. Wieder brausten die Diesel auf.

Nummer 143 war unterwegs. Ich befand mich allein im Fahrstand.

Ich hatte das Videospiel zu Weihnachten bekommen. Es war so gut wie kein Tag vergangen, an dem ich mich nicht mit ihm beschäftigt hatte. Zuerst hatte ich die Spielanleitung studiert. Sie umfaßte über zweihundert Seiten. Dann hatte ich zu üben begonnen. In der Spielanleitung hieß das Fahrschule. Als Fahrschüler konnte ich mir noch Fehler erlauben, ohne sofort abgelöst oder suspendiert zu werden. Nachdem ich zum Lokführer befördert war – ich hatte über sechs Wochen und zwei erfolglos abgebrochene Prüfungsfahrten dazu gebraucht –, wurde das anders. Nun wurde jeder Verstoß bestraft.

Einmal durfte ich das sofortige Drücken der Wachsamkeitstaste unterlassen und das zweite, dringlichere Blöken der Warnhupe herausfordern. Beim zweitenmal wurde ich abgelöst; das heißt, das Programm schaltete sich ab und war für vier Stunden gesperrt. Dieselbe Strafe ereilte mich, wenn ich die zulässige Geschwindigkeit um nicht mehr als zehn Meilen in der Stunde überschritt. Überfuhr ich ein Signal, ließ ich vor einem schienengleichen Bahnübergang das Warnhorn nicht rechtzeitig dreimal aufheulen oder überschritt ich die erlaubte Geschwindigkeit um mehr als zehn Meilen, so wurde ich suspendiert. Das Spiel schaltete sich sofort ab und war so programmiert, daß ich es achtundvierzig Stunden lang nicht mehr benutzen konnte.

Als mir das zum zweitenmal passiert war, hatte ich meinen Vater gebeten, das Programm zu überlisten. Er hatte gelacht und den Kopf geschüttelt.

»Aber Larry«, hatte meine Mutter gesagt, »nur das eine Mal?«

Mein Vater hatte nicht nachgegeben, und ich hatte mich zwei Tage hindurch mit der Spielanleitung getröstet.

Verursachte ich einen Unfall – und die Spielanleitung teilte mit, daß sechzig Unfallmöglichkeiten im Programm enthalten seien –, so kam es darauf an, wie schwer der Unfall war. Fuhr ich eine unbesetzte Draisine an, so war ich verletzt; die Kassette würde sich für eine Woche nicht einschalten lassen. Wenn ich andere Menschen verletzte – zum Beispiel, indem ich einen Bus auf einem Bahnübergang rammte –, waren es zwei bis drei Wochen. Und gab es Tote – gleichviel, ob ich selbst dazugehörte oder nicht –, so dauerte es sechs endlose Wochen bis zur programmierten Auferstehung. Das Kontrollpult war eine genaue Nachbildung mit allen Instru-

163

menten und Bedienungselementen einer Diesellokomotive. Das Programm enthielt zwanzig verschiedene Zugfahrten. Zehn für Personenzüge – davon zwei Schnellzüge – und zehn für Güterzüge. Zwei der Güterzüge führten Waggons mit gefährlicher Ladung; für diese, wie für die Schnellzüge, galten besondere Dienstvorschriften. Sie waren in der Spielanleitung rot gedruckt.

Einen Unfall hatte ich noch nicht verursacht. Ich war zweimal abgelöst und zweimal suspendiert worden. Doch das war lange her, mindestens drei Monate. Wenn es mir gelang, einen weiteren Monat meinen Dienst tadellos zu versehen, würde ich zum Lokführer erster Klasse aufsteigen und die Schnellzüge sowie die Güterzüge mit gefährlicher Ladung fahren dürfen.

Mein Zug hatte eben mit der vorgeschriebenen Geschwindigkeit eine Vorortstation durchfahren und arbeitete sich nun langsam eine Steigung hinauf, als ich von der Straße her Schüsse hörte. Ich drückte die Taste, auf der FREEZE stand – sie hielt das Spiel für bis zu zehn Minuten an, wenn man zwischendurch einen Happen essen oder auf die Toilette gehen wollte –, und lief über den Flur, die Treppe hinauf und in mein Schlafzimmer. Die Jalousie war halb heruntergelassen. Ich konnte hinausschauen, ohne selbst gesehen zu werden.

Ein roter Chevrolet parkte am Bordstein vor dem Haus unseres Nachbarn Wampole. Auf dem Rasen des Vorgartens standen zwei junge Männer und zwei Mädchen in Jeans und bunten Windjacken und blickten auf ein Ding zu ihren Füßen, das sich merkwürdig ruckweise bewegte. Einer der Jungen hielt einen kleinen Revolver in der Hand. Als er einen Schritt zurücktrat und zu einem der Mädchen etwas sagte, erkannte ich das Ding auf dem Rasen. Es war Sally-Ann, die Dackelhündin. Ich hatte sie manchmal spazierengeführt. Offenbar hatten die Wampoles sie zurückgelassen. Ihr Hinterteil hing schlaff zu Boden und schleifte durchs Gras, während sie sich mit wild scharrenden Vorderpfoten Stück um Stück voranschleppte.

Wieder sagte der Junge mit dem Revolver etwas zu dem Mädchen neben ihm, und das Mädchen ging zu dem roten Chevrolet, öffnete den Kofferraum und holte etwas heraus, etwas Rotes. Als sie den Kofferraumdeckel zuschlug und sich umdrehte, erkannte ich, daß es ein Benzinkanister war.

Ich lief zu meinem Schrank, öffnete ihn, holte meine Kleinkaliberbüchse heraus, lief zum Fenster und schob den Lauf zwischen zwei Lamellen der Jalousie hindurch. Dann fiel mir ein, daß das Magazin leer war. Aber es war ohnehin zu spät. Das Mädchen warf den leeren Kanister in weitem Bogen zwischen die Ligusterbüsche. Einer der Jungen beugte sich über den Hund und sprang zurück, und ich sah nur noch Feuer, das sich in krampfhaften Zuckungen über den Rasen bewegte und aus dem es schrie. Ich hatte nicht gewußt, daß ein Hund so schreien konnte. Es dauerte nicht lange, und das Schreien hörte auf. Nichts bewegte sich mehr. Nun sah es aus wie ein Laubfeuer, das im Vorgarten des Wampoleschen Hauses brannte.

Eines der Mädchen deutete nach oben in die Luft, und ich hörte den Hubschrauber, bevor ich ihn sah, dicht über den kahlen Wipfeln der Linden. Die jungen Leute stürzten zu ihrem Auto. Türen schlugen. Reifen heulten auf. Einem der Mädchen gelang es nicht, ins Auto hineinzukommen. Sie hielt sich am Türgriff fest, wurde ein Stück mitgeschleift, ließ los, überschlug sich und blieb mitten auf der Fahrbahn liegen. Der Hubschrauber drehte sich halb um seine Achse, stieg ein Stück höher und folgte dem roten Chevrolet. Dann hörte ich ein anderes Auto die Straße herunterkommen und mit aufheulendem Motor hochschalten. Es war ein goldfarbener Camaro. Auf der Motorhaube strahlte eine blaue Sonne mit lachendem Gesicht. Immer noch beschleunigend, fuhr der Camaro geradewegs auf das gestürzte Mädchen los, machte einen präzisen kleinen Schlenker und fuhr mit den Rädern der linken Seite über ihren Kopf. Es gab ein dumpfes Geräusch. Die Karosserie des Camaro geriet ins Schaukeln. Gleich darauf war der Wagen um die Kurve bei der Methodistenkirche verschwunden.

Das Feuer im Vorgarten der Wampoles war fast heruntergebrannt. Ich konnte es jetzt auch riechen. Immer noch hielt ich mein Gewehr in den Händen. Ich legte es aufs Bett, holte aus dem Schrank eine Schachtel Patronen und lud das Magazin. Dann ging ich mit dem Gewehr die Treppe hinunter und stellte es in die Ecke neben das Telephon. Mein Videospiel hatte sich inzwischen ausgeschaltet. Ich schaltete es nicht wieder ein. Statt dessen ging ich in den Garten hinaus, um das zusammengerechte Laub zu verbrennen.

An diesem Abend ging ich spät zu Bett. Nachdem ich das Gewehr an meinen Nachtschrank gelehnt hatte, schlief ich sofort ein und erwachte im Morgengrauen. Draußen war alles ruhig. Ich sah aus dem Fenster. Der Himmel war klar. Sonne lag auf den Dächern. Weit oben in unserer Straße brannte ein Haus. Kein Mensch war zu sehen.

Während ich Toastscheiben mit Honig aß und heißen Kakao dazu trank, wußte ich plötzlich, daß meine Eltern nicht wiederkommen würden und daß ich fort mußte. Wohin, das wußte ich nicht. Aber ich wußte, wie.

Ich zog warmes Unterzeug an, Jeans, einen Wollpullover, meine Windjacke und die alten Schuhe, die warm und wasserdicht waren und gute Sohlen hatten. Ich nahm eine der Umhängetaschen meiner Mutter und füllte sie mit belegten Broten, einer Thermosflasche, die heißen Tee enthielt, und meinem Pfadfinderbuch. Es hieß: *How to Survive in the Wilderness and Have Fun, too.* Von meinem Vater nahm ich den alten Messingkompaß mit, von meiner Mutter den Ehering, den sie zu Hause ließ, wenn sie ins Krankenhaus fuhr, weil sie ihn bei der Arbeit nicht tragen durfte. Mein Gewehr ließ ich zurück, nahm aber mein Messer mit. Ich schloß alle Fenster, zog die Jalousien hoch, versperrte beide Außentüren und legte die Schlüssel unter den dreieckigen roten Sandstein neben dem Kellerfenster.

Der kleine Honda sprang sofort an. Wenn wir im Urlaub angeln gingen und meine Mutter nicht dabei war, hatte mein Vater mich auf Feldwegen manchmal fahren lassen. Ich setzte zurück, stieg aus und schloß das Garagentor. Auf der Straße wendete ich. Unser Haus sah aus wie immer. Im Vorgarten der Wampoles lag ein stumpfschwarzes Häufchen. Ich ließ die Kupplung los und gab vorsichtig Gas. Es ging. Es ging gut. Und ich kannte den Weg durch die Vororte.

Ich sah nur wenige Tote. In einem Vorgarten hing ein Mann an einem Draht vom Querträger eines Schaukelgestells herab. Es mußte ein Draht sein; er glänzte in der Sonne. Die Fußspitzen des Erhängten erreichten fast den Boden. Ich sah viele verlassene Autos. Manche brannten. Auf einem Parkplatz stand ein ausgebrannter Schulbus neben einem brennenden Feuerwehrauto. Über der Innenstadt im Süden war der Himmel voll von grauem, schwarzem, blauschwarzem und rötlichem Rauch. Eine gelbe Rauchsäule sah ich, die rasch und fließend hochstieg und oben nach allen Seiten auseinanderquoll. Jedesmal, wenn ein Auto mir entgegenkam oder mich überholte, legte sich ein seltsames Gefühl wie eine flache warme Hand in mein Genick. Ich hatte einmal miterlebt, wie der Fahrer eines blauen Cadillac versucht hatte, meinen Vater von der Straße abzudrängen. Aber heute geschah nichts.

Ich war nahezu eine Stunde gefahren, als der erste Bahnübergang kam. Gleich darauf rumpelte der Honda über den zweiten. Dann kam die Wäscherei mit dem Schwan, Dannys Gebrauchtwagenhandel und Pallatinis Pizzabude, hinter der ich den dritten Bahnübergang sah. Ich blinkte und bog nach rechts ab.

Die Lagerschuppen schienen unbeschädigt zu sein. Auf dem weiten sandigen Platz zwischen ihnen standen einige Lastwagen und ein qualmender Räumpanzer. Neben dem Panzer lagen zwei Männer; ich konnte nicht erkennen, ob sie Uniform getragen hatten. Ich fuhr zwischen dem Panzerwrack und den Lastwagen durch. Der Honda schaukelte in den Schlaglöchern. Hinter dem vierten Schuppen bog ich links ein, fuhr bis an die Gleise heran, hielt und sah mich um. Kein Mensch war zu sehen. Mehrere Züge standen auf den Gleisen, aber nur zwei von ihnen hatten Lokomotiven. Der eine war ein endlos langer gemischter Güterzug mit vier Lokomotiven. Der andere bestand aus etwa zwanzig weißen Kühlwagen, vor denen eine Dieselmaschine stand. Über ihrem geschwärzten Schornstein zitterte die Luft.

Ich stellte den Motor ab, drehte das Fenster herunter und lauschte. Die Diesel liefen. Seit wann? Seit einer Stunde? Seit gestern abend?

Spekulieren war sinnlos. Ich mußte nachsehen.

Ich stieg aus und schaute mich nach allen Seiten um. Kein Mensch. In der Regenrinne des Schuppens, neben dem ich geparkt hatte, lief ein großer, rotgetigerter Kater herum.

Ich zog meine Tasche vom Beifahrersitz, kurbelte das Fenster hoch, verschloß Türen und Kofferraum und steckte die Schlüssel ein. Dann ging ich ein Stück den Zug entlang. Die Kühlanlagen summten. Ein schwacher Duft nach Orangen ging von den Waggons aus.

Ich kehrte um und ging wieder nach vorn, um die Lokomotive herum und zum Ausfahrtsignal. Es war außer Betrieb. Ich öffnete die Klappe des Metallkastens, der unten am Signalmast angeschraubt war, holte den Telephonhörer heraus und drückte den roten Knopf. Niemand meldete sich. Ich legte den Hörer zurück und ließ die Klappe zufallen.

Die Tür zum Fahrstand der Lokomotive war unverriegelt. Ich verriegelte sie hinter mir, stellte meine Tasche auf den mit Gummimatten ausgelegten Boden und beugte mich über das Armaturenbrett. Alle Instrumente und Bedienungshebel waren an ihren Plätzen. Die Treibstoffanzeiger standen auf 80%. Wo war die Wachsamkeitstaste? Scheibenwischer, Scheinwerfer, Schlußbeleuchtung, Innenbeleuchtung – ich ging alles durch. Keine Wachsamkeitstaste. Dann fiel mir ein, daß manche Lokomotiven statt dessen ein kleines Pedal besaßen. Ich beugte mich unter das Armaturenbrett. Richtig: da war das Pedal.

Den Sitz verstellte ich nach oben und etwas weiter nach vorn. Am Kleiderhaken hinter dem Sitz hing eine ölbeschmierte Mütze. Auf ihren Schirm waren goldene Flügel gestickt und die Worte: *Perky Bird*. Ich setzte die Mütze auf, nahm sie wieder ab, verstellte das Plastikband an ihrem rückwärtigen Rand und probierte sie wieder. So war es besser. Ich schaute durch die Windschutzscheibe. Sie war klar. Die Sonne schien durch den Rauch. Das Gleis ließ sich auf eine weite Strecke überblicken.

Ich schob den Bremshebel nach vorn. Preßluft zischte leise; hinter mir lief ein Seufzer durch den Zug. Als er verstummt war, schob ich den Fahrhebel auf die erste Stufe. Die Diesel brausten auf. Die Kühlgebläse rauschten. Die Nadeln der Drehzahlmesser stiegen hoch. Ich sah auf. Wir fuhren. Die rhythmischen Schläge der Räder auf den Schienenstößen waren gedämpft zu spüren. Allmählich folgten sie rascher und rascher aufeinander. Ich schob den Fahrhebel auf die zweite Stufe. Der Bahnübergang mußte bald kommen. Ich drückte die Taste des Warnhorns: lang-lang-ganz lang. Das Geheul war durchdringend. Der Bahnübergang war frei.

Dann sah ich den Mann. Er lief von rechts auf die Lokomotive zu; er hatte die Arme erhoben, öffnete und schloß die Hände und schrie etwas, was ich nicht verstand. Ich sah nur, wie sich sein Mund bewegte. Er schien keine Zähne zu haben. Er war gut gekleidet, aber ein Ärmel seiner Jacke hing in Fetzen, und sein Hemd war schwarz verschmiert. Er rannte neben der Lokomotive her, schrie, stolperte und fiel hin. Was hatte er gewollt? Mitfahren? Mich aufhalten? Wir rollten über mehrere Weichen und dann über den Bahnübergang. Noch einmal sah ich die großen farbigen Schilder: das von Pallatinis Pizzabude, das von Dannys Gebrauchtwagenhandel und den tanzenden Schwan der Wäscherei. Ich blieb in der zweiten Fahrstufe. Weiter voraus sah ich eine Linkskurve. Als wir sie erreichten, neigte sich der Zug leicht nach links. Die Schläge der Räder auf den Schienenstößen kamen nun rasch und in gleichmäßigen Abständen. Die Strecke war zweigleisig. Ich hatte das linke Gleis. Alle Signale waren außer Betrieb. Die Weichentafeln in den Stationen, die ich mit der vorgeschriebenen Geschwindigkeit durchfuhr, waren nicht beleuchtet. Einmal mußte ich den Fahrhebel zurücknehmen und bremsen, weil ich nicht rechtzeitig erkennen konnte, ob die Weiche vor mir geradeaus lag. Sie lag geradeaus. Als ich meinte, der letzte Wagen müsse sie passiert haben, beschleunigte ich wieder. Die meisten Stationsnamen, Weichen, Schilder und Signale waren mir von meinem Spiel her bekannt.

Bisher hatte die Sonne geschienen. Nun wurde sie von dem Rauch verdeckt, der über der Innenstadt lag. Ab und zu konnte ich ihn in meiner Kabine riechen. Ich schnupperte und kam erst nicht dahinter, woran mich der Geruch erinnerte, bis mir der Tag einfiel, an dem Lenny Wampole und ich nach der Schule nicht in den Schulbus gestiegen, sondern mit der Stadtbahn nach Secaucus hinausgefahren waren, um in der Mülldeponie nach Kupferdrahtspulen, Schaltern und Kühlschrankmotoren zu suchen.

Der Rauch über der Stadt roch nach brennendem Müll.

Zwischen Ossining und Peekskill kam ein Hubschrauber tief auf mich zu und flog einen Kreis. Grüßend ließ ich das Warnhorn einmal kurz aufheulen; der Hubschrauber drehte ab und flog Richtung White Plains. Auch dort stiegen gewitterdunkle Rauchwolken auf. In der Station von Peekskill stand ein Zug auf dem Gegengleis. Neben der Lokomotive standen zwei Männer und redeten aufeinander ein. Ich schaltete auf die erste Fahrstufe herunter, zog den Schirm meiner Mütze tiefer ins Gesicht und kroch mit den vorgeschriebenen fünfzehn Meilen in der Stunde an dem stehenden Personenzug vorbei. Das Ausfahrtssignal war in Betrieb und zeigte Grün. Zum erstenmal atmete ich auf. Ich hatte die ganze Zeit gestanden. Jetzt setzte ich mich.

Wir fuhren am westlichen Hang einer Hügelkette entlang. Links unter mir sah ich den Fluß. Es war angenehm warm im Fahrstand. Die Strecke verlief fast gerade und eben. Ich hatte die vierte Fahrstufe geschaltet. Die Geschwindigkeit betrug fünfzig Meilen in der Stunde. Ich angelte nach meiner Tasche, holte zwei belegte Brote und den Tee heraus und aß. Alle dreißig Sekunden drückte ich auf das Wachsamkeitspedal. Als ich die Brote gegessen hatte, holte ich mir noch zwei. Die übrigen vier wollte ich aufsparen.

Gegen Mittag näherten wir uns Albany. Wie würde es weitergehen? Es hing von den Weichen ab. Sie würden uns nach Boston, Syracuse, in die Adirondacks oder nach Montréal lenken.

Ich sah nur vereinzelte Brände. In der nächsten Station, die ich wie gewohnt langsam, jedoch nicht zu langsam durchfuhr, wechselte mein Zug auf das rechte Hauptgleis. Gleich darauf sah ich, warum. An einem Bahnübergang stand auf dem Gegengleis ein langer Güterzug. Zwei der drei Lokomotiven waren aus den Schienen gesprungen und lehnten schräg an einem aufgerissenen, umgestürzten Greyhound-Bus. Ihre Fahrgestelle hatten sich tief in den Schotter gewühlt. Menschen sah ich keine, weder lebende noch tote.

Wieso funktionierten die Weichen, wenn die Signale nicht funktionierten? Aber es konnte sein, daß der Unfall sich gestern ereignet hatte oder vorgestern, als Signale und Weichen noch in Betrieb waren; und die Weiche war eben in der einmal geschalteten Stellung verblieben.

In Schenectady wandte sich unser Gleis nach rechts. Der Schatten der Lokomotive lief vor uns her. Wir waren auf dem Weg nach Montréal. Wir kamen durch Ballston und Saratoga Springs. In Saratoga Springs stand eine uniformierte Gestalt mit einer Ziehharmonika vor dem Bauch auf dem Bahnsteig und grüßte, eine Flasche schwenkend. Ich tippte auf die Taste des Preßlufthorns. Fünf oder sechs Meilen weiter mußte ich beinahe bis zum Stillstand abbremsen. Eine Herde schwarzer Angus-Kühe weidete an der Böschung des Bahndamms. Zwei oder drei von ihnen sahen nachdenklich zu

170

mir hoch; grüner, schleimiger Saft tropfte von ihren glänzenden Mäulern.

Hinter Whitehall begann die Strecke merklich anzusteigen. Rechts sah ich die grünen Hügel Vermonts, links die höheren Berge der Adirondacks. Seen, Farmhäuser, weiße Holzkirchen kamen auf uns zu und glitten vorüber. Die Wälder leuchteten in der Nachmittagssonne in vielen Farbtönen von hellem, noch grünlichem Gelb über Orange bis zu beinahe braunem Rot. Wir hatten das rechte Gleis. Bald würden wir in Ticonderoga sein.

Wir fuhren in einer weitgeschwungenen Linkskurve an einem langgestreckten See entlang, als ich in der Ferne etwas aufblitzen sah, wie die Spiegelung der Sonne in einem Fenster. Als ich das nächstemal auf das Wachsamkeitspedal trat, sah ich wieder etwas aufblitzen, und gleich darauf erkannte ich den Zug, der uns entgegenkam. Er war noch ungefähr drei Meilen entfernt. Zwei Lokomotiven zogen eine lange Reihe von Güterwagen. Als der Zug aus einem Waldeinschnitt ins Licht der Sonne herausfuhr, leuchteten sie rot, schwarz, gelb und grün.

Der Zug fuhr rascher als meiner; die Steigung, die mich nicht über dreißig Meilen in der Stunde hinauskommen ließ, war für ihn ein Gefälle. Wie ich es gelernt hatte, schaltete ich um eine Fahrstufe zurück, und die Nadel des Geschwindigkeitsmessers sank schnell auf zweiundzwanzig Meilen. Der Gegenzug war nun auf eine Meile herangekommen. Das Sonnenlicht wurde von der Windschutzscheibe der vorderen Lokomotive flimmernd zurückgeworfen. Neben den Rädern wirbelten grauweiße Wölkchen auf. Vom Fahrtwind kommen die nicht, dachte ich.

In demselben winzigen Augenblick, in dem ich begriff, daß dieser Zug bremste, sah ich ihn genau von vorne. Er fuhr auf unserem Gleis.

Ich zog den Fahrhebel auf Null und fast gleichzeitig den Bremshebel ganz zu mir her. Die Verzögerung drückte mich gegen das Armaturenbrett. Unter mir, hinter mir, brach das höllische Gekreisch blockierender Räder aus. Ich griff meine Tasche, hängte sie mir um den Hals, quetschte mich zwischen Sitz und Armaturenbrett durch, entriegelte die Tür, die mir sofort aus der Hand flog, klammerte mich mit beiden Händen an die rechte Geländerstange, ertastete

171

mit den Füßen die stählernen Tritte, bis ich auf dem dritten und untersten stand, ging in die Knie, drückte das Kinn auf die Brust, ließ die Geländerstange los und stieß mich ab.

Es war schön, so zu fliegen, mühelos, mitten im tosenden Wind, während die Sonne hinuntersank und die Nacht kam; auch sie kam geflogen, mühelos, schön, schwarz.

Ich war blind. Die Dunkelheit um mich her war so prall angefüllt mit dem süßen, harzigen Geruch reifer Orangen, daß kein anderer Geruch Platz gehabt hätte. Und ich war blind. Ich konnte meine Augen bewegen. Doch was hatte das zu sagen? Ich konnte auch meine Zehen bewegen und meine Finger; ich wußte, das hatte wenig zu bedeuten. Mein Vater hatte von dem Mann erzählt, den sie vergangenen Januar geborgen hatten. Er war zwei Tage in einem offenen Boot umhergetrieben. Seine Füße waren hart gefroren. Sie wurden amputiert. Noch zwei Monate später konnte dieser Mann nicht nur mit den Zehen wackeln, die er längst nicht mehr besaß; ihm taten auch noch die Hühneraugen weh. Es war, als ob der Körper nicht daran glauben wollte, daß ihm plötzlich ein wichtiger Teil fehlte, und sich lieber selbst beschwindelte, als sich mit den Tatsachen abzufinden.

Wieder rollte ich meine Augäpfel: rechts-oben-links-unten. Und andersherum: links-unten-rechts-oben. Es tat überhaupt nicht weh. Ich spürte, wie die Muskeln die Augäpfel bewegten. Aber das hatte nichts zu sagen. Es war kein Beweis, daß meine Augen noch vorhanden waren. Und selbst wenn sie vorhanden waren, hieß das nicht, daß sie noch sehen konnten. Viele Blinde besaßen ihre Augen noch. Bei manchen sahen sie sogar ganz gesund aus.

Ich versuchte, den linken Arm zu heben, um mit den Fingern meine Augen zu ertasten. Ein Stück weit ging das. Dann tat es zu weh. Der rechte Arm ließ sich überhaupt nicht bewegen. Nur die Finger konnte ich krümmen und strecken. Meine ganze rechte Seite brannte. Es fühlte sich an, als glitte ein heißes Eisen vom Ohr den Hals entlang, die Rippen hinunter, über die Hüfte und die Außenseite des Beins bis kurz unter das Knie. Es war ein langsamer, dunkelroter Schmerz, der sich verstärkte, wenn ich an ihn dachte. Ich versuchte, nicht daran zu denken. Sofort fiel mir wieder ein, daß ich blind war. Meine Augen konnten verätzt sein. Manchmal ließ sich das in Ordnung bringen, manchmal nicht. Es hing davon ab, wie schlimm die Verätzungen waren, wovon sie herrührten, wieviel Zeit vergangen war, bis sie behandelt wurden.

Ich hatte Tankwagen gesehen in dem Güterzug, der mir entgegengekommen war.

Der Güterzug.

Wie war er auf mein Gleis geraten?

Warum hatte er sein Signalhorn nicht benutzt?

Hatten die Tankwagen eine Säure enthalten?

»Langsam«, sagte ich laut in die Dunkelheit hinein, die nach Orangen roch. »Langsam. Stell dir keine Fragen. Versuch, dich zu erinnern.«

Ich erinnerte mich.

Die aufleuchtenden Farben der Wagen, als sie aus dem Waldeinschnitt hervorkamen. Das flirrende Zittern des gespiegelten Sonnenlichts auf der Windschutzscheibe der vorderen Lokomotive. Die Qualmwölkchen, die von den blockierenden Rädern aufstiegen.

Ich erinnerte mich an alles bis zu dem Augenblick, in dem ich gesprungen war.

Vom Zusammenstoß der beiden Züge hatte ich nichts gesehen und nichts gehört. Ich mußte mit dem Kopf aufgeprallt sein und sofort das Bewußtsein verloren haben. Also war ich in der Nähe gewesen, als es geschehen war. Die Lokomotiven waren aufeinandergeprallt und hatten sich ineinander verkeilt; oder sie waren aneinander abgeglitten, entgleist und die Böschung hinuntergestürzt; oder eine von ihnen war auf die andere aufgeritten. Einmal hatte ich ein Bild gesehen, das solch einen Unfall zeigte. Es sah aus, als wollten sich die Lokomotiven miteinander paaren.

Auf jeden Fall waren beide Züge auseinandergerissen. Die Waggons waren aus den Schienen gesprungen, hatten sich überschlagen, aufgebäumt, übereinandergetürmt, waren Abhänge hinuntergerollt oder bergauf zwischen Bäume und Felsen geschoben worden. Sie hatten ihre Achsen verloren, ihre Fahrgestelle hatten sich verbogen, ihre Aufbauten waren zersplittert, ihre Rahmen auseinandergebrochen, ihre Tanks geborsten und ausgelaufen.

Ungefähr so war es zugegangen. Ich war dabeigewesen und hatte nichts davon gesehen. Ich hatte es überlebt. Aber ich war blind. Und jetzt war ich hier. Dies mußte ein Krankenhaus sein. Ich wußte, wie Krankenhäuser riechen. Dieses hier roch nicht wie ein Krankenhaus. Es roch nach Orangen.

»Schwester!« rief ich. »Doktor!«

Meine Stimme klang lauter, als ich erwartet hatte. Ich lauschte in die Dunkelheit. Niemand antwortete. Niemand kam.

»Schwester!« rief ich.

Nichts.

Wieder versuchte ich, meinen linken Arm zu bewegen. Irgendwo mußte hier eine Klingel sein. Die Klingel würden sie hören. Mein Rufen konnten sie vielleicht nicht hören. Wahrscheinlich war das Schwesternzimmer zu weit von meinem Raum entfernt.

Es gelang mir, den Arm ein wenig höher zu heben als beim ersten Versuch. Dann tat es zu weh, und ich gab auf. Der brennende Schmerz in meiner rechten Seite glitt wieder von oben nach unten.

»Doktor!« brüllte ich. »Doktor! Doktor!«

Stille. Dann aber hörte ich eine Tür schlagen, hörte Schritte, und sie kamen näher, langsam, schleifend, hielten inne; plötzlich öffnete sich dort, wo das Fußende meines Bettes war, eine Tür, und Licht fiel herein, das gelbe ruhige Licht einer Petroleumlaterne. Über der Laterne, von unten angeleuchtet, war das Gesicht eines alten Mannes. Seine Augen glänzten unter einem schwarzen, verkrumpelten Hutrand. Er trug Zöpfe. Er mußte sehr alt sein. Er stand vorgebeugt da, und die Laterne in seiner Hand zitterte leicht.

»Endlich bist du aufgewacht!« sagte er.

Ich brachte kein Wort hervor. Ich schaute. An der Wand hingen Fallen, kleine, größere, einige sehr große. Schlagfallen. Ich lag auf einem richtigen Bett. Neben dem Bett waren überall Orangen. Kartons, Körbe, Eimer voller Orangen. Nicht einmal im Supermarkt hatte ich so viele Orangen auf einmal gesehen.

»Endlich bist du aufgewacht«, sagte der Mann. »Weißt du, daß du drei Tage und drei Nächte lang geschlafen hast?«

Ich antwortete nicht. Seine Stimme war dunkel wie sein Gesicht und auch so alt; sie zitterte leicht, wie die Laterne in seiner Hand.

»Du hast Angst?« fragte er. Wieder antwortete ich nicht.

»Sicher hast du Hunger und Durst«, fuhr er fort. »Warte ein wenig. Wir werden dir etwas bringen.«

Er wandte sich um. Die Laterne stieß gegen den Türrahmen und flackerte. Ich versuchte, den Kopf zu heben. Mein Hals war steif und tat furchtbar weh, aber es gelang mir.

»Ich sehe!« rief ich. »Ich sehe! Ich sehe!«

STRANGE GOOSE

Ich weiß nicht, wie lange ich reglos dagesessen hatte, über die beschriebenen Bogen gebeugt, auf denen sich die lichtgrünen Schatten der Weinblätter bewegten, als hinter mir die Tür aufging und
sich wieder schloß.

»Du liest«, sagte die Stimme von Strange Goose. »Was liest du
denn?«

Er trat hinter mich und beugte sich über meine rechte Schulter.

»Ah, ich sehe«, sagte er. »Alte Geschichten.«

Ich schaute auf in das eindringliche Hellbraun seiner Augen.

»Seit damals hab ich das hier«, sagte er. Er wies auf die Narbenwül-
ste an seinem Hals.

»Und sonst?« sagte ich. »Ich meine, du hast dir nichts gebrochen,
keinen Zahn ausgeschlagen?«

»Hehe! Mir hat das halbe Ohr gefehlt. Und meine rechte Seite hat
ausgesehen wie Hackfleisch. Überall sonst war ich grün und blau. Ja,
so war das.«

»Was wurde aus den Menschen in dem anderen Zug?«

»In dem langen Güterzug? Das hab ich auch wissen wollen. Tom
Benaki – das war der alte Mann, der mich gefunden hat, weißt du –
Tom Benaki hat gesagt, ich war das einzige Wesen, das er zwischen
den Trümmern entdecken konnte. Er hat mich zu sich nach Hause
getragen und bei seiner Frau Anna abgeliefert. Anna hat gerne erzählt, wie sie stundenlang die Schottersteinchen aus meiner rechten
Seite herausgeklaubt hat. Unterdessen hat Tom die Trümmer abgesucht. Er hat in jeden Wagen geschaut, oder in das, was davon übrig
war. Er ist in die Lokomotiven geklettert, nicht nur in die Fahrer-
häuser, auch in die Gänge, die durch den Motorraum führen, weil er
dachte, vielleicht hätte sich der Lokführer dahinein geflüchtet. Aber
nichts! Da war niemand. Und Anna hat gesagt, wenn Tom etwas
nicht findet, ist es nicht da.«

»Das bedeutet, daß er überlebt hat«, sagte ich.

»Ich denke, er hat überlebt, Chas.«

»Ich wüßte gerne, wer das war. Wer die andere Lokomotive gefahren hat.«

»Nicht wahr?« sagte Strange Goose. Sein Gesicht war in Bewegung geraten wie der See im Wind. Er setzte sich auf den Rand des Schreibtischs und beugte sich zu mir vor.

»Nicht wahr?« wiederholte er eifrig. »Das müßte man wissen. Ich hätte auch versucht, es herauszufinden. Tom und Anna hätten mir geholfen. Aber es war aussichtslos, damals. Du kannst es dir nicht vorstellen, Chas. Weißt du, was ich glaube?«

»Ich habe keine Ahnung.«

»Ich glaube, vielleicht war es einer wie ich. Einer, der den gleichen Einfall hatte. Und daß wir uns deshalb begegnet sind, dieses eine Mal.«

»Ein verrückter Zufall«, sagte ich. »Aber möglich.«

»Natürlich! Zufälle scheinen uns immer verrückt.«

»Weshalb ist das so, Strange Goose?«

»Weil Gott spielt, Chas. Wenn die Götter spielen, nennen wir das Zufall. Wenige Menschen begreifen das. Tom Benaki war einer von ihnen.«

»Wie lange bist du bei Tom und Anna geblieben, Strange Goose?«

»Den Winter über. Es hat fast zwei Wochen gedauert, bis ich wieder gerade gehen konnte. Ich hab im Bett gelegen und Orangen gegessen. Wir haben alle drei Orangen gegessen, Tom, Anna, ich. Es ist uns nicht zuviel geworden. Tom hat sogar noch einmal welche geholt. Aber da waren sie nicht mehr so gut. Es hatte ein paarmal gefroren, weißt du.

Später, als ich wieder gehen konnte, haben Tom und ich Fallen gestellt. Auch gejagt. Tom hat mir gezeigt, wie ich die Tiere abziehen muß und wie man das Fleisch zerteilt. Zu Weihnachten hatten wir ein Reh. Ich weiß noch, wie Tom und ich vom Fallenstellen zurückkamen. Wir brachten einen Fuchs, einen Otter und zwei Hasen mit. Und als wir in die Küche traten – sie war zugleich auch Wohnzimmer und Schlafzimmer, so wie hier bei uns –, da rochen wir das schmorende Reh, und wir setzten uns hin und schnupperten und warteten, bis es fertig war. Wir konnten nichts anderes tun. Es roch einfach zu gut. Und es schmeckte noch besser. Ich schmecke es noch jetzt. Es war das erste Mal, daß ich Reh gegessen habe.«

Er schwieg eine Weile und fuhr sich mit der Zunge über die Lippen. »Ja«, fuhr er dann fort, »als der Winter seinem Ende zuging, kam Tom eines Tages mit einem kleinen Lastwagen nach Hause. Er und Anna hatten manchmal davon gesprochen, nach Megumaage zurückzukehren. Ihre Vorfahren waren von dort gekommen. Die Franzosen hatten das Land besiedelt; dann eroberten es die Engländer, und die Engländer vertrieben die Franzosen und auch viele Indianer. Und nun wollten also Tom und Anna zurückgehen in das Land ihrer Vorfahren. Mich haben sie mitgenommen.«

»In welchem Jahr war das, Strange Goose?«

»Wir nennen es das Jahr der verlassenen Kinder.«

»Was denkst du: Wie viele von den Kindern haben diesen ersten Winter überlebt?«

»Hm. Vielleicht drei von zehn. Wahrscheinlich weniger. Es war ein langer Winter, Chas, und kalt. Sehr kalt. Und es gab Stürme. Einer dauerte neun oder zehn Tage. Man konnte nicht vor die Tür gehen. Die kleineren Kinder und die ganz kleinen, die sind wohl schon lange vor dem Winter gestorben. Von denen, die ungefähr in meinem Alter waren, haben manche das Glück gehabt, alte Leute zu treffen, die die Seuche auch überlebt hatten. Mit denen haben sie sich zusammengetan.«

»Wißt ihr, weshalb nur Kinder und alte Leute die Seuche überlebt haben?« fragte ich.

»Nein«, sagte Strange Goose. »Wir wissen nicht einmal, wie sie ausgebrochen ist.«

»Ihr habt nie von Robert Saint-Sécaire gehört?«

»Nein! Wer war das?«

»Er war Franzose. Virologe von Beruf. Du weißt ja, die Seuche war schon fünfzig Jahre zuvor in einer anderen Form aufgetreten; sie war schwer übertragbar und breitete sich nur langsam aus. Vor allem in Afrika. Saint-Sécaire arbeitete mit einer Gruppe von Forschern an einem Impfstoff gegen den Virus. Schließlich hatten sie einen entwickelt, der sich in Tierversuchen als wirksam erwies. Sie beschlossen, ihn an Menschen zu erproben, und zwar in Afrika. Die Versuche waren erfolgreich. Neun Monate lang. Dann mutierte der Virus. Auf einmal war er so leicht übertragbar wie Schnupfen oder Grippe. Die Inkubationszeit betrug nur noch sieben bis zehn Tage.«

»Aber die Menschen sind an ganz verschiedenen Krankheiten gestorben, Chas!«

»Freilich! Der Virus selber war ja nicht tödlich. Er zerstörte nur die Widerstandskraft des Körpers. Die Menschen starben an Krankheiten, die ihnen vorher wenig anhaben konnten: an Röteln, Masern, Grippe, sogar an gewöhnlichen Erkältungen.«

»Du weißt das alles von deinem Großvater, Chas?«

»Ja. Er hat es miterlebt, das Jahr der verlassenen Kinder. Ein alter Mann hat ihn bei sich aufgenommen, ein Arzt. Ohne ihn wäre er wohl verhungert.«

»Aber für die alten Leute war es auch gut, Kinder zu haben! Anna hat oft gesagt, ohne mich wären sie nicht nach Megumaage zurückgegangen. Und Tom, den hab ich einmal gefragt, warum sie mich aufgenommen haben. Das war noch in den ersten Tagen. Tom saß auf meinem Bett, und wir haben Orangen gegessen.

›Tom‹, hab ich gesagt, ›warum hast du mich nicht liegengelassen? Ich meine, weil ich ein weißer Mensch bin. Meine Leute haben deinen Leuten nicht viel Gutes getan.‹

Tom hat seine Orange zu Ende gekaut und hinuntergeschluckt.

›Niscaminou hat dich geschickt, Gregory‹, hat er dann gesagt. ›Damit das Leben weitergeht. Vorher gab es zu viele Menschen. Das war nicht gut. Aber gar keine Menschen, das wäre auch nicht gut.‹

Ja. So war das. Wir haben also alles aufgeladen, was Tom und Anna mitnehmen wollten, die Betten, das Geschirr, den Schaukelstuhl, die Felle, die Gewehre, die Fallen – es war recht viel. Meine Tasche war auch dabei. Und meine Mütze.«

»Wie lange wart ihr unterwegs, Strange Goose?«

»Beinahe fünf Wochen. Es war schwierig, Treibstoff für den Lastwagen zu finden. Die meisten Tankstellen waren ausgebrannt. Wir haben verlassene Autos angezapft. Aber viele hatten leere Tanks.«

»Mein Großvater hat auch erzählt, daß die Leute Autos und Häuser und Geschäfte und Kirchen angezündet haben. Er hat gesagt, es war, als wollten sie nicht, daß etwas übrigbleibt, wenn sie selber nicht mehr da sind.«

»Hehe! Das kann schon sein. Ja. Und die jungen Menschen, die waren am schlimmsten. Jedenfalls, wir haben noch immer genug Benzin bekommen. Das war nicht der Grund, warum die Fahrt so lange gedauert hat. Der Grund war, daß Tom darauf bestand, die Toten zu begraben. Du verstehst: Wenn wir in einem Farmhaus übernachteten oder in einem Geschäft nach Essen suchten, fanden wir oft auch Tote. Tom erzählte mir von Memajuokun. Er erklärte mir, weshalb wir sie nicht liegenlassen durften. Und wir begruben sie. Über einigen haben wir Steinhaufen zusammengetragen, weil die Erde gefroren war. Aber die meisten haben wir begraben. Ja. Hier bin ich jetzt seit mehr als achtzig Jahren. Und ich hab in all den Jahren nicht so viele Begräbnisse gesehen wie damals in diesen fünf Wochen.«

»Hat euch unterwegs jemand angegriffen?«

»Nein, Chas. Das war vorbei. Die schlimmste Zeit, das waren die anderthalb Monate vom Ausbruch der Seuche bis zu ihrem Ende. Plünderung, Raub, Brandstiftung, Vergewaltigung, Mord – es kann schon so gewesen sein, wie dein Großvater gesagt hat.«

»Bist du aus der Stadt weggefahren, als die Seuche ausbrach?«

»Ah, nein! Das war in der zweiten Woche. Aber bei Tom und Anna war ich in Sicherheit. Ihre Hütte lag weitab von den größeren Straßen, und der Zufahrtsweg war schlecht. Ich glaube, ich war drei Wochen bei Tom und Anna, als ein Auto kam mit zwei alten Leuten, die sich verfahren hatten. Das war das einzige Mal, daß wir jemanden sahen.«

»Bei uns gab es Gerüchte, die bestimmten Menschen die Schuld an der Seuche zuschieben wollten«, sagte ich. »Gab es die hier auch?«

»Ja, Chas. Die gab es. Es war ja so: Anfangs dachten alle, es sei eine Grippe-Epidemie. Dann wurde die Zahl der Todesopfer größer und größer. Nicht nur bei uns. In allen Ländern. Am Ende der ersten Woche wurden die Untersuchungsergebnisse bekanntgegeben. Die erste Folge war, daß überall die Homosexuellen gejagt und umgebracht wurden. Danach kam das Gerücht auf, die Japaner hätten den Virus künstlich verändert und zu uns gebracht, als Rache für ihre Niederlage im Zweiten Weltkrieg oder um unser Land besiedeln zu können. Nun ging die Jagd auf die Japaner los und auf alle, die ihnen ähnlich sahen. Die Mexikaner kamen an die Reihe, die Indianer, die Schwarzen. Mein Vater sagte, er sei zum erstenmal froh darüber, weiße Haut zu haben. Meine Mutter meinte, die weiße Haut würde ihm nichts helfen; jeder könne drankommen. Die Menschenjagd sei eine Art Volksfest.«

»Mein Großvater muß einen ähnlichen Eindruck gehabt haben«, sagte ich. »Er hat zu mir gesagt: ›Ich habe gesehen, womit sich die Menschen vergnügen, wenn sie vollkommen frei sind!‹«

»Ja, Chas, so ist es. Es war eben nicht nur Verzweiflung und Angst und Trotz und Wut. Es hat ihnen auch Spaß gemacht. Und weißt du, warum?«

»Nein. Meinst du, es steckt in den Menschen drin? In allen? Dieses – diese Freude am Vernichten?«

»Es steckt in uns allen, ja. Doch es schläft, Chas. Es schläft. Wenn wir aber zu viele sind, wenn wir zu dicht beieinanderhocken wie gefangene Ratten in ihrem Käfig, wenn wir nicht genug zu tun haben: dann wird es wach. Dann will es heraus. Ich weiß nicht, ob es Freude am Vernichten ist, wie du sagst. Später schon, wenn es erst einmal heraus ist, wenn es frei ist. Anfangs ist es – ja: Langeweile.«

Wir schwiegen. Ich schaute in sein altes Gesicht, in die hellbraunen Augen. Hinter ihm an der Wand flackerte die Zypresse.

»Du hast sie noch?« fragte ich nach einer Weile. »Ich meine, die Mütze, die du in der Lokomotive gefunden hast?«

»Die? Sicher hab ich die noch. Tom Benaki hat sie mir abhandeln wollen. Jeden Tag hat er mit mir gefeilscht, die ganze Fahrt lang. Er hat mir ein Bärenfell geboten. Zwei Bärenfelle. Den Lastwagen. Ich hab nein und nein und nein gesagt. Mein Messer hätte ich ihm gegeben. Und mein Buch. Aber das wollte er nicht. Er wollte die Mütze. Er hat gesagt, die Krempe von seinem Hut ist zu schmal, und seine Augen sind alt und werden von der Sonne geblendet, besonders, wenn er Gräber ausheben muß. Ich hab ihm die Mütze dann immer geliehen, wenn wir jemanden begruben. Aber gegeben hab ich sie ihm nicht. Erst, als wir hier angekommen waren. Da hat er sie genommen, hat sie mir aufgesetzt und gesagt, es war alles nur Spaß. Ich kann mich gut erinnern, daß ich das überhaupt nicht verstand. Für mich war es Ernst gewesen.«

Er hielt inne, fuhr sich mit dem Handrücken über die Augen und sah mich wieder an.

»In Mactaquac«, fuhr er fort, »das ist drüben auf dem Festland,
blieben wir ein paar Tage bei einer Verwandten von Anna. In dem
Reservat hatten mehr als hundertzwanzig Menschen gelebt. Jetzt
gab es dort noch vier alte Leute und sechs Kinder. Eins von ihnen
war ungefähr fünf Monate alt und krank. Sie haben es gefüttert,
aber es hat alles wieder ausgespuckt. Es schrie schließlich immer
seltener und ist dann gestorben.
Von Mactaquac fuhren wir nach Passamaquoddy. Bis auf zwei waren alle Gebäude des Reservats niedergebrannt. Auch ein alter
Schulbus stand noch da, ohne Räder. Die Achsen waren mit Ziegelsteinen unterlegt. Der alte Mann, der in dem Bus wohnte, war der
einzige noch lebende Bewohner des Reservats. Er hat uns gesagt,
daß er im Herbst einige Kinder hierher geschickt hatte. Hier war das
Jagdgebiet seiner Sippe gewesen. Er hat uns den Weg beschrieben.
Er bat uns nachzuschauen, was aus den Kindern geworden war. Wir
wollten ihn mitnehmen. Aber er lehnte ab. Er wollte in der Nähe
seiner Toten bleiben.
Tags darauf waren wir hier. Wir waren mit dem letzten Tropfen Benzin den Hügel heraufgekommen. Den See gab es ja noch nicht. Dort
drüben, unter der Zeder, wo der Tisch und die Sessel stehen, stand
damals eine Hütte. Sie war viel kleiner als diese hier, und sie war alt
und baufällig. In dieser Hütte fanden wir vier Kinder.«
»War eins von ihnen Taguna?«
»Eins von ihnen war Taguna. Sie briet das Fleisch eines Bibers, den sie
in einer Schlinge gefangen hatten. Die Hütte war voller Qualm.
›Wollt ihr bleiben?‹ hat sie gefragt.
›Gerne‹, hab ich geantwortet. Anna hat dazu gelacht.
›Gut‹, hat Taguna gesagt, während sie mit zwei Astgabeln das Fleisch
auf die andere Seite drehte. ›Dann sind wir wieder sieben.‹«
»Wie alt waren die Kinder, Strange Goose?«
»Taguna war fast zehn. Magun war acht. Die beiden anderen waren
neun und elf Jahre alt. Drei Kinder hatten den Winter nicht über-
lebt.«
»Wann bekam die Siedlung ihren Namen?«
»Die Hütte, meinst du? Am Abend dieses Tages. Im Jahr der verlas-
senen Kinder, Mond der fremden Gänse, siebenter Tag.«
»Und wem von euch ist der Name eingefallen?«

»Hehe! Wem von uns ist neulich bei der Versammlung eingefallen, wer Marlowe Manymoose getötet haben könnte?«

»Ich verstehe. Wann hast du deinen Namen erhalten, Strange Goose?«

»Ich? Am Tag darauf. Tom, Taguna und ich waren in den Wald gegangen, Brennholz sammeln. Beladen mit Reisigbündeln waren wir auf dem Heimweg, als ein Zug wilder Gänse niedrig über uns hinwegflog.

›Wawa, wawa!‹ rief Taguna ihnen zu; und die Gänse antworteten: ›Wawa, wawa, wawa!‹

›Weißt du, wo die herkommen?‹ fragte Taguna.

›Das weiß ich‹, hab ich gesagt. ›Sie kommen von dort her, wo auch ich herkomme.‹

Sie sah mich mißtrauisch an. Vielleicht hat sie gedacht, ich wollte mich wichtig machen, oder sie hat es für einen dummen Witz gehalten. Doch dann hat sie gelacht.

›Gut‹, hat sie gesagt. ›Dann heißt du ab jetzt nicht mehr Gregory Manach. Du heißt Gregory Strange Goose.‹«

»Meintest du, daß die Gänse aus derselben Richtung kamen wie du?«

»Ah nein! Ich hab es wörtlich gemeint. Es haben immer viele Gänse in der Stadt überwintert, damals. Tausende, Chas! In den Parkanlagen. Auf den Teichen. Vielen Leuten hat es Spaß gemacht, ihnen zuzuschauen, sie zu füttern. Andere waren erbost, weil die Gänse den Rasen zertraten und beschmutzten. Sie verlangten von der Verwaltung, die Gänse abzuschießen oder wenigstens zu vertreiben. Aber dazu kam es nicht. Die Gänse hatten mehr Freunde als Feinde. Wenn der Winter vorbei war, machten sie sich ohnehin wieder auf und flogen nach Norden. Ja, so war das.«

Er stand auf, beugte sich über den Schreibtisch und öffnete beide Flügel des Fensters. Ein schwacher Duft von blühenden Obstbäumen wehte herein und blätterte in den Papieren vor mir. Ich sammelte sie ein, stieß sie bündig und schob sie in ihren Umschlag zurück.

»Was ich dich schon lange fragen wollte«, sagte Strange Goose. »Gibt es drüben bei euch noch Eisenbahnen?«

»Auf einigen Strecken verkehren wieder Züge, ja. Alle zwei Wochen; manchmal auch jede Woche. Die längste Strecke führt von Barcelona in Katalonien über Paris und Berlin nach Moskau und von Moskau weiter bis ins chinesische Kaiserreich. Es gibt aber nur Dampflokomotiven, Strange Goose. Die ersten haben die Chinesen geliefert. Inzwischen bauen die Preußen und die Lothringer auch welche. Sie werden mit Holz oder Kohle geheizt. Weshalb fragst du?«

Die hellbraunen Augen leuchteten. »Meinst du, Chas, daß ich auf so einer Lokomotive mitfahren könnte? Ob das wohl möglich wäre?«

»Das wäre sicher möglich, Strange Goose.«

»Würde das viel kosten? Ich meine, bei euch muß man doch alles mit Geld bezahlen. Wie ist das?«

»Mein Vater könnte es einrichten, daß es überhaupt nichts kostet. Wahrscheinlich könntest du die Lokomotive auch selber fahren, wenigstens einen Teil der Strecke. Aber ist das dein Ernst, Strange Goose? Willst du die lange Seereise unternehmen, hin und zurück, nur für ein paar Stunden auf einer Dampflokomotive? Du wärst monatelang fort. Was würde deine Frau dazu sagen?«

»Seine Frau hätte nichts dagegen«, sagte Taguna hinter uns. Wir wandten uns um. Sie hatte die Tür halb geöffnet, die Hand noch auf dem Türgriff, einen Fuß auf die erhöhte Schwelle gesetzt.

»Ihr macht Gesichter, als hätte ich euch beim Äpfelstehlen erwischt«, fuhr sie fort. »Es ist ein guter Einfall, Strange Goose. Du könntest mit Chas zusammen hinüberfahren. Für die Rückfahrt wird sich schon jemand finden, der aufpaßt, daß du dich nicht bei Nacht und Nebel heimlich ans Steuerrad schleichst. Ich wollte euch aber zum Essen rufen. Und dich, Chas, wollte ich fragen, ob du uns nachher für eine Stunde oder zwei im Garten helfen kannst.«

»Ja«, sagte ich. »Gerne.«

»Gut.«

Sie nickte mir zu und wandte sich zum Gehen. Strange Goose folgte ihr. Ich ordnete den Umschlag wieder in die Mappe mit den alten Geschichten ein, legte sie an ihren Platz und schloß den Schreibtisch.

Draußen rauschte der Garten.

TEUFELSNADEL

Als ich erwachte, regnete es. Der Regen mußte in der Nacht begonnen haben; vor meine Hütte tretend, fand ich die Erde mit Nässe gesättigt. Die Blüten an den Pflaumenbäumen hatten sich geschlossen. Der Morgen war windlos und ziemlich warm, und der Regen fiel dicht. Die Wolken lagen den Hügeln auf.
Ich stapfte den durchweichten Pfad zum Langhaus hinauf. Don Jesús stand, an die Wand gelehnt, unter dem überhängenden Dach, blickte mir entgegen und hob die Hand.
»Ich dachte mir, daß du kommen würdest, Don Carlos«, sagte er.
»Aber heute wird es nichts. Morgen auch nicht. Zu naß!«
»Hast du den ganzen Weg gemacht, um mir das zu sagen?«
»Ah nein! Die Luft tut gut. Ich reite nachher mit Joshua hinunter nach Memramcook. Sie haben vielleicht Tim Chezzet gefunden. Wir werden sehen. Nicolae ist allein herübergekommen, der Narr. Wir werden zwei Tage brauchen. Ich wollte dich bitten, Taguna und Strange Goose Bescheid zu sagen.«
»Das will ich tun, Don Jesús.«
»Bueno. Sag ihnen ruhig, daß Nicolae allein hergeritten ist. Sie erfahren es ja doch. Ich hab ihn deswegen schon heruntergeputzt. Sag ihnen das auch.«
»Ich werde ein gutes Wort für ihn einlegen.«
»Ich bin erleichtert, Don Carlos. Und ich danke dir. Nun gehe ich.«
Er stieß sich von der Wand ab, hob die Hand und nickte mir zu. Nach einigen Schritten drehte er sich noch einmal um und zeigte in den Regen hinaus.
»Ich glaube, da kommt dein Frühstück!« rief er.
Ich ging mit Kiri zur Hütte zurück, frühstückte und begleitete sie nach Hause. Sie war barfuß. Bei jedem Schritt quoll zwischen ihren Zehen der Schlamm empor; sie schlenkerte ihn fort und erzählte mir, daß der Garten nun beinahe fertig war, daß die Hühner wieder

besser legten, daß sie sich ein neues Kleid nähte und daß Switha wahrscheinlich aufgenommen hatte. Joshua begegnete uns, auf Hoss reitend. Er war in Eile, und wir wechselten nur ein paar kurze Worte. Die Ulmen hinter dem Langhaus hatten nun kleine Blätter; die Kastanien entlang des Fahrwegs waren voll belaubt, und ihre Blütenknospen waren nah daran aufzubrechen.

Den Tag über half ich Amos, Kiri und Sureeba dabei, Stroh und das restliche Heu auf die untere Tenne der Scheune zu schaffen und an der rückwärtigen Wand auf Haufen zu schichten. Den Staub fegten wir zusammen und schaufelten ihn durch eine Luke auf den Misthaufen hinunter.

Sara sagte mir, Kiri und Sureeba wollten in der folgenden Woche zurück nach Noralee gehen, und fragte mich, ob sie mir mein Essen bringen solle. Ich antwortete, daß ich zu den Mahlzeiten lieber heraufkommen würde, sofern ich nicht im Steinbruch oder anderswo arbeitete oder auf der Insel war; und wir vereinbarten, es so zu halten.

Am Abend überbrachte ich Strange Goose und Taguna die Botschaft, die Don Jesús mir aufgetragen hatte. Es regnete immer noch, als ich über den See zurückpaddelte. Es regnete auch die Nacht durch und den folgenden Vormittag. Ich schlief länger als sonst, erzählte beim Frühstück Kiri von meiner Überfahrt mit dem Schiff und schrieb danach einen langen Brief an meinen Bruder.

Gegen Mittag versiegte der Regen. Wind erhob sich von Osten, drehte bald auf Süd, und kaum eine Stunde später brannte die Sonne vom sattblauen, wolkenlosen Himmel. Das Land begann zu dampfen.

Diesen Nachmittag und den ganzen nächsten Tag über arbeitete ich mit Strange Goose und Taguna im Garten. Am Tag darauf waren die Wege so weit getrocknet, daß Don Jesús und ich unsere Arbeit im Steinbruch wieder aufnehmen konnten.

Don Jesús berichtete mir von seinem Ritt nach Memramcook. Die angeschwemmte Leiche war unbekleidet gewesen. Der Unterkiefer hatte gefehlt. Von Armen und Beinen hatte sich die Haut abgelöst. Nicht einmal Tim Chezzets Mutter hatte sagen können, ob der Tote ihr Sohn war oder ein Fremder.

In den Pausen zwischen den Fuhren flochten wir uns mannshohe

Zielscheiben aus Weidenzweigen und übten abwechselnd mit Bogen und Armbrust. Wir waren wachsam. Wir achteten darauf, daß einer von uns stets in der Lage war, mit wenigen Schritten eine sichere Deckung zu erreichen. Wir sahen und hörten nichts.

Um die Mitte der folgenden Woche luden wir den letzten Wagen Steine bei David Wiebes Bauplatz ab. David selber hatten wir nicht zu Gesicht bekommen.

An den Obstbäumen saßen die weißen und rötlichen Blüten so dicht, daß es aussah, als hätten die Bäume nur Blüten und fast keine Blätter. Die Kerzen der Kastanien hatten sich geöffnet. Auf den Feldern war die Saat aufgegangen. Nun mußte geeggt werden, damit kein Unkraut hochkam und die Frucht überwucherte; ich freute mich, daß diese Arbeit mir zufiel. Amos besserte mit Joshua und Oonigun die Zäune aus. Don Jesús, Arwaq und Kagwit fuhren Zaunpfähle an, die sie im Winter in den Wäldern der Penobscot-Hügel geschnitten hatten. Als ich zum Mittagessen auf Amos' Hof kam, waren sie dabei, die Pfähle anzuspitzen. Sureeba sammelte die Späne in einen Korb. Kagwit hatte ein flaches Feuer angelegt; jedesmal, wenn es hell aufflammte, gab er feuchtes Holz hinzu. Die fertigen Zaunpfähle hatte er mit den Spitzen in das Glutbett geschoben. Er wanderte ständig rund um das Feuer und drehte einen Zaunpfahl nach dem anderen um, damit sie gleichmäßig ankohlten.

Ich hob eine Handvoll Späne auf und roch an ihnen.

»Was ist das für Holz, Arwaq?« fragte ich.

»Falsche Akazien, Chas. Robinien. Die halten zwanzig Jahre, wenn du sie grün läßt. Wenn du sie anbrennst, mindestens doppelt so lang. Das beste Holz für Zaunpfähle.«

Ich warf die Späne in Sureebas Korb, und wir gingen zum Essen. Nur Kagwit blieb draußen, um sein Feuer zu überwachen.

Ich brauchte vier Tage zum Übereggen der Felder. Der Hafer stand am höchsten, doch Amos meinte, Weizen und Gerste würden schon noch aufholen. Don Jesús hatte uns für die Arbeit ein Ochsengespann geliehen. Er sagte, das sei schonender für den Acker als Pferde, und ich erkannte auch bald, warum. Wenn die Ochsen sich ins Joch legten und anzogen, spreizten sich ihre gespaltenen Klauen weit auseinander und sanken kaum in den Boden ein. Selbst meine Trittspuren waren tiefer.

Krähen und Möwen besuchten mich. Die Tage waren warm und windig. Manchmal konnte ich den Springbrunnen beim Ibárruri-Hof aufblitzen sehen. In den Nächten ruhte der Wind, und schwerer Tau bedeckte jeden Morgen Gräser, Blätter und Dächer.

Am dritten Tag holte Arihina ihre beiden Enkelinnen ab. Kiri sprang von dem Wägelchen, lief quer durch den Weizen auf mich zu und blieb vor mir stehen. Sie war außer Atem.

»Nun?« sagte ich. »Alles Gute! Grüß deine Eltern von mir. Und ich danke euch beiden noch einmal dafür, daß ihr bei jedem Wetter den weiten Weg gemacht habt, um mir mein Futter zu bringen.«

Sie kicherte.

»Ach das! Das ist schon gut. Wir sehen uns wieder. Zur Ernte sind wir wieder bei Onkel Amos. Vielleicht besuchst du uns auch einmal. Aber jetzt – hm!« Sie stockte.

»Ich soll etwas für dich tun, Kiri, nicht wahr? Ich ahne auch, um was es geht.«

»Niemand soll was ahnen!« brauste sie auf. Ihre Augen funkelten. Sie hob den rechten Fuß, besann sich jedoch und setzte ihn nieder, ohne aufzustampfen.

»Niemand ahnt etwas, Chas! Wenn du Piero siehst, sag ihm einen Gruß von mir. Das ist alles!«

»Das werde ich tun, Kiri. Darf ich ihm auch sagen, daß ich ihn beneide?«

»Oh! Das liegt bei dir. Ich danke dir. Yémanjá wird dich beschützen.«

Sie sah mich ernsthaft an. Ihr Haar stand in einem flammenden Kreis um ihr Gesicht. Sie legte die Fingerspitzen einer Hand an den Lederbeutel, der auf meiner Brust hing, dann an ihre Stirn, drehte sich um, lief zurück zu dem schwarzen Wägelchen und sprang hinauf. Arihina Koyamenyas Vogelstimme rief mir einen Gruß zu. Ihr schwarzer Umhang flatterte, als die Pferde in Trab übergingen, und ihr Kopftuch wehte wie ein Büschel schwarzer Federn. Kiri und Sureeba winkten. Der Staub, den Hufe und Räder hochgewirbelt hatten, zog gleich einer roten Rauchwolke mit dem Wind nach Westen, stieg, stieg, drehte sich in Wirbeln, wurde dünn und durchsichtig und löste sich auf.

Ich ging wieder an meine Arbeit.

Nur Amos hatte in diesem Jahr Getreide angebaut. Don Jesús hatte zwei Morgen Kartoffeln gesteckt. Seine übrigen Äcker lagen in Weidebrache, ebenso einer der Äcker von Amos, auf dem im Vorjahr Mais gestanden hatte. Im Spätwinter hatten sie auf diesen Stücken Mist ausgebracht, der nun, ehe das Gras zu hoch war, mit der Kettenegge feiner verteilt werden mußte.

Piero kam vorbei, um mehrere Eggenzinken zu ersetzen und einem der Ochsen ein neues Eisen anzupassen, und ich richtete getreulich Kiris Auftrag aus. Er schüttelte den Kopf, lachte verlegen, stellte den Fuß des Ochsen auf den Boden zurück und klopfte dem Tier auf die Flanke. Der Ochse schaute sich um, stieß auf und begann wiederzukäuen.

Einen oder zwei Tage später war ich abends der erste, der sich zum Essen einfand. Sara wirtschaftete allein an dem breiten, gemauerten Herd. Die Fenster waren geöffnet, und es war luftig in der Stube und warm vom Feuer und der späten Sonne. Laubschatten bewegten sich an den Balkenwänden und über die geschnitzte Statue des segnenden Christus, die in einem kleinen Eckregal am Ende des langen Tisches stand. Im Fach unter der Christusfigur stand gleichfalls eine Statue: eine schwarze Frau mit einem kleinen Kind im Arm, die seitlich auf einem weißen Pferd saß. Sie stellte die Jungfrau Maria dar, zugleich aber die Meeresgöttin Yémanjá.

Ich deckte den Tisch, holte zwei Eimer Wasser vom Brunnen und setzte mich an meinen Platz in der Ecke, um eine Pfeife zu rauchen. Auf dem anderen Tisch am Fenster neben dem Herd knetete Sara Brotteig. Eine Gemüsesuppe brodelte auf dem Herd, und ihr Geruch vermischte sich mit dem Duft der blühenden Bäume draußen und den Rauchwolken aus meiner Pfeife. Ich fühlte mich schläfrig, rauchte mit Behagen, dachte an nichts und schaute Saras knappen, geübten Bewegungen zu. Sie teilte den Teig in gleich große Stücke, formte diese eins nach dem anderen in längliche Laibe, legte die Laibe auf ein Brett, das sie zuvor mit Mehl bestreut hatte, und hob das Brett auf den oberen Sims über dem Herd, um die Laibe in der Wärme aufgehen zu lassen. Sie wischte ihre Handflächen an der blauen Schürze ab, stützte sie auf den mehligen Tisch und hielt ihr Gesicht dem Fenster und der untergehenden Sonne entgegen: die Lippen weich geschlossen, die Nasenflügel kaum merklich bewegt, als zögen sie Witterung ein, die Augen unter den gewölbten Augenbrauen reglos ins Weite gerichtet.

Ich sah aus dem Fenster. Eine der Stuten weidete unter einem Apfelbaum. Eine schwarzweiße Ente wanderte durchs Gras und schnappte ab und zu ein Insekt aus der Luft. Hinter ihr ging ein schwarzer Erpel mit weißen Schwanzfedern und weißem Kopf, den er abwechselnd einzog und nah über dem Boden ruckartig nach vorn stieß. Ein Streifenhörnchen lief mit dem Kopf nach unten an der Borke der Schierlingstanne herab, die dort stand, wo die Stallungen im Winkel an das Wohnhaus stießen.

Ich blickte wieder zu Sara hin. Nichts an ihrer Haltung hatte sich verändert. »Wie lange dauert es noch, Sara?« fragte ich.

Einige Augenblicke verflossen, bis sie ihre Augen auf mich richtete und sich mit der Zungenspitze über die Lippen fuhr.

»Viereinhalb Monate«, sagte sie, strich mit den Händen ihre Schürze glatt und schaute prüfend an sich hinunter.

»Du kannst es sehen, Chas?«

Ich nahm die Pfeife aus dem Mund und schüttelte langsam den Kopf.

»Woher weißt du es dann? Hat Amos etwas gesagt?«

»Nein, Sara. Ich kann es sehen. Aber nicht mit den Augen. Anders.«

»Du bist ein *puoin*!«

»Mein Vater ist ein *puoin*. Vielleicht hat er es mir vererbt. Oder es ist auf andere Weise auf mich übergegangen. Ich weiß es nicht. Zu meinem Vater kommen viele Frauen, um sich heilen zu lassen. Wenn eine von ihnen schwanger ist, weiß er das in dem Augenblick, in dem sie zur Tür hereinkommt.«

»Sagt er es ihnen?«

»Freilich. Manche wissen es bereits. Viele nicht. Von denen, die es nicht wissen, freuen sich einige. Andere erschrecken. Einmal kam eine Bäuerin, die sich beim Hühnerschlachten in die Hand geschnitten hatte. Mein Vater hat die Wunde gesäubert und verbunden. Die Frau hat ihm gedankt und ihm ein Dutzend Eier gegeben, weil sie kein Geld hatte. Dann wollte sie gehen. Mein Vater hat das Körbchen mit den Eiern auf seinen Schreibtisch gestellt.

›Wart ein wenig, Hilde‹, hat er gesagt. ›Ich hab eine gute Nachricht für dich.‹

Die Frau hat ihn mißtrauisch angeschaut.

›Gute Nachrichten sind so selten wie zwei gesunde Kälber von einer Kuh, Herr Doktor‹, hat sie gesagt.

Mein Vater hat gelächelt.

›Du hast es fast erraten, Hilde‹, hat er gesagt. ›Du bekommst ein Kind.‹

Ich kann mich noch erinnern, Sara, als wäre es gestern gewesen, wie die Frau meinen Vater angestarrt hat. Eine Weile brachte sie kein Wort heraus.

Dann hat sie den Kopf geschüttelt.

›Herr Doktor‹, hat sie gesagt, ›Ihr seid ein guter Doktor und ein gescheiter Mensch. Aber jetzt irrt Ihr Euch. Mein Mann war ein halbes Jahr fort, drunten im Ungarischen. Vor zwei Tagen ist er zurückgekommen. Nein, Herr Doktor. Das kann nicht sein!‹

›Hat dein Mann …?‹ hat mein Vater gefragt.

Die Frau ist rot geworden.

›Ja freilich hat er, Herr Doktor‹, hat sie gesagt. ›Der Mensch ist halt auch nur ein Mensch, nicht wahr?‹

›Ist schon recht, Hilde‹, hat mein Vater geantwortet. ›Jetzt geh nach Haus. Ich lass deinen Mann grüßen, und du paßt halt ein bißchen auf dich auf. In ein paar Wochen werden wir wissen, ob der alte Doktor recht gehabt hat, ja?‹«

»Und? Hat er recht gehabt, dein Vater?«

»Ja, Sara.«

Ein kleines Lächeln ging über ihr Gesicht, stolz und verlegen zugleich.

»Ich hab es am nächsten Tag gewußt, Chas. Auch bei Joshua war es so. Ich wußte am nächsten Tag, daß er unterwegs war. Aber ich bin eine Frau. Wie kommt ein Mann zu einem Frauengeheimnis? Ist dein Vater ein Freund von Yémanjá?«

»Ich glaube ja, Sara. Er kennt sie. Unter einem anderen Namen.«

»Yémanjá hat viele Namen, Chas. Namen sind wie Kleider.«

»Das ist wahr«, sagte ich.

Sie legte den Kopf zurück.

Wieder sah ich ihre Nasenflügel sich weiten, als zöge sie von fernher eine schwache Witterung ein.

»Du sprichst zu niemand davon, Chas?«

»Zu niemand, Sara. Auch mein Vater hat immer nur zu der gesprochen, die es anging. Du selbst hast gesagt, es ist ein Frauengeheimnis.«

»Mhm!«

Sie wandte sich entschlossen ab, bückte sich, holte unter dem Herd einige harzige Fichtenscheite hervor und schob sie ins Feuerloch, in dem es alsbald zu knacken, zu prasseln und zu knallen begann.

Nach dem Essen besprachen wir, wie wir die weiteren Männerarbeiten verteilen würden. Ich hatte bestimmt noch einen Tag, vielleicht zwei Tage mit den Wiesen zu tun; die anderen etwa ebensolang mit dem Instandsetzen der Zäune. Danach war Bauholz zu holen, sowohl für das neue Anwesen von David Wiebe wie auch für Don Jesús, der seinen Kuhstall um die Hälfte zu vergrößern gedachte. Die Kiefernstämme lagen entastet und geschält in den Wäldern. Wir würden den Wagen von Don Jesús verlängern und einen zweiten Wagen und ein Gespann schwerer Zugpferde aus Clemretta entleihen müssen. Amos schätzte, das Holzfahren würde ungefähr eine Woche dauern, vorausgesetzt, die Wege waren trocken. Mit dem Behauen der Stämme konnten wir uns dann Zeit lassen; wir konnten, wann immer es nötig war, dringende Arbeiten auf den Äckern oder in den Gärten zuerst erledigen und in den Stunden, die frei blieben, mit Schlagschnur und Breitbeil die Stämme in Balken verwandeln. Oonigun, Joshua und ich würden uns darin abwechseln, Taguna und Strange Goose bei ihrer Gartenarbeit an die Hand zu gehen.

Das Wetter kam unseren Plänen freundlich entgegen. Die Tage blieben warm und windig, die Nächte still, die Morgendämmerungen taunaß. Abends nahm ich in meine Hütte die lockere, zufriedene Müdigkeit mit, die nur der kennt, dem körperliche Arbeit vergönnt ist. Ich schlief traumlos. Morgens erwachte ich satt von Schlaf und hungrig auf mein Frühstück. Ich dachte selten an das, was ich vor wenigen Wochen noch für den eigentlichen Zweck meines Besuchs in Megumaage gehalten hatte. Das würde sich finden. Hatte ich endlich die Geduld entdeckt, von der mein Vater einmal gesagt hatte, sie sei eine der Gaben, welche die Götter mir vorenthalten hätten?

Nur einmal erwachte ich in der Tiefe der Nacht, tappte im Dunkeln zur Tür und hinaus unter die Pflaumenbäume, die nun schon die ersten Blütenblätter fallen ließen, stand barfuß in der scharfen Kühle und lauschte. Ein sanftes Grollen drang aus der Richtung, in der ich das obere Ende unseres Sees wußte, durch Luft und Wälder in meine Ohren und durch meinen angespannt horchenden Körper bis in die Erde hinab.

Arwaq und Strange Goose sagten mir am nächsten Morgen, sie hätten es auch gehört.

»Also fliegen sie doch nachts«, sagte ich. »Sie haben Mut.«

Strange Goose schüttelte den Kopf.

»Einen versteckten Landeplatz haben sie«, sagte er. »Einen, wo sie ihre Scheinwerfer benutzen können, ohne daß wir sie sehen. Vielleicht auf einer der Inseln in der Bucht von Manan.«

Er gab mir ein Blatt, auf dem Taguna mir in ihrer steilen, ein wenig nach links geneigten Schrift die Namen der Jahre und der Monate aufgeschrieben hatte. Ich faltete es und schob es in die Innentasche meiner Jacke. Der Himmel hatte sich bezogen. Ein paar Tropfen fielen. Arwaq meinte, mit viel mehr hätten wir nicht zu rechnen; es könnte einen oder zwei Schauer geben, aber die Wege würden befahrbar bleiben. Wir beschlossen, es zu versuchen.

Amos, Arwaq und Oonigun nahmen den Weg, der ins Tal hinab zur Landstraße und zu David Wiebes Bauplatz führte. Strange Goose ging zurück nach Hause. Joshua und ich wandten uns nach Osten zum Hof der Ibárruris. Joshua trug einen kräftigen, etwa fünf Fuß langen Bogen in der Hand. Der Köcher hing links an seinem Gürtel. Ich zog im Gehen einen der Pfeile heraus und besah mir die Spitze. Sie war aus Eisen geschmiedet und vom Härten bläulich verfärbt. Die Längsrippen zu beiden Seiten liefen hinten in eine runde Zwinge aus, in welcher der hölzerne Schaft steckte. Die Spitze, die Schneiden und die Widerhaken waren glänzend poliert und scharf wie Rasiermesser.

»Wie stecke ich ihn zurück, ohne daß er die anderen Spitzen beschädigt?« fragte ich.

»Jeder Pfeil hat seine eigene Scheide. Schau!«

Er zog den oberen Rand des Köchers auseinander. Eines der schmalen Fächer war leer. Ich schob den Pfeil an seinen Platz zurück.

»Hat Sigurd die gemacht?«

»Nein. Piero. Er hat viele, viele Stunden geübt. Jetzt sind seine Spitzen besser als die von Sigurd. Sigurd sagt das selber.«

»Was ist besser an ihnen?«

»Du kannst weiter mit ihnen schießen. Und du triffst besser. Der Wind lenkt sie nicht so leicht ab. Das ist wichtig. Bei Wind ist es viel schwieriger, etwas zu treffen.«

»Du berechnest den Wind doch mit ein, Joshua. Don Jesús hat mir gezeigt, wie man das macht.«

Er lachte, stolz, mir etwas erklären zu können.

»Freilich berechnest du den Wind, Chas. Nimm an, er kommt von rechts, ja? Du hast es im Gefühl, wie stark er ist, wie weit er deinen Pfeil nach links tragen wird. Du zielst also weiter nach rechts. Klar. Doch in dem Augenblick, wo du den Pfeil abläßt, hört der Wind auf. Das kommt vor. Und dann?«

»Ich bin noch kein Jäger, Joshua! Ich lerne. Wie ist das: Ich hab immer gedacht, der Wind soll von dem Ziel, das du treffen willst, auf dich zu wehen?«

»Ja, wenn du ein Tier jagst. Damit es dich nicht riechen kann. Aber wir jagen keine Tiere. Wir müssen mit allem rechnen.«

»Hast du schon einmal auf einen Menschen geschossen, Joshua?«

Er schüttelte den Kopf.

»Du würdest es tun?«

Er sah mich erstaunt von der Seite an.

»Ich werde es tun, ja.«

»Es steht geschrieben: Mein ist die Rache. Das hat dein Vater gesagt.«

»Ich weiß, Chas. Ich denke wie er.«

»Würde dein Vater auf einen dieser Fremden schießen?«

»Aber ja!«

»Wie kann er dann sagen, daß die Rache Gott gehört?«

»Weil es wahr ist. Jahwe, oder Xángo, oder Niscaminou: wenn sie eine Gottesstrafe verhängen, wenn sie Rache üben wollen, müssen wir zur Seite stehen. Wir dürfen uns nicht rächen, weil wir nicht hassen dürfen.«

»Du haßt sie nicht, diese Fremden?«

»Nein. Ich hasse sie nicht. Mein Vater haßt sie nicht. Wie sollten wir sie hassen? Wir kennen sie nicht.«

»Ihr wollt sie aber töten, weil sie drei von unseren Leuten getötet haben?«

»Nein. Nicht deswegen. Taguna hat recht. Wir werden sie töten, weil es nicht anders geht.«

»Wirst du sie hassen, wenn du sie siehst?«

»Ich weiß nicht. Ich glaube, nein, aber ich weiß es nicht. Mutter sagt, mit dem Haß ist es wie mit der Liebe. Du weißt es erst, wenn du den Menschen siehst.«

»Sind Liebe und Haß dasselbe?«

»Nein. Aber – ah, ich weiß nicht! Mir fällt kein Wort dafür ein.«

»Du meinst, sie sind miteinander verwandt?«

»Das ist es! Verwandt sind sie. Blutsverwandt.«

»Woher weißt du das alles, Joshua?«

»Weil ich etwas gesehen hab, Chas. Weil ich gehört hab, was die Erwachsenen darüber sagten. Du kennst die Frau, die manchmal bei Doña Pilar und Don Jesús zu Gast ist?«

»Ich hab sie einmal von weitem gesehen. Sie war beim Springbrunnen und ging dann in den Garten hinein.«

»Das ist sie, ja. Sie ist jetzt wieder bei ihrer Mutter in Druim-la-Tène. Sie lebt einmal hier und einmal dort. Sie soll einmal nahe daran gewesen sein, sich zu verloben. Das ist lange her. Ich war noch ein Kind. Ich hab nur davon gehört. Sie hat den Mann also geliebt, nicht wahr?«

»Das hat sie wohl.«

»Aber es wurde nichts daraus. Plötzlich hat sie ihn gehaßt. Bei einer Versammlung im Herbst ist sie auf ihn losgegangen. Ich war dabei. Ich war neun Jahre alt, glaube ich. Ich hab gesehen, daß sie ihn gehaßt hat. Und ich hab mir das dann so zurechtgelegt.«

»Daß Liebe und Haß blutsverwandt sind?«

»Ja. Rede ich Unsinn?«

»Nein, Joshua. Weiß jemand, was sie so verändert hat?«

»Niemand. Waiting Raven – ich meine, Mond de Marais – kommt manchmal zu ihr, wenn sie trauert.«

»Trauert?«

»Wir nennen es so. Es sieht aus, als würde sie trauern. Aber niemand weiß den Grund. Er singt ihr dann zu, lange, ah, sehr lange manchmal. Es kommt vor, daß er ihr tief in die Nacht hinein zusingen muß, bis es besser wird.«

»Was singt er?«

»Lieder mit Worten und solche, die keine Worte haben. Kinderlie-der. Alte Lieder. Er singt die Namen der Tiere, die Namen der Jahre und der Monate.«

Ich summte ein paar Takte des Liedes, das ich auf der Fahrt von Mond de Marais gehört hatte.

»Ah ja«, sagte Joshua. »Das singt er auch. Es ist das Lied von den weißen Pferden.«

»Ich hab in Megumaage bisher kein weißes Pferd gesehen, Joshua.«

»Natürlich nicht, Chas. Niemand besitzt eins. Sie gehören Yémanjá, und sie leben bei ihr. Kesik!«

Der Ruf galt dem Hund, der uns ein Stück entgegengelaufen war und, am Wegrand sitzend, auf uns gewartet hatte. Er erhob sich erst, als wir ihn erreicht hatten, beroch uns, wedelte zwei- oder dreimal und lief dann einige Schrittlängen vor uns her, wobei er sich ab und zu nach uns umblickte.

»Was bedeutet sein Name, Joshua?«

»Kesik? Winter.«

»Ist er mit Abit verwandt?«

»Aus ihrem zweiten Wurf, ja. Ich glaube, Arwaqs Hund ist der Vater, obwohl Arwaq das nicht zugeben will. Aber Kesik hat genau den gleichen Kopf.«

Hinter dem Hund her gingen wir den Zufahrtsweg hinab. Im Gar-ten tanzte der Strahl des Springbrunnens, unruhig, vom Wind wie-der und wieder zu sprühenden Schleiern zerrissen. In der Rosen-hecke stand eine kleine hölzerne Bank.

Sie war leer.

Don Jesús war damit beschäftigt, seine Ochsen anzuspannen. Seine Töchter gingen ihm zur Hand. Ane-Maria schätzte ich auf neun-zehn oder zwanzig Jahre. In ihrer Haltung und ihren Bewegungen sowie im Schnitt der Augen und des Mundes glich sie ihrer Mutter. Nur ihre Nase war breiter als die von Doña Pilar und an der Spitze ein wenig aufgeworfen. Encarnación dagegen war ein jüngeres Ebenbild ihrer Großmutter Doña Gioconda Camará. Obgleich et-was jünger als ihre Schwester, war sie ebenso groß, mit breiteren Hüften und Schultern und raschen, ungestümen Bewegungen. Nur das blauschwarze Haar war bei beiden Schwestern gleich. Encarna-ción lehnte sich eben gegen einen der Ochsen, um ihn an seinen

Platz zu drängen. Don Jesús und Ane-Maria legten das Joch auf; Joshua und ich machten uns daran, die Waagscheite einzuhängen und die Zugstränge an ihnen zu befestigen. Den Wagen hatte Don Jesús um ein gutes Drittel verlängert, indem er den Langbaum, der die vordere mit der hinteren Achse verband, gegen einen längeren ausgetauscht hatte. Die Ladefläche hatte er abgenommen. Schwere eschene Rungen waren durch Schlitze in den Querträgern gesteckt und mit eisernen Ringbolzen gesichert.

Joshua und Encarnación führten nun das zweite Paar Ochsen aus dem Stall heraus. Das waren Xángo und Atahualpa. Die beiden, die bereits eingespannt vor dem Wagen standen, hießen Cristóbal und Colón.

Doña Gioconda und Doña Pilar bekamen wir nicht zu Gesicht. Ane-Maria und Encarnación winkten uns nach, als wir aus dem Hof fuhren; Ane-Maria mit ihrem rotweißen Taschentuch, Encarnación mit dem Strohbüschel, das sie benutzt hatte, um die Ochsen noch einmal abzureiben.

Wir fuhren mehr als drei Meilen weit auf dem Weg, über den man nach Mytholmroyd, nach Druim-la-Tène und schließlich nach Memramcook und ans Meer gelangte. Zu unserer Linken lagen Wälder und hängige Wiesen, zu unserer Rechten das Weideland von Don Jesús Ibárruri. Er wies uns auf einige Weiden hin, die im Herbst unter den Pflug kommen sollten. Wieder fielen Tropfen, doch ließ der Wind dem Schauer keine Zeit, über uns niederzugehen, und trug ihn hinüber in die Penobscot-Hügel, wo wir ihn bald in grauen Strähnen fallen sehen konnten.

Von drei Linden umgeben und von ihren Kronen überhangen, stand am Wegrand eine winzig kleine weißgekalkte Kapelle mit Spitzbogenfenstern an beiden Seiten und einem Spitzbogeneingang zum Weg hin. In ihrem Inneren konnte ich auf einem schmalen Altar die Statue eines Heiligen erkennen. Zu ihren Füßen stand ein Glasgefäß mit einem blühenden Zweig.

»San Juan Bautista«, sagte Don Jesús und bekreuzigte sich. »Pater Erasmus nennt ihn Svati Jan. Es ist sein Lieblingsheiliger. Pater Erasmus hat die Kapelle selbst gebaut, als er noch ein junger Mann war.«

Hinter der Kapelle bogen wir nach rechts ab.

»Das sind die Cobequid-Hügel, da vor uns«, sagte Joshua. »Die Hügel auf der anderen Seite des Sees heißen Nemaloos-Hügel. Dort hab ich meinen ersten Elch bekommen.«

»Wann war das?« fragte ich.

»Im vorletzten Winter. Da war ich dreizehn. Oonigun war vierzehn, als er seinen ersten Elch bekam.«

»Hat er dich beneidet?«

»Ich denke schon. Ich hätte ihn jedenfalls beneidet, wenn es umgekehrt gewesen wäre. Er hat es aber nicht gezeigt.«

Am Fuß des ersten Hügels stiegen wir vom Wagen. Don Jesús führte die Ochsen. Joshua und ich gingen voraus. Das Wegstück, das mit wenigen leichten Krümmungen die Flanke des Hügels hinaufführte, war außerordentlich steil, wenn auch nur für eine halbe Meile. Danach wurde der Weg wieder ziemlich eben. Zwischen Tannen und Fichten blickten wir auf den See hinunter. Die Stelle, an der sich von beiden Ufern her die Hügel in den See vorschoben, war schmaler, als ich gedacht hatte. Mit einem kräftigen Wurf mußte es möglich sein, einen Stein zur anderen Seite hinüberzuschleudern.

Nun verlief der Weg ganz eben, und bald sahen wir die Kiefernstämme, die wir abfahren wollten. Sie lagen neben dem Weg aufgeschichtet, mit dünneren Stämmen unterlegt, um Luft an das geschälte Bauholz heranzulassen. Ich hatte diese Art von Kiefern bei uns in Bayern nie gesehen. Ihr Durchmesser war am unteren und am oberen Ende beinahe gleich. Das machte es sicher leichter, waagrechte Wände zu bauen, wenn man runde Stämme verwendete.

Die entrindeten Bäume waren gegen vierzig Fuß lang und anderthalb Fuß dick. Ich zählte acht Stapel. Auf zweien lagen dünnere Stämme, deren Durchmesser nur sechs oder sieben Zoll betrug.

»Die sind für die Dachsparren«, sagte Joshua. »Die nehmen wir zuletzt. Zuerst brauchen wir die dickeren, für die Wände.«

Don Jesús fuhr ein Stück weiter, wendete auf einer Lichtung, an deren Rand Äste und Rinde auf getrennten Haufen lagen, kam zurück und hielt. Wir spannten die Ochsen aus, brachten sie auf die Lichtung und luden den Flaschenzug, die Ketten und das übrige Gerät vom Wagen. Don Jesús und ich rauchten dabei unsere Pfeifen. Dann begannen wir mit dem Aufladen.

Ohne den Flaschenzug hätten wir es zu dritt kaum geschafft. Wir legten das Seil in einer Schlinge möglichst genau im Schwerpunkt um jeden Stamm. Einer von uns zog; die beiden anderen standen an den Enden des Stamms und halfen mit Wendehaken nach. Langsam, Ruck für Ruck, rollte der Stamm die schräg an der Ladefläche des Wagens lehnenden Rampenhölzer hoch und über die Querträger zur anderen Seite, bis er an den Rungen anlag.

Vier Stämme paßten nebeneinander und bildeten die erste Lage. In die Vertiefungen zwischen ihnen legten wir drei weitere Stämme. Das war alles. Das steile Wegstück, das wir hinabfahren mußten, verbot uns eine schwerere Ladung. Wir steckten die Rungen der linken Wagenseite, die wir zum Aufladen herausgenommen hatten, wieder in ihre Schlitze zurück und sicherten sie. In der Mitte der Ladung sowie dort, wo sie auf den Querträgern auflag, führten wir Ketten um die Baumstämme herum, zogen sie straff, hakten die Spannhebel ein und legten sie um.

Nach dem Mittagsmahl holte Don Jesús zwei der Ochsen. Wir gingen alle zusammen ein Stück weit den Weg zurück, den wir gekommen waren, bis wir die Stelle sehen konnten, an der die steile Wegstrecke begann. Hangaufwärts von uns lagen einige gefällte Fichten, die noch ihre Rinde und alle ihre Äste besaßen. Don Jesús wählte eine aus und schlug auf jeder Seite einen Schleppkeil so tief in das Holz, daß nur noch das Auge mit dem Ring hervorsah. In diese Ringe hängten wir die Waagscheite ein, spannten die Ochsen vor und zogen die Fichte so weit, bis ihr Ende gerade auf dem Wegrand lag.

Nun gingen wir zum Wagen zurück, spannten die Ochsen ein und fuhren los. Bei der bereitgelegten Fichte hielten wir an und hängten sie mit zwei langen Ketten an die Hinterachse unserer Fuhre. Wieder zogen die Ochsen an, brachten den Wagen ganz langsam in Fahrt, und knirschend folgte ihm die Fichte. Ihr Stamm grub eine Furche in den Weg. Die Äste warfen Staub und kleine Steine auf. Es roch nach zerquetschten Nadeln und nach Harz. Schritt für Schritt ging es hinab. An einigen Stellen mußte Don Jesús die Bremsen anziehen; meist jedoch reichte die Reibung des nachgeschleppten Baums aus. Wir brauchten an die zwei Stunden, bis wir im Tal angelangt waren und die Fichte abhängen konnten. Die Schleppkeile schlugen wir locker, hebelten sie mit der Brechstange heraus und nahmen sie mit. Die Fichte ließen wir am Wegrand zurück.

Von hier an verlief der Weg mehr oder weniger eben. Wir kamen jedoch kaum rascher voran, denn jetzt mußten unsere Ochsen die ganze Last der schweren Fuhre allein in Bewegung halten. Wir ließen sie zweimal rasten und sich satttrinken. Joshua trug seinen Bogen, ich trug die Armbrust, die Don Jesús mir geliehen hatte; beide suchten wir den glatten grauen Wolkenhimmel ab, Joshua eifriger als ich; doch wir sahen nur die ersten jagenden Schwalben, einen Schwarm Krähen, ein Wildentenpaar, das quakend dem See zustrebte, und hoch, hoch oben, einen kreisenden Fischadler.

Es war spät am Nachmittag, als unsere Holzfuhre mit zugedrehten Bremsen die Einfahrt hinabrollte, zwischen den beiden alten Eichen hindurch in den gepflasterten Hof und ein Stück am Wohnhaus und den Stallungen entlang, und endlich zum Stehen kam.

Die Grundmauern für den Anbau waren bereits fertig; der Boden des neuen Stalls war gepflastert, er fiel zur Mitte hin ab, wo sich eine gemauerte Rinne befand.

Ane-Maria und Encarnación spannten die Ochsen aus und führten sie in ihren Stall. Wir entfernten die Ketten, nahmen die Rungen ab, legten Rampenhölzer an den Wagen und ließen die Stämme einen nach dem anderen auf die vorbereiteten Unterlegehölzer hinabrollen. Zuvor mußten wir sie mit den Wendehaken bis an die Kante der Querträger wälzen. Joshua sprang immer erst im letzten Augenblick zur Seite. Von der Stalltür her schaute uns Doña Pilar zu.

Als wir durch die Haustür in den dunklen Flur traten, kam uns der Duft von gedünstetem Fisch und gebräunter Butter entgegen.

Zu den Seeforellen gab es Kartoffeln mit eingesalzener Petersilie. Die braune Butter stand in zwei gestielten Tontiegelchen auf dem Tisch, der Weinessig in zwei langschnäbligen Tonkännchen. Das Geschirr stammte aus der Werkstatt von Brian Hannahan. Wir tranken einen hellen, säuerlichen Wein. Doña Pilar sagte mir, daß er aus Rhabarber gemacht war. Zwischen ihr und mir saßen während der Mahlzeit ein schwarzweißer Kater und eine schwarzweiße Katze auf dem Dielenboden, die Schwanzspitzen ordentlich um die Vorderpfoten gelegt, und verfolgten mit inständigen Blicken jeden Bissen, den wir zum Munde führten. Als ich den zweiten Fisch auf

202

meinen Teller nahm, hob der Kater eine Pfote, als wolle er sagen: Nun ist es aber genug, nun bin ich an der Reihe. Nach dem Essen sammelte Doña Pilar die Fischköpfe, die Flossen und die Gräten auf einem der leeren Teller und brachte sie vors Haus. Kater und Katze folgten ihr mit aufgerichteten Schwänzen, und bald hörten wir das Knurren, mit dem die Tiere ihre Anteile gegeneinander verteidigten.

Ane-Maria und Encarnación verließen uns bald darauf, um melken zu gehen. Wir räumten den Tisch ab. Doña Pilar scheuerte die spannendicke Ahornplatte mit Sand und Wasser und wischte sie trocken. Dann streute sie eine Handvoll gemahlener Seife in den Holzzuber neben dem Herd, goß heißes Wasser ein und machte sich ans Geschirrwaschen. Joshua bot ihr mit verlegenem Grinsen an, das Abtrocknen zu übernehmen.

»Gern«, sagte sie und zeigte auf die Baumwolltücher, die von einer Holzstange über dem Herd hingen.

Während sie abwusch, warf sie ihm hin und wieder einen prüfenden Blick zu.

»Gut machst du das«, sagte sie nach einer Weile. »Wenn das bekannt wird, werden viele Mädchen dich haben wollen!«

»Ah was!« sagte er und schielte zu Don Jesús und mir herüber, um zu sehen, ob wir lachten. Doch Don Jesús stopfte mit gerunzelter Stirn seine Pfeife und schob mir dann den Beutel zu. Ich wartete gespannt, ob es Doña Pilar irgendwann so heiß werden würde, daß sie ihren Filzhut abnahm. Ich sah kein Anzeichen dafür, zog meine Pfeife hervor und begann sie mit dem guten Virginia zu füllen, ließ jedoch den Filzhut dabei nicht ganz aus den Augen.

Don Jesús brannte seine Pfeife mit einem Holzspan an. Ich beugte mich zu ihm hinüber, und er gab mir Feuer.

»Wo ist denn Doña Gioconda?« fragte ich.

»Mamá ißt abends oft gar nichts«, sagte Doña Pilar. Dabei nahm sie den Hut ab, hängte ihn ans Ende der Trockenstange und schüttelte ihr Haar aus.

»Mamá geht schlafen, wenn es noch hell ist«, fuhr sie fort, »und steht als erste auf. Wenn wir aufstehen – und wir stehen früh auf –, brennt schon Feuer im Herd und das Teewasser ist heiß. Wie gefallen dir unsere Töchter?«

203

Ich nahm einen Schluck Wein.

»Gut gefallen sie mir, Doña Pilar. Tüchtige und gesunde Mädchen. Die eine gleicht dir, die andere deiner Mutter.«

Ich wandte mich an Don Jesús. »Was haben sie von dir?«

»Kraft!« sagte er und zeigte seine scharfen Zähne.

»Sonst nichts?«

»Nichts! Gott sei Dank! Stell dir ein Mädchen vor, das so aussieht wie ich!«

»Das arme Geschöpf!« sagte Doña Pilar und warf ihm über die Schulter einen Blick zu. Don Jesús gab den Blick zurück, schaute dann mich an, zog die Mundwinkel traurig nach unten und hob die Schultern.

Joshua war mit dem Abtrocknen fertig und hängte die Tücher auf die Stange über dem Herd. Die Töpfe stellte er zum Trocknen auf die rechte Seite der Herdplatte, dorthin, wo sie nicht zu heiß war. Er und Doña Pilar trugen den Zuber mit dem schmutzigen Wasser hinaus. Don Jesús füllte meinen Becher, dann seinen und trank mir zu.

»Auf die Weibsleute!« sagte er.

Ich nickte, hob meinen Becher, und wir tranken.

»Er war enttäuscht, nicht wahr?« sagte Don Jesús. »Ich meine, Joshua. Weil die Flugmaschine wieder nicht gekommen ist.«

»Ich glaube, ja. Und du?«

»Ich? Von mir aus kann das vermaledeite Ding in der Hölle einfrieren, mit allen, die drinsitzen. Wahrscheinlich sind sie sowieso längst wieder zu Hause, wo immer das ist. Sie haben sich gerächt und sind verschwunden, und wir werden nichts mehr von ihnen sehen, por Diós.« Er bekreuzigte sich.

»Wahrscheinlich hast du recht, Don Jesús. Es wäre besser so.«

Doña Pilar und Joshua kamen zurück und stellten den Abwaschzuber an seinen Platz. Die Katzen waren ihnen gefolgt und krochen unter den Herd. Ich sah, wie der Kater der Katze die Schnauze und die Ohren leckte. Dann legte er seinen Kopf an ihre Flanke und schlief sofort ein. Die Katze blinzelte aus gelben Augen.

Doña Pilar setzte sich zu uns. Ihr Mann goß ihr einen Becher voll mit Wein.

»Und du?« fragte er Joshua, der stehengeblieben war.

»Danke, Don Jesús. Ein andermal. Ich muß jetzt gehen. Eine gute Nacht euch allen!«

Wir sagten ihm gute Nacht; die Tür schloß sich hinter ihm, und wir hörten ihn im Flur einige Worte mit Ane-Maria wechseln, die vom Melken zurück war. Gleich darauf kam sie in die Stube, gefolgt von Encarnación.

»Du, Mamá«, sagte sie, »die Catalina hat Klümpchen in der Milch.«

»Auf allen vier Strichen?«

»Nein, Mamá. Nur im rechten hinteren Viertel. Aber heiß fühlt es sich nicht an.«

»Gut. Dann hat sie sich wohl nur erkältet. Ich schau sie mir gleich an.«

Sie erhob sich. Ich trank den letzten Schluck Wein aus meinem Becher, stellte ihn nieder und stand gleichfalls auf.

»Du willst gehen, Don Carlos?«

»Ich muß, Doña Pilar. Ich muß mich ausschlafen. Danke für das gute Essen!«

»Hast du noch etwas vor, oder willst du den weiten Weg bloß machen, um ins Bett zu gehen?«

»Ich hab sonst nichts vor, nein.«

»Dann ist es vernünftiger, du schläfst hier. Unser Gästezimmer ist jetzt frei. Du kannst es haben. Und in der Waschküche war eingeheizt. Da ist bestimmt noch warmes Wasser, wenn du dich waschen willst.«

»Das wäre mir sehr recht, Doña Pilar. Der Weg ist wirklich weit.«

»Also abgemacht! Encarnación wird dir Handtücher geben, und nachher zeigt sie dir dein Zimmer. Die Waschküche ist zwischen den Ställen und der Scheune. Nimm dir eine Laterne mit.«

Sie nickte mir zu, setzte ihren Hut auf und ging mit Ane-Maria hinaus.

In der Waschküche hängte ich die Laterne an einen der Deckenbalken, die Handtücher und meine Kleider über die Wäscheleine. Der runde, eingemauerte Kupferkessel strahlte sanfte Wärme aus und war noch halb voll. Ich goß mir warmes Wasser über den Kopf, seifte mich ab, übergoß mich nochmals mit warmem und dann mit kaltem Wasser aus dem Pumpbrunnen dicht neben dem Kessel. Das Wasser strömte an mir hinunter, rieselte über die Steinplatten in die

Rinne entlang der Wand und verschwand leise schlürfend durch das Abflußgitter. Während ich mich abtrocknete, summte ich Greensleeves vor mich hin. Ein dicker, pelziger Falter schnurrte um die Laterne und warf riesige Schatten an die Balkenwände.

Als ich vor die Tür trat, hob ich die Laterne und blies sie aus. Die Bäume rochen feucht. An den Wäscheleinen, die zwischen Scheune und Waschküche gespannt waren, hingen Röcke, Hosen, Bettücher, Strümpfe und einige weiße, langärmlige Hemden. Der Wolkenhimmel war hoch. Ein stilles graues Licht ging von ihm aus. Ich fühlte mich erfrischt und zugleich müde. Ganz nah rief eine Eule. Ich wartete, ob sie noch einmal rufen würde. Es mußte eine große Eule sein, die so laut rief. Aber ich hörte sie nicht mehr.

In der Stube fand ich nur Encarnación und Don Jesús vor, der damit beschäftigt war, seine Stiefel einzufetten. Als ich eintrat, stand Encarnación von der Bank auf und ergriff eine Laterne.

»Was du in dieser Nacht träumst, geht in Erfüllung«, sagte Don Jesús.

»Das hat Strange Goose auch gesagt. An dem Abend, als ich ankam.«

»Ah ja! Und wovon hast du geträumt, Don Carlos?«

»Von lachenden Vögeln.«

»Die gibt es hier.«

»Ich weiß, Don Jesús. Ich hab zwei gesehen. Am übernächsten Tag, nachdem ich von ihnen geträumt hatte.«

»Da siehst du!«

Ich nickte.

»Diese Nacht werde ich wohl von gar nichts träumen, Don Jesús«, sagte ich.

»Du bist müde, was? Ich auch. Wir wünschen dir einen gesegneten Schlaf unter unserem Dach, Don Carlos!«

»Gute Nacht, Don Jesús!«

Ich folgte Encarnación, die mit der Laterne vorausging, eine steile Treppe hinauf ins obere Geschoß. Sie öffnete die mittlere von drei Türen, trat zur Seite und hielt mir die Laterne hin.

»Ich hab das Fenster offen gelassen«, sagte sie. »Es ist nicht kalt. Gute Nacht!«

»Gute Nacht, Encarnación!«

Sie wandte sich ab. Während ich eintrat und die Tür hinter mir zuzog, hörte ich sie leichtfüßig und ungestüm die Treppe hinunterlaufen. Das Zimmer duftete stark nach Lavendel und nach noch etwas anderem. Ich stellte die Laterne auf den Tisch neben dem Schaukelstuhl. An der Wand war mit kleinen Nägeln eine Ziegenhaut befestigt, auf der mit feinen violetten Linien eine Landkarte von Megumaage gezeichnet war. Was mir zuerst ins Auge fiel, waren die Seen. Ich hatte nicht gewußt, daß es in Megumaage so viele Seen gab. Ich hatte auch nicht gewußt, daß die Insel in vier Bezirke oder Bereiche eingeteilt war. Sie hießen Kespoogwitunak, Eskegawaage, Siguniktawak und Oonamaagik. Oonamaagik lag dort, wo früher die Landenge gewesen war, die Megumaage mit dem Festland verbunden hatte. An der Küste der Bucht von Manan fand ich Malegawate. In der Nähe war Noralee. Südlich von Noralee fand ich die Landstraße; noch ein Stück weiter südlich unseren See. Auch die beiden Inseln waren zu sehen sowie eine dritte, größere Insel nahe dem oberen Ende des Sees.

Neben dem kleinen Kreis, der die Stelle bezeichnete, an der unser Langhaus sich erhob, stand der Name: Ulooigunuk memajooinuk. Seven Persons.

Wie viele Stunden hatte es gebraucht, diese Karte anzufertigen? Allein die Küstenlinie mit ihren Buchten, Flußmündungen, Vorgebirgen, Halbinseln und Inseln zu umreißen, hatte eines aufmerksamen Auges, einer ruhigen Hand und geschulter Geduld bedurft. Und doch war dies erst der Anfang der Arbeit gewesen. Die Seen, die Hügelzüge, die Täler, Bäche, Flüsse und Wälder, die Wege und die wenigen Ortschaften waren auch mit ihren Namen bezeichnet, in einer winzigen rundlichen Schrift; indianische, französische, englische Namen sowie viele, deren Herkunft mir unklar blieb.

Das Land und das Meer, das es umgab, wimmelten von Abbildungen der Tiere, die dort zu Hause waren. Wo ein wenig Raum war, standen in länglichen Rechtecken Texte in der indianischen Sprache; hier und dort entdeckte ich bekannte Wörter, doch das Ganze war mir unverständlich.

Ich hob den Deckel der Truhe, die zwischen Tisch und Fenster stand. Unter einer Lage gefalteter Bettücher sah ein Sträußchen Lavendel hervor. Von hier also kam der Duft, den ich gleich beim Eintreten bemerkt hatte. Aber da war noch ein anderer Geruch. Er kam nicht vom Ziegenleder der Landkarte und nicht vom Kiefernholz der Wände. Zart und hartnäckig behauptete er sich gegen den Lavendel und war doch so zurückhaltend, daß es mir nicht gelang, ihn zu benennen.

Ich wollte ans Fenster treten, da erblickte ich an der anderen Wand des Zimmers, der Landkarte gegenüber, ein Bild. Es war in schwarzen und grauen Farbtönen auf ein Stück rohe Leinwand gemalt, die oben und unten an Holzleisten befestigt war.

Eine Frau saß in einem Sessel neben einem Kinderbett. Arme und Kopf hatte sie auf den Rand des Bettes gelegt. Sie schlief. Zu ihren Füßen lag ein Luchs, den Kopf zu ihr hingedreht, und beobachtete sie angespannt. Hinter dem Rücken der schlafenden Frau war der Raum voller schattenhafter Wesen: Fledermäuse, Eulen mit Schmetterlingsflügeln, Eulen mit Fledermausflügeln und Menschengesichtern; einige saßen am Fußende des Bettes und starrten die Schlafende an, andere durchstreiften die Luft, andere waren noch weit entfernt, schienen sich jedoch in raschem Flug zu nähern. Das Kopfende des Bettes war dem Beschauer zugekehrt. Auf ihm standen die Worte: El sueño de la corazón produce monstruos.

Ich trat ans Fenster. Direkt unter mir sah ich den Springbrunnen. Die lebendige Wassersäule glitzerte golden in dem Licht, das aus den Fenstern der Stube auf sie herausfiel. Ich dachte an die fremde Frau. Hatte auch sie nachts hier gestanden, wo ich jetzt stand, und hinuntergeschaut?

Ich wandte mich um. Das Bett war in die Wand eingebaut und durch eine zweiteilige Schiebetür gegen das Zimmer hin abgeschlossen. Ich schob beide Flügel zurück, setzte mich und zog meine Mokassins aus. In der Ecke neben der Tür stand ein Kleiderschrank aus Tannenholz. Seine Seitenwände waren mit schlanken Orangenbäumen bemalt, die voller Früchte hingen. Die Tür zeigte Adam und Eva inmitten eines Orangenhains. Die Schlange hatte einen Menschenkopf und das zerknitterte, gewitzte Gesicht des Bäckermeisters Aloysius Praxmarer, von dem meine Mutter unser Brot und unsere Semmeln bezog.

Ich löschte die Laterne und legte mich hin. »Kespoogwitunak«, sagte ich vor mich hin. »Eskegawaage. Siguniktawak.«

Ich erwachte von der scharfen Kühle der Morgenluft in der Stunde vor Sonnenaufgang. Vom Garten her hörte ich den Springbrunnen. In der Stube unter meinem Zimmer gingen langsame Schritte hin und her, verhielten, gingen wieder. Etwas fiel polternd zu Boden.

Ich hatte als erster aufstehen wollen. Doña Gioconda war mir zuvorgekommen. Wenigstens konnte ich der zweite sein.

Auf der Treppe roch es nach Holzrauch und kochendem Wasser. Noch ehe ich unten im Flur war, erreichte mich der herzhafte Bariton Doña Giocondas.

»Du kommst als Retter, Carlos!«, rief sie, das Gesicht inmitten des noch wirren Haars aus der Türöffnung steckend. »Schau dir an, was die verdammten Biester wieder hereingeschleppt haben!«

Sie trat einen Schritt zur Seite, um mich in die Stube zu lassen.

»Welche Biester, Doña Gioconda?«

»Ah! Die Katzen! Wie oft hab ich Pilar gebeten, nachts die Fenster zu schließen. Wenn es regnet, schließt sie sie ja. Aber sonst? Sie behauptet, die Stube müsse gelüftet werden. Als ob nicht genug Luft in der Stube wäre! Und die Biester springen herein und hinaus und – aber schau! Schau selbst!«

Sie richtete den Blick auf den Fußboden neben dem Herd und bog dabei den Kopf mit einem Ruck zurück, als wolle sie ihn möglichst weit von dem Gegenstand entfernen, den sie vor sich sah.

Ich bückte mich.

»Eine Ratte«, sagte ich. »Und tot. Gib mir eine Schaufel, Doña Gioconda.«

Sie atmete tief ein, ging um mich herum, tätschelte mit ihrer kleinen Hand meinen Kopf, holte eine kurzstielige Eisenschaufel hinter dem Herd hervor und überreichte sie mir mit gestrecktem Arm.

»Hier, Hosteen Carlos. Tu, was getan werden muß. Ich werde es dir nie vergessen. Ich bin gleich wieder da.«

Sie wandte sich ab und verließ die Stube. Ich suchte unter dem Brennholz nach einem passenden Span, fand einen und schob damit die Überreste der glücklosen Ratte auf die Schaufel. Den Kopf hatten die Katzen gefressen, ebenfalls Herz, Lunge und Leber. Außer dem Hinterteil waren nur noch das Rückgrat, einige Rippensplitter und die Pfoten übrig. Die Därme lagen auseinandergezerrt über den

Fußboden verteilt; an einigen Stellen waren sie an den Dielen festgeklebt, und ich mußte sie mit meinem Span abkratzen.

Ich prüfte gewissenhaft, ob ich alles gefunden und beseitigt hatte. Dann stand ich auf, hob mit dem Ofenhaken die Ringe aus der Herdplatte, entleerte die Schaufel in das hell brennende Feuer, warf den Span hinterher und legte die Ringe wieder ein. Ich schaute mich nach einem Scheuerlappen um, als Doña Gioconda in der Tür erschien und mir einen hinhielt.

»Danke«, sagte ich.

Als ich aus der Waschküche zurückkam, wo ich den Lappen ausgespült hatte, roch es nach frisch aufgebrühtem Tee. Auf dem Tisch stand ein dampfender Becher, neben ihm ein Tontiegel voll Honig.

»Du mußt dich stärken«, sagte Doña Gioconda. »Trink! Und dann erzählst du mir, was du geträumt hast.«

Ich rührte einen Löffel Honig in den Tee und trank. Im oberen Stockwerk spielte jemand auf einer Gitarre.

»Da gibt es wenig zu erzählen, Doña Gioconda«, sagte ich. »Ich bin geritten, geritten und geritten. Durch den Tag, durch die Nacht, durch den Tag. Das war alles.«

Doña Gioconda wickelte eine weiße Haarsträhne, in der noch einige schwarze Fäden glänzten, um ihren Zeigefinger. Ein Schatten zog über die ockerrote Landschaft ihres Gesichts.

»Sonst nichts, Carlos? Erinnere dich. Kein Tier? Kein Mensch?«

»Nichts, Doña Gioconda. Ich bin nur geritten. Nicht einmal an den Weg erinnere ich mich. Vielleicht war Nebel.«

»Hast du Nebel gesehen?«

»Hm. Nicht eigentlich.«

»Du denkst, es könnte Nebel gewesen sein, weil du den Weg nicht gesehen hast?«

»So ist es.«

»Ah! Das ist wirklich wenig. Sollte dir doch noch etwas einfallen, mußt du es mir sagen.«

»Das werde ich tun, Doña Gioconda. Es kommt vor, daß mir Träume nach dem Aufwachen entfallen. Im Lauf des Tages fallen sie mir dann wieder ein.«

Langsam wich der Schatten von ihrem Gesicht, als habe eine vorbeiziehende Wolke die Sonne freigegeben.

»Gut!« sagte sie. »Wenn ich den ganzen Traum kenne, werde ich dir sagen, was er bedeutet.«

Wir frühstückten Buchweizenpfannkuchen mit eingemachten Himbeeren. Ane-Maria und Encarnación wechselten sich beim Backen der Pfannkuchen ab. Joshua kam. Obwohl er zu Hause gefrühstückt hatte und behauptete, keinen Bissen mehr hinunterbringen zu können, verschlang er schließlich doch drei fingerhoch mit Himbeeren bedeckte Pfannkuchen. Vom Fensterbrett her sahen ihm die Katzen zu. Der Wind bewegte ihre Felle und ihre Schnurrhaare.

Wir spannten die Ochsen an. Der Wind blies uns Staub in die Augen, während wir den Zufahrtsweg hinaufrollten. Die Bettücher an der Wäscheleine beulten sich vor wie Segel. Als wir an der Kapelle des heiligen Johannes rechts abbogen, war der Wind zum Sturm angewachsen. Einzelne flache Wolken trieben nach Westen. Die Sonne stand leuchtend über den Hügeln. Der See schäumte.

Obwohl wir früher mit dem Aufladen anfingen als gestern, wurden wir später fertig. Das Seil des Flaschenzuges riß, als wir den dritten Stamm auf dem Wagen hatten. Wir mußten es spleißen; ein Knoten hätte nicht durch die Führungsöse an der unteren Flasche gepaßt.

Sausend strömte der Sturm durch die Wälder. Unter uns, am Hang, der zum See abfiel, standen alte Schierlingstannen, die weit über hundert Fuß hoch waren. Ihre Wipfel und das ganze obere Drittel der Stämme krümmten sich unter den Böen, bis sie wie gespannte Bogen im Sturm hingen. Sobald der Winddruck nachließ, schlugen sie befreit und machtvoll zurück, weit über die Senkrechte hinaus, bis die nächste Bö sie ergriff und niederbog. Während unserer Mittagspause sahen wir einen Weißköpfigen Fischadler auf einer der Tannen landen. Er ließ sich vom Sturm an ihrem Wipfel vorbeitragen, kehrte in einer engen Kurve zurück, stand für Augenblicke mit gewölbten Flügeln in der Luft still, während die Bö nachließ und die Tanne sich aufrichtete. Als sich die obersten Zweige des Wipfels direkt unter ihm befanden, griff er mit seinen Krallen zu, schlug mit halbgeschlossenen Flügeln, um sein Gleichgewicht zu finden, saß dann ruhig in dem wild schwingenden Wipfel und schaute zu uns herüber.

»Das ist das Weibchen«, sagte Joshua. »Sie hat sicher schon ein Junges. Vielleicht zwei. Der Horst ist drüben, am anderen Ufer.«
Eine Weile später landete das Männchen, das kleiner war, in einem benachbarten Wipfel, und die beiden Vögel begrüßten einander mit hellen, metallisch klingenden Rufen.
Anstelle einer großen Fichte hängten wir diesmal zwei kleinere an den Wagen, um unsere Abfahrt zu bremsen. Wir kamen ins Tal, ließen die Fichten zurück, und Don Jesús stieg ab und ging auf der linken Seite neben den Ochsen her. Joshua und ich gingen auf der rechten Seite.
»Gutes Wetter zum Holzfahren!« schrie Don Jesús zu uns herüber. »Fällen wäre schwieriger!«
»Ginge das überhaupt?« rief ich. »Bei dem Wind?«
»Aber ja! Der Wind hilft dir, wenn er aus der richtigen Ecke kommt. Du mußt den Baum nicht so weit durchsägen. Du mußt den richtigen Augenblick abpassen, um die Keile einzutreiben. Dann wirft die nächste Bö den Baum um.«
»Marlowe Manymoose hat das gut gekonnt«, rief Joshua. »Er ist bei Sturm in den Wald gegangen. Er hat sich fünf oder sechs Bäume ausgesucht, die ungefähr in einer Linie standen, in der Windrichtung natürlich. Er hat an allen die Fällkerbe geschlagen und sie ein wenig angesägt. Dann ging er zum obersten Baum zurück und hat an ihm weitergesägt, bis er sich neigte. Die nächste Bö hat den Baum umgeworfen. Er fiel auf den zweiten und riß ihn mit, und der zweite fiel auf den dritten, und so weiter.«
Don Jesús zeigte seine Zähne.
»Ah ja, ja. Marlowe hat Arbeit gespart. Dafür hatte er auch viel gerissenes Holz, das nur noch fürs Feuer getaugt hat. Aber was sage ich da, por Diós!«
Er bekreuzigte sich, hustete und spuckte aus.
Anderthalb Meilen hinter der Kapelle hielten wir an. Eine Quelle entsprang dem Hang unterhalb der Hecken auf der rechten Wegseite und rann in einen ausgehöhlten Baumstamm. Wir füllten den Eimer, der wie beim Wagen von Mond de Marais unter der Hinterachse hing, und ließen die Ochsen einen nach dem anderen saufen.
Die Sonne hatte drei Viertel ihres Weges zurückgelegt. Der Himmel war fast wolkenlos. Der Sturm sauste. Die Pappeln rechts und links

vom Weg beugten sich mit jeder Bö, richteten sich wieder auf, beugten sich, richteten sich auf. Ihre Blätter leuchteten einmal grün, einmal silbrig. Der Sturm lief wie eine Welle die Pappelreihen entlang, so weit wir blicken konnten.

Der Grashügel, um den herum der Fahrweg einen Bogen beschrieb, verdeckte uns den Blick auf den Ibárruri-Hof, auf das Langhaus und auf das Anwesen von Amos Pierce. Unweit von uns weideten vier von Don Jesús' sahnegelben Kühen mit ihren jungen Kälbern. Ich hatte eben den Eimer zum letztenmal gefüllt und hielt ihm Xángo vor, als Joshua etwas rief, was ich nicht verstand. Seine Stimme überschlug sich dabei; das ließ mich aufblicken, und ich sah den Hubschrauber, der eben über den Kamm des Hügels gekommen sein mußte. Er flog in Wipfelhöhe der Pappeln und hielt geradewegs auf uns zu.

»Lauft!« schrie Don Jesús. »Ich bleibe bei den Tieren!«

Ich ließ den Eimer fallen, lief zum Wagen, riß meine Armbrust vom Kutschbock, sprang in den Graben hinab und rannte von Pappel zu Pappel. Joshua hielt sich auf der anderen Seite des Weges im Schutz der Hecke. Nun hörten wir auch das Dröhnen des Motors und das flappende Schlagen der Drehflügel. Der Hubschrauber war vielleicht noch zweihundert Schritte entfernt, als Joshua auf den Weg herabsprang, stehenblieb und einen Pfeil auf seinen Bogen legte.

»Nein!« schrie ich. »Joshua! Nein!«

Die Flugmaschine blieb in der Luft stehen. Wie ähnlich sie einer Libelle sah! Die dunkelgrün schimmernden Augen der Fenster an dem dicken gerundeten Kopf; das glitzernde Flirren der Flügel; der schlanke, schräg nach oben geknickte Hinterleib; das Gitterwerk der Füße unter dem Bauch. Plötzlich wurde das Gedröhn des Motors höher. Das Flappen der Flügel verlangsamte sich, wurde wieder rascher, geriet ins Stottern. Die Maschine neigte den Kopf, schwankte, drehte sich schwerfällig, stand einen Atemzug lang still; dann stieg das Geräusch des Motors rasch zu einem jaulenden Brüllen an; schwarzer Qualm quoll aus einer Öffnung unterhalb der Drehflügel, und die Maschine kletterte schräg zum Himmel hinauf und begann dann langsam mit dem Sturm dorthin abzutreiben, woher sie gekommen war.

»Victory!« brüllte Joshua mit überschnappender Stimme. »Er läuft vor uns davon! Victory!« Er schwenkte seinen Bogen hoch über dem Kopf.

»Du bist verrückt, Joshua«, rief ich. »Du könntest jetzt hin sein. Komm! Hierher! Und halt dich nah bei den Hecken!«

Wir rannten den grasigen Hang hinauf, jeder auf einer Seite der Haselnußhecke, keuchend, stolpernd. Der Hubschrauber war hinter dem Hügelkamm außer Sicht. Ab und zu, zwischen zwei Böen, konnten wir den Motor hören und das unregelmäßige Geräusch der Drehflügel. Oben auf dem Hügel hielten wir inne. Ich spürte einen beißend sauren Geschmack im Mund. Die Adern an meinem Hals und meinen Schläfen klopften.

»Wo ist er hin?« rief ich.

Joshua streckte seine Hand aus.

»Dort!« japste er.

Jetzt sah ich ihn auch. Der jadegrün gestrichene Leib war gegen das Grün der Äcker und Wiesen schwer auszumachen. Wieder rannten wir los, hangab nun, mit langen Schritten, ohne die Flugmaschine aus den Augen zu lassen, die sich dem Tal zugewandt hatte, in dem Arwaqs Anwesen lag, drängten uns durch die Hecken, die uns mit Zweigen peitschten und mit Dornen an uns rissen, rannten weiter. Nun war die Flugmaschine abermals umgekehrt. Sie beschrieb einen weiten Bogen um den Hof von Amos, schien wieder auf uns zuzukommen, änderte ihre Richtung, flog auf das Langhaus zu, drehte um und nahm denselben Weg zurück. Sie flog dicht über dem Boden. Wir waren bis auf eine halbe Meile an sie herangekommen, als sie anhielt, ihren Kopf suchend hin und her pendeln ließ und gleich darauf senkrecht hochstieg. Sonnenlicht gleißte auf ihren Fenstern. Wir hörten es rasch hintereinander mehrmals knallen. Die Maschine begann sich um sich selbst zu drehen, langsam, rascher, noch rascher; dabei sank sie in einer flachen Spirale dem Boden entgegen; wir sahen ein paar dunkle Teile davonfliegen; die Maschine hörte urplötzlich auf, sich zu drehen, stellte sich auf den Kopf und stürzte stumm in den Acker. Eine Staubwolke erhob sich und wurde vom Sturm fortgerissen.

Gleich danach hörten wir den Aufprall, ein stumpf berstendes Geräusch, und dann nur noch den Sturm.

Wir stellten das Graben ein, als es dunkel wurde. Eine halbe Stunde vor Sonnenuntergang war Don Jesús zu uns gestoßen, und wir hatten zu dritt weitergegraben. Die Maschine war in Amos' Weizenfeld gefallen. Den größten Teil eines Drehflügels und einige kleinere Bruchstücke hatten wir etwa zweihundert Fuß entfernt gefunden. Sie bestanden aus einem grauglänzenden, glatten Material, das viel leichter war als Metall. Keiner von uns wußte, was es war. Der Schwanzteil der Flugmaschine war abgeknickt, aber nicht abgebrochen. Der vordere Teil hatte sich in die Erde gebohrt. Die Stelle, an der die Drehflügel befestigt gewesen waren, befand sich gerade noch über der Erdoberfläche. Wir hatten bis jetzt vier Fuß tief gegraben und dabei den Rand einer Tür freigelegt. Wir würden fast noch einmal so tief graben müssen, bevor wir versuchen konnten, sie zu öffnen.

»Von denen lebt keiner mehr«, sagte Don Jesús, auf seine Schaufel gestützt. In der Stille klang seine Stimme lauter als sonst. Irgendwann hatte der Sturm sich gelegt; keiner von uns hatte es bemerkt.

»Mich wundert, daß sie nicht Feuer gefangen hat«, sagte ich. Wie eine Antwort kam von den dunklen Trümmern der Maschine her ein Knacken und ein leiser, bröckelnder Laut; nochmals knackte es, und dann erklang ein tiefer schwingender Ton, wie beim Anschlagen einer dicken Baßsaite.

»Die sind bestimmt alle tot«, sagte Joshua. »Nur die Maschine will noch nicht sterben.«

»Das sind Teile vom Motor, die sich abkühlen«, meinte ich.

»Die Maschine hat wohl keinen Treibstoff mehr gehabt«, folgerte Don Jesús. »Deshalb ist sie heruntergefallen und hat nicht gebrannt.«

»Und sie hat ihre Flügel verloren«, stellte Joshua fest. Eine Weile schwiegen wir. Wieder knackte und bröckelte es in der Maschine.

»Ich glaube, sie hat eine Seele«, sagte Joshua.

»Wir graben morgen weiter, sobald es hell wird«, meinte Don Jesús. »Einverstanden?«

»Sigurd wird sich freuen«, sagte Joshua. »Das Blech. Die vielen Eisenteile.«

215

»Ah ja«, fuhr Don Jesús fort. »Wir müssen ihn benachrichtigen. Da fällt mir ein, einer von uns muß zu Taguna und Strange Goose hinüber. Sie haben bestimmt nichts gehört, bei dem Wind.«

»Ich fahre hinüber«, antwortete ich.

Wir stellten unsere Schaufeln und Hacken in die Hecke am Feldrain. Joshua verabschiedete sich, und Don Jesús ging neben mir zum Langhaus hinunter. Im Westen lag noch ein scharf begrenzter Streifen grünen Lichts über den Wäldern.

»Loco«, sagte Don Jesús.

»Wer ist verrückt? Joshua?«

Der Schatten neben mir nickte.

»Er könnte jetzt tot sein, und er weiß es nicht, Don Carlos.«

»Er weiß es, Don Jesús.«

»Du hast es ihm gesagt? Ah! Aber das ist nicht gut. Er hätte es selber merken müssen!«

»Es wird schon einsinken, Don Jesús. Dann wird er begreifen, was ich gemeint habe.«

»Hm. Meine Kühe waren klüger. Du hättest sehen sollen, wie die gerannt sind! Und die Kälber! Die sind erst stehengeblieben, als sie in den Hügeln waren, in den Wäldern. Da sind sie stehengeblieben und haben angefangen, nachzudenken, was das wohl war. Wenn sie morgen nicht zurück sind, werden die Mädchen sie suchen müssen.« Er räusperte sich und spuckte aus.

»Warum ist die Maschine umgekehrt, Don Carlos? Es hat wirklich ausgesehen, als hätte sie Angst vor uns.«

»Ja, so hat es ausgesehen. Ob es wirklich so war, werden wir nie erfahren.«

»Das werden wir wohl nicht, nein. Schade.«

Unvermittelt blieb er stehen. Auch ich verhielt mitten im Schritt. Wir lauschten.

»Ho!« rief eine hohe, heisere Stimme aus der Richtung des Langhauses. »Ho! Wer geht da?«

»Ho, Arwaq!« brüllte Don Jesús zurück. »*Taboo memajooinuk!* Two persons! Ho!«

Wir beschleunigten unsere Schritte. Vor uns verdichtete sich die Dunkelheit zu einem formlosen Klumpen aus Schwärze, der langsam wuchs, langsam Umrisse bekam, bis sich das Dach des Langhauses von den Gestalten der Bäume abhob. Aus einem der Schornsteine stieg Rauch.

»Ho!« sagte plötzlich Arwaqs Stimme dicht vor uns, während wir uns die Giebelwand entlangtasteten. »Finster wie im Arsch des Bären, was? Kommt. Wir haben sie.«

»Ah nein!« sagte Don Jesús. »*Wir* haben sie, Arwaq. Mitsamt der Maschine. Sie stecken noch in der Erde. Morgen holen wir sie heraus.«

Jemand mit einer Laterne kam auf uns zu. Ich erkannte Strange Goose.

»Don Jesús sagte, sie haben die Maschine«, sagte Arwaq zu ihm.

»Wo?« fragte Strange Goose.

»Im Feld von Amos«, sagte ich. »Abgestürzt. Die sind alle tot.«

»Ja«, sagte Strange Goose. »So ist das.«

Er drehte sich um, und wir folgten ihm. Der Schein der Laterne fiel auf einen Wagen, dessen Deichsel am Boden lag. Er war mit vier Baumstämmen beladen. Strange Goose ging ein Stück an dem Wagen entlang. Dann hob er die Laterne.

»Das sind zwei«, sagte er. »Der dritte war in der Maschine.«

Don Jesús blieb stehen. »Junge Kerle!« sagte er.

Beide Männer waren mit schwarzen Hosen und Stiefeln, schwarzen Hemden und schwarzen Windjacken bekleidet. Ihre Haare waren kurz geschoren. Die Münder in den bärtigen Gesichtern standen halb offen. Die Zähne waren blutverschmiert. Die Augäpfel hatten bereits begonnen auszutrocknen; Staub und kleine tote Insekten waren an ihnen kleben geblieben. Der Hals des einen Mannes war vom Adamsapfel bis an die Wirbelsäule durchgeschnitten. Luftröhre und Speiseröhre waren sauber durchtrennt; wo die beiden obersten Halswirbel auseinanderklafften, leuchtete die derbweiße, unverletzte Haut des Rückenmarks hervor. Die Wunde roch frisch. Das wenige Blut, das ich sah, war eingetrocknet.

Ich konnte nicht sehen, woran der andere Mann gestorben war.

»Zwei-, dreiundzwanzig Jahre«, sagte ich. »Höchstens fünfundzwanzig.«

»Schwer zu sagen«, sagte Arwaq. »Manche schauen jünger aus, wenn sie tot sind. Manche älter.«

»Was ist mit Amos und Oonigun?« fragte ich.

»Beide leben«, sagte Arwaq. »Oonigun hat einen Streifschuß am Kopf und Amos ein böses Loch im Bein. Eins der Pferde hatte eine Kugel im Hals. Die hab ich schon rausgeholt.«

»Kommt«, sagte Strange Goose. »Gehen wir hinein.«

Vor der Tür packte Arwaq meinen Arm und hielt mich zurück.

»Oonigun ist sehr stolz auf seine Verletzung«, flüsterte er heiser. »Du verstehst, Chas?«

»Ich verstehe.«

Im Langhaus war es warm und ruhig. Doña Pilar und Taguna waren mit Oonigun beschäftigt, der nah beim Feuer in einem der Sessel lag. Amos lag bäuchlings auf der Wandbank.

»Ah, schlechte Freunde, schlechte Freunde!« sagte Don Jesús. »Reißen die Heldentaten an sich und überlassen uns das Aufräumen! Ich habe beschlossen, von euch enttäuscht zu sein!«

Amos hob den Kopf.

»Tausch mit mir, wenn du kannst!« sagte er und bleckte die Zähne.

»Streitet euch draußen«, sagte Taguna. »Wir haben zu tun.«

Doña Pilar hielt Ooniguns Kopf am Scheitel und unter dem Kinn fest, indes Taguna einen Leinenlappen in eine Schüssel mit heller Flüssigkeit tauchte, ihn ausdrückte und dann Ooniguns Wunde damit abtupfte. Ich roch Alkohol. Die Kugel hatte vom rechten Augenwinkel an eine sechs Zoll lange Furche gerissen und den oberen Teil der Ohrmuschel mitgenommen.

Ich wechselte einen Blick mit Strange Goose. Die hellbraunen Augen zwinkerten ein wenig.

»Das schaut bös aus«, sagte ich. »Die Narbe bleibt dir fürs Leben. Und es tut bestimmt ziemlich weh.«

Oonigun runzelte die Stirn. Er wollte etwas sagen, doch Doña Pilar lockerte ihren Griff um sein Kinn nicht.

»Sie hält dich fest, was?« sagte Don Jesús. »Ah, das ist noch gar nichts, Sohn. Gar nichts! Warte, bis du mit so einer verheiratet bist! Au weh!«

Er zog seinen Fuß zurück. Doña Pilar hatte, ohne hinzuschauen, ihre Ferse zielsicher auf seine Zehen gestellt. Auf seinen Ausruf hin wandte sie den Kopf und schenkte ihm einen Blick, begleitet von einem liebenswürdigen Lächeln.

»Noch ein Verwundeter?« sagte sie. »Verzeih mir!«

Taguna bestrich nun Ooniguns Wunde mit einer dicken, grünen Paste, die nach Harz, Wacholder, Minze und Honig roch, legte einen mit Alkohol angefeuchteten Lappen darauf und band ihn mit einem langen Leinenstreifen fest.

»Fertig!« sagte sie.

Doña Pilar ließ Ooniguns Kopf los. Oonigun bewegte seine Kinnlade probeweise ein paarmal hin und her. Er runzelte die Stirn, gab das jedoch gleich wieder auf. Wahrscheinlich tat es weh.

»Danke«, sagte er.

»Joshua wird dich beneiden«, sagte ich.

»Kann sein«, sagte Oonigun. »Dafür hat er vor mir seinen Elch bekommen. Es ist nur gerecht. Nicht wahr?«

Ich nickte.

»Wer hat die beiden Männer getötet?« fragte ich.

»Mein Vater den einen«, sagte Oonigun, »und ich den anderen, glaub ich. Frag Vater und Amos. Mir ist ein bißchen dumm im Kopf.«

Er lehnte sich zurück und schloß die Augen. Don Jesús stand am Herd und zündete seine Pfeife an. Arwaq, Doña Pilar, Taguna und Strange Goose standen bei ihm. Sie sprachen miteinander.

Ich ging zu Amos hinüber. Sein linkes Hosenbein war entlang der Naht aufgetrennt; das blutgetränkte Rehleder war zurückgeschlagen. Oberhalb der Kniekehle an der Innenseite des Schenkels sah ich einen kleinen, hellroten Riß im Fleisch, der mit grüner Paste gefüllt war. Mehr war vom Oberschenkel nicht zu sehen. Er war mit einem in Alkohol getränkten Tuch bedeckt.

»Gott sei Dank, daß ihr alle lebt«, sagte ich. »Messer, Kugel oder Pfeil?«

»Kugel, Chas. Und ausgerechnet mein schlechtes Bein. Süßer Jesus! Wenn er das andere erwischt hätte, könnte ich gleichmäßig hinken. Yep. Aber so? Bring mir meine Pfeife, sei so gut!«

Er deutete auf seine Jacke, die ein Stück weiter auf der Bank lag. Ich zog die Pfeife aus der Jackentasche hervor, stopfte sie, stopfte auch meine eigene und ging zum Herd. Oonigun war eingeschlafen und schnarchte in seinem Sessel. Eine Hand hing zu Boden und hielt ein Büschel Bärenfell umklammert.

»Danke dir«, sagte Amos, als ich ihm seine Pfeife gab. Er nahm sie, stützte sich auf die Ellbogen hoch und sog in langen Zügen den Rauch ein.

»Wie hat er das geschafft, dich da unten ins Bein zu schießen, Amos?« fragte ich. »Und wo ist der Ausschuß?«

»Das ist der Ausschuß, Gott sei gelobt. Der Einschuß ist hier!« Er zeigte auf die Innenseite des Schenkels ganz oben.

»Zwei Zoll weiter zur Mitte hin, und Sara würde Trauer tragen«, sagte Arwaq und schnitt eine teuflische Fratze.

»Wenn du überhaupt wiedergeboren wirst«, sagte Taguna, »dann als Ferkel. Das ist gewiß.«

Sie setzte sich. Sessel wurden gerückt, und die anderen setzten sich auch; Doña Pilar, die Wein geholt hatte, als letzte.

»Ist der Knochen ganz?« fragte ich Taguna.

Sie nickte.

»Die Sehnen auch«, sagte sie. »Und die Schlagader ist unverletzt. Er hat Glück gehabt.«

»Ich hab hinterher ganz gut gehen können«, sagte Amos. »Ein ganzes Stück weit. Dann ist das verdammte Bein steif geworden.«

»Er flucht immer noch«, sagte Arwaq. »Ihr hättet ihn erst hören müssen, als es geschah. Unchristlich, kann ich euch sagen.«

»Es ist jetzt angeschwollen«, sagte Taguna. »Deshalb das Tuch. Es kühlt.«

»Reiner Alkohol?« fragte ich.

Sie schob die Unterlippe vor.

»Beinahe«, sagte sie. »So rein wie wir ihn eben machen können.«

»Wir haben die Maschine gesehen, bevor wir sie gehört haben«, sagte Don Jesús. »Ah! Bei dem Sturm! Habt ihr sie rechtzeitig gehört, Amos?«

»Du weißt, wo das Holz liegt?« sagte Amos.

»Östlich vom Steinbruch, nicht?«

»Zwischen dem Steinbruch und dem Wasserfall von Soonakadde, ja. Sie haben auf uns gewartet, Jesús. Auf der Lichtung beim Wasserfall. Nichts haben wir gehört.«

»Vielleicht haben sie gar nicht auf euch gewartet«, sagte ich, »sondern auf Don Jesús und mich.«

»Möglich«, sagte Strange Goose.

»Was ich sagen wollte«, fuhr Amos fort, »sie waren vor uns da. Wenn wir am Morgen die Umgebung abgesucht hätten, wären wir auf sie gestoßen. Ob das besser gewesen wäre? Wer weiß. Jedenfalls, so haben sie uns überrascht.«

»Wann?« fragte Taguna.

»Beim Essen«, sagte Arwaq.

»Wir haben gegessen«, sagte Amos, »und wir haben von David und Dagny gesprochen; von der Hochzeit, nicht wahr. Dann ist Oonigun aufgestanden und in die Büsche gegangen. Seinen Bogen hat er mitgenommen. Arwaq hat noch eine Bemerkung gemacht.«

»Ich kann mir vorstellen, was für eine«, sagte Taguna.

»Yep«, sagte Amos. »Bis zu den Büschen waren es sechzig, siebzig Schritte. Wir sahen Oonigun in den Büschen verschwinden. Nach einer Weile kam er wieder hervor. Er trug seinen Bogen über der Schulter und hat gerade seinen Gürtel zugemacht, da hörten wir einen Schuß.«

»War das der Schuß, der Oonigun traf?« fragte ich.

»Nein«, sagte Amos. »Er kam von der anderen Seite und galt uns. Sie hatten uns umstellt. Ich hab gehört, wie die Kugel in einen der Stämme schlug, die auf dem Wagen lagen. Ich hab mich unter den Wagen gerollt und nach meiner Armbrust gegriffen, aber die war nicht da.«

»Die hatte ich«, sagte Arwaq. »Mein Bogen lag oben auf dem Holz. Also hab ich die Armbrust von Amos genommen, bin gebückt um den Wagen herumgelaufen und hab zwei Männer gesehen. Wie weit weg? Weniger als fünfzig Schritte. Zwischen ihnen und mir haben die Pferde geweidet.

›Werft die Gewehre weg!‹ hab ich gerufen. ›Oder wir bringen euch um!‹

Beide haben sofort geschossen. Sie haben mich nicht sehen können. Sie haben in die Richtung geschossen, aus der sie meine Stimme hörten. Der eine Schuß ging weit daneben. Der andere traf das Pferd.«

»Und du?« fragte Taguna. »Hast du auch geschossen?«

»Nein«, sagte Arwaq. »Da waren doch die Pferde. Ich wollte keins von ihnen treffen.«

»Ich war unter dem Wagen«, sagte Amos. »Ich konnte die Männer nicht sehen. Ich hab die Schüsse gehört. Ich fand meine Armbrust

nicht und kroch gerade unter dem Wagen hervor, als ich sah, wie
Oonigun einen Pfeil auf seinen Bogen legte und anschlug. Ich stand
auf, sah Arwaqs Bogen auf dem Holz liegen und zog ihn herunter.
Da fiel mir ein, daß ich gar keine Pfeile hatte. Im selben Augenblick
kam zwanzig Schritte von Oonigun ein Mann hinter einer Birke
hervor und schoß auf ihn. Oonigun muß den Mann gesehen haben,
bevor ich ihn sah. Er hat seinen Pfeil fliegen lassen, als ich den
Schuß hörte.«

»Wo hat er ihn getroffen?« fragte Strange Goose.

»Hier«, sagte Arwaq und zeigte auf einen Punkt unterhalb seines
Brustkorbs nahe der Körpermitte.

»Yep«, sagte Amos. »Der Pfeil ist tief eingedrungen. Der Mann ließ
sein Gewehr los, griff mit einer Hand nach dem Pfeilschaft und fiel
hin. Der Aufprall hat den Pfeil noch weiter hineingetrieben. Oonigun legte einen zweiten Pfeil auf und kam auf mich zugelaufen.
Sein Kopf war auf der einen Seite voller Blut. Er schrie mir etwas
zu. Ich begriff, daß er mich warnen wollte, und drehte mich um. Es
war zu spät. Ich prallte mit einem der Männer zusammen. Ich hab
ihn umarmt. Ich hatte keine Waffe, versteht ihr? Nicht einmal mein
Messer. Mein Messer steckte in dem Käse, von dem wir gegessen
hatten, als der Tanz losging. Also hab ich den Mann umarmt und
festgehalten, und er hat mich festgehalten. Er hielt mich so vor sich
hin, so daß Oonigun nicht schießen konnte. Aber er selber konnte
auch nicht schießen. Sein Gewehr war schräg zwischen uns einge-
klemmt. Die Mündung hat sich in mein Bein gebohrt. Ich hab versucht, den Mann zu Fall zu bringen. Da kam Arwaq.«

»Ja«, sagte Arwaq. »Nachdem die Männer auf mich geschossen hatten, sind sie auf den Wagen zugelaufen. Ich hab mich hinter Maalat
gehalten und an seinem Schwanz vorbei auf den Mann geschossen,
der weiter entfernt war. Ich traf ihn in die Schulter. Er zuckte zusammen und lief weiter, schlug einen Haken und lief vom Wagen
weg. Der zweite Mann rannte auf Amos zu, der auf der anderen
Seite des Wagens war, und ich lief um den Wagen herum. Ich sah
Oonigun, der voller Blut war. Er hatte auf den weglaufenden Mann
geschossen und ihn verfehlt. Amos und der andere Mann hielten
einander umklammert. Amos hatte sein Bein hinter das Bein des anderen Mannes gehakt. Er hat versucht, ihn umzuwerfen. Ich hab die

Armbrust auf den Wagen gelegt und mein Messer genommen. Ich war noch zwei oder drei Schritte von dem Mann entfernt, da löste sich der Schuß. Amos hat den Mann losgelassen, hat versucht, sich am Wagen festzuhalten, und ist langsam zu Boden gerutscht. Der Mann hat nach ihm getreten, hat sein Gewehr gehoben und auf Oonigun gezielt. Da mußte ich es tun.«

»Wie hast du es gemacht?« fragte ich.

»Wie mein Vater es mich gelehrt hat«, sagte Arwaq. »Mit der linken Hand hab ich über seinen Kopf gegriffen, zwei Finger in seine Nasenlöcher gebohrt und seinen Kopf mit einem Ruck nach hinten gerissen. In der rechten Hand hab ich mein Messer gehabt. Er hat nichts mehr gesagt.«

»Keiner von ihnen hat etwas gesagt«, sagte Oonigun. Ich blickte auf. Er stand, ein wenig schwankend, hinter Tagunas Sessel und hielt sich an der Lehne fest. Seine Augen glänzten.

»Keiner von ihnen hat etwas gesagt«, wiederholte er. »Es war wie in einem Traum. Wir haben ihre Stimmen nicht gehört. Sie waren wie Geister. Wie schwarze Geister.«

Er schwankte stärker und klammerte sich an die Sessellehne. Mit einem raschen Schritt war Arwaq neben ihm, faßte ihn um den Leib, zog einen Sessel heran und half ihm hinein. Doña Pilar gab ihm einen Becher Wein. Er entblößte die Zähne.

»Danke«, sagte er.

Er trank aus, ohne den Becher abzusetzen.

»Ah«, sagte er. »Gut!«

Er schaute aufmerksam in unsere Gesichter, als sähe er sie zum erstenmal.

»Ja«, sagte er schließlich. »Mein Vater hat sich um Amos gekümmert. Und ich hab versucht, den dritten Mann zu fangen. Ich wußte noch, in welche Richtung er gelaufen war. Mir ist auch eingefallen, daß in dieser Richtung der Wasserfall von Soonakadde liegt, daß es da eine Waldlichtung gibt und daß das der Platz wäre, wo eine Flugmaschine landen kann. Das ist mir alles eingefallen, während ich gelaufen bin. Aber ich bin zu spät gekommen. Ich war noch zwischen den Bäumen, als ich das Geräusch der Maschine hörte. Es war genauso, wie Hosteen Strange Goose es beschrieben hat. Es war sehr laut. Dann war ich am Rand der Lichtung und sah, wie die Flugmaschine in die

Luft stieg. Sie war grün und nah den Bäumen, und sie hat geschaukelt wie ein Kanu. Die Flügel oben haben sich schnell gedreht. Sehr schnell. Ich konnte durch sie hindurchschauen. Dann hat ein Windstoß die Maschine getroffen. Einer von den drehenden Flügeln hat einen Baum gestreift. Ein paar Äste sind heruntergefallen. Auch ein Stück von einem Flügel ist abgebrochen und heruntergefallen. Es war nicht groß; vielleicht einen Fuß lang. Ich hab es liegenlassen. Ich bin zurückgegangen, und unterwegs hab ich etwas an meinem Kopf gespürt. Ich hab hingefaßt und meine Hand angeschaut, und da war Blut. Ja. Vorher hatte ich nichts gemerkt.«

Er schüttelte den Kopf und hielt Doña Pilar seinen leeren Becher hin.

»Was war bei euch los?« fragte er dann, sich an Don Jesús und mich wendend. »Hat er euch angegriffen?«

»Ah nein«, sagte Don Jesús. »Das dachten wir zuerst, als er auf uns zukam. Joshua war drauf und dran, ihn mit einem Pfeil herunterzuholen. Aber ich glaube, er wollte uns gar nicht angreifen.«

Don Jesús und ich erzählten unseren Teil der Geschichte. Als ich dabei war, Joshuas und meine Verfolgungsjagd zu schildern, kam Sara herein. Doña Pilar machte ihr Platz, und sie setzte sich neben Amos.

»Der wollte niemandem mehr etwas tun«, sagte Taguna, nachdem wir mit unserem kurzen Bericht zu Ende gekommen waren.

»Hehe«, sagte Strange Goose. »Wißt ihr was? Der konnte überhaupt nicht richtig fliegen. Der hat nach einem Platz gesucht, wo er ungesehen landen konnte. Runter wollte der – und weg. Beinah wär es ihm gelungen.«

»Habt ihr bei den beiden da draußen irgend etwas gefunden?« fragte ich. »Briefe, Karten, Papiere; ich meine, Ausweise, die sagen, wer sie sind? Ihr habt sie doch durchsucht?«

»Yep«, sagte Amos. »Haben wir. Die hatten nichts bei sich. Der eine, der mich angeschossen hat, der hatte ein Fetzchen rotes Papier in der Jackentasche. Eine Eintrittskarte für einen Boxkampf, auf der steht, daß Nigger und Rothäute keinen Zutritt haben. Wörtlich. Arwaq möchte die Karte als Andenken behalten. Ich ebenfalls. Wir werden losen. Oonigun hat sie jetzt.«

»Vielleicht finden wir etwas in der Maschine«, sagte Taguna.

»Wenn sie verrotten würde«, sagte Amos, »könnte sie von mir aus als Dünger liegenbleiben. Aber so, wie die Dinge sind, müssen wir sie herausholen.«

Wir saßen noch länger als eine Stunde beisammen, redeten, fragten, erzählten, antworteten, tranken Wein und rauchten unsere Pfeifen. Dann brachen wir auf. Amos und Sara wollten die Nacht über im Langhaus bleiben. Arwaq ging und sah nach dem verwundeten Pferd. Er kam mit zufriedenem Gesicht zurück.

»Die Wunde ist fast zu«, sagte er. »Und es frißt.«

Die Toten ließen wir auf dem Wagen liegen, nachdem Strange Goose und ich Felldecken über sie gebreitet hatten.

Am Tag darauf waren wir bis in den frühen Nachmittag hinein damit beschäftigt, das Loch, in dem die Maschine steckte, zu vergrößern und zu vertiefen und an einer Seite eine Rampe anzulegen. Sigurd und Piero waren gekommen und faßten mit an. Wir hatten beide Türen der Maschine zu öffnen versucht, doch sie waren verbogen und verklemmt. Der Kopf der Flugmaschine war flach zusammengedrückt. Sämtliche Fenster waren zersplittert. Von dem Mann in der Maschine sahen wir nichts als einen Arm und den schwarzbekleideten Rücken, aus dem ein gekrümmtes Rohr herausragte, dessen Ende abgebrochen war.

Wir befestigten zwei unserer Holzziehketten an den Resten des Landegestells und spannten die Ochsen von Don Jesús sowie die beiden Pferde aus Clemretta vor. Die Tiere zogen alle zugleich an, von Joshua geführt; zögernd folgte ihnen das Wrack, schwankte und rutschte knirschend die Rampe hinauf. Der geknickte Schwanzteil bog sich um; eine Strebe zerriß mit einem scharfen Knall, doch der Schwanz brach nicht ganz ab, sondern rutschte neben der Maschine her. Halbwegs die Rampe hinauf begann die Maschine sich langsam aufzurichten. Scherben regneten herab. Ein Blech löste sich teilweise von der Seite des Wracks, gab den Blick auf ein Stück des Motors frei, der von ausgelaufenem Öl glänzte, wippte dann, schlug scheppernd zu Boden und scharrte über die Erde.

»Schau«, sagte Strange Goose.

Von dem Blech blätterte der jadegrüne Anstrich ab. Darunter kam nicht das nackte Metall zum Vorschein, sondern ein zweiter, schwarzer Anstrich, und auf ihm mehrere, fünf oder sechs Zoll hohe, hellrote Buchstaben.

»AND«, buchstabierte Strange Goose. »ERI. ALLAHA.«

Eine breite Schleifspur blieb im fußhohen Weizen zurück, während die Maschine hinter unseren Zugtieren her auf den Feldrain zuschwankte. Sobald wir sie aus dem Weizen heraus hatten, gab ich Joshua ein Zeichen. Die Tiere blieben stehen. Der Schwanz der Maschine ragte zwischen zwei Kastanienbäumen ein Stück in den Weg hinein.

»Macht nichts«, sagte Sigurd. »Wir sägen das sowieso ab. In zwei Stunden ist der Weg frei.«

»Wie lange wird es dauern, bis ihr alles zerlegt habt?« fragte Strange Goose.

»Eine Woche. Oder zehn Tage? Sagen wir, zehn Tage. Wir können alles gebrauchen. Sogar das Öl.« Er lachte kurz und wandte sich seinem Wagen zu.

Joshua spannte die Tiere aus. Arwaq und Don Jesús begaben sich mit Körben aufs Feld zurück, um die Scherben und andere Bruchstücke aufzusammeln, bevor wir anfingen, das Loch wieder zuzuwerfen. Piero und ich nahmen jeder eine Schaufel und begannen, flache Schläge gegen das Blech zu führen, das sich gelöst hatte, und auch gegen die anderen Bleche an der Seite der Flugmaschine. Mit jedem Schlag fielen große Placken jadegrüner Farbe herab. Unsere Schläge verbeulten die Bleche, soweit sie nicht bereits verbeult waren. Der schwarze Anstrich jedoch blieb fast unbeschädigt. Auf ihm leuchtete schließlich in roten Lettern die Inschrift: THE GRAND SHERIFF, und darunter, etwas kleiner: Tallahatchie.

»Tallahatchie«, sagte Strange Goose. »Das kommt mir bekannt vor. Mir scheint, es hat einen Ort gegeben, der so ähnlich hieß. Taguna könnte es wissen. Oder Amos.«

»Das andere«, sagte Piero, »ist vielleicht der Name der Maschine. The Grand Sheriff.«

»Es ist vielleicht ein Titel«, sagte Strange Goose. »Vielleicht nennen sie ihren Anführer so. Es wäre passend.«

»Ja«, sagte ich. »Aber als Name der Maschine wäre es auch passend. Und ich hab gehört, daß Flugmaschinen immer Namen hatten, so wie Schiffe.«

»Ich wollte ohnehin zu Amos«, sagte Strange Goose, »nachschauen, wie es ihm geht. Ich werde ihn fragen, wo Tallahatchie liegt und was er über den Namen denkt. The Grand Sheriff!«

Er schüttelte den Kopf und besah sich noch einmal die Inschrift auf den verbeulten schwarzen Blechen.

»Sigurd«, sagte er dann. »Kannst du mithelfen, den Mann aus der Maschine herauszuholen? Es wird schwierig sein.«

Sigurd, der im Begriff gewesen war, ein Sägeblatt einzuspannen, wandte sich zu Strange Goose um. Sein Gesicht war fahl geworden, braune Flecken traten darauf hervor.

»Das kannst du nicht von mir verlangen«, sagte er leise.

Strange Goose sah ihn aufmerksam an. Nach einer Weile wandte Sigurd sich ab. »Nein«, sagte Strange Goose. »Das kann ich nicht.«

»Arwaq!« rief er. »Jesús! Kommt bitte her!«

Sigurd begann am Schwanzstück der Maschine zu sägen.

»Könnt ihr Chas und Piero dabei helfen, die Leiche herauszuholen?« sagte Strange Goose, als Arwaq und Don Jesús neben uns standen. »Das Feld hat bis morgen Zeit. Wenn ihr sie draußen habt, bringt sie zu dem Wäldchen am Weg. Die beiden anderen sind schon dort. Magun ist bei ihnen.«

»Am besten brechen wir erst die Tür heraus«, sagte ich, als Strange Goose gegangen war. »Dann sehen wir weiter.«

Stück für Stück bogen wir mit Brechstangen den Rahmen zu den Seiten hin. Schließlich löste sich die Tür und fiel polternd zu Boden. Ein schwacher Geruch nach Verwesung drang uns entgegen; einige Fliegen summten auf, und Arwaq brannte für jeden von uns eine Pfeife an. Der Körper des Mannes in der Maschine steckte mit Kopf und Schultern unter einem Blech, das der Aufprall nach innen gepreßt hatte. Nach langer, vergeblicher Mühe gelang es uns endlich, genügend Platz freizumachen, so daß wir die Brechstangen ansetzen und dann mit ihrer Hilfe das Blech ein Stück hochbiegen konnten. Jetzt sahen wir, daß das Rohrstück, das aus dem Rücken des Mannes ragte, einer der Steuerungshebel war.

Mit der Pfeife zwischen den Zähnen kletterte ich in die Maschine. Hier war der Geruch bedeutend stärker.

»Ich heb ihn hoch«, sagte ich. »Ihr helft von unten mit den Brechstangen nach.«

Ich umfaßte den Rumpf des Mannes, über dem kaum Platz für mich war, und verschränkte meine Finger. Piero war blaß. Don Jesús blies dicke Tabakrauchwolken aus Mund und Nase. Arwaq sah mich aus zusammengekniffenen hellgrauen Augen ruhig an.

»Jetzt!« sagte ich.

Der Druck meiner Arme preßte die Luft aus den Lungen des Toten; sie entwich mit einem winselnden Seufzer. In den Eingeweiden gluckerte es. Schweiß tropfte von meinem Gesicht auf den schwarzen Stoff der Windjacke unter mir. Das abgebrochene Rohrende war nicht mehr zu sehen.

»Noch mal!« sagte ich.

Abermals hoben wir alle vier zugleich. Mein Rücken drückte gegen die Dachbleche. Eine scharfe Kante schnitt in meine Schulter. Ich spürte, wie der Steuerungshebel aus dem Körper glitt. Meine Hände wurden naß. Dann war der Körper frei. Sein Gewicht zog mich zur Seite, und ich wäre mit ihm aus der Maschine gefallen, wenn Arwaq sich nicht gegen meine Flanke gestemmt hätte.

»Laß ihn los!« keuchte er.

Ich gehorchte und wischte die Hände an meiner Hose ab.

Don Jesús und Piero hoben den Körper über die verbogene Blechschwelle und legten ihn ins Gras. Hinter uns hörten wir das Ratschen der Metallsäge. Sigurd war an der Arbeit.

»Geh dich waschen, Chas«, sagte Arwaq. »Die Pfeife behältst du besser im Mund.«

»Du kommst doch nachher zum Wäldchen?« sagte Don Jesús.

»Meinst du das, in dem die Schädel hängen?«

»Dasselbe. Du kommst?«

»Ich komme«, sagte ich.

Ich schaute auf den Toten nieder. Bis auf eine flache Schramme am Kinn war sein Gesicht unverletzt. Ein überraschter Ausdruck lag um den geschlossenen Mund.

»Der jüngste von den dreien«, sagte Don Jesús.

Ich wandte mich ab. Im Wipfel eines der Kastanienbäume schwankte ein Ast. Zwischen weißen Blütenkerzen lugte der schwarze Kopf eines Raben zu uns herüber.

»Nein, mein Freund«, sagte Arwaq. »Diesmal nicht.«

Mit der Pfeife zwischen den Zähnen ging ich den Fahrweg hinunter, am Langhaus vorbei, an meiner Hütte vorbei, übers Gras und über den Sand in den See, bis mir das Wasser unter den Achseln stand, und wusch meine Hände und mein Gesicht. Hinter den Inseln leuchtete rot die Sandsteinklippe.

Während ich zurück ans Ufer watete, wurden meine Kleider schwerer und schwerer. Vor meiner Hütte zog ich sie aus und warf sie auf den schwarzen Granitblock. Dann ging ich in die Hütte, um mich zu waschen und umzuziehen.

Nach Sonnenuntergang kam Strange Goose mich abholen.

»Amos ist sich seiner Sache sicher«, sagte er, während ich meine Lodenjacke anzog. »Tallahatchie ist ein Ort in Mississippi. Zu dem Namen auf der Flugmaschine ist ihm auch nicht mehr eingefallen als uns. Aber wir haben das hier gefunden.«

Unter seinem Umhang zog er eine flache, rötliche Ledertasche mit zwei silbernen Schließen hervor, auf der in goldenen Lettern einige Worte eingeprägt waren.

Orders from the Grand Sheriff, las ich.

»Hm«, sagte ich. »Dann ist das ja klar. Was war in der Tasche?«

»Sie war leer, Chas. Auch sonst, in der ganzen Maschine, kein Stück Papier, kein Ausweis, nicht einmal eine Karte. Ich denke mir, sie hatten alles, was sich auf ihren Auftrag bezog, hier in dieser Tasche. Den Inhalt haben sie verbrannt, sobald sie ihn nicht mehr brauchten. Sie hätten die Tasche auch verbrennen müssen, hehe.«

»Was habt ihr noch gefunden?«

»Zwei Gewehre, von derselben Art, wie die Männer sie bei sich hatten. Zwei Schrotflinten. Drei Revolver. Patronen. Einen Haufen Konserven. Sie müssen die ganze Zeit von Konserven gelebt haben. Einen Kochapparat. Eine Rolle Seil. Werkzeug. Ein Zelt, verpackt und unbenutzt. Weiß Gott, wo sie geschlafen haben. Ah ja: und drei Kleidersäcke, in denen Kleider waren, und noch etwas. Aber das errätst du vielleicht.«

»Ich? Hoffnungslos, Strange Goose. Sag es.«

»Kapuzen. Weiße, spitze Kapuzen, die bis auf die Schultern herabfallen und Schlitze für die Augen haben. Was sagst du dazu?«

»Die Henker tragen bei uns solche Kapuzen«, sagte ich. »Die sind aber schwarz.«

»Es gibt wieder Henker in Bayern?«

»Einen, Strange Goose. Einen Henker.«

»Und in den anderen Ländern?«

»Hinrichtungen kommen überall vor. Aber die kleineren Länder leisten sich keinen eigenen Henker. Wenn sie einen brauchen, leihen sie ihn sich bei ihren Nachbarn.«

»Sieh mal an! Das wußte ich nicht. Das muß ich Taguna erzählen. Bei euch hat man also auch darauf zurückgegriffen, bestimmte Untaten so zu bestrafen, daß der Täter niemals rückfällig wird. Gut. Aber mich erinnern die Kapuzen an etwas anderes. Hast du von den Kluxern gehört?«

Ich schüttelte den Kopf. Eben ließen wir das Langhaus hinter uns. Bei dem Wäldchen, in dem die Tierschädel hingen, sah ich Feuerschein. Eine Trommel schlug.

»Die Kluxer«, sagte Strange Goose, »waren eine Vereinigung von Weißen unten im Süden. Damals, in meiner Kindheit, als es die Vereinigten Staaten noch gab. Sie waren eine alte Vereinigung, die es sich zur Aufgabe gemacht hatte, bei den Schwarzen für Ordnung zu sorgen. Du verstehst? Nein. Du kannst nicht verstehen. Also: wenn ein Schwarzer einen Weißen nicht grüßte, wenn er nicht arbeiten wollte, wenn er eine weiße Frau anschaute, wenn er einem Weißen widersprach, dann wurde er von den Kluxern gejagt. Wenn sie ihn erwischten, haben sie ihn aufgehängt oder verbrannt.«

»Wegen solcher Kleinigkeiten?«

»Ja. Manchmal auch wegen wirklicher Untaten. Meist aber deswegen, weil er ein Schwarzer war.«

»Ich kann mich da nicht hineinfühlen, Strange Goose.«

»Ich mich auch nicht, Chas. Doch so war es. Und die Kluxer trugen solche Kapuzen, wie wir sie in der Maschine gefunden haben. Das wollte ich dir erzählen.«

»Du denkst«, sagte ich nach einer Weile, »daß es diese Vereinigung noch gibt?«

Er nickte mehrmals.

»Ich bin sicher«, sagte er.

Wir waren nun nah an das Wäldchen herangekommen, hörten Flammen brausen und konnten den Schlag von drei oder vier verschiedenen Trommeln unterscheiden.

»Was war heute nachmittag mit Sigurd los?« fragte ich. »Wird ihm schlecht, wenn er Tote sieht?«

»So wenig wie dir oder mir«, sagte Strange Goose. »Es war etwas anderes. Er hatte Angst.«

»Wovor?«

»Ich weiß nicht, Chas.«

In der Nähe des Scheiterhaufens lag ein Stoß armlanger Holzstücke aufgeschichtet. Strange Goose bückte sich, nahm ein Scheit, ging so nah an das Feuer heran, wie die Hitze es zuließ, und warf das Scheit in die Flammen. Ich tat es ihm nach, und wir gingen zu den anderen, die in einer Gruppe beisammen standen. Außer Ane-Maria Ibárruri waren alle da, die ich in Seven Persons kannte; von den anderen Siedlungen sah ich nur Piero, Arihina Koyamenya sowie Nicolae und Iliana Istrate. Magun stand hinter einer großen Trommel, einem ausgehöhlten Zedernstamm, der an beiden Enden mit Fellen bespannt war, und schlug mit einem Stock den Takt eines sehr langsamen Herzschlags. Arwaq kniete im Gras. Er hatte drei kleine Trommeln vor sich, die er mit Fingern und Handballen bearbeitete. Seine Schläge schritten, liefen, prasselten, tropften, stolperten, trafen sich mit denen von Maguns Trommel, rannten gegen sie an, liefen ihnen nach, schwiegen ein paar Herzschläge lang und schritten, liefen, prasselten von neuem.

Amos lag, in Decken eingepackt, auf einem Leiterwagen. Strange Goose blieb bei ihm stehen und sprach mit ihm. Auf dem Kutschbock saß Doña Gioconda, den schweren Kopf in ihre kleinen Hände gestützt, und schaute ins Feuer. Oonigun stand ganz vorne, nah bei den Trommeln, seinen Bogen mit beiden Händen haltend, einen frischen Verband um den Kopf. Ich ging auf Taguna zu und blieb bei ihr stehen.

»*Boosool, nedap!*« sagte sie mit einem kleinen Lächeln. »Sei gegrüßt, mein Freund!«

»*Boosool*, Taguna!« sagte ich.

»Ich sah, wie du dein Scheit ins Feuer warfst«, sagte sie. »Es ist Zeit, daß du anfängst, unsere Sprache zu lernen.«

»Ich habe getan, was ich Strange Goose tun sah«, sagte ich. »Ich wußte nicht, was es bedeutet.«

»Eben. Du hast nicht überlegt und doch getan, was richtig war. Wer ein Scheit ins Feuer wirft, der sagt: Dies ist nicht nur euer Feuer, dies ist auch mein Feuer. Hast du die Namen der Jahre und der Monate schon gelernt?«

»Ich bin noch nicht dazu gekommen, Mutter.«

»Ah! Ich werde dir jeden Tag ein paar Wörter aufschreiben, die du lernen mußt. Wir alle werden dir dann zeigen, wie wir sie anwenden. Du wirst sehen, in einer Woche bringst du schon viele Sätze zustande. Willst du?«

»Gerne. Aber ich möchte etwas fragen.«

»Ja?«

»Habt ihr bisher gedacht, ich sei nicht würdig, eure Sprache zu sprechen?«

»Nicht würdig? Nein, Chas. Ich hab auf ein Zeichen gewartet, daß du dich zugehörig fühlst.«

»Und hast keins gesehen? Bis jetzt?«

»Doch. Miteinander essen und sprechen, arbeiten und nachdenken, das ist schon viel. Aber nicht genug, Chas.«

»Ich glaube, ich verstehe.«

»Gut. Nun möchte ich etwas fragen.«

»Ja?«

»*Saabooejit*«, sagte sie. »Was ist das? Schließ die Augen und horch auf den Klang.«

Ich gehorchte.

»*Saabooejit*«, sagte sie langsam. »*Saabooejit!*«

Ich öffnete die Augen. Der Widerschein des Feuers sprang über ihr Gesicht und flackerte in den dunklen Augen.

»Das ist eine große Libelle«, sagte ich. »Eine Teufelsnadel.«

»Du bist sicher?«

»Ja.«

»Gut! Du hast verstanden. Als du das Scheit warfst, wußte ich, daß du verstehen würdest.»

Mit einem Schlag schwiegen die Trommeln. Das brausende Aufströmen der Flammen war das einzige Geräusch. Oonigun trat vor die Trommeln, das Gesicht dem Scheiterhaufen zugekehrt. Seinen Bogen hielt er mit gestreckten Armen vor sich hin.

Die Trommeln setzten gleichzeitig ein. Sie schlugen rascher als vorher. Es klang, als hetzten die Schläge der kleinen Trommeln den

Schlag der großen, wie Hunde, die einen Elch hetzen oder einen Bären.

Oonigun machte mit dem linken Bein einen Schritt auf das Feuer zu. Er schwenkte das rechte Bein nach vorn, nach hinten, abermals nach vorn und stampfte damit auf. Nun wiederholte er den Schwenkschritt mit dem linken Bein, danach wieder mit dem rechten. Nach jedem Schritt riß er den Bogen an seine Brust und stieß ihn sofort wieder weit von sich. Näher kam er dem Feuer, näher, noch näher. Funken waren um ihn her. Noch einen Schritt machte er. Und noch einen. Die kleinen Trommeln hielten inne. Die große tat drei wuchtig dröhnende Schläge. Mit einem Sprung drehte Oonigun sich herum. Die kleinen Trommeln setzten wieder ein. Oonigun sprang mit geschlossenen Beinen auf uns und auf die Trommeln zu; nach drei Sprüngen fiel er blitzschnell auf die Knie, drückte seinen Bogen an die Erde, riß ihn an sich, stieß ihn nach vorn, wobei er von den Knien auf die Füße sprang, und tat abermals drei Sprünge auf uns zu, um wieder auf die Knie zu fallen, wieder auf die Füße zu springen, bis er schließlich vor der großen Trommel stand. Sie schlug dreimal allein; Oonigun drehte sich im Sprung herum, die kleinen Trommeln sprangen der großen bei, und Oonigun legte den Weg zum Feuer und vom Feuer zu den Trommeln ein zweites Mal zurück. Als er zum drittenmal nah beim Feuer stand, ein dunkler Schatten vor der weißroten Glut, verstummten die kleinen Trommeln. Die große Trommel fiel wieder in den sehr langsamen, drängenden Pulsschlag zurück. Oonigun warf seinen Bogen in die Luft. Er stieg, stieg, erst hellrot angestrahlt, dann dunkelrot leuchtend, stieg weiter, verschwand fast in der Schwärze und kam dann rasch und sausend zurück. Oonigun fing ihn auf.

»Ho!« riefen wir alle zusammen.

Noch einmal und ein drittes Mal warf und fing Oonigun seinen Bogen. Dann wandte er sich zu uns um, hängte den Bogen über seine Schulter und schlich mit langsamen, langen Schritten, bei denen er tief in die Knie ging, auf uns zu; dabei setzte er die Fingerspitzen auf die Erde. Bei der großen Trommel angekommen, richtete er sich auf, neigte den Kopf und legte seinen Bogen auf die Trommel.

Sie verstummte.

Arwaq sprang auf und umarmte und küßte seinen Sohn. Nach ihm umarmten und küßten ihn Magun, Strange Goose, Arihina und als letzte Taguna. Sein Kopfverband sowie das Leder seiner Jacke und seiner Hose waren voller schwarzer Brandflecken. Er lachte.

Wir blieben, bis der Scheiterhaufen nur noch ein Haufen Glut war.

»Schau!«, Strange Goose deutete nach oben.

Über uns stand schwarz und senkrecht die Rauchsäule. Hoch oben, nah bei den Sternen, erfaßte sie der Wind und führte sie nach Süden.

»Sie fliegen nach Hause«, sagte er.

ERASMUS

»Tut es hier weh?« fragte ich, während ich mit einem Finger auf die Muskeln drückte, durch die der Schußkanal verlief.

»Jucken tut es«, sagte Amos. »Viehisch!«

»Das ist gut«, sagte ich.

Das Bein war kaum geschwollen, jedoch bläulichrot verfärbt, wie nach einer Prellung. Genaugenommen war es auch eine Prellung, welche die Kugel außer der Fleischwunde verursacht hatte: eine Prellung von innen. Tagunas grüne Paste hielt die Wunden offen, so daß der Eiter abfließen konnte. Er war dünnflüssig und weißlich mit einem leichten Stich ins Gelbliche, und er stank nicht.

»Das ist auch gut«, sagte ich.

»Was, um Himmels willen?«

»Daß der Eiter nicht stinkt. Und daß die Kugel nicht das Narbengewebe erwischt hat, das dir von deiner Begegnung mit dem Elch geblieben ist. Narbengewebe heilt oft miserabel, wenn es zum zweiten Mal verletzt wird.«

»Was meinst du? Wird das Bein wieder werden?«

»Ich denke schon. Es sieht gut aus. In zwei Wochen dürfte es wieder sein wie vorher. Nicht besser und nicht schlimmer. Bis dahin mußt du faulenzen.«

»Wer kommt an meiner Stelle zum Holzfahren, Chas?«

»Das werden wir sehen. Piero vielleicht.« Ich zog den Tiegel mit der grünen Paste heran.

»Piero? Sigurd wird sich freuen!«

»Wieso denn, Amos? Ob die Trümmer der Maschine eine Woche länger liegenbleiben – wen kümmert das?«

»Sigurd kümmert es. Wie viele haben sich heute die Trümmer angesehen?«

»Bisher drei. Junge Burschen auf Pferden. Ich hatte erwartet, daß mehr kommen würden.«

»Die haben alle zu tun, Chas. Wie wir.«

Ich wickelte eine frische Leinenbinde um das Bein.

»Das Loch in meinem Weizenfeld«, sagte Amos. »Was wird mit dem?«

»Das werfen wir heute zu. Hat es Sinn, die Stelle neu einzusäen?«

»Yep. Aber nicht heute. Heute wird es regnen.«

»Wer sagt das?«

»Die Narben in meinem Bein.«

»Was du da spürst, ist die Schußwunde. Du hast selbst gesagt, daß die juckt. Und das strahlt aus. Von den Narben spürst du gar nichts.«

»Ich spüre es. Und es sagt mir, daß es regnen wird!«

Er zog seine Hose hinauf, wälzte sich an den Bettrand, stemmte sich hoch und humpelte an Saras Webstuhl vorbei in die Stube. Ich folgte ihm.

Noch ehe wir mit dem Frühstück fertig waren, fielen draußen die ersten Regentropfen. Amos, der gerade ein Stück Brot mit Schinken in den Mund geschoben hatte, ließ die Augen nicht von mir, während er kaute und schluckte.

»Das strahlt aus, was?« sagte er schließlich.

Es goß, als ich aus dem Haus trat und den Weg zu den Feldern einschlug. Sigurd und Piero waren schon wieder mit Eisensäge, Meißel und Brechstange an der Arbeit. Ich half ihnen, und bis zum Mittag brachten wir eine Wagenladung Blech zusammen und waren vollständig durchnäßt, so daß wir beschlossen, für heute aufzuhören. Ich ging zu Amos' Hof zurück, aß ein paar Bissen, nahm mir meine Abendmahlzeit sowie einen rauchenden Kometen mit, den Sara mit glühenden Holzkohlen gefüllt hatte, und wanderte meiner Hütte zu. Ehe ich eintrat, fielen mir meine Kleider ein, die ich gestern auf dem Granitblock hatte liegenlassen. Sie lagen nicht mehr dort. Jemand hatte sie gewaschen und auf eine Leine gehängt, die zwischen zwei Pflaumenbäumen gespannt war.

In der Hütte fand ich meine Stiefel; sie standen, mit Heu ausgestopft, hinter der Tür. Auf dem Bett lagen nebeneinander ein neues Leinenhemd, eine dunkelbraune Lederhose mit einem schwarz und weiß bestickten Gürtel und eine Schaffellweste. Auf dem Boden vor dem Bett stand ein Paar neuer Mokassins.

Ich holte zwei Armvoll Brennholz und machte Feuer in meinem kleinen Herd. Meine nassen Kleider hängte ich zum Trocknen auf. Dann zog ich die neuen Sachen an. Sie paßten so gut, daß sie eigens für mich angefertigt sein mußten; ich fühlte mich in ihnen wohl wie in meinen ältesten, liebsten Kleidern. Auch das Geräusch des Regens auf dem Dach, die milde Wärme des Holzfeuers, der Duft des Rauchs aus meiner Pfeife – ich hatte meinen *tamawa* mit etwas Virginia vermischt – schienen eigens für mich dazusein; ich genoß ihre friedfertige Gegenwart. Ich ging auf und ab, rauchte und summte. Dann war die Pfeife ausgebrannt, und ich klopfte sie aus, blies sie durch, legte sie zur Seite, holte Tagunas Zettel aus meiner Jackentasche, entfaltete ihn und setzte mich an den Tisch.

Januar war der Mond, in dem die Fische einfrieren. Auf ihn folgten der Mond der Schneeblindheit und der Mond, in dem die Bären erwachen. Im Mond der fremden Gänse war ich in Seven Persons angekommen. Inzwischen hatten wir den Mond, in dem die Eier gelegt werden; er hieß auch Mond der Baumblüte, was nicht mehr so recht paßte; die meisten Bäume hatten bereits im Mond der fremden Gänse geblüht. Juni war der Sommermond. Nach ihm kam der Mond, in dem die Wasservögel mausern; dann der Mond, in dem die jungen Vögel flügge werden. September hatte wiederum zwei Namen: Erntemond, und Mond, in dem die Elche rufen. Die letzten drei Monate waren der Mond, in dem die Tiere fett werden – er hieß auch kurz Fettmond –, der Mond der Nebel, und der Mond der langen Nächte.

Die Namen der Jahre hatte Taguna in zwei Spalten angeordnet, so daß hinreichend freier Raum blieb, in dem ich die mir vertrauten Jahreszahlen einfügen konnte. Die Liste begann mit dem Jahr der verlassenen Kinder.

Ich holte meine Tintenflasche aus der Schublade, schnitt eine frische Gänsefeder an, tauchte sie ein und machte mich ans Schreiben. Die Jahresnamen waren voller Hinweise darauf, daß der gewohnte Ablauf des Wetters, mitunter selbst der Jahreszeiten, auch hier aus den Fugen geraten war. Es gab ein Jahr ohne Sommer und ein Jahr ohne Winter, ein Jahr der Stürme und ein Jahr der Nebel, ein Jahr, in dem das Eis in der Bucht blieb, und ein Jahr des treibenden Schnees.

Andere Namen sagten mir, wie die Tiere sich vermehrt hatten, seitdem es nicht mehr so viele Menschen gab: Jahr der Seeadler; Jahr, in dem die Lachse zurückkamen; Jahr der zehntausend Seehunde; Jahr der Walkälber; Jahr des ersten Wolfsrudels.

Der Name des Jahrs der ersten Überflutung mußte sich auf die Landenge beziehen, die Megumaage einstmals mit dem Festland verbunden hatte.

Es gab auch Namen, bei denen mir nicht klarwurde, auf welche Geschehnisse sie zurückgingen; Jahr der vergifteten Quellen; Jahr der roten Sonne; Jahr der Blinden; Jahr des brennenden Schnees; Jahr der Ehrwürdigen Wandernden Toten. Ich malte Kreuzchen neben diese Namen, um bei erster Gelegenheit ihre Bedeutung zu erfragen.

Auch das Jahr der Zwillinge versah ich mit einem Kreuzchen. Meinte der Name ein bestimmtes Zwillingspaar? Bestand ein Zusammenhang mit der Tatsache, die mir beim Blättern im Familienbuch von Seven Persons aufgefallen war, daß nämlich die Zahl der Zwillingsgeburten ungewöhnlich hoch zu liegen schien? Oder hatte der Name eine ganz andere, vielleicht magische Bedeutung?

Mein Geburtsjahr hieß Jahr der drei Elenden. Ich kreuzte es an, obwohl mir die Bedeutung des Namens klar war; ich wollte die genauen Umstände wissen, unter denen im Laufe eines Jahres drei Menschen der Strafe der Jagd verfallen waren.

Noch eine Weile, und ich war am Ende der Liste angelangt. Das Jahr, in dem wir uns befanden, hieß Jahr der Weinkrüge. Das vergangene Jahr, das Jahr der Seeadler, hatte also einen langen und warmen Sommer gehabt und viele Trauben und wilde Beeren hervorgebracht.

Ich zögerte kurz; dann tauchte ich noch einmal die Feder ein, schrieb die Jahreszahl des nächsten Jahres nieder und setzte neben sie den Namen: Jahr der Teufelsnadel.

Ich stand auf, verschloß das Tintenfläschchen, wusch die Feder aus und steckte sie in ihren Köcher zurück. Der Regen rauschte aufs Dach. Ich summte; während ich Holz nachlegte und in die Glut blies, um das Feuer wieder hochzubringen, fielen mir auf einmal auch die Worte ein:

Es regnet, es regnet,
Der Kuckuck wird naß.
Rot werden die Blumen
Und grün wird das Gras.
Mairegen bringt Segen,
Hinaus aus dem Haus!
Steigt schnell in die Kutsche,
Jetzt fahren wir aus!

Es war eines jener Kinderlieder, die meine Mutter mir und meinem
Bruder oft vorgesungen hatte. Zugleich mit den Worten fiel mir die
erste Kutschfahrt ein, an die ich mich erinnerte. Ich war drei oder
vier Jahre alt gewesen. Mein Vater, der selber fuhr, hatte mich trotz
der Bedenken meiner Mutter neben sich auf dem Kutschbock sitzen
lassen. Der Ausblick, den ich von hier oben hatte, der fettige Geruch des Ledergeschirrs und der warme Geruch der Pferdeleiber
versetzten mich in eine derartige Erregung, daß mir Tränen in die
Augen stiegen; ich blinzelte, um zu verhindern, daß sie über mein
Gesicht hinunterliefen. Mein Vater hätte sie als Anzeichen von
Furcht verstehen und seine Erlaubnis widerrufen können.
Das dumpfe Gerumpel der Räder auf dem Pflaster der Alt-
stadtstraßen wurde zu einem helltönenden Rollen, als wir auf die
Deggendorfer Landstraße einbogen. Wagen begegneten uns: ein
Leiterwagen, auf dem zwei Schweine angebunden standen, eine
sechsspännige Holzfuhre, zwei oder drei Jagdwägelchen, eine geschlossene Reisekutsche und der Landauer des Landrats Ermatinger
auf seinen glänzenden Gummirädern; mit ihm und einigen anderen
Herren spielte mein Vater jeden Freitagabend in der Honoratioren-
stube des Ratskellers Billard. Auch ein Automobil sahen wir. Es
überholte uns bei der Aichinger Mühle, es war groß und dunkelrot,
und hinten, wo bei unserer Kutsche der Kofferraum war, hatte es einen runden, schwarzen Kessel stehen, aus dem es rauchte. Mein Vater erklärte mir, dieser Kessel enthalte schwelendes Buchenholz, das
ein Gas abgebe, welches dann im Motor des Automobils verbrannt
werde. Ich überlegte mir, welchen meiner Freunde ich von dem Automobil erzählen sollte. Automobile waren damals schon selten. In
ganz Regensburg gab es drei; zwei von ihnen gehörten Seiner

Durchlaucht und besaßen keine solchen schwarzen Kessel, denn sie verbrannten angeblich Alkohol. Ich glaubte das nicht. Mein Vater hatte mir gesagt, daß der menschliche Körper Alkohol verbrennt. Ich hatte auch die Folgen beobachten können, die das manchmal hatte, beispielsweise bei Alfons, dem Gesellen des Schuhmachermeisters Pullinger in unserer Straße; es fiel mir schwer, zwischen der Fortbewegungsweise dieses Alfons, wenn er Alkohol verbrannte, und der Fortbewegungsweise der Automobile Seiner Durchlaucht irgendeine Ähnlichkeit zu erkennen.

Noch mehr als das dunkelrote Automobil mit dem schwarzen Kessel jedoch hatte mich beeindruckt, wie d'Susi und d'Sannerl, unsere beiden Pferde, es fertigbrachten, mitten im Trab ihre blonden Schweife in steifen Bögen zu heben, die unter ihnen verborgenen samtschwarzen Öffnungen vorzuwölben und saubere, dampfende Roßäpfel auf die Straße fallen zu lassen. Sofort beschloß ich, dies bald einmal selber zu probieren, wenn auch nicht auf der Straße.

Während der Heimfahrt ging dann ein rascher, sprühender Mairegen nieder. Meine Mutter und die Großmama spannten Regenschirme auf. Großmama rief mir zu, ich würde ja ganz naß, ich solle doch nach hinten zu ihnen umsteigen. Ich winkte ab. Großmama lachte und sagte etwas zu meiner Mutter, was ich gern verstanden hätte. Doch da bogen wir in die Niedermünstergasse ein, und das Dröhnen und Rumpeln der Räder auf den Pflastersteinen übertönte ihre Worte.

Viele Kutschfahrten waren dieser ersten gefolgt. Der Platz auf dem Kutschbock war zu meinem anerkannten Gewohnheitsrecht geworden. Nur einmal hatte ich darauf verzichtet. Wie stets am ersten Weihnachtstag waren wir die Großmama besuchen gefahren. Der Schnee war tief und trocken, der Schlitten glitt still dahin, die geschlitzten Messingkügelchen auf den Schellenbäumen hinter den Köpfen der Pferde tanzten und klingelten.

Ich saß im Fußsack meiner Mutter, ihr knisterndes Kleid und ihre Pelzstiefel warm im Rücken, hatte zwei oder drei Knöpfe der Spritzdecke geöffnet, schaute hinaus und verspürte eine fieberhafte Freude, weil ich der bissigen Winterluft so nah und zugleich so sicher vor ihr war.

Von den Geschenken, die meine Großmutter für uns unter ihrem Weihnachtsbaum zurechtgelegt hatte, erinnerte ich mich später nur an eines: eine spanische Apfelsine, eingewickelt in durchsichtiges rotes Papier. Apfelsinen waren so selten wie Automobile. Nur um die Weihnachtszeit gab es manchmal welche zu kaufen. Es war eine bittere Apfelsine; meine Großmama hatte mir gezeigt, wie ich ihren Saft durch ein Stückchen braunen Zuckers hindurch lutschen mußte. Das rote Papier hatte ich sorgfältig geglättet und mitgenommen. Die ganze Heimfahrt lang saß ich im Fußsack meiner Mutter, hielt das rote Papier zwischen meine Augen und mein Ausguckloch und betrachtete die wunderbar veränderte Welt.

Später legte ich das Papier als Lesezeichen in ein Buch. Und viel später, beinahe zwanzig Jahre später, in einer Nacht, in der mein Vater mich um Verzeihung bat, indes wir beide wußten, er und ich, daß ihn keine Schuld traf, geriet mir dies selbe Buch wieder in die Hand. Ich öffnete es. Das rote Papier rutschte heraus und segelte zu Boden. Ich bückte mich, um es zu fangen, kam jedoch zu spät; es klebte bereits an den verschmierten Dielen, auf denen Wattebäusche, Instrumente und Zigarrenstummel lagen. Ich hob es dennoch auf und hielt es zwischen den Fingern, während ich die Stelle las, die es bezeichnet hatte, und die, so schien es mir damals, eigens für mich geschrieben worden war.

»Hier«, sagte ich zu meinem Vater, indem ich das geöffnete Buch vor seine Ellenbogen auf die Tischplatte legte. »Lies das.«

Mein Vater las, ohne das Kinn von den Händen zu nehmen.

»Du meinst das mit den Blumen und dem Blut, ja?« fragte er.

»Ja, das. Ich bin gewarnt worden, verstehst du? Nur hab ich es nicht verstanden.«

»Hättest du anders gehandelt, Charles? Wenn du es verstanden hättest?«

»Nein, Vater.«

»Du hättest sie trotzdem betreten, diese Wege? Der Blumen wegen; nicht wahr?«

»Ja!«

»Aber dann hast du es verstanden!«

Er lehnte sich zurück, löste die verschränkten Finger und legte Unterarme und Hände flach auf die Tischplatte.

»Dann hast du es verstanden!« wiederholte er. »Das ist es, was er meint. Er wollte nicht warnen, Charles. Er hat gesagt, wie es ist! Wie es ist!«

Ich stand auf, legte Holz nach und blies in die Glut. Der Regen rauschte aufs Dach. Ich stopfte mir eine Pfeife, brannte sie an, zog ein paar Blätter des gelbbraunen Schreibpapiers aus der Schublade, holte das Tintenfläschchen wieder hervor und begann einen Brief an meine Eltern. Ich war dabei, das Verschwinden von Tim Chezzet zu schildern, als ich draußen rasche, schmatzende Schritte hörte, die näher kamen und verstummten. Dann klopfte jemand an die Tür.

»Komm herein!« rief ich.

»Ein Wunder!« sagte der Mann in der braunen Kutte und den schlammtriefenden Mokassins, der mit einem langen Schritt durch die Tür trat, sie schloß, die Kapuze von seinem Kopf schüttelte, daß Wassertropfen die Tür und die Wand neben ihr bespritzten, und mit einer Drehung des Kopfes den Raum und alles, was darin war, überschaute. »Ein Wunder! Hier drinnen regnet es nicht. Aber du solltest eine Kerze entzünden. Es ist ja fast Nacht!«

»Ich bin Chas Meary«, sagte ich und erhob mich. »Du solltest dir den Stuhl da nehmen und dich am Herd ein wenig trocknen.«

»Die Stimme der Vernunft!« sagte er mit einem raschen Lächeln.

»Ich bin Erasmus. Ich habe schon von dir gehört.«

»Und ich von dir«, sagte ich.

Wir drückten einander die Hand. Er zog ein gefaltetes Blatt Papier hervor, besah es stirnrunzelnd und reichte es mir.

»Ich habe deine Hausaufgabe mitgebracht«, sagte er. »Sie ist wohl ein wenig feucht geworden.«

»Danke«, sagte ich und faltete das Blatt auseinander. Er faßte den Stuhl, auf den ich gedeutet hatte, bei der Lehne, hob ihn hoch, drehte ihn zugleich herum und stellte ihn nieder. Die Bewegung war ohne Hast, aber schnell und genau. Er setzte sich, zog die Mokassins aus und legte seine bloßen Füße auf die Holzscheite unter dem Herd.

»Nun?« sagte er.

»Nicht schlimm«, sagte ich. »Ich kann alles gut lesen.«

»Gut«, sagte er und fuhr sich mit der Hand durch das dunkelbraune kurze Haar, das gekraust war wie der Bart.

»Du lernst die Sprache?« fragte er.

»Ich fange an, ja.«

»Es wird dir Freude machen.«

Seine großen grauen Augen lagen unter vorspringenden, wulstigen Brauenknochen. Die schmalrückige Nase war lang und gerade und verbreiterte sich nach unten hin. Der Unterkiefer, breit im Gelenk, lief in ein schmales Kinn aus.

Ich entzündete die Laterne und hängte sie an ihren Haken.

»Freilich wirst du auf allerlei Ungewohntes stoßen«, fuhr er fort.

»Ich selber habe immer gefunden, das macht das Lernen leichter.« Er sprach, wie er sich bewegte: schnell, klar, genau.

»So geht es mir auch«, sagte ich. »Die Neugier bringt mir in einer Stunde mehr bei als die Pflicht in drei Tagen. Mein Vater hat das sehr früh bemerkt.«

»Und es sich zunutze gemacht, nehme ich an?«

»Sich und mir, ja!«

Er lachte, ohne den Mund zu öffnen. Die Lippen waren dunkel, schmal, kantig. Er legte den Kopf zurück und verschränkte die Hände im Nacken.

»Ja«, sagte er. »Allerlei Ungewohntes. Zum Beispiel: ich schaue. Das heißt *ankaptega*. Ich schaue auf etwas: *ankaptum*! Ich schaue auf ihn oder sie: *ankamk*! Ich schaue auf dich: *ankamool*! Ich schaue auf etwas, was dir gehört: *ankaptumool*! Nun habe ich dich völlig verwirrt. Nein?«

»Doch. Für den Augenblick. Wenn ich zehn oder zwanzig Verben kenne, werde ich beginnen, die Regeln zu sehen, nicht wahr?«

»Aber ja! Laß dich nicht aus der Ruhe bringen. Ich gehe oft hinterhältig vor.«

»Auch am Schachbrett?«

Er kniff die Augen zusammen und krauste die Nasenflügel.

»Du bist dem Abbé Simon begegnet?«

»Das nicht. Mond de Marais hat mir erzählt, daß ihr Schach miteinander spielt.«

»Im Winter, Chas! Im Winter! Im Sommer? Vielleicht einmal im Monat, wenn es hoch kommt. Der arme Simon – er ist oft so erbost.«

»Weil du ihn mattsetzt?«

»O nein. Das gelingt mal ihm, mal mir. Wir sind ziemlich gleichstark. Nein: ihn erbost, daß ich ihn auf meine Art matt setze, nicht auf die Art, mit der er rechnet.«

»Und die wäre?«

»Nun, ich bereite meine Angriffe von langer Hand vor. Wenn ich behaupte, vom ersten Zug an, ist das kaum übertrieben. Simon hingegen bevorzugt den Überraschungsangriff aus dem Stand heraus, der manchmal gelingt, manchmal aber auch in einer glänzenden Niederlage endet. Simon ist erbost, weil ich anders bin als er.«

»Das kommt mir bekannt vor«, sagte ich.

»Nicht wahr?« sagte er, beugte sich vor, kratzte sich am Spann des rechten Fußes, lehnte sich wieder zurück und schaute mich aus grauen Augen auffordernd an. Als ich nichts sagte, streckte er den rechten Arm angewinkelt gegen mich vor und hob die Finger, als wolle er eine Frucht aus der Luft pflücken.

»Sprich weiter!« sagte er.

»Diese Erbostheit«, sagte ich, »oder besser: diese Erbitterung. Ist das nicht dieselbe, die Männer und Frauen so oft dazu antreibt, miteinander zu streiten?«

»So ist es«, sagte er, schloß die Hand und legte sie in seinen Schoß.

»Sie streiten miteinander. Sie suchen und finden allerhand gute Gründe; einmal, um recht zu behalten, und dann, um die Erbitterung selber mit den guten Gründen zuzudecken. Denn was wäre, wenn sie hinter ihre wahre Ursache kämen?«

»Sie müßten wohl lachen, denke ich. Und dann, wer weiß?«

»Satis!« sagte er und stieß die senkrecht gestellte Handfläche entschieden gegen mich vor. »Genug! Ich habe meine Gelübde. Ich sprach von allerlei Ungewohntem in der Sprache der Anassana von Megumaage. Zum Beispiel: Sie kennt zwei Geschlechter. Nämlich?«

»Männlich und weiblich, natürlich.«

»Eben – nicht! *Mijesit*: er ißt oder sie ißt. Am Wort kannst du nicht unterscheiden, ob von einem Mann oder von einer Frau die Rede ist. Nein, die beiden Geschlechter sind Belebtes und Unbelebtes. Du wirst staunen, was alles belebt ist.«

Ich nickte. »Rauchst du?« fragte ich.

»Gerne, Chas. Meist den Tabak meiner Mitmenschen, doch immerhin aus der eigenen Pfeife. Ich trinke auch. Jedenfalls bei diesem Wetter. Ich finde es einseitig, nur von außen naß zu werden.«

Wir stopften unsere Pfeifen und zündeten sie an; ich nahm die Gelegenheit wahr, zwei oder drei Scheite nachzulegen, stellte dann meine Stiefel näher zum Herd, zog etwas Heu daraus hervor und stopfte es in die Mokassins, die Erasmus, naß, wie sie waren, neben seinem Stuhl hatte liegenlassen. Ich holte den Weinkrug aus dem Wassertrog, füllte zwei Becher, und wir tranken. Erasmus behielt den ersten Schluck lange im Mund, wälzte ihn mit der Zunge hin und her, nickte kurz und schluckte.

»Yémanjá«, sagte er.

»Meinst du, auch der Wein gehört zu ihrem Reich?«

Er schüttelte zweimal den Kopf.

»Ich meine, daß dieser Wein von Sara Pierce stammt. Richtig?«

»Richtig. Wie machst du das? Mein Vater kann es auch. Mein Bruder ebenfalls. Ich nicht.«

»Übung, Chas. Wenn ich nur unseren eigenen Wein tränke, könnte ich es nicht. Armut bereichert.«

»Ist es dann noch Armut?«

Er beugte sich vor, kniff die Augen zusammen und lächelte.

»Du gefällst mir, Chas Meary«, sagte er. »Tritt bei uns ein. Wir sind nur vier.«

»Das wird nicht gehen, Erasmus.«

»Nicht? Warum nicht? Vor welchem Gelübde scheust du zurück?«

»Vor keinem, Erasmus. Ich habe Kinder.«

»Ja, dann! Wie viele?«

»Zwei. Markus und Mary.«

»Marry, merry Mary Meary«, sagte er.

»Das hat noch Zeit«, sagte ich. »Mary ist sechs.«

»Verzeih. Ich vergaß, daß es bei euch als unhöflich gilt, mit den Namen anderer Menschen zu spielen.«

»Es kommt darauf an, wer es tut und in welchem Geist.«

Er nickte.

»Du weißt, daß Mary – ich meine Maria – und Yémanjá ein und dieselbe sind?« sagte er.

»Ja. Sara hat eine kleine Statue von ihr aufgestellt. Aber ich kann nicht behaupten, daß ich das alles so recht verstehe. Maria und Yémanjá. Xángo, Jahwe, Niscaminou, Jesus. Geister, Seelenwanderung und Wiedergeburt. Ich meine, wie geht das alles zusammen? Was sagt die Kirche dazu?«

Er erhob sich, füllte unsere Becher nach, setzte sich wieder auf seinen Stuhl und schlug ein Bein über das andere. Ein Stück rehlederner Hose, mit dem Muster der Doppelkurve bestickt, sah unter dem Saum seiner Kutte hervor.

»Das ist ein Bündel von Fragen, Chas«, sagte er. »Welche zuerst?«

»Was sagt die Kirche dazu?«

»Die Kirche, auf die deine Frage zielt, ist Rom. Rom ist weit. Die Kirche, der ich diene, ist hier.«

»Und was sagt sie?«

»Sie schweigt. Soll sie die Gegensätze zwischen Christen und Heiden wieder ins Leben rufen? Soll sie die Unterschiede zwischen den vielen christlichen Bekenntnissen betonen und damit vertiefen? Oder soll sie neben und mit anderen Formen des Glaubens wirksam sein? So wirksam wie möglich?«

»Rom erklärt immer noch, es vertrete den einzig wahren Glauben, Erasmus. Ich höre das jeden Sonntag von der Kanzel.«

»Und glaubst du es, Chas?«

»Nein. Weil die Kirche aus Menschen gebaut ist und Menschen sich irren können.«

»Glaubst du an Gott?«

»Ja. Ich muß dir aber erklären, wie ich das meine. An Gott zu glauben, kostet mich keine Überwindung. Ich brauche meinen Verstand nicht zu verleugnen. Ich weiß, daß es Gott gibt.«

»Aha! Und dieses Wissen, dieses Bewußtsein: das traust du auch anderen Menschen zu? Taguna? Amos? Pilar? Arwaq? Gioconda?«

»Selbstverständlich.«

»Aha! jeder dieser Menschen ist aber anders. Jeder hat ein anderes Bewußtsein von Gott, eine andere Anschauung von Gott. Ja?«

»Es gibt so viele Anschauungen von Gott, wie es Menschen gibt. Auf dieser Welt und, wer weiß, auf anderen Welten.«

»Gut. Wenn es nun möglich wäre, alle diese Anschauungen zusammenzufassen: Wäre ihre Summe die wahre Anschauung Gottes?«

»Ganz sicher nicht. Gott ist größer.«

»Ich stimme zu. Wenn nun jedoch eine Kirche behauptet, sie besitze die ganze, die ausschließliche Wahrheit über Gott – verkleinert sie ihn dann nicht auf ihr eigenes Maß?«

»Das tut sie; und das ist menschlich.«

»Menschlich: ja. Wahr: nein.«

»Dann wären die Anschauungen von Gott, die du, ich, Taguna, Strange Goose und alle anderen von Gott haben, gleichfalls menschlich, aber nicht wahr?«

»Sie sind wahr, Chas. Sie sind Teile der Wahrheit. Die ganze Wahrheit ist für uns zu groß. Solange wir das nicht vergessen, ist unser Teil der Wahrheit so wahr wie die ganze Wahrheit.«

»Was ist mit Yémanjá, Erasmus? Mit Xángo, Allah, Niscaminou und den zahllosen anderen? Wie können sie wahr sein? Wie kann es sie geben, wenn es nur einen Gott gibt?«

»Simon würde sagen, das sind nur Namen. Ich gehe weiter als er. Ich sage, es gibt sie. Es gibt sie alle. Und sie sind einer.«

»Du meinst, es steht in Gottes Belieben, sich uns in einer Gestalt zu zeigen oder in vielen Gestalten?«

»Er ist allmächtig, nicht wahr?«

»Ja. Er kann sich uns in vielerlei Gestalten zeigen, wenn er will. Kein Zweifel. Aber will er?«

»Das können wir nicht wissen. Genausowenig können wir wissen, daß er es nicht will. Du hast gesagt, du weißt, daß es Gott gibt. Du nennst das den Glauben. Doch das ist nur der Anfang des Glaubens. Wenn du den Punkt erreichst, an dem du sagst: Ich weiß, daß es Gott gibt – dann kann es jenseits dieses Punktes kein Wissen mehr geben. Jenseits dieses Punktes ist alles Glaube.«

»Du weißt, was du damit sagst?«

»Nämlich?«

»Du bestreitest, daß die Theologie eine Wissenschaft ist.«

»Allerdings. Sie ist keine Wissenschaft. Sie ist Sünde.«

»Welche Sünde, Erasmus?«

»Anmaßung. Eine Form des Hochmuts.«

»Weshalb läßt Gott sie dann zu?«

»Die alte Frage. Weshalb läßt Gott irgendeine Sünde zu? Woher kommt das Böse?«

»Vom Teufel. Mit Gottes Duldung.«

»Du bist mitten in der Theologie, Chas. Gott mag das dulden. Ich dulde es nicht.«

Er stand auf, ging mit langen, abgemessenen und raschen Schritten zum Fenster, schaute in die rinnende Schwärze hinaus, schüttelte entschieden den Kopf, wandte sich um, füllte seine Pfeife, reichte mir den Tabaksbeutel, schritt zu seinem Stuhl, setzte sich, beugte sich vor zum Herd, legte Holz nach und brannte seine Pfeife an.

»Verzeih meinen Ton«, sagte er nach einer Weile, während die Rauchwolken aus seiner und aus meiner Pfeife zur niedrigen Holzdecke aufstiegen und dort ineinanderflossen. »Ich bin dein Gast. Wir kennen uns seit kaum einer Stunde, und ich verliere die Fassung, weil du nicht so denkst oder zu denken scheinst, wie ich denke.«

»Unsinn«, sagte ich. »Ich wünsche mir, so lange leben zu dürfen, bis ich dich die Fassung verlieren sehe, Erasmus!«

»Es ist wie beim Schachspielen mit Simon«, erwiderte er mit einem raschen Lächeln. »Zweierlei Maßstäbe treffen sich. Ich verliere die Fassung – du nennst es Selbstbeherrschung. Lassen wir es dabei. Wo waren wir stehengeblieben? Richtig: beim Teufel. Aber nicht für lange, Chas. Es gibt keinen Teufel.«

»Du willst darauf hinaus, daß, genau wie Gott, auch der Teufel, sein Gegenspieler, uns in vielerlei Gestalt erscheinen kann? Richtig?«

»Falsch. Ich meine es wörtlich. Es gibt keinen Teufel.«

»Dann käme das Böse von Gott, Erasmus. Das kann nicht sein.«

»Und wieso nicht?«

»Das wäre unerträglich.«

»Stimmt. Dir unerträglich. Mir unerträglich. Jedem von uns unerträglich. Und was heißt das? Es heißt, wir machen unsere Fähigkeit, zu ertragen, zum Maßstab der Wahrheit. Wir können einen Gedanken nicht ertragen – und flugs untersagen wir uns, ihn zu denken. Das ist ein bißchen armselig. Findest du nicht?«

»Mag sein. Doch vielleicht ist es alles, was wir vermögen.«

»Vielleicht, Chas. Vielleicht aber vermögen wir mehr, wenn wir es mit kleineren Schritten versuchen. Versuchen wir es. Ich frage: Was ist das Böse? Wir brauchen nicht aufzuzählen, was alles böse ist. Wir haben ein Gefühl für das Böse. Wir erkennen es, wenn wir ihm begegnen. Das Böse ist aber ein Menschenwort. Es bezeichnet ein Ding in der Menschenwelt. Wer sagt uns, daß das Böse bei Gott das-

248

selbe ist wie bei uns? Bei ihm sind tausend Jahre wie ein Tag. Hoch ist niedrig. Die Letzten sind die Ersten. Morgen ist gestern. Das Ende ist der Anfang. Und das Böse?«

Durch den Rauch hindurch sah er mich mit weit geöffneten grauen Augen auffordernd an.

»Das Böse kann niemals das Gute sein«, sagte ich.

»Nein, Chas. Gewiß nicht. Doch das, was wir das Böse nennen, kann bei Gott anders heißen. Du kennst die chinesische Darstellung von Yin und Yang?«

Ich nickte.

»Gut. Du siehst sie jetzt vor dir! Du siehst die wie ein S gekrümmte Grenzlinie zwischen Schwarz und Weiß. Du siehst den weißen Punkt im schwarzen und den schwarzen Punkt im weißen Feld. Ja?«

Ich nickte abermals.

»Gut. Ich sage: Gott hat eine lichte Seite. Gott hat eine dunkle Seite. Verstehst du?«

»Ich sehe es vor mir.«

»Gut. Dann hast du es beinah verstanden. Ganz verstehen wirst du es nie. Ich meine, nicht, solange du auf dieser Welt bist.«

»Verstehst du es, Erasmus?«

»Ich verstehe soviel davon wie du, Chas.«

»Was meinst du: Sind die lichte und die dunkle Seite gleich groß?«

Er lächelte rasch und fuhr sich mit der Hand durchs Haar.

»Vergiß nicht«, sagte er, »das Yin und Yang ist nur ein Bild. Nein: ich glaube, die dunkle Seite ist kleiner als die lichte. Ich glaube auch, sie schrumpft.«

»Wie kommst du darauf?«

»Einfach. Nimm das Bild von Gott aus dem Alten Testament, ja? Jetzt nimm das Bild von Christus aus dem Neuen Testament. Halte sie nebeneinander. Nun?«

»Du willst mich dazu bringen zu sagen, Gott habe sich entwickelt. Ist es das?«

»Ja. Was empfindest du dabei?«

»Es ist ungeheuerlich.«

»Gewiß. Wir sprechen die ganze Zeit über von ungeheuerlichen Dingen, Chas. Und denk daran: Wir versuchen nicht zu wissen. Wir versuchen nicht zu lehren. Wir versuchen zu suchen. Dafür sind wir auf der Welt. Übrigens glaube ich nicht nur, daß Gott sich entwickelt hat. Ich kann mir vorstellen, daß er sich weiter entwickelt. Sieh: Die Menschen, die Tiere, die Pflanzen, die Sonnen, die Welträume – all das hat sich entwickelt und entwickelt sich weiter. Könnte das nicht ein Abbild von dem sein, was mit Gott selber vorgeht? Ein Abbild, das uns undeutlich und von ferne Gott beim Schaffen zeigt?«

Wir schwiegen. Der Regen rauschte aufs Dach. Das Feuer im Herd knackte und summte. Eine Wolke aus Tabakrauch, vom gelben Licht der Laterne warm angeleuchtet, umlagerte Erasmus; ihre Schichten regten sich, stiegen auf und sanken ab, wie Erinnerungen in einem Gedächtnis.

»Es ist ungeheuerlich«, sagte ich. »Ungeheuerlich und schön.«

»Nicht wahr?« sagte Erasmus rasch. »Und ich bin ein schlechter Gast. Ich verstricke dich in meine Abenteuer, anstatt nach den deinigen zu fragen. Du warst auf der Jagd nach der Flugmaschine mit dabei, habe ich gehört?«

»Eigentlich nur bei ihrem Ende, Erasmus. Und ich war dabei, als wir die Toten verbrannten.«

»Ooniguns große Stunde. Er ist jetzt drüben auf der Insel. Joshua auch. Ich habe in das Tagebuch geschrieben, was sie mir erzählt haben. Sie können beide nicht schreiben. Gibt es bei euch drüben eigentlich wieder Schulen?«

»Ja. Jeder muß lesen, schreiben und rechnen lernen. Vier Jahre lang. Wer danach noch Lust verspürt, mehr zu lernen, kann eine der privaten Bürgerschulen besuchen. Sie sind ziemlich teuer. Und hier?«

»Hier ist es anders. Niemand muß zur Schule gehen, wenige tun es, und es kostet nichts. Unsere Schüler fassen in Haus und Hof mit an; das ist ihr Beitrag. Wir haben zehn solcher Schulen in Megumaage – nein, jetzt sind es elf. Zu Weihnachten hat Adriaan in Mitihikan die elfte aufgemacht.«

»Wie lange bleiben eure Schüler?«

»Das ist ganz verschieden. Manche ein Jahr. Andere sieben oder acht Jahre. Wir setzen keine Grenzen. Aber wir halten Prüfungen ab. Wer durchfällt, darf nicht wiederkommen.«

»Und nachher? Was tun die Kinder, wenn ihre Schulzeit zu Ende ist?«

»Die meisten gehen zurück nach Hause, heiraten, haben Kinder, übernehmen die Arbeit, die vor ihnen ihre Eltern getan haben.«

»Hochschulen gibt es nicht?«

»Nein. Es kommt vor, daß der eine oder andere unserer Schüler nach Europa geht, um eine Hochschule zu besuchen. In den vergangenen zwanzig Jahren waren es zwei. Keiner von beiden ist wiedergekommen. Nein, wir haben keine Hochschulen. Wozu auch? Unser Unterricht dient der Freude am Lernen, am Wissen.«

»Ihr nehmt wohl nur Buben auf, oder?«

»Wo denkst du hin! Buben und Mädchen. Von den fünf Schülern, die wir zur Zeit in Signiukt haben, sind drei Mädchen. Einmal, das ist elf oder zwölf Jahre her, hatten wir sechs Mädchen und zwei Buben. Allerdings waren vier von den Mädchen Zwillinge. Zwei Pärchen. Du weißt ja: Wo der eine hingeht, möchte der andere auch hin.«

»Ich weiß. Bei meinem Bruder und mir war es eine Zeitlang genauso.«

»Nur eine Zeitlang?«

»Wir sind keine richtigen Zwillinge, Erasmus. Nur Brüder, am selben Tag geboren.«

»Weißt du, ob drüben bei euch mehr Zwillinge geboren werden als früher?«

»Das weiß ich nicht. Aber hier scheint es der Fall zu sein. Ich hab ein wenig im Familienbuch geblättert. Es gibt ja sogar ein Jahr der Zwillinge.«

»Ganz recht. Das war vor einundvierzig Jahren. Damals waren von zehn Neugeborenen vier Zwillinge. Seitdem hat sich ihr Anteil wieder vermindert.«

»Ist er jetzt so hoch wie vor hundert Jahren? Oder höher?«

»Da fragst du mich zuviel, Chas. Bruder Spiridion könnte das wissen. Es gehört zu seinen Lieblingsthemen.«

»Weiß jemand, weshalb vor einundvierzig Jahren so viele Zwillinge zur Welt kamen?«

»Du meinst, ob jemand das erforscht? Nein. Dazu fehlen uns die Mittel. Aber ich vermute, die Natur wollte das ihre tun, die Menschheit wieder ein wenig zu vermehren, nachdem das Gebet des Abtes Alkuin so unerwartet erhört worden war. Kennst du es?«

»O ja. Mein Großvater hat mir davon berichtet. Am Weihnachtstag im Jahr vor der Seuche ist Abt Alkuin von Chotjechow im Fernsehen aufgetreten und hat die Zuschauer aufgefordert, mit ihm ein Gebet zu sprechen. ›Herr‹, hat er gesagt, ›Du hast uns eine wunderbare Welt erschaffen. Wir sind ihrer nicht würdig. Wir haben sie besudelt mit unserem Unrat und unserer Gier. Wir sind die Treppe hinabgestiegen, die Du für unseren Aufstieg errichtet hast. Von allem, was lebt, stehen wir am tiefsten, Herr. Wir bitten Dich: Nimm uns hinweg! Nimm uns hinweg, bevor es zu spät ist!‹«

»Ja! Genau so steht es in seinem Buch.«

»Du besitzt ein Buch von ihm? Wie heißt es?«

»*Katabasis*. Der Weg hinab. Es ist ein Büchlein von ungefähr achtzig Seiten, Chas. Alkuin schrieb es in seinen letzten Lebensmonaten. Mein Großvater hat bei einer Bücherverbrennung in seiner Heimatstadt ein Exemplar auf die Seite gebracht.«

»War das in Rotterdam, Erasmus?«

»Nein«, sagte er. »In 's Hertogenbosch. Ich kann dir das Büchlein gern einmal mitbringen.«

»Ich wollte dich schon darum bitten.«

»Du kannst Deutsch lesen?«

»Ja. Ich bin in Bayern geboren.«

»Aber du hast auch Engländer unter deinen Vorfahren?«

»So ist es. Und du?«

»Die meinen kamen aus Holland und Böhmen. Aber ich bin schon hier geboren. Deutsch kann ich kaum sprechen, doch recht gut lesen. Es besitzt wunderbare Wörter: Doppelgänger, Dämmerstunde, Irrlicht, Liebreiz. Eine Sprache, die nah bei der Musik wohnt, das Deutsche.«

Er stand auf und streckte sich.

»Nun muß ich dich verlassen, Chas«, sagte er. »Ich werde die Nacht im Paradies verbringen, vor einem Orangenhain, unter dem wachen Blick der Schlange.«

»Bei Don Jesús Ibárruri?« fragte ich.

»Ich sehe, du kennst sein Gästezimmer. Nicht jedem wird die Auszeichnung zuteil, darin übernachten zu dürfen, Doña Gioconda muß große Stücke auf dich halten, Chas.«

»Darf ich dich bitten, ihr etwas auszurichten?«

»Gerne.«

»Sag ihr, daß mir zu dem Traum, den ich ihr erzählt habe, nichts weiter eingefallen ist.«

»Sie wird enttäuscht sein. Du hast jedenfalls vom Paradies geträumt?«

»Im Gegenteil. Ich bin die ganze Nacht geritten.«

»Das ist wenig.«

»Doña Gioconda sagte dasselbe.«

»Dafür ist es ein Traum, der bestimmt in Erfüllung gehen wird. Es sei denn, du ziehst das Fahren dem Reiten vor. Hat dir der Schrank gefallen?«

»Ausnehmend. Wer hat ihn gemacht?«

»Die Schreinerarbeit stammt vom alten Baquaha aus Malegawate, dem Sohn des Maguaie, der Seven Persons mitbegründet hat. Den Künstler, der den Schrank bemalt hat, kennst du.«

»Ich habe keine Ahnung, Erasmus.«

»Aber, Chas: Wessen Lebensbahn hat sich mit der eines gewaltigen Haufens reifer Orangen gekreuzt?«

»Ah! Strange Goose!«

»Ich wußte, du kennst ihn.«

»Dann stammt die Landkarte an der Wand des Gästezimmers auch von ihm?«

»Nein. Die ist von Arwaqs Schwester. Auch das Bild gegenüber der Karte. Sie war eine meiner besten Schülerinnen. Das ist bald ein halbes Leben her.«

»Arbeitet sie noch?«

»Gewiß. Hier, dein Federköcher, der ist von ihr. Sie hat einen Einband für mein Tibetisches Totenbuch angefertigt – wunderschön! Ich kann dir einige von ihren Sachen zeigen, wenn du uns besuchen kommst – womit ich gewiß rechnen darf?«

»Unbedingt!«

»Gut. Dagny Svansson will auch noch einmal kommen, bevor sie heiratet. Vielleicht kommt auch Joshua mit. Und die kleine Ibárruri. Kommt alle! Wir haben Platz!«

Er klopfte seine Pfeife aus, blies sie durch und steckte sie ein.

»Es war lustig heute abend«, sagte er.

Wieder machte er die pflückende Handbewegung.

»Ein Fest!« fügte er hinzu, indem er das schmale, bärtige Kinn mit einem entschlossenen kleinen Ruck vorstreckte.

Er setzte sich, holte das feucht gewordene Heu aus seinen Mokassins, stopfte es in den Herd, schob zwei Holzzscheite nach, zog die Mokassins an und erhob sich.

Meine Blicke fielen auf den Strick, der um seine Kutte gegürtet war. Zwei der drei Knoten waren fest; der dritte, oberste bildete eher eine lose Schleife.

»Erinnere ich mich recht«, sagte ich, »daß die drei Knoten an deinem Gürtelstrick Armut, Keuschheit und Gehorsam bedeuten?«

»Jawohl. Von innen nach außen.« Er schaute an sich hinunter. Seine Mundwinkel vertieften sich ein wenig.

»Ich sehe«, sagte er, »der Gehorsam hat sich gelockert, und nicht zum erstenmal. Wie bedauerlich.«

Er knüpfte den Knoten mit seinen flinken knochigen Fingern und reichte mir die Hand.

»Schade, daß du nicht bei uns eintreten kannst«, sagte er. »Doch wir sehen uns wieder. Das ist fast ebenso gut. Vergiß deine Hausaufgabe nicht. Svati Jan hat sie bereits mit seinem segnenden Wasser benetzt. Möge er damit auch dich begießen, Chas Meary!«

Er warf die Kapuze über sein krauses Haar und war mit vier oder fünf ausgreifenden Schritten zur Tür hinaus. Ich sah einen Schimmer seiner Kutte, hörte das Schmatzen seiner Mokassins im Schlamm, und dann war er fort. Draußen herrschten Regen und Dunkelheit.

Während ich mich über mein Abendmahl hermachte, fiel mir ein, daß ich Erasmus nichts zu essen angeboten hatte. Nun, die vier Frauen unter Don Ibárruris Dach würden es daran nicht fehlen lassen. Ich aß und trank. Das gelbe Licht meiner Laterne lag auf dem Blatt, das ich an den Weinkrug gelehnt hatte. Ich las:

Nagooset – die Sonne; *oochoosun* – der Wind; *naagwek* – der Tag; *depkik* – die Nacht; *booktaoo* – das Feuer; *samoogwon* – das Wasser; *wosokwodesk* – der Blitz; *kaktoogwak* – der Donner; *pibunokun* – das Brot; *megobaak* – der Wein.

Dies war Tagunas Handschrift.

Unterhalb der Wörter, die ich zu lernen hatte, stand in einer anderen Handschrift, die der Tagunas ähnlich, jedoch nach rechts geneigt war:

Emily hat ihr erstes Ei gelegt. Ich habe mir gedacht, es wird dich freuen, das zu hören. S. G.

DER SEE ASHMUTOGUN

»Fünf sind es!« rief Strange Goose mir zu. Er stand bis zu den Knien im Wasser der seichten schilfigen Bucht unweit der Stelle, an der wir im vergangenen Monat die Gänse hatten landen sehen. Zahlreiche winzige Inselchen, die meisten nicht größer als zwei oder drei Fuß im Durchmesser, lagen in der Bucht verstreut, von Erlen und Weiden umwuchert. Auf einem dieser Inselchen hatte Emily zwischen den Wurzeln eines Erlenbuschs ihr Nest gebaut. Sie fraß von dem Getreide, das Strange Goose ihr mit einer Hand hinhielt, indes er mit der anderen unter ihr nach den Eiern tastete und sie zählte. Am Ufer, sieben oder acht Schritte von mir entfernt, stand Lawrence, den Hals steil aufgerichtet, und ließ mich nicht aus den Augen. Machte ich eine Bewegung, so reckte er mir drohend den Kopf entgegen und zischte. Versuchte ich einen Schritt zum Ufer hin zu tun, so rannte er mit gestrecktem Hals wie ein Geschoß auf mich los und würde mich gebissen und mit den Flügeln geschlagen haben, hätte ich nicht sofort den Rückzug angetreten. Er blieb stehen, wo zuvor ich gestanden hatte, sah mir nach, rief, schlug mit den Flügeln, trampelte ein paarmal auf der Stelle und kehrte langsam wieder auf seinen Posten zurück.

»Kein faules dabei!« rief Strange Goose mir zu.

»Woher weißt du das?« rief ich zurück.

»Das würde ich riechen!« rief er.

Die Gans, die inzwischen seine Hand leergefressen hatte, nahm einige Halme in den Schnabel, wandte den Kopf zur Seite und rückwärts und legte sie auf dem Nestrand ab. Sie wiederholte dies mehrmals und legte dabei die Halme einmal auf der rechten, dann wieder auf der linken Seite des Nestes nieder. Strange Goose sagte etwas zu ihr. Dann watete er zum Ufer zurück. Emily legte Hals und Kopf flach vor sich hin und schaute zu mir her. Als Strange Goose ans Ufer stieg und seine Hosenbeine hinabrollte, deutete Lawrence eine Drohbewegung an, trampelte einmal und richtete seine Aufmerksamkeit sogleich wieder auf mich.

»Ich gehe jetzt, Lawrence«, sagte ich und trat einen Schritt zurück. Lawrence zischte. Ich konnte die schmale, schwarze Zunge in seinem halb geöffneten Schnabel sehen.

»Ja-ja«, sagte ich. »Ist ja gut. Wir verschwinden schon.«

Ich ging noch ein paar Schritte rückwärts und stieß mit Strange Goose zusammen. Er hielt sich an mir fest, um nicht sein Gleichgewicht zu verlieren.

»Wie viele wird sie noch legen?« fragte ich, als er mich losgelassen hatte.

»Zwei oder drei, denke ich. Sie sitzt schon ziemlich fest. Es ist über sie gekommen.«

»Und woran merkst du das?«

»Hast du gesehen, wie sie auf dem Nest liegt? Flach wie ein Pfannkuchen. Wenn sie so aussieht, ist das Brüten über sie gekommen. Fühlen kannst du es auch. Am Bauch ist sie ganz heiß.«

»Wie lange sitzt sie? So lange wie Hausgänse?«

»Dreißig Tage. Wenn das Wetter kühl ist, auch ein, zwei Tage länger.«

»Lawrence ist die ganze Zeit in der Nähe?«

»In der Nähe, ja. Er bewacht die Umgebung. Wenn jemand kommt, versucht er ihn abzulenken. Er lockt ihn vom Nest weg. Erst wenn er die Jungen in den Eiern hören kann, schwimmt er zum Nest und bleibt dort, bis alle geschlüpft sind. Er läßt dann niemanden mehr heran, nicht einmal mich.«

»Schlüpfen die Jungen alle zugleich?«

»Innerhalb eines Tages und einer Nacht, Chas.«

»Und wenn sich welche verspäten?«

Er hob die Schultern. »Die haben Pech. Wenn die Eltern glauben, daß alle Jungen geschlüpft sind, verlassen sie mit ihnen das Nest und kehren nicht mehr zu ihm zurück. Die Krähen kommen, die Eulen, die Adler; oder die Füchse und die Coyoten, wenn das Nest nah genug am Ufer ist.«

»Aber die Gänse vermehren sich trotzdem?«

»Oh ja! Ich kann das nur schätzen, aber ich würde sagen, es gibt jetzt sicher dreimal so viele Gänse wie zu der Zeit, als wir hierherkamen. Und wenn das alles stimmt, was ich gelesen hab, sind es noch längst nicht wieder so viele wie vor zweihundert Jahren.«

»Werden sie gejagt?«

»Leider. Sogar von meiner eigenen Familie. Arwaq und Oonigun und Kagwit erlegen jedes Jahr ein Dutzend oder anderthalb. Sie achten darauf, nur junge Gänse zu erwischen. Ihr Fleisch ist zarter, und sie sind noch nicht verheiratet. Amos und Jesús sagen, ihnen schmecken Hausgänse besser, weil sie fetter sind.«

Wir waren bei dem offenen Unterstand angelangt, in dessen Nähe wir unser Kanu aufs Gras heraufgezogen hatten. Wir schoben es ins Wasser zurück und stiegen ein. Die Sonne stand senkrecht über der roten Sandsteinklippe.

»Wann fangt ihr an zu bauen?« fragte Strange Goose, während wir gemächlich nach Osten paddelten, auf die Durchfahrt zwischen den beiden Inseln zu.

»Sobald ich zurück bin«, sagte ich. »Wir werden bei Don Jesús anfangen, weil er die Grundmauern fertig hat.«

»Ihr richtet erst alle Stämme zu?«

»Ich denke schon. Wären wir mehr, könnten zwei oder drei von uns zurichten, und die anderen könnten die Eckverbindungen ausstemmen und mit dem Aufsetzen anfangen. Aber so geht es auch. Und dann sind die Kartoffeln zu hacken, da ist euer Garten und der von Magun – und die Heuzeit kommt ja auch näher.«

»Wann wird David seine Grundmauern fertig haben?«

»In sechs Wochen? In zwei Monaten? Wenn sie zu viert daranbleiben, könnten sie in sechs Wochen soweit sein, meint Don Jesús.«

»Ob das Haus noch vor Winter unter Dach kommt? Was meinst du?«

»Das hängt auch davon ab, wann der Winter kommt. Weißt du, ob Magun die Schindeln fertig hat, Strange Goose?«

»Die fürs Haus, ja. Die für den Stall zur Hälfte.«

»Und die für die Scheune liegen in Clemretta?«

»Erst seit einem knappen Jahr, Chas. Sie sollten bis zum nächsten Sommer liegenbleiben.«

»Können sie. Die Scheune wird dies Jahr auf keinen Fall fertig. Am besten fangen wir erst gar nicht mit ihr an. So wie du mir die Winter hier geschildert hat, wären Balkenwerk und Dachstuhl im

Frühjahr naß und gequollen. Wenn wir dann die Wände verbrettern und das Dach decken, ist die Scheune noch zu feucht für das erste Heu.«

»Dann würde es schimmeln, ja. Die Grundmauern für die Scheune sind aber fertig?«

»Ja. Die Auffahrt fehlt noch.«

»Die Auffahrten, Chas. Zwei. Eine an jeder Giebelseite. David braucht dann die leeren Wagen nicht zurückzudrücken, sondern kann mit ihnen zum anderen Tor hinausfahren. Die Scheune in Clemretta ist genauso gebaut. Die Mennoniten sparen Zeit, damit sie mehr arbeiten können.«

»Wann wird die Hochzeit sein, Strange Goose?«

»Diesen Herbst. Um die Erntedankzeit. Sigurd scheint es gar nicht recht zu sein.«

»Was? Der Zeitpunkt? Oder die Hochzeit?«

»Die Hochzeit, glaube ich. Nicht, daß er etwas gegen David hat, versteh mich nicht falsch. Selbst wenn er etwas gegen David hätte, würde das nichts ändern. Björn und Agneta haben ihre Zustimmung erteilt. Aber seit Pers Tod hängt Sigurd sehr an seiner Schwester. Es ist sicher nicht leicht für ihn, wenn sie ihn nun verläßt. Obwohl: Er bleibt ja nicht allein.«

»Was ist Sigurds Bruder zugestoßen, Strange Goose?«

»Ein Unglücksfall. Wir fanden ihn erst lange Zeit, nachdem es geschehen war. Tiere hatten seine Überreste verstreut. Wir glauben, ein fallender Baum hat ihn erschlagen. Was wir von ihm fanden, lag in einem Windbruch. Und es war ein stürmischer Tag, an dem Sigurd ihn zum letztenmal sah. Das war im Jahr der Nebel.«

»Wo habt ihr ihn gefunden?«

»Östlich vom Steinbruch, Chas. Ganz nah bei der Stelle, an der die Männer aus der Flugmaschine Arwaq, Amos und Oonigun überfallen haben.«

»Ja? Das ist seltsam. Seid ihr sicher, daß Per Svansson nicht auch überfallen wurde?«

»Du meinst, weil es kurz nach Memramcook war? Sicher sind wir nicht. Aber so gut wie sicher. Wenn es um dieselbe Zeit noch einen oder zwei ähnliche Unglücksfälle gegeben hätte, das wäre etwas anderes. Aber Per war der einzige.«

»War er sofort tot?«

»Wahrscheinlich. Sein Schädel war eingedrückt.«

»Mit einem eingedrückten Schädel kannst du tagelang weiterleben.«

»Mag sein, Chas. Keiner von uns war dabei. Du auch nicht.«

Wir hatten die Paddel eingezogen und ließen uns von der Strömung durch die Engstelle zwischen den beiden Inseln hindurchtreiben. Unter den überhängenden Weidenzweigen am Ufer planschte es; dann vernahmen wir das schallende, herzhafte Quaken einer Stockente.

»Was ist mit dem dritten verschwundenen Mann?« fragte ich. »Wie hieß er noch?«

»Urbain Didier«, sagte Strange Goose. »Sie haben ihn noch nicht gefunden.«

»Und Tim Chezzet? War er es?«

»Ich glaube, er war es. Erasmus hat die Leiche gesehen. Er sagt, er hatte das Gefühl, Tims *memajuokun* sei in der Nähe gewesen. Er hat Tim gut gekannt.«

»Wenn Erasmus das sagt, glaub ich auch, daß es Tim war.«

»Erasmus hat dir gefallen, nicht wahr, Chas?«

»Ja, sehr.«

»Es ist immer lustig, wenn Erasmus kommt. Außer, wenn er schlechte Nachrichten bringt. Aber das ist selten. Erasmus hat einmal gesagt, von Gott wissen wir nichts Bestimmtes, außer einem: daß er Humor hat.«

Ich mußte lächeln. »Ja, das sieht ihm ähnlich.«

Wir legten an und stiegen aus. Ich machte das Kanu fest. Abit kam heran und beschnüffelte unsere Beine und unsere Mokassins.

»Ich bin seit mehr als einer Woche nicht von hier weggekommen«, sagte Strange Goose. »Seid ihr mit dem Hubschrauber fertig?«

»Ja, endlich. Drei Tage haben wir gebraucht, um das Triebwerk auseinanderzunehmen. Das war das härteste Stück Arbeit. Treibstoff war keiner mehr da, dafür eine Menge Öl. Sigurd hat sich gefreut.«

»Und das Loch im Acker?«

»Das ist zugeschüttet und frisch eingesät.« Er betastete das Narbengewebe an seinem Hals. »Wann kommt Piero dich abholen? Er nimmt doch an eurer Erkundungsfahrt teil?«

»Ja! Er sollte eigentlich schon hier sein.«

»Und Joshua und Oonigun?«

»Die wollen gegen Abend in einer Bucht zu uns stoßen. Oonigun hat gesagt, es ist eine große Bucht; zwei bis drei Stunden von hier.«

»Ah! Makpaak!«

»Das war der Name, ja. Was bedeutet er?«

Er lachte. »Makpaak bedeutet: große Bucht. Weißt du, was der Name des Sees bedeutet?«

»Ashmutogun? Vielleicht: See mit vielen Wildgänsen?«

Er lachte abermals. »Ashmutogun heißt: die Stelle, wo der Durchgang verlegt ist.«

»Von dem Erdrutsch im Jahr des endlosen Regens? Du hast mir davon erzählt. An dem Abend, als ich angekommen bin.«

»Das ist lange her, was?«

»So kommt es mir auch vor.«

Wir gingen um die Hütte herum in den Garten. Taguna hatte den Tisch gedeckt, und wir aßen Gemüsesuppe mit Brot. Nach einer Weile verschwand Abit und kam mit Piero zurück. Auch er aß einen Teller Suppe. Dann verabschiedeten wir uns, gingen zur Anlegestelle und bestiegen unsere Kanus: ich das mit den Gänsen, das Strange Goose mir geliehen hatte, Piero ein etwas kleineres, schlankeres, das neu aussah und eine schwarze Sonne auf den Bug gemalt hatte, die von ihren Strahlen wie von Flammenzungen umgeben war. Wir stießen ab und paddelten am Ufer der Insel entlang nach Osten.

»Dein Boot?« fragte ich, als ich Piero eingeholt hatte.

Er nickte. »Acteon Savatin hat es gebaut. Vom Matane-Clan. Ich hab seinen neuen Holzschlitten mit Beschlägen versehen, und er hat mir das Kanu angefertigt.«

»Wie lange hat er gebraucht?«

»Einen Monat. Er war aber in der Zeit oft auf der Jagd.«

»Hast du es selber bemalt?«

»Ja, natürlich.«

»Getauft auch?«

»Es ist getauft, ja.«

»Was wird Sigurd mit den Teilen vom Triebwerk anfangen?«

»Weiß er noch nicht.«

262

»Und mit all dem Blech?«

»Gar nichts, Chas. Das hat Zachary Pierce bekommen.«

»Der Bruder von Amos?«

»Mhm! Er will Kochgeschirr daraus machen. Töpfe, Teekessel, Backformen. Es ist Aluminium.«

Das Ende von Tagunas Insel kam in Sicht. Buchen, Eichen, vereinzelte Kiefern und einige Apfelbäume wuchsen auf der Landspitze, die im übrigen mit Gras bewachsen war und in einen breiten, rötlichen Sandstrand auslief.

»Wohnt da jemand, Chas?« fragte Piero und deutete auf ein grünbelaubtes Viereck, das für einige Augenblicke zwischen den Bäumen sichtbar wurde.

»Ich wüßte nicht, wer. Schauen wir doch nach!«

Ich lenkte mein Kanu zum Strand hin. Bald berührte der Boden den seichten Grund. Ich streifte meine Mokassins von den Füßen, stieg ins Wasser und zog das Boot halb auf den Strand hinauf.

»Wo war es, Gatto?« fragte ich.

»Es muß da drüben sein. Nein, weiter rechts. Wo der Apfelbaum steht, der wie ein Kandelaber aussieht.«

Wir wateten durch das tiefe, steife Gras, zwängten uns zwischen Erlen hindurch, die mit ihren ausladenden Wurzelstöcken nach unseren Füßen angelten, und schließlich stand ich unter dem Apfelbaum. Piero war irgendwo im Dickicht links von mir. Ich hörte Äste brechen.

»Hier!« rief er. »Ich hab es. Wie kommt das hierhin?«

Ich zwängte mich durch das Weidendickicht.

»Ein Automobil«, sagte ich, als ich neben Piero stand.

Die verrosteten Räder waren bis zu den Achsen in die Erde gesunken. Stücke der Reifen klebten noch an den Felgenrändern, schwarzgrau und bröckelig; ich stieß mit der Fußspitze gegen sie, und sie zerfielen zu einem groben Pulver. Der Motor war ein formloser, stumpfbrauner Rostklumpen. Zwischen ihm und der Vorderachse wuchs eine Kiefer heraus. Das Blech des Fahrerhauses wies noch Spuren von Farbe auf. Es hatte nur wenige Rostlöcher. Die Fenster waren unbeschädigt. Verfaultes Gras, modriges Laub, Vogelfedern und Fellreste füllten den Innenraum knietief. Hier hatten Eichhörnchen, Siebenschläfer und anderes kleines Getier gehaust.

Vom Kastenaufbau hinter dem Fahrerhaus stand noch, dicht von
Efeu überwuchert, ein Teil des Metallgerippes. Da und dort hingen
Blechfetzen herunter.

»Ich glaube, ich weiß Bescheid«, sagte ich. »Das muß das Automobil
sein, mit dem Tom und Anna Benaki und Strange Goose im Jahr der
verlassenen Kinder aus den Staaten hierhergefahren sind.«

»Wie kommst du darauf?«

»Strange Goose hat es mir erzählt. Ich hab auch in dem Buch gelesen, das Taguna hat. Da stehen Berichte der ersten sieben Siedler
drin. Bisher kenne ich nur den von Strange Goose. Hat dir niemand
etwas von dem Buch erzählt?«

Er fuhr sich mit der Hand durch die hellen Haare und schüttelte
den Kopf. »Niemand, Chas. Die ersten sieben – waren das alles Kinder?«

»Fünf waren Kinder. Tom und Anna waren alt. Lies einmal in dem
Buch, wenn du Zeit hast. Ich hab schon gedacht, solche Bücher
müßten wir drüben auch haben, in allen Familien.«

»Wozu denn, Chas? Die alten Leute sind doch voller Geschichten.
Das ist in Bayern gewiß nicht anders als in Sizilien.«

»Da hast du recht. Aber was wird mit den Erinnerungen der Alten,
wenn weitere hundert Jahre vergangen sind? Entweder sie werden
vergessen, oder einer erzählt sie dem anderen weiter; jedesmal ein
bißchen abgewandelt, und am Ende sind sie nur noch Legenden.
Niemand wird mehr wissen, was wirklich geschehen ist. Was aufgeschrieben steht, das bleibt. Weißt du, wann bei euch die Seuche ausgebrochen ist, Gatto?«

»Nicht genau. Die Kinderprozession in Lampedusa findet zwar am
dreizehnten Oktober statt. Aber ob dies der Tag gewesen ist?«

»Da siehst du, wie es um die mündliche Überlieferung steht!«

Die kleine Falte zwischen Nase und Stirn vertiefte sich. Schweigend
gingen wir zu unseren Booten. Wir schoben sie weit ins Wasser hinaus, stiegen ein und ergriffen die Paddel.

»Ich werde mit meinem Vater darüber reden«, sagte Piero. »Oder ich
werde ihm schreiben. Das ist besser.«

»Hast du schon von zu Hause gehört?«

»Nein, Chas.«

»Wie lange ist ein Brief unterwegs?«

»Vier Monate, ungefähr.«

»Was willst du schreiben? Willst du ihnen empfehlen, die Prozession am richtigen Tag abzuhalten? Der Geistlichkeit dürfte das kaum gefallen, Gatto.«

»Und wenn? Mein Vater hat Einfluß. Er will, daß Ordnung herrscht. Es gibt andere, die dasselbe wollen. Hätten wir sonst die Seebündnisse? Wir hätten sie nicht. Das Mittelmeer wäre schwarz von Piratenschiffen.«

»Vielleicht. Vergiß aber nicht, Piraten kannst du bekämpfen. Mit der Geistlichkeit mußt du verhandeln. Das braucht Zeit.«

»Und Geduld! Ich weiß!«

Wir paddelten, der Krümmung des Sees folgend, nach Südosten. Links von uns auf den grünen Hängen sahen wir weit entfernt den Ibárruri-Hof inmitten seiner Bäume. Etwas unterhalb der Gebäude war das dunkle Grün der Weiden mit winzigen sahnegelben Flecken gesprenkelt.

Nachdem wir gute anderthalb Stunden lang gepaddelt und dabei nur ab und zu ein paar Worte gewechselt hatten, glitten zu unserer Rechten langsam zwei Hügel auseinander und enthüllten eine Bucht. Das mußte Makpaak sein. Wir änderten unseren Kurs und paddelten nach Süden, auf die Mündung der Bucht zu. Vor uns, hoch in der Luft, sahen wir zahlreiche Schwalben, die über derselben Stelle hin und her kreuzten. Erst als wir uns fast genau unter ihnen befanden, erblickten wir eine dichte hellgrüne Wolke winziger Mücken, die sich langsam nach Norden hin über den See bewegte.

Wir hielten auf die Mitte der Bucht zu. Auf der rechten Seite stieg roter Sandstein steil aus dem Wasser. An vielen Stellen war er tief unterspült. Frisch schimmernde Flächen ließen erkennen, wo erst kürzlich Felstrümmer losgebrochen und in den See gestürzt waren. Etwa dreißig Fuß über dem Wasser befand sich ein breites, von Krüppelkiefern bewachsenes Felsband, hinter dem der Sandstein abermals steil anstieg. Der Hügelrücken war dicht bewaldet.

Das Vorland zu unserer Linken bot einen völlig anderen Anblick. Hier endeten die Nemaloos-Hügel in einer zerklüfteten Granitwand. Aus dem Wald auf ihrer Höhe stürzten ein kleiner und ein größerer Wasserfall in mehreren Stufen stäubend zu Tal. Am Fuß der Wand sammelte sich ihr Wasser in einem langgestreckten Becken. Den abfließenden Bach verbargen Bäume, doch konnten wir seine Mündung an der Spitze einer langen, flachen und in einem sanften Bogen nach Osten gekrümmten Sandbank erkennen. Zwischen dem Fuß der Granitwand und dem Seeufer war der Grund eben, grasig und mit Laubbäumen bestanden. Viele kleine und einige große Granitblöcke lagen umher. Auf einem von ihnen hatte eine Birke Wurzel gefaßt.

»Ein hübscher Lagerplatz«, sagte ich.

»Es ist noch früh!« sagte Piero. »Ich wüßte gern, wie tief die Bucht ins Land reicht.«

Wir paddelten weiter. Die Bucht war ungefähr eine Meile lang. Weiter hinten gabelte sie sich in zwei Arme. Die Abhänge wurden flacher, je weiter wir in die Bucht hineinfuhren. Bäume standen bis an die Ufer heran. Rechts ragten ab und zu Sandsteintürme aus den Wäldern. Links sahen wir weiterhin Granit: niedrige Wände, hinter Bäumen versteckt; eine große, glatte dreieckige Wand hoch oben, von der sich eine Trümmerhalde bis in den See hinab ergoß; viele regelmäßig geformte Blöcke, die zwischen den Bäumen, am Ufer und oft auch im Wasser lagen; und einen gewaltigen, dunkelgrauen, glitzernden Fels, weit vom Ufer entfernt nahe der Mitte der Bucht. Seine Seiten erhoben sich senkrecht aus dem Wasser. Auf seiner oberen Fläche leuchtete hohes Gras in der Nachmittagssonne, und nahe dem Rand stand eine Gestalt und blickte uns entgegen.

»Wie ist denn der da hinaufgekommen?« fragte Piero.

»Ho!« rief ich.

Die Gestalt blieb reglos.

»Gewehr hat er jedenfalls keins«, sagte ich.

»Das hält er hinter dem Rücken verborgen«, sagte Piero.

Eine Weile später waren wir nahe genug herangekommen, um zu sehen, daß die Gestalt aus Granitbrocken aufgetürmt war. Sie war so hoch wie ein großer Mensch; zuoberst lag ein rundlicher Brocken. Die Ähnlichkeit mit einem Menschen war selbst aus der Nähe noch täuschend.

Wir paddelten um den Fels herum. Alle fünf Seiten stiegen senkrecht und glatt aus dem Wasser, ohne Risse oder Vorsprünge. Einige

Zoll über dem Wasserspiegel waren sie mit Moos bewachsen. Der Felsblock war fünfunddreißig bis vierzig Fuß hoch.

Piero hatte den Kopf in den Nacken gelegt und schaute zum Rand hinauf, über den sich Grasbüschel neigten.

»Sie müssen eine Leiter gehabt haben«, sagte er.

»Eine so lange Leiter hab ich hier noch nirgends gesehen, Gatto.«

»Ich auch nicht!«

Er beugte sich zur Wasserfläche hinab. »Ich kann keinen Grund sehen«, sagte er. »Das muß eine sehr, sehr lange Leiter gewesen sein.«

»Oder ein Baumstamm? Mit Aststummeln, an denen man hinaufsteigen kann? Das ginge.«

»Ja, das ginge. Es wäre nicht zu schwierig, den Baumstamm heranzuschaffen. Aber wie viele Leute brauchst du, um ihn aufzustellen, Chas?«

Ich lachte. »Ich weiß es nicht. Viele. Außerdem Seile. Ein Floß, auf dem man stehen kann. Vom Boot aus würde ich es lieber nicht versuchen. Und einen Flaschenzug – oder wenigstens ein paar Rollen.«

»All das, um da oben einen Steinmann aufzubauen?«

Er schüttelte den Kopf, tauchte sein Paddel ein und trieb das Kanu vorwärts, dem Ende der Bucht entgegen. Ich hielt mich hinter ihm, näher am Ufer. Beide Seitenarme der Bucht endeten in Sümpfen. Auf der Landzunge, die sie voneinander trennte, standen graue, abgestorbene Nadelbäume bis weit ins Wasser hinaus. Graugelbe Bartflechten hingen von ihren toten Ästen. Wir scheuchten Gänse und Enten auf, die sich mit erregtem Geschrei in die Luft erhoben, dicht über dem Wasser abstrichen, nach kurzem Flug niedergingen, die Hälse nach uns drehten und dunkle, beruhigende Laute zueinander sagten, als wir uns entfernten.

Wir kehrten um.

Die Sandsteintürme zu unserer Linken lagen nun schon im Schatten. Die rechte Seite der Bucht war weiter oben noch von der Sonne beleuchtet. Die Granitwände schimmerten. Ganz oben auf dem Hügelkamm bogen sich die Bäume in Wind. Hier unten war es still. Nur unsere Kanus furchten das Wasser.

Schon von weitem sahen wir Rauch aufsteigen, und bald sahen wir auch das Feuer, einen orangeroten, zuckenden Fleck in der beginnenden Dämmerung. Zuletzt erblickten wir die beiden Kanus. Sie lagen kieloben auf der Sandbank. Wir hielten auf sie zu.

»Ho!« rief jemand.

»Ho!« rief Piero.

»Ho! Habt ihr Fische mitgebracht?« Das war Joshuas Stimme.

»Ho!« rief ich. »Nein!«

»Gut! Hier sind nämlich genug.«

Wir zogen unsere Kanus auf den Sand, luden sie aus und drehten sie um. Joshua und Oonigun halfen uns, Decken und Vorräte zum Lagerplatz zu tragen.

Über zwei nah beieinander liegende Felsblöcke hatten sie Treibholz aufgeschichtet und mit Fichtenreisig bedeckt. Der geschützte Raum war etwa acht Schritte tief und sechs Schritte breit. Sein Boden war mit einer dicken Lage Fichtenreisig bestreut, auf das wir unsere Decken breiteten.

Vor unserer Unterkunft brannten zwei Feuer. Ein Haufen Treibholzknüppel lag ein Stück weiter weg; neben ihm auf einem flachen Stein sah ich sechs fußlange, feuchtglänzende Forellen. Sie waren noch nicht ausgenommen.

»Die sind herrlich«, sagte ich. »Wo habt ihr sie her?«

»Aus dem Weiher unter der Felswand«, sagte Oonigun. Um den Kopf trug er immer noch einen Verband, unter den er vorn eine schwarze Schwungfeder gesteckt hatte.

»Rabe?« fragte ich und deutete auf die Feder.

»*Moo*! Nein! *Wobulotpajit*. Der Adler mit dem weißen Kopf.«

»Habt ihr Kartoffeln mitgebracht?« fragte Joshua.

»Nein«, sagte ich. »Sie sind nicht mehr gut. Wir haben Brot.«

»Soll ich die Fische ausnehmen?« fragte Piero.

»Das kannst du tun«, sagte Oonigun.

Wir sahen zu, wie Piero die Fische vom After bis unter die Kiemenbögen aufschlitzte, mit einem raschen Schnitt den Schlund abtrennte, zwei Finger in die Eingeweide hakte und diese mit einem Griff herausriß. Oonigun legte die ausgenommenen Fische in einen kleinen, aus Birkenrinde genähten Eimer. Joshua sammelte die Innereien in einen rußgeschwärzten, verbeulten Kochtopf.

»Ich bring das zum Weiher zurück«, sagte er.

»Ich gehe mit«, sagte ich.

Piero und Oonigun gingen an den Bach, die Forellen auswaschen. Joshua und ich begleiteten sie und gingen dann den Bach aufwärts. Das Gras war noch warm vom Tag. Einzelne Leuchtkäfer schwebten durch das Laub der Büsche. Wir kamen an einen Seitenarm des Baches. Bei dem weiten Schritt, den ich machen mußte, um keine nassen Füße zu bekommen, hielt ich mich an einer jungen Birke fest, die im Bogen aus dem Ufer hervorwuchs. Ihre Rinde war noch warm von der Sonne.

Raschelnd und schnaufend flüchtete ein Tier vor unseren Füßen. Ich konnte nichts sehen als eine Furche im hohen Gras, die sich, einem Kielwasser ähnlich, hinter dem Tier langsam wieder schloß.

»Was war das?« fragte ich.

»*Madooesk.* Ein Stachelschwein. Sei froh, daß es kein Stinktier war.«

»Woran hast du es erkannt?«

»Am Geräusch. Stinktiere hören sich anders an. Hasen wieder anders. Wenn du es öfter gehört hast, wirst du es auch erkennen.«

Wir erkletterten eine flache Halde aus losem Geröll und betraten festen Fels, der zum Weiher hin leicht abfiel. Nach einigen Schritten standen wir am Wasser. Obgleich die Granitwand am anderen Ufer des Weihers noch einen Steinwurf von uns entfernt war, spürten wir die Wärme, die von ihr ausstrahlte. Zugleich war die Luft feucht vom Sprühstaub der Wasserfälle, die rechts von uns wie heftiger Regen herabrauschten.

Joshua warf eine Handvoll Fischinnereien in weitem Bogen ins Wasser. Sie klatschten auf. Zunächst geschah nichts. Plötzlich schien das Wasser zu kochen. Schwänze schlugen. Fischleiber blinkten. Es schäumte und spritzte. Dann war wieder Stille. Ein paar Wellen liefen die Felsplatte zu unseren Füßen herauf. Joshua warf die zweite Handvoll, und wieder begann nach einigen Augenblicken das Wasser zu spritzen und zu sieden. Diesmal konnte ich einzelne Fische unterscheiden. Keiner war wesentlich kleiner als jene, die Joshua und Oonigun gefangen hatten. Einige waren zwei Fuß lang.

»Da sind ja riesige Kerle dabei«, sagte ich. Die Felswand warf meine Stimme zurück. Sie klang hoch und seltsam verzerrt.

»Die legen die meisten Eier«, sagte Joshua. »Wenn wir einen erwischen, machen wir ihn vom Haken los und lassen ihn schwimmen. Es gibt genug andere.«

»Weiß Gott. Was suchen die hier?«

»Futter. Die Wasserfälle bringen allerhand mit. Kleine grüne Krebse zum Beispiel. Ich denke mir, sie sind vom Sturz ein bißchen benommen und leicht zu fangen. Aber weißt du was?«

»Ja?«

»Wenn du am Tag hierherkommst, ist fast kein Fisch im Weiher. Ist das nicht merkwürdig? Sie kommen gegen Abend und bleiben die Nacht über, bis es anfängt zu dämmern. Niemand weiß, warum das so ist. Am Futter liegt es nicht. Einmal war ich einen ganzen Tag und eine ganze Nacht lang hier. Die grünen Krebschen und das andere kleine Viehzeug kommen die ganze Zeit von da oben herunter. Ich hab mir gedacht, vielleicht kommen bei Tag weniger oder gar keine. Es hätte ja sein können. Und da wollte ich nachsehen. Aber ich hab nicht herausgefunden, warum die Fische nur in der Nacht hier sind. Niemand weiß das.«

»Yémanjá weiß es, Joshua.«

»Yep!« sagte er, und warf den Rest der Innereien ins Wasser.

»Weißt du was?« sagte ich.

»Ja?«

»Eben hast du gesprochen wie dein Vater.«

»Das sagt Mutter auch manchmal.«

Er bückte sich und schwenkte das Kochgeschirr durchs Wasser. Dann gingen wir am Ufer des Weihers entlang. Von den Wasserfällen her wehte kühler Dunst und benetzte unsere Gesichter. Es war jetzt beinahe dunkel. Wir richteten uns nach dem Feuerschein, rutschten die Geröllhalde hinab, wühlten uns durch halbhohes Gestrüpp, das scharf und warm nach wilden schwarzen Johannisbeeren roch, während hinter uns das Rauschen der Wasserfälle leiser und leiser wurde, überquerten auf festem, federndem Gras eine Lichtung und kamen von hinten an die Felsen, die unsere Unterkunft bildeten. Wir ließen uns auf Hände und Knie nieder und krochen leise über die Fichtenzweige und die Decken auf das Feuer zu.

»Hooo!« brüllte Joshua.

Weder Oonigun noch Piero ließen die geringste Spur von Überra-

schung oder Schreck erkennen, und ich sah die Enttäuschung auf
Joshuas Gesicht.
Nur noch ein Feuer brannte. Von dem anderen hatten Piero und
Oonigun die Glut zur Seite gescharrt. Eine Granitplatte war zum
Vorschein gekommen. Auf dickgerippten Blättern, die an Rhabar-
ber erinnerten, lagen, einer neben dem anderen, die Fische. Ooni-
gun war dabei, sie mit weiteren Blättern zuzudecken. Als er fertig
war, schüttete er aus seinem kleinen Eimer feuchten Sand auf die
Blätterlage, verteilte ihn mit den Händen und schob dann Glut darüber.
»Wenn der Mond aufgeht«, sagte er, »sind sie fertig.«
Ich holte einen Laib Brot und begann, ihn in Scheiben zu schneiden. Piero setzte Teewasser auf. Oonigun bewachte die aufgehäufte
Glut. Joshua rollte Decken auseinander und breitete sie aus. Es war
viel Platz unter dem Treibholzdach. Wir würden einander im Schlaf
nicht stören.
Ich berichtete von dem Steinmann, den Piero und ich gesehen hat-
ten, und fragte Joshua und Oonigun, ob sie wüßten, wer ihn aufge-
stellt hatte und wie. Beide nickten.
Joshua stieß Oonigun an.
»Sag du es! Es war einer von deinen Vorfahren.«
»Maguaie hat ihn gebaut«, sagte Oonigun. »Maguaie war der
Großvater meiner Mutter.«
»Wie ist er auf den Felsblock hinaufgekommen?« fragte ich.
»Über einen Baum. Wie sonst?«
»Allein?«
»Ja.«
»Du meinst«, sagte Piero, »er hat den Baum gefällt, ihn über das
Wasser gezogen, ihn ganz allein aufgerichtet und gegen den Felsen
gelehnt?«
Joshua grinste, während Oonigun ernst blieb.
»Weshalb hätte sich Maguaie die Mühe machen sollen?« sagte er.
»Der Baum stand dicht neben dem Felsen.«
»Damals war der See noch nicht da«, sagte Joshua.
»Maguaie war einer der Sieben«, fuhr Oonigun fort und steckte die
Adlerfeder, die zur Seite gerutscht war, wieder senkrecht in seinen
Kopfverband. »Er war der beste Jäger. Hinter dem großen Felsen

271

war damals ein Sumpf, wo sich die Elche gerne aufhielten. Wenn Maguaie Elche jagte, kam es vor, daß sie ihn bemerkten, bevor er nah genug an sie herangekommen war. Sie flüchteten dann am Felsen vorbei das Tal hinunter. Es war der leichteste Fluchtweg. Und Maguaie kam ohne Beute nach Hause. Das war schlecht. Er sprach mit den anderen darüber. Sie meinten, er solle einen zweiten Mann mitnehmen. Maguaie wollte aber lieber allein jagen. Also dachte er weiter nach. Eines Tages fiel ihm etwas ein, was er von seinem Vater gehört hatte. Sein Vater war einmal im Norden gewesen, bei den Menschen, die Schneehäuser bauen und rohes Fleisch essen. Ihre Jäger hatten manchmal Steinmänner gebaut, die ihnen bei der Jagd halfen. Sie nannten sie inuksuit, Männer aus Stein. Maguaie beschloß, auch so einen Mann zu bauen. Er brauchte zwei Tage, bis er genügend Steine auf den Felsen hinaufgeschafft hatte. Es mußten besondere Steine sein, die genau zueinander paßten, damit der Steinmann dem Regen, dem Wind und dem Frost standhalten konnte.

Als der Steinmann fertig war, ging Maguaie wieder auf die Jagd. Wieder wollten die Elche, wie sie es gewohnt waren, an dem Felsen vorbei ins Tal hinunter entkommen. Da sahen sie einen Jäger auf dem Felsen stehen. Der Ausweg war versperrt. Die Elche zögerten. Das nutzte Maguaie aus. Hinter Büschen und Felsblöcken schlich er auf die andere Seite des Tals hinüber. Als die Elche umkehrten, kamen sie an ihm vorbei. Sie dachten, er wäre noch auf der Seite, wo sie ihn gesehen hatten, und er erlegte eine Kuh. Viel, viel Fleisch!

Das war Maguaie. Damals war er drei Jahre älter, als ich jetzt bin. Später – er war schon ein alter Mann, älter als mein Vater und ich zusammen – hat ihn ein Bär getötet.«

Oonigun sah uns einen nach dem anderen an und nickte.

»Jagt dein Vater auch hier?« fragte Piero.

»Gewiß! Sobald das Eis dick genug ist. Und die Elche halten den Steinmann immer noch für einen Jäger. Maguaie hat später noch viele andere Steinmänner gebaut. Sein Sohn Baquaha ebenfalls. Auch mein Vater hat schon einige gebaut. Ihr findet sie immer in der Nähe von Sümpfen. Wir nennen sie *maguaie-nedapk* – Freunde des Maguaie.«

Über den Bäumen, die hoch oben am Rand der Granitwand standen, war es allmählich heller geworden. Nun schob sich die Mondscheibe hinter ihren Wipfeln hervor. Oonigun ergriff ein Stück Treibholz, das neben ihm lag und von dessen Ende ein Aststumpf im rechten Winkel abstand. Behutsam scharrte er Asche, Glut und Sand zur Seite, bis die dampfenden Blätter sichtbar wurden. Er hob sie eins nach dem anderen an und zog sie von den Fischen ab. Uns allen lief das Wasser im Mund zusammen.

Die Fischköpfe, die Rückgräten und all die kleineren Gräten sammelten wir in einem Blatt, das in der Mitte zwischen uns lag. Nachdem wir fertig waren, faltete Oonigun es zusammen und erhob sich, und wir gingen mit ihm auf die Sandbank hinaus bis dorthin, wo der Bach in den See floß. Oonigun hockte sich nieder und ließ die Überbleibsel in das schwarz dahinschießende, gluckernde Wasser gleiten. Dabei sprach er einige Sätze in Anassana.

»Drei oder vier Worte hab ich verstanden«, sagte ich zu ihm, während wir zum Feuer zurückgingen. »Du hast von dem Sehr Großen gesprochen, vom Danken, von Kindern und vom Essen. Richtig?«

»Ich habe Niscaminou gedankt, ja. Ich hab auch den Fischen gedankt, weil sie gekommen sind und uns satt gemacht haben. Ich hab sie gebeten, mit zahlreichen Nachkommen wiederzukehren, weil es hier viel Nahrung für sie gibt und weil auch wir Nahrung brauchen. Du hast viel verstanden. Wie viele Wörter kennst du jetzt?«

»Ungefähr hundertfünfzig.«

Er nickte. »Du mußt jetzt mehr sprechen. Das ist leichter, als nur immer Wörter zu lernen.«

»Sprechen, Oonigun? Mit wem?«

»Mit allen. Niemand wird lachen, wenn du Fehler machst.«

In der Dunkelheit streifte ich eine junge Kiefer und knickte einen ihrer Äste. Ich brach ihn ganz ab, riß die Nadeln von einem frischen Trieb, steckte sie in den Mund und kaute.

Piero brühte Tee auf. Wir holten unsere Pfeifen hervor – Joshua und Oonigun benutzten eine gemeinsam –, und ich ließ meinen Tabaksbeutel die Runde machen. Oonigun nahm ein Stück Treibholz in die Hand und sah mich an.

»*Gwaanusk!*« sagte er. Dann legte er das Holz aufs Feuer. »*Noogwaatu gwaanusk!*«

Ich nickte. Dann hob ich meinen Kiefernzweig.

»*Guow?*« sagte ich.

Oonigun nickte.

Ich legte den Kiefernzweig aufs Feuer, das sofort lebhaft aufprasselte.

»*Noogwaatu guow!*« sagte ich.

Oonigun schüttelte den Kopf, »*Noogwaalik guow!*«

»Wieso?« fragte ich.

»Weil es frisches Holz ist. Wenn ich frisches Holz verbrenne, das lebt, sage ich: *noogwaalik*. Treibholz ist abgestorben. Es lebt nicht mehr. Wenn ich Treibholz verbrenne, sage ich: *noogwaatu*.

»*Noogwaalik guow*«, wiederholte ich.

»Ja! Die Wörter, die vom Tun reden, haben zweierlei Gestalt. Das ist anders als im Englischen. Die eine benutzen wir für belebte Dinge, die andere für unbelebte Dinge.«

»Pater Erasmus hat das erwähnt«, sagte ich. »Ich dachte, ich hätte ihn verstanden.«

»Aber du hast ihn verstanden!«

»Ich hab ihn verstanden, und ich hab ihn nicht verstanden, Oonigun. Ich hab ihn nicht gefragt, wie ich jetzt dich frage. Woher weiß ich, welche Dinge belebt sind und welche nicht? Gibt es eine Regel?«

»Ich weiß nicht, Chas. Ich kann es spüren. Du mußt sprechen – so, wie ein Rabe spricht, dem du etwas vorsagst. Nach einer Weile wirst du es auch spüren. Dann ist es einfach.«

Oonigun und Joshua spielten uns noch mehrere einfache Szenen vor, bei denen es ums Feuer, ums Teekochen und ums Rauchen ging. Ich spielte und sprach ihnen nach, wobei ich mich nur anfangs ein wenig wie ein Rabe fühlte. Piero beteiligte sich lebhaft. Er kannte viel weniger Wörter als ich; doch die vielen Vokale, die meist betont und oft gedehnt auszusprechen waren, lagen seiner Muttersprache näher als der meinigen. Wörter, die rauh und ungelenk von meinen Lippen kamen, klangen leicht und gefällig, wenn Piero sie aussprach.

Es wurde spät. Der Mond hatte sich weit von den Baumwipfeln entfernt, war dabei scheinbar geschrumpft und stand nun bräunlich glühend hoch am Himmel. Wir schürten noch einmal das Feuer, kratzten unsere Pfeifen aus, zogen die Eßvorräte an einem Seil in die oberen Äste einer Buche empor, krochen in unseren Unterstand, schlugen unsere Decken um uns und schliefen sogleich ein.

»Yahiii-yick!«
Der schrille Schrei ließ mich hochfahren. Draußen war es hell. Ich hörte jemanden davonrennen. Oonigun kroch auf Händen und Knien zum Ausgang, sprang auf und rannte los. Wo er gelegen hatte, wimmelten Hunderte großer, roter Ameisen zwischen Erdhäufchen und Kiefernnadeln umher. Ich sah mich um. Joshua war nicht da. Also war er es gewesen, den ich eben hatte wegrennen hören. Oonigun war ihm nachgerannt, um sich bei ihm für die Ameisen zu bedanken.
Auch Piero war hochgefahren und saß mit verschlafenem Gesicht inmitten seiner Decken. Auf seiner rechten Wange hatte sich der Umriß eines Fichtenzweiges eingedrückt. Sein helles Haar stand nach allen Seiten ab. Um seinen Hals hing ein schwarzes, mit einem roten Kreuz besticktes Lederbeutelchen. Es sah neu aus; er konnte es noch nicht lange getragen haben. Als er meinen Blick bemerkte, stopfte er es unter sein Hemd zurück, wickelte seine Beine aus den Decken und kroch zum Ausgang. Ich packte Ooniguns Decke mitsamt den Ameisen, um sie draußen auszuschütteln.
»Was war denn los?« fragte Piero, als ich mit der Decke zurückkam. Er hockte neben dem Aschenhaufen, hatte die restliche Glut freigelegt und Flechten und Reisig über sie gehäuft. Ein erstes Rauchwölkchen ringelte sich.
»Nichts Besonderes«, sagte ich. »Joshua hat Oonigun mit einem Ameisenhaufen geweckt. Die Rache ist unterwegs.«
Hinter uns knackte es in den Büschen. Dann war wieder Stille. Über dem See lag eine lichtgraue, seidige Dunstschicht. Stumm kam eine Krähe auf uns zugerudert.
Ein schriller Schrei ertönte; dann noch einer. Die Krähe warf sich herum. Noch ein Schrei. Brechende Äste krachten.
Ein Flämmchen sprang an den Flechten hoch und biß sich fest. Piero legte trockenes Reisig hinzu. Es fing sofort Feuer.
Nun hörten wir Schritte von der Geröllhalde her. Steinchen kollerten, Felsbrocken polterten. Einen Augenblick später stieg aus dem

Johannisbeergebüsch ein einzelner Mokassin in die Höhe, drehte sich in der Luft und entleerte eine Ladung schlammigen Wassers; unmittelbar darauf erscholl ein Freudengebrüll. Wieder vernahmen wir Schritte, die sich rasch näherten. Oonigun brach aus den dichtstehenden Jungbuchen zu unserer Linken hervor, schlammverschmiert, ein Büschel Rohrkolben schwingend, das er mitsamt den triefenden Wurzeln ausgerissen hatte, überquerte mit drei, vier Schritten die Wiese und verschwand in den Johannisbeeren. »Haaaa!« hörten wir ihn brüllen. Dann wühlte es stumm in den Büschen, den Hang hinauf. Die Jagd schien sich wieder von uns zu entfernen.

»Ayiiiaaau!«

Ein Schreckensschrei Joshuas, dem nach wenigen Augenblicken ein unbändiges Gelächter Ooniguns folgte, das die Granitwand verzerrt zu uns zurückwarf. Piero nickte, kratzte sich hinter dem Ohr und legte ein paar größere Holzstücke aufs Feuer.

»Ecco!« sagte er. »Es ist vollbracht!«

Ich ging zum See, um mich zu waschen. Das Wasser war kühl, nicht kalt, und ich nahm mir Zeit. Die ersten Strahlen der Sonne schimmerten durch den Dunst. Ich näherte mich soeben wieder unserem Lagerplatz, als ich aus der entgegengesetzten Richtung Oonigun herankommen sah. Er schlenkerte seine Jacke in der Hand. Ab und zu blieb er stehen, drehte sich um, schaute hinter sich und schlenderte dann weiter. Ein paar Schritte von uns entfernt hängte er seine tropfnasse Jacke über einen Ast, breitete sie sorgfältig aus, strich sie glatt, kam dann zu uns ans Feuer und hockte sich nieder. Auch seine Adlerfeder glänzte vor Nässe.

»Na?« sagte Piero.

Ooniguns Augen zogen sich zu funkelnden Schlitzen zusammen. Aus Daumen und Zeigefinger der rechten Hand formte er einen Ring, hielt ihn vor den Mund und blies mit gespitzten Lippen hindurch.

»Klar!« sagte ich verständnislos. »Und wo ist Joshua jetzt?«

»Baden« sagte Oonigun und kicherte tief unten in der Brust.

Wir warteten, bis er sich beruhigt hatte.

»Mit allen Kleidern«, sagte Oonigun, nun wieder ernsthaft, und wiegte sich auf den Fersen vor und zurück. »Gerade war ich nah genug, um ihn gut zu treffen, da ist er über ein Stinktier gestolpert. Zu schade!«

»Ich bin noch keinem Stinktier begegnet«, sagte Piero. »Ist es schlimm?«

»Wart es ab, Piero. Die Fische werden tagelang in einem großen Bogen um die Stelle herumschwimmen, an der er gebadet hat.«

»Vielleicht sollten wir frühstücken, bevor er zurückkommt?« sagte ich.

»Es wäre sicherer«, sagte Piero.

Wir holten unsere Vorräte aus der Buche und machten uns an die Arbeit. Für Joshua legten wir einen kleinen Stapel gerösteter Brotscheiben mit gebratenem Speck auf ein Blatt gut zwanzig Schritte vom Feuer entfernt nieder. Neben das Blatt stellten wir den halbvollen Teetopf.

Viel Zeit verging, bis Joshua erschien. Rücksichtsvoll umging er das Feuer und uns, kroch von der rückwärtigen, uns abgewandten Seite her in den Unterstand, zog sich um und verzehrte dann sein Frühstück an der Stelle, die wir für ihn ausgewählt hatten. Ein Bannkreis durchdringenden Dufts umgab ihn, der trotz unserer Vorkehrungen bis zu uns reichte. Wir sparten weder an Gesten noch an Bemerkungen, um Joshua taktvoll wissen zu lassen, wie sehr unsere Sinne, besonders einer von ihnen, damit beschäftigt waren, sein Schicksal mitzuempfinden.

Die Sonne hatte nahezu ein Viertel ihres Weges über den Himmel zurückgelegt, bevor es ihr gelang, die letzten Dunstschleier über dem See wegzubrennen. Wir hielten uns meist nah am südlichen Ufer und näherten uns der Stelle, an der die Ausläufer der Cobequid-Hügel von Norden und die der Nemaloos-Hügel von Süden her den See schmaler werden ließen. Wir umfuhren ein Schilfdickicht, das in seichtem Wasser weit in den See hinausreichte. Überall zwischen den bräunlichgrauen Kolben und zerfetzten Blättern vom vorigen Jahr drängten sich die saftgrünen, prallen Schäfte des jungen Nachwuchses dem Licht entgegen. Ein Seetaucherpärchen, wie ich es erstmals nahe dem Baumstrunk mit dem Bildnis Memajuokuns gesehen hatte, flog vor uns auf. Diesmal konnte ich erkennen, daß der rote Fleck, den ich damals nur undeutlich wahrgenommen hatte, bei einem der Vögel an der Vorderseite des Halses saß. Das war wohl das Männchen. Sein Hals trug zudem schwarze und weiße Längsstreifen. Der des Weibchens war vorne gelblich-weiß und auf der Rückseite dunkelbraun. Bevor die beiden Vögel unweit des Ufers im Schilf niedergingen, stießen sie ihr übermütiges, triumphierendes Gelächter aus.

»Sie müssen gute Nasen haben«, bemerkte Oonigun erbarmungslos.

»Wie heißen die?« fragte Piero.

»Seetaucher«, erwiderte Joshua gleichmütig.

»*Kwemoosk*«, sagte Oonigun.

»Endlich weiß ich, wie sie aussehen«, sagte Piero. »Gehört hab ich sie schon oft, auf dem kleinen See hinter Troldhaugen, an dem die Schafe trinken gehen.«

Um die Mittagszeit gingen wir am linken Ufer an Land. Der See beschrieb hier einen Bogen nach Süden. Wir befanden uns, wie Joshua mir bestätigte, an seiner engsten Stelle. In der Ferne, nahe dem rechten Ufer, lag eine große, bewaldete Insel.

Wir machten kein Feuer. Wir aßen Brot, hartgekochte Eier und getrocknete Apfelschnitze und tranken Wasser. Nachdem wir uns die Beine vertreten hatten, stießen wir wieder ab. Im tiefdunklen Blau über uns kreisten zwei winzige schwarze Punkte.

Ein leichter, gleichmäßiger Nordwind kam auf, und wir versuchten zu segeln. In der Mitte unserer Kanus verkeilten wir ein Paddel mit dem Blatt nach unten zwischen einer Spante und einer der Querstreben, welche die Bordwände auseinanderhielten; an der Querstrebe banden wir das Paddel außerdem fest. Zwischen je zwei Kanus spannten wir eine Decke aus, die wir an unseren Behelfsmasten befestigten. Joshua und Oonigun schienen schon öfter auf diese Weise gesegelt zu sein. Jedenfalls waren sie uns bald weit voraus, während Piero und ich mit unseren Kanus kämpften. Sie zeigten, sobald wir in Fahrt kamen, die Neigung, einander mit dem Bug immer näher zu kommen, bis sie sich schließlich berührten und wie ein Schneepflug durchs Wasser wühlten. Der Wind nahm zu. Zwei- oder dreimal wären wir fast gekentert. Wir wollten das Segeln schon aufgeben, als Piero den Einfall hatte, sein zweites Paddel zum Gegensteuern zu benutzen. Nachdem ich seinem Beispiel gefolgt war, ging es recht gut. Wir holten zwar nicht auf, fielen aber auch nicht weiter zurück.

Die Insel, der wir nun rasch näherkamen, lag weiter vom westlichen Ufer entfernt, als es zuerst ausgesehen hatte. Sie war etwa eine halbe Meile breit. Joshua und Oonigun hielten sich rechts, zwischen der Insel und dem Westufer des Sees. Das Nordende der Insel war flach, felsig und dürftig bewachsen. Nachdem wir es passiert hatten, schlief der Wind von einem Augenblick auf den anderen ein. Wir mußten die Decken herunternehmen, verstauen, und zu den Paddeln greifen. Die Insel stieg zu ihrer Mitte hin langsam an und gipfelte in zwei roten Felsspitzen, zwischen denen ein tief eingeschnittener Sattel lag, dessen Hänge unten mit Laubbäumen und weiter oben mit Nadelhölzern bewachsen waren. Das südliche Drittel der Insel war wieder flach und ziemlich eben. Verstreute Baumgruppen standen auf offenem Grasland, Büsche säumten auf weite Strecken die Ufer, die felsig und steil, jedoch niedrig waren und nach einer Weile in einen Sandstrand übergingen. Ich schätzte die Länge der Insel auf eine Meile.

Wir näherten uns Joshua und Oonigun, die ihre Paddel eingezogen hatten und auf uns warteten.

»Wollt ihr jetzt schon einen Lagerplatz suchen?« rief Piero. »Es ist noch früh.«

Auch wir zogen unsere Paddel ein und ließen uns treiben.

»Der beste Lagerplatz ist auf der anderen Seite«, sagte Joshua, als unsere vier Kanus nah beieinander lagen. »Dort ist eine kleine Bucht mit viel Treibholz.«

»Wo kommt all das Treibholz her?« fragte Piero.

»Schau ins Wasser«, sagte Oonigun.

Zuerst sahen wir gar nichts. Dann drehten wir unsere Boote so, daß ihre Schatten seitlich aufs Wasser fielen, knieten uns in die Mitte, schirmten mit beiden Händen das Licht von unseren Gesichtern ab und beugten uns hinunter, bis unsere Hände den Wasserspiegel berührten.

»Ah!« rief Piero.

Ein gespenstischer Tannenwald wuchs aus der grünen, sonnendurchströmten Tiefe auf uns zu. Ein Wald aus Baumgerippen, von deren Stämmen die Stümpfe der stärkeren Äste starr wegstanden, während die dünneren Äste und Zweige längst abgebrochen, nach oben gestiegen und davongetrieben oder auf den Grund gesunken und vermodert waren. Viele Stämme waren dicht über den Wurzelstöcken abgebrochen, andere weiter oben; vielen fehlten nur die Wipfel. Manche waren von unten bis oben gespalten. Alle waren entrindet und auf einer Seite glattgewaschen; auf der gegenüberliegenden Seite wuchsen Streifen bräunlichen, langhaarigen Seetangs, die sich in langsamen, aufsteigenden Wellen regten wie die Flossensäume eines Aals. Eine Schule winziger Weißfische trieb einer Wolke gleich in mein Blickfeld. Unwillkürlich machte ich eine Bewegung, und ihre Körper leuchteten wie flüssiges Zinn, als sie gleichzeitig aufzuckend ihre Richtung änderten und unter meinem Boot hindurch davonglitten.

Ich richtete mich auf und schloß für einen Augenblick die Lider vor der überwältigenden Helligkeit.

»Wodurch brechen die Bäume ab?« fragte ich.

»Bei Stürmen«, sagte Oonigun. »Oft kommen sie mitsamt den Wurzeln hoch, wenn die Strömung sie aus dem Grund spült. Sie sind vollgesaugt mit Wasser. Deswegen schwimmen sie unter der Oberfläche. Das macht sie gefährlich. Für ein Kanu, meine ich. Morgens und abends, wenn du gegen die Sonne fährst. Nachts. Und bei Nebel.«

»Mich wundert, daß das Holz nicht verfault«, sagte Piero.

»Mich auch«, sagte Joshua. »Vielleicht liegt es am Harz.«

»Wenn es hochkommt und im Wasser liegenbleibt, verfault es schnell«, sagte Oonigun. »Wenn es angeschwemmt wird und austrocknen kann, brennt es sehr gut. Ihr habt es ja gesehen.«

»Es reißt aber, wenn es trocknet«, fügte Joshua hinzu. »Zum Bauen nehmen wir es nicht, nur zum Feuermachen.«

»Früher gab es Jahre«, sagte Oonigun, »da sind ganze Nester aus Baumstämmen den See hinunter getrieben. Und einmal, vor mehr als dreißig Jahren, staute sich das Treibholz eine halbe Meile weit in den See hinaus. Das war am unteren Ende, dort, wo der Bergrutsch war.«

»Ah!« sagte ich. »Das Jahr des Treibholzes?«

Oonigun und Joshua nickten.

»Noch siebzehn oder achtzehn Winter nach diesem Jahr«, sagte Oonigun, »sind die Männer mit Schlitten und Äxten aufs Eis hinausgegangen und haben Brennholz gemacht. Nicht nur die Männer aus

Ulooigunuk memajooinuk. Auch die Männer aus Matane und Passamaquoddy. Ja: die Insel hier und der obere Teil vom See und die Hügel auf beiden Seiten gehören schon zu Passamaquoddy. Wenn wir hier jagen wollen, müssen wir zuvor fragen.«

»Was geschieht, wenn ein Mann jagen geht, ohne um Erlaubnis zu bitten?« fragte Piero.

»Nichts geschieht«, sagte Joshua.

»Doch«, sagte Oonigun. »Die Männer von Passamaquoddy würden denken, daß dieser Mann ein dummer Mann ist.«

»Weshalb?«

»Weil er keine Achtung hat, Piero. Ein Mann, der keine Achtung hat, ist entweder ein Elender, oder er ist dumm. Meistens ist er dumm.«

»Dürfen wir hier fischen?« fragte ich.

»Fischen dürfen wir überall. Ich kann euch noch etwas zeigen. Kommt!«

Er richtete sein Kanu auf das westliche Seeufer, zog nach einer Weile sein Paddel ein, beugte sich übers Wasser, änderte ein wenig die Richtung, tat noch einige Schläge, ließ sein Boot treiben, schaute abermals lange ins Wasser und bremste dann sein Boot ab.

»Hier«, sagte er.

Wieder beugten wir uns, die Handflächen seitlich an den Kopf gepreßt, zum Wasser hinab. Nachdem sich meine Augen an das grüne Dämmerlicht gewöhnt hatten, sah ich den Grund, der um die dreißig Faden unter mir lag. Er war eben. Vereinzelte Baumskelette ragten auf. Zwischen ihnen wand sich eine breite, schrundige, in der Mitte mit Schlamm gefüllte Furche.

»Ich sehe nur Bäume«, sagte ich. »Und das alte Bachbett.«

»Ich auch«, sagte Piero. »Die Bäume waren Eichen, glaube ich.«

»Ihr müßt mehr in meine Richtung schauen«, sagte Oonigun. »Du, Chas, mehr nach links, und du mehr nach rechts, Piero.«

Ich beugte mich zu rasch vor. Mein Kanu geriet ins Schwanken. Es dauerte etwas, bis es wieder still lag und meine Augen sich von neuem auf das Dämmerlicht unter Wasser eingestellt hatten. Dann sah ich zunächst eine von Schlamm ausgefüllte, rechteckige Vertiefung, in die an einer Schmalseite eine Leiter hinabführte. Mein Kanu trieb langsam über diese Vertiefung hinweg. Nun sah ich zwei

281

weitere, kleinere Rechtecke, dann ein drittes; teils auf, teils neben ihnen sah ich längliche dunkle Formen, und während mein Kanu weitertrieb, erkannte ich diese Formen als Stücke von Baumstämmen und die Vierecke als Grundmauern. Hier hatten einmal Hütten gestanden. Nun glitt eine gerade Reihe von Stümpfen und Baumgerippen unter mir vorbei. Auf ihrer anderen Seite sah ich abermals die Grundmauern von Hütten und die Reste von Wand- und Dachbalken. Drei Hütten hatten nebeneinander gestanden und ihnen gegenüber, unter Bäumen, von denen nur noch die Stümpfe sichtbar waren, drei weitere. Nun kam ein Kreis aus Bäumen; keiner besaß mehr seine Krone, doch stand von allen noch der größere Teil der Stämme. Innerhalb des Kreises lagen zwei flache rechteckige, vom Schlamm abgerundete Hügel, die für Hütten zu klein waren. Es folgte eine leere Fläche, und das alte Bachbett wurde wieder sichtbar. Mein Kanu trieb darüber hinweg. Ich blickte auf den entschwindenden Baumkreis zurück und überlegte, was die Hügel in seiner Mitte wohl gewesen sein mochten. Als ich wieder senkrecht nach unten schaute, veranlaßte mich der unerwartete Anblick zu einer heftigen Bewegung. Mein Kanu geriet ins Schaukeln.

»Willst du tauchen?« fragte Joshua wie aus weiter Ferne.

Ich antwortete nicht. Das Gebäude, dessen Ruine unter mir vorbeiglitt, war gewiß mehr als zweimal so groß gewesen wie das Langhaus von Seven Persons. Dem Rechteck der Grundmauern war ein kleineres Rechteck vorgelagert, auf dem ich keinerlei Überreste von Balken erkennen konnte. Dies mochte eine offene Terrasse gewesen sein. Ein Flügel des Hauptgebäudes war vollständig zusammengestürzt. Vom anderen standen noch zwei Wände und ein Teil des Daches. Reste eines Schornsteins waren zu erkennen; ein zweiter Schornstein ragte unbeschädigt zwischen den runden, unbehauenen Dachbalken heraus, und aus seiner Öffnung wehte eine lange, flatternde Tangfahne.

Wieder glitt eine Gruppe von Baumruinen vorbei, neben ihr ein Hügel, so groß wie die beiden, die ich vorhin innerhalb des Baumkreises gesehen hatte. Dann sah ich nur noch eine offene, schwach gewellte Schlammfläche und auf ihr die vier Schatten unserer Boote.

Ich richtete mich auf. Die Sonne stand hinter mir. Pieros Kanu lag ein paar Fuß von meinem entfernt. Er blinzelte in die Sonne; die Haare über seiner Stirn waren naß.

»Zum Lagerplatz!« rief Joshua. »Wer zuerst da ist!«

Er tauchte sein Paddel ein und zog es lang durch. Wasser schäumte auf. Hinter ihm kam Oonigun, der sofort versuchte, ihm die Führung streitig zu machen. Piero folgte. Ich kam als letzter. Der Abstand zwischen mir und den anderen vergrößerte sich zusehends, während wir längs der Insel, die in einer niedrigen, mit Erlen und Weiden bewachsenen Sandbank auslief, auf die Südspitze zupaddelten. Joshuas Kanu verschwand gerade hinter der Spitze, als ich zu meiner Linken einen breiten, von Schilf gesäumten Kanal entdeckte, den die anderen übersehen haben mochten. Ohne zu zögern lenkte ich mein Kanu hinein. Der Kanal krümmte sich zunächst und verlief dann ziemlich gerade in nördlicher Richtung. Nach meiner Schätzung mußte er mich in die kleine Bucht führen, die Joshua erwähnt hatte, und mir somit noch die Gelegenheit geben, zugleich mit den anderen, ja vielleicht sogar vor ihnen den Lagerplatz zu erreichen. Ich tauchte mein Paddel so weit vorne ein, wie ich konnte, und zog es weit nach hinten durch. Abermals krümmte sich der Kanal, diesmal nach rechts, gleich darauf in scharfem Bogen nach links. Ich wich dem Wurzelstock eines Baums aus, der umgekehrt im Uferschlamm steckte, und ehe ich mein Kanu anhalten konnte, saß der Bug im Morast einer schwimmenden Schilfinsel fest. Der Kanal war zu Ende. Dicht verstrickt wucherte die Erlenwildnis bis ans Wasser heran. Im Schilf piepte eine Vogelstimme, schrill und eintönig. Eine blaue Teichjungfer schoß mit trockenem Flügelgeschwirr dicht an meinem Kopf vorbei, stand über dem Sack mit den Vorräten still, flog ein Stück rückwärts, schwenkte ruckartig nach rechts und schwirrte davon ins Schilf. Ich hörte Ooniguns Stimme, nicht weiter als vierzig oder fünfzig Schritte entfernt.

»Mist!« rief ich ärgerlich. Die Füße vorsichtig hintereinander in die Mitte des Boots setzend, begab ich mich ins Heck, kniete nieder und begann, rückwärts zu paddeln. Mit einiger Mühe bekam ich den Bug frei, stieg wieder an meinen gewohnten Platz, wendete das Kanu und paddelte den ganzen Kanal zurück, an der Sandbank entlang, um die Landspitze herum und auf die Stelle zu, an der ich die drei anderen Kanus auf dem Sand liegen sah. Kniehohe Wälle grauen Treibholzes säumten die Hochwasserlinie.

Joshua lud etwas aus seinem Kanu aus.

»Ho!« rief er. »Hast du die Abkürzung gefunden, Chas?«

»Leider ja«, rief ich. »Habt ihr das Essen fertig?«

Wir fanden eine Unterkunft vor. Zwischen vier Birkenstämmen waren Wände aus Weidenruten geflochten. Dicht an dicht gelegte Treibholzknüppel bildeten das Dach. Sie waren mit Birkenrinde abgedeckt, über die ein weiteres, mit den Wänden verbundenes Weidengeflecht gespannt war, damit der Wind sie nicht davontrug.

Joshua und ich entluden die Kanus. Piero und Oonigun brachten Holz und entzündeten das Feuer. Die Glut aus dem Kometen, der den Tag über, zur Hälfte in einem Sandhäufchen vergraben, in Joshuas Kanu gestanden hatte, reichte gerade noch aus.

»Du mußt ihn öfter füttern«, sagte Oonigun.

Gleich darauf hob er seinen linken Arm, sah prüfend auf ihn nieder und schlug mit der rechten Hand klatschend zu.

»Scheiße!« rief er und fügte, an mich gewandt, hinzu: »Richtig?«

»Richtig«, sagte ich. »Au, verdammt!« Ich schlug auf meinen rechten Handrücken. Ein kleiner Blutfleck mit den zerquetschten Resten einer winzigen schwarzen Fliege war alles, was ich sehen konnte. Ich wischte ihn fort. Nun sah ich an seiner Stelle ein nadelstichgroßes Loch in der Haut, das rasch bläulich anlief und teuflisch juckte.

»*Kullumooechk*«, sagte Oonigun. »Sie stechen nicht. Sie beißen. Wir werden die Nacht über ein Feuer brauchen, wenn wir schlafen wollen. Paßt auf. Sie kriechen gern in die Ohren und in die Haare.«

»Ich geh fischen«, sagte Joshua. »Wer geht mit?«

Piero erhob sich.

»Nimm deine Pfeife mit!« sagte Joshua.

Oonigun mischte aus Wasser, Mehl, Eiern und etwas Salz einen flüssigen Teig, und ich buk für jeden von uns vier dicke Pfannkuchen. Wir waren noch nicht fertig, da kamen Piero und Joshua zurück. Sie brachten drei Fische mit, die Flußbarschen ähnelten; sie waren silbrig und blaugrau gestreift. Wir zerlegten sie der Länge nach, entgräteten sie und brieten sie mit zerlassenem Speck und wilden Zwiebeln.

Die Sonne sank hinter die Felsspitzen unserer Insel. Vor uns, nach

Süden, sahen wir auf das noch mehrere Meilen entfernte obere
Ende des Sees. Links von uns, im Osten, führte eine fast ebenso
lange Bucht mit mehreren Seitenarmen zwischen die Cobequid-
Hügel hinein. Abgesehen von den Geräuschen unseres Feuers war
es vollkommen still. Wir tranken Tee und rauchten.
»Wer hat dort gewohnt?« fragte ich, als die Dämmerung auf dem
Wasser dicht und blau geworden war und ein Schimmer über den
Hügeln den Mond ankündigte. »Ich meine, in den Hütten und in
dem großen Haus, die dort drüben im See versunken sind?«
»Viele Leute«, sagte Oonigun. »Leute aus fernen Ländern. Auch aus
deinem Land, glaube ich. Sie kamen, um zu jagen und zu fischen.«
»Ich verstehe, daß sie zum Fischen herkamen«, sagte ich. »Unsere
Seen und Flüsse waren vor hundert Jahren so schmutzig, daß kaum
ein Fisch in ihnen leben konnte. Wenn man doch einmal einen fing,
durfte man ihn nicht essen; sonst wäre man krank geworden. Aber
warum kamen die Leute zum Jagen her? Bei uns gab es damals genug Hirsche, Rehe und Hasen.«
»Vielleicht sind die Leute wegen der Elche und Bären gekommen«,
sagte Piero. »Die gab es bei uns längst nicht mehr.«
»So war es«, antwortete Oonigun. »Die Fremden kamen, um Tiere zu
jagen, die es bei ihnen nicht mehr gab. Es kam ihnen nicht auf das
Fleisch an. Das haben sie meistens verschenkt oder einfach liegenlassen. Die Köpfe haben sie mitgenommen. Oft auch die Felle. Damit ihre Freunde sehen konnten, was für große Jäger sie waren.«
»Und diese fremden Jäger haben in dem großen Haus gewohnt?«
fragte ich.
»Nein«, sagte Joshua. »In dem großen Haus wohnte der Mann, dem
das Jagdgebiet gehörte. Er stammte auch aus einem fernen Land.
Leo Newosed hieß er.«
»Die fremden Jäger wurden Jagdgäste genannt«, meinte Oonigun.
»Weil sie nur für kurze Zeit kamen. Sie haben in den kleinen Hütten gewohnt. Zum Essen kamen sie in das große Haus. Dort saßen
sie auch abends zusammen und erzählten Geschichten oder schauten sich die bewegten Bilder an, die in einem Kasten eingesperrt waren. Am Tag aber gingen sie zum Fischen oder auf die Jagd. Sie gingen nicht allein, wie Maguaie. Mit jedem von ihnen ging ein
Jagdführer.«

285

»Wozu?« fragte Piero.

»Die Jagdgäste haben nicht gewußt, wo sie die Tiere finden konnten«, sagte Oonigun und zuckte mit den Schultern. »Viele von ihnen hatten noch nie einen Elch gesehen. Manche konnten einen Bullen nicht von einer Kuh unterscheiden. Sie brauchten jemanden, der ihnen half. Dazu waren die Jagdführer da. Die Jagdführer waren Anassana-Jäger. Der Vater meines Urgroßvaters Maguaie, der auch Maguaie hieß, war einer von ihnen. Es kam vor, daß er einen Jagdgast bei sich hatte, der nicht einmal richtig schießen konnte, obwohl sein Gewehr gut war.«

»Und dann?« fragte ich.

Oonigun zerquetschte eine winzige schwarze Fliege an seinem Hals und lächelte.

»Ich war ja nicht dabei, Chas«, antwortete er. »Aber Maguaie hat es Maguaie erzählt, Maguaie hat es Baquaha erzählt, und Baquaha hat es meinem Vater und Kagwit und mir erzählt. Es war so: Der Jagdgast schoß zuerst. Wenn Maguaie sah, daß seine Kugel weit danebengegangen war, schoß er ganz schnell auch. Er traf, und der Elch stürzte hin. Der Jagdgast fragte: ›Warum hast du auch geschossen?‹ Maguaie sagte: ›Dieser Elch war groß und gefährlich. Wenn du ihn nur verletzt hättest, hätte er uns angegriffen. Ich habe zur Sicherheit geschossen. Doch meine Kugel ging daneben. Deine hat getroffen. Du bist ein großer Jäger!‹«

»Und dann«, ergänzte Joshua, »war der Jagdgast sehr stolz. Er hat seinem Jagdführer oft das ganze Fleisch geschenkt. Sehr viel Fleisch! Manchmal hat er ihm außerdem noch Geld gegeben.«

»Haben das alle Jagdführer so gemacht?« fragte ich.

Oonigun nickte. »Aber gewiß! Die Jagdgäste kamen nur für zwei oder drei Wochen. Sie bezahlten viel dafür, daß sie jagen durften. Ich hab gehört, daß eine Woche zehntausend Dollar gekostet hat. Also mußten die Jagdführer sich bemühen, daß die Jagdgäste Beute machten und zufrieden waren. Dann kamen sie im nächsten Jahr wieder. Oft haben sie dann auch Freunde mitgebracht.«

»Der Mann, dem das große Haus und die Hütten und das Jagdgebiet gehörten, muß sehr reich gewesen sein«, sagte ich.

»Er war sehr reich«, sagte Oonigun. »Er hatte eine Flugmaschine und sechs oder sieben Automobile und ein Haus in der Stadt, in dem er das ganze Jahr über lebte. Er kam nur im Herbst hierher. Er ist an der Seuche gestorben.«

»Nein«, widersprach Joshua. »Das war seine Frau. Seine Frau ist an der Seuche gestorben. Er selber ist mit dem Automobil abgestürzt.«

»Die kleinen viereckigen Erhebungen im Schlamm«, sagte Piero. »Zwei oder drei lagen in einem Ring aus Bäumen. Wißt ihr, was die waren?«

»Automobile vielleicht«, sagte Joshua.

»Vielleicht sind Menschen dort begraben«, sagte Oonigun. »Ich weiß es nicht.«

»Und das große viereckige Loch mit der Leiter?« fragte ich.

»Ah!« sagte Oonigun. »Das weiß ich! Das war ein tiefes Loch in der Erde. Der Boden und die Wände waren gemauert, und das Loch war mit Wasser angefüllt. Die Jagdgäste haben darin gebadet.«

»Aber warum?« sagte Joshua. »Der Bach war ganz in der Nähe!«

»Ich weiß«, sagte Oonigun. »Das alles hört sich an wie eine Geschichte, die ein Mann am Lagerfeuer erfindet, um die erfundenen Geschichten seiner Freunde zu übertreffen. Und doch ist es alles wahr.«

Er schaute eine Weile nachdenklich ins Feuer, dessen Widerschein aus seinen Augen funkelte. Dann wies er auf den Mond, der voll gerundet und bräunlichrot über den Wäldern und dem See leuchtete.

»Da oben haben einmal Menschen gestanden«, sagte er zu Joshua. »Glaubst du das?«

»Nein!«

»Es ist aber wahr!«

»Es stimmt«, sagte Piero.

»Es ist wahr, Joshua«, sagte ich. »Ich hab sogar einmal ihre Namen gewußt.«

»Wie sind sie hinaufgekommen?«

»Mit einer Flugmaschine, die wie eine Spinne aussah«, sagte Oonigun. »Das hat Hosteen Strange Goose gesagt.«

»Wie eine Spinne?«

»Ja. Ich denke mir, damit sie an den Wolken hochkriechen konnte.«

Joshua quetschte mit dem Daumen seine Nase nach oben, starrte ins Feuer und überlegte.

»Was haben die Männer vom Mond mitgebracht?« fragte er schließlich. »Wenn sie wirklich dort oben waren?«

»Steine«, sagte Piero.

»Dies ist eine Lagerfeuergeschichte«, sagte Joshua entschieden. »Ich werde Hosteen Strange Goose und Hosteen Taguna fragen.«

»Tu das, Joshua«, sagte ich.

»Wollen wir wetten, daß ich recht habe?« sagte Oonigun.

»Fünf Pfeilspitzen«, sagte Joshua.

Beide führten die Finger der rechten Hand zur Stirn, streckten die Arme vor, legten die Handflächen aneinander und berührten abschließend nochmals mit den Fingern die Stirn.

»Abgemacht«, sagte Piero.

»Wie hat der Bach geheißen, der, bevor es den See gab, durch das Tal hier floß?« fragte ich.

»Maligeak«, sagte Oonigun. »Der sich nach allen Richtungen dreht und windet. Unterhalb vom Ashmutogun heißt er heute noch so.«

»Wer hat dem See seinen Namen gegeben?«

»Hosteen Magun.«

»Weißt du, ob jemand von den Sieben in dem großen Jagdhaus gewesen ist, Oonigun?«

»Natürlich waren sie dort. Sie haben Vorräte gefunden, Lebensmittel, auch Werkzeuge, Gewehre und Patronen. Und Bücher. Sprich einmal mit Hosteen Strange Goose und Hosteen Taguna darüber. Sie wissen wohl auch, was die kleinen Hügel gewesen sind. Ich hab nie danach gefragt.«

»Wann kam der Erdrutsch?« fragte Piero.

Oonigun zählte die Jahre an den Fingern ab.

»Acht!« sagte er. »Acht Jahre, nachdem die Sieben sich in das Tal hier geflüchtet hatten. Das Wasser stieg. Und das große Haus, die Hütten für die Jagdgäste und die Wälder versanken im See. Ja!«

»Aquis submersus«, murmelte ich.

»Was heißt das?« fragte Joshua. »Ist das deine Muttersprache?«

»Das heißt: Im Wasser versunken«, sagte ich. »Es ist nicht meine Muttersprache, nein. So haben vor zweitausend Jahren die Römer gesprochen.«

»Du meinst die Römer, die spinnen?«

Mir blieb der Mund offen.

»Woher«, brachte ich nach einer Weile hervor, »woher kennst denn du das, Joshua?«

»Aus Tagunas Büchern. Oonigun hat dir vorhin gesagt, daß in dem Jagdhaus unter dem Wasser auch Bücher waren, nicht? Da waren auch welche dabei, ah – große, viele; dreißig ungefähr, glaube ich. Aus denen hat Taguna uns vorgelesen, als wir noch Kinder waren. In den Büchern sind bunte Bilder drin und Geschichten von zwei Kriegern und ihrem Stamm. Der eine Krieger ist dick und groß und sehr stark. Der andere ist dünn und klein, aber auch stark. Zusammen mit ihrem Stamm kämpfen sie gegen diese Römer. Sie siegen immer. Taguna hat einmal gesagt, daß es hier auch Römer gibt. Ich hab noch keine gesehen.«

»Vielleicht sehen sie anders aus als in den Büchern«, sagte ich. »Hat Taguna die Bücher noch?«

»Bestimmt! Sie wirft keine Bücher weg. Warum fragst du? Kennst du diese Bücher?«

»Eins«, sagte ich. »Das erste. Ich wollte immer wissen, wie die Geschichte weitergeht.«

»Du liest Kindergeschichten?« fragte Oonigun.

»Und warum nicht?«

»Ja«, sagte Oonigun langsam. »Warum nicht. Du kannst lesen. Also kannst du alles lesen. Auch Kindergeschichten. Ich kann nicht lesen. Ich höre zu, wenn jemand erzählt.«

»Erzähl uns von deiner großen Überfahrt mit dem Schiff«, sagte Joshua.

»Piero ist auch mit dem Schiff gekommen«, sagte ich.

»Gut!« sagte Joshua. »Dann müßt ihr eben beide erzählen!«

So kam es, daß Piero und ich abwechselnd von unseren Reisen erzählten. Manche Begebnisse mußten wir wiederholen; ich die Begegnung mit den Walen, Piero die Geschichte mit dem Schiff, das dem seinen vor der marokkanischen Küste einen Tag und eine Nacht lang gefolgt war und das sie für einen Seeräuber gehalten hatten, bis sich am Ende herausstellte, daß es lediglich einen verspäteten Fahrgast an Bord hatte, der unbedingt mit nach Martha's Vineyard wollte. Wir wurden nicht müde. Als der Mond hoch über uns stand, fiel Oonigun ein, daß Piero und ich den ganzen Tag lang so gut wie kein Wort Anassana gesprochen hatten, und so verbrannten wir Treibholz in Einzahl und Mehrzahl, bis es Zeit wurde, zur Ruhe zu gehen. Ich hatte es übernommen, das Feuer die Nacht hindurch zu versorgen.

Mondlicht fiel in Streifen durch die Flechtwände. Oonigun schlief auf der Seite, das Gesicht in der linken Ellenbeuge, den anderen Arm halb angewinkelt unterm Kopf, Piero lag auf dem Rücken und hatte Arme und Beine weit von sich gestreckt; es sah aus, als schliefen sie ihren eigenen Schlaf. Joshua wälzte sich von der Seite auf den Bauch, murmelte, wälzte sich auf die andere Seite; nach einer Weile seufzte er, klopfte mit der flachen Hand ein paarmal auf den Boden, wälzte sich auf den Bauch zurück und sagte leise und deutlich: Maalat. Nah bei unserer Hütte erklang der todtraurige, fragende Ruf eines Vogels. »Piuuu-ukk?« klang es. »Piuuu-ukk?« Von weither antwortete ihm ein anderer Vogel: »Piuuu-itt! Piuuu-itt!« Ich wartete und hoffte, daß einer der Vögel auffliegen und zu dem anderen kommen würde. Doch das taten sie nicht. Sie blieben, wo sie waren, und sprachen aus der Ferne miteinander: »Piuuu-ukk? Piuuu-itt! Piuuu-ukk? Piuuu-itt!«

Ich erwachte von einem Geräusch. Ich mußte es wohl geträumt haben. Alles war still. Auch die Vögel schwiegen. Das Feuer war heruntergebrannt. Ich wickelte mich aus meinen Decken und kroch hinaus. Der Mond war tief auf die Hügel hinabgesunken. So weit ich blicken konnte, lag eine daunengraue Dunstschicht fußhoch über dem See. Die dunkle Luft fühlte sich kühl und zugleich warm an wie die Haut eines schlafenden Menschen.

Ich scharrte die Asche zur Seite und bröckelte Aststückchen auf die glosenden Holzkohlen. Ein Flämmchen erschien, ein zweites. Ich legte ganze Äste dazu und blies. Fauchend fingen sie Feuer. Ich wartete etwas, bevor ich größere Treibholzstücke hinzufügte. Ihre trockenen Teile gerieten augenblicklich in Brand. Wo sie feucht waren, sang und kochte es. Dampf trat aus den Rissen und mischte sich mit dem Rauch.

»*Noogwaatu gwaanusk*«, flüsterte ich. »Ich verbrenne Treibholz. *Noogwaatoon gwaanusk*: du verbrennst Treibholz. *Noogwaatoq gwaanusk*: er oder sie verbrennt Treibholz. *Noogwaatoog gwaanusk*:

290

wir alle verbrennen Treibholz. *Noogwaatueg gwaanusk*: wir zwei verbrennen Treibholz. *Noogwaatuoq gwaanusk*: ihr verbrennt Treibholz. *Noogwaatootij gwaanusk*: sie verbrennen Treibholz.«

Wie eine Beschwörung des Feuergottes hörte sich das an. Was würde Pater Erasmus sagen, wenn er mich jetzt belauschen könnte? Würde er sich in raschen und genauen Worten darüber äußern, daß es in dieser Sprache zweierlei Wir gab – ein Wir, das alle anwesenden Personen umfaßte, und eins, das sich auf zwei Menschen beschränkte? Würde er hervorheben, daß die dritte Person Einzahl nicht zwischen dem weiblichen und dem männlichen Geschlecht unterschied? Oder würde er betonen, daß es statt dessen zwei andere Geschlechter gab, wie er sie genannt hatte: eins der belebten und eins der unbelebten Dinge?

Wahrscheinlich, dachte ich, würde Erasmus etwas sagen, was ich ganz und gar nicht erwartete. Ich erhob mich und rieb die Asche von meinen Fingern.

Hinter mir hörte ich das rasche Schlagen großer Flügel, das Sausen der Luft durch Schwungfedern. Ich wandte mich um. Zwei Schwäne flogen flach und langhalsig dicht über der lichtgetränkten Dunstschicht, der eine kurz hinter dem anderen. Nach Süden flogen sie, weiß, flach, geisterhaft, und hinterließen eine Kielspur aufgestörten, wirbelnden Dunstes, die sie bald meinen Blicken entzog.

Ich ging um unsere Flechthütte herum. Das Gras war taunaß unter meinen nackten Füßen. Erlenbüsche zwangen mich, zur einen Seite auszuweichen, dann wieder zur anderen Seite. Ein Hang lenkte meine Schritte aufwärts. Ein Wacholderbaum vertrat mir den Weg. Birken beugten sich über mich. Von den Spitzen ihrer Blätter tropfte Tau. »Piuuu-ukk?« fragte es dicht über mir in einem Ahorn. »Piuuu-itt!« kam die Antwort, ganz aus der Nähe, auf meiner anderen Seite, wo Erlen hockten.

Ich kam auf eine Lichtung und blieb stehen.

Gräber. Flache Grabhügel, über denen Holzhäuschen errichtet waren. Eines, das am anderen Rand der Lichtung stand, leuchtete weiß zu mir her. Die übrigen waren mehr oder weniger verfallen. Dasjenige auf dem Grab zu meinen Füßen war ein Häufchen faulen Holzes. Dort drüben lag nur noch ein Dach auf einem Hügel. Der

Mond berührte die Wipfel der Bäume hinter der Lichtung, über die er schmale Schatten legte.

»Naomi«, sagte ich. »Bist du hier?«

Später ging ich zu unserer Hütte zurück, häufte Treibholzknüppel aufs Feuer und legte mich schlafen.

Am Morgen hatte sich der Himmel bezogen. Ich war dabei, Brot zu rösten, als Joshua, Piero und Oonigun einer nach dem anderen ihre Decken zur Seite schoben und aus der Flechthütte hervorkrochen, um sich das Wetter zu besehen. Während wir frühstückten, erzählte ich von meiner nächtlichen Entdeckung.

»Wenn das meine Mutter wüßte!« sagte Piero. »Sie würde noch nachträglich eine schwarze Kerze anzünden.«

»Meine Mutter tut das bei jedem Gewitter«, sagte ich.

»Meine auch«, sagte Piero. »Außerdem tut sie es, wenn sie böse Geister in der Nähe glaubt.«

Oonigun ließ aus einer dickhalsigen Tonflasche Honig auf seine Brotschnitte tropfen.

»Hier gibt es keine bösen Geister«, sagte er, während er die Flasche neben sich stellte. Dann biß er in sein Brot.

»Gibst du mir mal den Honig?« bat ich.

Er nickte kauend und reichte mir die Tonflasche.

»Aber hier ist doch ein Friedhof«, sagte Piero und streckte mir eine Hand entgegen. Nachdem ich meinen Tee gesüßt hatte, gab ich die Honigflasche an ihn weiter.

»Ein Begräbnisplatz«, sagte Oonigun. »Er gehört einer Sippe von Passamaquoddy.«

»Woher weißt du dann, daß hier keine bösen Geister sind?«

»Ein Mensch, dessen Memajuokun böse ist, darf nicht auf den Begräbnisplatz. Er wird verbrannt.«

»Aber Geister gibt es hier?«

»Geister sind überall«, sagte Joshua.

»Die Häuschen bauen wir für Memajuokun«, sagte Oonigun. »Er wohnt in seinem Häuschen, bevor er auf den Langen Weg geht. Wir bringen ihm zu essen und zu trinken. Wenn wir kommen, und das Essen ist noch da, wissen wir, er ist auf den Langen Weg gegangen. Wir bringen dann nichts mehr.«

»Wie lange dauert das?« fragte Piero.

»Nur selten muß jemand öfter als achtundzwanzigmal den Weg zum Begräbnisplatz machen, um Nahrung zu bringen«, sagte Oonigun.

»Kann Memajuokun zurückkommen, wenn er gerufen wird?« fragte ich.

Oonigun setzte den dampfenden Teetopf ein wenig weiter vom Feuer weg.

»Sicher«, sagte er. »Wenn jemand ihn ruft, den er kennt. Oder wenn ein *puoin* ihn ruft.«

»Kommt er dann den ganzen Langen Weg zurück?«

Oonigun überlegte. »Ich glaube, nein«, sagte er endlich. »Er bleibt auf dem Langen Weg, und zugleich kommt er zu dir. Es ist wie mit dem Träumen. Du bist in deinem Bett, und zugleich bist du im Wald oder auf einem Pferd oder in einem Kanu – eben dort, wovon du träumst.«

»Das mußt du Pater Erasmus erzählen. Es wird ihm gefallen.«

»Aber Hosteen Erasmus hat es mir gesagt!«

»Wie kam das?«

»Ich hab ihn gefragt, wie Niscaminou es anstellt, überall zugleich zu sein.«

»Wird er uns heute Regen schicken?« fragte Piero.

»Glaub ich nicht«, sagte Oonigun.

»Yémanjá schickt den Regen«, sagte Joshua.

»Jedenfalls sind die schrecklichen kleinen Fliegen verschwunden«, warf ich ein.

»*Kullumooechk?*« sagte Oonigun. »Denen ist es heute zu kalt.« Er stand auf, holte seine Adlerfeder, die neben dem Eingang unserer Hütte im Weidengeflecht steckte, und schob sie über der Stirn in seinen Kopfverband.

Noch zweimal übernachteten wir in der Weidenhütte nahe dem Begräbnisplatz auf der Insel mit den beiden roten Felsspitzen. Am ersten Tag paddelten wir zum oberen Ende des Sees. Den zweiten Tag über durchstreiften wir in unseren Kanus die große Bucht mit den zahlreichen Seitenarmen, die östlich von unserer Insel zwischen den Ausläufern der Cobequid-Hügel lag. Wir sahen eine Schwarzbärin mit ihren beiden Jungen in einem verfaulten Baumstamm wühlen. Eins der Jungen lief davon und erkletterte eine Fichte, als es uns erblickte. Das andere blieb bei seiner Mutter, die sich aufrecht auf ihr rundes Hinterteil gesetzt hatte und stumm zu uns herüberäugte. Später sahen wir Elche, die bis zum Bauch im Wasser standen und Stränge grüner Wasserpflanzen vom Grund des Sees heraufholten, um sie mit gemächlich mahlenden Kiefern in ihre Mäuler hineinzuziehen. Wir schienen sie nicht zu stören. Am Nachmittag durchquerten wir ein Schilffeld. Ich kam an einem Treibholzstamm vorbei, der mit seinem Wurzelende fest im Schlick verankert lag. In einer Mulde, die ein herausgebrochener Ast hinterlassen hatte, fand ich unter einer Lage dunkelgrauer Daunen ein einzelnes, mattweißes, mit kleinen, braunen Flecken gesprenkeltes Ei. Als ich es den anderen beschrieb, sagte Joshua, es sei wahrscheinlich das Ei eines Seetauchers gewesen.

Am Morgen des dritten Tages brachen wir von der Insel auf und erreichten am Nachmittag den Eingang der Bucht mit dem flachen Vorland, der Granitwand und den beiden Wasserfällen. Unser Unterschlupf zwischen den beiden Granitblöcken erwartete uns. Ich ging zu dem Weiher am Fuß der Wasserfälle hinauf. Zwei oder drei Dutzend spannenlanger Fischchen konnte ich sehen. Von den großen Fischen war keiner da, genauso wie Joshua es mir beschrieben hatte.

Am Vormittag des folgenden Tages paddelten wir weit im Süden an den beiden Inseln von Taguna und Strange Goose vorbei und erreichten in der sinkenden Dämmerung das untere, westliche Ende des Sees Ashmutogun. Der Tag war windig gewesen, und die winzigen schwarzen Fliegen hatten uns verschont. Nun, im Windschutz der Bäume, Büsche und Felsen, fielen sie über uns her, lautlos, zu Hunderten. Wären Piero und ich allein gewesen, hätten wir eine schlaflose Nacht vor uns gehabt. Selbst wenn wir von der Höhle gewußt hätten, wäre es uns kaum gelungen, sie in dem Felslabyrinth zu finden.

Wir schleppten Treibholz heran, häuften es vor dem Eingang der Höhle auf und entzündeten das Feuer. Ein wenig von dem Rauch trieb in die Höhle herein und verzog sich weiter hinten durch Spalten im Fels.

»Bei Hochwasser fließt hier ein Bach durch«, sagte Joshua.

In den sieben Jahrzehnten seit der Entstehung des Sees hatte das Wasser bereits deutliche Spuren im Sandstein hinterlassen. Der Boden der Höhle, der nach hinten abfiel, zeigte gewundene, glatte Vertiefungen, in denen wahrscheinlich noch lange nach einem Hochwasser Rinnsale flossen. Aus den Wänden waren bis zur Höhe meiner Schultern die weicheren Schichten fingertief herausgewaschen; sowohl diese Einkerbungen als auch die vorspringenden Bänder der härteren Gesteins waren glattgespült und glänzten. Weiter oben fühlte sich der Sandstein der Wände rauh an, ebenso wie an der Decke, die von einer einzigen, gewaltigen Platte gebildet wurde.

»Wir müssen unsere Sachen holen«, sagte Oonigun. »Und wir brauchen Fische.«

»Kriegen wir die Fische, bevor die Fliegen uns kriegen?« fragte Piero.

Joshua grinste und schüttelte den Kopf.

»Brot ist noch da«, sagte ich.

»Mehl auch«, ergänzte Joshua. »Und Speck, Rauchfleisch, getrocknete Äpfel. Wir brauchen nur Wasser.«

Wir entluden die Kanus und drehten sie um; und obgleich unsere Höhle nicht sehr weit vom Ufer entfernt lag, waren wir froh, als wir mit unseren Decken und Eßvorräten in ihren Schutz und hinter den Rauchvorhang vor ihrem Eingang zurückkehren konnten.

In der Frühe wurden Joshua und ich als erste wach. Ein böiger Wind wehte von Westen her auf den See hinaus. Wir hatten einige Mühe, die Glut zu entfachen. In der Nacht hatte es geregnet, und wir hatten versäumt, trockenes Holz in die Höhle zu schaffen. Schließlich brachten wir ein kleines Feuer zustande. Es gab mehr Rauch als Wärme von sich. Piero erwachte, betrachtete eine Weile mit ergründlichem Gesichtsausdruck unsere Bemühungen und erbot sich dann, es besser zu machen. Wir nahmen an und gingen fischen. Von der Stelle, an der unsere Kanus lagen, wanderten wir in nördlicher Richtung das Ufer entlang. Wir durchwateten einige flache Tümpel mit lauwarmem Wasser, drehten Stein auf Stein um und sammelten Köcherfliegenlarven als Köder.

Wir kamen zu einer großen, dreieckigen Felsplatte, deren Spitze in den See hinaus wies. Sie lag zum Teil knapp über dem Wasser, zum Teil war sie überspült und grün und glitschig von Algen. Wir traten an ihren Rand. Das Wasser war tief. Als ich mich vorbeugte,

295

planschte es, und ein Paar Seetaucher erschien unmittelbar vor uns. Sie mußten sich in einer Nische unterhalb der Felsplatte verborgen gehalten haben.

»*Kwemoosk*«, sagte ich.

Beim Klang meiner Stimme legte das Männchen den Kopf zur Seite und faßte uns ins Auge. Der rote Fleck an der Vorderseite seines Halses leuchtete. Ich war darauf gefaßt, daß die Vögel auflachen und davonfliegen würden, doch sie schwammen nur ein Stück weit weg und kreuzten dann gemächlich hin und her, wobei sich das Männchen stets zwischen uns und seinem Weibchen hielt.

»Sie haben ihr Nest in der Nähe«, sagte Joshua. »Vielleicht dort drüben, wo die beiden Bäume im Wasser liegen.«

Wir beköderten unsere Haken und warfen sie aus.

Joshua ließ die Spitze seiner Angelrute auf und nieder wippen. »Der *kwemoos* war nicht immer ein Wasservogel«, sagte er. »Vor vielen tausend Jahren ist er ein Landvogel gewesen. Hast du das gewußt?«

»Nein«, sagte ich. »Wie kam es, daß er zum Wasservogel wurde?«

»Das ist lange her. Der *kwemoos* hielt sich gern in der Nähe der Zelte der Menschen auf. Aber die Menschen hatten das nicht so gern. Der *kwemoos* war nämlich furchtbar lästig. Er warf ihnen das Brennholz um. Er stieg in ihre Körbe und suchte etwas zu essen. Er zupfte mit seinem spitzen Schnabel an den Fäden in den Webstühlen der Frauen und brachte sie durcheinander. Die Menschen warfen Erdklumpen nach ihm. Sie schrien ihn an, aber er kam immer wieder. Eines Tages warf er den Topf um, in dem ein alter Mann Bohnen kochte. Der Mann packte ihn.

›Ha!‹ sagte der Mann zu dem *kwemoos*. ›Jetzt hab ich dich. Ich werde dich ins Feuer werfen. Oder ich werde dich ins Wasser werfen.‹

Der *kwemoos* schlug mit den Flügeln und wand sich in den Händen des Mannes, um zu entkommen. Doch der Mann hielt ihn fest.

›Bitte, wirf mich nicht ins Wasser!‹ rief der *kwemoos*. ›Bitte, wirf mich nicht ins Wasser! Wirf mich ins Feuer! Aber wirf mich nicht ins Wasser, ich bitte dich!‹

›Wenn du nicht ins Wasser geworfen werden willst‹, sagte der alte Mann, ›dann werde ich genau das mit dir tun!‹

Er steckte den *kwemoos* in einen Sack, stieg in sein Kanu und paddelte hinaus, wo der See am tiefsten war. Dort holte er den *kwemoos* aus dem Sack und warf ihn ins Wasser.

Der *kwemoos* aber ging nicht unter. Er lief über das Wasser und flog auf und lachte, als er davonflog: ›Das hab ich gewollt! Das hab ich gewollt!‹

Seither lacht er immer über uns, wenn er an den alten Mann denkt, der ihn ins Wasser geworfen hat.«

»Das gefällt mir«, sagte ich. »Sein Lachen hört sich wirklich so an. Von wem hast du die Geschichte?«

»Ach, damals war ich noch klein. Oneeda hat sie mir erzählt, Arwaqs Schwester. Yep – ich hab einen!«

Er zog die Spitze seiner Angelrute zu sich heran und holte die Schnur Hand über Hand ein. Als der Kopf des wild schlagenden Fisches die Wasseroberfläche durchschnitt, griff er rasch mit Zeigefinger und Daumen in die Kiemen, zog den Fisch herauf und preßte ihn auf den Stein. Mit der anderen Hand holte er sein Messer aus der Scheide und stach die Spitze von oben in den Kopf des Fisches. Das Schlagen hörte auf. Ein Schauer lief durch den blanken Leib und endete in einem Zittern der Schwanzflosse.

Joshua löste den Haken aus dem Maul des Fisches. Er nahm eine Köcherfliegenlarve, stach die Spitze des Hakens in ihren Bauch, führte sie dicht unter der Haut entlang und zum After wieder heraus und warf den beköderten Haken ins Wasser.

»Kommt, kommt, kommt!« rief er. »Kommt, Fische, kommt! Ihr seid alle zum Essen eingeladen!«

Joshua fing innerhalb einer halben Stunde noch zwei Fische. Ich fing ebenfalls zwei. Der Fisch, den Joshua als ersten gefangen hatte, war eine Seeforelle; die anderen vier waren Regenbogenforellen, größer als Bachforellen und auf der Oberseite dunkler gefärbt, beinahe schwarz.

»Genug?« fragte ich.

Joshua nickte. Er schlitzte die Fische auf und nahm sie aus. Die Innereien warf er mit kräftigem Schwung den Seetauchern zu. Das Männchen schwamm auf die Stelle los, wo sie ins Wasser geklatscht waren, nahm jedoch selber nichts, sondern hielt sich, uns im Auge behaltend, vor seinem Weibchen, das die unerwartete Beute mit einigen ruckenden Halsbewegungen hinunterschlang.

»Gieriges Weibsstück!« sagte ich.

»Klar«, sagte Joshua. »Sie muß auch die Eier legen.«

»Wie viele denn?«

»Zwei. Wenn sie jung ist, meist nur eins.«

»Und dafür muß sie alles fressen, und er kriegt nichts?«

»Sie muß auch brüten. Und er verhungert schon nicht. Sieht er verhungert aus?«

»Hm – nein.«

Ich ging eine Erlenrute schneiden, der ich an einem Ende eine Astgabel beließ. Das andere Ende fädelte ich durch die Kiemen der Fische. Ich hob die Rute mit den Fischen hoch. Sie war schwer. Joshua packte unser Angelgerät zusammen.

Auf dem Rückweg überraschte uns ein Regenschauer. Er war bald vorüber. Dennoch waren wir an den Schultern und am Rücken durchnäßt, als wir die Höhle erreichten. Piero und Oonigun errichteten gerade in der Nähe des Feuers ein Trockengestell aus Ästen, auf dem wir unsere Jacken und Hemden ausbreiteten, ehe wir uns ans Zubereiten der Fische machten.

Während wir aßen, begann es draußen wieder zu regnen, dicht, rauschend und glitzernd grau.

»Was tun wir, wenn das so weiterregnet?« fragte Piero.

»Wir spielen Adler und Hase«, sagte ich.

»Wie dumm«, sagte Joshua. »Wir haben kein Spiel mitgenommen.«

»Wir könnten uns Schachfiguren schnitzen«, sagte ich.

»Da wird es Abend, bevor wir zum Spielen kommen«, wandte Oonigun ein.

»Schafkopf spielen geht auch nicht«, sagte ich.

»Das hört sich gut an«, sagte Piero und lachte. »Was braucht man dazu?«

»Karten.«

»Ah! Schade.«

»Ich weiß etwas«, sagte Oonigun. »Wir suchen uns ein paar spitze Steine. Mit denen ritzen wir Bilder in die Wände. Oben, wo das Wasser nicht hinkommt. Jäger. Bären. Elche.«

»Stinktiere«, sagte Joshua.

»Ja! Stinktiere auch. Und Männer, die Fische fangen. Krieger am Lagerfeuer. Alles was uns einfällt.«

»Zum Beispiel?« fragte Piero.

»Na, zum Beispiel einen Krieger mit einem Elchkopf und einem Eidechsenschwanz, der gerade ein Stück von einem lebenden Stachelschwein abbeißt. Das wäre gut.«

»Ja«, sagte ich. »Das möchte ich sehen.«

»Nächstes Jahr«, fuhr Oonigun fort, »richten wir es dann ein, daß Bruder Spiridion die Bilder entdeckt. Er wird glücklich sein. Er wird die Bilder alle abzeichnen. Er wird uns sagen, was sie bedeuten. Wir werden zuhören, und keiner von uns wird lachen. Nicht wahr?«

»Schaut hinaus«, sagte Joshua.

Der Regen hatte aufgehört. Die Wolken zogen über den See nach Osten ab. Hinter ihnen kam blaßgrün der Himmel zum Vorschein.

»Schade!« sagte Piero und stand auf.

»Ein andermal«, sagte ich.

Joshuas und meine Kleider waren nahezu trocken. Wir zogen sie an.

»Das Essen nehmen wir mit«, sagte Oonigun. »Alles andere kann hierbleiben. Bären kommen hier selten herein.«

»Wo gehen wir hin?« fragte Piero.

»Dorthin, wo Maligeak ins Tal stürzt«, sagte Oonigun.

Hätte Strange Goose mir nicht am Abend meiner Ankunft erzählt, wie der See entstanden war, ich wäre nie auf den Gedanken gekommen, daß wir hoch über einem zugeschütteten Tal dahingingen. Nichts deutete darauf hin. Der Hang, von dem der Bergsturz niedergegangen war, zeigte keinerlei Narben. Kiefernwälder bedeckten ihn, aus denen weiter oben einige schroffe, rote Wände herausragten. Ich versuchte mir vorzustellen, wie es hier vor siebzig Jahren ausgesehen haben mochte. Doch das Bild, das ich mir machte, war blaß, vergilbt, unwirklich.

Wir gingen durch eine uralte Wildnis.

Felstrümmer lagen umher. Ich sagte mir, daß sie zu der Zeit, da mein Großvater ein junger Mann gewesen war, bereits hier gelegen hatten, frisch, rauh und nackt. Doch meine Augen sahen sie, wie sie waren: geglättet von Wind, Sonne, Regen und Frost; von Bäumen und Büschen umgeben; auf der Wetterseite mit Moos bewachsen. Aus jedem Riß, jeder Spalte wuchsen Gräser, Sträucher, Bäume hervor. Zwischen den Felsen standen lockere Baumgruppen und dichte Wäldchen; es gab kleine Waldwiesen, steinige und moorige Tümpel,

Rinnsale, die aus dem Fels entsprangen und wieder im Gestein verschwanden, Weiden, Erlen, Himbeeren, Brombeeren und Johannisbeeren. Entwurzelte Bäume lagen umher. Wir kamen an einem runden Felsturm vorbei. Er war stark verwittert. Sandige Halden, auf denen Besenginster wuchs, umgaben ihn. Einige Schritte daneben begann eine Wiese, gelb von blühendem Löwenzahn. Wir stiegen über Felsstufen hinab, schritten unter Zedern über federnden Moorboden, gingen um einen mit Schilf zugewucherten, kreisrunden Tümpel herum und standen vor einem breiten Bach. Buntes Geröll und Geschiebe glänzte auf seinem Grund.

»Maligeak?« fragte ich.

»Ein Arm von Maligeak«, sagte Joshua. »Der See hat vier Abflüsse. Das ist der zweitgrößte.«

»Ein kleiner ist dort drüben«, sagte Oonigun und zeigte in die Richtung, in welcher der südliche, mit Kiefern bestandene Talhang lag. »Der andere kleine Abfluß und der größte liegen nah beieinander. Dort gehen wir hin.«

Wir wandten uns nach rechts, auf den Nordhang zu, an dem der Fahrweg von Seven Persons zur Landstraße verlief. Ich versuchte, die Stelle auszumachen, von der aus ich zum erstenmal den See erblickt hatte. Es gelang mir nicht. Die Wälder waren zu dicht. Nicht einmal den Fahrweg konnte ich erkennen.

Wir erstiegen einen Felswall, auf dem vielerlei Beerengebüsch wuchs. Ich war beinahe oben, als ich über einen aus der Erde ragenden Ast stolperte und bäuchlings in einen Blaubeerbusch fiel.

»Zieh mal«, sagte Oonigun.

Ich richtete mich auf.

»Der Ast, über den du gefallen bist. Zieh ihn heraus, Chas. Da!«

Ich packte den erdigen Stummel und zog. Er kam leicht heraus, und ich hielt eine zweieinhalb Fuß lange Elchschaufel in der Hand.

»Schön«, sagte ich, und wischte Erde und Sand von der rötlichbraunen, hell geäderten Oberfläche. Die Spitzen fehlten bis auf eine; sie schienen abgefressen worden zu sein.

»Mäuse?« sagte ich zu Oonigun, auf die abgefressenen Stellen zeigend.

»Eichhörnchen«, erwiderte er. »Sie brauchen das.«

»Gibt es viele Elche hier?«

»O ja. Vom späten Sommer bis in den Winter. Schau dort drüben –
nein; dorthin, wo die krumme Zeder steht.«
Ich folgte mit den Blicken seinem ausgestreckten Arm und sah auf
einem Felsblock einen *Maguaie-nedap*, einen Steinmann; dann, weiter entfernt, auf dem Kamm eines Felswalls am anderen Ufer des
Baches, einen zweiten, neben dem ein hoch aufgeschossener, abge-
storbener junger Ahorn stand. Es sah aus, als halte der Steinmann einen Spieß in der Hand.
Ich öffnete meinen Proviantsack, schob die Elchschaufel hinein und
band ihn wieder zu.
»Was wirst du daraus machen?« fragte Piero.
»Ich weiß noch nicht. Vielleicht heb ich sie einfach auf.«
»Wenn du sie bearbeiten möchtest, kann dir mein Vater zeigen, wie
es geht«, sagte Oonigun.
»Gerne. Im Winter?«
»Ja.«
Wir rutschten die andere Seite des Felswalls hinab, überquerten ein
schmales, moosbewachsenes Felsband zwischen zwei Tümpeln, in
denen sich Wolken von Kaulquappen davonschlängelten, als unsere
Schatten auf sie fielen, schoben uns durch ein Weidengebüsch, hör-
ten Wasser rauschen und standen gleich darauf zum zweitenmal vor
Maligeak. Dies war der größte der vier Abflüsse. Zu unserer Rechten
floß er über niedrige, moosige Stufen, strömte ruhig, grün und tief an
uns vorüber in ein weites Felsentor hinein und verschwand einige
zwanzig Schritte links von uns über den Rand der Felsplatte.
Die Luft bebte vom Tosen fallenden Wassers.
Wir streiften unsere Mokassins ab, krempelten die Hosenbeine hoch
und wateten durch das Wasser, das uns anfangs bis unter die Knie
reichte, aber allmählich seichter wurde. Der Grund war schlüpfrig.
Oonigun und Piero durchquerten den Bach; Joshua und ich blieben
auf dem linken Ufer. Bald standen wir einen Schritt vor der Ab-
bruchkante. Glatt und flaschengrün bog sich das Wasser um, fiel
eine weite Strecke frei wie ein Vorhang und zerstob schließlich an
Felsvorsprüngen zu einer schimmernden, wehenden Wasserstaub-
wolke. Tief unter uns leuchtete ein Regenbogen. Durch ihn hindurch sah ich rotes Gestein, eine breite Stufe, auf der das Wasser
schäumte, sich dann beruhigte, in einigen Windungen nach links

floß und abermals in die Tiefe stürzte. Zedernwipfel reichten bis zu uns herauf. Einer von ihnen war nur sechs oder sieben Fuß von Oonigun entfernt.

»Wenn man will, kann man da hinüberspringen«, schrie ich ihm über dem Getöse zu.

»Schon!« schrie er zurück. »Aber wozu?«

»Um Mut zu zeigen!« rief Piero.

»Das versteh ich nicht«, schrie Oonigun. »Kommt, wir gehen noch zu dem kleinsten Abfluß.«

Wir wateten gegen die Strömung und holten unsere Mokassins und die übrigen Sachen. Das Tosen blieb hinter uns zurück. Der Weg war kurz. Maligeaks kleinster Arm war ein Bächlein, das gluckernd aus einem runden Loch im Gestein quoll, durch die Rinne strömte, die es in eine Sandsteinplatte gegraben hatte, und über ihren Rand zu Tal fiel. Wir gingen bis an den Rand der Platte vor, die trocken und wenig geneigt war. Dort sah ich, daß sie auf einer anderen Felsplatte auflag, die fast senkrecht bis hinab auf die Stufe reichte, welche ich schon vom anderen Wasserfall aus gesehen hatte. Auch in diese Felsplatte hatte das Bächlein sich eine Rinne gegraben, in der es pfeilgerade hinabschoß.

»Kann man dort hinunter?« fragte ich.

»Von hier aus nicht«, sagte Joshua. »Aber es führt ein Weg hin, vom Fahrweg aus. Wir sind an ihm vorbeigekommen, als wir weiter unten am Bach gearbeitet haben. Erinnerst du dich?«

Ich schüttelte den Kopf. »Da gehen mehrere Wege ab. Warum führt denn einer da unten hin? Wohnt da jemand?«

»Nein«, sagte Oonigun. »Da unten taufen wir die Kinder.«

»Auch die Trauungen finden da unten statt«, sagte Joshua.

»Ihr werdet ja bald eine erleben«, sagte Oonigun.

Nach dem Stand der Sonne zu schließen war es nahezu Mittag, als wir wieder bei unserer Höhle anlangten. Es war drückend heiß. Wir packten unsere Sachen zusammen und gingen den gewundenen Pfad zwischen Felsen und einzelnen Kiefern zum Seeufer. Auf dem Wasser war es kaum kühler als an Land. Die Luft war reglos und mit Feuchtigkeit gesättigt. Die Sonne brannte herab. Wir hielten uns nah an den Ufern, wo die Bäume ab und zu Schatten boten. Den ganzen Nachmittag lang sahen wir kein Tier. Doch fingen wir einige Fische, die wir Strange Goose und Taguna mitbringen wollten.

Wir paddelten am Ufer einer flachen, weitgeschwungenen Bucht entlang. Als wir aus ihr herauskamen, sahen wir rechts von uns die rote Sandsteinklippe und vor uns die Gänseinsel. Wir fuhren an ihrer Westspitze vorbei, auf der Trauerweiden und eine Blutbuche standen, und lenkten unsere Kanus näher zum Ufer hin. Weißdorn und Heckenrosen wuchsen bis an die Uferfelsen heran. Hinter ihnen befand sich eine Lichtung.

»Dort ist unser Begräbnisplatz«, sagte Oonigun, zum Ufer hinüberdeutend.

»Hinter den Hecken?«

»Überall. Auf der ganzen Insel.«

»Kann sich jeder aussuchen, wo er begraben sein will?«

»Ja. Manche tun das schon lange vor ihrem Tod. Sie fahren hierher. Sie suchen eine Stelle, die ihnen gefällt. Wenn sie eine gefunden haben, setzen sie sich hin und warten, ob sie ihnen nach einer Weile immer noch gefällt. Tom Benaki hat einen ganzen Monat lang jeden Tag dort gesessen, bis er sicher war.«

»Ist er bald darauf gestorben?«

»Nein, Chas. Mehr als drei Jahre später.«

»War er krank?«

»Nein. Er hat nur gespürt, daß für ihn die Zeit herankommt.«

»Spüren das viele?«

»Die meisten. Mein Urgroßvater Maguaie soll sogar den Tag gewußt haben, an dem sein Leben zu Ende gehen würde.«

»Den Tag hat mein Großvater nicht gewußt«, sagte Joshua. »Aber er hat gesagt: ›Dies ist mein letzter Winter.‹ Im folgenden Herbst ist er gestorben.«

»Hat Per Svansson auch gewußt, daß er umkommen würde?«

»Das weiß ich nicht«, sagte Oonigun. »Ältere Leute wissen es meistens. Junge nicht, glaube ich.«

Wir umrundeten die Felszunge vor Tagunas Insel und legten an. Joshua stieg aus seinem Kanu, die Rute mit den aufgefädelten Fischen in der Hand.

»Joshua«, sagte ich, frag doch, ob die Bücher mit den bunten Bildern noch da sind.«

303

Er sah mich verblüfft an. Dann erhellte sich sein Gesicht.

»Die spinnen, die Römer!« sagte er. »Ja, ich werde fragen.«

Er lief auf seinen langen Beinen, die vom Knien im Boot etwas steif geworden waren, zur Hütte hinauf. Ich machte mein Kanu fest und stieg mit meinen Sachen zu Oonigun um. Joshua kam im Laufschritt zurück, sprang in sein Kanu, daß es ins Schaukeln geriet, und wir stießen ab.

»Die Bücher sind noch da«, sagte er zu mir. »Pater Erasmus hat dir ein Buch in deine Hütte gelegt – nein, keins von den Römerbüchern, ein anderes. Und Strange Goose läßt dir ausrichten, daß Emily jetzt auf sechs Eiern sitzt. Das ist alles!«

»Danke dir«, sagte ich.

Es begann zu dämmern, als wir den Landungssteg erreichten. Bei meiner Hütte verabschiedeten wir uns. Ich sah den dreien noch eine Weile nach. Auf einmal spürte ich ein brennendes Jucken im rechten Ohr, bohrte meinen Zeigefinger hinein, hielt ihn nah vor die Augen und besah mir den Brei aus Blut und winzigen, schwarzen, zerquetschten Fliegen.

»Scheiße!« sagte ich leise.

HEIMLICH

Jemand hatte einen mit dünnem, weißem Stoff bespannten Rahmen in mein Fenster eingesetzt, der die winzigen, schwarzen Fliegen und die Moskitos daran hinderte, in meine Hütte einzudringen. Ich kannte diese Art von Stoff. Es handelte sich um ein locker gewebtes Leinen, das als Seihtuch verwendet wurde oder zum Abpressen der Molke beim Käsemachen.

Das Buch stand auf dem Tisch, schräg an meinen Messingspiegel gelehnt. Es war in helles Ziegenleder gebunden. Der Einband war mit schwarzen Stachelschweinborsten bestickt. Unter einem achtzackigen Stern stand in griechischen Lettern der Titel:

ΚΑΤΑΒΑΣΙΣ

Ich machte Feuer im Herd, brühte Tee auf, wusch mich, aß ein paar Stücke Brot mit Räucherfisch, stopfte dann meine Pfeife und hielt das Zündholz schon in der Hand, als mir einfiel, daß ich vorhin eins verwendet hatte, um das Feuer zu entzünden, und daß ich nur sechs oder sieben der runden Päckchen mitgebracht hatte. Ich steckte das Zündholz zurück und brannte die Pfeife mit einem Span an. Bei nächster Gelegenheit mußte ich mir einen dieser Kometen besorgen.

Mein Weinkrug, den ich nahezu leer zurückgelassen hatte, war schwer, als ich ihn aus dem Wassertrog hob, um mir einen Becher einzuschenken. Ich zog den Stopfen aus dem Hals und schaute hinein. Der Krug war voll.

Wie ging noch die Geschichte mit den Heinzelmännchen? War es nicht ein Schuhmachermeister gewesen, dem sie zuletzt geholfen hatten, und hatte er nicht Erbsen gestreut, auf denen sie ausrutschen sollten, damit er sie endlich einmal zu Gesicht bekam? Es war ihm auch geglückt, aber sie waren seitdem nicht wiedergekommen. Hatten sie nicht Entenfüße gehabt? Grüne Entenfüße?

Von draußen hörte ich Huftritte, das Schnauben eines Pferdes und gleich darauf vor meinem Fenster die Stimme Pieros.

»Bist du noch wach, Chas?«

»Nein, Gatto. Komm herein.«

Ich ging zur Tür, um sie zu öffnen, aber Piero kam mir zuvor. Ich sah ein schwarzes Pferd mit langer Leine an einem der Pflaumenbäume angebunden. Piero trat ein und schloß die Tür.

»Wo hattest du denn das Pferd versteckt?« fragte ich.

»Auf der Weide beim Langhaus. Es ist Ingas Stute. Du darfst dreimal raten, wie sie heißt.«

»Im Raten bin ich eine Niete, Gatto. Aber wenn es sein muß. Also: Saga?«

»Nein!«

»Snaefridur?«

»So heißt sie nicht!«

»Solvejg?«

»Das hat dir der Teufel gesagt!«

»Sie heißt tatsächlich Solvejg?«

»Tatsächlich. Du hast es gewußt. Gib es zu!«

»Ach was! Ich hab nicht einmal gewußt, daß Inga ein Pferd besitzt.«

»Was hast du denn gedacht? Daß sie auf einem Mutterschaf reitet?«

»Gar nichts hab ich gedacht. Ich kenne sie kaum. Sigurd kenne ich besser. Hat er auch ein Pferd? Ein Reitpferd, meine ich?«

»Du hast es schon gesehen, Chas. Er spannt es auch vor seinen Wagen. Das linke, das Handpferd. Der Rappe. Willst du seinen Namen raten?«

»Lieber nicht«, sagte ich. »Ich hab eine schreckliche Ahnung.«

Er lachte. »Sie ist unbegründet, beruhige dich. Sein Pferd ist ein Wallach und heißt Thor.«

»Dann bin ich doppelt beruhigt. Setz dich doch. Magst du einen Schluck?«

»Gerne!«

Ich schenkte ihm ein. Piero hatte sich rittlings auf meinen zweiten Stuhl gesetzt, die Arme auf die Lehne gelegt und das Kinn auf die Arme gestützt. Sein Haar war von den Tagen in der Sonne noch heller geworden.

»*Kwaa!*« sagte ich und hob meinen Becher.

»*Kwaa!*« sagte er.

Wir tranken.

»Hier ist auch Tabak.«

»Danke!« Er brannte seine Pfeife mit demselben Span an, den ich zuvor benutzt und am Rand der Herdplatte abgelegt hatte.

»Mein Kommen wird dich sicher überraschen«, sagte er durch die erste Rauchwolke hindurch, »zumal wir gerade erst …«

Er ließ den Satz unvollendet und sah mich nachdenklich an.

»Gar nicht«, sagte ich. »Ich hatte schon fast damit gerechnet, daß mich heute noch jemand besuchen würde. Dann hab ich deine Stimme gehört. Da wurde mir bewußt, daß ich dich erwartet hatte.«

»Wirklich? Du sagst das nicht nur jetzt, im nachhinein, aus Höflichkeit?«

»So höflich bin ich nicht.«

»Nein? Ich auch nicht. Du hast also mitunter Vorahnungen?«

»Mitunter, ja.«

»Oft?«

»Hier öfter als zu Hause.«

»Wie kommt das?«

»Ich weiß nicht, Gatto. Vielleicht liegt es in der Luft.«

»Hm. Da magst du recht haben.«

Er zog an seiner Pfeife und blies den Rauch gegen die Decke. »Weißt du, Chas, daß dein Fenster außen voller *kullumooechk* ist?«

»Dort gehören sie hin. Wie geht es Amos mit seinem Bein?«

»Besser als seit Jahren, sagt er. Er hinkt fast gar nicht. Er behauptet, die beiden Verletzungen, die von dem Elch und die von der Kugel, halten einander in Schach – ungefähr so, wie man ein Buschfeuer bekämpft, indem man ein Gegenfeuer entzündet. So hat Amos es ausgedrückt.«

»Das sieht ihm ähnlich.«

»Nicht wahr? Fand ich auch.«

»Sag einmal: Hast du schon Ooniguns Mutter gesehen? Ich nämlich nicht. Ich war ein paarmal nahe daran, Oonigun selber zu fragen, weshalb sie niemals zu sehen ist, hab es dann aber sein lassen.«

»Atagali? Sie war krank. Agneta sagt, sie hat eine Fehlgeburt gehabt, vor zwei Monaten ungefähr. Es geht ihr jetzt besser.«

»Gut, daß ich Oonigun nicht gefragt hab. Wer ist Agneta?«

»Agneta Svansson. Die Mutter von Dagny und Sigurd.«

»Ach ja. Ich erinnere mich. Don Jesús hat sie einmal erwähnt. Und Mond de Marais. Ihr Mann heißt Björn.«

»Stimmt. Du kennst die beiden also nicht?«

»Ich kenne nur Sigurd, Inga und die beiden Kinder. Wo wohnen Björn und Agneta?«

»Eine halbe Stunde zu Pferd von Sigurds Hof. Sie nennen es das obere Troldhaugen. Sigurd nennt es das hintere Troldhaugen, und seinen Hof das vordere.«

Ich hob meinen Becher. »Trinkt er wieder?«

»Ab und zu. Selten. Ich glaube auch nicht, daß diese – diese Veränderungen in seinem Wesen vom Trinken kommen. Eher ist es umgekehrt.«

»Hatte er an dem Tag getrunken, an dem wir die Flugmaschine aus dem Feld gezogen haben?«

Piero dachte eine Weile nach.

»Ich bin nicht sicher, Chas«, sagte er dann. »Ich glaube, nein.«

»Du erinnerst dich, wie Sigurd sich verhielt, nachdem Strange Goose ihn gebeten hatte, mit uns zusammen den Toten aus der Maschine zu holen?«

»O ja!«

»Was ist in ihm vorgegangen? Weißt du das? Du kennst ihn viel besser als ich.«

»Ich weiß nicht, was in ihm vorging, Chas. Aber er ist blaß geworden wie in der Woche zuvor an dem Tag, als er den Hund erschlug.«

»Welchen Hund? Erzähl! Warst du dabei?«

»Einen von seinen Hunden. Freki. Ich war dabei. Wir haben Nägel angefertigt, Schindelnägel, weißt du. Sigurd hat sie geschmiedet. Ich hab sie noch einmal erhitzt und gehärtet und in die kleine Kiste gelegt, die auf einem Block neben dem Amboß stand. Freki lag die ganze Zeit bei uns auf dem Boden und hat geschlafen. Dann muß er etwas gehört haben, in der Kammer neben dem Wasserrad, in der die Drehbank steht und die anderen Maschinen. Es war wohl eine Ratte. Der Hund sprang zur Kammertür und stieß dabei die Kiste mit den Nägeln um. Sigurd starrte einen Augenblick lang auf die am Boden verstreuten Nägel. Dann griff er sich den Vorschlaghammer und warf ihn nach dem Hund. Er traf ihn im Kreuz. Der Hund brach zusammen, kroch winselnd auf Sigurd zu und schleppte das erschlaffte Hinterteil nach.«

»Rückgrat gebrochen«, sagte ich.

»Ja, Sigurd hat das auch begriffen. Der Zweipfundhammer, mit dem er die Nägel schmiedete, lag vor ihm auf dem Amboß. Er nahm ihn, holte aus und traf den Hund von oben zwischen die Augen.«

»Er war sofort tot?«

»O ja. Sigurds Gesicht war fahl. Fleckig. Ein paar Tränen liefen ihm in den Bart.«

»Was habt ihr mit Freki gemacht?«

»Sigurd hat ihn begraben. Ich wollte es tun, doch Sigurd hat gesagt, das sei seine Sache.«

Ich füllte unsere Becher auf. Piero reichte mir seinen Tabak.

»Was hat Inga Svansson zu der Geschichte gesagt?« fragte ich.

»Inga? Ich hab sie belogen. Ich hab ihr gesagt, der Hund hat ein Mutterschaf mit seinen Lämmern angefallen, und wir mußten ihn erschlagen.«

»Warum? Warum hast du sie belogen?«

»Ich hielt es für besser so. Es hätte niemandem geholfen, wenn ich die Wahrheit gesagt hätte, nicht wahr? Ich bin auch sicher, daß Sigurd so etwas nicht noch einmal tut.«

»Das hat Mond de Marais auch gesagt.«

»Wer?«

Ich erklärte ihm, wer Mond de Marais war, und schilderte ihm den Auftritt im Gasthof so, wie Mond de Marais ihn mir geschildert hatte. Piero lauschte. Seine Pfeife war ausgegangen.

»Das sind zwei grundverschiedene Geschichten«, sagte er, als ich geendet hatte. »Grundverschieden, Chas! Du kannst sie nicht zusammenwerfen.«

»Das tu ich nicht, Gatto.«

»Sigurd ist sonst nicht gewalttätig, Chas. Nicht gegen Inga. Nicht gegen seine Kinder. Auch gegen die Tiere nicht. Nur dieses eine Mal, mit Freki.«

»Und das andere Mal mit Mond de Marais.«

»Das ist lange her.«

»Ich weiß. Ich behaupte nichts anderes. Ich glaube auch, daß du richtig gehandelt hast, als du Inga nicht die Wahrheit erzähltest.«

»Wie meinst du das?«

»Eheleute kennen einander gut. Einer beurteilt die Handlungen des anderen meistens zutreffend. Wenn er sich jedoch irrt, dann gründlich. Inga hätte vielleicht aus der Wahrheit einen grundverkehrten Schluß gezogen.«

»Es freut mich, daß du das sagst, Chas. Ungefähr so hab ich damals auch gedacht. Das heißt, es war mehr ein Gefühl.«

»Selbstverständlich. Du warst aufgeregt.«

Er nickte, zog an seiner Pfeife, nahm sie aus dem Mund, stand auf und entzündete sie am Herd von neuem.

»Übrigens«, sagte er, indem er sich wieder rittlings auf den Stuhl setzte, »du hast am Nachmittag Oonigun gefragt, ob Per Svansson eine Vorahnung von seinem Ende hatte. Du erinnerst dich?«

»Freilich. Oonigun hat gemeint, daß er keine hatte.«

»Richtig. Aber Agneta hatte eine.«

»Das ist merkwürdig.«

»Nicht so merkwürdig. Sie ist seine Mutter.«

»Hat sie mehr davon erzählt?«

»Sie hat wörtlich gesagt: ›Ich wußte einige Monate vorher, daß Per kein gutes Ende nehmen würde.‹«

»Und das war alles?«

»Ja.«

»Du hast nicht weiter gefragt?«

»Nein. Ich selber hatte die Sprache auf Per gebracht. Ich erkannte an Agnetas Gesicht und an den Gesichtern der anderen, daß sie nicht über ihn sprechen wollten.«

»Hast du sonst etwas über die Geschichte gehört?«

»Ein paar Einzelheiten. Sie haben von Per Svansson kaum mehr gefunden als ein paar verstreute Knochen in der Nähe des Wasserfalls von Soonakadde. Zachary Pierce hat außerdem gesagt, es war sicher ein Unglücksfall.«

»Mir hat Strange Goose ziemlich das gleiche erzählt. Du bist öfters bei Zachary Pierce?«

»Mhm.«

»Schau mir einmal in die Augen!«

Er riß die Augen weit auf, starrte mir ins Gesicht und schnitt dabei eine aberwitzige Grimasse; für einen Augenblick glich er einer

Chimäre, wie sie als Wasserspeier auf Kirchendächern zu finden ist.

»Nun?« sagte er. »Was wolltest du sehen?«

»Trägst du immer noch das Mittagslicht Siziliens in den Augen? Oder ist es inzwischen das Licht einer dunkleren Sonne?«

Mit einem tiefen Seufzer sprudelte er eine dicke Rauchwolke hervor. »Aber deswegen bin ich doch hier, Chas! Ich wollte auch gleich zur Sache kommen. Aber wie es so geht: Ein Wort gibt das andere, vom Huhn kommt man aufs Ei, und schließlich kommt man erst nach einem weiten Umweg dorthin, wohin man will.«

»Der Umweg, den du beschreitest, um auf deinen Weg zu gelangen, ist schon dein Weg.«

»Wer hat denn das behauptet?«

»Irgendein japanischer Weiser.«

»Namens?«

»Den Namen weiß man nicht. Er soll so weise gewesen sein, daß er seinen Namen niedergelegt hat. So, wie andere ein Amt niederlegen.«

»Mein Vater hat einmal gesagt, er wünschte, er könne das auch.«

»Seinen Namen niederlegen? Oder sein Amt?«

»Beides, Chas. Er hat es aber nur halb im Ernst gesagt. Tun würde er es niemals. Dazu ist er nicht weise genug. Du glaubst mir nicht? Sieh mich an. Ich bin der lebende Beweis.«

Ich stopfte meine Pfeife, ging zum Herd, zündete sie an und nahm meinen Platz wieder ein.

»Mit anderen Worten« sagte ich, »du weißt also nicht, was der alte Kater zu den Hochzeitsgesängen des jungen Katers sagen wird?«

»Das auch. Chas. Das auch. Es ist – ah! Es ist alles wahnsinnig schwierig, verwirrt, unübersichtlich!«

Er stopfte seine Pfeife; eine Menge Tabak rieselte daneben und auf den Fußboden hinab, so viel, daß Piero schließlich aufsprang, sich hinkniete, mit beiden Handkanten den Tabak auf den Dielenbrettern zusammenschob und ihn dann, ohne sich darum zu bekümmern, was sonst noch alles hineingeraten sein mochte, in seine Pfeife füllte.

»Diese Mischung ist neu«, sagte ich. »Du mußt mir gleich sagen, wie sie schmeckt.«

»Chas!«

»Ja?«

»Weißt du, wie du eben gesprochen hast?«

»Nein.«

»Wie ein Vater.«

»Ich bin ein Vater.«

»Das wußte ich nicht. Du hast früh geheiratet. Wie viele Kinder habt ihr?«

»Zwei. Einen Markus und eine Mary.«

»Wie alt sind sie?«

»Markus ist sieben. Mary sechs.«

»Und wie alt ist deine Frau?«

»Sie war zweiundzwanzig, als sie starb.«

»Nein!«

»Doch, Gatto.«

Er ergriff mit beiden Händen meine rechte Hand und hielt sie fest. Sein Mund war gespannt. Seine Augen blickten so eindringlich wie die von Strange Goose. »Ich wußte es nicht«, sagte er. »Verzeih mir.«

»Du hast gefragt, Piero, und ich hab geantwortet. Das ist alles. Glaub nicht an den Unsinn von alten Wunden, die man nicht aufreißen soll. So ist das nicht.«

»Aber wie ist es dann?«

»Meine Frau ist nicht mehr da. Und doch ist sie da.«

»Ja.« Er drückte meine Hand und ließ sie los. Immer noch war sein Mund gespannt, die Haut um die Lippen war weiß.

»Ja«, wiederholte er. »Ich verstehe genau, was du meinst, Chas. Sie ist da, auch wenn sie nicht da ist. Du wartest, bis du sie wieder sehen kannst. Ist es das?«

»Mhm!«

»Kam sie auch aus meinem Land, Chas? Wie Giulia, die Frau deines Bruders?«

»Nein. Sie stammte von hier.«

»Aus Megumaage?«

»Aus Megumaage, vielleicht sogar aus Seven Persons, obwohl ich da nicht mehr so sicher bin. Sie sprach von Seven Persons, als es mit ihr zu Ende ging. Es kann aber etwas ganz anderes bedeutet haben, als ich zunächst dachte.«

312

»Du willst es herausfinden, nicht wahr? Deshalb bist du hier?«

»Auch deshalb, ja. Und du bist der einzige, der das weiß.«

Er neigte kurz den Kopf. »Kann ich dir helfen?«

»Ja, das kannst du. Es ist mindestens neun Jahre her, daß sie von hier fortgegangen ist. Vielleicht länger, aber auf keinen Fall länger als dreizehn Jahre. Sie hieß Naomi. Naomi Asogoomaq.«

»Asogoomaq? Ist das ein Anassana-Wort?«

»Ja. Es heißt: hinüberschwimmen.«

»Ah! Sie ist mit dem Schiff gekommen, nicht wahr?«

»Wie denn sonst, Gatto? Sie ist in Spanien an Land gegangen. In Vigo.«

»Asogoomaq. Ein merkwürdig passender Name. Hat sie dir gesagt, was er bedeutet?«

»Nein. Das hab ich erst hier erfahren. Du meinst, der Name war nur angenommen?«

Die kleine Falte zwischen seiner Nase und seiner Stirn vertiefte sich. »Schon möglich. Der Name paßt einfach zu gut. Findest du nicht?«

»Jetzt, wo du es sagst, scheint es mir auch so. Aber was heißt das? Wir können uns beide irren.«

Er fuhr sich mit der Hand durch die Haare. »Sicher. Wir können aber auch beide recht haben. Weshalb ist sie von hier fortgegangen, Chas?«

»Wegen der Jagd.«

»Wegen der Jagd? War sie dagegen?«

»Sie hat sie gefürchtet.«

»Willst du damit sagen, gegen sie war die Jagd verhängt?«

»Das weiß ich nicht, Gatto. Aber sie hatte Angst, gejagt und getötet zu werden.«

»Wann hast du das erfahren?«

»Es waren ihre letzten Worte.«

»Ihr habt vorher nie darüber gesprochen?«

»Nie.«

»Du hast nie gefragt?«

»Nach ihrer Vergangenheit? Doch. Sie hat gesagt, daß sie nichts getan hat, was Schande über uns und unsere Kinder bringen könnte. Ich hab ihr geglaubt.«

313

»Du glaubst ihr auch jetzt noch?«

»Ja.«

»Hat sie mit dir in ihrer Sprache gesprochen?«

»Nein. Als ich hierherkam, kannte ich nur das eine Wort: Asogoomaq.«

Piero nickte. »Sie hat sich ganz von Megumaage trennen wollen?«

»Wahrscheinlich«, sagte ich. »Nun weißt du alles, was ich weiß.«

»Gut!« Er dachte nach, zog heftig an seiner Pfeife und ließ den
Rauch durch die Nase und durch den Mundwinkel, in dem die
Pfeife hing, ausströmen.

»Ist es dir recht«, sagte er nach einer Weile, »wenn ich mich nicht
nur umhöre? Kann ich auch fragen?«

»Warum nicht? Das tu ich auch, auf meine Art. Und du weißt ja,
wie die Gesichter von Menschen aussehen, die etwas verschweigen
wollen. Das kann manchmal auch eine Antwort sein.«

»Ich glaube, ich werde zuerst mit Acteon reden. Acteon Savatin, der
Mann, der mein Kanu gemacht hat. Seine Frau ist die Nichte der
Clanmutter von Matane. Hast du Taguna schon gefragt?«

»Nein, Gatto. Offen heraus hab ich niemanden gefragt. Taguna hat
mir am ersten Tag angeboten, in den Büchern zu lesen, die sie ver-
wahrt. Ich dachte, ich würde etwas finden. Bisher hab ich nichts
entdeckt.«

»Such weiter, Chas. Nimm dir Zeit dafür. Gemeinsam werden wir es
herausfinden. Sah deine Frau indianisch aus?«

»Allerdings!«

»Das muß ein Aufsehen gegeben haben! Wie kam sie überhaupt
nach Regensburg?«

»Als Gesellschafterin der Frau des spanischen Gesandten. Du hast
recht. Es gab erhebliches Aufsehen. Einen Monat später war das
Aufsehen noch bedeutend größer. Da haben wir geheiratet.«

»Ihr wart nur einen Monat verlobt?«

»Ja. An sich ist ein ganzes Jahr üblich, ähnlich wie hier. Doch der
Gesandte wurde nach St. Petersburg versetzt. Naomi hätte mit-
gehen müssen, und das wollten wir nicht. Mein Vater hat erreicht,
daß die Kirche eine Ausnahme machte.«

»Kiri und ich sind seit einer Woche verlobt«, sagte er. Sein Mund
hatte sich entspannt.

»Was!«

»Ja! Heimlich!«

»Du mußt ein Jahr lang für ihre Eltern arbeiten! Wann willst du das tun?«

»In einem der nächsten acht Jahre.«

»Ihr wollt acht Jahre warten, Piero?«

»Wir müssen. Es gibt da so ein ungeschriebenes Gesetz, nach dem die Mädchen einundzwanzig und die Männer achtundzwanzig Jahre alt sein sollen, wenn sie heiraten. Hast du das nicht gewußt?«

»Nein. Werdet ihr hier leben, in Megumaage?«

»Wir möchten. Doch ich kann nicht erwarten, daß meine Eltern dem zustimmen. Ich bin der einzige Sohn, mußt du wissen.«

»Das einzige Kind?«

»Das nicht. Meine Schwester ist acht Jahre jünger als ich. Wir nennen sie Titola. Richtig heißt sie Tiziana.«

»Vielleicht bekommst du noch einen Bruder? Wäre das möglich?«

»Denkbar wäre es. Doch wer weiß? Darauf zählen können wir jedenfalls nicht.«

»Wird es Aufregung geben, wenn du mit Kiri ankommst?«

»Aber ganz gewiß!«

»Das klingt fast, als würdet ihr euch darauf freuen.«

»Das tun wir auch, Chas. Wir freuen uns auf den Aufruhr, und wir freuen uns darauf, wie er sich nach und nach legen wird. Das wird ein Schauspiel! Außerdem sind wir in guter Gesellschaft.«

»Was meinst du damit, Gatto?«

»Nun, die Frau von Orlando de' Tolomei ist ebenfalls schwarz.«

»Wer ist Orlando de' Tolomei?«

Er sah mich entgeistert an. »Chas! Es war wirklich an der Zeit, daß du aus Regensburg herausgekommen bist. Orlando de' Tolomei ist der Doge von Venedig. Seit sechs Jahren. Und das weißt du nicht?«

»Weißt du, wie der König von Bayern heißt?«

Er schüttelte den Kopf.

»Siehst du!« sagte ich. »Es ist wirklich an der Zeit …«

Weiter kam ich nicht.

Piero war so rasch, daß ich nicht sehen konnte, wie es geschah, auf seinen Stuhl gesprungen, hatte sich gebückt, um nicht mit dem

Kopf gegen die Decke zu stoßen, breitete die Arme aus, wobei er in einer Hand immer noch die qualmende Pfeife hielt, und verkündete: »Kiri Tomasi – nell' fuoco d'amore mi mise!«

Er sprang herunter und setzte sich.

»Darauf trinken wir«, sagte ich.

Piero schenkte uns beiden ein. Draußen wieherte die Stute Solvejg.

»Die Prozession«, sagte Piero, nachdem wir getrunken hatten. »Du erinnerst dich?«

»Wir haben am ersten Tag auf dem See darüber gesprochen, ja.«

»Ich hab es mir überlegt. Ich werde meinem Vater nichts davon schreiben. Es kommt darauf an, daß die Menschen sich erinnern. Nicht, an welchem Tag sie es tun. Was meinst du?«

»Ungefähr mit diesen Worten hätte dein Vater dir geantwortet, meine ich.«

»Das hab ich mir auch gesagt. Merkwürdig, wie oft wir die Gedanken anderer Menschen denken.«

»Was ist daran merkwürdig? Wir denken unsere Gedanken. Andere denken die ihren. Oft sind es eben die gleichen.«

»Ist das so, weil wir in der gleichen Welt leben?«

»Das auch, Gatto. Es hängt aber auch damit zusammen, daß wir eigentlich nur durch unsere Körper voneinander getrennt sind. Im Fühlen und Denken stehen wir einander näher, als wir ahnen.«

»Sind Fühlen und Denken dasselbe, Chas?«

»Das nicht. Doch sie gehören zusammen wie – nun, wie Tag und Nacht.«

»Zwischen Tag und Nacht gibt es die Dämmerung. Die ist weder Tag noch Nacht.«

»Sie hat etwas von beidem, Gatto. Auch zwischen Fühlen und Denken gibt es so eine Dämmerung.«

»In der leben die Tiere!«

»Du denkst wieder die Gedanken eines anderen! Genau dasselbe sagt nämlich mein Bruder.«

»Jon?«

Ich nickte.

»Wohnen er und Giulia auch in Regensburg?«

»Sie leben in Katalonien. In den Bergen. Jon ist Hofastronom.«

»Bei Don Gerineldo?«

»Du kennst ihn?«

»Ich bin ihm noch nicht begegnet. Mein Vater und Don Gerineldo sind Freunde. Sie sehen einander selten. Sie schreiben viele Briefe. Sie spielen aus der Ferne Schach miteinander. Sie tauschen Rezepte aus. Don Gerineldo und mein Vater kochen beide hervorragend.«

»Du auch?«

»Ich? Nein.«

»Ich auch nicht. Aber Giulia kocht sehr gut. Jon behauptet, sie will ihn mästen, damit keine andere Frau ihn mehr anschaut.«

»Wo hat dein Bruder seine Frau kennengelernt?«

»In einem Fischerdorf in der Gegend von Ragusa. Sedara heißt es, glaub ich.«

»Sedara! Chas, Titola und ich sind halb und halb in Sedara aufgewachsen. Jeden Sommer waren wir dort. Wie hat Giulia geheißen, bevor dein Bruder sie zur Frau nahm?«

»Giulia Brancusi.«

»Eine Tochter von Don Giacomo! Chas, ist dir klar, daß wir beide, du und ich, sozusagen miteinander verwandt sind? Und um das zu erfahren, reisen wir beide hierher. Ich muß sofort meinen Eltern schreiben! Welcher Gott hat deinen Bruder nach Sizilien geführt?«

»Der Gott der Gewohnheit, Gatto. Jon war als kleiner Bub zwei Jahre lang in Ragusa, wegen seiner Lunge. Seither war er dort fast so zu Hause wie in Regensburg.«

Piero war aufgestanden und stopfte eilig seinen Tabaksbeutel in die Jackentasche.

»Einen Augenblick«, bat ich. »Wer ist Don Giacomo?«

»Der Halbbruder meiner Mutter. Sie wird sich freuen, Chas! Sie freut sich immer, wenn sie neue Verwandte entdeckt.«

»Ist es denn so eilig?«

»Mit dem Brief? Nein. Ich muß sowieso gehen. Ich – wir, Sigurd und ich, haben noch eine Überraschung für euch, für die Heuzeit.«

»Wirst du uns helfen?«

»Das wird nicht gehen. In Troldhaugen ist auch Heu zu machen. Aber ihr bekommt unsere Überraschung. Sie ist beinahe fertig.«

Er legte seine Hand an das Lederbeutelchen, das um meinen Hals hing. Ich legte meine Hand auf das seine.

317

»Ciao Gatto!« sagte ich.

»Tanti auguri, Carlo!«

Draußen machte er die Stute los, rollte die Leine zusammen, schlang sie um das Sattelhorn, stieg in den Sattel, ordnete die Zügel, preßte die Fersen in die Flanken des Pferdes und ritt davon. Der Himmel stand voller unruhiger Sterne.

Ich schloß die Tür hinter mir, setzte mich an meinen Tisch und nahm Alkuins Buch zur Hand. Ein dicker, gelblicher Bogen Papier glitt heraus. Ich erkannte eine sorgfältig ausgeführte, verblichene Skizze der Kapelle des Svati Jan. Die andere Seite war beschrieben; eine zierliche, eckige, merklich ins Papier eingeprägte Schrift, die, obwohl die Buchstaben unverbunden nebeneinander standen, ungemein einheitlich wirkte.

Lieber Chas Meary,

hier ist das Buch. Behalte es, solange Du es brauchst. Sag mir bei Gelegenheit, was Du von den Gedanken hältst, die Alkuin auf den Seiten 18, 33, 37 und 54 ff. entwickelt. Wegen der Zwillinge habe ich Bruder Spiridion gefragt. Er hat ein Werk zu Rate gezogen, welches den anregenden Titel trägt: Statistisches Jahrbuch des Commonwealth, Ausgabe 1984. Es scheint, der Anteil der Zwillingsgeburten liegt derzeit nur noch um etwa sechs vom Hundert höher als vor einhundertundsieben Jahren. Dominus tecum! Erasmus. P.S.: Der Einband des Büchleins ist eine Arbeit von Arwaqs Schwester, Oneeda Long Cloud.

Der Schlußbuchstabe des Namenszuges Erasmus war zu einer Schleife ausgezogen, in die drei Knoten gezeichnet waren. Zwei waren fest. Der dritte war lose.

Lächelnd legte ich das Blatt zur Seite und schlug das Buch auf. Nur der Titel. Kein Verlag. Kein Jahr. Ein Vorsatzblatt; und dann das Vorwort, wenige Zeilen nur, überschrieben mit dem einen Wort: INTROIBO.

Ich las:

Wenn ihr glaubt, ich sei ein Gefangener, so irrt ihr. Ich könnte jetzt, in diesem Augenblick, aufstehen, aus meinem Zimmer auf den Gang treten, den Gang entlangschreiten unter den kühlen grauen Spitzbogen, die warme braune Wendeltreppe hinab, durch das Portal und hinaus in den Herbst. Niemand verträte mir den Weg.

Doch ich stehe nicht auf.

Ich schreibe. Nichts von dem, was ich schreibe, wird die Druckerlaubnis erhalten. Man würde es nicht einmal prüfen. Man würde es ungelesen verbrennen, mit meinem Einverständnis. Niemand zweifelt an meinem Gehorsam.

Doch ich gehorche nicht.

Ihr werdet lesen, was ich geschrieben habe. Dieses Buch wird so in eure Hände gelangen, wie es geschrieben worden ist: heimlich.

Alkuin von Chotjechow

WANDERUNGEN

Die Pflaumenbäume vor meinem Fenster trugen nun bereits kleine, grüne, harte Früchte. Ihr Laub hatte die durchscheinende Frische der ersten Wochen verloren und war derb und glänzend geworden. Meisen hüpften in den Bäumen umher auf der Jagd nach Raupen, flogen mit der Beute zu ihren Nestern, kehrten zurück und suchten nach mehr.

Die Tage waren heiß. In den Nächten gab es oft kurze Regenschauer. Wir würden bald mit dem Heuen beginnen müssen.

Einstweilen ging ich jeden Morgen hinunter zur Bucht, bog kurz vor dem Landungssteg nach links ab und schritt auf überwachsenen Wagenspuren zu Maguns Hütte hinüber. Sie bestand, wie die meine, aus einem einzigen Raum, der indessen wesentlich kleiner war. Der hölzerne Vorbau war ebenso groß wie die Grundfläche der Hütte; der Bach floß unter ihr hindurch.

Auf der anderen Seite des Baches erhob sich ein geräumiger Schuppen. Eigentlich war er nur ein Dach auf Pfosten, die ihrerseits auf Steinplatten ruhten. Die eine Hälfte des Schuppens nahmen fertige Schindeln ein, die bis ins Dachgebälk hinauf zum Trocknen geschichtet lagen. In der anderen Hälfte standen Reihe um Reihe die Zedernklötze, mannshoch gestapelt, entrindet und auf zwei Fuß Länge zugeschnitten. Zwischen den Schindeln und den Zedernklötzen blieb ein Raum von fünf oder sechs Schritten. Dort saßen Magun und ich auf niedrigen Hockern, in der linken Hand den Griff des Schindeleisens, in der rechten einen Schlegel aus Eschenholz und vor uns einen Zedernklotz, aus dem wir Schindeln schlugen. Dabei setzten wir die Schneide des Eisens so auf das Holz, daß sie im rechten Winkel zu den Jahresringen stand; dann schlugen wir auf den breiten Rücken des Eisens, gerade kräftig genug, um die Klinge ganz in das Holz hineinzutreiben. Darauf hebelten wir den Griff des Schindeleisens zu uns her und dann von uns weg; das Holz riß, und mit einem schwirrenden Ton, der bei schmalen Stücken hoch, bei breiteren tiefer war, sprang die abgespaltene Schindel davon und fiel zu Boden.

Wir saßen im Schatten, umgeben vom kräftigen Duft des Zedernholzes, arbeiteten und unterhielten uns. Ich erzählte; von Regensburg, von meiner Familie, von der Arbeit im Steinbruch, der Begegnung mit der Flugmaschine, von meiner Schiffsreise. Mitunter stellte ich auch Fragen. Wenn Magun mir antworten, seinerseits etwas sagen oder eine Frage an mich richten wollte, legte er einen Finger an seine riesige Nase oder kratzte sich hinter einem seiner zerklüfteten Ohren, wobei sein Adamsapfel auf und nieder stieg. Endlich bückte er sich und zeichnete mit dem Finger große Druckbuchstaben in den roten Sand.

Hoch oben an den Dachbalken klebten mehrere Schwalbennester. Die Schwalben flogen aus und ein, zwitschernd, flatternd, ständig erregt, ständig in Eile. Manchmal schlurfte ein Stachelschwein vor dem Schuppen vorbei, ohne uns zu beachten, erkletterte den Vorbau der Hütte, schnüffelte umher, ob wir etwas Grütze oder einen Pfannkuchen vom Frühstück übriggelassen hatten, und zwängte sich schließlich unter die Hütte. Magun drohte ihm jedesmal stumm mit der Faust hinterher.

Mitunter besuchte uns Kesik. Dann lag er zusammengerollt bei uns im Schatten. Landete eine Schindel zu nahe bei ihm, rückte er widerwillig ein Stück fort, schlummerte wieder ein, wachte plötzlich auf, ging an den Bach und schlappte Wasser, oder er sprang unvermittelt davon, um das Stachelschwein in den Büschen oder unter der Hütte zu verbellen.

Gegen Mittag wanderte ich an den Hecken entlang hinüber zum Ibárruri-Hof. Nach dem Essen gingen Ane-Maria, Encarnación und ich in den Kartoffelacker, der unterhalb des Hofs am Seeufer lag. Die Kartoffeln waren nun zum zweitenmal gehäufelt. Ihr Kraut reichte mir bis unter die Knie. Wir sammelten die gelbschwarzen Käfer und ihre grellroten Larven ab und zerdrückten die gelben Eierpakete zwischen den Fingern. Hatten wir alle Reihen abgesucht, so schütteten die Mädchen den Inhalt ihrer Sammelgefäße in das meine, und ich nahm alles mit zum Plankensteg in der Bucht. Dort verfütterte ich die Käferlarven an die Fische, bevor ich in mein Gänsekanu stieg und zu Tagunas Insel hinüberpaddelte. Ich jätete im

Garten, dünnte die Radieschen aus, verzog gelbe Rüben, erntete den ersten Salat, beschnitt die Hecken oder hackte manchmal auch Holz, trug es in den Vorraum und stellte es auf. Der späte Nachmittag fand mich meist im Bücherzimmer, wo in der kühlen Dämmerung, deren Grün noch tiefer geworden war, das Bild an der Wand leuchtete.

Buch an Buch stand in den dunklen Eichenregalen. Strange Goose hatte mir erklärt, daß außer dem Tagebuch, dem Familienbuch und dem Buch der Seven Persons alle Bücher ausgeliehen werden konnten, und hatte mir das Heft gezeigt, in das er den Titel eines ausgeliehenen Buches, den Entleiher und das Datum einschrieb. Ich ging die Regale entlang, entzifferte den verblaßten Druck auf den Buchrücken, entdeckte alte Bekannte und Fremde, die mir vielversprechend schienen, nahm ab und zu ein Buch heraus, blätterte darin und machte Pläne für den Winter, wenn mir mehr Zeit zum Lesen bleiben würde.

Die bunten Hefte mit den Abenteuern der gallischen Krieger standen zwischen den Romanen und den Kinderbüchern. Unter ihnen waren zwei Fächer mit Notenheften angefüllt; ich sah überwiegend deutsche Namen. Ein ganzes Regal an der Nordseite des Zimmers enthielt Bände, die sich mit Handwerk und Landwirtschaft befaßten. Ich las mich in einem englischen Buch über das Wagnerhandwerk fest, bewunderte die breite, auf jede Einzelheit eingehende Darstellung und die klaren Zeichnungen, riß mich endlich los und stellte das Buch an seinen Platz zurück.

Ich setzte mich an den Schreibtisch und nahm mir wieder das Familienbuch vor. Meine Liste mit den Jahreszahlen und den Jahresnamen legte ich daneben.

Meine Frau war drei Jahre jünger gewesen als ich. Sie war im Jahr des treibenden Schnees geboren. Konnte ein Irrtum vorliegen? Das war unwahrscheinlich. Dennoch bezog ich die beiden vorhergehenden und die beiden nachfolgenden Jahre in meine Suche ein, blätterte, verglich, schrieb.

Während dieser fünf Jahre waren in Seven Persons elf Mädchen zur Welt gekommen. Sieben von ihnen hatten inzwischen geheiratet; vier waren noch ledig. Bei keiner war vermerkt, daß sie verschwunden war. Keine von ihnen trug den Namen Naomi. Der Familien-

323

name Asogoomaq kam überhaupt nicht vor.

Hatte sie ihren Namen geändert, wie Piero vermutete?

Es war möglich. Als Anhaltspunkte blieben mir dann nur noch der Ort und das Jahr.

Und die Jagd!

Sie hätten mich gejagt, hatte sie gesagt. Sie hätten mich gejagt und getötet. Sag ihnen, daß …

Ich begann von vorne. Von der ersten Seite an, Familie für Familie, Sippe für Sippe, suchte ich nach einem Hinweis darauf, daß jemand verschwunden oder daß über jemanden die Jagd verhängt worden war.

Im Jahr der Stachelschweine war ein Mädchen von zweiundzwanzig Jahren verschwunden. Drei Jahre später war sie wiedergekommen. Sie hatte inzwischen geheiratet und brachte ihren Mann und einen einjährigen Sohn mit. Sechs Jahre darauf, im Jahr der Nordlichter, war ein achtzehnjähriger junger Mann aus Malegawate vom Fischfang in der Bucht nicht zurückgekehrt. Seine Abwesenheit hatte acht Jahre gewährt. Wenige Monate nach seiner Heimkehr war er an der Schwindsucht gestorben.

Ich suchte weiter. Ich war bis über die Jahrhundertmitte hinausgekommen, als ich endlich etwas fand. Im Jahr des ersten Wolfsrudels, im Mond, in dem die Elche rufen, war Joseph Bane gestorben. Neben seinen Namen war ein Mann gezeichnet, der mit erhobenen Armen und zurückgebogenem Kopf an einen Baum gepreßt stand, während ihm ein anderer Mann sein Messer ins Herz stieß. Es war die gleiche Darstellung, die in einen der Deckenbalken des Langhauses geschnitzt war. Ich hatte sie gesehen, aber nicht verstanden.

Ich holte das Tagebuch aus dem Schreibtisch. Da ich den Namen und das Datum wußte, fand ich die Eintragung rasch. Strange Goose hatte sie geschrieben. Joseph Bane war im Alter von fünfundzwanzig Jahren bei der Heuernte wegen eines zerbrochenen Weinkrugs mit einem jüngeren Mann in Streit geraten, hatte einen Faustschlag mit einem Sensenhieb beantwortet und seinen Gegner schwer verletzt. Seven Persons hatte Joseph Bane ausgestoßen, Matane ihn aufgenommen. Er hatte länger als ein Jahr in Matane gelebt, ohne irgend jemandem Anlaß zur Klage zu geben. Dann hatte Joseph Bane einen seiner Vettern erschossen, weil ein Mädchen, das er gerne geheiratet hätte, diesem den Vorzug gab. Die Mütter der vier Clans, in denen Joseph Bane Verwandte besaß, hatten die Jagd über ihn verhängt. Sechs Jäger – zwei aus Matane, einer aus Passamaquoddy, einer aus Suomoose und zwei aus Seven Persons – hatten ihn nach dreizehn Tagen gestellt. Der älteste Jäger hatte ihn getötet.

Möge Niscaminou den Langen Weg hinter Joseph Bane für immer verschließen! stand am Schluß des Berichts.

Am Abend des folgenden Tages hatte ich mich durch das Familienbuch hindurchgearbeitet. Ich war sicher, daß mir nichts entgangen war. Nach dem Jahr des ersten Wolfsrudels, also während der verflossenen achtunddreißig Jahre, war niemand mehr aus dem Clan von Seven Persons verschwunden, bis auf Urbain Didier in diesem Jahr. Und über niemanden war die Jagd verhängt worden.

Ich fühlte mich seltsam erleichtert.

Vielleicht würde Piero etwas erfahren, was mir weiterhalf. Vielleicht würde mir selber ein Hinweis zuteil werden, durch einen jener unglaublichen Zufälle, die sich stets nur dann einfinden, wenn man nicht mit ihnen rechnet.

Ich legte das Familienbuch an seinen Platz, schloß den Schreibtisch, reckte die Arme, stand auf und verließ das Bücherzimmer.

In der Tür der Hütte stand Strange Goose und schaute auf den See hinaus, über den ein Regenschauer hinzog.

»Heuwetter!« sagte ich.

»Hehe!« erwiderte er. »Wart ein paar Tage!«

»Wie viele?«

»Zwei? Drei? Wer weiß. Höchstens eine Woche.«

»Bis dann blüht das Gras.«

»Ich weiß, Chas. Aber wenn das Heu mehrmals beinahe trocken und dann wieder naß wird, ist es schlimmer.«

»Warst du heute drüben?«

»Bei den Gänsen, meinst du? Ja. Es ist alles, wie es sein soll. Kommst du morgen mit?«

»Gern. Ich war länger nicht mehr drüben.«

»Chas«, sagte Taguna hinter uns. »Willst du mitessen?«

Ich wandte mich um. »Ich danke dir. Aber ich bin mehr müde als hungrig.«

»Bringst du uns morgen einige Fische?«
»Freilich. Wie viele?«
»Das kommt darauf an, ob du morgen mehr hungrig als müde sein wirst.«
»Ich bin nicht oft müde, Taguna. Es muß am Wetter liegen. Drei große oder sechs kleine?«
»Drei mittelgroße!«
»Gut.«

Am nächsten Tag fuhren Strange Goose und ich zur Gänseinsel. Emily saß breit und flach auf ihrem Nest; Lawrence gründelte im seichten Uferwasser und drohte kurz zu uns herüber, als er unser Kanu erblickte.
Ich fing drei große Streifenbarsche. Einen vierten, dem der Haken nur durch den knorpligen Rand der Oberlippe gedrungen war, machte ich los und setzte ihn zurück ins Wasser.
Doch Taguna fand, ich hätte zuviel mitgebracht.
»Wenn etwas übrigbleibt«, sagte ich, »gib es der Katze.«
»Wir haben keine Katze«, sagte sie. »Wegen der Vögel.«
Sie schnitt die Barsche in hufeisenförmige Scheiben, die sie mit Ei und Weizenschrot panierte und in Butter briet. Wir aßen im Garten.
Ich trug das Geschirr in den Vorraum und stellte es neben der Pumpe auf einen kleinen Tisch. Taguna drückte mir einen Kometen in die eine und den Weinkrug in die andere Hand und griff selber drei Becher und einen Strohteller mit einigen Stücken braunen Honigkuchens. Gemeinsam gingen wir in den Garten zurück.
Taguna trank den halben Becher Wein, den sie sich eingeschenkt hatte, und nahm einige Züge aus der Pfeife ihres Mannes. Dann stand sie auf, strich ihren Rock glatt und wischte sich eine Haarsträhne aus dem Gesicht.
»Ich hab noch zu tun«, sagte sie. »Raucht nicht zuviel!«
Die Wipfel der zweistämmigen Zeder über uns rauschten. Ein Windhauch brachte den Duft der Speerminze herüber, die ich in der Gartenecke gepflanzt hatte. Löwenzahnsamen wehten über den Tisch.
»*Kwedumaan*«, sagte ich. Du rauchst.

»*Kwedumei' tumaakun*«, sagte Strange Goose. Ja, ich rauche Pfeife.

»*Wiktum lok*«, entgegnete ich. Sie schmeckt sehr gut.

»*Aa, teleak*«, bestätigte er. Ja, so ist das.

»Aber wenn die Sätze länger werden, komme ich nicht mehr mit.«

»Das wird schon werden, Chas. Du bist gut zu verstehen. Das ist die Hauptsache. Auch Taguna findet, daß du die Wörter gut aussprichst.«

»Was hat sie denn jetzt noch zu tun, Strange Goose?«

»Sie schreibt einen Brief.«

»An eine der Clanmütter?«

»Nein. An Tlaxcal Coyotl.«

»Das klingt nicht nach Anassana.«

»Ist es auch nicht. Das ist Nahuatl. Mexikanisch. Tlaxcal Coyotl ist ein Freund. Sein Großvater und Tagunas Vater waren Freunde.«

»Sie waren beide Navajo?«

»Ja.«

»Wie kommt Tlaxcal Coyotl dann nach Mexiko?«

»Ich denke, weil die Navajo ein Bündnis mit Tenochtitlán haben.«

»Tenochtitlán?«

»Ja, die Stadt trägt wieder den alten Namen. Auch ein See ist wieder da.«

»Eine bewohnte Stadt!« sagte ich.

»Die einzige, von der ich weiß, Chas. Nur ein kleiner Teil soll bewohnt sein. Der Rest dient als Steinbruch. Wie die Stadt, aus der ich gekommen bin.«

»Du hast sie noch einmal besucht, nicht wahr?«

»Vor dreiundfünfzig Jahren. Im Jahr der Mütter.«

»Warum?«

»Ich wollte sehen, ob unser Haus noch stand.«

»Warst du allein?«

»Maguaie war dabei. Dazu ein Mann aus Matane und zwei jüngere Männer aus Mactaquac. Taguna wollte mich nicht fortlassen. Mooin war damals noch klein, weißt du. Doch wir hatten beide einen dicken Kopf, Taguna den ihren, ich den meinen. Ich bin geritten.«

»Wie lange wart ihr unterwegs?«

»Zwei Monate, eine Woche und vier Tage.«

»Stand das Haus noch?«

»Ja, es stand noch. Die meisten Häuser in unserer Straße haben noch gestanden. Die Gärten waren eine Wildnis. Wir haben Füchse gesehen, Waschbären, viele wilde Katzen und Hunde, zwei Damhirsche. Der Schlüssel zu unserem Haus lag noch an seinem Platz – nach neunundzwanzig Jahren, Chas!«

»Und innen? Wie sah es innen aus?«

»Ich brauchte den Schlüssel nicht. Die Tür war herausgebrochen und lag hinter den Fliederbüschen, die bis zur Dachtraufe hinauf gewachsen waren. Zwei Fenster auf der Gartenseite waren zertrümmert. Die anderen waren ganz – nach neunundzwanzig Jahren! Die Möbel, das Treppengeländer, alles, was aus Holz gewesen war, hatten sie verbrannt. Aus dem offenen Kamin im Wohnzimmer ergoß sich nasse Asche über den Fußboden. Kleider, Bücher, die Kühltruhe, der Küchenherd – alles war fort.«

»Auch dein Videospiel?«

»Das auch. Weiß Gott, was sie damit angefangen haben. Ich hätte es ohnehin nicht mitgenommen. Ich hab nach etwas anderem gesucht, was ich hätte mitnehmen können. Aber es war nichts mehr da. Nichts!«

»Du hattest den Kompaß und den Ring.«

»Ja! Den Kompaß hab ich noch. Den Ring meiner Mutter hat Taguna bekommen. Später hat sie ihn unserer Enkeltochter Oneeda zur Verlobung geschenkt.«

»Hast du noch einmal nach deinen Eltern gesucht?«

»Das hättest du auch getan, wärst du an meiner Stelle gewesen! Natürlich hab ich gesucht. Wir waren bei den Ruinen des Kennedy-Memorial-Hospitals. Wir haben uns Zeit genommen. Zwei Tage – nein, das stimmt nicht. Es waren drei. Drei Tage. Aber nichts. Keine Spur. Danach sind wir zum Hafen geritten. Vom Pier der Küstenwache stand noch das äußere Ende. Die Bootsschuppen waren fort, weggeschwemmt; die übrigen Gebäude ausgebrannt. Eins der Boote haben wir entdeckt. Ein Sturm hatte es auf den Kai hinaufgetragen. Dort lag es auf der Seite. Es war aber nicht das Boot meines Vaters. Ich habe nichts von meinen Eltern gefunden, Chas. Sie waren es, die mich gefunden haben. Später.«

»Wie bist du zu dem Bild gekommen, Strange Goose? Du weißt, welches ich meine?«

328

»Ja, das weiß ich. Ich hab nur das eine mitgebracht. Das war am elften Tag. Oder war es am zwölften? Ich weiß es nicht mehr, Chas. Wir hatten die meisten der Dinge gefunden, die wir mitnehmen wollten: Patronen, Messer, Äxte, Sägen, anderes Werkzeug. Unsere drei Packpferde trugen, was sie tragen konnten. Wir suchten uns einen Weg durch die Innenstadt nach Norden. Wir kamen an Backsteingebäuden vorbei, die bis auf die Grundmauern abgetragen waren. Ja: abgetragen. Wir konnten sehen, daß da Menschen gewesen waren und sich die Backsteine geholt hatten. Die Straßen lagen voller Trümmer. Oft reichten die Schutthalden so hoch, daß wir nicht riskierten, sie mit den Pferden zu überklettern. Dann suchten wir einen Umweg. Auf einem dieser Umwege gerieten wir in den Park. Die Bäume hatten bereits ihre Blätter abgeworfen, doch der Park war immer noch grün. Vielleicht schien er uns besonders grün nach all dem Schutt, nach all den grauen, schwarzen, bröckelnden Mauern.«

»Habt ihr Menschen getroffen?«

»Nicht einen, Chas. Nur der Wind ging durch die Schluchten zwischen den turmhohen Ruinen. Doch der Park war voller Tiere. Maguaie schoß mehrere Hasen. Wir beschlossen, im Park zu lagern. Auf der Wiese vor dem Museum luden wir die Pferde ab und ließen sie grasen.«

»Was für Tiere habt ihr im Park gesehen, Strange Goose?«

»Auf den Seen waren viele Arten von Wasservögeln. Manche kannte ich noch aus dem Zoo, zum Beispiel die Dampfschiffenten. Kennst du die?«

»Ich hab nur ein Bild gesehen.«

»Sie können nicht fliegen. Wenn sie es eilig haben, nehmen sie die Flügel zu Hilfe, rudern mit ihnen; und dann sehen sie aus wie die Dampfer, die es früher einmal gab, die mit den Rädern an beiden Seiten. Weißt du?«

»Ja. Und weiter?«

»Pelikane waren auch da. Rehe. Hirsche. Sechs oder sieben Büffel sahen wir. Eine kleine Herde Llamas. Ein Zebra mit einem halberwachsenen Jungen. Maguaie hat auch einen Panther gesehen und uns die Spuren gezeigt.«

»Dir haben die Vögel am besten gefallen, nicht wahr?«

»Versteht sich. Die Reiher auf ihren langen dünnen Beinen. Die bunten Brautenten. Und die Trompeterschwäne. Die gibt es jetzt auch hier bei uns.«

»Ich glaube, ich hab welche gesehen. Fliegen sie bei Nacht?«

»Bei Mondschein, ja.«

»Fliegen sie so nah beieinander, daß man meint, sie müßten einander mit den Flügeln berühren?«

»Die verpaarten Tiere tun das.«

»Dann waren das Trompeterschwäne.«

»Wo hast du sie gesehen, Chas?«

»Auf der großen Insel mit den zwei Felsspitzen und dem Begräbnisplatz.«

»Das ist Ooniskwomcook. Die Insel mit der Sandbank am Ende.«

»Ja. In der Bucht hinter der Sandbank war unser Lagerplatz.«

»Ich erinnere mich. Das war schon immer ein guter Platz zum Lagern. Weiter unten am Hang gab es eine Quelle. Das war, bevor der See kam … Doch ich schweife ab. Wo waren wir stehengeblieben?«

»Vor dem Museum, Strange Goose. Was hat euch bewogen, da hineinzugehen?«

»Der Schneesturm, Chas. Es war Nachmittag. Wir hatten Holz für ein Feuer zusammengetragen. Da fiel uns auf, daß die Vögel unruhig wurden. Viele flogen auf, kreisten, sammelten sich in kleinen Gruppen und zogen ab nach Südwesten; in die Richtung, aus der wir gekommen waren. Die Sonne verschwand. Der Himmel wurde schwarz. Eine Stunde später war der Park weiß. Wir schleppten unsere Packtaschen in die Vorhalle des Museums und brachten auch die Pferde hinein. Viele Fenster waren zerbrochen. Hinten bei den Aufzugschächten fanden wir eine windgeschützte Stelle, machten ein Feuer und brieten die Hasen. Der Sturm dauerte die Nacht hindurch bis zum Nachmittag des nächsten Tages. Dann brach die Sonne durch, und es begann zu tauen. Wir beschlossen, noch eine Nacht zu bleiben. Ich stieg die Treppen hinauf und wanderte durch die Gänge und durch die Säle. Schnee war hereingeweht. Schmelzwasser rieselte die Wände herab und gefror an vielen Stellen zu Eiszapfen. In einem Saal im zweiten Stock stieß ich auf die Bilder.«

»Weshalb hast du gerade dieses ausgewählt?«

»Ich weiß es nicht genau. Ich hatte ein paar Jahre zuvor angefangen, selber zu malen. Das Bild war so, wie ich selber gerne gemalt hätte. Es war friedlich, aber auch ein wenig unheimlich.«

Ich nickte.

»Ja, so war das«, fuhr er fort. »Ich hab es dick in Decken eingewickelt und hinter mir aufs Pferd geschnallt. Den Ring hatte ich in die Tasche gesteckt.«

»Welchen Ring?«

»Warte. In einem Saal im ersten Stock waren die Schätze der *Atocha* ausgestellt. Die *Atocha* war eine spanische Galeone, die vor mehreren hundert Jahren im Golf von Mexiko unterging. Im vorigen Jahrhundert wurde das meiste geborgen, was von ihr und ihrer Ladung übrig war. Gold- und Silberbarren, Schmuck, Kanonenkugeln, Weinkrüge, ein Anker, anderes Schiffsgerät.«

»Und das alles war noch da? Unberührt?«

»Nein, nein! Gold, Silber, Schmucksachen – das war alles fort. In einem Wandschrank sah ich zwischen Glasscherben und Stoffetzen ein Vogelnest. Ich nahm es herunter, um hineinzusehen. Es war leer. Aber dort, wo es gelegen hatte, sah ich etwas glänzen. So fand ich den Ring. Ein kleiner Menschenarm aus Gold, zu einem Kreis gebogen. Die winzige Hand hielt ein Herz aus Rubin. Auf der Innenseite des Rings standen die Worte: No tengo mas que darte.«

»Mehr kann ich dir nicht geben«, sagte ich.

»Mhm! Ich wußte damals nicht, was es heißt. Gioconda hat es mir übersetzt.«

»Natürlich!« sagte Tagunas Stimme. »Ihr raucht und raucht und der gute Kuchen bleibt stehen.«

In der Dämmerung war sie herangekommen, ohne daß Strange Goose und ich sie bemerkt hatten. Sie nahm ein Stück Kuchen und biß hinein.

»Wir hatten keinen Hunger«, sagte Strange Goose. »Es waren doch zu große Fische.«

»Ihr habt also die Zeit genutzt, um herauszufinden, daß ich recht hatte«, sagte Taguna.

»Kann man die Zeit besser nutzen?« erwiderte ich.

»Das nicht, Chas. Ihr könntet aber weniger von ihr verbrauchen und zu demselben Ziel kommen.«

»Dann wären wir keine Männer«, sagte Strange Goose und blies eine Rauchwolke zu ihr hinauf.

Taguna setzte sich. »Eine greuliche Angewohnheit von dir«, sagte sie vergnügt.

»Dich zu räuchern? Aber es hat doch geholfen!« sagte Strange Goose.

Sie schlug nach ihm. Er wich aus.

»Siehst du, Chas«, sagte er. »So sind die Weiber. Du sagst ihnen, wie schön sie geblieben sind. Und der Dank? Du kriegst Schläge!«

»Nehmen ist seliger denn Geben«, sagte ich.

»Ist dein Brief wenigstens fertig geworden?« fragte Strange Goose.

»Gott sei Dank ja! Piero kann ihn morgen mitnehmen und an David weitergeben. David fährt nach Peggy's Cove. Er braucht irgend etwas für seinen Bau.«

»Erzähl uns, was du geschrieben hast«, sagte Strange Goose.

»Ein Geheimnis«, sagte Taguna.

»Darf ich raten?« fragte ich.

»Hast du nicht einmal gesagt, du seist schlecht im Raten?«

»Eben. Ich muß mich üben. Eine Frage: Ist Tlaxcal Coyotl ein Krieger?«

»Er ist Kriegshäuptling in Coahuila.«

»Als Navajo?«

»Sein Vater war Navajo. Seine Mutter ist Chihuahua.«

»Ich verstehe. Wie weit ist es von Coahuila nach Mississippi?«

»Etwas über siebenhundert Meilen.«

»Du hast ihn gewarnt. Richtig?«

»Richtig. Zur Belohnung darfst du ein Stück Kuchen essen.«

Sie reichte mir den Strohteller, und ich nahm mir ein Stück.

»Du auch!« sagte sie zu Strange Goose.

»Als Belohnung wofür?« fragte er und nahm sich ein Stück.

»Als Buße!« sagte Taguna, stellte den Teller auf den Tisch und nahm sich selbst noch ein Stück Kuchen.

Am Tag darauf traf ich im Hof bei Don Jesús Piero. Auf seinem Wagen stand eine zweirädrige Mähmaschine mit Sitz, gelb und rot angestrichen. Die Deichsel war abgenommen und unter die Maschine auf den Wagen geschoben.

»Die Überraschung!« sagte ich. »Wo habt ihr denn die aufgetrieben?«

»Von denen gibt es noch viele, Chas. Die letzten wurden vor hundertfünfzig Jahren gebaut.«

»Bei uns sind sie eine Seltenheit.«

»Bei uns auch. Hier ist es anders. Agneta hat von ihrem Vater gehört, warum. Als damals die Traktoren die Pferde verdrängten, haben viele Leute diese Landmaschinen, die nur mit Pferden verwendet werden konnten, gekauft, bunt angemalt und als Schmuck vor ihre Häuser gestellt.«

»Die hier sieht beinahe neu aus.«

»Nicht wahr? Und doch sind nur der Mähbalken und das Messer neu.«

»Habt ihr die gemacht?«

»O nein. Dafür reicht die Werkstatt nicht aus. Mond de Marais hat in den Ruinen, die du von Peggy's Cove aus siehst, viele Traktormähmaschinen entdeckt. Im Untergeschoß eines eingestürzten Hauses. Sie sind in recht gutem Zustand. Die Mähbalken und die Messer müssen wir für die alten Maschinen hier passend machen. Von den anderen Teilen können wir einige gebrauchen. Was übrigbleibt, arbeiten wir um.«

»Wann hat Mond de Marais diese Maschinen gefunden?«

»Vor einigen Jahren schon. Niemand konnte etwas mit ihnen anfangen. Ich bat ihn, uns eine mitzubringen. Dann hab ich gleich gesehen, daß der Mähbalken und das Messer genau das sind, was wir für die alten Maschinen brauchen. Es sind die Teile, die sich am meisten abnutzen.«

»Da habt ihr euch was aufgeladen, Gatto! Jetzt wird jeder Hof eine haben wollen. Ihr werdet zu keiner anderen Arbeit mehr kommen.«

»O doch. So viel Arbeit ist es nicht. Eine Woche haben wir gebraucht. Und wir sind nicht die einzigen. Ein Schmied in Nesookwaakade – das liegt ganz im Süden von Megumaage – hat sich auch der Sache angenommen.«

»Wo stammt die Farbe her? Aus einem alten Lagerraum?«

»Nein. Sigurd sagt, sie haben zwar in der Stadt auch Farben gefunden. Die waren aber sämtlich unbrauchbar. Eingetrocknet. Nein, die Farben sind von Theo van Meegeren.«

»Bei uns gibt es auch Farben aus Holland. Große Farbenköche, die Holländer.«

»Theos Vater ist halb Holländer, halb Chinese. Seine Mutter ist schwarz. Theo selber ist rothaarig. Komm, faß mit an!«

Wir legten Planken hinten an die Ladefläche des Wagens. Dann rollten wir, in die Radspeichen greifend, die schwere Mähmaschine langsam auf den Boden hinab. Die eisernen Räder polterten hohl auf den Steinplatten. Wir steckten die Deichsel ein und sicherten sie mit ihrem Bolzen.

Piero rieb sich den Schmutz von den Händen.

»Ich hab noch nichts gehört«, sagte er. »Du?«

»Ich hab das Familienbuch durchgeackert. Es sieht so aus, als sei sie nicht aus Seven Persons gewesen.«

»Ich werde meine spitzen Ohren hin und her drehen, Chas. Du sollst sehen: Wir finden es heraus!«

»Das werden wir, Gatto. Weißt du, daß im Langhaus ein Brief liegt, den du David Wiebe geben sollst?«

»Hier!« sagte er und klopfte auf die Brusttasche seiner Jacke.

Don Jesús und Doña Pilar kamen aus dem Stall, um sich die Mähmaschine zu besehen. Bald kamen auch Doña Gioconda, Ane-Maria und Encarnación hinzu. Piero mußte erklären, wie man mit dem langen Handhebel den Mähbalken heben und senken konnte und daß der Fußhebel dazu da war, den Antrieb für das Messer ein- und auszuschalten. Don Jesús war nahe daran, zwei Ochsen anzuspannen und die Maschine gleich auszuprobieren. Es kostete Doña Pilar einige Mühe, ihn davon abzubringen.

Wir aßen im Garten. Bei der Bank am Springbrunnen standen ein hölzerner Klapptisch und einige Stühle. Nach dem Essen machte Piero sich auf den Heimweg. Ich ging mit den Mädchen hinunter zum Kartoffelacker.

So vergingen mehrere Tage. Das Wetter blieb wechselhaft. Der Wind stand von Süd bis Südwest. Er brachte kräftige, kurze Schauer, meist nachts, mitunter auch am Tag. Ans Heumachen war nicht zu denken. Wie die Sonne ihren täglichen Weg am Himmel zurücklegte, so ging ich den meinen: am Morgen zu Maguns Schindelschuppen, von da zum Ibárruri-Hof, danach zum Kartoffelacker und schließlich hinüber zur Insel. Manchmal traf ich Strange Goose an, manchmal nicht. Er fuhr täglich zur Gänseinsel und blieb oft lange dort. Ein- oder zweimal, sagte mir Taguna, war er morgens fortgefahren und erst in der Abenddämmerung zurückgekommen.

An einem Spätnachmittag kam ich aus dem Garten, um mich an der Pumpe zu waschen. Vor der Hütte kochte Taguna Wäsche in einem Kessel, der auf einem Steinkreis über dem Feuer stand. Den Garten zu gießen hatte sich erübrigt. Der Boden war feucht gewesen. Meine Hände und Füße waren voller Erde, und mein Gesicht wohl auch; ich hatte unzählige Male nach Moskitos geschlagen. Jetzt, da die winzigen schwarzen Fliegen weniger wurden, erschienen die Moskitos.

Ich trocknete mich ab, schlüpfte in meine Mokassins und öffnete die Tür zum Bücherzimmer.

Mein Platz am Schreibtisch war besetzt. In dem grünen Dämmerlicht sah ich einen Rücken unter einer braunen Kapuze. Ich war im Begriff, den Namen Erasmus auszusprechen, als der Mönch mir das Gesicht zuwandte. Noch bevor ich es sah, erkannte ich an der Art der Bewegung, daß ich nicht Pater Erasmus vor mir hatte.

Das Gesicht ähnelte dem eines Elchs: die lange Nase, die dicke, vorstehende Oberlippe, der rundgeschnittene, zottige, schwarze Bart, der ein Stück weit den Hals hinab wucherte, die schwerlidrigen Augen. Weiter oben allerdings hörte die Ähnlichkeit auf. Bis auf kurzgeschorenes Haar über und hinter den Ohren war der Schädel kahl.

»Und wer magst du wohl sein, wandernde Seele?« sagte der Mönch in tiefem, sanftem Baß. Zugleich erhob er sich, wurde größer und größer und überragte mich, als er stand, um Haupteslänge. Beim Anblick seiner langen Arme und Beine mußte ich an die Reiher denken, von denen Strange Goose mir vor einigen Tagen erzählt hatte.

»Ich bin Chas Meary«, sagte ich und streckte ihm meine Hand entgegen.

Er nahm sie, drückte sie und ließ sie dann nicht einfach los, sondern reichte sie mir gewissermaßen zurück.

»Ich bin Bruder Spiridion«, sagte er. »Ursprünglich Spider Selkirk. Meine Mutter – Gott hab sie selig – hat mir einmal gesagt, als sie den ersten Blick auf mich warf, habe sie geglaubt, nur Arme und Beine zur Welt gebracht zu haben. Erst bei näherem Zusehen habe sie dort, wo Arme und Beine sich trafen, so etwas wie einen kleinen Körper entdeckt, und auf diesem einen noch kleineren Kopf. Daher der Name.«

»Nicht ganz unglaublich«, sagte ich lächelnd. »Du hast dich jedoch ziemlich ausgewachsen, wenn ich das bemerken darf.«

»Ich danke dir für die Seelenstärkung«, entgegnete er. »Du bist also der berühmte Zwillingsforscher, von dem Erasmus uns berichtet hat?«

»Berühmt? Forscher? Mir fiel auf, Bruder Spiridion, daß hier ungewöhnlich viele Zwillinge im Familienbuch verzeichnet sind. Da ich selber ein Zwilling bin, war ich neugierig, ob dies mehr wäre als eine Laune der Natur.«

»Es war wohl eine, Chas Meary. Von welchen Jahren sprichst du?«

»Ich meine die Zeit zwischen dem Jahr der drei Elenden und dem Jahr der ersten Überflutung.«

»Wie glatt dir die Namen über die Lippen gehen! Du fühlst dich hier bereits zu Hause?«

»Ich denke schon.«

»Ich denke – also fühle ich? Hm!« Er entblößte große, gelbliche Zähne. »Sagtest du das nur so«, fuhr er fort, »oder handelt es sich um eine persönliche Maxime?«

»Ich habe mich nachlässig ausgedrückt, Bruder Spiridion. Ich wollte einfach bejahen.«

»Gut. In den Jahren, die du nanntest, war diese Zwillingswelle bereits im Abklingen. Ihren Höhepunkt – nein: ihren Wellenkamm! Ihren weiß schäumenden Wellenkamm –« er blickte nach oben, als sei der Wellenkamm im Begriff, auf ihn herabzustürzen –, »den hatte sie etwa ein Jahrzehnt zuvor. Im Jahr ohne Winter.«

»Welches vor dem Jahr der Zwillinge kam.«

»Richtig. Damals erblickten, auf hundert Geburten gerechnet, dreimal so viele Zwillinge das Licht der Welt wie hundert Jahre davor.«

»Ein Versuch der Natur, die Zahl der Menschen wieder zu vermehren.«

»Der göttlichen Natur, wolltest du sagen. Ein Versuch der göttlichen Natur. Eine verdienstvolle Erklärung, der ich nicht widerspreche.

Doch nur eine unter mehreren. Erklärungen wachsen bündelweise, Chas Meary. Ganz wie das Schilf.«

»Mond de Marais drückte das einmal genau so aus.«

»Ich habe das Bild von ihm übernommen. Die zweite Erklärung, und die wichtigste – es gibt noch mehrere andere, doch geringere, so wie es längere und kürzere Schilfhalme gibt –, die zweite Erklärung also ist die, daß es viele freie Seelen gab, die danach drängten, sich wieder zu verkörpern.«

»Ich kann dir nicht ganz folgen«, sagte ich und setzte mich auf die Ecke der Schreibtischplatte. Auch Bruder Spiridion nahm wieder in seinem Sessel Platz. Nun konnten wir einander ins Gesicht schauen, ohne die Augen heben oder senken zu müssen.

»Langsam«, sagte er. »Nicht so rasch. Gott hat Zeit. Gott ist Zeit. Denk an das vorige Jahrhundert, Chas Meary. Du hast es nicht erlebt, so wenig wie ich es erlebt habe. Gehört aber hast du von ihm. Was geschah mit der Menschheit?«

»Es gab zwei Menschheiten, Bruder Spiridion. Die eine lebte im Überfluß. Die andere lebte in Schmutz, Armut, Verbrechen, Hunger und Hoffnungslosigkeit.«

»Wie kam es dazu?«

»Ich habe von vielen Ursachen gehört. Wie die Äste eines Baums in einem Stamm zusammenlaufen, so führen all diese Ursachen zu einer zurück: Es gab zu viele Menschen.«

»Und es wurden jeden Tag mehr! Gleichzeitig nahm die Zahl der Tiere und der Pflanzen beständig ab. Viele Arten starben aus. Hunderte. Tausende. Was schließt du daraus?

Daß die Erde nur eine bestimmte Menge an Lebewesen tragen kann. Das ist nicht neu. Schon damals gab es Menschen, die das nicht nur behaupteten, sondern es auch beweisen konnten. Doch nichts geschah.«

»Schließlich ist etwas geschehen!«

»Ich meine, es geschah nichts von unserer Seite.«

»Und nichts von seiten der Kirche, mußt du hinzufügen. Die Kirche hat darauf bestanden, daß die Gläubigen ihrer Fruchtbarkeit freien Lauf ließen; denn die sei von Gott gewollt. Nun gut: dann hätte die Kirche ebenfalls darauf bestehen müssen, daß die Gläubigen dem Tod nicht in den Arm fallen und Pest, Cholera und Syphilis gewähren lassen. Entweder ist beides von Gott gewollt, das Alpha und das Omega, der Anfang des Lebens und sein Ende – oder keines von beiden.«

»Beides, glaube ich, Bruder Spiridion.«

»Und ich stimme dir aus vollem Herzen zu, Chas Meary! Gott will, daß wir geboren werden und daß wir sterben. Er will jedoch auch, daß wir wollen können. Ich drücke mich behutsam aus und spreche nicht vom freien Willen, denn wie frei der wirklich ist – wer weiß das? Doch wenn Gott will, daß wir wollen können, bedeutet das: Wir dürfen auch den Anfang und das Ende des Lebens mitbestimmen.«

»Wer sagt uns, wie weit wir dabei gehen dürfen, Bruder Spiridion?«

»Unser Gewissen.«

»Nicht jeder hört auf sein Gewissen!«

»Die meisten hören auf ihr Gewissen! Die meisten! Ausgenommen einige Unglückselige – doch auch sie besitzen eines. Weißt du, was mir auffällt, wenn ich in den Schriften des vergangenen Jahrhunderts lese? Daß vom Gewissen so selten die Rede ist. An seiner Stelle scheint es etwas gegeben zu haben, was man den Sachzwang nannte. Nun, der ist wohl auch der Seuche zum Opfer gefallen. Und das Gewissen ist zurückgekehrt.«

»Was war das, ein Sachzwang? Mir ist das Wort noch nicht untergekommen.«

»Ein Sachzwang?«

Er zeigte seine großen, gelblichen Zähne, und seine Oberlippe bebte vor verhaltener Heiterkeit.

»Ein Sachzwang, Chas Meary, war eine scheinbar unwiderlegbare Ausrede, die es einem erlaubte, auf dem einmal eingeschlagenen Weg fortzuschreiten, bis er vor einem Abgrund endete. Dieser Abgrund wurde dann ebenfalls als Sachzwang bezeichnet.«

»Weil er einem keine Wahl ließ, als hineinzuspringen?«

»Es will so scheinen, mein Lieber. Doch laß uns zu der Annahme zurückkehren, unsere Erde könne nur eine bestimmte Menge von Lebewesen tragen. Laß mich das mit anderen Worten sagen. Jeder belebten Welt gehört eine gewisse Anzahl von Seelen zu.«

»Die unveränderlich ist?«

»Genau das. Als nun die Menschheit wuchs und wuchs, blieben

nicht genug Seelen für die Pflanzen und für die Tiere übrig. Daher wurden ihrer weniger und weniger.«

»Während sie sich heute wieder vermehren können, nachdem die Menschheit auf weniger als zehn Millionen geschrumpft ist?«

»Ich glaube, so ist es, Chas. Hast du das Buch des Abtes Alkuin von Chotjechow gelesen?«

»Bisher nur das Vorwort, Bruder Spiridion.«

»Das macht nichts. Laß dir Zeit. Gott ... doch das sagte ich bereits! Alkuin schreibt – und als Priester finde ich seinen Gedanken tief und treffend; als Bewohner von Megumaage finde ich ihn poetisch und vorausschauend – Alkuin also schreibt, wenn man den Jahrhunderten Namen anstelle von Nummern geben wollte, müßte man das zwanzigste Jahrhundert das Jahrhundert ohne Gewissen nennen. An einer anderen Stelle umreißt er in wenigen, kargen Sätzen das Zusammenleben der Nationen, danach das der Menschen unter sich: in den Familien, die keine mehr sind, in den Städten, die bunten Schreckträumen gleichen. Er zieht seine Schlußfolgerung mit den folgenden Worten: Wir haben den moralischen Nadir erreicht. Entweder wird Gott uns auslöschen; oder Gott wird einige von uns verschonen. Sie würden überleben in der Gewißheit, daß von diesem Punkt aus jeder Weg nur aufwärts führen kann.«

Er schwieg und wandte den Blick zum Fenster. Von draußen war das Brummen einer Hummel zu vernehmen. Es mußte sich um eine ungewöhnlich große Hummel handeln. Auch ich schaute hin. Nichts war zu sehen. Noch einmal stieg das Brummen an. Dann wurde es schwächer, entfernte sich rasch, war nicht mehr zu hören.

»Jetzt wirst du mich gleich fragen, wie es zu diesem moralischen Tiefstand gekommen sein könnte«, sagte ich.

»Einverstanden«, sagte er. »Betrachte dich als gefragt.«

»Gut. Ich gehe von dem aus, was du über die unveränderliche Anzahl von Seelen gesagt hast, die unserer Welt zugehören. Die Menschheit wuchs. Mehr Menschen brauchten mehr Seelen. Es kam dazu, daß sich Seelen in Menschen verkörperten, ohne dafür geeignet zu sein.«

»Sag es ruhig deutlicher, Chas. Mehr und mehr Menschen bekamen unmenschliche Seelen.«

»Damit behauptest du, Spiridion, daß die Seele eines Tiers tiefer steht als die eines Menschen! Ich kann das nicht glauben.«

»Das behaupte ich nicht. Eine Seele, das ist ein Teil vom Geist Gottes. Wie könnte ein Teil dieses Ganzen höheren oder geringeren Wert besitzen als ein anderer?«

Ein Moskito hatte sich auf Bruder Spiridions Stirn niedergelassen, dort, wo sie in den kahlen Scheitel überging. Er hob die Hand, zielte, und erlegte das Insekt mit einem raschen Schlag. Mit der anderen Hand zog er ein Taschentuch aus grobem, bräunlichem Leinen hervor und wischte sich Stirn und Handfläche ab. Er schob das Heft, das vor ihm auf dem Schreibtisch lag, zur Seite; ich sah, daß es eins der Notenhefte war. Dann rückte er seinen Sessel an den Schreibtisch heran, stützte den Ellbogen auf und lehnte den Kopf leicht gegen die geschlossene Hand.

»Nun?« sagte er. »Heraus damit!«

»Auch Moskitos haben eine Seele, Bruder Spiridion!«

Er nickte. »Die nicht geringer ist als meine. Gewiß. Du kannst nicht leben, Chas, ohne anderes Leben zu vernichten. Du schlägst Bäume, um deine Hütte zu bauen, um sie zu erwärmen, um dein Essen zu kochen. Du bringst Kohlköpfe, Rüben, Kartoffeln, Hasen Hühner, Rinder um, weil du essen mußt. Von der Schnecke, die deinen Salat anfrißt, bis zum Mitmenschen, der dir an die Gurgel will, tötest du andere Lebewesen, um dich und das Deinige zu verteidigen. Leben wollen, das bedeutet, töten müssen.«

»Wenn unsere Seelen ein Teil vom Geist Gottes sind, dann ist dies unser Anteil an der dunklen Seite Gottes. Unser aller Anteil, Bruder Spiridion.«

»Sprichst du von uns Menschen?«

»Ja. Pflanzen und Tiere sind ohne Schuld. Sie wissen nicht, was sie tun. Sie töten nur, wenn sie müssen. Wir Menschen töten und vernichten auch, weil es uns Freude macht.«

»Worauf willst du hinaus, Chas?«

»Langsam. Laß mich sprechen – laut nachdenken, wenn du willst. Auf der Versammlung der Ältesten hat Taguna gesagt: Laßt uns sein wie die Tiere. Was hat sie damit gemeint?«

»Das, wovon wir gerade sprachen, Chas. Laßt uns sein wie die Tiere, das heißt: Laßt uns nur töten, wenn wir müssen.«

»So habe ich es auch verstanden. Vor dieser Versammlung dachte ich, die Clanmütter regieren wie andere Regierende: indem sie an Fäden ziehen. Doch so ist es nicht. Taguna wußte, wo die Fäden herkommen, wo sie sich kreuzen, wo sie zusammenlaufen. Was sie tat, war, die Fäden zu einem Gewebe ordnen. Siehst du das auch so?«

»Ich stimme dir zu, muß jedoch einfügen, daß Taguna und die anderen Mütter da nichts Neues erfunden haben. So, wie sie regieren, regiert Gott seit Anbeginn.«

»Und die Schöpfung, die Welt, sind sein Gewebe?«

»So ist es. Worauf willst du hinaus?«

»Langsam!«

Ich erhob mich und begann auf und ab zu gehen. Vor den Fenstern dämmerte es. Das Bücherzimmer lag voll grüner und schwarzer Schatten.

»Ein Gewebe«, sagte ich, »mit einer lichten und einer dunklen Seite. Reich an farbigen Mustern, rätselhaften Faltenwürfen, voller Überraschungen und Offenbarungen, voller Regeln, voller Widersprüche. Ein Gewebe, anschmiegsam und doch fest, vollendet und doch unfertig. Ist das so?«

»Ein Gewebe, an dem Gott weiterhin arbeitet«, sagte Bruder Spiridion.

Ich setzte mich ihm gegenüber auf einen Stuhl.

»Das heißt«, sagte ich, »ein Gewebe voller Verheißungen. Voller Freiheit. Und doch hat jeder Faden, jeder, seinen festen Platz darin. Es mag sein, Spiridion, daß die Menschen der Vergangenheit unmenschliche Seelen hatten. Wie kam es dazu? Daran, daß es die Seelen von Pflanzen oder Tieren waren, die in ihnen Wohnung genommen hatten, kann es nicht gelegen haben. Diese Seelen waren frei von Schuld. Nein, Spiridion: der Grund für die Katabasis, für den Niedergang der Menschheit, liegt woanders. Die Seelen in den Menschen verdarben. Sie kamen herunter.«

»Ungefähr das sagt Alkuin auch, Chas.«

»Wie erklärt er es?«

»Gar nicht. Er stellt es fest. Er begleitet die Menschheit Schritt für Schritt, Stufe für Stufe auf ihrem Abstieg. Er zeigt. Er stellt dar. Das ist alles, was er will.«

»Sagt er das?«

»Ausdrücklich, Chas. Auf einer der ersten Seiten. Da heißt es: Ich,
als ein Kind dieser Zeit, stehe ihr und meinen Zeitgenossen zu nahe.
Ich stehe mitten im Wald. Ich sehe die Bäume. Den Wald sehe ich
nicht. Und ein paar Zeilen weiter: Zu dir, Herr, rufe ich aus der
Tiefe. Zu euch, für die ich dies schreibe, spreche ich aus dem Abgrund: Blickt hinunter bis auf seinen Grund! Erkennt den Abstand,
der mich von euch trennt! Wahrt ihn! Nutzt ihn!«
Spiridion stand auf, verließ das Bücherzimmer und war bald darauf
mit einer brennenden Laterne zurück. Er hängte sie an einen
Deckenhaken über den Schreibtisch.
»Was denkst du, Chas«, sagte er, nachdem er seinen Platz mir gegenüber wieder eingenommen und sich ausgiebig in sein Taschentuch geschneuzt hatte, »sind wir Alkuins Worten gefolgt?«
»Ich denke, wir in Megumaage sind dabei, ihnen zu folgen. Wir in
Europa? Da bin ich mir nicht mehr so sicher. Taguna meinte in dem
ersten Gespräch, das wir miteinander führten, die Menschen drüben seien im Begriff, den Karren wieder in die alte Radspur zu lenken. Ich habe damals nicht verstehen können, was sie meinte. Ich
war gerade angekommen und fühlte mich hier noch fremd. Inzwischen fange ich an, zu begreifen, wovon sie sprach.«
»Von den Vorzeichen, ja?«
»Ja. Sie sind noch undeutlich. Doch man kann sie erkennen.«
»Erkennt man sie?«
»Wenige erkennen sie, glaube ich. Wahrscheinlich waren diese Vorzeichen schon einmal da – vor drei-, vierhundert Jahren. Auch damals gab es nur wenige, die sie erkannten. Und sie haben den Lauf
der Dinge nicht ändern können.«
»Diesmal mag es anders sein. Aber gehen wir nicht so weit zurück.
Bleiben wir beim letzten Jahrhundert. Was war es denn, woran die
Seelen der Menschen Schaden nahmen? Was hat sie verdorben?«
»Die Menschen waren es nicht länger zufrieden, ein Teil des Gewebes zu sein, von dem wir vorhin sprachen, Spiridion. Sie begannen,
selber an dem Gewebe zu arbeiten. Eine Zeitlang ging es sehr gut.
Sie erfanden neuartige Fäden. Sie entwarfen Muster, die es zuvor
nie gegeben hatte. Sie webten und webten. Bald sahen sie nur noch
sich selber. Sie waren die Weber, und sie waren das Gewebe. Und
was sie sahen, war sehr gut. Was sie nicht sahen, das waren die Fä-

den, die aus dem alten Gewebe verschwanden; die Muster, die sich verzerrten; die Farben, die ausblichen. Sie sahen nur noch den Teil des Gewebes, der Menschheit hieß.«

»Sie wollten sein wie Gott. Meinst du das?«

»Einige wohl. Einige glaubten aufrichtig, dem Menschen sei alles möglich. Sie gingen voraus auf dem Weg, den sie Fortschritt nannten. Die anderen folgten ihnen. Was sollten sie sonst tun? Sollten sie umkehren? Aber wohin? Sollten sie einem anderen Weg folgen? Einer anderen Stimme gehorchen? Aber welcher? Hatten sie nicht gelernt, nur noch Menschenstimmen zu hören? Waren nicht alle anderen Stimmen längst für sie verstummt? Sie lebten in Städten, Spiridion. Sie lebten mit sich selber. Die Stadt war eine Menschenwelt.«

»Sie müssen gewußt haben, Chas, daß es Bäume, Vögel, Gräser, Fische, Blumen gibt.«

»Sie wußten es. Aber sie lebten nicht mehr mit ihnen. Sie benutzten sie zur Nahrung, zur Unterhaltung, als Schmuck. Sie machten sie zu einem Teil ihrer Menschenwelt – oder sie verloren sie aus den Augen.«

»Ich kann es mir vorstellen«, sagte er nach einer Weile. »Es war damals viel die Rede vom Sieg über die Natur. Um zu siegen, mußt du kämpfen. Und du kämpfst besser gegen jemanden, der dir fremd ist. So weit verstehe ich, was du sagen willst. Doch wie kamen die Seelen der Menschen zu Schaden?«

»Eben dadurch, Spiridion, daß sie sich all den anderen Seelen entfremdeten. Eine Menschenseele, die nichts mehr kennt als andere Menschenseelen, wird unmenschlich.«

»Ein hübsches Paradox! Wie soll das zugehen, Chas?«

»Lebt ihr vier Brüder nur miteinander, Spiridion? Sind da nicht noch andere Lebewesen mit euch?«

»Wir haben eine Landwirtschaft und einen Garten. Freilich sind da andere Lebewesen.«

»Ihr kennt sie?«

»Wir kennen sie gut.«

»Wie geht das zu, wenn du ein Tier oder eine Pflanze kennenlernst?«

»Hm. Ich schaue. Ich beobachte. Ich vergleiche.«

»Was findest du, wenn du vergleichst?«

»Gleiches. Ähnliches. Verschiedenes.«

»Welchen Schluß ziehst du daraus?«

»Den, daß jede Art von Lebewesen ein Volk für sich ist. Es gibt ein Volk der Buchen, ein Volk der Katzen, ein Volk der Marienkäfer, ein Volk der Brombeeren – ich kann sie wohl kaum alle aufzählen, nicht wahr?«

»Das ist auch nicht nötig, wenn du mir zustimmst, daß jedes dieser Völker seine besonderen Eigenschaften besitzt, die es von den anderen Völkern unterscheiden.«

»Ich stimme dir zu, Chas.«

»Nun, die Eigenschaften eines Volkes von Lebewesen sind das Maß, mit dem du es mißt. Nicht deine, nicht unsere, nicht die menschlichen Eigenschaften. Wir sind nur ein Faden im Gewebe der Völker.«

»Du meinst, es ist der Reichtum an Völkern, die uns bekannt sind, an denen wir uns zu messen verstehen, der uns menschlich macht?«

»Ja, Spiridion. Weil wir dann die anderen Völker erkennen und uns selber in ihnen, wie in einem Spiegel. Wenn uns alle Maße abhanden kommen, außer unserem eigenen, unserem Menschenmaß, dann erblindet der Spiegel. Das Gewebe zerfällt. Wir bleiben allein. Woran messen wir uns nun? An uns selber? Aber wir sind nicht mehr wir selber. Was wir sind, vermögen wir nicht herauszufinden. Woran sollten wir es messen? Uns bleibt nur, zu sagen, was wir nicht mehr sind.«

Das Bücherzimmer war nun dunkel. Wir saßen im gelben Lichtschein der Laterne einander gegenüber. Bruder Spiridion kratzte sich an der Stirn, wo die Stelle, an der ihn der Moskito gestochen hatte, flach und weißlich aufgeschwollen war, mit einem dunklen Punkt in der Mitte.

»Maßlos«, sagte er nach einer Weile. »Ja, das waren sie wohl. Unmenschlich? Ich weiß nicht, Chas. Kannst du das dem letzten Jahrhundert allein zur Last legen? Unmenschlich sind die Menschen immer schon gewesen.«

»Das ist wahr. Doch auch darin verloren sie während des letzten Jahrhunderts jedes Maß. Denk an die Kriege. An die Lager, die keiner lebend verließ. Denk an die Flüchtlinge. An die Hungersnöte.«

344

»Ich weiß, Chas. Ich brauche nur an einiges von dem zu denken, was in dem Buch von Seven Persons aufgeschrieben steht.«

»Ich habe bisher nur den Bericht von Strange Goose gelesen.«

»Lies den von Maguaie. Den von Taguna. Lies sie alle. Was denkst du: Wußten die Menschen, was mit ihren Seelen geschah? Oder wußten sie es nicht?«

»Ich denke, sie wußten es, sahen es jedoch nur bei anderen, nicht bei sich selbst.«

»Das wäre menschlich. Selbsterkenntnis ist schwer.«

»Damals war sie beinahe unmöglich. Wie willst du Abstand zu dir selbst finden, wenn andere dir ständig zu nahe sind? Und so war es. Sie waren zu viele.«

»Und es gab keine freien Seelen.«

»Du hast die freien Seelen vorhin schon einmal erwähnt. Es sind wohl die Seelen, die sich auf dem Langen Weg befinden. Was tun sie dort?«

»Das ist verschieden, Chas. Es gibt welche, die haben alle Verkörperungen durchlaufen: die, welche sie wünschten, die, welche sie brauchten, und die, welche von ihnen gefordert wurden. Diese Seelen kehren zu Gott zurück. Dann gibt es Seelen, die sich nach dem Erdenleben sehnen. Sie verspüren den Drang, sich alsbald wieder zu verkörpern. Und schließlich gibt es freie Seelen, die am liebsten blieben, was sie sind. Warum das so ist? Wer weiß. Vielleicht müssen sie sich vom körperlichen Dasein erholen? Oder die Wanderschaft auf dem Langen Weg ist eine Zeit des Wachstums für sie, eine Zeit der Reife, die sie brauchen, um dem Erdenleben wieder gewachsen zu sein?«

»Dann wäre eine verfrühte Wiedergeburt nicht gut für sie.«

»Auch nicht für das Wesen, in dem sie sich verkörpern, Chas!«

Er stand auf, streckte sich und gähnte, wobei er beide Hände vor den Mund hielt.

»Ich will noch nach Troldhaugen«, sagte er. »Bleibst du hier?«

»Ich begleite dich bis zu meiner Hütte«, sagte ich.

»Gut!«

Im Vorraum löschte er die Laterne und stellte sie in den Winkel neben der Tür. Vor der Hütte schlug Abit die Augen auf, als wir an ihr vorbeigingen. Der Himmel war wolkenlos und sternenhell. Der

345

Mond war noch hinter den Wäldern verborgen. Bruder Spiridion wies nach der Milchstraße.

»Dort ist der Lange Weg«, sagte er.

Wir bestiegen unsere Boote und tauchten die Paddel in das schlaflose Wasser.

»Die Seelen sind Teile vom Geist Gottes«, sagte ich nach einer Weile. »Gott hat die Welt geschaffen, in der sich Seelen in Pflanzen, Tieren und Menschen verkörpern. Hat er sie für sich geschaffen? Oder für uns?«

»Das läßt sich nicht so trennen, Chas. Ich denke, er hat Pflanzen, Tiere und Menschen geschaffen, um sich in ihnen zu verkörpern. Er wollte Pflanze, Tier und Mensch sein.«

»Ist das eine der Botschaften des Christus?«

»Ich glaube es. Gott schreibt zwischen den Zeilen, nicht wahr?«

Am Anlegesteg machten wir unsere Boote fest, als aus der Richtung, in der Maguns Hütte lag, einige klare, melodische Trompetentöne herüberhallten.

»Wer spielt hier Trompete?« fragte ich.

»Die Schwäne! Hast du sie noch nicht gehört?«

»Nein. Nur gesehen. Aber ich wollte dich noch etwas fragen. Ist dir schon einmal der Name Naomi begegnet?«

»Das will ich meinen. Meine Schwester heißt Naomi, und ihre jüngere Tochter heißt nach ihr. Ja, und die Clanmutter von Tawanak heißt ebenfalls so. Du forschst also auch nach Namen, nicht nur nach Zwillingen?«

»Ich versuche, für mich ein wenig Ordnung in die Vielfalt der Namen zu bringen. Ich meine, in die Vielfalt ihrer Herkunft.«

»Ah ja! Das verstehe ich gut. Jeder Name erzählt eine Geschichte – oft über Menschenalter zurück. Ein Gewebe von Geschichten. Erst wenn du länger hier gelebt hast, wirst du beginnen, es zu überblicken. Doch ich wollte dir noch etwas sagen. Jetzt ist es mir entfallen.«

Wir gingen den Weg hinauf. Das Mondlicht glänzte auf den Blättern der Pflaumenbäume.

»Du willst sicher noch etwas essen und trinken?« sagte ich, als wir vor meiner Hütte standen.

»Ich danke dir. Lieber nicht.«

»Du bist ein Asket, Bruder Spiridion.«

»Ich? Nicht doch. Ich bin zufrieden. Mir fehlt nichts. Asketen sind nur zufrieden, wenn ihnen etwas fehlt.«

»Wo hast du dein Pferd?«

»Alma? Auf der Weide beim Langhaus. Ah, jetzt ist mir eingefallen, was ich dir sagen wollte. Wir glauben hier, daß Zwillinge eine Seele gemeinsam haben. Wußtest du das?«

»Nein. Aber dann müßten Zwillinge doch gemeinsam sterben. Und Sigurd Svansson, zum Beispiel, hat seinen Zwillingsbruder überlebt.«

»Nein, nein, nein, Chas! Sie müssen nicht gemeinsam sterben. Bei siamesischen Zwillingen kommt es vor, daß sie gemeinsam sterben müssen. Sie haben einen gemeinsamen Körper, aber das ist etwas anderes.«

»Hat der Besitz einer gemeinsamen Seele keinerlei Folgen, Bruder Spiridion? Oder keine eindeutigen?«

Er streifte die Kapuze über seinen Kopf.

»Wenn ich das wüßte, Chas! Da du Sigurd erwähnt hast: Gerade bei ihm habe ich mich über die Jahre hin wieder und wieder gefragt, welche Folgen es für seine Seele hatte, daß sein Bruder starb. Hat Sigurd mit Per ein Stück seiner Seele eingebüßt? Oder hat Per einen Teil der seinigen bei Sigurd zurückgelassen? Vielleicht den dunklen Teil? Du siehst, unsere Fragen sind Stöcke, mit denen wir im Nebel umhertappen. Selbst in einer so klaren Nacht wie dieser.«

Er hob grüßend die Hand.

»Schlaf gut, Chas Meary. Laß deine Seele wandern, doch vergiß deine Träume!«

»Gute Nacht, Bruder Spiridion!« sagte ich.

HEU

Oonigun weckte mich im Morgengrauen. Er trug keinen Verband mehr um den Kopf. Die Furche, welche die Kugel gerissen hatte, war flacher geworden und vollständig abgeheilt, aber immer noch zu erkennen. Der obere Rand der zerfetzten Ohrmuschel war mit trockenem Schorf bedeckt.

»Heuwetter?« sagte ich. »Wo fangen wir an?«

»Bei Don Jesús. Ich hab den Wagen oben beim Langhaus stehen. Laß dir Zeit. Hoss hat ein Eisen locker. Ich will sehen, ob ich es nachschlagen kann.«

»Wer kommt sonst noch?«

»Amos, Joshua, mein Vater und mein Bruder. Bis gleich!«

Ich wusch mich und zog mich an. Der Himmel war dunstig. Über dem See schwamm dichter Nebel und verbarg die Inseln. Nur die beiden Wipfel der großen Zeder und die Wipfel der anderen alten, hohen Bäume ragten über den Nebel heraus. Aus den Obstgärten klangen Vogelstimmen. Die ersten Schwalben waren schon auf der Jagd.

»Nun«, sagte ich zu Oonigun, während ich auf die Radnabe und von ihr auf den Kutschsitz stieg, »hast du das Eisen festbekommen?«

»Ja, Chas. Es wird schon halten, bis wir bei Don Jesús sind. Ich muß mir von ihm neue Nägel geben lassen. Die Enden sind zu kurz zum Umnieten. Hoss streift sich. Er könnte sich verletzen.«

Wir fuhren im langsamen Trab. Hinter uns auf dem Wagen lagen mehrere Sensen, deren Blätter in dicken rindsledernen Scheiden steckten, ein Bündel hölzerner Heurechen, der glattgescheuerte, glänzende Heubaum aus Tannenholz und zwei aufgerollte Seile. Die Heuleitern waren mit Lederriemen an den Rungen befestigt.

»Wie geht es deiner Mutter, Oonigun?« fragte ich.

»Ganz gut. Vor ein paar Tagen hat sie zum erstenmal wieder etwas im Garten gearbeitet. Eigentlich ist sie sehr gesund. Wenn sie einmal krank wird, braucht sie aber lange, um sich zu erholen.«

Beim Ibárruri-Hof spannten wir die Pferde aus, befestigten das Eisen von Hoss mit neuen Nägeln, feilten den Huf glatt und banden die Pferde vor dem Stall an. Den Wagen schoben wir in die Scheune, wo schon der von Don Jesús stand.

Nach dem Frühstück spannten wir Hoss und Maalat vor die Mähmaschine. Don Jesús fädelte die Zügel durch die Führungsringe, ließ sich auf dem Sitz nieder und fuhr voraus. Oonigun nahm die Sensen, ich lud mir die Heurechen auf die Schulter, und zusammen mit Ane-Maria und Encarnación gingen wir an der Waschküche vorbei, zwischen Scheune und Stall hindurch, unter den alten Bäumen hin und dann ins Freie. Den Kartoffelacker ließen wir links liegen, überquerten den Bach, in dem einige Pekingenten und Hausgänse planschten, folgten den Radspuren der Mähmaschine entlang einer Haselnußhecke und sahen die Wiese vor uns, die als erste gemäht werden sollte. Fast eine halbe Meile lang und eine Viertelmeile breit erstreckte sie sich in zwei sanften Wellen bis zum See hinunter. Das Gras reichte uns an die Knie. Überall leuchteten blau, gelb, rosa, violett und tiefrot die Blüten wilder Blumen.

»Deine Mokassins sind ganz naß, Carlos«, sagte Ane-Maria neben mir. »Zieh sie aus.«

»Ja«, sagte ich, »das ist wohl gescheiter.« Ich streifte die Mokassins ab und hängte sie in eine Astgabel zum Trocknen. Oonigun tat das gleiche. Über den Cobequid-Hügeln stand scharfrandig und bleich die Sonne. Der Nebel über dem See lag reglos. Die Luft war schwer, kühl und voller Dunst.

»Wenn ihr mich fragt«, sagte ich, »so wird es regnen.«

»Heiß wird es«, sagte Encarnación, die dabei war, ihr Haar mit einem roten Leinenband im Nacken zusammenzubinden. »Heiß und windig.«

»Wer sagt das?«

»Amos, Arwaq und Strange Goose. Wenn die drei dasselbe sagen, muß das Wetter gehorchen.«

»Immer?«

»Immer!«

350

Don Jesús hatte inzwischen die Mähmaschine gewendet, den Mähbalken hinabgelassen und kam die Hecke entlang auf uns zu gefahren. Jede Unebenheit des Bodens schleuderte den Mähbalken hoch.
Erde spritzte auf.

Don Jesús hielt neben uns an und sprang von der Maschine.

»Sagrada Familia!« rief er. »Ich glaube, wir nehmen lieber die Sensen.«

»Hm!« machte Oonigun. »Der Mähbalken steht zu tief. Hält einer
von euch mal die Pferde?«

»Wozu?« fragte Ane-Maria. »Die laufen nicht fort.«

»Ein kleiner Ruck genügt«, sagte Oonigun. »Dann macht das Messer
auch einen kleinen Ruck. Und dann fehlt mir vielleicht ein Finger.
Halt die Pferde fest, *abitasees*!«

Ane-Maria errötete.

»*Abitas*!« sagte sie. »Ich bin kein kleines Mädchen. Außerdem hab
ich einen Namen, damit du es nur weißt!«

Sie ging zu den Pferden und legte Hoss beide Arme um den Hals.
Der Hengst zog die Oberlippe hoch und knabberte an ihrer Schulter.

In einem kleinen Blechkasten neben dem linken Rad fanden wir
Werkzeug. Oonigun kramte einen verstellbaren Schraubenschlüssel
hervor. Wir lösten die Muttern an zwei Bolzen, zogen diese aus
ihren Löchern und setzten sie jeweils ein Loch weiter wieder ein,
nachdem wir den Mähbalken an seiner Vorderkante angehoben hatten. Don Jesús hockte neben uns und schaute aufmerksam zu.

»So!« sagte Oonigun, nachdem er beide Muttern wieder festgezo-
gen hatte. »Jetzt kommt es darauf an, ob das genug war. Versuch
es.«

Don Jesús kletterte auf seinen Sitz und ergriff die Zügel. Ane-Maria
ließ Hoss los und trat zurück. Die Pferde legten sich ins Geschirr,
und die Mähmaschine setzte sich in Bewegung. Der eiserne Schuh
am äußeren Ende des Mähbalkens glitt über den Boden. Er sprang
nicht mehr hoch. Gleichmäßig und flach fiel das geschnittene Gras
nach hinten um.

Don Jesús schaute über die Schulter zurück und zeigte seine kleinen, scharfen Zähne.

»*Keloolk*!« rief er. »Bueno! Bon! Good! Dobre!«

Wir sahen ihm nach, bis er hinter einer Biegung der Hecke verschwand.

»Dein Vater kann viele Sprachen, *abitasees*!« sagte Oonigun zu Ane-Maria, die neben ihm stand. Ihre Augen waren schräg wie die ihrer Mutter. Nun wurden sie auch ebenso schmal.

»Nicht wahr, *ulbadoosees*?« entgegnete sie.

Er faßte nach ihren Schultern. Doch Ane-Maria war schneller. Sie stellte ihm ein Bein und stand lachend über ihm, während er sich aus dem gemähten Gras aufrappelte.

»Zu naß für Liebesspiele«, sagte Encarnación. »Hier!«

Sie reichte jedem von uns ein Kuhhorn, an dessen Seite ein kupferner Haken angenietet war, so daß man das Horn hinter den Gürtel schieben konnte. Die Hörner waren halb mit Wasser gefüllt. Wetzsteine sahen aus ihnen hervor.

Oonigun nahm den Wetzstein aus seinem Horn, setzte es an die Stirn, wobei ihm Wasser übers Gesicht floß, senkte den Kopf und griff Ane-Maria an, die ihm auswich.

»Und jetzt?« sagte er und schaute mit gerunzelter Stirn in das Horn.

»Füll es nach«, sagte Encarnación.

»Womit? Der Bach ist weit.«

»Nimm von deinem Vorrat«, sagte Ane-Maria.

»Hä? Von welchem Vorrat?«

»Du hast doch vorhin Tee getrunken«, sagte Encarnación. Beide Mädchen begannen zu kichern.

»Ihr Ferkel«, sagte Oonigun. »Gebt mir von eurem Wasser.«

»Weil du es bist«, sagte Encarnación und schüttete aus ihrem Horn ein wenig Wasser in seins.

»Hier«, sagte Ane-Maria. »Weil dein Vorrat sowieso zu klein wäre.«

»Hier«, sagte ich. »Weil mein Vorrat groß genug ist.«

»Ich danke euch«, sagte Oonigun, steckte den Wetzstein in sein Horn und hakte es an seinen Gürtel. »Nun werden wir die Sensen nehmen und die Wiesenränder ausschneiden. Überall, wo die Maschine nicht hinkommt. Es ist leicht. Schaut mir zu und macht es nach.«

Er griff sich eine der Sensen, zog die Lederscheide vom Blatt, prüfte mit dem Daumennagel die Schärfe und begann, das Gras unter den Büschen der Hecke abzumähen.

»Er spricht wie ein Ältester«, sagte Ane-Maria. »Ich glaube, wir müssen tun, was er sagt.«

»Der jüngste Älteste in Megumaage«, sagte Encarnación und ergriff eine Sense. »Alle werden uns beneiden.«

Der ungemähte Streifen war drei bis fünf Fuß breit. An Stellen, an denen die Hecke sich einbuchtete, war er breiter. Wir verteilten uns in weiten Abständen, um einander nicht zu behindern. Ich brauchte eine Weile, ehe ich mit der Sense zurechtkam. Die Handgriffe waren anders am Sensenbaum angebracht, als ich es gewohnt war. Danach ging es gut. Die Schneide fuhr zischend in das nasse Gras, schnitt es ab, warf es nach links und schaffte so freien Raum für den nächsten Schnitt. Ich achtete darauf, mit der Spitze des Blattes nicht in die Hecke zu geraten und mit der Schneide keine Steine zu treffen. Fand ich einen Stein, dann hob ich ihn auf und warf ihn in die Hecke. Ich fand nur wenige Steine, und es waren keine großen dabei. Die lagen alle bereits in der Hecke, in vergangenen Jahren zusammengetragen und aufgehäuft, und bildeten dort einen fußhohen Wall, der meist vom Gebüsch verdeckt oder von Moos und Kräutern überwachsen war und in dessen Schutz sich raschelnd allerlei kleines Getier flüchtete, sobald ich näherkam.

Einmal traf ich doch mit der Schneide auf einen Stein. Als ich die Sense aufstellte und den Wetzstein zur Hand nahm, sah ich, daß Don Jesús eben in der südwestlichen Ecke der Wiese angelangt war. Die winzigkleinen Pferde hoben die Köpfe, als sie die Mähmaschine zurücksetzten. Dann ließ Don Jesús den Mähbalken wieder hinab, fuhr am Ufer entlang nach Osten und verschwand gleich darauf hinter einer Bodenwelle. Es dauerte endlos lange, bis er wieder sichtbar wurde; dann schien es noch einmal endlos lange zu dauern, bis er sich so weit genähert hatte, daß ich das Schnaufen der Pferde, das Stampfen ihrer Hufe und das Klappern des Mähmessers hören konnte. Er mähte den Streifen entlang der Hecke zu Ende, hob den Mähbalken aus, setzte die Maschine zurück und fuhr dann so weit vor, daß er den nächsten Streifen in Angriff nehmen konnte. Die erste Runde war er linksherum gefahren; von nun an würden alle weiteren Runden im Uhrzeigersinn verlaufen, bis die letzten beiden Streifen in der Mitte der Wiese gemäht sein würden.

»Wie geht es, Don Jesús?« rief ich ihm zu.

»Gut, Don Carlos! Sehr gut! Diese Maschine hat uns gefehlt! Willst du auch einmal fahren?«

»Später, Don Jesús. Erst schneiden wir hier am Rand fertig aus. Das Zeug ist ziemlich naß.«

»Ja. Das muß heraus aus dem Schatten.«

Er senkte den Mähbalken und fuhr los. Das schnurrende Klappern des Messers wurde leiser und leiser, wurde zu einem fernen Schwirren, sank ab zu einem tiefen Summen. Dann war es still, bis auf das Zischen der Sensen im Gras.

Langsam wurde es heiß. Encarnación hatte recht gehabt. Nur der Wind blieb aus. Als ich wieder einmal meine Sense aufstellte, um sie nachzuschärfen, hatte sich die Nebelschicht wie eine Wolke vom See abgehoben und hing auf halber Höhe der Hügel golden leuchtend im Sonnenlicht. Alle Krümmungen und Buchten des Sees waren an ihr zu erkennen.

Ane-Maria ging mit der Sense über der Schulter an mir vorbei, um weiter unten auszuschneiden. Im Gehen warf sie mit ihren nackten Zehen das gemähte Gras hoch in die Luft.

»Der See hat gekalbt!« sagte sie mit einer raschen Kopfbewegung und dem listigen Lächeln ihrer Mutter.

»Tut er das oft?«

»Nicht im Sommer. Im Herbst öfters. So schön hab ich es noch nicht gesehen.«

Während ich weiter mähte und ab und zu einen Stein aufklaubte und in die Hecke warf, schaute ich manchmal zu der goldenen Wolke hinüber. Dann schwang die Hecke in einem weiten Bogen nach Osten. Junge Ahorne und Buchen strebten aus ihr zum Licht empor. Auf ihrer anderen Seite hörte ich den Bach gluckern. Ich war froh, eine Weile im Schatten arbeiten zu können.

Eine Stunde mochte verstrichen sein, bevor ich wieder zum See hinunterblickte. Die leuchtende Wolke war verschwunden. Hoch oben trieb der Wind die letzten verblassenden Dunststreifen auseinander. Etwas später spürte ich den ersten Windhauch kühl auf meinem Gesicht.

Amos, Arwaq, Joshua und Kagwit kamen kurz vor Mittag. Sie brachten den Imbiß, den Doña Pilar uns gerichtet hatte, und für jeden von uns einen Strohhut. Die Mädchen setzten die ihren bereits während des Essens auf, schoben sie nach hinten, nach vorne, nach den Seiten, und versuchten an unseren Gesichtern abzulesen, wie sie die beste Wirkung erzielten.

Schließlich zog Ane-Maria den breiten Rand ihres Hutes tief in die Stirn und schaute mit halbgeschlossenen Augen ins Weite. Fältchen krausten ihre Nasenflügel.

»Dies«, sprach sie mit Grabesstimme, »war meine letzte Freude!«

Oonigun starrte sie hingerissen an.

»Auch sie«, fuhr Ane-Maria fort, »haben mir die mit Blut bemalten Krallen des rasenden Schicksals nun aus dem Herzen gerissen. Mein Herz ballt sich zusammen wie eine verwundete Faust. Tränen rinnen über die blinden Scheiben seiner Fenster.«

Sie hob eine Hand und spreizte die Finger in einer Geste abgründiger Verzweiflung.

»Wer«, fragte sie mit leiser Stimme, »wird die blinden Fenster meines Herzens putzen?

Wer wird die verwundete Faust meines Herzens öffnen und mit Lilien füllen?

Wer wird die blutigen Krallen des Schicksals sanft aus meiner Seele ziehen?

Niemand …«

Das letzte Wort hatte sie fast unhörbar gehaucht. Sie riß sich den Hut vom Kopf, legte ihn neben sich ins Gras, nahm ein Butterbrot und biß hinein. Alle lachten. Oonigun lachte nicht. Er hatte die Pfeife seines Vaters ergriffen und zog heftig an ihr.

Um die Mitte des Nachmittags waren wir mit dem Ausschneiden der Wiesenraine fertig. Das gemähte Gras war so weit abgewelkt, daß wir es auf Schwaden rechen konnten. Wir wischten die Sensenblätter ab, stellten die Sensen zusammen und holten uns die Heurechen. Der Wind kam stetig und trocken von Westen. Die Sonne brannte. Die Mähmaschine zog ihre Bahn: hinunter zum See, herauf den Hügeln zu. Ich fuhr eine Runde und übergab meinen Platz dann an Amos, der ein wenig stärker hinkte als sonst. Er hörte auf zu mähen, als die Sonne hinter die Hügel gesunken und der Wind eingeschlafen war. Über ein Viertel der Wiese war gemäht. Das Gras lag in langen, duftenden Schwaden.

In dieser Nacht schlief ich im Gästezimmer. Drunten im Garten wachte der Springbrunnen.

Am Morgen gelang es mir, als erster aufzustehen. Das Feuer brannte im Küchenherd, und das Wasser, das ich aufgestellt hatte, begann gerade zu sieden, als ich aus dem Vorraum die schweren Schritte von Doña Gioconda vernahm. Gleich darauf stand sie in der Tür, einen Eimer Milch in der Hand. Wohlgefallen und Empörung kämpften auf ihrem Gesicht um den Vorrang.

»Na!« sagte sie. »Guten Morgen, Carlos. Du tust hier meine Arbeit!«

»Ich stehe gern früh auf«, sagte ich. »Guten Morgen, Doña Gioconda!«

»Seit ich mich erinnern kann, Carlos, war ich morgens die erste. Daheim in Calabozo del Tuy, und dann hier. Es ist die einzige Zeit des Tages, zu der man ein freier Mensch ist.«

Sie seufzte, stellte ein Sieb auf einen leeren Eimer, breitete ein sauberes Seihtuch hinein und begann, die frische Milch durchzugießen.

»Und wie geht es dir heute, Mutter Gioconda?«

»Mir? Großartig, niño! Großartig! Weißt du, es gibt Tage, da kann ich nichts machen. Nicht mal allein gehen. Die Hüften! Die Knie! Die Schultern! Und der Rücken! Besonders der Rücken. Meine Großmutter pflegte zu sagen: Kind, sagte sie, das sind die Termiten. Wenn du älter wirst, kriechen die Termiten in dich hinein und höhlen dich langsam, langsam von innen her aus. Damals hab ich das geglaubt. Später wußte ich, es war nur eine Geschichte, ein Märchen. Jetzt glaub ich wieder daran. Es fühlt sich genau so an, wie ich mir vorstelle, daß ein Baum sich fühlt, wenn er voller Termiten ist. Doch das kommt nur selten vor, Gott sei Dank. Heute hab ich sogar die Alba gemolken.«

Sie stellte den Milcheimer in einen Zuber, der halb mit Wasser gefüllt war, schöpfte ein wenig Milch in eine irdene Schüssel und stellte sie auf den Boden neben der Bank.

»Tia!« rief sie mit gewaltiger Stimme. »Huanaco!«

Sie setzte sich schwer auf die Bank.

»Du weckst das ganze Haus«, sagte ich.

»Ta-ta, Carlos! Wenn sie mich nicht hörten, dann würden sie wach!«

Krallen scharrten außen an der Hauswand unter dem offenen Fenster. Ein Kopf und zwei Pfoten erschienen. Gelbe Augen sahen uns an. Tia sprang vom Fensterbrett auf den Boden hinab und machte sich sofort daran, die Milch aufzulecken. Huanaco kam aus dem Vorraum. Er hatte einen schwarzen Fleck genau auf der Nase, die er schnüffelnd unter Tias Schwanz schob, bevor er sich zu der Schüssel begab. Doña Gioconda hatte einen Tabaksbeutel zu sich herangezogen, der auf der Bank lag, und stopfte sich eine Pfeife. Ich stand auf, um ihr Feuer zu geben.

»Sei so gut, Carlos«, sagte sie, »und brüh den Tee auf. Labrador, ja?«
Ich brachte ihr einen glimmenden Kiefernspan. Dann goß ich kochendes Wasser in die bauchige, braune Teekanne, schwenkte sie aus, goß das Wasser fort, streute eine kleine Handvoll graugrüner Labradorblätter in die Kanne und füllte mit kochendem Wasser auf.

»Er kann ruhig auf den Blättern stehenbleiben«, sagte Doña Gioconda.

»Ah gut«, sagte ich, »das wußte ich nicht.« Ich stellte die Kanne an den rechten Herdrand und setzte mich wieder auf meinen Stuhl.

»Du auch?« fragte Doña Gioconda und schlenkerte den Tabaksbeutel an seinem Riemen, um ihn mir zuzuwerfen.

»Danke«, sagte ich. »Nicht so früh am Morgen.«
Sie legte den Beutel neben sich auf die Bank und den erloschenen Span an die Tischkante und blies graublauen Rauch gegen die Decke.

»Die erste am Morgen, das ist die beste«, meinte sie. »Hat dich Bruder Spider gründlich unterrichtet?«

»Woher weißt du nun das schon wieder, Mutter Gioconda?«

»Frag mich auf Ehre und Gewissen, und ich kann dir nicht sagen, wer es mir erzählt hat. Hier gibt es wenige Geheimnisse, Carlos.«

»Was, wenn einer ein Geheimnis bewahren möchte?«

»Dann muß er es für sich behalten. Selbst zwei Menschen können ein Geheimnis nur dann wahren, wenn einer von ihnen tot ist.«

»Bruder Spiridion hat mir viel von der Wanderung der Seelen erzählt. Er hat auch gesagt, Zwillinge haben nur eine Seele.«

»So ist das nicht. Sie haben weniger als zwei Seelen, doch mehr als eine.«

»Gilt das für alle Zwillinge?«
»Für alle? Ach so: du meinst die, die gleich aussehen, und die, die verschieden aussehen? Wir machen da keinen Unterschied.«
»Spiridion hat auch etwas gesagt, was dir nicht gefallen wird. Er hat mir geraten, zu vergessen, was ich träume.«
Doña Gioconda verschluckte sich am Rauch. Es dauerte eine ganze Weile, bis sie den Hustenanfall überwunden hatte.
»Santisima!« sagte sie und wischte sich die Augen. »Ja, über diese Frage gerieten Spider und ich uns immer in den Pelz. Auch Ane-Maria sollte ihre Träume vergessen. Sie hat ihm geantwortet: ›Ich erinnere mich an einen Traum, oder ich vergesse ihn. Das ist so. Ich mache das nicht.‹«
»Ane-Maria war in der Schule?«
»Zwei Jahre lang.«
»Hat es ihr Freude gemacht?«
»Zwei Jahre lang hat es ihr Freude gemacht. Dann fand sie, es sei genug.«
»Heimweh?«
»Ich weiß nicht, Carlos. Vielleicht ein bißchen davon. Doch sie fand eben, es sei genug. Lesen, Schreiben, Rechnen; Gitarre spielen hat sie auch gelernt. Und singen tut sie sehr schön. Ich weiß noch viele, viele von den alten Liedern. Singen kann ich nicht mehr. Aber nun lernt Ane-Maria die Lieder von mir. So werden sie nicht mit mir begraben.«
»Habt ihr auch gefunden, zwei Jahre Schule seien genug?«
»Allerdings! Zu viel Schule ist nicht gut. Die Kinder verlernen das Arbeiten.«
»Pater Erasmus hat erzählt, daß mehr Mädchen in die Schule kommen als Buben.«
»Ja, das ist so! Und sie denken früher daran als die Buben. Ane-Maria war zehn. Die Buben denken oft erst mit neunzehn oder zwanzig daran. Manche noch später. Amos war fast dreißig, als er Lesen, Schreiben und Rechnen lernte.«
»War Encarnación auch in der Schule?«
Doña Gioconda lachte. »Nein, Carlos!«
»Die beiden sind sehr verschieden, glaub ich.«
»Wie meinst du das?«

Ich erzählte ihr von der kleinen Szene, die Ane-Maria uns am Vortag beim Mittagessen vorgespielt hatte. Doña Gioconda hörte aufmerksam zu und paffte an ihrer Pfeife.

»Ja«, sagte sie, als ich zu Ende war, »Ane-Maria gleicht ihrer Mutter. Encarnación wird es leicht haben. Eines Tages wird ein Mann zu ihr kommen und sagen: ›Du bist es!‹ Encarnación wird ihn anschauen, von oben bis unten. Dann wird sie sagen: ›Du bist es auch!‹ Und wir werden die Hochzeit vorbereiten. So war es bei mir und meinem seligen Barbaro.«

»Und wie wird es mit Ane-Maria gehen?«

»So wie mit Pilar, Carlos! Pilar hat viele angezogen. Sie schwirrten um sie herum wie die Kolibris um den Honigtopf. Das ist nicht leicht für ein Mädchen, Carlos. Gar nicht leicht. Eine Horde von Bezauberten – das kann einem Mädchen in den Kopf steigen. Dann kam Jesús. Ich hab gleich gesehen: der kann sie ertragen.«

»War Don Jesús auch bezaubert, damals?«

»Sollte er nicht bezaubert sein? Er war nicht gescheiter als all die anderen. Nein. Das war er nicht. Doch er war der Richtige. Zuerst hab ich ihn mir vorgenommen und ihn nüchtern gemacht.«

»Wie hast du das angestellt?«

»›Schau mich an!‹ hab ich zu ihm gesagt. ›Siehst du mich? Hörst du mich? Gut! Pilar ist meine Tochter. Fleisch von meinem Fleisch. Blut von meinem Blut. Schau mich gut an: das kommt in die eine Waagschale. Was wirst du in die andere legen?‹«

Sie stand auf, klopfte ihre Pfeife in den Herd aus, legte ein paar Stücke Holz nach und nahm ihren Platz auf der Bank wieder ein.

»Was hat er geantwortet?« fragte ich.

»›Jesús? Kraft!‹ hat er gesagt. Ich hab lachen müssen. Dann hab ich gesagt: ›Gut. Kraft wirst du brauchen. Lernt einander kennen. Keine Dummheiten! In einem Jahr reden wir weiter.‹«

Sie legte die gestopfte Pfeife vorsichtig neben sich auf die Bank, stützte sich mit einer Hand auf den Tisch und erhob sich.

»Ah!« sagte sie. »Ich darf nicht zu lange sitzen. Bist du so gut, Carlos, und holst mir eine Schüssel voll Mehl? Nein, nicht die große! Die mittlere! Ja, die. Du weißt, wo die Mehlkiste steht?«

»Die blaue Kiste mit den Sonnenblumen, neben der Kellertreppe?«

»Jawohl, hombre!«

Amos und Don Jesús fuhren nach dem Frühstück mit der Mähmaschine und einem der Wagen zur Heuwiese hinunter. Wir anderen gingen in den Kartoffelacker, Käfer absammeln. Zum Wenden des Heus war es noch zu früh.

Wir fingen am oberen Ende des Ackers an und arbeiteten uns von Staude zu Staude vorwärts. Ich fand nur wenige Käfer, Gelege und Larven. Den anderen ging es ebenso.

»Sind es nur wenige dies Jahr?« fragte ich Encarnación.

»Im Gegenteil. Vor zwei Jahren, da gab es kaum welche. Letztes Jahr, da war es so mittelmäßig. Heuer sind es viele. Aber wir rotten sie aus.«

»Sucht ihr jeden Tag, bis zur Ernte?«

»Nur im ersten Monat. Danach alle drei Tage. Wenn die Kartoffeln blühen, genügt es, einmal in der Woche nachzuschauen.«

Ein leichter Südwind ging. Trotzdem wurde es heiß, noch bevor jeder von uns mit seinem Dutzend Reihen durch war. Wir nahmen einen anderen Weg zur Heuwiese. Er führte uns näher an das Seeufer heran. In einer Bodensenke bildete der Bach einen Sumpf von etwa einem halben Morgen, der mit Hecken und Bäumen eingefaßt war. Der Sumpf und ein angrenzendes Stück Brachland waren für die Schweine abgezäunt. Der Zaun bestand aus Baumstämmen, wie in Troldhaugen, und verlief in einer Zickzacklinie. Hinter ihm wühlten eine schwarze und eine schwarzgefleckte Muttersau mit ihren Ferkeln im morastigen Boden. Wir leerten unsere Sammelgefäße in den Futtertrog, der neben dem schweren Bohlentor an der Innenseite des Zauns stand. Die schwarze Sau blickte auf, ließ die Wurzel fallen, an der sie gekaut hatte, und kam angetrabt, dicht gefolgt von ihren Ferkeln und der anderen Schweinefamilie. Binnen weniger Augenblicke waren Käfer und Larven verschwunden. Die Schweine quiekten empört, als wir gingen, ohne weiteres Futter in den Trog zu tun.

Wir begannen mit dem Umdrehen der Schwaden am unteren Wiesenrain. Die Heurechen glichen denen, die wir in Bayern benutzten. Lange, runde Stiele aus Tannenholz, die sich am unteren Ende gabelten, trugen das buchene Rechenhaupt. In ihm waren schräg die Zinken aus Esche eingelassen. Die Rechen waren leicht und gut zu handhaben, solange man darauf achtgab, daß die Zinken flach am Boden anlagen und nur das Heu erfaßten. Hielt man den Rechen hingegen so, daß die Zinken in die Erde drangen, dann wurde die Arbeit schwer; vor allem aber brach man bald einen oder mehrere Zinken ab, oder es löste sich das ganze Rechenhaupt vom Stiel.

»Stellst du diese Rechen her?« fragte ich Arwaq, der an dem Schwaden mir gegenüber arbeitete.

»Ja, Chas. Es gibt in jeder Siedlung einen oder zwei, die das können. Die einen haben es von Aaron gelernt, die anderen von Baquaha. Wir stellen auch Sensenbäume, Stiele für Hacken und Äxte und Schaufeln sowie Dreschflegel her.«

»Auch Deichseln, Zugscheite, Wagen, Wagenräder, Schlitten?«

»Nein, das war Aarons Arbeit, als er noch jünger war. Jetzt tut er nicht mehr viel. David und Ephraim machen das jetzt.«

»Im Winter, nehme ich an?«

»Nicht nur im Winter. Wann immer Zeit bleibt. Im Winter ist es manchmal schwierig, weißt du. Wenn es zu kalt wird, führt der Bach zu wenig Wasser und dreht das Rad nicht.«

Er schlug nach einer Pferdebremse, die ihn ausdauernd umkreiste, verfehlte sie jedoch. Er wartete, bis sie sich nach einer Weile auf seinem Oberarm niederließ, schlug aus dem Handgelenk zu und schnippte die zerquetschten Überreste mit dem Finger fort.

»Aaron hat also Maschinen?« fragte ich.

»Ja. Zuerst hat er die Mühle errichtet. Das war noch vor meiner Zeit. Später kam die Werkstatt hinzu. Als dann die Arbeit mehr wurde, hat Aaron die Maschinen gebaut und ein zweites Wasserrad, mit dem er sie antreibt.«

»Was für Maschinen hat er, Arwaq?«

»Eine Bandsäge, eine Hobelmaschine, eine Bohrmaschine, eine Drechselbank, einen großen Schleifstein und noch zwei Maschinen, deren Namen ich mir nicht merken kann. Mit der einen kann er Nuten und Federn schneiden. Und Verzierungen.«

»Das hört sich nach einer Fräse an.«

»Ja, richtig. So nennt er sie. Die andere ist eine Art von Bohrmaschine – nur daß sie keine runden Löcher macht, sondern längliche. Aaron bohrt mit ihr die Schlitze in die Radnaben, wo die Speichen eingefügt werden.«

»So eine hab ich schon gesehen. Ich weiß aber auch nicht, wie sie heißt. Wo hat Aaron denn die Teile für seine Maschinen hergenommen?«

»Die meisten von alten Maschinen. Ein paar Teile hat Björn Svansson geschmiedet. Jetzt macht das Sigurd. Die Gestelle hat Aaron selber angefertigt, aus Hartholz.«

»Wie treibt das Wasserrad die Maschinen an?«

»Da sind lange Eisenstangen unter dem Fußboden, die sich drehen. Sigurd hat sich das ausgedacht. Auf ihnen sitzen Riemenscheiben aus Holz, eine für jede Maschine. Von den Riemenscheiben führen breite Riemen aus Leder zu den Maschinen.«

»Das muß eine Menge Arbeit gewesen sein.«

»Oh ja! Über ein Jahr hat es gedauert, bis das alles fertig war.«

»Dafür brauchen sie jetzt fast nichts mehr mit der Hand zu machen.«

»Was fällt dir ein, Chas! Aaron erledigt immer noch das meiste von Hand. David und Ephraim auch. Ich hab einmal zugeschaut, wie eine Wagendeichsel entstanden ist. Die rohe Form haben sie auf der Bandsäge ausgeschnitten, und die Löcher haben sie mit der Bohrmaschine gebohrt. Alles übrige haben sie mit Ziehmessern und Hobeln gemacht. Die Maschinen tun nicht die ganze Arbeit. Sie helfen nur dabei.«

»Kann Aaron die Mühle und die Werkstatt zur gleichen Zeit laufen lassen?«

»Nur, wenn viel Wasser im Bach ist.«

»Ich würde mir die Mühle und die Werkstatt gerne einmal anschauen. Was meinst du, wann ist die beste Zeit?«

»Im Herbst. Oder im Winter. Jetzt haben sie mit dem Heu zu tun, wie wir. Dann kommen die Rüben, das Getreide, die Kartoffeln. David baut. Don Jesús wird bauen. Viel Arbeit!«

»Ihr braucht mehr Maschinen, Arwaq.«

»Meinst du? Die Mähmaschine da, die ist gut. Um das zu mähen, was sie an einem Tag mäht, würden wir alle zusammen drei oder vier Tage brauchen. Was, wenn es in der Zeit regnet?«

»Hast du von der Maschine gehört, die das Heu zu runden Ballen rollt?«

»Ich hab sogar eine gesehen, Chas. Als ich mir mit Sigurd zusammen die alten Mähmaschinen anschaute. Aber sie wäre zu schwer für die Pferde, auch für die Ochsen. Wir würden einen Traktor brauchen. Die Ballen sind auch so schwer, daß nur ein Traktor sie heben kann. Und wenn du sie an die Tiere verfüttern willst, mußt du eine Mühle haben, die sie zerkleinert. so fest sind sie.« Er lachte heiser.

»Bei uns gibt es Bauern, die Traktoren benutzen«, sagte ich.

»Und womit füttern sie die? Gibt es bei euch noch dieses Öl aus der Erde?«

»Nein, Arwaq. Sie füttern sie mit Rapsöl.«

»Ihr müßt viel davon haben.«

»Bauern, die Traktoren besitzen, können mehr Raps anbauen als jene, die mit Pferden und Ochsen arbeiten.«

»Ich verstehe. Dann bekommen sie mehr Öl, und mit dem füttern sie ihren Traktor. Mehr haben sie wohl nicht davon?«

»Ich glaube, Arwaq, du möchtest gar keinen Traktor haben?«

»Ich? Nein. Ich kenne auch sonst niemanden bei uns, der einen möchte. Wozu? Pferde und Ochsen tun alles, was wir brauchen. Außerdem, Chas, wie sollten wir einen Traktor bekommen? Wir können ihn nicht selber bauen, nicht wahr? Und die alten sind alle hin.«

»Ihr könntet einen eintauschen.«

»Mein Großvater hat erzählt, ein Traktor kostete so viel wie dreißig Kühe. Mindestens.«

»Das ist richtig. Welcher deiner Großväter hat das erzählt?«

»Strange Goose. Wiscomaasa Kobetak, der Vater meiner Mutter, ist jung gestorben.«

»Also keinen Traktor. Aber die Mähmaschine gefällt dir?«

»Sie gefällt mir, Chas. Aarons Maschinen gefallen mir. Wir können Maschinen brauchen, die bei der Arbeit helfen.«

»Tun sie das nicht alle?«

»Glaub ich nicht. Ich hab viele Maschinen gesehen, und noch mehr über die Maschinen gehört, die es früher gab. Die meisten haben die Arbeit langweilig gemacht. Du hast bloß noch danebengestanden und aufgepaßt. Außerdem haben sie den Menschen die Arbeit weggenommen. Ihr wart doch unten, am Ende vom Ashmutogun, wo der Hang heruntergekommen ist?«

»Ja, da waren wir. Ich hab die Wasserfälle gesehen und den Ort, wo die Taufen und die Trauungen stattfinden.«

»Die Maschine, die Bäume hochheben konnte, hast du nicht gesehen?«

»Nein, Arwaq. Aber dein Großvater hat sie einmal erwähnt.«

»Sie liegt dort im Wald. Sie ist so groß wie eine Hütte. Sie fuhr nicht auf Rädern, sondern auf Ketten. Weißt du, was ich meine?«

»Ja. Es gibt auch Traktoren, die auf Ketten fahren.«

»Gut!« Er nahm den Hut ab, wischte sich den Schweiß vom Gesicht und setzte den Hut wieder auf. »Vorne hatte diese Maschine einen Arm«, fuhr er fort. »Er ist jetzt abgebrochen. Aber du kannst ihn noch sehen, denke ich, wenn du die Büsche wegschneidest und ein wenig Erde zur Seite räumst. Mit diesem Arm ergriff sie die Bäume, sägte sie ab, hob sie hoch und legte sie auf einen Haufen. So, wie ein kleines Kind Blumen pflückt. An einem Tag hat sie so viele Bäume gefällt wie sechzig Männer. Diese sechzig Männer hatten dann keine Arbeit. Und es gab viele solche Maschinen.«

»Die sechzig Männer konnten doch andere Arbeit finden?«

»Eben nicht. Andere Arbeit gab es kaum – überall haben Maschinen den Menschen die Arbeit weggenommen.«

»Und die Menschen? Wovon haben sie gelebt?«

»Sie sind nicht verhungert, Chas. Das nicht. Sie bekamen ein wenig Geld dafür, daß sie nicht arbeiteten. Nicht viel. Du mußt ja nicht viel essen, wenn du nicht arbeitest.«

»Jetzt erinnere ich mich. Ich hab davon gehört. Das hat es bei uns drüben auch gegeben. Es war nur nicht so schlimm wie hier, scheint mir.«

Wir waren am obern Ende der Wiese angelangt und gingen ein Stück die Hecke entlang, bis jeder von uns eine Schwade fand, die noch nicht gewendet war. Oben war das Heu bereits trocken. Es raschelte und regte sich im Wind. Die untere Schicht war welk, aber noch grün und voller Saft. Goldbraune Heuhüpfer sprangen vor meinem Rechen davon. Amos fuhr die Mähmaschine. Die Runden waren jetzt schon merklich kürzer geworden, das wogende Grasviereck in der Mitte der Wiese merklich kleiner. Don Jesús und Doña Pilar, die ihren Filzhut mit einem Strohhut vertauscht hatte, wendeten Heu. Oonigun hielt sich in der Nähe von Ane-Maria. Joshua, Kagwit und Encarnación arbeiteten nebeneinander. Die Sonne stieg höher. Als gegen Mittag der Wind einschlief, wurden die

364

Hitze, der feuchte Dunst des frisch geschnittenen Grases und der Geruch des trocknenden Heus schwer und drückend.

Etwa drei Stunden nach Mittag waren die ersten Schwaden trocken. Don Jesús, Encarnación, Ane-Maria und ich holten uns die langen Hochreichgabeln vom Wagen. Mit ihnen schoben wir die Schwaden zu Haufen zusammen, so daß immer zwei Haufen einander gegenüber zu liegen kamen.

»Du darfst sie nicht so steil halten«, sagte Ane-Maria, nachdem die Zinken meiner Gabel mehrmals in der Grasnarbe hängengeblieben waren. »Es ist umgekehrt wie bei den Rechen, Carlos. Halt die Gabel so, daß die Spitzen einen Zoll über dem Boden bleiben.« Sie zeigte mir den Winkel, in dem ich den Stiel halten mußte.

»Aber ich bin größer als du«, wandte ich ein.

»Schon. Du hast aber auch längere Arme. Halt ihn tiefer! Ja, so ist es gut. Siehst du, jetzt geht es glatt wie mit einem Schlitten. Du bist ein guter Schüler.«

»Du warst ebenfalls gut in der Schule, habe ich gehört.«

»Ja, Pater Erasmus hätte es gern gesehen, wenn ich länger geblieben wäre.«

»Du warst es, die nicht wollte?«

»Ja, so ist es.«

»Weshalb wolltest du nicht, Ane-Maria? Es hat dir doch Freude gemacht?«

»Ja. Aber ich wollte nicht mehr, denn ich wußte genug. Außerdem haben sie mich hier gebraucht.«

»Wer hat dich gebraucht?«

»Nun, Abuela Gioconda, Papá, Mamá, Encarnación. Alle.«

»Haben sie das gesagt?«

Sie sah mich erstaunt an.

»Nein, wieso? Das hab ich selbst gesehen.«

»Wer hat dir gesagt, daß du genug wußtest?«

»Ich wußte genug, um allein weiterzulernen, ja? Das ist wie beim Korbflechten. Anfangs brauchst du jemanden, der dir die Ruten festhält. Ist der Boden dann fertig, kannst du ihn zwischen die Knie klemmen und alleine weiterflechten.«

»Wo befindet sich denn die Schule?«

»In Passamaquoddy. Anderthalb Tage von hier.«

»Zu Fuß?«

»Mit dem Pferd.«

»Dort, wo früher das Reservat war?«

»Carlos! Weißt du nicht, was dort geschehen ist?«

»Nicht genau, nein.«

»Es ist wie ein Begräbnisplatz. Ein heiliger Ort. Nein, die Schule befindet sich in einem Haus, das Signiukt heißt. Es ist ein Haus von früher, aus roten Steinen gebaut, mit einem roten Dach. Pater Erasmus nennt es das Schloß. Du kennst Pater Erasmus?«

»Ja, auch Bruder Spiridion. Wer sind die beiden anderen?«

»Bruder Fujiyama und Bruder Martinus. Martinus Jorgg.«

»Fujiyama? Ist das nicht ein Berg?«

»Ein Berg in der Heimat seiner Vorfahren, ja. Bruder Fujiyama ist sehr groß, weißt du. Eigentlich heißt er Fujihiro Yamamoto.«

»Dann habt ihr also vier Lehrer gehabt.«

»Wo denkst du hin, Carlos? Viel, viel mehr! Bruin Hannahan hat mit uns getöpfert. Oneeda, Arwaqs Schwester, hat uns gezeigt, was wir aus Leder alles anfertigen können, wie wir die Borsten vom Stachelschwein färben müssen, wie man mit ihnen stickt, wie man aus Kiefernwurzeln Fäden herstellt, mit denen die Birkenrinde zusammengenäht wird, wie man Mokassins wasserdicht macht – oh, sie hat uns viel gezeigt, und sie war lieb und lustig. Zachary Pierce ist auch oft gekommen, Baquaha, Marlowe Manymoose, Naomi Sakumaaskw. Einige kamen oft, andere einmal oder zweimal im Jahr.«

»Wo ist Naomi Sakumaaskw jetzt, Ane-Maria?«

»Naomi? Wo sie immer war. Sie ist die Clanmutter von Tawanak. – Ah! Das ist gut!«

Mit einem Mal war der Wind wieder aufgewacht. Ane-Maria nahm den Hut ab und ließ die Brise durch ihr Haar fahren. Auch ich nahm meinen Hut ab und trocknete mir Gesicht und Hals mit meinem Taschentuch. Als das Tuch durchweicht war, zog ich es durch eine Gürtelschlaufe. Da konnte es hängen und trocknen.

Aus den Heuschwaden riß der Wind einzelne Halme und kleine Blätter und trug sie davon. Wellen liefen über das stehende Gras. Nachdem wir ans Ende unserer Schwaden gelangt waren, steckten wir die Gabeln aufrecht in die Erde, hängten unsere Strohhüte über die Stiele und kletterten durchs Ufergebüsch den Abhang zum See

hinunter. Ich kniete mich auf einen flachen Stein, wusch mir Hände
und Gesicht und tauchte dann den Kopf unter Wasser. Es war wunderbar frisch. Als ich mich prustend erhob und das Wasser von mir
schüttelte, sah ich Ane-Maria ein paar Schritte von mir entfernt. Sie
stand im Wasser, hatte den rot bestickten Saum ihres weißen Lei-
nenrocks bis unter die Knie gehoben, hielt ihn mit beiden Händen
eng um die Beine und schaute zu den Inseln hinüber. Auf ihrem Gesicht glitzerten Wassertropfen.

»Das hat gutgetan«, sagte ich.

Sie wandte den Blick. »*Ankamk keewesook*!« sagte sie.

»Du siehst eine Wasserratte? Das kann ich mir vorstellen. Und du
bist wirklich ein schönes Mädchen, Ane-Maria Ibárruri.«

»Ich weiß, Carlos.«

»Woher weißt du es?«

»Einfach so!«

Sie watete an Land, ließ den Rock fallen, ordnete ihr Haar mit den
Fingern und warf es mit einer Kopfbewegung über die Schultern
zurück.

»Wie ist das, wenn man ein schönes Mädchen ist?« fragte ich.

»Vielleicht wirst du eines Tages als schönes Mädchen wiedergeboren, Carlos. Dann wirst du wissen, wie das ist.«

»So lange möchte ich nicht auf die Antwort warten, Ane-Maria.«

»Pater Erasmus«, sagte sie, während sie mit der großen Zehe eine Linie in den Sand zeichnete, die eine Spirale oder ein Labyrinth darstellen mochte, »Pater Erasmus sagt, Schönheit ist eine Gabe Gottes
mit einer lichten und einer dunklen Seite. Mamá sagt ungefähr dasselbe, wenn auch mit anderen Worten.«

»Und was sagst du?«

»Ich?« Sie wischte mit den Zehen ihre Zeichnung aus. »Ich finde es
lustig, schön zu sein.«

»Das ist die lichte Seite. Was ist die dunkle?«

»Daß es die Männer aufregt.«

»Die Männer? Du denkst doch an einen bestimmten Mann.«

»Ich hab doch nur Blödsinn gemacht gestern, Carlos! Du warst dabei und hast es gesehen, nicht? Aber seither ist Oonigun anders. Er
will dauernd in meiner Nähe sein. Er hängt die Augen heraus wie
eine Schnecke. Er kann nicht mehr richtig sprechen. Er tut, als ob

ich nicht mehr ich wäre, sondern ein fremdes Tier im Dickicht, das ihm auflauert. Aber ich bin genauso wie immer! Wirklich!«

»Ich weiß, Ane-Maria. Er ist verliebt.«

»Er soll es sein lassen, Carlos! Es ist lästig!«

»Er kann es nicht sein lassen. Du mußt warten, bis es vorübergeht.«

»Und was tu ich, wenn er kommt und sagt, daß er mich haben will? Daß wir uns verloben sollen?«

»Sag ihm, er soll in fünf Jahren wieder fragen.«

»Hm!« Sie riß einen Zweig von einem Weidenbusch und begann an ihm zu kauen. »Ich glaube, du hast recht«, sagte sie nach einer Weile. »Mamá würde mir dasselbe raten. Mamá sagt, die Männer lügen nicht, wenn sie behaupten, daß sie uns liebhaben. Sie glauben es selber. Aber meistens sind sie nur ein bißchen aufgeregt, und das geht vorüber. Komm, laß uns weiterarbeiten!«

Eine große, blaugrüne Eidechse flüchtete vor unseren Füßen, als wir den Hang hinaufkletterten. Wir krochen durch die Büsche, setzten unsere Hüte auf, ergriffen unsere Gabeln und wanderten ein Stück den Wiesenrain entlang, bis wir Schwaden fanden, in denen noch niemand arbeitete.

»Warst du schon einmal im Theater?« fragte Ane-Maria, ihre Gabel, in der sich das Heu sammelte, vor sich herschiebend.

»Ja, oft. Zwei- oder dreimal im Jahr kommt ein Theater zu uns.«

»Bruder Fujiyama hat mit uns Theater gespielt. ›Der Garten des Meisters der Netze‹ – so hieß das Stück. Eine Geistergeschichte. Ich war der Geist, der den Fischer in das Bambusgestrüpp lockt. Ich hab mich selber gefürchtet. Aber die anderen fürchteten sich noch viel mehr.«

»Wie viele Leute haben sich euer Stück angeschaut?«

»Mehr als siebzig, Carlos. Die meisten stammten aus Passamaquoddy, einige natürlich auch von hier, aus Matane und Tawanak. Sogar aus Kenomee waren ein paar Zuschauer gekommen. Das war im Winter, weißt du. Da haben wir für solche Dinge Zeit. Hast du schon einmal so ein Stück gesehen, in dem die Schauspieler singen?«

»Freilich. Sieben oder acht sogar.«

»War dies hier dabei?«

Sie sang mit halber Stimme ein paar Takte aus der Arie der Königin der Nacht. Die schwierige Koloraturfolge klang so rein und kam so mühelos, daß ich vor Verblüffung vergaß, auf meine Gabel zu achten. Die Zinken bohrten sich ins Erdreich, und der Stiel versetzte mir einen solchen Stoß in den Bauch, daß mir für einen Augenblick die Luft wegblieb.

»Du kannst ja singen, Ane-Maria!« sagte ich, noch halb über meine Gabel gebeugt.

»Ich weiß. Hast du das Stück gesehen?«

»›Die Zauberflöte‹? Aber sicher. Wer hat dir das beigebracht?«

»Bruder Spider. Auch das Gitarrespielen. Bruder Spider spielt außerdem Flöte, Klarinette und Klavier. Er braucht kaum Noten. Er hat alles im Kopf.«

»Weißt du was, Ane-Maria? Drüben, in den Ländern jenseits des Meers, könntest du in den Theatern singen. Jeden Abend. Du brauchtest nichts anderes zu tun. Du könntest reich werden dabei. Hast du jemals daran gedacht?«

Sie schüttelte den Kopf. Der Wind blies die Haare um ihr Gesicht. »Summertime«, sang sie leise, »and the living is easy; fish are jumping, and the cotton is high; tadadada, tadidadi!« Sie brach ab. »Nein, Carlos«, sagte sie, einen Arm um den Gabelstiel gelegt. Ihre Augen waren schmal. »Nein! Du sagst das gleiche, was Bruder Spider gesagt hat, als er hörte, ich wolle im kommenden Jahr nicht in die Schule zurückkehren. Ich will nicht jeden Abend singen. Ich will singen, wenn ich Lust dazu hab. In der Schule hab ich einmal gesungen, weil ich mußte. Ich hab gesungen wie eine alte Krähe. Nein! Und ich will nicht reich werden. Ich will nicht allein sein mit meinem Geld. Ich will nicht erleben, wie alle versuchen, etwas davon an sich zu reißen. Und mich selbst schaut niemand mehr an! Hier werde ich gebraucht. Und ich brauche die anderen. Alle, verstehst du? Und ich brauche das hier alles …«

Ihre Kopfbewegung umfaßte die Wiesen, die arbeitenden Menschen, die Pferde vor der Mähmaschine, die weidenden Ochsen, die Hügel, den See und die Wälder.

»Mir geht es ja nicht anders«, murmelte ich. »Ich hab das nur gesagt, weil – nun, ich hab es gut gemeint.«

»Du hast es gesagt, weil du mich nicht gekannt hast. Jetzt kennst du mich besser. Was hat dir in der Schule am meisten gefallen?«

»Geschichte.«

»Kennst du das Buch der Seven Persons?«

»Ich hab angefangen, darin zu lesen.«

»Bruder Martinus hat daraus vorgelesen. Die anderen Clans haben auch solche Bücher. Bruder Martinus hat sich Abschriften gemacht. Er hat uns fragen lassen, erklären lassen. Dann hat er selber gefragt und erklärt. Geschichte ist merkwürdig, nicht? Menschen kommen zusammen. Es geschieht etwas. Die Menschen gehen wieder auseinander. Manchmal haben sie einander nicht einmal gesehen. Und doch hat sich etwas ereignet.«

»Denkst du an die Geschichte von Strange Goose?«

»An die auch. Und ich hab an Memramcook gedacht. An die Männer, die der Grand Sheriff zu uns geschickt hat, die wir getötet haben. Ich denke immer an vieles auf einmal, Carlos. Du auch?«

»Ja, Ane-Maria. Mir geht es ebenso. Aber sprechen kann ich immer nur von einer Sache auf einmal.«

Sie lachte, tief und rasch. »Das geht allen so!«

Wir waren am Ende unserer Schwaden angelangt. Weit hinten, an der östlichen Hecke, spannten Joshua und Oonigun gerade die Ochsen vor den Heuwagen. Don Jesús legte das Joch auf und rief etwas zu uns herüber. Der Wind verwehte seine Worte.

»Papá möchte aufladen«, sagte Ane-Maria. »Schade!«

»Wieso?«

»Wieso? Ich wollte grade wieder Blödsinn machen. Das darf ich doch?«

»Freilich!«

»Du wirst dich nicht in mich verlieben, Carlos?«

»Verlieben? Nein! Das nicht!«

Ihre dunklen, schrägstehenden Augen blickten mich aufmerksam an. Der weiße Rocksaum mit der rot gestickten Doppelkurve flatterte um ihre Fußknöchel. Heu hing in ihrem Haar und klebte an ihrem Hals.

»Heilige Yémanjá!« rief sie aus. »So meinst du das!« Ein listiges Lächeln kam auf ihr Gesicht und verschwand.

»Schlimm?« sagte ich.

»Nein«, antwortete sie. »Wir stehen hier wie zwei Steinmänner. Vamos! Aufladen!«

370

Unsere Gabeln hinter uns herziehend, gingen wir zwischen den Heuhaufen hindurch zum Wagen.

Kagwit und Joshua nahmen das Heu in Empfang, das Doña Pilar, Encarnación, Ane-Maria und ich hinaufreichten. Amos mähte weiter, indes Don Jesús, Oonigun und Arwaq das halbtrockene Gras auf Schwaden rechten. Sobald wir zwei Haufen aufgeladen hatten, zogen Xángo und Atahualpa, von Encarnación geführt, den Wagen ein Stück weiter. Am Ende der ersten Doppelreihe war die Ladung bereits so hoch, daß nur noch Kagwit oben Platz hatte. Joshua rutschte vom Wagen herunter und rechte zusammen, was hinter uns liegenblieb.

»Noch vier oder fünf Gabeln!« rief Kagwit.

Joshua und ich holten den Heubaum und schoben ihn vom Ende des Wagens her auf die Ladung. Kagwit achtete darauf, daß er in die Mitte zu liegen kam und hinten und vorne gleich weit überstand. Nun ergriff ich eins der Seile, die hinten am Wagen hingen, befestigte es an dem Ring auf einer Seite des Wagens, warf es über den Heubaum, führte es zweimal durch den Ring auf der anderen Wagenseite, zog es straff und sicherte es mit zwei halben Schlägen. Joshua tat das gleiche am vorderen Ende des Wagens.

»Kagwit!« rief ich. »Ich kann dich gar nicht sehen! Bleibst du oben?«

»Ja«, rief er zurück. »Ich schau mir den Himmel an. Von hier ist er viel näher.«

Eine riesige Federwolke krümmte sich von Osten über den See her nach Norden.

Mit den Rechen kämmten wir loses Heu, das unterwegs herabgefallen wäre, von den Seiten der Fuhre. Dann zogen die Ochsen an. Joshua führte sie. Don Jesús, Doña Pilar und ich gingen hinter dem Wagen her.

Die Scheunenauffahrt führte auf eine mit dicken Bohlen belegte Fahrbühne, die um die Hälfte breiter war als der Wagen. Zu beiden Seiten befanden sich kniehohe Balkenbrüstungen. Hinter ihnen ging es tief hinab in die leeren Heustöcke, deren Boden ebenfalls aus Bohlen bestand. Sie waren glattgewetzt und sauber gefegt. Durch jeden Heustock führte ein hölzerner Luftkanal, der an beiden Seiten in Abständen von vier oder fünf Fuß rechteckige Öffnungen besaß.

Joshua lenkte den Wagen so weit nach rechts, daß die Radnaben die Balkenbrüstung beinahe berührten.

»Weiter vor, Joshua!« rief Don Jesús. Der Wagen rumpelte noch ein Stück über die Bohlen. Dann stand er still. Ich nahm den Holzkeil, der auf der Brüstung lag, und schob ihn unter ein Hinterrad.

Wir spannten die Ochsen aus, führten sie hinaus und begannen mit dem Abladen. Hierfür besaß Don Jesús eine Vorrichtung, die ich noch nirgends gesehen hatte. Sie bestand in einer vier Fuß breiten Heukralle, die sich mit Hilfe eines über dem Heustock hängenden Seils heben oder senken ließ. Zwei weitere Seile, von denen eines über eine Rolle an der Seitenwand des Heustocks lief, dienten dazu, die Heukralle zu uns her und wieder zurück zu schwenken.

Joshua zog die Heukralle heran, bis sie über der Ladung hing. Ich ließ sie so weit herab, daß ihre Zinken sich tief ins Heu bohrten. Nun zog Joshua an dem anderen Seil, die Heukralle schwenkte über den Heustock hinaus, das Heu, das sie gepackt hatte, löste sich und fiel hinunter.

Nachdem wir uns aufeinander eingespielt hatten, ging das Abladen rasch. Bald war die Ladung bis zu den Leitern herunter abgetragen. Nun half uns die Heukralle nichts mehr. Wir zogen sie bis unter die Balken hoch, belegten die Seile an einem der Pfosten, welche die Querbalken des Dachstuhls stützten, und luden das übrige Heu mit den Gabeln ab.

»So ein voller Wagen«, sagte Joshua. »Und nun schau mal da hinunter!«

Ich blickte hinab in die dämmrige Tiefe des Heustocks.

»Hm, das sieht ja noch fast leer aus. Wie viele Wagen gehen denn da hinein?«

»Vierzig bis fünfzig. Der Heustock auf der anderen Seite ist kleiner. Aber dies Jahr hat Don Jesús kein Getreide angebaut. Da können wir den Garbenstock auch noch mit Heu füllen.«

»Wieviel faßt eure Scheune, Joshua?«

»Halb so viel wie die hier. Und das Getreide. Wir haben jedes Jahr Getreide. Das braucht auch viel Platz.«

Wir schoben den Wagen rückwärts aus der Scheune. Kagwit hatte bereits Cristóbal und Colón aus dem Stall geholt und stand mit ih-

nen zum Anspannen bereit. Don Jesús und Doña Pilar waren mit
dem zweiten Wagen vorausgefahren. Unsere Ochsen hatten sich bereits in Gang gesetzt, da fiel mir der Heubaum ein. Er lag noch in
der Scheune. Ich zog die Zügel an.

»Was ist?« fragte Kagwit.

»Fast hätten wir den Heubaum vergessen«, sagte ich. »Holt ihr
ihn?«

Die beiden sprangen vom Wagen. Joshua grinste mir vergnügt zu.

Bis zur Dämmerung brachten wir sechs weitere Fuhren ein. Vor
dem Abendessen gingen Don Jesús und seine beiden Töchter melken. Ich brachte Brennholz in die Stube, trug Wasser und fütterte
und tränkte die Ochsen. Oonigun arbeitete an der Mähmaschine.
Als ich mit einem Armvoll Holz vorbeikam, wechselte er gerade das
Messer aus.

»Du hast schnell herausgefunden, wie das geht«, sagte ich.

»Hab ich nicht«, entgegnete er. »Aaron hat es mir gezeigt.«

»Wann denn?«

»Ach, das ist schon lange her. In den letzten zwei Jahren hat er seine
Mähmaschine nicht benutzen können. Die Messer waren hin. Jetzt
haben wir wieder welche.«

»Bleibst du heute nacht hier, Oonigun? Die anderen sind von der
Wiese aus nach Hause gegangen.«

»Das Essen roch so gut, Chas. Da hab ich gedacht, ich bleibe hier
und esse mit. Ich kann ja im Heu schlafen.«

Wir aßen Rauchfleisch, gebratene Maisschnitten und Sauerkraut.
Nach dem Essen saß ich neben Doña Gioconda. Wir rauchten. Don
Jesús putzte umständlich seine Pfeife. Doña Pilar und Encarnación
waren noch einmal hinaus in den Stall gegangen. Ane-Maria räumte
Geschirr in die Regale und in den Schrank, putzte den Herd und
hängte nasse Geschirrtücher zum Trocknen auf. Sie hatte sich umgezogen und trug einen braunen Leinenrock und eine kurze Weste
aus sahnegelbem Ziegenleder. Sie ging mit großen Schritten hin und
her, reckte sich nach der Trockenstange, um noch ein nasses Tuch
aufzuhängen, bückte sich nach einem Löffel, der ihr entfallen war,
summte eine fremde Melodie und war ganz in ihre Tätigkeit vertieft. Ihre raschen, sicheren Bewegungen erinnerten mich ein wenig
an die von Pater Erasmus.

Doña Gioconda stieß mich mit dem Ellbogen in die Seite. »Erzähl mir, was du gerade träumst, Carlos!«

»Ich träume nicht, Mutter Gioconda«, erwiderte ich. »Alles ist wirklich.«

»Ah! Gut! Es freut mich, daß es dir bei uns gefällt.« Sie legte ihre kleine Hand auf meine. »Trotzdem solltest du öfter träumen, Carlos. Du bist noch jung. Deine Träume handeln von der Zukunft. Die meinen beschäftigen sich nur mit dem, was gewesen ist.«

Joshua und Oonigun wechselten sich am nächsten Tag beim Mähen ab. Zu Mittag waren sie fertig. Amos fuhr mit der Maschine zu der zweiten, jenseits der diesjährigen Weiden gelegenen Heuwiese. Wir rechten das gemähte Gras auf Schwaden, wendeten und fuhren ein. Neunzehn Fuhren wurden es an diesem Tag, zweiundzwanzig am darauffolgenden. In der nächsten Nacht regnete es. Wir hatten kein Heu draußen liegen, wohl aber frisch geschnittenes Gras und viele halbtrockene Schwaden, die wir wieder auseinanderwerfen mußten; sie hatten sich mit Wasser vollgesogen und waren zusammengefallen.

Nach achteinhalb Tagen waren die beiden großen und die drei kleineren Heuwiesen, die zum Ibárruri-Hof gehörten, gemäht; alles Heu war trocken und unter Dach. Beide Heustöcke waren voll bis über den Rand der Balkenbrüstung.. Sieben oder acht Wagenladungen hatten wir im Garbenstock aufgehäuft. Der dichte, süße Geruch drang hinaus in den Hof und war selbst im Haus noch wahrzunehmen.

»Machst du einen zweiten Schnitt?« fragte ich Don Jesús, der auf der Bank neben der Haustür saß, Kesik zwischen den Ohren kraulte und Joshua und Oonigun zusah, die gerade die Mähmaschine auf einen Wagen luden.

»Ah ja«, sagte er. »Auf der großen Wiese.«

»Du meinst die, auf der wir angefangen haben?«

»Nein, die andere. Die mit der Himbeerhecke. Auf die übrigen Wiesen tun wir nach und nach die Kühe.«

»Mit wie vielen Fuhren rechnest du, Don Jesús?«

»Viel weniger als dreißig werden es kaum werden, Don Carlos.«

»Hm, die werden wohl gerade noch in die Scheune hineinpassen. Was meinst du?«

»Leicht. Bis dahin hat sich das Heu gesetzt.«

»Wann willst du schneiden?«

»Wenn die jungen Vögel ausfliegen.«

Ich nickte. »Um die Zeit wird auch bei uns das Grummet gemacht.«

»Machst du oft Heu, drüben?«

»Ich war jedes Jahr dabei, Don Jesús. Seit ich sechs Jahre alt war.«

»Deine Eltern besitzen doch gar keinen Hof?«

»Nein, aber mein Onkel, der Bruder meiner Mutter. Anselm heißt er.«

»Don Anselmo, hm? Hat er Kinder?«

»Allerdings, Don Jesús. Onkel Anselm und Tante Brigitte haben sechs Kinder. Vier Mädchen und zwei Buben.«

»Sagrada Familia! Ist denn das erlaubt?«

»Warum sollte es verboten sein?«

Er lehnte den Kopf gegen die Hauswand und schloß die Augen. Nach einer Weile sagte er: »Wenn jedes von den sechs Kindern deines Onkels auch sechs Kinder hat, und jedes von denen wieder sechs, und so fort – du verstehst –, dann macht das in hundert Jahren ungefähr eintausendunddreihundert Nachkommen, Don Carlos! Wovon werden die leben? Don Anselmo hat nur den einen Hof.«

»Sie werden Arbeit finden, Don Jesús. Daran fehlt es bei uns nicht. Außerdem, ganz so viele dürften es wohl doch nicht werden.«

»Da hast du recht. Sagen wir also eintausend Nachkommen. Von einer Familie. In hundert Jahren. Das ist immer noch verteufelt viel.«

»Das Land ist leer. Dreißigtausend Menschen gibt es in Bayern. Früher waren es vielleicht neun oder zehn Millionen. Wir haben viel Platz, Don Jesús.«

»Und viel Mut. Nichts für ungut, Don Carlos. Hier ist hier und dort ist dort. Don Anselmos Kinder helfen wohl tüchtig mit? Oder sind sie noch klein?«

»Sie helfen alle mit. Auch die beiden Jüngsten, die Zwillinge. Sieben Jahre sind sie.«

»Hat Don Anselmo Knechte?«

»Zwei. Und eine Magd.«

»Behandelt er sie gut?«

»Ja. Sonst würden sie nicht bleiben.«

»Besitzt Don Anselmo eine Mähmaschine?«

»Nein, Don Jesús. Überhaupt keine Maschinen. Deswegen braucht er ja mehr Leute. Beim Heuen und bei der Getreideernte wird er immer unruhig, sobald sich eine Wolke am Himmel zeigt. Er treibt uns dann alle zur Arbeit an.«

»Siehst du ihm ähnlich, Don Carlos?«

»Meine Mutter behauptet das. Mein Vater sagt, das einzige, was ich von ihrer Familie habe, ist die Ungeduld.«

Don Jesús bleckte seine kleinen Zähne. »Du und ungeduldig? Das ist mir bisher entgangen.«

Encarnación schaute zur Tür heraus. Ihr Gesicht war erhitzt. An der Nase hatte sie einen Rußfleck. »Kommt bitte essen!« sagte sie.

Nach dem Essen brachen Amos, Arwaq, Oonigun, Joshua und Kagwit auf. Den Wagen mit der Mähmaschine nahmen sie mit. Ich schloß mich ihnen an. Beim Langhaus stieg ich ab. Ich paddelte zur Insel hinüber, arbeitete zwei oder drei Stunden im Garten und war vor Sonnenuntergang zurück in meiner Hütte. Ich wusch ein paar Hemden, spülte sie aus und hängte sie draußen zum Trocknen auf. Dann wanderte ich in der Dämmerung den Pfad entlang, der zum Langhaus führte. Der Himmel war voller grünlicher Federwolken. Von Osten kam ein schwacher Luftzug und brachte den Heugeruch mit. Dort, wo die Pflaumenbäume aufhörten und statt ihrer Apfel- und Birnbäume hinter der Steinmauer standen, kam mir eine dunkle Gestalt entgegen.

»Bon Dieu!« rief eine vertraute Stimme. »Da bist du ja. Auf wen wartest du denn hier?«

»Mond de Marais!« sagte ich. »*Boosool*! Wie geht es dir?«

»Gut. Und dir?«

»Mir geht's auch gut. Übrigens hab ich auf niemanden gewartet. Ich hab mir nur ein bißchen die Füße vertreten.«

»Ihr habt eine Woche lang geheut, ich weiß. Der alte Jesús ist voll des Lobes. Du bist ein guter Bauer, sagt er.«

»Was hattest du bei ihm zu tun, Mond?«

»Ich hab Käse geholt, Chas. Siebzehn große Laibe.« Er zeigte mit den Händen an, wie groß und dick die Laibe waren. »Ja, siebzehn.

Dazu die sechs von Amos – macht dreiundzwanzig. Einer ist für uns. Ich würde ihn anschneiden, wenn ich Rotwein hätte.«
»Ich hab Rotwein«, sagte ich. »Aus Johannisbeeren. Trocken. Komm mit!«
»Du führst mich in Versuchung. Aber ich kann nicht, Chas. Keine Zeit.«
»Dann halt ein andermal. Falls wir dann Käse haben.«
»Jesús und Amos haben immer Käse im Haus.«
»Was bekommen sie für ihren Käse, Mond?«
»Für den, den ich auf dem Wagen habe? Tee. Zuckerhüte – aus Cuba. Gewürze.«
»Das ist alles?«
»Mais non. Hauptsächlich bekommen sie Kalk. Für die Felder, weißt du. Für die Wiesen. Jesús soll zweiundzwanzig Wagen bekommen, und Amos vierzehn.«
»Woher kommt der Kalk?«
»Aus Cootumeegun. Du weißt, wo Matane liegt?«
»Ja. Westlich von uns.«
»Südwestlich. Cootumeegun ist der nächste Clan hinter Matane, ebenfalls an der Bucht von Manan gelegen. Dort haben sie Kalkstein. Hier gibt es nur Sandstein und Granit.«
»Ein weiter Weg. Wirst du den Kalk bringen?«
»Nein, Chas. Das machen die anderen Voyageurs: Pascal Labatte, Giscard Heurtebise, Marius Lacane. Die haben auch die Wagen dazu.«
»Wie geht es deiner Madame, Mond?«
»Gut, Chas! Sie wird sich freuen, wenn ich den Käse unversehrt nach Hause bringe. Und du? Hast du schon eine Liebste?«
»Das hat wohl Zeit, Mond. Ich bin doch erst vorgestern angekommen, sozusagen. Und die Sitten hier kennst du besser als ich.«
»Bon Dieu! Jungfrauen! Jungfrauen überall! Männliche, Weibliche. Ist das bei euch drüben anders?«
»Es ist ebenso.«
»Aber dir würde eine Frau guttun, meine ich! Wie ein Mönch siehst du mir nicht aus. Und die Kinder brauchen eine Mutter, hm?«
»Das ist alles wahr, Mond.«
»Unser anderer Gast – wie heißt er noch? Pierre? Thomas?«

»Piero Tomasi, meinst du?«

»Richtig. Der ist schnell, was?«

»Woher weißt du das?«

»Man hat Augen. Man hat Ohren. Er ist doch schnell, oder?«

»Auf der einen Seite, ja. Auf der anderen wird er acht Jahre warten müssen.«

»Bon Dieu! Der Arme! Acht ganze Jahre!«

»Arm? Wer weiß. Mir scheint, die beiden freuen sich auf die Zeit.«

Mond de Marais kicherte. »Scheint dir? Die beiden sind nicht dumm, gar nicht dumm, Chas. Je länger die Vorfreude, um so länger die Freude. Was ich sagen wollte: Ihr habt hier allerhand erlebt, was? Und du warst mittendrin im Brouhaha – im Getümmel, meine ich.«

»Das nicht gerade.«

»Hast nicht du Marlowe Manymoose gefunden?«

»Kagwit Long Cloud war es, der ihn fand. Wir anderen haben ihn verbrannt. Es ging nicht anders.«

»Ich weiß. Urbain Didier haben sie auch verbrennen müssen.«

»Urbain? Sie haben Urbain Didier gefunden? Wo? Wann?«

»Vor elf Tagen. Zwischen Chebookt und Kitpoo-Ayakaddy ist der Platz, auf dem früher die großen Flugmaschinen heruntergekommen sind. Dort war er. Ein Jäger hat ihn gefunden.«

»Haben sie ihn auch heruntergeworfen?«

»Nein. Er lag in einem Schuppen, Chas. Mit Draht gefesselt. Er muß verhungert sein.«

Ich schüttelte den Kopf. »Er ist verdurstet, bevor er verhungern konnte. Was sind das für Menschen?«

»Ich weiß es nicht, Chas. Wenn sie gewollt hätten, hätten sie ihn wohl getötet wie die anderen.«

»Du meinst, sie hatten noch etwas mit ihm vor?«

Er hob die Hände und ließ sie wieder fallen. »Du fragst mich, und ich frag dich. Vielleicht wollten sie zurückkommen. Aber dann habt ihr sie erwischt.«

»Und Urbain wäre noch am Leben, wenn wir sie nicht getötet hätten?«

»Wie soll ich das wissen? Niemand von uns hat gewußt, daß er dort liegt. Niemand von uns hat daran gedacht, daß er noch am Leben sein

378

könnte. Denk auch jetzt nicht daran, Chas. Le Grand Sheriff wird
seine Leute nicht zum drittenmal nach Megumaage schicken.«
»Du sprichst, als hätten wir eine Armee.«
Er kicherte. »Wir? Nein. Aber stell dir die Landkarte vor. Du weißt,
wo Mississippi liegt? Bon. Was liegt südlich von Mississippi?«
»Mexiko.«
»Im Westen?«
»Navajoland.«
»Im Norden?«
Ich hob die Schultern.
»Die Dreizehn Alten Stämme«, sagte Mond de Marais. »Nun?
Möchtest du le Grand Sheriff sein? Warte. Und du wirst sehen.«
»Tlaxcal Coyotl?« sagte ich.
»So ist es. Nun muß ich aber weiter. Kommst du noch ein paar
Schritte mit?«
Wir stiegen die breiten, flachen Steinstufen hinauf und gingen auf
das Langhaus zu. Die helle Plane des großen Wagens schimmerte im
Dunkel. Der warme Dunst der Ochsen drang zu uns. Jemand lehnte
an der Seite des Wagens. Eine Pfeife glühte rot auf.
»Félix!« rief eine tiefe und leise Stimme, als wir auf fünf oder sechs
Schritte herangekommen waren. »Félix Douballe! Seit wann bist du
wieder im Land, alter Herumtreiber?«
Der Mann trat auf mich zu und streckte mir eine Hand entgegen. Im
aufglimmenden Schein der Pfeife sah ich das Gesicht eines jugend-
lichen Mond de Marais: kurzes, gelocktes Haupthaar, dichter, krauser
Bart, ein Lächeln verlegener Freude, das allmählich erstarb.
»Dies ist Chas Meary, Marcel«, sagte Mond de Marais. »Dies ist mein
Sohn Marcel, Chas.«
Wir reichten einander die Hand.
»Nein, du bist nicht Félix«, sagte Marcel. »Verzeih meine voreiligen
Worte. Du siehst Félix ein wenig ähnlich. Der Gang. Die Gestalt.
Außerdem ist es dunkel.«
»Nichts zu verzeihen«, sagte ich. »Vielleicht sind Félix und ich Dop-
pelgänger?«
»Bon Dieu!« antwortete Mond de Marais. »Doppelgänger! Bei
Nacht, ja, das mag sein. Komm, Chas, wirf wenigstens einen Blick auf
die Herrlichkeit, wenn wir schon nicht von ihr kosten können.«

Ich folgte ihm ans Ende des Wagens. Er hob die Plane, und ich sah die zwei Fuß hohen Käseräder, einzeln in weiße Tücher gepackt und schräg aneinandergelehnt.

»Die riechen ja herrlich«, sagte ich. »Wirklich eine Versuchung.«

»Nicht wahr? Beim nächstenmal geben wir ihr nach. Acht Jahre warten wir nicht, was?«

Er kicherte und zurrte die Plane fest. Dann nahmen wir Abschied. Ich schaute dem Wagen nach, bis die helle Plane hinter dem Wäldchen verschwand, in dem die Tierschädel hingen.

In meiner Hütte schlug ich das Büchlein des Abtes Alkuin auf, merkte jedoch schon nach wenigen Seiten, daß ich zu müde war, und legte mich schlafen.

Kurz nach Morgengrauen war ich unterwegs zu Amos. Sein Weizen stand zwei Fuß hoch. An einer Stelle zog sich ein länglicher Fleck durch das Feld; hier waren die Halme von hellerem Grün und etwas niedriger als die übrigen. Taunaß glänzten die Büsche. Über den Hügeln stand Dunst. Es versprach ein heißer Tag zu werden.

Ich fand Amos zuhinterst in dem Tal, in das sich seine Wiesen hineinzogen – bis dorthin, wo Arwaq mit seiner Familie wohnte. Er hatte auf Arwaqs Wiese die ersten beiden Runden gemäht. Oonigun, Kagwit und Arwaq waren bereits mit ihren Sensen an der Arbeit. Ein wenig später kamen Joshua, Encarnación, Ane-Maria und Don Jesús mit dem zweiten Heuwagen. Bald nachdem die ersten Sonnenstrahlen in das Tal fanden, das hier am schmalsten war, ließ uns die Hitze verstummen. Am Fuß des Hügels entsprangen mehrere Quellen und vereinigten sich zu einem Bach. In einem kurzen, trogförmigen Seitental grenzte ein Sumpf an die Wiese. Obwohl Arwaq einen Entwässerungsgraben gezogen hatte, war der Boden unter unseren Füßen feucht.

Dunst stieg hoch, ohne sich aufzulösen, und neuer Dunst folgte ihm aus dem Gras, dem Buschwerk, den Wäldern und dem Sumpf. Umgeben von einem schwarzblauen Kreis, stand die Sonne inmitten des weißgrauen, glühenden Himmels. Kein Tier ließ sich blicken. Nur einmal flog mit schwerem Flügelschlag ein Graureiher talaufwärts, die Beine steif hinter sich gestreckt.

Schweiß strömte mir übers Gesicht, brannte in meinen Augen, und auf den Lippen spürte ich seinen salzig bitteren Geschmack. Meine Kleider klebten an der Haut. Schweißflecken breiteten sich auf ihnen aus und liefen ineinander. Das Atmen war mühselig wie in einem Dampfbad. Wortlos arbeiteten wir im Schatten der Büsche und Bäume am Wiesenrain. Das Surren der Mähmaschine näherte sich, wurde zu einem schnurrenden Klappern; schwer atmeten die Pferde, ihr Fell war stumpf und dunkel vor Nässe; ab und zu warf eins von ihnen den Kopf hoch; und wieder verwandelte sich das Geräusch der Mähmaschine in ein Surren, entfernte sich, wurde leiser, erstarb.

Wir waren alle froh, als Atagali kam und das Mittagessen brachte. Wir lehnten unsere Sensen und Rechen in die Büsche, wuschen uns am Bach den Schweiß ab und ließen uns unter einer Ulme im Gras nieder. Arwaq setzte sich neben seine Frau. Atagali war kleiner als Arwaq. Ihre Haut war dunkler, und sie sah viel jünger aus als er. Sie war schmal, hatte eine lange, gerade Nase und einen großen Mund, und im dunklen Braun ihrer Augen schimmerten winzige graue Flecken. Sie sprach langsam und gedehnt; nahezu alles, was sie sagte, hatte einen fragenden Unterton.

Außer Don Jesús, dessen Eßlust unter der Hitze nicht gelitten hatte, aß keiner von uns viel. Um so kräftiger sprachen wir dem Tee zu; nicht lange, und Atagali mußte Kagwit nach Hause schicken, um einen zweiten Krug zu holen.

Amos saß am Boden, die Hände vor den Knien verschränkt, und schaute mit gerunzelter Stirn in den heißen Himmel hinauf. Don Jesús und ich rauchten. Joshua zeigte eine große Fertigkeit darin, Heuschrecken mitten im Sprung aus der Luft zu fangen. Er hielt sie in der hohlen Hand eine Weile fest, bis ihn keiner von uns mehr beachtete. Dann ließ er sie los, und zwar so, daß sie mit dem nächsten Sprung möglichst auf einem der Mädchen landeten. Atagali sammelte Zweiglein, Halme, Blätter und Löwenzahnsamen vom Kopf ihres Mannes; sie ging dabei mit bedachtsamer Gründlichkeit zu Werke, indes Arwaq flehende Blicke in die Runde sandte. Doch keiner von uns kam ihm zu Hilfe.

»Laß ein paar Mutterläuse leben, *abitas*!« bat er schließlich. »Wenn du sie alle ausrottest, hast du später nichts mehr zu tun.«

»Das wäre schade?« sagte sie und suchte weiter.

Oonigun lag auf dem Bauch, das Kinn in die Hände gestützt. Seine Blicke ruhten gedankenvoll auf Ane-Maria. Nur wenn sie in seine Richtung schaute, blickte er vor sich ins Gras, scheinbar gefesselt von dem Getier, das zwischen Halmen und Blättern herumkrabbelte.

Wieder flog ein Graureiher das Tal hinauf; sein rauher Schrei drang zu uns her. Ich sah, wie eine seiner Schwungfedern sich löste und in einer weiten Spirale zu Boden taumelte. Oonigun sprang auf und lief in die Sonne hinaus, um sich die Feder zu holen. Atagali und Ane-Maria sahen einander an. Beider Mundwinkel hoben sich ein klein wenig und entspannten sich wieder; dann wandte sich Atagali abermals dem Kopf ihres Mannes zu. Sie wuschelte sein Haar durcheinander, schien jedoch nichts mehr zu finden. Sie nahm eine Handvoll halbtrockenes Gras, zerbröselte es mit unergründlichem Gesichtsausdruck über Arwaqs Kopf und begann von vorne. Arwaq schloß die Augen.

Oonigun setzte sich ins Gras, die Feder in der Hand.

»Wenn ich ein Reiher wäre«, sagte Atagali, »wär es mir zu heiß zum Fliegen.«

»Wieso?« fragte Oonigun, der sich mit seiner Reiherfeder Luft zufächelte. »Wenn du fliegst, kühlt dich der Wind.«

»Wenn in hundert Jahren«, erwiderte Encarnación, »unsere Enkel hier einen Graureiher sehen, der nur zu Fuß geht, dann werden sie wissen, du bist zurückgekommen, Atagali!«

Vor dem Abend fuhren wir noch zwei Wagen Heu ein. Den ersten luden wir in Arwaqs Heuhütte ab. Nachdem wir den zweiten beladen hatten, ging Arwaq mit seiner Familie nach Hause; Don Jesús und seine Töchter wanderten am Waldrand entlang und dann quer über die Weiden heimwärts, während wir zum Hof von Amos fuhren. Joshua und ich luden ab, Amos brachte die Pferde und die Ochsen in den Stall und versorgte sie. Als wir fertig waren, gingen wir zum Haus hinüber. Die Luft war feucht und nicht wesentlich kühler als tagsüber, aber doch genug, um uns spüren zu lassen, wie hungrig wir waren.

Seit ich Sara zum letztenmal gesehen hatte, war sie rundlicher geworden. Nach dem Essen zeigte sie mir den Raum, in dem sie für mich ein Bett hergerichtet hatte. Er befand sich in einem Schuppen und hatte zwei Fenster. Eins ging auf den Obstgarten hinaus, das andere auf den Teich. Beide waren gegen die Moskitos mit Tüchern verhängt. In einer Ecke stand ein Faß; unten hatte es ein Spundrohr, aus dem eine dunkle Flüssigkeit in ein untergestelltes Tongefäß tropfte.

»Was ist denn das? fragte ich.

»Holzasche«, sagte Sara. »Oben gieß ich jeden Morgen ein wenig Wasser hinein. Unten kommt die Lauge heraus, mit der wir Seife kochen.«

Sie stellte den Kerzenleuchter auf den kleinen Tisch neben der Bettstatt. Frische Zedernzweige sahen unter dem Strohsack hervor.

»Gute Nacht, Chas«, sagte sie.

»Gute Nacht, Sara. Was soll es denn werden?«

»Eine Tochter wird es. Kannst du das nicht sehen?«

»Noch nicht. Vielleicht lerne ich es!«

»Du solltest wieder heiraten, Chas.«

»Waiting Raven hat das auch gesagt, Sara.«

»Ja. Mit mir hat er auch darüber gesprochen.«

»Dann kannst du mir gewiß sagen, wo ich jemand finde?«

»Sicher. Beim Erntefest zum Beispiel. Im Herbst.«

»Ah ja! Dann bleibt mir ja noch eine Frist! Gott sei Dank!«

»Wer weiß? Schlaf gut.«

»Schlaft gut, ihr vier.«

Sie zog die Tür hinter sich zu. Ich blies die Kerze aus, entkleidete mich, kroch unter die leichte Wolldecke und drehte mich auf die linke Seite. Ich zählte nur wenige der Tropfen aus dem Laugenfaß, bevor ich einschlief.

Der Hahn krähte unmittelbar unter dem Fenster. Graues Licht fiel von draußen herein. Doch der Traum, den ich eben durchlebt hatte, hielt ihm stand, farbig und klar.

Ich war auf der Jagd nach Sumpfhühnern gewesen. Mehrere hatte ich aufgescheucht, doch alle waren zu weit entfernt, als daß Aussicht bestanden hätte, sie zu treffen. Es war drückend heiß. Unter meinen Füßen schwankte und gluckerte der Moorboden bei jedem Schritt. Braunes Wasser glitzerte hinter dem Schilf. Ich kam an einem Baumstumpf vorbei, der verkehrt herum im Uferschlamm steckte. Wie die Fangarme eines riesigen Tintenfischs griffen die

Wurzeln in die Luft. Ganz in der Nähe schrie ein Vogel: »Piuuu-ukk? Piuuu-ukk?«

Ich blieb stehen und suchte mit den Augen das Schilf ab. Plötzlich sah ich ein Sumpfhuhn. Reglos saß es auf einem Grashügel, keine zehn Schritte vor mir. Ich legte einen Pfeil auf, zog die Sehne, zielte sorgfältig. Doch in demselben Augenblick, in dem ich den Pfeil von der Sehne ließ, erkannte ich, daß ich nicht auf ein Sumpfhuhn schoß, sondern auf einen runden Stein, der keinerlei Ähnlichkeit mit einem Sumpfhuhn besaß. Ich vernahm das scharfe Singen der Metallspitze, und noch während es verklang, verwandelte sich der Pfeil in einen Graureiher, der sich mit klatschenden Flügelschlägen in die Luft erhob und der Sonne zustrebte. Eine seiner Schwungfedern fiel mir vor die Füße. Ich hob sie auf und steckte sie mir hinters Ohr. Dann setzte ich meine Jagd fort. Ich war ein gutes Stück gegangen, da merkte ich, daß ich nur noch einen Schuh anhatte. Der andere mußte irgendwo im Schlamm stecken. Ich ging zurück. Ein Vogel schrie: »Piuuu-itt! Piuuu-itt!« Dunkle Wolken schoben sich vor die Sonne. Nahe bei dem umgekehrten Baumstumpf fand ich meinen Schuh. Mein einer Fuß steckte in ihm. Ich schaute an mir hinunter. Ich hatte nur einen Fuß. Wo der andere sein sollte, war ein Stumpf. Ich setzte den Stumpf auf den Fuß, der in dem Schuh steckte und zog den Fuß samt Schuh aus dem Morast. Dann ging ich weiter. Es war drückend heiß. Die Sonne blendete meine Augen.

Doña Gioconda wird sich freuen, murmelte ich vor mich hin. Draußen vor dem Fenster krähte der Hahn zum zweitenmal. Ich stand auf, zog mich an und trat ins Freie hinaus.

Außer mir schien noch kein Mensch wach zu sein. Ein Gänsepaar schwamm auf dem Teich, an dessen Ufer der große, schwarzweiße Enterich mit dem Schnabel im Schlamm stocherte. Unter den Bäumen verteilt standen fünf oder sechs aus Brettern gezimmerte kleine Häuschen mit Pultdächern. Ich näherte mich einem von ihnen; aus dem Innern erklang ein weiches Zischen, und als ich noch näher herantrat, erschien im runden Einstiegloch ein weißgefiederter Entenkopf mit schwarzer Scheitellinie; der blaßrote Schnabel öffnete sich weit und hauchte mich warnend an. Ich konnte die spitze Zunge zittern sehen. Dann sah ich in die anderen Nisthäuschen hinein. Sie waren ausnahmslos von brütenden Enten besetzt.

Schwerer Tau war in der Nacht gefallen. Der Himmel war klar. Ein leichter Wind strich vom See herauf. Ich ging in die Scheune, nahm eine Leiter, die an zwei Holznägeln aufgehängt war, von der Wand und stieg in den Heustock hinunter. Das Heu roch gut. Doch als ich eine Handvoll nahm und zusammenballte, raschelte es nicht und fühlte sich feucht an. Ich holte eine Gabel und warf den Haufen auseinander, bis das Heu in einer dünnen Schicht über den Boden des Heustocks verteilt lag. Nun konnte es nachtrocknen.

Der Tag wurde ebenso warm wie der zuvor. Der leichte Südwind blieb beständig und machte die Hitze erträglicher. Am Nachmittag nahm der Wind zu. Wolkentürme stiegen über den Hügeln jenseits des Sees auf. Wir brachten neun Fuhren in Arwaqs Heuhütte, die nun mehr als zur Hälfte gefüllt war, und vier in die Scheune von Amos. Don Jesús mähte weiter, während wir anderen aufluden, auf Schwaden rechten oder wendeten. Auch Atagali war heute dabei. Die meiste Zeit hielt sie sich in der Nähe von Ane-Maria. Einmal standen sie eine Weile auf ihre Rechen gestützt, redeten und lachten, bis Don Jesús ihnen über die halbe Wiese ein paar Worte auf Spanisch zurief, die ich nicht verstand.

»En seguida, Señor!« rief Ane-Maria zurück, und wandte sich ihrer Schwade zu. Atagali ging zu Don Jesús, wechselte einige Worte mit ihm, nickte, schulterte ihren Rechen und machte sich auf den Heimweg. Die Wolkentürme waren nun bis zur halben Höhe des Himmels emporgequollen. Ich rechte ein wenig rascher. Bald hatte ich Ane-Maria eingeholt. Sie trug ein dunkelgrünes Leinenkleid ohne Ärmel, mit einem roten Ledergürtel, der mit schwarzen Glasperlen bestickt war. Ihr langes Haar hing zu beiden Seiten über die Schultern nach vorn. Die schmalen, kräftigen Füße sahen unter dem Rocksaum hervor.

»Ah, du bist es«, sagte sie, als ich neben ihr war. »Papá hat aufgehört zu mähen. Es wird regnen. Das ist dumm!« Sie wischte mit dem Handrücken einen Halm von der Stirn und streifte ihn an ihrem Rock ab.

»Bisher hatten wir Glück mit dem Wetter«, sagte ich. »Wenn es nicht gerade eine Woche lang gießt, ist es nicht so schlimm.«

»Das wird es nicht, Carlos. Wenn es rasch kommt, geht es auch rasch. Aber trotzdem!«

»Sag mir, Ane-Maria: Hat dir Oonigun seine Reiherfeder geschenkt?«

»Woher weißt du das?«

»Ich hab es mir gedacht.«

»Ah! Aber du hast nur halb recht. Er wollte sie mir schenken. Ich hab sie nicht genommen.«

»Was hast du gesagt?«

»Ich bin eine andere Art von Vogel, hab ich gesagt. Diese Feder ist schön, aber sie paßt nicht zu den meinen.«

»Darauf läßt sich nicht viel antworten.«

»Das war meine Absicht. Aber du wolltest nicht über die Feder sprechen.«

»Woher weißt du das, Ane-Maria?«

»Ich seh es dir an.«

»Du hast recht. Ich wollte dich bitten, deiner Großmama den Traum zu erzählen, den ich letzte Nacht hatte.«

»Sag ihn mir.«

Ich erzählte. Sie lauschte, auf ihren Rechen gestützt, und kratzte sich mit einem Fuß am Spann des anderen. Die Wolkentürme standen nun unmittelbar über uns und gleißten in der Sonne. Ane-Maria hatte die Augen zusammengekniffen. Zu beiden Seiten ihrer Nase krausten sich Fältchen. Als ich erzählte, wie der Pfeil sich in den Reiher verwandelt hatte, zog sie die Unterlippe zwischen die Zähne und ließ sie mit einem leisen Laut zurückschnellen.

»Die spinnen, die Römer!« sagte sie, nachdem ich geendet hatte. »Und nicht nur sie«, fügte sie mit einem Blick auf mein Gesicht hinzu und lachte. »Ich meine uns alle. Am Tag sind wir ziemlich vernünftig. In der Nacht dann werden wir verrückt. Warum ist das so?«

»Ich weiß es nicht genau. Vielleicht müssen wir in der Nacht verrückt sein, damit wir am Tag vernünftig bleiben können?«

»Mhm!« Sie wickelte eine dicke, schimmernde Haarsträhne um ihren Zeigefinger, bis sie ein faustgroßes Knäuel beisammen hatte. Sie betrachtete es, zog den Finger heraus und schüttelte ihr Haar zurecht.

»Ja«, sagte sie. »So könnte es sein. Daß ich darauf nicht von selber gekommen bin! Ich werde der Abuela den Traum genau so erzählen, wie du ihn mir erzählt hast.«

»Sag ihr auch, daß ich sie bitte, ihn mir zu erklären.«

»Oh, keine Sorge! Das versteht sich von selbst. Sie wird es kaum erwarten können.«

Wir brachten eine weitere Ladung Heu in Arwaqs Heuhütte unter. Dann brach der Regen los. Noch während wir die Geräte einsammelten und auf die Wagen luden, war das Wasser durch unsere Kleider gedrungen. Wir froren nicht. Der Regen war warm, und der Wind hatte sich gelegt.

»Was meinst du?« fragte ich Amos. »Wird es morgen auch regnen?«

»Hm«, sagte er, »eher ja. Auf jeden Fall wird es zu naß sein.«

»Gut, dann geh ich in meine Hütte. Falls ich nicht selber merke, wann wir weitermachen können, weißt du, wo ich zu finden bin.«

Noch auf dem Pfad, zwanzig oder dreißig Schritte von meiner Hütte entfernt, bemerkte ich den Geruch; in der Nähe der Tür war er überwältigend. Ein Stinktier war zu Besuch gekommen. Es war von einem anderen Lebewesen gestört worden und hatte sich verteidigt. Auch im Inneren der Hütte roch es nach Stinktier. Der Geruch mußte durchs Fenster hereingezogen sein. Ich opferte eins meiner Zündhölzer, machte Feuer, hängte meine Kleider zum Trocknen, setzte Teewasser auf und rauchte rasch hintereinander zwei Pfeifen. Das half ein wenig.

Ich las einige Seiten im Büchlein des Abtes Alkuin und ging früh zu Bett, um am nächsten Tag ausgeschlafen zu sein. Doch am Morgen erwachte ich vom Getrommel des Regens auf den Schindeln. Ich schaute zur Tür hinaus. Die Wolken lagen auf den Hügeln, und Nebel verwischte die Landschaft.

Ich ging zu Magun. Wir saßen im Trockenen, eingehüllt in den Duft des Zedernholzes, geschützt hinter dem Regenvorhang, der von der Traufe herabrann, spalteten Schindeln und unterhielten uns. Ich erzählte ihm von der Heuernte, von den brütenden Enten; ich erzählte, daß Atagali beim Heumachen dabeigewesen war und daß ich von Mond de Marais gehört hatte, Urbain Didier sei gefunden worden. Letzteres wußte Magun bereits. Dann fiel mir ein, ihn nach Félix Douballe zu fragen.

Er nickte, als er den Namen hörte, beugte sich vor, nahm einen Span zur Hand und schrieb ein Wort in den roten Staub: KEBEC.

Ich zeigte nach Westen. Magun nickte.

»Félix ist nach Kebec gegangen?« fragte ich.

Magun neigte bejahend den Kopf, beugte sich vor und schrieb wieder ein Wort: KANESATAKE.

»Kanesatake ist eine Siedlung, ja? So wie Seven Persons?«

Magun nickte.

»Weshalb ist Félix Douballe nach Kanesatake gegangen, Magun?«

Er zog eine Schindel mit der breiten Seite über den Boden und löschte die Wörter aus. Dann malte er mit wenigen Strichen zwei menschliche Gestalten, die einander bei den Händen hielten.

»Aha«, sagte ich. »Er hatte einen Zwillingsbruder dort. Mit dem wollte er zusammen sein.«

Magun lachte heftig und lautlos und schüttelte den Kopf. Er beugte sich vor und zog einen dicken Strich zwischen den beiden Gestalten.

»Ich verstehe«, sagte ich. »Félix hatte einen Zwillingsbruder hier, mit dem er sich nicht vertrug. Deshalb ging er fort.«

Magun verbarg das Gesicht in den Händen, erhob dann die Arme mit nach oben gewandten Handflächen hoch über den Kopf und blickte augenrollend zu ihnen auf.

»Bin ich blöd?« fragte ich.

Magun nickte lebhaft. Abermals beugte er sich vor, löschte die Gestalten auf dem Boden und malte neue. Diesmal gab er einer von ihnen einen Rock, bevor er mit einer schneidenden Handbewegung den Trennstrich zwischen ihnen zog.

»Eine unglückliche Liebesgeschichte!« sagte ich.

Magun neigte den Kopf und legte mir anerkennend die Hand auf die Schulter.

»Félix Douballe hat ein Mädchen geliebt, und das Mädchen wollte ihn nicht haben. War es so, Magun?«

Er nickte. Dann hob er die gestreckte Hand vor seinen Kopf, so daß der Daumen auf seine Stirn und die Handkante auf mich wies, und führte sie senkrecht nach unten bis vor meine Brust. Es sah aus, als wollte er mich segnend bekreuzigen. Doch er unterließ es, den zweiten Teil der Geste auszuführen. Statt dessen breitete er die Arme weit aus und brachte dann die Hände in einer zusammenfassenden, umarmenden Bewegung einander näher, bis sich die Fingerspitzen berührten. So verhielt er für einen Augenblick, sah mich mit zur Seite geneigtem Kopf aufmerksam und fordernd an, ließ dann die Hände fallen, knetete erst das eine, dann das andere Handgelenk und griff schließlich zu seinem Werkzeug.

»Ja«, sagte ich, indem ich mein Schindeleisen und meinen Schlegel zur Hand nahm, »so kann es jedem von uns ergehen. Was die Götter trennen wollen, kann der Mensch nicht binden.«

Ich setzte das Eisen auf den Klotz und schlug zu.

Am frühen Nachmittag wurde der Regenvorhang, der vom Dachrand herabfiel, dünner, zerriß in einzelne Rinnsale, die spärlicher und spärlicher flossen, und bald fielen nur noch wenige Tropfen in die mit rotem Schlamm gefüllte Rinne, die sich unterhalb der Traufe gebildet hatte. Wind kam auf. Die Bäume hinter dem Schuppen begannen zu wispern, zu rauschen. Die Sonne brach durch, und die Welt wurde mit einem Mal strahlend grün.

Magun erhob sich, bedeutete mir mit einer Handbewegung, ihm zu folgen, und wir stiegen den Hang hinter dem Schuppen hinauf und erblickten einen Regenbogen, der sich, vom Ibárruri-Hof aufsteigend, über den See wölbte und mit seinem anderen Ende auf den Nemaloos-Hügeln ruhte. Magun kreuzte die Hände an den Handgelenken und riß sie rasch nach den Seiten hin auseinander.

»Es wird nicht mehr regnen?« fragte ich.

Magun nickte.

Wir arbeiteten bis in die Dämmerung hinein. Nachdem wir gegessen hatten, spielten wir eine Partie Schach. Magun hatte die honiggelben Figuren aus Lindenholz, ich die braunroten aus Zedernholz. Jedesmal, wenn Magun mir Schach bot, streckte er den Arm über das Brett und setzte mir seinen Zeigefinger auf die Brust wie den Lauf eines Revolvers. Wir kamen zu einem Endspiel, bei dem jeder von uns nur noch den König und einen Turm besaß. Länger als eine Stunde versuchten wir mit ausgeklügelten Winkelzügen, doch noch zu einer Entscheidung zu gelangen, bis wir uns auf ein Remis einigten.

Mitten in der Nacht erwachte ich davon, daß jemand das Kissen unter meinem Kopf wegzog. Langes Haar streifte mein Gesicht.

»Wach auf, Carlos!« flüsterte eine Stimme. »Wach auf! Heilige Yémanjá, du schläfst wie ein Bär!«

»Was ist, Ane-Maria?« murmelte ich und hielt mein Kopfkissen fest. »Es ist doch noch viel zu früh?«

»Ich bin's, Encarnación«, sagte die Stimme etwas lauter, aber immer noch flüsternd. »Steh auf! Wir brauchen dich.«

Ich setzte mich auf und fuhr mir mit der Hand über die Augen. Ihr Gesicht war ein heller Fleck in der Dunkelheit vor dem helleren Rechteck des Fensters.

»Ich warte draußen«, sagte sie. »Zieh dich an und komm. Die Ricarda will ein Kalb bekommen, aber das Kalb will nicht.«

»Die dumme Kuh«, sagte ich. »Ja, ich bin gleich fertig, Encarnación.« Für einen Augenblick verdeckte ihr Schatten das Fenster. Gleich darauf hörte ich die Tür zugehen.

Im Dunkeln fuhr ich in meine Kleider. Anstelle der Mokassins zog ich die Stiefel an, steckte Pfeife und Tabak zu mir und trat vor die Tür. Die Nacht war dunstig und warm.

»Was hast du dem armen Stinktier angetan?« fragte Encarnacións Stimme dicht neben mir.

»Ich nichts! Irgendwer hat es geärgert. Und mich hat es dafür angestänkert.«

»Komm«, sagte sie, »wir gehen über die Heuwiesen. Das ist kürzer.«

Die Luft war reglos, es war vollkommen still. Die Wipfel der Bäume hinter Maguns Hütte steckten im Nebel. Ich folgte Encarnación den aufgeweichten Pfad entlang, bis wir auf die abgemähten Wiesen gelangten und nebeneinander gehen konnten.

»Wie alt ist die Kuh?« fragte ich.

»Zwei Jahre und einen Monat.«

»Ist es ihr erstes Kalb?«

»Ja. Hast du schon einmal beim Kalben geholfen, Carlos?«

»Noch nicht. Aber bei Schafen und Ziegen. Einmal bei einer Sau. Meist bei Menschen.«

»Das ist sicher am leichtesten.«

»Wie kommst du darauf?«

»Menschen können sprechen, nicht wahr? Das macht es doch leichter.«

»Mitunter ja. Öfters nicht. Holt ihr den Arzt, wenn eine Frau ein Kind bekommt?«

»Nein, Carlos. Das ist Sache der Frauen. Außerdem gibt es in Megumaage nur zwei Ärzte. Mit dir sind es drei.«

»Ich bin kein fertiger Arzt, Encarnación. Nur ein Lehrling. Wer sind
die beiden Ärzte?«

»Der eine kam aus Schweden, glaub ich. Ingmar Melander. Der andere heißt Timofej Myschkin.«

»Ist er verwandt mit …«

»Sprich den Namen nicht aus! Ja, er ist sein Bruder.«

»Weshalb soll ich den Namen nicht aussprechen, Encarnación?«

»Wart ein Jahr, Carlos. Dann ist es ungefährlich. Wenn du vorher
seinen Namen aussprichst, rufst du ihn zurück.«

»Sind Ingmar und Timofej nur Ärzte, oder sind sie auch *puoink?*«

»Timofej ist ein *puoin.* Bei Ingmar weiß ich es nicht. Frag Taguna.«

»Leben sie von ihrem Beruf?«

»Du meinst, ob sie nur Ärzte sind?«

»Ja.«

»Was fällt dir ein! Timofej hat einen Hof. Ingmar ist Fischer. Er baut
auch Boote.«

»Kommt es vor, daß eine Frau bei der Geburt ihres Kindes stirbt,
Encarnación?«

»Die Abuela sagt, vor fünfzig, sechzig Jahren kam es öfter vor. Jetzt
ist es sehr, sehr selten.«

»Weißt du, weshalb das so ist?«

»Ich weiß, was sich die alten Frauen erzählen.«

»Erzähl mir, was sie erzählen, alte Frau!«

Encarnación lachte das tiefe Lachen ihrer Großmutter. »Sie erzählen, daß früher – du weißt, damals –, daß damals die Frauen,
wenn sie ein Kind haben sollten, in ein Haus gingen, in dem viele
Ärzte waren.«

»Ein Krankenhaus.«

»Ja, so hat Taguna es genannt. Ein Haus für Kranke. Das ist eigentlich lustig, finde ich. Eine Frau ist doch nicht krank, wenn sie ein
Kind erwartet. Im Gegenteil. Ja, und dann haben die Ärzte ihr einen
Trank gegeben, der sie schlafen ließ. Wenn die Frau wieder erwachte, war das Kind da.«

»Bei uns lassen sich auch heute noch viele Frauen so einen Trank
einflößen.«

»Warum, Carlos?«

»Sie fürchten die Schmerzen.«

»Die Schmerzen?«

»Ja. Sie denken, sie können sie nicht aushalten.«

»Bekommen die Kühe bei euch auch so einen Trank?«

»Nein, die nicht.«

»Die halten es also aus?«

»Vielleicht ist es für eine Kuh leichter als für eine Frau?«

»Das glaub ich nicht, Carlos. Auch eine Kuh leistet ein gutes Stück Arbeit, wenn sie kalbt. Ich hab aber nie gesehen, daß eine sich gefürchtet hätte. Sara fürchtet sich auch nicht. Und Mamá sagt, sie hätte sich gefreut, als es endlich soweit war.«

»Ja, meine Frau hat sich damals auch gefreut. Weshalb ist es so selten geworden, daß eine Frau an einer Geburt stirbt, Encarnación? Was sagen die alten Frauen?«

»Sie sagen, daß die Frauen damals es wohl verlernt hatten, Kinder zu bekommen. Sie mußten es von neuem erlernen.«

»Wer hat es ihnen beigebracht?«

»Die Tiere, denke ich.«

»Dann ist eure Ricarda kein gutes Vorbild.«

»Oh, es liegt nicht an der Ricarda! Das Kalb ist schuld. Es schiebt ein Bein vor.«

»Nur eins?«

»Eins. Keine Schnauze. Eine halbe Stunde ging es nicht vorwärts. Jetzt sind es bald anderthalb Stunden.«

»Was habt ihr gemacht?«

»Wir haben das Bein zurückgeschoben, zweimal. Jedesmal kam es wieder heraus. Papá hat zu große Hände. Und die Arme von Mamá, Ane-Maria und mir sind nicht lang genug. Deswegen hab ich dich geholt.«

»Du bist sicher, daß es ein Vorderbein ist, Encarnación?«

»Willst du mich ärgern, Carlos?«

»Gott behüte!«

Hinter einer Hecke tauchten kleine, honiggelb erleuchtete Fenster auf. Bald konnte ich die Gebäude erkennen. Der Nebel hing bis auf die Dachfirste herab. Die Haustür stand offen. Licht fiel heraus.

Auf dem Stubentisch knetete Doña Gioconda Teig. Eine Schüssel voll Quark stand neben ihr auf einem Stuhl. Ich zog Jacke und Hemd aus und wusch mir beide Arme mit heißem Wasser und Seife.

»Habt ihr Schmierseife?« fragte ich.

»Schon im Stall«, sagte Doña Pilar von der Tür her. Der Hut saß ihr tief in der Stirn.

»Gut«, sagte ich. »Vamos.«

Die Kuh Ricarda stand in einer abgeteilten Ecke des Stalls. Unter ihr und um sie her war frisches Stroh in einer dicken Schicht eingestreut. Zwei Laternen hingen an den Deckenbalken. Der Holzeimer mit Schmierseife stand neben der Tür an der Wand.

»Was meinst du?« sagte Don Jesús. »Wirkt sie erschöpft?«

»Nein«, sagte ich. »Sie ist mit sich selbst beschäftigt. Hat sie die ganze Zeit gestanden?«

»Ja«, sagte Doña Pilar. »Sie wollte sich nicht hinlegen.«

»Sie ist unruhig, weil es nicht weitergeht«, sagte Encarnación.

»Wir legen sie hin«, sagte ich. »Wir brauchen ein Seil.«

Die Kuh schaute sich nach mir um. Ihre Augen waren voller Mißtrauen. Sie drängte ihr Hinterteil gegen die Wand.

»Hola, Ricarda«, sagte Doña Pilar. »Carlos wird dir dein Kalb nicht nehmen.«

Ane-Maria brachte das Seil. Wir legten es über Ricardas Hals, führten die Enden zwischen den Vorderbeinen hindurch, kreuzten sie über dem Rücken und führten sie am Euter vorbei zwischen den Hinterbeinen durch. Don Jesús nahm sie in beide Hände.

»Ane-Maria«, sagte ich, »wenn sie am Boden ist, hältst du ihren Kopf unten, ja?«

Ane-Maria stellte sich neben den Kopf der Kuh. Ich nahm eins der Seilenden, nickte Ane-Maria zu, und Don Jesús und ich zogen gemeinsam. Die Kuh ging vorn in die Knie, schnaufte, schüttelte den Kopf und ging dann auch hinten zu Boden.

»Sie liegt ein bißchen zu weit von der Wand weg«, sagte ich. »Ich brauch einen Hocker, irgendwas, wogegen ich die Füße stemmen kann.«

Während ich meinen rechten Arm von unten bis oben mit Schmierseife einstrich, brachte Encarnación einen niedrigen Hocker und legte ihn auf die Seite, mit den Beinen gegen die Wand.

393

»Gut«, sagte ich, »das wird gehen.«

Ich legte mich hinter der Kuh ins Stroh, stemmte beide Füße gegen den Hocker und führte den Arm ein.

»Haltet mal bitte den Schwanz zur Seite!« bat ich.

Doña Pilar trat neben mich und ergriff den Schwanz.

Ein gutes Stück diesseits des Muttermundes fühlte ich den Huf. Einen Huf. Weiter kam ich nicht. Eine Preßwehe umfaßte meinen Arm. Es fühlte sich an, als würde mein Fleisch von allen Seiten her flach gegen die Knochen gequetscht. Darauf war ich gefaßt gewesen; fast immer löste das Einführen des Arms, oft schon der Hand, eine Preßwehe aus. Doch die gewaltige Muskelkraft des großen Tieres hatte ich unterschätzt. Ich zog meine Lippe zwischen die Zähne und wartete. Es schien eine Ewigkeit zu dauern, bis der Griff um meinen Arm sich lockerte.

»Ist sie trocken?« fragte Don Jesús.

»Es geht«, sagte ich.

Ich hatte den Arm nun bis über den Ellbogen in der Kuh. Ich fand keinen zweiten Huf. Doch kurz hinter dem ersten fühlte ich etwas anderes. Ich tastete mit den Fingerspitzen: eine Öffnung, noch eine. Dann tastete ich weiter nach unten. Wieder kam eine Preßwehe.

»Es hat versucht, an meinem Finger zu lutschen«, sagte ich. »Das linke Bein ist nach hinten umgebogen. Wir brauchen ein dünnes Seil mit einer Schlinge. Schmierseife drauf.«

Die Wehe ließ nach. Ich stemmte mich gegen den Hocker und schob aus Leibeskräften. Schnauze und Huf des Kalbes glitten langsam von mir fort. Ich zog den Arm heraus. Ane-Maria hielt den Kopf der Kuh mit beiden Händen fest und schaute mich an. Ich erwiderte ihren Blick. Don Jesús gab mir das dünne Seil und hielt mir den Schmierseifeneimer hin. Ich strich meinen Arm von neuem ein. Dann legte ich das Seil zwischen Zeige- und Mittelfinger, so daß sich die Schlinge in meiner Handfläche befand, und führte den Arm wieder ein. Meine Hand berührte den Muttermund, als die Kuh abermals preßte. Ich spürte, wie der Huf gegen meine Finger stieß, zog die Unterlippe zwischen die Zähne und wartete.

»Muy mujer«, sagte Don Jesús.

»Weiß Gott«, sagte ich. »Wenn ich rufe, dann zieh, Don Jesús. Langsam und gleichmäßig.«

»Ja, ich weiß, Don Carlos. Du machst es genau wie Sara.«

Als die Umklammerung nachließ, schob ich mit den beiden Fingern, zwischen denen das Seil hindurchlief, die Schlinge Stück für Stück nach vorne, dorthin, wo ich den linken Huf vermutete. Beim drittenmal faßte die Schlinge, rutschte jedoch ab, als ich sie behutsam zuzog. Wieder quetschte eine mächtige Preßwehe meinen Arm. So muß es sein, wenn man unter eine Lawine gerät, dachte ich, nur am ganzen Körper – und kalt, nicht heiß.

Ich brauchte vier weitere Versuche, bis die Schlinge faßte. Ich wartete die nächste Preßwehe ab.

»Zieh!« rief ich, als sie nachließ.

Ich spürte das dünne Seil langsam an meinem Arm entlanggleiten. Ich schob ihn so weit hinein, wie es ging. Schweiß rann mir in die Augen. Ein Muskel in meinem linken Bein zuckte. Abermals preßte die Kuh. Zwei Hufe glitten neben meine Finger. Ein wenig über den Hufen spürte ich die Nase des Kalbes. Dann hörte die Kuh auf zu pressen. Ich zog meinen Arm heraus.

»Halt das Seil straff, wenn sie wieder drückt«, sagte ich. Ich richtete mich auf und hockte mich hin. Mit der linken Hand ergriff ich ein Büschel Stroh und wischte mir den Schweiß aus dem Gesicht. Doña Pilar stand neben mir und hielt Ricardas Schwanz.

»Jetzt!« sagte Ane-Maria.

Ich sah, wie die Muskeln an der Flanke der Kuh sich zusammenzogen. Die Hufe des Kalbes erschienen. Don Jesús löste die Schlinge, während ich die Beine des Kalbes oberhalb der Hufe umfaßte. Wir warteten eine kleine Weile. Die Kerze in einer der Laternen flackerte und beruhigte sich wieder. Dann preßte Ricarda noch einmal, und mit einem glatten, unerwartet raschen Schwung glitt das Kalb aus ihr heraus und lag vor mir im Stroh, bevor ich seine Vorderbeine loslassen konnte.

»Olé!« rief Don Jesús.

»Es ist eine Kuh«, sagte ich.

Das Kalb zuckte mit den Vorderbeinen, die ich immer noch festhielt. Ich ließ sie los. Die kleinen, weichen Hufe scharrten im Stroh. Die Augenlider zitterten. Vor einem Nasenloch erschien eine Blase. Ane-Maria kniete sich neben mich, preßte die Lippen auf das Nasenloch, saugte den Schleim heraus und spuckte ihn neben sich ins

Stroh. Ebenso verfuhr sie bei dem anderen Nasenloch, wischte das Maul mit der Hand aus, hob das Kalb auf, trug es nach vorn und legte es neben Ricardas Schnauze nieder.

Ricarda schnupperte. Ein bebendes Brummen kam aus der Tiefe ihrer Brust. Ihre Schnauze stieß gegen die des Kalbes. Ihre Zunge erschien und begann das Kalb zu lecken, mit einem rauhen, schabenden Geräusch.

»Ich hol ihr was zu trinken«, sagte Encarnación.

»Sie wird nichts nehmen, bis sie mit dem Ablecken fertig ist«, sagte Doña Pilar.

»Ich kann mich aber schon mal drum kümmern, Mamá«, erwiderte Encarnación, ergriff im Vorbeigehen den Eimer mit der Schmierseife und verschwand durch die Tür.

Langsam stand ich auf, schaute an mir hinunter und schlenkerte meinen rechten Arm.

»Lieber zehn Schafe als eine Kuh«, sagte ich.

»Im Waschhaus ist warmes Wasser«, sagte Doña Pilar.

Ich nickte. »Wie soll es denn heißen?«

»Carrida«, antwortete Ane-Maria sofort.

»Corrida, meinst du? Weil dein Papá Olé gerufen hat?«

»Nein, nein! Carrida! Dieselben Buchstaben wie in Ricarda, nur ein bißchen umgestellt.«

»Wie bist du darauf gekommen?«

»Tristan – Tantris! Das haben wir als Kinder oft gespielt.«

Sie lachte. Die Kuh leckte ihre Hand, die auf dem Rücken des Kalbes lag.

»Sie versucht es jedesmal«, sagte Doña Pilar. »Meistens geht es. Das Kalb von der Catalina heißt Talanaci. Und der junge Stier heißt Asor nach seiner Mutter Rosa. Ane-Maria macht vor nichts halt. Damals, als sich die graue Gans Nora verheiratet hat, mußte sie den Ganter umtaufen. Dabei paßt Aaron überhaupt nicht zu ihm.«

»Weil du an Aaron Wiebe denkst, Mamá«, sagte Ane-Maria.

»Das stimmt«, antwortete Doña Pilar. »Wieso bin ich da nicht selbst draufgekommen?« Sie nahm ihren Hut ab und setzte ihn ihrer Tochter auf.

Ane-Maria zog ihn tief in die Stirn und schaute mich unter der Krempe hervor an. »Warmes Wasser ist im Waschhaus«, sagte sie.

»Ich gehe schon«, gab ich zurück.

Ich schürte das Feuer unter dem Kupferkessel, wusch mich und füllte den Kessel wieder bis eine Handbreit unter den Rand. In der Stube holte Doña Gioconda die ersten Quarktaschen aus dem Backrohr und legte sie zum Auskühlen auf einen großen Holzteller. Huanaco und Tia saßen neben dem Herd und sahen ihr zu. Tias Schwanzspitze zuckte. Don Jesús brachte einen Armvoll Holz, das er hinter dem Herd aufschichtete.

»Wo sind die anderen?« fragte ich.

»Wo werden sie schon sein?« antwortete Don Jesús. »Sie schauen dem Kalb beim Trinken zu und rufen Ah und Oh.«

Er ließ sich auf die Bank fallen, streckte die Beine von sich und gähnte, wobei er beide Hände vors Gesicht hielt. »Was für eine gottverbotene Tageszeit! Setz dich, Don Carlos! Setz dich, und sag mir eins: Warum werden die meisten Wesen um diese Zeit geboren? Warum sterben die meisten Wesen um diese Zeit? Hängt das zusammen?«

»Ja, es hängt zusammen, Don Jesús«, sagte ich. »Mehr weiß ich auch nicht. Wir kommen aus dem Dunkel. Wir gehen ins Dunkle.«

»Dazwischen träumen wir«, sagte Doña Gioconda. »Ihr könnt schon essen, glaube ich. Verbrennt euch nicht.«

Sie stellte jedem von uns einen Teller hin, auf dem eine Quarktasche dampfte, und legte eine Gabel daneben. An mehreren Stellen war die braune Kruste aufgerissen; die Füllung war herausgequollen und in gelben, glänzenden Rinnsalen gestockt. Wir bliesen auf jeden Bissen, bevor wir ihn in den Mund schoben.

»Ißt du nichts?« fragte ich Doña Gioconda.

Sie schüttelte den Kopf. »Später«, sagte sie.

Doña Pilar und Encarnación kamen und setzten sich zu Tisch. Etwas später kam Ane-Maria. Die Katzen hatten die ganze Zeit über geduldig gewartet. Tia begriff als erste, daß sie nichts bekommen würde. Sie erhob sich, sprang aufs Fensterbrett, verharrte dort kurz, schaute noch einmal zurück und sprang murrend hinab in den Garten. Huanaco folgte ihr nach. Draußen färbte sich hinter den schwarzen Bäumen der Himmel langsam grau.

Ane-Maria und Encarnación räumten ab und wuschen das Geschirr. Ich bereitete Tee, stellte die Kanne auf den Tisch, gab jedem einen

Becher und setzte mich. Don Jesús schob mir seinen Tabaksbeutel zu. Während ich meine Pfeife füllte, ließ mich ein Windstoß aufblicken, der zum offenen Fenster hereinfuhr. Der Nebel draußen war bis auf den Boden herabgesunken und trieb mit dem Wind nach Norden, ein Strom lichtgrauer, kopfloser Gestalten, die sich drehten, ineinanderflossen, sich verneigten und mir zuwinkten.

»Das könnte ein schöner Tag werden«, sagte ich.

Doña Gioconda nickte.

»Du lernst es«, sagte Don Jesús und reichte mir den brennenden Span, mit dem er seine Pfeife entzündet hatte.

»In zwei Stunden scheint die Sonne«, sagte Doña Pilar.

»Geht jemand von euch noch schlafen?« fragte Encarnación. »Niemand? Dann bin ich auch nicht müde!«

Sie setzte sich neben ihre Großmutter und verschränkte die Hände um ihren Becher mit heißem Tee.

»Ich geh noch ein bißchen zu Ricarda«, sagte Ane-Maria. »Laßt das Feuer nicht ausgehen!«

Sie schloß die Tür hinter sich. Einen Augenblick später sprang Huanaco von draußen aufs Fensterbrett. Er hob den Schwanz, besprühte den Fensterrahmen, beschnüffelte die Stelle, setzte sich nieder und sah in den Garten hinaus.

»Biester«, sagte Doña Gioconda. Sie nahm mir die Pfeife aus der Hand, zog daran und gab sie mir zurück. »Dein Traum, Carlos«, sagte sie. »Was dachtest du, nachdem du aus ihm erwacht warst?«

»Daß du dich freuen wirst.«

»Sonst nichts?«

»Sonst nichts. Doch – warte! Mir fiel ein, daß am Tag zuvor ein Graureiher über uns hinweggeflogen war und eine Feder verloren hatte.«

»Ah ja! Von dieser Feder haben wir gehört!« Sie trank einen Schluck Tee und stützte dann die Wange auf die Faust. »Was meinst du selbst?« fragte sie dann. »Wovon handelt dein Traum?«

»Ich gehe im Sumpf umher«, sagte ich. »Ich halte einen Stein für ein Huhn. Mein Pfeil verwandelt sich in einen Vogel. Ich glaube, einen Schuh verloren zu haben, habe jedoch einen Fuß verloren. Der Traum handelt davon, daß ich mich auf unsicherem Boden bewege und von einem Irrtum in den nächsten tappe.«

Sie rieb die Wange an ihrer Faust. »Du weißt, wer Niscaminou ist, Carlos?«

»Der Sehr Große.«

Sie nickte. »Ursprünglich war es der Name der Sonne. Die Sonne ist einer unserer Götter. Pater Erasmus würde sagen: eine der Gestalten Gottes. Der Reiher in deinem Traum flog in die Sonne. War das so?«

»Ja, so war das.«

»Gut. Alle Vögel sind Boten zwischen dieser Welt und den Göttern.«

»Wie die Engel!«

»Umgekehrt, Carlos! Erst waren die Vögel da, dann kamen die Engel. Die vornehmsten Boten sind die Vögel, die wandern: die Gans, der Schwan, der Reiher und der Albatros.«

»Die Erzengel! Aber warum ist das so?«

»Es ist so, Carlos. Du bist Arzt, nicht wahr?«

»Ich habe längst nicht ausgelernt, Mutter Gioconda.«

»Gewiß nicht, Carlos, gewiß nicht.« Sie machte eine Pause und trank etwas Tee.

»Ihr habt immer noch das alte Gesetz?« fragte sie dann.

»Welches meinst du?«

»Ihr dürft nicht töten?«

»Ja, das ist richtig. Ärzte dürfen nichts tun, was schaden könnte.«

»Es ist ein dummes Gesetz, Carlos. Es kommt vor, daß wir zunächst schaden müssen, um schließlich zu heilen. Manchmal müssen wir sogar töten.« Sie schwieg und sah mich an.

»Ist das der Unterschied zwischen einem Arzt und einem *puoin*?« fragte ich.

»Einer der Unterschiede, ja. Der Arzt sieht nur einen Menschen. Er sieht nur dessen Körper. Den will er in Ordnung bringen. Den will er am Leben erhalten; auch gegen den Willen der Götter. Ich hab Geschichten gehört, Carlos, vor denen mir gegraut hat. Naomi, Taguna und einige andere von den Alten erzählen, damals, vor der Seuche, hätte es Tausende von lebenden Leichen gegeben. Maschinen hielten ihr Blut in Bewegung. Maschinen bliesen ihnen den Atem ein. Es war verboten, sie sterben zu lassen. Gibt es das immer noch?«

»Nein, Mutter Gioconda, das gibt es nicht mehr. Mein Großvater hat davon erzählt. Ja, es muß grauenhaft gewesen sein. Und ich glaube, es war nicht Gottes Wille. Doch töten dürfen wir immer noch nicht.«

»Auch nicht, wenn ein Mensch nicht mehr leben will?«

»Auch dann nicht. Manche Ärzte tun es dennoch.«

»Bei euch?«

Ich nickte.

»Dann gibt es auch bei euch *puoink*.«

»Was ist ein *puoin*?«

»Ein *puoin* sieht mehr als ein Arzt«, sagte Don Jesús.

»Was sieht er?«

»Er sieht den Körper«, sagte Doña Gioconda, »und er sieht die Seele, Memajuokun. Ich hab gehört, daß es früher besondere Ärzte gegeben haben soll, die nur für Memajuokun da waren. Wie war das möglich? Sind die Menschen damals immer zu zwei Ärzten gleichzeitig gegangen?«

»Wenn wir einen *puoin* zu einem Menschen rufen«, sagte Encarnación, »dann spricht der *puoin* nicht nur mit diesem Menschen. Er spricht mit der Familie. Er kennt die Sippe – und den Clan. Der Mensch, zu dem er gerufen wird, ist ja nicht allein auf der Welt. Wie kann der *puoin* ihm helfen, wenn er die anderen Menschen vergißt?«

Die Tür ging auf. Ane-Maria kam herein, nahm den olivgrünen Filzhut ab, setzte ihn ihrer Mutter auf, die ihn sogleich tiefer in die Stirn rückte, goß sich Tee in einen Becher und ließ sich auf den freien Stuhl neben Doña Pilar fallen.

»Gibt es etwas, was ein *puoin* nicht tun kann, Ane-Maria?« fragte ich. Sie trank ihren Becher aus, guckte hinein, ob er auch wirklich leer war, und stellte ihn auf den Tisch.

»Der *puoin* kann nichts tun, was die Götter nicht wollen«, sagte sie.

»Und wenn er es versucht?«

»Bestrafen sie ihn.«

»Wie?«

»Sie lassen keine Boten mehr zu ihm kommen. Sie machen ihn krank. Sie schicken ihm Wahnsinn. Sie töten ihn.«

»Woher weiß er, was die Götter wollen?«

»Er hört auf sie, Carlos«, sagte Doña Gioconda.

»Was, wenn er sie nicht hören kann?«

»Dann ist er kein *puoin*«, sagte Don Jesús.

Ich stand auf, klopfte meine Pfeife in den Herd aus und setzte mich wieder. Don Jesús reichte seinen Tabaksbeutel Ane-Maria, die ihn mir gab.

»Danke«, sagte ich.

»Wie soll Carlos das alles auf einmal begreifen?« fragte Doña Pilar.

»Ja«, sagte Ane-Maria, »er macht ein Gesicht wie eine Kuh, die das Heu für eine ganze Woche auf einmal vorgeworfen bekommt.«

Ich stopfte meine Pfeife. »So schlimm ist es nicht. Verstanden hab ich alles. Begreifen kann ich es ja nach und nach.«

»Beim Heuwenden«, sagte Encarnación.

»Warum nicht! Aber wie sind wir überhaupt auf all das gekommen? Doña Gioconda wollte mir doch diesen Traum erklären.«

Doña Gioconda lachte ihr tiefes Lachen. »Das tu ich doch! Wir sprechen die ganze Zeit von nichts anderem.«

»Dann hab ich mich vorhin geirrt, als ich sagte, ich hätte alles verstanden.«

»Du hast dich nicht geirrt, Carlos. Wir sind nur nicht fertig. Dein Traum sagt, daß du ein Arzt bist.«

»Jetzt versteh ich gar nichts mehr!«

»Warte! Du wirst gleich verstehen! Du verlierst einen Fuß, nicht wahr. Du suchst ihn. Du findest ihn, und du machst dich wieder ganz. Du bist also ein Arzt.«

»Gut. Und weiter?«

»Du bist ein guter Arzt. Dir gelingt, was nur wenige Ärzte fertigbringen. Außerdem bist du ein Arzt, der auf die Jagd geht. Was bedeutet das? Es bedeutet, du kannst nicht nur heilen, sondern bist auch bereit, zu töten, wenn es notwendig ist. Oder gehst du zum Vergnügen auf die Jagd, Carlos?«

»Gewiß nicht!«

»Das hab ich mir gedacht. Du willst ein Sumpfhuhn jagen. Es könnte auch ein anderes Tier sein. Stimmst du mir zu?«

»In diesem Traum jage ich Sumpfhühner, Mutter Gioconda, nichts anderes.«

»Ein Lebewesen ist so gut wie das andere. Du bist bereit, ein Leben zu beenden, weil es nötig ist. Richtig?«

»Richtig.«

»Du siehst ein Sumpfhuhn. Du zielst. Du schießt den Pfeil ab. Dann erkennst du, daß du auf einen Stein geschossen hast. Was bedeutet das?«

»Daß ich etwas töten wollte, was bereits tot ist?«

»Ja!« Sie nahm mir die Pfeife aus der Hand, zog ein paarmal und gab sie mir zurück. »Ja!« wiederholte sie. »Du hast erkannt, daß das, was du töten wolltest, tot war. Hättest du eher erkannt, daß du auf etwas Totes schießt, dann hättest du nicht erfahren, daß du wirklich zum Töten fähig bist. Du hättest es nicht gewußt. Du hättest vielleicht daran geglaubt. Nun weißt du es.«

»Im Traum, Mutter Gioconda!«

»Nur im Traum? Arwaq und Oonigun haben Männer getötet, die schon tot waren; tot für die Götter. Hättest du anders gehandelt als sie?«

»Ich glaube nicht.«

»Das ist genug. Glaube einstweilen. Später wirst du es wissen.«

»Und woher?«

»Du hast ein Scheit in das Feuer geworfen, in dem wir die Fremden verbrannten«, sagte Ane-Maria. »Du hast sie mit uns verbrannt.«

»Ich verstehe«, sagte ich nach einer Weile. »Und weshalb verwandelt sich mein Pfeil in einen Graureiher?«

»Der Pfeil ist eine Botschaft, Carlos«, sagte Doña Gioconda. »Er bedeutet, daß du bereit bist, zu töten. Die Botschaft verwandelt sich in den Boten. Der Bote fliegt zu Niscaminou. Niscaminou wird den Boten und deine Botschaft empfangen. Er wird dich nicht vergessen. Eines Tages wird er zu dir sprechen.«

»Hat er zu mir gesprochen, als ich das Scheit aufhob und ins Feuer warf?«

»Ich glaube es.«

»Weshalb läßt der Reiher eine Feder zurück?«

»Damit du dich erinnerst, Carlos. Im Traum verstehst du das auch, denn du hebst die Feder auf und steckst sie zu dir.«

Ane-Maria erhob sich.

»Ich schau noch einmal in den Stall«, sagte sie.

Als sie die Tür zum Hausflur öffnete, fiel ein breiter Strahl tiefroter Morgensonne herein.

Doña Gioconda schloß geblendet die Augen.

Der Tag wurde heiß und sehr windig. Amos löste mich ab, nachdem ich fünf oder sechs Runden gemäht hatte. Sieben heiße und windige Tage folgten. Dann war alles Heu in Seven Persons getrocknet und eingefahren.

In der Nacht nach dem letzten Heutag fuhr ich in meinem Kanu von der Insel zurück. Ich sah unruhige Lichter am Ufer des Sees und hielt auf eins von ihnen zu. Das Wasser war tief bis ans Ufer heran. Rechts von mir erhob sich ein Schatten. Es war der Baumstrunk, der das Gesicht Memajuokuns trug. Auf dem Sandstrand brannten drei Kerzen. Sie waren im Dreieck aufgestellt und von einem handhohen, kreisrunden Sandwall umgeben. Ein Zweig voller weißer Blütendolden steckte aufrecht in der Mitte des Kreises. Unter ihm lagen ein Laib Brot und ein schwarzes Huhn mit durchschnittener Kehle. Das Blut war ein schwarzer Fleck im Sand. Auch die Kerzen waren schwarz. Ich sah keine Fußspuren.

PASSAMAQUODDY

Zum zweitenmal an diesem Nachmittag ertönte das Gebrumm der großen Hummel ganz in meiner Nähe. Ich wandte den Kopf und blickte in die Richtung, in der es verklang. Ich konnte die Hummel nicht entdecken. Die Blätter des wilden Weins regten sich. Der Wind lief in Wellen durch sie hindurch, mit einem flüsternden Laut. Zwei Kohlweißlinge umtaumelten einander über dem Blumenkohlbeet, das ich vorhin erst nach ihren Raupen und Gelegen abgesucht hatte. Taguna saß im Schatten der Zeder über ihre Stickarbeit geneigt. Abit lag neben ihrem Sessel.
Ich warf die letzte Handvoll Unkraut in den niedrigen Zinkblecheimer, erhob mich und ging ihn ausleeren. Mein Schatten fiel auf die beiden Kohlweißlinge. Flatternd stiegen sie hoch, bis die Sonne sie wieder beschien. Ihre Flügel leuchteten auf. Eine Luftströmung ergriff sie und trieb sie auf den Fliederbusch zu. Taumelnd verschwanden sie hinter der Hausecke.
Ich ging an dem Blumenbeet entlang, das nahezu die ganze Länge des Flechtzauns an der Westseite des Gartens einnahm. Dunkelrote und weiße Kosmeen, hellblaue, violett gestreifte Winden, purpurbraune, rote und gelbe Löwenmäulchen, vielfarbige Wicken, honiggelbe Calendula und lachsrote, quittenfarbene, violette und zartgelbe Stiefmütterchen standen in Blüte. Ein dichtes Brausen von Bienen lag über dem Beet. Ich wich den Zweigen des Jasmins aus, die in den Weg hereinhingen und an denen sich die ersten Blüten zeigten. Der Komposthaufen befand sich ganz hinten in der Gartenecke, beschattet von der Zeder und einer Ligusterhecke. Sein warmer, gärender Erdgeruch stieg mir in die Nase. Ich schüttete meinen Eimer aus, streute Kalk auf das Unkraut und harkte etwas Erde darüber.
»Chas!« rief Taguna.
»Ja?« rief ich zurück.

»Wenn du Durst hast – hier ist was zu trinken!«

»Ah, gut. Ich komme.«

Ich stieg über das Beet mit den Küchenkräutern und ging durch das tiefe Gras zum Tisch. Taguna füllte einen Becher halb mit Wein und fügte aus dem anderen Krug Wasser hinzu.

»Gut!« sagte ich, nachdem ich getrunken hatte.

»Nicht wahr? Es bleibt kühl in den Tonkrügen. Willst du mehr?«

Ich nickte, und sie füllte den Becher zum zweitenmal. Ihre Arbeit lag auf ihren Knien ausgebreitet. Es war eine teebraune, lange Lederjacke mit Kapuze. Vorne war sie auf beiden Seiten mit Rohrkolben und Schilfblättern bestickt. Zwischen ihnen sah auf der rechten Seite das Weibchen eines Seetauchers hervor. Vom Männchen auf der anderen Seite waren erst Kopf und Schnabel fertig; die Umrisse des Körpers waren mit dünnem weißem Faden vorgestickt.

»*Kwemoos*«, sagte ich. »Was ist das für ein weißes Garn, das du da verwendest?«

»Das sind Sehnen, Chas.«

»So dünne?«

»Nein. Wir spalten sie. Mit einem sehr scharfen, kleinen Messer. Kagwit kann das gut.«

»Und die farbige Stickerei? Sind das alles Borsten?«

»Ja, vom *madooes*, vom Stachelschwein.«

»Weshalb nicht auch Sehnen?«

»Die Borsten lassen sich besser färben, Chas.«

»Sie sind kurz. Wie verhinderst du, daß sie herausrutschen?«

»Mit Spucke. Ich ziehe sie durch den Mund; ich sticke mit ihnen; ich schlage die Enden unter – so – und vernähe sie mit zwei, drei Schlingen. Wenn sie trocknen, ziehen sie sich zusammen und sitzen fest.«

»Gut, daß du noch von den Stahlnadeln hast.«

»Mit denen sind wir reichlich versehen, ja. Mit Knochennadeln wäre die Arbeit schwieriger.«

Ich nahm einen großen Schluck aus meinem Becher. Hinter mir, weit weg, meinte ich wieder das Gebrumm der großen Hummel zu vernehmen.

»Für wen ist die Jacke?« fragte ich.

»Für mein Patenkind, die kleine Ibárruri, zum Geburtstag.«

»Encarnación?«

Taguna verneinte mit den Augen, während sie eine tiefrot einge-
färbte, anderthalb Spannen lange Borste zwischen den Lippen an-
feuchtete und dann einfädelte.

»Wann hat Ane-Maria Geburtstag?« fragte ich.

»Oh, das ist noch lang hin. Bis zur Erntedankzeit. Dann wird sie
achtzehn, die Kleine.

»Achtzehn? Ich hatte sie älter geschätzt. Sie ist doch die Ältere von
den beiden?«

»Da irrst du dich«, sagte Taguna und begann am Halsfleck des *kwemoos* zu arbeiten. »Encarnación ist schon neunzehn.«

»Und ich dachte, es sei andersherum. Was ich fragen wollte: Wo
kommen all die Bienen her?«

»Von Clemretta, Chas.«

»Was? Den weiten Weg?«

»Ja und nein. Aaron stellt jedes Jahr ein Dutzend Stöcke bei uns auf.
Oben am Hang hinter dem Langhaus.«

»Wir haben keine? Aber wir sollten auch welche haben. Findest du
nicht?«

»Doch. Nächstes Jahr. Joshua muß aber erst das Bienenhaus bauen.«
Ich trank meinen Becher leer und stellte ihn auf den Tisch.

»Hast du noch zu tun?« fragte Taguna. »Sonst setz dich. Du stehst
mir nämlich im Licht.« Sie blickte rasch zu mir auf. Ihre Unterlippe
war vorgeschoben.

»Ich muß die Erde unter den Bohnen noch lockern«, sagte ich.

»Das muß nicht heute sein, Chas. Du kommst so selten zum Lesen.«

»Heute komme ich dazu, du wirst sehen. Morgen will Don Jesús mit
dem Behauen der Stämme anfangen. Es gibt halt viel zu tun.«

Sie nickte, indes sie abermals eine der tiefroten Borsten zwischen
den Lippen durchzog. Doch statt sie einzufädeln, legte sie sie in die
flache Rindenschachtel zu den anderen zurück und sah mir in die
Augen.

»Bist du gerne hier?« fragte sie.

»Ja«, sagte ich.

»Wirst du wiederkommen, Chas?«

»Ich werde mit den Kindern darüber sprechen. Ich möchte, daß sie
einverstanden sind.«

»Die Kinder werden wollen, was *du* willst. Willst *du* wiederkommen, Chas?«

»Ich will wiederkommen.«

»Unbedingt?«

»Unbedingt!«

»Das ist gut.«

»Wieso?«

»Weil die Götter es wollen, Chas Meary.«

Ich ging zum Bohnenbeet, stellte den Eimer auf den Weg, holte die Harke vom Komposthaufen und machte mich an die Arbeit.

Als ich fertig war, sammelte ich die Geräte ein, brachte sie in den kleinen Schuppen, der neben dem Komposthaufen stand, und ging denselben Weg zurück, auf das Haus zu. Ich war gerade neben dem Jasminstrauch und schob seine Zweige zur Seite, da hörte ich wieder das Brummen der großen Hummel. Es kam von der anderen Seite des Zauns, entfernte sich, näherte sich wieder und kam dann aus der Richtung des Blumenbeets.

Ich suchte das Blumenbeet mit den Augen ab. Mit gleichmäßig brummendem Flügelschlag stand ein fingerlanger Vogel in der Luft, den Schnabel in den Blütenkelch eines Löwenmäulchens versenkt. Das Brummen wurde heller. Der Vogel flog rückwärts, flog auf eine andere Blüte zu und schob den langen, dünnen Schnabel in ihren Kelch, aus dem ein langbeiniger Rosenkäfer hervorkrabbelte und sich zu Boden fallen ließ. Ich regte kein Glied. Der Leib des Vogels schimmerte in metallischem Blaugrün. An der Kehle befand sich ein rubinroter Fleck. Die Flügel waren nur ein hellgrau durchscheinendes Schwirren. Nachdem er aus mehreren Blüten den Nektar gesaugt hatte, schien der Vogel genug zu haben. Er stieg auf, verharrte, wandte sich hin und her; winzige schwarze Augen blitzten im Sonnenlicht. Das Brummen der Flügel wurde tiefer. In weitem Bogen schoß der Vogel auf das Haus zu und über das Schindeldach hinweg davon.

Ich ging zu Taguna.

Sie blickte von ihrer Arbeit auf, als sie meinen Schritt hörte. Der rote Fleck am Hals des Seetauchermännchens war halb fertig.

»Seit wann gibt es hier Kolibris?« fragte ich.

»Immer schon, Chas.«

»So weit nördlich? Das wußte ich nicht. Wohin ziehen sie im Winter?«

»Nach Mexiko.«

»Nach Mexiko? Die kleinen Dinger?«

»Schwer zu glauben, nicht war? Auch, daß sie nur eine Woche unterwegs sind. Das haben wir in der Schule gelernt. Ich erinnere mich gut an den Tag. Es war in dieser Jahreszeit. Ich erinnere mich auch an das Kleid unserer Lehrerin. Und daran, daß vor dem Fenster eine Flasche hing, aus der die Kolibris sich das Honigwasser holten. Drei oder vier von ihnen waren ständig um die Flasche herum. Mitunter haben sie sich gestritten. *Miledow*, so heißen sie auf Anassana.«

»Wie habt ihr sie dazu gebracht, das Honigwasser zu nehmen?«

»Wir haben nur die Flasche aufgehängt. Schau, da ist eine!« Sie zeigte nach oben ins Geäst der Zeder. Eine kleine, verkorkte Flasche hing mit der Öffnung nach unten von einem Ast. Sie enthielt noch ein wenig rote Flüssigkeit.

»Warum färbt ihr das Wasser?« fragte ich.

»Damit sie die Flasche sehen. Sie bevorzugen rote Blüten. Also mischen wir den Saft von roten Rüben ins Honigwasser. Wir hängen die Flaschen auf, wenn die *miledow* so früh zurückkommen, daß noch keine Blüten offen sind. In die Korken bohren wir ein kleines Loch, groß genug für die Schnabelspitze. Von selber läuft nichts heraus.«

»Brüten sie in Mexiko?«

»Sie brüten hier, Chas. Ein Ei legen sie. Manchmal zwei. Die Eier sind so groß wie mein kleiner Fingernagel. Bist du jetzt im Garten fertig?«

»Für heute ja.«

»Was hast du nun vor?«

»Ich werde lesen, was du geschrieben hast.«

»Ah ja. Die alten Geschichten. Soll ich dich zum Essen holen, wenn Strange Goose von seinen Gänsen zurückkommt?«

»Ja.«

Sie lächelte.

»Gut! Dann geh jetzt. Du stehst mir nämlich wieder im Licht.«

Im Bücherzimmer schloß ich alle Fenster außer denen, die nach Westen sahen. Dann holte ich aus der untersten Schublade die Foliomappe hervor. Im vierten Umschlag, in den ich hineinschaute, sah ich ein Blatt mit Tagunas linksliegender Schrift. Ich hob ihn an einem Ende hoch und ließ seinen Inhalt auf die Schreibtischplatte gleiten.

Einige beschriebene Blätter; zwei farbige Bildseiten aus einer alten Zeitschrift; ein ledernes Stirnband mit dem Muster der Doppelkurve; ein paar Briefe in Umschlägen, auf denen noch die Marken klebten; eine einzelne Spielkarte, ein Pik-As; und sieben oder acht unbeschriftete Umschläge, kleinere, größere, dicke und dünne. Aus einem von ihnen war ein Messingschild halb herausgerutscht. Ich zog es hervor. Es war frei von Grünspan, jedoch angelaufen, als habe jemand es in eine Flamme gehalten. Der Name Long Cloud war in Schreibschrift eingraviert. Ich schob das Schild in seinen Umschlag zurück und ergriff einen anderen. Er war dick wie ein kleines Kissen und fühlte sich weich an. Ich schaute hinein. Er war mit graubraunen Daunen gefüllt.

Ich nahm die farbigen Bildseiten aus der Zeitschrift zur Hand. Sie waren auf dickem, glänzendem Papier gedruckt. Die Farben hatten sich gut erhalten. Die Abbildungen zeigten aus einem alten Schiffswrack geborgene Gegenstände. Ein Kanonenrohr war zu sehen, dick mit Muscheln überkrustet; daneben dasselbe Kanonenrohr, nunmehr gereinigt, mattgrau, mit einer rund um den Lauf sich windenden Schlange verziert, deren Kopf über der Mündung züngelte. Eine andere Abbildung zeigte nautisches Gerät: einen Astrolab aus Messing, einen Stechzirkel, ein Meßdreieck, einen Kompaß in kardanischer Aufhängung. Zuunterst auf der Seite sah ich einen mächtigen Schiffsanker und einen hölzernen Block mit Rollen; zwischen ihnen lag ein sauber aufgeschichtetes Häuflein Musketenkugeln.

Ich drehte das Blatt um. Auf der anderen Seite war Zinngeschirr abgebildet; drei Becher, drei Teller, ein Krug. Auf dem Bild daneben lagen auf grauem Samt einige Münzen: eine silberne mit griechischer Inschrift sowie spanische, portugiesische und niederländische Goldmünzen. Das Bild darunter zeigte ein prachtvolles, mit Smaragden und Brillanten besetztes Goldkreuz.

In der Mitte der Seite befanden sich zwei Aufnahmen des Rings, den Strange Goose vor dreiundfünfzig Jahren zusammen mit dem Gemälde, das hinter dem Schreibtisch an der Wand hing, aus der

Stadt mitgebracht hatte. Die eine Aufnahme war schräg von oben gemacht. An den winzigen Fingern der goldenen Hand, die das Rubinherz hielt, waren die Nägel zu erkennen. Auf der anderen Aufnahme sah ich die Innenseite des Rings. Er war von der Seite her angeleuchtet, so daß die eingegrabenen Worte sich schattenschwarz vom goldschimmernden Hintergrund abhoben: *No tengo mas que darte.*

Ich legte das Blatt beiseite und schaute in die übrigen Umschläge. Vier von ihnen enthielten Photographien. Die farbigen steckte ich alsbald wieder in ihre Umschläge zurück; viele von ihnen waren aneinander festgeklebt, und die anderen sahen aus, als seien sie planlos mit farbigen Tinten überschüttet und mit Säuren geätzt worden. Die Menschen waren flache, schlierige Schemen; ihre Gesichter lichtzerfressene Flecken. Um sie herum wucherten sinnlose Formen in krankem Rot, giftigem Blau, schneidendem Grün und schillerndem Braun, flossen ineinander, löschten einander aus.

In einem Umschlag fand ich schwarzweiße Photographien. Ihre Grautöne hatten einen leichten Stich ins Bräunliche angenommen. Nacheinander legte ich sie vor mich auf den Schreibtisch. Viele trugen auf der Rückseite einige erklärende Worte.

Long Cloud on a cloudless Sunday, Memramcook: Eine kleine, rundliche Frau mit Lachfalten in den Augenwinkeln und vorgeschobener Unterlippe. Zwei dicke Zöpfe hingen über ihre Schultern. Der Mann neben ihr war einen halben Kopf größer als sie, mit hoher Stirn, einer randlosen Brille vor weit auseinanderstehenden Augen, einem dünnen, langen Schnurrbart. Er hielt ein Wickelkind auf dem Arm. Das sechs- oder siebenjährige Mädchen an seiner Seite war unverkennbar Taguna: die Unterlippe der Mutter, die Augen, die Nase. Und der Bub zur Rechten der Mutter mußte wohl Magun sein. Er hatte einen Fuß vorgestellt, verschränkte die Hände hinter dem Kopf und streckte dem Photographen die Zunge heraus. Fünf oder sechs Jahre mochte er zählen. Im Hintergrund war der Strand zu sehen, das Meer, und weit draußen zwei Jollen mit geschwellten Segeln.

Philomela Silliboy mit ihren Schülern, Amasastokek, Herbst 2008: Die Lehrerin stand unter einer Zeder. Sie war von großer Gestalt, ihr Gesicht rund, ihr Mund breit und lachlustig. Sie trug eine schwarze

Bluse und einen fußlangen Lederrock mit besticktem Saum. Die siebzehn Kinder bildeten zwei Reihen; die hintere stand, die vordere hockte oder kniete. Taguna war die sechste von links in der hinteren Reihe und etwas älter als auf dem Familienbild. Hinter den Kindern ragten teilweise entblätterte Laubbäume auf. Rechts im Bild befand sich ein Springbrunnen: ein Seehund aus Granit, aus dessen Schnauze ein Wasserstrahl schräg nach oben stieg.

Mary mit Oonamee, Peter, Magun und Taguna vor unserem neuen Auto: Dieses Bild stammte aus demselben Jahr wie das von dem Familienausflug nach Memramcook. Das Wickelkind war also ein Mädchen. Magun saß auf der Motorhaube des stumpfnasigen, langgestreckten Automobils. Er hielt eine Pfeife im Mund, aus der jedoch kein Rauch aufstieg. Taguna, mit Stirnband im langen, schwarzen Haar, in Lederjacke und langen Leinenhosen, hockte neben der hinteren Tür des Automobils und wies lachend auf die gekritzelten Wörter im staubigen Lack: PLEASE, WASH ME!

Saskwet: Eine große, schwarze Katze, in der Haltung der ägyptischen Sphinx auf einem Fensterbrett ausgestreckt. Draußen vor der Fensterscheibe hingen dicke Eiszapfen.

Häuptling Joseph Ameroscogin: Ein untersetzter Mann von etlichen achtzig Jahren, die zweispitzige Mütze auf dem Kopf. Seine Augen lagen hinter schweren Lidern halb verborgen, Gesicht und Haltung drückten eine tiefe Müdigkeit aus. Er stützte sich mit beiden Händen auf einen Stock. Auf seiner linken Schulter saß ein Rabe, den Kopf zur Seite gelegt.

Isaak und Rachel Wiebe: Beide waren schwarz gekleidet. Isaak Wiebe trug einen Vollbart, hatte kleine, scharfblickende Augen unter wulstigen Brauen und auf dem Kopf einen breitrandigen, schwarzen Hut, der ihm etwas zu groß war. Rachel Wiebe war bleich unter ihrer schwarzen Haube. Ihre Augen blickten starr, die Lippen waren fest aufeinandergepreßt. Isaak und Rachel standen unter einem Apfelbaum, der voller großer, gestreifter Früchte hing.

Passamaquoddy 1991: Das Reservat war aus der Luft photographiert. Es umfaßte weniger als vierzig Häuser, die, bis auf später hinzugefügte kleine Anbauten, eins wie das andere aussahen. Einige Häuser waren von Bäumen umgeben und hatten eingezäunte Gärten. Sonst war das Land nur mit Gras und Büschen bewachsen.

Mehrere umgestürzte Automobile und Motorschlitten lagen umher. Unweit des Drahtzauns, der das Reservat einfaßte, standen vier Kinder um ein Feuer. Auf der Straße, die das Gebiet in der Mitte durchschnitt, fuhr ein Automobil, gefolgt von einer ungeheuren Staubfahne, die der Wind auf die Häuser zutrieb. Hinter den letzten Häusern des Reservats lagen bewaldete Hügel.

Gewitter: Die Aufnahme war von einem Stativ aus mit offenem Verschluß gemacht. Die Straße des Reservats und die Häuser waren hell und hart beleuchtet. In der Schwärze des Nachthimmels bildeten die verzweigten Bahnen der Blitze ein dichtes weißes Wurzelgeflecht.

Ich nahm das oberste der beschriebenen Blätter, das weder Überschrift noch Datum trug, und begann zu lesen:

Morgen werden es zwei Monate, daß sie fort sind. Ich bin nicht unruhig. Ich weiß, sie sind am Leben. Ich hoffe, sie haben sich auf den Rückweg gemacht, bevor die weißen Stürme losbrechen. Heute früh lag der erste Schnee. Die Hügel sahen aus wie die dünn mit Zucker bestreuten Kuchen, die Mrs. Silliboy an ihrem Geburtstag in die Schule mitbrachte; jedem von uns pflegte sie ein Stück zu geben.

Es ist drei Wochen her, daß die Gänse abflogen. Auch die kleinste, die als letzte fliegen gelernt hatte, war dabei. Sie war noch kräftig gewachsen und nun kaum kleiner als die anderen. Ich habe Mooin gezeigt, wie er die Mütze abnehmen muß, wenn die Gänse fliegen. Er ist nun bald zwei Jahre alt und verlangt immer noch nach der Brust. Ich habe auch noch genug Milch. Aber ich wünschte, ich wäre wieder schwanger.

Vorgestern hat mich Arihina besucht. Sie brachte die kleine Ruth mit, die ihrer Mutter so vollkommen gleicht. Schade, daß sie nicht auch mitkam. Gestern war ich mit Ruth und Magun drüben in den Hügeln, Pilze suchen. Wir brachten drei volle Körbe mit nach Hause. Den Abend verbrachten wir damit, sie zu putzen, zu schneiden und zum Trocknen auf Fäden zu ziehen. Arihina erzählte von Zachary, der den Keuchhusten nun endlich hinter sich gebracht hat. Sie sagte, er sei kleiner als Mooin, obgleich er zwei oder drei Monate älter ist. Ich meinte, er würde das schon wieder aufholen, spätestens

413

im Frühling. Sie nickte mit ihrem Vogelgesicht. Dann sah sie mir in die Augen, während ihre Hand mit dem Messer den nußbraunen, gewölbten Kopf eines Pilzes in dünne Scheiben schnitt, und fragte: »Taguna? Du warst in all den Jahren nie in Passamaquoddy. Wieso nicht?«

Warum hat Arihina mich gefragt?

Warum habe ich erzählt?

Waren es die Pilze, die mich zum Sprechen brachten? War es ihr Geruch? Pilze riechen nach dem weißen Wurzelgeflecht, das sie ans Licht treibt, während es sich selbst im Dunkel der Erde verbirgt.

Auch damals waren wir Pilze suchen – Magun, Maguaie, Barbara und ich. Nach dem Frühstück fuhren wir mit unseren Rädern los. Es war ein Samstag. In der Nacht hatte es geregnet. Aber jetzt schien wieder die Sonne. Der Weidenkorb, den ich in der Schule geflochten hatte, war auf meinen Gepäckträger geschnallt. Aus dem Garten winkte mir mein Vater zu; in der anderen Hand hielt er den Spaten. Auf der offenen Veranda stand meine Mutter. Sie hielt Oonamee auf dem Arm. Sie hatte ihr ein rotes Taschentuch in die Hand gegeben, und Oonamee winkte damit.

»Kommt nicht zu spät zurück!« rief Mutter.

»Nein!« rief Magun.

»Bestimmt nicht!« rief ich.

Wir fuhren zwei Stunden weit in die Cobequid-Hügel hinein, die einmal unser Jagdgebiet gewesen waren. Bei der dicken Eiche, wo die drei Bäche zusammenfließen, versteckten wir die Fahrräder im Erlengebüsch und verwischten unsere Spuren. Dann stiegen wir mit unseren Körben über den weiten Kahlschlag hinauf. Ein Elchbulle fraß an den Saskatoonbüschen, deren Beeren wir einige Wochen zuvor gesammelt hatten.

Maguaie blieb stehen.

»Es ist Jagdzeit«, flüsterte er, »soll ich mich anschleichen? So viel gutes Fleisch!« Er fuhr mit der Zungenspitze über die Lippen.

»Du spinnst«, flüsterte Barbara. »Womit willst du ihn töten?«

»Ich hab ein Messer, wie du.«

»Zeig einmal!«

Maguaie zog sein Messer aus der Scheide, die er am Gürtel trug.

»Fünf Zoll«, flüsterte Magun. »Das reicht nicht. Damit kitzelst du ihn bloß.«

»Und dann verarbeitet er dich zu Hackfleisch«, flüsterte Barbara.

»Ach, du Angsthühnchen«, flüsterte Maguaie. »Hat einer von euch ein längeres Messer?«

Wir zeigten unsere Messer vor. Meins war länger als fünf Zoll.

»Vielleicht habt ihr recht«, sagte Maguaie laut. »Schade!«

Der Elch wandte den Kopf und äugte zu uns her. Seine weißbraunen Schaufeln erglänzten in der Sonne.

»Du hast Glück!« rief Maguaie.

Der Elch schüttelte den Kopf, wandte sich von uns ab und fuhr fort, die diesjährigen Saskatoontriebe abzuweiden. Wir gingen weiter.

»Schade!« sagte Maguaie nach einer Weile noch einmal.

Wir kletterten durch mehrere tiefe Rinnen, die Regen und Schmelzwasser aus dem kahlgeschlagenen Hang herausgewaschen hatten. Nicht ein einziger Baum war stehengeblieben. Zahllose junge Bäume lagen am Boden, von den Maschinen niedergebrochen, zerquetscht, in den Boden hineingefahren. Manche lebten noch. Ihre Wipfel hatten neu ausgetrieben, bogen sich von der Erde weg, strebten nach oben.

Von der Kuppe des Hügels aus konnten wir den ganzen Kahlschlag überblicken. Die Luft zitterte über der trockenen Erde. Unten am Hang erhob sich ein roter Staubwirbel, stieg, schwankte, drehte sich.

»Mittagsteufel!« sagte Barbara und bekreuzigte sich.

»Das hilft dir nichts«, sagte Maguaie.

»Wieso nicht?«

»Weil das keine Christenteufel sind. Schau!«

Langsam, tastend wanderte der Staubwirbel den Hang hoch auf uns zu. Ein böses, dürres Sausen ließ sich hören.

»*Irrisabeet!*« rief Maguaie. »*Irrisabeet!*«

Unbeirrt setzte der Staubwirbel seinen Weg fort. Er traf auf einen Haufen zusammengeschobener Baumstümpfe, Äste und junger Bäume. Mit einem hohlen, schmatzenden Schlürfen riß er trockenes Laub empor, nickte, seufzte und löste sich auf. Staub rieselte herab. Blätter segelten zur Erde zurück. Dann war es still.

Maguaie sah aus halbgeschlossenen Augen auf Barbara. »Ihren Namen mußt du rufen«, sagte er.

»Das war Zufall«, sagte Barbara. »Pater O'Donnell sagt, alle *puoink* sind Schwindler.«

»Pater O'Donnell ist nicht hier«, sagte Maguaie. »Du bist hier. Du kannst ihm ja sagen, was du gesehen hast.«

»Streitet euch nicht«, sagte ich. »Gehen wir.«

Das Tal jenseits des Hügels, in dem unsere Pilzgründe lagen, war von den Maschinen verschont geblieben, denn es gehörte dem Reservat. Der Wald nahm uns auf. Es wurde kühl und grün. Rinnsale strebten dem Sumpf zu, um den herum Birken und Erlen wuchsen. Zedern wechselten mit Fichten und Tannen ab, wo der Boden trockener war. Buchen und Ahorne standen durcheinander; manchmal sahen wir Robinien, Eschen oder Espen. Die Farne reichten uns bis an die Hüften.

Barbara fand die ersten Birkenpilze am Rand des Sumpfes. Wir vergrößerten die Abstände zwischen uns und suchten um den ganzen Sumpf herum. Bald waren die Böden unserer Körbe bedeckt. Weiter oben an den Hängen fanden wir Steinpilze, Rotfüße und Täublinge. Die Ziegenbärte waren seltener. Nah bei der Lichtung, auf der die wilden Traubenkirschen standen, entdeckte Magun einen großen, unregelmäßig geformten Kreis Pfifferlinge. Wenig später fand auch ich einen solchen Kreis; und während ich die orangegelben, knorpelig gerippten Pilze aus der Erde drehte und in meinen Korb legte, verkündete ein dumpfes Jubelgeheul Maguaies von jenseits der Lichtung, daß auch er auf eine lohnende Stelle gestoßen war.

Wir aßen unsere Brote unter den Kirschbäumen. Den Himbeersaft, den meine Mutter uns mitgegeben hatte, verdünnten wir mit Bachwasser. Barbara fischte mit ihren langen Fingern zwei oder drei grüne Krebschen aus ihrem Becher, die mit dem Wasser hineingeraten waren.

»Trink sie ruhig mit«, sagte Maguaie. »Die sind nahrhaft. Vitamine und so!«

»Ferkel!« sagte Barbara nachdrücklich. Sie fand noch ein Krebschen, fischte es heraus und schlenkerte es mit angewidertem Gesichtsausdruck ins Gras.

416

»Unhygienisch!« erklärte sie.

»Selber unhygienisch«, sagte Maguaie. »Wenn du wüßtest, was du in deinen Eingeweiden alles mit dir herumträgst, wäre dir dauernd schlecht, du Itschtrine.«

»Streitet euch nicht!« sagte Magun.

»Wir streiten uns nicht«, erwiderte Barbara. »Wir äußern nur unsere freie Meinung.«

»Kau sie und schluck sie runter«, sagte Maguaie. »Und dann lutsch ein Krebschen. Als Nachtisch.«

»Lieber wartet sie, bis sie die Krankheit bekommt«, sagte Magun.

»Mrs. Silliboy meint, wir bekommen die Krankheit nicht«, sagte ich.

»Wir nicht, und die Schwarzen nicht. Nur die Weißen und die Asiaten.«

»Wir sind selber Asiaten«, sagte Maguaie.

»Genau«, sagte Barbara. »Stephen Dancing Crane ist außerdem schon an der Krankheit gestorben. Und Martin Bullfrog-in-the-Moon, mit seiner Frau.«

»Die haben in der Stadt gelebt«, sagte ich. »In den Städten sterben alle, besonders in Europa. Dort sind es Millionen, hat gestern das Fernsehen gesagt.«

»Fährt euer Vater am Montag wieder in die Stadt?« fragte Maguaie und sah erst Magun und dann mich an.

»Nein«, sagte ich. »Die Universität hat zugemacht. Und deiner? Ist er noch mit seinen Jagdgästen unterwegs?«

»Mein Vater ist gestern heimgekommen. Der Dieter war sein letzter Jagdgast. Er ist nach Hause geflogen.«

»Wohin?« fragte Barbara.

»Nach Deutschland natürlich«, sagte Maguaie.

»Dort möchte ich nicht hin«, sagte Barbara. »Dort sind schon zwei Städte ausgestorben. Amsterdam und Innsbruck, hat das Fernsehen gesagt.«

»Hihi«, sagte Magun. »Amsterdam liegt aber in Holland und Innsbruck in Österreich!«

»Na und?« sagte Barbara. »Dorthin möchte ich auch nicht.«

Sie leerte ihren Becher, hielt inne, runzelte die Stirn und goß dann den letzten Schluck Himbeerwasser ins Gras. Ein Krebschen blieb am Rand ihres Bechers hängen. Sie schnippte es mit dem Finger fort.

»Zu spät«, sagte Maguaie in mitfühlendem Ton.

»Wieso?« sagte Barbara.

»Es ist jetzt mindestens zehn Minuten lang in deinem Saft herumgeschwommen, nicht wahr? Es hat davon getrunken. Was hineingeht, muß auch herauskommen. Himbeersaft mit Krebschenpisse – mmmh!«

Mit einem Satz war Barbara auf den Füßen. Aber Maguaie war schneller, griff seinen Korb aus dem Gras und war im Wald verschwunden, ehe Barbara den Rand der Lichtung erreichte.

Früh am Nachmittag waren unsere Körbe zu drei Vierteln voll. Wir machten uns auf den Rückweg, stiegen die südliche Flanke des Hügels hinauf und erreichten den Kahlschlag oberhalb der dicken Eiche. Der Elch war nicht mehr da. Doch während wir durch den Kahlschlag abstiegen, entdeckte Maguaie ihn am gegenüberliegenden Hang in den Himbeeren.

Bald vernahmen wir das Rauschen der drei Bäche. Wir holten unsere Fahrräder aus den Erlenbüschen, deckten die Pilze mit Erlenzweigen zu und schnallten die Körbe auf die Gepäckträger.

»Mist!« rief Maguaie. »Mein Hinterreifen ist platt!«

Wir fanden das spitze Steinchen, das sich durch die Decke gebohrt hatte. Magun hatte Flickzeug dabei. Er hatte es lange nicht mehr gebraucht, und der Klebstoff in der Tube war dick geworden. Wir brauchten fast eine Stunde, um das Loch im Schlauch zu flicken, doch selbst dann war es noch nicht ganz dicht. Wir mußten jede halbe Meile anhalten und den Reifen aufpumpen. Es war windstill und immer noch warm. Als wir wieder einmal anhielten – dort, wo der Weg nach Signiukt abgeht –, schnupperte ich die Luft.

»Da brennt etwas«, sagte ich.

»Ja«, stimmte Maguaie zu. »Wahrscheinlich ein Reisighaufen. Unterhalb von Signiukt ist auch ein Kahlschlag. Da hat es im Sommer schon einmal gebrannt.«

»Die Müllhalde bei der Norton Bluff«, sagte Barbara. »Die brennt immer.«

»Möglich«, meinte Magun.

»Wir werden spät heimkommen«, sagte ich.

»Meine Mutter wird sich sorgen«, sagte Barbara.

»Ja«, sagte Maguaie. »Du mußt es ihr schonend beibringen, wie du dich vergiftet hast.«

»Trottel!« antwortete Barbara. »Was gibst du mir, wenn ich so ein Viech lebend hinunterschlucke?«

»Dein Ernst?«

Sie nickte.

»Hundert Fuß Angelschnur. Drei Vorfächer. Zehn Haken. Genug?«

»Und vier Drillinge!«

»Und vier Drillinge. Abgemacht!«

»Abgemacht!«

Ernst schüttelten sie einander die Hand.

»Ihr seid alle eingeladen«, sagte Maguaie zu uns.

Langsam wuchs der Himmel mit Wolken zu. Wir hatten mehr als zwei Drittel des Heimwegs zurückgelegt und schoben unsere Räder gerade über ein steiles Wegstück den letzten Hügel hinauf, als es leise zu regnen begann. Dunkle Flecken erschienen im Staub der Straße. Der Geruch nach feuchtem, warmem Staub mischte sich mit dem Harzduft der Zedern und dem gärend süßen Geruch von moderndem Laub. Der Brandgeruch, der uns die ganze Zeit begleitet hatte, war kaum noch wahrnehmbar. Von hinten rauschte eine Windbö heran. Urplötzlich begann es zu schütten. Wir suchten Schutz unter einer Zeder, stellten uns nah an ihren Stamm und warteten das Ende des Schauers ab. Er ging rasch vorbei. Wieder fiel nur der leise, warme Regen. Wir schoben unsere Räder das letzte Stück der Steigung hinauf, pumpten noch einmal Luft in Maguaies Hinterreifen und fuhren die vielfach gewundene Straße durch den tiefroten Ahornwald zu Tal. Magun fuhr voraus; er war schneller als wir. In der letzten Kurve geriet er uns für Sekunden aus den Augen. Dann sahen wir ihn wieder: Er bremste; sein Hinterrad rutschte weg, er ließ den Lenker los, stürzte, rutschte bäuchlings mit ausgestreckten Armen ein Stück durch den Sand und rollte kopfüber in den Graben. Pilze kollerten hinter ihm her.

Einen Augenblick später war ich neben ihm. Barbara kniete auf seiner anderen Seite im nassen Gras. Magun richtete sich auf. Sein Hemd war über der Brust zerrissen, die Haut wies ein paar blutige Schrammen auf. Seine Handflächen, die Innenseiten seiner Unter-

arme und seine Ellbogen waren hautloses, rotes Fleisch, an dem
Sand und Steinchen klebten. Mit einem schluchzenden Keuchen
sog er die Luft ein und stieß sie pfeifend durch die Nase aus. Sein
Gesicht war unverletzt.
»Was ist?« fragte ich. »Hast du dir was gebrochen?«
Er öffnete den Mund. Ein wenig Speichel lief heraus und tropfte ins
Gras. Seine Lippen formten ein Wort, ein kurzes Wort, wieder und
wieder, aber zu verstehen war nichts. Hinter den Zähnen irrte seine
Zungenspitze von einer Seite zur anderen. Seine Augen blickten,
riesengroß und starr, ins Weite.
»Was ist?« wiederholte ich. »Um Gotteswillen, sag etwas!«
Wieder versuchte er zu sprechen, würgte, schluckte und brachte
kein Wort heraus.
»Kannst du aufstehen?« fragte Barbara.
Magun antwortete nicht. Er hob langsam die Hand. Sie zitterte so
heftig, daß sie Blutstropfen von sich schleuderte. Ich spürte, wie einige von ihnen mein Gesicht trafen. Dann streckte er die Hand aus,
bis sein Arm steif und zitternd in die Ebene hinauswies.
Ich wandte den Kopf.
Maguaie war schon weit von uns entfernt, eine winzige Gestalt, die
über die braunrote Straße auf das Reservat zukroch. Über dem Reservat erhob sich eine Rauchsäule, durchscheinend, samtgrau, wie
aus Dämmerung gemacht. Groß war sie, riesengroß. Und hoch, unglaublich hoch, höher, immer noch höher. Bis zu den Wolken
reichte sie. Dort war sie auseinandergeflossen zu einem breiten, gewölbten Hut, einer ungeheuren düsteren Haube.
Schließlich ließen meine Blicke die Haube los, glitten die Rauchsäule entlang nach unten, dorthin, wo das Reservat gewesen war.
Ein paar der Holzhäuser brannten noch. Von den meisten stieg nur
Rauch auf. Fetzen tanzten im Rauch wie schwarze Schmetterlinge.
Ich hörte das schluchzende Atemholen Maguns. Barbara schluckte
trocken. Regen floß über mein Gesicht. In meiner Brust drehte sich
etwas um und um.
Wir packten Magun unter den Achseln und zerrten ihn hoch, und
mit Magun zwischen uns gingen wir nach Hause. Der nasse rote
Sand knirschte unter unseren Füßen. Die Rauchsäule kam näher.
Nun hing der Rand ihrer Haube schon über uns. Verkohlte Papier-

fetzen flatterten herab. Wir kamen an den Zaun. Das erste Haus
hatte Arwaq Canotier gehört. Die Asche rauchte noch. Nur aus dem
Schornstein, der stehengeblieben war, rauchte es nicht. Ich lachte,
weil ausgerechnet aus dem Schornstein kein Rauch kam. Arwaqs
Lieferwagen brannte mit einer kerzengeraden, gelbroten Flamme;
fettschwarzer Qualm stieg von den Reifen hoch, die geschmolzen
waren und brodelnd verbrannten. Die beiden Häuser schräg gegenüber waren als einzige unversehrt. Das eine hatte Stephen Dancing
Crane gehört, das andere war, seit ich denken konnte, unbewohnt
gewesen.
In der nassen, rauchigen Luft hing der Geruch von verbranntem
Fleisch.
Der alte orangegelbe Schulbus mit den schwarzen Schrägstreifen
stand ein Stück von der Straße entfernt. Der Weg, der zu ihm hin-
führte, war von jungen Espen gesäumt. Ihre Blätter leuchteten golden. Leslie Red Stonehorse saß auf der Bank vor dem Schulbus. Er
hielt sein Gewehr auf den Knien. Neben ihm auf der Bank stand
eine Flasche von dem Schnaps, den wir *wegadesk* nannten, Nord-
licht. Die Flasche war fast leer. Maguaie hockte gegenüber von
Leslie auf dem Boden. Sein Haar, sein Hemd und seine Hose waren
angesengt, sein Gesicht rußverschmiert. Von seinem rechten Handrücken hing ein Hautfetzen herunter.
Leslie zwinkerte und nickte uns zu.
»Da seid ihr ja, Kinderchen«, sagte er. Er sprach langsam und klar
wie immer. Sein Atem stank nach Schnaps. Sein kleiner, weißer
Schnurrbart glänzte feucht.
Maguns Lippen bewegten sich, aber er brachte nur einen rauhen,
gurgelnden Laut hervor.
»Nein, nein!« sagte Leslie und legte Magun die Hand an die Wange.
»Sei nicht so verrückt wie der da!« Er wies mit dem Kinn auf Maguaie. »Er hat sie rausholen wollen. Er ist verrückt. Sie sind alle tot.
Alle tot.« Er ergriff die Flasche, hielt sie gegen das Licht, zwinkerte,
trank einen kleinen Schluck und stellte die Flasche wieder neben
sich. Dann wischte er sich bedächtig den Mund ab.
»Wer ...?« fragte ich. Meine Stimme klang, als käme sie von jemandem, der irgendwo hinter mir stand. Ich hustete und warf den Kopf
zurück. »Wer hat das gemacht?«

»Leute«, sagte Leslie. »Menschen. Weiße. Einen hab ich gekannt. Er hat jeden Freitag Fische gekauft, von mir und Arwaq.«

Er zog eine Schachtel Players aus der Brusttasche seines Hemdes, wählte eine Zigarette, klopfte sie mit dem Ende zweimal gegen sein Knie und zündete sie mit einem Streichholz an. Mit der ersten Rauchwolke blies er das Streichholz aus und legte es neben die Flasche auf die Bank. Dort lagen schon mehrere abgebrannte Streichhölzer säuberlich nebeneinander.

Ich sah Maguaie an. Tränen tropften von seinen gesenkten Wimpern und schwemmten helle Rinnen aus dem Ruß.

»Warum?« fragte ich.

Maguaie sah mich an.

Leslie zog an seiner Zigarette und ließ den Rauch durch die Nase quellen.

»Weil wir ihnen die Krankheit geschickt haben«, sagte er. »Das hat einer von ihnen gerufen. ›Ihr habt uns die Krankheit geschickt!‹ rief er. ›Ihr wolltet uns immer schon umbringen! Aber ihr sollt nicht davonkommen!‹ Dann ist er hingefallen.«

Zwei kurzhaarige gelbe Hunde kamen in weiten Sätzen die Straße herauf. Sie rannten quer über das Gras auf uns zu und drängten ihre Schnauzen zwischen Leslies Knie. Ich kannte die beiden: Ulumooch war Leslies Hund. Abit, die Hündin, hatte Arwaq Canotier gehört.

Leslie tätschelte die Schnauzen der Hunde und zog sie an ihren Hängeohren. Dann stand er auf. »Kommt, Kinderchen. Ich hab was für euch.«

Seinem Gang war nichts anzumerken. Wir folgten ihm am Schulbus vorbei durch das hohe Gras bis zu dem Spielplatz, auf dem ein Karussell, eine Schaukel und eine Rutschbahn standen, alle aus buntlackiertem Metall. Zwischen den Spielgeräten befand sich eine mit Sand gefüllte Vertiefung, zwanzig Schritte breit und ebenso lang. In dem Sand lagen weiße Menschen. Sie waren tot. Zwei der Männer waren etwa in Leslies Alter. Einer war um die vierzig Jahre alt, zwei um die zwanzig, und einer konnte nicht älter gewesen sein als siebzehn oder achtzehn. Auch die Frau war keine zwanzig Jahre alt geworden. Sie lagen säuberlich nebeneinander, alle auf dem Rücken. Ihre Hemden und die Bluse der Frau waren aufgerissen. Zwischen Brustkorb und Nabel klafften tiefe, schräge Schnitte, um die herum es von Fliegen wimmelte. Barbara fiel auf die Knie, stützte sich auf die Hände und erbrach sich.

»Der da«, sagte Leslie und stieß mit dem Gewehrlauf an den Schuh eines der beiden älteren Männer, an dem geronnenes Blut klebte. »Der da hat gerufen, bevor er hingefallen ist.«

»Mit dem Messer?« fragte Maguaie. »Wie hast du das gemacht? Daß sie dich nicht erwischt haben?«

Leslie schüttelte den Kopf und holte die Packung Players aus der Tasche. »Mit dem hier«, sagte er und schlug mit der Hand gegen den Kolben seines Gewehrs. Er steckte sich eine Zigarette zwischen die Lippen, zündete sie aber nicht an. Maguaie hockte neben Barbara. Er wischte ihr mit einem Taschentuch den Mund ab. Sie würgte immer noch.

»Ja, aber die Wunden da?« sagte ich.

»Acht hab ich erwischt«, sagte Leslie nachdenklich. »Einen müssen sie mitgenommen haben. Die Wunden? Kommt, Kinderchen.«

Maguaie half Barbara beim Aufstehen. Sie hielt sein Taschentuch vor den Mund, würgte jedoch nicht mehr. Neben Leslie gingen wir zu der Rutschbahn. Leslie, in einer Hand noch immer sein Gewehr, bückte sich und holte unter der Rutschbahn einen Plastikeimer heraus, in dem einmal Erdnußbutter gewesen war. Ich beugte mich vor und schaute in den Eimer. Auch Maguaie und Barbara beugten sich vor. Der Eimer war bis zur Hälfte mit den Herzen der Menschen gefüllt, die hinter uns im Sand lagen. Die dickwandigen Schlagadern und die dünnwandigen Venen waren sauber durchschnitten. Ich sah keine einzige Fliege. Mir wurde nicht übel. Es roch nach frischem Fleisch.

»Gut!« sagte Barbara. Ihre Stimme klang dünn und fest.

»Mein Vater hätte das auch getan«, sagte Maguaie.

»Was wirst du damit machen?« fragte ich.

Leslie ergriff den Eimer am Henkel und hob ihn hoch. »Meine Hunde werden sie fressen.« Er zwinkerte. »Kommt, Kinderchen. Ihr werdet auch Hunger haben. Morgen müßt ihr fort. Hier könnt ihr nicht bleiben.«

Wir folgten ihm zu seinem Schulbus. Die Hunde sprangen uns winselnd entgegen, schnüffelten an dem Eimer. Leslie hob ihn hoch.

»He!« sagte er. »Langam! Alles zu seiner Zeit!«

Maguaie hatte Barbara umfaßt, die lautlos weinte.

Meine Augen waren trocken.

Wir aßen das Gulasch und die Nudeln, die Leslie beim Schein einer Petroleumlampe auf seinem kleinen Gaskocher zubereitet hatte. Barbara und Magun schliefen während des Essens mehrmals ein. Schließlich zogen wir ihnen die Schuhe aus, legte sie auf Leslies breites Bett und deckten sie zu, nachdem Leslie aus einer kleinen Dose ein braunes Pulver auf Maguns Schürfwunden gestreut und seine Arme mit Binden umwickelt hatte, ohne daß der Verletzte erwachte. Maguaie ging hinaus, um sich im Garten am Pumpbrunnen zu waschen. Als er zurückkam, sah sich Leslie seinen verbrannten Handrücken an, schnitt die Hautfetzen weg, streute etwas von dem braunen Pulver auf die Wunde und verband sie.

»Soll ich uns Tee machen?« fragte ich.

»Ja«, sagte Leslie. »Tu das, Taguna.«

Wir taten viel Zucker in den heißen Tee, gossen Zitronensaft aus einer Dose dazu und tranken. Wir waren durstig. Leslie rauchte.

»Wie viele waren es?« fragte ich nach einer Weile.

»Zwölf oder dreizehn Autos voll«, antwortete er. »Ich hab erst gedacht, sie wollten hinauf zur Moosehorn Lodge. Leo Newosed, der hat doch immer diese Party, wenn seine Jagdgäste abgereist sind. Doch dann blieben die Autos stehen. Jedes vor einem anderen Haus. Gleich darauf hab ich jemanden schreien gehört. Und dann die ersten Schüsse. Da hab ich zwei Schachteln Patronen in meine Taschen geleert, mein Gewehr gepackt und bin hinaus.«

»Wieso haben sie dich nicht erwischt?« fragte Maguaie. »Das möcht ich verstehen.«

»Ich auch«, sagte Leslie. »Ich muß unsichtbar gewesen sein. Ich war mitten unter ihnen. Den einen – den, der gerufen hat – hab ich auf zwanzig Schritt erschossen, als er aus eurem Haus herausgerannt kam. Ein anderer stand da und warf einen Benzinkanister durchs Fenster ins Wohnzimmer. Ich stand neben der Treppe zur Veranda. Er hat zu mir hergeschaut, mich aber nicht gesehen.«

»Hast du ihn erwischt?«

Leslie schüttelte den Kopf und zündete eine neue Zigarette an. Die vorige qualmte halb geraucht im Aschenbecher.

»Ich hab nachladen müssen«, sagte er und zwinkerte durch den Rauch.

»Haben sie alle in den Häusern umgebracht?« fragte ich.

»Die meisten, Taguna. Es war kurz nach dem Mittagessen. Einige haben sie draußen umgebracht. Die haben sie in die Häuser geschleift. Dann haben sie die Häuser angezündet.«

»Hat niemand die Polizei angerufen?« fragte ich.

»Es ging zu schnell. Und ich, weißt du, ich war beschäftigt. Hinterher, als alles vorbei war, hab ich daran gedacht. Der Strom war weg. Aber das Telephon ging noch. Die Nummer der Polizei war besetzt. Ich hab es wieder und wieder versucht. Schließlich hab ich die Zentrale bekommen. Eine Frau war am Apparat. Sie hat sich alles angehört.«

»Was hat sie gesagt?«

»›Scheiße!‹ hat sie gesagt. Ich hab hören können, daß es ihr wirklich leid tat.«

»Was noch?«

»›Was meinst du, Freund‹, hat sie gesagt, ›was in Coal Harbor los ist? Wir schicken jemand, sobald es geht.‹ Dann hat sie aufgehängt.«

»Was war in Coal Harbor los?« fragte Maguaie.

»Ich hab keine Nachrichten gesehen«, sagte Leslie. »Der Strom war weg. In Coal Harbor leben viele Schwarze. Kann sein, die sind auch schuld an der Krankheit.«

»Du meinst, sie haben Besuch bekommen wie wir?« sagte Maguaie.

»Kann sein«, sagte Leslie.

»Du hast gesagt, hier können wir nicht bleiben«, sagte Maguaie. »Wo sollen wir hin?«

Leslie holte seine Zigarettenschachtel heraus. Sie war leer. Er stand auf, ging zu dem Wandschrank über dem Spülbecken, öffnete ihn, riß einen Karton Players auf und kam mit drei vollen Packungen zum Tisch zurück. Regen schlug auf das Blechdach über uns. Leslie setzte sich, entzündete eine neue Zigarette, zwinkerte und hustete.

»In meine Hütte«, sagte er. »Du weißt, wo sie ist? Am Maligeak entlang. Vier oder fünf Stunden. Auf dem ersten der Zwillingshügel, wenn du von hier kommst. Unter der Zeder mit den zwei Wipfeln.«

425

Leslie nickte und hustete wieder.

»Sind Leo und Natalie noch in der Lodge?« fragte er.

»Ja«, sagte Maguaie. »Und die Kinder. Die Jagdgäste sind fort. Der Dieter war der letzte.«

»Das war der, der deinen Vater immer Häuptling genannt hat, nicht?«

Maguaie nickte und lächelte. »Ja. Mein Vater hat ihm erklärt, daß Mutter die Tochter von Joseph ist, der früher Häuptling war, und daß jetzt Mutter der Häuptling ist. Aber der Dieter hat weiter Häuptling zu ihm gesagt.«

»Wir nehmen unsere Fahrräder«, sagte ich. »Mit denen kommen wir bis zur Lodge und vielleicht noch ein Stück weiter. Wenn der Weg nicht zu naß ist.«

»Unsinn«, sagte Leslie und schaufelte Zucker in seinen Tee. »Ihr nehmt eins von den Autos.«

»Die sind doch alle verbrannt«, wandte Maguaie ein.

»Unsere, ja. Aber sie haben zwei von ihren zurückgelassen. Sie haben sie nicht mehr gebraucht.«

»Wir müssen an Vorräte denken«, sagte ich.

»Leo wird euch verkaufen, was ihr wollt«, sagte Leslie.

»Wir haben kein Geld«, sagte ich

»Wir geben Leo unsere Pilze«, sagte Maguaie.

»Mein Gott!« rief ich. »Die schönen Pilze! Bis morgen sind sie hin.«

Leslie stand auf und holte einen Zigarettenkarton aus dem Wandschrank. Er streifte die beiden dicken Gummibänder ab, die ihn zusammenhielten, und faltete den Deckel auf. Der Karton steckte voller Geldscheine.

»Meine Bank«, sagte er. »Reicht die Hälfte?«

»Und du?« sagte ich.

»Ich?« Er hustete und lachte zugleich. »Das bißchen Essen? Das bißchen Schnaps? Die paar Zigaretten? Und Patronen, Patronen hab ich noch genug. Ihr kriegt die Hälfte. Was ihr nicht braucht, könnt ihr mir ja aufheben. Abgemacht?«

»Abgemacht«, sagte Maguaie. Ich nickte.

Wir erwachten im Morgengrauen und weckten Leslie, der in einem zerschlissenen Ledersessel schlief, sein Gewehr zwischen den Knien. Er gähnte und griff nach seinen Players.

»Machst du uns Tee, Taguna?« fragte er.

Ich holte Wasser vom Pumpbrunnen. Als ich den Teetopf über die Gasflamme setzte, stieß mein Fuß gegen den Plastikeimer, der einmal Erdnußbutter enthalten hatte. Er war leer und sauber ausgespült.

Pooch, unser Auto, das wir vor zweieinhalb Jahren gekauft hatten, stand noch dort, wo es gestern gestanden hatte. Die vorderen Reifen waren verbrannt. Auf den Kotflügeln und auf der Motorhaube hob sich der Lack in schwärzlichen Blasen vom Blech. Weiter hatte das Feuer nicht gefressen. Im Handschuhfach fand ich ein Stirnband meiner Mutter und eine Keksschachtel mit Photographien. Die Mokassins, die meine Mutter immer zum Autofahren anzog, lagen unter dem Fahrersitz. Ich suchte nach den Führerscheinen meiner Eltern. Sie waren nicht da. Im Kofferraum lag unter zwei braunen Wolldecken das Autowerkzeug.

Die Luft roch nach kalter, nasser Asche. Die Sonne ging auf.

Im Garten fand ich den Spaten. Er lag neben der Grundmauer aus rotem Sandstein im Blumenbeet. Der Stiel war an einer Seite angekohlt. Dann sah ich mitten im krausen Grün des Petersilienbeets etwas Rotes leuchten. Ich bückte mich und hob ein Stückchen roten Stoff auf. Es war so groß wie meine Hand und rundherum von grauer Asche eingefaßt, die davonwehte, als ich es ergriff.

»Mrrrk!« machte es hinter mir.

Ich wandte mich um.

Saskwet lief am Blumenbeet entlang auf mich zu.

»Mrrrk!« rief sie.

Ich steckte das rote Fetzchen in die Tasche und hob die Katze auf. Am Rücken war ihr schwarzes Fell bis fast auf die Haut abgesengt; an der linken Flanke hatte sie eine kleine, nässende Wunde.

»Saskwet!« sagte ich. »Jetzt hast du nur noch acht Leben!«

Ich gab die Katze Magun, und wir gingen aus dem Garten hinaus zum Pooch.

Auf der andere Straßenseite sah ich Leslie neben einem alten, kirschroten Jeep. Vierzig oder fünfzig Schritte weiter stand ein langer, schwarzer Buick mit weißen Reifen. Maguaie schlug gerade den Deckel des Kofferraums zu und kam mit einer Schrotflinte in der unverletzten Hand die Straße entlang.

»Wo ist Barbara?« fragte ich.

»Im Bus«, antwortete Leslie.

Maguaie war herangekommen und hielt Leslie die Flinte hin.

»Keine Patronen«, sagte er. »Hast du welche?«

Leslie warf einen Blick auf die Flinte. »Zwölfer. Ja. Hab ich.«

»Und die Polizei?« sagte ich. »Sie wollten doch jemand schicken.«

»Kann sein, sie kommen noch«, sagte Leslie. Eine ausgegangene Zigarette hing unter seinem weißen Schnurrbart.

»Ich möchte auf sie warten«, sagte ich.

»Unsinn!« erwiderte Leslie. »Ihr fahrt jetzt. Hütet euch vor den Weißen!«

»Auch vor den Newoseds?«

Er zuckte mit den Schultern, spuckte die Zigarette auf die Straße und zertrat sie.

»Paßt auf«, sagte er. »Wenn ich am Leben bleibe, komme ich nach euch schauen. Oder ich schicke jemanden. Nehmt ihr den Buick oder den Jeep?«

»Den Jeep natürlich«, sagte Maguaie. »Der hat Vierradantrieb.«

Er öffnete die linke Tür und machte sich daran, den Fahrersitz zu verstellen. Auf dem Kotflügel vor der Tür stand in blanken Metallbuchstaben das Wort *Cherokee*. Darüber, auch aus blankem Metall, war ein Indianerkopf mit Federschmuck zu sehen. Die Federn waren grün, gelb und blau.

»Dreiviertel voll«, sagte Maguaie.

»Damit kommt ihr hin«, meinte Leslie.

Wir luden ein, was wir gefunden hatten. Maguaie startete den Motor. Der erste Gang kratzte. Dann fuhr Maguaie langsam voraus, und wir gingen hinterher. Magun hielt die Katze auf dem Arm.

Barbara kam aus dem Schulbus und stieg hinten ein. Magun setzte sich neben sie. Leslie verschwand im Schulbus und kam nach einer Weile mit einem großen Karton zurück, den er hinter die Sitze stellte. Dann zog er einen dicken Umschlag aus der Jackentasche, den er Maguaie reichte.

Der Motor schnurrte und tickte im Leerlauf.

Ich stieg vorne neben Maguaie ein und schlug die Tür zu.

»Worauf wartet ihr noch?« fragte Leslie. »Verschafft euch eine Axt. Über den Winter reicht das Holz nicht.«

428

»Danke«, sagte ich. »Bleib am Leben, Leslie!«

»Kann sein«, erwiderte er. »Verschwindet!«

Mit einem Ruck fuhr Maguaie an. Ich schaute über die Schulter zurück. Leslie zündete sich eine Zigarette an. Er winkte nicht.

Der rote Ahornwald kam auf uns zu, viel rascher als gestern. Maguaie bremste hinter der ersten Kurve.

»Die Körbe, Taguna«, sagte er. »Die Pilze kannst du fortwerfen. Die Körbe können wir brauchen.«

Ich schnallte die Körbe von den Gepäckträgern unserer Räder und stellte sie mit den Pilzen in den Gepäckraum hinter den Sitzen. Nur Maguns Korb war leer.

Dort, wo der Weg nach Signiukt abging, stand eine schwarzgekleidete kleine Gestalt und winkte.

»Halt an«, sagte ich.

Maguaie schaute zurück. »Ein Weißer«, sagte er, als wir näher herankamen.

»Halt an«, sagte ich noch einmal.

Der Jeep kam ein Stück hinter der Abzweigung zum Stehen. Ein Bub, sieben oder acht Jahre alt, rannte hinter uns her. Seine schwarze Jacke flatterte. Seine schwarzen Hosen steckten in kniehohen, schwarzen Stiefeln.

»Habakuk«, stieß er hervor, nachdem er uns erreicht hatte. »Habakuk Giesbrecht. Mein Name. Nehmt mich mit!«

»Wo willst du hin?« fragte Maguaie.

»Egal. Nehmt mich mit. Bitte.«

»Warum?«

»Bei uns ist niemand mehr. Bitte!«

»Was ist mit deinen Verwandten?«

»Die Eltern sind tot. Die Brüder sind nicht zurückgekommen. Ihr müßt mich mitnehmen. Allein ist es schrecklich.«

»Habt ihr Tiere?« fragte Barbara.

»Ich hab sie losgemacht«, sagte er. »Ich hab das Scheunentor aufgemacht. Sie können ans Futter. Wasser ist im Teich.«

Seine Arme hingen herunter. Seine Haare waren kurzgeschnitten und sehr schwarz. Auf der linken Wange hatte er drei blutige Kratzer.

Maguaie schaute mich an.

»Steig ein!« sagte ich.

Lange Zeit sagte niemand ein Wort. Der Motor brummte. Die Reifen rauschten im nassen Sand. Der riesige Kahlschlag tauchte neben uns auf. Dann fuhren wir an der dicken Eiche vorbei und polterten über die Holzbrücke am Zusammenfluß der drei Bäche.

Ich drehte mich um.

»Habakuk«, sagte ich. »Das steht irgendwo in der Bibel, nicht wahr?«

Der Bub nickte. Er hatte die Hände gefaltet und zwischen die Knie gepreßt.

»Maguaie ist der, der fährt«, sagte ich. »Neben dir sitzt Barbara. Magun ist mein Bruder. Die Katze heißt Saskwet. Ich bin Taguna. Unsere Eltern sind auch tot.«

»Eure Leute haben sie umgebracht«, sagte Maguaie. Der Jeep machte einen Schlenker und fuhr dann wieder geradeaus.

»Du lügst!« sagte der Bub. Seine Stimme überschlug sich. »Meine Leute bringen niemand um! Du sollst nicht lügen!«

»*Ulbadooch moo eksooet*«, sagte ich zu Maguaie. Der Bub lügt nicht.

»*Teleak nut?*« fragte Maguaie. Bist du sicher?

»*Aa, meamooch!*« sagte ich.

Wir fuhren schweigend weiter. Die Hügel traten zur Seite. Der Talgrund war eben. Zu beiden Seiten der Straße lagen Weideland und abgeerntete Äcker. Ein Farmer pflügte mit einem blauen Traktor, hinter dem ein sechsschariger Pflug hing. Er winkte uns zu, und Maguaie drückte auf die Hupe. Schwarzköpfige Schafe weideten, von einem Bordercollie bewacht. Auf einem Zaunpfahl saß eine Eule. Dann kam der Sumpf mit seinen zahllosen kleinen Inseln, von denen das Laub der Birken, Espen und Baumwollpappeln golden herüberglänzte. Wo der Sumpf endete, machte die Straße eine scharfe Biegung nach links, senkte sich in ein tief eingeschnittenes Bachtal, überquerte den Bach auf einer Steinbrücke, machte eine scharfe Biegung nach rechts und führte steil an der Flanke von Pretty Girls' Hill hinauf. Maguaie schaltete zurück. Die Steigung war kurz. Wo die Straße wieder eben verlief, stand zwischen den Baumstümpfen eines Kahlschlags eine verwitterte, mit Teerpappe gedeckte Holzhütte. Auf dem Rand der halb in die Erde gesunke-

nen, aus alten Brettern zusammengenagelten Terrasse saß ein alter
Mann. Er rief uns etwas zu und drohte mit der geballten Faust.
»Warum heißt das hier Pretty Girls' Hill?« fragte ich Maguaie.
»Nach seiner Großmutter und nach ihrer Schwester. Damals gab es
noch keine Autos. Wenn die Fuhrleute das steile Stück hinter sich
hatten, ließen sie ihre Tiere ausruhen und schwatzten mit den beiden Schwestern. Großvater hat gesagt, sie waren wirklich hübsch.
Die Pferde und die Ochsen waren hinterher immer sehr gut ausgeruht.«
Wieder ging es bergauf. Rechts zweigte die Straße nach Memramcook ab. Anderthalb Meilen weiter wurde unsere Straße schmaler.
Sie war aus den Sandsteinfelsen herausgesprengt worden, von denen hier und dort Wasserschleier auf uns herabsprühten. Maguaie
fuhr im zweiten Gang und hupte vor jeder Kurve. Niemand kam
uns entgegen. Höher und höher ging es hinauf. Unter uns im Tal sahen wir die glitzernden Schlangenwindungen Maligeaks. Kurz vor
der Wasserscheide der Cobequid-Hügel wurde die Straße noch
schmaler. In Abständen von einer halben Meile waren Ausweich-
stellen aus dem Fels gesprengt. Steinbrocken lagen auf der Straße.
Wir fuhren durch Schlaglöcher, aus denen Wasser über unsere
Windschutzscheibe spritzte. Wieder und wieder mußte Maguaie
die Wischer einschalten.
Wir fuhren gerade langsam durch eine ziemlich steile Rechtskurve,
da kurbelte Barbara hinter mir ihr Fenster herunter.
»Bleib mal stehen!« sagte sie.
»Nicht in der Kurve, *sakumaaskw*«, sagte Maguaie.
»Selber *sakumow!*«
»Stimmt sogar«, sagte Maguaie, nachdem er einen Augenblick über-
legt hatte. »Mein Großvater, dann meine Mutter, jetzt ich. Jetzt
wäre ich der Häuptling. Du hast recht.«
Hinter der Kurve hielt er an, zog die Handbremse und stellte den
Motor ab.
»Was ist?« fragte er.
Barbara sprang aus dem Jeep.
»Ich hab was gesehen«, sagte sie. »Steigt bloß nicht nach links aus.
Dort ist nur Luft.«
Ich klinkte meine Tür auf und stieg aus. Zwischen dem Jeep und der

Felswand waren keine vier Fuß Abstand. Maguaie kletterte über die Schalthebel und folgte mir. Er nahm einen Stein und legte ihn unter ein Hinterrad, dann gingen wir zu der Kurve zurück. Die Sonne stand hoch am Himmel, und die Luft schmeckte frisch.

Barbara hockte vor der Felswand.

»Farbe!« sagte sie.

Ein blauer Farbschmierer zog sich in Augenhöhe den roten Fels entlang. Wo das Gestein ein wenig zurücktrat, war der Farbschmierer unterbrochen, um am nächsten Vorsprung wieder aufzutauchen. Ich ging an Barbara vorbei und zählte meine Schritte. Nach zweiundzwanzig Schritten hörte der Farbschmierer auf.

Maguaie hockte sich hin.

»Da!« sagte er.

»Was denn?«

»Du mußt dich hinhocken. Dann siehst du es.«

Ich hockte mich hin.

Ungefähr von dort, wo unser Jeep stand, führten zwei verwaschene Radspuren nah an der Felswand entlang auf mich zu. Ich drehte mich um. Die Radspuren entfernten sich vom Fels und liefen auf den Straßenrand zu. Sie endeten dort, wo der Abgrund begann.

Wir liefen hin und schauten hinunter.

»Dort!« sagte Habakuks helle Stimme hinter uns. »Zwischen den beiden roten Felsblöcken!«

Jetzt sah ich es auch. Die beiden Felsblöcke lagen am Fuß der Wand in einer Schutthalde. Zwischen ihnen war ein winziger blauer Fleck zu erkennen.

»Leo hat einen blauen Range Rover«, sagte Maguaie. »Der ist aber größer.«

»Du meinst, er war größer«, sagte Habakuk.

»Können wir da runter?« fragte Barbara.

»Nicht von hier aus«, sagte Maguaie.

»Wozu?« sagte ich. »Das überlebt doch keiner. Fahren wir. Es ist bald Mittag.«

Wir kehrten zum Jeep zurück. Magun erwachte, als wir einstiegen, und wir fuhren weiter.

Hinter mir erzählten Barbara und Habakuk abwechselnd und mitunter gleichzeitig, was wir gesehen hatten. Magun hörte zu. Als es nichts mehr zu erzählen gab, trat eine kurze Stille ein. Dann hörte ich Barbaras Stimme.

»Mit wem hast du eigentlich gekämpft?« fragte sie. »Wo hast du die Kratzer her?«

»Ich hab den Thomas mitnehmen wollen«, antwortete Habakuk.

»Unseren Kater. Er hat aber nicht gewollt.«

»Oh!« sagte Barbara. »Schade!«

Die Straße senkte sich. Unten im Tal war Maligeak von Biberdämmen zu einer Kette kleinerer und größerer Seen gestaut, aus denen abgestorbene Fichten ihre schwarzen Stämme und ihre grauen, struppigen Wipfel reckten. Die Straße verbreiterte sich wieder ein wenig. Nach einer Kurve sahen wir in der Ferne die beiden Sandsteinspitzen des Hügels, an dessen östlichem Hang unser Begräbnisplatz lag. Bald ging es steil bergab. Die Straße tauchte in Nadelwald ein. Einmal, noch einmal, und später zweimal kurz hintereinander polterten die Räder des Jeeps auf den Bohlenbrücken, die Maligeak überquerten. Von einer flachen Anhöhe aus erblickten wir die beiden Schornsteine der Moosehorn Lodge. Aus einem stieg Rauch. Zedern schoben sich vor die Schornsteine. Auf einer schmalen Lichtung standen einige Blockhütten. Dann kam eine Zedernallee, an deren Ende wir in der Sonne die honiggelben Kiefernstämme leuchten sahen, aus denen die Lodge erbaut war. Maguaie bremste vor der Terrasse. Die Räder rutschten im Kies.

»Ich geh hinein«, sagte ich.

Maguaie reichte mir den Umschlag mit dem Geld.

»Ich geh auch rein«, sagte Habakuk.

»Laß mich allein gehen«, sagte ich.

Zwei Liegestühle standen auf der Terrasse. Neben einem lag eine vom Regen aufgeweichte Zeitschrift. Die Moosehorn Lodge besaß zwei Seitenflügel und ein Mittelgebäude mit einem spitzen Giebeldach. Über der offenstehenden Eingangstür hing ein weit ausladendes Elchgeweih. Ein rotbrauner Setter erschien in der Tür, hielt inne, kam dann auf mich zu, beroch mich und wedelte. Dann drehte er sich um, ging mir voraus und schaute über die Schulter zurück, ob ich ihm folgte.

Ich trat in die Halle und blieb stehen. Das Licht war wie in einer Kirche. Die ganze rückwärtige Wand war mit farbigen Scheiben verglast. Der Raum reichte bis unters Dach. Drei Kronleuchter mit elektrischen Kerzen hingen an Ketten herab. Zwei bestanden aus alten, silbern gestrichenen Wagenrädern; der mittlere war aus sechs Hirschgeweihen zusammengesetzt. Auf den Tischen unter den Kronleuchtern stand noch benutztes Geschirr. An der rechten und der linken Stirnseite der Halle waren riesige offene Kamine aus Sandstein aufgemauert. Ledersessel und niedrige Tische standen um sie herum. Über beiden Kaminen hingen ausgestopfte Bärenköpfe an der Wand.

Der Hund war stehengeblieben und sah sich nach mir um.

»*Cogooa ankaptumoon?*« fragte ich. Was siehst du?

Er senkte den Schwanz und ging zwischen Tischen und Stühlen hindurch auf den linken Kamin zu. Ich folgte ihm.

In einem Ledersessel schlief ein neun- oder zehnjähriger Bub. Sein Gesicht war dunkelgrün angeleuchtet. Neben ihm auf dem Tischchen lag ein Kleinkalibergewehr in einem Flecken violetten Lichts. Ich machte einen Schritt auf den Sessel zu und blieb stehen. Hinter dem Sessel schlief ein kleines Mädchen auf dem Teppichboden. Es lag auf der Seite, ein Kissen unter dem Kopf, inmitten einer Lache purpurroten Lichts.

»*Boosool!*« sagte ich.

Die Kinder regten sich nicht.

Ich machte noch einen Schritt, beugte mich nieder und berührte die Schulter des Buben. Er fuhr hoch und streckte den Arm nach dem Tischchen aus. Doch ich stand zwischen ihm und dem Gewehr.

»Ich tu euch nichts«, sagte ich. »Wo sind eure Eltern?«

Der Bub legte die Hände in den Schoß und schaute zu mir auf. Braune Haare hingen ihm in das weiße Gesicht.

»Ist dein Vater draußen?« fragte er.

»Mein Vater?«

»Ja. Der Doktor. Sag ihm, er kommt zu spät.«

»Mein Vater ist tot. Ich bin Taguna. Wie heißt du?«

»Leonce.«

Er stand auf und sah auf das Mädchen hinunter, neben das sich der Hund gelegt hatte.

»Meine Schwester«, sagte er. »Lena. Bist du allein?«

»Nein. Draußen sind vier andere. Ihre Eltern sind auch tot. Wo sind eure Eltern, Leonce?«

Er trat einen Schritt auf mich zu.

»Laß das Gewehr liegen«, sagte ich. »Ich tu euch nichts. Wo sind eure Eltern?«

»Mutter ist heute früh gestorben«, sagte er. »Weil der Doktor nicht gekommen ist.«

»Habt ihr nach dem Doktor verlangt?«

»Ja. Aber das Radiotelephon war dauernd gestört. Wie heißt du noch?«

»Taguna.«

»Taguna«, wiederholte er.

»An was ist deine Mutter gestorben, Leonce?«

»Ich weiß es nicht. Vielleicht an der Krankheit, von der sie im Fernsehen dauernd gesprochen haben. Aber das Fernsehen geht auch nicht mehr. Und das Radiotelephon war gestört. Da ist mein Vater gefahren, den Doktor holen.«

»Wann?«

»Gestern abend.«

»In einem blauen Range Rover?«

»Woher weißt du das?«

»Wir haben sein Auto gesehen.«

»Wann?«

»Vorhin.«

»Vorhin? Wo?«

»Er ist von der Straße abgekommen und abgestürzt, Leonce. An der Stelle, die ihr Shepherd's Drop nennt. Wir nennen sie *Kegikapigiak*.«

»Ich weiß. Ich kenne viele indianische Namen.«

»Ja? Was bedeutet mein Name?«

»*Ultaktaguna* heißt: ich webe auf dem Webstuhl. *Taguna* heißt wahrscheinlich Webstuhl. Richtig?«

»Hm!«

»Habt ihr Vaters Auto erkannt, Taguna?«

»Nur die Farbe. Es steckte tief unten zwischen zwei Felsblöcken. Was wollt ihr tun, Leonce?«

»Warten.«

»Und wenn er nicht wiederkommt?«

Er zuckte die Schultern. Seine Lider senkten sich. Sie hatten lange, braune Wimpern.

»Was macht ihr?« fragte er nach einer Weile und sah mich an.

»Du kennst Maguaie?«

»Ja, natürlich.«

»Sein Sohn ist bei uns. Er heißt auch Maguaie. Wir wollen in einer Hütte wohnen, die einem seiner Freunde gehört.«

»Warum nicht hier, Taguna?«

»Hier? Es könnte wer kommen. Du weißt ja nicht, was los ist. Leonce.«

»Doch. Amasastokek war in den Abendnachrichten. Coal Harbor. Und Passamaquoddy.«

»Wir kommen aus Passamaquoddy.«

Er trat einen Schritt zurück und stieß gegen die Sessellehne. Der Hund hob seinen Kopf und schaute zu uns her.

»Ich tu euch nichts, verdammt!« sagte ich. »Ihr habt keine Schuld.«

»Dein Gesicht ist ganz violett«, sagte er.

»Ich weiß. Das kommt von euren Kirchenfenstern.«

»Was wollt ihr hier?«

»Ein paar Sachen von euch kaufen.«

Ich zog den Umschlag mit dem Geld aus der Tasche und ließ ihn hineinschauen.«

»Wow!« sagte er. »Was für Sachen?«

»Schlafsäcke. Decken. Zwei Äxte. Eine Säge. Lebensmittel. Geht das?«

»Ich glaube schon.«

»Gut! Dann nehmen wir jetzt mit, was wir können. Maguaie kommt später zurück und holt den Rest. Wenn euer Vater bis dahin nicht zurück ist, könnt ihr ja mit Maguaie fahren. Wenn ihr wollt.«

»Was ist, wenn Vater zurückkommt, nachdem wir fort sind?«

»Oh! Sei doch kein Kind! Ihr schreibt eurem Vater einen Brief, ganz kurz, wo er euch finden kann. Aber schreibt so, daß nur er es versteht. Niemand sonst. Klar?«

Ein winziges Lächeln bog seine Mundwinkel nach oben. »Klar! Ich schreibe indianisch.«

»Tu das, Leonce. Ich geh jetzt die anderen holen. Weck deine Schwester. Seid ihr Zwillinge?«
»Woher weißt du das? Sehen wir uns so ähnlich?«
»Überhaupt nicht. Ihr seht nur gleich alt aus.«
Wir stopften in den Wagen, was hineingehen wollte. Die Schlafsäcke legten wir aufs Dach und machten sie mit Gummischnüren fest. Ich hielt einen Benzinkanister zwischen den Knien und einen Karton mit Fleischkonserven auf dem Schoß.
Maguaie fuhr an. Leonce und Lena standen am Rand der Terrasse, den Setter zwischen sich.
»Probiert es weiter mit dem Radiotelephon!« schrie ich ihnen noch zu. »Bis nachher!«
Wir fuhren über eine Lichtung, auf der unter alten Bäumen rechts und links vom Weg je drei Blockhütten standen. Dann kam der Parkplatz inmitten eines Kreises dicker, breitverzweigter Ahorne. Einige Autos waren auf ihm abgestellt. Wieder ein paar Blockhütten, dann das Schwimmbecken rechts vom Weg; links rauschte Maligeak von einer niedrigen Felsstufe herab; und dann war der Weg zu Ende. Vor uns sahen wir nur noch tief eingefurchte, grasüberwucherte Radspuren.
Maguaie schaltete den langsamen Vierradantrieb ein.
Anderthalb Stunden später sahen wir die Zwillingshügel. Wir waren schon ganz nah. Die Radspur führte bergab. Unten tauchte die sechste oder siebente morastige Stelle vor uns auf. Maguaie schaltete hoch und gab Gas. Weidenzweige und junge Birken peitschten gegen die Fenster und scharrten am Blech entlang. Zweimal schlug der Bauch des Wagens dumpf auf den Boden auf. Die Räder mahlten im Schlamm. Dann waren wir durch, schaukelten langsam den Hügel hinauf, wichen Bäumen, Baumstümpfen und Felsbrocken aus. Der Boden wurde eben. Wir waren da.
Die Blockhütte stand unter einer dicken Zeder, deren Stamm sich gleich über dem Dachfirst in zwei Stämme teilte. Zwei kleine Fenster blickten uns an. Zwischen ihnen befand sich die Tür.
»Süßer Jesus auf dem Rennrad!« sagte Maguaie. »Da sollen wir alle fünf hineinpassen?«
»Alle sieben«, sagte ich.
Ich stieg aus, stellte den Karton mit den Fleischkonserven auf den

Sitz, ging zu dem schmalen Schuppen mit dem Pultdach, der links an der Giebelseite der Hütte lehnte, und schaute durch den Türspalt hinein. Der Duft von Wildheu kam mir entgegen. Der Schuppen war bis unters Dach damit vollgestopft.

Ich ging zur Hüttentür und schob den hölzernen Riegel zurück. Die Tür ächzte und schwang von selber auf. Ich erblickte einen gußeisernen Herd, dessen Rauchrohr zum Dach hinausführte, einen kleinen selbstgezimmerten Tisch, zwei wacklig aussehende Stühle, einen hübschen schwarzen Schaukelstuhl und eine breite, fest eingebaute Bettstatt, in der drei Strohsäcke lagen. Spinnweben hingen von der Decke. In die Dielen neben dem Herd hatte ein Tier ein rundes Loch genagt. An der Wand über dem Bett war mit Reißnägeln ein Farbdruck befestigt: Wildgänse flogen langgestreckt an einer ungeheuer großen, oben wie unten ein wenig zusammengedrückten blutroten Sonne vorüber.

Mit viel Geschrei und Gelächter luden wir aus. Nur Magun sprach immer noch nicht. Wir aßen jeder eine ganze Büchse Corned Beef mit Brot. Wasser holten wir aus dem Bach. Er floß keine dreihundert Schritt von der Hütte entfernt zwischen unserem Hügel und dem benachbarten hindurch.

Am späten Nachmittag machte sich Maguaie allein auf die Fahrt zur Moosehorn Lodge. Er blieb lange aus. Die Sonne ging hinter die Wälder. Es wurde dunkel. Auf dem Herd sang der Teetopf. Motten flatterten um die Petroleumlampe. Barbara und Magun schliefen. Neben mir auf dem Tisch tickte unruhig der blecherne Reisewecker, den Barbara mitgebracht hatte. Saskwet saß geduldig neben dem Loch in den Dielen. Eine Stunde ging vorbei; danach noch eine.

Es war nach elf, als Habakuk plötzlich aus dem Schaukelstuhl aufsprang und zur Türe ging. Er schaute hinaus.

»Sie kommen«, sagte er.

»Du hast Ohren wie eine Fledermaus«, sagte ich und rannte an ihm vorbei hinaus ins feuchte Gras.

Zwei weiße Fühler aus Licht wischten durch die Wälder, fielen herab, verwandelten sich in einen kleinen, ovalen Lichtfleck, stiegen wieder hoch, schaukelten heftig, schwenkten von uns weg, ließen für einen Augenblick die Sandsteinklippe südlich von unserem Hügel rötlichbraun aufglühen, schwenkten dann rasend schnell zu uns zurück und wurden stetig und blendend hell.

Nun hörten wir auch das Brummen des Motors und das leisere Wischen und Kratzen der Büsche am Blech des Wagens.

»*Taleak agunoodumakoon?*« rief ich, auf den Jeep zurennend. Was gibts Neues?

Der Motor erstarb.

»Du hast recht gehabt«, sagte Maguaies Stimme. »Wir sind sieben.«

In der Nacht erwachte ich davon, daß jemand schluchzte. Lena lag neben mir in ihrem Schlafsack. Im Dunkeln streckte ich meine Hand nach ihr aus. Ich wollte etwas sagen und brachte nichts heraus. Das machte mich ganz wach. Meine Kehle war trocken, mein Gesicht naß. Das Schluchzen war von mir selbst gekommen.

Drei Monate später, an einem Winternachmittag, als die Sonne …

Hier brach Tagunas Bericht mitten im Satz ab.

Ich erhob mich und schloß die Fenster an der Westseite des Bücherzimmers. Die Sonne lag auf den Wäldern und schien mir gerade in die Augen. Aus dem Garten hörte ich die Stimme von Strange Goose.

Die Blätter hielt ich noch in der Hand. Ich legte sie auf den Schreibtisch und sah noch einmal die Umschläge durch. Zwischen zwei farbigen Photographien, die am Rand aneinanderklebten, fand ich ein Stück roten Baumwollstoffs. Es war halb so groß wie mein Handteller. Die Fäden an seinen Rändern waren versengt.

DREI

»Alle sechs!« sagte Strange Goose, als ich zu ihm und Taguna an den Tisch trat, der im Schatten stand. Über uns lagen die letzten Sonnenstrahlen waagrecht im Geäst der Zeder. Taguna hatte ihre Handarbeit in den Korb gepackt und rauchte eine Pfeife.
»Sechs?« sagte ich. »Wieso sechs? Ihr wart doch sieben?«
»Er meint die Gänse«, sagte Taguna und reichte Strange Goose die Pfeife.
»Alle Eier sind geschlüpft? Das hast du gut gemacht!« platzte ich heraus.
Beide lachten.
»Ich meine, Emily und Lawrence haben das gut gemacht«, fügte ich rasch hinzu.
»Ja«, sagte Strange Goose. »So ist das. Du darfst nicht zu nah an sie herangehen, Chas. Sonst beschützt Lawrence sie so sehr, daß er vielleicht eins zertritt. Sie schwimmen schon. Und sie tauchen. Es ist jedes Jahr das gleiche. Und jedes Jahr ist es wie beim erstenmal.«
»Ich werde daran denken«, sagte ich, »wenn ich morgen hinüberfahre. Was ich fragen wollte: *sakumow* heißt Häuptling, nicht wahr?«
Strange Goose nickte.
»Und *sakumaaskw?* Ist das die Frau eines Häuptlings? Oder ein weiblicher Häuptling?«
»Beides«, sagte Taguna. »Du machst Fortschritte. Arwaq und Gioconda finden das auch. Und Ane-Maria.«
»*Kaan!*« sagte ich. »*Welaalin!*«
»Du wirst meine Wörterzettel bald nicht mehr brauchen!«
»Ich denke doch. Ich möchte auch richtig schreiben können.«
»Gut. Sollen wir hier essen oder drinnen?«
»Hier«, sagte Strange Goose.
Ich nickte.

Wir aßen Pilzsuppe. Dann räumten Taguna und Strange Goose ab,
während ich den Garten goß. Eines der beiden Fässer, die das Regenwasser aus den hölzernen Dachrinnen sammelten, war nun fast leer.
Ich hängte die beiden Gießkannen in den Geräteschuppen. Unten
auf den Böden waren aus flachgehämmertem Kupferdraht die Buchstaben Z und P aufgelötet: Zachary Pierce.
Ich ließ mich im Sessel nieder und stopfte meine Pfeife. Es war immer derselbe Sessel, der für mich frei war, und er stand immer am
selben Platz: Ich saß mit dem Rücken zum Stamm der Zeder, mit
dem Gesicht zum Haus – zur Hütte, wie Taguna sie stets nannte.
Hier, wo nun Tisch und Sessel standen, hatte sich vor zweiundachtzig Jahren die kleine Blockhütte erhoben. Ich sah den Raum vor
mir, wie Taguna ihn geschildert hatte: das Bett, die beiden Stühle,
den Schaukelstuhl, den Tisch und den Herd. Ungefähr dort, wo
Tagunas Sessel jetzt stand, mußte die Tür sich befunden haben, und
rechts und links von ihr waren die Fenster gewesen. Was hatten die
Kinder gesehen, wenn sie hinausschauten? Hatten sie über das Tal
auf die Hänge geblickt, wo jetzt das Langhaus, meine Hütte, Maguns Hütte, der Hof von Don Jesús und der Hof von Amos Pierce
standen? Oder hatten sie Bäume vor sich gehabt, Zedern, Birken,
Ahorne?
Strange Goose und Taguna kamen aus dem Haus zurück. Strange
Goose ließ sich mit einem zufriedenen Ächzen in seinen Sessel hin-
unter, nachdem er den Kometen auf den Boden gestellt hatte. Er
war frisch mit getrockneten Aststückchen gefüllt und qualmte wie
ein Weihrauchfaß.
»Tee oder Wein?« fragte Taguna.
»Zuerst Tee, bitte!« sagte ich.
»Ja«, seufzte sie, »die gute Erziehung! Und jetzt wirst du gleich eins
draufsetzen und dich dafür entschuldigen, daß du zu höflich warst.
Ich kenne dich.«
»Verzeih, bitte!« sagte ich. »Gut?«
»Sehr gut. Du bist nicht nur höflich. Du siehst auch immer ordent-
lich aus, selbst wenn du den ganzen Tag im Garten gewühlt hast.
Oder im Heu.«
»Wer hat dir das nun wieder gesagt?«
»Das wüßtest du gerne, was? Gioconda war es. Seit du ihr damals

442

die tote Ratte vom Hals geschafft hast, darf keiner mehr etwas gegen dich sagen. Ich glaube, wenn sie fünfzig Jahre jünger wäre, würden alle Vögel neiderfüllt euren Balztänzen zuschauen.«

Sie setzte sich und nahm mir die Pfeife weg.

»Warm ist es hier«, sagte ich.

»So?« meinte Taguna, schob die Unterlippe vor und gab mir die Pfeife zurück. »Das ist aber hübsch. Ich hab gar nicht gewußt, daß meine Worte dich so beeindrucken.«

»Hehe!« sagte Strange Goose und legte den Zeigefinger an seine Nase. »Weiber! Das ist die Zeder hinter dir, Chas. Sie gibt die Wärme zurück, die sie von der Sonne bekommen hat. Zedern sind warme Bäume, wie Eichen und Ahorne. Buchen sind kalt. Eschen sind kalt. Sie behalten die Sonnenwärme für sich.«

»Es ist der Herd«, sagte Taguna zu mir. »Wo du jetzt sitzt, hat damals der Herd gestanden.«

»Wo ist er hingekommen, Taguna?«

»Magun hat ihn.«

»Und das Holz? Wo war das Holz untergebracht? Der Schuppen war voller Heu.«

»Das Holz stand an der Südwand, unter dem Dachüberhang. Drei Stapel hintereinander. Aber Leslie hat recht gehabt. Bis zum Ende des Winters hätte es uns nicht gereicht.«

»Ihr habt Bäume gefällt?«

»Bäume mit abgestorbenen Wipfeln, ja. Manche hatte schon der Wind für uns umgeworfen. Die brauchten wir bloß noch zu entasten und in Stücke zu schneiden. Wir hatten drei kleine Motorsägen aus der Lodge. Die beiden großen waren zu schwer für uns. Du hast vielleicht von Motorsägen gehört?«

»Gehört, ja.«

»Kein Wunder. Sie haben einen höllischen Lärm gemacht. Du wurdest halb taub, und nach dem Abschalten dauerte es eine Weile, bis dein Gehör langsam wiederkehrte. Wenn du lange mit ihnen gearbeitet hast, sind dir von den Erschütterungen auch die Arme eingeschlafen. Aber sie haben uns geholfen in den ersten Jahren. Habakuk hat sich immer geweigert, sie zu benutzen. Er sagte, es sei Sünde.«

»Ja, ich weiß. Die Mennoniten lehnen Maschinen ab.«

»Nicht alle Maschinen, Chas. Aaron hat zum Beispiel so eine Mähmaschine, wie wir sie jetzt besitzen. Er hat auch Maschinen in seiner Werkstatt. Eine Motorsäge jedoch hätte er abgelehnt, weil andere Menschen durch sie gezwungen wurden, am Sonntag zu arbeiten.«

»Wie das?«

»Die Motorsäge braucht Treibstoff, nicht wahr. Die Fabriken, welche den Treibstoff erzeugten, konnten sonntags nicht abgestellt werden. Sie liefen Tag und Nacht. Wie die Kraftwerke, aus denen der elektrische Strom kam. Aus diesem Grund hatten Habakuks Eltern und die anderen Mennoniten auf ihren Farmen auch keinen Strom.«

»Sie mußten sich also nicht umstellen, als es keinen Strom mehr gab?«

»Ja«, sagte Strange Goose. »So war das. Wir haben viel von ihnen gelernt.«

»Habt ihr euch oft gestritten?« fragte ich.

»Mit den Mennoniten?«

»Nein, Strange Goose. Untereinander, meine ich. Die Hütte war klein, und ihr wart sieben.«

»Ah ja! Die Hütte war voll wie ein Ei!«

»Und wie wir gestritten haben!« sagte Taguna. »Besonders im Winter. Aber selten über wichtige Fragen, Chas. Meist über Kleinigkeiten. Wenn Leonce mit auf die Jagd gehen wollte, Maguaie jedoch darauf bestand, allein zu gehen. Wenn ich das Essen versalzen hatte. Wenn Lena Bauern und Ritter spielen wollte, Magun hingegen Mensch ärgere dich nicht. Was haben wir uns ereifert! Und eine halbe Stunde später war alles vergessen.«

»Hat Magun jemals wieder gesprochen?«

»Nein, Chas. Nicht mit Worten. Mit Armen, Händen und Beinen. Mit dem Gesicht. Mit dem ganzen Körper. Kein Jahr hat es gedauert, da wußte jeder von uns sofort, was Magun sagte. Du bist ja bei der Versammlung dabeigewesen. Ich habe sofort verstanden, daß Magun vom Fliegen redete. Nur begriff ich nicht, worauf es hinauslief. Ich wußte nicht, daß es noch Flugmaschinen gab.«

»Meinst du, er hat sie gesehen?«

»Nein, das hat er nicht. Ihm war klar, daß Marlowe Manymoose von oben herabgestürzt sein mußte, als wäre er geflogen. Das hat er uns mitgeteilt. Du hast ihn verstanden.«

»Nur, weil Magun die Laterne zerbrach!«

»Chas! Kommt es darauf an?«

»Nein. Aber du kennst mich doch.«

»Ja! Du und ich – was hätten wir uns gezankt, wenn du mit in der Hütte gewesen wärst! Warst du streitlustig mit neun oder zehn Jahren?«

»Ziemlich. Mein Bruder Jon und ich haben einander einmal angefaucht wie die Kater. Den Anlaß hab ich vergessen. Aber ich weiß noch, daß wir eine halbe Stunde danach in der Dämmerung gemeinsam über den Zaun geklettert sind, um beim Nachbarn Äpfel zu stehlen.«

Taguna nickte. Strange Goose reichte ihr seine Pfeife.

»Wir waren Kinder«, sagte sie.

»Habt ihr oft über das gesprochen, was geschehen war?« fragte ich.

»Über eure Eltern? Über eure Geschwister, die nicht mehr da waren?«

»Nicht oft, Chas. Manchmal. Das war alles so nah, daß es weit weg war. Verstehst du?«

»Ja. Das versteh ich gut.«

»Außerdem war das Ganze ein wunderbares Abenteuer. Das hört sich merkwürdig an, ich weiß. Doch so war es. Schrecken und Freude wohnen für Kinder so nah beieinander wie für Tiere.«

Sie zog an der Pfeife, daß der Tabak hell aufglühte, und gab sie dann Strange Goose zurück.

»Von wem hat Leonce eure Sprache gelernt?« fragte ich.

»Die Jagdführer waren bis auf einen alle Indianer. Mit ihnen war er mehr zusammen als mit seiner Familie!« Sie lachte.

»Was für ein Mensch war sein Vater? Leo Newosed?«

»Da hättest du Maguaie fragen müssen, und der ist seit vielen Jahren tot. Ich weiß nur, daß Leo ein Autonarr war. Alte Autos hat er gesammelt, hat sie wieder hergerichtet, daß sie wie neu waren. Und Schildkröten hat er gesammelt, in seinem Stadthaus. Es hieß, daß er von jeder Art, die es gab, wenigstens zwei besaß. Leo hat uns geachtet – uns Indianer, meine ich. Er war einer von den wenigen, die uns nicht nur geduldet haben. Als unsere Schule in Amasastokek gebaut wurde, hat er dreihunderttausend Dollar gegeben. Unter den anderen Weißen hat ihm das einige Feinde verschafft.«

»Das versteh ich nicht«, sagte ich.

»Das kannst du nicht verstehen, Chas, wenn du nicht weißt, wie die Dinge damals standen. Amasastokek war die erste Indianerschule. Doch die Weißen wollten, daß wir weiterhin ihre Schulen besuchen sollten. Wir sollten werden wie sie.«

»In Amasastokek«, sagte Strange Goose, »waren Lehrer und Schüler Indianer. Die Schulen, von denen Taguna spricht, wurden auch nicht von weißen Kindern und Indianerkindern gemeinsam besucht. Sie waren nur für Indianerkinder da. Die Lehrer waren Priester oder Ordensleute. Man nahm den Indianern ihre Kinder weg. Man steckte sie in diese Schulen. Man hat ihnen ihre Religion verboten. Sie durften ihre Sprache nicht mehr sprechen. So war das.«

»Bis wann?«

»Bis in die sechziger Jahre des vorigen Jahrhunderts. Dann hob man die Gesetze auf, die den Indianern ihre religiösen Feste und ihre Sprache verboten hatten. Doch ihre Kinder wurden nach wie vor nur in Englisch oder in Französisch unterrichtet.«

»In unserer Klasse in Amasastokek«, sagte Taguna, »waren Naomi und ich die einzigen, die Anassana konnten. Unsere Mütter hatten es mit uns gesprochen. Die anderen Kinder mußten unsere Sprache erlernen wie eine Fremdsprache, Chas.«

»Ihr müßt die Weißen gehaßt haben!«

»Gehaßt? Ja, einige von uns haben sie gehaßt. Aber die meisten nicht. Um zu hassen, mußt du begreifen, was dir angetan wird. Und du brauchst Kraft. Die meisten verstanden nicht mehr, was mit ihnen geschah – und die es verstanden, hatten keine Kraft mehr.«

»Sie hatten gelernt, daß sie nichts erreichen konnten? War es das?«

»Das auch, Chas. Die von uns, die noch Ziele hatten, versuchten nicht mehr, sie zu erreichen. Aber das waren wenige. Die meisten von uns hatten keine Ziele mehr, und das war noch schlimmer. Sie waren aufgewachsen in Familien, die nichts mehr für sich selber taten. Die Regierung versorgte sie. Ein Beispiel: die meisten unserer Häuser in Passamaquoddy und in den anderen Reservaten waren von der Regierung bezahlt. Viele Weiße waren darüber erbittert. Sie haben nicht gesehen, daß die Ausgaben der Regierung für die Indianer der Preis dafür waren, daß die Regierung uns behandelte wie Mündel.«

»Wie lästige Mündel?«

»Ja! Wie lästige Mündel, die man dort unterbringt, wo sie einem am wenigsten zur Last fallen. Mrs. Silliboy hat uns Bilder gezeigt von Indianern in einem Reservat des vorletzten Jahrhunderts. Zu unserer Zeit lebten dort schon Weiße, die Milchkühe und Fleischrinder hielten.«

»Man hat euch das Land weggenommen?«

»Ja, Chas. Wir haben nichts damit gemacht. Das haben sie uns wieder und wieder vorgehalten: Daß wir mit dem Land nichts machen. Daß wir die Bäume stehenlassen. Daß wir kein Eisen und keine Kohle aus der Erde holen. Daß wir keine Staudämme bauen. Da mußten sie eben eingreifen und all das an unserer Stelle tun – und wir verloren unsere Jagdgebiete. Andere Arbeit war kaum zu bekommen. Viele von uns wollten auch nicht leben wie die Weißen. Da sie nicht tun konnten, was sie bisher getan hatten, taten sie nichts mehr. Viele fingen an zu trinken. Sie hockten Tag und Nacht vor den Fernsehgeräten. Glücklich waren sie nicht dabei.«

»Am besten hätten eure Vorfahren die ersten Weißen daran gehindert, an Land zu kommen.«

Taguna lachte. »Ja, das hat unser Häuptling Joseph Ameroscogin einmal öffentlich gesagt. Es war während einer jener Verhandlungen um die Schule in Amasastokek.«

»Wann war das, Taguna?«

»Ich muß etwa vier Jahre alt gewesen sein. Das Fernsehen hat darüber berichtet. Es wurde auch erwähnt, daß sich die Verhandlungen wegen der Schule bereits fünf oder sechs Jahre lang hingezogen hatten.«

»Bist du noch einmal in Amasastokek gewesen?«

»Wir waren gemeinsam dort«, sagte Strange Goose, »im Jahr unserer Verlobung. Maguaie und seine Frau begleiteten uns. Der Seehund – du hast das Bild von dem Brunnen gesehen?«

Ich nickte.

»Der Seehund war unbeschädigt. Aber das Wasser floß nicht mehr richtig. Nur ein dünnes Rinnsal tropfte aus seiner Schnauze. Taguna hat noch gewußt, wo die Quelle war. Wir haben den schweren Deckel vom Vorratsbehälter hochgewuchtet und den Schlamm herausgeholt, die verfaulten Blätter, die toten Frösche. Danach lief der Brunnen wieder wie früher. Nicht wahr, *sakumaaskw?*«

Taguna nahm die Pfeife, die er ihr reichte, und nickte. »Ja, *sakumow*«, sagte sie. »Wie früher. Nach Passamaquoddy sind wir damals nicht gegangen.«

»Aber den Giesbrecht-Hof haben wir gefunden, von dem Habakuk herstammte«, sagte Strange Goose. »Wie die Tiere sich durchgebracht haben, weiß ich nicht. Schafe waren keine mehr da, aber Rinder, halbwild, mit langen Haaren. Auch Pferde, einige Schweine und einen großen schwarzen Kater haben wir gesehen. Vielleicht war es der Thomas. Ein paar Ziegen schauten aus den Büschen heraus, ließen uns aber nicht näher an sich herankommen. Im folgenden Jahr haben wir vom Giesbrecht-Hof unsere ersten Tiere geholt.«

»Ja«, sagte Taguna, »und dabei hat dich die Stute, die du für dich haben wolltest, so getreten, daß du einen Monat lang zu nichts zu gebrauchen warst!«

»Habakuk war sicher dabei, als ihr die Tiere geholt habt«, sagte ich.

»Ja«, sagte Strange Goose, »das hätte ihm wohl Spaß gemacht! Aber er war tot, Chas. Er ist im ersten Winter gestorben. In der Weihnachtswoche.«

»Wie? An der Seuche?«

»Er hat im Tal einen Weihnachtsbaum geschlagen. Dabei ist ihm warm geworden. Er hat seinen Pullover ausgezogen und ist noch einmal zurückgegangen, weil er seine Axt vergessen hatte.«

»Er hat sich eine Lungenentzündung geholt«, sagte Taguna.

»Also doch!«

»Nein, Chas. Eine gewöhnliche Lungenentzündung. Glaub mir. Wir haben ihn drüben auf dem anderen Hügel begraben, neben Barbara und Lena. Wie bei Barbara und Lena mußten wir erst ein Feuer machen, um die Erde aufzutauen. Im nächsten Frühjahr haben wir drei Ahorne gepflanzt. Da war Strange Goose schon dabei.«

»Was war mit Lena und Barbara?«

»An einem Nachmittag im Mond der Nebel, als die Sonne die letzten Reste des Schnees weggetaut hatte, der in der Nacht gefallen war, kam Magun in die Hütte gerannt. Er ließ die Tür hinter sich of-

fen. Er hielt eine durchsichtige Scherbe aus Eis in der Hand und ließ
sie zu Boden fallen, wo sie zersplitterte. Er beugte sich mit ausgestreckten Händen nieder, als wollte er zwischen die Splitter hinein-
tauchen, drehte sich um und rannte hinaus. Ich rannte hinterher.
Habakuk und Leonce folgten mir. Maguaie war auf der Jagd. Unten
am Bach sahen wir ein Loch im Eis. Braunes Wasser schäumte über
den Eisrand und über die dürren Äste eines Baumes, der im Eis eingefroren war. Leonce und ich gingen so weit auf den Stamm hinaus,
wie wir uns trauten. Wir sahen nichts von Lena und Barbara. Sie waren sicher längst abgetrieben.«
»Habt ihr jemals erfahren, was geschehen war?«
»Ja. Magun hat es für uns aufgeschrieben. Er ist mit Barbara und
Lena eisfischen gegangen. Lena wollte ein Loch ins Eis hacken. Dabei brach sie ein. Barbara ist den Stamm entlanggelaufen, der zum
Glück gleich neben dem Loch im Eis lag. Sie hat Lenas Hand erwischt und an ihr gezogen, doch dann rutschte sie ab und fiel auch
ins Wasser. Es war, als wenn sie Steine gewesen wären. So schnell
waren sie weg.«
»Wo habt ihr sie gefunden?«
»Wir haben vier Tage lang gesucht, Chas. Das Eis brach auf und
trieb davon. Wir haben weiter und weiter bachabwärts gesucht,
überall dort, wo der Bach Treibholz angeschwemmt hatte. Am
Abend des vierten Tages haben wir gesagt, wir geben es auf.« Sie
trank einen Schluck. »Es wurde kalt«, fuhr sie dann fort. »Der Bach
wurde kleiner. Drei Tage vergingen. Dann hat Maguaie sie gefunden. Unter dem Baumstamm, neben dem sie ins Wasser gefallen waren. Sie hingen zwischen den Ästen und hielten einander umklammert. Maguaie und ich mußten ihnen die Finger aufbiegen, einen
nach dem anderen.«
»Und Leonce?«
Er hat Lena allein begraben. Er wollte es so. Danach hat er verlangt,
wir sollten nicht mehr Leonce zu ihm sagen. Und seitdem haben
wir ihn Lee genannt. Lee Newosed. Vor elf Jahren ist er gestorben.
Nora, mit der er so lange zusammen war, lebt noch. Ich möchte
nicht so leben: dösen, dahindämmern, gefüttert werden, die Laken
beschmutzen; Tag für Tag, Nacht für Nacht. Ich an ihrer Stelle
möchte sterben. Doch ich bin nicht an ihrer Stelle. Und Nora hat

immer gesagt, daß sie leben will, leben bis zum letzten, oben an der Bucht, in Noralee.«

»Wenn sie aber dasselbe gesagt hätte wie du? Was wäre dann?«

»Wir würden aufhören, sie zu füttern, Chas. Dann würden wir Waiting Raven rufen.«

»Nicht Pater Erasmus?«

»Nein. Waiting Raven.«

»Was würde er tun?«

»Singen.«

»Ist es verboten, danach zu fragen?«

»Weder zu fragen noch zu antworten. Es ist nur so: Der *puoin* tut jedesmal etwas anderes. Er kommt ja auch jedesmal zu einem anderen Menschen.«

»Gibt es nichts, was sich wiederholt? Handlungen? Lieder?«

»Doch. Der *puoin* erzählt dem Sterbenden, was ihm auf dem Langen Weg begegnen wird. Das tut er immer.«

»Ist das alles, was er immer tut?«

»Nein. Aber was würdest du begreifen, wenn ich dir jetzt alles aufzählte? Nichts. Der Tod ist jedesmal gleich und jedesmal anders. Wie das Geborenwerden.«

»Wie die Liebe«, sagte Strange Goose und ließ seine Pfeife aufglühen.

Ich summte die Melodie, die ich Mond de Marais hatte singen hören.

»Das Lied von den weißen Pferden«, sagte Taguna. »Ein Wiegenlied. Das ist eins von denen, die er meistens singt. Hat er es dir vorgesungen?«

»Nicht eigentlich. Ich war eingeschlafen, und während ich aufwachte, hörte ich den letzten Teil. Ich glaube, er hat es für den Mann aus der Myschkin-Sippe gesungen, über den sie die Jagd verhängt hatten. Weshalb hatte er seine Frau getötet?«

»Er und seine Frau konnten nicht miteinander leben – und nicht ohne einander. In meiner Kindheit ging es vielen Eheleuten so. Sie waren zu jung und zu frei; sie hatten falsch gewählt. Jetzt kommt das selten vor. Die Sippe hat mehr Augen als ein verliebtes Paar. Aber vorkommen wird es immer.«

»Marianne Amrahner hat gesagt, es war wegen eines Kindes.«

»Das hat mitgespielt, Chas. Es war aber nur der Anlaß.«

»Ruft ihr jedesmal den *puoin*, wenn jemand stirbt?«

»Du mußt ihn nicht rufen. Du kannst auch selber zu ihm gehen, wenn du spürst, daß deine Zeit kommt. Und der *puoin* braucht nicht Menschengestalt zu haben. Auch ein Tier kann ein *puoin* sein. Ein Baum. Oder ein bestimmter Ort.«

»Kann jemand den Priester rufen lassen anstelle des *puoin*? Ist das möglich?«

»Selbstverständlich, Chas. Erasmus, Spiridion und die anderen gehören zu uns. Wir haben nur verlangt, daß sie nicht missionieren.«

»Wer ist wir, Taguna?«

»Die Mütter.«

»Leslie Red Stonehorse hat dich Mütterchen genannt. Hat er etwas gesehen?«

Sie lachte leise. »Schon möglich.«

»Von wem stammen die Giesbrechts in Mytholmroyd ab?« fragte ich.

»Habakuk hatte zwei Brüder«, sagte Strange Goose. »Joseph und Jonas. Zwillinge. Sie waren ein Jahr älter als Habakuk. Sie waren bei Verwandten zu Besuch gewesen und hatten sich, als die Seuche vorbei war, allein auf den Heimweg gemacht. In einem Schneesturm gerieten sie auseinander. Joseph wurde nicht mehr gesehen. Jonas aber ist auf eine Elchkuh gestoßen. Sie war in einer Schneewehe zusammengebrochen und kam nicht mehr auf die Füße. Jonas hat sie getötet, hat die Eingeweide herausgerissen und ist in ihren Bauch hineingekrochen. Da drinnen hat er den Schneesturm überstanden. *Teamooch* haben wir ihn genannt, Elchkalb. Er war es, der sich mit seiner Frau in Wesunawan angesiedelt hat.«

»Wesunawan? Hat Mytholmroyd zwei Namen?«

»Viele Orte haben zwei Namen«, sagte Taguna. »Schau dir einmal die Landkarte bei Gioconda an. Clemretta ist Tawitk, Druimla-Tène Banoskek, Noralee Oochaadooch, und Troldhaugen ist Mushamuch. Die Menschen, die uns und unser Land entdeckten, haben alles umgetauft. Manchmal war es zum Lachen. An dem Ort, den wir Kenomee nennen, haben sich vor mehr als dreihundert Jahren Schotten angesiedelt. Und wie haben sie ihn genannt? Economy!«

Vom Blumenbeet her ertönte ein kurzes, wildes Geflatter, ein kleiner erstickter Schrei. Gleich darauf verdunkelte ein geräuschloser Schatten für einen Augenblick die Milchstraße über uns.

»Hehe!« sagte Strange Goose. »Die Eule hat einen Sperling erwischt.«

»Hat Leslie nach euch geschaut?« fragte ich.

»Ja«, sagte Taguna. »Nach genau drei Wochen. Er kam mit dem schwarzen Buick. Eine halbe Meile hinter der Moosehorn Lodge ist er steckengeblieben. Er wollte einer nassen Stelle ausweichen und geriet dabei in den Sumpf. Er hat uns geholfen, die Eltern von Lee und Lena zu begraben. Wir haben Geisterhäuschen für sie gebaut. Lee hat darauf bestanden, obwohl sie Christen waren.«

»Hat Leslie euch danach noch einmal besucht?«

»Nein. Er hat uns erzählt, daß zwei Polizisten gekommen sind, eine Stunde nach unserer Abfahrt. Sie haben sich alles angehört und aufgeschrieben. Auch die Weißen, die Leslie getötet hatte, haben sie gesehen. Sie haben ihn aber nicht festgenommen. Im Frühjahr darauf hat Leslie dann Anna und Tom Benaki zu uns geschickt. Und einen kleinen Buben, der Gregory Manach hieß.«

»Du hast mitten im Satz mit deinem Bericht aufgehört, Mutter. Wieso?«

»Ein alter Gänserich ist neben mir gelandet, Chas. Er hat mir mit seinem Flügel die Feder aus der Hand geschlagen. Seither hab ich manchmal daran gedacht, weiterzuschreiben. Vielleicht mache ich das noch.«

Ein leises Schnarchen kam aus der Dunkelheit. Strange Goose war eingeschlafen.

BAUEN

»Wie Sand war es«, sagte Doña Gioconda. »Feiner, trockener Sand
unter den Augenlidern. Wenn du die Augen gerieben hast, wurde es
schlimmer. Hast du die Augen geöffnet, so war das Licht wie ein
Messer. Die Tränen sind dir in Strömen heruntergelaufen. Und die
Augen haben sich immer noch angefühlt, als ob sie voller Sand
wären. Also hast du sie rasch wieder zugemacht. In der Nacht war
es erträglicher. An Schlafen war nicht zu denken, aber es war dunkel, und du konntest die Augen öffnen, ohne daß dich das Licht gequält hat. Wir haben Kamillenabsud verwendet und das Eiweiß von
rohen Hühnereiern. Schafsleber ist auch gut, aber die war schwer
zu bekommen. Nach zwei oder drei Tagen wurde es besser. Nach einer Woche hast du wieder draußen arbeiten können, aber nicht in
der hellen Sonne, Carlos. Das Sonnenlicht hast du noch lange nicht
vertragen.«
Ane-Maria nahm den leeren Brotkorb vom Tisch und stellte einen
vollen hin. Doña Pilar reichte ihrer Mutter die dampfende Teekanne.
»Du sprichst vom Jahr der Blinden?« fragte Aaron Wiebe. Seine
Stimme bebte ein wenig; er sprach langsam und sorgfältig. Seine
Augen lagen im Schatten der breiten Hutkrempe. Sein weißer Bart
war an der Oberlippe vom Tabakrauch bräunlich verfärbt.
»Ich erinnere mich«, fuhr er fort. »Ich erinnere mich, als wäre es im
vorigen Jahr gewesen. Und doch sind es fünfunddreißig Jahre her.
Zwei Wochen lang hab ich nichts tun können. Draußen stand das
Getreide. Dann kam der Regen und hat es niedergelegt.«
»Bei Maguaie hat es fünf Wochen gedauert«, sagte Strange Goose.
»Und beim alten Mircea Istrate für immer.«
»Wie viele sind blind geblieben?« fragte ich.
»Ein rundes Dutzend, wenn mein Gedächtnis mich nicht trügt«,
sagte Aaron. »Oder waren es dreizehn?«

»Wenn du die Einwohner von Megumaage meinst, so war es ein Dutzend«, sagte Strange Goose. »Wenn du den Fremden mitzählst, der in Passamaquoddy zu Besuch war, dann waren es dreizehn.«

Ich nickte. »Es war wie Schneeblindheit im Sommer«, sagte ich. »Mein Vater hat gesagt, daß es bei uns drüben fast nur im Gebirge aufgetreten ist.«

»Eine Heimsuchung«, sagte Aaron. »Aber eine, die von den Menschen selber kam. Nicht vom Herrn.«

Er wandte sich wieder dem Schachspiel zu, das zwischen ihm und Magun auf dem Tisch stand. Magun hatte den Kopf in die Hände gestützt.

»Hast du schon gezogen?« fragte Aaron. »Ah, ich sehe! Der Turm! Mußt mich wieder in Trubel bringen mit deinem Turm, du alter Ausbund!«

»Hier war es auch in den Bergen häufiger, hab ich gehört«, sagte Strange Goose. »Und bei den Fischern und Seeleuten. Aber aufgetreten ist es überall. Es war vorausgesagt. Ich kann mich erinnern.«

»Ich weiß«, sagte ich. »Ich weiß es von meinem Großvater. Es war nicht nur vorausgesagt; sie haben auch ausgerechnet, um wieviel die Fälle von Hautkrebs, von Augenschäden, von Blindheit zunehmen würden.«

Aaron blickte auf, sah erst mich, dann Strange Goose an.

»Und doch«, sagte er, »haben sie sich verrechnet. Sie nahmen an, es würde mehr Menschen geben auf der Welt, in unserer Zeit. Und was ist geschehen? Es gibt fast keine Menschen mehr.«

Er nickte und wandte sich wieder dem Schachbrett zu. Magun zog einen Springer vor und setzte Aaron seinen dicken Zeigefinger auf die Brust, dorthin, wo das Ende des Bartes über die schwarze Weste hing.

»Ah, du Ausbund!« sagte Aaron nach einer Weile. »Schickst die rote Reiterei nach vorne? Hm! Wart ein wenig, sagte der Dornbusch! Dich krieg ich!«

Wie Magun stützte er die Ellbogen neben das Schachbrett, legte das Kinn in die Hände und dachte nach.

»Ja, so war das«, sagte Strange Goose. »Wir waren gewarnt. Im Jahr der Blinden war es am schlimmsten. Angefangen hat es acht Jahre früher, im Jahr der Siebenschläfer. Einige von uns bekamen Hautkrebs. Der ging aber wieder weg. Wir waren vorsichtig. Wir sind nur mit langen Ärmeln und langen Hosen ins Freie gegangen, wenn die Sonne schien. Und mit Hüten. Wir haben dunkle Brillen aufgesetzt, solange noch welche zu finden waren. Und wir haben nur in der Sonne gearbeitet, wenn es sein mußte: in der Heuzeit, bei der Getreideernte.«

»Im Jahr der Blinden war es am schlimmsten, hast du gesagt. War dies das letzte Jahr? Bei uns hat es nämlich länger gedauert.«

»Bei uns auch, Chas. Im Jahr darauf, in dem das Eis in der Bucht blieb, da war nichts. Alles war wie früher. In den beiden Jahren danach war es beinahe so schlimm wie im Jahr der Blinden. Im Jahr der drei Elenden und im Jahr des Altweibersommers war nichts. Doch wir blieben vorsichtig, und wir hatten recht. Im Jahr der Seehunde und im Jahr des treibenden Schnees ist es wiedergekommen, wenn auch schwächer. Die nächsten drei Jahre waren ruhig.«

»Im Jahr der ersten Überflutung ist es noch einmal über uns gekommen«, sagte Doña Gioconda. »Es war nicht mehr arg. Nur wenige litten unter entzündeten Augen. Von denen, die sich die Haut verbrannt hatten, bekamen einige Geschwüre. Aber die sind abgeheilt. Es war ein Jahr, in dem die Sonne viele Flecken hatte. Solche Flecken sind auch bei uns dort geblieben, wo die Geschwüre gewesen waren. Eine Botschaft von Niscaminou.«

»Das war auch bei uns so das letzte Jahr«, sagte ich.

»Schach!« murmelte Aaron Wiebe.

»Das Loch in diesem Gas«, sagte Strange Goose. »Wie hieß es noch einmal?«

»Ozon«, sagte ich.

»Ah ja, richtig. Dieses Loch im Ozon muß sich geschlossen haben. Es ist zugeheilt. Schau dir einmal die schöne Brunnenfigur an, Chas!«

Ich drehte mich auf meinem Stuhl herum und blickte an Magun vorbei zum Springbrunnen. Ane-Maria stand auf der kleinen Schilfinsel. Die linke Hand hatte sie auf die Hüfte gestützt. Den anderen Arm hielt sie so angewinkelt, daß ihr das herabfallende Wasser in die hohle Hand floß und von dort in den Teich rann. Mit erhobenem Gesicht schaute sie zu der fischförmigen weißen Wolke auf, die quer über dem Himmel lag wie in einer blau emaillierten Schüssel.

455

»Zu schade«, sagte ich, »daß Oonigun das nicht sehen kann.«
Leben kam in die Brunnenfigur. Ane-Maria ließ die Hände fallen,
sprang von der Insel auf den Rasen herüber und schüttelte Wasser-
tropfen von ihrer Hand und von ihrem grünen Rock.
»O nein!« rief sie. »Jetzt hast du es verdorben!«
Doña Gioconda lachte dröhnend.
»Ho!« rief Arwaq. »Chas!«
Ich wandte mich ihm zu. Er saß im Gras neben Doña Pilar und En-
carnación und hielt ein Stück Maisfladen in der Hand.
»Ja?« sagte ich.
»Mach du einmal die Brunnenfigur«, sagte Arwaq. »Aber du mußt es
so einrichten, daß dir das Wasser zum Mund herauskommt. Es geht!«
Doña Gioconda runzelte die Stirn. Dann verflogen die Falten so
rasch, wie sie gekommen waren.
»Altes Ferkel!« rief sie strahlend.
Arwaq biß in seinen Maisfladen, kaute und sagte nichts.
»Ich könnte es versuchen«, meinte ich. »Aber andersherum.«
»Encarnación!« sagte Ane-Maria. »Komm, wir gehen lieber.«
»Bleibt, Kinderchen«, bat Arwaq mit vollem Mund. »Er tut es nicht.
Er hat mir nur zeigen wollen, daß er antworten kann.«
Magun streckte die Hand vor, zog einen Läufer und setzte Aaron
seinen Finger auf die Brust.
»Hm!« sagte Aaron. »Alter Schächer!«
Das Kinn in die eine Hand gestützt, kämmte er mit den Fingern der
anderen durch seinen Bart. Die schwarze Pfeife hing ihm aus dem
Mundwinkel. Sie war ausgegangen.
»Wann war das Jahr der roten Sonne?« fragte ich.
»Fünf Jahre, nachdem wir in die Hütte gezogen sind«, sagte Strange
Goose. »Das ist siebenundzwanzig Jahre her.«
»Wurde vor siebenundzwanzig Jahren die Sonne hier nicht rot?«
»Vor sechsundzwanzig Jahren. Aber nicht so sehr wie im Jahr der
roten Sonne und in den Jahren danach.«
»Es hat wohl länger gedauert, bis der Staub zu euch kam«, sagte ich.
»Vor siebenundzwanzig Jahren ist ein Vulkan in Griechenland aus-
gebrochen. Er hat eine ganze Insel mit in die Luft gerissen. Wenn das
Jahr, das ihr Jahr der roten Sonne nennt, siebenundzwanzig Jahre
zurückliegt, dann weiß ich, was damals die Ursache war. Im Jahr vor

der Seuche griffen sechs arabische Staaten Israel an. Die Juden haben gesiegt. Überall im Nahen Osten brannten die Ölquellen. Viele Staaten haben zusammengearbeitet, um die Brände zu löschen. Dann kam die Seuche. Als sie vorbei war, gab es niemanden mehr, der die Löscharbeiten fortsetzte. Die Quellen brannten, bis kein Öl mehr da war. Das letzte Feuer erlosch erst nach einundzwanzig Jahren.«

»War das der Mesopotamische Krieg, Chas?«

»Ja.«

»Jetzt kann ich mich dunkel erinnern. Aber daß die Ölquellen so lang gebrannt haben, das hab ich nicht gewußt.«

»Ha!« rief Aaron Wiebe, nahm den schwarzen Hut vom Kopf, legte ihn neben das Schachbrett und zog einen Turm um drei Felder seitwärts. »Doppelschach!«

»Also müssen die Feuer im Jahr der Ehrwürdigen Wandernden Toten noch gebrannt haben«, sagte Doña Gioconda. »Da war ich zwei Jahre alt.«

»Dann bist du im Jahr des brennenden Schnees geboren«, sagte ich. »Was war das für Schnee?«

Doña Gioconda sah Strange Goose an.

»Radioaktiver Schnee«, sagte Strange Goose. »Uns hier in Oonamaagik hat er verschont. In Kespoogwitunak und Eskegawaage ist ein wenig davon gefallen. Das meiste hat der Wind aufs Meer hinausgeweht.«

»Yémanjá«, murmelte Doña Gioconda.

»Im Frühling«, fuhr Strange Goose fort, »wurden die ersten toten Fische angeschwemmt. Ich hab es nicht selbst gesehen, Chas. Aber ich hab gehört, daß im Sommer in manchen Buchten der Strand zwei Fuß hoch mit faulenden Fischen bedeckt war.«

»In Kebec muß viel von diesem Schnee gefallen sein«, sagte Doña Gioconda.

»Ich hab nie von diesem Schnee gehört«, sagte ich. »Wißt ihr, woher der kam?«

»Wir haben es später von einem der Ehrwürdigen gehört«, sagte Strange Goose. »Eins von diesen Kraftwerken ist durchgegangen. Eigentlich sollten sie sich ja von selbst abschalten.« Er hob die Schultern und schaute mich an.

»Auch bei uns haben sich einige nicht abgeschaltet«, sagte ich. »Das haben dann in den ersten drei oder vier Jahren nach der Seuche die Freiwilligen Kommissionen getan.«

»Das müssen lauter alte Leute gewesen sein.«

»Ja, das waren lauter alte Leute. Manche von ihnen hatten in den Kraftwerken gearbeitet. Später sind auch jüngere in die Kommissionen gegangen.«

»Haben diese Freiwilligen Kommissionen die Kraftwerke nur abgeschaltet? Oder haben sie auch die Kerne zerlegt?«

»Beides, Strange Goose.«

»Wie lange haben sie dafür gebraucht?«

»Das weiß ich nicht genau. Mein Großvater hat zwei von den Männern behandelt, die den Kommissionen angehört hatten. Das muß um das Jahr der Ehrwürdigen Wandernden Toten herum gewesen sein. Da waren die Arbeiten abgeschlossen.«

»Ihr seid viel früher fertig geworden als wir, Chas. Die Ehrwürdigen Wandernden Toten: das waren unsere Freiwilligen Kommissionen. Nur daß es lauter junge Leute waren.«

»Wieso? Auch hier müssen ältere Leute die Seuche überlebt haben; Fachleute, die gewußt haben, daß die Kraftwerke nicht so liegenbleiben konnten. Haben sie nichts unternommen?«

Strange Goose schüttelte den Kopf.

Aaron Wiebe nahm seinen Hut, setzte ihn bedächtig auf, rückte ihn zurecht und wandte uns das Gesicht zu. Der Wind zauste an seinem Bart.

»In diesem gesegneten Lande«, sagte er, »waren damals die Alten und die Jungen wie zwei verfeindete Völker. Was hat es die Jungen gekümmert, von wem sie abstammten? Was hat es die Alten gekümmert, was nach ihnen kam?«

Er musterte uns mit seinen hellen Augen, die im Schatten der Hutkrempe lagen. Dann blickte er zwischen uns hindurch auf Encarnación und Ane-Maria, die nebeneinander im Gras saßen und flüsterten. Etwas ging mit seinem Mund vor. Sein Bart verbarg mir, was es war; und als er merkte, daß ich ihn aufmerksam ansah, wandte er sich wieder dem Schachspiel zu. Sogleich setzte Magun ihm den Finger auf die Brust.

»Ausgerechnet dies!« murmelte Aaron und stützte das Kinn in beide Hände. »Aussatz und Auszehrung!«

»Wie kamen sie dazu?« sagte ich zu Strange Goose. »Wie kamen
junge Leute dazu, freiwillig so eine Aufgabe zu übernehmen?«
»Freiwillig? Sie waren krank. Ernest und Pasquale hatten kein Haar
mehr auf dem Kopf, als sie zu uns kamen. Essen konnten sie kaum
noch bei sich behalten. Vier Monate später war Pasquale tot. Er ist
auf der Insel begraben, nicht weit von Barbara, Lena und Habakuk.
Ernest ist weitergezogen. Viel länger als Pasquale wird er nicht gelebt haben. Ernest und Pasquale waren aus einer Stadt bei den
Großen Seen. Dort stand das Kraftwerk, das durchgegangen war.«
»Sie haben gewußt, daß sie sterben würden?«
»Ah ja! Deswegen haben sie ja diese Arbeit übernommen. Ihnen
konnte nichts mehr geschehen. Es war ein Chinese, der als erster
den Einfall gehabt hat. Der grüne Xuong. So haben sie ihn genannt.
Er hat nur grüne Kleider getragen und hat sich die Haare grün gefärbt, solange er noch welche hatte. Er ist gestorben, während sie
den Kern des dritten Kraftwerks auseinandernahmen.«
»Aber sie haben weitergearbeitet?«
»Ja, Chas. Sie sind von einem Ort zum anderen gewandert. Wenn einer von ihnen starb, kamen andere dazu. Ihren Anführer nannten sie
immer den grünen Xuong. Es hat sechs oder sieben gegeben, die so
genannt wurden.«
Encarnación und Ane-Maria machten sich daran, den Tisch abzu-
decken. Aaron und Magun erhoben sich gleichzeitig. Von der einen
Seite war das zerfurchte ockerrote Gesicht, von der anderen das
blasse unter dem schwarzen Hut über das Schachbrett geneigt.
»Abermals unentschieden!« sagte Aaron Wiebe. »Wie machst du das
nur, alter Ausbund?«
Sie sahen einander in die Augen. Magun beschrieb mit dem Zeigefinger einen Kreis über dem Schachbrett; als der Kreis geschlossen
war, stieß er den Finger senkrecht nach unten.
»Ah!« sagte Aaron. »Aha! Ich sehe! Aber warte; eines Tages wird der
Herr mit mir sein!«
Magun streckte beide Zeigefinger vor, drehte die Hände in den Ge-
lenken und setzte die Finger auf seine eigene Brust.
»Oder mit dir«, sagte Aaron. »Mag sein, mag sein. Ich will mich in alles fügen. Nur nicht in diese Spiele, die keiner gewinnt. Sie gleichen
dem Fegefeuer.«

»Willst du schon fahren, Aaron?« fragte Strange Goose.
Aaron wiegte den Kopf. Seine breiten Schultern hingen nach vorn.
»Ich sollte zu unseren Bienen«, sagte er. »Hören, was sie sagen.«
Die rötliche Staubwolke, die Aarons Wägelchen aufgewirbelt hatte,
hing noch über dem Weg, als wir durch den Hof und am Haus entlang zu den teils behauenen Kiefernstämmen gingen, die neben den
Grundmauern für den Stall auf niedrigen, klobigen Böcken lagen.
Arwaq und Don Jesús arbeiteten an einem Stamm, Magun und ich
an dem anderen. Drei von uns benutzten rechtshändige Breitbeile;
nur Magun verwendete ein linkshändiges. Daher begannen Arwaq
und Don Jesús an gegenüberliegenden Enden eines Baumstamms
und arbeiteten aufeinander zu, begegneten einander in der Mitte
und hackten dann ihre Seite des Stammes bis zum anderen Ende
glatt, während Magun und ich immer an demselben Ende beginnen
mußten. Damit wir einander nicht ins Gehege kamen, wartete ich
stets ab, bis Magun drei oder vier Schläge getan hatte.
Magun schien am langsamsten zu arbeiten. Doch jedesmal, wenn
sein Beil niederfiel, traf es die Mitte der Kreidelinie, und ein fußlan-
ger Schwartling löste sich und fiel zu Boden. Selten mußte Magun
ein zweites Mal zuschlagen, weil er zuwenig Holz weggenommen
hatte oder weil sein Beil schräg aufgetroffen war. Ich dagegen
brauchte öfters zwei Schläge; so kam es, daß Magun meist das Ende
des Stammes erreicht hatte, wenn ich noch sechs oder sieben
Schritte von ihm entfernt war.
Waren beide Seiten des Stammes behauen, so drehten wir ihn
herum, daß er mit der unteren Seite nach oben zu liegen kam. Wir
konnten nun sehen, wo wir von der unteren Kreidelinie abgewichen
waren, und arbeiteten diese Stellen mit dem Beil nach, was in der
Regel rasch getan war.
Dann lösten wir die Krampen, legten den Stamm auf eine behauene
Seite, schlugen die Krampen wieder ein und konnten damit beginnen, die beiden übrigen Seiten zu behauen. Sobald dies getan war,
hatten wir einen Balken, der zwölf mal zwölf Zoll maß und nicht
kürzer war als achtunddreißig Fuß. Ich brach alle vier Kanten mit
dem Reifmesser. Magun maß die Länge aus, die wir brauchten, und
wir längten den Balken ab.
Der neue Stall, den wir an den alten anbauten, besaß zwei Längs-

460

wände und eine Giebelwand. An jeder dieser drei Seiten hatten wir ein paar Böcke stehen, um die fertigen Balken nicht allzuweit bewegen zu müssen. Zu viert faßten wir an, schoben sie über Rundhölzer zur Wand hin, hoben sie mit Brechstangen ein wenig an und ließen sie auf die Balken gleiten, die sich bereits fest eingebaut an Ort und Stelle befanden.

An den Ecken, wo Längswände und Giebelwand sich trafen, banden wir die Balken mit Schwalbenschwanzverbindungen ab. Wo die neuen Längswände auf den alten Stall trafen, war das nicht möglich. Wir mußten aus den Balkenenden der alten Stallwand eine Nut herausstemmen und die Enden der neuen Balken mit einem passenden Zapfen versehen. Sowohl diesen Zapfen als auch den Schwalbenschwanz konnten wir nicht einfach nach Maß anzeichnen; wir mußten den Zapfen nach der vorhandenen Nut, den Schwalbenschwanz nach dem der vorangehenden Balkenlage markieren. Wir machten das mit einem feststellbaren Zirkel.

Nun schafften wir die Balken noch einmal auf die Böcke zurück. Arwaq und Don Jesús halfen uns; wir halfen ihnen. Strange Goose saß unter einem Baum, der voller rundlicher grüner Birnen hing, und sah uns zu.

Mit Handsäge, Klüpfel und Stemmeisen machten wir uns an die Arbeit. Magun formte den Zapfen, ich den Schwalbenschwanz. Das Holz war astreich, aber trocken. Wir kamen rasch voran.

»Ho!« rief Arwaq eine Weile später. »Seid ihr soweit?«

»Gleich!« rief ich, während ich mit der flachen Seite des Stemmeisens die obere Schräge des Schwalbenschwanzes glatthobelte.

»Euer Balken zuerst?« rief Don Jesús.

»Paßt uns!« rief ich. Ich legte mein Werkzeug in die Kiste und ging zum anderen Ende des Balkens. Magun hatte sein Reifmesser zur Hand genommen und brach die Kanten des Zapfens, damit er leichter in die Nut hineinglitt.

Inmitten dreier flacher Steine machte Arwaq mit Spänen und Schwartlingen ein Feuer. Don Jesús brachte einen verbeulten Eimer mit Holzteer, den er auf die Steine über das Feuer stellte, sowie eine Rolle dünner, locker gedrehter Hanfschnur. Arwaq und ich maßen die Schnur an dem Balken und schnitten zwei Längen von ihr ab. Der Teer im Eimer begann zu wallen. Wir zogen die Schnur durch den heißen Teer, langsam, damit sie Zeit hatte, sich gut vollzusaugen. Dann gingen wir, jeder ein Ende haltend, zu der Längswand, spannten die Schnur und legten sie sorgfältig auf den obersten Balken, zwei Zoll von der Kante entfernt. Ebenso verfuhren wir mit der zweiten Schnur. Wenn nun der nächste Balken an seinen Platz zu liegen kam, würde sein Gewicht die teergetränkten Schnüre flachpressen; der Teer würde erstarren, und die Balkenfuge würde weder Wasser noch Wind durchlassen.

Abermals schoben wir den Balken über die Rundhölzer zur Wand hin und hoben ihn, behutsam, damit die geteerten Schnüre nicht verrutschten, auf die untere Balkenlage. Alsdann legten wir ein Rundholz vor den Kopf des Balkens, dort, wo der Schwalbenschwanz sich befand, und drückten aus Leibeskräften. Wir spürten, wie am anderen Ende der Zapfen in die Nut glitt. Zugleich senkte sich unser Balkenende ein klein wenig, als sein Schwalbenschwanz und der des obersten Balkens sich aneinander fügten.

»Uff!« sagte Don Jesús. »Erst einen Schluck. Dann unsere Seite. Und dann die Dübel.«

Wir tranken mit Wasser vermischten Wein. Die Becher klebten an unseren Händen, die voller Harz waren. Die Sonne schien warm. Manchmal rauschten die Bäume auf. Weit weg, auf der Wiese, die wir als erste gemäht hatten, weideten die Kühe mit ihren Kälbern. Das von Ricarda war das kleinste.

»Wie geht es mit Davids Bau voran?« fragte ich Don Jesús.

»Ah, ganz gut!« sagte er. »Aaron ist zufrieden. Er war heute früh dort. Sie sind auch zu viert. Manchmal zu sechst, wenn Baquaha und Tonton mithelfen.«

»Was meinst du, werden David und Dagny vor dem Winter einziehen können?«

»Kann sein, daß nur ein oder zwei Zimmer ganz fertig werden. Aber was macht das? Noch haben sie keine Kinder!«

»Das kann sich rasch ändern, Don Jesús.«

»Rasch, Don Carlos? Es wird mindestens neun Monate dauern, von der Heirat an gerechnet. Bis dahin sollte alles fertig sein. Vamos, hombres!«

Wir legten die Teerschnüre auf der anderen Längswand an und wuchteten den Balken an seinen Platz. Nachdem das getan war,

462

holte ich mir einen der anderthalbzölligen Handbohrer. Das erste Dübelloch kam in die Ecke, an der Giebelwand und Längswand aneinanderstießen. Die folgenden Löcher waren jeweils drei Fuß voneinander entfernt. Sie mußten durch zwei Balken hindurchgehen und noch zwei oder drei Zoll weit in den dritten hinein. Mehr als zweimal konnte ich den Bohrer nicht herumdrehen. Dann drehte ich ihn heraus, schüttelte die Späne ab, putzte das Bohrloch, schob den Bohrer in das Loch zurück und drehte ihn wieder zweimal herum. Ab und zu stieß ich auf einen Ast und mußte den Bohrer schon nach einer Umdrehung herausholen; er glänzte dann an den Schneiden und roch nach heißem Harz.

Magun saß indessen auf einem der Böcke und hieb die Dübel zurecht. Mit dem Handbeil, das genau wie das Breitbeil einen leicht abgewinkelten Stiel hatte und dessen Schneide nur auf einer Seite angeschliffen war, spaltete er zwei Zoll dicke, quadratische Eschenstücke ab. Sie waren etwas länger als zweieinhalb Fuß. Das eine Ende zwischen seinen Knien gegen den Bock gestemmt, das andere mit der Hand drehend, hieb er sie achteckig. Zum Schluß spitzte er sie unten zu. Er war lange vor mir fertig. Er nahm einen Dübel, tauchte ihn in den warmen Holzteer und trieb ihn mit dem Vorschlaghammer in das erste Loch, bis er am Ton, den das Holz von sich gab, erkannte, daß der Dübel satt saß.

Nachdem Magun alle Dübel eingeschlagen hatte, schnitt er das, was von ihnen überstand, mit der Handsäge ab. Dann stemmte er die Köpfe einen halben Zoll tief aus. Arwaq hatte mir am Vormittag erklärt, warum das gemacht werden mußte. Ließ man die Dübel bündig mit der oberen Balkenfläche, so konnte es geschehen, daß sie ein kleines Stück aus dem Balken hervorkamen, wenn die Wand sich im Lauf der Zeit setzte. Es mochte sich nur um ein Achtel Zoll handeln; doch genügte das, um die Balkenlagen auseinanderzudrängen, so daß eine undichte Fuge entstand.

Am Abend hatten wir zwei Balkenlagen an den Längswänden und eine an der Giebelwand aufgesetzt und verdübelt.

»Ab jetzt werden wir immer langsamer«, sagte Don Jesús.

»Weil jetzt die Fenster kommen?« fragte ich.

»Das auch, Don Carlos. Aber wir kommen auch höher hinauf. Bald brauchen wir den Flaschenzug.«

Strange Goose, Arwaq und Magun machten sich gemeinsam auf den Heimweg. Ihre Schatten reichten bis zur Scheune hinüber. Don Jesús und ich räumten das Werkzeug auf und löschten das Feuer. Dann rief Ane-Maria uns zum Abendessen.

Als die Mädchen mit dem Abräumen begannen und Don Jesús aufstand und die Eimer nahm, um Wasser zu holen, stand auch ich auf und ging hinaus. Der Mond stieg eben übers Scheunendach, braunrötlich wie Kiefernholz. Nachtschwalben jagten. Grillen raspelten schrill. Ich ging über die warmen Steinplatten zum Holzschuppppen, nahm mir eine Axt, hackte Holz und summte vor mich hin. Die Kloben waren trocken und hatten kaum Äste. Weit sprangen die abgespaltenen Scheite davon, kollerten übereinander, polterten gegen die Bretterwand. Ich hackte und summte, hackte und summte. Mondlicht fiel hell durch die Ritzen zwischen den Brettern. Kesik kam und setzte sich zwei Schritte vom Hackstock entfernt hin. Seine Augen schimmerten grün. Ich ließ die Axt sinken und stützte sie auf den Hackstock.

»He«, sagte ich zu dem Hund. »Du!«

Kesik hängte die Zunge heraus, hechelte und schlug mit dem Schweif auf den Boden. Von jenseits der Bretterwand ertönten rasche, tappende Schritte, ein Schnaufen, ein prustendes Schnüffeln. Kesik drehte die Ohren hin, blieb aber sitzen.

»Recht hast«, sagte ich. »Das ist nur ein Stachelschwein.«

Bäume rauschten auf. Staub wehte im Mondlicht durch den Hof. Als es wieder still wurde, hörte ich vom Haus her Gitarrenmusik. Ich schob die Axt an ihren Platz zwischen dem Türpfosten und den Wandbrettern und trat hinaus. Hier hörte ich die Musik ganz deutlich; rasche Läufe, die wie in Bögen nach oben strebten, in sich zurückkehrten, einander zu kreuzen schienen, hinabstiegen und sich wieder nach oben wandten, als suchten sie nach einem Ausweg vor sich selber oder vor dem pochenden, drängenden Rhythmus, der sie trieb.

Ich lauschte.

Noch einmal stieg die Melodie im Bogen auf und kehrte zu ihrem Anfang zurück. Dann erklang ein mehrstimmiger Akkord, löste sich auf zu einem Dreiklang; und dann kamen die Töne des Dreiklangs noch einmal, einzeln: ein tiefer, ein höherer, ein ganz hoher. Wie

Tropfen hingen sie in der Stille. Ich hörte sie noch, als sie längst verklungen waren.

Ich ging zum Haus, verlangsamte meinen Schritt in der Dunkelheit des Flurs, die nach altem Holz und Milch roch, und öffnete die Stubentür.

»Endlich!« rief Doña Gioconda. »Du mußt uns auch etwas singen, Carlos!«

Ich antwortete nicht. Ane-Maria saß mir gegenüber auf der Bank, den linken Fuß auf einem Holzschemel, die Gitarre im Schoß. Sie hatte ein schilfgrünes Kleid mit weitem, knöchellangem Rock und eng anliegendem Oberteil angezogen. Auch die Ärmel lagen bis zu den Ellbogen eng an; von dort wurden sie allmählich weiter. Der Kragen war schmal, lag dem Hals an und hatte an der Kehle einen winzigen Ausschnitt.

Über der Stirn hatte Ane-Maria ihre Haare abgeschnitten. Sie endeten einen Fingerbreit oberhalb der Augenbrauen.

»Gute Götter, Mädchen«, sagte ich. »Was hast du mit deinem Haar gemacht?«

»Was hab ich dir gesagt?« dröhnte Doña Giocondas Stimme. »Was hab ich dir gesagt, du wirst ausschauen wie Aatoka, der Hengst, nachdem er mit dem Rattenkönig gekämpft hatte.«

Fältchen erschienen beiderseits von Ane-Marias Nase. Sie schlug drei absteigende Töne an.

»Seit sieben Jahren schneide ich mir im Sommer diese Stirnfransen«, sagte sie langsam. »Es ist kühler so. Seit sieben Jahren erkläre ich euch das.«

Wieder schlug sie die gleichen drei Töne an.

»Ich war nur überrascht«, sagte ich. »Du siehst ganz und gar nicht aus wie dieser Hengst. Es steht dir. Das Kleid steht dir auch. Hast du es selbst genäht?«

»Ja. Im Winter. Mamá hat mir geholfen.«

»Was war das, was du da vorhin gespielt hast? Es hat sich angehört wie das Muster, das ich hier auf so vielen Dingen gesehen hab. Das mit der doppelten Kurve.«

»So heißt es auch«, sagte Don Jesús. »Ornamento viejo. Altes Muster.«

»Von wem ist das Stück?« fragte ich.

»Félix Douballe hat es sich ausgedacht«, sagte Encarnación. »Ornement d'antan hat er es genannt.«
»Der Félix Douballe, der nach Kebec gegangen ist?«
»Derselbe«, sagte Doña Pilar. »Du siehst ihm ein wenig ähnlich, Carlos.«
»Ta-ta!« sagte Doña Gioconda. »So ähnlich wie du mir!«
Ane-Maria schlug abermals die drei nah beieinanderliegenden, absteigenden Töne an.
»Was singst du uns, Carlos?« fragte sie, die Brauen hochziehend, so daß sie halb unter den Stirnfransen verschwanden.
»Ich muß mir erst was zurechtlegen«, sagte ich. »Wie wär's, wenn einer von euch anfängt?«
»Gut«, sagte Ane-Maria. »Papá?«
Don Jesús, damit befaßt, seine Pfeife auszukratzen, schüttelte den Kopf.
»Hab noch nie singen können«, sagte er und zeigte seine kleinen, scharfen Zähne. »Seit sieben Jahren erklär ich dir das!«
»Hm!« sagte Ane-Maria. »Du, abuela? Bitte!«
Doña Gioconda schüttelte den Kopf.
»Vor dreißig Jahren hättest du mich fragen müssen, niña«, sagte sie. »Aber jetzt? Die Kühe würden unfruchtbar von meiner Stimme.«
Doña Pilar rückte nah an Ane-Maria heran.
»El perro de San Roque«, sagte sie.
Ane-Maria schlug die Augen nieder, beugte sich vor und begann mit dem Vorspiel. Nach fünf Takten fiel Doña Pilars Stimme ein. Don Jesús legte seine Pfeife aus der Hand und spielte den Hund, von dem die kurze Ballade erzählte; den Hund, der so gerne wedeln möchte, aber nicht kann, weil Ramón Rodriguez ihm den Schwanz abgehackt hat. Ich mußte lachen. Ich lachte immer noch, als Doña Pilar geendet hatte.
»Jetzt Carlos!« rief Encarnación. »Etwas aus deiner Heimat!«
»Na schön«, sagte ich. »Aber ihr kennt es nicht.«
»Um so besser!« rief Don Jesús. Doña Gioconda nickte zustimmend.
»Kannst du mich denn begleiten?« fragte ich.
Ane-Maria schlug die Augen auf und sah mich an.
»Los!« sagte sie.

Ich begann:

»Wos schlogt denn da draußn im Holderstrauch?
Wos hör i die gonze Nocht schrein?
Wos mog denn dös bloß für a Vogel sein?
Dös muaß jo a Nachtigall sein!«

Noch ehe ich die erste Zeile zu Ende gesungen hatte, setzte Ane-Maria mit der Begleitung ein, die aus einer Abwandlung der Melodie mit wenigen Akkorden bestand. Nachdem die erste Strophe zu Ende war, ließ sie die Melodie kurz in Dur herüberwandern, fügte einen raschen Lauf ein und kehrte wieder zu Moll zurück. Gemeinsam fingen wir mit der zweiten Strophe an:

»Naa, naa, mei Bua, dös is koa Nachtigall!
Naa, naa, mei Bua, dös derfst net glaubn!
A Nachtigall schlogt in koan Holderstrauch,
Sie schlogt in der Haselnuß-Staudn.«

Ein kurzes Nachspiel; dann löste Ane-Maria den Schlußakkord in drei absteigenden Tönen auf, die nah beieinanderlagen.
»Traurig hört sich das an«, sagte Doña Gioconda.
»Was heißt es?« fragte Doña Pilar.
Ich übersetzte das Zwiegespräch zwischen Sohn und Vater.
»Noch etwas, Carlos!« rief Doña Gioconda.
»Also die Loreley«, sagte ich und wandte mich an Ane-Maria.
»Kennst du sie?«
Sie schüttelte den Kopf. Ihr schwarzes Haar hing über das grüne Kleid hinab.
»Fang an!« sagte sie. Ihre Augen waren so dunkel wie die Tagunas.
Ich begann. Diesmal wartete Ane-Maria das Ende der vierten Zeile ab, bevor sie mit ihrer Begleitung einsetzte. Nach jeder Strophe schob sie ein Zwischenspiel ein, in dem sie die Melodie abwandelte und sich um sich selber drehen ließ wie einen Strudel in einem Strom.
Dem letzten Worte des Liedes ließ sie einen leisen Akkord folgen und ihn dann ausklingen.
»Jetzt erzähl uns die Geschichte noch einmal!« sagte Doña Gioconda.

Ich erzählte die Sage und beschrieb auch die Engstelle des Rheins, über der sich der Felsen der Loreley erhebt.

»Aber das ist Yémanjá!« rief Doña Gioconda. »Ihr nennt sie bloß anders. Ihr habt ein Lied über Yémanjá. Seid ihr richtige Christen?«

»Wer ist schon ein richtiger Christ?« fragte ich. »Warm ist es hier!«

»Dann trink«, meinte Doña Pilar und füllte meinen Becher.

»Encarnación«, sagte Ane-Maria. »Was singst du?«

»Mein Lieblingslied natürlich«, antwortete Encarnación. »Greensleeves.«

Ane-Maria warf ihr einen Blick zu, schlug eine Saite an, stimmte sie ein wenig tiefer und begann mit dem Vorspiel.

Encarnación fiel ein.

Ihre Stimme war stark und voll und tiefer als die ihrer Schwester:

> »Alas, my love, you do me wrong,
> To cast me off discourteously.
> And I have loved you so long,
> Delighting in your company.
> Greensleeves was all my joy,
> Greensleeves was my delight,
> Greensleeves was my heart of gold,
> And who but you has Greensleeves?«

»Was nun?« fragte Ane-Maria. Ihre langen, kräftigen Finger schlugen einen Wirbel auf dem Holzkörper der Gitarre.

»Sing uns noch den Arrión, niña«, sagte Don Jesús.

Ane-Maria nickte.

Nach einem vierteiligen Vorspiel, das als Begleitung zu den vier Zeilen jeder Strophe wiederkehrte, sang sie die Ballade von Arrión mit dem Räubergesicht:

> »Mucho vestido blanco, mucha parola,
> Y el puechero en la lumbre, con agua sola.
> Arrión, cara de ladrón, si vas a Valencia,
> Donde vas, amor mio, sin mi licencia?«

Ane-Maria sah auf ihre Gitarre nieder, während sie spielte und sang. Am Ende der zweiten Strophe erschien ein Lächeln um ihre Augen, fand bald zu ihren Mundwinkeln und blieb dort die dritte und die vierte Strophe hindurch, bis das Nachspiel verklungen war.

Don Jesús stand auf, machte zwei lange Schritte zu ihr hin, nahm ihren Kopf zwischen seine Hände und küßte sie auf den Scheitel. Sein kurzgeschnittener grauer Bart sah beinahe weiß aus gegen ihr schwarzes Haar.

»Ja!« seufzte sie und lehnte sich gegen seinen Bauch. »Jetzt sollten wir alle im Bett verschwinden, sonst finden wir morgen nicht heraus.«

»Das ist wahr, niña«, sagte Doña Gioconda.

»Wir sollten öfter singen«, sagte ich.

»Im Winter!« sagte Encarnación und erhob sich. »Ich bin weg! Gute Nacht!«

»Ich auch«, sagte Ane-Maria und folgte ihr zur Tür. Die Gitarre hielt sie unter den Arm geklemmt.

»Warte nur!« hörte ich sie zu ihrer Schwester sagen, ehe die Tür sich hinter ihnen schloß.

Im Gästezimmer stand ich eine Weile vor der ziegenledernen Landkarte. Ich fand Passamaquoddy, Signiukt und Amasastokek. Ich verfolgte den Weg zurück, den ich mit Mond de Marais gefahren war. Ich fand Peggy's Cove und, gleich östlich davon, Chebookt. Dies war der Name der Bucht, an der die Ruinen der Stadt lagen, die wir unterwegs von weitem gesehen hatten. Ihr Name war nicht verzeichnet.

Wie Taguna gesagt hatte, besaßen viele Ansiedlungen zwei Namen. Die Buchten und Inseln, Hügel und Wälder, Flüsse und Seen hingegen trugen mit wenigen Ausnahmen nur einen; den alten, ursprünglichen, den sie schon getragen hatten, als Fremde von Osten her kamen und sich das Land aneigneten.

Am nächsten Tag setzten wir an allen drei Wänden zwei Balkenlagen auf, und am Tag danach eine. Die Balken waren kürzer und leichter zu handhaben, da wir die Öffnungen für die Fenster und die Stalltür freiließen. Die Enden der Balken, die zu den Öffnungen hin zeigten, versahen wir mit Nuten, in die wir später Rahmen einpassen würden. Fenster- und Türöffnungen hatten nun ihre vorgesehene Höhe erreicht. Von jetzt an mußten wir wieder Balken verwenden, die über die gesamte Länge der Wände reichten. Um sie an ihren Platz zu heben, brauchten wir den Flaschenzug und eine Rolle, die das Seil umlenkte. Wenn wir einen Balken auf eine der Längswände aufsetzten, befestigten wir die Rolle an einem der Bäume, nachdem wir den Stamm mit einem Stück Rindshaut umwickelt hatten.

Wir kamen langsam vorwärts. Wir ließen uns Zeit, achteten darauf, daß die Schwalbenschwänze fugenlos paßten, daß die Teerschnüre nicht verrutschten, daß die Köpfe der Eschenholzdübel tief genug ausgestemmt waren. Jeden Morgen maß Magun nach, ob sich die Wände bereits setzten. Nach sechs Tagen kam er auf einen Viertelzoll.

Das Wetter war heiß, trocken und windig, manchmal stürmisch. In einigen Nächten regnete es. Am Morgen begannen wir mit der Arbeit, sobald es hell genug war. Unsere ausgedehnte Mittagspause legten wir in die heißeste Zeit nach Mittag; danach arbeiteten wir, bis die Sonne gegen die Wälder im Westen hinabsank. Mitunter kamen Tia und Huanaco, wanderten mit erhobenen Schwänzen auf den Wänden entlang und beschnüffelten eins nach dem anderen die frisch gebohrten Dübellöcher. Manchmal kam Strange Goose, setzte sich in den Schatten, sah uns zu, zeichnete bisweilen auch Holzkohleskizzen oder ging mit den Mädchen auf das Kartoffelfeld, um Coloradokäfer zu sammeln. Pater Erasmus und Bruder Spiridion besuchten uns in einem einspännigen, offenen Wägelchen. Spiridion hatte seine Klarinette mitgebracht. Ane-Maria und er spielten ohne Noten Tänze, Volkslieder und viele klassische Stücke, von denen die meisten für ganz andere Instrumente geschrieben waren. Unsere Mittagspause dehnte sich bis in den späten Nachmittag aus; als Spiridion und Erasmus abfuhren, nahmen sie auf der kleinen Ladefläche ihres schwarzen Wägelchens einen dicht in feuchte Tücher gehüllten Käselaib mit.

Der Tag, an dem wir die letzten Balken der Seitenwände aufsetzten, begann unter einem wolkenlosen Himmel. Ein kräftiger Wind ging. Es war angenehm kühl. An der Innenseite der obersten Balken mußten wir alle vier Fuß Schwalbenschwanzöffnungen ausstemmen. Sie würden die Enden der Querbalken aufnehmen, auf denen die

Decke ruhte und die zugleich verhinderten, daß die Wände unter dem Druck des Dachstuhls seitlich auswichen.

Ich war so in meine Arbeit vertieft, daß mich die ersten Regenspritzer überrascht aufblicken ließen. Eine flache, wattige Wolke hing über uns. Der Schauer würde nicht lange dauern. Doch dann sah ich im Süden klobige Wettertürme über die Wälder hochsteigen, die bald den ganzen Himmel ausfüllten. Das Gewitter schien unser Tal zum Ziel gewählt zu haben. Es tastete sich heran, machte über uns halt, wartete, bis es sich ganz gesammelt hatte, und brach dann los. Ich sah Blitze in den See schlagen. Braune Bäche gurgelten den Weg herab, schwemmten über die Steinplatten im Hof und strömten an der Scheune vorbei, zwischen Holzschuppen und Waschküche hindurch und über unseren Bauplatz, von dem sie Späne und Schwartlinge mitrissen. Die Kühe mit ihren Kälbern kamen angerannt und drängten sich durch die Stalltür. Nach Stunden erst wurden die erschütternden Donnerschläge, die mitunter nicht nur von oben, sondern auch tief aus der Erde herauf zu kommen schienen, allmählich seltener.

Dann hatte das Gewitter sich erschöpft. An seiner Stelle machte sich ein Landregen breit, der die Nacht hindurch dauern, aber auch tagelang anhalten mochte. Ich beschloß, zu meiner Hütte zu gehen und dort zu schlafen. Doña Pilar gab mir Brot, Butter und ein dickes Keilstück Hartkäse mit. Im letzten Augenblick fiel mir ein, sie um einen Kometen zu bitten. Ich würde ein Feuer brauchen, um meine Sachen zu trocknen.

Es regnete den ganzen nächsten Tag lang. Ich stopfte Socken, wusch Unterzeug, trank viel Tee, rauchte viel und schrieb einen Brief an meine Eltern und einen an meinen Onkel, in dem es vorwiegend um die Landwirtschaft in Megumaage ging.

Ich legte mich früh schlafen; es regnete. Es regnete, als ich am Morgen erwachte. Gegen Mittag hielt ich es nicht länger in der Hütte aus. Ich zog meine Stiefel an, nahm den Umhang, streifte die Kapuze über den Kopf und wanderte unter den triefenden Bäumen und durch die patschnasse Wiese zum See hinunter, geradenweges auf den Weidenbusch zu, hinter dem der riesige graue Baumstrunk mit dem Gesicht lag. Von dem Sandwall, den Kerzen, dem Brot, dem schwarzen Huhn und dem weißen Blütenzweig sah ich keine

Spur mehr. Der Strand glänzte glattgewaschen. Ich ging weiter in
dem tiefen Gras. Bald waren meine Beine naß bis unter die Knie. Ich
summte das Lied von Arrión mit dem Räubergesicht vor mich hin.
Kapitän Vasco fiel mir ein, Andrés Arrión Vasco, der so gar nichts
von einem Räuber an sich hatte. Was würde er zu erzählen haben,
wenn ich im nächsten Frühjahr zu ihm an Bord der *Golden Retriever*
stieg?
Himbeer- und Brombeerhecken säumten das Seeufer. Sie hatten
grüne, haarige Früchte angesetzt. Von jeder Blattspitze tropfte es.
Weit draußen im See schwammen zwei dunkle Vögel. Ich konnte
nicht erkennen, ob es die Seetaucher waren. Im Dunst über dem
Wasser, der sich mit dem Sprühstaub aufspritzender Regentropfen
vermischte, waren sie kaum mehr als Schatten.
Durch eine Lücke in der Beerenhecke ging ich zum Ufer, sprang auf
den Strand hinunter, der in einer langen Krümmung nach Westen
führte, und wanderte weiter. Nach einer Weile blickte ich zufällig
zu den Vögeln hinüber. Sie waren näher gekommen. Ich blieb stehen. Sie hielten auf mich zu. Der eine von ihnen schien etwas wie
einen Höcker auf dem Rücken zu haben. Als sie sich noch mehr
genähert hatten, sah ich, daß es das Weibchen war. Zwischen seinen
Flügeln schaute der Kopf eines Jungen heraus. Das Männchen
schwamm quer vor das Weibchen und verharrte dort. In dem seichten Wasser wirbelten seine Füße Wolken von gelbem Sand auf, die
rasch wieder auf den Grund rieselten.
»Tut mir leid«, sagte ich. »Ich hab nichts für euch.«
Das Männchen legte den Kopf zur Seite und sah mich aus einem rot
umrandeten Auge an.
»Ich weiß, wer euch gefüttert hat«, sagte ich. »Beim nächstenmal
bring ich auch etwas mit.«
Ich ging weiter. Nach ein paar Schritten hörte ich es hinter mir
planschen. Das Männchen war mir schwimmend gefolgt und hob
sich nun halb aus dem Wasser, mit den Flügeln schlagend, daß es
spritzte.
»Ja, ja«, sagte ich. »Ich vergess' euch nicht.«
Nach einer Viertelmeile krümmte sich der Strand nach rechts und
wurde schmaler. Bald hörte er ganz auf. Mannshohe Sandsteinfelsen,
zwischen deren Schichten Farne hervorwuchsen, bildeten hier das

Ufer. Ich ging ein Stück zurück, bis ich eine Lücke im Brombeergebüsch fand, durch die ich aufs Ufer hinaufgelangen konnte.

Oben schaute ich mich um.

Ich sah meine Hütte, zwischen die Pflaumenbäume geduckt; ich sah das Dach des Langhauses und all die anderen Obstbäume zwischen dem Langhaus und meiner Hütte; links vom Langhaus sah ich die beiden Reihen hoher Ulmen und weiter oben am Hang unregelmäßig zwischen Büschen und unter Bäumen verteilte gelbliche Flecken. Das mußten Aarons Bienenstöcke sein. Noch ein Stück weiter links sah ich das Wäldchen, in dem die Tierschädel hingen. Es befand sich oberhalb von der Stelle, an der ich stand.

Ich ging weiter. Nasse Farnwedel wischten um meine Stiefel. Ich stieg ein Stück bergan. Weiden standen zwischen mir und dem Ufer. Ich umging sie. Zedern ragten vor mir auf. Als ich unter ihnen angekommen war und mir den Regen aus dem Gesicht wischte, sah ich, daß aus dem Wäldchen oben am Fahrweg ein Bach kam und durch einen Sumpf in den See sickerte.

Eine Bewegung, die ich aus dem Augenwinkel heraus wahrnahm, ließ mich nach rechts schauen.

Keine dreißig Schritte von mir entfernt kam ein Mann hinter einer Gruppe halbwüchsiger Ahorne hervor. Er trug einen Armvoll dürren Astholzes. Auf der Lichtung nahe beim Sumpf warf er das Holz zu Boden, drehte langsam den Kopf und sah direkt zu mir her. Wir standen beide still und sahen einander an; ich weiß nicht, wie lange. Dann hob er langsam eine Hand, mit dem Handrücken zu mir gerichtet. Es konnte ebensogut ein Gruß sein wie die Aufforderung, näher zu kommen.

Ich ging unter den Bäumen und über die Lichtung zu ihm hinüber.

Er war nicht größer als ich, hatte breite Schultern, lange Arme und einen großen, eckigen Kopf. Seine langen ledernen Hosen, seine Lederweste und die langärmlige Jacke aus Hirschleder, die er über der Weste trug, sahen aus, als würden sie täglich getragen, waren jedoch nirgends zerrissen oder geflickt und zeigten keinerlei Verzierung. Seine kniehohen, weichen Stiefel waren oben umgeschlagen und mit Biberfell gefüttert. Über der linken Augenbraue hatte er eine flache, verzweigte Narbe wie von einer alten Rißwunde. Der kleine Finger seiner rechten Hand, die er immer noch erhoben hielt, war merkwürdig verkrüppelt. Die obere Hälfte stand ein wenig nach der Seite weg, als sei der Knochen einmal gebrochen gewesen und nicht richtig zusammengeheilt.

Drei Schritte vor ihm blieb ich stehen und hob gleichfalls die rechte Hand.

»*Boosool, nedap!*« sagte ich.

Er musterte mich aus dunkelbraunen Augen. Der dünne Schnurrbart unter der leicht gekrümmten, starken Nase war noch schwarz; die Haare, die ihm bis fast auf die Schultern hingen, waren weiß und dicht.

»*Boosool, nigumaach!*« sagte er und ließ seine Hand sinken, reichte sie mir jedoch nicht, so daß auch ich meine erhobene Hand sinken ließ.

Wir sahen einander an.

»*Nestajik keel ulnook?*« fragte er. Verstehst du die Sprache der Indianer?

»*Moolnim*«, entgegnete ich. »*Aa kechka nestagik; kadoo moo telilnooeesu stugu keel.*« Nicht viel; ein wenig nur, aber nicht so gut wie du.

»Gut genug«, sagte er, ohne zu lächeln. »Gut genug für einen Fremden. Hast du gefunden, was du gesucht hast?«

»Ich suchte nichts, Hosteen«, sagte ich. »Ich hielt es nicht mehr aus in meiner Hütte. Da ging ich hinaus und bin umhergewandert.«

»Wie viele seid ihr in deiner Hütte?« fragte er.

»Wie viele? Da ist niemand, Hosteen. Niemand außer mir.«

»Wirklich? Auch keiner, den du vielleicht nicht siehst?«

»Ich glaube nicht.«

»Gut. Hilf mir, noch etwas Holz fürs Feuer sammeln. Dann können wir spielen, wenn du willst.«

»Von welchem Spiel sprichst du?«

»*Woltes*«, sagte er kurz angebunden.

Um die Lichtung herum fanden wir dürres Holz genug. Bald hatten wir einen ziemlichen Haufen davon zusammengetragen. Zwischen den Wurzeln eines Ahorns am Rand der Lichtung stand ein prallgefüllter Lederbeutel mit einem Trageriemen. Neben ihm lehnte eine alte Büchse am Stamm; über ihre Mündung war ein Lederlappen gebunden. Dicht am Stamm stand ein kleiner Komet, aus dem kein Rauch aufstieg, in dem jedoch ab und zu die Glut knackte.

»Genug!« sagte der Mann, nachdem jeder von uns noch zwei oder drei Armvoll gesammelt hatte. Er holte den Kometen, hockte sich neben das Holz und begann, Aststückchen und Flechten aufzuhäufen. Alles war naß. Ich war sicher, er würde damit kein Feuer zustande bringen, doch ich irrte mich. Nach und nach legte der Mann größere Holzstücke auf, die erst ein wenig dampften, dann aber rasch Feuer fingen. Ich war froh, daß ich geschwiegen hatte. Höher und höher baute der Mann das Feuer. Der Regen ließ nach und hörte schließlich ganz auf.

Der Mann erhob sich, ging zu dem Ahorn, an dessen Stamm seine Büchse lehnte, und kam mit dem Lederbeutel zurück. Er setzte sich unweit des Feuers ins Gras und winkte mir. Ich setzte mich ihm gegenüber. Er öffnete die Verschnürung des Beutels und holte eine flache hölzerne Schüssel hervor sowie einen kleinen Beutel, aus dem er einen Haufen spannenlanger, einseitig zugespitzter Stäbe und sieben daumendicke beinerne Scheibchen in die Schüssel leerte, die wie Hirschhornknöpfe aussahen, aber keine Löcher hatten. Ich nahm ein Scheibchen und drehte es um. Auf einer Seite war es glatt poliert, auf der anderen besaß es zwei runde Vertiefungen. Eins nach dem anderen besah ich mir die übrigen Scheibchen. Alle waren sie auf einer Seite glatt und trugen auf der anderen Vertiefungen in unterschiedlicher Anzahl, von einer einzigen bis zu sieben.

Der Mann legte die Stäbe auf das leere Lederbeutelchen und hielt mir die Schüssel hin. Ich legte die beinernen Scheiben hinein.

»Ich zeige dir, wie es geht«, sagte er.

Mit einem scharfen Ruck hob er die Schüssel an. Die Scheibchen flogen hoch, drehten sich um und um und fielen klappernd in die Schüssel zurück.

Er reichte mir die Schüssel.

»Du beginnst«, sagte er.

»Wozu sind die Stäbe?« fragte ich.

»Für drei Augen bekommst du einen Stab«, sagte er. »Für sieben Augen zusätzlich drei Stäbe. Wirfst du weniger als drei Augen, so bekommst du nichts. Augen, die zuviel sind, zählen auch nicht. Wenn du also acht Augen wirfst, bekommst du zwei Stäbe für zweimal drei Augen und drei Stäbe für die sieben. Für das achte Auge bekommst du nichts.«

Ich nickte, schleuderte die Scheibchen in die Luft und fing sie in der Schüssel auf.

»*Usoogom*«, sagte er. Sechs.

Er nahm zwei Stäbe und stach sie mit den Spitzen in die Erde. Ich reichte ihm die Schüssel, und er warf.

»*Peskoonadek*«, sagte ich. Neun.

Er stach sechs Stäbchen neben seinem Fuß in die Erde.

Ich warf.

»*Taboo*«, sagte er. Zwei.

Er schüttelte einmal den Kopf, nahm die Schüssel und warf.

»*Nan*«, sagte ich. Fünf.

Er fügte seinen Stäben einen hinzu.

Jeder von uns warf noch einmal. Dann zählten wir unsere Stäbe. Er hatte sechzehn, ich vierzehn.

Wir spielten eine zweite Runde, in der ich gewann, und dann eine dritte, in der jeder von uns siebenundzwanzig Stäbe erhielt.

»Wir sind gleich«, sagte er und nickte zufrieden. »Zwei sind eins.«

»Von mir aus können wir gerne noch ein paar Runden spielen«, sagte ich.

Das Feuer brannte jetzt mit hoher, rauschender Flamme. An meiner linken Seite, die ihm zugewandt war, stieg Dampf von meinen Kleidern auf.

»Ich muß weiter«, sagte der Mann und sammelte die Stäbe und die beinernen Scheibchen in den kleinen Beutel.

»Du bist Jäger?« fragte ich.

»*Aa, nedap!*« sagte er. »Ich bin hinter dem Bären her. Er verbirgt sich vor mir. Doch eines Tages wird er herauskommen. Vielleicht ist heute dieser Tag.«

»Soll ich dich begleiten?« fragte ich.

»Ich danke dir«, sagte er, indem er den kleinen Beutel und die Holzschüssel in den großen Lederbeutel schob und diesen verschnürte.

»Aber ich gehe immer allein. Du kannst mir einen anderen Gefallen tun.«

»Gerne«, sagte ich. »Welchen?«

Mit einer Astgabel holte er glühende Kohlen aus dem Feuer und tat sie in seinen Kometen. Dann füllte er ihn bis zum Rand mit Astholz, das er zuvor in kleine Stückchen brach.

»Halte das Feuer am Brennen«, sagte er. »Du mußt kein neues Holz sammeln. Nimm, was da ist. Bleib hier, solange du Flammen siehst.«

Er stand auf, streckte sich und hängte den Tragriemen des Lederbeutels über die linke Schulter.

»Das ist alles?« fragte ich.

»Nein«, sagte er und sah mich aus dunklen Augen an. »Da ist noch etwas. Ich möchte dir einen Rat geben, Fremder. Lauf nicht hinterher. Warte, bis es zu dir kommt.«

»Ich verstehe dich nicht, Hosteen«, sagte ich.

»Hast du als Kind manchmal Fangen gespielt? Um ein Haus herum?«

»Freilich. Mit meinem Bruder.«

»Wie hast du ihn gefangen?«

»Ich habe hinter einer Ecke gewartet, bis er angerannt kam. Er dachte noch, ich wäre hinter ihm – und schon hatte ich ihn.«

»Du hast mich gut verstanden, Fremder«, sagte er.

Er hob die Hand mit dem merkwürdig verkrüppelten kleinen Finger und nickte mir zu. Die Narbe über seiner linken Braue war straff gespannt.

»Ich wünsche dir noch viele Jahre in der Sonne, Fremder«, sagte er.

»Mögen die Götter dich zum Versteck des Bären führen, Hosteen!« sagte ich.

Er lachte auf, kehlig und trocken.

»Die Götter haben viel zu tun«, sagte er. »Uns haben sie geschaffen, damit wir ihnen zur Hand gehen.«

Er nickte nochmals, hob seinen Kometen auf, ging zu dem Ahorn, an dem seine Büchse lehnte, hob auch sie auf und ging mit gleichmäßigen Schritten langsam den sanften Hang hinauf auf das Wäldchen zu, in dem die Tierschädel hingen. Wo seine Füße in den Fellstiefeln das nasse Gras niedertraten, blieb es für ein paar Augenblicke liegen. Dann richtete es sich auf; es sah beinahe aus, als sträubte es sich wie das Fell einer Katze, die man lange gebürstet hat. Keine Spur blieb zurück.

Mit einem Knall zerbarst ein brennender Ast. Ich bückte mich und legte neues Holz auf das Feuer. Als ich wieder zu dem Wäldchen hinaufblickte, war der Mann verschwunden. Eine Bö kam über den

477

See heran und wühlte in den Baumwipfeln. Es begann wieder zu regnen.

Ich blieb bei dem Feuer, bis ich alles Holz verbrannt hatte. Nur ein dunkelrot glühender Hügel lag noch zu meinen Füßen, den die Regentropfen aufzischend mit schwarzen Flecken sprenkelten. Schließlich war er von einer Schicht grauschwarzer, nasser Asche bedeckt, aus der schwefelgelber Dampf kroch.

Ich ging am Ufer des Sees entlang zu meiner Hütte zurück. Die Seetaucher mit ihrem Jungen sah ich nicht. Vor der Hütte stampfte ich mit den Füßen auf, um nicht allzuviel Schlamm mit hineinzutragen.

»*Piskwa!*« rief Pieros Stimme. Komm herein!

Ich stieß die schwere Tür auf. Wärme und Tabaksqualm kamen mir entgegen. Piero saß am Tisch und betrachtete lächelnd meine tropfnasse Gestalt. Die kleine Falte zwischen seiner Nase und seiner Stirn schien mir ausgeprägter als sonst.

»Nun?« sagte ich.

»Was: nun?«

»›*Baase!*‹ mußt du nun sagen. ›*Baase, oose, atlasme!*‹ Setz dich, wärme dich, mach es dir gemütlich!«

»*Baase! Oose! Atlasme!*« wiederholte er und fügte hinzu: »*Nigumaach!*«

»Was heißt *nigumaach?*« fragte ich.

»Das gleiche wie *nedap.* Ich glaube, es ist etwas persönlicher. *Nedap* kannst du zu jedem sagen, den du kennst. *Nigumaach* sagst du zu einem guten Bekannten. Zu einem Freund.«

»Aha. Und ich hab gedacht, du könntest von mir etwas lernen.«

»So ist es, Chas. Du kommst mehr zum Sprechen als ich. Ich muß mir die seltsame Sprache anhören, die sie in Troldhaugen sprechen.«

»Schwedisch«, sagte ich und begann, meine nassen Stiefel von den Füßen zu ziehen.

»Es hört sich an wie Deutsch«, sagte er. »Und dann wieder wie Englisch. Kunterbunt. Ich verstehe kaum ein Wort.«

Ich stellte die Stiefel in die Ecke hinter der Tür und stopfte sie mit Heu aus. Ich zog die Jacke aus und hängte sie neben dem Herd auf. Dann stellte ich Brot, Käse und Wein auf den Tisch und setzte mich.

»Wo ist dein Pferd?« fragte ich.

»Die Pferde und der Wagen sind bei Don Jesús. Ich hab den Ochsen neue Eisen verpaßt. Morgen wird Don Jesús mir zeigen, welche Eisenteile er für den neuen Stall braucht, und ich werde mir alles aufzeichnen. David Wiebe ist noch nicht so weit mit dem Bauen wie ihr.«

»Gute Leute muß man haben, Gatto«, sagte ich, schnitt mir ein Stück Käse ab, biß hinein, kaute und trank einen Schluck Wein.

»David hat später angefangen, Chas. Glaubst du im Ernst, ihr seid besser?«

»Unsinn! Ich hab nur dumm dahergeschwätzt. Wie gefallen dir die Mädchen?«

»Bellissime! Besonders die Jüngere.«

»Ane-Maria?«

»Nein, nein! Encarnación.«

»Das ist die Ältere der beiden. Ich hab zuerst auch gedacht, es sei umgekehrt.«

»Ich meine die, welche Doña Gioconda ähnlich ist. Die andere kommt mehr auf Doña Pilar heraus.«

»Alles klar. Du meinst Encarnación.«

»Das sagte ich doch.«

»Nein, Gatto, das hab ich gesagt. Du, du warst vollkommen verwirrt. Was würde deine formosissima et nigerrima sagen, wenn sie dich so sehen könnte?«

»Gar nichts, Chas. Gar nichts würde sie sagen. Schauen ist erlaubt. Übrigens sind wir so gründlich verlobt, daß wir beinahe schon verheiratet sind.«

»Na, aber!«

»Sei nicht kindisch. Laß mich ausreden. So gründlich verlobt, sage ich, daß sie mir vor vier Tagen zum erstenmal geraten hat, weniger zu rauchen.«

»Du bist verloren«, sagte ich.

Er nickte mit bekümmerter Miene. Sein helles Haar stand wirr um seinen Kopf.

»Und die Großmutter?« fragte ich. »Wie findest du sie?«

»Überwältigend! Ich kam dazu, als sie mit der Katze schimpfte, die ein halbes Eichhorn in die Stube geschleppt hatte. Ich mußte es wieder hinausbefördern. Weißt du, wie die Katzen zu ihren seltsamen Namen kommen?«

»Tia und Huanaco? Nein, das weiß ich nicht. Eigentlich müßtest du das im Gefühl haben. Sie sind deine Verwandten, nicht meine.«

»Das ist wahr. Und was hast du mit deinem Tag angefangen – außer baden zu gehen?«

Ich erzählte ihm in wenigen Worten meine Begegnung mit dem Jäger. Er lauschte, und die kleine Falte zwischen Nase und Stirn vertiefte sich.

»Ein Jäger?« sagte er, nachdem ich geendet hatte. »Merkwürdig. Soviel ich weiß, jagen sie nicht um diese Jahreszeit. Die Tiere führen Junge. Und die Felle sind nicht so gut.«

»Genau das hab ich auch gedacht, Gatto. Aber was wissen wir schon von den Bräuchen hier? Von den Ausnahmen? Mir schien, daß er hinter einem bestimmten Bären her war.«

Piero schnitt mehr Brot und Käse ab. Ich holte die Butter, die ich vergessen hatte, aus dem Wassertrog, und wir aßen schweigend zu Ende. Der Regen fiel aufs Dach.

Piero wurde vor mir fertig. Er wischte sich Mund und Finger an einem Tuch aus blauem Leinen ab, dem in einer Ecke die Anfangsbuchstaben seines Namens eingestickt waren, schenkte unsere beiden Becher voll, bückte sich unter den Tisch, holte einen Kometen hervor und stellte ihn vor mich hin. Ich schluckte meinen letzten Bissen halb gekaut hinunter.

»Für mich?« sagte ich. »Menschenskind!«

Der Komet hatte die Form eines Mörsers. Unten war eine drehbare Klappe angebracht, mit der man mehr oder weniger Luft in das Innere eintreten lassen konnte. Oben besaß er einen Deckel mit einem Scharnier, wie ihn manche Pfeifen haben. An den Seiten waren zwei runde Ösen aus dem Metall des Randes herausgearbeitet. Den Griff bildete eine schlanke Schlange mit fein gehämmertem Schuppenkleid. Ihre gekrümmte Schwanzspitze war in die eine Öse eingehakt. Von da aus stieg der Körper steil nach oben, war dort, wo man zugriff, zu mehreren Spiralwindungen geringelt und stieg dann wieder steil nach unten. Das Maul hielt die andere Öse umfaßt.

»Danke«, sagte ich. »Weshalb bist du aus Sizilien hierhergekommen, um etwas zu lernen? Das erklär mir.«

480

»Chas!« sagte er und beugte sich vor, »Sigurd kann eine Menge. Wie warm ich das Eisen machen muß, um die Ösen durchzustechen und auszuweiten, ohne daß sie reißen: Das hat Sigurd mir gezeigt. Er hat mir gezeigt, wie ich das Ding härten muß, damit es die Hitze innen drin aushält und doch nicht zu spröde wird. Du unterschätzt ihn. Oder du überschätzt mich.«

»Trinkt er noch?« fragte ich.

»Er hat jetzt lange nicht getrunken, Chas. Er macht sich Sorgen wegen des Buben.«

»Wegen Knud?«

»Ja. Inga hat ihn erwischt, als er dabei war, einen Frosch mit ihrer Nähschere zu zerschneiden.«

»Lebendig?«

»Lebendig. Inga hat mit Knud gesprochen, hat ihn gefragt, warum er das getan hat. Er wollte nachschauen, was innen ist, hat er gesagt.«

»Er war neugierig. Er hat noch nicht gelernt, wie weit er mit seiner Wißbegierde gehen darf.«

»Ungefähr das hab ich ihnen auch gesagt. Aber sie waren trotzdem außer sich. Und mir schien, das hatte weder mit dem Buben noch mit dem Frosch etwas zu tun.«

»Womit sonst, Gatto?«

»Ich weiß es nicht. Agneta hat an dem Abend lange mit Inga und Sigurd geredet. Da waren die Kinder schon im Bett.«

»Ein Familiengeheimnis?«

»Kann sein. Kann auch sein, daß ich mir das bloß einbilde.«

»Ja. Ich verstehe, was du meinst. Manchmal hab ich mir gewünscht, die Köpfe der Menschen wären durchsichtig wie Glas.«

»Das wäre schrecklich!«

»Ja. Mein Onkel Anselm meinte das auch, als ich einmal von diesem Wunsch erzählt habe. ›Bub‹, hat er gesagt, ›das braucht's gar nicht. Wir sind alle miteinander Holzköpfe, gelt? Und unsere Gedanken, das sind die Holzwürmer. Die bohren da drin und machen ihre Gänge und glauben, sie können sich verstecken. Aber eines Tages, da sind sie Käfer. Da müssen sie heraus!‹«

Piero lachte. »Der Vergleich könnte von Don Anastasio sein«, sagte er. »Don Anastasio ist unser Dorfpfarrer. Auch die Ungläubigen, von denen es bei uns zwei oder drei gibt, hören sich Don Anastasios Predigten an, damit ihnen seine Vergleiche nicht entgehen.«

Ich stand auf und schob einige Stücke Holz in den Herd.

»Soll ich uns einen Tee machen?« fragte ich.

»Von mir aus bleiben wir beim Wein«, entgegnete Piero.

Ich drehte meine Jacke herum, damit sie auch auf der anderen Seite trocknen konnte. Dann ließ ich mich wieder auf meinen Stuhl nieder und zog Tabaksbeutel und Pfeife zu mir heran.

»Was ich dich fragen wollte«, sagte ich. »Hast du etwas herausgefunden?«

»Davon wollte ich gerade sprechen, Chas. Bisher weiß ich von drei Naomis. Die Clanmutter von Tawanak heißt Naomi. Sie muß fast so alt sein wie Taguna und Strange Goose. Die Frau eines Jägers in Passamaquoddy heißt ebenfalls Naomi und hat ihrer zweiten Tochter denselben Namen gegeben.«

»Und diese Frau ist die Schwester von Bruder Spiridion aus Signiukt. Spider Selkirk. Richtig?«

»Das weißt du also? Ich hab schon befürchtet, daß ich dir nicht viel Neues bringen würde.«

»Hast du von Mädchen gehört, die verschwunden sind?«

»Von einer. Eloise Saint-Amour, aus Mactaquac. Das ist jenseits der Bucht von Manan auf dem Festland. Es heißt, sie ist auf ein Schiff gegangen. Das muß sich vor mehr als einundzwanzig Jahren zugetragen haben.«

»Dann kommt sie nicht in Frage.«

»Nein. Aber da ist noch etwas. Wenn jemand verschwindet, tragen sie das nicht sogleich in die Familienbücher ein. Erst nach einundzwanzig Jahren. Sie schweigen darüber. Sie tun, als sei es nicht geschehen. Damit es nicht endgültig wird. Verstehst du?«

»Das versteh ich sehr gut. Aber warum warten sie ausgerechnet einundzwanzig Jahre?«

»Das ist eine Tradition. Einer der Verschwundenen kehrte erst nach einundzwanzig Jahren zurück. Länger als er ist keiner ausgeblieben.«

»Weißt du zufällig, wer das war?«

»Nein, Chas. Aber ich kann Acteon fragen. Er hat ein Gedächtnis wie die Bibliothek im Vatikan.«

»Da ist er nicht der einzige hier.«

»Gewiß nicht. Aber mich verblüfft es jedesmal, wenn jemand mir genau sagen kann, wer vor dreißig oder vierzig Jahren den Elch mit der abgebrochenen linken Schaufel erlegt hat, welches Wetter an jenem Tag herrschte, an wen sie das Fleisch verteilt haben und was mit dem Fell geschah. Es ist unglaublich. Dabei können die meisten weder lesen noch schreiben.«

»Deswegen haben sie alles im Kopf, Gatto.«

»Ja, schon. Aber trotzdem. Es ist erstaunlich.«

Er stand auf, um seine Pfeife anzuzünden, sah, daß auch meine bereits gefüllt war, und reichte mir den glimmenden Span.

»Deine Haare sind immer noch feucht«, sagte er durch den aufsteigenden Rauch.

Ich fuhr mir mit der Hand über den Kopf. »Stimmt«, sagte ich. »Geschnitten werden müßten sie auch wieder.«

»Doña Gioconda wird es eine Ehre sein.«

»Wirklich? Das hab ich nicht gewußt. Und da sagst du, du bringst mir keine Neuigkeiten.«

»A proposito: Wie geht es weiter, Chas? Was willst du unternehmen?«

»Nichts, Gatto.«

Er starrte mich an und vergaß, an seiner Pfeife zu ziehen. Rauch geriet ihm in die Augen. Er blinzelte.

»Dich soll einer begreifen«, sagte er schließlich.

»Schau«, sagte ich, »es ist so: Ich kann nur auf Umwegen fragen. Hintenherum. Wenn ich jemanden, den ich nicht so kenne wie dich, offen frage, weiß es am Tag darauf die ganze Siedlung. Das kann zwei Folgen haben. Entweder, jemand weiß die Antwort auf meine Frage und sagt sie mir. Oder – alle sind sich einig, über die Sache schweigen zu wollen. Dann erfahre ich überhaupt nichts mehr.«

»Oder es gibt nichts zu sagen, Chas, und folglich auch nichts zu verbergen.«

»Stimmt. Doch das ist unwahrscheinlich. Naomi stammte aus Megumaage. Es muß Menschen geben, die sich an sie erinnern und von den Umständen wissen, unter denen sie verschwand. Wenn nicht hier in Seven Persons, dann in einem der anderen Clans.«

»Was also willst du tun? Warten?«

Ich nickte.

Piero zog an seiner Pfeife.

»Mag sein, du hast recht«, sagte er nach einer Weile. »Wenn du lange genug wartest, wird es dir in den Weg laufen. Du wirst darüber stolpern. Doch da liegt der Haken. Du kannst nicht lange genug warten. In ein paar Monaten fährst du mit Vasco zurück. So ist es doch?«

»So ist es, Gatto. Doch ich komme wieder.«

»Um weiter zu warten?«

»Um hier zu leben.«

»Ich dachte, du wolltest erfahren, weshalb Naomi von hier fortgegangen ist?«

»Das war der eine Grund für meine Reise, ja. Den kennst nur du. Den anderen hab ich vor bald zwei Jahren Taguna geschrieben – das heißt, inzwischen kennen ihn wohl alle. Ich wollte sehen, ob die Kinder und ich hier leben könnten.«

»Mamma mia! Wer hat dich auf den Einfall gebracht?«

»Meine Frau. Wir feierten den ersten Geburtstag von Markus. Abends – ich las ihr aus einem Buch vor und wendete gerade die Seite um – da sagte sie: ›Chas? Wenn wir noch ein Kind bekommen, gehen wir dann alle zusammen nach Megumaage?‹«

»Was hast du geantwortet?«

»Das weiß ich nicht mehr. Ich hab nicht Acteons Gedächtnis. Ich muß etwas gesagt haben wie: Warum nicht? oder: Das werden wir sehen!«

»Warum wollte sie zurück, Chas? Sie war doch geflohen?«

»Die Frage hab ich mir später auch gestellt. Aber damals noch nicht. Damals hatte ich ja keine Ahnung, daß sie geflohen war.«

»Ihr habt nie wieder davon gesprochen, nach Megumaage zu ziehen?«

»Am Ende hat sie noch einmal davon gesprochen.«

»Und du? Was hast du gesagt?«

»Ich werde nach Megumaage fahren, hab ich gesagt.«

»Hast du verstanden, weshalb sie das wollte?«

»Ja, Gatto. Sie gehörte hierher. Hast du immer noch vor, Kiri mit nach drüben zu nehmen?«

»Gewiß! Sie freut sich darauf!«

»Das kann ich mir vorstellen Wenn ihr dann aber fünf oder zehn Jahre lang drüben gelebt habt, und sie sagt eines Tages zu dir: ›Ich möchte zurück!‹ Was wirst du dann tun?«

Er kratzte sich an der Falte zwischen Nase und Stirn.

»Ich weiß nicht«, sagte er. »Doch. Ich weiß es. Zuerst würde ich ausweichen, wie du. Am Ende würde ich tun, was sie will.«

»Bestimmt?«

»Bestimmt!«

Er stand auf, um seine Pfeife in den Herd auszuklopfen. Auch ich stand auf, ging zur Tür, wo meine Stiefel standen, nahm meinen Strohhut von der Elchschaufel, die an der Wand hing, und holte die Elchschaufel herunter.

Piero steckte seine Pfeife ein.

»Ich muß los«, sagte er. »Doña Gioconda will *mir* noch die Haare schneiden.«

»Hier«, sagte ich und drückte ihm die Elchschaufel in die Hände.

»Für mich?« sagte er. »Menschenskind! Ist das ein Tauschhandel?«

»Blödsinn«, sagte ich. »Nimm schon!«

Er strich mit den Fingern über das rötlichbraune, geäderte Horn.

»Letztesmal«, sagte er, »als ich hier war, da hätte ich dich beinahe darum gebeten. Ich möchte Knöpfe daraus machen.«

»Ja? Viel Arbeit!«

»Gar nicht, Chas. Ich nehme ein kurzes Stück Eisenrohr. In das eine Ende feile ich Zähne, wie bei einer Säge. Dann spanne ich es in Sigurds Bohrmaschine ein. Der Rest ist nicht so schlimm. Löcher bohren und polieren.«

»Zeig mir die Knöpfe, wenn du sie fertig hast, ja?«

»Mach ich!«

Er legte die Elchschaufel auf den Tisch, nahm seine Jacke von der Stuhllehne und zog sie an.

»Hast du schon einmal im Gästezimmer von Don Jesús geschlafen?« fragte ich.

»Nein. Warum?«

»Sag mir, wonach es dort riecht. Ich finde es nicht heraus.«

Er nickte. Ich hielt ihm die Tür auf, und er ging in den Regen hinaus, die Elchschaufel wie ein Wickelkind in den Armen. Nach einigen Schritten blieb er stehen und drehte sich um.

»Jetzt hätte ich es beinahe vergessen«, sagte er. »Möchtest du Aarons Werkstatt sehen?«

»Aber ja. Das will ich schon, seit Arwaq mir von ihr erzählt hat. Wann?«

»Wann kannst du?«

»Jederzeit. Einen Tag lang kommen die anderen auch ohne mich zurecht.«

»Sehr gut. Dann hole ich dich einfach ab. Ende nächster Woche. Hast du ein Pferd?«

»Amos wird mir sicher seinen Hoss borgen. Nimmst du diese – diese Solvejg?«

»Mhm!«

»Schau, daß sie nicht rossig ist!«

»Keine Gefahr!«

Die Haare klebten ihm bereits im Gesicht und am Hals.

»Nimm meinen Hut«, sagte ich.

»Ach was! Erst waschen, dann schneiden. Ihr Nordländer habt immer noch keine Kultur.«

»Ich weiß. Wir werden ein Heer zu euch schicken und sie uns holen.«

»Sonst noch etwas?«

»Ja. Grüße sie von mir.«

»Die Ältere oder die Jüngere?«

»Die Deine! Warte nur!«

Es regnete den Rest des Tages, die Nacht hindurch und den folgenden Vormittag über. Um die Mitte des Nachmittags hörte es auf, aber nicht für lange, das sah ich dem Himmel an. Ich fuhr mit Pieros Kanu zur Insel und hatte die Hälfte des Weges zurückgelegt, da sah ich drüben ein Kanu abstoßen und auf die Engstelle zwischen den beiden Inseln zuhalten. Ich änderte meine Richtung. Hinter der Engstelle holte ich das andere Kanu ein. Strange Goose saß darin.

»Ganz schöne Strömung!« sagte ich.

»Der Regen!« sagte er. »Der Bach ist angeschwollen.«

»Floß der Bach früher in die gleiche Richtung, in die jetzt die Strömung zieht?«

»So ist es. Das Wasser erinnert sich.«

Wir sahen die Gänse schon von weitem. Emily und die sechs Gössel weideten in der Nähe des Ufers. Lawrence stand steil aufgerichtet zwischen dem Ufer und seiner Familie. Er stieß einen Warnruf hervor, als wir näher kamen, lüpfte die Flügel, schüttelte sich und drohte mit gestrecktem Hals.

»Wart hier, Chas«, sagte Strange Goose. »Dich kennen sie noch nicht so gut.«

Er paddelte am Ufer entlang, bis er eine Stelle fand, an der das Wasser tief war. Dort legte er an und warf in weitem Bogen mehrere Handvoll Getreide ins Gras. Emily blickte auf. Strange Goose stieß sich mit dem Paddel ab und kehrte zu mir zurück. Unsere Boote legten sich aneinander und trieben langsam vom Land weg.

Lawrence stand reglos. Emily sicherte zu uns her. Nach einer langen Weile senkte sie den Kopf und gab einen tiefen, zweisilbigen Laut. Die Gössel antworteten mit leisem Trillern. Emily hob einen Fuß und sah sich um; dann setzte sie den Fuß nieder und ging geraden Weges dorthin, wo Strange Goose das Getreide ausgestreut hatte. Die Gössel folgten ihr in einer Reihe. Eins von ihnen stolperte, fiel auf den Bauch und stieß, während es sich erhob und den anderen nachrannte, einen schrillen Angstruf aus. Sofort wandten Emily und Lawrence die Köpfe nach ihm.

»Komm«, sagte Strange Goose. »Lassen wir sie fressen. Du mußt dich ihnen öfter zeigen, damit sie wissen, daß du ein Freund bist.«

Wir paddelten zurück. Nebel kam dick und dunkel die Hänge im Süden herabgeflossen, stieg die Sandsteinklippe hoch, bis er sie ganz einhüllte, und legte sich auf den See. Die kräftige Strömung in der Engstelle trug uns zwischen den Inseln hindurch, ohne daß wir unsere Paddel gebrauchen mußten.

»Weißt du, wer gestern um die Mittagszeit unterhalb von Menatkek ein Feuer angemacht hat?« fragte Strange Goose.

»Menatkek? Du meinst das Wäldchen, in dem die Tierschädel hängen?«

»Ja. Dort ist eine Quelle. Wo ihr Wasser in den See fließt, haben wir Rauch aufsteigen sehen.«

»Ja. Ich weiß, wer das Feuer angezündet hat. Ich war dabei.«

Ich erzählte ihm von meiner Begegnung mit dem fremden Jäger. Er hörte mir zu, nickte zwei- oder dreimal, sagte jedoch nichts.

Im Bücherzimmer herrschte bräunliche Dämmerung. Nur das Bild mit der flackernden Zypresse leuchtete an der Wand. Ich entzündete die Laterne und las bei ihrem Schein Tagunas Bericht zum zweitenmal. Der Regen rauschte aufs Dach. Ich war bis dorthin gekommen, wo die Kinder vom Pilzesuchen nach Hause fahren und zum erstenmal den Brandgeruch wahrnehmen, da klopfte jemand an die Tür.

»*Piskwa!*« sagte ich halblaut.

Taguna kam herein, ging an mir vorüber, holte sich einen Stuhl und setzte sich an die Schmalseite des Schreibtischs. Sie trug die prachtvolle spitze Mütze, mit der ich sie zum erstenmal vor meiner Hütte gesehen hatte. Ihr Gesicht war angespannt, die dunklen Augen aber blickten ruhig.

»Ich störe dich ungern, Chas«, sagte sie. »Es ist wegen des Jägers, den du getroffen hast. Wie alt war er?«

»Ungefähr sechzig Jahre, Taguna.«

»Wie war er angezogen?«

»Er trug eine Lederjacke über einer ledernen Weste. Die Jacke war aus Hirsch- oder Elchleder. Auch seine Hose war aus Leder; unten steckte sie in gefütterten Stiefeln. Das hat mich verwundert. Ich meine, daß er Stiefel anhatte, die mit Biberfell gefüttert waren. Winterstiefel.«

»Sahen seine Sachen getragen aus?«

»O ja. Aber nichts war zerrissen oder schäbig. Ich hab auch keine Flickstellen gesehen. Und keinerlei Verzierung. Das ist mir aufgefallen. Alle seine Sachen waren ohne jeden Schmuck.«

Sie beugte sich vor. »War er naß, Chas?«

»Naß? Das nehme ich doch an. Es hatte die ganze Zeit über geschüttet. Fast die ganze Zeit.«

»War er naß? Ja oder nein?«

Ich legte das Blatt, das ich in der Hand behalten hatte, zu den anderen Blättern auf den Schreibtisch.

»Ich weiß es nicht, Mutter«, sagte ich. »Seine Sachen waren an manchen Stellen dunkler. Vielleicht war das Nässe. Oder es kam vom vielen Tragen. Oder er hatte sie mit Fett eingerieben.«

»Sein Gesicht? War es naß? Seine Haare? Deine Haare und dein Gesicht waren doch naß, Chas! Oder nicht?«

»Ich hatte eine Kapuze auf.«

»Er nicht?«

»Nein. Er hatte auch keinen Hut. Keine Mütze.«

»Du erinnerst dich nicht, ob seine Haare und sein Gesicht naß waren?«

»Ich weiß es nicht mehr. Wenn ich gewußt hätte, daß du mich danach fragen würdest, hätte ich darauf geachtet.«

»Ja. Beschreib mir sein Gesicht.«

»Groß. Eckig. Besonders die Stirn. Die Nase war oben schmal und wurde nach unten hin breiter. Keine ausgesprochene Hakennase, weißt du, aber etwas gekrümmt. Dunkle Augen, nicht so dunkel wie deine. Der Mund – ich erinnere mich nicht an den Mund. Aber der Schnurrbart war schwarz, während die Haare weiß waren, fast ganz weiß, und lang, bis hierhin!« Ich zeigte mit einer Hand auf meine Schulter.

»Sonst nichts?«

»Doch. Eine Narbe, hier!« Ich legte den Zeigefinger über meine linke Augenbraue.

»Wie sah sie aus?«

»Wie die Spitze von einem Farnwedel, mit zwei oder drei Blättern. Oder wie ein Stück von einem Ast, mit Zweigstummeln.«

»Wie hat er das Spiel genannt, das er dir beigebracht hat?«

»*Woltes.*«

»Erinnerst du dich an seine Hände, Chas? Du mußt sie aus der Nähe gesehen haben.«

»Ah! Du kennst ihn also! Sein rechter kleiner Finger war verkrüppelt. Er war wohl einmal gebrochen, zwischen den beiden oberen Gliedern, und ist schief zusammengewachsen.«

»Das hast du gesehen. Aber ob sein Gesicht naß war oder nicht, das ist dir entgangen. Fällt dir sonst noch etwas ein? Irgend etwas?«

Ich überlegte eine Weile. Dann schüttelte ich den Kopf.

»Wenn mir noch etwas einfällt, erzähle ich es dir«, sagte ich. »Du bist fast so schlimm wie Doña Gioconda, wenn sie mich nach meinen Träumen ausfragt!«

Ihre Augen wurden schmaler, und sie schob die Unterlippe vor.

»Was für passende Vergleiche du manchmal findest«, sagte sie.

»Ja?«

»Weiber sind neugierig, nicht wahr, Chas? Und das wird mit jedem Jahr schlimmer. Denk daran.«

»Ich glaube, wir Männer stehen euch darin nicht nach.«

»Wirklich? Du mußt es wissen. Zeigst du uns morgen früh die Stelle, an der ihr euer Feuer gemacht habt – du und der Jäger?«

»Freilich. Ich hatte ohnehin vor, noch einmal dahin zu gehen.«

»Zu der Feuerstelle? Weshalb?«

»Eigentlich nicht zu der Feuerstelle. Nur ein Stück am Ufer entlang. Die Seetaucher haben ein Junges, und mir schien, sie wollten gefüttert werden.«

Sie lachte und stand auf.

»Strange Goose hat ihnen das Betteln beigebracht«, sagte sie. »Und nun störe ich dich nicht länger. Wir holen dich dann morgen ab.«

Sie ging leise hinter meinem Stuhl vorbei und strich mir übers Haar. Ihre Hand war leicht und warm. Ich war nahe daran, aufzuspringen, sie in den Arm zunehmen und sie nach Naomi zu fragen, doch da war etwas, das mich zurückhielt. Es war weder ein Gedanke noch ein Gefühl. Und dann war die Gelegenheit vorbei. Die Tür schloß sich hinter Taguna.

Ich starrte auf das Bild an der Wand, ohne es richtig zu sehen. Ich nahm das Blatt wieder zur Hand, das ich gelesen hatte. Doch es ging mir mit den Wörtern ähnlich wie mit dem Bild. Ich sah sie, las sie, verstand sie sogar; aber sie blieben einzeln, sie reihten sich nicht zu Sätzen, sie weigerten sich, zueinander zu finden, Sinn anzunehmen. Schließlich gab ich es auf, legte alles in die Mappe zurück, löschte die Laterne und machte mich auf den Heimweg.

Wasser schwappte auf dem Boden des Kanus umher. Ich holte aus dem Bug den kleinen, aus Birkenrinde zusammengenähten Eimer, dessen Rand genau dieselbe Krümmung aufwies wie der Boden des Kanus, und schöpfte mit ihm das Wasser über Bord, bevor ich einstieg. See und Himmel waren gleich schwarz, und schwarz war der Regen, als fiele leibhaftige Finsternis herab.

Am Landungssteg machte ich das Kanu fest und schöpfte es noch einmal aus. Ich schöpfte auch die beiden anderen Kanus aus, die nahezu halbvoll mit Regenwasser waren. Dann, trotz meines Um-

hangs gründlich durchnäßt, tastete ich mich den Pfad entlang zu meiner Hütte hinauf.
Im Herd war noch ein wenig Glut.

Taguna und Strange Goose kamen am frühen Vormittag, in ihre Umhänge gehüllt, die schon dunkel waren vom Regenwasser. Strange Goose trug eine Grabgabel, Taguna eine langstielige kleine Gartenhacke.
»Ihr seht aus wie Schatzsucher«, sagte ich.
»Ja«, sagte Strange Goose. »So ist das.«
Wir gingen am Strand entlang. Bei dem Baumstrunk mit dem Gesicht Memajuokuns erwähnte ich das Huhn, das Brot, den Blütenzweig und die schwarzen Kerzen, die ich in der Nacht nach dem letzten Heutag an dieser Stelle gesehen hatte.
»Waren das Opfergaben?« fragte ich.
Taguna nickte.
»Geschenke für Yémanjá«, sagte sie. »Sie führt den Regen über das Meer hinaus, wenn wir ihn hier nicht brauchen können.«
»Brauchen wir das alles, was jetzt herunterkommt?« fragte ich.
»Laß sie nur, die Alte«, sagte Strange Goose. »Sie weiß, was sie tut.«
Die *kwemoosk* kamen zum Ufer geschwommen, sobald sie uns erblickten. Auch das Küken war diesmal im Wasser und hielt sich zwischen seinen Eltern. Sein grauer Daunenpelz glitzerte über und über von Wassertropfen. Strange Goose warf den Vögeln Getreidekörner und Würmer zu; ich hatte altbackenes, kleingebröckeltes Brot. Die spitzen Schnäbel ergriffen das Futter meist schon, bevor es auf den flachen, kiesigen Grund gesunken war. Mitunter erwischte das Küken statt des Futters versehentlich ein Steinchen, das es dann sofort fallen ließ. Der Kropf an seiner rechten Halsseite wurde zusehends dicker. Als es genug gefressen hatte, drängte es sich an die Seite seiner Mutter, die den Flügel anhob und es unterkriechen ließ. Mit einer stoßenden Halsbewegung schob es sich nach oben; die kleinen schwarzen Schwimmfüße stemmten sich in die gefiederte Flanke der Mutter. Dann war es verschwunden. Gleich darauf erschien sein Kopf auf dem mütterlichen Rücken zwischen zwei Deckfedern. Es schaute sich um, doch nicht lange; dann glitten die Nickhäute über die Augen, und die Lider schlossen sich.

»Hehe«, meinte Strange Goose. »So gut möchte ich es auch mal haben.«

»Ja«, sagte ich. »Die haben gut lachen!«

»Weißt du«, fragte Taguna, »daß die Alten nicht lachen, solange ihre Jungen klein sind?«

»Ich kann es ihnen nachfühlen«, antwortete ich.

»Armer Familienvater«, sagte Taguna. »Ich fühle mit dir.«

Wir gingen weiter den Strand entlang; dann wurde er zu schmal, und wir erstiegen das Ufer und gelangten bald zu der Feuerstelle. Der Regen rauschte in den Baumwipfeln, rieselte in den Büschen, troff von den Farnen. An der Stelle, an der ich vorgestern einen dampfenden Hügel verlassen hatte, standen wir nun vor einem schwarzen Rund, das ein Stück in den torfigen Boden eingesunken war.

»Wo habt ihr gesessen?« fragte Taguna.

»Er hat dort gesessen, wo du stehst. Ich hier.« Ich zeigte auf den Boden, einen Schritt neben mir.

»An welchem Baum hat seine Büchse gelehnt, Chas?«

»An dem dicken Ahorn dort, hinter dir.«

Sie drehte sich um. »Der hat damals schon gestanden«, sagte sie.

»Wann, damals?«

»Vor achtundzwanzig Jahren«, sagte Strange Goose. »Im Jahr des treibenden Schnees.«

»Um wieviel ist er größer geworden seit damals?«

»Ich weiß nicht«, sagte Taguna. »Sie wachsen langsam. Wenn du sie oft siehst, merkst du es gar nicht.«

»Jahr um Jahr kannst du sie mit einer Hand umfassen«, sagte Strange Goose. »Eines Tages sitzt du in ihrem Schatten. Dann merkst du es auf einmal.«

Taguna hatte sich der Feuerstelle zugewandt und begann, mit der Gartenhacke die nasse Asche zur Seite zu scharren.

»Laß mich das tun«, sagte ich.

Die Asche war tiefer, als ich gedacht hatte. Bald häufte sie sich rings um die Feuerstelle zu einem kleinen Wall. Ich war vielleicht sechs Zoll tief gekommen, da roch ich glimmenden Torf. Gleich darauf kräuselte sich ein gelbgraues Rauchwölkchen dem dicht fallenden Regen entgegen.

»Na sowas!« sagte ich. »Das ist ja noch gar nicht aus!«

»Torf brennt lange«, sagte Strange Goose. »Unter dem Rasen. Du siehst nichts davon. Manchmal kannst du es riechen.«

»Dann hätte sich das Feuer hier ausbreiten können?«

»Nicht weit«, sagte Taguna. »Der Sumpf ist zu naß. Und der Torfboden hört dort auf, wo die vier Birken stehen. Unter dem Hang liegt Fels.«

»Er hat schon gewußt, wo er ein Feuer entzünden darf«, sagte Strange Goose.

Ich scharrte weiter die Asche zur Seite und war beinahe einen Fuß tief gelangt, da traf das Blatt der Hacke nahe der Mitte der Feuerstelle mit klickendem Laut auf einen Stein.

Strange Goose legte mir die Hand auf die Schulter.

»Jetzt laß mich«, sagte er.

Langsam stieg er in die Vertiefung hinunter. Ein paarmal stach er die Gabel halb in die Erde und zog sie wieder heraus. Dann hörten wir wieder den klickenden Laut. Strange Goose trat die Gabel tief hinunter und lehnte sich mit seinem Gewicht auf den Stiel. Der Torf wölbte sich und barst. Ein Rauchwölkchen erschien und zerflatterte. Strange Goose schüttelte Asche und Torf von der Grabgabel. Ich hockte mich hin und kratzte mit den Fingern den faserigen Torf von dem Gegenstand, der sich zwischen den Zinken verkeilt hatte. Es war ein breiter, massiger Unterkiefer, in dem noch alle Zähne saßen.

»Ein Bär«, sagte ich.

Strange Goose wischte sich den Regen aus den Augen. Taguna beugte sich über meine Schulter. Ich richtete mich auf und reichte ihr den Unterkiefer, indes Strange Goose wieder zu graben begann.

»Komm«, sagte ich. »Laß mich machen.«

»Ah ja!« erwiderte er und hielt mir die Gabel hin. »Ich werde doch alt!«

Es dauerte nicht lange, bis ich den Schädel des Bären fand. Zwei Schneidezähne und ein Fangzahn fielen aus dem Kiefer, als ich die Torferde abschabte. Ich hob sie auf.

»Gut«, sagte Taguna. »Wir haben alles.«

»Da ist sicher noch mehr«, sagte ich. »Wir können den ganzen Bären ausgraben.«

»Der Kopf genügt«, sagte Taguna. »Die übrigen Knochen liegen sowieso woanders.«

»Und nun?« fragte ich.

»Wir bringen die Knochen in das Wäldchen.«

»Welchen Weg ist der Jäger gegangen?« fragte Strange Goose. »Sag mir, wie ich gehen soll!«

Ich stieß die Grabgabel in den Boden, stieg auf den Rand der Vertiefung und half Strange Goose herauf.

Taguna reichte ihm den Bärenschädel.

»Erst zu dem Ahorn«, sagte ich.

Strange Goose, den Schädel mit beiden Händen haltend, ging auf den Ahorn zu. Das Gras, das seine Füße niedertraten, blieb liegen. Eine gerade Reihe dunkelgrüner Fußstapfen lief durch das silbrig nasse Gras zu dem Baum hin, unter dem Strange Goose nun stehenblieb und uns das Gesicht zuwandte.

»Jetzt erinnere ich mich«, sagte ich leise. »Das Gras unter den Füßen des Jägers.«

»Was war mit dem Gras unter den Füßen des Jägers?« fragte Taguna.

»Es ist aufgestanden. Er hat es niedergetreten, ganz wie Strange Goose. Und es ist aufgestanden hinter ihm! Er hat keine Spur hinterlassen! Ich hab es gesehen und vergessen.«

»Wohin muß ich jetzt gehen?« rief Strange Goose.

»Zwischen der gedrehten Zeder und den Birken durch«, rief ich zurück. »Weiter weiß ich es nicht.«

Taguna, die den Unterkiefer des Bären trug, folgte in der Spur; ich ging als letzter. Halbwegs den Hang hinauf, schaute ich über die Schulter zurück. Unsere Spuren waren deutlich sichtbar.

Wir setzten den Schädel in die Astgabelung einer jungen Zeder, die ein wenig abseits stand. Taguna bog mehrere dünne Zweige von außen und innen um den Unterkiefer herum und führte sie durch die Augenhöhlen nach oben heraus, so daß sie den Schädel zusammenhielten. Dabei fiel der lockere Fangzahn herab. Ich hob ihn auf und wollte ihn zurückstecken, doch Strange Goose legte mir die Hand auf den Arm.

»Er will ihn nicht«, sagte er. »Du kannst ihn behalten. Aber du darfst ihn nicht verlieren.«

»Darf ich ihn verschenken?«

»Du meinst, in einem *teomul*? Gewiß. Doch wenn der, dem du ihn schenkst, ihn verliert, dann ist es, als hättest du ihn verloren.«

»Ich verstehe«, sagte ich und wickelte den gekrümmten Zahn, der nach Asche und Torf roch, in mein Taschentuch.

Hintereinander stiegen wir den Hang hinab, nahmen Grabgabel und Hacke mit und machten uns auf den Rückweg. Der Regen ließ nach. Dort, wo die Sonne stehen mußte, war der Wolkenhimmel von etwas hellerem Grau.

»Das war der Bär, der Maguaie getötet hat, nicht wahr?« sagte ich, als wir uns auf dem Landungssteg verabschiedeten.

»Ja«, sagte Taguna. »Du hast Maguaie gesehen.«

»Wie konnte es geschehen, daß der Bär ihn getötet hat?«

»Bären mußt du in den Kopf treffen«, sagte Strange Goose. »Maguaie hat ihn ins Herz getroffen. Ein Bär, den du ins Herz triffst, kann noch weit laufen, Chas. Weit genug. Bis zu dir.«

»Warum habt ihr den Schädel damals nicht gleich in das Wäldchen gebracht?«

»Weil wir ihn nirgends finden konnten. Er war nicht mehr an dem Platz, an dem Maguaie und der Bär gestorben waren. Die Coyoten haben ihn fast eine Meile weit verschleppt.«

»Bin ich der erste, der Maguaie gesehen hat?«

Taguna schüttelte den Kopf.

»Viele haben ihn gesehen«, sagte Strange Goose.

»Und niemand hat sich gefürchtet?«

»Warum sollten wir uns fürchten?« sagte Taguna. »Wir wußten, was er wollte.«

»Er wollte, daß der Bär in diese Welt zurückkehren kann?«

»Gewiß.«

»Und Maguaie selber? Wird er eines Tages auch zurückkehren?«

»Das können wir nicht wissen«, sagte Strange Goose. »Wenn er kommt, dann nicht in der Gestalt, in der du ihn gesehen hast.«

»Könnt ihr mir sagen, welche Welt es war, in der ich ihn gesehen habe?«

»Du hast ihn in dieser Welt gesehen, und zugleich in der anderen.«

»Liegen sie so nah beieinander?«

»Die Wand zwischen ihnen ist wie die Wand einer Seifenblase«, sagte Strange Goose. »Hast du das noch nie gespürt?«

»Doch. Beim Begräbnisplatz auf der Insel mit den beiden Felsspitzen.«

»Ooniskwomcook«, sagte Strange Goose.

»Richtig, ja. Du hast mir den Namen schon einmal gesagt. Diesmal werde ich ihn behalten.«

Beide stiegen in Tagunas Kanu. Strange Goose stieß es mit der Grabgabel vom Steg ab, tauchte sie ins Wasser, bemerkte seinen Irrtum, legte die Gabel auf den Boden hinter sich und nahm sein Paddel zur Hand.

»Ich werde wirklich alt«, sagte er kopfschüttelnd.

Am Nachmittag fügte ich dem Brief an meine Eltern mehrere Seiten hinzu. Meinem Bruder Jon schrieb ich, was ich über das Jahr der Blinden gehört hatte, und stellte ihm eine Anzahl von Fragen bezüglich der Sonne und ihrer Strahlung.

Gegen Ende der Dämmerung ging ich zu Bett. In der Nacht erwachte ich von dem Gefühl, daß etwas um mich herum anders war als am Abend. Erst als ich hellwach in meinem Bett saß, bemerkte ich, was es war. Das Rauschen des Regens hatte aufgehört. Ich ging zum Fenster, entfernte den Rahmen mit dem Gewebe, das mich vor den Insekten schützte, und sah hinaus. Die Milchstraße spiegelte sich im See.

Durchs Morgengrauen wanderte ich, in der einen Hand den Kometen, den Doña Pilar mir geliehen hatte, in der anderen Hand meinen eigenen tragend, zu Maguns Hütte. Wir frühstückten.

Keine sechs Schritte von uns entfernt saß das Stachelschwein. Sein Kopf sah über den Rand der Terrasse hervor. In seinem Blick lag der gleiche geduldig fordernde Vorwurf wie in den Blicken der beiden Katzen Tia und Huanaco, wenn sie uns beim Essen zuschauten.

Wir trafen Don Jesús bereits bei der Arbeit. Er hatte die Waschküchentür ausgehängt und über zwei Böcke gelegt und war dabei, mit zugespitzten Holzkohlen den Querschnitt eines stehenden Dachstuhls zu zeichnen. Er hantierte mit Lineal, Zeichendreieck und Winkelmesser, alle drei aus Eschenholz gefügt.

»Ein großer Dachüberhang«, sagte ich.

»Vier Fuß«, sagte er. »Bei unserem Wetter ist das nötig. Damit die

Sparren sich nicht durchbiegen, nehmen wir auf jeder Seite zwei Zwischenpfetten statt einer. Bueno?«

»Bueno. Die gestrichelte Linie da bezeichnet das Dach vom alten Stall, nicht wahr?«

»Ja, Don Carlos. Ich denke, der Anbau wird sich um vier Zoll setzen. Also machen wir das neue Dach um vier Zoll höher als das vom alten Stall.«

»Und wenn der Anbau sich um drei Zoll setzt? Oder um fünf?«

»Dann brauchen wir mehr Schindeln, um die Stufe dichtzukriegen. Hast du genug Schindeln, alter Küchenteufel?«

Magun zog die Brauen weit in die Stirn hinauf. Dann nickte er.

»Hab ich mir gedacht«, sagte Don Jesús, nahm ein frisches Stück Holzkohle und setzte Maßzahlen neben die Sparren und unter die Pfettenköpfe.

»Aber zuerst bringen wir die Deckenbalken an?« fragte ich.

»Ah ja! Und wir legen Bohlen. Sonst müssen wir bei der Arbeit auf den Balken entlangtanzen. Das mag ich nicht. Ich hab gern Boden unter den Füßen.«

»Ich auch«, sagte ich.

Magun nickte.

Hufschlag erklang vom Fahrweg her. Bald darauf sahen wir den Reiter. Es war Amos mit Maalat, und als er im Trab bis vor die Stalltür ritt, sprühten Funken von den Steinplatten des Hofs.

»Ho!« rief er uns zu. »Ihr fangt nicht an, bis der Meister da ist, was?«

»Wir haben es nicht gewagt!« rief Don Jesús zurück.

Amos stieg steifbeinig vom Pferd und führte es in den Stall. Er erschien gleich wieder in der Tür, schaute stirnrunzelnd zum Himmel hinauf, an dem nicht eine Wolke zu sehen war, und kam zu uns herüber. Sein Hinken war kaum merklich.

»Yep«, sagte er, sich über die Zeichnung beugend, »Arwaq ist für zwei oder drei Wochen in Eskegawaage bei den Verwandten seiner Frau. Der Mann von Atagalis Schwester hat sich in den Fuß gehackt. Da hilft er aus. Joshua und ich haben das Bienenhaus so gut wie fertig. Da hab ich gedacht, ich schaue an Arwaqs Stelle bei euch nach dem Rechten. Bin ich würdig?«

Magun breitete die Arme aus und neigte den Kopf.

»Die Frage ist«, sagte Don Jesús, »ob wir würdig sind?«

»Das weiß der Herr allein, Jesús. Doch ihr gebt euch Mühe. Für den Anfang ist das genug.«

Don Jesús nickte nachdenklich.

»Wie geht es Sara?« fragte er.

»Sie gleicht dem wachsenden Mond, Jesús. Ich fürchte, sie paßt bald nicht mehr hinter ihren Webstuhl.«

»Und du fürchtest mit Recht, Amos! Mit Recht! Bei der meinen war es im sechsten Monat soweit, als wir Encarnación erwarteten. Ich mußte den Webstuhl umändern. Die Teile sind noch da. Du kannst sie jederzeit haben.«

»Ist das so? Du beschämst mich.«

»Das war nicht meine Absicht«, murmelte Don Jesús.

Ein Hirschkäfer zog brummend einen Bogen um die aufgebockte Tür, ließ sich mitten auf der Zeichnung nieder, faltete seine Flügel unter die goldbraun glänzenden Flügeldecken und stakste eine Linie entlang. Die Krallen an seinen Füßen warfen Kohlenstaub auf. Die Fühler tasteten hierhin und dorthin, merkwürdig steif und beweglich zugleich. Amos nahm den Käfer zwischen Daumen und Zeigefinger, drehte ihn um, betrachtete kurz seine Unterseite mit den wild strampelnden Beinen und setzte ihn dann ins Gras. Sofort strebte der Käfer auf das nächste Bein des Bockes zu, kletterte mit kratzendem Geräusch daran hoch, hielt auf der Querstrebe inne, entfaltete seine Flügel und brummte davon. Wir sahen ihm nach, wie er durch eine Fensteröffnung in den neuen Stall flog und über die jenseitige Wand hinweg in den Obstgarten, wo er im Wipfel eines Apfelbaums landete.

»Er wollte deine Zeichnung noch einmal betrachten«, sagte Amos. »Doch dann hat er den Mut verloren.«

»Am liebsten würde ich jetzt die Tür hier wieder einhängen«, sagte Don Jesús. »Helft ihr mir?«

Gegen Mittag des übernächsten Tages waren wir mit dem Behauen, Einsetzen und Verdübeln der Deckenbalken fertig. Nun kam die Giebelwand an die Reihe, in der wir eine große Öffnung für die Heuluke sowie am oberen Rand fünf rechteckige Ausschnitte für die Pfetten ließen. Mit ihren anderen Enden würden die Pfetten auf Pfosten ruhen, die wir vor der Giebelwand des alten Stalls aufrichteten.

Das Hochziehen und Einfügen der Pfetten, der längsliegenden Balken, welche die Sparren und mit ihnen das ganze Dach tragen würden, war die schwierigste Arbeit. Für jede der Pfetten brauchten wir mehr als einen halben Tag, das Behauen nicht eingerechnet.

Noch ehe die beiden ersten an ihren Plätzen lagen, hatte Doña Gioconda von meiner Begegnung mit Maguaie erfahren. Ich mußte ihr den Hergang in jeder Einzelheit schildern. Viele ihrer Fragen konnte ich nicht beantworten. Besonders angetan war sie davon, wie das Gras sich hinter dem Jäger aufgerichtet hatte.

»Wie das Fell einer Katze!« wiederholte sie mehrmals. »Ja, so ist das. Ich kann es fast vor mir sehen. Aber du hast es wirklich gesehen, Carlos. Ich beneide dich!«

Während der nächsten vier oder fünf Tage waren Amos und Magun damit beschäftigt, die Sparren zu behauen und auszustemmen. Am Firstende, wo sie sich trafen, wurden sie im Winkel überplattet. Dort, wo sie auf den Pfetten auflagen, erhielten sie trapezförmige Ausschnitte, die in entsprechende Ausschnitte der Pfetten paßten. Don Jesús und ich suchten uns besonders gerade gewachsene und astreine Stämme aus. Wir spalteten sie mit Keilen in zwei Zoll dicke Bohlen; von diesen spalteten wir drei Zoll breite Dachlatten ab, auf denen die Schindeln zu liegen kommen würden.

Die Tage waren trocken. Fast ununterbrochen wehte ein kräftiger Wind aus Südost. Die Tomaten im Garten setzten Früchte an. Die untersten Blätter der Tabakpflanzen an der Hauswand waren bereits gut einen Fuß lang.

Mond de Marais kam vorbei, als wir die ersten beiden Sparren auf die Pfetten hinaufgezogen hatten und sie mit Eschenholzdübeln befestigten. Er war auf dem Weg nach Kebec, hatte Meersalz geladen und beabsichtigte, mit Fellen zurückzukehren. Er kletterte bis auf die Firstpfette, ging auf ihr entlang, die Hände in den Hosentaschen, die Pfeife zwischen den Zähnen, und besah sich unsere Arbeit. Während der Mittagspause berichtete er uns, was es bei den Clans in Kespoogwitunak und Siguniktawak an Neuigkeiten gab: Wer geboren worden und wer gestorben war, wer sich mit wem verlobt, wer wen geheiratet hatte, wie die Feldfrüchte standen und wie der Wein gedieh.

Mond de Marais, den alle außer Amos Waiting Raven nannten, erzählte uns auch von dem Fund auf der Insel Maskusetkik, die vor der Seuche von nur drei Familien bewohnt gewesen war und auf der sich seither nur noch wilde Schafe aufhielten. Ein Fischer war an Land gegangen, um sich ein Widderlamm zu fangen. Auf der Suche nach der Herde war er am Rande einer Lichtung auf Spuren gestoßen, aus denen er schloß, daß dort Menschen gelagert hatten. Er hatte die Umgebung abgesucht und unter Zeltplanen, über die Fichtenreisig gebreitet war, vier leere und fünf volle Metallfässer entdeckt. Er hatte kein Werkzeug zur Hand gehabt, um sie zu öffnen; doch die Aufschriften besagten, daß zwei der Fässer Maschinenöl enthielten und die übrigen drei Treibstoff für Flugmaschinen.

Don Jesús meinte, wir sollten im Herbst die unbewohnten Inseln eine nach der anderen absuchen. Vielleicht hatten die Männer des Grand Sheriff von Tallahatchie noch andere Lager.

Gegen Ende der Woche kam Piero mich abholen. Es war früh am Morgen. Aus jeder seiner beiden Satteltaschen holte er drei wurstförmige schweinslederne Säcke hervor, die mit vierzölligen Schindelnägeln gefüllt waren.

Ich steckte meinen Umhang in eine Satteltasche, stieg hinter Piero aufs Pferd, und wir ritten los. Bald erreichten wir den Hof von Amos Pierce. Ich sattelte Hoss und bat Joshua, der Fensterrahmen für das Bienenhaus hobelte, an meiner Stelle beim Bauen zu helfen. Auf dem Teich und im Gras der Wiese unter den Obstbäumen waren mehrere schwarzweiße Entenmütter mit ihren Jungen zu sehen. Abseits stand der große Erpel auf einem Bein und blickte grämlich vor sich hin.

TODOR

»Ho!« riefen uns Oonigun und Kagwit zu. Sie hockten barfuß auf dem Dach von Arwaqs Hütte und wechselten Schindeln aus. Atagali arbeitete im Garten und winkte, als sie uns sah, und wir winkten zurück.

Ich kannte den Weg. Wir waren ihn an dem Tag geritten, an dem wir Marlowe Manymoose verbrannt hatten. Doch ich fand die Landschaft vom Wechsel der Jahreszeiten vollkommen verändert. Nicht nur, daß sie in allen Schattierungen von Grün leuchtete. Damals vom Nebel eingeengt und vom Regen verwischt, breitete sie sich nun weithin und klar in alle Richtungen unter dem ungeheuren Himmel aus, der sich, von schwerem Blau und zugleich von gewichtsloser Helligkeit, aus den Wäldern ringsum ins Weltall wölbte.

Noch immer lag die gestürzte Zeder am Wegrand, und wieder hatten Bären in ihrem Mulm gewühlt. In dem flachen Talkessel, aus dem sich, durch Hecken voneinander getrennt, Wiesen die Hänge hinaufschwangen, weideten Arwaqs braune gehörnte Ziegen. Sie vernahmen den Hufschlag unserer Pferde, wandten uns alle gleichzeitig die Köpfe zu und sprangen davon. Die Zicklein hüpften meckernd hinter ihren Müttern her. Weit auf dem jenseitigen Hang, der in der Sonne lag, hielten sie an und sicherten. Bevor wir in den Lärchenwald hineinritten, sahen wir noch, daß der Bock als erster seinen Kopf wieder ins Gras senkte und zu weiden begann.

Die Hügelkuppe, auf der Marlowe Manymoose gelegen hatte, blieb hinter uns zurück. Wir ritten durch locker stehenden Lärchenwald, in dem Granitbrocken lagen. Für anderthalb oder zwei Meilen weitete der Pfad sich zu einem Fahrweg. Zwischen Gräsern, Kies und Büschen sahen ab und zu Asphaltbrocken hervor.

»Hier kann man doch nicht fahren«, sagte ich. »Welchen Weg nimmt Aaron, wenn er mit dem Wagen nach Seven Persons kommt?«

»Er fährt an Davids Bauplatz vorbei und durch den Steinbruch«, sagte Piero. »Oder über die Landstraße. Das ist aber ein großer Umweg.«

»Früher hat man hier fahren können«, sagte ich. »Es muß viele Erdrutsche gegeben haben.«

»Das auch. Außerdem war der Unterbau der meisten Straßen schlecht. Das Wasser hat sie fortgewaschen. In Sizilien stammt der Unterbau vieler Straßen noch von den Römern.«

»Und ihr habt weniger Regen.«

»Ja. Es wäre gut, wenn die Hälfte von dem Regen, der hier herunterkommt, bei uns fiele. Immerhin regnet es mehr als vor hundert Jahren.«

»Davon hab ich gehört, Gatto. Bei uns ist es umgekehrt.«

»Stimmt es, daß sich die Heide oben im Norden deines Landes langsam in eine Wüste verwandelt?«

»Das stimmt. Dort gibt es Wanderdünen. Sie wandern langsam nach Osten.«

»Bis nach Polen sind sie noch nicht gekommen?«

»Das nicht. Doch in hundert oder zweihundert Jahren – wer weiß?«

»Noch ist Polen nicht verloren. Wer hat das gesagt?«

»Hab ich vergessen, Gatto.«

»Es soll in der Heide jetzt auch Kamele geben. Dromedare. Stimmt das?«

Ich mußte lachen. Hoss wandte den Kopf und sah mich mit einem Auge an.

»Nein«, sagte ich. »Das ist eine Lagerfeuergeschichte.«

»Das von den Klapperschlangen auch?«

»Nein. Klapperschlangen gibt es wirklich. Ich selbst hab welche gesehen.«

»Gehört auch?«

»Freilich.«

»Klappern sie?«

»Nein. Sie rasseln.«

»Wie kommen Klapperschlangen in eine deutsche Grafschaft?«

»Aus den zoologischen Gärten. Als klar wurde, daß nur wenige Menschen die Seuche überleben würden und die Zootiere verhungern und verdursten müßten, haben sich Leute zusammengetan und die Tiere freigelassen. Das war auch so eine Art Freiwillige

Kommission. Ich glaube, sie nannten sich Tierschützer. Die Bären im Bayerischen Wald und in Böhmen stammen von Bären aus dem zoologischen Garten einer Stadt, die München hieß.«
»War das nicht einmal eure Hauptstadt?«
»Doch.«
»Werdet ihr sie nicht wieder aufbauen?«
»Für wen? Und vor allem: Wer soll die Arbeit tun? Du müßtest die Schutthalden sehen!«
»Wie in Palermo, Chas?«
»Wie in Rom, Gatto.«
»Du warst in Rom?«
»Mein Vater war in Rom. Das Colosseum ist noch am besten erhalten, hat er erzählt.«
»Abgesehen vom Vatikan natürlich.«
»Natürlich.«
Der Fahrweg, auf dem wir ritten, senkte sich in ein Tal hinab. Die Ruinen eines flachen, niedrigen Betonbaus tauchten zwischen den Buchen zu unserer Linken auf. Das weit vorgezogene Dach war eingestürzt; rostige Eisenstäbe hielten die Betonbrocken zusammen. Zwei quadratische Toröffnungen klafften in der Wand des Gebäudes. Hinter ihnen sah ich ein Gewirr von Rohren an der Wand sowie eine fußdicke, rostige Eisensäule, die sich hinter der einen Türöffnung aus dem Boden erhob. Schwalben flogen aus und ein.
Ein Stück weit verlief der Weg eben, dann senkte er sich abermals, die Buchen traten zurück, und wir konnten das ganze Tal überblicken.
Ein Bach floß in weiten Windungen auf dem Talgrund dahin. Der Fahrweg endete vor der eingestürzten Brücke, setzte sich auf der anderen Seite etwa eine Viertelmeile weit fort und verschwand dann unter den überwachsenen Geschiebemassen eines alten Erdrutsches. Das jenseitige Bachufer war erst flach und stieg dann sanft hinauf zu den Wäldern. Zwischen Baumgruppen und Büschen sahen wir viele Vierecke von Grundmauern und einige Ruinen, die noch über den Erdboden aufragten. Rehe mit Kitzen ästen zwischen ihnen. Auf unserer Seite des Baches und unmittelbar am Fahrweg lagen die Ruinen einer riesigen Halle. Sie maßen ungefähr hundertfünfzig Schritte im Quadrat und waren ringsum von hohen Birken eingefaßt.

»Weißt du, was das war, Gatto?« fragte ich.

»Aaron sagt, es soll eine Fabrik gewesen sein. Man hat dort Wohnhäuser hergestellt. Wohnhäuser auf Rädern. Wenn jemand so ein Haus besaß, und es gefiel ihm dort, wo er lebte, nicht mehr, dann hängte er es hinter einen großen Traktor und zog um.«

»Davon hab ich noch nie gehört. Weißt du, wie der Ort hieß?«

»Ninive.«

»Ehrlich?«

»Ehrlich, Chas. Niemand hat mir sagen können, wie es zu dem Namen kam.«

»Vielleicht hat hier eine der vielen Sekten gesiedelt, die es damals gab?«

»Möglich. Poverissimi!«

Er trieb Solvejg an, und wir ritten weiter, auf die Brücke zu.

»Weshalb bedauerst du sie?« fragte ich. »Ihnen ist es auch nicht schlimmer ergangen als den meisten anderen.«

»Nicht in diesem Leben. Doch sie sind wohl alle in die Hölle gekommen, weil sie den einzig wahren Glauben nicht gefunden hatten.«

»Glaubst du?«

Er lachte. »Was soll ich glauben, Chas? Meine Mutter glaubt an die Hölle, wie sie der Meister Hieronymus gemalt hat. Mein Vater hingegen behauptet, die Hölle sei hier, auf der Erde. Der Himmel übrigens auch. Er sagt, es kommt darauf an, was man im vorigen Leben Gutes oder Böses getan hat. Je nachdem erlebt man die Erde als Himmel oder als Hölle. Da ist etwas dran, finde ich.«

»Dein Vater sollte einmal mit Pater Erasmus und Bruder Spiridion zusammenkommen. Da würde ich gerne zuhören!«

»Ich höre genug, wenn mein Vater und Don Anastasio zusammenkommen, Chas.«

»Was hörst du da?«

»Ketzereien. Mein Vater liebt es, Don Anastasio zu reizen. Don Anastasio liebt es, sich reizen zu lassen. Es gibt ihm Gelegenheit, endlich all das auszusprechen, was er von der Kanzel herunter nicht sagen darf.«

Wir ritten an der Fabrikhalle entlang. Aus einer Toröffnung war Betonschutt zwischen die Birkenstämme herausgequollen, auf dem

Moos, Sträucher und Brennesseln wuchsen. Außer einigen bröckelnden Trägern war vom Dach der Halle nichts mehr zu sehen. Ein Hase rannte vor uns über den Fahrweg auf die Halle zu. Hoss wieherte. Die Rehe auf dem jenseitigen Talhang schauten zu uns her und ästen dann weiter. Wir hielten dort an, wo einmal die Brücke begonnen hatte. Beide Widerlager standen noch. Über die Reste des Mittelpfeilers gurgelte grün der Bach. Was von der Brücke in den Bach gefallen war, hatte das Wasser seit langem zermahlen und davongetragen. Rötlicher Sand und Kies bedeckten den Grund.

»Da drüben scheint so etwas wie eine Furt zu sein«, sagte ich und deutete nach rechts, wo der Bach hinter einer Krümmung weiß über eine Kiesbank schäumte.

»Wir wollen aber nicht nach Banoskek«, erwiderte Piero. »Nach Clemretta führt der Pfad hier links.«

Der Pfad folgte jeder Krümmung des Baches. Sandsteinfelsen erhoben sich über dem Wald und leuchteten warm in der Sonne. Nach einer guten Viertelstunde waren wir fast unter ihnen angelangt. Ich konnte keinen Ausweg aus dem Felskessel erkennen. Doch hinter einer Wegbiegung öffnete sich plötzlich ein senkrechter Riß im Sandstein, eine Schlucht, in welcher der Bach verschwand und auf die auch unser Pfad zuführte.

»Ah!« sagte ich. »Eine Klamm. Wie bei uns in den Bergen.«

Kühle Feuchtigkeit strich uns entgegen. Die Klamm war nicht viel breiter als zwanzig Fuß. Der Pfad führte auf einem Felsband entlang, vier Schritte breit, manchmal nur drei. Ein anderes Felsband wölbte sich über unseren Köpfen zur Mitte der Schlucht hin vor. Überall rieselten Rinnsale. Unter uns schoß der Bach schmal und stumm durch einen engen, glattgewaschenen Kanal, kreiste dann breit in tiefen, grünen Kolken, die weit unter den Fels reichten. In einem von ihnen lag ein ungeheurer braunroter Stein, eine gewaltige, abgeflachte Steinkuppel.

Piero drehte sich im Sattel um.

»Das hier nennt Aaron die Gletschermühle«, rief er mir zu.

Ich schaute hinab. Ich konnte mir vorstellen, daß die Steinkugel bei Hochwasser in eine kreiselnde Bewegung gezwungen wurde und so den nahezu kreisrunden Kolk, in dem sie lag, aus dem Gestein gemahlen hatte. Dann erblickte ich die Fische.

505

»Forellen«, rief ich Piero zu. »Und was für Kerle! Eine, zwei, drei …
sechs kann ich sehen! Keine kürzer als drei Fuß!«
»Schau mal unter den Überhang«, rief Piero zurück. »Nein, Chas,
unter den dort, auf der anderen Seite!«
Ich beugte mich vor. Der Fisch stand, den Kopf gegen die Strömung
gerichtet, dicht unter der Wasseroberfläche. Die Schwanzflosse pendelte träge hin und her.
»Vier Fuß«, rief ich. »Das ist der Stammvater.«
Wir ritten weiter. Das Felsband über unseren Köpfen wurde schmaler, lief aus, aber wir konnten einen dünnen Streifen weißlichen
Himmels sehen. Sonnenlicht fiel in den oberen Teil der Schlucht
und hob jeden Vorsprung, jede Wölbung des Sandsteins klar, gerundet und rötlich aus dem Dämmer heraus. Das Echo der Wände ver-
doppelte den Hufschlag unserer Pferde.
Wärme und Helligkeit überfielen uns, als wir die kellerfeuchte
Schlucht verließen. Der Bach weitete sich, teilte sich in mehrere
Arme, die bewaldete Inselchen umspülten, und schwang sich nach
rechts von uns fort. Laubwald stand beiderseits des Pfades, der eine
Weile lang bergauf führte. Der Wald lichtete sich. Unvermittelt fanden wir uns am Rand eines Weizenfeldes, das rechter Hand etwas
abfiel und links ein wenig anstieg. Der Weizen stand wesentlich
höher als bei uns. Die Halme waren bereits von hellem Gelb, die
Ähren noch grünlich, aber dick und strotzend. Der Pfad war nun so
breit, daß wir bequem nebeneinander reiten konnten. Wir erreichten die Hügelkuppe und hielten unsere Pferde an.
Unter uns lag Clemretta.
Der Weg lief schräg den Hügel hinab auf eine Holzbrücke zu, vor
der er sich gabelte. Links folgte er ein Stück weit dem Bach und verschwand dann hinter Bäumen. Geradeaus führte er über die Brücke
auf das Wohnhaus zu. Es war aus Feldsteinen gemauert, besaß ein
aus Balken gezimmertes Obergeschoß und ein schindelgedecktes
Dach. Die Breitseite des Hauses nahm eine überdachte Veranda ein.
Gemüsegarten und Obstgarten streckten sich nach Süden her. Alte,
regelmäßig gewachsene Linden, Ahorne und Eichen umstanden das
Wohnhaus.
Westlich vom Haus erhob sich in einer Bodensenke der Stall. Auch
er war aus Feldsteinen erbaut. Sein Obergeschoß bildete die mit

Brettern verkleidete Scheune. Nahe beim Stall sahen wir einen rechteckigen, an drei Seiten von Mauern umgebenen Misthaufen. Halbwegs zwischen Stall und Wohnhaus befanden sich zwei Schuppen. Bei einem von ihnen stand vor dem geöffneten Tor ein kleines schwarzes Wägelchen.

Rechts kam der Bach zwischen Felsen hinter dem Hügel hervor, von dessen Kuppe wir hinabblickten, stürzte zuerst über ein gemauertes Wehr und dann über mehrere niedrige Felsstufen und floß auf die Brücke zu. Vom Wehr aus ging der Mühlbach zu einem kleinen, quadratischen Gebäude mit Doppelwalmdach hin, bei dem es sich um die Mühle handeln mußte. Unterhalb der Mühle krümmte sich der Mühlbach in ein Seitentälchen hinein, in dem die Werkstatt und ein offener Schuppen errichtet waren. Bretter und Bohlen lagen in dem Schuppen gestapelt.

Nach Nordwesten breiteten sich Felder und Weiden aus. Auf einer Koppel sahen wir eine Herde brauner Kühe mit ihren Kälbern. Weiter entfernt lag ein flacher Wiesenhügel, rundherum von Wald eingehegt, und dahinter erblickten wir die Meerenge. Das Licht des späten Vormittags verlieh dem blauschwarzen Wasser ein merkwürdig festes Aussehen, als könne man es betreten und über seine Oberfläche zum jenseitigen Ufer hinüberwandern.

Es war Ebbe. Das Sonnenlicht gleißte auf einer schmalen, schwarzen Schlickbank, die dem Festland zustrebte.

»Hat hier früher die Landstraße hinübergeführt?« fragte ich.

»Ja, Chas. Dort, wo du jetzt den Schlammstreifen siehst. Vor dreißig Jahren war sie noch befahrbar. Damals lag Marschland zu beiden Seiten des Damms, auf dem sie entlangglief, und die beiden Meeresbuchten, die von Manan und die von Memramcook, waren getrennt. Jetzt geht einmal am Tag eine Fähre, die *Pemsuk*. Sie kann zwei Wagen mitnehmen.«

»Weißt du, was der Name bedeutet?«

»Vom Wind getrieben, glaube ich. Schau, Aaron ist zu Hause.«

Ich blickte zum Wohnhaus hin. Den Gartenpfad entlang bewegte sich eine kleine schwarze Gestalt. Sie trat durch die Pforte und schlug den Weg ein, der zur Werkstatt hinaufführte. Gleich darauf erschien an der Seite des Werkstattgebäudes, auf welcher der offene Schuppen lag, eine lichtblaue kleine Gestalt und bewegte sich rasch auf die schwarze zu. Ungefähr auf halbem Weg zwischen Werkstatt und Wohnhaus trafen die beiden zusammen, hielten still, vollführten einige Schritte, die beinahe denen eines Menuetts glichen, hielten abermals still, trennten sich dann und bewegten sich weiter; die schwarze Gestalt der Werkstatt, die lichtblaue dem Wohnhaus zu.

»Schau«, sagte ich. »Ruth ist auch da.«

»Ruth ist in Troldhaugen bei Agneta. Die beiden arbeiten an Dagnys Aussteuer. Kannst du dir vorstellen, wie es dabei zugeht?«

»Vollkommen. Zwei Glucken, die mit gesträubtem Gefieder jeden wegbeißen, den der Vorwitz in ihre Nähe treibt.«

»Nicht schlecht. Mich erinnern sie an bedeutend größere Lebewesen aus der Welt der Fabel, die Schätze bewachen.«

»Wenn es nicht Ruth ist, muß es Deborah sein.«

»Möglich, Chas. Sehen wir doch einfach nach!«

Er preßte seine Fersen in Solvejgs Flanken. Wir trabten den Weg hinab und polterten über die Brücke. Vor dem Stall sattelten wir die Pferde ab und brachten sie in die Koppel, die auf einer Seite vom Stall, auf der anderen vom Bach und auf den beiden übrigen Seiten von hohen Schwartlingszäunen begrenzt war. Solvejg und Hoss warfen sich ins Gras und wälzten sich hin und her.

Piero zog einen fettigen Lederbeutel aus der Satteltasche und drückte ihn mir in die Hand. Der Beutel war schwer.

Wir gingen auf das Wohnhaus zu. An der einen Giebelseite besaß es einen Anbau, den wir vom Hügel aus nicht hatten sehen können. Ein sachtes Dröhnen lag in der Luft.

»Aha«, sagte ich. »Das Bienenhaus.«

Im Gehen hörten wir Klaviermusik; leise zuerst, dann, als wir uns der Gartenpforte näherten, lauter und deutlicher. Es war ein Tanz oder ein Marsch, taktfest, rasch und mit überschäumender Heiterkeit gespielt. Die Musik klang aus dem geöffneten Fenster neben der Haustür.

Wir blieben stehen und lauschten.

»Scarlatti«, sagte Piero. »Hab ich lang nicht mehr gehört.«

Wir gingen weiter; die Musik verklang hinter uns, und das Rauschen des Wassers, das neben dem Wasserrad aus dem Überlauf des Mühlbachs herabstürzte, wurde lauter.

Aaron Wiebe stand in der offenen Tür der Werkstatt.

»Ah!« sagte er mit leisem Beben in der Stimme. »Seid gesegnet! Habt ihr Dagny gesehen?«

»Nur gehört«, entgegnete Piero. »Sie spielte ein Stück von Scarlatti.«

»Wirklich?« sagte Aaron. »Nun, kommt jedenfalls herein, kommt nur herein!«

Er ging uns voraus, den Kopf aufrecht zwischen den breiten, vornüberhängenden Schultern.

In der Werkstatt war es kühl und hell. Die Maschinen waren so aufgestellt, daß an mehreren zugleich gearbeitet werden konnte. Treibriemen führten aus Öffnungen im Dielenboden zu ihnen herauf. An der Schmalseite des Raums war unter den Fenstern ein Werktisch eingebaut. Ein zweiter, wesentlich größerer stand inmitten der Werkstatt. Auf ihm lagen eine halbfertige Heuwagenleiter und ein Bündel Radspeichen aus Eschenholz. An den Wänden und von den Deckenbalken hing vielerlei Handwerkszeug: Gestellsägen, Stemmeisen, gerade und gekröpfte Hohleisen, mehr als ein Dutzend breiter und schmaler, verschieden geformter Ziehmesser, Hobel, Bohrer, Holzhämmer und manches mehr, das ich nicht zu benennen wußte. Ein Wandgestell zwischen zwei Fenstern enthielt aus dünnen Eichenbrettern ausgesägte Schablonen für Schlittenhörner, Radfelgen, Wagenrungen, Waagscheite, Ochsenjoche, Möbel, Fensterrahmen und Windbretter.

Über dem gedämpften Rauschen des Mühlbachs waren von draußen dumpfe Schläge zu vernehmen, mit unverständlichen Ausrufen vermischt. Ich sah Aaron fragend an.

»Todor hackt Holz«, sagte er, indem er die Tür in der anderen, nach Norden hin gelegenen Schmalseite der Werkstatt öffnete. »Paßt auf, da sind Stufen!«

Wir stiegen hinab und betraten einen schmalen, hohen Raum, in den durch zwei spinnwebverhangene Fenster Licht fiel. Die sechszöllige Achse des Wasserrades war mit einem auf einem eichenen Sockel befestigten Rollenlager und durch eine Klauenkupplung mit einem Teil verbunden, das ich als die Hinterachse eines Automobils erkannte. Vom Ausgleichsgetriebe dieser Hinterachse führte eine Welle schräg hinab unter den Boden der Werkstatt.

»Es ist das untere Gelenk«, sagte Aaron. »Ephraim hat gehört, wie es zu klappern anfing, und sofort das Wasser abgestellt.«

»Das war vernünftig«, sagte Piero. »Die Welle hätte abreißen und hier drin alles kurz und klein schlagen können.«

Aaron ging auf die gegenüberliegende Seite des Raums, wo ein Faß mit Schmierfett und eine Kiste mit Lumpen standen, und brachte einen Tragekasten mit Werkzeug. Piero legte sich auf den Rücken und schob sich unter den Boden der Werkstatt.

»Gib mir mal bitte das kardanische Gelenk«, sagte er.

Ich öffnete den fettigen Lederbeutel, zog das Gelenk heraus und reichte es ihm. Er hielt es neben das beschädigte und verglich.

»Das dürfte passen«, sagte er.

Ich nahm ihm das Gelenk wieder ab und hielt die Welle fest, während Piero mit einem großen Schraubenzieher und verschiedenen Schlüsseln das alte Gelenk ausbaute.

»Haben wir zu wenig geschmiert?« fragte Aaron.

»Keine Spur«, antwortete Piero. »Es war nur abgenutzt und hat ein bißchen Spiel bekommen. Wenn so ein Gelenk erst einmal Spiel hat, wird das ganz schnell schlimmer. Sobald du etwas hören kannst, ist es höchste Zeit.«

»Bekommt ihr das Schmierfett aus Rußland wie wir?« fragte ich.

»Ja, ja!« sagte Aaron. »Kapitän Gácsér bringt es manchmal mit. Ferenc Gácsér, Todors Bruder.«

»Zieh mal ein bißchen, Chas!« sagte Piero.

Ich zog an der Welle, so daß sie in die Schiebemuffe zurückglitt, und Piero nahm das alte Gelenk ab, legte es auf den Boden und streckte die Hand nach dem neuen aus. Ich reichte es ihm, und er steckte es auf das Ende der Welle und zog diese wieder zu sich heran. Ein Schlüssel fiel zu Boden.

»Brutto!« sagte Piero, suchte nach dem Schraubenschlüssel, fand ihn und arbeitete weiter.

»Wie setzt du das Wasserrad in Gang, Aaron?« fragte ich.

»Mit dem da!« Er deutete auf eine Stange. Sie hing von einem Hebel herab, der durch die Wand nach außen führte.

»Draußen ist so eine Art von Waagebalken«, fuhr er fort. »An einem Ende hängt das Schleusentor vom Überlauf, am anderen das vom Wasserrad. Wenn du hier an der Stange ziehst, schließt sich die Schleuse vom Überlauf und die fürs Wasserrad öffnet sich. Das haben schon unsere Ahnen so gemacht.«

»Wo kamen deine Ahnen her, Aaron?«

»Aus der Schweiz. Der Herr führte sie nach Pennsylvanien. Von Pennsylvanien führte er sie in die Prärien, und von den Prärien hierher. Das war vor dreihundertundvier Jahren.«

Er nickte.

»Ah«, sagte ich. »Aus der Schweiz. Deshalb nennst du den runden Fels in der Klamm die Gletschermühle!«

»Nicht ich nenne ihn so, Chas. Vor mir hat mein Vater ihn so genannt, und vor meinem Vater mein Großvater, und vor ihm ...«

Er verstummte, sah mich an und nickte wieder.

Piero rutschte unter dem Werkstattboden hervor, sammelte das Werkzeug ein und ordnete es in den Tragekasten. Dann stand er auf und rüttelte kräftig an der Welle.

»Gut!« sagte er. »Du kannst es laufen lassen. Fett ist genug drin.«

Er ging zur Lappenkiste und wischte sich die Hände ab. Aaron ergriff das Ende der Stange über seinem Kopf und zog daran. Das Rauschen des Überlaufs wurde leiser, hörte auf, und ein anderes Rauschen setzte ein, näher, tiefer im Ton. Durch das Fenster sah ich, wie sich das Wasserrad langsam in Bewegung setzte. Die Gelenkwelle begann sich surrend zu drehen. Draußen gurgelte der Mühlbach in die Tröge des Wasserrades, und man hörte das regelmäßig schwappende Geräusch, mit dem die Tröge auf der Talseite des Rades ihr Wasser in den unteren Mühlteich entleerten.

Aaron schob die Stange ein wenig nach oben. Wasserrad und Welle wurden um ein geringes langsamer und behielten diese Geschwindigkeit bei.

Ich schaute durch die offenstehende Tür in die Werkstatt hinüber. Die Maschinen standen alle still.

»Wie bringst du nun die Maschinen zum Laufen, Aaron?« fragte ich.

»Von hier aus«, sagte er und zeigte auf das untere Ende der Gelenkwelle, »läuft eine Welle unter der einen Seite der Werkstatt entlang. Die treibt über einen Riemen eine zweite Welle auf der anderen Seite. Unter jeder Maschine sitzen zwei Treibräder. Eins ist fest mit der Welle verbunden. Das andere ist lose und dreht sich nicht mit. Du hast die langen Hebel neben den Maschinen gesehen?«

Ich nickte.

»Die haben am unteren Ende eine Gabel«, fuhr Aaron fort. »Wenn du den Hebel nach der Seite hin bewegst, schiebt diese Gabel den Treibriemen von dem stillstehenden Treibrad auf das andere hinüber, das sich mit der Welle dreht. Dann läuft die Maschine.«

»Hast du dir das ausgedacht?«

Er lächelte und strich sich mit den Fingern über den Bart.

»Irgendeiner meiner Vorfahren mag es sich ausgedacht haben«, sagte er. »Oder er mag es abgeschaut haben von dem, der es erdacht hatte. Kommt es darauf an?«

»Das mit der Hinterachse«, sagte Piero, »ist einer von Sigurds Einfällen. Du mußt zwei Teile in dem Ausgleichsgetriebe miteinander verschweißen; sonst dreht sich statt der Gelenkwelle der andere Teil der Achse.«

»In dreihundert Jahren«, sagte Aaron, »wird Sigurds Name vergessen sein. Das, was er sich erdacht hat, wird nicht vergessen sein.«

Er stieg langsamen Schritts die Stufen zur Werkstatt hinauf, und Piero und ich folgten ihm. Neben dem Schleifstein blieb Aaron stehen, beugte sich nieder, um nachzusehen, ob Wasser im Messingbehälter war, und schob dann behutsam den hölzernen Hebel hinter dem Gestell, in dem der Schleifstein ruhte, nach rechts. Als der Treibriemen auf die sich drehende Scheibe hinüberglitt, hörten wir ein schleifendes Geräusch. Das sehr große obere Treibrad, auf dessen Achse der Schleifstein angebracht war, begann sich langsam zu drehen. Wasser glänzte auf dem rötlichen, feinkörnigen Stein.

Ich zog mein Messer heraus, verstellte die Auflage etwas und schliff die Klinge vom Heft bis zur Spitze, erst auf der einen, dann auf der anderen Seite. Aaron stellte den Schleifstein ab. Ich zog die Klinge senkrecht ein Stückchen weit über meinen Unterarm. Härchen blieben an ihr hängen. »Wunderbar«, sagte ich. »Das braucht man fast nicht mehr abzuziehen.«

»Doch, doch, doch!« sagte Aaron. »Unbedingt!«

Aus einer Schublade zog er einen flachen, grauen Steinbrocken hervor, tat aus einer kleinen Flasche einige Tropfen Öl darauf, nahm mir das Messer aus der Hand und zog es ab. Dabei hielt er das Messer auf die Tischkante gestützt und bewegte den Ölstein in kleinen Kreisen die Schneide entlang.

»So!« sagte er schließlich und gab mir das Messer zurück. »Jetzt ist es recht!«

»Wie alt ist der Schleifstein?« fragte ich.

»Dreihundert Jahre«, sagte Aaron. »Damals soll er quer durch anderthalb Zoll mehr gemessen haben als jetzt. Mit ihm verglichen, sind unsere Mühlsteine Jünglinge. Vierzig Jahre sind sie alt.«

Nacheinander führte uns Aaron auch die anderen Maschinen vor. Auf der Bandsäge ließ er Piero und mich je ein Zugscheit aus Eschenholz ausschneiden; zuvor hatte er das Wasserrad langsamer gestellt, damit sich das Sägeband in dem harten Holz nicht zu sehr erhitzte. Er erklärte uns auch etliche Werkzeuge und Geräte, die uns unbekannt waren, wie den Zapfenschneider für die Radspeichen, den Deichselhobel, den Radstock zum Ausrichten der Speichen und Felgen und den großen Zirkel, mit dem er die Felgenstücke anriß.

»Ich würde gerne wiederkommen«, sagte ich zu Aaron. »Im Herbst; im Winter vielleicht. Ich möchte ein wenig von eurem Handwerk lernen. Wäre das möglich?«

»Sicher ist das möglich«, sagte Aaron. »Ephraim wird sich freuen. David wird sich freuen. Ich selber freue mich jetzt schon!«

Er legte mir die Hand auf die Schulter.

»Aber jetzt sollten wir Dagny nicht mit dem Essen warten lassen«, sagte er. »Kommt, ihr beiden. Wir nehmen Todor gleich mit.«

Wir gingen zwischen dem Werkstattgebäude und dem offenen Schuppen durch. Die dumpfen Schläge wurden lauter, und nun hörten wir auch eine helle, wütende Stimme.

»Ja, das gibt's doch nicht!« rief sie.

Wumm! folgte ein dumpfer Schlag.

»Ja, das muß doch nun!«

Wumm! Wieder ein dumpfer Schlag.

Todor hatte eine schwere, langgestielte Spaltaxt hoch über seinen Kopf erhoben und ließ sie auf einen Astknubben niederfallen. Die Axt blieb stecken.

»Ja, das gibt's doch nicht!« rief Todor, hebelte die Axt aus dem Holz heraus und schwang sie über den Kopf.

»Ja, das muß doch nun!« rief er, faßte den Astknubben ins Auge und ließ die Axt niedersausen. Sie traf genau in den vorhandenen Spalt, und der Astknubben zerbarst in zwei Stücke, die vom Hackstock herabrollten. Todor versetzte dem einen Stück einen Fußtritt.

»Ja, das muß doch nun!« wiederholte er leise und ruhig. Auf seinem Gesicht ging ein Lächeln auf. Ich sah, daß Todor mehrere Schneidezähne fehlten.

»Todor«, sagte Aaron. »Genug für jetzt. Komm, essen!«

»Essen?« sagte Todor. »Gut. Essen.«

Sein rundes Gesicht, das nicht alt und nicht jung war, verdüsterte sich. Brandrote Haarsträhnen, mit Grau gestreift, hingen ihm in die hohe Stirn.

»Klavier?« sagte er bittend.

»Am Abend ein wenig Klavier«, sagte Aaron. »Jetzt wollen wir essen. Du hast genug getan und bist hungrig. Komm, Todor!«

Er ging zu ihm, nahm ihm die Axt, deren Stiel er umklammert hielt, aus den Händen, lehnte sie an den Hackstock, faßte Todor um die Schultern und ging mit ihm auf die Werkstatt zu. Piero und ich gingen hinterher.

Todor war kleiner als wir und bedeutend kleiner als Aaron. Seine Beine waren ein wenig zu kurz für den stämmigen Körper. Die langen Arme, die vorhin die Axt so zielsicher und kraftvoll geführt hatten, hingen nun schlaff und schlenkernd herab, als seien sie zu nichts anderem nütze. Sein Gang war unsicher wie der eines Menschen, den man jäh aus dem tiefsten Nachtschlaf gerissen hat.

Wir hörten Aaron leise zu Todor sprechen, konnten jedoch nicht verstehen, was er sagte.

»Nun«, sagte ich zu Piero, als wir zum Steg über den Mühlbach kamen, »hast du herausgefunden, wonach es im Gästezimmer von Don Jesús riecht?«

»Selbstverständlich. Vor allem riecht es nach Lavendel. Aber auch nach Mumien.«

»Nach Mumien? Woher willst du wissen, wie Mumien riechen?«

»Aus Erfahrung, Chas. Woher sonst? In der Krypta des Kapuzinerklosters bei Palermo sind sie ordentlich eine neben der anderen am Hals aufgehängt und lachen dich an. Du kannst gar nicht umhin, sie zu riechen.«

»Von dem Leder der Landkarte an der Wand stammt der Geruch nicht, Gatto. Die hab ich gründlich beschnuppert. Hast du die Mumie entdeckt? Wo war sie? Unterm Bett?«

»Hast du in den Wandschrank über dem Bett hineingeschaut?«

»Bei uns schaut man nicht in die Schränke seiner Gastgeber hinein.«
»Nein. Statt dessen beauftragt man seine Freunde, das für einen zu erledigen. Der Schrank ist voll von altem Leder. Ganze Häute, zugeschnittene Stücke, eine Lederjacke, der noch ein Ärmel fehlt, eine angefangene Landkarte – ich hab nicht gewühlt, Chas. Ich hab nur hineingeschaut. Alles alte Sachen, die nach Palermo riechen. Heimatlich. Natürlich hab ich danach von der Krypta geträumt. Ich hing an der Wand neben den anderen Mumien, und meine Eltern, meine Schwester, Don Anastasio und Tante Concetta kamen herein, um sich die Mumien anzusehen. Als Titola vor mir stand, hab ich ihr plötzlich die Zunge herausgestreckt und bah! gemacht. Da bin ich aufgewacht.«
»Kann eine Mumie die Zunge herausstrecken?«
»Es scheint so. Doña Gioconda hat das auch gefragt.«
»Hat sie dir den Traum erklärt?«
»Sie hat gemeint, das sei schwierig. Sie will darüber nachdenken. Sie hat wissen wollen, ob Titola in meinem Traum erschrocken ist, als ich bah! machte. Ich hab ihr gesagt, das kann ich unmöglich wissen, weil ich sofort aufgewacht bin.«
»Bist du wieder eingeschlafen?«
»Nein, Chas. Ich mußte über den Traum lachen. Er hat mich daran erinnert, wie Titola und ich als Kinder Pharao spielten. Ich lag ausgestreckt auf einem Tisch. Titola war dabei, mich mit Binden zu umwickeln, die sie aus Mutters Medizinschrank geholt hatte. Da kam Tante Concetta herein. Du hättest ihr Gesicht sehen sollen, Chas!«
»Hat sie gedacht, du hättest dich verletzt?«
»Ach wo. Sie hat sofort begriffen, was wir da spielten. Das war es ja eben, weshalb sie so ein Gesicht zog. Sie hatte uns wieder bei einem heidnischen Spiel erwischt. Am nächsten Sonntag mußten wir zu Don Anastasio gehen und es ihm beichten.«
Wir hatten die Gartenpforte erreicht. Piero ließ mich vorausgehen und schloß sie hinter uns. Der Weg war mit frischgeharktem rotem Kies bestreut und beiderseits von schmalen Beeten mit Stiefmütterchen, Begonien, Schöngesicht, Löwenmäulchen und gelbroten Akeleien gesäumt. Unter einem mit grünen Früchten überladenen Mirabellenbaum schlief eine grauschwarz getigerte Katze.

Wir folgten Aaron und Todor in den getäfelten Hausflur, an dessen Ende Wasser aus einem Rohr in einen Steintrog floß, und dann nach rechts in die Stube, deren Einrichtung aus einem Wangentisch mit Bockstühlen und einer Eckbank, einem Anrichtetisch, einem breiten Küchenschrank mit verglastem Aufsatz und einer hohen Pendeluhr bestand. Alle Möbel waren aus Kirschbaumholz mit dem tiefen, durchscheinenden Glanz des Alters. Links an der Wand stand der breite gußeiserne Herd.

Dagny Svansson saß auf der Bank und las in einem Buch; sie legte es geöffnet neben sich, stand auf und küßte Aarons Wange. Sie trug ein mit blauen Blättermustern bedrucktes Leinenkleid und war barfuß. Ihr Haar war so hell, daß, ähnlich wie bei Inga Svansson, ein seidengrauer Schimmer auf ihm lag. Ein dicker, lose geflochtener Zopf hing ihr über eine Schulter nach vorn.

»Nun, Mädchen?« meinte Aaron, nachdem er sie auf die Stirn geküßt hatte, in die kurze, feine Härchen hineinhingen. »Wir sind spät dran, nicht wahr?«

»Ach wo, Vater Aaron!« sagte sie. »Es war alles fertig. Da hab ich halt ein wenig gelesen.«

Sie hatte eine rauhe Altstimme. Auch ihre Art zu sprechen und etwas in ihren Bewegungen erinnerte mich entfernt an Inga Svansson.

»Setz dich doch, Todor«, sagte sie. »Hier, neben meinen Platz, wie immer.«

Auf den Fersen drehte sie sich zu Piero und mir herum und streckte jedem von uns eine Hand entgegen.

»Piero! Come sta? Und du bist der berühmte Chas Meary?«

Dunkelgraue Augen blickten mich an. Ich nahm ihre rauhe Hand.

»Berühmt, weil mir der Jäger Maguaie begegnet ist? Ich nehme an, diese Nachricht ist auch schon hierher vorgedrungen?«

»Ja. Doch darauf wollte ich nicht anspielen. Ich meine, ich hab schon viel von dir gehört.«

Sie verschränkte wieder die Hände hinter dem Rücken und wippte auf den Zehen einmal auf und ab.

»Gott behüte mich!« sagte ich.

»Nicht nötig«, sagte Dagny. »Es war nur wenig Arges unter dem, was ich gehört hab. Steht nicht so herum. Setzt euch.«

Mit einer Handbewegung wies sie Piero und mir unsere Plätze an und stellte eine zugedeckte Schüssel, geschnittenes Brot, Butter und einen Teller mit hartgekochten, geschälten Eiern auf den im übrigen bereits gedeckten Tisch.

Nach einem stillen Gebet machten wir uns zunächst an die Gemüsesuppe. Todor saß mir gegenüber. Seine lohfarbenen Augen waren auf den Teller gerichtet. Er aß langsam, mit eckigen, wie auswendig gelernten Bewegungen. Die schmale, zarte Nase saß fremd in seinem runden Gesicht; über die fleischigen Ohren hingen rotgraue Haarzotteln herunter.

Todor aß seine Suppe und mehrere Butterbrote mit vier oder fünf Eiern. Er aß noch, als wir anderen längst fertig waren. Endlich lehnte er sich zurück, und wieder ging ein Lächeln in seinem Gesicht auf.

»Klavier!« sagte er träumerisch.

»Klavier? Warum nicht!« sagte Dagny. »Geht schon mal alle hinüber. Ich räume eben noch ab.«

Ich erhob mich von der Bank, streifte Dagnys Buch und fing es gerade noch auf, ehe es zu Boden fiel. Ich schaute auf den Buchrücken.

»Ah«, sagte ich. »Eins von meinen Lieblingsbüchern.«

»Hamsuns *Victoria*?« sagte Dagny vom Herd her. »Ja, ich liebe es auch. Aber es ist schrecklich, wie die Menschen einander vor zweihundert Jahren gequält haben.«

»Tun sie das heute nicht mehr?«

»Nein. Doch. Ich weiß nicht. Jedenfalls nicht so. Nicht bis aufs Blut.«

»Und die Liebe ward der Ursprung der Welt und die Beherrscherin der Welt«, sagte ich. »Aber alle ihre Wege sind voll von Blumen und Blut, Blumen und Blut.«

»Du weißt das auswendig? Ich las es vorhin gerade, als ihr hereinkamt. Es geht mir nach.«

»Weil es wahr ist, Dagny.«

»Du meinst, daß man den anderen quälen muß? Daß man nicht anders kann?«

»Doch, man kann anders. Aber am Ende, da kann man nicht anders. Einer von beiden stirbt zuerst, nicht wahr?«

Ein Löffel fiel ihr hinunter. Sie bückte sich rasch und hob ihn auf.

»Ist es das, was er meint?« fragte sie, ohne mich anzusehen.

»Ja«, sagte ich. »Darauf läuft es hinaus.«

Sie wandte mir das Gesicht zu. »Ich will darüber nachdenken«, sagte sie. »Geh jetzt hinüber zu den anderen. Du bist ein schrecklicher Mensch.«

»Wieso, Dagny?«

»Weil du ein Mann bist. Weil ihr so auf der Wahrheit besteht.«

Sie lächelte mir zu und warf ihren Zopf über die Schulter zurück. Ich ging durch den Flur auf die Tür zu, aus der ich Pieros Stimme hörte.

In dem Raum, der ebenso dunkel getäfelt war wie der Hausflur, stand in einer Ecke ein mattbrauner Flügel mit geschlossenem Deckel. An der Wand auf der Fensterseite waren ein Webstuhl, eine Haspel, zwei Spinnräder und mehrere Körbe mit Wolle und Flachs. Unter den Fenstern an der Südseite, die auf den Garten hinausblickten, streckte sich eine Bank; vor ihr standen etliche niedrige Tischchen, zwei Schaukelstühle und einige mit Schaffellen bezogene Lehnsessel.

»Gut«, sagte Piero gerade zu Aaron. »Also machen wir zuerst die Schlittenbeschläge und die Radreifen dann zum Winter.«

Aaron nickte.

Todor saß auf der Bank und betrachtete seine Hand. Er drehte sie im Sonnenlicht, das durch das Fenster hinter ihm fiel, hin und her.

»Wo sind all die anderen, Aaron?« fragte ich.

»Ruth ist bei Agneta«, sagte er. »David und Ephraim sind auf dem Neubau, und Deborah, die ist heute mitgefahren und hat die beiden Buben mitgenommen. Die wollten sich unbedingt einmal als Zimmerer versuchen. Das ist schon recht. Deborah wird achtgeben, daß sie sich nicht weh tun.«

Dagny kam leise herein, setzte sich an den Flügel und öffnete den Deckel über den Tasten.

»Was spielen wir zuerst?« fragte sie. »Vater Aaron?«

»Jesus bleibet meine Freude«, antwortete Aaron.

Dagny begann zu spielen. Manchmal neigte sie sich ein wenig vor und senkte dabei kaum merklich den Kopf. Sonst bewegten sich nur ihre Hände.

Aaron lauschte mit halbgeschlossenen Lidern, die Hände im Schoß verschränkt. Piero stützte das Kinn in eine Hand und neigte den Kopf zur Seite; die kleine Falte zwischen Nase und Stirn war beinahe verschwunden. Todor saß weit vorgebeugt. Seine Hände hingen locker zwischen den Knien hinab, als hätte er vergessen, daß sie zu ihm gehörten. Sein Gesicht war schmal geworden, schmal und alt; in diesem Gesicht wirkte die zarte Nase nicht länger fremdartig. Seine dicken Lippen hatten sich gestrafft und bewegten sich, als ginge die Melodie auch von ihnen aus. Seine Augen blickten klar und reglos auf einen Punkt an der Wand hinter dem Flügel. Nach der Sonate von Bach spielte Dagny auf meinen Wunsch noch einmal Scarlatti. Piero wünschte sich einen Walzer von Chopin. Und als der letzte Ton verklungen war, beobachtete ich, wie das andere Gesicht, das die Musik bei Todor hervorgerufen hatte, sich zurückzog. Seine Lippen erschlafften; seine Augen verfielen in ein trübsinniges Gezwinker; die Nase allein blieb, wie sie gewesen war, schmal und zart; und nun sah sie auch wieder fremdartig aus inmitten des Gesichts, das weder alt war noch jung.

Dagny klappte den Deckel über den Tasten zu, stieß sich mit den nackten, braunen Zehen vom Boden ab und drehte sich auf dem Klavierstuhl im Kreis.

»Paß auf, dir wird schwindlig!« sagte Piero.

»Schwindlig«, sagte Todor. »Klavier.«

Er stand auf, tat schläfrig ein paar Schritte, bis er hinter Aarons Sessel stand, und legte Aaron seine Hände auf die Schultern.

»Holz hacken«, sagte er.

»Ja, Todor«, sagte Aaron. »Ich habe auch noch oben zu tun. Wir wollen uns aber etwas zu trinken mitnehmen. Es ist warm.«

Er stemmte sich hoch. Todors Hände glitten von seinen Schultern.

»Trinken«, sagte Todor. »Klavier. Abends.«

»Ja, ja«, sagte Aaron. »Abends!«

Er wandte sich zu Piero und mir.

»Habt nochmal Dank«, sagte er. »Behüt euch Gott. Ich seh euch später.«

Er nahm Todor bei der Hand, und sie gingen hinaus. Dagny folgte ihnen. Bald hörten wir Schritte auf dem Kies des Gartenweges. Eine Weile später kam Dagny zurück und brachte drei Becher und einen Krug mit Wein.

»Darf man bei euch rauchen?« fragte ich.

»Aber ja. Die Fenster sind ja offen.«

»Gut«, sagte ich und holte meine Pfeife hervor. Piero hatte die seine bereits in der Hand.

»Wie war das mit der Garbe?« fragte er, während er Tabak in seine Pfeife stopfte. »Letztes Mal, als ich hier war, hattest du gerade angefangen, mir etwas von Todor und der Garbe zu erzählen. Dann kam Deborah herein, und du sprachst von etwas anderem.«

»Ach das«, sagte Dagny. »Das ist ein paar Jahre her. Wir haben den Weizen auf Hocken gestellt, oben auf dem Hügel, wo dieses Jahr auch wieder Weizen steht. Dann waren wir fertig. Ane-Maria hat etwas auf der Gitarre gespielt und dazu gepfiffen. Ein paar von uns haben getanzt. Todor hat sich eine Garbe genommen und mit der Garbe getanzt, als ob sie ein Mensch wäre. Das war das einzige Mal, daß ihn jemand hat tanzen sehen.«

»Habt ihr versucht, ihm dasselbe Stück noch einmal vorzuspielen, Dagny?« fragte ich.

»Aber ja. Es ist, wie ich gesagt hab. Er hat nie wieder tanzen wollen. Ane-Maria hat mir das Lied dann einmal vorgepfiffen, als Todor dabei war. Da war ich froh, daß sie es nur gepfiffen und nicht gesungen hat.«

»Weshalb denn?«

»*The Fool on the Hill*. So heißt es.«

»Todor ist kein Narr, Dagny.«

»Wem sagst du das? Trotzdem war ich froh, daß Ane-Maria klug genug gewesen war, die Worte wegzulassen.«

»Ja, das sieht ihr ähnlich. Spielt ihr manchmal zusammen, du und Ane-Maria Ibárruri?«

Dagny runzelte die Stirn und zog die Mundwinkel herunter.

»Du bist ein schrecklicher Mensch, Chas! Gitarre und Klavier – stell dir das mal zusammen vor. Ein Duell! Unmöglich! Nein, aber seit wir zusammen in der Schule waren, haben wir uns vorgenommen, daß sie mir Gitarre beibringt und ich ihr Klavier. Letzten Winter haben wir endlich angefangen. Kommenden Winter wird es ernst.«

»Wo wollt ihr das machen?«

»Mal bei uns, mal bei ihnen. Wie es sich ergibt. Warum?«

»Weil ich zuhören möchte.«

»Kommt überhaupt nicht in Frage!«

»Dann eben nicht, Dagny. Ich werde im Winter aber öfter hier sein, weil ich in der Werkstatt arbeiten will. Und Ane-Maria kann ihre Gitarre mitbringen, während du den Flügel nicht nach Seven Persons hinüberschaffen kannst. Ihr werdet also meistens hier üben müssen, nicht wahr? Da wird es sich kaum vermeiden lassen, daß ich etwas von eurem Geklimper mitbekomme. Oder erwartest du, daß ich mir Wachs in die Ohren stopfe wie Odysseus?«

»Als er an der Insel der Sirenen vorbeisegelte! Sprich dich nur aus!«

»Es ist unerträglich«, sagte Piero.

»Wie dein Freund daherredet, meinst du?« sagte Dagny.

»Nein. Wie gut es dir steht, wenn du dich ärgerst.«

»Buffone!«

Sie warf ihren Zopf, der sich gelöst hatte, nach vorn und machte sich daran, ihn neu zu flechten.

»Dagny?« sagte ich nach einer Weie.

»Bah!«

»Dagny? Hast du Todors Gesicht gesehen, als er dir zuhörte?«

»Mhm!«

»Hat er das immer, wenn er Musik hört? Dieses andere Gesicht?«

»Ja. Hast du deshalb gesagt, daß er kein Narr ist?«

»Auch deshalb, ja. Doch da ist noch etwas. Ich meine…, ich weiß nicht, wie ich es sagen soll…«

»Macht nichts. Ich versteh dich auch so. Weißt du, was mein Bruder behauptet?«

Ich schüttelte den Kopf.

»Er behauptet, ein Mensch kann nur ein Gesicht haben. Wenn ein Mensch noch eins hat, muß eins von den beiden eine Maske sein. Und er behauptet, daß er bei Todor nie ganz sicher weiß, welches das wirkliche Gesicht ist und welches die Maske.«

»Unsinn!«

»Nicht wahr?«

»Völliger Blödsinn«, sagte Piero. »Die meisten Menschen haben mehrere Gesichter. Du auch, Dagny. Vorhin zum Beispiel, als du so wütend warst…«

»Jetzt, wo Chas endlich vernünftig geworden ist, mußt du anfangen? Die spinnen, die Sizilianer!«

»Weißt du, was ich befürchte, Dagny?« sagte ich.

»Was denn?«

»Wenn ihr beide, du und David, erst einmal verheiratet seid, wird David manchmal einen Streit vom Zaun brechen, nur um dein zweites Gesicht zu sehen. Es ist wirklich von wildem Liebreiz!«

»Da hörst du es«, sagte Piero.

Dagny Svansson lachte. »Kennst du David, Chas?« fragte sie.

»Bisher noch nicht.«

»Dann warte ab, bis du ihn kennst. Du wirst sofort sehen, wer von uns beiden es ist, der Streit anfängt.«

»Das seh ich bereits jetzt«, sagte Piero.

»Sei still, Gatto«, sagte ich. »Laß mich selber dahinterkommen.«

»Ihr seid zwei Vögel aus einem Nest«, sagte Dagny, ihre große sommersprossige Nase rümpfend. »Kratzt euch mal die Eierschalen hinter den Ohren weg.«

»Einverstanden«, sagte ich. »Ich wollte dich die ganze Zeit fragen, wie Todor zu den Wiebes gekommen ist. Bloß ist mir Gatto immer wieder ins Wort gefallen.«

»Verräter!« sagte Piero. »Jetzt willst du dich mit ihr gegen mich verbünden.«

»Vater Aaron hat ihn gefunden«, sagte Dagny. »Todors Eltern, die Gácsérs, waren Fischer. Wiebes haben mit ihnen Fische gegen Fleisch getauscht. Eines Tages, es sind bald dreißig Jahre her, kam Aaron mit einem geschlachteten Kalb. Niemand war da. Nur der Hund lag neben seiner Einfriedung. Er war ein halber Wolf. Antal Gácsér ließ ihn wegen der Coyoten in der Nacht heraus oder wenn kein Familienmitglied zu Hause war, wie an diesem Tag. Aaron trug das Kalb in die Vorratskammer, fand dort die Fische, die Antal für ihn bereitgelegt hatte, und trug sie zu seinem Wagen. Er mußte dreimal gehen. Er kam zum drittenmal aus dem Haus und wollte gerade aufsteigen und abfahren, als er den Hund heulen hörte. Aaron schaute zu der Einfriedung. Der Hund lag immer noch dort, die Schnauze auf den Vorderpfoten. Wieder erklang das Heulen. Weil ein Hund mit geschlossener Schnauze nicht heulen kann – und weil Antal immer nur den einen Hund gehabt hatte –, ging Aaron nachsehen. Innerhalb der Einfriedung stand eine große Hütte für den Hund. Vor der Hütte saß Todor. Er war mit einem Fuß angekettet, saß aufrecht und nackt auf dem Boden und heulte. Er hatte sich an einem Knochen einen Zahn ausgebissen.«

»Wie alt war er?« fragte ich.

»Elf oder zwölf«, sagte Piero. »Er muß ungefähr zehn Jahre lang mit dem Hund zusammengelebt haben. Niemand hat davon gewußt.«

»Wie war das möglich?«

»Fremde haben sich nicht zu dem Hund hineingewagt«, sagte Dagny. »Und von den Nachbarn ist keiner auf den Gedanken gekommen. Wie sollten sie?«

»Hat niemand von der Familie etwas ausgeplaudert?«

»Niemand, Chas. Wenn du ein paar Jahre hier gelebt hast, wirst du wissen, wie die Menschen in Megumaage sich aufs Schweigen verstehen, wenn sie nur wollen.«

»Besser als wir in Sizilien«, sagte Piero.

»Oh«, sagte Dagny. »Ihr seid Schwätzer!«

»Ich glaube, ich würde es spüren, wenn jemand etwas vor mir geheimhalten wollte«, sagte ich.

»Glaubst du?« sagte Dagny. »Todor war zehn Jahre lang mit dem Hund in der Hütte drunten an der Bucht. Denkst du, jemand hätte etwas gespürt?«

Sie warf den Kopf zurück und strich mit einer Hand eine kurze graublonde Haarsträhne aus der Stirn.

»Ich weiß, was du meinst«, Chas, fuhr sie fort. »Wenn du jemanden geradeheraus fragst, und er verschweigt dir etwas oder lügt – das spürst du. Liegt jedoch das Geheimnis hinter einer unverschlossenen Tür, die aussieht wie jede andere – spürst du es dann auch?«

»Das kann ich nicht sagen, Dagny. In dieser Lage war ich noch nicht.«

»Vielleicht doch – und du hast es nur nicht gemerkt!«

»Das wäre möglich«, sagte ich und lachte.

»Du hast von unserem Bruder gehört? Von Per?«

»Nur Vermutungen darüber, wie er ums Leben gekommen sein könnte.«

»Niemand hat mehr als Vermutungen! Außer meinen Eltern. Meine Eltern wissen etwas.«

»Du hast sie gefragt?«

»Mehr als einmal. Aber sie sagen mir nichts. Sie verstehen sich aufs Schweigen – sogar innerhalb der Familie.«

»Hast du Sigurd gefragt?«

Sie nickte.

»Er weiß so viel wie ich, Chas. Auch, daß die Eltern etwas wissen und darüber den Mund halten. Doña Pilar hat mir einmal gesagt, daß Per hinter den Mädchen her war. Mehr als andere, meinte sie.«

»Daran stirbt man nicht, Dagny«, sagte Piero durch eine Rauchwolke hindurch.

»Das meint David auch.«

»Wie ging es weiter mit Todor?« fragte ich.

»Vater Aaron hat ihn losgemacht und mitgenommen.«

»Gab es Unfrieden deswegen?«

»Nicht, daß ich wüßte. Aaron und Antal haben wohl darüber gesprochen. Aber Todor blieb hier. Und die beiden Familien haben weiterhin Fische und Fleisch getauscht. Sie tun es noch heute. Ferenc ging zur See, und Nina, die Tochter, hat einen Fischer geheiratet, einen Indianer.«

»Weißt du, wie Todors Mutter hieß?«

Dagny lachte ihr tiefes, rauhes Lachen.

»Ich denke oft an sie«, sagte sie. »Sie war eine schöne alte Frau. Lieb zu ihren Kindern – zu den beiden, die so waren, wie sie sein sollten. Aber ihren Namen vergesse ich, sooft ich ihn gesagt bekomme. Du mußt Vater Aaron fragen.«

»Konnte Todor sprechen, als er hierher kam?«

»Kein Wort. Es hat Jahre gedauert, bis er so sprechen konnte wie heute. Er hat sich auch noch ein paar Zähne an Knochen zerbrochen, bevor Ruth ihm beibringen konnte, daß er kein Hund ist.«

»Dafür kann er aber Klavier spielen wie der Teufel!« sagte Piero.

»Willst du mir einen Bären aufbinden?« sagte ich.

»Es ist wahr«, sagte Dagny.

»Hast du es ihm beigebracht?«

»Es war so: Zuerst hat er nur einzelne Tasten angeschlagen und lange auf den Ton gelauscht. Eines Abends kam er herein, als ich Fingerübungen spielte. Er schaute mir genau zu, mit dem Gesicht,

524

wie du es vorhin an ihm gesehen hast; bestimmt eine Stunde lang hat er dagestanden und zugeschaut. Als ich fertig war und aufstand, setzte er sich hin und spielte meine Übungen nach; sehr, sehr langsam, aber richtig. Von da an kam er fast jeden Abend.«

»Und wie lange ging das? Wie lange hat es gedauert, bis er richtig spielen konnte?«

»Fast vier Jahre. Er kennt keine Noten, weißt du. Er spielt nur nach, was man ihm vorspielt. Du mußt es selber hören, Chas. Bleibt ihr über Nacht?«

»Wir müßten längst auf dem Heimweg sein, Dagny«, sagte Piero.

»Schade. Nun, dann beim nächstenmal. Ich müßte auch längst in der Küche stehen. Und vorher wollte ich noch die Schweine füttern.«

»Wir haben die Pferde auf der Koppel beim Stall.«

»Gut«, sagte sie. »Gehen wir.«

Wir erhoben uns alle drei gleichzeitig und mußten lachen, weil das so feierlich wirkte.

Piero und ich halfen Dagny, die schwarzen Schweine und ihre Ferkel zu füttern. Der Eber, der einen umzäunten Auslauf für sich hatte, schien satt zu sein. Er lag bäuchlings in seiner Schlammsuhle. Auf Dagnys Lockrufe hin schlug er nur die Lider mit den langen, geschwungenen schwarzen Wimpern auf und musterte uns träge und behaglich.

Die Sonne stand schon halbwegs zwischen ihrer Mittagshöhe und dem gründunklen Dunst der Wälder drüben auf dem Festland, als wir endlich auf unseren Pferden saßen. Dagny stand in der Stalltür und sah uns nach. Piero und ich drehten uns mehrmals um und winkten, und sie winkte zurück, doch als wir uns auf der Holzbrücke noch einmal umwandten, war sie im Stall verschwunden.

»Ja, ja«, sagte Piero und trieb Solvejg vorwärts.

»Ja, ja«, sagte ich. »Gib ruhig zu, daß du sie reizend findest, selbst wenn sie sich nicht ärgert.«

Piero hob die Schultern und lächelte.

Im Schritt ritten wir den Hügel hinan. Der braunrote Weg mit den grünen Grasstreifen zu beiden Seiten bog sich erst leicht nach links und weiter oben wieder nach rechts inmitten der gelben Weizenflut, die auf der Hügelkuppe gegen den Himmel anbrandete. Ein

Krähenschwarm flog auf und strebte dicht über den Ähren dem Wald zu. Kein Ruf war zu hören; nur das leise Pfeifen der schwarzen Flügel in der Luft.

Der Weg verengte sich zum Pfad. Ich ritt voraus. Eine kleine Weile später rief Piero mir etwas zu. Ich zog die Zügel an und drehte mich um.

»Ich glaube, Solvejg hat sich einen Stein in den Huf getreten«, sagte Piero. Hoss wandte den Kopf, als Piero abstieg. Ich schaute zu dem alten Zedernhain hinüber. Etwas hatte sich dort bewegt. Gleich darauf bewegte sich wieder etwas; und obwohl ich die Sonne im Gesicht hatte, meinte ich, einen Bären zu erkennen, der sich im Gitterwerk aus Licht und Schatten langsam vorwärtsschob, die Schnauze tief am Boden.

Ich schlang die Zügel um den Sattelknopf und stieg ab. Piero hatte Solvejgs rechte Hinterhand zwischen den Knien und kratzte mit den Fingern Sand zwischen Hufwand und Strahl heraus.

»Hast du einen Auskratzer dabei?« fragte ich.

»In der linken Satteltasche«, sagte Piero. »Sei so gut und gib ihn mir!«

Ich holte den Haken heraus. Solvejgs Schweif, mit dem sie nach den Fliegen an ihrer Flanke schlug, wischte mir übers Gesicht.

»Kommst du allein zurecht?« fragte ich.

»Natürlich. Es dauert nicht lang.«

»Drüben im Wald ist ein Bär. Ich möchte ihn mir aus der Nähe anschauen.«

»Sei vorsichtig!«

»Er ist allein, Gatto. Ich bin gleich wieder da.«

Ich folgte dem Fußpfad, und obgleich ich den Wind im Rücken hatte und der Bär mich wittern konnte, ließ er mich auf weniger als fünfzig Schritte herankommen, ehe er den großen Kopf mit den stumpfen, aufrechten Ohren hob. Sein Gesicht konnte ich gegen die Sonne nicht erkennen.

Ich blieb stehen.

Der Bär senkte den Kopf, schnaufte leise und schob sich langsam und schaukelnd voran.

Ich folgte ihm.

Nach einer Weile blieb der Bär stehen und hob den Kopf.

Ich blieb stehen.

Der Bär grunzte und schob sich in ein Gebüsch. Wieder folgte ich ihm. Jedesmal, wenn er stehenblieb, blieb auch ich stehen; jedesmal, wenn er sich weiterbewegte, folgte ich ihm und versuchte, den Abstand zwischen ihm und mir ein wenig zu verringern. Schließlich war ich bis auf dreißig Schritte an den Bären herangekommen. Er sah mich an. Sein Kopf war im Schatten. Der Pelz auf seinem Rücken leuchtete rötlich in der Sonne. Ich machte einen Schritt und trat auf einen trockenen Zweig, der mit einem scharfen Knall zerbrach.

Der Bär duckte sich, schnaufte, machte einen weichen Sprung und trabte rasch und schaukelnd davon, ohne sich nach mir umzublicken. Nach wenigen Augenblicken war er zwischen den Bäumen außer Sicht. Ich hörte Büsche brechen, nun schon weit weg. Dann war es still.

Ich sah mich um. In welcher Richtung mußte ich mich halten, um Piero und die Pferde wiederzufinden?

Ich umging einen sumpfigen Quelltopf, den ich nicht gesehen hatte, als ich dem Bären gefolgt war, stieg über Zedernwurzeln einen Abhang hinauf, an den ich mich ebenfalls nicht erinnerte, und erreichte eine kleine, runde Lichtung, über der sich die Wipfel der Bäume so dicht zusammenschlossen, daß es dunkler auf ihr war als im Wald ringsum. Ich blieb stehen.

»Ho!« rief ich. »Gatto!«

Niemand antwortete.

Auf den Stämmen jenseits der Lichtung lag die Sonne. Die Schatten der Stämme wiesen in die Richtung, in der ich ging. Zwischen den Wurzeln eines Baumstumpfes stieß mein Fuß an einen Gegenstand, der aus dem Schatten ins Sonnenlicht rollte, kippte und liegenblieb. Es war ein kleiner, zahnloser Menschenschädel, dem der Unterkiefer und Teile des Schädeldachs fehlten.

Ich stieg über den Baumstumpf hinweg, stolperte und fand im letzten Augenblick Halt an einem Zedernstämmchen, das sich unter meinem Griff bog. Fliegen summten auf. Neben dem Stämmchen, noch halb von seinen unteren Zweigen verborgen, lagen die Überreste eines kleinen Kindes.

Das Kind mochte einen oder zwei Tage alt gewesen sein. Die Lippen waren zu einem Krater aufgeschwollen, in dem sich weiße Maden regten. Auch die Augenhöhlen und die Nasenlöcher wimmelten von Maden. Von der Nase selber war nicht mehr viel übrig. Über die Brust kroch eine gelb, weiß und schwarz gestreifte Schnecke; hinter ihr blieb auf der nahezu schwarzen Haut, in der bläuliche Risse klafften, eine Spur zurück, die wie Perlmutt schimmerte.

Das Zedernstämmchen schnellte hoch, als ich es losließ. Die Fliegen umkreisten mich, bevor sie sich wieder dort niederließen, wo ich sie aufgestört hatte.

Äste knackten. Schritte näherten sich. Piero trat ins Sonnenlicht und betrachtete den Kinderschädel vor meinen Füßen.

»Schau mal unter die kleine Zeder dort, Piero«, sagte ich.

Er tat es und ließ das Stämmchen gleich wieder fahren.

»Ich hab dir gesagt, du sollst vorsichtig sein, Chas«, sagte er.

»Und ich hab gedacht, du meinst den Bären. Dann wußtest du also, was hier vorgeht?«

»Ich wollte mit dir darüber reden, Chas.«

»Heute?«

»Ich weiß nicht. Irgendwann bestimmt. Sie setzen Kinder aus, Chas. Manchmal. Hast du das nicht gewußt?«

»Nein, Piero. Todor jedenfalls haben sie nicht ausgesetzt. Weiß Aaron davon – von dem hier?«

»Ich glaube schon. Ich glaube, alle wissen es. Nur spricht keiner darüber.«

»Woher weißt du es?«

»Ich hab zufällig gehört, wie Agneta gesagt hat, vielleicht hätten sie Knud aussetzen sollen. Das war ein paar Tage, nachdem er den Frosch zerschnitten hatte.«

»Hat sie noch mehr gesagt? Oder hast du sie gefragt?«

»Ich hab sie gefragt. Viel hab ich nicht erfahren. Eigentlich nur, daß es gemacht wird. Und daß es bestimmte Plätze dafür gibt. So wie diesen hier.«

»Aber warum, Piero? Warum?«

»Ich weiß es nicht, Chas.«

»Komm«, sagte ich und nahm ihn am Arm. »Dafür müssen sie sich verantworten. Ich will noch heute mit Taguna sprechen. Und dann reise ich mit dem nächsten Schiff ab.«

»Taguna ist nicht da«, sagte Piero. »Nicolae Istrate hat sie und Strange Goose gestern abend abgeholt. Sie wollen morgen abend zurücksein.«

»Dann rede ich morgen abend mit ihnen.«

»Wir«, sagte Piero. »Ich will es auch wissen.«

WARUM?

Langsam wuchs die Insel vor uns empor, als stiege sie aus dem Wasser auf, und sie wurde grüner, je näher wir ihr kamen. Das dunkelste Grün war das der alten Zeder hinter der Hütte, deren Stamm sich über dem Dachfirst in zwei gleich dicke Stämme teilte. Die westliche Flanke der Sandsteinklippe glühte rot in der untergehenden Sonne; die östliche stand schon erloschen und schwarz wie kalte Lava vor dem blassen Himmel.

Wir fanden Strange Goose und Taguna im Garten. Taguna arbeitete an der langen, teebraunen Lederjacke. Sie stickte die Doppelkurve in den Rand der Kapuze. Die beiden Seetaucher auf der Vorderseite der Jacke waren fertig.

»Hehe!« grüßte Strange Goose. »Chas und Piero! Alle beide! Wollt ihr mit zu den Gänsen fahren?«

»Du warst doch heute schon drüben«, meinte Taguna und wandte sich an uns. »Er hat nicht einmal gegessen. Wir waren kaum zu Hause, da ist er hinübergefahren. Er hat keine Ruhe, wenn er nicht weiß, daß es den Vögeln gutgeht. Setzt euch doch!«

Piero setzte sich und holte seine Pfeife heraus. Ich blieb stehen.

Taguna sah mich an.

»Wir waren bei Oneeda«, sagte sie, »unsere Enkelin, du weißt. Es geht ihr so gut wie seit Jahren nicht. Sie wollte mit uns reden. Auch das ist schon seit vielen Jahren nicht mehr vorgekommen. Nicolae hat uns abgeholt. Er dachte, es sei wichtig, und das war es auch. Oneeda hat sich endlich erinnert. Sie hat uns etwas erzählt, was keiner von uns auch nur geahnt hat. Setz dich doch, Chas!«

Ich blieb stehen. Abit hob den Kopf.

»Ich will nur eins wissen«, sagte ich. »Du bringst Kinder um. Wie kannst du das rechtfertigen?«

Piero schüttelte den Kopf.

Taguna starrte mich an. Sie zog die Unterlippe ein und befeuchtete

sie mit der Zungenspitze. Ihr Mund entspannte sich. Sie stach die
Nadel, die sie noch in der Hand hielt, in das Leder der Kapuze, fal-
tete die Jacke zusammen und legte sie in den Korb neben ihrem
Sessel, alles, ohne die Augen von meinem Gesicht zu lassen.

»Bist du wahnsinnig, Chas, so mit mir zu sprechen?« sagte sie ruhig.

»Ich habe nie ein Kind umgebracht!«

»Mag sein. Aber du hast es veranlaßt, erlaubt – oder zumindest geduldet.«

Sie wandte die Augen zu Piero hin.

»Er war gestern abend im *menatkek mijooajeech*«, sagte Piero. »Im
Hain der kleinen Kinder. Er ist lange ausgeblieben. Da bin ich ihm
nachgegangen.«

»Ah«, sagte Strange Goose. »So war das!«

»Dann ist es gut, daß ihr gekommen seid«, sagte Taguna. »Setz dich,
Chas! Falls du erwartest, daß ich aufstehe, um mit dir zu reden,
wirst du warten, bis die Jahre dich zu mir herunterbeugen.«

Ich setzte mich. Abit schloß die Augen und legte die Schnauze ins
Gras. Taguna streckte die Hand aus, und Piero reichte ihr seine
Pfeife. Sie nahm einen Zug und gab die Pfeife an mich weiter; von
mir wanderte die Pfeife zu Strange Goose und schließlich wieder
zurück zu Piero.

»Zu rechtfertigen gibt es nichts«, sagte Taguna zu mir. Dann blickte
sie Piero an. »Wenn ihr aber wissen wollt, wie alles gekommen ist,
sollt ihr es hören.«

Piero nickte.

»Vor vierunddreißig Jahren«, fuhr Taguna fort, »im Jahr, in dem das
Eis in der Bucht blieb, gab es hier eine Hungersnot. Nicht einmal die
wilden Beeren haben Früchte getragen. Den Tieren in den Wäldern
ging es nicht besser als uns. Am Anfang dieses Jahres lebten in Megumaage viereinhalbtausend Menschen. Am Ende des nächsten
Winters waren wir weniger als dreitausend. Die meisten der Ver-
hungerten waren kleine Kinder. Den Müttern war die Milch ver-
siegt. Habt ihr drüben je eine Hungersnot erlebt?«

»Erlebt nicht«, sagte Piero. »Aber wir haben von Hungersnöten
gehört. Ich erinnere mich an vier oder fünf.«

»Habt ihr versucht zu helfen?« fragte Strange Goose.

»Ja«, sagte Piero. »Doch es hat Wochen gedauert, bis uns die Nach-

richt von einer Hungersnot erreichte. Wir haben einige Schiffe aus-
geschickt, mit dem, was wir erübrigen konnten. Vieles ist unterwegs
verdorben. Was ankam, war zu wenig und kam zu spät.«
Ich nickte. Piero schob mir über den Tisch seinen Tabaksbeutel zu.
Ich schüttelte den Kopf.
»Uns«, sagte Taguna, »hat niemand geholfen. Im Frühjahr nach der
Hungersnot haben wir uns getroffen, die Clanmütter und die Älte-
sten. Das war in Mitihikan.«
»Das ist ein Ort in Eskegawaage«, sagte Piero zu mir.
»Naomi Sakumaaskw«, sagte Taguna, »war die erste, die es aussprach. ›Wir sind zu viele gewesen‹, sagte sie. ›Die Erde ist ärmer geworden‹, sagte sie. ›Wir müssen der Erde vertrauen‹, sagte sie, ›aber
wir dürfen nicht zu viel von ihr fordern. Unsere Zahl darf nicht
größer werden, als sie jetzt ist.‹«
»Was habt ihr beschlossen, Taguna?« fragte Piero.
»Wir haben in Mitihikan beschlossen, daß jedes Ehepaar nur noch
zwei Kinder großziehen darf.«
»Ah!« sagte ich nach einer Weile. »Ich war ja blind. David und Deborah. Oonigun und Kagwit. Joshua und das Kleine, das Sara erwartet. Encarnación und Ane-Maria. Ja. Aber Agneta und Björn Svansson haben drei Kinder, Taguna!«
»Unser Sohn Mooin«, sagte Strange Goose, »hatte auch drei Kinder.
Oonamee und Oneeda waren Zwillinge wie Sigurd und Per Svans-
son. Zwillinge sind wie ein Kind, Chas.«
»Es gab viele Zwillingsgeburten um die Zeit, als wir unseren Be-
schluß faßten«, sagte Taguna.
»Bruder Spiridion hat mir davon erzählt«, sagte ich.
»Ich weiß es von Acteon«, sagte Piero. »Doch inzwischen werden
nicht mehr so viele Zwillinge geboren. Ist das richtig?«
»Das ist richtig«, sagte Taguna.
»Selbst wenn es anders wäre«, sagte ich, »selbst wenn auch jetzt
noch so viele Zwillinge zur Welt kämen wie damals, müßte euer
Plan scheitern. Mich wundert, daß er nicht schon gescheitert ist.
Wenn jedes Ehepaar nur zwei Kinder großzieht, wird die Zahl der
Menschen in Megumaage langsam zurückgehen. Nicht alle Kinder
werden so alt, daß sie selber Kinder zeugen können. Es gibt Krank-
heiten. Es gibt Unglücksfälle. Und noch etwas: Habt ihr bedacht,

daß manche Ehepaare kinderlos bleiben? Euer Plan ist zum Scheitern verurteilt, ihr habt es nur noch nicht bemerkt. In hundert, spätestens in zweihundert Jahren wird es in Megumaage bloß noch Elche, Bären, Wölfe, Stinktiere und Stachelschweine geben.«

»Hehe!« sagte Strange Goose. »Und Wildgänse!«

Abermals schob mir Piero seinen Tabaksbeutel zu. Diesmal ergriff ich ihn, holte meine Pfeife hervor und stopfte sie. Ich mußte sie nah vor die Augen halten, um genug zu sehen. Unter der alten Zeder war die Dämmerung schon dicht. Strange Goose nahm den Kometen auf, der neben ihm glühte, und reichte ihn mir.

»Wir waren sechsundzwanzig Clanmütter in Mitihikan«, sagte Taguna. »Und vierundvierzig Älteste. Du unterschätzt uns ein wenig, Chas Meary. Alle waren wir noch in den Jahren vor der Seuche auf die Welt gekommen. Auf die Welt von damals. Was bedeutet sie für euch? Geschichte? Familiengeschichte? Vorzeit?«

Sie nahm mir die Pfeife, die ich eben erst angebrannt hatte, aus der Hand, zog an ihr und gab sie mir wieder.

»Wir hatten diese Welt noch erlebt«, fuhr sie fort, »wenn auch nur ein paar Jahre lang. Jeder, der nicht mit Blindheit geschlagen war, konnte sehen, daß die Menschheit an der Erde fraß wie die Würmer an einem Kadaver. Eine Welt, in der jeden Tag mehr als vierzigtausend Kinder an Krankheiten und vor allem am Hunger gestorben sind.

In dieser Welt hatte es Menschen gegeben, die verlangten, dem Wachstum der Menschheit ein Ende zu setzen. Manche haben sogar gefordert, die Zahl der Menschen zu vermindern, was schließlich ja auch geschehen ist.

Sie haben nicht nur verlangt und gefordert. Sie haben sich Gedanken gemacht, was genau zu tun wäre. Sie haben ihre Gedanken aufgeschrieben, und wir haben nachgelesen. Wir haben uns erinnert.«

»Wie viele Einwohner hat Megumaage jetzt?« fragte Piero.

»Etwas über dreitausend«, sagte Strange Goose.

»Werden es mehr oder weniger?«

»Ihre Zahl bleibt ungefähr gleich, Piero. Seit einundzwanzig Jahren.«

»Nun gut. Wie macht ihr das?«

»Indem wir einige Regeln befolgen«, sagte Taguna. »Die erste von ihnen kennt ihr bereits: Jede verheiratete Frau darf zweimal gebären. Sie hat dann meistens zwei, manchmal drei, selten einmal vier Kinder. Du hast die kinderlosen Ehepaare erwähnt, Chas. Sie dürfen zwei Kinder annehmen, wenn sie sieben Jahre lang ohne eigenen Nachwuchs geblieben sind. Haben sie ein Kind angenommen, müssen sie zwei Jahre warten, bis sie das zweite annehmen. Die beiden Kinder dürfen nicht von denselben Eltern stammen. Und das kinderlose Paar muß sie annehmen, bevor sie eine Woche alt sind.«

»Weshalb das?« fragte ich.

»Wir nehmen Kinder erst in unsere Gemeinschaft auf, wenn sie eine Woche alt sind, Chas.«

»Ist das so etwas wie eine Taufe?«

»Wenn es das wäre, Chas, hätte ich es so genannt. Wir warten eine Woche. Sind wir dann sicher, daß das Kind eine menschliche Seele hat, so nehmen wir es als Mensch unter die Menschen auf. Manche Eltern lassen ihre Kinder nachher auch taufen oder taufen sie selbst. Das ist etwas anderes.«

»Wer bestimmt, welches Kind von einem kinderlosen Paar angenommen werden darf?«

»Wer sollte das bestimmen? Wer ein Kind annehmen will, muß jemanden finden, der bereit ist, eins herzugeben. So etwas wird fast immer unter Verwandten ausgehandelt.«

»Einen Augenblick, bitte«, sagte Piero. »Kommt es nicht vor, daß ein Ehepaar sich nicht an die Regel hält, die ihm nur zwei Kinder erlaubt? Daß es ein Kind nach dem anderen in die Welt setzt und sie alle von anderen Leuten annehmen läßt?«

»Doch«, sagte Strange Goose, »das könnte vorkommen. Da hast du recht. Deshalb dürfen Eheleute nur einmal ein Kind fortgeben, und zwar nicht das erstgeborene, sondern nur das zweite. Danach dürfen sie noch ein Kind bekommen, damit sie wieder zwei haben.«

»Was geschieht, wenn jemand zum zweitenmal heiratet?« fragte ich.

»Das kommt darauf an. Wer sich von seinem Ehegatten trennt, darf nicht wieder heiraten. Verwitwete dürfen. Unsere Regel sagt, daß eine verheiratete Frau zweimal gebären darf. Wenn eine Witwe mit zwei Kindern sich wieder verheiratet, kann sie keine weiteren Kinder haben. Heiratet jedoch ein Witwer mit zwei Kindern eine Frau, die noch nie geboren hat, so darf er mit ihr zwei Kinder zeugen.«

Es war nun so dunkel geworden, daß ich die Gesichter von Strange Goose, Piero und Taguna nicht mehr erkennen konnte. Sie waren Schatten mit vertrauten Stimmen.

»Und die Einwanderer?« fragte Piero. »Angenommen, eine Familie mit sechs Kindern möchte sich in Megumaage niederlassen. Erlaubt ihr das?«

»Wir erlauben es«, sagte Strange Goose. »Die Eltern haben ja unsere Regeln vorher nicht gekannt. Die Kinder werden sie einhalten müssen.«

»Was ist, wenn eins der beiden Kinder an einer Krankheit stirbt?« fragte ich, »oder durch einen Unglücksfall?«

»Wenn das Kind stirbt, bevor es sich verheiratet hat, darf das Ehepaar noch eins bekommen. Falls die Frau dafür inzwischen zu alt ist, dürfen die Eheleute ein Kind annehmen.«

»Gut«, sagte ich nach einer Weile. »Das alles leuchtet mir ein. Eure Regeln sind vernünftig, aber sie sind zu starr. Was tut ihr zum Beispiel, falls noch einmal eine Hungersnot kommt?«

»Vor acht Jahren«, sagte Taguna, »hatten wir das Jahr ohne Sommer. Es gab so gut wie keine Ernte. Es war beinahe so arg wie in dem Jahr, in dem das Eis in der Bucht blieb. Doch wir waren nicht mehr so viele, und wir hatten Vorräte. Niemand ist verhungert. Ich will aber deiner Frage nicht ausweichen. Ein anderes Unglück könnte uns treffen. Nimm an, durch einen Wirbelsturm kommt ein Viertel aller Menschen in Megumaage ums Leben. Wir würden dann unsere Regeln für einige Jahre aufheben.«

»Die Chinesen«, sagte ich, »haben im vorigen Jahrhundert dasselbe versucht wie ihr. Als ihr Volk eine Milliarde zählte, haben sie verfügt, daß keine Familie mehr als zwei Kinder haben durfte. Die Bevölkerung nahm dennoch zu. Die Regierung bestimmte, daß jedes Ehepaar nur noch ein Kind haben konnte. Es half nichts. Die Bevölkerung wuchs und wuchs. Warum?«

»Sie haben zu spät angefangen, Chas«, sagte Taguna. »Niemand kann so viele Menschen regieren. Sie können sich auch nicht selbst regieren. Gesetze, Bestimmungen, Regeln kommen zu spät, wenn niemand sie mehr durchsetzen kann.«

»Genau das möchte ich wissen, Taguna. Wie setzt ihr eure Regeln durch?«

»Wer gegen sie verstößt, muß Megumaage verlassen. Für immer.«

»Die ganze Familie?«

»Die ganze Familie. Wir bringen sie hinüber aufs Festland. Oder auf ein Schiff, das sie mitnimmt. Von den fünf Familien, die Megumaage verlassen mußten, haben vier das Schiff gewählt.«

»Weshalb?« fragte Piero.

»Auf dem Festland gelten fast überall ähnliche Regeln wie bei uns. Deshalb.«

Ich räusperte mich. »Ihr kennt kein Erbarmen, wie?«

»Hier«, sagte Piero neben mir. »Trink etwas. Du bist ganz heiser.« Er drückte mir einen Becher in die Hand, und ich hob ihn zum Mund und trank.

»Von welchem Erbarmen redest du?« fragte Taguna.

»Von dem, das Aaron gezeigt hat, als er Todor zu sich nahm.«

»Ah ja. Dieses Erbarmen muß es geben und wird es immer geben. Aber es reicht nicht aus. In der Zeit, in der ich geboren wurde, gab es viele Menschen, die ihr Leben dafür einsetzten, Hungersnöte und Krankheiten zu bekämpfen. Aber sie haben die Katastrophen nicht verhindert. Nein, dieses Erbarmen genügt nicht. Es geht nicht um einzelne, es geht um uns alle. Und nicht nur um uns; auch um alle anderen Wesen. Wir haben kein Recht, sie zu verdrängen.«

»Wenn das Leiden aller Wesen in einer Waagschale liegt«, sagte Strange Goose, »und das Leiden weniger in der anderen, so wiegt für uns das Leiden aller schwerer.«

Wir schwiegen eine Weile.

»Ich verstehe, was ihr meint«, sagte Piero schließlich. »Aber ist es nicht Anmaßung, wenn Menschen anderen Menschen vorschreiben, wie viele Kinder sie haben dürfen?«

»Nein, Piero«, sagte Strange Goose. »Wir haben zu viel Platz beansprucht auf dieser Welt. Die Götter haben uns gewarnt. Wir haben nicht auf sie gehört. Da haben sie die Seuche geschickt. Wir sind verantwortlich dafür, daß unsere Art nicht überhand nimmt.«

»Was meint ihr, wieviel Platz uns zusteht?« fragte Piero.

»Nicht viel«, sagte Strange Goose. »Eine Nische. Neben und mit den anderen Wesen. Nicht gegen sie und nicht über ihnen. So ist das.«

»Ja«, sagte ich. »Das ist wahr. Ich kann auch verstehen, daß ihr diese Familien fortschickt. Ich finde es immer noch erbarmungslos, doch ich kann es verstehen. Aber die Kinder? Warum setzt ihr die Kinder aus?«

»Auch bei uns werden Kinder ausgesetzt«, sagte Piero. »Kommt das bei euch nicht vor, Chas?«

»Doch, es kommt vor, obwohl es verboten ist. Die Menschen tun es heimlich, mit schlechtem Gewissen und voller Furcht. Hier ist es eine feste Einrichtung. Ihr habt beschlossen, daß Kinder ausgesetzt werden sollen – nicht wahr? Sicher gibt es auch dafür Regeln!«

Piero reichte Taguna seine Pfeife. Ein Luftzug trug den süßen Geruch des Blumenbeets zu uns her. Abit schnupperte, nieste und stieß ihre Schnauze gegen meinen Fuß.

»Gewiß, auch dafür gibt es Regeln«, sagte Taguna. »Und ich denke, sie sind vernünftig. Zunächst aber eins: Wir haben nicht beschlossen, Kinder auszusetzen. Kinder wurden schon lange vor unserer Versammlung in Mitihikan ausgesetzt. In der Zeit nach dem Jahr des brennenden Schnees und nach dem Jahr der vergifteten Quellen kamen viele mißgestaltete Kinder zur Welt. Kinder, denen Füße und Hände, Arme und Beine fehlten. Kinder ohne Hirn. Kinder ohne Augen. Kinder, deren Gesichter ich dir nicht beschreiben will. Bei einigen unserer Clans war mehr als ein Drittel aller Neugeborenen mißgestaltet. Viele von ihnen sind bald nach der Geburt gestorben. Die anderen wurden von ihren Eltern ausgesetzt. Nur fünf oder sechs wuchsen heran. Sie sind nicht alt geworden.«

»Was habt ihr dann in Mitihikan beschlossen?« fragte ich.

»Niemand muß ein mißgestaltetes Kind aussetzen. Wenn die Eltern wollen, können sie es aufziehen. Es darf aber niemals heiraten und selbst Kinder haben.«

»Hilft jemand den Eltern bei dieser Entscheidung?« fragte Piero.

»Du meinst, die Mütter oder die Ältesten?« fragte Strange Goose. »Nein. Die Familie muß das allein entscheiden.«

»Wenn sie das Kind aussetzen wollen«, sagte Taguna, »muß das innerhalb der ersten Woche geschehen. In einem Zedernwald. In dem Wald muß Wasser sein, eine Quelle, ein Bach, ein Teich, damit Yémanjá mit ihren weißen Pferden kommen kann. Sie nimmt die Seele des Kindes mit sich ins Meer. Dort wird sie Teil der Seele des Meeres.«

»Wie hättet ihr beide euch entschieden, du und Strange Goose?«
fragte Piero.

Niemand sagte etwas. Aus der Richtung, in der die Gänseinsel lag,
erklang der metallische Ruf eines Trompeterschwans, gefolgt vom
mehrfach wiederholten Warnschrei einer Wildgans.

»Ich weiß es nicht«, sagte Strange Goose schließlich.

»Ich weiß es auch nicht«, sagte Taguna. »Wir haben kein solches
Kind bekommen.«

»Kannst du es dir nicht vorstellen?« fragte Piero.

»Das könnte ich«, antwortete Taguna. »Aber das ist nicht dasselbe.«

»Würdet ihr Todor aussetzen, wenn er jetzt geboren würde?« fragte
ich.

»Das können dir nur seine Eltern beantworten«, sagte Taguna. »Und
die sind tot.«

»Hat er eine mißgebildete Seele?«

»Ich glaube nicht. Doch seine Seele ist nur manchmal bei ihm. Sie
wandert.«

»Mir schien, daß er glücklich ist.«

»Das glaube ich auch«, sagte Piero.

»Ihr habt recht«, sagte Taguna. »Das ist so, weil alle Menschen in
Aarons Haus ihm seit bald dreißig Jahren jeden Tag mit Geduld
und Liebe begegnet sind. Wie viele Menschen gibt es, die das können?«

»Ich glaube, ich könnte das nicht«, sagte Piero. »Wir … Ich meine, ich
möchte gesunde Kinder haben.«

»Ich auch«, sagte ich.

»Hehe!« sagte Strange Goose. »Du hast doch schon welche.«

»Ja, ja«, sagte ich. »Ich wollte damit nur sagen, ich hätte nicht gewußt, was tun, wenn wir ein Kind bekommen hätten, das anders gewesen wäre.«

»Wo ist denn der Komet?« fragte Piero.

»Er steht neben dir«, sagte Strange Goose.

Piero brannte seine Pfeife an. Die Glut beleuchtete sein kurzgeschnittenes Haar.

»Du auch, Chas?« fragte er.

»Ich muß meine Pfeife erst stopfen.«

»Gib her!«

Er reichte mir seine brennende Pfeife über den Tisch und nahm die meine entgegen. Ich hörte, wie er sie durchblies und füllte.

»Eins verstehe ich immer noch nicht«, sagte er, »während er sie entzündete und die Glut sein Gesicht abermals aus der Finsternis hervorhob. »Die Frauen, die bereits zwei Kinder haben: Was tun sie, um keine weiteren zu empfangen? Jene Pillen, die es in der alten Zeit gegeben haben soll, habt ihr ja wohl nicht, oder?«

»Nein«, sagte Taguna, »die haben wir nicht. Es gibt andere Wege. Vor der Heirat erfahren sie die Mädchen von ihren Müttern.«

»Und wenn doch ein Kind kommt?«

»Es gibt auch Mittel, die zur Fehlgeburt führen.«

»Abtreibungsmittel«, sagte ich.

»Du kannst sie nennen, wie du willst«, meinte Taguna. »Atagali, Arwaqs Frau, hat dieses Frühjahr so ein Mittel benutzt. Ich würde es nicht tun. Es kann gefährlich sein.«

»Und wenn auch diese Mittel versagen?« fragte Piero.

»Dann wird das Kind geboren und ausgesetzt«, sagte Taguna.

»Aber das ist Mord!« sagte ich.

Jenseits des Gartenzauns knackte und raschelte es im Gebüsch. Abit hob den Kopf und knurrte.

»Du kommst aus einer Welt«, sagte Taguna, »die den Menschen noch immer für das wichtigste hält. Wenn das Mord ist, wie du sagst, dann ist es auch Mord, einen Baum umzuhauen, weil du dort ein Haus bauen willst; denn du könntest es woanders bauen. Dann ist es auch Mord, den Fuchs umzubringen, der dir die Eier aus dem Stall stiehlt, denn du könntest ihn einfangen und fortschaffen.«

Sie nahm mir die Pfeife aus der Hand.

»Wenn wir ein Kind dem Tod überlassen«, fuhr sie fort, »und du nennst das Mord, dann hat die Menschheit vor hundert Jahren an jedem Tag vierzigtausendmal gemordet. So schlimm wie unsere Vorfahren sind wir jedenfalls nicht. Denn wir morden weniger.«

Sie zog an der Pfeife und reichte sie mir zurück.

»Es ist nicht Mord«, sagte sie. »Es ist ein Opfer. Für uns. Für die, welche nach uns kommen. Es darf nicht wieder so werden wie vor hundert Jahren. Nicht bei uns.

Ihr dort drüben, ihr seid auf dem besten Weg, alles zu wiederholen. Ihr habt nichts gelernt. Der Tag wird kommen, an dem ihr wieder versuchen werdet, unser Land in Besitz zu nehmen, weil es leer ist, weil wir es nicht genug ausnutzen. Wir werden euch nicht willkommen heißen wie vor sechshundert Jahren. Keinen von euch werden wir am Leben lassen. Nennt es Mord, wenn ihr wollt. Es wird uns gleichgültig sein.«

Eine lange Weile schwiegen wir. Ich sah zum Himmel auf. Er war schwarz. In den Wäldern jenseits des Sees machte sich ein fernes Sausen auf.

»Du bist nicht gerecht, Mutter«, sagte Piero schließlich. »Das eine und andere haben wir gelernt. Was geschehen ist, wird sich nicht wiederholen.«

»Wenn du das sagst, glaube ich dir«, erwiderte Taguna. »Und ich war nicht gerecht, ich weiß. Furcht ist nicht gerecht.«

»Hoffnung auch nicht«, sagte Strange Goose.

»Es ist spät«, sagte Taguna. »Wir sollten schlafen gehen. Baut ihr morgen weiter, Chas?«

»Ja, sicher«, sagte ich. »Warum fragst du?«

»Aus Neugier.«

Sie erhob sich. Auch Strange Goose, Piero und ich standen auf.

»War das alles, was du von uns wissen wolltest, Chas?« fragte Taguna.

»Ja«, sagte ich. »Ich werde darüber nachdenken. Ich hatte von all dem keine Ahnung.«

Ich umfaßte ihre Schultern und wollte sie näher zu mir heranziehen. Sie stemmte die Handflächen gegen meine Brust und schob mich von sich fort.

»Als du hereinkamst, hast du mich gehaßt«, sagte sie.

»Ja«, sagte ich. »Es ist über mich gekommen, als ich droben in dem Wäldchen war. Jetzt ist es weg.«

»So rasch?« sagte sie. »Nein!«

Die Nacht war finster. Piero und ich verfehlten den Landungssteg. Eine Weile suchten wir ihn in der falschen Richtung. Dann hörten wir einen Bach rauschen, sahen gleich darauf schwach erleuchtete Fenster und in ihrem Schein einen Teil von Maguns Schuppen. Wir kehrten um.

»Ist *dir* aufgefallen«, fragte ich, als wir vor meiner Hütte standen, »daß die meisten Leute hier nur zwei Kinder haben?«

»Nein. *Dir?*«

»Mir auch nicht. Wahrscheinlich, weil ich selber zwei habe.«

»Ja, das kann sein. Wirst du abreisen?«

»Unsinn!«

»Du hast es gesagt.«

»Ich weiß.«

»Sagst du manchmal etwas, damit du es nicht tun mußt?«

»Kann sein. Reitest du noch heim?«

»Ich bleibe bis morgen abend bei Don Jesús. Wir sehen uns dann morgen früh, Chas.«

»Ja, Piero. Hoffentlich regnet es nicht.«

GIOCONDA

»Riepo!« rief Encarnación vom Dachstuhl herunter. »Riepo Stomai!«
»Gestern früh verreckt!« rief Piero zurück.
»Iopre!« rief Ane-Maria. »Iopre Simato!«
»Letzte Nacht unter Krämpfen verendet!« rief ich.
»Poire!« rief Encarnación. »Poire Mastoi!«
»Empfängt soeben die letzte Ölung!« rief Piero. »Wer von euch hat
eigentlich mit dieser Namensverdreherei angefangen?«
»Die Dicke da!« sagte Encarnación, und wies mit dem Kinn auf ihre
Schwester, die auf der Schaukel saß.
»Die Zwillinge waren es!« rief Ane-Maria. »Wir haben es von den
Zwillingen.«
»Von welchen Zwillingen?« rief ich.
»Von Oneeda und Oonamee, natürlich!« rief Encarnación. »Kommst
du uns jetzt anstoßen, Piero? Bitte!«
Piero deutete mit dem Zeigefinger auf seine Brust und lächelte zu
den Mädchen hinauf.
»Meint ihr mich?« fragte er.
»Ja, ja!« riefen sie. »Kommst du jetzt?«
»Wenn ihr mich meint«, sagte Piero, »dann komme ich.«
Er legte den Hobel neben die geputzten Dachlatten und stieg die
Leiter hinauf in den Dachraum des neuen Stalls. Die Mädchen hat-
ten zwei Seilenden um die Firstpfette gelegt und unten um ein
Brett geknotet. Sie hatten den größten Teil der Mittagspause auf der
Schaukel verbracht und sich abwechselnd von Piero und von mir
anstoßen lassen.
»Es gibt bald Abendessen«, rief ich. »Ihr müßt schneller schaukeln!«
»Hast du gehört, Don Pedro?« rief Ane-Maria. »Schneller!«
Ich räumte unser Werkzeug auf und schaute eine Weile zu. Ane-
Marias schwarzes Haar strömte hinter ihr her. Der Schwung der
Schaukel trug sie bis an die Dachsparren heran. Sie stieß sich mit

543

den nackten Füßen von ihnen ab und schwang zurück; das Haar floß über ihr Gesicht und verdeckte es. Hinter ihr stand Piero, bremste ihren Schwung und schob sie von neuem an. Die letzten Strahlen der Sonne färbten die Wipfel der großen Eichen grüngolden.

Encarnación kam an die Reihe. Ane-Maria summte das Lied von Arrión mit dem Räubergesicht und tanzte. Drei Schritte nach vorne rechts, drei rasche Drehungen linksherum, drei Schritte nach hinten links und drei rasche Drehungen rechtsherum. Die Hände hatte sie in die Hüften gestemmt. Der weiße Rock flog.

»Fall nicht durch die Heuluke!« rief ich.

Ohne innezuhalten, schüttelte sie den Kopf. Das schwarze Haar flog. Als das Licht in den Wipfeln der Eichen erloschen war, wandte ich mich ab und ging ins Haus.

Bratenduft zog mir durch den Flur entgegen. Huanaco und Tia saßen auf dem Fensterbrett in der Stube. Die Spitzen ihrer ordentlich um die Vorderpfoten gelegten Schwänze zuckten.

»Ah, Carlos!« empfing mich Doña Gioconda. »Jesús hat gestern drei Hühner geköpft, weil sie zu wenig gelegt haben. Es gibt also Huhn. Ißt du das gerne?«

»Ich esse fast alles gerne.«

»Brav. Ich auch. Hat Taguna mit dir gesprochen?«

»Ja, das hat sie.«

»Und was sagst du dazu?«

»Ich weiß nicht, was ich dazu sagen soll. Ich war nicht auf so etwas vorbereitet. Ich muß darüber nachdenken.«

»Tu das, Carlos. Du hast Zeit. Was machen die Mädchen?«

»Encarnación schaukelt und Ane-Maria tanzt.«

»Ich beneide sie. Wie hat dir Dagny Svansson gefallen?«

»Gut. Und sie spielt wunderschön. Ich wußte gar nicht, daß sie und Ane-Maria befreundet sind.«

»Aber das wissen doch alle, Carlos!«

»Außer mir, wie du siehst. Du weißt, daß ich Dagny gesehen habe. Du weißt, daß Taguna mit mir gesprochen hat. Alles wird bekannt – beinahe, bevor es geschieht. Andererseits hat Dagny uns gesagt, daß es hier allerlei Geheimnisse gibt, hinter die niemand kommt, obwohl sie offen daliegen. Oder weil sie offen daliegen. Ich begreife das nicht. Da ist doch ein Widerspruch!«

»Gar nicht, Carlos. Was ist schon ein echtes Geheimnis? Etwas, wovon niemand weiß. Niemand! Also gibt es gar keine echten Geheimnisse, sondern nur halbe. Was halb ist, wird weniger und weniger. Wie der Mond.«

Ich lachte. »Der wird nicht nur weniger und weniger«, sagte ich. »Ebensooft wird er mehr und mehr.«

»Siehst du? Der Widerspruch, den du siehst, kommt aus dir!«

»Gut, ich verstehe dich. Wie lange dauert es in Megumaage, bis das, was du ein halbes Geheimnis nennst, gar keines mehr ist?«

»Manchmal einen Tag, Carlos. Manchmal viele Jahre.«

»Wovon hängt das ab?«

»Von deinen Augen, deinen Ohren und deiner Nase.«

Die Tür ging auf, und Oonigun kam herein, der heute an Maguns Statt beim Bauen geholfen hatte. Magun war damit beschäftigt gewesen, die Schindeln für den neuen Stall zu Bündeln zu verschnüren, die sich leichter auf- und abladen ließen. Don Jesús kam mit Doña Pilar; gleich nach ihnen kamen die beiden Mädchen und Piero, der trotz der kühlen Abendluft ins Schwitzen geraten war.

Nach dem Abendessen gingen Encarnación und Ane-Maria melken. Oonigun ergriff ebenfalls einen Holzeimer und schloß sich ihnen an. Im Hinausgehen warf mir Ane-Maria einen raschen Blick zu, zog die Brauen hoch, bis sie fast unter den Stirnfransen verschwanden, und rollte die Augen.

»Es wird schon vorbeigehen«, sagte Doña Pilar, nachdem die Tür hinter den dreien ins Schloß gefallen war.

Doña Gioconda und ich nickten.

»Was wird vorbeigehen?« fragte Piero.

»Das weißt du nicht?« sagte Doña Gioconda. »Ah, Don Pedro! Das muß ich dir erzählen!«

Sie begann mit Ooniguns Verliebtheit, die ich ihr geschildert hatte, schmückte meine Schilderung aus und fügte Erinnerungen an die Zeit hinzu, in der sie selber jung und umworben gewesen war. Sie erwähnte die Reiherfeder, die Ane-Maria ausgeschlagen hatte, und erzählte dann einige mir unbekannte Begebenheiten so genau, daß jede Einzelheit bis hin zum Wetter und zum Gesichtsausdruck der beteiligten Personen lebendig vor mir stand.

»Was sagt Ane-Maria dazu?« fragte Piero, als Doña Gioconda schließlich am Ende ihrer Erzählung angelangt war.

»Hast du das nicht gesehen?« fragte Doña Gioconda.

»Ich hab nicht achtgegeben vorhin«, sagte Piero.

»Sie hat ihr Gesicht sprechen lassen. So!«

Sie wölbte ihre dichten weißen Brauen hoch in die Stirn empor und rollte die Augen blitzschnell herum.

»Der arme Oonigun«, sagte Piero.

»Er hat es nicht gesehen«, sagte Doña Pilar.

»Hat er gar keine Aussichten? Ist er nicht gut genug?«

»Aber Don Pedro!« sagte Doña Gioconda. »Freilich ist er gut genug. Das ist nicht die Frage.«

»Du meinst, Ane-Maria ist nicht verliebt in ihn?«

»Das auch. Vor allem aber: Sie passen nicht zusammen.«

»Bist du da sicher?«

»Ah, Don Pedro, du ergreifst seine Partei! Das gefällt mir! Aber ich bin sicher. Oonigun und Ane-Maria passen nicht zusammen. Sie spürt das. Er spürt es nicht. Er sieht den Schatten des Fisches auf dem Grund und hält ihn für den Fisch.«

»Oonigun sieht sie nicht so, wie sie ist? Wie ist sie denn?«

»Weiß sie das selbst? Als ich so alt war wie Ane-Maria, hab ich es nicht gewußt. Ich hab nur gewußt, wie ich nicht bin.«

»Ja«, sagte Piero. »Frauen sind schwierig.«

»Männer auch«, sagte Doña Gioconda. »Aber du hast recht. Frauen sind schwieriger.«

»Weißt du, wie das kommt?«

»Ah ja! Männer sind entweder jung oder alt, dumm oder klug, heiß oder kalt. Frauen sind mal so und mal so. Oft beides zugleich.«

»Du erklärst mir ein Rätsel mit einem Rätsel!«

Doña Gioconda lachte dröhnend, wischte sich die Stirn, hustete und schüttelte den Kopf.

»Natürlich!« rief sie. »Wie denn sonst, Don Pedro? Du willst die Wahrheit wissen. Ich sage dir die Wahrheit. Die Wahrheit ist ein Rätsel.« Sie prustete und wischte sich die Augen.

»Du meinst, es ist so wie mit den bunten russischen Holzpuppen? Du öffnest sie und findest drinnen eine kleinere; und wenn du die öffnest, findest du wieder eine kleinere – und so weiter, bis zur letzten?«

»So ist es«, sagte Doña Gioconda. »Nur ganz anders. Du löst ein Rätsel. Innen drin findest du ein größeres. Du löst es. Wieder findest du ein größeres. Oder mehrere. Sie werden immer größer, bis zum letzten Rätsel.«

»Doch zum Schluß erfährst du die Wahrheit? Wenn du das letzte Rätsel gelöst hast?«

»Ah ja! Bei deinem Tod.«

»Aber wir kommen wieder. So ist es doch? Wir werden wiedergeboren und bringen von drüben die Wahrheit mit!«

»Wozu wäre das gut, Don Pedro? Deine Seele wird wiedergeboren. Es ist derselbe Memajuokun. Aber ein anderer Körper. Ein anderes Leben. Nein, Don Pedro. Wir vergessen. Nur im Traum begegnen wir der Wahrheit, die wir auf dem Langen Weg gesehen haben.«

»Können wir träumen, ohne zu schlafen, Doña Gioconda?«

»Die *puoink* können es.«

Ane-Maria, Encarnación und Oonigun kamen vom Melken zurück. Bald darauf ritten Piero und Oonigun nach Hause. Doña Gioconda ging zu Bett. Don Jesús und ich rauchten noch eine Pfeife, bevor ich ins Gästezimmer hinaufstieg. Aus dem Orangenbaum, unter dem Adam und Eva standen, lächelte das gewitzte Gesicht der Schlange, das so sehr dem unseres Bäckermeisters Aloysius Praxmarer glich. Die smaragdgrünen, schuppigen Windungen ihres Leibes verloren sich, allmählich schlanker werdend, nach oben hin im Geäst des Baumes.

Ich öffnete den Schrank über dem Wandbett und leuchtete hinein. Er war mit altem Leder und alten Fellen vollgestopft. Ein schwarzer Käfer mit kurzen Fühlern, die in pelzigen Kügelchen endeten, krabbelte auf meine Hand. Ich trug ihn zum Fenster und war im Begriff, ihn aufs Fensterbrett zu setzen, als er die Flügel entfaltete und davonflog in die Dunkelheit. Der Springbrunnen rauschte. Ich blies die Kerze aus.

Am Morgen stand ich als erster auf. Ich ließ die Kühe, die Kälber hatten und nicht gemolken wurden, aus dem Stall, heizte den Herd an und holte aus dem Schuppen Holz. Als ich mit dem zweiten Armvoll in die Stube kam, sah ich, daß die Katzen einen Klumpen Hühnergedärm hereingeschleppt hatten und nun knurrend und schmatzend daran zerrten. Von der Treppe ertönten Doña Giocondas schwere Schritte. Ich schloß die Tür. Die Schritte hielten am Fuß der Treppe kurz inne und entfernten sich durch den Hausflur.

»Her damit!« sagte ich. Ich ergriff die Hühnerdärme so rasch, daß Tia und Huanaco sie verblüfft losließen, und warf sie in weitem Bogen durchs Fenster in den Garten. Die Katzen sprangen hinterher. Ich schloß das Fenster, nahm den Wischlappen und säuberte rasch die Dielen. Als ich gerade das Teewasser aufsetzte, hörte ich Doña Gioconda aus der Waschküche zurückkommen.

»Ah, Carlos!« sagte sie. »Du warst schneller als ich. Warum ist das Fenster zu?«

»Willst du das wirklich wissen?« fragte ich.

Sie warf einen Blick auf mein Gesicht. Dann entdeckte sie den feucht glänzenden Fleck auf den Dielen.

»Die Biester!« sagte sie. »Was war es diesmal?«

»Hm!« sagte ich. »Ich glaube, das sollte ich lieber für mich behalten.«

»Aha!« sagte sie. »Danke!«

Langsam und schwer ließ sie sich an ihrem gewohnten Platz auf der Bank nieder.

»Sei so gut, Carlos, und gib mir die Pfeife und den Tabak her. Jesús läßt sie immer so liegen, daß ich sie nicht erreichen kann. Pilar hat ihn dazu angestiftet.«

Ich gab ihr die Pfeife und den Tabak.

»Danke«, sagte sie. »Jetzt sei so gut und mach das Fenster auf. Es ist schwül hier drin.«

»Aber die Katzen?«

»Sie werden sich nicht hereinwagen, wenn sie mich sehen. Mach es nur auf.«

Ich ging, öffnete das Fenster und setzte mich, nachdem ich Doña Gioconda einen glimmenden Span gegeben und sie ihre Pfeife angebrannt hatte.

»Was hast du geträumt, Carlos?« fragte sie. »Oder hast du es vergessen?«

»Nein. Ich habe etwas vor mich hin gesungen, was ich auf Kapitän Vascos Schiff gehört habe. An den Namen des Liedes kann ich mich aber nicht erinnern.«

»Sing es mir vor!«

Ich summte einige Takte der Melodie.

»*Sonccoiman!*« sagte sie. »Wer hat es gesungen? Auf dem Schiff, meine ich. Ein Indianer? Ein Weißer? Ein Schwarzer?«

»Ein Weißer.«

»Hat er dazu getanzt?«

»Nein.«

Sie atmete Rauch aus und biß sich auf die Unterlippe.

»Gut!« sagte sie. »Er hat wohl nicht gewußt, was er da singt. Das hast du also gesungen in deinem Traum. Wie ging es weiter? Hast du getanzt?«

»Nein, nein. Ich hab gesungen. Ich war eine Mumie, die in einem Tempel aus weißen Steinen an der Wand hing. Dann kamen Menschen in den Tempel.«

»Ja? Sieh einer an!«

Sie schaute mir in die Augen, und ein breites Grinsen erschien auf ihrem Gesicht.

»So einer bist du!« sagte sie. »Hochnehmen willst du mich! Die alte Gioconda willst du hochnehmen. Ha! Schau mich an! Willst du, daß dir ein paar Sehnen reißen?«

»Eigentlich nicht«, murmelte ich.

»Gut. Dann versuch nicht, mir Don Pedros Träume zu erzählen, als wären es deine eigenen. Oder war es wirklich dein Traum, und Don Pedro war es, der mich hochgenommen hat?«

»Nein, Mutter Gioconda. Es war Pieros Traum. Ich hab nur den Anfang dazuerfunden.«

»Aber den hab ich dir geglaubt. Stimmt es etwa nicht, daß du das Lied auf dem Schiff gehört hast?«

»Doch. Das stimmt.«

Sie nickte.

»Huanaco!« rief sie plötzlich.

Der Kater saß auf dem Fensterbrett. Im Maul hielt er einen jungen Vogel mit einem schwertlilienblauen Fleck auf der Brust. Doña Gioconda warf den Tabaksbeutel nach dem Kater. Er prallte vom Fensterrahmen ab und fiel zu Boden, und Huanaco sprang mit dem Vogel im Maul in den Garten hinunter.

Ich stand auf.

»Laß nur«, sagte sie. »Er kann ihn fressen. Aber nicht hier.«

»Fangen die Katzen viele Vögel?«

»Wenige. Das da war ein *teseetjet*. Die Alten haben ihn aus dem Nest geworfen.«

»Weshalb?«

»Er ist nicht gewachsen wie die anderen. Sie legen fünf oder sechs Eier, ziehen aber nur zwei oder drei Junge groß. Die schwächeren werfen sie hinaus.«

»Gibt es noch andere Vögel, die das tun?«

»Hier? Da mußt du Bruder Jorgg fragen. Martinus Jorgg. Du kennst ihn?«

»Noch nicht.«

»Du wirst ihn kennenlernen, wenn ihr nach Signiukt reitet. Martinus kennt sich da aus. In meiner Heimat gab es einen großen, roten Vogel, Carlos, den Huatamoql. Er brütet hoch oben in Baumhöhlen. Wenn die Jungen eine Woche alt sind, wirft die Mutter sie hinaus. Nur die Jungen, die schon genug Federn an den Flügeln haben, bleiben am Leben, und die Mutter zieht sie groß.«

»Grausam.«

»Grausam? Die Gänse tun so etwas nicht. Sie beschützen ihre Jungen. Aber wenn eins zurückbleibt, frißt es der *wobulotpajijik*, der Adler mit dem weißen Kopf, oder der *pulamoo*, der große Lachs. Sie fressen sie, weil sie hungrig sind. Ist das grausam?«

»Nein. Doch wenn die Eltern die eigenen Jungen töten?«

»Entweder die Eltern tun es, Carlos, oder andere Tiere tun es für sie. Für die Haustiere tun wir es.«

»Und für uns selbst?« murmelte ich.

»Don Pedro hat uns erzählt, daß ihr im *menatkek mijooajeech* wart. Hat es dich erschreckt?«

»Ja. Ich war nicht darauf vorbereitet. Niemand hat mir etwas gesagt.«

»Alle haben gedacht, du weißt es.«

»Ihr habt wohl gedacht, wir halten es drüben genauso wie ihr.«

»Wir nicht. Jesús hat uns erzählt, wie viele Kinder dein Onkel hat.«

»Wie oft kommt es vor, Mutter Gioconda? Wie viele Kinder setzt ihr im Jahr aus?«

»Das weiß niemand, Carlos. Es ist traurig. Aber es muß sein. Wir vergessen es, wenn wir können. Ich hab einmal ein Kind ausgesetzt, noch in meiner alten Heimat. Unser erster Sohn war Faustino. Er lebt am anderen Ende von Megumaage, in Wabeakade. Er hat einen Hof wie Jesús. Zwei Jahre nach Faustino bekamen wir wieder einen kleinen Sohn. Er war still. Er hat die Brust nicht genommen. Seine Augen waren wie Fenster in einem leeren Haus. Am dritten Tag hab ich ihn in meinen Umhang gewickelt und zum Fluß getragen, der in den See Petén Itzá fließt. Später bekamen wir dann Pilar.«

»Hat Pilar nur die beiden Töchter gehabt?«

»Vor sechs Jahren, im Jahr der Stürme, hat sie noch eine Tochter zur Welt gebracht.«

»War sie gesund?«

»Sie war gesund, Carlos.«

»Aber ihr wolltet in Megumaage bleiben, ja?«

»Wir wollten hier bleiben. Wir glauben aber auch, daß der Beschluß richtig ist. Daß wir es tun müssen. Ich kenne niemanden in Seven Persons, der anders denkt. Entweder wir tun es, oder die Götter tun es für uns.«

Huanaco sprang aufs Fensterbrett, schaute sich um, sprang auf den Boden, ging steifbeinig zu Doña Gioconda und war mit einem Satz auf ihrem Schoß. Dort streckte er sich, ließ sich nieder, rollte sich zusammen und schloß die Augen. Doña Gioconda legte die linke Hand auf seinen Rücken. Huanaco begann zu schnurren.

»Wann seid ihr hierhergekommen, Mutter Gioconda?« fragte ich.

»Vor vierzig Jahren. Im Jahr, in dem die Lachse wiederkehrten. Barbaro, ich und Faustino. Pilar ist schon hier geboren. Wir kamen mit dem Schiff. Madre! Ich darf nicht daran denken, Carlos! Ich möchte die Reise nicht noch einmal machen. Barbaro hatte unsere Hütte abgerissen. Die Balken und die Bretter waren auf Deck verstaut. Wir hatten zwei Kühe mitgenommen, ein paar Ziegen und Schweine, die Hühner und die Katze – die Ur-ur-ur-urgroßmutter von Huanaco.« Sie streichelte den Kater.

»Sonst besaßen wir nicht viel«, fuhr sie fort. »Es war Sommer. Das Meer war stürmisch. In Soledad – das liegt auf Cuba – ist eines nachts die Ankerkette gerissen. Der Sturm trieb unser Schiff auf eine Sandbank. Beide Kühe und die Schweine sind ersoffen, die armen Viecher. Die Bretter und die Balken von unserer Hütte hat das Meer geholt. Nach fünf Wochen kam ein anderes Schiff, das uns mitnahm, die *Guantanamera*. Der Kapitän hieß Manolete Pereira. Er war noch nie hier oben gewesen, Carlos, und kannte sich nicht aus. Bei Ebbe fuhr er in die Bucht von Manan, die damals noch Bucht von Fundy hieß. Das Wasser wurde seichter und seichter. Aus Furcht, seine *Guantanamera* könnte auflaufen, ankerte Manolete zwei Meilen vor der Küste. Fischer kamen uns holen. Der eine hat sein Boot überladen, und es ist gesunken wie eine eiserne Ente. Uns blieb nichts mehr als unsere Kleider, ein paar Kochtöpfe, eine alte Ziege, zwei oder drei Hühner und die Katze. Den Winter verbrachten wir in einem alten Schuppen in Kenomee. Durch die Wände blies Schnee herein. Ich hatte noch nie Schnee aus der Nähe gesehen; nur von fern, oben in den Bergen. Jetzt kam der Schnee zu uns. Faustino fand das herrlich.«

»Und im Frühling habt ihr euch dann hier niedergelassen? Wie ging das zu?«

»Ahab Pierce erzählte uns von Seven Persons. Er war der Bruder von Saul Pierce, und Saul war der Vater von Amos und Zachary. Ahab erzählte von Taguna, Strange Goose und den anderen. Dann hat er den See erwähnt. ›Barbaro‹, hab ich gesagt, ›da gehen wir hin!‹ Ich wollte wieder an einem See wohnen wie in der alten Heimat.«

»Weshalb seid ihr fortgegangen aus eurer alten Heimat?«

»Es war Krieg, Carlos.«

Ich nickte.

»Hier herrschte kein Krieg«, sagte ich. »Wer hat damals hier gelebt, Mutter Gioconda?«

»Strange Goose, Taguna und Mooin wohnten auf der Insel. Die Hütte hatten sie erst ein paar Jahre zuvor neu gebaut. Der Anbau, in dem sich das Bücherzimmer befindet, stand noch nicht. Maguaie war mit seiner Familie nach Malegawate gezogen. Lee und Nora Newosed waren schon in Noralee, das auch Oochaadooch heißt. Magun hat in der Hütte gelebt, die du kennst. Den Schuppen daneben hat er später aufgestellt. Saul und Miriam Pierce waren noch allein. Amos wurde geboren, als wir anderthalb Jahre hier waren, und Zachary im Jahr darauf.«

»Lebten Tom und Anna Benaki noch?«

»Längst nicht mehr! Sie sind im Jahr der Ehrwürdigen Wandernden Toten gestorben, beide in derselben Woche.«

»Waren sie krank?«

»Nein, Carlos. Alt.«

»Stand Arwaqs Hütte schon?«

»Noch nicht. Mooin hat sie zwei Jahre später gebaut, zusammen mit Saul und meinem Barbaro. Das war im Jahr des ersten Wolfsrudels. Im folgenden Jahr, im Jahr des Treibholzes, hat Mooin sich mit Ankoowa Kobetak verheiratet. Arwaq kam im Jahr der Blinden zur Welt, vor fünfunddreißig Jahren. Seine beiden Schwestern, Oneeda und Oonamee, wurden im Jahr des treibenden Schnees geboren. Das war auch das Jahr, in dem Maguaie starb.«

»Lebt Ankoowa noch?«

»Ah ja! In Banoskek, das auch Druim-la-Tène heißt. In demselben kleinen Haus, in dem sie aufgewachsen ist.«

»Ich dachte immer, daß Mooin in Memramcook gewohnt hat. Dort ist er doch umgekommen.«

»So war es, Carlos. Aber er hat dort nicht gewohnt. Er hat jedes Jahr dabei geholfen, die Boote für den Fischfang im Herbst herzurichten. Deshalb war er dort.«

»Wie kam es, daß Tom und Anna in ein und derselben Woche gestorben sind?«

»Anna starb zuerst. Tom war dabei, als sie begraben wurde, auf der kleinen Insel. Er war gesund, wollte aber nicht allein leben, glaube ich.«

»Hat er sich etwas angetan?«

»Wo denkst du hin! Nein, er wollte einfach nicht mehr. Nachdem Anna begraben war, hat er sich ins Bett gelegt und das Gesicht zur Wand gedreht. Vier Tage später war er tot.«

»Weißt du, ob Sara, Atagali, Ruth oder eine der anderen Frauen jemals ein Kind ausgesetzt haben?«

»Vielleicht weiß ich dies oder das, Carlos. Aber ich spreche nicht darüber. Das geht nur die Familien etwas an. Du mußt sie schon selber fragen. Ist es denn so wichtig?«

»Ich weiß nicht. Ich möchte es verstehen, deshalb frage ich.«

»Nicht alle werden dir antworten.«

»Du hast mir geantwortet.«

»Nur für meine Familie.«

»Ich verstehe. Aber ich kann mir nicht vorstellen, Ruth oder Sara zu fragen. Dich kenne ich inzwischen gut genug.«

»Warte, bis du Ruth, Sara und die anderen besser kennst, und frag dann. Falls du dann noch fragen willst! Wir werden uns nicht darüber streiten. Oder doch?«

»Nein, das werden wir wohl nicht. Dabei fällt mir ein: Ich wollte schon lange fragen, wieso es hier so wenig Streit gibt.«

»Gibt es bei euch drüben mehr?«

»Oft. Mein Onkel und sein Nachbar haben seit zwanzig Jahren Streit miteinander.«

»Ist das der mit den vielen Kindern? Don Anselmo?«

»Ja. Es begann mit einem Misthaufen. Der Nachbar hat sich geärgert, weil Onkel Anselm seinen Misthaufen nah beim Zaun angelegt hatte. Er hat nichts gesagt. Aber eines nachts ist er hingegangen und hat von dem großen Birnbaum, der auf der Grenze zwischen den beiden Gärten steht, alle Äste abgeschnitten, die in seinen Garten herüberhingen.«

»Madre! So nah wohnen sie beieinander?«

»Vom einen Hof zum anderen sind es keine zweihundert Schritte.«

»Zu nah! Aber sie sind trotzdem verrückt, dein Onkel und dein Nachbar. Wegen eines Misthaufens und eines Birnbaums streiten sie zwanzig Jahre lang. Verrückt!«

»Das war nur der Anfang. Sie finden jedes Jahr etwas Neues.«

»Und wenn einer von ihnen Hilfe braucht?«

»Dann holt er jemand anderen, auch wenn der eine Stunde weit weg wohnt.«

»Mit denen, die weiter weg wohnen, haben sie keinen Streit? Siehst du! Hier wohnen wir alle weit auseinander. Jesús hat sich einmal über Amos geärgert. Seine Pferde hatten den Zaun durchbrochen, und unsere Kühe sind durch das Loch hinaus. Wir haben sie zwei Tage lang gesucht. Wenn Amos so nah bei uns gewohnt hätte wie Don Anselmo bei seinem Nachbarn, wäre Jesús zu ihm gegangen, und es hätte Streit gegeben.«

»Don Jesús hat nicht mit Amos gesprochen?«

»Doch, aber erst ein paar Tage später. Da war der Ärger schon nicht mehr frisch. Und ich, ich hab mich einmal furchtbar über Arihina geärgert. Damals wohnte sie noch bei Saul und Miriam. Aber ich bin nicht hingegangen, Carlos. Du gehst nicht ein paar Meilen weit, um dich zu streiten. Du hast anderes zu tun.«

»Du meinst also, es liegt einfach daran, daß wir drüben schon wieder zu viele sind?«

»Das meine ich, ja. Wir Menschen sind wie die Tiere. Wir brauchen Platz.«

»Das ist wahr. Aber manchmal genügt es nicht, daß man Platz hat. Es kann Streit geben, weil zwei Menschen einander nicht riechen können.«

»Wem sagst du das, Carlos! So war es anfangs zwischen Saul Pierce und meinem Barbaro. Barbaro hat gesagt, Saul stinkt nach Entenmist, und Saul hat behauptet, daß Barbaro nach Urwald riecht.«

»Hat das auch zwanzig Jahre lang gedauert?«

»Nur zwei. Lange genug. Als sie zusammen an Mooins Hütte bauten, mußten sie sich vertragen. Ihre Nasen sind eingeschlafen. Später, als Jesús kam, ging es zwischen ihm und Amos los.«

»Sie haben einander beschnüffelt und dann das Hinterbein gehoben?«

»Ah nein! Mit den Nasen hatte das nichts zu tun. Amos bildete sich ein, daß Jesús hinter Sara her wäre, und Jesús meinte, Amos wolle ihm Pilar ausspannen. Die Mädchen haben die beiden noch angefeuert. Miriam und ich mußten schließlich Ordnung schaffen.«

Leise schwang die Tür auf, und Ane-Maria kam herein. Ihre Stirnfransen waren naß. Wassertropfen hingen an ihren Brauen.

»Wen haben wir angefeuert?« fragte sie.

»Niemanden, Kindchen!« rief Doña Gioconda. »Niemanden! Wir haben von deiner Mamá und Sara gesprochen. Carlos ist so freundlich und hört sich meine alten Geschichten an. Du kennst sie alle.«

»Die alten Geschichten müssen spannend sein«, sagte Ane-Maria. »Ihr habt das Feuer ausgehen lassen.«

Sie nahm die Ringe aus der Herdplatte, griff sich eine Handvoll Späne und begann, die Glut im Herd zusammenzukratzen. Dann schob sie die Späne in den Herd, legte ein dickeres Scheit auf und tat die Ringe wieder an ihren Platz. Nach einer kleinen Weile hörten wir die Späne fauchend Feuer fangen. Huanaco erwachte, sprang von Doña Giocondas Schoß herab, schlug die Krallen in die Dielen und streckte sich. Dann tat er mit den Hinterpfoten ein paar kleine, steife Schritte vorwärts, bis sie unmittelbar hinter den immer noch in die Dielen gekrallten Vorderpfoten standen, machte einen Buckel und gähnte.

»Der ist satt«, sagte Doña Gioconda. »Wir sind hungrig.«

»Kann ich erst noch die Hühner füttern?« fragte Ane-Maria.

»Tu das, Kind! Ich kümmere mich ums Frühstück. Carlos wird mir helfen. Sei so gut und schau nach der Butter. Wahrscheinlich mußt du sie noch einmal durchwaschen.«

Ane-Maria nickte.

»Über dem See liegt Nebel«, sagte sie. »Es wird ein schöner Tag!«

Mit großen Schritten ging sie hinaus. Der Saum des braunen Rocks flog um ihre bloßen Fußknöchel.

»Morgens ist sie oft ganz wie Pilar«, meinte Doña Gioconda nachdenklich. »Am Abend fast nie. Merkwürdig! Was meinst du dazu, Carlos?«

»Ich denke«, sagte ich, »daß es sie nicht gäbe, wenn sie als drittes Kind auf die Welt gekommen wäre.«

»Wenn! Wäre!« Doña Gioconda schüttelte ihre weißen Haare. »Was sind das für Samenkörner? Tu sie in die Erde! Sag mir, was aus ihnen wächst!«

SIGNIUKT

»Du findest ihn unter der Esche«, sagte Taguna. »Er sitzt fast immer dort. Es ist sein Lieblingsplatz.«

»Du meinst die Esche neben dem kleinen Unterstand?«

»Ja, Chas. Er hat sie selbst dort gepflanzt, vor fast siebzig Jahren. Sie wird eingehen, weil es dort zu feucht ist, sagte ich damals zu ihm. Ich hatte unrecht.«

»Hat er viele Bäume gepflanzt?«

»Vor allem in den ersten Jahren. Später hat er nur noch drüben in den Hügeln Ahorne gesetzt. Wenn er nicht das Gewehr mitnehmen mußte, nahm er den Spaten mit. Und einen Korb mit einem langen Henkel, in dem er die ausgegrabenen Bäumchen dann an ihren neuen Platz trug. Er hat den Korb eigens für diesen Zweck angefertigt.«

»Macht er jetzt auch noch Flechtarbeiten?«

»Nur solche wie im Frühjahr unten am Bach. In der Nähe sieht er nicht mehr gut genug.«

»Bist du sicher, daß du nicht mit nach Signiukt kommen willst?«

Sie schob die Unterlippe vor. »Ich bin sicher, Chas.«

»Dann hat es wohl keinen Sinn, Strange Goose zu fragen. Ohne dich wird er nicht mitkommen wollen.«

»Glaubst du? Er ist oft ohne mich fort gewesen. Frag ihn. Wenn er wirklich nicht mitkommen will, dann wegen seiner Gänse.«

»Das kann ich verstehen.«

»Wann wollt ihr denn los, Chas?«

»Übermorgen früh.«

»Ich will dir etwas für Erasmus mitgeben. Soll ich es dir morgen abend hinüberbringen?«

»Ich hol es mir ab.«

»Gut!«

Ich stieß mein Kanu von der Felsplatte ab.

»Er soll nicht wieder so spät zurückkommen wie gestern!« rief Taguna.

Die Strömung in der Durchfahrt zwischen den beiden Inseln war schwach, doch vielleicht schien es mir nur so, denn ich hatte den Wind im Rücken. Der Wasserfall auf der linken Seite der roten Sandsteinklippen hing sprühend im Sonnenlicht. Das Stockentenpaar und seine vier Jungen gründelten unter dem überhängenden Grasufer der Gänseinsel nach Futter. Der Wind rauhte die Wasserfläche um mich auf. Fische sprangen in die Luft und fielen klatschend ins Wasser zurück.
Ich sah Strange Goose erst, nachdem ich an Land gestiegen war und bereits die Hälfte des Weges zu der hohen, gerade gewachsenen Esche zurückgelegt hatte. Er saß auf dem Boden, Rücken und Kopf an den Baum gelehnt, und schaute den Gänsen zu. Lawrence schüttelte die Flügel, als ich näher kam, drohte jedoch nicht. Zwischen ihm und Emily weideten fünf junge Gänse. Ihre schwarzen Füße waren fast schon so groß wie die ihrer Eltern.
»Taguna hat es mir schon erzählt«, sagte ich. »Was ist geschehen?«
Strange Goose gab keine Antwort. Ich sah, daß er eingeschlafen war. Seine Lider waren nicht ganz geschlossen.
Ich beugte mich nieder und berührte seine Schulter.
»Mhm?« sagte er, hob langsam den Kopf und öffnete die Augen. »Ah, Chas! Was hast du gesagt? Ich muß eingeschlafen sein.«
»Taguna hat mir schon erzählt, daß eins von den Gänschen fehlt«, sagte ich. »Was ist geschehen?«
»Wir wissen es nicht. Ich glaube, es waren die Schwäne. Hast du die Schwäne gesehen?«
»Nur die Enten, in der Engstelle.«
»Tom und Anna? Ja, die kommen auch jedes Jahr.«
»Ich wußte nicht, daß sie Namen haben.«
»Hehe! Taguna hat sie so genannt. Sie halten sich meistens in der Durchfahrt auf, weißt du. Tom und Anna Benaki sind ganz in der Nähe begraben. Also die Schwäne hast du nicht gesehen? Ich glaube, sie waren es. Du erinnerst dich an den Abend, an dem ihr beide bei uns wart? Du und Piero?«
»Ja, freilich erinnere ich mich.«

»Hast du an dem Abend etwas gehört?«

Ich dachte nach.

»Den Warnruf einer Gans«, sagte ich schließlich. »Und trompetende Schwäne.«

»Das war es! Die Schwäne werden zu nahe gekommen sein. Lawrence hat sie verscheucht. In dem Aufruhr hat sich eines der Kleinen im Schilf verirrt, und Lawrence und Emily haben es nicht mehr gefunden.«

»Es muß gerufen haben, Strange Goose.«

»Wenn sie so groß sind, verhalten sie sich still, bis die Gefahr vorüber ist. Und dann waren die anderen vielleicht schon zu weit weg und haben es nicht gehört. Ich hätte gleich herüberfahren sollen.«

»Im Dunkeln?«

»Vielleicht hätte ich es gefunden. Es hatte einen weißen Streifen auf dem Schnabel.«

»Nicht alle können groß werden.«

»Ja, das stimmt. Aber trotzdem. Ich seh es gern, wenn alle groß werden und im nächsten Frühjahr wiederkommen.«

»Ich verstehe dich«, sagte ich. »Mir tut es auch leid.«

»Riesige Füße haben sie«, sagte Strange Goose. »Schau dir dagegen die winzigen Flügel an! Und so soll es sein. Fliegen müssen sie erst im Herbst. Laufen und schwimmen, das müssen sie sofort können. Es ist gut ausgedacht. Ich wundere mich jedes Jahr wieder. Du auch?«

Ich nickte.

»Halt mal deine Hand auf«, sagte er.

Ich hielt ihm die hohle Hand hin, und er schüttete aus einem Ledersäckchen Weizenkörner hinein.

»Jetzt mußt du dich hinhocken«, sagte er, »und den Arm lang ausstrecken, so wie einen Gänsehals. Und dann mußt du sie rufen.«

Ich tat wie mir geheißen.

»Waa-wa-wa-wa-waa!« rief ich leise. »Waa-wa-wa-wa-waa!«

Lawrence sah als erster den Weizen in meiner Hand. Langsam ging er darauf zu. Den Hals hielt er knapp über dem Boden. Der Kopf war nach oben angewinkelt, die dunkelbraunen Augen ließen mich nicht los. Als er meine Hand eben erreichen konnte, blieb er stehen, bog den Hals hoch, zischte, tauchte den schwarzen Schnabel in den

Weizen, machte ein paar schnelle Bewegungen mit der Zunge, schluckte und zischte. Dann hob er den Kopf und blickte sich nach seiner Familie um.

»Gaaa-gack!« sagte er.

Emily kam heran, nahm einen Schnabel voll und sah zu mir auf. Die Kleinen drängten sich zwischen sie und Lawrence und stießen ihre Schnäbel in das Getreide. Im Nu war meine Hand leer, und die kleinen Gänse begannen an meinen Fingern zu knabbern.

»Jaja«, sagte ich. »Mehr gibt es nicht! Jaja!«

Langsam zog ich die Hand zurück. Sie streckten die Hälse vor, an denen, wie auch an Flügeln und Schwänzen, erste Federn über das Daunenkleid herauswuchsen, und stießen ein helles, fragendes Schnattern aus.

»Ga-ga-gack!« sagte Emily, wandte sich ab und schritt langsam in Richtung des Seeufers davon. Die Kleinen folgten ihr. Lawrence ging am Schluß. Aus dem hohen Ufergras ragten bald nur noch sein Kopf und der von Emily hervor. Gleich darauf plantschte es, und eine Weile später sahen wir die Gänsefamilie gemächlich am Ufer entlangschwimmen. Lawrence hatte die Führung übernommen.

»Wie weit seid ihr mit eurem Dach?« fragte Strange Goose.

»Fast fertig. Morgen decken wir die Lücke zwischen dem alten und dem neuen Dach und bringen die Windbretter an. Die Tür und die Fenster bauen wir erst ein, wenn die Wände sich gesetzt haben. Arwaq meint, in sechs oder acht Wochen.«

»Sind die Dachrinnen schon dran?«

»Wir haben den Stamm gestern gespalten. Don Jesús will die beiden Hälften aushöhlen, während wir in Signiukt sind.«

»Habt ihr den Stall schon unterteilt?«

»Das kommt, wenn die Tür und die Fenster drinnen sind. Bis dahin werden Sigurd und Piero auch die meisten Eisenteile fertig haben.«

»Ja. So ist das. Wer reitet denn mit dir nach Signiukt?«

»Dagny, Ane-Maria und Piero. Möchtest du mitkommen?«

»Hast du Taguna gefragt?«

»Hab ich. Sie sagt, sie ist zu alt zum Reiten.«

»Ich kann dir nichts anderes sagen, Chas.«

»Das ist schade. Wir hatten alle gehofft, ihr würdet mitkommen. Ihr hättet uns viel erzählen können. Ihr habt alles noch gesehen, wie es früher war.«

Seine hellbraunen Augen schauten mich eindringlich an.

»Die Mädchen kennen die alten Geschichten«, sagte er. »Auch die, die nicht aufgeschrieben sind. Sie wissen auch den Weg. Wir würden euch nur aufhalten und nachts euren Schlaf stören. Wir sind alt, Chas. Wir sind an unser Bett gewöhnt.«

»Da ist wohl nichts zu machen. Taguna läßt dir sagen, du mögest nicht wieder so spät nach Hause kommen.«

»Spät? Ach ja. Wegen gestern. Ich war eingeschlafen.«

»Heute auch!«

»Das ist wahr. Vergiß nicht, Erasmus und die anderen von mir zu grüßen. Erasmus soll mal wieder bei uns hereinschauen, wenn er Zeit hat.«

»Ich werde alles ausrichten. Soll ich die Kinder nicht auch grüßen?«

»Welche Kinder? Ah, du denkst an die Kinder in der Schule. Aber im Sommer ist keine Schule!«

»Das hab ich nicht gewußt. Schade. Ich hätte gern gesehen, wie die Kinder hier lernen.«

»Du kannst ja im Herbst einmal hinüberreiten. Hast du Maguaie wieder gesehen, Chas?«

»Aber nein! Das hätte ich euch doch erzählt. Wie kommst du darauf?«

»Wenn du ihn noch einmal sehen solltest und er mit dir spielen will, mußt du ihm sagen, er soll zuerst zum Wasserfall von Soonakadde gehen und dir sagen, was er dort gesehen hat. Kannst du dir das merken?«

»Gewiß. Wo werde ich Maguaie sehen? Und wann?«

»Du kannst ihm überall begegnen. Denk daran: Du darfst nicht mit ihm spielen, bevor er in Soonakadde war und dir alles berichtet hat. Sonst findet er keine Ruhe und kehrt immer wieder in diese Welt zurück.«

Am übernächsten Tag war ich vor Morgengrauen auf und packte die wenigen Sachen zusammen, die ich mitnehmen wollte. Das Päckchen, das Taguna mir gegeben hatte, steckte in der Innentasche meiner Lederjacke. Ich nahm das Buch des Abtes Alkuin von Chotjechow zur Hand und war im Begriff, es ebenfalls einzustecken, als mir einfiel, daß Erasmus gesagt hatte, ich könne es für längere Zeit behalten. So legte ich es auf den Tisch zurück, ergriff meinen Kometen und trat vor die Hütte hinaus.

Ein endloser Strom heller, graublau gesäumter Wolken zog, von Nordosten kommend, über mich hinweg. Es war kühl. Der Wind blies so kräftig, daß ich mich ein wenig gegen ihn lehnen mußte, während ich zum Langhaus hinaufging und dort den Weg zum Hof von Amos Pierce einschlug. Joshua war schon wach. Er half mir, Hoss und Sinda zu satteln und die Satteltaschen aufzulegen. Als er sah, daß ich nur eine Decke mitgenommen hatte, brachte er mir eine zweite.

»Der Wind kommt von Memramcook«, sagte er. »Es kann recht kalt werden.«

»Was meinst du«, fragte ich ihn, »wird es regnen?«

»Glaub ich nicht. Oben in den Bergen wird vielleicht ein wenig Schnee fallen.«

»Im Ernst?«

»Im Ernst. Bei diesem Wind kommt das vor, ja. Willst du das Bienenhaus anschauen?«

»Sicher!«

Das Bienenhaus stand oberhalb des Obstgartens am Südhang. Die Fenster waren bereits verglast und eingesetzt.

»Wie viele Völker kommen hier herein?« fragte ich.

»Das ganze Dutzend.«

»Und wann? Im Herbst?«

»Nein. Die beiden ersten noch diese Woche. Sie müssen vor dem Herbst wissen, wo sie zu Hause sind.«

Wir gingen zum Wohnhaus zurück. Ich stieg in den Sattel. Joshua reichte mir Sindas Zügel.

»In der linken Tasche ist etwas Gebackenes«, sagte er. »Von Mutter eigens für euch gemacht. Ihr sollt es heute noch essen.«

»Eine Überraschung? Sag ihr unseren Dank! Wie geht es ihr?«

»Gut!«

»Seid ihr neugierig, ob es ein Bub wird oder ein Mädchen?«

»Nein. Mutter sagt, es wird ein Mädchen. Bist du Oonigun begegnet, Chas?«

»Nein. Ist er unterwegs?«

»Er wollte mit euch reiten. Arwaq und Atagali haben ihm gesagt, er soll das bleiben lassen. Wer weiß, dachte ich, vielleicht ist er doch geritten. Dann hätte er dir begegnen müssen.«

Als ich auf die Zufahrt zum Hof der Ibárruris einbog, war es hell. Der Wind sauste in den Eichen und zerrte den Strahl des Springbrunnens auseinander. Doña Gioconda, Doña Pilar, Don Jesús und ich frühstückten, indes die Mädchen treppauf und treppab liefen. Dann flog die Tür auf, und sie kamen herein, Encarnación zuerst, hinter ihr Ane-Maria. Sie hatte eine dunkle Wildlederhose an, die in weichen, kniehohen Stiefeln steckte. Ihr Haar war zu zwei Zöpfen geflochten. Über dem Arm trug sie einen schwarzen Umhang.

»Einen guten Morgen«, sagte sie. »Carlos, zieh die Stielaugen ein. Wann geht es los?«

»Sobald die anderen da sind«, erwiderte Doña Gioconda.

»Da kommen sie!« sagte Encarnación vom Fenster her.

Wir gingen vors Haus.

Es waren drei Reiter, die im Trab die Zufahrt herunterkamen. Dagny Svansson ritt voraus. Ihr Umhang leuchtete rot wie eine Mohnblüte, und ihr dicker, blonder Zopf war zu einem Knoten hochgesteckt. Piero auf Solvejg ritt hinter ihr. Als letzter ritt ein barhäuptiger junger Mann auf einem Apfelschimmel. Er trieb sein Pferd an, überholte Piero und Dagny, ritt im Bogen auf uns zu und war abgestiegen, ehe die beiden anderen heran waren.

Mit wiegendem Gang kam er auf mich zu. Er war kaum kleiner als ich. Schwarze, ein wenig krause Haare hingen ihm weit in die Stirn und über die kleinen Ohren. Sein Bart war dicht und kurz und am Kinn rund geschnitten. Die Augen waren hellbraun wie die von Strange Goose und blickten ebenso eindringlich.

»Gesegneten Morgen!« rief er und streckte mir eine kurze braune Hand entgegen.

»Wiebe!« sagte er. »David! Alle anderen kenne ich. Du mußt der Mensch sein, den Dagny so schrecklich findet!«

Er drückte meine Hand und schob sich ein Büschel Haare aus der Stirn. Sie fielen sogleich wieder bis zu den Brauen herunter.

»Ja?« sagte ich. »Ja, der bin ich wohl!«

»Nichts für ungut«, sagte David. »Dagny hat mir erzählt, wie sie das zu dir gesagt hat und was für ein Gesicht du dazu gemacht hast. Das Gesicht wollte ich auch einmal sehen.«

»Nun?« sagte ich, »ist es dir gelungen?«

»Ich denke schon.«

Er schob den Kopf vor und senkte seine Stimme. »Im Vertrauen gesagt«, flüsterte er, »der einzige Mensch, den Dagny wirklich schrecklich findet, steht hier!«

Er schlug sich mit der Faust dreimal gegen die Brust.

»Warum nimmt sie dich dann?«

»Aus Mitgefühl mit ihrem eigenen Geschlecht«, flüsterte David. »Damit es nicht eine andere trifft!«

Er ging zu seinem Pferd und stieg auf.

»Chas!« sagte er und schob sich die Haare aus der Stirn. »Ihr seid hier bald fertig, wie ich sehe. Was machst du dann?«

»Bis ich hier wieder gebraucht werde, kann ich gern bei euch mithelfen«, antwortete ich.

»Gut, darauf wollte ich hinaus. Paßt mir gut auf das Mädchen auf!«

Er lenkte sein Pferd zu Dagny, die sich ihm aus dem Sattel entgegenneigte, küßte sie, winkte uns zu, trabte den Zufahrtsweg hinauf und verschwand hinter den Hecken. Wir konnten hören, wie er auf dem Fahrweg in Galopp überging.

Wenig später hatten wir uns verabschiedet und ritten in die entgegengesetzte Richtung davon. Kesik lief neben uns her, bis wir hinter der Kapelle des Svati Jan nach rechts abbogen. Dort blieb er unter einer Linde zurück. Wir waren schon am Fuß der Hügel angelangt, da hörten wir ihn heulen.

»Er möchte mit«, sagte Piero, »und er weiß, daß er nicht darf.«

»Da ist er nicht der einzige«, meinte ich.

Dagny lachte und schaute über die Schulter zurück. »Davids wegen mußt du dir keine Gedanken machen. Er hätte keinen ruhigen Augenblick, wenn er mitgekommen wäre.«

»Wieso?« fragte Piero. »Geht es nicht ohne ihn?«

»Doch«, erwiderte Dagny. »Aber vielleicht nicht ganz so, wie er es haben will.«

Wir kamen an der Stelle vorbei, wo wir im Frühjahr das Bauholz für den neuen Stall aufgeladen hatten. Von dort aus verlief der Fahrweg nach Osten. Ab und zu führten aus dem Wald überwachsene

Schleifspuren zu ihm herunter, neben denen Brennholz aufgeschichtet lag. Nach ungefähr zwei Meilen endete der Fahrweg auf
einer Waldlichtung vor einem hellgrauen Granitblock, auf dem
Himbeerbüsche wucherten.

»Ein Findling«, sagte Piero. »Diese Art Granit gibt es hier sonst
nicht.«

»Weißt du, wo sie vorkommt?« fragte ich.

»Ja, nördlich von Megumaage, auf dem Festland.«

Die Mädchen waren um den Findling herumgeritten, Ane-Maria
auf der rechten, Dagny auf der linken Seite. Als wir sie erreichten, waren sie bereits abgestiegen und standen neben dem Felsen.
Die Himbeerranken über dem blonden und dem schwarzen Kopf
peitschten im Wind.

Auch wir stiegen ab.

»Was gibt es da zu sehen?« fragte Piero.

»Las Madres«, sagte Ane-Maria und trat zur Seite.

In den Fels waren sieben fußhohe Frauengestalten eingemeißelt. Sie
trugen lange, gefältelte Gewänder und spitze Kopfbedeckungen.
Von ihren Gesichtszügen war kaum noch etwas zu erkennen. Die
mittlere Gestalt hielt einen Vogel mit langem Hals auf dem Arm.
Eine andere hielt einen jungen Bären, eine zwei Rehkitze, eine
einen jungen Biber und eine einen jungen Wolf oder Coyoten.
Die Frauengestalt ganz zur Linken hielt ein kleines Kind; die ganz
zur Rechten hatte ein Huftier auf dem Arm, das ein Elchkalb sein
mochte.

»Seven Persons«, sagte Piero.

»Sie sind viel älter«, sagte Ane-Maria. »Bruder Spider meint, älter als
tausend Jahre. Er hat sie gefunden.«

»Gefunden?« sagte Piero. »Jeder kann sie sehen!«

»Sie waren mit Mörtel zugeschmiert«, sagte Ane-Maria. »Der Mörtel war nicht glattgestrichen und vom Stein fast nicht zu unterscheiden. Außerdem war die Stelle von Himbeeren überwuchert.
Bruder Spider hat hier Rast gemacht. Er hatte nur Brot dabei. Die
Himbeeren waren gerade reif. Beim Pflücken ist ihm aufgefallen,
daß die Stelle da ein bißchen anders aussah als der Stein und daß
sie so viereckig war. Da nahm er seinen kleinen Hammer, der auf der
einen Seite eine Spitze hat…«

»Einen Geologenhammer«, warf ich ein.

»Er nennt ihn seinen Hexenhammer«, sagte Ane-Maria. »Vorsichtig hat er den Mörtel losgehackt. Es ist dunkel geworden, und er war nicht fertig. Da ist er über Nacht geblieben und hat am nächsten Vormittag noch lange gehackt und gekratzt, bis aller Mörtel weg war. Und dann hat er Wasser geholt und die Mütter abgewaschen.«

»Las Madres«, sagte ich. »War es Bruder Spiridion, der sie so genannt hat?«

»Nein, Carlos, das war Papá. Als Kind hat er in seiner Heimat ein ähnliches Bild gesehen. Die Mützen waren anders, sagt er, und es waren nicht die gleichen Tiere. Sonst war alles so wie hier.«

»Kennt niemand mehr den alten Namen?«

»Niemand. Weder in Itaituba noch hier.«

»Wann hat Bruder Spider sie entdeckt?« fragte Piero.

»Das weiß ich genau, Don Pedro. Im Jahr der *kwemoosk*, der Seetaucher. Da bin ich geboren.«

»Wer mag den Mörtel über das Bild geschmiert haben?« fragte ich.

»Bruder Spider hat gesagt, einer seiner Brüder.«

»Ja? Aber welcher von ihnen?«

Fältchen krausten Ane-Marias Nase. »Das hab ich ihn auch gefragt, Carlos! Er hat gelacht und gesagt, daß er einen Bruder von früher meint, aus dem vorigen Jahrhundert oder dem davor. Aus der Zeit, in der wir die Götter vergessen und Christen werden sollten. Und jetzt reitet ihr beiden voraus. Wir kommen bald nach.«

»Warum?« fragte Piero.

»Bitte!« sagte Dagny.

»Komm«, sagte ich.

Auf der anderen Seite der Lichtung fanden wir uns auf einem schmalen Pfad und mußten hintereinander reiten. Ich trieb Hoss an.

»Ho!« rief Piero hinter mir. »Langsam!«

»Wieso?« rief ich. »Sie holen uns leicht ein.

Der Pfad ging bergan, und Hoss fiel von allein in Schritt. Ab und zu gaben uns die Wälder den Blick zum See frei, auf dem in weißgezackten Reihen die Wellen dahinzogen. Wir spürten den Wind kaum. Über uns trieben helle, graublau gesäumte Wolken nach Südwesten.

Auf einer Lichtung überholte mich Piero, und wir ritten gemächlich weiter. Eine Stunde mochte vergangen sein, als ich plötzlich Hufschlag hinter mir hörte. Etwas wie ein Regenschauer prasselte gegen meinen Rücken; dann rollten einige kleine Kiesel von meiner Schulter auf den Sattel herab.

»Da!« rief Ane-Maria. »Ich hab ihn getroffen! Jetzt mußt du malerisch aus dem Sattel sinken, Carlos!«

Um die Mittagszeit hielten wir Rast am Ende der tiefen, mehrfingrigen Bucht, die Oonigun, Joshua, Piero und ich vor vielen Wochen in unseren Kanus erkundet hatten, und sahen den Wellen zu, die sich im Wind erhoben, wuchsen, aufschäumten und hinausliefen, eine nach der anderen, eine nach der anderen. In der Ferne lag die Insel Ooniskwomcook mit ihren beiden Sandsteinspitzen.

»Dort war unser Lager«, sagte Piero. »So eine Seefahrt möchte ich noch einmal machen.«

»Ich auch«, sagte ich. »Im Herbst vielleicht.«

»Nehmt ihr mich dann mit?« fragte Ane-Maria.

»Gern«, sagte Piero. »Du hättest schon beim erstenmal mitfahren können.«

»Da war zuviel zu tun.«

»Nehmt ihr mich auch mit?« fragte Dagny.

»Du bist doch dann schon verheiratet«, sagte Piero.

»Das macht nichts! Wenn David mitkommen will, kommt er mit. Wenn nicht, dann nicht. Das Leben ist lang. Müssen wir alles gemeinsam tun, bloß weil wir verheiratet sind?«

»Das hat Naomi mich auch einmal gefragt«, sagte ich.

»Wer ist Naomi?« fragte Ane-Maria.

»Naomi war meine Frau.«

»Habt ihr euch getrennt?« fragte Dagny.

»Sie ist vor sechs Jahren gestorben«, sagte ich. »An der Geburt unserer Tochter.«

»Jetzt verstehe ich«, sagte Dagny langsam.

»Was verstehst du, Dagny?«

»Was du über die Stelle aus Hamsuns *Victoria* gesagt hast, Chas. Ich hab darüber nachgedacht. Es geht nicht nur darum, daß einer von beiden stirbt und den anderen allein läßt. Darum geht es auch. Aber vor allem geht es um Menschen, die einander quälen, weil sie nicht anders können. So war es doch nicht bei euch, oder?«

»Bestimmt nicht, Dagny.«

»Denkst du noch an sie? Oder ist es vorbei?«

»Es ist vorbei, und ich denke noch an sie.«

»Und eure Kinder?«

»Markus erinnert sich an sie. Aber die Erinnerung ist wie ein paar lose Seiten, die von einem Bilderbuch übriggeblieben sind. Verstehst du?«

Sie nickte. Ihr Knoten hatte sich gelöst, und der schimmernde blonde Zopf fiel nach vorn über den roten Umhang.

»Die beiden brauchen eine Mutter!« sagte sie. »Markus und …?«

»Mary.«

»Markus und Mary. Glaubst du nicht?«

»Doch, Dagny. Aber das allein ist kein Grund zum Heiraten. Nicht für mich.«

»Du kannst schrecklich sein! Natürlich ist das allein kein Grund. Es kommt darauf an, ob du eine Frau findest, die du magst und die dich mag. Kannst du dir vorstellen, wieder zu heiraten?«

»Ich hab es mir nicht vorstellen können, bevor ich hierherkam, nach Megumaage.«

»Jetzt kannst du es dir vorstellen?«

»Ja. Ich denke nicht daran, weißt du. Aber vorstellen kann ich es mir.«

»Was hat deinen Sinn geändert?«

»Ich weiß nicht. Das Land. Der See. Die Menschen. Ihr alle. Eure guten Regeln – und eure grausamen Regeln.«

»Die auch?«

»Ich glaube schon. Alles zusammen.«

»Weißt du, daß du ein lieber Mensch bist?«

»Ich glaube ja! Liebe Menschen sagen das manchmal von mir. Der Gedanke ist mir vertraut.«

»Jetzt bist du wieder unausstehlich! Komm, Ane-Maria, wir reiten!« Sie warf den Zopf zurück, sprang auf, nahm Ane-Maria an beiden Händen und zog sie hoch.

Piero und ich packten zusammen und hatten die Mädchen wenig später eingeholt. Der Pfad war immer noch schmal, und wir ritten hintereinander; Ane-Maria als erste, ich als letzter. Wälder und Felsen schoben sich zwischen uns und den See. Hoch unter den hellen

Wolken sah ich einen großen Greifvogel. Es mochte einer der weißköpfigen Adler sein. Er schien in der Luft stillzustehen. Dann, als ich gerade die Augen von ihm abwenden wollte, legte er sich auf die Seite. Der Wind griff unter seine Schwingen, nahm ihn, trug ihn davon, ließ ihn dahinschwinden zu einem winzigen schwarzen flügellosen Punkt, der bald mit dem graublauen Saum einer Wolke verschmolz.

Eine oder zwei Stunden später wurde der Pfad so breit, daß wir zu zweit nebeneinander reiten konnten, Ane-Maria neben Dagny und Piero neben mir. Immer häufiger ragten Sandsteintürme aus den Wäldern. Viele von ihnen wurden nach oben hin stufenweise breiter und waren mit Gras, Büschen und kleinen Bäumen bewachsen.

»Weißt du, wann wir den Weg erreichen, der früher zur Moosehorn Lodge geführt hat?« fragte ich Piero.

»Moosehorn Lodge? Von der hab ich noch nie etwas gehört.«

»Aber gesehen hast du sie. Die Ruinen, die Oonigun und Joshua uns unten im See gezeigt haben!«

»Ah, die! Nein, das weiß ich nicht. Ho! Bellissime!«

Ane-Maria wandte den Kopf.

»Wann kommen wir zu dem Weg, der zur Moosehorn Lodge führt?«

»Morgen früh!« rief Ane-Maria.

»Und wo lagern wir?«

»Warte, dann wirst du es sehen!« rief Dagny.

Zwischen Krüppelkiefern ritten wir auf dem Grat eines schmalen Hügels entlang, schweigend, dem Wind ausgesetzt, der uns das Wasser in die Augen trieb. In den düsteren Wäldern unter uns brauste es. Braunroter Staub stob von den Hufen der Pferde. Als ich einmal zum Himmel hinaufschaute, waren die Wolken graublau und hatten scharfe weiße Ränder. Schließlich endete der Grat, und wir gelangten in den Schutz eines Eichenwaldes. Die Pferde hoben die Köpfe und holten tief Atem. Der Pfad senkte sich. Buchen und Ahorne mischten sich unter die Eichen. Es ging steil in eine Senke hinab, in der Zedern standen, und der Pfad wand sich zwischen ihren Stämmen hin und her. Fast windstill war es hier, und dunkel, abendlich, obgleich es erst später Nachmittag sein konnte. Am Ausgang des Zedernwalds lenkten Ane-Maria und Dagny ihre Pferde zur Seite, und wir hielten zwischen ihnen an.

Vor uns überspannte ein mächtiges rotes Sandsteintor den Pfad. Sein linker Pfeiler war steil und klobig; ihm gegenüber wirkte der rechte, dessen gestufte Schräge in den Mittelteil des Bogens überleitete, zart und fast zerbrechlich, obwohl auch er unten breiter war als meine Hütte. Oben auf dem Bogen wuchs eine Reihe kurzer, knorriger Birken, deren Blätter im Wind flirrten.

»Introibo ad altare Dei«, murmelte Piero.

»Lasciate ogni speranza voi ch'entrate«, entgegnete ich.

»Dich hat wohl die sizilianische Schwermut angesteckt?« sagte Piero.

»Es scheint so«, erwiderte ich.

»*Takumegoochk* heißt das Tor«, sagte Ane-Maria. »›Das von der einen Seite bis zur anderen reicht.‹ Wer zum erstenmal hindurchgeht, darf sich etwas wünschen.«

»Und wenn mir nichts einfällt?« fragte Piero.

»Dann reitest du außen herum.«

»Wozu das?«

»Es könnte sein, dir fällt im letzten Augenblick doch noch etwas ein. Und das geht dann in Erfüllung. Auch, wenn es etwas ganz Dummes ist.«

»Wie im Märchen! Ich darf nicht sagen, was ich mir wünsche, nicht wahr?«

»Nein, das darfst du nicht. Auch später nicht.«

»Darf ich sagen, ob mein Wunsch sich erfüllt hat?«

»Wenn du willst. Es ist aber überflüssig. Die Wünsche erfüllen sich immer.«

Wir ritten alle vier unter dem Felsentor hindurch. Dagny sah auf den Hals ihres Pferdes nieder; Ane-Maria und ich blickten auf Piero, dessen Lippen sich bewegten, als lerne er etwas auswendig. Keiner von uns schaute sich nach dem Tor um, und keiner sagte ein Wort. Schweigend ritten wir über grasigen Boden unter Birken und Ebereschen dahin. Bald ging es bergab durch einen Tannenwald, auf den hohe, dichtstehende Salweiden folgten; dann tat sich vor uns ein rundes, flaches Tal auf. Seine südliche Hälfte füllte ein Sumpf mit verstreuten Wasserflächen, Schilffeldern, Riedgrasinseln und Gebüschen. Linker Hand stieg Laubwald einen mäßig steilen Hang hinan, aus dem zerklüftete Kalksteinfelsen ragten. Am Fuß des

Hangs, unter Kastanienbäumen, stand eine kleine braunschwarze Blockhütte.

»Da sind wir«, sagte Ane-Maria.

»So nah am Sumpf?« meinte Piero. »Die *kullumooechk* werden uns auffressen.«

»Nicht bei dem Wind«, sagte ich. »Er weht zum Sumpf hin.«

»Auch sonst nicht«, erklärte Dagny. »Aus den Höhlen dort oben am Hang weht immer ein Luftzug.«

»Höhlen?« fragte Piero. »Kann man in die hinein?«

»O ja«, antwortete Dagny. »Sie sollen bis zur anderen Seite der Hügel hinüberreichen.«

»Sind sie schon durchforscht?« fragte Piero.

»Nein«, erwiderte Ane-Maria. »Ein paar Buben haben es einmal versucht. Einer aus Banoskek und zwei aus Wesunawan. Sie hatten Laternen dabei, aber nicht genug Kerzen. Sie haben sich verirrt. Die Männer, die nach ihnen suchten, konnten sie rufen hören, haben sie aber nicht gefunden. Nach sechs oder sieben Tage verstummten die Rufe. Es heißt, daß ein *teamaagik* da drinnen wohnt. Ein Mensch mit einem Elchkopf, der Menschen frißt.«

»Glaub ich nicht«, sagte Piero. »Die drei sind verdurstet.«

»Verhungert«, warf Dagny ein. »Wasser gibt's in den Höhlen genug. Sogar Wasserfälle. Und einen See.«

Wir hielten vor der Blockhütte, stiegen ab und befreiten die Pferde von Sätteln, Satteltaschen und Kleiderrollen. Unweit der Hütte strömte ein schmales, tief eingeschnittenes Bächlein vorbei. Es entsprang zwischen zwei tiefroten Sandsteinschichten, lief in ein rundes, aus dem Stein gehauenes Becken und floß durch drei Rinnen in einen kleinen, fast gänzlich mit Schwertlilien zugewachsenen Teich. Die Schwertlilien trugen pralle grüne Samenstände.

Die beiden winzigen Fenster der Hütte waren mit getrockneten Schweinsblasen verklebt. Ein mit Heu gefüllter Verschlag nahm fast die Hälfte des Raums ein. Neben der Tür standen zwei glattgesessene eichene Bänke und ein Tisch aus Lindenholz; in den Spalten zwischen den Bohlen hatte sich feiner roter Sand abgelagert. An einer der Bänke lehnte eine Axt. Auf dem offenen Herd waren Späne und einige Scheite Brennholz aufgehäuft.

Als das Essen fertig war, leuchtete uns nur mehr das Herdfeuer zur

Mahlzeit. Zum Tee aßen wir das Gebäck, das Sara uns mitgegeben hatte. Es waren allerlei Tiergestalten, in Schmalz gebacken und in feingestoßenem Ahornzucker gewälzt. Dagny begann jedesmal mit dem hinteren Ende und aß den Kopf zuletzt; Ane-Maria hingegen biß ihren Tieren rasch die Köpfe ab, um dann den Rest gemächlich aufzuessen.

Die Tür der Hütte stand offen. Hoch über dem schwarzen Tal sauste leise der Wind. Manchmal flatterten Nachtfalter durch die Türöffnung herein aufs Feuer zu und stürzten alsbald mit versengten Flügeln in die Glut, wo ihre fetten Körper brutzelnd verschmorten. Vom Sumpf her tönte ein Gewirr von Tierstimmen: Es piepste, trillerte, zwitscherte, grunzte und hustete.

»Zikaden?« fragte ich, als sich wieder einmal ein klarer, trockener, nicht endenwollender Triller über die anderen Laute erhob.

»Frösche«, sagte Ane-Maria. »Trillerfrösche. Bruder Spider nennt sie Pikkolofrösche. Sie sind grün. Sie steigen auf die Büsche hinauf und trillern dort.«

»Und was so zwitschert – da, jetzt hörst du es gut! –, so wie junge Gänse, nur viel langsamer? Das sind doch Vögel?«

»Singfrösche, Carlos. Alles, was du hier hörst, sind Frösche.«

»Auch die, die so erkältet klingen oder als sei ihnen furchtbar übel?« fragte Piero.

»Das sind Ochsenfrösche, Don Pedro. Manche werden zwei Pfund schwer, und es gibt Leute, die sie essen. Wer von euch hat noch Hunger?«

Ane-Maria deutete auf den gebackenen Schwan, der einsam mitten auf dem Tisch lag.

»Mhm!« sagte Dagny.

»Ane-Maria schob ihr den Schwan zu. »Iß ihn«, sagte sie. »Er paßt zu dir.«

Dagny nahm den Schwan und betrachtete ihn nachdenklich, bevor sie ihm langsam den Schwanz abbiß.

»Wieso paßt der zu mir?« fragte sie.

»Weiß ich nicht, Dagny. Er paßt eben zu dir. Mein Papá, Amos und Arwaq haben früher einmal zahme Ochsenfrösche gehabt. Sie haben sie um die Wette springen lassen. Gewonnen hat der, dessen Frosch am weitesten sprang.«

»Und was hat er gewonnen?« fragte Piero.

»Die anderen beiden Frösche natürlich. Was denn sonst?«

»Und? Wurden die dann gegessen?«

»Ach, ihr Sizilianer! Zum Essen waren die viel zu kostbar.«

»Wo sind die zahmen Frösche jetzt? Ich hab keine gesehen.«

»Die sind wieder wild geworden und erzählen ihren Kindern, was sie früher alles erlebt haben.«

»Das verstehe, wer will! Zum Essen waren sie zu kostbar, zum Freilassen aber nicht!«

»Don Pedro! Also: Amos, Arwaq und Papá mußten ihre Frösche freilassen. Sie hatten sie ja immer bei sich, verstehst du? In ihren Zimmern. Manchmal sind sie nachts ins Bett gesprungen. Entweder die Frösche oder ich, hat Mamá gesagt.«

»Was ist mit unseren Pferden?« fragte ich. »Brauchen sie die Weidefesseln?«

»Nein«, sagte Dagny. »Sie bleiben auch so in der Nähe.«

»Ist das Thor, den du reitest?«

»Nein. Loki. Thor ist Sigurds Pferd. Loki gehört mir.«

Das Feuer war zu einem kirschrot glühenden Hügel zusammengesunken. Piero füllte etwas Glut in seinen Kometen, tat Holzstückchen darauf und deckte sie mit Asche ab. Dann legten wir uns schlafen.

»Chas!« flüsterte Piero nach einer Weile.

»Hm?«

»Wir könnten uns hinausschleichen und ein paar Frösche aus dem Sumpf holen. Ein paar ganz dicke!«

Dagny lachte leise im Dunkel.

»Geht nur!« flüsterte sie. »Wenn ihr um Hilfe ruft, kommen wir und ziehen euch heraus!«

Dunst trieb über die Wiese vor unserer Hütte, als ich erwachte. Die Kälte hatte mich geweckt. Meine Decke war zur Seite geglitten. Ich stützte mich auf einen Ellbogen, suchte im bleifarbenen Dämmer nach der Decke, fand einen ihrer Zipfel, war im Begriff daran zu ziehen, und hielt inne.

Ane-Maria hatte im Schlaf die Decke nach und nach zu sich hinübergezogen und lag nun halb darauf. Sie lag auf der Seite, den linken Arm neben sich ausgestreckt. Auf dem rechten ruhte ihr Kopf; die Hand lag offen da, die langen, kräftigen Finger waren leicht gekrümmt. Schwarzes Haar, mit Heu vermischt, verdeckte Stirn und Wange. Ein Knäuel trockener Halme lag vor ihrem Gesicht und bewegte sich mit ihrem Atem; manchmal berührten die Halme ihren Nasenflügel, auf dem dann ein Fältchen erschien und gleich wieder verging.

Dagny schlief neben Ane-Maria, gleichfalls auf der rechten Seite, die Wange auf den übereinandergelegten Händen. Piero lag, tief ins Heu gewühlt, auf der anderen Seite des Verschlags.

Ich drehte mich auf den Bauch und zog von der Wandseite her Heu über mich. Dann stützte ich mich auf beide Ellbogen, legte das Kinn in die Hände und betrachtete Ane-Maria.

Die trockenen Halme bewegten sich mit ihren Atemzügen: ein wenig von ihrem Gesicht fort, ein wenig zu ihm hin, stetig, unermüdlich, als wollten sie sich bis in alle Ewigkeit so weiter bewegen. Die rechte Hand lag offen da, als wolle sie Wasser schöpfen oder etwas herzeigen. Den Mund konnte ich nicht sehen, nur einen Mundwinkel, und mir schien, daß er sich ein klein wenig nach oben wandte, wie bei Taguna, wie bei Naomi.

Ich lag und schaute.

Draußen wurde es heller. Langsam verlor das Dämmerlicht seine bleifarbene Schwere. Einmal holte Ane-Maria tief Atem; die trockenen Halme kitzelten ihre Nasenflügel, und mehrere Fältchen krausten ihre Nase. Behutsam nahm ich die Halme fort und hielt sie einen Augenblick lang zwischen den Fingern. Dann legte ich sie in Ane-Marias offene Hand, und die Hand schloß sich um die Halme. Ich spürte, daß ich beobachtet wurde, hob den Blick und sah in Dagnys graue große Augen. Nichts regte sich in ihrem Gesicht. Lange sahen wir einander an. Dann wieherte draußen ein Pferd. Ich wandte den Kopf nach dem hellen Viereck der Türöffnung. Seidignasser Dunst trieb dem Sumpf zu. Die Pferde waren nicht zu sehen. Als ich zu Dagny zurückschaute, hatte sich sich auf die andere Seite gedreht, und ihr Atem ging ruhig und langsam wie der von Ane-Maria. Piero schnarchte leise.

Nicht lange, nachdem wir aufgebrochen waren, ritten wir eine trockene, sandige Terrasse entlang. Links erhoben sich schwarze

Granitwände; rechts brauste ein Bach in einer tiefen, waldigen Schlucht. Eine gute Stunde weiter sahen wir wieder den See. Die Terrasse wurde schmaler, so daß wir hintereinander reiten mußten. Der Wind war aufs neue erwacht. Wie gestern kam er aus Nordost, und wie gestern jagten graublaue, weißgesäumte Wolken vor ihm her, eine der anderen gleichend, in endlosem Strom.

Unser Pfad traf schließlich auf ein sieben oder acht Fuß breites Felsband. Tief unter uns zogen die Wellenkämme hell über den See.

»Das ist der alte Weg!« rief Dagny.

»Und wir müssen uns links halten!« rief ich. »Nicht wahr? Nach rechts geht es zur Moosehorn Lodge.«

»Ja«, rief Ane-Maria.

Das Felsband senkte sich dort nicht allzu steil zum See hinunter und verschwand nach etwa einer halben Meile im Wasser.

Die Mädchen zeigten uns die Stelle, an der Leo Newosed im Jahr der Seuche mit seinem Automobil abgestürzt war. Wie ich es erwartet hatte, war von dem Wrack nichts mehr zu sehen. Ich suchte die Felswand zu meiner Linken nach dem blauen Farbschmierer ab, doch auch von ihm hatten Regen und Hagel, Sonne und Schnee nichts übriggelassen.

Von der Hütte auf Pretty Girls' Hill, auf deren Terrasse vor mehr als acht Jahrzehnten der alte Mann gesessen und den Kindern mit der Faust gedroht hatte, war ebenfalls nichts mehr zu sehen. Aber zwischen den hoch aufragenden Fichten und Tannen fielen mir zahlreiche moosbegrünte, kaum fußhohe Hügel auf, die einmal Baumstümpfe gewesen sein mußten.

Der Weg war von Rinnsalen zerfurcht. Wagen konnten ihn nicht mehr benutzen. Doch war er gut zu erkennen und von den Seiten her nur so weit zugewachsen, daß zwei Reiter nebeneinander Platz fanden.

Wir ritten durch einen Sumpf mit vielen kleinen Inseln, von denen das bewegte Laub der Birken, Espen und Baumwollpappeln grün herüberglänzte. Die Hügel traten auseinander. Zu beiden Seiten des Weges breiteten sich Wildwiesen hin. In der Ferne weidete eine Büffelherde. Wir kamen an den Ruinen von Farmgebäuden vorbei, die gerade noch als solche zu erkennen waren. In einem Birkenhain stand rostbraun der Stumpf eines riesigen Gittermastes.

»War das eine Stromleitung?« fragte ich Dagny, die neben mir ritt.

»Elektrischer Strom, nicht wahr? Ja, das war so eine Leitung.«

»Wo sind die Drähte hingekommen? Die Drahtseile? Weißt du das?«

»Ich glaube, die Leute haben sie für Zäune verwendet. Oder verkauft. Es ist schon lange her.«

»Verkauft? An wen?«

»Vielleicht an Handelsschiffe? Ich weiß es nicht. Du mußt die Älteren fragen, Chas.«

Sie hielt ihr Pferd an.

»Wart ein bißchen«, sagte sie. »Mein Sattelgurt rutscht.«

Wir stiegen beide ab. Piero und Ane-Maria merkten nichts davon und ritten weiter. Wir zogen den Sattelgurt und die Riemen der Satteltaschen nach und stiegen wieder auf.

»Wart noch ein bißchen«, sagte Dagny. »Sieht sie ihr ähnlich?«

»Wer wem, Dagny?«

»Ane-Maria deiner Frau. Naomi.«

»Aber nein. Überhaupt nicht. Höchstens vielleicht die Mundwinkel.«

»Die Mundwinkel? War deine Frau Indianerin?«

»Ja. Aus Megumaage.«

»Das hab ich nicht gewußt.«

Eine Windbö beugte die Birken und trieb Staub und Steinchen über den Weg. Dagny zog die Kapuze ihres roten Umhangs über den Kopf.

»Meinst du diese kleine Falte am Mundwinkel?« fragte sie. »Von der man nicht genau sieht, wohin sie führt?«

Ich nickte.

»Aber die haben alle Indianer«, fuhr Dagny fort. »Auch die andere am inneren Augenwinkel!«

»Mehr oder weniger, ja. Weshalb wolltest du wissen, ob Ane-Maria Naomi ählich sieht?«

»Weil ich es wissen will, Chas. Du kannst schrecklich sein mit deiner Fragerei.«

»Was, wenn sie ihr ähnlich sähe?«

»Das wäre schlecht für euch beide. Ane-Maria ist nicht Naomi.«

Sie trieb Loki an und galoppierte voraus. Wir brauchten eine Weile, bis wir Piero und Ane-Maria einholten und hinter ihnen in Trab fielen.

Zwei oder drei Stunden später gelangten wir an den Zusammenfluß der drei Bäche. Die hölzerne Brücke war nicht mehr da, doch die dicke Eiche stand noch. Wir ritten über die Kiesbänke und durch seichtes Wasser zu ihr hinüber. Ein schenkeldicker Ast war aus der Krone heruntergebrochen. Das Laub an seinen Zweigen war noch frisch. Hirschkäfer schwärmten über die tief in den Stamm hineinreichende Bruchstelle.

»Dort war der Kahlschlag«, sagte Ane-Maria und wies auf den bewaldeten Hang, an dessen Fuß unser Weg entlangführte.

»Du hast alles gelesen, nicht wahr?« fragte ich.

»In Seven Persons? Ja. Aber Pater Erasmus hat auch so ein Buch. Frag ihn danach.«

»Das hast du noch nicht gelesen?«

»Nein. Es ist aber eine Geschichte darin, die ich lesen möchte. Der Vater von Bruder Martinus hat sie aufgeschrieben, Hosteen Taguna sprach einmal darüber, und das hat mich neugierig gemacht.«

»Was hat sie gesagt?«

»Sie hat gesagt, nachdem sie die Geschichte gelesen hat, versteht sie, warum Bruder Martinus kein Fleisch ißt.«

»Überhaupt keins? Jetzt bin ich auch neugierig. Aber weshalb fragst du nicht selbst nach dem Buch?«

»Frag du, Carlos. Du bist ein Mann.«

»Taguna ist kein Mann.«

»Sie ist eine von den Müttern. Sie ist die Älteste. Das ist etwas anderes.«

»Ich werde Erasmus fragen. Du hast noch Heu in den Haaren.«

»Wirklich? Sei so gut, hol es heraus.«

Sie neigte sich mir zu. Ich sammelte Halme und Blätter aus ihrem Haar und ließ sie davonfliegen.

»Ho!« rief Piero hinter uns. »Ane-Maria! Hast du Matrosen im Ausguck?«

»Ja«, rief sie zurück. »Alles sizilianische Deserteure!«

Wir hatten den Wind im Rücken und kamen rasch voran. Der rote Sand stob von den Hufen. Die Pferde waren warm, doch nicht erhitzt. Hoch über uns zogen die graublauen Wolken mit ihren weißen Säumen dahin, rasch, viel rascher als wir. Ich summte einen Tanz vor mich hin, einen Landler. Nach einigen Takten summte Ane-Maria die zweite Stimme dazu, und eine Weile ritten wir summend nebeneinanderher.

»Weißt du, was das ist?« fragte sie schließlich.

»Brahms«, sagte Dagny zu meiner Linken. »Wie bringt ihr es fertig, beim Reiten den Klarinettenlandler zu singen? Das ist ein ganz anderer Rhythmus!«

Sie überholte uns. Piero überholte uns auch, und dann wandte Dagny sich um.

»Wir sind gleich dort, wo der Weg nach Signiukt abgeht!« rief sie.

Bald erblickten wir hinter einer Biegung einen schmalen Fahrweg, der nach rechts abzweigte. Im tiefen Gras der Wegböschung saß eine kleine, schwarzgekleidete Gestalt. Dagny zügelte ihren Loki, der mit steifen Schritten ein Stück seitwärts ging, ehe er nickend stehenblieb.

»Gott zum Gruß, ihr Menschen!« sagte der Bub, der neun oder zehn Jahre alt war, und stand auf. Eine Angelrute lag zu seinen Füßen.

»Grüß dich, Abel«, sagte Dagny. »Du wartest doch nicht auf uns?«

»Das wohl nicht, Dagny Björnstochter. »Ich wußte nicht, daß du – daß ihr kommt. Ich warte auf Aristide. Aristide Canotier. Wir wollen zusammen fischen gehen. Bei dem Wind beißen sie gut.«

»Einen guten Fang wünschen wir euch«, sagte Dagny. »Und laß das mit der Björnstochter sein, Abel. Ich bin Dagny Svansson, und bald bin ich Dagny Wiebe. Willst du dir das merken?«

»Das will ich. Svansson. Wiebe. Ich will es nicht vergessen.«

»Gut. Weißt du, ob die Brüder zu Hause sind?«

»Soviel ich weiß, sind sie alle im Schloß, Dagny.«

Der Fahrweg führte in ein flaches Tal hinein. Die Radfurchen waren sorgfältig mit Kies und Sand aufgefüllt. Brombeeren, Himbeeren, auch Johannisbeeren und einzelne Stachelbeerbüsche wuchsen zu beiden Seiten. Nach ungefähr anderthalb Meilen durchritten wir ein dunkles Waldstück.

»Sind Abels Eltern Mennoniten?« fragte Piero.

»Ja«, sagte Dagny. »Zummatt heißen sie. Abel hat noch eine Schwester. Du wirst gleich den Hof sehen.«

Am Ausgang des Waldes lag ein hellgrauer Granitblock, ähnlich dem der Sieben Mütter, in den ein Johanniskreuz eingemeißelt war.

Vor uns erblickten wir in einer geschützten Senke den Hof der Zummatts. Anordnung und Bauweise von Wohnhaus, Stallungen und Scheune erinnerten mich an Clemretta; nur gab es hier keinen Bach zu überqueren.

Linker Hand lag am Ende eines schmalen, geraden Weges, zu dessen Seiten Kastanien, Ebereschen, Nußbäume und Eiben wuchsen, auf einer sanften Anhöhe das Schloß. Es war aus dunkelrotem Sandstein erbaut, zweistöckig, mit einem dunkelroten Ziegeldach. Über dem Mittelgebäude erhob sich ein runder Turm. Sein flaches Dach war von einem Geländer umgeben.

»Ein kleines Schloß«, sagte Piero, als wir den Weg entlangritten.

»Ein großes Landhaus«, sagte ich. »Wem mag es früher einmal gehört haben?«

»Vergiß nicht zu fragen«, gab Ane-Maria zurück.

»Richtig!« erwiderte ich. »Dagny, wie kommt es, daß Abel dich vorhin mit Björnstochter angeredet hat? Die Vaternamen sind doch in Schweden längst außer Gebrauch?«

»In Schweden wohl. Aber nicht auf Island. Die Familie meines Vaters kam vor fast vierhundert Jahren aus Island nach Schweden. Sie haben den Gebrauch der Vaternamen beibehalten, und Vater wollte das hier fortsetzen. Ich aber will, daß es ein Ende damit hat.«

»Warum denn?«

»Weil es unsinnig ist. Stell dir vor, in einem Dorf gibt es vier Mädchen, die Dagny heißen. Dann muß man wissen, ob von der Tochter des Ole, des Björn, des Sigurd oder des Arne die Rede ist. Aber hier? Soviel ich weiß, bin ich die einzige Dagny in Megumaage.«

»Ich finde, es ist schade um den Brauch.«

»Nein, er ist tot. Er hat keinen Sinn mehr. Uns bleiben genug Bräuche, in denen noch ein Sinn wohnt. Die werden auch weiterleben.«

Der Weg führte uns an der Westseite des Schlosses vorbei. Die Säulen, die den Vorbau des Mittelgebäudes stützten, waren von Kletterrosen umrankt. Wo einst die Auffahrt vor dem Haupteingang gewesen sein mußte, sah ich Obstbäume, Gemüsebeete und Rosensträucher. Weiter unten meinte ich für einen Augenblick auch den Strahl eines Springbrunnens zu erkennen.

Der Hof hinter dem Schloß war mit rotem Bachkies bestreut. An seiner nördlichen Seite, dem Schloß gegenüber, erhoben sich Stallungen, ein Geräteschuppen, eine Werkstatt und ein kleiner Wagenschuppen, in dem neben einem leichten, zweispännigen Schlitten, der dem meiner Eltern recht ähnlich sah, das schwarze Wägelchen stand, mit dem Erasmus und Spiridion uns bei Don Jesús besucht hatten.

Vor den Stallungen saßen wir ab und machten uns daran, die Satteltaschen loszuschnallen und die Sattelgurte zu öffnen.

»Mein Hinterteil fühlt sich an wie geklopftes Schnitzelfleisch«, sagte Dagny, während sie sich nach ihrer Kleiderrolle reckte.

»Du bist aus der Übung«, sagte Ane-Maria. »Du wirst sehen, auf dem Heimweg spürst du nichts mehr.«

Ein Flügel der Eichenholztür im Mittelteil des Schlosses ging auf. Bruder Fujiyama trat heraus und kam auf uns zu. Die Ärmel seiner Kutte waren hochgekrempelt und enthüllten mächtige Unterarme. Obwohl er gewiß nahezu doppelt soviel wog wie Doña Gioconda und gute sechseinhalb Fuß groß war, bewegte er sich rasch und anmutig. Seine schwarzen Haare waren kurz geschoren und traten über den Schläfen weit zurück. Die Augenbrauen stiegen von den Seiten her gerade an und bildeten kurz vor der Nasenwurzel einen Winkel, was dem Gesicht einen höflich überraschten Ausdruck verlieh. Der Mund war klein und hätte in einem anderen Gesicht fraulich gewirkt.

Fujiyama breitete die Arme aus, blieb wenige Schritte vor uns stehen, kreuzte die Arme über der Brust und verneigte sich.

Auch wir verneigten uns.

»Willkommen!« sagte er. »Ich sehe, ihr habt eine gute Reise gehabt.« Er wandte sich an Piero und an mich.

»Ich bin Fujihiro Yamamoto«, sagte er, »und ich weiß wohl, wie mich alle hinter meinem Rücken nennen. Nennt mich also gleich Fujiyama. Die Kraft, die ihr sonst auf höfliche Winkelzüge verwenden würdet, läßt sich besseren Zwecken zuführen!«

Er sprach in einem hohen Tenor, als sollten seine Worte gleich in Gesang übergehen. Er hob die Stimme nicht im geringsten, doch obwohl, während er noch sprach, ein lang anhaltender Windstoß um die Traufen jaulte und die Ziegel auf den Dächern zum Klappern brachte, war jedes Wort zu verstehen.

Bruder Fujiyama legte die Handflächen vor der Brust aneinander, ohne die Finger zu verschränken. Während er weitersprach, hob er sie langsam und drehte sie nach außen und oben; die Gebärde erinnerte an das Aufgehen einer Blüte.

»Die kleine Svansson!« sagte er. »Die kleine Ibárruri! Es ist lange her, daß ich euch gesehen habe. Beinahe ein Jahr. Ihr blüht und blüht und werdet immer herrlicher. Wie soll das weitergehen?«

Er sah die Mädchen an, sichtlich eine Antwort erwartend.

»Wer weiß?« sagte Dagny und warf ihren Zopf über die Schulter zurück.

Ana-Maria zog die Unterlippe zwischen die Zähne und ließ sie mit einem kleinen Laut wieder los. Ihre Nase krauste sich.

»Ich werde sicher noch schöner!« sagte sie mit einem raschen Lächeln.

»Gott behüte!« sagte Bruder Fujiyama und entblößte große, mattweiße Zähne. Er wandte sich Piero zu und streckte ihm die Hand entgegen, die, wie sein Gesicht und seine Arme, bräunlich und haarlos war.

»Piero Tomasi!« sagte er. »Wie geht es der Fürstin?«

»Danke«, sagte Piero. »Sehr gut!«

»Du mußt mir später mehr von ihr erzählen. Es ist eine Ewigkeit her, daß sie geschrieben hat.«

Piero nickte, und Bruder Fujiyama wandte sich nun an mich. Wir schüttelten einander die Hände.

»Chas Meary!« sagte er. »Parsifal gelangt endlich zum Gral? Habe ich recht?«

»Parsifal war blond«, entgegnete ich. »Sagen wir lieber, vier kleine Propheten kommen zum Berge!«

Er lachte. »Warum auch nicht?« sagte er. »Als erstes werden die Propheten Waschungen vornehmen wollen, damit sie sich dem Berg in Reinheit nähern können. Stimmt's?«

»Ja!« rief Ane-Maria. »Und umziehen wollen wir uns. Auf jeden Fall Dagny und ich. Ihr dürft uns doch eigentlich gar nicht so sehen!«

Sie schaute an sich hinab und rümpfte die Nase.

»Ich weiß«, sagte Bruder Fujiyama. »Ich weiß. Doch erstens tragen wir ja selber Röcke, und zweitens ist uns durchaus bekannt, daß auch Frauen Beine besitzen. Ihr könnt euer altes Zimmer haben. Wo der Baderaum ist, wißt ihr!«

Er warf sich ein Paar Satteltaschen über die Schultern, nahm Dagnys Kleiderrolle unter den linken und Ane-Marias unter den rechten Arm und schritt leichtfüßig auf die Eichenholztür zu. Die Mädchen folgten ihm.

»Gleich bin ich wieder da!« rief er uns über die Schulter zu. »Falls ihr einem auffällig zahmen Reiher begegnen solltet, redet ihn ruhig mit Bruder Martinus an. Martinus Jorgg. Fürchtet euch nicht! Er wird euch antworten!«

Die Tür fiel ins Schloß.

Wir nahmen den Pferden die übrigen Satteltaschen und die Sättel ab, führten sie in den Stall, rieben sie trocken und gaben ihnen Futter und Wasser. Auf den Sattelböcken neben der Stalltür war noch genügend freier Platz. Danach traten wir wieder hinaus in den Wind.

»Verrückt!« sagte Piero und fuhr sich durch die Haare. »Verrückt! Wie in Sizilien!«

»Das Wetter hier? Der Wind?«

»Ach wo, Chas. Die Leute! Du hörst einen Namen. Du hörst eine Beschreibung. Du machst dir ein Bild. Und dann? Totaliter aliter!«

»Mir geht es ganz ähnlich, Gatto. Hier gibt es keine Käuze, weil jeder ein Kauz ist. In Bayern ist es schon arg. Hier ist es schlimmer. Du kannst nichts voraussehen und bist auf alles gefaßt.«

»Amen!« sagte Piero.

Bruder Fujiyama kam zurück. Eine Bö warf sich gegen ihn und ließ seine Kutte flattern.

»Windig heute, nicht?« sagte er. »Habt ihr Bruder Martinus gesehen? Nein? Die Götter wissen, wo der wieder steckt.«

Er lud sich alles auf, was neben der Stalltür stand. Mir blieb nichts zu tragen übrig. Piero hielt nur seinen Kometen in der Hand.

»Folgt mir nach!« sagte Bruder Fujiyama.

Die Wände des Hausflurs waren mit rauhem, weißem Putz beworfen, der Boden mit sechseckigen, tiefroten Fliesen belegt. In der Mitte des Flurs standen einander gegenüber zwei lebensgroße Marmorstatuen. Sie stellten Apollo und Diana dar.

»Unsere Laren«, erklärte Bruder Fujiyama und bog nach links in den Seitenflur ein, der in den Ostflügel führte. Wir folgten ihm.

»Agapet III. würde ein betretenes Gesicht machen, wenn er hier hereinkäme und die beiden Statuen sähe«, sagte Piero.

»Womöglich würde ihn der Schlag treffen«, meinte ich.

»Den Heiligen Vater?« fuhr Bruder Fujiyama fort. »Hier? keine Angst! Er ist zu beschäftigt, um uns durch einen Besuch zu ehren. Norwegen und Schweden sind zwar seit langem katholisch, doch die Briten halten noch aus. Wer diese Nuß knacken will, muß nicht nur gute Zähne, sondern auch sonst eine robuste Gesundheit besitzen. Und er muß sich Zeit nehmen. Hier ist der Baderaum!«

Er wies mit dem Ellbogen auf eine breite Tür aus Zedernholz, in die ein flötespielender Pan aus Lindenfurnier eingelassen war. Hinter der Tür hörten wir Wasser rauschen.

»Ich fürchte, ihr werdet warten müssen«, sagte Bruder Fujiyama. »Ane-Maria badet. Dagny wartet auch schon. Frauen brauchen immer länger als Männer. Gott weiß, wieso.«

»Weiß Gott, ob Gott das weiß«, sagte Piero. »Vielleicht hat er es gewußt und hat es lieber wieder vergessen.«

Bruder Fujiyama lachte. »Und hier ist euer Zimmer«, sagte er. Mit dem Knie klinkte er die Tür auf. Ihre Füllung war aus Eschenholz; hinter einem Bergzug aus dunklem Furnier ging eine Sonne aus hellerem Furnier auf oder unter.

»Macht es euch gemütlich«, sagte Bruder Fujiyama, indem er unsere Satteltaschen auf den altersdunklen Ahorndielen abstellte. »Schaut euch um. Habt Geduld. Wir essen erst in der Dämmerung. Falls ihr Martinus begegnet, haltet ihn fest. Er entkommt uns sonst.«

Er neigte den Kopf, wobei er die abgewinkelten Augenbrauen hoch in die Stirn zog, war mit zwei großen Schritten aus dem Raum und schloß die Tür hinter sich.

»Das ist kein Berg«, sagte Piero nach einer Weile. »Das ist ein Bergsturz!«

Ich antwortete nichts.

Vor den Fenstern schlug das Weinlaub im Wind.

Wir machten uns ans Auspacken.

Unter jedem der beiden Fenster stand ein Schreibtisch mit einem schlanken, hochlehnigen Stuhl. Die Betten nahmen die Schmalseiten des Zimmers ein. Über einem hing das Bildnis eines Kardinals mit grüngrauem, qualvoll verzerrtem Gesicht und starren schwarzen Augen. Das Gemälde über dem anderen Bett war eine farbenfrohe kindliche Darstellung der Vogelpredigt des heiligen Franziskus. Der Heilige stand am linken Rand des Bildes. Vor ihm, hinter ihm, neben ihm und zu seinen Füßen standen, saßen und hockten die Vögel. Von rechts ragte ein Straußenkopf ins Bild. Vor der ausgestreckten linken Hand des Heiligen schwebte ein Kolibri in der Luft.

Wir brachten unsere Sachen in den Schränken rechts und links neben der Tür unter.

»Welches Bett willst du haben, Gatto?« fragte ich.

Piero saß auf dem Fußboden und sah von einem Bild zum anderen.

»Das franziskanische«, sagte er schließlich.

»Graut dir vor dem Kirchenfürsten?«

»Nein, Chas. Er tut mir eher leid. Aber er schaut genau aufs Bett. Ich möchte nicht in seinen Gedanken sein.«

Jemand klopfte an die Tür.

»*Piskwa!*« rief Piero.

Die Tür öffnete sich einen Spalt weit.

»Dagny ist nirgends zu finden«, sagte Ane-Marias Stimme. »Einer von euch kann sich waschen gehen. Das Wasser ist warm!«

Die Tür schloß sich wieder.

»Geh du, Gatto«, sagte ich. »Ich will mich vorher noch ein bißchen umschauen.«

Ich öffnete das Fenster und beugte mich hinaus.

Der Weinstock war dort, wo er aus der roten Erde emporwuchs, so dick wie die Unterarme Bruder Fujiyamas. Er mußte sehr alt sein. Mehrere andere Weinstöcke wuchsen an Spalieren in die Höhe. Der Garten umfaßte mehr als vier Tagwerk Grund und besaß die Form eines nahezu gleichseitigen Sechsecks. Hecken aus verschiedenartigen Gehölzen durchzogen ihn. Ich folgte ihnen mit den Blicken und wurde bald gewahr, daß sie einen Irrgarten bildeten. Zwischen den Hecken gab es Blumenrabatten, Obstbäume und Gemüsebeete. Wege fehlten; dafür waren flache Trittsteine in den Rasen eingebettet. In der Mitte des Irrgartens stieg der Strahl eines Springbrunnens schräg in die Höhe und wurde vom Wind über den Rand des dunkelroten, sechseckigen Beckens hinausgeweht, über das sich von Westen her eine Trauerweide neigte.

Unter der Trauerweide schwang eine kleine Gestalt in brauner

Kutte eine Sense. Das mußte Bruder Martinus Jorgg sein. Nach einer Weile lehnte er die Sense an den Baum, ergriff einen Rechen und zog das gemähte Gras auf Haufen, welche der Wind alsbald wieder auseinanderzerrte.

Es klopfte an die Tür.

»*Piskwa!*« rief ich. Die Tür schwang auf. Raschen Schritts trat Pater Erasmus herein und kam auf mich zu, die grauen Augen unter den wulstigen Brauen fest auf mich gerichtet.

»*Boosool, nooch!*« sagte ich. Guten Tag, mein Vater.

»*Boosool, uchkeen!*« antwortete er. Guten Tag, mein jüngerer Bruder. »Die Sprache scheint dir zu liegen. Du hast Fortschritte gemacht seit dem letzten Mal. Und du sprichst in der Mundart von Amasastokek, was nicht verwunderlich ist.« Er lachte, ohne die schmalen Lippen zu öffnen.

»Was betrachtest du?« fragte er und beugte sich aus dem Fenster. »Ah, ich sehe! Bruder Martinus bei seiner Lieblingsarbeit. Welches Bett hast du gewählt, Chas Meary?«

»Nicht ich habe gewählt, *nooch.* Gatto – ich meine Piero Tomasi – hat sich das Bett dort ausgesucht.«

Ich wies auf die Wand, an der das Bild mit der Vogelpredigt hing.

»Sag ruhig Gatto! Katzen sind ehrwürdig. Besonders in seiner Familie. Kein Wunder, daß es ihn zu den Vögeln zieht. Und dir macht es nichts aus, deine Augen unter denen des Inquisitors zu schließen?«

»Es ist nur ein Bild, nicht wahr?«

»Nur? Mich erinnert gerade dieses Bildnis an das des Dorian Gray. Obwohl ich den dargestellten Würdenträger nicht gekannt habe, weder in diesem Leben noch in einem früheren. Und wie gefällt dir die Vogelpredigt? Liebenswürdig, nicht? Nur Bruder Martinus fehlt darauf.«

»Keineswegs! Schau: zwischen dem Pelikan und der Mandarinente steht ein Reiher.«

Er fuhr sich mit der Hand durch das dunkelbraune kurze Haar, das gekraust war wie der Bart.

»Ohne Zweifel. Wenn also Bruder Martinus in die Darstellung der Vogelpredigt bereits in Form eines Reihers einbezogen ist – würdest du es dann für angemessen halten, Bruder Fujiyama auf einem Gemälde abzubilden, das die Bergpredigt zeigt?«

»Grundsätzlich ja. Doch welche Rolle würdest du ihm zuweisen?«

»Darin liegt die Schwierigkeit«, sagte er. »Weißt du, was?«

»Nein.«

»Du hast dich verändert, Chas.«

»Zum Guten, will ich hoffen.«

»Ich auch. Die scholastische Grübelsucht ist von dir abgebröckelt. Jemand hat dich von ihr befreit. So wie Bruder Spiridion die Sieben Mütter von jenem Putz befreit hat, unter dem einer unserer Vorgänger sie verborgen hatte. Was hat dich verändert, Chas?«

»Merkwürdig. Fast die gleiche Frage hat mir Dagny Svansson gestern gestellt.«

»Und was hast du ihr geantwortet?«

»Das Land. Der See. Die Menschen.«

»Gut!«

Er nickte mehrmals.

»Eine gute Nachricht«, sagte er. »Hast du noch mehr gute Nachrichten mitgebracht? Hast du von deiner Familie gehört?«

»Noch nicht. Aber Taguna hat mir etwas für dich mitgegeben.«

Ich ging zu meinem Schrank, holte das Päckchen aus der Tasche meiner Lederjacke und brachte es ihm. Er besah es, wog es in der Hand und schob es in die Tasche seiner Kutte.

»Danke«, sagte er.

»Strange Goose läßt dich und die anderen Brüder grüßen. Dir läßt er sagen, du möchtest doch einmal wieder vorbeischauen, wenn du Zeit hast.«

»Waren das seine Worte?«

»Das waren seine Worte.«

»Dann muß es dringend sein!«

Er machte mit der rechten Hand eine Bewegung, als pflücke er eine Frucht von einem Baum.

»Ich fahre morgen früh. Wie lange könnt ihr bleiben?«

»Vier oder fünf Tage, dachten wir.«

»Dann sehen wir uns gewiß noch. Entschuldige mich jetzt, Chas. ich bin es, der heute kocht.«

Er schloß die Fenster, kam hinter dem Schreibtisch hervor und ging mit raschen, abgemessenen Schritten zur Tür. Sie öffnete sich wie von selbst, und er stieß mit Piero zusammen, dessen helle Haare feucht von seinem Kopf abstanden. Die beiden begrüßten einander und verabschiedeten sich im selben Atemzug.

Ich holte ein paar Kleidungsstücke aus meinem Schrank und begab mich zum Baderaum.

Als ich in unser Zimmer zurückkam, war Piero nicht da. Seine Bettdecke war zurückgeschlagen. Auf dem Kopfkissen lag sein *teomul*. Ich sah dem Inquisitor an der Wand ins Gesicht, doch der blickte zu Boden. Auch als ich an die Stelle trat, auf die er zu schauen schien, gelang es mir nicht, seinem Blick zu begegnen. Ich schlug meine Bettdecke zurück, stellte meine Stiefel in die Ecke, zog Mokassins an und ging an Apollo und Diana vorbei hinaus auf die ehemalige Auffahrt.

Allmählich wurde es Abend. Immer noch trieben graublaue Wolken über den Himmel, doch langsamer als am Vormittag, langsamer als gestern. In der Ferne wanderten schwarzweiß gefleckte Kühe über sanft gewelltes Weideland. Rauch wehte aus dem Schornstein des Zummatt-Hofs.

Über stufenweise angeordnete Trittsteine gelangte ich in den Garten hinab. Ich hatte versucht, mir vom Fenster aus die Richtung der breiten Gänge zwischen den Hecken, vor allem aber auch den kürzesten Weg zum Springbrunnen einzuprägen. Doch nun, da ich die Hecken nicht von oben sah, sondern an ihnen entlangging, zeigte sich, daß mir dies mißlungen war. Zuerst kam ich an einer Bank vorbei, die ich nicht gesehen hatte, obwohl ich mich an den Ligusterbusch, unter dem sie stand, erinnerte. Gleich hinter der Bank fand ich einen schmalen, von einer Rosenhecke überwölbten Pfad. Ich folgte ihm und stand plötzlich einem anderen Ligusterbusch gegenüber, unter dem ein geflügelter Löwe aus grauweißem Kalkstein ruhte und mich aus grünen Glasaugen anblickte. Ich schaute zum Schloß zurück. Nur noch das Dach war zu sehen.

Außer dem Pfad, auf dem ich gekommen war, führten zwei weitere durch die Hecke. Ich wählte den mittleren. Er war, wie die beiden anderen, gänzlich von Rosen überwölbt. Ein Stück weit führte er geradeaus, krümmte sich dann mehrmals abwechselnd nach rechts und nach links, führte abermals geradeaus – diesmal durch eine Weißdornhecke –, wand sich nach links und entließ mich in einen

der freien Gänge. Ich stand vor einem Blumenkohlbeet. Das Erdreich unter den Pflanzen war geharkt und mit einer Schicht vor-
jährigen Laubes abgedeckt. Von hier aus konnte ich alle Fenster des
Schlosses erblicken, erinnerte mich jedoch nicht, von dem unsrigen
aus Blumenkohl gesehen zu haben. Ich schritt weiter, vom Schloß
fort, nach Süden zu und kam an drei Birnbäumen vorbei, unter denen in weiten Kreisen Knoblauch gepflanzt war. Ein Beet mit Zwiebeln folgte, dann eines mit Buschbohnen. Enger und enger wurde
der Gang zwischen den Hecken, die im spitzen Winkel aufeinander
zuliefen und alte Apfelbäume zwischen sich einschlossen. Schon
erwog ich umzukehren, da öffnete sich zu meiner Rechten ein
Durchgang in einer Holunderhecke, der mich nach einigen Windungen zu einer Lichtung brachte, auf der ein niedriger Schuppen
mit Gartengeräten und Gießkannen sowie ein Pumpbrunnen stand.
Ich zog an dem eisernen Schwengel; der Kolben bewegte sich
schlürfend im Rohr; ein dicker Wasserstrahl entquoll dem Auslauf
und plätscherte in das Sumpfgras zu meinen Füßen.
Zwei Wege standen zur Wahl; ich nahm den rechten. Nach wenigen
Schritten mußte ich mich bücken, um unter tiefhängenden Weidenzweigen durchzukommen. Bald wußte ich nicht mehr, in welcher Richtung ich mich bewegte. Doch dann sah ich den geflügelten
Löwen unter dem Ligusterbusch und wußte wenigstens wieder ungefähr, wo ich mich befand.
Doch wo war die Rosenhecke, durch die ich das erstemal zu dem
Löwen gelangt war? Und wo war der dritte Pfad? Den einen war ich
eben entlanggekommen. Ein zweiter bog nach links ab. Es konnte
nicht derselbe Löwe sein.
Ich entschloß mich, den Pfad zur Linken einzuschlagen. Bald trat
ich wieder auf einen freien Gang hinaus. Nach den graublauen Wolken zu schließen, die über mir dahinzogen, mußte er geradewegs
nach Süden führen, zum Springbrunnen hin.
Ich beschleunigte meinen Schritt, ging bald unter Kirschbäumen,
dann unter schwerbeladenen Mirabellenbäumen. Hatte ich sie vom
Fenster aus gesehen? Ich war nicht sicher. Nach einer Weile versperrte mir eine Haselhecke den Weg. Langsam ging ich an ihr entlang, in einem Bogen, der enger und enger wurde. Die Wolken über
mir zogen von links nach rechts; also ging ich nach Osten. Dann

machte die Hecke einen Knick, und ich stand vor einem verrosteten Tor. Es hing zwischen verwitterten Sandsteinpfeilern. Ich drückte die Klinke nieder. Das Tor rührte sich nicht. Als ich mich dagegenstemmte, schwang es lautlos ein kleines Stück auf. Ich zwängte mich durch den Spalt und schob das Tor hinter mir zu.

Eine hohe Thujenhecke stand mir im Weg; nach kurzem Suchen fand ich den Durchgang. Als ich wieder ins Freie trat, sah ich mich den Ruinen eines kleinen Gebäudes gegenüber. Zwischen den Steinen der Grundmauern, die im Sechseck angelegt waren, wuchsen Fingerhut, Rittersporn, Brennesseln und Gräser. Ein langgestreckter, fußhoher Wall aus braunem Mulm mochte einmal ein Balken gewesen sein. Ein Rohr ragte zwischen zerbrochenen Fliesen aus dem Boden. Mein Fuß stieß gegen ein Stück verrosteten schmiedeeisernen Gitterwerks.

Unweit der Grundmauern standen zwei steinerne Sockel. Der eine war in halber Höhe abgebrochen. Daneben lag ein Haufen Sandsteintrümmer; sie waren nicht viel größer als meine Faust. Auf dem anderen Sockel standen, einander mit den Zehen zugekehrt, zwei Paar menschlicher Füße, das eine bedeutend größer als das andere. Oberhalb der Sprunggelenke waren sie abgebrochen, und in den Bruchstellen wuchs Moos. Auch neben diesem Sockel lag ein Trümmerhaufen.

Ich wandte den Ruinen den Rücken und schritt weiter, nun wieder genau nach Süden. Nach mehreren Irrgängen durch ein Himbeergebüsch, die mich stets an dieselbe Stelle zurückführten, kam ich in einen engen Gang zwischen zwei Weißdornhecken, durch den ein schmales, aber tiefes Bächlein floß. Immer noch ging ich nach Süden, da vernahm ich mit einemmal eine Stimme, links von mir, jenseits der einen Weißdornhecke, und blieb stehen.

Es war Dagnys Stimme. »… wieder an denselben Ort zurückgekehrt. Und sie wissen das! Ich bin sicher, sie wissen das.«

Einen Augenblick war Stille. Nur der Wind rauschte in den Hecken. Dann hörte ich Ane-Marias Stimme. »Natürlich wissen sie das, Dagny. Aber das ist nur die eine Hälfte. *Warum* sie gekommen ist, wissen sie nicht. Gut, es war an dem Tag, an dem der Mund spricht. Ich glaube, du hast recht. Jedenfalls wissen wir mehr, auch wenn sie kein Wort weiter sagt. Und solange …«

Ein Windstoß fuhr in die Weißdornhecke, verwehte die weiteren Worte und ebbte wieder ab. Ich hörte nichts mehr. Ich lief das Bächlein entlang zurück; doch entweder hatte ich die falsche Richtung eingeschlagen, oder die Hecke wurde hier plötzlich breiter, oder der Pfad, auf dem die Mädchen gingen, wandte sich in jähem Bogen von mir fort: Es gelang mir nicht, die Stimmen wiederzufinden.

Ich kehrte um. Nach kurzer Zeit kam ich an eine Lücke in der Weißdornhecke, durch die ein anderes Bächlein floß und sich mit jenem vereinigte, an dem ich entlanggegangen war. Ich folgte ihm hangaufwärts. Der Gang zwischen den Hecken wurde breiter, wurde wieder schmal, krümmte sich in einem Halbkreis und verlief dann geradeaus. Vor mir stand eine Bank in einer dichten Laube aus blühenden Heckenrosen. Ich stieg darüber hinweg und fand mich nach wenigen Schritten Angesicht in Angesicht mit Bruder Martinus Jorgg, der auf dem Rand des Springbrunnens saß.

»Willkommen, Theseus!« grüßte er mit einer zarten, aber tiefen Stimme. »Bist ihren Spuren gefolgt und hast sie verloren! Nun, nicht jede Ariadne zieht einen Faden hinter sich her.«

»Dominus tecum«, antwortete ich. »Ich bin Chas Meary. Bruder Martinus, wie ich vermute?«

»Deo gratias«, erwiderte er, stand auf, schüttelte sich und zog den schmalen, grauhaarigen Kopf mit einem Ruck zwischen die Schultern. »Du vermutest richtig. Gut, daß du hier bist. Es wird Zeit, die Arbeit zu vergessen und ans Essen zu denken. Ich will nur eben noch die Geräte in den Schuppen bringen.«

Er lud sich Rechen und Sense auf die Schulter, ging mit langen Schritten zu der Bank, stieg über sie hinweg und verschwand in den Heckenrosen. Wenig später war er zurück.

»Welchen Weg bist du gekommen?« fragte er und schüttelte einige Blütenblätter von seinem Ärmel.

»Wenn ich das wüßte! Den Geräteschuppen habe ich gesehen. Ich hätte aber wohl kaum zu ihm zurückgefunden. Ich bin zwei geflügelten Löwen begegnet, die ich erst für ein und denselben hielt.«

»Es gibt deren drei, Chas Meary! Du hast einen ausgelassen. Aber das läßt sich nachholen. Und dann?«

»Dann habe ich eine merkwürdige Ruine entdeckt. Eigentlich sind es ja nur noch Grundmauern.«

»Was fandest du an ihnen merkwürdig? Den Grundriß?«

»Nein, den nicht. Der Garten ist sechseckig, ebenso die Einfassung des Brunnens hier. Der Grundriß hat mich daher nicht überrascht. Was ich merkwürdig fand, war einfach, daß da eine Ruine war. Alles andere ist sehr gut erhalten und gepflegt – der Garten, das Schloß …«

»Dein Urteil freut mich, Chas. Das Anwesen stammt aus der Mitte des neunzehnten Jahrhunderts. Die Ruine, die du gesehen hast, war ein Lusthaus. Unsere Vorgänger – nein: die Vorgänger unserer Vorgänger – haben es aus unbedachtem Eifer zerstört.«

»Unbedacht?«

»Ja. Unbedacht. Bauwerke sind ohne Schuld. Pater Pablo und seine Mitbrüder vernichteten das Haus, doch es war die Lust, die sie vernichten wollten. Wie unsinnig, Chas! Wie vergeblich! Die Lust, welcher Art auch immer, die dies Haus gesehen haben mag, war noch vor denen vergangen, die sie genossen hatten. Daher war es unsinnig, das Haus zu zerstören. Vergeblich war es, weil Lust zwar flüchtig ist wie der Tau vor der Sonne, zugleich aber beständig wie das Leben.«

Wir gingen auf das Schloß zu, das unter den ziehenden Wolken rot vor den grünschwarzen Wäldern stand. Bei einer Buchsbaumhecke bog Bruder Martinus nach rechts ab. Ich ging neben ihm her. Seine Schritte waren lang und ein wenig steif. Sein schmaler, hoher Kopf war ständig in Bewegung. Einmal drückte er das Kinn auf die Brust; dann wieder zog er den Kopf ruckartig zwischen die Schultern, wandte ihn einmal zur einen, dann wieder zur anderen Seite. Die Hände hielt er auf dem Rücken verschränkt, so daß seine Arme an angelegte und gefaltete Flügel erinnerten.

Vom Schloß her tönte ein Glockenschlag. Ich blickte hinüber und sah zwei kleine Gestalten den Hang zum Haupteingang hinaufsteigen; die eine war grün, schwarz die andere.

»Wir haben noch viel Zeit«, meinte Bruder Martinus. »Erst nach dem dritten Glockenzeichen müssen wir uns bei Tisch einfinden.«

Wir bückten uns, um nicht an den Buchsbaumzweigen hängenzubleiben, die den niedrigen Gang durch die Hecke überwölbten.

»Du bist doch mit dem alten Vasco gekommen«, fuhr Bruder Martinus fort. »Verzeih meine Neugier – aber ist es dir gelungen, La Mulatta zu erblicken?«

»La Mulatta? Hosteen Strange Goose hat mich kurz nach meiner Ankunft dasselbe gefragt. Nein, ich habe sie nicht gesehen. Und ich glaube nicht, daß es sie gibt. Auf einer Bark ist zu wenig Platz, um einen Menschen zu verstecken.«

»Wer spricht von verstecken, Chas Meary? Das tun nur Dummköpfe. Vasco ist kein Dummkopf. Er würde sein Geheimnis verbergen, indem er es offen herzeigt; zum Beispiel, indem er die Frau umhergehen und Arbeit verrichten läßt.«

»Eine Frau in Männerkleidung, meinst du? Es gab Männer aller Hautfarben auf dem Schiff. Männer, Bruder Martinus. Die meisten hatten Bärte.«

»Die meisten, ja!« Er lachte kurz und kehlig und sah mich an. »Du warst darauf eingestellt, nur Männer zu sehen. Folglich hast du Männer gesehen. Einer von ihnen jedoch war eine Frau, Chas. Ich würde darauf nicht beharren, wenn Ferenc sie nicht mit eigenen Augen erblickt hätte – Ferenc Gácsér, der auch ein Schiff führt und mit Andrés Arrión Vasco befreundet ist. Ferenc spinnt zwar ein gutes Seemannsgarn, doch wer ihn kennt, weiß, wann er den fertigen Strang beiseite legt und anfängt, die Wahrheit zu sprechen.«

»Ich zweifle nicht daran. Aber ich kann nur dabei bleiben, daß ich keine Frau wahrgenommen habe. Außerdem ist Kapitän Vasco verheiratet.«

»Was beweist das? Auch Dieudonné de la Chôme d'Assa war ein verheirateter Mann.«

»Dieudonné de la …? Wer war dieses Gottesgeschenk?«

Bruder Martinus sprach den Namen noch einmal langsam aus, so daß ich ihn verstand.

»Er war kein Gottesgeschenk«, sagte er dann. »Der Gips war ein Geschenk Gottes an ihn. Zumindest glaubte er das. Monsieur de la Chôme d'Assa besaß die Gipsgruben in Megumaage. Sie haben ihn reich gemacht. Er war es, der das Schloß bauen und den Garten hier anlegen ließ. Erasmus hält es für möglich, daß er auch den alten Adelsnamen gekauft hat; beweisen kann er es allerdings nicht. Noch nicht.«

»Und dieser Dieudonné ließ auch das Lusthäuschen errichten?«

»Gewiß. Das vor allem.«

Der Gang weitete sich. Links stand eine Reihe von Zedern, junge, ältere, alte; ihnen gegenüber wuchs auf einem schmalen Hügel ein prachtvoller Rosenbusch, schwer von milchweißen Blüten, die allesamt in der Mitte ein grünes Auge besaßen.

Bruder Martinus bekreuzigte sich, faltete die Hände vor der Brust und verharrte so eine längere Weile. Dann bekreuzigte er sich nochmals und verschränkte die Hände wieder auf dem Rücken.

»Liegt hier einer von den Brüdern begraben?« fragte ich.

»Hier liegt Pristina«, antwortete er. »Wir nennen sie so. Ihren wirklichen Namen kennen wir nicht. Sie war eine Indianerin, wenigstens zwanzig und höchstens dreißig Jahre alt, als sie starb, meint Spiridion. Ihr Ende war grauenhaft.«

Er wandte sich um und wies mit einer ruckartigen Kinnbewegung auf die Zedern.

»Unsere Vorgänger liegen dort«, sagte er. »Aus jedem wächst ein Baum.«

»Das gefällt mir!«

»Es hat etwas für sich, nicht wahr? Die dicke Zeder dort – das ist Pater Pablo. Er war der erste, der sich hier niederließ. Das war im Jahr der Zedern, und Bruder Pablo war achtzehn Jahre alt. Sein Vater war ein Schwarzer, seine Mutter eine Eingeborene von Megumaage.«

Abermals ertönte vom Schloß her, das wir nicht sehen konnten, ein Glockenschlag.

»Nun wird es Zeit«, sagte Bruder Martinus. Er zog den Kopf zwischen die Schultern und schritt aus.

»Weißt du«, fuhr er fort, »daß die meisten Kinder, die die ersten Jahre nach der Seuche überlebten, Indianer und Schwarze waren?«

»Das wußte ich nicht, Bruder Martinus, doch nach allem, was ich hier gesehen und gehört habe, leuchtet es mir ein.«

»Inwiefern – wenn ich fragen darf?«

»Unsere Rasse ist angriffslustig. Daß es besser sein kann, sich nur zu verteidigen, merken wir erst, wenn wir fast besiegt sind.«

Er warf mir einen raschen Blick zu.

»Ein wahres Wort«, sagte er.

Der Pfad wand sich zwischen einer Berberitzenhecke und einer von

Tränenden Herzen hindurch. Ich begann schon zu bezweifeln, daß wir das Schloß rechtzeitig erreichen würden, doch als wir endlich ins Freie traten, standen wir unmittelbar vor der Südostecke des Gebäudes.

Im Hausflur, unter den blicklosen Marmoraugen von Apollo und Diana, wandte sich Bruder Martinus mir zu.

»Ich will mich noch waschen«, sagte er. »Der Baderaum ist nur freitags geheizt. Sei so gut und entschuldige mich bei den anderen, falls ich zu spät kommen sollte. Wir essen im Westflügel, gegenüber der Küche.«

Ich nickte.

»Bist du einverstanden«, fragte ich, »wenn wir den Bericht lesen, den dein Vater geschrieben hat?«

»Ah! Jetzt verstehe ich!«

»Was verstehst du?«

»Das Gesicht der kleinen Ibárruri, als sie vorhin mit mir sprach. So sieht sie immer drein, wenn sie etwas auf dem Herzen hat, es aber nicht zu äußern wagt. Das war es also! Ja, ja: lest nur!«

Er schritt an Apollo vorüber in den Ostflügel; ich begab mich an Diana vorbei in den Westflügel. Im Flur roch es nach heißer Butter, Dill und Fisch. Ich erkannte die Küchentür daran, daß die Einlegearbeit ihrer Füllung sieben Kornähren, einen Fisch und einen Weinkrug zeigte. Die Tür gegenüber stand halb offen. Ihre obere Füllung bestand wie die untere aus Ahornholz, war jedoch heller und schmucklos und offenbar später eingesetzt worden. Ich trat näher und sah das Ende eines gedeckten Mahagonitisches, vor dem hochlehnige Stühle aus dem gleichen Holz standen.

Ich wanderte den Flur entlang. Etwa die Hälfte der Türen war mit Einlegearbeiten versehen, so wie die des Baderaums, der Küche und unseres Gästezimmers. Bei den übrigen Türen waren die oberen, bei zweien sogar beide Füllungen ausgewechselt worden. Pater Pablo mochte hier in unbedachtem, wenn auch handwerklich gewissenhaftem Eifer tätig gewesen sein.

Die Tür am Ende des Flurs besaß an Stelle der Füllungen drei dicke Milchglasscheiben; in jede von ihnen war eine Rose eingeschliffen. Ich drückte die Messingklinke nieder.

Der vor mir liegende Raum war nach links hin durch Milchglasscheiben abgetrennt, die vom Boden bis zur Decke hinauf reichten. Dahinter sah ich die Umrisse kleiner Bäume; gegen eine der Scheiben drückte sich ein Palmwedel. Die Fenster zu meiner Rechten sahen auf den Hinterhof. Vor der fensterlosen westlichen Stirnseite des Raumes war eine Bühne aus hellen Fichtenbrettern errichtet und durch einen grünen Samtvorhang abgetrennt. Stühle, Bänke, Sessel, ein Sofa und zahlreiche Kisten standen wirr durcheinander.

Die Glocke erklang zum drittenmal. Ich zog die Glastür hinter mir zu und ging durch den Flur zurück zum Speisesaal.

Der Tisch war verhältnismäßig schmal, dafür aber so lang, daß er mehr als zwanzig Personen Platz bieten konnte. Seine Platte war aus einem Stück gefertigt. Piero und Bruder Spiridion standen zu beiden Seiten des Tisches, jeder hinter seinem Stuhl, und unterhielten sich, ohne mein Eintreten zu bemerken. Meine Aufmerksamkeit wurde sogleich von dem Bild gefesselt, das über dem Kopfende des Tisches an der Wand hing. Ich trat näher heran und blieb davor stehen.

Es war mit leuchtenden, durchscheinenden Farben auf Leder gemalt und zeigte Christus, der in der Haltung des Buddha unter einem jadegrünen Himmel auf der Kuppe eines ockerroten Hügels saß. Seine Lider waren gesenkt. Um den Mund lag ein Lächeln. Sein Kopf trug die Dornenkrone; doch trieben zwischen den langen, spitzen schwarzen Dornen gerundete Blütenknospen hervor, und eine von ihnen – diejenige über der Stirn – öffnete sich.

»Ich hoffe, es gefällt dir«, sagte Bruder Fujiyamas Stimme hinter mir. Ich drehte mich um. Er stellte soeben eine irdene Schüssel mit Petersilienkartoffeln auf den Tisch.

»Es ist wunderbar«, antwortete ich. »Hat Arwaqs Schwester das gemalt?«

»Oneeda, ja. Der Einfall stammt von mir, wenn ich das in aller Unbescheidenheit erwähnen darf. Doch ich kann nicht malen. Da hat sie es für mich gemalt. Als Buße.«

»Als Buße wofür?«

»Dafür, daß sie es war, die damit anfing, mich Fujiyama zu nennen. Nun, vielleicht war es auch ihre Schwester, und Oneeda hat die Schuld auf sich genommen. Doch wer kann das sagen?«

»Wie kannst du dann sagen, daß es Oneeda war, die das Bild gemalt hat?«

Er zog die Brauen hoch. »Weil sie in diesem Punkt ganz verschieden waren«, sagte er. »Oonamee hatte es mit der Musik; Oneeda mit der Malerei. Ansonsten glichen sie einander – besonders in der Mundfertigkeit.«

Bruder Spiridion und ich begrüßten uns, indes Pater Erasmus eine Platte hereintrug, auf der in Scheiben geschnittener, gedünsteter Dorsch mit Dill und kleinen Zitronenscheiben angerichtet war.

»Wachsen hier Zitronen?« fragte Piero.

»Gewiß«, entgegnete Erasmus. »In unserem Wintergarten. Größer werden sie nicht, aber sie reifen.«

Bruder Fujiyama brachte Spargel in gelblichweißer Tunke, eine große Schüssel grünen Salat und schließlich eine Platte, auf der Spargel, Salatblätter, Zwiebelscheiben, Radieschen und der Länge nach durchgeschnittene kleine Gurken zur Gestalt eines Fisches angeordnet waren; er stellte sie an das Kopfende des Tisches.

Bruder Martinus, das Haar noch feucht, trat eilig ein. Gleich nach ihm kam Ane-Maria – nein: es war Dagny, die Ane-Marias grünes Kleid angezogen hatte und in jeder Hand einen Weinkrug trug. Ane-Maria folgte ihr mit einem weinroten Lacktablett, auf dem acht grüne Gläser standen. Ihr Kleid war aus schwarz gefärbter Baumwolle, hochgeschlossen, langärmlig und mit weitem Rock.

Erasmus trat hinter den Stuhl unter dem Christusbild. Zu seiner Rechten hatte er Martinus, Ane-Maria und Spiridion; zu seiner Linken Piero, Dagny, mich und Fujiyama. Alle standen wir nun hinter unseren Stühlen, die Hände auf die Lehnen gelegt.

»Was wollen wir beten?« fragte Erasmus.

»Das Vaterunser«, sagte Piero.

Erasmus nickte.

Fujiyama begann:

»*Na oochit tule-ala-soodum-aadikw: Noochenen tan wasok aumun, ukwesoonum nikskamawada-sich.*«

»*Uktelegawitawoodim egaach*«, fuhr ich fort, »*kooledadakunum tuleach makumegek stugach teleak wasok.*«

»*Tasegiskugawa*«, sprach Dagny, »*'npibunokunumenen keskook igunumooin.*«

Piero schüttelte lächelnd den Kopf.

»*Aqq tuleabiksiktumooin*«, sagte Martinus, »*'ntetadimkawaumenul stugach nenen teleabiksiktakujik tanik tetooenamujik.*«

»*Aqq moo uktulalin kwejaldimkawa iktook*«, sprach Ane-Maria, »*kadoo ootalkalin winsoodiktoogu.*«

»*Mudu keei wedalegamin elegawage*«, sagte Spiridion, »*aqq mulgigunode, aqq ukpumedadakun, yapenoo.*«

»Amen!« sprach Piero.

»Amen!« wiederholten wir.

Jeder nahm seinen Platz ein, und wir griffen zu.

Niemand sprach. Ich bemerkte, daß die kleine Platte, auf der sich verschiedene Gemüse zur Form eines Fisches zusammenfanden, eigens für Martinus bestimmt war.

Gegen Ende der Mahlzeit wurde es langsam heller im Raum. Ich warf einen Blick zum Fenster hinaus. Der Himmel war fast leergefegt; nur im Süden lagerte noch violett angestrahltes Gewölk über den Hügeln.

Wir räumten den Tisch ab. Es waren keine Reste übriggeblieben. Nachdem wir das Geschirr abgewaschen hatten und noch einmal im Stall gewesen waren, um die Pferde zu versorgen, war es bald Schlafenszeit.

Piero wandte den Kopf hin und her und schnupperte, als wir unser Zimmer betraten.

»Hier riecht es wie im Gästezimmer von Jesús«, sagte er. »Nur der Lavendel fehlt.«

»Ich rieche nur frisches Bettzeug«, sagte ich.

»Es duftet nach Mumie, Chas. Schwach, aber deutlich.«

»Du hast als Kind zu oft Pharao gespielt, Gatto. Was du riechst, sind deine Stiefel. Du solltest sie öfter auslüften.«

ANDANTE

Eine Passionsblume blühte. Von dem dünn behaarten Stengel breiteten sich zehn meergrün gefärbte Kelchblätter aus, nach unten gebogen, dann wieder nach oben schwingend und am Ende geformt wie der Bug eines Kanus. Ein Stück über ihnen stand ein dichter Kranz sanft gekrümmter Fäden; unten waren sie violett; gegen die Enden hin wurden sie meergrün wie die Kelchblätter. Aus ihrer Mitte erhob sich eine dicke, violett gefleckte Säule, die oben fünf Staubblätter und drei Narbenlappen trug, allesamt meergrün, dicht behaart und in Spiralen umeinander gewunden.

»Woher hat sie ihren Namen?« fragte Piero.

»Ich glaube, von Paul V.«, sagte Spiridion. »Die Kelchblätter sind die zehn Apostel, die auf Golgatha dabei waren. Der Kranz über ihnen gleicht der Dornenkrone. Die drei Narben stellen die Kreuzigungsnägel dar, die fünf Staubblätter die Wundmale, und die Säule in der Mitte ist der Abendmahlskelch.«

»Trägt sie jetzt auch Früchte?« fragte Ane-Maria.

»Seit einigen Jahren tragen sie alle Früchte«, sagte Fujiyama. »Wenn ihr in sechs oder sieben Wochen wiederkommt, könnt ihr von ihnen kosten.«

Die Vorhänge des Wintergartens waren zugezogen. Es war ungemein warm und feucht. Uns allen standen Schweißtropfen im Gesicht. An den Blättern der Palmen, der Orangenbäumchen – von denen zwei voller reifer, pflaumengroßer Früchte hingen –, der kleineren Zitronenbäumchen und all der anderen Gewächshauspflanzen hingen Tautropfen. Die Milchglasscheiben waren beschlagen, und Rinnsale flossen an ihnen hinunter, die sich auf den roten Fliesen zu Pfützen ausbreiteten.

»Die Dattelpalmen wollen nicht tragen«, bemerkte Martinus und zog ruckartig den Kopf zwischen die Schultern. »Vielleicht liegt es daran, daß es mir nicht gelingt, sie zu bestäuben.«

»Oder daran, daß sie beide dem gleichen Geschlecht angehören«, sagte Dagny.

»Das glaube ich nicht«, sagte Martinus und öffnete die Tür. »Doch was heißt hier glauben? Es könnte stimmen, ja. Ich will darüber nachlesen.«

Aufatmend traten wir in den Raum, in den ich gestern abend nur einen flüchtigen Blick hatte tun können. Er war herrlich kühl, obgleich zwei der Fenster zum Hof hin offenstanden, und es roch nach Staub, nach alten Geweben und auch ein wenig nach Fichtenholz und Leimfarben.

»Hier machen wir Musik und spielen Theater«, sagte Spiridion, sein Elchgesicht Piero zuwendend. »Im Augenblick freilich sieht es hier eher nach einer Bauernhochzeit aus, die in einer Schlägerei endete.«

Er schob eine Bank zur Seite, bückte sich nach einem umgefallenen Stuhl und stellte ihn wieder auf die Beine.

»Wollt ihr die Räume sehen, in denen wir Schule halten? Dann kommt. Allzuviel gibt es nicht zu sehen; die Kinder sind den Sommer über fort.«

»Darauf hat mich Strange Goose schon vorbereitet«, sagte ich. »Macht eure Schule immer eine Sommerpause?«

»Meistens, Chas«, erwiderte Spiridion in seinem sanften Baß. »Es ist die Jahreszeit, in der die Kinder zu Hause dringend gebraucht werden, und das ist gut so. Wir möchten vermeiden, daß die Schule hier zur Gewohnheit wird.«

An Diana und Apollo vorbei gelangten wir in den Ostflügel, schritten an der Tür zum Baderaum und an unseren Zimmern vorüber, und es war die übernächste Tür, welche Spiridion öffnete.

»Geschichte und Geographie«, sagte er. »Samt allem, was die beiden miteinander verbindet.«

Wir traten ein.

Der Raum war ebenso groß wie unser Gästezimmer. Die Wände, an denen bei uns die Betten standen, wurden von Büchergestellen eingenommen. In der Mitte standen drei Tische und sieben oder acht Stühle. In einer Ecke sah ich einen vier Fuß hohen Globus. Hinter ihm lehnten eingerollte Landkarten an der Wand. Ich trat vor den niedrigen Sandkasten, der unter einem der Fenster in der Sonne stand. Das Tal und die Hügel von Signiukt waren darin aufgebaut gewesen. Nun war das Tal halb verschüttet, die Hügel samt den Wäldern in arge Unordnung geraten und die meisten Gebäude eingestürzt.

Spiridion hob die schweren Lider und lächelte.

»Die Kinder haben am letzten Tag ein wenig Herrgott gespielt«, sagte er, »und ein Erdbeben veranstaltet. Ein tektonisches Beben, soweit ich das beurteilen kann.«

Ich zeigte auf ein flaches Gebäude nördlich vom Schloß, hinter einem Hügel gelegen. Es war nahezu unbeschädigt.

»Was ist das?« fragte ich.

»Unsere kleine Ziegelei«, erklärte Spiridion. »Pater Manuel hat sie vor – laßt mich sehen –, ja: zwanzig Jahren eingerichtet. Im Jahr der Walkälber. Wir haben hier einen hervorragenden roten Ton und stellen daraus Dachziegel, Mauersteine, Fliesen und Abflußrohren her. Auch die Töpferarbeiten unserer Kinder brennen wir dort.«

»Wie schafft ihr das neben eurer anderen Arbeit?« fragte Piero.

»Gar nicht«, sagte Spiridion. »Wir helfen nur ein wenig. Wer etwas braucht, muß selber kommen und anpacken: Ton graben und einsumpfen, formen, zum Trocknen aufschichten, in den Ofen räumen. Das Glasieren und Brennen besorgen meistens wir. Im Winter. Eine angenehme Winterarbeit!«

Er rieb sich die Hände. Ich wendete mich von dem Sandkasten ab und erblickte an der Wand zum Flur eine Reihe rahmenloser, vergilbter schwarzweißer Bildnisse, die allesamt Männer darstellten.

»Nun«, sagte Spiridion, »erkennt ihr die?«

»Und ob«, antwortete Piero. »Lauter große Männer.«

Spiridion nickte.

»Staaten bedeuten Unheil«, meinte er. »Große Männer wollen große Staaten. Große Staaten bedeuten großes Unheil. Je größer der Mann, um so größer das Unheil.«

»Wer hat das gesagt?« fragte ich.

»Es ist einer der Lieblingssprüche von Erasmus. Doch den Urheber kennt auch er nicht.«

»Unterrichtet ihr eure Kinder alle zusammen oder in Gruppen?« fragte Piero, während wir den Raum verließen und Spiridion die Tür hinter uns schloß.

»Fast immer zusammen«, sagte er. »Nur bei jenen, die gerade erst mit dem Lesen, Schreiben und Rechnen anfangen, achten wir darauf, daß jeder von uns nicht mehr als zwei Kinder gleichzeitig zu betreuen hat.«

An der nächsten Tür zur Linken war die Einlegearbeit der oberen Füllung durch ein auf Leder gemaltes Bild verdeckt, das oben und unten an gedrechselten Holzstäben befestigt war. Es zeigte Pater Erasmus an einer runden, aufrecht stehenden Trommel. Über seinem Haupt schwebte ein Vogel, der wohl eine Taube darstellen sollte, jedoch eher einer Möwe glich.

»Ja«, sagte Spiridion. »Ihr seht ja, wessen Zimmer dies ist. Unsere Zimmer gehen alle nach Norden.«

Das Bild auf der folgenden Tür stellte eine haarige Kreuzspinne dar, die auf ihren beiden hintersten Beinen stand; mit den übrigen sechs bediente sie die Klappen einer Klarinette. Dann kam eine Tür mit dem Bild eines dunklen, oben weiß gesäumten Bergkegels, dem eine gebogene, prachtvoll verzierte Pfeife entspross, aus der es qualmte. Die Tür, hinter der Bruder Martinus wohnte, schmückte das Bild eines Reihers. Der schlanke Vogel stand in einem Teller, auf dessen Rand ein angeschnittener Schinken, eine Wurst, ein gebratenes Huhn und ein Fisch lagen. Der Hals des Reihers war weit zurückgebogen. Mit der Schnabelspitze drückte er ein Radieschen an die gefiederte Brust.

»Erasmus ist der einzige, der keinen Spitznamen hat«, bemerkte Piero.

»Oh, es hat nicht an Versuchen gefehlt, ihm einen anzuhängen«, sagte Spiridion. »Doch keiner blieb haften. Eigentlich merkwürdig. Aber es ist ja noch nicht aller Tage Abend. Kann einer von euch erraten, welches dieser Bilder Oneeda gemalt hat?«

Wir überlegten.

»Am ehesten das hier«, sagte schließlich Piero und wies auf den Reiher.

Spiridion schüttelte seinen kahlen Kopf.

»Das deinige?« fragte ich.

Die Fältchen um Spiridions schwerlidrige Augen vertieften sich. Dann nickte er eifrig.

»Boshaft, was?« sagte er. »Erstens die Wahl der Spinnenart. Und zweitens ist es keine Kunst, dieses Instrument zu beherrschen, wenn einem sechs Hände zur Verfügung stehen. Äußerst boshaft. Dreizehn Jahre war sie damals. Ein Jammer, daß ihr Leben sich so verdüstert hat.«

Er zeigte uns noch zwei weitere Schulräume sowie die Zimmer, in denen die Kinder während der Schulzeit zu zweit oder zu dritt untergebracht waren. Auch in das Gastzimmer, das Dagny und Ane-Maria bewohnten, ließ er uns einen Blick werfen. Zwischen den Schreibtischen stand eine bauchige, grün glasierte Vase auf dem Boden, die von lichtroten Rosen überquoll. Auf dem einen Bett lag ein weißes, auf dem anderen ein rotes Kleid. Beide waren sorgfältig ausgebreitet.

»Biologie findet nur im Freien statt«, sagte Spiridion. »Wir arbeiten sehr viel in der Werkstatt, die wir uns als nächstes ansehen wollen. Dort sind auch Physik und Chemie zu Hause.«

»Samt allem, was beide miteinander verbindet«, ergänzte Piero.

Spiridions Elchgesicht lächelte.

»So ist es«, sagte er. »Für die Astronomie begeben wir uns, wie nicht anders zu erwarten, nach oben, wo wir dem Himmel ein wenig näher sind als sonst.«

»Aber noch lang nicht nahe genug«, ergänzte ich.

»Das ist wahr, mein Freund. Deswegen besitzen wir auch einige alte, doch recht gute Instrumente. Die größeren Jupitermonde zum Beispiel sind ganz prachtvoll zu erkennen.«

Die Werkstatt war in drei Räume eingeteilt. Im ersten standen auf Wandregalen aus Ton geformte Tiere, verschiedene Gefäße und auch einige Pfeifenköpfe zum Trocknen. Es roch erdig und feucht, obwohl die Fenster einen Spalt geöffnet waren. Auf den Tischen, teils auch auf dem Fußboden des zweiten Raumes, lagen und standen Flechtarbeiten: Fußmatten, Säkörbe, Sattelkörbe, flache, länglich-runde Körbe, in welche die Brotlaibe zum Aufgehen gelegt wurden, Fischkörbe, Nähkörbchen, große Wäschekörbe und kleine Rückenkörbchen, in denen man ein Kind mit sich tragen konnte. Alle hatten Muster in zwei oder drei verschiedenen Farben. Im dritten und letzten Werkstattraum fielen mir sogleich vier Vogelmasken ins Auge. Aus Holz geschnitzt und fertig bemalt, waren sie am unteren Ende jeweils mit ledernen Kragen versehen, die der Träger sich über Kopf und Schultern stülpen konnte. Die Unterschnäbel waren beweglich; sie konnten mit Hilfe von zwei Schnüren geöffnet und geschlossen werden.

»*Kwemoos*«, sagte ich und nahm den Seetaucherkopf vom Tisch.

»Und das dort ist *wobulotpajit*, der weißköpfige Adler.«

»*Ukchekakakoo*«, sagte Spiridion, setzte sich die Rabenmaske auf und ließ den glänzend schwarzen Schnabel auf- und zuklappen. »Und das hier« – er führte einen Schnabelhieb nach dem Reiher –, »das ist *tumgwoligunech.*«

Fremd und hohl tönte seine Stimme aus der Maske heraus.

Ich setzte mir den Seetaucherkopf auf. Das Leder des Kragens war steif und hielt die Maske sicher in ihrer Lage. Ich mußte sie ein wenig drehen, bis ich aus den im Kragen unterhalb des Schnabels angebrachten Löchern hinausschauen konnte. Piero hatte Schwierigkeiten, in die Reihermaske hineinzufinden.

»Wo sind die Schnüre?« krächzte er mit geschlossenem Schnabel.

Ich stieß ein wildes, triumphierendes Gelächter hervor.

»Sie hängen direkt vor deinem Bauch«, sagte ich dann. »Nein, Gatto! Mehr zur Mitte hin. Die rechte sperrt den Schnabel auf. Die linke macht ihn zu.«

Er zog an den Schnüren. Der Reiher gähnte, ließ dann den Kopf hängen und klappte langsam, als sei ihm nicht wohl, den Schnabel zu.

Vorsichtig bewegten wir uns im Raum umher, um mit den Schnäbeln nirgends anzustoßen. Auf einem Tisch lag ein fußhoher, birnenförmiger Behälter aus Bronze, daneben andere, kleinere Bronzeteile.

»Ein hydraulischer Widder?« fragte ich, wobei ich mir Mühe gab, meinen Schnabel naturgetreu zu bewegen. Da er lang war und ich die Spitze gut sehen konnte, war es ziemlich leicht.

»Rrrichtig«, sagte der Rabe. »Eine der besten Erfindungen, die wir je gemacht haben.«

»Gießt ihr auch selber?« fragte der Reiher.

»Jaja!« sagte der Rabe.

»Auch Glocken?«

»Auch. Aber die im Turm sind noch aus der alten Zeit.«

Der große Tisch in der Mitte des Raums war mit farbigen, seidendünnen Papiertüchern bedeckt, die alle gleich zugeschnitten waren. Sie hatten die Form langer Ovale, deren Enden jedoch nicht abgerundet waren, sondern spitz zuliefen.

»Und das hier?« fragte der Seetaucher. »Was wird das?«

»Ein Aerostat«, sprach der Rabe, nahm eine der Papierbahnen mit dem Schnabel auf, schwenkte sie wie eine rote Fahne hin und her und breitete sie behutsam wieder aus.

»Ein Heißluftballon«, fuhr er fort. »Wenn er nicht größer ist als dieser hier, genügt eine Kerze, um ihn aufsteigen zu lassen.«

»Das möchte ich sehen«, sagte der Reiher.

»Dann komm im Winter wieder her«, sagte der Rabe. »In einer Nacht, die nicht zu kalt und fast windlos ist.«

»Das werden wir tun«, sagte der Seetaucher. »Findet ihr die Ballons später wieder?«

»Selten«, sagte der Rabe. »Und wenn, dann sind sie nicht mehr zu gebrauchen. Ein bißchen Feuchtigkeit, und das Papier löst sich auf.«

»Mir ist nach Fliegen zumute«, sagte der Reiher. »Gehen wir ins Freie!«

Er stelzte voraus. Der Rabe schritt hinterdrein. Ich bemühte mich zu watscheln, obgleich mir niemand zusah.

»Bist du sicher, Rabe«, fragte ich, während wir hintereinander dem Schloß zustrebten, »daß wir wieder zu Menschen werden, wenn wir die Masken abnehmen?«

»Nevermore!« sprach der Rabe.

Wir betraten den Flur des Mittelgebäudes. Der Reiher war gerade zwischen Apollo und Diana angelangt, als die Tür vom Garten her aufging und Martinus erschien. Über beide Unterarme hatte er Körbe voller Gemüse gehängt. Mit einer Hand drückte er ein Bündel roter Radieschen an die Brust. Der Reiher schritt steifbeinig auf ihn zu und blieb vor ihm stehen. Auch Martinus hielt inne. Der Reiher zog den Kopf zwischen die Schultern, zielte auf den Radieschenbund und stieß zu. Statt der Radieschen traf er Bruder Martinus in den Bauch.

»Nanu?« sagte Martinus mit zarter, tiefer Stimme. »Keine Hemmungen gegenüber Artgenossen?«

Rasch suchte er ein besonders dickes Radieschen aus und spießte es dem Reiher auf die Schnabelspitze.

»Eine Beschwichtigungsgabe«, sagte er. Mit raschen, ein wenig steifen Schritten, abwechselnd nach rechts und nach links blickend, ging er auf den Flur zu, der in den Westflügel führte, und bog um die Ecke.

Wir schlugen denselben Weg ein.

Aus dem Saal am Ende des Flurs tönte uns Musik entgegen. Ane-Maria sang das Lied von Arrión mit dem Räubergesicht. Jemand begleitete sie auf dem Klavier. Der Reiher, immer noch mit dem Radieschen am Schnabel, öffnete die Tür. Der grüne Vorhang war zur Seite gezogen. Dagny saß vor einem schwarzen Konzertflügel, Ane-Maria stand neben ihr. Fujiyama saß auf einem Stuhl. Er und Ane-Maria trugen weiße Lackmasken mit kleinen roten Mündern und tiefschwarzem Haar, hatten sie jedoch auf den Scheitel zurückgeschoben, so daß sie zur Mahagonidecke hinaufstarrten.

Hintereinander betraten die Vögel den Saal.

Ane-Maria brach mitten in der Strophe ab, als sie mich sah.

»*Kwemoos!*« rief sie »*Kwemoos!*« Komm her! Komm!

Ich watschelte auf sie zu, erkletterte schwerfällig die Bühne, stolperte, fing mich gerade noch, schüttelte unsichtbare Wassertropfen von meinem spitzen Schnabel, legte ihn mit einer seitlichen Kopfbewegung auf ihre Schulter und brachte ein leises, glucksendes Gelächter hervor.

Dann nahmen wir alle beinahe gleichzeitig unsere Masken ab.

Ane-Maria streckte beide Hände nach der Seetauchermaske aus. Ich nahm ihr die weißlackierte Theatermaske aus der Hand.

»Was habt ihr denn hier gemacht?« fragte ich, indes sie den Vogelkopf betrachtete und mit den Fingern den langen Schnabel entlangstrich.

»Wir?« sagte Fujiyama. »Wir haben eine Szene aus einem Geisterstück gespielt.«

»Der Garten des Meisters der Netze?«

»Woher weißt du, wie das Stück heißt?«

»Von mir«, sagte Ane-Maria. Sie hatte die Seetauchermaske aufgesetzt, nahm sie jedoch gleich wieder ab.

»Wir haben die Szene gespielt«, sagte Fujiyama, »in welcher der Geist den ersten Fischer ins Bambusdickicht hineinlockt. Dagny wollte den Fischer nicht spielen. Da mußte ich es tun.«

606

»Spielen wir die Szene noch einmal!« rief ich, sprang von der Bühne und ergriff die zweite der weißen Masken, die Fujiyama neben sich auf einen Stuhl gelegt hatte.

»Aber du kennst doch den Text nicht«, wandte Ane-Maria ein.

»Das macht nichts. Mir wird schon was einfallen. Los!«

Ane-Maria krauste die Nase. Dann stellte sie einen Fuß vor. Die braunen Zehen sahen unter dem Saum des weißen Kleides hervor.

»Nein, Carlos!« sagte sie. »Sei jetzt vernünftig. Später einmal. Es müssen die richtigen Worte sein. Ich hab das Stück abgeschrieben. Du kannst es bekommen.«

Von fern her erklang ein Glockenton, und da keiner von uns wußte, ob dies der erste, der zweite oder schon der dritte war, verließen wir nacheinander den Saal. Die Mädchen gingen voraus. Ihre langen Kleider leuchteten rot und weiß in dem Sonnenlicht, das durch die Milchglasscheiben vom Wintergarten hereinschien.

Den Nachmittag verbrachten wir im Garten. Wir wanderten umher, meist ohne ein bestimmtes Ziel, und sprachen miteinander. Wir hatten uns in zwei Gruppen geteilt, weil Martinus Piero und mir die drei geflügelten Löwen zeigen wollte, die Mädchen jedoch lieber sehen wollten, was Spiridion kürzlich beim Umgraben entdeckt hatte. Ab und zu trafen wir uns, standen für kurze Zeit beieinander, gingen wohl auch ein Stück gemeinsam, bis wir uns an einem Scheideweg wieder trennten, wobei jedesmal der eine oder andere die Gruppe wechselte. Martinus schied bald aus diesem Reigen aus: Er war es, der an diesem Tag die Küche besorgte.

Nach einem dieser Zusammentreffen – es war bei dem dritten Löwen, der sich so nah beim zweiten befand, daß es mir rätselhaft war, wieso ich ihn am Vortag nicht gesehen hatte – fanden Piero und ich uns in Fujiyamas Begleitung. Als ich ihn nach der Herkunft der vielen verschiedenen Rosensorten fragte, schlug er uns vor, einfach von Busch zu Busch zu wandern, so daß wir den Anblick, den Duft, die Geschichte und die Namen der einzelnen Sorten in uns aufnehmen konnten.

Er wußte, wo sie alle zu finden waren; er kannte den kürzesten Weg zur jeweils nächsten. Und er sagte uns von jeder Rose, wie sie zu ihrem Namen gekommen war; ob ein Mensch der Namensgeber gewesen war oder ein bestimmtes Ereignis.

Souvenir de Malmaison hieß eine Rose, Aimable Rouge eine andere. Assemblage des Beautés stand nahe bei Rosa Mundi. Henri Martin und Belle Isis hielten gleichfalls enge Nachbarschaft, während Maiden's Blush und Louis van Houtte, durch eine Weißdornhecke geschieden, nichts voneinander wußten. Madame Hardy, Mabel Morrisson, Pompon de Bourgogne und Josephine waren weit über den Irrgarten verstreut, indes Fantin Latour und Hermosa, beide weißrosa blühend, ihre Zweige ineinander verschränkten und auf dem besten Wege waren, einen fußhohen Eichensämling, der sich zwischen sie hatte drängen wollen, gemeinsam zu ersticken.

Wir standen vor der Rose de Resht, deren tiefrote, halbkugelförmige und dicht gefüllte Blüten so schwer und üppig dufteten, wie sie aussahen, als mir die milchweiße Rose auf dem Grab einfiel, an dem Martinus gestern gebetet hatte. Ich fragte Fujiyama nach ihrem Namen.

»Pristina«, sagte er. »Der kleine Knäuel von hellgrünen Blättchen in ihrer Mitte ist wie ein Auge, das einen anschaut.«

»Ja«, sagte ich, »das fand ich auch. Habt ihr sie nach der Frau genannt, die unter ihr begraben liegt?«

»Martinus hat sie nach ihr genannt. Er hat die Rose gezüchtet. Er sagt zwar, es sei nur ein Glücksfall gewesen, doch ich finde, er ist zu bescheiden. Das Glück mag ja mitgespielt haben, aber es war Martinus, der ihm den Boden bereitet hat. Er versteht sich auf alle Pflanzen, nicht nur auf Rosen. Auf Tiere übrigens auch. Nur von Menschen mag er nicht viel wissen.«

»Ist er deshalb zu euch gekommen?« fragte Piero.

»Das kann sein. Gesagt hat er uns, daß er der Letzte seiner Sippe ist und keine Nachkommen haben möchte.«

»Wie kamt ihr dazu, eine Frau hier zu begraben?« fragte Piero. »Es ist ungewöhnlich. Ich meine, dies hier ist doch ein Klostergarten.«

Fujiyama zog seine abgewinkelten Brauen hoch in die Stirn, die von Sonne und Wind leicht gerötet war.

»Hier ist manches ungewöhnlich«, entgegnete er. »Beispielsweise, daß Pater Pablo ausgerechnet so einen – nun ja, so einen Sündenpfuhl auserwählte, darin ein Kloster zu gründen. Doch zu deiner

Frage: Wir haben die Frau bei uns begraben, weil wir sie bei uns gefunden haben.«

»Im Garten?« fragte ich.

»Im Keller, Chas. Die Stelle befindet sich genau unter eurem Zimmer. Wir waren dabei, den Heizungskessel herauszureißen, der früher das ganze Schloß versorgte. Wir benutzten ihn längst nicht mehr – auch jetzt heizen wir ja nur wenige Räume. Als wir das Rauchrohr aus dem Schornstein zogen, brach ein Teil des Mauerwerks heraus, und wir sahen, daß der Schornstein noch einen zweiten Zug hatte. Erasmus nahm ein paar lockere Steine heraus, um den Mörtel abzuschlagen, ehe er sie wieder einmauerte. Da entdeckte er die Frau. Sie stand aufrecht in dem engen Rauchkanal, der gerade breit genug war für ihre Hüften und Schultern. Sie wandte uns den Rücken zu.«

»Eine Mumie«, murmelte Piero.

»Ganz recht!« sagte Fujiyama. »Wir erweiterten die Öffnung. Als wir die Mumie heraushoben, streifte Martinus mit dem Arm ihr Gesicht, und ein Stück der Oberlippe zerblätterte wie altes Papier. Sie hatte herrliche Zähne. Ihr Haar war lang und schwarz und schimmerte bläulich, als wir sie in die Sonne hinaustrugen. Wir haben sie noch am selben Tag begraben.«

Er wischte sich mit dem mächtigen, haarlosen Unterarm ein paar Schweißtropfen von der Wange.

»Wann war das?« fragte ich.

»Diesen Herbst werden es sieben Jahre. Doch eingemauert wurde sie vor ungefähr zweihundert Jahren, gegen Ende des neunzehnten Jahrhunderts. Erasmus und Spiridion haben das anhand ihrer Kleidung festgestellt.«

»Eingemauert«, sagte Piero. »Aber doch nicht lebendig?«

»Doch, mein Freund. Ohne jeden Zweifel. Ich habe den Körper untersucht. Alle Fingernägel waren zersplittert. An allen Fingerspitzen lagen die Knochen bloß. Sonst war der Körper unverletzt.«

Eine lange Weile standen wir schweigend vor dem üppig duftenden Rosenbusch, dessen tiefrote Blüten der Wind wiegte. Die kleine Falte zwischen Pieros Nase und seiner Stirn war tief eingekerbt.

»Warum?« fragte ich schließlich.

»Warum?« wiederholte Fujiyama. »Wer war sie? Wer waren die, die es taten? Fragen um Fragen – und Stille. Es muß Gerüchte gegeben haben, damals. Gerüchte sind wie Pilze. Sie durchdringen den härtesten Boden, wachsen aus ihm empor und zeigen sich schamlos her. Doch du vergißt die Seuche, Chas. Sie hat nicht nur die meisten Menschen verschlungen, sondern auch fast alle Gerüchte umgebracht und die wenigen, die ihr entgingen, zu Märchen entstellt. Wir haben von entsetzlichen, ausschweifenden Festen gehört, die hier um sich gegriffen haben sollen. Wir haben von alten Göttern gehört, die Opfer forderten und sich jene, die sie ihnen verweigerten, selber zum Opfer nahmen. Das ist schon alles. Ihr werdet sagen, in beidem muß ein Körnchen Salz verborgen sein, ein Körnchen von dem alten Salzstock der Wahrheit. Doch wo? Fragen um Fragen – und Stille.«

»Es muß doch schriftliche Aufzeichnungen geben«, sagte ich. »Bei Ereignissen, wie du sie andeutest, ist immer jemand zugegen, den es drängt, das, was er gesehen hat, schwarz auf weiß niederzulegen.«

»Und es eines Tages jemandem zu hinterlassen«, ergänzte Fujiyama, seine Kutte von einer Ranke der Rose de Resht befreiend. »Ja, gewiß! Doch wem? Wo schlummern sie, die beschriebenen Blätter, nach denen wir forschen? Als einziger von uns ist Erasmus noch immer voller Zuversicht. Wir anderen glauben, das Geheimnis wird ungelöst auf unsere Nachfolger übergehen. Ihnen wird es vorbehalten sein, Pristina ihren wahren Namen zurückzugeben.«

»Da seid ihr also!« rief Ane-Maria. Ihr erhitztes Gesicht erschien in der Schwarzdornhecke, wo ich vorher keinen Durchlaß hatte erkennen können.

»O nein!« rief sie gleich darauf aus. »Santisimas Madres!«

Mit der linken Hand hakte sie einen Dornenzweig von ihrem rechten Unterarm los. Ich lief zu ihr hin. Ein handlanger Riß klaffte in dem weißen Ärmel, der sich rasch hellrot färbte.

Ich beugte mich über Ane-Marias Arm. Dagny legte ihre Hand auf meine Brust und hielt mich zurück.

»Laß mich!« sagte sie rauh.

Sie schob Ane-Marias Ärmel bis zum Ellbogen hoch, beugte sich nieder und preßte ihre Lippen auf den blutigen Kratzer, der keine zwei Zoll lang war.

»Unsere weise Frau«, sagte Spiridion. Seine dicke, vorstehende Oberlippe bebte wie bei einem witternden Elch.

»Danke, Dagny«, sagte Ane-Maria und besah sich den Kratzer mit schiefgelegtem Kopf.

»Das ist morgen zugeheilt. Aber dein neues Kleid, Dagny! Mal dia!«

»Wenn es dich beruhigt, behalt es doch«, antwortete Dagny. »Wir tauschen. Ich behalte das rote hier.«

»O nein! Deins hat doppelt soviel Arbeit gemacht wie meins. Ich werde den Riß stopfen und übersticken.«

»Aber dann hast du die doppelte Arbeit – denk an den zweiten Ärmel.«

»Wirklich?« sagte Ane-Maria. »Weise Frau!«

Sie packte Fujiyamas Kutte und zerrte daran, ohne Fujiyama im geringsten von der Stelle zu bringen.

»Komm, verehrter Berg«, sagte sie. »Wir möchten die neuen Bonsai-Bäumchen sehen!«

Piero, Spiridion und ich folgten einem schmalen Weg, der uns nach Norden führte, auf das Schloß zu, das wir jedoch im Augenblick nicht sehen konnten.

»Fujiyama sprach vorhin von euren Nachfolgern«, begann Piero. »Wißt ihr schon, wer die sein werden?«

»Bis jetzt wissen wir von dreien«, antwortete Spiridion und bückte sich vor dem Ast eines Kirschbaums, unter dem Piero und ich aufrecht hindurchgingen. »Zwei von ihnen sind um die zwanzig Jahre alt und wollen nächstes Jahr zu uns kommen; der eine im Herbst, der andere im Winter. Der dritte ist etwas jünger. Er hat vor, sich uns in drei oder vier Jahren anzuschließen. Er stammt aus eurem Clan.«

»Aus Seven Persons?« fragte ich.

»Ja.«

»Darf ich fragen, wer das ist?«

»Du darfst. Ich jedoch darf nicht antworten.«

»Es war unhöflich zu fragen, Chas!« sagte Piero.

»Keineswegs«, antwortete Spiridion. »Nur voreilig. Wartet, und ihr werdet sehen.«

»Ich dachte, ihr dürft nicht missionieren?« sagte ich.

611

»So ist es. Und wir halten uns daran. Aber wir wirken durch unser Beispiel, und niemand hat je versucht, uns daran zu hindern. Wir haben mehr Einfluß, als ihr vielleicht denkt.«

»Wie ist das möglich?« fragte ich. »Bei all den Einschränkungen und Regeln, von denen zwar viele vernünftig, manche aber auch engherzig und einige sehr hart – um nicht zu sagen: grausam – sind?«

»Langsam«, sagte Spiridion, »langsam. Ich möchte dein Urteil nicht beeinflussen. Doch könnte es sein, daß es ebenso vorschnell ist wie vorhin deine Frage. Sieh dich in der Geschichte um, Chas. Du wirst nicht viele Länder und nur wenige Zeiten finden, in denen die Menschen so frei waren wie hier und jetzt.«

»Ich verstehe nicht ganz, was du meinst«, sagte ich.

»Nicht ganz? Ich will mich bemühen. Kommt, wir setzen uns für eine Weile.«

Er ging mit ausgreifenden Schritten auf eine Hecke aus jungen, dicht an dicht stehenden Birken zu und bahnte sich und uns mit seinen langen Armen einen Weg hindurch. Jenseits empfing uns tiefgrüner Schatten. Irgendwo rieselte Wasser. Kopfweiden standen im Halbkreis, Thujenhecken wölbten sich ihnen entgegen. Der Boden federte unter unseren Füßen. Wir setzten uns, Spiridion in der Mitte, auf die kühle und bequeme Holzbank. Da erblickte ich die Statue.

Ein älterer Mann saß auf einem Säulenstumpf. Sein linkes Bein war ausgestreckt; eine Hand ruhte locker auf dem Oberschenkel; der Fuß war zwischen Binsen verborgen Das rechte Bein hatte er angezogen, stützte den Ellbogen auf das Knie und das Kinn in die Handfläche. Die Ohrmuscheln, die unter dem lockigen Haar hervorschauten, hatten oben kleine Spitzen. Aus den Augen rieselte Wasser über den schwarzgrün verfärbten Kalkstein der Wangen und rann vom Kinn in die Binsen hinab.

Spiridion lachte leise.

»Den Bocksfuß könnt ihr nicht sehen«, sagte er. »Martinus hat die Statue Caliban getauft. Wen sie wirklich darstellt, wissen wir nicht, aber wir sind uns ziemlich sicher, wer sie geschaffen hat.«

»Der Erbauer des Schlosses?« fragte ich.

Spiridion zerquetschte eine Stechmücke auf seinem Hals und wischte sie mit dem Taschentuch fort.

»Dieudonné«, sagte er. »Ja. Und zwar eigenhändig. Dafür haben wir einen schriftlichen Beweis, eine Seite aus einem Brief. Erasmus meint, auch die drei Löwen seien von ihm. Ich glaube das nicht. Die Handschrift ist eine völlig andere – wenn ihr mir gestattet, von einer Handschrift des Meißels zu reden. Hingegen werdet ihr dieselbe Handschrift vorfinden, wenn ihr vor der Meeresvenus steht. Kennt ihr sie vielleicht schon?«

»Ja, ich«, sagte Piero. »Sie hat den Kopf, die Schultern, die Arme und die Brüste einer Frau und den Hinterleib einer Robbe. Sie liegt auf einer Sandsteinplatte, die vom Wasser überspült wird. Sie stützt den Kopf in die linke Hand, und mit der rechten zeigt sie auf dich. Sie lächelt, aber nur mit den Mundwinkeln. Und sie blickt dich an, wo immer du auch stehst. Ich hab es versucht. Ich bin zur einen Seite gegangen und dann zur anderen. Es war, als folge sie mir mit den Augen.«

»Ja«, sagte Spiridion. »Das ist sie. Sie muß dich beeindruckt haben, Piero. Du beschreibst sie beinahe liebevoll. Übrigens meinte Bruder Fujihiro, das Gesicht der Mumie im Keller sähe dem ihren ein wenig ähnlich.«

Er wandte sich an mich. »Du findest ihr Becken am entgegengesetzten Ende des Gartens«, sagte er. »Ein eigenartiges Geschöpf. Ein eigenartiger Mensch, der es geschaffen hat.«

»Aber ein Ungeheuer«, sagte ich.

»Und ein Ungeheuer, Chas. Gib es auf, Gegensätze zu suchen, wo du vor einem Ganzen stehst, das du nicht begreifst – so wenig, wie meine Brüder und ich es begreifen.«

»Du wolltest von der Freiheit sprechen«, sagte ich.

»Ich spreche von ihr. Du suchst einen Gegensatz zwischen Freiheit und Regel, Freiheit und Pflicht, Freiheit und Gesetz. Den gibt es nicht.«

»Ich suche ihn nicht, Spiridion. Er besteht.«

»Nur scheinbar, Chas. Denk dir die Freiheit als ein Haus und die Gesetze als seine Wände. Es stimmt: Die Wände beschränken das Haus. Doch ohne sie wäre es nicht da. Nimm sie weg, und das Haus stürzt zusammen. Was die Menschen im vorigen Jahrhundert unter Freiheit verstanden, war, daß jeder beinahe alles tun und lassen konnte, was ihm in den Sinn kam.«

»Davon ist das Haus nicht eingestürzt«, sagte ich. »Die Seuche hat es zum Einsturz gebracht.«

Spiridion lachte; seine schweren Lider sanken tief herab und bedeckten die Augen fast zur Gänze. Er wischte sich das Gesicht mit seinem großen braunen Taschentuch ab und streckte seine langen Beine von sich.

»Diese Bemerkung ist nun wirklich töricht«, sagte er. »Das Haus ist eingestürzt – richtig! Nicht das Haus der Freiheit: das der menschlichen Gesellschaft! Aber es ist dumm zu glauben, die Seuche habe es zum Einsturz gebracht. Die Seuche war nicht die Ursache. Sie war nicht einmal der Anlaß. Die Seuche, das war der Augenblick, in dem das Dach uns auf den Kopf fiel, nachdem wir zuvor die Grundmauern durchlöchert und die Wände Stück für Stück weggehackt hatten. Sie war der endgültige Zusammenbruch. Zuvor waren jahrzehntelang rings um uns die Balken verfault und die Mauern zerbröckelt, und wir waren blind und taub dafür.«

»Also das ist es, was Alkuin meint«, sagte ich.

»Allerdings! Du hast ihn zunächst mißverstanden, genau wie ich. All die Stellen, an denen er nicht in Bildern spricht, sondern in die Sprache der Wissenschaft verfällt, sind leicht mißzuverstehen.«

»Du hast behauptet, die Menschen sind hier freier als früher, freier als anderswo«, sagte ich. »Was genau meinst du damit?«

»Einfache Dinge«, sagte Spiridion. »Du kannst leben, wo du willst. Du kannst jagen. Du kannst fischen. Du kannst sprechen, mit wem du willst, und dabei sagen, was dir in den Sinn kommt. Du kannst heiraten, wen du willst. Du kannst die Arbeit verrichten, auf die du dich verstehst. Du bist frei von Geldsorgen. Du brauchst nicht für andere zu arbeiten, die selbst nichts tun. Doch indem du für dich arbeitest, arbeitest du auch für andere – und die anderen arbeiten auch für dich.«

»Du kannst nicht mehr als zwei Kinder haben«, sagte Piero.

»Nein, das kannst du nicht. Jemand hat einmal gesagt, die Freiheit eines Menschen hört dort auf, wo die eines anderen beginnt. Daraus folgt, daß die Freiheit eines Menschen um so geringer wird, je mehr Menschen es gibt. Nicht wahr?«

»Ihr könnt euch nicht selber regieren«, sagte Piero.

»Da irrst du dich«, sagte Spiridion.

614

»Die Mütter und die Ältesten haben die Beschlüsse von Mitihikan gefaßt«, sagte ich.

»Nachdem sie mit allen Menschen in ihren Clans gesprochen hatten«, sagte Spiridion. »Und hinterher haben alle die Beschlüsse gutgeheißen. Ist das bei euch auch so?«

»Bei uns entscheidet der König«, sagte ich.

»Bei uns entscheidet die Mehrheit in den Räten«, sagte Piero. »Doch der Fürst kann ihre Entscheidung umstoßen, wenn er wichtige Gründe geltend macht.«

»Beides gefällt mir nicht«, sagte Spiridion. »Warum soll ein König oder ein Fürst entscheiden? Warum die Mehrheit? Entweder ist eine Entscheidung unwichtig: dann kann sie unterbleiben. Oder sie ist wichtig: dann sollten alle ihr zustimmen. Und das ist möglich – vorausgesetzt, es gibt nicht zu viele Menschen, die Gehör finden wollen. Vor hundert Jahren haben hier in Megumaage eine Million Menschen gelebt. Eine Million! Wie können tausendmal tausend Menschen zu einer gemeinsamen Entscheidung kommen? Es geht nicht.«

»Nein«, sagte Piero, »das geht wohl nicht. Aber glaub mir, auch die Entscheidungen eines Fürsten können bei den Menschen Zustimmung finden.«

»Das will ich nicht bestreiten«, sagte Spiridion. »Ich glaube sogar, es gibt mehr gute Fürsten als unfähige. Doch wie werden ihre Töchter und Söhne sein? Wie ihre Enkel?«

»Wie ist es mit den Clanmüttern?« fragte Piero. »Wer nimmt ihre Stelle ein, wenn sie sterben?«

»Es darf niemand aus ihrer Familie sein.«

»Gut. Aber wie findet ihr die Nachfolgerinnen? Wählt ihr sie?«

»Du meinst, ob abgestimmt wird? Nein. Die Ältesten – und es gibt in jeder Sippe wenigstens einen, der zu den Ältesten gehört –, die Ältesten gehen zu den Frauen, von denen sie meinen, daß sie geeignet sind, und fragen sie, ob sie die Aufgabe annehmen.«

»Gibt es immer mehrere Frauen, die in Betracht kommen?« fragte ich.

»Fast immer. Hier in Passamaquoddy weiß ich von dreien.«

»Nehmen wir an«, sagte Piero, »alle drei sagen ja. Was dann?«

»Darauf kann ich dir nicht antworten, denn deine Annahme ist unrichtig. Du bist jung. Du bist ehrgeizig. Eine Frau, die Clanmutter wird, ist mindestens fünfzig Jahre alt. Sie weiß, welche Last sie sich zusätzlich zu ihren anderen Bürden auflädt. Ich weiß von keiner, die bereitwillig ja gesagt hat.«

»Dann nehmen wir an, alle drei sagen nein. Welche wird es?«

»Ich weiß es nicht, Piero. Von den Ältesten brauchst du keinen zu fragen. Erasmus hat es versucht, Fujiyama, auch ich. Wir haben keine Antwort bekommen. Doch ich habe eine Vermutung. Es könnte sein, sie betrauen diejenige mit der Aufgabe, die sie am hartnäckigsten ablehnt.«

»Weshalb denn das?« fragte ich.

»Darauf möchte ich dir nicht antworten, Chas, weil es, wie ich sagte, nur eine Vermutung von mir ist. Denk darüber nach. Vielleicht kommst du zu demselben Schluß wie ich.«

Er stand auf.

»Meint ihr nicht auch«, sagte er, »wir sollten Caliban seiner Trauer überlassen und langsam heimwärts ziehen? Martinus kann sicher ein paar Handreichungen von uns gebrauchen.«

Nach dem Abendessen – da Martinus kochte, hatte es kein Fleisch gegeben, und keiner von uns hatte es vermißt –, nach dem Abendessen saßen Dagny, Ane-Maria, Piero und ich an einem Tisch im Musiksaal und spielten Mikado. Die Kulis, Samurais, Bonzen, Mandarine und der Mikado waren länger, als ich es gewohnt war, nahezu einen Fuß lang, und nicht durch farbige Ringe gekennzeichnet, sondern aus unterschiedlichen Holzarten gefertigt. Dagny hatte einen Mandarin erobert und verwendete ihn nun, um Stab nach Stab aus der Wirrnis herauszuholen, in der zuunterst die Mikado lag. Plötzlich verhakte sich einer der Stäbe im Ärmel ihres grünen Kleides.

»Ha!« rief Ane-Maria, die als nächste an der Reihe war. »Es hat sich bewegt!«

»Ja«, sagte Dagny. »Ein Kleid war schuld.«

Piero lachte. »An dir ist ein Rechtsgelehrter verlorengegangen«, sagte er. »Aber ich erhebe Einspruch. Wir sind es, die spielen und Fehler machen. Nicht unsere Kleider.«

»Es heißt aber doch, Kleider machen Leute«, wandte Dagny ein.

»Nichts da!« sagte ich. »Du bist überstimmt. Ane-Maria ist dran.«

Ein schmaler, grauhaariger Kopf erschien neben meiner Schulter. Martinus wandte sein Gesicht erst mir, dann Piero und wiederum mir zu.

»Hier ist es«, sagte er mit zarter, tiefer Stimme und legte eine Mappe auf den Tischrand, deren heller Ledereinband mit einer Rose bestickt war.

»Ah!« rief Ane-Maria. »Die Geschichte! Jetzt wird vorgelesen!«

Sie schob alle Mikado-Stäbe auf einen Haufen zusammen.

»O nein!« rief Dagny und warf den blonden Zopf über die Schulter zurück. »Jetzt können wir nicht zusammenzählen!«

»Du hast gewonnen«, sagte Ane-Maria. »Wer liest vor? Don Pedro? Oder du, Carlos?«

»Ich höre lieber zu«, sagte Piero.

»Ich melde mich freiwillig«, sagte ich.

Martinus schlug die Mappe auf, entnahm ihr einen großen, aber dünnen Umschlag aus roter Pappe, der an den Kanten mit Leinenstreifen geflickt war, und reichte ihn mir.

Ich zog einen Packen blaßgelben Papiers hervor, sah eine unbeschriebene Seite vor mir und drehte den Packen um. Die Seite, die nun zuoberst lag, war ebenfalls unbeschrieben. Ich bog die Kante des Packens hoch und blätterte ihn durch. Alle Blätter, es mochten zwischen zwanzig und dreißig sein, waren leer.

»Um Gottes willen!« sagte Martinus leise.

»Waren die leeren Bogen schon immer in dem Umschlag?« fragte Piero.

»Ja!« sagte Martinus. »Aber ja! Es waren siebzehn beschriebene und fünfundzwanzig unbeschriebene Bogen. Ich habe die leeren daringelassen, weil Papier kostbar ist und weil ich vorhatte … nun, ich dachte daran, den Bericht eines Tages fortzusetzen. Er ist doch unvollständig …«

»Aber wo sind die siebzehn Blätter hingekommen?« fragte Dagny.

»Jemand muß sie herausgenommen haben«, sagte Martinus. »Erasmus hat die Mappe in seinem Schreibtisch liegen. Der Schreibtisch ist nicht verschlossen. Auch die Zimmertür nicht. Mit den Haustüren ist es ebenso. Niemand in Megumaage verschließt seine Türen.«

Ane-Maria zog die Unterlippe zwischen die Zähne. »Jemand!« sagte sie. »Wer?«

»Keiner von euch«, sagte Martinus, »und keiner von uns. Es kommt vor, daß Erasmus die eine oder andere von unseren Schriften mitnimmt, wenn er wegfährt. Doch dann sagt er uns Bescheid, damit wir nicht vergeblich danach suchen. Ich wüßte auch keinen Grund, weshalb er ausgerechnet diese ...« Er murmelte ein paar unverständliche Worte und verschränkte die Hände auf dem Rücken.

»Einer unserer Besucher«, sagte er nach einer Weile. »Ein arger, ein abscheulicher Gedanke. Und doch: Es muß einer unserer Besucher gewesen sein.«

»Wann hast du diesen Umschlag das letztemal geöffnet?« fragte Ane-Maria.

»Das ist über ein Jahr her«, antwortete Martinus sofort. »Von meinen Brüdern würde ihn keiner aufmachen, ohne mich zu fragen.«

»Wie viele Besucher waren während dieser Zeit hier?« fragte ich.

»Gewiß mehr als hundert.« Er drückte das Kinn auf die Brust.

»Nennt dein Vater in seinem Bericht Namen?« fragte ich. »Ich überlege, wer einen Grund gehabt haben könnte, die beschriebenen Bogen zu entfernen.«

»Er erwähnt Namen, ja. Es sind aber nicht die richtigen. Die richtigen Namen zu nennen, das wäre bei den geschilderten Ereignissen nicht zu verantworten gewesen, zumal zwei der Menschen, um die es geht, noch am Leben sind.«

»Hier in Megumaage?« fragte Piero.

»Nein. Nicht hier.«

»War einer ihrer Verwandten oder ihrer Freunde unter den Besuchern?«

»Verwandte besitzen sie nicht mehr. Und ob einer ihrer Freunde unter den Besuchern war – wie soll ich das wissen?«

»Weißt du, was ich glaube?« sagte Ane-Maria und beugte sich vor. »Du wirst deine Geschichte niemals wiedersehen. Das glaube ich.«

Sie lehnte sich zurück und schlug ein Bein über das andere.

»Ja«, sagte Piero. »Wer auch immer die Blätter genommen hat, tat das nicht, um sie wieder zurückzubringen. Die Geschichte ist verloren.«

Martinus nahm die Hände vom Rücken und stützte sie auf die Tischkante.

»Das ist sie nicht«, sagte er langsam. »Ich habe sie gelesen, oft und oft. Ich bekomme sie wieder zusammen. Nicht Wort für Wort, aber wenigstens habe ich das richtige Papier. Es wird sogar reichen, um dem Bericht das anzufügen, was niederzuschreiben mein Vater nicht über sich brachte. Ich werde es tun. Nicht heute und nicht morgen. Doch ich werde es tun.«

Seine Hände zitterten ein wenig, während er die leeren Bogen in den Umschlag zurückschob und ihn in die Mappe legte. Dann klemmte er die Mappe unter den linken Arm, wie unter einen schützenden Flügel.

»Entschuldigt mich jetzt«, sagte er. »Ich möchte die Küche so hinterlassen, wie ich sie vorgefunden habe. Eine gute Nacht euch allen!«

Und er ging hinaus.

HEIMWÄRTS

Erasmus, Dagny, Fujiyama und ich standen neben einer der von Kletterrosen umrankten Säulen. Es war der Abend unseres fünften Tages in Signiukt. Erasmus war um die Mittagszeit aus Seven Persons zurückgekehrt, staubig, müde, aber aufgeräumt. Wir hatten gemeinsam die Ziegelei besichtigt, vor allem den Brennofen, der bereits mit Mauersteinen halb vollgeräumt war. Der Heimweg hatte uns durch den Wald und über die Pferdekoppel geführt. Piero, der das Abendessen bereiten wollte, war in die Küche gegangen; Martinus war damit beschäftigt, im Wintergarten Bäumchen umzutopfen; Ane-Maria und Spiridion befanden sich im Garten, unsichtbar, doch nicht weit von uns: Gitarre und Flöte waren deutlich zu vernehmen.
»Ist dir mittlerweile eingefallen, wer das Manuskript an sich genommen haben könnte?« fragte Fujiyama.
Erasmus wandte ihm seine großen grauen Augen zu. »Es muß eine einfache Erklärung geben«, sagte er. »Kann sein, ich finde sie, wenn ich über die Sache schlafe.«
Er schaute wieder ins Tal hinaus, auf den Zummatt-Hof, aus dessen Schornstein der Rauch träge und schräg in die warme Luft stieg, bis er dünn und durchscheinend verflatterte.
Eine hellgekleidete Gestalt erschien auf dem Balkon des Wohnhauses, breitete ein großes, weißes Tuch über das Geländer, nahm ein paar Wäschestücke von der Leine und ging mit ihnen ins Haus zurück.
»Aha!« sagte Erasmus. »Die weiße Fahne!«
»Heißt das, die Zummatts schwören ihrem Glauben ab und werden katholisch?« fragte ich.
Er lächelte. »Das heißt, wir können unsere Milch abholen.«
»Ich komme mit«, sagte Dagny.
Fujiyama und ich stiegen nach einer Weile in den Garten hinunter. Während wir uns den Klängen der Flöte näherten, die nun ohne Be-

gleitung spielte, hörten wir das Wägelchen den Zufahrtsweg entlang-
rollen und sich rasch entfernen.

»Habt ihr noch andere Flaggensignale?« fragte ich.

»Freilich«, sagte Fujiyama. »Zu viele, wenn du mich fragst. Mitunter
kommt es zu Mißverständnissen.«

Wir fanden Spiridion und Ane-Maria unter einem Apfelbaum, der
voller unreifer Früchte mit braungrüner, derber Schale hing. Zwei
Bänke standen zu Seiten eines schmalen Tisches. Auf einer von
ihnen saß Ane-Maria, die Gitarre auf dem Schoß. Spiridion spielte
stehend ein barockes Scherzo mit Pralltrillern, Doppelschlägen und
Mordenten. Ane-Maria beobachtete seine Finger.

Fujiyama und ich setzten uns auf die freie Bank.

»Da capo!« sagte Ane-Maria, nachdem Spiridion geendet hatte.

Er nickte, zog das Mundstück von seiner Flöte, blies es behutsam
durch, setzte es wieder auf und begann das Scherzo von vorne.

Die tiefstehende Sonne zeichnete ein schwarzes Schattengitter auf
das rote Ziegeldach des Schlosses. Ein spiralförmiger Wirbel braun-
violetter Federwolken beherrschte den hellgrünen Himmel. Bienen,
Wespen, Hummeln und Schmetterlinge waren noch unterwegs,
vom Duft der Heckenrosen hinter uns und der vielen Wildblumen
im Gras zu unseren Füßen angelockt.

Spiridion stand und spielte, sein Elchgesicht ein wenig geneigt; wir
hörten zu. Er spielte das Scherzo zu Ende, während das Schattengitter auf dem Dach des Schlosses nach und nach verblaßte. Dann
spielte er das Stück auf Ane-Marias Wunsch zum drittenmal.

Ich verspürte ein Kitzeln auf meinem linken Handrücken und holte
mit der anderen Hand aus, um die Stechmücke zu erlegen, doch als
ich hinschaute, sah ich, daß es ein Falter war.

Sein Leib war gelb, wie mit Blütenstaub bedeckt. Die langen, einge-
rollten Fühler trugen an den Enden schwarze, wie Keulen geformte
Verdickungen. Die Flügel waren kardinalrot, besaßen schwarze Ränder und waren durch zahlreiche grüne, schwarz eingefaßte Linien in
unregelmäßige, verschieden große Dreiecke eingeteilt. Langsam öffnete und schloß der Falter die Flügel. Er entrollte die Fühler; als ihre
Enden meine Haut berührten, zuckten sie hoch, streckten sich lang
aus, rieben sich aneinander und rollten sich dann rasch ein.

Fujiyama beugte sich vor und betrachtete den Falter, der nun mit geschlossenen Flügeln meinen Mittelfinger entlanglief. Er kam an die Fingerspitze, zögerte und öffnete dann plötzlich die Flügel so rasch und kraftvoll, daß sie ihn emportrugen. Ohne einen weiteren Flügelschlag zu tun, segelte er davon und landete auf Ane-Marias rechter Hand, die den Hals der Gitarre umfaßt hielt. Dort blieb er sitzen und tastete mit den Fühlern umher.

Das Scherzo endete in einer aufsteigenden Trillerkette. Spiridion setzte die Flöte ab. Ane-Maria legte die Gitarre auf den Tisch; der Falter flog von ihrer Hand auf und taumelte davon, schläfrig und dicht über dem Gras.

»Dämmerung«, sagte Fujiyama.

Spiridion, der seine Flöte mit einem zusammengerollten Stück Fell auswischte, blickte aus schwerlidrigen, braunen Augen auf ihn herunter.

»Hast du wieder ein Gedicht gemacht?« fragte er.

Fujiyama neigte den Kopf.

»Laß hören«, sagte Spiridion sanft.

»Bitte«, sagte Ane-Maria.

»Dämmerung«, sagte Fujiyama:

>»Zwischen Tag und Nacht;
> Brücke, trügerisch wie die
> Flügel des Falters.«

»Das hört sich traurig an.« Ane-Maria strich ihre Haare zurück. »Wie kommst du auf so etwas, lieber Berg? Ich sehe gar keine Falter mehr.«

»Ich habe eben einen gesehen«, sagte Fujiyama. »Dir ist er entgangen. Du hast auf Spiders Finger geguckt, weil du herausfinden wolltest, wie er den Pralltriller macht. Weißt du es nun?«

Ane-Maria nickte. Vom Turm her erklang rasch hintereinander dreimal das Glockenzeichen.

»Piero hat es eilig, das Essen auf den Tisch zu bringen«, sagte Spiridion. »Ob das ein gutes oder ein arges Vorzeichen ist?«

»Das werden wir bald erfahren«, antwortete ich.

»Gar kein Vorzeichen ist es«, meinte Ane-Maria. »Er hat das erste und das zweite Läuten vergessen. Da mußte er eben dreimal läuten. Das hab ich auch schon tun müssen.«

Sie nahm die Gitarre vom Tisch und erhob sich.

Dagny, Piero, Martinus und Erasmus standen hinter ihren Stühlen im Speisesaal und erwarteten uns.

»Ihr seid ja ganz erhitzt«, begrüßte uns Piero. »Es tut mir leid. Ich hätte rechtzeitig läuten müssen.«

»Hauptsache, es ist noch alles warm«, sagte Fujiyama. »Ah! Das riecht aber gut!«

»Das riecht nach unserem Käse«, meinte Ane-Maria. »Richtig?«

»Richtig«, antwortete Piero.

»Du mußt uns erklären, wie du das gemacht hast«, sagte Erasmus.

Die Mahlzeit zog sich in die Länge, da Piero, während wir aßen, in allen Einzelheiten erläuterte, wie das Gericht, und besonders der Teig, zubereitet werden mußte.

Nach dem Essen brachte Piero noch einen Krug Rotwein. Er stammte, wie Fujiyama uns erzählte, von den Spalierreben an der Südwand des Schlosses. Martinus stellte einen siebenarmigen Messingleuchter auf den Tisch. Erasmus, Fujiyama, Piero und ich entzündeten unsere Pfeifen.

»Ihr wollt wirklich morgen fort?« fragte Erasmus, fuhr sich mit der Hand durchs Haar und schaute uns der Reihe nach an.

»Ja«, antwortete Dagny. »Wir haben zu tun. Du weißt, wie es ist.«

Er lehnte sich zurück. »Ich weiß!« sagte er. Seine dunklen, schmalen Lippen bewegten sich rasch und formten die Worte klar und genau.

»Es war schön, euch hier zu haben«, fuhr er fort. »Und ihr werdet wiederkommen. Da ihr aber morgen reiten wollt, möchte ich euch noch etwas Hübsches zeigen.«

Er griff in die Tasche und legte einen Gegenstand in den Lichtkreis des Kerzenleuchters. Wir alle beugten uns vor, um ihn näher zu betrachten. Es war ein Stück graugelben Leders, seitlich zusammengefaltet und etwa vier mal sechs Zoll groß. Wir erkannten einen Coyoten, der auf den Hinterbeinen stand; in der rechten Pfote hielt er eine Streitkeule mit kräftigen Spitzen, in der linken ein menschliches Herz. Sein Kopf war mit einer Federkrone geschmückt; ich konnte beim Kerzenschein nicht entscheiden, ob die Federn blau oder grün waren. Über dem Kopf des Coyoten schwebte ein Adler, der eine sich aufbäumende Schlange im Schnabel trug.

»Mexiko«, sagte ich.

»Ja«, erwiderte Erasmus. »Der Brief, den dir Taguna für mich mitgegeben hat.«

»Im ersten Augenblick hielt ich das Tier für eine Katze«, meinte Piero. »Aber es ist ein Wolf.«

»Ein Coyote«, sagte Erasmus.

Mit einer raschen Handbewegung faltete er den Brief zu einem langen Rechteck auseinander. Die fünf kleineren Rechtecke, aus denen es sich zusammensetzte, waren nur durch die Faltstellen voneinander getrennt und mit zeilenweise angeordneten, einfachen Darstellungen von Pflanzen, Tieren, Menschen und Landschaften bedeckt.

»Tlaxcal Coyotl?« sagte ich. »Aber wie ist das möglich? Es ist erst einige Wochen her, daß Taguna ihm geschrieben hat.«

»Freilich«, entgegnete Erasmus. »Ihr Brief und der seine haben sich gekreuzt.«

»Wirklich hübsch.« Dagnys Zopf hing auf die Tischplatte nieder. Mit dem Finger fuhr sie die Zeilen entlang.

»Und du kannst das lesen?« fragte sie und sah Erasmus an.

»Ich weiß, was es bedeutet«, antwortete er. »Aussprechen kann ich nur wenige dieser Wörter.«

Er wies auf das erste der fünf Rechtecke.

»Hier, die Maisähre – das ist das Bildzeichen für Mutter. Ihr seht drei Maisähren. Das heißt, er spricht von mehreren Müttern. Er redet die Clanmütter, die Ältesten und alle seine Verwandten in Megumaage an – hier, die Menschen, die um das Feuer sitzen: Sie sind das Zeichen für Verwandte. Die Erde unter ihnen ist rot.«

»Was sagt er weiter?« fragte Ane-Maria.

»Er sagt, er kann sehen, daß wir unsere Arbeit aus der Hand legen und ihm zuhören. Er dankt uns dafür und bewundert unsere Weisheit, denn die Worte, die er sagen wird, sind wahr.«

»Die Sonne hier bedeutet also Wahrheit?« fragte Piero und legte den Finger unter einen Kreis, durch dessen Mitte eine Wellenlinie ging.

»Du bist bereits beim übernächsten Satz«, sagte Erasmus. »Das ist keine Sonne. Es ist der Mond, der aus dem Meer steigt. Das Meer war vor allem anderen da. Es ist alt. Das Zeichen bedeutet: im alten Mond, im vorigen Monat.«

»Und der Falter?« sagte ich und zeigte auf das mittlere Rechteck.
»Wofür mag der stehen? Für den Sommer? Und was ist mit der Libelle über dem feuerspeienden Berg?«
»Der Falter bedeutet die Zahl vier«, sagte Erasmus.
»Weil er vier Flügel hat?«
»Eier, Raupe, Puppe und Schmetterling«, sagte Ane-Maria.
»So ist es«, sagte Erasmus. »Die Libelle könnte Verschiedenes bedeuten, doch weist uns der feuerspeiende Berg darauf hin, daß sie Vernichtung bringt. Und aus dem Zusammenhang geht hervor, daß eine Flugmaschine gemeint ist – eine von der Art, wie sie auch uns heimgesucht hat.«
»Der Falter und die Libelle zusammen bedeuten also vier solche Flugmaschinen?« sagte ich.
»Gewiß! Dieser Brief war fast fünf Wochen unterwegs. Vor ungefähr acht Wochen haben vier Flugmaschinen aus Mississippi das Königreich von Mexiko angegriffen und mehr als hundert Menschen getötet. Eine ist ins Meer gestürzt; zwei wurden am Boden überrascht und verbrannt. Tlaxcal Coyotl ermahnt uns, nur mit dem linken Auge zu schlafen, mit dem rechten jedoch wachsam zu sein. Dann deutet er an, daß Mexiko sich verteidigen wird.«
»Er deutet es an?« sagte ich. »Wie?«
»Mit einem Wort: *Catahuarascan*. Nur die Kinder und die Alten werden wir verschonen.«
Ich wies auf das Zeichen, mit dem der Brief endete: einen Vogel, der auf drei Eiern saß.
»Wie kommt dieses Zeichen zu so einer Bedeutung?« fragte ich.
»Das?« sagte Erasmus. »Das ist der Wunsch, mit dem der Schreiber des Briefes sich verabschiedet: Bleibt gesund, ruhig und in Frieden. Das Zeichen für *Catahuarascan* ist dieses hier.«
Er schob mir den Brief hin und legte den Finger unter das Zeichen, das er meinte. Es war der flache, gepanzerte Kopf eines schwarzen Krokodils. »Die armen Menschen«, sagte Dagny.
»Sie haben den Wind gesät«, sagte Martinus.
»Nur einige von ihnen«, sagte Dagny. »Es ist nicht gerecht.«
»Das ist wahr«, sagte Spiridion. »Es gibt keinen gerechten Krieg.«
»Drüben in Bayern wäre dieser Brief wohl ein Staatsgeheimnis«, stellte ich fest.

»Das versteht sich«, sagte Erasmus. »Hier ist es umgekehrt. Taguna hat mir den Brief geschickt, damit ich ihn übersetze und für jeden Clan eine Abschrift mache. Spätestens in einer Woche wissen alle Menschen in Megumaage, was Tlaxcal Coyotl uns geschrieben hat.«

Er hob die rechte Hand und schloß sie wie um eine Frucht, die er zu pflücken gedachte.

»Die Menschen wirken besser zusammen, wenn sie wissen, worum es geht«, sagte er.

»Das sind beinahe die gleichen Worte, die mein Vater gebraucht«, sagte Piero.

»Beinahe?« Spiridion hob die schweren Lider. »Was sagt dein Vater genau?«

»Er sagt: Das Volk ist ungemein gutwillig, wenn wir es über die Umstände nicht im dunkeln lassen.«

Erasmus lachte mit geschlossenem Mund.

»Köstlich!« sagte er dann.

Wir saßen noch lange beisammen. Motten und Nachtfalter flogen in die Kerzenflammen des Messingleuchters und blieben sterbend auf der Tischplatte liegen. Ich schlief zum letztenmal unter dem Bildnis des düsteren Kirchenfürsten und Piero unter dem des Franziskus, der seinen Vögeln predigt.

Bald nach dem Frühstück waren wir reisefertig. Erasmus gab mir ein Körbchen mit Orangen für Strange Goose mit; er hatte die Früchte zwischen Lagen von feuchtem Moos gepackt. Ich schob das Körbchen zuoberst in eine meiner Satteltaschen.

Den Mädchen fiel noch allerlei ein: Fragen, Scherzworte, Erinnerungen, Pläne; Dagny vermißte ihr *teomul*, lief in ihr Zimmer zurück, um es zu suchen, fand es schließlich in ihrem Kleidersack, zog es heraus und hängte es um. So war es um die Mitte des Vormittags, daß wir den schmalen Zufahrtsweg hinunterritten, dem Zummatt-Hof den Rücken kehrten und hinter dem hellgrauen Granitblock mit dem Johanniskreuz das Waldstück erreichten, durch das der Weg aus dem Tal von Signiukt hinausführte.

Es war heiß. Die Luft stand reglos um die Bäume und zitterte über dem Weg. Manchmal flirrten die Blätter einer Espe, als wollten sie sich selber Kühlung zufächeln. Wir zogen unsere Jacken aus und kamen bald an den Zusammenfluß der drei Bäche. Das Laub an dem Ast, der aus der Krone der dicken Eiche heruntergebrochen war, hatte sich im Verdorren eingerollt. Nur noch wenige Hirschkäfer saßen um die Bruchstelle herum, die tief in den Stamm hinein reichte.

Für unsere Mittagsrast suchten wir uns einen schattigen Platz. Weder die Pferde noch wir verspürten großen Hunger. Eine halbe Meile von uns hatte sich die Büffelherde, die wir bereits auf dem Herweg gesehen hatten, unter einer Gruppe von Baumwollpappeln niedergelegt. Nur der Bulle und zwei der Kühe waren auf den Beinen. Sie standen im Schatten, wandten uns die wuchtigen braunschwarzen Köpfe zu und schlugen manchmal mit den Schwänzen.

Über uns rief schrill ein Roter Milan.

»Ich verstehe noch immer nicht ganz«, sagte ich zu Ane-Maria, die sich zwischen Piero und mich ins Gras gesetzt hatte, »wie ihr es wagt, so etwas wie den Brief von Tlaxcal Coyotl bekanntzumachen. Jemand, der uns übel will, könnte davon erfahren und sein Wissen an unsere Feinde weitergeben.«

»Ja, das könnte er«, sagte Ane-Maria. Sie wehrte eine Fliege ab, die uns brummend umkreiste, und blinzelte ins Sonnenlicht.

»Das könnte er, Carlos«, wiederholte sie. »Er müßte aber nicht erst warten, bis etwas bekanntgemacht wird. Es gibt in Megumaage vieles, was jeder weiß. Die Einfahrten zu den Häfen. Die Waffen, die wir besitzen und wo wir sie verwahren. Wer unsere Kriegshäuptlinge sind. Unsere Festtage. Wer etwas verraten will, hat es leicht.«

Sie riß ein Weidenblatt ab, faltete es zweimal, schob es zwischen die Zähne, biß an verschiedenen Stellen zu, faltete das Blatt auseinander und betrachtete das hellfaserige Muster, das ihre Zähne im dunklen Blattgrün hinterlassen hatten.

»Hübsch«, sagte ich. »Wie machst du das?«

»Du hast mir doch zugesehen! Mach es nach!« Sie klebte mir das Blatt auf den Handrücken.

»Mit größeren Blättern kannst du richtige Bilder machen«, sagte sie. »Sterne, Schneeflocken, Tierspuren. – Schau nicht so!«

»Weshalb nicht?« sagte ich. »Du gefällst mir.«

»Das war zweimal!«

»Hm?«

»Du hast mir das schon einmal gesagt. Erinnerst du dich nicht?«

»Hm – doch. Beim Heumachen. Damals ist es mir so herausgerutscht.«

»Jetzt nicht?«

»Jetzt nicht.«

»Sei vorsichtig. Wenn du es zum drittenmal sagst, muß ich dir antworten.«

»Warum muß ich vorsichtig sein?«

»Darum. Weil ich ein Ungetüm bin.«

»Ich will daran denken.«

»Was macht ihr mit einem Verräter?« fragte Piero und beugte sich vor. Dagny hatte sich umgedreht und sah nach der Büffelherde unter den Baumwollpappeln hinüber.

»Dasselbe wie mit einem Mörder oder einem Vergewaltiger«, sagte Ane-Maria.

»Die Jagd?«

»Ja, Don Pedro.«

»Wie oft ist das bisher geschehen? Ich meine, wie viele Verräter hat es bei euch gegeben?«

»Einen.«

»Wer war das?«

»Vlad Istrate. Er hat dem Schiff aus Mississippi die Einfahrt nach Memramcook gezeigt. Ich war damals sieben Jahre alt.«

»Warum hat er das getan?«

»Er wollte ein Mädchen haben, aber das Mädchen wollte ihn nicht. Es wollte einen aus Memramcook.«

»Und deshalb hat er sich an dem ganzen Dorf gerächt?«

»Ja, Don Pedro. Deshalb. Nach zwei Tagen haben ihn die Jäger gehabt. Er wurde mit den Männern von dem Schiff gepfählt. Du kannst die Geschichte nachlesen. Sie steht in Tagunas Buch.«

Ane-Maria stand auf und zog ihre Jacke an.

»Zieht eure auch an«, sagte sie. »Wir kommen bald durch den Sumpf.«

Wir zogen unsere Jacken an, doch nach einem kurzen Stück Weges zog ich die meine wieder aus und legte sie vor mir über den Sattel. Mir war zu warm. Die Luft stand still. Über uns glühte weiß der

629

Himmel, als sei die Sonne näher gekommen. Die Mädchen hatten sich Tücher über den Kopf gebunden, deren verknotete Zipfel ihnen vorn wie Tierohren aus der Stirn ragten und hinten weit in den Nacken hingen.

Zu beiden Seiten des Weges lag jetzt der Sumpf mit seinen Inselchen, zwischen denen das Wasser braun und dickflüssig glänzte wie Ahornsirup. Sinda und Loki schnaubten, dann Solvejg, gleich darauf auch Hoss. Es klang anders als sonst, wie ein ärgerliches Niesen. Zudem warfen unsere Pferde die Köpfe hin und her und legten die Ohren zurück, wollten jedoch nicht traben.

Ich spürte ein heißes Prickeln an meinen Armen und schaute hinunter. Sie waren mit einem glitzernden Pelz bewachsen. Dicht an dicht hockten Stechmücken, die Hinterleiber steil erhoben. Ich schlang die Zügel um das Sattelhorn und wischte mit den Händen die Insekten fort. Blutige Streifen blieben auf meinen Armen zurück. Rasch zog ich die Jacke an und nahm die Zügel wieder in die rechte Hand. Mit der linken wehrte ich die Stechmücken ab. Sie flogen mir in die Ohren, krabbelten in die Haare, krochen unter den Kragen und in die Ärmel, bedeckten den Hals meines Pferdes und seine Flanken. Ich hatte Mühe, Hoss zu halten; wieder und wieder versuchte er, mit den Hinterfüßen die Stechmücken von seinem Bauch wegzuschlagen. Piero, Dagny und Ane-Maria erging es wie mir.

»Yippie!« rief Piero. »*Kullumooechk!*«

»Nein«, rief Ane-Maria, »so heißen die kleinen schwarzen. Das hier sind Moskitos. *Pijegunjit!*«

»Yippie!« rief Piero. »*Pijegunjit!*«

Er riß im Vorbeireiten einen Weidenzweig ab, mit dem er die Mücken vom Kopf seines Pferdes fernzuhalten suchte. Wir taten es ihm nach, und es gelang uns nach einer Weile, die Tiere in einen langsamen, holprigen Trab zu bringen. Immer wieder schlugen sie nach ihren Bäuchen, stolperten, schüttelten die Köpfe und schnaubten, wenn ihnen Insekten in die Nüstern drangen. Zweige peitschten uns ins Gesicht, und wir schlossen die Augen. Wenn wir sie blinzelnd wieder öffneten, sahen wir nur den roten Sand des Weges inmitten des heißen Grüns und die nassen Hälse unserer Pferde, rochen gärenden Schlamm und gärenden Schweiß und den frischen scharfen Geruch zerquetschter Blätter, sahen braunes Wasser blinken, sahen das Blut und die zerschmierten Insektenleiber auf unseren Händen, um gleich darauf wieder die Augen zu schließen vor einem Weidenzweig, dem wir nicht mehr ausweichen konnten; vorwärts, weiter, schnell weg, nur weg von hier …

Am Fuß von Pretty Girls' Hill verfielen unsere Pferde von selber in Schritt. Wir überquerten den Bach auf der Steinbrücke und hielten an.

»Keine *pijegunjit* mehr«, sagte Piero. »Wozu hat Gott die bloß geschaffen?«

»Für die Vögel und für die Fische«, antwortete Ane-Maria. »Wir müssen die Pferde abreiben. Und ihr müßt euch waschen.«

»Du nicht?« fragte Piero.

»Ich bin Mutter Erde«, entgegnete sie. »Ich bin immer schön.«

Überall in ihrem Gesicht klebten tote Moskitos inmitten trocknender Blutschmierer. Rote, kreisrunde Schwellungen bedeckten ihre Stirn und ihre Wangen; die leicht aufgeworfene Spitze ihrer Nase war besonders stark geschwollen.

»Du erinnerst mich ein wenig an ein Nashorn, Ane-Maria Ibárruri«, sagte ich.

»Und du gleichst einem Streuselkuchen mit frischen Himbeeren. Hopp!«

Sie schwang das rechte Bein über Sindas Rücken, sprang auf den Boden und führte das Pferd zum Bach.

»Wer zuerst fertig ist, schaut, ob er Minze finden kann«, rief sie über die Schulter. »Nur die Blätter!«

Ehe wir weiterritten, ließen wir die Pferde saufen und rieben unsere Gesichter und Hände mit Minze ein. Das brennende Jucken ließ ein wenig nach.

»So schlimm hab ich die Biester noch nicht erlebt«, sagte Piero, während wir die Pferde das steile Wegstück hinaufführten.

»Alle drei Wochen gibt es eine neue Brut«, sagte Dagny. »Wenn es viel regnet, noch öfter. Manchmal kommen *pijegunjit* und *kullumooechk* zusammen. Das mußt du erleben!«

Sie drückte Piero Lokis Zügel in die Hand und flocht im Gehen an ihrem graublonden Zopf.

Ane-Maria summte das Lied von der Loreley.

Das breite Felsband lag auf weite Strecken bereits im Schatten; die Pferde und wir atmeten leichter in dem kühlen Hauch, den der See zu uns heraufsandte. Seine Fläche war glatt; rötlich nahe den Ufern, zederngrün weiter draußen, wo das Wasser tief war. Vögel waren keine zu sehen.

Später am Nachmittag, kurz vor der Stelle, an der das Felsband sich zum See hinuntersenkte, bogen wir nach rechts ab. Eine gute Stunde darauf näherten wir uns der trockenen, sandigen Terrasse. Links von uns toste der Bach in seiner tiefen waldigen Schlucht, rechts erhoben sich schwarze Granitwände. Ich ließ Hoss bei einem mächtigen Ameisenhügel anhalten, dessen Bewohner sich bereits zur Nachtruhe zurückgezogen hatten. Nur wenige der dreiviertel Zoll langen, braunroten Ameisen saßen noch in den Einschlupflöchern. Hoss senkte den Kopf und schnupperte, hob ihn jedoch rasch wieder und schnaubte, als ihm der Geruch der Ameisensäure in die Nüstern stieg. Ich trieb ihn an und hatte die anderen bald eingeholt. Nah beieinander ritten wir durch den trockenen Sand. Dagny, die ein wenig vor uns ritt, wandte sich um. Ich sah, wie sie die Lippen öffnete, um etwas zu sagen, doch sie kam nicht dazu. Ich hörte ein scharfes Aufsingen, wie von einer Sense, die gegen einen Stein schlägt. Felssplitter spritzten umher. Ein jaulendes Wimmern entfernte sich rasch, wurde leise, verstummte. Piero stieß einen hohen Schrei aus und griff sich an die Stirn. Fast gleichzeitig kam von der anderen Seite des Bachtals der hallende Knall eines Schusses, den die Felswand kurz und trocken zurückwarf. Dann war nichts mehr zu hören als das Brodeln des Bachs in der Schlucht und das Schnaufen und Hufscharren der Pferde.

Wir halfen Piero aus dem Sattel. Er schwankte ein wenig und preßte die Hand auf die Schläfe und das linke Auge. Blut quoll darunter hervor, rann die Wange hinab und tropfte vom Kinn auf den Stiefel.

»Nimm die Hand weg!« sagte Ane-Maria.

Piero nahm die Hand weg. Sein Gesicht war schlaff und weiß und trug einen Ausdruck kindischer Verblüffung.

Ane-Maria legte eine Hand unter sein Kinn, griff mit der anderen zu und hielt einen scharfen dreieckigen Granitsplitter zwischen den Fingern. Das Blut floß stärker, und Piero schloß die Augen.

»Leg dich hin«, sagte sie.

Ich zog meine Jacke aus, rollte sie zusammen und legte sie in den Sand.

»Ich brauche Wasser«, sagte Ane-Maria. »Oder Wein! Wein ist besser. Spider hat uns welchen mitgegeben. Du mußt ihn bei deinen Sachen haben, Carlos. Und bringt mir Ameisen. Große. Hier in der Nähe muß ein Haufen sein.«

Während Dagny in meinen Satteltaschen nach dem Wein suchte, lief ich zu dem Ameisenhügel zurück, riß ihn auf, breitete mein Taschentuch aus, fegte Ameisen, Fichtennadeln und Erde hinein, raffte es zusammen und brachte es Ane-Maria. Sie hielt mit zwei Fingern die Ränder der langen Schnittwunde über Pieros linker Braue zusammen. Mit einem in Wein getränkten Zipfel ihres Kopftuchs säuberte sie die Umgebung der Wunde.

»Hier«, sagte ich, das Taschentuch mit den Ameisen auseinanderbreitend. »Genug?«

Sie nickte.

»Jetzt mußt du es zusammenhalten, Dagny«, sagte sie.

Dagny, die hinter Pieros Kopf kniete, beugte sich vor und drückte die Wundränder aneinander. Während ich die Ränder des Taschentuchs hochhielt, um die übrigen Ameisen am Entkommen zu hindern, nahm Ane-Maria eine Ameise, hielt sie am Hinterleib und brachte ihren Kopf an die Wunde heran. Die Ameise biß zu. Ihre Kieferzangen senkten sich in die Haut; die eine in den oberen, die andere in den unteren Rand der Wunde. Ane-Maria ließ das Tier los und wartete einen Augenblick. Als sie sah, daß die Ameise ihren Biß nicht lockerte, zwickte sie den Körper mit den Fingernägeln ab und schnippte ihn fort. Der Kopf blieb, wo er sich festgebissen hatte.

»Merkwürdig fühlt sich das an«, murmelte Piero und blinzelte.

»Laß die Augen zu«, sagte Ane-Maria, ergriff die nächste Ameise und verfuhr mit ihr ebenso wie mit der ersten.

Ab und zu weigerte sich eine Ameise zu beißen oder biß an der unrichtigen Stelle. Dann ließ Ane-Maria sie laufen. Mehr als ein Dutzend Ameisenköpfe saßen schließlich in einer geraden, schräg zur Schläfe hinweisenden Linie nebeneinander.

»Ob die noch wissen, was sie tun?« fragte Dagny.

Piero blinzelte.

»Augen zu!« befahl Ane-Maria. »Fester! Bis du nur noch schwarz siehst. Schwarz ist doch deine Lieblingsfarbe?«

»Möglich«, sagte Piero. »Wie kommst du darauf?«

Sie antwortete nicht, tränkte einen anderen Zipfel ihres Kopftuchs mit ein wenig Wein und reinigte das Augenlid von den angetrockneten Blutresten.

»Jetzt darfst du die Augen öffnen«, sagte sie. »Schau dich gut um. Dies ist Megumaage.« Sie stand auf.

Piero griff mit der Hand nach seiner linken Braue.

»Laß die Hand da weg«, sagte Dagny. »Oder gehörst du zu denen, die immer alles gleich anfassen müssen?«

»Eigentlich nicht.« Piero stützte sich auf den Ellbogen. »Hat jemand auf uns geschossen?«

»Richtig«, sagte Ane-Maria, bückte sich und raffte mein Taschentuch zusammen. »Ich geh die Ameisen hier zu Bett bringen.«

Sie drehte sich um und schritt davon.

»Ja – aber wer?« sagte Piero. Er nahm meine Jacke, rollte sie auseinander, klopfte Sand, Fichtennadeln und leblose Ameisenkörper von ihr ab und stand auf.

»Aber wer?« wiederholte er. »Und weshalb – weshalb auf mich?«

»Er hat dich nicht getroffen«, sagte Dagny. »Dich hat ein Felssplitter erwischt.«

Piero reichte mir die Jacke und drehte sich zu der Felswand um.

»Weiter links«, sagte ich.

An der Felswand zeigte sich etwa drei Fuß über unseren Köpfen eine helle, drei Spannen lange Schramme im schwarzen Gestein. Links war sie flach, vertiefte sich dann etwas und endete in einem ungefähr zolltiefen Loch, um das herum der Fels in Gestalt eines unregelmäßigen Sterns abgesplittert war.

Schritte knirschten hinter uns im Sand.

»Was habt ihr herausgefunden?« fragte Ane-Maria.

»Von wo die Kugel kam«, sagte Piero. »Den Schuß hab ich gar nicht gehört.«

»Was hast du denn gehört?« fragte ich.

»Einen singenden Ton, Chas. Dann hab ich einen Schlag am Kopf gespürt und den Querschläger gehört. Er hat gejault wie ein Hund, dem man auf den Schwanz tritt.«

»Woher kam die Kugel?« fragte ich.

»Von der anderen Seite der Schlucht; hundert, hundertfünfzig Schritte bachaufwärts. Wir sind ja wahnsinnig!«

»Wieso?« fragte Dagny.

»Weil wir hier so herumstehen«, sagte Piero. »Begreifst du nicht? Er kann jeden Augenblick wieder auf uns schießen.«

»Wenn er das gewollt hätte, hätte er es längst getan«, sagte Ane-Maria. »Und warum sagt ihr er? Genausogut kann es eine Frau gewesen sein.«

»Denkst du an eine bestimmte?« fragte Piero.

Ane-Maria schüttelte den Kopf.

»Ich wüßte auch niemanden«, sagte Dagny. »Keine Frau. Keinen Mann.«

»Ich wüßte gerne, wem von uns das gegolten hat«, sagte ich.

Wir sahen einander an.

»Vielleicht mir?« sagte Piero schließlich. »Aber dann …«

Er hielt inne. Die Reihe der Ameisenköpfe über seiner linken Augenbraue wirkte wie ein seltsamer Perlenschmuck.

»Sprich schon!« bat Ane-Maria.

»Nein!« sagte Piero. »Es war nur so ein Gefühl. Nichts spricht dafür, daß ich gemeint war. Das mit dem Splitter war Zufall.«

»Ja«, meinte Dagny. »Es hätte auch einen von uns treffen können. Kommt, wir reiten weiter. Wollen wir wieder in der kleinen Hütte übernachten?«

»Reiten wir lieber die Nacht durch«, sagte Ane-Maria. »Ich könnte jetzt nicht schlafen. Und ihr?«

»Ich auch nicht«, entgegnete Dagny.

»Wenn wir rasten, zünden wir besser kein Feuer an«, sagte Piero.

Die Dämmerung hatte fast alle Farben ausgelöscht, als wir an der kleinen Blockhütte vorüberritten, und als wir zu dem Sandsteintor kamen, war es längst Nacht. Später stieg der abnehmende Mond blaßrot über den Hügeln auf. Wir rasteten mehrmals, auch bei dem Granitblock der Sieben Mütter, den Leuchtkäfer umschwärmten. Keiner von uns erwähnte den Schuß, der einem von uns gegolten haben mußte. Wir sprachen von Signiukt; von Erasmus, Spiridion, Fujiyama und Martinus; vom Garten, den Rosen, von den Bildwerken im Garten, den Gemälden im Schloß, den Gewächsen im Wintergarten und den Vogelmasken. Als wir wieder aufbrachen, zeigte der Himmel im Osten einen ersten zartbraunen Lichtstreif. Am späten Vormittag ritten wir die Zufahrt zum Ibárruri-Hof hinunter – hellwach, verschwitzt, durstig und heißhungrig.

Wir waren eben abgestiegen, als Doña Gioconda mit einem Armvoll Holz aus dem Schuppen kam. Sie hatte ein weißes Baumwolltuch um den Kopf gebunden, das über ihrem ockerroten Gesicht leuchtete wie eine Wolke über einem frisch gepflügten Acker.

»Ah!« rief sie dröhnend aus, »die Kinderchen!«

Sie ließ das Holz auf die Steinplatten fallen und umarmte uns, einen nach dem anderen, Piero zuletzt. Dann hielt sie ihn auf halbe Armeslänge von sich und betrachtete wohlgefällig die Ameisenköpfe, die den Schnitt über seiner linken Augenbraue zusammenhielten.

»Saubere Arbeit!« stellte sie fest und nickte. Dann wandte sie sich, ohne Piero loszulassen, an Ane-Maria. »Hast du gut gemacht, niña«, sagte sie. »Taguna wird sich freuen.« Sie wandte sich wieder Piero zu. »Du bist wohl einem Reiher zu nahe gekommen?«

»Ja«, erwiderte Piero. »Allerdings war es bloß eine Maske. Woher weißt du das nun schon wieder?«

»Indem er die Wahrheit spricht, weicht er der Wahrheit aus«, sagte ich.

»Du bist ein schrecklicher Mensch, Chas«, meinte Dagny. Sie wandte sich an Doña Gioconda. »Wir bringen die Pferde hinein. Nachher erzählen wir dir, was geschehen ist. Wir haben schrecklichen Hunger. Wo sind all die anderen?«

»In den Kartoffeln, Käfer sammeln. Zwei Wochen haben wir Ruhe gehabt. Nun sind sie wieder da.«

Wir halfen Gioconda, das Holz aufzuheben, luden die Pferde ab und versorgten sie, wuschen uns rasch Hände und Gesicht und gingen ins Haus.

»Vorsicht!« rief Doña Gioconda aus der Stube, als ich die Tür aufklinkte. »Ihr trampelt wie eine Büffelherde!«

Die Bank, die Dielen unter den Fenstern und der halbe Tisch standen voller Töpferwaren: Schüsseln, Teller, Becher, Krüge, Sauerkrauttöpfe, Einmachtöpfe, Geflügeltränken sowie ein Butterfaß. Ich erkannte die eingeritzten Blumen- und Blättermuster, den hellbraunen Ton und die durchsichtige Salzglasur.

»Mir scheint, Brian Hannahan war hier«, sagte ich.

»Ja«, bestätigte Doña Gioconda. »Bruin war hier. Heute morgen. Vor zwei oder drei Stunden ist er weitergefahren, nach Malegawate, glaube ich. Wir haben eingehandelt, was wir brauchen. Für uns, für Amos, für Arwaq, für Magun und für Taguna und Strange Goose. Und für dich, Carlos.«

Sie schob mich mit beiden Armen zum Tisch hin und rückte einen Stoß tiefer Teller zur Seite. Zwischen zwei Weinkrügen stand winziges Puppengeschirr: Teller, die etwa zwei Zoll maßen, kleine Becher, ein Satz von vier ineinandergestellten Schüsseln, ein Weinkrüglein, ein Teekännchen und zwei flache ovale Platten für Braten oder Fisch.

»Du hast doch eine Tochter«, begann Doña Gioconda. »Soviel ich weiß, ist sie gerade im richtigen Alter.«

Diesmal war ich es, der sie umarmte.

»Laß mich los!« rief sie schließlich. »Du bist ein Ungetüm, Carlos!« Sie wischte sich die Augen.

»Brian ist von Mytholmroyd her gekommen, nicht wahr?« fragte ich.

»Von Wesunawan, ja. Er muß Sigurd begegnet sein. Der ist gestern morgen hier vorbeigekommen.«

»Mit seinem Wagen?« fragte Piero.

»Aber nein, zu Pferd, geritten. Er hatte nur ein paar Werkzeuge dabei. Die Giesbrechts haben ja selbst eine kleine Schmiede, und er wollte etwas an ihrem Pumpbrunnen in Ordnung bringen.«

»Aber Bruin war gewiß mit seinem Wagen hier?« fragte ich.

»Ja. Weshalb fragt ihr nach den Wagen?«

»Hat Bruin erzählt, daß er Sigurd begegnet ist?« fuhr Piero fort.

»Nein. Was ist denn los?«

»Wir erzählen es dir gleich«, meinte Piero. »Wo sind die Mädchen?«

»Hier«, antwortete Ane-Maria. Sie hatte ihr altes grünes Leinenkleid angezogen und trug unter beiden Armen einen frisch duftenden Brotlaib. Dagny, noch in Reitkleidung, brachte Butter, Käse und Milch. Beim Essen erzählten wir, was wir erlebt hatten. Doña Gio-

conda hörte zu. Sie stellte keine Fragen, gab jedoch zwei- oder dreimal ein grollendes Brummen von sich, einen Laut, den ich noch nie
von ihr gehört hatte.

»Jetzt verstehe ich«, sagte sie schließlich, »wieso ihr nach den Wagen
gefragt habt. Aber das ist Unsinn. Einen Wagen kannst du stehenlassen und das Pferd nehmen und weiterreiten. Aber vor allem: Weder
Bruin noch Sigurd würden so was tun. Das war ein anderer. Fragt
mich nicht, wer.«

»Könnte es sein«, fragte ich nach einer Weile, »daß sich jemand
einen Spaß gemacht hat?«

»Carlos!« rief Ane-Maria, die mir gegenüber auf der Bank saß und
das Kinn in die Hände gestützt hatte. »Findet ihr bei euch drüben so
etwas lustig?«

»Mein Vetter hat einmal mit der Büchse ein paar Zoll vor meinen
Füßen in die Erde geschossen«, sagte ich. »Ich bin gesprungen wie
ein Hase. Mein Vetter fand das ungemein lustig.«

»Und du?«

»Ich nicht.«

»Also!« sagte sie, schob die Unterlippe vor und blies gegen ihre
Stirnfransen.

Doña Pilar, Don Jesús und Encarnación kamen nach Hause, und wir
erzählten unsere Geschichte noch einmal – diesmal rascher, weil
wir nicht mit halbvollem Mund sprachen und weil Doña Gioconda
uns beim Erzählen unterstützte. Wir kamen zu keinem anderen
Schluß: Weder Sigurd Svansson noch Brian Hannahan hatten einen
Grund, auf Dagny, Ane-Maria, Piero oder mich zu schießen. Darin
waren wir uns einig.

Es mußte jemand gewesen sein, den wir nicht kannten; ein Fremder.
Und es war fraglich, ob wir jemals erfahren würden, wer. Auch darin
waren wir einer Meinung.

Am Nachmittag brachen Piero, Dagny und ich auf. Ich saß schon
auf meinem Pferd und hielt Sindas Zügel in der rechten Hand, da
reichte mir Ane-Maria meinen Kometen herauf.

»*Kaan!*« sagte ich. Danke! »Du bist ein sehr – ein sehr aufmerksa-
mes Mädchen!«

Sie lachte rasch und tief; ihre Augen wurden schmal.

»Immer!« sagte sie, drehte sich um und lief über die Steinplatten ins

Haus zurück. Der Saum des grünen Kleides schlug um ihre nackten Füße.

Beim Langhaus verabschiedete ich mich von Piero und Dagny. Ich war schon zum See hin abgebogen, da wandte ich mich noch einmal um.

»Dagny!« rief ich. »Nenn mir den Tag, an dem der Mund spricht!«

»Das sind zwei«, rief sie. »Zwei Tage. Die beiden, an denen Tag und Nacht gleich lang sind.«

»Und wer ist er, dieser Mund?«

»Der Wasserfall von Soonakadde!«

Ich ritt zu meiner Hütte, trug meine Sachen hinein und brachte Hoss und Sinda zu Amos zurück. Nach einem frühen, aber ausgedehnten Abendessen, bei dem ich Sara, Amos und Joshua von unseren Erlebnissen berichten mußte, wanderte ich in der Dämmerung meiner Hütte zu. Dünner, blaßgrauer Dunst stieg vom See auf und trieb langsam, unendlich langsam nach Westen.

VIER

Noch im Erwachen sah ich den golden leuchtenden Orangenberg vor mir. Mir war, als hätte ich die ganze Nacht hindurch von nichts anderem geträumt. Ich blinzelte. Langsam wich das Bild, und als ich es nicht mehr sah, warf ich das Laken, mit dem ich mich zugedeckt hatte, zur Seite und stand auf.

Es war erstickend heiß. Durch die offenstehende Tür sah ich dichten Nebel; im Osten färbte er sich braun, wie Sumpfwasser. Die Sonne mußte bereits aufgegangen sein.

Am Wassertrog wusch ich mir den Schweiß vom Gesicht. Dann ging ich zum Tisch und hob die oberste Lage Moos von dem Körbchen, das Erasmus mir für Strange Goose mitgegeben hatte. Drei golden leuchtende Orangen lagen vor mir. Ich nahm eine in die Hand. Die porige Schale fühlte sich glatt und prall an und wies um die vertrocknete Blüte herum einige grünliche Furchen auf. Am Stiel saß noch ein Blatt. Ich legte die Orange zu den anderen, tat das Moos wieder an seinen Platz und besprengte es mit Wasser aus dem Steintrog. Dann stellte ich das Körbchen vor die Tür ins Gras.

Während unseres Aufenthaltes in Signiukt hatte ich keine Wäsche gewaschen. Nun war es an der Zeit, das nachzuholen. Ich machte Feuer im Herd und setzte Wasser auf. Bald wurde die Hitze im Raum noch erstickender, und ich atmete jedesmal tief durch, wenn ich mit einigen gespülten Wäschestücken vor die Hütte trat, um sie aufzuhängen.

Nach und nach hob sich der Nebel von Land und See, blieb jedoch auf halber Höhe der Hügel hängen und verdichtete sich so sehr, daß ich die Sonne nicht mehr ausmachen konnte. Zugleich nahm die Hitze zu. Kein Blatt regte sich. Von Maguns Hütte her vernahm ich langsame, regelmäßige Axtschläge. In der Ferne brüllte eine Kuh nach ihrem Kalb. Beim Hof von Don Jesús sägte jemand Holz. Alle Geräusche klangen klar und nah.

Meine Arbeit nahm mich mehrere Stunden lang in Anspruch. Als ich sie beendet hatte und vor die Hütte trat, war der Himmel im Zenit ein wenig lichter geworden. Aus dem Schornstein von Tagunas Hütte stieg Rauch empor und floß unter der scharf abgegrenzten Nebelschicht auseinander.

Ich ergriff das Körbchen mit den Orangen und ging zum Anlegesteg hinab. Das Kanu mit den Gänsen war nicht da. Ich stieg in das mit dem Bildnis Memajuokuns und nahm das Paddel zur Hand.

Auch Taguna war dabei, Wäsche aufzuhängen. Abit lag mit geschlossenen Augen neben der Hüttentür und öffnete die Augen nicht, als ich herankam. Sie schnupperte nur und schlug dann einmal mit dem Schweif auf den Boden.

Ich erklärte Taguna, weshalb ich gekommen war. Sie schob das rote Stirnband hoch und wischte die winzigen schwarzen Fliegen fort, die daruntergekrochen waren. Dann nahm sie das Körbchen, hob das Moos und besah sich die obersten drei Orangen.

»Du findest ihn bei den Gänsen drüben«, sagte sie. »Er wird sich freuen. Wie hat dir der Garten in Signiukt gefallen?«

»Sehr gut. Ich hab mich sofort darin verirrt.«

Sie schob die Unterlippe vor. »Dazu ist er schließlich da. Hast du die Löwen gesehen?«

»Ja, alle drei. Auch den weinenden Caliban.«

»Caliban! Hast du dir den Fuß angeschaut, den er im Schilf versteckt? Das ist Pan. Vielleicht auch Satan. Und die Frau mit dem Robbenleib? Bist du auch bei ihr gewesen? Hat sie mit der Hand auf dich gezeigt?«

»Auf Martinus und mich, ja. Doch dann traten wir zur Seite, und da zeigte sie auf niemanden mehr.«

»Aber ihrem Blick kannst du nicht entgehen, Chas!«

»Ich weiß, Mutter. Du magst darüber lachen, aber ich … ich würde nicht gern im Finstern dort stehen und diesen Blick auf mir spüren.«

»Da gibt es nichts zu lachen. Mir geht es so wie dir. Weißt du, wer sie ist?«

»Yémanjá?«

Taguna lachte. »Von Yémanjá hat damals hier niemand etwas gewußt. Es ist die Frau, die sie Pristina nennen. Er konnte nicht ohne sie leben, und mit ihr leben konnte er auch nicht.«

»Dieudonné?«

»Ja. Da hat er sie einmauern lassen.«

»Woher weißt du das? Die Brüder scheinen davon nichts zu wissen.«

»Ich weiß gar nichts, Chas. Ich habe es mir so zurechtgelegt.«

»War er mit ihr verheiratet?«

»Auch das weiß ich nicht. Jetzt solltest du aber fahren, damit die Orangen nicht doch noch vertrocknen. Es ist heiß.«

»Wie in einem türkischen Bad. Wird es lange so bleiben?«

Taguna schüttelte den Kopf. »Es wird regnen. Vielleicht gibt es ein Gewitter.«

»Ich werde ihm sagen, daß er rechtzeitig zurückkommen soll.«

»Ja, tu das.«

Sie reichte mir das Körbchen, und ich ging zu meinem Kanu zurück. Ich winkte, bevor ich das Paddel eintauchte. Taguna winkte mit einem kleinen roten Tuch zurück und hängte es dann an die Leine.

Von der Strömung zwischen den beiden Inseln war kaum etwas zu bemerken. Tom und Anna, die beiden Stockenten, und ihre vier Jungen tauchten spritzend und planschend nahe am Ufer. Als ich an ihnen vorbeiglitt, schlug Anna mit den Flügeln und hob sich hoch aus dem Wasser, auf dem ausgefallene Schwungfedern schwammen. Der Wasserfall an der linken Flanke der roten Sandsteinklippe war deutlich zu hören. Sein Rauschen wurde erst leiser, nachdem ich die Spitze der Insel umrundet hatte und an ihrem Ufer entlangpaddelte; ich hörte es noch, als bereits die Stimmen der Gänse an mein Ohr drangen: die dunklen, bedachtsamen Laute Emilys und das helle, trillernde Geschnatter der Jungen.

Ich stieg an Land und ging durch das hohe, derbe Gras auf die Esche zu, unter der Strange Goose saß, Kopf und Rücken an den Stamm gelehnt. Alle sieben Gänse waren um ihn versammelt. Ich kam näher und sah, wie Emily mit ihrem Schnabel Weizen aus seiner Jackentasche holte. Ein wenig davon fraß sie. Das meiste entfiel ihr, und die Jungen machten sich eifrig darüber her.

Langsam ging ich weiter. Die Gänse zogen sich einige Schritte zurück, streckten die Hälse gegeneinander und schnatterten. Lawrence legte den Kopf zur Seite und faßte mich argwöhnisch ins Auge.

»*Boosool*, Strange Goose«, sagte ich. »Ich bringe dir etwas von Pater Erasmus. Eine Überraschung.«

Strange Goose gab keine Antwort. Als ich näher zu ihm hintrat, sah ich, daß er eingeschlafen war. Seine Lider waren nicht ganz geschlossen. Ich beugte mich nieder und berührte seine Schulter.

Sein Körper kam ins Rutschen. Der Kopf fiel auf die Brust hinab. Die Lederjacke schabte mit einem trockenen Geräusch an der Rinde des Baums entlang. Ich streckte beide Arme aus, um Strange Goose aufzufangen, kam aber zu spät. Er lag auf dem Rücken im Gras, den einen Arm seitwärts auf der Erde, den anderen mit geschlossenen Fingern auf der Brust, die Beine leicht angewinkelt. Seine Lider hatten sich ganz geöffnet. Die Augen waren nicht mehr hellbraun. Sie spiegelten den Himmel, der dunkelgrau war wie Granit.

Ich kniete mich neben ihn und warf dabei das Körbchen um; die Orangen kullerten heraus. Ich berührte sein Gesicht. Es war noch warm. Dann berührte ich seine Hände, und sie waren kalt, kalt wie Knochen und merkwürdig hart. Ich bog die Finger der linken Hand auf und sah, um was sie sich geschlossen hatten. Es war sein *teomul*. Ich schob es unter sein Hemd zurück. Auch seine Brust fühlte sich unter den dichtgelockten weißen Haaren noch warm an.

Schweiß rann mir in die Augen und blendete mich. Ich wischte ihn mit dem Handrücken fort. Das Brennen blieb.

Die Gänse waren ein Stück in die Wiese hinaus gewandert. Die Jungen streiften mit den Schnäbeln Samen von den Ähren der Gräser. Lawrence und Emily standen aufrecht daneben und schauten ihnen zu.

Ich zog mein Hemd aus und deckte es über Strange Goose. Dann stand ich auf, schnitt Weidenzweige ab und steckte sie nah beieinander tief in die nachgiebige, feuchte Erde, bis Strange Goose von einer dichten grünen Hecke umgeben war.

Zuletzt hob ich die Orangen auf.

Ich fand Taguna im Garten. Neben ihr lagen auf einem Tuch zwei Salatköpfe und ein Kohlkopf, von dem ein großer mattschwarzer Käfer eilig davonkrabbelte.

Ich blieb stehen, in einer Hand das Körbchen.

Tiefdunkle Augen sahen mich an, sahen auf das Körbchen, sahen wieder in mein Gesicht.

Ich brachte nichts heraus.

»Es ist gut«, sagte sie. »Du mußt nichts sagen. Wir haben es beide gewußt.«

Langsam stand sie auf und nahm mir das Körbchen aus der Hand.

»Wie?« sagte ich. »Wieso?«

»Er ist seit vielen Wochen jeden Tag hinübergefahren«, antwortete sie.

»Doch wegen der Gänse?«

»Nicht nur, Chas. Er hat immer an derselben Stelle gesessen. Immer unter der Esche. Hast du das nicht bemerkt?«

»Doch, Mutter. Aber … du meinst, er hat sich seinen Platz ausgesucht?«

»Ja. Den Tag und die Stunde haben wir nicht gewußt. Nur, daß es diesen Sommer sein wird.«

»Hat er deswegen Erasmus gerufen?«

»Ja. Er wollte noch einmal mit ihm sprechen.«

»Dann hat Erasmus es auch gewußt? Aber wie ist das möglich? Er war sehr aufgeräumt, als er von euch zurückkam. Als sei alles in Ordnung.«

»Es ist alles in Ordnung. Was anfängt, muß aufhören. Was aufgehört hat, wird wieder beginnen. Sei so gut und nimm das Gemüse mit.«

Ich faltete das Tuch über dem Salat und dem Kohl zusammen und hob es auf. Vor der Hüttentür reichte ich es ihr.

»Wann?« fragte ich.

»Wir begraben ihn morgen abend«, sagte Taguna. Ihr Blick ruhte auf meinem nackten Oberkörper, und ihre Unterlippe schob sich ein wenig vor. »Zieh dich richtig an. Nimm deinen Umhang mit. Gioconda soll zu mir kommen. Sie kann eins der Mädchen mitbringen. Dann muß jemand nach Clemretta reiten, nach Mytholmroyd und nach Troldhaugen. Sorgst du dafür?«

»Ich sorge dafür.«

»Sag Gioconda, ich habe das Feuer gelöscht. Sie findet mich drüben, bei ihm.«

»Ich sage es ihr.«

Taguna nickte mir zu und öffnete die Tür.

Ich ging hinunter zu der Felsplatte, an der das Kanu mit dem Bildnis Memajuokuns lag, stieg hinein und stieß ab.

Stechmücken ließen sich auf mir nieder. Ich brauchte beide Hände zum Paddeln und konnte wenig gegen sie tun. In der Mitte des Sees überholte mich eine Bö und vertrieb sie. Eine zweite Bö folgte. Bald blies mir ein stetiger kühler Wind in den Rücken, und das Wasser wurde kabbelig.

Nachdem ich mich angezogen hatte, ging ich zum Ibárruri-Hof und richtete aus, was Taguna mir aufgetragen hatte. Von dort ging ich querfeldein über die Weiden und an den Getreideschlägen vorbei zum Hof von Amos Pierce. Der Weizen war noch grün; Hafer und Gerste wurden schon gelb, und die Halme begannen sich unter dem Gewicht der Ähren zu neigen. Der Wind, der kräftig aus Süden wehte, trieb den Nebel vor sich her und enthüllte eine geschlossene Wolkendecke, die reglos über dem Tal hing wie eine Platte tiefgrauen Gesteins.

Sara war gerade dabei, die Fenster der Stallungen zu schließen und die Riegelbalken vorzulegen. Auf der roten Schürze, die sich über ihren gewölbten Leib spannte, klebte eingetrockneter Brotteig. Sie bemerkte meinen Blick und sah an sich hinunter.

»Ja«, sagte sie mit ihrer weichen, langsamen Stimme, »nun ist es bald fertig und kann aus dem Ofen.«

Dann richtete sie ihre großen Augen auf mein Gesicht.

»Wer ist dir begegnet?« fragte sie. »Maguaie?«

Ich gab ihr mit wenigen Worten Auskunft.

»Er hat ein gutes Leben gehabt«, sagte sie. »Vielleicht sind wir noch da, wenn er wiederkommt.« Sie verschränkte die Hände unter ihrem vorgewölbten Leib. »Und Hoss ist drinnen. Er ist ausgeruht. Amos ist mit Joshua und Oonigun am Hang hinterm Langhaus. Sie holen wieder ein paar Bienenstöcke. Wenn sie zurückkommen, wird Amos sich um die Bienen kümmern. Joshua und Oonigun werden reiten.«

»*Kaan!*« sagte ich.

Bei Arwaqs Hütte machte ich kurz halt. Arwaq und Kagwit waren im Wald, Reisig sammeln. Meine Botschaft schien Atagali ebensowenig zu überraschen wie Sara. Der Wind blies ihr das Haar um das schmale Gesicht mit den dunkelbraunen Augen, die voller winziger grauer Flecken waren.

»Er hat nichts zu befürchten«, sagte sie mit einem fragenden Unterton.

»Auf dem Langen Weg, meinst du?«

»Ja.«

»Wovor muß man sich auf dem Langen Weg fürchten?«

»Vor den Geistern, Chas, den Geistern, die dich kennen. Sie sitzen unter den Wurzeln und in den Felsspalten und in den Vogelnestern und in den Quellen und in den weißen Feuern, die dort oben brennen. Sie warten auf dich.«

»Was tun sie mit dir?«

»Was du mit ihnen getan hast. Und …«

»Und was?«

»Frag Waiting Raven. Er weiß mehr. Hast du Hunger? Willst du ein Stück Fleisch mitnehmen?«

»Ich hab keinen Hunger, Atagali. Ich muß weiter. Ich will vor dem Unwetter in Tawitk sein.«

»Chas, das kannst du nicht. Das Unwetter ist überall. Horch!«

Ein tiefes, weiches Dröhnen, mehr zu spüren als zu hören, kam von Norden und gleich darauf, diesmal etwas lauter, von Südwesten.

»Das ist weit weg«, sagte ich. »Grüß Arwaq und Kagwit von mir!«

Ich ritt das Tal hinauf, das sich mit Dunkelheit füllte, obwohl es noch Nachmittag war. Der Wind wuchs. Jedesmal, wenn er die Unterseiten der Weidenblätter nach oben drehte, lief ein silbernes Aufleuchten vor ihm her. Eine Weile schien es, als würde das Gewitter mich bald eingeholt haben. Es dröhnte und grollte ohne Unterlaß und von allen Seiten zugleich. Doch dann blieb es hinter mir zurück. Ich wandte mich um und sah zuckenden weißen Widerschein auf der felsschwarzen Wolkendecke; Blitze sah ich keine. Erst als vor mir die Ruinen des Ortes auftauchten, der einmal Ninive geheißen hatte, schlugen einzelne Regentropfen gegen meinen Rücken, und der Wind legte sich. Nur oben auf den Hügelkämmen sauste und wühlte er in den Wäldern.

Ich war vielleicht zweihundert Schritte weitergeritten, als urplötzlich der Wind wieder aufsprang und rasch zu einem reißenden Sturm anschwoll, der die Buchen bog, Staubwolken den Weg hinabjagte und sich heulend in den leeren Toröffnungen des flachen Betonbaus zu meiner Linken fing. Von hinten näherte sich ein trockenes Rauschen. Dann wurde es rundum weiß. Die Luft war voll von grobkörnigem Schnee, der waagrecht an mir vorbeifegte, gegen meinen Rücken rauschte, von Hals und Flanken meines Pferdes abprallte, prasselnd in die Kronen der Bäume fuhr, in Wellen den Weg entlangtrieb wie weißer Sand und das Tal, die Ruinen und die Wälder meinen Blicken verbarg.

Ich suchte eine ganze Weile, bis ich den Pfad fand, der den Krümmungen des Baches folgte. Noch ehe ich in die Klamm hineinritt, hörten Schneefall und Sturm fast gleichzeitig auf. Die alten Hufspuren waren mit Schnee ausgefüllt. Aus einigen Bodensenken neben dem Pfad schimmerte es weiß. Jenseits des Hügels, den die Klamm durchschnitt, leuchteten vereinzelt Blitze auf; manchmal war auch ein fernes Rumpeln zu hören.

Als ich die Klamm hinter mir ließ, wurde es rasch heller. Im Westen endete rötlich angestrahltes Gewölk über einem grünen Streifen klaren Himmels. Büsche und Bäume troffen. Der Pfad war schlammig, die Luft still und sehr kalt. Eine Weile ritt ich bergan durch Laubwald und näherte mich der Kuppe des Hügels, wo die Weizenfelder begannen. Oben blieb Hoss stehen und schnaufte. So weit ich blicken konnte, war der Weizen zu Boden geschlagen. In breiten gelben Schwaden, die sich hierhin und dorthin krümmten und an manchen Stellen zu riesigen Wirbeln vereinigten, lag er, zerquetscht und von rotem Schlamm durchtränkt, auf der Erde. Ein starker, seltsam nahrhafter Geruch hing in der ruhigen Luft. Hagelkörner lagen umher, deren milchig trüber Kern von einer glasklaren Schale umgeben war. Von allen Seiten hörte ich einen leisen, sickernden Laut.

Ich traf nur Ruth und Aaron an. Todor hatte sich schlafen gelegt. Wie Ruth mir sagte, pflegte er das immer zu tun, wenn ein Gewitter heraufzog. Dagny war bei ihren Eltern in Troldhaugen; David gedachte über Nacht auf seinem Bauplatz zu bleiben. Ephraim und Deborah Giesbrecht mit ihren beiden Söhnen sollten eigentlich bereits zurück sein, waren aber wohl durch das Wetter aufgehalten worden. Jedenfalls würde Ephraim noch in der Nacht nach Noralee reiten, das auch Oochaadooch hieß, um die Nachricht, mit der ich gekommen war, dorthin zu bringen. Jeder von uns sprach ein Gebet für die Seele von Strange Goose, mit Worten, wie sie uns gerade kamen. Danach las Aaron aus einem dicken, abgegriffenen schwarzen Büchlein mit leise bebender Stimme ein Hirtengebet in altertümlichem Deutsch.

»Er hat doch Gregor geheißen«, sagte er, nachdem er geendet hatte. »Wir dürfen das nicht vergessen. Weißt du, Chas, wie er zu seinem Spitznamen gekommen ist?«

»Ich weiß es«, sagte ich. »Aber es war mehr als bloß ein Spitzname.«

Seine hellen Augen zwinkerten. »Gewiß! Und warum nicht? Dies hier ist Clemretta, und es ist auch Tawitk. Und der Herr hat sogar drei Namen. Warum sollte ein Mensch dann nicht zwei haben dürfen?«

Ich nickte.

»Wenn ich es recht bedenke«, fuhr er nach einer Weile fort, »sind Gregor und Strange Goose eigentlich ein und derselbe Name. Tut ein Gänserich nicht das gleiche wie ein Hirte?«

Sein verwüstetes Weizenfeld erwähnte Aaron Wiebe mit keinem Wort.

Spät in der Nacht kam ich nach Seven Persons zurück. Nachdem ich Hoss in seinen Stall gebracht und versorgt hatte, ging ich zu meiner Hütte. Der Mond stand am Himmel, eine scharfe Sichel, die sich nach rechts zu einem matten, graubraunen Kreis rundete. Getreidefelder, Weiden und Obstgärten waren unversehrt. Von den weißgefleckten Hügeln im Süden wehte es kalt.

Amos, Joshua, Oonigun und ich arbeiteten bis in den Nachmittag des folgenden Tages hinein an dem Häuschen. Es wurde fünf Fuß lang, vier Fuß breit und drei Fuß hoch, hatte ein Giebeldach und Türöffnungen nach allen vier Seiten hin, jedoch keinen Boden. Türrahmen und Windbretter versahen wir mit geschweiften Zierrändern. Wir verwendeten keine Nägel, nur Holzdübel. Nachdem wir das Häuschen zusammengesetzt hatten und alle Teile paßten, nahmen wir es wieder auseinander, um es anzustreichen. Amos rührte die Farbe aus einem schweren, grauweißen Pulver mit Leinöl an. Nach einer Stunde war der erste Anstrich trocken, und wir trugen einen zweiten auf.

Um die Mitte des Nachmittags war der letzte Schnee auf den Höhen getaut. Es war immer noch kühl unter dem grauen Himmel,

und es ging ein verhaltener Ostwind. Nach einem frühen Abendessen luden wir die Teile des Häuschens auf den Wagen und fuhren
zum Langhaus hinunter; von dort trugen wir sie zum Landungssteg.
Kein einziges Kanu war da. Amos, Oonigun und ich setzten uns auf
den Rand des Stegs. Joshua kehrte zum Wagen zurück, um ihn nach
Hause zu bringen.

Es roch nach Tang und feuchtem Holz.

»Wer wird alles kommen, Amos?« fragte ich.

Kleine Wellen klatschten gleichmäßig gegen die Pfähle des Stegs.

»Die Männer«, sagte Amos und rieb sein linkes Bein.

»Alle Männer von Seven Persons?«

»Nein. Nicht heute. Heute ist jede Familie durch den ältesten Mann
vertreten. Die anderen kommen dann morgen und übermorgen, mit
ihren Frauen. Die meisten bringen auch ihre Kinder mit.«

»Warum kommen heute nur Männer?«

»Wird ein Mann begraben, sind die Männer dabei. Bei einer Frau die
Frauen.«

»Taguna wird aber dabeisein?«

»Gewiß. Und noch vier andere Frauen. Mädchen, Du wirst sehen.«

»Ist niemand aus Signiukt gekommen?«

»Erasmus war schon da.«

»Also wird Waiting Raven da sein?«

»Yep!« Er rieb abermals sein Bein und runzelte die Stirn.

»Schmerzt es wieder?« fragte ich.

»Nicht sehr«, sagte er. »Gestern war es arg. Das Wetter!«

Wellen klatschten gegen die Pfähle. Wir schwiegen und sahen den
Fischen zu, fingerlangen Seeforellen, die lauernd im Tang standen.
Ab und zu schoß eine von ihnen drei oder vier Fuß vor und ver-
schlang etwas. Was ihnen zur Beute fiel, konnte ich nicht sehen, das
Wasser war zu unruhig.

Wir warteten lange.

Die Sonne konnte noch nicht untergegangen sein, doch es war
schon merklich düsterer geworden, als zwischen den Inseln ein
Kanu auftauchte und bald darauf ein zweites, größeres. Als sie halb-
wegs herangekommen waren, erkannte ich in dem vorderen Kanu
Piero, der ein weißes Stirnband trug. Der Mann, der das andere
Kanu paddelte, war mir fremd. Ich sah Amos an.

»Baquaha«, sagte er nach einer Weile. »Du weißt, der Sohn von Maguaie.«

Ich stand auf.

Piero legte auf der einen Seite des Stegs an, Baquaha auf der anderen. Beide stiegen aus.

Baquaha war etwas größer als ich, dunkelhäutig, mit ausgeprägten Backenknochen und Brauen und großem Mund. Sein langes graues Haar war am Hinterkopf mit den Schlüsselbeinknochen zweier kleiner Vögel zusammengehalten. Er begrüßte Amos und Oonigun, dann mich.

»*Boosool, nigumaach!*« sagte er, indem er mir beide Hände reichte. »Ich bin Baquaha. Du bist es, der meinen Vater gesehen hat, nicht wahr?«

»So ist es«, sagte ich.

»Du mußt mir davon erzählen. Doch nicht heute. Ich habe ihn nur zweimal gesehen. Beide Male aus der Ferne.« Er sah mir aufmerksam ins Gesicht. »Von weitem hab ich dich für Félix Douballe gehalten. Bis du aufgestanden bist. Du bewegst dich anders als Félix. Langsamer, mehr wie ein Tier.«

Wir luden die Teile des Häuschens in die beiden Kanus. Auf dem Bug des größeren, in dem Baquaha gekommen war, prangte ein Fisch, der neben einem dunkelroten Mond auf der Schwanzflosse stand. Daneben waren zwei eigenartige Wesen dargestellt, die Fischgerippen mit Adlerschnäbeln glichen.

»Sind schon alle da?« fragte Amos, nachdem wir abgelegt hatten und im gleichen Takt die Paddel ins Wasser tauchten.

»Aaron fehlt noch«, sagte Baquaha, der im Bug kniete. »Nicolae auch. Und Jesús. Die anderen sind alle da.«

»Oonigun und ich fahren gleich zurück«, sagte Piero.

»Dürfen Piero und ich dabeisein?« fragte ich. »Wir sind nicht die Ältesten unserer Familien.«

»Es würde zu lange dauern, eure Väter zu holen«, sagte Baquaha.

Wir brachten unsere Ladung ans Ufer der Insel. Die Gänse waren nirgends zu sehen. Oonigun fuhr sogleich wieder mit dem großen Kanu ab.

»Hast du das Stirnband anstelle der Ameisenköpfe genommen?« fragte ich Piero, der ebenfalls schon in seinem Kanu kniete.

»Zwei Köpfe sind heute früh abgefallen«, sagte er. »Da hat mir Inga das hier gegeben. Es ist nur für ein paar Tage. Bis alles geheilt ist.«

»Hast du eine Ahnung, wer auf uns geschossen hat?«

»Nein, Chas.«

Er stieß sein Kanu ab und tauchte das Paddel ein. Mit Baquaha und Amos ging ich zu der Esche hinüber, die der Lieblingsplatz von Strange Goose gewesen war.

»Ich weiß auch nicht, wer auf euch geschossen hat«, sagte Baquaha. »Es kann keiner sein, den ich kenne.«

Das Grab war einige Schritte neben dem Stamm des Baums ausgehoben. Seine Enden wiesen nach Osten und Westen. Wo die Männer, die es gegraben hatten, auf Wurzeln der Esche gestoßen waren, hatten sie diese nicht abgehackt, sondern über den Grubenrand gebogen und mit Steinen beschwert. Die Erde war zu beiden Seiten aufgehäuft. Ich sah in die Grube hinein. Ihr Boden war mit frischen Zedernzweigen ausgelegt.

»Wo ist Strange Goose?« fragte ich.

Amos wies mit der Hand nach Westen.

»Dort«, sagte er. »Wo der Weg anfängt.«

Zwei lange Reihen von Reisig und Treibholz bildeten eine Gasse, an deren einem Ende sich das Grab befand. An ihrem anderen Ende erblickte ich im Gras eine längliche, weißbraune Form, die aussah wie eine große Insektenpuppe. Um sie herum saßen in einem weiten Kreis die Männer auf dem Boden. Hinter ihnen sah ich die große Trommel.

Baquaha, Amos und ich durchschritten die Gasse und blieben an ihrem Ende stehen.

Strange Goose lag, in ein ungebleichtes Leinenlaken gehüllt, auf einer blaßgrünen Schilfmatte, den Kopf gen Osten, die Füße gen Westen gerichtet. Eine große rote Ameise lief über das Laken, verirrte sich in einer Falte, erkletterte deren steilen Abhang, kollerte auf der anderen Seite hinab und verschwand im hohen Gras.

»Kein Sarg«, sagte ich nach einer Weile. »Das ist gut.«

»Kein Sarg«, sagte Baquaha. »Keine Kleider. Du gehst, wie du gekommen bist.«

Er legte mir die Hand auf die Schulter. Wir setzten uns zu den anderen in den Kreis, holten unsere Pfeifen hervor, füllten sie, erhielten Feuer, rauchten einen Zug und reichten die Pfeifen weiter.

Ich sah mich um. Magun war da, Arwaq saß neben ihm. Die übrigen Männer kannte ich nicht.

Wieder berührte Baquaha meine Schulter.

»Dies ist Chas Meary«, sagte er. »Ihr habt alle von ihm gehört. Jetzt seht ihr ihn, und er sieht euch. Aber er weiß nicht, wer ihr seid und wo ihr wohnt. Sagt es ihm, damit er euch anreden kann.«

Die Männer nickten.

»Igatagan Kobetak aus Banoskek«, sagte ein kleiner Mann mit schwarzbraunem Gesicht unter kurzem weißem Haar, einer kleinen Nase, kleinem Mund und großen hellbraunen Augen.

»Zachary Pierce. Oochaadooch.«

Zachary war größer als sein Bruder Amos. Sein grauweißes, krauses Haar stand nach allen Seiten von seinem Kopf ab. Der dichte weiße Bart ließ sein Kinn fast ebenso breit erscheinen wie seine Stirn. Er sprach sehr langsam; zwischen seinem Namen und dem seiner Siedlung machte er eine nachdenkliche Pause.

»Saul Giesbrecht! Aus Wesunawan!«

Er sprach rasch, mit heller, schüchterner Stimme, und beugte sich dabei ein wenig vor. Helle Augen; ein gelbliches, eckiges Gesicht mit kurzem, grauem Bart; der kahle Schädel von der Sonne gerötet.

»Cheegoon Newosed. Auch aus Wesunawan.«

Dies war also der Sohn von Lee und Nora Newosed. Warum lebte er nicht in Noralee, das auch Oochaadooch hieß? Er war sieben oder acht Jahre älter als ich, etwa von meiner Größe, mit heller Haut und hellen, schulterlangen Haaren. Sein Bart wucherte weit die Wangen hinauf und tief den Hals hinunter und verlieh seinem Gesicht ein löwenartiges Aussehen, zu dem auch die tiefe, etwas polternde Stimme paßte.

Neben ihm saß in sehr aufrechter Haltung ein kräftig gebauter, langarmiger Mann mit indianischen Gesichtszügen, fast weißer Haut und rötlichem Haar und Bart. Er hatte den Kopf zur Seite gelegt und Cheegoon Newosed betrachtet. Nun wandte er sich von ihm ab und sah jeden von uns kurz an.

»Chrestien Soubise«, sagte er singend, fast wie Bruder Fujiyama. »Ich stamme aus Miramichi. Jetzt leben wir in Malegawate.«

Er nickte seinem Nachbarn zu und zog an seiner Pfeife.

Sein Nachbar schwieg. Selbst im Sitzen wirkte sein Körper gewaltig, breit, schwer, reglos und vollkommen ruhig. Ich hatte noch nie so schwarze Haut gesehen. Der Schädel war glattrasiert. Um Kinn und Oberlippe krauste sich weiß der Bart. Die Nase war lang und gerade, und die Lider waren geschlossen.

»Amabuimé«, sagte Zachary Pierce, ohne die Stimme zu heben. »Schläfst du?«

Die dicken Lider hoben sich. Weiß leuchteten die Augäpfel auf und gleich danach die Zähne.

»He?« sagte der Riese. »Ja! Ja, ich schlafe. Ich glaube, ich hab von den Kindern geträumt. Wie geht es deiner Frau, Zachary?«

»Das hast du mich heute schon einmal gefragt, Amabuimé. Deiner Tochter geht es gut, seit sie mich genommen hat, um von dir fortzukommen. Sag deinen Namen und wo du wohnst!«

Der Riese lehnte seinen mächtigen Kopf zurück. »Amabuimé Kolaholi! Wesunawan.« Er ließ den Kopf vornüber sinken und schloß die Lider.

»Björn Svansson«, sagte der Mann neben ihm. »Troldhaugen. Mushamuch.«

Zwischen den beiden Namen seiner Siedlung machte er eine deutliche Pause. Sein Mund war breit und schmallippig unter einem ausladenden Schnauzbart, der gelblichweiß war wie das kurzgeschorene Haupthaar. Seine Gestalt glich der seines Sohnes, mit schmalen Hüften und dicken, schweren Schultern. Die Stimme war hoch und scharf wie die Sigurds. Björn Svansson lehnte sich im Sitzen ein wenig nach hinten, als bliese ihm ein steifer Wind in den Rücken, dem es zu widerstehen galt.

Piero kehrte mit Nicolae Istrate, Don Jesús und Aaron Wiebe zurück. Sie setzten sich in den Kreis, und noch einmal machten die Pfeifen die Runde.

Es dämmerte. Vom See her riefen Gänse. Wir rauchten, und unsere Blicke ruhten auf Strange Goose, der in unserer Mitte lag. Taguna kam die Gasse zwischen den aufgeschichteten Holzwällen entlang und blieb neben ihm stehen.

»Es ist dunkel genug«, sagte sie.

Alle standen auf.

Baquaha und Zachary Pierce entzündeten an mehreren Stellen die beiden langgestreckten Holzwälle. Hell und rasch brannte das Reisig herunter. Die feuchten Treibholzstücke fingen Feuer, brannten mit dunkelroter Flamme, siedend, pfeifend, knackend und ächzend. Weißer Rauch stieg hoch und trieb zu Strange Goose hin, neben dessen Füßen Taguna stand. Magun rieb mit den Handflächen die Felle der großen Zederntrommel. Arwaq hielt seine drei kleinen Trommeln eine nach der anderen in den feuchten Rauch, drückte die Felle prüfend gegen die Lippen, hielt dann die größte Trommel noch einmal kurz in den Rauch, drückte ihr Fell abermals gegen die Lippen, nickte und ließ sich neben Magun nieder.

Wir stellten uns außerhalb der Gasse entlang den beiden Feuern auf, die Gesichter der Gasse zugekehrt. Auf jeder Seite standen sieben Männer, mir gegenüber Björn Svansson. Der Widerschein des Feuers tanzte unruhig in seinen Augen.

Von weit her kam ein einzelner, kurzer Gänseruf; ihm folgte, eben noch wahrnehmbar, das vielstimmige helle Getriller der Jungvögel.

Dann war es still.

Ein leiser Schlag der großen Trommel. Ein lauter Schlag. Paarweise fielen die Trommelschläge. Leise – laut, leise – laut, wie der Schlag eines großen Herzens. Der Rhythmus drang in mich ein, füllte mich aus, vereinigte sich mit meinem eigenen Herzschlag. Ich wurde gewahr, daß ich mich hin und her wiegte, und sah zu den anderen hin. Auch sie wiegten sich – hin und her, hin und her.

Leise – laut. Leise – laut. Leise – laut. Dunkel hallte es von den Felsen, dunkler von den Hügeln, am dunkelsten von den Wäldern. Die Trommel war das Herz. Die Dunkelheit war das Blut.

Die große Trommel schwieg.

Wir standen still.

Sogleich setzten die kleinen Trommeln ein, mit einem flinken Getrippel wie von Vogelfüßen auf trockenem Holz. Hierhin trippelten die Füße, dorthin, näher heran, weiter fort; trippelten, suchten, verhielten; trippelten flink dahin, zögerten, hielten inne.

Die große Trommel schlug einmal, hallte lange nach.

Alle Gesichter wandten sich dem offenen Grab zu. Aus seiner schwarzen Tiefe erhob sich der Kopf eines riesigen Raben.

Wieder begann die große Trommel; einzelne, wuchtig hallende

Schläge. Mit jedem Schlag tat der Kopf des Raben einen Ruck nach oben. Die Schultern wurden sichtbar, die angelegten Schwingen; und mit dem nächsten Trommelschlag hüpfte der Vogel auf den Rand der Grube, blieb dort eine Weile wie erschöpft hocken, indes die Trommel gleichmäßig weiterschlug, schüttelte sich dann und erhob sich, ruckweise, Schlag um Schlag, bis er aufrecht dastand. Er war so groß wie ein Mensch.

Die Trommel schlug. Mit einem Ruck warf der Vogel das rechte Bein nach vorn. Wieder schlug die Trommel, und der Vogel setzte den Fuß auf den Boden nieder. Der folgende Trommelschlag warf das andere Bein nach vorn; der nächste setzte den Fuß auf den Boden. Die Trommel schlug. Der Rabe schritt. Jedesmal, wenn der Rabe einen Fuß niedersetzte, klatschten wir in die Hände.

»*Uk-che-ka-ka-koo!*« riefen wir.

Der Rabe schritt an mir vorüber. Der Widerschein des Feuers leuchtete aus seinem Auge, glänzte auf den kurzen Federn im Nacken und auf den längeren Federn der Schwingen.

Während er steif und ruckartig die Gasse entlangschritt, veränderte sich langsam seine Haltung. Tiefer und tiefer neigte er den Kopf, spreizte die Schwingen weiter und weiter vom Körper weg, bis er bei Strange Goose angelangt war. Dort duckte er sich mit einem Schlag zu Boden, breitete die Schwingen weit aus und hob den Schnabel zum schwarzen Himmel auf. Weißer Rauch umwehte ihn.

Die große Trommel verstummte.

Langsam erhob sich der Rabe, die Schwingen immer noch weit ausgebreitet. Wir setzten uns auf den Boden und verschränkten die Hände vor unseren Knien.

»*Keskajain?*« sang der Rabe schrill und senkte den Kopf zu Strange Goose hinab. Bist du bereit?

»*Keskajae!*« erwiderte Taguna. Ich bin bereit!

Der Rabe begann hüpfend auf der Stelle zu schreiten, wiegte sich dabei nach beiden Seiten und hob und senkte bebend die Flügelspitzen. Die kleinen Trommeln setzten ein. Sie schlugen eine ansteigende Folge von fünf Tönen, und der Rabe sang, schrill und melodisch; auf jeden Trommelschlag kam eine Silbe; nach jedem Wort entstand eine Pause von zwei Trommelschlägen.

»*Okwotun*«, sang der Rabe, »*Upkudaasun. Oocheben. Utkusun.*«
Norden, Süden, Osten, Westen.
»Aa!« riefen wir alle.
»*Sikw*«, sang der Rabe. »*Nipk. Togwaak. Kesik.*«
Frühling, Sommer, Herbst, Winter.
»Aa!« riefen wir.
»*Eskitpook*«, sang der Rabe. »*Naagwek. Welaakw. Depkik.*«
Morgen, Tag, Abend, Nacht.
»Aa!«

Die Trommeln verstummten. Nun sang der Rabe allein, mit steifen, hüpfenden Schritten Taguna und Strange Goose umkreisend. Die Laute waren mir vertraut. Doch fanden sie sich nicht zu Worten zusammen, deren Sinn ich verstehen konnte. Jedesmal, wenn der Rabe zum Kopf von Strange Goose kam, beugte er sich langsam zu ihm hinunter und legte seine Schwingen auf dem Rücken zusammen. Dann sang er mit tiefer, brüchiger Stimme deutlich und gedehnt vier Worte. Ich verstand sie nicht, aber ich erkannte sie wieder, als der Rabe seinen zweiten Umgang vollendet hatte und sich abermals zum Kopf von Strange Goose hinunterneigte. Und der Rabe richtete sich auf, entfaltete die Schwingen, deren Spitzen sich bebend hoben und senkten, und begann seinen Weg aufs neue.

Die Feuer brannten dunkler. Rot lag ihr Schein auf unseren Gesichtern. Der Himmel war schwarz wie die Vogelgestalt, die Taguna und Strange Goose ohne Unterlaß umkreiste; deren Gesang schrill und melodisch klang, bis er sich tief und brüchig hinabsenkte zu den vier Worten.

Eine nach der anderen begannen die drei kleinen Trommeln wieder zu schlagen, hüpfend, trippelnd. Der Doppelschlag der großen Trommel erwachte, wuchs, schwoll an, übertönte sie, gebot ihnen Schweigen, wurde rascher, rascher – und brach ab.

Stumm und mit ausgebreiteten Schwingen stürzte der Rabe vornüber zur Erde und blieb Kopf an Kopf mit Strange Goose liegen, den Schnabel zur Seite gedreht.

Langsam erhoben wir uns.

Schweiß rann mir von der Stirn in die Augen. Ich wischte ihn mit dem Handrücken ab. Als ich wieder zu Taguna und Strange Goose hinüberschaute, war der Rabe verschwunden.

Chrestien Soubise und Piero warfen einige Armvoll trockenes Holz
auf die Feuer. Bald brannten sie hell und fast ohne Rauch, und die
Trommeln begannen wieder zu schlagen, einen langsamen, schrei-
tenden Rhythmus. Baquaha, Amabuimé Kolaholi, Igatagan Kobetak
und Saul Giesbrecht gingen hintereinander durch die Gasse zwischen den Feuern auf Strange Goose und Taguna zu. Einer nach
dem anderen neigten sie sich zu ihr und sprachen ein paar Worte;
sie antwortete jedem mit einem kurzen Wort. Dann traten sie zu
den vier Ecken der Schilfmatte, auf der Strange Goose lag, beugten
sich hinunter und hoben sie hoch. Langsam und aufrecht schritten
sie mit ihrer Last durch die Gasse auf das Grab zu. Taguna folgte ihnen. Baquaha und Amabuimé stiegen vorsichtig in die Grube hinunter; Cheegoon Newosed und Zachary Pierce halfen ihnen, die
Schilfmatte mit Strange Goose so zu halten, daß sie die Erde nicht
berührte. Dann stiegen auch Igatagan und Saul hinunter. Alle vier
gemeinsam senkten nun Strange Goose auf den Boden der Grube
hinab, schlugen die Seiten der Schilfmatte über seiner verhüllten
Gestalt zusammen, und vier von uns halfen ihnen aus der Grube
heraus.
Die Trommeln schwiegen still. Nur das Rauschen der Feuer war zu
vernehmen. Nach einer Weile kamen Magun und Arwaq, der einen
runden, tiefen Korb trug, durch die Gasse und blieben neben Taguna stehen. Arwaq reichte ihr den Korb.
Das Weidengebüsch hinter der Esche bewegte sich, und vier Mädchen schritten rasch und geräuschlos auf uns zu. Als sie näherkamen, erkannte ich Kiri Pierce, Dagny und Ane-Maria. Das vierte
Mädchen, eine hellhäutige Indianerin, die etwa im gleichen Alter
wie Ane-Maria war, kannte ich nicht. Alle waren sie barfuß, trugen
lange Röcke aus weichem Leder, auf denen weiß das eingestickte
Muster der Doppelkurve leuchtete, dunkle Westen, welche die
Arme frei ließen, und die schwarzen, spitz zulaufenden Frauenmüt-
zen. Jedes Mädchen trug über dem linken Arm einen Korb von der
gleichen Form, wie Taguna ihn hielt.
Sie stellten sich an die vier Seiten des Grabes, ganz nah an dessen
Rand. Dagny stand im Norden, Kiri im Süden, das fremde Mädchen
im Osten und Ane-Maria im Westen.
Dagny nahm ein Stück Stoff aus ihrem Korb, das mit hellen Kettfä-

den und dunklen Schußfäden gewebt war, und warf es in die Grube. »Die Götter weben mit Fäden aus ihrer Welt und mit Fäden aus unserer Welt«, sagte sie rauh. »Erinnere dich!«

Das fremde Mädchen mit der hellen Haut zog einen Becher aus Birkenrinde aus ihrem Korb und goß mit raschem Schwung Wasser in die Grube.

»Das Wasser fällt zur Erde herab«, sagte sie tief und leise. »Aus der Erde fließen die Quellen. Erinnere dich!«

Kiri griff in ihren Korb und streute eine Handvoll Mais in die Grube. Wir hörten die Körner über die Schilfmatte kollern.

»Hm!« sagte sie. »Jetzt fallen mir die richtigen Worte nicht mehr ein. Jedenfalls: wenn wir nicht säen, wächst auch nichts. Erinnere dich!«

Ane-Maria suchte mit der Hand in ihrem Korb, zog sie dann zur Faust geschlossen heraus, streckte sie vor, öffnete die Finger, und graubraune Daunen taumelten in die Grube und landeten zu Füßen von Strange Goose.

»Die Vögel fliegen fort und kommen wieder«, sagte sie. »Sie bringen neue Daunen mit für ihre Nester.« Und nach einer kleinen Pause fügte sie leiser hinzu: »Erinnere dich!«

Die Mädchen traten drei Schritte zurück, hielten die leeren Körbe mit beiden Armen weit vorgestreckt und verneigten sich. Dann drehten sie sich um und verschwanden im Weidengebüsch, aus dem sie gekommen waren.

Taguna, Arwaq und Magun traten an den Rand der Grube. Hinter ihnen flammte das Feuer. Ihre Gesichter lagen im Schatten.

Taguna griff in ihren Korb und warf eine nach der anderen die kleinen Orangen, die Pater Erasmus geschickt hatte, in die Grube. Sie neigte den Kopf, griff noch einmal in den Korb, schaute auf das, was sie in der Hand hielt, warf es dann rasch in die Grube, wandte sich ab und ging langsam durch die Gasse zwischen den Feuern davon. Arwaq und Magun hielten sich einen Schritt hinter ihr. Als sie alle drei in der Dunkelheit jenseits des Feuerscheins verschwunden waren, trat ich mit einigen anderen an den Rand der Grube.

Die Orangen waren nach den Seiten hin gerollt. Mitten auf der Schilfmatte lag eine alte, fleckige Stoffmütze. Zwei Flügel waren mit Goldfaden auf den Schirm gestickt, und zwei Worte: PERKY BIRD.

Mit den Händen füllten wir die Grube auf, legten die Wurzeln der Esche zurecht, bedeckten sie mit Erde, ebneten sie ein und legten schließlich die ausgestochenen Rasenstücke auf den flachen Hügel. Dann gingen wir daran, das Häuschen zusammenzusetzen. Unter seine Ecken schoben wir flache Steine. Die Feuer waren heruntergebrannt und leuchteten tiefrot. Niemand sprach.

Als wir fertig waren, holte Baquaha eine Schaufel Glut und schob sie durch die westliche Tür in das Häuschen. Er hockte sich vor die Tür, nahm seinen Tabaksbeutel vom Gürtel, öffnete ihn und streute Tabak über die Glut. Dabei bewegte er lautlos die Lippen.

Nacheinander folgten wir seinem Beispiel. Duftender Rauch quoll aus dem Häuschen, zog nach Westen hin fort und mischte sich mit dem zarten Dunst, der vom See kam.

»Du wolltest noch einmal mit einer Lokomotive fahren«, flüsterte ich lautlos, als ich an der Reihe war und meinen Tabak verbrannte. »Erinnere dich!«

Wir schafften die Geräte und die Trommeln ans Ufer und verstauten sie in den Booten. Danach war nicht mehr Platz genug für uns alle; Nicolae Istrate, Baquaha, Cheegoon Newosed, Chrestien Soubise und ich blieben zurück. Wir hatten die Schöpfeimer aus den Kanus genommen, füllten sie nun mit Wasser und löschten die restliche Glut. Eine Weile standen wir in schwarzer Finsternis, die nach nasser Asche und Tabak roch. Flügelklatschen scholl vom See her. Gleich danach erklang über uns das wilde, triumphierende Gelächter eines Seetauchers, wurde leiser und verhallte.

Allmählich wich die Schwärze einem tiefen, federweichen Grau.

»Wo ist Waiting Raven jetzt?« fragte ich.

»Im Langhaus«, sagte Baquaha. »Er schwitzt. Bis wir alle drüben sind, wird er fertig sein. Wir werden essen und trinken.«

»Auch die Frauen?«

»Nur die Männer.«

»Wo ist Taguna?«

»Zu Hause. Gioconda ist bei ihr.«

»Wer war das Mädchen mit dem Wasser?«

»Anaissa«, sagte die singende Stimme von Chrestien Soubise. »Meine Tochter.«

»Und die Tochter meiner Tochter«, sagte Nicolae Istrate.

»Wie heißt deine Tochter?«

Nicolae lachte leise. »Auch Anaissa.«

»Ist sie mitgekommen?«

»Versteht sich«, sagte Chrestien. »Morgen werden die Frauen alle bei Taguna sein.«

»Essen und trinken«, sagte Nicolae.

»Und erzählen«, sagte Baquaha.

»Das werden wir auch tun«, sagte Cheegoon Newosed mit tiefer Stimme.

»*Jiksutaan!*« sagte Baquaha. Horcht!

Wir lauschten. Alles war still.

»Piero kommt«, sagte Baquaha. »Ich hab sein Paddel gehört.«

Durchs feuchte Gras gingen wir zum Ufer.

Als wir zwischen den beiden Inseln durchfuhren, sahen wir die hohen Ulmen hinter dem Langhaus rötlich angestrahlt.

»Spießbraten«, sagte Piero.

»Junge Hammel«, sagte Nicolae. »Mit Zwiebeln gefüllt.«

»Frisches Brot«, sagte Cheegoon.

»Wein«, sagte Chrestien. »Und Bier.«

»Wer hat das Bier gebraut?« fragte ich.

»Chinoi«, sagte Chrestien, »der Sohn von Amabuimé. Er braut Bier aus Weizen, Bier aus Mais und Bier aus Gerste. Wir haben Gerstenbier mitgebracht.«

Wir trugen die Trommeln zum Langhaus hinauf und ließen sie vor der Tür stehen. Der Duft bratenden Fleisches drang zu uns. Einige Wagen waren nahe dem Weg abgestellt. Auf der weiten, ebenen, von Ulmen eingefaßten Wiesenfläche hinter dem Langhaus brannte ein kleines Feuer. Ein Stück entfernt lag ein flacher Haufen Glut, über dem an eisernen Spießen zwei Hammel brieten. Mond de Marais war gerade dabei, einen Spieß zu drehen. Dann stellte er eine Astgabel unter die Kurbel, rüttelte an ihr, ob sie auch fest stand, und richtete sich auf. Seine grauen Haare und sein grauer Bart waren noch feucht.

»Ho, alter Vogel!« grüßte Baquaha. »Hat dir das Schwitzbad gutgetan?«

»Bon Dieu!« sagte Mond de Marais. »Das hat es. Habt ihr Hunger? Das Fleisch braucht noch eine Weile. Da drüben findet ihr Brot und

661

Käse. Durst habt ihr sicher auch.« Mit einer Kopfbewegung wies er zu den Ulmen hinüber.

Das Bierfaß war auf zwei runden Holzblöcken aufgebockt. Neben ihm standen, feucht glänzend wie das Faß, drei bauchige Weinkrüge im Gras. Auf einem niedrigen Brettertisch waren lange, hellbraune Brotlaibe zu einer Pyramide aufgeschichtet. Neben ihnen lag ein angeschnittenes orangegelbes Käserad. Tonbecher standen da, und mehrere lange Messer lagen bereit.

Ich brach ein Stück Brot ab und schnitt eine Scheibe Käse herunter. Dazu trank ich Bier; es war dickflüssig, bitter und stark.

»Gut!« sagte ich zu Piero. »Mußt du auch versuchen.«

»Mach ich«, sagte er. »Nachher, wenn das Fleisch gar ist. Zum Käse ist mir der Wein lieber. Hat sie das nicht großartig gemacht?«

»Hm?« sagte ich mit vollem Mund. »Wer?«

»Kiri!«

»Ah! Ja, das finde ich auch. Sie war kein bißchen verlegen.«

»Es war das erste Mal, weißt du. Sie war noch nie bei einem Begräbnis dabei. Den ganzen Nachmittag hat sie die Worte immer wieder vor sich hin gesagt.«

»Kennst du sie, Gatto? Die richtigen Worte?«

»Das ist es ja. Ich kenne sie auch nicht. Ich hab sie so oft gehört, daß ich nicht mehr sicher bin. Ich glaube, ihr ging es genauso.«

Mond de Marais trat an den Tisch neben uns, schnitt sich ein Stück Käse ab und holte sich einen Becher Rotwein. Er biß in den Käse, kaute ihn, nahm einen Schluck Wein, kaute Käse und Wein zusammen und schluckte dann langsam und mit geschlossenen Augen.

»Mhm!« sagte er. »Daran werde ich mich erinnern, wenn es einmal mit mir so weit ist!«

»Das solltest du nicht sagen«, mahnte ihn Piero. »Es könnte Unglück bringen.«

Mond de Marais tauchte seinen Käse in den Wein und biß ab.

»Bon Dieu«, sagte er, nachdem er geschluckt hatte. »Unglück? So ist das nicht. Die Götter wissen, sie können mich nicht überraschen. Also werden sie es gar nicht erst versuchen.«

»Das sagt Acteon auch. Du kennst Acteon Savatin?«

»Ich kenne jeden. Glaubst du, ich kenne nur die *puoink*?«

»Acteon hat mir erzählt, daß ihr früher den Toten viel mehr mitgegeben habt: Waffen, Geräte für den Haushalt, Werkzeug, Schmuck … Warum tut ihr das nicht mehr?«

Mond de Marais trank seinen Becher leer. »Um die Mitte des letzten Jahrhunderts haben wir damit aufgehört«, sagte er. »Die Gräber wurden geöffnet und ausgeraubt.«

»Von wem?« fragte ich.

Er hob die Schultern, schloß die Hände um seinen leeren Becher und spähte hinein.

»Das waren Leute, die hinter unseren Sachen her waren«, sagte er dann aufblickend. »Sammler, so hießen sie wohl. Händler. Unser Schmuck, unsere Waffen und Geräte waren wertvoll. Es gab nicht mehr viele unter uns, die sie herstellen konnten. Es war teuer, sie zu kaufen, und billiger, sie zu stehlen. Es brachte auch keine Schande über die Diebe, denn wir waren ja nur Wilde …« Er fuhr sich mit einer Hand durchs Haar, das nun nahezu trocken war. »So ist es gekommen. Wir glauben auch nicht mehr, daß die Toten all die Dinge brauchen. Bon Dieu! Vieles ändert sich. Und doch …« Er verstummte und nickte uns zu.

»Du meinst«, sagte Piero, »wenn wir wollen, daß alles bleibt, wie es ist, muß alles sich verändern?«

Mond de Marais sah ihn an. Der Feuerschein tanzte in seinen Augen. »Wenn wir wollen, daß alles bleibt, wie es ist, muß alles sich verändern«, wiederholte er langsam. »Das gefällt mir, Piero. Hat das einer von euren *puoink* gesagt?«

»Es ist unser Familienspruch«, antwortete Piero. »Ich weiß nicht, ob er von einem *puoin* stammt. Es ist lange her.«

»Schenkst du uns den Spruch?« fragte Mond de Marais.

»Aber ja! Er ist für alle da!«

»He!« tönte Amabuimés Stimme. »Ihr da drüben! Bringt die Messer! Es ist soweit!«

Mond de Marais kicherte. »Amabuimé ist aufgewacht.«

Baquaha und Don Jesús schnitten und verteilten das Fleisch. Jemand hatte aus dem Langhaus einen Stoß Schindeln gebracht, die beim Dachdecken übriggeblieben waren und nun als Teller verwendet wurden. Amabuimé öffnete die Bauchdecke des Hammels und benutzte einen Becher, um jedem von uns dicke, braune Zwiebelbrühe, in der Stückchen der Nieren, der Leber und des Herzens schwammen, über sein Fleisch zu gießen.

Von dem ersten Hammel war nicht mehr viel übrig.

»*Pedaanech!*« rief Baquaha. Setzen wir uns!

Neben dem Bierfaß und den Weinkrügen ließen wir uns im Gras nieder. Brote und gefüllte Becher wanderten von Hand zu Hand. Amabuimé hielt sein Fleisch mit beiden Händen und riß mit den Zähnen große Brocken herunter. Aaron hatte sich einige Scheiben Brot abgeschnitten, bestrich sie mit Zwiebelbrühe und belegte sie dann mit dünn geschnittenem Fleisch. Don Jesús hielt das Fleisch in der einen, ein halbes Brot in der anderen Hand und biß von beidem abwechselnd ab; das Brot tränkte er vor jedem Bissen gründlich mit Zwiebelbrühe. Baquaha und Arwaq aßen ihr Fleisch auf die gleiche Art: Sie schlugen die Zähne hinein, schnitten den Bissen dicht vor den Lippen mit einem raschen Zug ab, legten das Messer ins Gras und stopften sich, ehe sie zu kauen anfingen, noch ein Stück Brot in den Mund. Igatagan Kobetak höhlte seinen Brotlaib mit den Fingern aus, mischte die Krumen mit Zwiebelbrühe und Fleischbrocken, knetete alles zu einem Teig, stopfte diesen in das ausgehöhlte Brot und begann dann, schmatzend und schlürfend, zu essen.

Der erste Rülpser kam von Amabuimé. Er wischte sich eine Hand im Gras ab, schlug sich mit ihr vor den Bauch und rülpste abermals, lang und grollend.

»Ah, Mann!« sagte er. »Hab ich einen Hunger!«

»Das haben wir gehört«, sagte Don Jesús.

»Aber nur zweimal«, rief Zachary. »Laß es uns noch mal hören!«

»Ah, Mann!« sagte Amabuimé. »Das kann ich nicht machen. Das muß kommen!«

Saul Giesbrecht rülpste hohl und quieksend und hielt sich die Hand vor den Mund.

»Seht ihr!« rief Amabuimé.

»Wie eine Ente, die sich an einem Frosch verschluckt hat«, sagte Amos.

»Mach es besser, wenn du kannst«, sagte Saul.

Amos, ans Faß gelehnt, versuchte, einen Rülpser hervorzubringen, verschluckte sich jedoch und mußte so husten, daß er einen großen Teil seines Weins verschüttete.

»Mann«, sagte Amabuimé, »ich hab doch gesagt, das kannst du nicht machen. Kommen muß das!«

»Trink Bier«, sagte Don Jesús. »Dann kommt es.«

Cheegoon stand auf, um ein paar Ahornkloben aufs Feuer zu legen. Amos und Chrestien füllten unsere Becher, und als sie von Hand zu Hand zurückgewandert waren, hob Mond de Marais den seinen mit gestrecktem Arm in die Höhe.

»*Kwaa!*« rief er.

Wir alle hoben unsere Becher.

»*Kwaa!*« riefen wir.

Mond de Marais führte den Becher vor seine Brust. Mit kurzen Bewegungen aus dem Handgelenk goß er einen Schluck nach rechts, dann einen nach links, einen vor sich hin und einen über die rechte Schulter hinter sich. Wir folgten seinem Beispiel.

»Strange Goose!« rief er und schaute in den Nebel hinauf, der, vom Feuer goldbraun beleuchtet, auf den Wipfeln der Ulmen lag. »Du hast uns gerufen! Wir sind gekommen! Wir essen mit dir. Wir trinken mit dir. Wir gehen ein Stück des Weges mit dir. Dann bleiben wir zurück.« Er senkte die Stimme und sprach leise weiter, doch es war immer noch seine eigene Stimme, die keine Ähnlichkeit mit den beiden Stimmen besaß, die wir drüben auf der Insel hatten singen hören.

»Wir bleiben zurück«, sagte er. »Denn du kennst den Weg. Uns scheint er lang. Du wirst ihn auf weiten Schwingen rasch durcheilen. Uns werden hundert Sommer vorbeigehen, indes du einen Atemzug tust. Die weißen Feuer und die blauen Feuer und die schwarzen Feuer werden erschrecken vor deinem Flug!«

Er hatte sich langsam erhoben und stand nun aufrecht da, den Becher in beiden Händen haltend.

Mit schallender Stimme rief er:

»Unterhalb des weißen Himmels,
Oberhalb der weißen Wolke,
Unterhalb des blauen Himmels,
Oberhalb der blauen Wolke,
Steig zum schwarzen Himmel, Vogel!«

Mond de Marais hob seinen Becher mit beiden Händen und trank ihn aus. Auch wir leerten unsere Becher. Baquaha stand auf, legte

Holz nach, ging dann zu dem zweiten Hammel, drehte ihn um und betastete seinen Rücken.

»Kommt!« rief er uns zu. »Oder könnt ihr schon nicht mehr?«

Wieder verteilten Baquaha und Don Jesús das Fleisch. Ein leerer Weinkrug lag im Gras. Die Brotpyramide war bis auf die unterste Lage abgetragen. Wir aßen, doch da wir nicht mehr so heißhungrig waren, sprachen wir auch miteinander. Mond de Marais saß zwischen Piero und mir.

»Was hast du für Strange Goose gesungen?« fragte Piero ihn.

»Waiting Raven hat gesungen«, antwortete Mond de Marais, spießte ein Stückchen Herz auf die Messerspitze und hielt es ihm hin.

Piero nahm es und steckte es in den Mund. »Was hat Waiting Raven gesungen?«

»Er hat zu Memajuokun gesprochen«, sagte Mond de Marais. »Er hat ihm den Weg beschrieben, damit er nicht irregeht. Er hat von den Feuern gesungen, von den Alligatoren mit den Heuschreckenflügeln, vom Seelenfresser mit dem Elchkopf und von seiner Frau, die Yémanjás Tochter ist. Er hat von den Geistern gesungen, die unter den Wurzeln warten und in den Felsspalten und in den Vogelnestern aus Menschenhaar und in den Quellen. Er hat ihm die vier Landschaften beschrieben, damit er sie erkennt, denn sie gleichen Irrgärten, und er darf nicht in ihnen verweilen, ausgenommen in der letzten.«

Mond de Marais nahm einen Schluck und klemmte seinen Becher zwischen die Knie. »Cheegoon!« rief er. »Schick mir ein Stück Käse! Ein großes, mit Rinde!«

»Wie heißen die vier Landschaften?« fragte ich.

Mond de Marais biß in den Käse, legte ihn ins Gras, spießte ein Stückchen Niere auf sein Messer und hielt es mir hin. Ich nahm es entgegen und aß.

»Zuerst die Sümpfe, wo die weißen Feuer brennen«, sagte Mond de Marais. »Dann die Hügel; dort brennen die blauen Feuer. In den Bergen brennen Feuer, die schwarz sind; du kannst sie nicht sehen. Und schließlich die Mutterhöhle. Dort ist die Quelle, aus der Blut fließt. Von dem mußt du trinken, wenn du wiederkommen willst. Aber du mußt vorsichtig sein dabei. Du darfst keine der Blumen zertreten, die rings um die Quelle wachsen.«

Er biß von seinem Braten ab, nahm seinen Becher und trank.

Piero beugte sich vor. »Da waren vier Worte, die du – ich meine, die Waiting Raven jedesmal wiederholte, wenn er um Strange Goose herumgegangen war. Was waren das für Worte?«

Mond de Marais kicherte. »*Ungaigakgak. Ungangak. Kaigaigakgak. Kaigaigak.*«

»Was bedeuten sie?«

»Bist du noch da? heißt das. Hörst du mich? Gänsesprache, verstehst du?«

Piero nickte.

»Aber das übrige«, sagte ich, »das von den Feuern, den Geistern und den Landschaften – in welcher Sprache hat Waiting Raven das gesungen?«

»In der Sprache Memajuokuns«, sagte Mond de Marais. »Niscaminou hat die Höhle geschaffen. Als Memajuokun zum erstenmal aus der Höhle trat, da sah er die Welt. Er war so verblüfft, daß sein Mund sich öffnete. Da ging aus seinem Mund die Sprache hervor. Nur wir kennen sie.«

»Nur die *puoink?*« fragte Piero.

Mond de Marais nickte.

»Von wem hast du die Sprache gelernt?« fragte ich. »Von deinem Vater?«

»Es kommt vor, daß ein *puoin* die Alte Sprache und die Lieder und die Tänze und all das andere von seinem Vater oder von seiner Mutter lernt. Ich habe alles von Strange Goose gelernt.«

»Von Strange Goose? Woher hat er das alles gewußt? Er kam doch aus der Stadt?«

Wieder kicherte Mond de Marais. »Du willst sagen, er war ein Weißer, hm? Aber darauf kommt es nicht an, Chas. Es kommt darauf an, ob du sehen kannst. Strange Goose konnte sehen. Alles andere hat Tom Benaki ihn gelehrt.«

»Und wann hörte Strange Goose auf, ein *puoin* zu sein?«

»Niemals. Nur hat er seit dem Tod seines Sohnes vor elf Jahren nicht mehr gesungen.«

»Seit dem Jahr der tanzenden Hügel«, sagte ich.

»Ja. Seit dem Überfall auf Memramcook.«

Ich blickte auf. Alle anderen waren verstummt und hörten unserem Gespräch zu.

Mond de Marais zog seine Pfeife hervor und fing an, sie zu stopfen; Arwaq tat das gleiche, und ihm folgten Zachary und Amos, Amabuimé, Don Jesús und die anderen. Die Pfeifen wurden angebrannt und begannen die Runde zu machen. Wir reichten sie nach links weiter und nahmen sie von rechts entgegen. Und Mond des Marais erzählte:

»Es war vor zweiunddreißig Jahren«, sagte er, »im Jahr des großen Rauchs. Die Wälder drüben in Kespeeg brannten. Im Jahr davor hatten die Wälder in Miramichi gebrannt. Es gab Tage, da konnten wir den Rauch riechen. Aber das war selten. Meist war er hoch oben und verhüllte die Sonne, und ein braungelbes Licht lag über den Hügeln. Es war kein gutes Licht.«

Aaron nickte.

»An so einem Tag«, fuhr Mond de Marais fort, »kam ich mit Strange Goose aus den Ruinen zurück, die ihr von Peggy's Cove aus sehen könnt. Es wurde Nacht. Wir rasteten dort, wo einmal das Haus der Eltern meiner Mutter gestanden hatte. Der Rabe kam, und ich fütterte ihn, wie ich es immer tat.

›Du kennst ihn?‹ fragte Strange Goose.

›Ich kenne ihn‹, sagte ich. ›Er ist der Geist meines Großvaters.‹

›Ja‹, sagte Strange Goose. ›So ist das. Du kannst sehen.‹

Er beugte sich nieder und hielt dem Raben ein Stück Brot hin, und der Rabe nahm es aus seiner ausgestreckten Hand.

›Das hat er bei mir noch nie getan!‹ sagte ich.

›Hehe‹, erwiderte Strange Goose. ›Ich rede mit ihm. Willst du, daß ich dich lehre, mit ihm zu reden?‹

›Ja‹, sagte ich. ›Das will ich.‹«

Mond de Marais schwieg und drückte den glimmenden Tabak in der Pfeife zusammen, die Piero ihm gereicht hatte. Piero erhob sich und legte Holz aufs Feuer. Nachdem er seinen Platz wieder eingenommen hatte, fuhr Mond de Marais fort.

Er erzählte von den vier Jahren, die er gebraucht hatte, um die Tänze und Gesänge seinem Gedächtnis einzuprägen. Die Zeit, in welcher der Mais gesät wird, nannte er sie. Er erzählte von den drei folgenden Jahren, die er damit verbracht hatte, von Strange Goose die Sprache der Tiere, der Geister und der Götter zu lernen. Diese Jahre nannte er die Zeit, in welcher der Mais keimt.

Im sechsten Jahr nahm Strange Goose ihn zu einem Kind mit, das aufgehört hatte zu sprechen, nichts mehr essen und trinken wollte, nur noch auf dem Boden hockte, die Arme um sich selbst geschlungen, und unablässig vor und zurück schaukelte.

»Strange Goose hatte gesagt, er wolle den Gesang des Falschen Gesichts tanzen«, sagte Mond de Marais. »Doch als wir angekommen waren, als es Nacht geworden war und das Feuer brannte und Strange Goose seinen Lederbeutel öffnete, kam nicht der schwarze Gänsekopf mit den dreieckigen weißen Flecken hinter den Augen zum Vorschein. Strange Goose zog einen schwarzen Rabenkopf hervor, glättete die Federn und reichte ihn mir. Ohne ein Wort zu sagen, deutete ich auf meine eigene Brust. Und Strange Goose nickte.«

»Ist das Kind gesund geworden?« fragte Piero.

Cheegoon Newosed nickte und lachte.

»Ja«, sagte er polternd. »Ich bin gesund geworden!«

Chrestien und Amos füllten unsere Becher auf, die einen mit Wein, die anderen mit Bier. Amabuimé, Baquaha und Arwaq holten sich die Oberschenkelknochen der Hammel, schlugen sie mit einem Stein auf und schlürften das warme Mark, indes Cheegoon uns erzählte, wie Strange Goose, hinter ihm kniend, seine Schultern umklammert gehalten hatte, während Mond de Marais um das Feuer tanzte und sang.

»Er ist auf der anderen Seite des Feuer hingefallen«, sagte Cheegoon. »Weit weg von mir. Da bin ich aufgewacht. Strange Goose hat meine Schultern losgelassen. Ich saß steif da und war wach. Mir war kalt, obwohl das Feuer gebrannt hat.

›Ist er tot?‹ hab ich gefragt.

›Nein‹, hat Strange Goose geantwortet. ›Er ist nicht tot. Er ist erschöpft. Er hat Hunger.‹ Und er hat mir etwas in die Hand gedrückt. Es war ein Stück Brot. ›Du mußt gehen und ihn füttern‹, hat er gesagt.

Ich stand auf, ging ums Feuer herum und hab mich hingehockt. Der Rabe hat den Schnabel geöffnet. Ich hab das Brot hineingeschoben, und der Rabe hat es wirklich geschluckt. Dann ist er aufgestanden, hat sich geschüttelt und ist davongehüpft, weiter weg, weiter weg. Und dann war er nicht mehr da. Strange Goose hat mich aufgehoben und mich meiner Mutter gereicht, und die hat mich ins Bett gebracht. Ich war gesund.«

Cheegoon schüttelte den Kopf und lachte. Dann zog er eine Fleischfaser zwischen seinen Schneidezähnen hervor, betrachtete sie und steckte sie in den Mund zurück.

»Schmeckt's?« fragte Baquaha.

Cheegoon nickte.

»Auch ich möchte euch etwas erzählen«, sagte Baquaha. »Mein Vater, Maguaie, hat es erlebt. Er hat es mir erzählt, und das ist, als ob ich es selbst erlebt hätte.«

Baquaha sprach, als sei er selbst es gewesen, der zusammen mit Strange Goose, einem Mann aus Matane und zwei Männern aus Mactaquac die Stadt besucht hatte, in der Strange Goose aufgewachsen und aus der er im Jahr der Seuche geflüchtet war.

Zwei Monate, eine Woche und vier Tage hatte der Ritt gedauert, von dem Strange Goose mir bereits erzählt hatte. Obgleich ich die Geschichte kannte, lauschte ich Baquaha aufmerksam.

Piero kannte die Geschichte offenbar noch nicht. Er vergaß mehrmals, die Pfeife, die ihm von rechts gereicht wurde, nach links weiterzugeben, und saß dann eine Weile lang mit zwei Pfeifen da, die eine zwischen den Zähnen, die andere in der Hand haltend.

»Und ihr seid in der ganzen Stadt keinem Menschen begegnet?« fragte er, nachdem Baquaha ans Ende seiner Erzählung gelangt war.

»Keinem«, bestätigte Baquaha. »Vielen Tieren, aber keinem Menschen. Nur dem Wind. Der war überall.«

»Von diesen Städten wird bleiben, der durch sie hindurchgeht: der Wind!« sagte Aaron.

»Wo steht das?« fragte Saul Giesbrecht. »Im Alten Testament?«

»Das dachte ich auch«, entgegnete Aaron. »Mein Vater hat diese Worte oft gesagt, wenn wir von den vergangenen Zeiten sprachen. Ich habe nie gefragt, woher er sie hatte. Erst als er schon zwei oder drei Jahre tot war, fielen sie mir wieder ein, und ich suchte sie in der Heiligen Schrift. Ich habe sie nicht gefunden.«

»Stehen sie vielleicht in den Apokryphen?« fragte Piero.

»Schau, schau!« sagte Aaron. »Was man bei euch so alles liest! Doch nein, in den Apokryphen habe ich auch nichts gefunden.«

Amabuimé schlug die Augen auf und sah in seinen Becher.

670

»Hier drin finde ich auch nichts mehr«, sagte er und gab den Becher an Saul weiter; der gab ihn Cheegoon, welcher ihn Igatagan Kobetak gab; Igatagan gab ihn Chrestien, der ihn füllte und zurückgab. Als der Becher wieder in Amabuimés Hand war, nahm dieser einen tiefen Schluck.

»Mann!« sagte er. »Hab ich einen Durst!« Abermals nahm er einen tiefen Schluck, sah in den Becher und gab ihn Saul. »Sei so gut! Er kann doch kaum halb voll gewesen sein.«

Er beugte sich vor und verschränkte die Hände vor den Knien.

»Hab ich euch schon erzählt«, fragte er, »wie Strange Goose und ich die Fische ganz allein essen mußten?«

»Ich habe die Geschichte von So gehört«, sagte Zachary. »Kiri und Sureeba wollen sie immer wieder erzählt bekommen. Es ist eine Geschichte, die man oft erzählen kann.«

»Die kleine So!« sagte Amabuimé und nahm den neuerlich gefüllten Becher von Saul entgegen. »Sie war damals gerade fünf Jahre alt. Und du« – er bohrte Arwaq seinen riesigen schwarzen Zeigefinger unterhalb der Rippen in den Bauch – »du warst gerade sechs!«

Er blickte in die Runde und nahm einen tiefen Schluck.

»Taguna und Strange Goose hatten Arwaq mitgebracht«, fuhr er dann fort. »Mooin war mit Ankoowa nach Matane geritten, Ankoowas Eltern besuchen. Es war im Mond der reifen Ähren. Ein warmer Tag, und die *msesoksk* waren fürchterlich. Wie nennt ihr diese dicken stechenden Fliegen, Chas?«

»Pferdebremsen«, sagte ich.

»Pferdebremsen? Hm, es hört sich an, als ob eure weniger stechen als unsere.«

»Sie stechen genauso, Amabuimé«, sagte ich. »Komm uns besuchen, und du wirst es erleben.«

»Ich bin zu alt zum Reisen«, sagte er. »Ich bin zufrieden, wenn sie mich hier stechen. Wie gesagt: Sie waren fürchterlich. Ihr wißt ja, wie sie einen umkreisen und umkreisen und sich immer dorthin setzen, wo man sie nicht sehen kann?«

Alle nickten. »Strange Goose und ich«, fuhr Amabuimé fort, »waren dabei, die Jauchegrube auszuschöpfen. Wir leerten das gute Zeug in das große Faß auf dem Wagen, und wenn es voll war, fuhren wir es auf die Wiesen. Wir haben eine große Jauchegrube, nicht wahr?«

»Sehr groß«, bestätigte Cheegoon. »Und sehr tief.«

»Eine gemauerte Jauchegrube«, sagte Saul.

»Ja, Mann!« sagte Amabuimé. »Strange Goose stand auf dem gemauerten Rand und schöpfte. Ich stand auf einem Brett mitten über der Grube und schöpfte auch. Ich hatte das Brett dort hingelegt, damit Strange Goose und ich einander nicht im Weg waren. Ich stehe also da und schöpfe. Da sticht mich plötzlich so eine Pferdebremse in den Nacken. Wie mit einem Messer, sag ich euch! Ich lasse den Stiel vom Schöpfer los und schlage nach ihr. Ich verliere das Gleichgewicht. Platsch! Das nächste, was ich weiß: Ich stehe bis über die Schultern in dem guten Zeug drin, und es fühlt sich warm an. Eine Bremse sticht mich in die Stirn. Ich ziehe eine Hand aus dem Zeug heraus und will nach der Bremse schlagen. Aber dann sehe ich mir die Hand genau an und beschließe, daß ich lieber nicht schlagen will. Statt dessen wate ich zum Rand der Jauchegrube hin. Ich wate langsam, denn das Zeug ist dick. Als ich nah genug bin, beugt sich Strange Goose vor und reicht mir die Hand, und ich nehme sie, und Strange Goose zieht, und ich ziehe und stemme die Füße gegen die Mauer. Platsch! Da liegt Strange Goose auch drin. Entweder ich hab zu stark gezogen, oder er hat sich zu weit vorgebeugt. Jedenfalls liegen wir jetzt beide drin, mit dem Unterschied, daß Strange Goose kopfüber hineingefallen ist. Er taucht aber gleich wieder auf, dicht bei mir, wie ein brauner Seehund, und prustet mir das ganze Zeug ins Gesicht, und ich kann es mir nicht abwischen, nicht wahr. Dann sehe ich die Weiber. Sangali und Taguna liegen auf den Knien im Gras, umarmen einander, und die Tränen tropfen ihnen von den Gesichtern, und sie heulen vor Lachen. Das hat mir den Rest gegeben.«

Er verstummte, hob die rechte Hand und fuhr sich mit ihr über den glattrasierten schwarzen Schädel.

»Und dann haben sie euch herausgeholfen?« sagte Piero.

»Wo denkst du hin, Mann!« sagte Amabuimé. »Sie haben gesagt, dazu sind sie zu schwach, wir sollen uns selber heraushelfen und zum Bach gehen und sehr lange dort bleiben, und sie wollen es sich noch überlegen, ob sie weiter mit uns zusammenleben können. Wie die Weiber eben sind. Schließlich sind wir auf den Rand gekrabbelt. Das Gröbste haben wir uns abgekratzt und in die Grube zurückgeschmissen. Dann sind wir zum Bach gegangen und ins Wasser gestiegen. Wir haben alles ausgezogen, ins Wasser gelegt und mit Steinen beschwert. Uns selber haben wir mit Wasser und Sand abgerieben. Es hat lange gedauert. Am schwierigsten war es, das Zeug aus den Haaren herauszukriegen. Es war ein trockener Herbst. Der Bach hat nicht viel Wasser gehabt. So weit wir sehen konnten, war das Wasser bachabwärts braun.«

Amabuimé trank mit großen Zügen seinen Becher leer und blies dann in ihn hinein. Es klang hohl. Er wandte sich an Saul und drückte diesem den Becher in die Hand.

»Sei so gut!« sagte er.

»Wo bleiben die Fische?« fragte Piero.

»Die waren die ganze Zeit da«, sagte Amabuimé. »Wir hatten sie bloß noch nicht gefangen. Wir waren noch mit unseren Haaren beschäftigt, da hörten wir Sangalis Stimme.

›Wir haben euch andere Kleider gebracht!‹ hat sie gerufen. ›Hier liegen sie. Bei den Himbeeren!‹

›Euer Angelzeug ist auch dabei‹, hat Taguna gerufen. ›Bringt uns ein paar schöne Fische mit!‹

Dann sind sie gegangen. Und was glaubt ihr, was sie dabei getan haben?« Amabuimé blickte auffordernd in die Runde.

»Ich fürchte«, sagte Piero, »sie haben wieder gelacht.« Seine Unterlippe bebte ein wenig, als er dies sagte.

»Richtig, Mann!« rief Amabuimé. »Und das war zuviel, nicht wahr? Das konnten wir nicht hingehen lassen. Nun, als wir sauber waren, auch die Haare und alles, haben wir uns angezogen und sind ein Stück bachaufwärts gegangen. Und es dauerte nicht lange, eine Stunde oder anderthalb, da hatten wir sechs fette Forellen fürs Abendessen.«

»Ich erinnere mich«, sagte Arwaq und hielt die Hände einen Fuß weit auseinander. »So lang waren sie!«

»Die Weiber kamen aus dem Haus, als sie uns hörten«, erzählte Amabuimé weiter. »Sie sind zwei Schritte von uns entfernt stehengeblieben, haben sich zu uns herübergebeugt und an uns gerochen. Gelacht haben sie nicht mehr. Aber Taguna hat die Unterlippe vorgeschoben.

›Deine Haare!‹ hat Sangali zu mir gesagt. ›Mit diesen Haaren

673

kommst du mir nicht ins Bett. Wir müssen dir den Kopf rasieren.‹

Ich wollte meine Haare behalten. Aber Sangali behauptete steif und fest, daß sie stinken. Da mußte ich nachgeben. Nach ein paar Tagen fand Sangali dann, daß ich ohne Haare viel schöner bin. Seither ist mein Kopf so, wie ihr ihn hier sehen könnt.«

»Und die Fische?« fragte Piero.

»Sangali nahm sie aus«, sagte Amabuimé. »Taguna hat sie dann in grobem Mehl gewälzt und mit Butter und gehackten Haselnüssen gebraten. Ihr müßt euch den Duft vorstellen. Wir saßen alle am Tisch, und Taguna hat die Pfanne mit den Fischen gebracht.

›Schöne Fische‹, hat sie gesagt. ›Wo habt ihr die gefangen?‹

Strange Goose hat mich angeschaut und die Augen zugekniffen. Ich habe den Mund gehalten.

›In dem tiefen Kolk‹, hat Strange Goose gesagt. ›Dort, wo die krumme Birke steht, die wie ein Knie ausschaut.‹

›Bachabwärts?‹ hat Sangali gerufen.

Strange Goose hat genickt.

›Wirklich?‹ hat Taguna leise gefragt.

›Ja, warum denn nicht?‹ hat Strange Goose gesagt.

›Du Ferkel!‹ hat Taguna zu ihm gesagt.

›Und was bin ich?‹ hab ich gefragt.

›Auch ein Ferkel‹, hat Sangali gesagt.

So ist es gekommen, daß wir die Fische alleine essen mußten. Aber wir hatten ja viel gearbeitet, und das Wasser im Bach war kalt gewesen, und so hat jeder von uns seine drei Fische geschafft. Sangali, Taguna, Arwaq, So und Chinoi aßen nur Kartoffeln und Rüben. Strange Goose wurde als letzter fertig. Er hat die Gräten auf seinem Teller betrachtet.

›Was meinst du, Amab?‹ hat er dann zu mir gesagt und das Gerippe am Schwanz hochgehoben. ›Ist das hier nicht der, den du unter dem überhängenden Felsen gefangen hast, der wie der Hintern von einem Elch aussieht?‹

›Zeig mal her‹, habe ich gesagt und mir den Fisch genau angeschaut. ›Ja, das ist er! Der mit dem gebogenen Unterkiefer.‹

Eine Weile war es ganz still. ›Aber‹, sagte Sangali dann, ›der Elchhinternfelsen, der ist doch fast eine Meile weit bachaufwärts?‹

Da haben wir beide gelacht, Strange Goose und ich, bis uns die Tränen heruntergetropft sind.«

Amabuimé trank, gab Saul seinen Becher und nahm von ihm eine frisch entzündete Pfeife entgegen. Ich blickte dem aufsteigenden Rauch nach. Der Dachfirst des Langhauses hob sich schwarz gegen den ergrauenden Himmel ab.

Don Jesús ergriff das Wort und erzählte von einer Hirschjagd, bei der sie zwar keinen Hirsch, dafür aber drei Wildschweine erlegt hatten. Auf dem Heimweg hatte Strange Goose eine junge Wölfin halbverhungert vor ihrem Bau gefunden und mitgenommen. Taguna hatte sie Abit genannt.

Aaron erzählte mit leise bebender Stimme, wie er, Antal Gácsér und Strange Goose eines Winters vor über vierzig Jahren in der Bucht von Memramcook nach Dorschen geangelt hatten. In der Nacht war der Wind umgesprungen. Ein Eisfeld war herangetrieben und hatte sie eingeschlossen; Pelzrobben mit ihren Jungen hatten in Scharen auf dem Eis gelagert. Einige Muttertiere waren nah ans Boot herangekommen, als sie die Fische rochen, und zwei oder drei von ihnen hatten versucht, sich welche zu holen. In der darauffolgenden Nacht gelang es ihnen dann auch; nur fünf Fische ließen sie übrig. Erst am Nachmittag des nächsten Tages gab das Eis das Boot frei, und die drei Männer konnten nach Memramcook zurückrudern.

Magun spielte uns vor, was geschehen war, als Strange Goose, Mooin und er versucht hatten, ein Stinktier zu vertreiben, das sich in seine Hütte eingeschlichen hatte. Nach ihm erzählten Amos, Saul, Igatagan, Björn, Nicolae, Cheegoon, Zachary, Chrestien und Arwaq und schließlich Piero und ich. Das Bierfaß war leer. Amos hatte den zweiten Weinkrug ins Gras gelegt. Das Feuer war heruntergebrannt. Es war nun so hell, daß ich an den Ulmen die einzelnen Blätter unterscheiden konnte.

Amabuimé schlief als erster ein, auf dem Rücken liegend, Arme und Beine von sich gestreckt. Seine Pfeife lag auf seiner Brust. Ihr Kopf war ein dicker kleiner Mann mit großen Augen und aufgerissenem Mund; zwischen den Knien hielt er einen Kessel, um dessen Rand er seine Arme schlang.

Als die Wipfel der Ulmen grüngolden aufleuchteten, waren nur noch Piero, Mond de Marais, Aaron Wiebe und ich wach. Einer nach dem anderen standen wir steifbeinig auf, gähnten, streckten uns, stampften im Gras umher. Amabuimé schnarchte; ein auf- und absteigendes Gurgeln kam aus seinem offenen Mund. Igatagans Hand hielt einen Markknochen umklammert. Eine schwarzgelbe Meise hüpfte heran, pickte ein paarmal vorsichtig nach dem Knochen und flog schwirrend auf, als Igatagan sich seufzend auf die Seite wälzte. Björn lag ruhig atmend unweit der nackten Hammelgerippe, halb auf dem Bauch, einen Arm nach vorn geworfen, ein Bein angewinkelt, als sei er mitten im Lauf zu Boden gestürzt.

Wir trugen die Trommeln ins Langhaus. Dann traten wir auf den Fahrweg hinaus und schauten zur Sonne hin.

Sie lag, oben und unten ein wenig abgeflacht, auf den dunstgrünen Hügeln, eine ferne leuchtende Orange.

Aaron hob ihr die Handflächen entgegen.

»Das Licht der Welt!« sagte er lächelnd.

»Bon Dieu!« meinte Mond de Marais. »Zum Hineinbeißen!«

Und er bekreuzigte sich.

SPRICH

»Nein!« sagte Piero. »Das weiß ich nicht. Gehört hab ich kein Wort.
Du weißt, was für einen Lärm ein Wasserrad macht. Als ich die Tür
zur Schmiede öffnete, standen sie so da, wie ich es dir beschrieben
habe. Sigurd hat mich zuerst gesehen. Aber er hat sich nicht
gerührt. David hat sein Messer in die Scheide zurückgeschoben.
Dann erst hat er sich nach mir umgedreht.«
»Sigurd ist weiter so stehengeblieben?«
»Nur ein paar Augenblicke lang. Dann hat er das Sensenblatt auf
den Dengelstock gelegt, hat sich hingesetzt und zu dengeln ange-
fangen. David hat sich die Nase gewischt, ist zur Tür gegangen, hat
den Hund gerufen und ist mit ihm verschwunden. Er ist wohl zu
der Weide bei dem kleinen See gegangen. Das war alles.«
»Du kennst David besser als ich, Gatto. Glaubst du, daß er es war,
der angefangen hat?«
»Nein. Aber ich weiß es nicht.«
»Hast du bemerkt, ob sie früher schon einmal Streit hatten?«
»Nichts, was ich Streit nennen würde. Du weißt ja, wie Sigurd
manchmal ist.«
»Ja. Wie im Theater.«
»Eben. Es war nicht ernst. Aber da war ein Wortwechsel zwischen
Inga und Dagny, am Abend zuvor. Sie waren dabei, einigen Schafen
die Hufe zu schneiden. Als David mit dem dicken Lamm, das sich
verlaufen hatte, den Hang herabkam, wurden sie sofort still.«
»Weißt du, weshalb sie gestritten haben?«
»Nein, Chas. Es hat recht erbittert geklungen. Ich war zu weit weg,
um die Worte zu verstehen. Es kann sein, daß eine der beiden etwas
falsch gemacht hat – oder der Ansicht war, die andere habe etwas
falsch gemacht.«
»Das kann sein, ja. Aber am nächsten Morgen gingen dann David
und Sigurd aufeinander los. Ich mag solche Zufälle nicht.«

»Wer mag die schon? Daß niemand sie mag, beweist ja, daß es sie gibt.«

»Du sprichst wie ein Rechtsgelehrter!«

»Und du wie einer, der das Wasser greifen und festhalten möchte!«

»Meinetwegen. Hat Sigurd getrunken?«

»Wenn, dann hat er es gut verborgen.«

»Traust du ihm das zu?«

»Wenn ich nur an ihn denke, dann nicht. Doch wenn ich an Björn und Agneta denke, die Meister im Verbergen sind, dann glaube ich, Sigurd könnte ein wenig von dieser Meisterschaft geerbt haben.«

»Könnte, könnte! Kann er sein Trinken verbergen, oder kann er es nicht?«

»Kaum, Chas. Er ist zu sehr damit beschäftigt, etwas anderes zu verbergen.«

»Und das wäre?«

»Du fragst mich – ich frag dich.«

»Und ich bin noch nicht fertig mit Fragen. Dagny und Inga vertragen sich doch sonst. Oder?«

»Doch, das tun sie. Und Sigurd verträgt sich mit seiner Schwester ebensogut wie mit seiner Frau.«

»Mit jeder für sich? Oder auch mit beiden? Ich meine, wenn sie alle drei beisammen sind?«

»Sowohl als auch. Du bist auf einer falschen Spur.«

»Mag sein. Kennst du den Weg?«

»Den zum Wasserfall? Dagny hat ihn mir beschrieben. Wir müssen an der Stelle vorbei, wo die Leute aus Mississippi Amos, Arwaq und Oonigun überfallen haben. Von dort ist es nicht mehr weit.«

»Gut. Ich möchte nicht zu spät nach Hause kommen.«

»Sprichst du von deiner Hütte? Oder vom Ibárruri-Hof?«

»Vom Ibárruri-Hof. Das Gästezimmer ist noch frei.«

»Ich begreife. Der Mumienduft lockt dich.«

»Jetzt sprichst du wie ein sizilianisches Maultier, Gatto.«

»Die sprechen nicht, Chas. Das weiß ich nun besser als du. Aber schauen – das tun sie. Eins und eins zusammenzählen – das können sie.«

»Nun?«

»Was: nun?«

»Was gibt eins und eins?«

»Zwei, Carlos. Zwei, zwischen denen es in Signiukt und auf dem Heimweg gar lieblich geknistert hat.«

»Gar lieblich! Geknistert! Kann ja sein. Das waren aber dann die Reste deines in der sizilianischen Mittagshitze verbrutzelnden Gehirns.«

Er sah mir in die Augen. Von der Rißwunde über seiner linken Braue war nur noch ein scharfer weißer Strich auf der gebräunten Haut zu sehen, zu dessen Seiten viele kleine narbige Vertiefungen einander paarweise gegenübersaßen.

»Du meinst das sizilianische Mittagslicht«, sagte er mit einem raschen Lächeln. »Schon der große Pan hat es zu schätzen gewußt. Das mit der Mittagshitze ist eine bösartige nordische Verleumdung. Je nordischer, um so bösartiger.«

»Gut, daß Sigurd dich nicht hören kann!«

»Nicht wahr? Sonst würde er vielleicht auf mich mit der Sense losgehen.«

»Oder mit dem Gewehr. – Gatto?«

»Was ist?«

»Das Gewehr. Hat er ein Gewehr auf dem Wagen gehabt? An dem Tag, an dem wir aus Signiukt zurückkamen?«

»Ah! Du an meiner Stelle hättest also auch nachgesehen? Es war einfach. Der Wagen stand im Schuppen. Niemand konnte mich beobachten. Aber dort war kein Gewehr. Ich bin dann zur Schmiede hinaufgegangen, und da war das Gewehr. Sigurd hat an ihm gearbeitet.«

»War etwas zerbrochen?«

»Nein. Er hat ein neues Korn aufgesetzt. Er hatte sich schon lange darüber geärgert, daß die Büchse ein wenig nach rechts schoß. Ich verstehe mich ja nicht auf die Büchsenmacherei. Aber das war es, was er in Ordnung brachte. Er hat dann das Gewehr eingeschossen und zwischendurch immer wieder an dem neuen Korn herumgefeilt. Bis er endlich zufrieden war.«

»Was hat er zu deiner Verletzung gesagt?«

»Er hat sofort gefragt, was geschehen ist. Ich habe ihm alles erzählt Er war aufrichtig entsetzt, das konnte ich sehen.«

»Ich zweifle nicht daran. Wenn du es sagst.«

»Das klingt nicht sehr glaubwürdig, Chas.«

»Ich weiß. Aber ich zweifle wirklich nicht an deinem Urteil. Ich frage mich nur, wer es gewesen sein könnte.«

»Gib's auf, Chas. Es war niemand, den wir kennen. Weißt du, was Baquaha denkt?«

»Was denn?«

»Daß die Mississippi-Leute vielleicht einen der Ihren zurückgelassen haben. Er könnte ihr Lager bewacht haben. Als sie nicht zurückkehrten, ist er in die Wälder gegangen. Im Sommer ist es leicht, sich durchzuschlagen.«

»Weshalb sollte er dann auf uns geschossen haben?«

»Baquaha meint, um ein Pferd zu bekommen.«

»Möglich. Doch mit dem Pferd kommt er nur bis zur Küste. Dann braucht er ein Boot.«

»Das waren Baquahas Worte. Zwei Tage nachdem wir Strange Goose begraben haben, waren alle Küstenbewohner gewarnt. Sie sollten auf ihre Boote achtgeben. Bisher ist nirgendwo eins weggekommen.«

»Natürlich nicht. Der Mann hat danebengeschossen. Er kann sich denken, daß er damit Aufsehen erregt hat. Jetzt muß er warten, bis sich die Unruhe ein wenig legt. Doch wozu der ganze Wirbel, Gatto? Ich an seiner Stelle hätte mich tagsüber verborgen und wäre nachts gegangen. An der Küste hätte ich ein Boot gestohlen und wäre ein paar Sunden später drüben auf dem Festland gewesen. Nein – mir kommt die ganze Geschichte unwahrscheinlich vor.«

»Damit bist du nicht allein. Baquaha meinte nur, daß wir alle Möglichkeiten in Betracht ziehen sollten.«

Vor uns tat sich der Steinbruch auf. Zu unserer Rechten leuchtete die Sandsteinwand in frischem, feuchtem Rot. Links bogen Radspuren ab, in denen noch Wasser vom letzten Regen stand. Wir folgten ihnen, bis sie auf einer Lichtung einen Bogen beschrieben und in sich selbst zurückliefen. Geschälte Kiefernstämme lagen in zwei großen Stößen zum Abfahren bereit. Am südlichen Rand der Lichtung waren frische Baumstümpfe zu sehen.

»Ah ja«, sagte ich. »Hier war der Überfall.«

Piero wies mit der Hand auf das wuchernde Buschwerk, das die

Lichtung nach Osten hin abschloß. »Das müssen die Büsche sein, aus denen Oonigun herauskam.«

Wir ritten auf die Büsche zu und dann an ihnen entlang, ritten unter hochstämmigen Kiefern hin, die erst weit oben Wipfel bildeten, und gelangten rasch auf eine andere, kleinere Lichtung, die dicht mit Beerensträuchern bewachsen war. Die Himbeeren waren dick, aber noch grün, während die Früchte der Brombeeren bereits jenes durchscheinende Burgunderrot zeigten, das sich bald zu saftigem Schwarzviolett vertiefen würde.

»Wir sind gleich da«, sagte Piero. »Du kannst das Wasser schon hören.«

Ich lauschte. Ein sanftes, gleichmäßiges Tosen drang an mein Ohr.

Am östlichen Ende der Lichtung stiegen Birken und Ahorne in eine Schlucht hinab. Wir bogen nach Norden ein, ritten ein kurzes Stück an der Schlucht entlang, aus der es uns kühl anwehte, bückten uns vor Zedernästen, die über den Pfad hingen, und als wir uns wieder aufrichteten, fanden wir uns Angesicht zu Angesicht mit dem Wasserfall von Soonakadde, den Dagny den Mund genannt hatte.

Es war nicht nur ein Mund. Es war ein Antlitz, etwa zwölf Fuß hoch und nahezu ebenso breit, in den zimtbraunen Sandstein gehauen, dem mehrere lichtgraue Schichten eingelagert waren. Der Mund war ein breiter Schlitz; die dünnen, flachen Lippen waren nur wenig geöffnet. Nahe den Mundwinkeln ragten zwei viereckige Zähne aus dem Unterkiefer und berührten die Oberlippe. Zwischen den Zähnen floß das Wasser heraus und fiel frei in die Tiefe.

Die Augen waren übergroß, die Lidränder tief eingemeißelt, die Augäpfel jedoch glatt. Ohne Pupillen blickten sie blind nach Süden. Von der ausladenden Nase waren die Spitze und ein Drittel des Rückens abgebrochen. Über der Stirn war waagrecht ein Dolch angebracht. Obwohl er stark verwittert war, konnten wir die Blutrinne deutlich erkennen.

»Mein Gott«, sagte Piero leise. »Was haben sich die Menschen für eine Mühe gemacht. Denk allein an das Gerüst!«

»Hat dir Dagny gesagt, wie er spricht?« fragte ich.

»Mit einem tiefen Ton«, antwortete Piero. »So tief, daß du ihn mit dem ganzen Körper hörst. Wie von einer großen Orgelpfeife. Hinter dem Gesicht müssen Höhlungen oder Risse im Felsen sein, die bis auf die andere Seite reichen. Wenn der Wind von Norden kommt und sich in ihnen fängt, erzeugt er diesen Ton.«

»Eine eintönige Sprache«, sagte ich.

»Eine eindeutige. Der Ton bedeutet ja. Du mußt deine Frage so stellen, daß sie bejaht oder verneint werden kann.«

»Wie sagt er nein?«

»Indem er schweigt. Doch muß sein Schweigen nicht unbedingt nein bedeuten. Es kann alles mögliche heißen, nur nicht ja.«

»Und das nennst du eindeutig? Wie lange muß man auf Antwort warten?«

»Du kannst so lange warten, wie du das Gesicht siehst. Nicht das große hier. Hinten im Mund ist noch ein Gesicht, ein kleines, auf das an den Tagen der Tag- und Nachtgleiche um die Mittagszeit etwa eine halbe Stunde lang die Sonne fällt.«

»Welch ein Andrang muß an diesen beiden Tagen hier herrschen!«

»Ganz und gar nicht! Schau ihn dir an: Er hat keine Ohren. Du mußt deine Frage laut herausbrüllen, damit er sie hört. Und jetzt stell dir vor, du stehst hier und brüllst aus Leibeskräften: ›Wird Doña Gioconda meinen Antrag erhören?‹ Und die halbe Gemeinde steht hinter dir und hört zu. Würde dir das gefallen?«

»Deine Vorstellungskraft ist heute niederträchtig! Sag mir lieber, ob du jemanden kennst, der hier eine Antwort bekommen hat.«

»Dagny. Sie sagt, die Antwort sei wahr gewesen.«

»Was hat sie gefragt?«

»Das weiß ich nicht. Es ist so ähnlich wie bei dem Felsentor.«

»*Takumegoochk?*«

»Ja. Du mußt verschwiegen sein.«

»Was, wenn jemand zufällig in der Nähe ist und deine Frage hört?«

»Das ist etwas anderes. Übrigens ist es auch erlaubt, sich hier zu verstecken. An Gelegenheiten dazu fehlt es ja nicht.«

»Wie konnte Dagny dann sicher sein, nicht belauscht zu werden?«

»Das hab ich sie auch gefragt. Ganz sicher kannst du nie sein. Dagny hat von zwei anderen Mädchen gewußt, die ebenfalls vorhatten, hierherzukommen und eine Frage zu stellen. Was sie genau getan hat, um die beiden fernzuhalten, hat sie mir nicht verraten. ›Ich hab Fäden gezogen!‹ sagte sie. Ich kann mir denken, welche.«

»Ich auch!«

Die Birken, die sich hoch über dem steinernen Antlitz mit ihren Wurzeln an den Felsrand klammerten, bogen sich plötzlich und rauschten auf, und ihre Blätter flirrten im Sonnenlicht. Hoss und Solvejg legten fast gleichzeitig die Ohren flach an die Köpfe. Dann vernahmen auch wir den abgründig orgelnden Ton.

»Ja!« rief Piero. »Er sagt ja! Wir haben beide recht mit dem, was wir vermuten!«

Für Augenblicke war das Orgelbrummen rund um uns kalt wie Stein. Dann schwand es dahin. Die Pferde stellten ihre Ohren wieder auf. Hoss rieb seine Nüstern an denen Solvejgs.

»Willst du eine Frage stellen?« fragte Piero. »Du weißt, ich schweige.«

»Das weiß ich, Gatto. Doch wozu fragen? Heute ist der falsche Tag, und die Tageszeit stimmt auch nicht.«

»Er hat aber eben gesprochen, Chas. Wer weiß? Vielleicht kommt er uns entgegen, weil wir nicht von hier sind?«

Ich schüttelte den Kopf.

Piero richtete sich auf. »Mund!« rief er aus vollem Hals, und die hellen Haare flogen um seinen Kopf. »Mund! Hörst du mich? Ich frage: War es Sigurd Svansson, der den Streit mit David Wiebe begonnen hat?«

Wir warteten und horchten eine lange Weile. Doch der Ton ließ sich nicht wieder vernehmen.

»Da hast du deine Antwort«, sagte ich schließlich. »Sie kann nein bedeuten, aber auch alles mögliche andere.«

»Jetzt widersprichst du dir selbst, Chas. Vorhin hast du selbst behauptet, dies sei der falsche Tag.«

Wir wendeten unsere Pferde und ritten im Schritt davon.

»Kommen nur Frauen hierher?« fragte ich, als wir die Lichtung erreicht hatten, auf der die entrindeten Stämme lagen.

»Du meinst, weil sie sich besser als wir darauf verstehen, andere fernzuhalten? Nein. Es geht völlig gerecht zu. Im Frühling sind die Männer an der Reihe; die Frauen im Herbst.«

Wir trennten uns dort, wo unser Weg auf den Fahrweg traf, der einerseits hinauf nach Seven Persons, andererseits ins Tal hinab zur Landstraße führte.

»Kommst du bald wieder zum Bauen?« fragte ich.

683

»Diese Woche nicht«, sagte Piero. »In der nächsten wohl auch nicht. Wir haben noch drei Mähmaschinen, die zur Getreideernte fertig sein sollen. Die für David, dann die für Zachary, und die dritte, die geht nach Matane.«

Seine Haare wehten im kräftigen Nordwind.

»Jetzt bläst es«, sagte er. »Wir hätten noch ein wenig Geduld haben sollen.«

»Ach was«, sagte ich lachend. »Warten wir auf den rechten Tag. Es ist nicht mehr lang bis dahin. Du kommst zum Bauen, sobald du Zeit hast?«

»Selbstverständlich!«

»Gut. Grüß die Deine von mir!«

»Ich werde daran denken. Wen darf ich grüßen lassen? Doña Gioconda?«

»Ich bin imstande und richte das aus, Gatto! Dein Gesicht möchte ich sehen, wenn Kiri dich deswegen zur Rede stellt!«

Er hob die Hände zu den Schultern, die Handflächen mir zugekehrt.

»Schon gut!« rief er. »Ich nehme das zurück! Grüß die Deine von mir, wer immer sie sein mag!«

»Ich werde es nicht vergessen.«

»Weißt du, Chas, wessen Gesicht ich sehen möchte?«

»Keine Ahnung.«

»Das von Agneta, wenn ich beim Abendessen erzähle, wo wir heute gewesen sind.«

»Wegen Per? Wo genau wurden seine Überreste gefunden? Beim Wasserfall?«

»Auf der Lichtung, wo jetzt die vielen Beerensträucher wachsen. Ich werde erzählen, daß sich eine dunkle Wolke vor die Sonne geschoben hat, als wir auf die Lichtung hinausritten, und daß unsere Pferde unruhig wurden, als spürten sie etwas Bedrohliches. Daß ich dann den Mund befragt habe und daß er geantwortet hat. Und die ganze Zeit werde ich Agnetas Gesicht nicht aus den Augen lassen.«

»Ich bin neugierig, was du auf ihm sehen wirst«, sagte ich.

In der Dämmerung ritt ich zum Ibárruri-Hof hinunter. Der Springbrunnen rauschte. Aus dem Garten erklang eine Gitarre; vier absteigende Töne, die nah beieinander lagen. Zwei Schläge auf dem ersten, ein Schlag auf dem zweiten; zwei Schläge auf dem dritten, ein Schlag auf dem vierten Ton. Dann drei absteigende Töne; die beiden ersten waren dieselben wie bei der ersten Tonfolge, die gleich darauf wiederkam, spielerisch, einen anderen Takt versuchend; und dann wieder die zweite Tonfolge, absteigend, mehrmals wiederholt, in Triolen gespielt; dann noch einmal das Ganze, doch in einer anderen Tonart, tanzend, im Sechsachteltakt. Und nun kam eine Baßbegleitung dazu, und ich ritt bei den Klängen des Tanzes über die Steinplatten des Hofs zum Stall hinüber.

ATLATL

Die Grundmauern der Stallungen und der Scheune waren fertig. Während der vergangenen Woche hatten Ephraim und Cheegoon die Seitenwände der beiden Zufahrtsrampen zur Scheune gemauert und den Raum zwischen denselben mit Bruchsteinen und grobem Kies aufgefüllt. Baquaha, Amos, Chinoi Kolaholi – der Sohn von Amabuimé – und ich arbeiteten fast ausschließlich am Wohnhaus, weil David es gerne noch vor dem Winter beziehen wollte. Er selbst war meistens auch dabei, außer wenn auf dem Hof seiner künftigen Schwiegereltern Arbeiten zu erledigen waren, die keinen Aufschub duldeten. Piero half uns, wenn er in der Schmiede abkömmlich war, mitunter nur für einige Stunden, in der Regel jedoch für einen ganzen Tag.

Die Wasserleitung war bereits gelegt. Baquaha und Chinoi hatten acht Fuß lange Zedernstämme der Länge nach durchbohrt, sie an einem Ende kegelförmig ausgestemmt, und am anderen kegelförmig zugespitzt, so daß die einzelnen Rohre gut ineinanderpaßten. Zusätzlich wurden sie durch ein fußlanges Kupferrohr verbunden. Ein Zweig der Wasserleitung führte in die Stube, der andere in den Stall. Die Gräben, in denen die Leitung lag, waren noch nicht wieder zugeworfen. Wir waren bisher nicht dazu gekommen. Bis zum ersten starken Frost blieb noch viel Zeit.

In der Stube waren die Dielen verlegt und festgedübelt, außer in der Ecke, in welcher der Herd stand. Dort hatten Cheegoon und Ephraim Platten aus Sandsteinschiefer in Mörtel gebettet und die Fugen glattgestrichen. Die Wände waren mit senkrecht gestellten Brettern vertäfelt, Nut in Feder gefügt. Den schmalen Hohlraum zwischen den Balkenwänden und der Vertäfelung hatten wir mit trockenem Moos ausgestopft.

Neben der Stube, in dem Raum, der als Schlafzimmer dienen sollte und in dem Dagny auch ihren Webstuhl aufstellen wollte, arbeiteten

Baquaha und Amos an einer Tür. Die Haustür war bereits eingehängt; ebenso die Tür, die von der Stube in den Flur hinausführte.
Chinoi und ich glasten Fenster ein. Auf einem Bocktisch, den wir uns
aus Resten von Deckenbohlen zurechtgezimmert hatten, rollten wir
hellgrauen, nach Leinöl riechenden Kitt zu langen Strängen, legten
diese in die Falze, strichen sie mit dem Kittmesser eben, legten die
kleinen, grünlich-schlierigen Scheiben ein und drückten sie fest, bis
der Kitt hervorzuquellen begann. Dann sicherten wir die Scheiben
mit winzigen, kopflosen Drahtstiften, von denen Piero uns eine
Handvoll angefertigt hatte, verkitteten die Ränder und drehten,
nachdem alle sechs Scheiben eingesetzt waren, die Fenster herum,
um auch auf der anderen Seite den Kitt wegzuschneiden.
Chinoi Kolaholi war fast so groß wie sein Vater, vielleicht ebenso
groß. Genau konnte ich das nicht sagen. Dazu hätte ich die beiden
nebeneinander sehen müssen, denn Chinoi war schmal gebaut, mit
langen Gliedern und langen, zähen Muskeln, die niemals ganz ruhten. Sein Schädel war hoch, gerundet und voller krauser Locken. Die
Stirn war mit winzigen, kraterförmigen Narben verziert. Sie waren
in einem Viereck angeordnet, dessen Spitzen an den Schläfen, unterhalb des Haaransatzes und oberhalb der Nasenwurzel lagen. Krauses
Barthaar wuchs auf dem Kinn und oberhalb des breiten, beweglichen Mundes mit seinen dicken, dunkelroten Lippen. In den Ohr-
läppchen trug Chinoi Ringe aus flachgehämmertem Silber.
Er legte einen Strang Kitt in den Falz und strich ihn eben, wobei er
mit kurzen, federnden Tanzschritten am Tisch entlangschritt. Dazu
sang er:

> »Old McDonald had a farm
> In Megu-ma-age.
> But now McDonald him is gone
> From Megu-ma-age.
> With a ho-ho here and a ho-ho there,
> Here a ho-ho, there a ho-ho, everywhere
> a ho-ho-ho-ho.
> Old Mc Donald him is gone
> From Megu-ma-age.«

Er drückte die Scheibe in den Kitt und schwieg einen Augenblick still.

»Du singst den ganzen Tag, Chinoi«, sagte ich. »Wie hältst du das aus?«

»Wieso aushalten, Mann?« fragte er. »Gefallen dir meine Lieder nicht?«

»Sie gefallen mir schon. Ich meine nur, es muß anstrengend sein, den ganzen Tag lang zu singen.«

»Anstrengend, Mann? Singen ist meine Arbeit. Das andere mach ich nebenher.«

»Wie bringst du das fertig?«

Er runzelte die Stirn, und die kreisrunden Narbenkrater verzogen sich zu Ovalen. »Ich weiß nicht. Ich singe. Versuch es. Kennst du das, was ich eben gesungen hab?«

»Ich kenne es. Mit anderen Worten.«

»Aber das sind die richtigen Worte, Mann!«

»Wieso?«

»Die Farm, die Sumara und ich haben, hat früher einem gehört, der McDonald geheißen hat.«

»Woher weißt du das?«

»Von meinem Vater. Der weiß es von meinem Großvater. Und der weiß es von meinem Urgroßvater. Mein Urgroßvater hat oft auf dieser Farm gearbeitet. Erdbeeren hat er gepflückt. Nur Erdbeeren sind dort gewachsen. Stell dir das vor, Mann! Stell dir vor, du mußt das ganze Jahr über Erdbeeren essen!«

»McDonald wird sie verkauft haben«, sagte ich.

Chinoi rollte nachdenklich eine Kugel aus Kitt zwischen den Händen und klatschte sie auf den Tisch.

»Da kannst du recht haben, Mann«, sagte er langsam. »Aber trotzdem. Stell dir den Anblick vor: rechts ein Feld mit Erdbeeren, links ein Feld mit Erdbeeren, in der Mitte eins, oben eins, unten eins – ich würde einschlafen. Du nicht?«

»Doch.«

»Weißt du, warum mein Urgroßvater Erdbeeren gepflückt hat? Weißt du, was er wollte?«

»Hm! Eine Farm?«

»Richtig, Mann! Aber nicht mit Erdbeeren. Mit Mais und Hafer und

Kartoffeln und mit einer Kuh und einem Schwein und mit Trut-
hühnern und einem Teich mit Enten. So eine Farm hat er haben
wollen. Für die hat er sein Geld gespart.«
Er begann, den Kitt zu einem Strang auszurollen, wobei er summend den Tisch entlangtänzelte. Die Ringe in seinen Ohren schaukelten.
»Hat dein Urgroßvater die Farm bekommen?« fragte ich, während
ich eine Glasscheibe aus dem Korb nahm und in ihr Kittbett
drückte.
Chinoi hielt inne, das Kittmesser erhoben, und runzelte die Stirn.
»Nein, das Geld reichte nicht. Dann hat er die Urgroßmutter geheiratet, und mein Großvater ist auf die Welt gekommen, und die Urgroßmutter hat so einen Kasten gebraucht, in dem singende Menschen und Geschichten drin waren, und andere Sachen hat sie auch
gebraucht. Da war das Geld weg.«
»Dann war es dein Großvater, der die Farm bekommen hat?«
»Mein Großvater!« sagte Chinoi lachend. »Ja, er war es! Statt der Erdbeeren sind Erlenbüsche auf den Feldern gewachsen. Mein Großvater hat gesungen, so wie ich. Nebenbei hat er die Erlen wegge-
schnitten und Kartoffeln gesetzt. Im ersten Jahr nur Kartoffeln.«
»Wo sind McDonalds Kinder hingegangen?«
»Kinder? Er hatte keine Kinder, Chas. Er hatte Erdbeeren.«

Am späten Vormittag begann es zu regnen. Dünne Wasservorhänge
fielen von den Traufen zur Erde.
Ich wärmte den Kalbsbraten, den Doña Pilar mir mitgegeben hatte.
Chinoi räumte den Tisch ab, schnitt Brot und holte Holzklötze zum
Sitzen. Baquaha und Amos kamen von selber, als sie den Bratenduft
rochen. Amos holte Ephraim und Cheegoon, die am Morgen damit
begonnen hatten, die Jauchegrube auszumauern. Ich hörte, wie sie
sich draußen den Schlamm von den Stiefeln stampften. Gleich darauf ging die Flurtür auf, und sie kamen herein.
»Ja so was!« rief Ephraim Giesbrecht aus, wobei seine Stimme am
Ende des zweiten Wortes ein wenig anstieg. »Drei Fenster habt ihr
schon fertig, und keins habt ihr eingehängt. Es zieht! Ungemütlich!«
»Yep«, sagte Amos. »Es zieht, und das ist sehr gut, weil dein Tabak so
stinkt.«

»Tut er das? Ich habe die Samen von Don Jesús, und Don Jesús hat
sie von dir. Es ist dein berühmter Virginia!«
Er legte seinen nassen Umhang über die Stange, die zwischen zwei
Deckenbalken in der Nähe des Ofenrohrs angebracht war, und
setzte sich. Er war kleiner gewachsen als ich, doch breiter und
schwerer. Seine Nase war stark gekrümmt. Die Ohren waren groß
und durchscheinend rot und lagen dem Kopf flach an. Das braune
Haar über der Stirn lichtete sich. Seine tiefblauen, fast violetten Au-
gen blickten in den Regen hinaus.
»Wie weit seid ihr gekommen?« fragte ich.
»Zweieinhalb Runden haben wir gemauert«, sagte Ephraim. »Wenn
es so weiterregnet, müssen wir aufhören. Der Mörtel fließt uns da-
von.«
»Dann könntet ihr ja die Gräben zuwerfen«, sagte Baquaha. »Eines
Tages fällt noch einer von uns hinein und bricht sich die Kno-
chen.«
»Ich bin vorhin fast in die Jauchegrube gerutscht«, sagte Ephraim.
»Der Regen hat den Rand aufgeweicht.«
»Zu früh«, sagte Chinoi.
»Hä?« sagte Ephraim. »Wieso zu früh?«
»Weil die Grube noch leer ist, Mann!«
Ephraim zog ein tiefblaues Taschentuch aus dem Ärmel und
schneuzte sich.
»Du bist ein boshafter Satan, Chinoi«, sagte er dann.
Chinoi sah ihm in die Augen, nickte und summte mit geschlossenen
Lippen eine schwermütige Melodie.
»Du erinnerst dich noch«, sagte ich zu ihm, »wie Strange Goose und
dein Vater in die Grube gefallen sind?«
Chinoi summte einige Takte weiter, ließ die Melodie verklingen und
schaute dann zu mir her. »Ich erinnere mich, ja.«
»Habt ihr auch gelacht? Mooin, So und du?«
»Nein, uns war nicht nach Lachen zumute, Mann! Wir haben ge-
glaubt, die ertrinken. Und gefürchtet haben wir uns, weil Mammy
und Hosteen Taguna so geheult haben. Wie die Seehunde haben sie
geheult!«
Wir waren mit Essen fertig, hatten Tee aufgebrüht und unsere Pfeifen angeraucht, da hörten wir draußen schwere Schritte. Gleich da-

nach quietschte die Haustür in ihren noch ungeölten Angeln, die Stubentür ging auf und triefend vor Nässe trat David ein.

»Ah! Der Bauherr sieht nach dem Rechten!« sagte Amos.

»Bist du geschwommen?« fragte Baquaha.

»He'll be coming from the mountain when he comes!« sang Chinoi und trommelte dazu mit den Fäusten auf die Tischplatte.

»Du solltest dir angewöhnen, einen Hut zu tragen«, sagte Cheegoon mit tiefer, etwas polternder Stimme.

David blickte an sich hinunter, nahm seinen Umhang ab, öffnete noch einmal die Stubentür, schüttelte draußen den Umhang aus, schloß die Tür, hängte den Umhang zum Trocknen auf und setzte sich.

»Wo hast du dein Pferd?« fragte ich. »Wir haben dich nicht gehört.«

»Ich bin mit Sigurd gekommen«, erwiderte er. »Wo sind denn eure Pferde?«

»Oben am Hang«, sagte Amos, »unter den Bäumen. Wie kommst du ohne Pferd zurück nach Mushamuch?«

»Sigurd wird mich morgen abend wieder mitnehmen.«

»Du hast Mut!« meinte Ephraim und ließ seine Stimme beim letzten Wort ein wenig ansteigen.

»Nicht mehr als du«, entgegnete David. »Du hast ja im letzten Winter auch einen hübschen Zusammenstoß mit ihm gehabt. Und nach einer Stunde hast du wieder mit ihm gearbeitet.«

Er erhob sich, ging wiegenden Schritts zu den eingeglasten Fenstern, hob eins hoch, hielt es gegens Licht und stellte es dann behutsam wieder neben die anderen.

»Können wir sie heute noch einhängen?« fragte er. »Ich möchte über Nacht hierbleiben.«

»Können wir, Mann!« sagte Chinoi.

David ging an seinen Platz, setzte sich auf den Holzklotz und zog seine Pfeife hervor.

»Willst du nichts essen?« fragte Amos.

»Danke dir«, sagte David. »Ich hab ein Butterbrot gegessen, als ich im Steinbruch warten mußte.«

Er goß sich Tee ein, trank und zündete sich seine Pfeife an.

»Worauf mußtet ihr im Steinbruch warten?« fragte Ephraim.

»Ich«, sagte David. »Ich hab gewartet. Sigurd ist zum Wasserfall ge-

692

gangen. Das heißt, ich hab nur die Richtung gesehen, in der er verschwand. Aber wohin sollte er sonst gegangen sein? Die Beeren sind noch nicht reif.«

Langsam ließ er den Rauch zwischen seinen Lippen hervorquellen.

»Dein Tabak stinkt auch«, schimpfte Amos.

»Das ist kein Tabak«, meinte David. »Das ist die alte Einstreu aus Ingas Hühnerstall.«

»Du mußt einen besonderen Geschmack haben«, fügte Cheegoon hinzu.

»Fällt dir das erst heute auf?« sagte David.

Eine Weile saßen wir schweigend da. Der Regen wurde stärker, füllte den leeren Dachraum über uns mit weichem Brausen und rauschte von den Traufen zur Erde.

Ephraim brach das Schweigen.

»Schluß mit dem Mauern für heute!« sagte er. »Wir werden die Gräben zuwerfen.«

»Laß dir Zeit, Mann!« erwiderte Chinoi. »Vielleicht schwemmt der Regen sie zu!«

Baquaha stand auf, schob ein paar Stücke Holz in den Herd und setzte sich wieder hin.

»David«, sagte er ernst. »Wer hat angefangen mit dem Streit? Sigurd oder du?«

»Laß das ruhen«, entgegnete David.

»Das ist nicht gut«, sagte Baquaha. »Wir denken. Wir reden. Und nicht nur wir hier, David. Alle! Es ist nicht gut, wenn wir etwas denken und reden, was vielleicht falsch ist.«

David nahm die Pfeife aus dem Mund, schaute in den Kopf hinein und drückte mit dem Daumen den glimmenden Tabak zusammen.

»Von mir aus«, erwiderte er. »Sigurd hat etwas gegen Dagny gesagt. Ich hab hitzig erwidert. Sigurd ist weiß im Gesicht geworden, hat die Sense vom Amboß gerissen und über den Kopf geschwungen und einen Schritt auf mich zu getan. Da hab ich mein Messer genommen.

›Tu das weg!‹ hab ich gesagt. ›Dann tu ich das Messer weg.‹«

»Aber dann«, sagte Amos, »hast du dein Messer eingesteckt, während Sigurd noch die Sense in den Händen hielt. Warum? Weil du Piero hast kommen hören?«

»Ich hab ihn nicht gehört«, antwortete David. »Ich hab nicht einmal gewußt, daß er nebenan war. Ich hab das Messer eingesteckt, wie ich gesehen hab, daß Sigurd im Gesicht rot wurde. Da hab ich gewußt, er wird mir nichts tun.«

»Das ist wahr, Mann!« sagte Chinoi.

»Was hat er gegen Dagny gesagt?« fragte Ephraim.

»Das brauchen wir nicht zu wissen«, meinte Baquaha. »Sie sind beide an dem Vorfall schuld gewesen, stimmt's?«

David nickte, wischte sich eine Haarsträhne aus der Stirn, die gleich wieder zurückfiel, zog sein Messer heraus, schnitt sich ein Stück Kalbsbraten ab und biß hinein. Das Messer legte er auf den Tisch.

»Merkwürdig«, sagte Ephraim. »Ich hab Sigurd noch nie was gegen seine Schwester sagen hören.«

»Glaubst du mir nicht?« fragte David und hielt im Kauen inne.

»Ich glaube dir. Deshalb finde ich es ja merkwürdig. Steck dein Messer ein. Du bist immer noch hitzig.«

David lachte, ergriff das Messer und schob es in die Scheide zurück.

»Noch ein paar Wochen«, sagte er. »Dann wird geheiratet. Und wir ziehen hierher. Endlich!«

Am Nachmittag ließ der Regen allmählich nach. Abends brachen wir alle zur gleichen Zeit auf. Nur David blieb zurück. Als Amos und ich an dem Wäldchen vorbeiritten, in dem die Tierschädel hingen, warf die untergehende Sonne unsere Schatten weit vor uns hin. Der Himmel war leer und hellgrün.

Don Jesús kam spät nach Hause. Er hatte den Tag über Brennholz gefahren. Encarnación und ich halfen ihm, die Ochsen auszuspannen. Wir führten sie in den alten Stall, den sie nun für sich allein hatten, rieben sie trocken, prüften Klauen und Hufeisen, schütteten ihnen Futter auf und brachten ihnen Wasser.

Als ich mich schon für die Nacht umgezogen hatte, trat ich noch einmal ans Fenster des Gästezimmers. Aus dem Stubenfenster unter mir fiel ein breiter gelber Lichtschein in den Obstgarten bis zur Rosenhecke hin. Mitten in dem Licht stand der Strahl des Springbrunnens. Sein gleichmäßiges Sprudeln drang an mein Ohr. Weit entfernt, bei Amos oder bei Arwaq, heulte ein Hund. Dem vollen, gedehnten Ton folgte ein rasches, japsendes Kläffen, diesem ein wimmerndes Jaulen, das anstieg, bis es sich überschlug. Dann war Stille.

Etwas bewegte sich in einem der Apfelbäume außerhalb des Lichtscheins. Ich beugte mich aus dem Fenster, konnte jedoch nicht erkennen, was es war. Dann erlosch das Licht in der Stube. Die Türe wurde geöffnet und geschlossen. Schritte gingen weich durch den Flur, kamen langsam die Treppe herauf und gingen vorbei. Nach einer Weile hatten sich meine Augen an das Mondlicht gewöhnt, das nun allein den Garten füllte. Abermals bewegte sich etwas in dem Apfelbaum zu meiner Linken; ich sah einen runden Kopf, zwei spitze Ohren, die sich gegen die helleren Wiesenhänge abhoben, einen gekrümmten Rücken. Eine Katze saß im Wipfel des Baumes. Sie mußte mir den Rücken zukehren, sonst hätte ich ihre Augen leuchten sehen. Sie war dunkel gefärbt; Tia oder Huanaco konnten es nicht sein.

»Miez!« rief ich leise. »Miez-miez-miez!«

Die Katze drehte den Kopf hin und her und schien kleiner zu werden. Wahrscheinlich machte sie einen Buckel. Der Zweig, auf dem sie saß, geriet ins Schwingen.

»Miez!« rief ich, diesmal etwas lauter.

Mit einem Ruck wurde die Katze noch kleiner. Dann breitete sie lange, dunkle Schwingen aus, fiel von ihrem Sitz hinab, tat zwei langsame, geräuschlose Flügelschläge und strich am Springbrunnen vorbei zum Hof hin. Eine Großohreule! Im Laubdunkel der Eichen verlor ich sie aus den Augen.

Es war warm in dem Wandbett. Ich schlief erst ein, nachdem ich mein Hemd ausgezogen hatte. Als ich erwachte, war das Mondlicht draußen heller geworden. Mich umgab der zarte, hartnäckige Geruch von Lavendel und altem Leder. Der Springbrunnen rauschte.

Ich drehte mich auf die andere Seite und schloß die Augen.

Das Rauschen des Springbrunnens brach ab.

Ich warf die Decke zur Seite und setzte mich auf, und das Rauschen begann von neuem, gleichmäßig, eintönig. Ich lauschte. Nichts war zu hören außer dem Brunnen. Kein Wind. Kein Vogel. Kein Hundegeheul.

Wieder setzte das Rauschen aus. Ich stand auf und ging zum Fenster.

Vor dem Springbrunnen stand, mir den Rücken zukehrend, eine Frau in langem dunklem Rock und schwarzem Umhang, dessen Kapuze über den Kopf gestreift war. Mit der ausgestreckten flachen Hand lenkte sie den Wasserstrahl in das Sumpfgras auf der kleinen Insel.

Ich lief die Treppe hinab, durch den Flur und um die Hausecke, überstieg den Zaun, ging lautlos durchs feuchte Gras auf die Frau zu, die mir immer noch den Rücken zukehrte, und legte ihr die Hände auf die Schultern.

»Du!« sagte ich. »Wer ...«

Sie fuhr so heftig herum, daß die Kapuze von ihrem Kopf glitt.

»Ane-Maria?« sagte ich.

»Mußt du mich so erschrecken, du Ochse?« rief sie leise. »Was willst du hier, in der Nacht, halbnackt, im Apfelgarten?«

Fältchen krausten ihre Nasenflügel und ihre Stirn.

»Verzeih«, sagte ich. »Aber ich kann dich dasselbe fragen.«

»Das kannst du nicht, Carlos! Ich bin angezogen!«

Sie schaute hinab auf ihre nackten Füße, und die Falten verschwanden von ihrer Stirn. »Warum schläfst du nicht? Geh schlafen!«

»Ich habe geschlafen. Du hast mich geweckt. Ich bin aufgewacht, weil ich den Springbrunnen nicht mehr gehört hab.«

Sie hob das Kinn.

»Ist das wahr? Du hast nicht am Fenster gestanden und mir zugeschaut?«

»Bestimmt nicht! Erst, nachdem ich wach war. Und dann hab ich wissen wollen, wer hier herumgeistert.«

»Jetzt weißt du es. Geh schlafen!«

»Und du? Was machst du hier?«

»Ich denke nach, Carlos.«

»Über was?«

»Über alles. Über den Weltraum. Über die Kühe. Tust du das nie?«

»Doch.«

»Bist du dabei gern allein?«

»Ja.«

»Siehst du! Ich auch!«

Sie streckte die Hand aus und berührte mit den Fingerspitzen das Lederbeutelchen, das auf meiner Brust hing.

»Du hast da fast so wenig Haare wie Papá«, sagte sie.
»In meiner Familie haben die Männer weniger Haare auf der Brust und dafür mehr auf dem Kopf.«
Sie lachte und zog ihre Hand zurück. »Sind Indianer unter deinen Vorfahren, Carlos?«
»Das nicht. Aber unter meinen Nachkommen.«
»Ich weiß!«
»Von wem weißt du das?«
»Von Dagny. Und jetzt geh schlafen. Laß mich nachdenken.«
Ich verneigte mich. »Por cierto, linda maestra!« Gewiß, milde Herrin!
Ich hörte das Rauschen des Springbrunnens noch zwei- oder dreimal abbrechen und wieder einsetzen, bevor ich einschlief.

Am Sonntagvormittag nahmen wir die ersten Frühkartoffeln heraus und ließen sie in der Sonne abtrocknen, ehe wir sie in Körbe füllten. Ihre blauroten Schalen waren noch dünn; ich brauchte sie nur mit der Handfläche zu reiben, und sie lösten sich. Ich nahm einen kleinen Korb voll Kartoffeln für Taguna mit, als ich nach dem Mittagessen zur Insel hinüberfuhr. Taguna war nicht da. Ich ging in den Garten, jätete das Salatbeet und sammelte ein paar fette grüne Raupen von den Kohlköpfen und den Blumenkohlblättern, fand auch einige gelbe Eipäckchen und zerdrückte sie. Dann ritzte ich mit einem Stein eine kurze Nachricht an Taguna in den feuchten Sand vor der Türschwelle und paddelte zur Gänseinsel.
Ich sah kein Kanu, doch Taguna mußte bereits dagewesen sein und Essen in das Häuschen auf dem Grab von Strange Goose gestellt haben, denn die Gänse waren um das Häuschen versammelt. Drei waren durch die Türöffnungen hineingekrochen; die anderen schoben schnatternd und drängelnd ihre Hälse ins Innere. Ich ließ sie fressen und wartete in meinem Boot, bis sie fertig waren und auf den Wiesenhang hinauszogen. Die fünf Jungen waren nun bald so groß wie die beiden Alten. Ihr Federkleid war glatt und schimmerte, obwohl bei Lawrence und Emily die neuen Schwungfedern eben erst aus den Kielen hervorbrachen. Zwei der Jungen trugen Körper und Hals ein wenig aufrechter als die übrigen. Dies waren wohl Ganter.

Ich hatte das Buch des Abtes Alkuin mitgebracht, streckte mich
bäuchlings im Gras aus, so daß mein Kopf im Schatten der hohen
Esche war, und begann zu lesen.
Ich mußte eine geraume Zeit gelesen und mich sehr in Alkuins
Worte vertieft haben, denn als der Widerschein des Sonnenlichts
auf den Seiten mich blendete und ich den Kopf hob, sah ich, daß der
Schatten der Esche einen ganzen Schritt weit von mir fortgewan-
dert war.
Ich riß einen Grashalm aus, schob ihn zwischen die Seiten und
stützte mich hoch, um mich wieder in den Schatten zu begeben.
Vom anderen Seeufer her rief hell und metallisch ein Trompe-
terschwan. Mit rieselndem Wispern strich ein Windhauch durchs
Gras.
Ich legte das Buch neben mich, drehte mich auf den Rücken und
schaute nach oben.
Eine runde weiße Wolke trieb an der Sonne vorbei zu mir her. An
ihrem vorderen Saum entstand auf einmal eine kleine Kerbe, die
sich nach und nach vertiefte. Die Wolke teilte sich, und die beiden
Hälften fingen an, sich gegeneinander zu drehen. Dunst flatterte
von ihnen und verging; kleiner wurden sie, runder, durchscheinend,
wurden Dunst, waren nicht mehr da.
Leer und hell war der Himmel über mir, und nach einer Weile war
er nicht länger über, sondern vor mir: Noch ein wenig später war er
auf einmal unter mir und zog mich zu sich hin, und ich empfand
das wunderbar saugende Gefühl, frei hineinzufallen in betäubende
Helligkeit.
Ich schloß die Augen.
Ich träumte, ich sei einer der Ochsen von Don Jesús. Erst hatte ich
mich in der Nähe des Schweinepferchs niederlassen wollen, doch
waren dort zu viele Fliegen gewesen, und so war ich die Wiese hin-
aufgewandert, hatte auch bald einen schattigen Platz gefunden, wo
eine Brise die Fliegen vertrieb, und mich im kurzgefressenen Gras
niedergelegt.
Ich schloß die Augen und döste. Alsbald rumpelte es in meinem
Bauch; ich spürte einen weichen Klumpen meinen Hals heraufglei-
ten, spürte den säuerlichen warmen Geschmack an Gaumen und
Zunge und begann gemächlich zu kauen, bis halbflüssiger Brei mein

Maul füllte. Ich schluckte ihn hinunter. Wieder rumpelte es; der nächste Bissen kam hoch; und so lag ich eine lange Zeit im Schatten, dösend, aufstoßend, kauend und schluckend. Manchmal zuckte ich mit einem Ohr oder schlug mit dem Schwanz, um eine hartnäckige Fliege zu verjagen.

Leise Schritte näherten sich von hinten im Gras. Jemand machte sich an meinem Halsband zu schaffen; es fühlte sich an, als ziehe er ein Seil darunter durch. Ich kaute und ließ mich nicht stören. Ich wandte nicht einmal den Kopf, als das Seil sich straffte. Jemand wollte mich zum Aufstehen bewegen, aber ich dachte gar nicht daran.

Das Seil wurde straffer, erschlaffte, straffte sich, erschlaffte und straffte sich wieder. Ich kaute, kaute und schluckte. Weich glitt der nächste Grasklumpen meinen Hals herauf. Immer heftiger wurde an dem Seil gezerrt; ich rührte mich nicht. Ich war schläfrig und tief zufrieden mit der Schwere meines Körpers und der Ohnmacht des kleinen fremden Willens, der mich zum Aufstehen zu bewegen suchte.

Das Seil erschlaffte. Ich begann zu kauen. Gleich darauf wurde mit aller Kraft am Seil gerissen, und das breite Lederband schnitt in meinen Hals ein. Ich wurde ärgerlich, öffnete die Augen und hob den Kopf.

Eine Handbreit vor meinem Gesicht erblickte ich einen schwarzen Gänseschnabel, der an dem Riemchen meines *teomul* zerrte. Das Lederbeutelchen hing schon seitlich zur Erde hinab; das Riemchen war noch ganz.

»Aus!« rief ich und setzte mich auf.

Mit einem schrillen Angstschrei rannte die junge Gans zu ihrer Familie. Ein schnatterndes Palaver brach los. Emily und Lawrence kreuzten die Hälse, und Lawrence zischte nach mir.

»Ja-ja«, sagte ich. »Ist schon gut. Ich hab euch nicht erschrecken wollen.«

Ich hob Alkuins Buch auf und steckte es in die Tasche. Dann ging ich um das weiße Häuschen herum. Das Erdreich hatte sich gesetzt. Eine Ecke hing ein wenig tiefer; ich suchte mir einen flachen Stein, hob sie an und schob ihn darunter.

Die Sonne war ein gutes Stück nach Westen gewandert. Ich mußte lange geschlafen haben.

Taguna war im Garten. Vom Gartentor aus sah ich, daß sie ihr Haar kurz über den Schultern in einer geraden Linie abgeschnitten hatte. Sie war dabei, letzte Hand an die Lederjacke zu legen, die für Ane-Marias Geburtstag bestimmt war.

»Chas!« sagte sie, als ich neben ihr stand, und blickte aus dunklen Augen zu mir auf. »Setz dich!«

Ich setzte mich. Ihr Gesicht und ihre Gestalt schienen schmaler geworden zu sein.

»Du kommst von den Gänsen?«

Ich bejahte und erzählte ihr, wie die Gänse sich an den Gaben im Häuschen gütlich getan hatten.

Taguna lachte auf. »Hast du etwa gedacht, daß Memajuokun selber kommt, um zu essen? Es sind immer Tiere, die sich unsere Gaben holen. Er wird sich freuen, daß es Gänse sind, die zu ihm kommen.«

»Weißt du, was ich glaube? Ich glaube, er hat sich den Platz auch deswegen ausgesucht.«

»Ja«, sie blinzelte in die Sonne. »So ist es wohl.«

»Hast du meinen Brief gefunden?« fragte ich nach einer Weile.

»Nein, Chas. Abit hat ihn gefunden. Sie hat am Boden vor der Tür herumgeschnüffelt. Da bückte ich mich, um nachzusehen, und las deine Worte. Ich kann dir zeigen, wie man ein *teomul* macht. Du mußt mir nur sagen, für wen es sein soll. Leder kannst du von Gioconda bekommen. Sie hat einen ganzen Wandschrank voll davon.«

»Ich weiß. Das Zimmer riecht danach. Als Piero zum erstenmal dort schlief, glaubte er, im Schrank befinde sich eine Mumie.«

»Eine Mumie? Hehe! Er ist nicht dumm, dein Freund. Er hat eine gute Nase. Bring mir das Leder. Wenn ich weiß, für wen das *teomul* sein soll, werde ich dir sagen, was wir sonst noch brauchen. Aber ich kann dir nur zeigen, worauf es ankommt. Die Arbeit mußt du allein tun. Wie weit seid ihr mit Davids Haus?«

»Die Stube ist fertig. Die Fenster sind drin. Morgen fangen wir mit dem Kinderzimmer an.«

Taguna nickte und fädelte eine rotgefärbte Borste ein. »Vielleicht könnt ihr das auch noch fertigstellen, bevor die Beeren reif werden«, sagte sie. »Dagny wäre sicher froh. War David gestern bei euch?«

»Er ist zu Mittag gekommen und wollte bis heute abend bleiben.«
»Worüber sind er und Sigurd aneinandergeraten?«
»Sigurd hat etwas gegen Dagny gesagt. Daraufhin wurde David wütend.«
»Gegen Dagny? Sigurd hat etwas gegen Dagny gesagt?«
»So hat David sich ausgedrückt.«
»Was hat er gesagt, Chas?«
»Das hätten wir alle gern gewußt. Alle, außer Baquaha. Der meinte, es ginge uns nichts an.«
»Er hat David nicht drängen wollen. Eines Tages wird David es schon von sich aus erzählen.«
»Wenn er nicht mehr wütend ist, ja.«
»War er denn noch wütend?«
»Ephraim hatte jedenfalls diesen Eindruck. Er kennt David besser als ich.«
»Er kennt ihn länger als du, Chas. Das ist nicht dasselbe. Was war dein Eindruck?«
»David war verärgert. Weniger über Sigurd als über sich selbst. Weil er sich hat hinreißen lassen. Vielleicht war er auch ärgerlich über den Streit zwischen Dagny und Inga.«
»Ah! Davon weiß ich nichts. Erzähl!«
»Das ist rasch getan. Die beiden haben sich gestritten. Piero hat es mir erzählt. Er konnte nicht hören, worum es ging. Als David dazukam, brach der Streit ab.«
Taguna vernähte das Ende der roten Borste, schnitt es ab und fädelte eine neue Borste ein. »Es wird Zeit, daß Dagny heiratet und von zu Hause fortkommt!«
»David hat das auch durchblicken lassen. Was steckt dahinter?«
»Inga und Dagny haben sich nie vertragen, Chas.«
»Piero sieht das anders. Ich hab ihn danach gefragt.«
Taguna stickte am Auge des Seetauchers, vernähte die Borste und schnitt sie ab, bevor sie mir antwortete.
»Sicher sieht er es anders. Er sieht einen Streit zwischen den beiden. Der geht rasch vorbei. Piero denkt, alles sei wieder in Ordnung. Aber es ist nie in Ordnung gewesen. Sie schweigen. Sie gehen einander aus dem Weg.«
»Was haben sie gegeneinander?«

»Sie sind sich zu ähnlich.«

Ich wollte etwas sagen, doch Taguna hob die Hand.

»Ich meine nicht das Haar und die Stimme. Und Inga ist ein gutes Stück älter als Dagny. Es gibt genug Unterschiede zwischen den beiden. Das wolltest du doch sagen, nicht? Und du hast recht. Trotzdem: als ich sie das erstemal zusammen sah, waren sie wie Per und Sigurd. Zwillinge. Unzertrennlich verfeindete Zwillinge.«

»Sigurd hat sich Inga von drüben geholt?«

»Ja, so war es. Er war ein Jahr und drei Monate unterwegs. Hast du deinen Brief gefunden, Chas?«

»Meinen Brief?«

»Marcel de Marais hat einen Brief für dich gebracht. Er hat ihn auf den Tisch in deiner Hütte gelegt.«

Ich stand auf, setzte mich jedoch gleich wieder.

Taguna schob die Unterlippe vor. »Lauf nur!« sagte sie. »Lies! Wo hast du dein Pferd?«

»Hoss? Im Stall bei Don Jesús. Weshalb fragst du?«

»Weil ich dir raten wollte, es bei Jesús einzustellen, statt jeden Morgen und jeden Abend den Weg zu Amos zu machen. Amos war doch einverstanden?«

»Er hat es mir selber vorgeschlagen«, sagte ich und stand auf.

Der Brief, mit einem blauen und einem weißen Siegel versehen, stand an meinen Spiegel gelehnt. Daneben, auf einem jener großen Blätter, wie Kinder sie gern als Regenhüte verwenden, lag ein rosabräunlich geräucherter Lachs.

Ich schnitt den Umschlag auf und überflog die zwölf dicht beschriebenen Seiten.

Daheim waren alle gesund. Markus hatte verbotenerweise am Wehr des Michlmüllers geangelt, war überrascht worden und bei der Flucht ins Wasser gefallen, jedoch entkommen; die anschließende Erkältung hatte ihn immerhin zwei Tage lang im Bett festgehalten. Mary hatte den Ziegenpeter hinter sich gebracht – ein *ungemein benigner Fall*, wie mein Vater betonte. Apothekers hatten eine neue Köchin, die sich recht geschickt anstellte und außerdem eine *fesche Person* war. Neben diese beiden Worte meines Vaters war mit der violetten Tinte meiner Mutter ein schlankes, sauberes Fragezeichen gemalt.

Der Krieg am Schwarzen Meer ging weiter. Er wollte sich nicht entscheiden; Bayern jedoch hatte es abgelehnt, mehr Soldaten zu schicken, obwohl vor allem Böhmen, Ungarn und Österreich darauf drängten. Das Frühjahr war regnerisch gewesen, was in Kärnten, Tirol und Salzburg zu schweren Erdrutschen geführt hatte. Der Papst plante, zur Wallfahrt nach Altötting zu kommen. Onkel Anselms Großknecht und eine der Mägde seines Nachbarn ...

Ich faltete die Blätter und schob sie in den Umschlag zurück. Ich würde den Brief nach dem Abendessen den anderen vorlesen. Den Lachs wickelte ich in sein Blatt ein und nahm ihn mit.

Das Vorlesen des Briefes nahm die geringste Zeit in Anspruch. Ich mußte Fragen beantworten, Menschen beschreiben, Verhältnisse schildern und Umstände ausmalen, und der Abend rückte vor.

»Meine Eltern müßten jetzt hier sein!« bemerkte ich einmal. »Es würde ihnen Vergnügen bereiten, das alles mitanzuhören.«

»Dann schreib es auf, Carlos!« rief Doña Gioconda mit dröhnender Stimme. »Ane-Maria! Du hast doch Papier! Bring auch die Tinte mit. Und ein paar Federn!«

Der Tisch vor mir wurde freigeräumt, und wir saßen bis nach Mitternacht beisammen. Auch Doña Gioconda dachte nicht daran, zu Bett zu gehen. Ich schrieb und schrieb: Fragen, die ich nur teilweise hatte beantworten können, neue Fragen, Bemerkungen, Einfälle und Vergleiche.

»So einen Brief bekommen meine Eltern sicher zum erstenmal«, sagte ich, nachdem jeder von uns seinen Namen oder sein Zeichen auf die letzte Seite gesetzt hatte.

»Wann wird er drüben sein?« fragte Encarnación.

»Wenn alles gut geht, im Weihnachtsmonat«, sagte ich.

»Und wann bekommst du eine Antwort?« fragte Doña Pilar.

»Vielleicht noch, solange ich hier bin.«

»Wenn der Brief kommt, und du bist nicht mehr hier«, meinte Doña Gioconda, »heben wir ihn auf. Du mußt ihn vorlesen, wenn du wieder hier bist.«

»Ich kann meine Eltern bitten, auf englisch zu schreiben.«

»Ah, nein!« sagte Doña Gioconda. »Du mußt vorlesen, was sie sagen. Dann hören wir sie sprechen!«

Die folgenden Tage waren kühl und brachten Regenschauer. Wir
legten die Dielen im Schlafzimmer von Davids Haus. Baquaha und
Chinoi blieben drei Tage lang daheim in Malegawate, um Bretter für
die Wandverkleidung zu hobeln und mit Nut und Feder zu versehen. Wir setzten Fenster ein, für die wir schon Glas hatten, und fer-
tigten für alle Fenster zweiflügelige Laden aus Zedernholz, die wir
einstweilen beiseite stellten, da Sigurd und Piero erst die Angeln
schmieden mußten.
Die Himbeeren und Brombeeren entlang des Weges, den ich jeden
Tag zurücklegte, wurden langsam reif.
Am zweiten Tag der letzten Woche im Mond, in dem die jungen
Vögel flügge werden, betrat ich im grünen Halblicht des frühen
Morgens den Stall, in dem es warm nach Hafer, Dung, Heu und Le-
der roch. Hoss war nicht da. An seinem Platz stand ein schwarzer
Hengst mit dichtem Schweif, bläulich schimmernder Mähne und
langen Stirnfransen. Er wandte mir den Kopf zu, sog Luft in die Nü-
stern, und ließ die Ohren spielen. Ich sah, daß die Stirnfransen in
der Mitte zu einer langen Spitze ausliefen.
»Gute Götter!« sagte ich. »Wo kommst du denn her?«
Der Hengst schnaubte leise.
Ich ging in die Stube zurück.
»Mutter Gioconda«, sagte ich. »Jemand hat in der Nacht mein Pferd
vertauscht.«
»Ich weiß, Carlos«, sagte sie. »Amos hat den Hoss gebraucht.«
»Ist ihm das mitten in der Nacht eingefallen?«
»Nein, Carlos. Vor zwei oder drei Wochen. Und da haben wir be-
schlossen, daß du ein eigenes Pferd haben sollst.«
»Wer hat das beschlossen? Die Ältesten?«
Sie lachte glucksend. »Die auch, Carlos. Die auch. Nur dich haben
wir nicht gefragt. Bist du enttäuscht?«
Ich schüttelte den Kopf, brachte aber kein Wort heraus.
»Dann zieh nicht so ein Gesicht«, sagte sie. »Steh nicht so herum.
Solange du keinen Stall hast, ist bei uns Platz genug. Futter auch.
Waiting Raven hat ihn eingeritten. Er ist sechs Jahre alt. Er heißt At-
latl.«

SIE

»Ay! Ay!« rief Ane-Maria. »Vaca! Vaca!«
Sie beugte sich vor und tätschelte Sindas Hals. Sinda beschleunigte
ihren Schritt. Vier Kühe mit ihren Kälbern, Ricarda und Carrida
voran, folgten ihr durch das geöffnete Stangentor in der Hecke auf
die jenseitige Weide. Die übrigen drängten sich dicht aneinander, bis
sie eine stampfende, schwänzeschlagende Masse bildeten, die sich
langsam um sich selber drehte.
»Ay, vaca!« rief Ane-Maria. »Ay Ay Ay!«
Encarnación und ich verständigten uns mit einem Blick und ritten
im Schritt auf die Kühe zu. Eine Kalbin brach aus und setzte in
bockenden Sprüngen und mit gesenktem Kopf zwischen uns hindurch. Kesik schnitt ihr den Weg ab. Sie warf sich zur Seite, schüttelte den Kopf, beschrieb einen engen Bogen und versuchte, zu den
anderen Kühen zurückzukehren. Ich wendete und ritt hinter ihr
her. Sie verfiel in einen unbeholfen wogenden Galopp und hielt ge-
radenwegs auf die Herde zu, die sich immer noch wie ein Mühlstein
im Kreis drehte.
»Vaca!« rief Ane-Maria. »Ay, Vaca!«
Zwei oder drei Kühe blieben stehen, hoben die Köpfe, sahen die
herangaloppierende Kalbin und wichen zur Seite. Andere folgten
ihrem Beispiel. Binnen wenigen Augenblicken entstand eine Gasse,
und die Kalbin galoppierte durch sie hindurch, blindlings, schnaufend, verfehlte die Pfosten des Stangentors um eine Handbreite und
galoppierte in die jenseitige Weide hinein.
Die übrigen Kühe und ihre Kälber schauten hinter ihr her. Dann
setzten sie sich in Bewegung. Gleichmütig, ohne zu drängeln, wanderten sie durch das geöffnete Tor, verteilten sich über die Wiese
und begannen zu weiden.
Ane-Maria kam zurück. Ich schloß das Tor hinter ihr, indem ich die
Stangen auf die Querriegel zwischen den Pfosten schob. Dann stieg

ich wieder auf, und wir ritten zum Hof zurück. Links von uns, gegen den See hin, leuchtete eine Kette roter, qualmender Feuer. Der Geruch brennenden Kartoffelkrautes hing in der Luft. Hochnebel ruhte auf den Kuppen der Hügel rundum.

»Jetzt könnt ihr pflügen«, sagte Ane-Maria.

»Falls das Wetter hält«, erwiderte ich.

»Es hält«, sagte Encarnación.

»Woher weißt du das? Es ist seit sechs oder sieben Tagen so.«

»Es wird halten, Carlos. Weil die Birkenblätter ganz langsam gelb werden. Sie wissen, daß sie sich Zeit lassen können.«

»Gut. Wir werden jedenfalls morgen anfangen. Wird Amos im nächsten Jahr gar kein Getreide anbauen?«

»Doch«, sagte Ane-Maria. »Hafer. Den Weizen und die Gerste bauen wir an. Die Kartoffeln kommen zu Amos. Er möchte es auch mit Mais versuchen.«

»Zum zweitenmal«, sagte Encarnación. »Es wird nichts draus, glaubt mir. Wir liegen zu hoch. Bei Aaron, da wächst der Mais.«

»In Oochaadooch auch«, sagte Ane-Maria.

»Wie ist es mit dem Weizen?« fragte ich. »Werden wir genug haben? Bei Aaron stand nach dem Hagel kein Halm mehr.«

»Es wird reichen. Zachary hat eine gute Ernte gehabt.«

»Was, wenn es einmal nicht reicht?«

»Du meinst, überall in Megumaage? Dann backen wir Gerstenbrot. Was sonst?«

»Haferbrot«, sagte Ane-Maria. »Erinnerst du dich, wie wir fast ein Jahr lang nur Haferbrot hatten?«

»Brrr!« machte Encarnación. »Papá nannte es Hühnerfutter, und so hat es auch geschmeckt.«

»Woher weißt du, wie Hühnerfutter schmeckt?« fragte ich.

»Weißt du das nicht, Carlos?« fragte Ane-Maria. »Als wir klein waren, haben wir alles gekostet, was die Tiere bekamen.«

»Was haben eure Eltern dazu gesagt?«

»Mamá hat ein Gesicht geschnitten. Papá hat gelacht. Die abuela hat gesagt, es ist gesund, und wir bekommen schöne Haare davon.«

»Damit hat sie recht behalten«, sagte ich.

Am nächsten Tag begannen wir zu pflügen; Don Jesús mit den Pferden, die wir von Amos entliehen hatten, ich mit den Ochsen. Zum Ausgleich dafür, daß meine Zugtiere langsamer waren, hatte ich den Wendepflug bekommen. Don Jesús rauchte bei der Arbeit. Ich hatte mir die Tasche mit getrockneten Apfelschnitzen gefüllt, steckte sie nach und nach in den Mund und kaute auf ihnen herum.

Wir hatten das meiste Obst getrocknet. Die Pflaumenbäume und die wenigen Birnbäume waren alle abgeerntet. Von den Äpfeln hingen nur noch die späten Sorten an den Bäumen. Der Obsternte war das Beerenpflücken vorausgegangen. Piero, Kiri, Ane-Maria und ich hatten mit den Himbeeren und Brombeeren begonnen. Encarnación und Joshua waren meistens dabeigewesen; einmal auch Oonigun mit Anaissa, der Tochter von Chrestien Soubise. Sara, Atagali, Doña Pilar, Doña Gioconda und Taguna hatten die Beeren teils in Honig eingelegt, teils mit dem kostbaren Zuckervorrat zu Kompott verarbeitet; etwa ein Viertel hatten sie zu Brei zerstampft, diesen auf Backbleche gestrichen und bei sanfter Hitze zu dünnen, lederigen Fladen getrocknet, die sich ganz von den Blechen abziehen und aufbewahren ließen.

Die Blaubeeren hatten wir bis auf die, die wir frisch mit Sahne und Grütze oder auf Kuchen aßen, allesamt getrocknet. Die Backöfen bei Amos und bei Don Jesús waren zwei Wochen hindurch nicht kalt geworden. Wenn wir sie morgens vier oder fünf Stunden lang durchheizten, konnten wir sie bis zum Abend des folgenden Tages zum Trocknen der Beeren benutzen. Die trockenen Blaubeeren sahen fast wie Korinthen aus. Die Frauen füllten sie in Leinensäckchen und hängten sie auf den Dachböden luftig auf.

Auch Wein hatten wir angesetzt, sowohl von den Beeren wie auch von den Pflaumen und Äpfeln. Der Apfelwein war schon nahezu ausgegoren. Wir wollten ihn größtenteils zu Essig werden lassen.

Nach den Beeren, dem Obst und dem Getreide war der zweite Heuschnitt an die Reihe gekommen. Er war recht üppig ausgefallen, doch dann war bei Amos und auch bei uns das Heu kurz vor dem Einfahren gründlich naß geworden. Wir hatten es abermals ausbreiten, wenden und auf Schwaden rechen müssen. Viele nahrhafte Blätter waren dabei zerbröselt und verlorengegangen. Das

Heu eignete sich nur noch zum Zufüttern sowie für diejenigen Tiere, die keine Milch geben mußten.

An den letzten beiden Tagen hatten wir schließlich auch die Kartoffeln ausgemacht, nach Größen sortiert – die kleinsten waren für die Schweine bestimmt – und eingekellert. Amos hatte seinen und Arwaqs Anteil mit dem Wagen abgeholt.

Gegen Mittag wurden wir mit dem kleinen Acker fertig. Hintereinander pflügten wir die letzte Beetfurche. Don Jesús pflügte voraus, nach rechts werfend; ich pflügte hinterher und warf nach links. Am Ende der Furche hielt ich mein Gespann neben dem seinen an.

»Was kaust du da, Carlos?« fragte Don Jesús.

»Äpfel«, antwortete ich. »Es ist einfacher. Ich muß nicht nach jeder dritten Furche zu meinem Kometen rennen und sie wieder anzünden. Du solltest deinen Tabak auch kauen!«

Er ließ seine kleinen, scharfen Zähne sehen. »Nichts für mich! Andrés Vasco hat es mir schmackhaft machen wollen. Ferenc Gácsér auch. Begreifst du, wieso die meisten Seeleute ihren Tabak kauen?«

»Ich habe nie darüber nachgedacht, Don Jesús. Vielleicht, damit sie beide Hände frei haben?«

»Ja, das wird es sein. Du hast nicht darüber nachgedacht, aber du hast eine Antwort. Was war es dann, worüber du nachgedacht hast?«

»Wieviel Gerste du anbauen willst. Weißt du das schon?«

»Mehr als in diesem Jahr. Was meinst du?«

»Ich würde es auch so machen. Wir sollten auch mehr Weizen säen. Für den Fall, daß es wieder hagelt.«

»Hm! Platz genug hätten wir.«

»Auch genug Saatweizen?«

»Wir können sicher welchen von Signiukt bekommen. Wir müßten ihn aber holen.«

»Das kann ich machen. Was meinst du, Don Jesús: könnten wir im nächsten Jahr ein wenig Bier brauen, wenn die Gerste gut fruchtet?«

»Auf den Gedanken hat dich Chinoi gebracht, richtig?«

»Richtig.«

»Sein Bier hat dir demnach geschmeckt! Ist es so gut wie das eure, von dem du uns erzählt hast?«

»Mir hat es sogar besser geschmeckt. Aber das darf ich denen drüben nicht erzählen.«

»Chinoi wird wieder ein Faß mitbringen. In drei Wochen, zum Erntefest. Ich muß dich also nicht erst fragen, ob du hingehst.«

»Ich wäre auch so hingegangen, Don Jesús.«

Er klopfte seine Pfeife am Handgriff des Pfluges aus und füllte sie mit frischem Tabak.

»Wo steht dein Komet?« fragte ich.

»Laß nur«, sagte er. »Ich will sie erst nach dem Essen rauchen.« Er kratzte sich mit der Pfeife am Kinn. »Darf ich dich fragen, Carlos, mit wem du zum Erntefest gehen wirst?«

»Gewiß, Don Jesús. Mit deinen Töchtern – falls ihr einverstanden seid, Doña Gioconda, Doña Pilar und du.«

»Mit beiden?«

»Warum nicht?«

»Wenn du mit beiden gehst, mußt du sie beide zurückbringen. Und das könnte … hm! Bringst du sie beide zurück?«

»Ihr könnt euch auf mich verlassen.«

»Bueno!«

Wir spannten unsere Tiere aus und führten sie über die abgeweideten Wiesen zum Hof zurück. Vom Kalk, den wir zu Beginn der vergangenen Woche gestreut hatten, waren nur an wenigen Stellen noch Spuren zu sehen.

Nach zehn Tagen waren wir mit dem Pflügen der Felder bei Don Jesús fertig. Encarnación Voraussage erwies sich als zutreffend: Das Wetter hatte sich gehalten. Tag um Tag hatte der Hochnebel auf den Hügeln gelegen und das Tal nach allen Seiten hin abgeschlossen. Mitunter war er über Nacht ins Tal und auf den See herabgesunken. Dann hatten wir einige Stunden in dem kühlen, nach frischer Erde riechenden Dunst gearbeitet, der sich in Haar, Bart und Kleidern niederschlug, silbrig in den Spinnennetzen saß, die sich zwischen den Zweigen der Hecken spannten, und das Fell der Ochsen und der Pferde dunkler und dunkler werden ließ, bis sich gegen Mittag der Nebel wieder gehoben hatte. An zwei oder drei Tagen war das graue Gewölbe vom Zenit her allmählich lichter geworden, und die Sonne hatte sich gezeigt – flach, scharf umrissen, zinnfarben. Nach einer geraumen Weile war rings um sie her eine hellblaue Öffnung entstanden und hatte sich langsam ausgeweitet; rasch hatte das Blau sich vertieft, und Licht und Wärme waren zu uns herabgestrahlt. Die Felle der Tiere und unsere Haare und Kleider waren dampfend getrocknet; die Spinnennetze waren unsichtbar geworden; bald hatten wir unsere Umhänge und dann auch unsere Jacken abgelegt, und erst am Nachmittag hatte sich die runde blaue Öffnung in dem grauen Gewölbe langsam wieder geschlossen.

Da wir bei Amos im Frühjahr tief gepflügt hatten und nur die Stoppeln zu schälen brauchten, kamen wir gut voran. Ich führte wieder den Wendepflug, vor den Xángo und Atahualpa gespannt waren. Oonigun und Joshua wechselten sich mit dem Beetpflug ab. Am Morgen des zweiten Tages brach das Streichblech des Beetpflugs eine Handbreit hinter der Schar durch. Einen Ersatz hatten wir nicht zur Hand. Wir luden den Pflug auf den Wagen, und Joshua fuhr los, um das Streichblech von Sigurd schweißen zu lassen und möglichst auch noch ein zweites, neues mitzubringen.

Nachdem ich das letzte Beet auf der westlichen Seite des Fahrweges gepflügt hatte, begann ich auf der anderen Seite des Weges mit dem Acker, in den im Frühjahr die Flugmaschine gestürzt war. Die Kastanienbäume entlang des Fahrweges hingen voller stachliger Früchte. An manchen war die grüne Schale aufgeplatzt, und durch die Risse leuchteten die glatten, mahagonibraunen Roßkastanien. Als kleiner Bub hatte ich lange nicht glauben wollen, daß etwas so appetitlich ausschauen und dennoch nicht eßbar sein konnte.

Ich pflügte quer zum Hang. Am Ende der ersten Furche wendete ich mein Gespann und drehte die Scharen herum, als ich Hufschlag vernahm. Zwischen den Kastanienbäumen wurde ein Wägelchen sichtbar. Der Nebel war dichter als in der Frühe; doch als das Wägelchen sich näherte, erkannte ich, daß Nicolae Istrate es fuhr. Neben ihm, auf der mir abgewandten Seite, saß eine dunkel gekleidete ältere Frau. Ich winkte. Nicolae winkte zurück. Dann verdeckte eine Hecke mir die Sicht.

Ich drückte die Schar ins Erdreich. Die Ochsen zogen an. Das rechte Rad des Pfluges hielt ich am Rand der vorigen Furche. Mit gleichmäßig schürfendem Geräusch floß der rotbraune Erdstrang vom Streichblech.

710

Ich erwartete, daß Krähen und Möwen kommen würden, um die Furchen nach allerlei Kleingetier abzusuchen, doch die Vögel blieben aus. Es mochte am Nebel liegen, der rasch dichter wurde. Wenn ich am östlichen Rand des Ackers angelangt war, konnte ich die Kastanienbäume gerade noch erkennen.

Es begann zu nieseln. Ich zog mir die Kapuze über den Kopf. Vor mir schaukelten die sahnegelben Leiber der Ochsen; die Spitzen ihrer Hörner pendelten nach links und hinauf, nach rechts und hinunter, und wieder nach links und hinauf und nach rechts und hinunter.

Furche um Furche pflügten wir. Es nieselte stärker. Das schürfende Geräusch, mit dem der Pflug durch die Erde schnitt, wurde ein wenig leiser. Einzelne Tropfen fielen vom Rand meiner Kapuze. Schwacher Rauchgeruch drang mir in die Nase. Ich hob den Blick von der Schar. Der Nebel war in Bewegung geraten. Der Wind kam aus Norden; er brachte den Rauch von Saras Herdfeuer mit.

Nun nieselte es nicht mehr. Es regnete. Der Pflug begann zu schmieren. Als ich ihn wendete, waren die Kastanienbäume nicht mehr zu sehen. Wasser sammelte sich in den Sohlen der Furchen. Ich pflügte bis zum Fahrweg zurück, hob den Pflug aus und wartete unter einem der Bäume. Der Wind trieb mir den Regen ins Gesicht. In den Radspuren auf dem Weg strömten braune Rinnsale. Die Ochsen hielten die Köpfe gesenkt.

Nach einer Weile spannte ich Xángo und Atahualpa aus. Das Erdreich war nun zu naß zum Pflügen. Ich legte die Zugriemen über die Rücken der Ochsen und führte sie zum Hof.

An der Haustür traf ich mit Amos zusammen, der einen Korb voller Birkenpilze trug.

»Joshua ist zu Sigurd gefahren«, sagte ich. »Der eine Pflug ist hin.«

»Yep!« sagte Amos. »Die Dinge zerbrechen immer dann, wenn man sie braucht. War vom Kalk noch viel zu sehen, Chas?«

»Da und dort ein paar Häufchen. Die wird der Regen jetzt auch in den Boden waschen. Joshua dürfte gründlich naß werden.«

»Der wird auch wieder trocken. Komm, wir gehen hinein!«

Sara lehnte am Fenster, die Hände unter dem vorstehenden Leib verschränkt, und schaute in den Regen hinaus. Der Tisch stand voller Geschirr; nur die hintere Ecke, unter dem Wandgestell mit dem segnenden Christus und der Statue der Yémanjá, war freigeräumt. Dort lag eins der bunten Hefte aus dem Bücherzimmer auf der Insel.

»Die große Überfahrt«, las ich.

Sara nickte. Die vielen steifen Zöpfchen auf ihrem Kopf raschelten.

»Wirst du das eurer Tochter als erstes vorlesen?« fragte ich.

»Aber Chas!« Ihr großer Mund war weich, ihre Augen feucht und schläfrig.

»War nur Spaß«, sagte ich. »Liest du die Geschichten hier – oder Amos?«

»Joshua«, sagte sie. »Er lernt lesen. Taguna hilft ihm ein wenig.«

»Er will nach Signiukt«, sagte Amos, ließ sich auf der Bank nieder und streckte das linke Bein weit von sich. »Für ein oder zwei Jahre, meint er. Das hätte ihm auch früher einfallen können.«

»In die Schule?« fragte ich.

Amos und Sara nickten gleichzeitig.

»Er ist älter als die meisten anderen. Er will nicht ganz unvorbereitet hinkommen. Das ist gescheit.«

»Ich weiß nicht recht«, sagte Amos. »Es hätte ihm früher einfallen sollen«

»Wo ist denn euer Besuch?« wollte ich wissen.

Amos schaute fragend zu Sara auf.

»Du meinst Nicolae und Ankoowa?« sagte Sara. »Die haben mir nur zugewinkt und sind weitergefahren.«

»Wer ist Ankoowa?« fragte ich.

»Die Witwe von Mooin«, sagte Amos.

»Mooin war doch der Sohn von Taguna und Strange Goose?«

»Yep! Ankoowa Kobetak war seine Frau. Arwaq ist ihr Sohn.«

»Jetzt erinnere ich mich! Ich hab den Namen im Familienbuch gelesen. Sie ist auch die Mutter von Oneeda und Oonamee, nicht wahr?«

»Ja«, sagte Sara. »Und Atagali, Arwaqs Frau, ist die Tochter von Ankoowas Bruder Igatagan.«

»Ah«, sagte ich. »Nun sehe ich, wie das zusammenhängt. Geschwisterkinder dürfen also heiraten?«

»Sicher«, sagte Amos. »Bei euch drüben nicht?«

»Doch. Sie brauchen aber die Genehmigung der Kirche.«

»Und wenn die Kirche sie verweigert, können sie nicht heiraten?«

»Nein. Das kommt jedoch kaum einmal vor.«

»Wozu dann das Ganze?« fragte Amos und runzelte die Stirn.

Sara hatte sich abgewandt und lächelte in den Regen hinaus. Eine schwarze Ente mit weißem Hals und Kopf flatterte auf das Fensterbrett, schüttelte das Wasser aus den Flügeln, drehte sich herum, bis sich ihre Schwanzfedern an der Scheibe zu einem Fächer auseinanderspreizten, und begann, mit dem Schnabel ihr Brustgefieder zu ordnen. Sara lächelte unverwandt in den Regen hinaus. Mir schien, sie hatte den Vogel überhaupt nicht wahrgenommen.

Ich blieb zum Essen. Amos und ich sprachen über die Ernte, über die Arbeiten, die wir uns für den Herbst vornehmen wollten, über die Hochzeit von Dagny und David, die bald nach dem Erntefest stattfinden sollte, und über mein Pferd. Von Joshuas Plänen und der näherrückenden Geburt seiner Schwester redeten wir nicht. Sara stand bald wieder vom Tisch auf, legte Holz nach, stellte Geschirr zusammen, holte unsere Umhänge aus dem Flur und hängte sie über den Herd, leichtfüßig, schwerleibig, mit dem leisen weichen Lächeln, das nach innen gerichtet war.

So plötzlich ging der Regen zu Ende, daß Amos und ich von unserem Gespräch aufblickten. Eine Weile lang rauschte das Wasser weiter von der Traufe herab, und noch ehe es ganz versiegte, leuchteten die Stubentür und die Balkenwände warmbraun im Sonnenlicht.

»Yémanjá hat ihre Gießkanne ausgeleert«, sagte ich und erhob mich. Sara kicherte. »Hübsch hast du das ausgedrückt, Chas.«

»Und du hast hübsch gekichert. Fast wie Kiri.«

»Wie Kiri? Die kichert doch gar nicht mehr.«

»Das hab ich bemerkt, Sara. Und ich weiß auch, weshalb sie nicht mehr kichert.«

»Das wissen wir auch!« sagten Sara und Amos beinahe gleichzeitig.

Ich ging zum Herd und befühlte meinen Umhang. Er war noch feucht, doch ich nahm ihn herunter.

»Halt!« sagte Amos. »Wohin?«

»Ich muß zu Don Jesús.«

»Ah ja! Du willst Dagny zuvorkommen, was?«

»Der Herr hat deine Worte mit Dunkelheit gesegnet, Amos«, erwiderte ich. »Erklär mir, was sie bedeuten!«

»Dagny will im Winter das Gitarrespielen lernen, nicht wahr? Nun
kommst du und fängst damit schon im Herbst an!«
»Aber du irrst dich! Meine Finger sind zum Spielen nicht geschickt
genug. Ich möchte bloß zuhören.«
»Ah! Ja dann!«
Er brummte ein paar Töne in absteigender Folge vor sich hin, die
mir seltsam vertraut vorkamen, runzelte die Stirn und grinste.
»Wann pflügen wir weiter?« fragte er dann. »Was meinst du?«
»Wenn die Sonne so bleibt wie jetzt, übermorgen. Sonst...?«
»Dann bis übermorgen, Chas. Vergiß dein Pferd nicht!«
Draußen war es windstill und heiß. Die Schindeln auf den Dächern
dampften. Ich holte Atlatl aus dem Stall, sah mir seine Hufeisen an
und prüfte noch einmal den Sitz des Sattelgurts, ehe ich aufstieg.
Ich ritt quer über die abgeernteten Felder. Weiße, schlanke Nebel-
türme standen rundum in den Wäldern und auf den Hügeln; weit
oben wurden sie breit und flach und faserten an den Rändern aus, so
daß sie ungeheuren, auf ihren Kielen stehenden Federn glichen.
Die Furchen, die ich am Vormittag gezogen hatte, standen bis oben
hin voll Schlamm. Als wir den Acker hinter uns ließen und auf die
Weiden kamen, wollte Atlatl traben. Ich hielt ihn zurück. Seine
Hufe hätten die durchnäßte Grasnarbe aufgerissen.
Der See war noch heftig bewegt; das erkannte ich am tausend-
fachen Aufblitzen seiner Wasserfläche, die tiefblau den Himmel
spiegelte und über die sich ein schmaler, langer, nahezu schwarzer
Streifen hinzog: der Schatten eines der Nebeltürme.
Die Wipfel der Pappeln wurden sichtbar; dann sah ich die Bäume
ganz, und auch den Fahrweg, den sie begleiteten. Schließlich erblickte ich unter mir den Ibárruri-Hof mit seinen Dächern und Bäumen und dem dunkelgrünen Viereck des Obstgartens hinter dem
helleren Grün der Rosenhecke und sah für einen Augenblick auch
den Strahl des Springbrunnens in der Sonne glitzern.
Wenig später ritt ich an der Rosenhecke entlang, die so üppig fruch-
tete, wie sie geblüht hatte, ritt den Zufahrtsweg hinunter und über
die Steinplatten auf dem Hof geradewegs auf die offenstehende
Stalltür zu.
Atlatl stand still, wandte den Kopf nach links und sah mit einem
Auge zu, wie ich abstieg.

Ich hatte ihn versorgt und war dabei, Sattel und Zaumzeug mit dem seifigen Fett einzureiben, das für diesen Zweck in einem Tiegel bereitstand, da fiel ein Schatten durch die Stalltür. Ich blickte auf und sah Encarnación.

»Hola, guapa!« sagte ich. »Ist das Kleid fertig?«

»Oh, Carlos! Sprich mir nicht von dem Kleid! Es bringt mich noch um. Eben hab ich die Ärmel zum zweitenmal aufgetrennt!« Sie warf die Haare zurück und stützte sich mit beiden Händen gegen die Türpfosten. »Taguna ist da«, fuhr sie fort. »Sie möchte, daß du kommst und dir das Leder aussuchst. Eigentlich wolltest du es ihr ja bringen, hat sie gesagt.«

»Stimmt!« sagte ich. »Das hab ich ganz vergessen. Sag ihr, daß es mir leid tut. Nein, laß! Ich sag es ihr selbst. Ich komme gleich hinein.«

»Es eilt nicht, Carlos. Sie bleibt bis zum Abend!«

Sie drehte sich um und ging zum Haus hinüber und wehrte Kesik ab, der verspielt an ihr hochsprang und in die Luft schnappte, daß seine Zähne laut aufeinanderschlugen.

Bald war ich fertig mit meiner Arbeit, stellte den Tiegel an seinen Platz zurück, wischte mir die Hände an einem Lappen ab, ließ Atlatl noch eine Handvoll Weizen fressen und trat dann vor die Tür in die Sonne hinaus. Die Nebeltürme waren verschwunden, der Himmel glühte dunkelblau. Über den Hof, der schon halb im Schatten lag, ging ich auf die Haustür zu.

Als ich in den Schatten trat, blieb ich stehen.

Jemand sang.

Ich kannte das Lied. Ich hatte es am Tag meiner Ankunft in Seven Persons von Mond de Marais gehört, und wie damals vernahm ich auch jetzt nur die letzten Zeilen:

»Pourquoi ton bébé, délourière,
Est-il mort l'été, délourion?
Des chevaux tout blancs, délourière,
L'ont noyé en mer, délourion.«

Doch anders als an jenem Tag hörte es nicht auf. Die Frauenstimme summte weiter, weich, wiegend, endlos. Sie kam aus dem Garten. Langsam ging ich in die Richtung, aus der sie kam. Dort, wo der Gartenzaun an die Hausecke stieß, blieb ich stehen.

Die Frau stand bis an die Waden in dem kleinen schilfigen Teich, in den der Springbrunnen fiel. Den Rock ihres schwarzen, langärmligen Kleides hatte sie ein wenig angehoben und hielt ihn mit beiden Händen eng um ihre Beine gerafft; sie summte, summte, und wiegte sich sacht in den Hüften. Das Sonnenlicht fiel durch ihr Haar, das bis zur Mitte des Rückens herunterhing, und ließ es bläulichschwarz erglühen.

Ich stieg über den Zaun. Der Dornenzweig einer Kletterrose hakte sich in mein rechtes Hosenbein. Ich bückte mich und riß ihn weg, sah hellrote Kratzer auf meinem Handrücken, aus denen Blutstropfen quollen, und ging weiter auf die Frau zu. Zwei Schritte hinter ihr blieb ich stehen.

Sie mußte mich kommen gehört haben. Aber sie drehte sich nicht nach mir um. Sie summte und wiegte sich. Ich stand da und hörte ihr zu; und nach einer Weile fing ich an, mit ihr zu summen, leise erst, dann lauter, eine Oktav tiefer als sie.

Sie hörte mich. Sie warf den Kopf zurück, daß ihr Haar hochflog und mich fast berührte, und stieß ein kleines, frohes Lachen aus. Und wir summten weiter. Sie wiegte sich nun nicht nur in den Hüften; sie wiegte sich mit ihrem ganzen Körper. Ihr Haar wehte hin und her, fiel ihr ins Gesicht. Sie hob die Hände, um es zurückzustreichen; ihr Rocksaum klatschte ins Wasser. Mit einem Schwung drehte sie sich herum, stieg aufs Ufer, stand dicht vor mir und lächelte mich an.

»Naomi!« sagte ich.

Das Lächeln erlosch. Die Pupillen in den hellgrauen Augen wuchsen wie die Welle auf der Fläche eines Wassers, in das ein Stein gefallen ist; riesige, schwarze Augen starrten mich an. Das Gesicht spannte sich mit solcher Gewalt, daß die Haut weiß wurde, als wollten die Schädelknochen hervorbrechen. Die Nase wurde scharfrückig und spitz; die weißen Lippen wichen zurück und legten die Zähne bloß bis zum Zahnfleisch; zwischen ihnen kam ein leises schneidendes Zischen hervor.

»Naomi?« sagte ich noch einmal.

Sie hielt die Arme noch immer erhoben und hatte die Hände in ihrem Haar. Sie zog sie nun langsam heraus, führte sie nah am Kopf nach vorn, wobei die Finger sich einkrümmten, und weiter bis un-

ters Kinn. In dieser Haltung erstarrte sie, sog durch die aufeinander-
gebissenen Zähne Luft ein und zischte.

»Ich will dir nichts tun!«

Sie tat einen steifbeinigen Schritt auf mich zu, die gekrümmten Finger vor der Brust, und zischte mir ins Gesicht. Ich trat zurück, stolperte und fiel. Im Fallen sah ich sie einen weiteren Schritt tun, rollte
mich zur Seite und kam auf die Knie.

»Oneeda! Bleib stehen!«

Sie blieb stehen. Wasser tropfte von ihrem Rock. Ihr Kopf sank
herab. Ihre Hände öffneten sich, fuhren ins Haar und zerrten es
nach vorn übers Gesicht. Das Zischen verstummte. Sie tat einen tiefen Atemzug; dann kam ein dünner Ton aus ihrer Kehle, ein schril-
les, eintöniges Winseln, das sich lang hinzog, leiser wurde, zu zittern
begann und nach einem weiteren tiefen Atemholen in ein greinen-
des Schluchzen überging.

»Santisimas Madres!« rief Don Jesús leise und legte seinen Arm um
Oneedas Schultern. Doña Pilar trat auf ihre andere Seite und legte
den Arm um ihre Hüften. Gemeinsam führten sie Oneeda zum
Gartentor hinaus. Das von tiefen Atemzügen unterbrochene Grei-
nen wurde leiser; dann wurde es von Encarnacións erregter Stimme
übertönt, und schließlich hörte ich die Haustür zuschlagen.

»So steh doch auf, Chas!« sagte Taguna, die neben dem Springbrunnen stand.

Ich stand auf, sah dabei die Kratzer auf meinem Handrücken und
hob die Hand nah an die Augen. Die Blutstropfen waren eingetrocknet.

»Was war?« fragte Ane-Maria hinter mir. »Wir haben euch gesehen.
Es sah aus, als wolltet ihr tanzen.«

Ich sah sie an, sah Taguna an und schüttelte den Kopf.

»Was hast du zu ihr gesagt?« fragte Taguna.

Ich schwieg.

Sie trat auf mich zu, nahm meine rechte Hand und besah die Kratzer.

»War sie das?« fragte sie.

»Nein«, sagte ich. »Nein, nein, sie ist ganz unschuldig.«

»Was hast du zu ihr gesagt, Chas?«

»Naomi, hab ich gesagt. Sie hat sich umgedreht. Ich hab ihr Gesicht
gesehen. Naomis Gesicht. Da hab ich ihren Namen gesagt.«

»Wer ist Naomi, Chas?«
»Naomi war seine Frau, Mutter!« sagte Ane-Maria.
»Wie hat sie über den Namen so erschrecken können?« fragte ich.
»Wahrscheinlich hat sie dich für Félix Douballe gehalten«, sagte Taguna. »Sie war einmal so gut wie verlobt mit ihm. Du siehst ihm ein wenig ähnlich.«
»Aber nein!« rief Ane-Maria. »Amos und Zachary sind einander ähnlicher als Carlos und Félix. Keiner verwechselt die beiden miteinander. Außer, wenn es dunkel ist, vielleicht.«
»Das meine ich ja«, sagte Taguna und strich eine Haarsträhne aus Ane-Marias erhitztem Gesicht.
»Es ist aber heller Nachmittag«, sagte Ane-Maria.
»Für uns«, sagte Taguna. »Kommt, gehen wir ins Haus!«
Sie ergriff meine Hand. Zwischen ihr und Ane-Maria ging ich zum Gartentor.
Vor der Haustür blieb Taguna stehen. »Du warst mit Oonamee verheiratet, Chas. Weshalb hast du mir das nicht gesagt?«
»Ich war mit Naomi verheiratet«, sagte ich. »Erst hier ist mir eingefallen, daß sie vielleicht ihren Namen geändert hat. Daß sie Oneedas Schwester war, hab ich nicht geahnt.«
»Aber Lorcas!« rief Ane-Maria. »Hast du vergessen, wie Encarnación und ich im Dachstuhl geschaukelt haben? Wir haben mit Don Pedros – mit Pieros – Namen gespielt. Wir haben dir erzählt, daß wir das von den Zwillingen gelernt haben.«
Ich strich eine schwarze Haarsträhne hinter ihr Ohr zurück und ließ meine Hand für einen Augenblick an ihrer Wange liegen.
»Ich hab das nicht vergessen. Hätte ich auch ein wenig mit Namen gespielt, wäre ich wohl darauf gekommen, daß Naomi Oonamee war. Hast du es gewußt?«
»Nicht gewußt, Carlos. Geahnt.«
»Wann?«
»An einem der ersten Tage in Signiukt. Dagny und ich waren im Irrgarten. Wir haben von Per Svansson gesprochen, von Oneeda und Oonamee und von dir. Da ist uns eingefallen, es könnte so sein, wie – wie es ist.«
»Ah!« sagte ich. »Der Tag, an dem der Mund spricht!«
»Eure Münder haben geschwiegen, Ane-Maria«, sagte Taguna. »Du

hast mir nichts gesagt. Dagny hat mir nichts gesagt. Kommt, gehen wir hinein!« Sie schob uns an den Schultern vor sich her durch die Haustür.

Encarnación kam die Treppe heruntergepoltert, rutschte von einer Stufe ab und plumpste schwer auf den Hintern.

»Au!« rief sie. »Caramba! Was hab ich sagen wollen? Jetzt hab ich es vergessen!«

»Sei froh, daß Papá dich nicht fluchen gehört hat!« dröhnte Doña Gioconda von oben. »Und steh auf! Du wirst sonst hinten ganz viereckig. Die Männer mögen das nicht.«

»Ich such mir einen, der selber viereckig ist«, erwiderte Encarnación, ihren Ellbogen reibend. »Dann kann er nichts sagen.«

»Ane-Maria!« rief Doña Gioconda. »Komm herauf! Hol deine Gitarre!«

Ane-Maria zwängte sich an Encarnación vorbei und lief die Treppe hinauf, drei Stufen auf einmal nehmend.

Encarnación erhob sich langsam. »Richtig! Das wollte ich sagen.« Sie betastete mit beiden Händen ihr Hinterteil.

»Ist noch alles rund?« fragte Taguna.

Encarnación nickte heftig.

»Was macht Oneeda?« fragte ich.

»Nichts, Carlos. Sie sitzt auf dem Bett und starrt vor sich hin.«

»Weint sie noch?«

»Du meinst diesen schrecklichen Laut, wie ihn junge Robben machen, wenn sie nach ihrer Mutter suchen? Der hat aufgehört. Sie ist still, Carlos. Sie ist nicht da. Ich muß wieder hinauf.«

Sie stieg langsam nach oben und rieb ihren Ellbogen, und Taguna und ich gingen in die Stube. Ich hob die Ringe aus der Herdplatte, sah nur noch ein wenig Glut und legte Holz nach.

Taguna setzte sich auf die Bank und sah mich an. Oben waren Schritte zu hören, das Rücken eines Stuhls; dann begann Ane-Maria zu spielen. Es klang dumpf und weit entfernt. Wahrscheinlich war das Fenster geschlossen.

»Ich weiß«, sagte ich nach einer Weile. »Ich hab mich wie ein Ochse benommen.«

»Unsinn, Chas! Aber die Wahrheit! Weshalb hast du mir nicht die Wahrheit gesagt?«

»Ich weiß es nicht.«

»Setz dich! In deinem Brief stand, daß ein Freund dir von Megumaage erzählt hat; daß du deswegen herkommen willst. Stimmt das?«

»Naomi – ich meine, Oonamee – hat mir von Megumaage erzählt. Sie wollte, daß wir mit den Kindern hierherziehen. Ich hab nicht ja und nicht nein gesagt. Ich hielt es für eine Laune.«

»Bis es zu spät war?«

»Ja, Mutter. Bis es zu spät war. Ich hab ihr versprochen, nach Megumaage zu reisen und mich umzuschauen, ob ich hier leben kann. Dann wollte ich die Kinder nachholen.«

»Du sagst, sie hat dir von Megumaage erzählt. Dein Brief war jedoch an den obersten Häuptling von Seven Persons gerichtet.« Sie schob die Unterlippe ein wenig vor. »Wer hat dir von Seven Persons erzählt?«

»Naomi. Oonamee. Sie hat nicht gesagt, daß es ein Ort ist. Das hab ich mir dann zurechtgereimt.«

»Sie hat von Seven Persons gesprochen, als es mit ihr zu Ende ging?«

»Ja, Mutter.«

»Was sonst? Was hat sie noch gesagt?«

»›Die Jagd!‹ hat sie gesagt. ›Sie hätten mich gejagt und getötet‹, hat sie gesagt. Weiter nichts mehr.«

Taguna stützte die Ellbogen auf den Tisch und verbarg ihr Gesicht in den Händen.

Über uns im Gästezimmer spielte die Gitarre. Nur die tieferen Töne waren undeutlich zu hören, der Takt eines langsamen Tanzes.

»Ich hätte es dir sagen müssen«, sagte ich.

Langsam zog Taguna die Hände vom Gesicht und stützte Kinn und Wangen in die Handflächen; dann zog sie die Unterlippe zwischen die Zähne, biß leicht zu und ließ wieder los. »Ja, das hättest du. Doch du konntest nicht. Du wolltest wissen, warum deine Frau vor der Jagd geflohen war. Das wolltet du herausfinden. Und zwar allein. So war es doch?«

»Ja, Mutter.«

»Gut! Du wolltest nicht sprechen. Du konntest nicht fragen. Weshalb hast du nicht wenigstens zugehört?«

Sie warf den Kopf hoch und ließ beide Hände mit einem dröhnenden Schlag flach auf die Tischplatte fallen.

»Zugehört?« fragte ich. »Ich versteh dich nicht. Wem zugehört?«
»Mir, Chas Meary! Mir! Erinnerst du dich an den Tag, an dem du mit
Piero zu uns gekommen bist? Ihr wart bei Aaron gewesen. Auf dem
Rückweg warst du dem Bären in den *menatkek mijooajeech* gefolgt,
in den Hain der kleinen Kinder. Strange Goose und ich waren soeben von unserem Besuch bei Ankoowa und Oneeda heimgekehrt.
Ich hab dir gesagt, daß Oneeda uns etwas erzählt hat. Aber du wolltest nichts hören. Du wolltest dich nicht einmal setzen. Du hast da-
gestanden, ein strahlender, ahnungsloser, selbstgerechter Rache-
engel. Und du warst lächerlich, Chas Meary!« Sie stützte das Kinn
wieder in beide Hände und sah mir in die Augen.
Ich war im Begriff, sie etwas zu fragen, da hörte ich Schritte im Flur.
Die Tür ging auf. Doña Pilar trat ein, mit ihr Don Jesús, der seinen
Arm um ihre Schulter gelegt hatte, und dann Doña Gioconda, die
sich ächzend neben Taguna auf der Bank niederließ.
»Ich habe recht«, sagte Doña Pilar. »Wir hätten achtgeben sollen.
Wir hätten ihn warnen sollen.« Eine Falte stand senkrecht über ihrer
Nasenwurzel, und ihre schrägstehenden Augen glitzerten.
»Ah ja, Mamá«, sagte Don Jesús. »Du hast recht. Aber was hilft uns
das? Jetzt kommt es darauf an, daß Ankoowa sie heute abend wie-
der mitnehmen kann, verdad?« Er schob seiner Frau einen Stuhl
unter, setzte sich zwischen sie und mich, und zog seinen Tabaks-
beutel heraus. »Ihr raucht alle zu wenig«, sagte er. »Du gestattest,
Carlos?«
Er nahm mir die Pfeife ab, die ich zwischen den Händen drehte, und
begann sie zu stopfen.
Doña Gioconda schob ihm ihre Pfeife über den Tisch zu.
»Mir auch!« sagte sie. »Du hast unrecht, Pilar. Warnen! Du hast mit
uns am Fenster gestanden und dich mit uns darüber gefreut, daß
Carlos und Oneeda einander kennenlernten. Wie ein Brautpaar,
hast du gesagt. Oder so ähnlich.«
»Wie die Reiher im Frühling, hat sie gesagt!« brummte Don Jesús
und schob mir meine Pfeife zu.
Ich erhob mich und ging zum Herd, um sie anzuzünden.
»Ihr seid doch eine Büffelherde!« hörte ich Taguna hinter meinem
Rücken halblaut sagen. »Er war mit ihrer Schwester verheiratet! Mit
Oonamee!«

Stille herrschte, bis ich mich wieder an meinen Platz gesetzt hatte. Doña Gioconda war es, die als erste sprach.

»Ist das wahr?« fragte sie mich. Ihre tiefe Stimme bebte ein wenig.

Ich nickte.

»War sie dir eine gute Frau, Carlos?«

»Ja, Mutter Gioconda, das war sie.«

Ein langsames Lächeln ließ ihr ockerrotes Gesicht breiter und dunkler werden; und ich sah es mit einemmal so, wie es vor vierzig oder fünfzig Jahren ausgesehen haben mußte.

»Aaah!« sagte sie, »das ist gut! Gut! Es bedeutet, daß du ihr ein guter Mann gewesen bist. Jetzt mußt du uns aber erzählen, wie ihr einander gefunden habt. Alles mußt du erzählen, Carlos! Fang an!«

Ich begann mit dem Tag im Mond der Schneeblindheit, im Jahr ohne Sommer, an dem meine Mutter für die Damen ihres Bekanntenkreises ein Nachmittagskränzchen gegeben hatte. Einige der Damen hatten ihre Gesellschafterinnen mitgebracht. Eine derbe Gascognerin war unter ihnen gewesen, die laut gelacht und Pfeife geraucht hatte; eine schmale Russin mit tatarischen Gesichtszügen, die sich lautlos gleitend bewegte und öfter ein Büchlein aus ihrem Handtäschchen nahm, in das sie etwas aufschrieb; eine männlich aussehende Griechin mit ungewöhnlich weißen, weit auseinander stehenden Zähnen und einer Narbe am Kinn; und eine Indianerin mit hellgrauen Augen in einem schmucklosen schwarzen Kleid mit weitem Rock, was damals nicht Mode war.

Ich schloß mit der Nacht im Mond, in dem die Elche rufen, im Jahr der Stürme; der Nacht, in der mein Vater mich um Verzeihung gebeten hatte, nachdem wir allein und geschlagen in seinem Arbeitszimmer zurückgeblieben waren.

Es war dämmrig geworden, als ich meine Erzählung beendete. Draußen hatte sich Wind aufgemacht.

»Mein Gott«, sagte Doña Pilar. »Ihr wart nicht einmal zwei Jahre zusammen.«

Auf dem Fensterbrett erschien der schwarzweiße Kater Huanaco. Ich konnte nicht genau erkennen, was er im Maul trug; es sah wie die vordere Hälfte einer großen Schlange aus. Er sprang auf die Dielen hinab und zerrte seine Beute unter den Herd.

Doña Gioconda bemerkte es nicht. »Ah«, sagte sie zu Doña Pilar,

»ihr habt es gut, du und Jesús! Und wir, wir haben es auch gut gehabt, Barbaro und ich. Viele Jahre!«

Räderrollen klang vom Fahrweg her, begleitet von raschem, trockenem Hufgetrappel. Doña Gioconda hob den Kopf.

»Das sind sie wohl«, sagte ich.

Alle erhoben sich. Über uns brach das Gitarrenspiel ab, und wir hörten die Mädchen die Treppe herunterlaufen. Doña Pilar war mit zwei Schritten an der Tür.

»Ho!« rief sie leise in den Flur hinaus. »Ihr könnt sie da oben nicht allein lassen!«

»Sie schläft, Mamá!« rief Encarnación leise zurück.

»Ich gehe besser nicht mit hinaus«, sagte ich.

»Mach uns Tee, Carlos«, sagte Doña Gioconda, bevor sie als letzte die Stube verließ.

Ich füllte den Teekessel und schob ihn übers Feuer. Schritte gingen die Treppe hinauf. Eine Tür fiel ins Schloß. Stimmen murmelten. Eine Weile war alles still. Dann ging über mir ein Geschiebe und Getrampel los; ein Stuhl fiel um; Stimmen murmelten durcheinander, schwollen an; ein klagender kurzer Schrei wurde laut, noch einer; viele Schritte kamen langsam die Treppe herunter; ich hörte Taguna Oneedas Namen sagen, und dann öffnete und schloß sich die Haustür.

Das Teewasser kochte. Ich schob den Kessel zur Seite, bevor ich die Teeblätter ins Wasser streute. Von draußen vernahm ich das hohltönende Rollen der Räder auf den Steinplatten im Hof; es ging in ein mahlendes Knirschen über, als der Wagen den Sandweg erreichte. Das Pferd wieherte.

Unterm Herd krachte und schmatzte es. Huanaco hielt seine Mahlzeit.

Taguna kam als erste wieder in die Stube.

»Was war?« fragte ich. »Hat sie hierbleiben wollen?«

»Nein, Chas. Sie erschrak vor Jesús. Die Mädchen hätten sie nicht allein lassen sollen. Sie hat nicht wirklich geschlafen. Sie hat nur so getan.«

»Wo sind die Mädchen?«

»Melken«, antwortete Doña Gioconda hinter mir.

Nachdem wir uns gesetzt hatten, goß Doña Pilar uns Tee ein.

»Gut!« sagte Don Jesús nach dem ersten Schluck. »Sie werden erst spät in der Nacht zu Hause sein. Hoffentlich schläft sie dann wirklich!«

»Hat sie sich beruhigt?« fragte ich.

»Du hast schon gefürchtet, wir brechen durch die Decke, was?« fragte Doña Gioconda.

»Erst hat sie den Stuhl nach mir schmeißen wollen«, sagte Don Jesús. »Dann hat sie sich beruhigt.«

»Sie hat sich erst beruhigt, als sie draußen war und Ankoowa sah«, sagte Doña Pilar.

»Sie wird schlafen, noch ehe sie an der Kapelle vorbeikommen«, sagte Taguna. »Beim letztenmal, als sie sich vor Arwaq erschreckt hatte, war es auch so.«

»Sie hat sich vor Arwaq erschreckt? Vor ihrem Bruder?«

»Aber ja, Chas! Deswegen haben Nicolae und Ankoowa sie ja heute hiergelassen. Weil sie zu Arwaq wollten.«

»Sind es immer Männer, die sie in diesen Schrecken versetzen?«

»Nein, Carlos«, sagte Doña Gioconda. »Niemand weiß vorher, was es sein wird. Es kann ein Sonnenfleck an der Wand sein. Oder eine Kuh. Einmal ist sie vor einer Kuh davongerannt. Sie hielt sie für den Menschenfresser mit dem Elchkopf.«

»Einmal war es eine Blume«, fügte Doña Pilar hinzu. »Sie hat draußen am Brunnen eine Teichlilie gefunden. Die hat sie mir gebracht. Plötzlich ist sie weiß geworden im Gesicht. Weiß wie gebrannter Kalk. Kannst du dir das vorstellen, Carlos?«

»Oh, ja!«

»Sie hat mir die Blume hingestreckt und geflüstert: ›Die Schlange! Die Schlange! Nimm sie fort! Nimm sie fort!‹«

»Sie haßt Schlangen«, sagte Doña Gioconda. »Genau wie ich.«

»Wie lange dauert es?« fragte ich. »Ich meine – wie lange braucht sie, um wieder so zu werden, wie sie immer ist?«

Alle sahen mich an. Niemand sprach. Huanaco wanderte um den Tisch herum, blickte zu Doña Gioconda hoch, sprang auf ihr Knie und streckte sich auf ihrem Schoß aus. Sie kraulte seinen prallen Bauch. »Brav!« sagte sie. »Hast brav gejagt!«

»Hm!« sagte Don Jesús nach einer Weile. »Du meinst, so, wie sie früher war?«

Ich nickte.

»So war sie nur drei-, viermal in all den Jahren«, sagte Taguna. »Dann hat sie mit uns gesprochen und gelacht und war so wie wir. Einmal hat das fast zwei Monate angehalten. Es gibt aber auch Zeiten, in denen sie schweigt; in denen du nicht weißt, ob sie dich überhaupt sieht. Und trotzdem geht es ihr dann gut. Sie ißt und trinkt. Sie achtet auf sich. Und sie arbeitet.«

»Wenn sie aufhört zu arbeiten«, sagte Doña Pilar, »dann fürchten wir uns.«

»Ihr wißt dann, daß sie bald wieder vor etwas erschrecken wird?«

»Das muß nicht unbedingt geschehen«, sagte Taguna. »Manchmal geschieht es. Öfter nicht.«

»Es ist so«, meinte Don Jesús. »Sie arbeitet drei oder vier Wochen oder länger. Wunderschöne Sachen. Dann hört sie auf. Und wir müssen ihr die Sachen wegnehmen, die sie gemacht hat. Wenn wir ihr etwas lassen, zerstört sie es.«

»Das merkwürdige ist«, sagte Taguna, »sie zerstört nur Dinge, die sie selber hergestellt hat.«

»Erinnert sie sich später daran?«

»Sie sagt, Yémanjá hat die Sachen geholt«, erwiderte Doña Gioconda.

»Wenn sie so ist wie früher – woran erinnert sie sich dann?«

»Fast an alles, Chas. An alles vor dem schrecklichen Auftritt mit Félix. Sie ist auf den armen Kerl losgegangen so wie heute auf dich.«

Doña Gioconda beugte sich vor, und der Kater auf ihrem Schoß blinzelte. »Taguna!« sagte sie. »Hast du Carlos etwa nicht erzählt, was Oneeda euch erzählt hat?«

»Ich habe es versucht. Aber er hatte anderes im Kopf!«

»Ah! Ich weiß!« Sie blinzelte mir zu. »Jetzt wird er dir sicher zuhören.« Sie lehnte sich zurück.

Taguna streckte mir die Hand entgegen, und ich gab ihr meine Pfeife.

»Einen Augenblick hast du geglaubt, du hättest Oonamee vor dir«, sagte sie. »Nicht wahr?«

Ich neigte den Kopf.

»Sie waren nicht zu unterscheiden, die beiden. Arwaq war der einzige von uns, der sie niemals verwechselt hat.« Sie wedelte mit der Hand den Rauch von ihrem Gesicht weg und gab mir meine Pfeife zurück. »Vor elf Jahren war der Überfall auf Memramcook. Bei der Jagd auf die Fremden wurde Mooin getötet. Ankoowa blieb mit den drei Kindern allein. Sie hat niemals daran gedacht, sich wieder zu verheiraten.

Im Jahr darauf, im Jahr der Tränen, fing Per Svansson an, Oneeda den Hof zu machen. Das war beim Erntefest. Oneeda war damals so alt wie Ane-Maria jetzt. Per konnte sehr einnehmend sein. Er hat die Mädchen zum Lachen gebracht. Oneeda war nicht die erste, der er den Hof machte. Er ist aber mit keiner zu weit gegangen, das hat Oneeda gewußt. Und so hat sie eingewilligt, sich mit ihm zu treffen. Nicht oft. Vielleicht einmal im Monat haben sie sich getroffen, haben gefischt oder Beeren gepflückt, oder sie sind spazierengegangen und haben miteinander geredet. Es war immer derselbe Ort, an dem sie sich trafen.«

»Der Wasserfall von Soonakadde«, sagte ich. »Der Mund.«

»Ja«, erwiderte Taguna. »Per glaubte, daß er sich immer mit Oneeda traf. In Wirklichkeit kam einmal Oneeda und das andere Mal Oonamee. Ich weiß nicht, welche der beiden diesen Einfall hatte. Jedenfalls machte es ihnen einen Heidenspaß. Sie haben verglichen, was Per gesagt hat. Sie haben einander erzählt, was sie selbst gesagt hatten, um sich nicht durch ein falsches Wort zu verraten.«

»Hat Arwaq denn nichts bemerkt?« fragte ich.

»Der war damals schon verheiratet und hatte andere Sorgen, Chas!«

»Ankoowa und die beiden Mädchen haben bei uns gewohnt«, sagte Don Jesús. »Wir haben gedacht, es ist Oneeda, die sich mit Per Svansson trifft.«

»Und was habt ihr euch gedacht, als die beiden im Winter zusammen fortgeritten sind?« fragte Taguna.

»Nichts«, antwortete Doña Pilar. »Das ist auch sonst vorgekommen.«

»Ja!« sagte Taguna. »An diesem Tag, am vorletzten Tag im Mond der langen Nächte, sind sie beide zu dem Treffen gegangen. Es war ein warmer Tag, wie wir sie oft im Winter haben. Südwind. Der Schnee war fast überall getaut. Oneeda hat sich am einen Ende des Steinbruchs versteckt, ganz oben, wo die Bäume bis an den Felsabsturz heran stehen. Oonamee hat sich am gegenüberliegenden Ende des Steinbruchs verborgen. Per kam angeritten. Oneeda hat sich ihm gezeigt.

›Hier!‹ hat sie gerufen. ›Hier bin ich!‹

›Komm runter!‹ hat Per gerufen.

›Aber nein, Per! Komm doch du herauf! Oder traust du dich nicht?‹

Per hat sein Pferd angebunden und sich an den Aufstieg gemacht. Es muß schwierig gewesen sein. Es hatte getaut, und der Fels war bröckelig. Schließlich kam er verschwitzt und keuchend oben an und schwang sich über den Rand. Und da war niemand. Nicht einmal eine Spur war zu sehen.

Er ist also wieder hinuntergeklettert, diesmal auf einem leichteren Weg. Er wollte gerade sein Pferd losbinden, da hörte er, wie eine Mädchenstimme seinen Namen rief.

»›Per!‹ rief sie vom anderen Ende des Steinbruchs her. ›Per Svansson! Mut hast du. Aber du bist zu langsam!‹«

»Und?« fragte ich. »Hat er keinen Verdacht geschöpft?«

Taguna schüttelte ihr kurzgeschnittenes weißes Haar und streckte die Hand nach meiner Pfeife aus. »Er war verliebt!«

»Waren die Mädchen das nicht?« fragte ich.

»Kaum!« sagte Encarnación hinter mir. Ich drehte mich um. Sie stellte ihren ausgewaschenen Melkeimer zum Trocknen auf den Herdrand, stieg über die Bank und setzte sich neben Taguna.

»Woher weißt du das?«

»Wenn du verliebt bist, spielst du nicht.«

»O doch!« sagte Ane-Maria und schloß die Tür hinter sich. »Aber nicht so. Anders.« Auch sie stellte ihren Eimer auf den Herdrand und setzte sich ans Kopfende des Tisches, zwischen ihre Mutter und ihre Schwester.

»Ich hab euch gar nicht hereinkommen hören«, sagte Don Jesús. »Warum schleicht ihr heute so?«

»Damit uns kein Wort entgeht«, entgegnete Encarnación.

»Wenn ihr das wollt, dann redet nicht so viel«, brummte Doña Gioconda.

»Im Sommer des folgenden Jahres«, fuhr Taguna fort, »haben die Begegnungen aufgehört. Das war im Jahr der Nebel.« Sie gab mir meine Pfeife zurück.

»Warum haben sie aufgehört?« fragte ich.

»Per ist zu weit gegangen«, sagte Doña Gioconda.

»Mit welcher von den beiden?«

»Mit Oneeda«, sagte Taguna. »Die beiden gingen im Wald spazieren – dort, wo jetzt die Lichtung ist, auf der die Beeren wachsen. Plötzlich hat er Oneeda am Handgelenk gepackt.

›Komm!‹ hat er gesagt. ›Ich will, daß wir es zusammen tun. Jetzt!‹ Oneeda hat gelacht.

›Wir sind nicht verheiratet‹, hat sie gesagt.

›Noch nicht. Aber bald. Jetzt komm!‹

›Nein! Ich will dich nicht. Laß mich los!‹

Per hat gelacht.

›Laß mich los!‹ hat Oneeda geschrien. ›Ich bring dich um!‹

Auch dazu hat Per gelacht.

›Vorher oder nachher?‹ hat er gefragt.

›Im rechten Augenblick‹, hat Oneeda geantwortet.

Per hat sie angesehen. Sein Gesicht ist fleckig geworden. Dann hat er ihr Handgelenk losgelassen.

›Umbringen willst du mich also?‹ hat er leise gesagt. ›Gut! Bring mich um! Und ich, ich werde meinen Leuten sagen, daß du mich umbringen willst. Wenn mir jemals etwas zustößt, werden sie dich jagen, fangen und töten. Dich!‹«

Encarnación schüttelte sich.

»Schrecklich!« sagte sie. »Du erzählst das so schön!«

Doña Gioconda beugte sich vor und stützte die Arme auf den Tisch. Huanaco sprang von ihrem Schoß, streckte sich, leckte sich das Maul, lief um den Tisch herum und verschwand unterm Herd.

»Aber von dem, was an diesem Tag geschehen ist«, sagte Doña Gioconda, »hat Oneeda ihrer Schwester nichts gesagt!«

»Doch«, sagte Taguna. »Später.«

»Ja eben«, sagte Doña Gioconda. »An dem Tag, an dem sie es besser gleich gesagt hätte, hat sie geschwiegen. Und an dem Tag, an dem sie besser geschwiegen hätte, hat sie geredet.«

»An dem Tag, an dem der Mund spricht«, sagte Ane-Maria.

»Was hat er gesprochen?« fragte ich.

728

»Das werden wir nicht erfahren«, meinte Taguna. »Nicht in diesem Leben. Es war drei Tage vor dem Erntefest. Oonamee ist allein zum Wasserfall von Soonakadde gegangen, um den Mund zu befragen. Sie hat nicht daran gedacht, daß Per dort auf sie warten könnte.«

»Hat er sie belauschen wollen?« fragte ich.

»Wer weiß?« sagte Taguna. »Vielleicht war es so. Vielleicht hat er sie nur belauschen wollen, und dann kam es auf einmal über ihn. Wir wissen nur, daß er sich versteckt hatte. Oonamee hat den Mund befragt. Der Mund hat ihr geantwortet. Sie ging zurück zu dem Baum, an den sie ihr Pferd gebunden hatte. Das Pferd war fort. Sie hat zwischen den Büschen nach ihm gesucht, und nach einer Weile hat sie es auch gesehen, doch in demselben Augenblick packte jemand sie von hinten und warf sie zu Boden. Erst dann erkannte sie, wer es war.

›Geh weg!‹ hat sie geschrien. ›Ich bin es gar nicht! Ich bin nur ihre Schwester!‹

Er hat kein Wort gesagt. Er hat sie nicht losgelassen. Sie hat um sich geschlagen und versucht, sich zu befreien. Ihre Hand ist an einen Stein gestoßen, hat ihn ergriffen und hat zugeschlagen. Per ist über ihr zusammengesackt. ›Als ob er selber ein Stein gewesen wäre‹, hat Oonamee gesagt. Sie hat zwei- oder dreimal versucht, ihn auf die Seite zu rollen, bis es ihr gelungen ist. Eine Weile hat sie da unter den Bäumen gehockt, verschwitzt, atemlos, über und über mit Sand und altem Laub bedeckt. Dann hat sie sich den Schweiß vom Gesicht gewischt und die Hand angeschaut, und es war kein Schweiß. Blut war es, und mit dem Blut waren bläulichgraue Bröckchen vermischt.«

»Hirn«, murmelte Ane-Maria. »Ich an ihrer Stelle hätte mein Messer genommen.«

»Ah, niña!« sagte Doña Gioconda mit einem Grollen in der Stimme. »Was du nicht sagst! Yémanjá möge verhüten, daß du in eine solche Lage gerätst.«

Taguna leerte ihren Becher und schob ihn mir zum Nachgießen über den Tisch. Ich reichte ihr dafür meine Pfeife.

»Danke dir«, sagte sie und blies eine Rauchwolke zu mir herüber. »Ja, so war das. Oonamee ist dann zum Bach hinuntergeklettert und hat sich ausgezogen und gebadet. Nachher hat sie Zweige abgerissen und Per Svansson mit ihnen zugedeckt. Er lag auf dem Bauch. Zuerst hat sie den Kopf zugedeckt und danach alles andere. Aber die Coyoten, die Vielfraße und die Wölfe haben ihn bald entdeckt.«

»Ja, sehr bald«, sagte Doña Gioconda. »Wir haben nur gefunden, was sie übriggelassen hatten. Viel später. Lang nach dem Sturm, der die Bäume umgerissen hat.«

»Der hat auch das Dach von unserer Scheune abgedeckt«, sagte Don Jesús. »Magun hat drei Wochen gebraucht, bis die neuen Schindeln fertig waren. Drei Wochen, Carlos! Und es hat nur ein einziges Mal geregnet. Das ganze Heu war in der Scheune!«

»Du«, sagte Taguna zu ihm, »Pilar, Gioconda, Ankoowa, Arwaq, Strange Goose. Und ich. Das macht sieben. Sieben Menschen, mit denen sie sprechen konnte. Und mit keinem von uns hat sie gesprochen. Nur ihrer Schwester hat sie alles erzählt.« Sie reichte mir meine Pfeife, doch ich schüttelte den Kopf.

Doña Gioconda legte ihren mächtigen Arm um Tagunas Schulter. »Taguna! Das mußt du verstehen. Sie waren Kinder!«

»Ja, Gioconda. Kinder.« Sie wandte sich an mich, die dunklen Augen schmal zusammengezogen. »Kannst du dir denken, Chas, was Oneeda gesagt hat, nachdem Oonamee ihr alles erzählt hatte?«

»Ich? Wieso ich, Mutter? Du warst es, die mit Oneeda gesprochen hat.«

»Gewiß, Carlos«, sagte Doña Pilar. »Oneeda erinnerte sich an alles, was Oonamee ihr erzählt hatte. Aber dann muß sie selber etwas gesagt haben. Und das hat Oonamee dazu gebracht, fortzugehen. Was kann es gewesen sein? Wir wissen es nicht. Oneeda hat es vergessen.«

»Oder verschwiegen«, sagte Don Jesús.

»Vergessen!« sagte Ane-Maria. »Und ich denke, daß du es vielleicht weißt, Carlos. Daß Oonamee es dir gesagt hat.«

Taguna schloß die Augen und sog an der Pfeife, in der es brodelte.

»Ich glaube, ich weiß, was Oneeda gesagt hat«, begann ich. »Du hast recht, Ane-Maria: ich weiß es von Oonamee.«

»Was war es?« rief Encarnación.

»›Sie werden dich jagen! Sie werden dich fangen und umbringen!‹ Das hat Oneeda gesagt.«

»Dasselbe, was Per zu ihr gesagt hatte?« fragte Doña Pilar.
»Ja!« sagte Don Jesús. »Sie hat Per Svanssons Worte wiederholt. Aber so, als wären es ihre eigenen.«
Taguna schlug die Augen auf und legte die Pfeife auf den Tisch.
»Stellt es euch vor«, sagte sie leise. »Sie haben da oben in ihrem Zimmer gehockt. Allein. Entsetzt. Verzweifelt. Sie haben gewußt, daß sie nicht ohne Schuld waren an dem, was geschehen war. Sie haben einen Ausweg gesucht.«
»Ich glaube, Oneeda hat noch etwas gesagt«, meinte Encarnación.
»›Du mußt fort, Oonamee!‹ Das hat sie gesagt.« Sie nickte heftig.
»Ja, niña«, sagte Doña Gioconda. »So kann es gewesen sein. Das war der Ausweg.«
»Wann habt ihr gewußt, daß sie fort ist?« fragte ich.
»Sie war weggegangen, bevor wir aufstanden«, sagte Doña Pilar.
»Oneeda hat uns gesagt, sie ist bei Dagny. Als sie am nächsten Tag nicht zurückkam, haben wir uns Sorgen gemacht. Dann kam Taguna und erzählte uns, daß der Ring nicht mehr an seinem Platz im Schreibtisch lag.«
»Pilar meint den Ring, den Strange Goose aus der Stadt mitgebracht hatte«, sagte Taguna. »Oonamee sollte ihn zur Verlobung bekommen. Hast du ihn noch, Chas?«
»Ich hab ihn nur auf dem Bild im Buch der Seven Persons gesehen, Mutter.«
»Oonamee hatte ihn nicht bei sich?«
»Nein. Sie hat ihn auch nie erwähnt.«
Taguna verschränkte die Finger und sah auf sie nieder. »Wo er wohl sein mag!«
»Er war weg«, sagte Doña Pilar. »Und Oonamee war gar nicht in Troldhaugen. Wir haben sie gesucht, bis wir nach einer Woche erfuhren, daß in derselben Nacht auch Per nicht nach Hause gekommen war. Björn und Sigurd haben uns das erst gesagt, nachdem auch sie eine Woche lang vergeblich gesucht hatten.«
»Für uns«, erklärte Taguna, »sah es so aus, als seien Per und Oonamee miteinander fortgegangen. Aber warum? Keiner von uns hat verstanden, warum. Viel später, als Baquaha und David im Windbruch beim Wasserfall Brennholz schnitten, haben sie Pers Überreste gefunden. Da wußten wir, daß es nicht so gewesen sein konnte, wie

wir gedacht hatten. Wie es wirklich war, hat Oneeda uns erst in diesem Sommer gesagt.«

»Warum hat sie die ganzen Jahre geschwiegen?« fragte Encarnación.

»Das versteh ich nicht!«

»Ich schon«, sagte Ane-Maria.

»Sie hat Per Svanssons Drohung ernst genommen«, ergänzte Taguna. »Und dann, fast ein Jahr später, ist Félix gekommen und hat sich um sie bemüht. Wer weiß, vielleicht hat sie damals alles vergessen. Das wollte ich auch von ihr wissen: ob sie damals alles vergessen hat. Aber sie hat mich nur angelächelt und gesagt, sie erinnere sich nicht; es sei so lange her.«

»Joshua hat mir einmal geschildert, wie sie auf Félix losgegangen ist«, sagte ich. »Wißt ihr, was der Anlaß war?«

»Ach, Carlos!« erwiderte Doña Gioconda. »Wenn du wüßtest, wie viele uns das schon gefragt haben!«

»Das sagst du jedesmal, Mamá!« meinte Doña Pilar.

»Freilich, muchacha! Und jedesmal wird es einer mehr, der fragt und keine Antwort bekommt!«

»Wißt ihr noch, wann es geschah?« fragte ich. »Joshua hat gesagt, er war noch ein Kind.«

»Das ist richtig«, sagte Taguna. »Es war am achtundzwanzigsten Tag des Mondes, in dem die Elche rufen. Im Jahr der Stürme. Es war am Abend. Ungefähr so spät wie jetzt.«

Ich zog die Schultern hoch und beugte mich über den Tisch.

»Was ist?« fragte Ane-Maria. »Soll ich das Fenster zumachen?«

»An dem Tag ist Oonamee gestorben«, sagte ich. »Bei uns drüben war es kurz vor Mitternacht. Es war dieselbe Stunde.«

ERNTEMOND

Statt von ihr abzubeißen, deutete ich mit der Wurst auf den zwei Spannen dicken Ast einer Ulme, der sich rechts von uns weit über die Lichtung hinausneigte.

»Meinst du den da?« fragte ich.

»Yep!« sagte Joshua. »Den, unter dem Amabuimé und Sangali sitzen. Der wäre doch stark genug. Oder?«

»Dich würde er aushalten«, sagte ich. »Aber Amabuimé?«

Ein Becher voll Bier erschien von hinten über meiner Schulter. Ich ergriff ihn mit der linken Hand, legte den Kopf in den Nacken und schaute zu Ane-Maria hinauf, die hinter mir stand.

»*Kaan!*« sagte ich. »*Welaalin!*«

»Von was redet ihr eigentlich?« fragte sie. »Wer ist so stark, daß er Amabuimé nicht aushalten kann?«

Kiri fing zu kichern an, schlug sich aber sogleich die Hand vor den Mund. Piero ergriff die Hand und streifte die Fingerspitzen mit seinen Lippen.

»Wir reden natürlich vom Barden«, sagte ich, trank einen Schluck Bier und biß in meine Wurst. Sie war gut gewürzt und geräuchert und mit saftigen kleinen Speckstücken durchsetzt.

»Von wem?«

»Vom Barden«, sagte Piero. »Du kennst doch die Geschichten von den Abenteuern der Gallier mit den Römern? Am Schluß feiern die Gallier immer ein Fest. Da fesseln sie ihren Barden, verbinden ihm den Mund und hängen ihn hoch in einen Baum, damit er nicht singen kann. Er ist nämlich unmusikalisch.«

»Ah!« sagte Ane-Maria, setzte sich neben mich ins Gras, schlug die Beine seitlich unter und strich ihren rehledernen Rock zurecht. »Aber was hat Amabuimé damit zu tun?«

Ich schluckte den Bissen Wurst halbzerkaut hinunter.

»Nichts, linda maestra«, sagte ich. »Joshua meinte nur, unser Fest wäre noch schöner, wenn wir auch irgendwo so einen Barden hängen hätten. Wir haben nach einem passenden Ast gesucht.«

»Wir haben auch einen gefunden«, sagte Joshua und erhob sich.

»Wer spielt den Barden?« fragte Ane-Maria.

»Da kommen mehrere in Betracht«, sagte Piero. »Spiridion, Dagny, Chinoi, Zachary – ja, und du selbstverständlich auch.«

»Die spinnen, die Gallier!« Sie nahm einen Schluck, rollte ihn prüfend im Mund, hob dann das Kinn und ließ ihn langsam nach hinten rinnen. »Nicht schlecht!«

»Was trinkst du denn?« fragte ich.

»Das gleiche wie du.«

»Bier? Seit wann?«

»Seit eben.«

»Und?«

»Nicht schlecht. Ein bißchen bitter zuerst.« Sie nahm einen zweiten Schluck.

»Bitter muß es sein«, sagte ich. »Daran gewöhnst du dich rasch.«

»Du vielleicht, Carlos. Bei mir geht das langsamer. Außerdem ist das Faß bald leer.«

»Nein!«

»Doch! Chinoi wollte ein zweites mitbringen. Leider war das Bier noch nicht ausgegoren, hat er gesagt.«

»Zu schade. Du mußt dich bei Chinoi bedanken.«

»Wofür denn, Carlos?«

»Dafür, daß er so gutes Bier braut. Gutes Bier macht, daß ich mich zu Hause fühle. Wenn wir Chinoi nicht hätten – wer weiß, ob ich nächstes Jahr wiederkäme?«

Ich zog die Beine an, aber nicht rasch genug. Der Tritt traf mich unten am Schienbein.

»Caramba!« rief ich.

»Nicht fluchen«, sagte Piero. »Bedank dich bei den Götttern, daß sie keine Holzpantoffeln anhat.«

Von der anderen Seite der Lichtung, wo die Ulmenreihe und die Wand des Langhauses eine Ecke bildeten und Dagnys altes Klavier stand, stieg eine rasche Folge reiner Trompetentöne in die dunstige Nacht empor. Nach einer Weile antwortete ihnen vom See her ein ferner, einzelner Trompetenstoß.

»Ich muß sehen, wie er das macht«, sagte Joshua. Er winkte uns zu und überquerte mit langen Schritten die Lichtung.

»Seit er lesen lernt, spricht er nur noch von diesen Galliern«, meinte Kiri. »Laß mich mal dein Bier versuchen, Piero!«

»Hier«, Piero stand auf. »Viel ist nicht mehr drin. Wer von euch möchte noch Schweinebraten?«

»Ich«, sagte Ane-Maria.

»Später«, ich biß in meine Wurst und streckte die Hand nach meinem Becher aus. Er war unerwartet leicht. Ich neigte ihn und schaute hinein.

»So was!« sagte ich. »Jetzt hast du ihn ausgesoffen!«

»Ja, Carlos«, antwortete Ane-Maria. »Ich gewöhne mich rascher, als ich dachte.«

»Hm! Weißt du, wo Encarnación geblieben ist?«

»Die ist gut aufgehoben. Sie sitzt bei Nedooa, Baquahas Frau. Die beiden unterhalten sich über Gemüsesuppen.«

»Hm. Wo hast du deine Jacke gelassen?«

»Hinter dir!«

Ich drehte mich um. Die Jacke hing, der Länge nach gefaltet, über einem Fliederbusch. Der Schwanz eines der beiden Seetaucher war zu sehen.

»Oh!« Kiri streckte den Arm aus. »Schaut! Drüben auf dem Dach!«

Eine Eule saß auf dem First des Langhauses. Ab und zu wandte sie den Kopf mit den spitzen Federbüscheln, die wie Ohren aussahen, langsam hin und her.

»Das ist sicher dieselbe, die nachts immer bei uns jagt«, sagte Ane-Maria.

»Ich hab sie schon einmal gesehen«, sagte ich. »Sie saß in einem der Apfelbäume. Weißt du, was ich gedacht hab?«

»Wahrscheinlich hast du sie für eine Katze gehalten.«

»Woher weißt du das?«

»Du hast vieles miteinander verwechselt in dieser Nacht.«

»Hm!«

»Außerdem hab ich am Stubenfenster gestanden und gehört, wie du Miez-miez-miez gerufen hast.«

»Ah! Dann bin ich beruhigt. Ich hab schon gedacht, du kennst mich so gut, daß du meine Gedanken lesen kannst.«

735

»Warte nur, und du wirst sehen. Das kommt auch noch.«
Piero brachte den Schweinebraten. David und Dagny kamen mit ihm und setzten sich zu uns; David stellte einen dickbauchigen kleinen Weinkrug ins Gras.
»Kein Bier mehr«, sagte er. »Wir brauchen mehr Fässer. Machst du mit, Chas? Im Winter?«
Ich kaute an meiner Wurst und nickte.
»Du auch, Piero?«
»Sicher. Erst muß ich aber das Maß für die Reifen haben. Macht ihr erst ein paar Fässer, dann kann ich an die Reifen gehen.«
Abermals erklang die Trompete, und ich schaute auf. Es war Chinoi, der langsam eine Tonleiter spielte, erst aufwärts, dann abwärts. Joshua stand neben ihm und sah aufmerksam zu. Die Eule drehte den Kopf und schaute zu den beiden hinunter.
Ich lauschte, ob vom See her wieder ein Schwan der Trompete antworten würde. Doch diesmal blieb es still.
Chinoi setzte die Trompete ab, schlenkerte sie aus und blies das Mundstück durch. Dann beugten er und Joshua sich über das Instrument. Nach einer Weile nahm Joshua die Trompete, hob sie hoch und setzte sie an die Lippen.
Ein dumpfes Prusten ließ sich hören.
Joshua setzte die Trompete ab, und Chinoi sagte etwas zu ihm.
Wieder ertönte das dumpfe Prusten, stotternd diesmal. Dann hustete das Instrument, quietschte, brachte ein trockenes Ächzen hervor. Chinoi nahm die Trompete, setzte sie an den Mund, beschrieb mit dem Zeigefinger einen Kreis um seinen Mund herum, legte dann die Finger auf die Ventilklappen, nickte und gab die Trompete Joshua.
Ein trockenes Husten, als wäre das Instrument voller Mörtelstaub. Dann brach unvermittelt ein teuflisch heulendes Furzen aus dem blinkenden Schalltrichter, schwang sich auf, schwoll an, und plötzlich befreite sich aus dem dumpfen Gejaule ein einzelner, hoher, reiner Ton, hielt einen Augenblick an und brach dann in einem nassen Blubbern zusammen.
Die Eule breitete ihre Flügel aus und flog über die Lichtung davon.
»Ja, Mann!« rief Chinoi. »Das war gut! So hab ich das beim erstenmal auch gemacht!«

736

Joshua hielt die Trompete vor der Brust und grinste.

»Endlich«, sagte ich. »Den Ast haben wir. Jetzt haben wir auch den Barden. Packt ihn!«

»Den Barden?« fragte Dagny. »Was meinst du damit, Chas?«

Rasch biß ich ein großes Stück Wurst ab und stopfte einen Kanten Brot hinterher.

»Um Himmelschwillen«, sagte ich. »Erschähl du, Gatto. Isch bin am Eschen!«

Während Piero darlegte, wie wir auf den Barden zu sprechen gekommen waren, aß Ane-Maria ihren Schweinebraten und ich meine Wurst. Chinoi und Bruder Spiridion trugen ein Xylophon aus dem Langhaus herbei und stellten es unter den Ulmen in der Nähe des Klaviers auf. Arwaq brachte eine große, flache Trommel; Oonigun kam mit fünf kleineren Trommeln, die nebeneinander auf einem niedrigen Holzgestell angebracht waren. Funken stiegen rot zum Himmel und erloschen. Jemand hatte frisches Holz auf eines der Feuer geworfen.

Piero beendete seine Erklärung.

»Ach, so war das!« meinte Dagny mit ihrer ein wenig rauhen Stimme, die aufrichtig erstaunt klang. »Ihr seid doch Kinder!«

Sie hob den Arm, um ihren Zopf nach hinten zu werfen. Der weite Ärmel ihres hellen Kleides rutschte hoch und ließ die bräunliche, weiche Vertiefung ihrer Ellenbeuge sehen, in der sich blau ein paar Adern abzeichneten. Unwillkürlich schaute ich zu David hin. Er hatte den Mund leicht geöffnet, die Schneidezähne auf die Unterlippe gesetzt und starrte Dagnys nackten Arm an.

Klarinettentöne erklangen und liefen vom untersten Baß leichtfüßig in Halbtönen nach oben.

»Kennst du das Schauspiel?« flüsterte Ane-Maria. Ihr Atem roch nach frischem Bier und kitzelte mein Ohr.

»Welches meinst du?« fragte ich leise.

»Gier unter Ulmen«, flüsterte sie. »So heißt es. Er hat geduldig all die Jahre gewartet. Jetzt sind es nur noch zehn Tage, und er hält es kaum aus. Verstehst du das?«

»Ja«, flüsterte ich. »Gut.«

Bruder Spiridion trat zu uns. Sein Elchgesicht leuchtete hellrot im Schein des Feuers, das jenseits der Ulmen hoch aufbrannte.

»Ich sehe«, sagte er, »Gleichgesinnte finden zusammen!«

Er wandte sich an David und verneigte sich leicht vor ihm. »Darf ich dir die Deine entführen, ohne befürchten zu müssen, daß du von deiner Schleuder Gebrauch machst?«

David sah zu ihm auf und nickte langsam. Eine schwarze Haarlocke fiel ihm ins Gesicht. Er schob sie in die Stirn hinauf und hielt sie dort fest.

»Ja, ja!« sagte er. »Gewiß!« Er ließ die Haarlocke los, die gleich wieder zurückfiel.

»Wir danken dir«, sagte Bruder Spiridion. »Fujiyama – ich meine, Bruder Fujihiro – und Dagny werden einander selbstverständlich ablösen. Einstweilen steht dir die Blüte des Landes zu Gebote.«

Er verneigte sich nochmals, half Dagny auf und führte sie an der Hand über die Wiese zu jener Ulme, unter der das Klavier stand.

Vom See her kamen leise und klar mehrere Trompetenstöße.

Igatagan Kobetak schlenderte an uns vorbei, eine Fiedel über die Schulter gelegt, und winkte mit dem Bogen, den er in der anderen Hand trug.

»Gleich, Kinder!« sagte er. »Gleich geht es weiter!«

Er überquerte die Lichtung, und ich sah ihn sowie Spiridion, Dagny, Arwaq, Chinoi und Nicolae miteinander sprechen. Dann trat Chinoi ein paar Schritte vor.

»Ho!« rief er.

»Ho!« antwortete ihm ein wirrer Chor von Stimmen.

»Brothers and sisters!« rief Chinoi. »Giddyap everybody – when the Saints go marchin' in!«

»Aa!« brüllte Amabuimé. »*Jiksutaan!*«

»*Booktao!*« rief Ane-Maria und sprang auf. Schreie und Pfiffe stiegen in die Nacht, und noch ehe alle, die tanzen wollten, auf den Beinen waren, begann die Musik, und die Lichtung füllte sich.

»Woher«, rief ich Ane-Maria zu, »kommen all die Menschen? So viele gibt es hier doch gar nicht?«

Sie drehte sich unter meinem Arm hindurch. Ihr fliegendes Haar streifte mein Gesicht.

»Von Matane«, rief sie. »Von Passamaquoddy. Von überall her!«

Wir kreuzten die Hände, hoben sie und drehten uns unter ihnen durch und umeinander.

»Das Erntefest findet nicht überall am selben Tag statt«, rief sie, und wir drehten uns in der anderen Richtung.

»Wegen der Musik?« rief ich.

»Das auch. Und wer Lust hat, kann zu zwei oder zu drei Festen gehen.«

»Wenn er es aushält!« Wir tanzten voneinander weg, bis unsere Arme straff gespannt waren und uns wieder zueinander rissen.

Ein Blues folgte; dann eine Merengue, Alma de mi corazón; eine Polka; der düstere Marsch von Berlioz; ein Walzer; A la claire fontaine; A las Orillas del Titicaca; die Arie des Papageno, von Klavier, Klarinette und Xylophon gespielt; und schließlich Turkey in the Straw.

Der letzte Ton verklang. Einen Augenblick lang war es still. Dann erhob sich ein vielstimmiges Geheul. Alle standen da, heulten und schlugen dabei mit den geschlossenen Fingern rasch gegen ihre Lippen.

»So was!« sagte ich. »Ich hab geglaubt, das tun nur die Kinder bei uns, wenn sie Indianer spielen.«

»Ja?« sagte Ane-Maria. »Was macht ihr denn, wenn ihr zeigen wollt, daß die Musik euch gefallen hat?«

»Das hier«, sagte ich und klatschte in die Hände.

»Ah! Jetzt begreife ich!«

»Was begreifst du?«

»Was gemeint ist, wenn es in einem Buch heißt: Beifall rauschte auf. Ich hab nie verstanden, was da rauschen soll. Du, ich hab Hunger!«

»Fleisch?«

»Mhm – nein! Einen gekochten Maiskolben. Oder zwei. Und einen sauren Fisch. Mit viel Zwiebeln, Carlos!«

Sie setzte sich neben David. Kiri und Piero waren schon da. Als ich mit den beiden Rhabarberblättern zurückkehrte, die uns als Teller dienten, hatte sich auch Dagny wieder zu uns gesellt.

»Ja!« sagte sie, als sie den Fisch, die Maiskolben und den Wildschweinbraten sah, und schaute David an.

David stand auf.

»Was möchtest du denn?« fragte er.

»Das gleiche wie du«, sagte sie.

Kiri und Piero saßen einander gegenüber, sahen sich in die Augen und tranken hin und wieder einen Schluck Wein. Dagny und David wurden vor uns mit dem Essen fertig und gingen tanzen, als die Musik wieder begann. Kiri und Piero folgten ihnen. Wir aßen weiter und sahen zu.

»Gut ist der Mais«, sagte ich.

»Nicht wahr? Ich mag ihn so am liebsten. Kennst du das, was sie jetzt spielen?«

»Ja. Ich hab es auch schon gesungen, aber Chinoi singt es besser als ich.«

Chinoi stand unter der Ulme. Von seiner linken Hand hing die Trompete herab. Die rechte hielt er mit der Handfläche nach oben vor sich hin; manchmal zog er sie zu sich heran; dann wieder streckte er sie langsam aus, als wolle er uns etwas darreichen.

»Nobody knows the trouble I see«, sang er, »nobody knows my sorrow; nobody knows the trouble I see, glory hallelujah.«

»Wo steckt Encarnación?« fragte ich.

»Carlos! Sie ist in guten Händen. Ich seh sie beinah die ganze Zeit.«

»Wo?«

»Da! Neben Magun und Taguna. Jetzt hinter ihnen. Jetzt! Jetzt kannst du sie sehen!«

»Ah ja. Gute Hände, sagst du? Das sind Sandschaufeln. Mir scheint, sie hat den Mann gefunden, von dem sie neulich gesprochen hat. Der überall viereckig ist.«

»Carlos! Bist du eifersüchtig? Das ist Baquaha.«

»Der Sohn von Baquaha?«

»Sein Enkel.«

»I pick the berries and I suck the juice«, sang Chinoi.

David und Dagny tanzten vorbei. Dagnys Zopf hatte sich geöffnet; das Haar, rotgolden im Feuerschein, hing leicht gewellt über ihre Schultern. Der weite Rock ihres hellen Kleides schwang um Davids Bein und wieder zurück. David hielt sie mit einer Hand um die Mitte, und Dagny lehnte sich weit zurück gegen seine Hand. Neben ihnen tanzten Sigurd und Inga. Inga hob die Hand von Sigurds Schulter, winkte uns zu und lachte. Sigurd sah uns nicht. Er bewegte sich ruhig und taktsicher; sein Mund hing halb offen, Stirn und Brauen lagen in Falten, und sein Blick war unverwandt auf das Gesicht seiner Schwester gerichtet.

Ane-Maria drückte meinen Arm mit beiden Händen.

»Schau!« sagte sie.

Oonigun tanzte mit Anaissa Soubise, um deren Hals eine Kette aus frischen Roßkastanien hing. Die beiden sprachen unablässig miteinander, leise, ernst. Wenn Oonigun redete, brachte er sein Gesicht nah an das ihre, neigte den Kopf, nickte; sprach Anaissa, so begleitete sie jedes zweite oder dritte Wort mit einem Hochziehen der Brauen.

»Ich hab's schon beim Blaubeerpflücken gewußt!« sagte Ane-Maria.

»Ich erinnere mich«, erwiderte ich. »Du hast gesagt, paßt auf, da tut sich was. Wie hast du das gemerkt?«

»Er hat sie zwar angestarrt, hat aber auch mit ihr gesprochen. Es hat ihm nicht die Sprache verschlagen. Mamá hat uns das erklärt: Wenn ein Mann nur starrt, kann es schwierig werden. Wenn er nur redet, ist es auch nicht gut. Tut er jedoch beides, dann muß man als Frau auf alles gefaßt sein.«

»Als Mann nicht?«

»Doch, schon. Aber was hilft euch das? Von alldem wißt ihr viel, viel weniger als wir!«

»Sometimes I'm up, sometimes I'm down«, sang Chinoi.

»Hast du Amos schon gesehen?« fragte Ane-Maria.

»Bisher nicht. Sara wird wohl recht gehabt haben. Sie hatte schon gestern abend das Gefühl, es geht bald los. Wo ist denn Joshua?«

»Der ist vorhin weggeritten. Deswegen hab ich ja gefragt, ob du Amos gesehen hast.«

»Aber Aaron ist da, mit Ruth. Und Ephraim mit Deborah. Saul und Tabitha hab ich auch gesehen. Dürfen Mennoniten eigentlich tanzen?«

»Verboten ist es nicht. Aber ob es erlaubt ist? Das kann ich dir nicht sagen. Ephraim und Deborah haben vor einer Weile getanzt. Weißt du, in den ersten Jahren, da sind Saul und Aaron wegen der heidnischen Tänze überhaupt nicht zum Erntefest gekommen.«

»Wirklich?«

»Wirklich, Carlos! So etwas wie der Jagdtanz, den wir gesehen haben, oder der Robbentanz, das ist Zauberei, haben sie behauptet. Pater Erasmus hat ihnen einmal gesagt, wenn Moses mit einem Stab

741

an den Fels schlägt und es kommt eine Quelle heraus, dann ist das genauso Zauberei.«

»Da hat Erasmus recht. Aber das, was Waiting Raven nach dem Robbentanz mit Sumara gemacht hat, das war doch keine Zauberei, oder? Er schneidet ihr den Kopf ab und zeigt ihn vor; dann tragen sie sie ins Langhaus, und nach einer Weile kommt sie zurück und ist gesund wie vorher. Wie macht er das?«

»Ich weiß es nicht. Er hat uns irgendwie getäuscht. Aber wie, das verrät er niemandem.«

Sie nahm einen Schluck Wein und reichte mir ihren Becher.

»Nächstes Jahr tanzen wir mit, ja?«

»Übernächstes Jahr. Nächstes Jahr bin ich wohl erst zurück, wenn der Herbst zu Ende geht.«

»Was willst du mittanzen? Den Tanz der blinden Schlange oder den der Maismänner? Oder beide?«

»Den der Maismänner!«

»Weshalb?«

»Weil da die anderen nicht erkennen können, wer das ist, der die vielen falschen Schritte macht.«

Die Musik begann aufs neue: Auprès de ma blonde. David zog Dagnys Kopf an seine Brust. Sigurd stand reglos da und schaute die beiden an; erst als Inga ihn umfaßte und den ersten Schritt tat, begann auch er zu tanzen.

Ich stand auf.

»Ballas conmigo, linda maestra?« fragte ich, und wir mischten uns unter die anderen.

Ein Galopp folgte, eine Salsa, ein italienisches Minuetto. Der Reigen seliger Geister wurde von Trompete und Klarinette angeführt, und beim nächsten Tanz sang ich mit:

Wohlan, die Zeit ist kommen,
Mein Roß, das muß gesattelt sein …

»Was heißt das?« rief Ane-Maria.

»Später!« rief ich zurück. »Wenn wir wieder sitzen!«

Doch es kam noch ein weiterer Tanz – Island in the Sun –, ehe es eine Pause gab. Ich war außer Atem, als wir zu unserem Lagerplatz kamen und uns niederließen.

742

»Ich hab Hunger«, sagte Ane-Maria. »Und ich will wissen, was du vorhin gesungen hast. Bleib sitzen! Da! Davon möchte ich!«

Zwei junge Männer kamen mit Schmalzgebackenem vorbei. Über zwei Stangen hatten sie Bretter gelegt, auf denen die Krapfen aufgehäuft lagen. Wir griffen zu. Sie waren in Ahornzucker gewälzt und mit verschiedenerlei getrockneten und in Wein eingeweichten Beeren gefüllt.

»Mhm! Die schmecken, als hätte Sara sie gemacht.«

»Oh!« sagte Kiri. »Sara hat heute eine andere Arbeit vor!«

»Die sind von Agneta«, meinte Piero. »Sigurd hilft ihr.«

»Das glaub ich nicht«, erwiderte Dagny. »Sigurd versteht nichts vom Backen.«

»Hab ich vom Backen gesprochen?« fragte Piero. »Er trinkt den Wein aus, in dem die Beeren gelegen haben. Er ist schon beim zweiten Krug.«

Encarnación trat hinter Ane-Maria, nahm ihr einen Krapfen fort und flüsterte ihr etwas ins Ohr.

Ane-Maria nickte.

»Wissen Papá und Mamá es auch?« fragte sie.

»Sicher.« Encarnación biß in den Krapfen.

»Wo ist meine Gitarre?« fragte Ane-Maria.

»Ich bring sie dir«, erwiderte Encarnación. »Ich bin gleich wieder da.«

Mitten auf der Wiese traf sie mit Anaissa zusammen. Die beiden sprachen miteinander, lachten und gingen dann gemeinsam zum Langhaus hinüber.

»Das sieht nach einer Verschwörung aus«, sagte ich. »Was hat sie dir denn zugeflüstert?«

»Etwas Trauriges. Du darfst sie nicht nach Hause bringen. Baquaha wird mit ihr gehen. Der mit den Sandschaufeln.«

»Ich nehme die Sandschaufeln zurück! Vorhin hab ich seine Hände aus der Nähe gesehen. Es sind Getreideschaufeln.«

»Was erwartest du, Carlos? Wir sind auf einem Erntefest!«

Nach einer Weile brachte Encarnación die Gitarre. Ane-Maria nahm sie auf den Schoß und begann, sie zu stimmen. Dann spielte sie vier absteigende, nah beieinander liegende Töne, wiederholte sie, und spielte drei absteigende Töne.

Dagny hatte den Kopf an Davids Schulter gelehnt, leckte Ahornzucker von ihren Fingern und schaute mich unter gesenkten Wimpern hervor an.

»He, Mann!« rief Chinoi von der anderen Seite der Lichtung herüber. »Ane-Maria! Bist du soweit? Wir wollen anfangen!«

»Ich komme!« rief sie, drückte mir einen angebissenen Krapfen in die Hand, stand auf und ging, mit den Fingern auf den Körper der Gitarre trommelnd, über die Wiese zum Klavier.

Ich blickte ihr nach, bis sie in den Schatten der Ulmen trat, und wandte mich Dagny und David zu. Dagny hob die Hand und kratzte sich an der Nase. Ihre Unterlippe zuckte.

»Ich versuche, aus deinem Gesicht schlau zu werden, Chas«, sagte sie rauh. »Und es gelingt mir nicht.«

»Mein Gesicht ist nun einmal so, wie du es hier vor dir siehst«, sagte ich.

»Du bist ein schrecklicher Mensch! So hab ich es nicht gemeint. Verstehst du – oder verstehst du nicht?«

»Was denn, Dagny?«

»Was Ane-Maria eben gespielt hat. Hast du das zum erstenmal gehört?«

Sie summte mit ihrer Altstimme die vier und dann die drei Töne.

»Das hab ich schon oft gehört«, sagte ich. »Einmal hat sie daraus einen Tanz gemacht. Sie hat die Töne umgestellt und den Takt verändert, oder wie man das nennt. Das weißt du besser als ich.«

»Also hast du es nicht verstanden!«

»Es scheint so. Nun sag schon!«

Sie lachte.

»Es-A-H-C«, sang sie lächelnd. »C-H-A-Es!«

Die Musik begann zu spielen: Fool on the Hill.

»Aaah!« sagte ich. »Ja, da muß ich aber wirklich mit der Nase drauf gestoßen werden. Erstens nennt sie mich nie Chas, sondern immer Carlos. Und zweitens hab ich kein absolutes Gehör wie ihr. Es ist ungerecht!«

Dagny nickte und wischte Tränen von ihren Wimpern. »Das ist es!« sagte sie, immer noch vom Lachen geschüttelt. »Du bist ein lieber Mensch, Chas. Besonders, wenn du so verdutzt dreinschaust.«

Ich neigte den Kopf.

»Danke«, sagte ich. »Die anderen drei Töne heißen dann wohl C, H und As? Richtig?«

»Richtig! Du bist auf dem Weg zum absoluten Gehör.«

»Wovon sprecht ihr überhaupt?« fragte David. »Mir ist das alles zu schwierig.«

»Dann muß ich es dir ja nicht erklären!«

Sie strich ihm eine Haarsträhne aus dem Gesicht; als diese gleich wieder zurückfiel, befeuchtete sie ihre Finger und klebte die Haarsträhne mit einer raschen Handbewegung an seiner Schläfe fest.

»Dagny!« sagte er. »Muß das sein?«

»Aber ja«, sie stand auf, trat hinter ihn und packte ihn am Hemdkragen. »Komm tanzen!«

»Muß das sein?« wiederholte er und erhob sich.

»Sag ihr nichts!« rief Dagny mir über die Schulter zu, während David sie in die erste Drehung führte. »Bis nachher, du musikalischer Strohwitwer!«

»Dagny!« rief ich. »Könnt ihr nachher einmal den Klarinettenlandler spielen? Den zweiten und den dritten Satz?«

»Ja!« rief sie. »Können wir!«

Ich saß und beobachtete die Tanzenden, die Gesichter, die sich vom Licht in den Schatten drehten, wieder ins Licht zurück und abermals in den Schatten hinein. Ich sah den Widerschein der Feuer auf den Blättern der Bäume und der Sträucher. Über mir leuchtete tiefbraun der Nebel. Die reglose Luft roch nach zertretenem Gras, Erde, Holzrauch, Tabaksqualm, gebratenem Fleisch und Wein. Im Süden waren durch den Dunst hindurch einige Sterne zu erkennen. Die Musik spielte Moonlight in Vermont.

Jemand berührte meine Schulter. Ich drehte mich um.

»Willst du so gut sein«, sagte Aaron, »und uns beim Anspannen ein wenig zur Hand gehen?«

»Müßt ihr schon nach Hause?« fragte ich, indem ich mich erhob.

»Es ist weit, Chas. Es wird kühl. Und wir sind nicht mehr jung.«

Wir gingen an den Ulmen entlang und über die Wiese, in deren Mitte die Bratspieße aufgestellt waren, und traten an den Weidezaun. Am jenseitigen Rand der Weide, vor dem dunkelgrauen Buschwerk, standen schwarz sechs oder sieben Pferde im hellgrauen Gras.

»Ahab!« rief Aaron mit leise bebender Stimme. »Ahab, komm!«
Ein Kopf hob sich, drehte sich uns zu.
»Ahab!« rief Aaron.
Das Pferd setzte sich in Trab und kam im Bogen auf uns zu. Ich öffnete das Weidetor. Aaron ergriff den Halfter, während ich das Tor wieder zuschwingen ließ und den Riegel einschob.
»Der ist ja wirklich schwarz«, sagte ich.
»Er stammt von denselben Eltern ab wie dein Atlatl«, sagte Aaron.
»Fünf Jahre älter ist er.«
Das Wägelchen war neben dem Fahrweg abgestellt. Taguna und Ruth gingen in der Nähe auf und ab und unterhielten sich leise, solange Aaron und ich das Pferd anschirrten und einspannten.
»Wo habt ihr Todor gelassen?« fragte ich.
»Bei Leona. In Noralee. Oochaadooch, du weißt. Nora braucht jemanden, der bei ihr bleibt. Es ist immer Leona, die das macht.«
Er richtete sich ächzend auf.
»Auch die Knie wollen nicht mehr so recht«, sagte er. »Wie ergeht es unserem jungen Paar? Vergnügen sie sich? Werden sie miteinander auskommen?«
»Das denke ich doch. David redet schon manchmal wie ein alter Ehemann.«
Ruth und Taguna blieben neben dem Wägelchen stehen.
»Wie redet ein alter Ehemann, Chas?« fragte Ruth.
»Ein bißchen gereizt; damit die Zärtlichkeit nicht zu deutlich erkennbar wird.«
Wir blickten dem kleinen Wagen nach, bis er hinter dem Wäldchen, in dem die Tierschädel hingen, verschwand.
»Ich will einmal nachsehen, ob Sigurd noch schläft«, sagte Taguna.
Wir gingen auf das Langhaus zu.
»Wissen sie Bescheid?« fragte ich. »Sigurd, Dagny, Agneta, Björn, Inga? Hast du ihnen mitgeteilt, was Oneeda dir erzählt hat?«
»Ja, Chas. Am Tag nachdem wir Strange Goose begraben hatten, waren die Frauen bei mir. Das andere, was wir dann noch von dir erfahren haben, weiß bis jetzt nur Agneta. Ich konnte erst heute mit ihr reden.«
Ich legte meinen Arm um ihre Schultern.

»Und vorher?« fragte ich. »Was haben sie vorher gewußt?«

Sie schob die Unterlippe ein wenig vor und schüttelte den Kopf.

»Ich kann dir nur sagen, was sie nicht gewußt haben. Als Agneta hörte, was zwischen Per und Oneeda vorgefallen war, konnte ich an ihrem Gesicht sehen, daß sie davon nichts gewußt hatte!«

»Was Per zu Oneeda gesagt hat, war eine leere Drohung?«

»Ja, das war es. Er hat mit niemandem über die Sache gesprochen. Als er und Oonamee dann zur selben Zeit verschwanden, vermuteten Agneta und Björn, sie könnten zusammen fortgegangen sein. Auf den Gedanken sind wir ja auch verfallen.«

»Aber sie haben ihn gesucht, Mutter! Heimlich!«

»Ich weiß! Du glaubst, sie haben etwas gewußt, nicht wahr? Ich glaube das auch. Aber was kann es gewesen sein? Und woher sollen sie es gewußt haben?«

»Ja«, sagte ich nach einer Weile, »woher?«

Wir blieben vor dem Langhaus stehen.

»Es muß etwas aus ihrer Vergangenheit sein«, sagte ich. »Etwas, wovon nur Björn und Agneta wissen.«

Inga Svansson trat aus der Tür des Langhauses, sah uns und blieb stehen.

»Nun?« fragte Taguna.

»Er schläft.« Ingas Stimme war ein wenig rauh wie die Dagnys, doch heller.

»Er träumt.« Taguna wandte sich zu mir. »Geh tanzen, Chas. Inga und ich haben etwas zu besprechen.«

Die beiden gingen miteinander auf den Fahrweg hinaus. Ich blieb stehen und lauschte der Musik.

»Hello darkness, my old friend, I've come to talk to you again«, sang Chinoi.

Drüben, jenseits der Ulmen, warf jemand Holz auf ein Feuer. Funken stiegen empor wie ein Springbrunnen.

Der Tanz ging zu Ende. Ich stimmte in das Beifallsgeheul ein, da packte jemand meinen Arm.

»Da bist du ja«, sagte Ane-Maria. »Jetzt mußt du mir sagen, was du da vorhin gesungen hast.«

Sie summte ein paar Takte der Melodie.

Wir gingen unter den Ulmen hin. Ich sang ihr eine Strophe nach der anderen vor und Ane-Maria sang sie nach. Zwischendurch übersetzte ich ihr die Worte.

»Das ist aber gar nicht wahr!« sagte sie. »Ich glaub nicht, daß ich die Schönste bin!«

»Nein? Welche denn? Die Hungrigste?«

»Auch nicht! Bleib hier! Ich will nichts essen! Da, Dagny setzt sich ans Klavier, und Spider nimmt seine Klarinette zur Hand!«

»Und du willst mit mir tanzen?«

Sie nickte.

Dagny und Spiridion begannen zu spielen. Es war das Stück, um das ich Dagny gebeten hatte. Ich nahm Ane-Maria in den Arm; nach den ersten Takten lehnte sie ihre Wange an meine Brust. Ich spürte den Druck des Beutelchens, das unter dem Hemd um meinen Hals hing, und neigte den Kopf, bis mein Mund ihr Haar berührte. Es roch nach Zedern und warmem Rauch.

»Schnüffel nicht so«, sagte sie gegen meine Brust. »Mamá kocht eine Handvoll Zedernnadeln in Wein. Dann seiht sie die Nadeln ab, läßt es auskühlen und schlägt zwei Eier darunter. Ganz einfach!«

»Und das trinkst du? Dann bist du die Durstigste!«

»Ochse! Damit wasch ich mir die Haare!«

Wir tanzten schweigend weiter. Als der letzte Ton leise verklang, blieben wir stehen, ohne uns voneinander zu lösen. Nach einem Augenblick der Stille begann schwungvoll der dritte Satz, der Landler. Staub wirbelte auf. Wir walzten an Chinoi und Sumara vorbei. Der Feuerschein vergoldete die silbernen Ringe in Sumaras Ohren.

»Ja, Mann!« rief Chinoi uns zu. »Rund und rund und rund und rund!«

Wir walzten an Don Jesús und Doña Pilar vorüber, an Baquaha und Encarnación, deren Füße den Boden nicht mehr berührten, weil Baquaha sie unter den Achseln gepackt und hochgestemmt hatte, an Piero und Kiri vorbei, vorbei an David und Dagny, und dann kreischte hinter uns eine Frauenstimme, noch eine, dann mehrere durcheinander. Die Musik brach ab. Wir drehten uns um.

Joshua war mit Hoss mitten unter die Tänzer geritten. Jetzt stellte er sich in den Steigbügeln auf.

»Gallier!« rief er. »Ein großer Sieg! Wir haben eine Schwester!«

Bruder Fujiyama hob Chinois Trompete an den Mund. Doch bevor es ihm gelang, ihr einen Ton zu entlocken, füllte sich die Nacht mit vielstimmig schrillem Beifallsgeheul, das lange anhielt.

»Komm, Carlos«, sagte Ane-Maria. »Das müssen wir gleich der abuela erzählen.«

»Und deine Gitarre?«

»Fujiyama braucht sie.«

»Und deine Jacke?«

»Die zieh ich an.«

Ich half ihr in die Jacke, auf deren Vorderseite die beiden Seetaucher zwischen Schilfblättern und Rohrkolben hervorsahen. »Trag sie nur an Feiertagen«, sagte ich. »Dann kannst du sie eines Tages an deine Tochter vererben. Wenn du selber zu dick geworden bist.«

Sie stieß ein rasches, wild triumphierendes Spottgelächter aus. Gesichter wandten sich um, erst zu uns her, danach suchend zum Himmel hinauf.

»Gute Götter!« sagte ich. »Wie kannst du das so nachmachen?«

»Wie? Hier drin!« Sie zeigte auf ihre Kehle.

»Es geht ganz ähnlich wie die Königin der Nacht, Carlos. Versuch es!«

Wir winkten den anderen zu und gingen. Auf dem Fahrweg neben dem Langhaus nahm ich Ane-Marias Hand. Wir schlugen den Pfad ein, der zum Anlegesteg hinabführte. Der Feuerschein und die Menschenstimmen blieben hinter uns zurück, und wir vernahmen das samtene Geflatter jagender Fledermäuse und das weiche Geschwirr der Nachtfalter, die vor ihnen flüchteten.

Ich roch das Holz meiner Hütte, bevor sie sich schwarz und formlos aus der Dunkelheit hob. Wir gingen an ihr vorbei, nahmen den Weg zu Maguns Hütte, tasteten uns Hand in Hand über die Trittsteine zum anderen Ufer des Bachs, stiegen den Hang hinauf und folgten dem Bachlauf bis zu der Landzunge, die er in den See hinausgeschoben hatte. Dort kletterten wir zwischen Weiden, auf deren Blättern noch kein Tau lag, zum Strand hinunter. »Hier ist es wärmer«, sagte Ane-Maria. »Spürst du es?«

»Ja«, sagte ich. »Und viel mehr Sterne sind zu sehen.«

»Weil das Wasser sie anschaut, Carlos. Das Wasser schläft niemals.«

»Weshalb nicht? Weil Yémanjá in ihm wohnt?«

»Vielleicht. Ich hab nicht darüber nachgedacht.«

Wir wanderten langsam den blassen Streifen des Strandes entlang. Manchmal stießen unsere Füße an einen Stein, an die leere Schale einer Muschel. In der Ferne hatte die Musik wieder zu spielen begonnen. Wir hielten an und lauschten.

»Zu schade«, sagte Ane-Maria, »daß Sigurd sich betrunken hat und eingeschlafen ist.«

»Wieso? Was spielen sie denn?«

»Anitras Tanz! Hörst du das nicht?«

»Nein. Du hast Ohren wie eine Fledermaus.«

»Ich weiß. Da, schau! Der ist aber riesig!«

»Und hell. Fast, als leuchtete er.«

»Er leuchtet aber nicht. Er ist nur ganz weiß.«

Ein großer weißer Nachtfalter war aus dem Dunkel unter den Büschen gekommen und flog nun knapp über der reglosen Wasserfläche auf den See hinaus.

»Der kommt nicht bis hinüber, Carlos!«

»Meinst du, er wird ins Wasser fallen?«

Sie schüttelte den Kopf, daß ihr Haar mein Gesicht streifte.

»Ein Fisch wird nach ihm springen!«

»Jetzt? Es ist dunkel.«

»Die Fische sind immer hungrig. Und er ist so weiß.«

Wir schauten dem Falter nach, bis er uns zwischen den schimmernden Bahnen gespiegelten Sternenlichts aus den Blicken entschwand. Ane-Maria wandte sich zu mir um, und ich legte meine Hände auf ihre Schultern.

»Du bist schön«, sagte ich.

»Jetzt? Es ist dunkel. Du kannst mich gar nicht sehen.«

»Das ist nicht die rechte Antwort, Ane-Maria Ibárruri.«

»Was muß ich denn sagen?«

»Du mußt sagen: Das war dreimal!«

Sie lachte, rasch und tief.

»Stimmt«, sagte sie. »Hast du absichtlich gewartet, bis wir an derselben Stelle sind, wo du es zum erstenmal gesagt hast?«

»Ist das dieselbe Stelle?«

»Aber ja, Carlos! Erkennst du nicht den Stein da? Es war heiß. Wir haben uns vom Heumachen davongestohlen und uns abgekühlt. *Ankamk keewesook!«*

»Stimmt. Ich hab es nicht vergessen. Ich hab nur die Stelle nicht wiedererkannt. Jetzt sag es!«

»Das war dreimal!« sagte sie feierlich und warf den Kopf zurück. Die Milchstraße schimmerte in ihren Augen.

»Wir sollten heiraten«, sagte ich und zog sie an mich. »Willst du?«

»Ja!« sagte sie. »Ja, ich will! Ja!«

Sie legte ihre Hände um meinen Nacken und zog mein Gesicht zu ihrem hinab.

»Wann ist es dir eingefallen, Chas?« fragte sie eine Weile später. »War es hier? Gleich beim erstenmal?«

»Das weiß ich nicht genau. Doch! Ich hab dir beim Schlafen zugeschaut, in der kleinen Blockhütte, auf dem Weg nach Signiukt. Da hab ich gewußt, daß ich dich haben will. Und du? Wann hast du es gewußt?«

»Hm! Mir kommt vor, schon immer. Kann das sein?«

»Woher soll ich das wissen?«

»Du mußt es herausfinden. Ich weiß es nicht.«

»Gut. Wann heiraten wir?«

»In drei Jahren. Ich bin erst achtzehn.«

»Du willst drei Jahre warten?«

»Die sind schnell herum. Wir werden uns nicht langweilen.«

»Ich weiß, die Mädchen sollen einundzwanzig sein und die Männer achtundzwanzig. Aber glaubst du nicht, sie würden uns erlauben, früher zu heiraten? Im nächsten Jahr, wenn ich wiederkomme? Du bist drei Jahre zu jung. Ich bin drei Jahre zu alt. Das gleicht sich doch aus. Meinst du nicht?«

»Bestimmt würden sie es uns erlauben, aber es wäre eine Ausnahme. Willst du das?«

»Ich weiß nicht. Willst du es?«

»Eigentlich nein. Wir überlegen es uns noch. Jetzt komm! Wir müssen der abuela erzählen, daß Joshua eine Schwester hat und daß wir heiraten wollen. Ich freu mich so auf ihr Gesicht!«

Wir stiegen den Hang hinauf, wanden uns durch die Büsche und gingen Hand in Hand den schmalen Feldrain entlang. Der feuchte, schwere Geruch der gepflügten Erde war um uns. Vögel flatterten verschlafen in den Hecken, als von weit her der Ruf einer Eule zu ihnen drang.

»Miez-miez!« Ane-Maria lachte leise. »Du, Chas: hast du schon etwas für mich?«

»Einen Ring? Noch nicht.«

»Keinen Ring! Ein *teomul*. Hast du eins gemacht?«

»Mhm!«

»Du hast es fertig?«

»Seit ein paar Tagen.«

»Dann muß ich gleich morgen zu Taguna. Meins ist noch nicht fertig.«

»Was tun wir mit denen, die wir bisher getragen haben? Heben wir sie auf? Verbrennen wir sie?«

»Verbrennen? Wo denkst du hin? Taguna wird sie für uns aufheben. Sie werden mit uns begraben.«

»Noch lange nicht!«

»In hundert Jahren! Erst werden wir Kinder haben, und die werden Kinder haben, und die werden Kinder haben!«

Sie sprang neben mir her, drei Schritte vor, zwei Schritte zurück, und sang mit halblauter Stimme: »So liebe kleine Kinderlein, so liebe kleine Kinderlein! Erst einen kleinen Papageno! Dann eine kleine Papagena! Dann wieder einen Papageno!«

»Halt!« sagte ich. »Zwei! Zwei werden es sein.«

»Wer weiß«, sang sie und sprang neben mir den Feldrain entlang, »wer weiß, wer weiß, wer weiß!«

»Schau!« rief sie plötzlich, packte meinen Arm und drehte mich halb herum.

Weit jenseits der Felder stieg ein brennender Pfeil in den Himmel, erlosch beinahe, als er einen Augenblick im höchsten Punkt seiner Bahn verharrte, und stürzte dann, heller und heller aufflammend, der Erde entgegen.

ROT

Joshuas Schwester, die Tochter von Sara und Amos Pierce, wurde eine Woche nach ihrer Geburt in die Sippe aufgenommen. Zwei Tage später, am neunten Tag nach dem Erntemond, taufte Pater Erasmus sie bei Sonnenaufgang auf den Namen Nilgiri.
Um die Mittagszeit des folgenden Tages versammelten wir uns an derselben Stelle, in der Schlucht unterhalb des westlichen Endes des Sees Ashmutogun, dort, wo ein kleiner Seitenarm des Baches Maligeak durch eine schmale Rinne herabschoß, die er sich selbst in eine mächtige, nahezu senkrecht stehende Felsplatte gegraben hatte.
Wie schon bei Nilgiris Taufe, so konnten wir auch bei David Wiebes und Dagny Svanssons Trauung nichts von den Worten vernehmen, die Pater Erasmus sprach. Wir standen in der sprühenden, von Sonnenlicht durchglänzten Kühle, eingehüllt in das Brüllen der Wasserfälle, sahen Erasmus die Lippen bewegen, schnell, klar und genau; sahen ihn die Frage stellen, sahen die Frage auch in seinen tiefliegenden grauen Augen, die sich erst auf Dagny, dann auf David richteten; sahen beider Lippen antworten und sahen die Antwort in ihren Augen.
Dann legte Erasmus Dagnys und Davids Hände ineinander, zog einen silbernen, innen vergoldeten Kelch aus der Tasche seiner Kutte und hielt ihn mit dem Rand in die daherschießende schmale Strömung. Der Kelch war augenblicklich gefüllt; Wasser spritzte hoch. Erasmus kniff die Brauen zusammen. Tropfen lagen wie Tau auf seinem dunkelbraunen kurzen Haar. Er hob den Kelch vor die Brust, schlug mit der anderen Hand das Kreuzeichen darüber und goß das Wasser über Dagnys und Davids ineinanderliegende Hände. Dabei neigte er den Kopf und sprach einige Worte, die nur die Götter verstanden.
Björn Svansson stand da, ein wenig nach hinten gelehnt, als bliese

ihm ein steifer Wind in den Rücken. Sein ausladender Schnauzbart war sauber beschnitten. Den Arm hatte er um Agneta gelegt, deren kleines, faltenreiches Gesicht mit den regsamen dunklen Augen unter dem straff hochgesteckten weißen Haar erleichtert, fast heiter wirkte. Inga war die meiste Zeit damit beschäftigt, Knud und Aagot vom Rand des Abgrunds fernzuhalten; schließlich nahm sie die beiden Kinder fest an die Hand.

Sigurd stand neben ihr, die Hände vor dem Bauch verschränkt, und blinzelte verschlafen in die Sonne.

Das Essen, Trinken, Erzählen und Tanzen dauerte bis in die Nacht hinein und würde wohl bis zum nächsten Morgen gewährt haben, hätte nicht ein Gewitter die Gäste teils in den Schutz des halbfertigen Hauses, teils zum vorzeitigen Aufbruch getrieben.

Während der nächsten drei oder vier Wochen waren die Tage meist mild und still, die Nächte frisch. Morgens besaß die Luft eine nachhaltige Schärfe, die erst verging, wenn die Sonne schon ziemlich hoch gestiegen war.

Pappeln und Espen leuchteten nun in kräftigem Gelb; das Laub der Birken war ein wenig rötlicher, das der Buchen lichtbraun; und die Blätter der Ahorne, die erst hier und dort hellorange aufgeflammt waren, hatten fast alle ein sattes, ruhiges Rot angenommen. Es war im Laufe dieser Verwandlung gewesen, daß ein zunächst formloser roter Fleck am Hang der Nemaloos-Hügel jenseits des Sees sich aufgefüllt, ausgeweitet und Gestalt gewonnen hatte und nun inmitten der grünen und gelben Wälder einem riesenhaften, aufrecht dasitzenden roten Bären glich.

Wir sammelten Pilze und trockneten sie, auf Fäden gezogen, über den Herden, meist jedoch in den Backöfen. Wir sammelten Hagebutten. Wir schnitten Brennholz, fuhren es zu den Höfen, spalteten es und stellten es unter Dach auf. Wir schöpften die Jauchegrube aus und verteilten ihren Inhalt über den Äckern und in den Gärten. Und obgleich es genug zu tun gab, machten wir noch einmal eine Fahrt auf dem See; David, Dagny, Piero, Kiri, Ane-Maria und ich.

Wir hatten daran gedacht, drei oder vier Tage auszubleiben. Am ersten Tag sahen wir einen großen Zug wilder Gänse. Länger als eine

Stunde flogen sie über uns hinweg. Wir riefen ihnen zu und lauschten ihren Stimmen. In der Nacht erhob sich ein Ostwind, der rasch zum Sturm anschwoll und uns den ganzen nächsten Tag lang auf der Insel Ooniskwomcook festhielt. Am Morgen darauf hatte er nachgelassen, doch immer noch liefen weißköpfige Wellenzüge zischend den Strand herauf, und immer noch fiel ein kalter Regen, dem sich manchmal Schlackschnee beimischte. Das Feuer, das wir zustande brachten, gab viel Rauch und wenig Wärme; und weil Dagny sich zudem erkältet hatte, einigten wir uns darauf, umzukehren.

Der Wind drehte nach Südost und dann nach Süd und Südwest, bis er uns genau entgegenwehte. Die Wellen waren kaum noch höher als zwei Fuß. Doch Kiri bekam Angst. Sie achtete nicht mehr darauf, die Wellen im rechten Winkel anzuschneiden. Einmal schlug ihr Kanu quer. Sie wollte seine seitliche Neigung mit ihrem Gewicht ausgleichen, beugte sich jedoch nach der falschen Seite und brachte es beinahe zum Kentern. Von da an war es endgültig um ihre Fassung geschehen. Nicht einmal Pieros Zureden half. Kiri weigerte sich zu paddeln und klammerte sich an den Rand seines Kanus. Uns blieb nichts anderes übrig, als das nächstgelegene Ufer anzusteuern und dort die Boote zu wechseln. Dagny und David traten ihr großes Kanu an Piero und Kiri ab. Kiris Umhang war durchnäßt, und Dagny gab ihr den ihren, worauf David kopfschüttelnd Dagny seinen eigenen Umhang gab und sie außerdem noch in eine Felldecke hüllte.

Wir ließen Piero mit Kiri vorausfahren und folgten in einigem Abstand, um sie herausfischen zu können, falls sie aufspringen und ins Wasser fallen sollte. Doch nichts dergleichen geschah. Während Piero allein paddelte, saß Kiri reglos da, beide Hände um die Bordwände gekrallt, ganz in Dagnys Umhang eingewickelt, der rot war wie Klatschmohn.

Ihre Zähne schlugen aufeinander, als wir Tagunas Insel erreichten und an Land stiegen. Sie trank einen Becher heißen Tee mit Honig, erzählte Taguna, was sich zugetragen hatte, lachte über sich selber, trank noch zwei Becher Tee. Als wir aufbrachen, bestand sie darauf, wieder allein im eigenen Kanu zu fahren, obgleich der Wind inzwischen aufgefrischt hatte und die Wellen ein wenig höher gingen als zuvor. Sie nahm sie von vorne, lenkte ihr Boot mit flinken, geschickten Paddelzügen und sang ein Lied, das Piero sie gelehrt haben mußte; ich erkannte einige italienische Worte.

Piero überholte mich und beugte sich zu mir herüber. »Hat die Deine auch schon so was gemacht?«

»Noch nicht.«

Er lachte. »Sei auf alles gefaßt. La donna è mobile.«

An den nächsten Tagen flogen mehrere Gänsezüge und auch kleinere Scharen von Wildenten über Seven Persons nach Süden. Einmal paddelten Anne-Maria und ich zur Gänseinsel hinüber, aber wir kamen zu spät: Lawrence, Emily und ihre fünf Jungen waren fort. Im Inneren des weißen Holzhäuschens stand unberührt eine irdene Schüssel voll Mais.

Der erste starke Nachtfrost kam zu Beginn des Mondes der Nebel. Der Springbrunnen lief noch. Um ihn herum hatte sich ein fast drei Fuß hohes Rohr aus Eis gebildet. Unten war es dickwandig und weißlich, nach oben wurde es immer dünner und durchscheinender, und während seine Innenseite voller scharfkantiger Löcher war, hatten sich außen auf der glatten Oberfläche unzählige tropfenförmige Eisperlen angesetzt. Der kleine Teich war von klarem Eis bedeckt. Ich setzte meinen Fuß darauf; es knisterte leise, und winzige Sprünge trübten die klare Scheibe. Don Jesús und ich stiegen in den Wald hinauf, hoben den schweren Deckel des Quellbehälters ab und drehten den bronzenen Hahn der Leitung zu, die zum Springbrunnen führte. Danach setzten wir den Deckel wieder auf und dichteten seinen Rand mit Moos ab.

Zu Mittag war alles Eis weggetaut. Wind kam auf. Bis zum Abend ging ein stetiger Blätterregen nieder. Das Laub sammelte sich in den Dachrinnen und auf den Fenstersimsen und bedeckte die Steinplatten; wenn die Mädchen oder ich über den Hof gingen, zogen wir die Füße durch die raschelnde Blätterflut.

»Jetzt ist es richtig Herbst!« sagte Ane-Maria.

Am nächsten Morgen standen bis auf Buchen und Ahorne fast alle Bäume mit kahlem, schwarzem Astwerk da, und man konnte auf einmal alle Vogelnester, Eichhörnchenkobel und Mistelbüsche sehen. In den Hügeln am anderen Seeufer leuchtete der Bär burgunderrot in der Sonne.

Wir schlachteten drei Schweine. Eine Woche lang hatten wir mit

Pökeln, Wurststopfen, Abkochen und Räuchern zu tun. Dagny, die uns mehrmals helfen kam, sagte, daß sie den Duft des schwelenden Apfelbaumholzes und des glimmenden Wacholderreisigs fast bis zum unteren Ende des Sees hin riechen konnte.

Piero fuhr mit Baquaha und Chrestien zum Fischen in die Bucht von Manan hinaus. Gemeinsam mit Arwaq, Amos, Oonigun und Sigurd gingen wir in den Wäldern auf die Jagd. Einmal kamen wir mit einem einzigen Hasen und einem Fasan zurück; einmal mit ganz leeren Händen; einmal erlegten wir einen jungen Elchbullen, einmal zwei Rehe und ein gutes Dutzend fetter Moorhühner; und einmal, im Verlauf eines einzigen Nachmittags, vier Wildschweine. Eines von ihnen, einen jungen Keiler, hatte Sigurd waidwund geschossen. Das Tier griff ihn an und brachte ihm einen flachen Riß an der Wade bei. Sigurd setzte sich mit der Axt zur Wehr. In Schädel, Hals und Rüssel des Keilers klafften fünf oder sechs tiefe Hiebwunden.

Was wir von unserer Beute nicht sofort verarbeiten konnten, verteilten wir an andere Ansiedlungen, vor allem an die Svanssons in Mushamuch, an Wiebes in Tawitk und an David und Dagny, deren neues Anwesen noch keinen Namen besaß.

Der Mond der Nebel ging zu Ende. Der erste Schnee, der liegenblieb, wich nach zwei Tagen einem warmen Südwind, der auch die Ahornblätter von den Zweigen riß. Dann fiel mehrere Tage und Nächte lang nasser, schwerer Schnee, der sich unter den Füßen der Tiere und Menschen und unter den Kufen der Schlitten zusammenklumpte. Danach wurde es kalt. Auf der zweieinhalb Fuß tiefen Schneedecke entstand eine glattgefrorene Kruste, die stark genug war, einen Hund zu tragen, unter einem Pferd oder einem Menschen aber durchbrach.

Am Ende der ersten Woche im Mond der langen Nächte begannen wir bei Amos mit dem Dreschen. Tor und Fenster der Scheune standen weit offen. Die Frauen und Mädchen warfen mit Schaufeln die ausgedroschenen Körner hoch in die Luft. Der Wind trug Strohreste, Spreu, Staub und Unkrautsamen davon, die Körner dagegen fielen auf einen Haufen, wurden in Säcke geschaufelt und zu den Kornböden im Dachgebälk hochgezogen.

Auch Sara war dabei. Sie hatte die dick eingepackte Nilgiri unter ihrem Umhang auf den Rücken gebunden. Nur das kleine, rosige Gesicht sah hervor.

Manchmal liefen Oonigun, Kagwit, Joshua, die Mädchen und ich in den Pausen auf dem Ententeich Schlittschuh. Einige Enten saßen mißvergnügt im Schnee, ließen sich die blasse Sonne aufs Gefieder scheinen und watschelten bald wieder in ihren Stall zurück. Der Wind kam aus Nordosten, schwach, feucht, stetig. Solange wir uns bewegten, war er kaum zu spüren, doch wenn wir länger als einige Augenblicke stillstanden, erstarrten uns erst die Finger, dann Lippen und Ohren und bald das ganze Gesicht; der Wind fand die Öffnungen der Ärmel, schlich sich am Kragen vorbei den Rücken hinunter und stahl sich durch jedes Knopfloch.

»Yep!« sagte Amos. »Das ist der träge Wind. Es macht ihm zuviel Mühe, um dich herumzublasen. Er bläst geradewegs durch dich hindurch!«

In der Weihnachtswoche wurde es über Nacht frühlingshaft warm. Kaum waren die Fahrwege freigetaut, da kehrte der Frost zurück, wieder mit Nordostwind; trockener, staubfeiner Schnee wehte mit ihm heran und häufte sich im Windschatten der Hecken und der Gebäude hüfttief auf. Erst am übernächsten Tag nahm der Wind ab. Es schneite unablässig. Einen Tag vor Weihnachten hatten wir zum erstenmal eine gute Schlittenbahn. An den Ufern des Sees zeigte sich ein schmaler Eisrand. Wir nahmen die Kanus bis auf zwei aus dem Wasser und brachten sie im Dachraum meiner Hütte unter.

Weihnachten kam.

Tagunas Baum, eine kleine, buschige Fichte, stand in einem Holzeimer auf dem Tisch nahe dem Fenster. Er war dicht mit Vogelfiguren aus Zedernholz behängt, mit Enten, Gänsen und Schwänen. Von jeder Art gab es ein Männchen und ein Weibchen. Die Vögel waren kaum so lang wie mein kleiner Finger und mit durchscheinenden Farben bemalt.

Amos hatte eine mannshohe Blautanne, die an der Südseite seines Wohnhauses stand, mit farbigen Wollfäden, hellgrünen, grauen und rostbraunen Bartflechten sowie mit Kerzen geschmückt. An der Spitze der Tanne leuchtete der Stern von Bethlehem. Er war aus blaugrünen, spannenlangen Entenschwungfedern zusammengesetzt;

der Schweif bestand aus Gänsefedern, deren Fahnen auf der einen Seite weiß und auf der anderen grau waren.

Don Jesús hatte als Weihnachtsbaum die mittlere der drei Zedern zwischen Waschhaus und Holzschuppen ausgewählt. Sie war gut fünfzehn Fuß hoch; wir hatten eine Leiter herangeschleppt, um die oberen Zweige mit Kugeln aus Rindertalg zu behängen, in die Getreidekörner eingeschmolzen waren. Sie waren für die Vögel bestimmt. Weiter unten hingen Brocken von Ahornzucker, getrocknete Apfelringe und verschiedene Tiergestalten aus Honigkuchenteig sowie Girlanden aus aufgefädelten Kastanien, Eicheln und Haselnüssen.

Am Vormittag des Weihnachtstages fiel uns auf, daß die Blaumeisen, die gelbschwarzen Finken, die Rotkehlchen, die Spatzen und die blauen Schopfhäher sich keinesfalls mit den Talgkugeln begnügten. Die Meisen schaukelten in den Apfelringen und pickten Stück um Stück von ihnen herunter. Die Spatzen hielten sich an die Honigkuchentiere. Die Häher ließen sich auf einem Zweig unterhalb eines Zuckerbrockens nieder, packten diesen mit dem Schnabel und ließen sich fallen. Der Faden riß, und die Häher flogen mit ihrer Beute davon.

Uns blieb nur übrig, den Vögeln beim Verzehren der für uns selber bestimmten Gaben zuvorzukommen.

In der Woche nach Weihnachten schafften wir die Webstühle von Sara und Doña Pilar mit dem Schlitten ins Langhaus; in den nächsten Wochen trafen wir uns dort jeden zweiten oder dritten Abend. Die Frauen spannen Wolle und Flachs, strickten, webten, nähten; die Männer halfen beim Aufwickeln der Garne oder beim Zurüsten der Webstühle, und wenn sie dafür nicht gebraucht wurden, schnitzten sie Kochlöffel und Küchenspatel, flochten Strohschnüre zum Garbenbinden im nächsten Jahr, ersetzten abgebrochene Rechenzähne, feilten und bohrten an Knöpfen aus Holz und Elchgeweih, schnitten Riemen für Halfter und Zuggeschirre zu und banden Besen aus Birkenreisig.

Wenn David zum Holzziehen im Wald war, kam öfters auch Dagny Wiebe vorbei. Ane-Maria brachte ihre Gitarre mit, und wir sangen viele Lieder, oft in drei oder vier Sprachen, und erzählten Geschichten, die wir selbst erlebt, von anderen gehört oder in Büchern gelesen hatten. Manchmal las Taguna auch aus einem alten Buch vor, einer Abenteuergeschichte, die Antonio Adverso hieß. Sara und Doña Pilar hatten sie bereits mehrmals gehört und fanden, sie werde mit jeder Wiederholung spannender.

Die Neujahrsnacht war klar, bei mildem Frost. Ein schwacher Windhauch wehte aus Osten. Don Jesús hatte im Hof ein kleines Feuer angezündet, über dem wir an zugespitzten Haselstecken Fleischbrocken, Brotscheiben und Käsewürfel brieten. Dazu tranken wir mit Honig gesüßten heißen Wein.

Als der rotbraun gefleckte Mond der Milchstraße näher rückte und es bald Mitternacht sein mußte, verschwand Don Jesús im Haus und kehrte eine Weile später mit einer armlangen Röhre aus Birkenrinde zurück, aus der unten ein Stab hervorragte. Neben dem Stab hing eine fußlange Schnur.

Wir folgen Don Jesús auf die verschneite Weide hinaus. Dort steckte er die Röhre mit ihrem Stab senkrecht in den Schnee, bat uns, einige Schritte zurückzutreten, hielt seine Pfeife an die Lunte und trat dann selber zurück.

Ein weißes Flämmchen kletterte mit sanftem Zischen die Lunte empor, bis es das Innere der Röhre erreichte. Das Zischen wurde lauter. Eine Rauchwolke entquoll der Röhre, gefolgt von einer gelben Flamme, die einen Krater in den Schnee schmolz. Mit einem Ruck erhob sich die Rakete anderthalb Fuß hoch, hielt inne, pendelte und schlug um. Die Flamme an ihrem Ende wuchs, wurde zwei, drei, vier Fuß lang; die Rakete kam ins Rutschen; schnell, schneller, noch schneller glitt sie über den Schnee die Wiese hinunter auf den See zu. Etwa hundert Schritte hatte sie zurückgelegt, da gab es einen weichen Knall, als schlüge jemand auf ein Federkissen. Ein Schwarm grüner Funken stob auf. Was von der Rakete noch übrig war, rutschte ein paar Schritte weiter und brannte dann mit mürrischem Fauchen aus.

»Hm!« sagte Don Jesús. »Nicht schlecht. Nur die Richtung war falsch.«

»So?« meinte Doña Pilar. »Hättest du es lieber gesehen, wenn das Ding unter die Scheune gefahren wäre?«

»So was kannst du hinten an deinem Kanu anbinden, Papá«, sagte Encarnación. »Dann mußt du nicht mehr paddeln.«

»Dann bringt er die Fische gebraten mit nach Hause«, sagte Doña Gioconda. »Schaut euch einmal um. Da geht noch ein Mond auf!«
Über den Wäldern der Penobscot-Hügel hing bewegungslos eine blaue Kugel. Nach einer Weile schien sie zu wachsen. Dann, mit einem Mal, bewegte sie sich auch, nach rechts hin, auf den See zu, schwebte vor den Hügeln dahin, stieg, bis sie mitten unter den Sternen zu schweben schien, und wuchs dabei weiter. Bald war zu erkennen, daß sie blau und dunkelgrün gestreift war; die Streifen verliefen von oben nach unten. Die Kugel stieg nun kaum noch; ein gelber Lichtkreis glühte in ihrer unteren Rundung. Rascher und rascher zog sie den Himmel entlang und befand sich bald über Tagunas Insel. Nun fing sie zu schrumpfen an; die Streifen waren nicht länger zu unterscheiden; und dann schien die Kugel abermals bewegungslos über den Hügeln zu hängen, schrumpfte unmerklich, wurde dunkler und ging schließlich weit im Westen unter.
»So einen Ballon mußt du bauen, Jesús!« sagte Doña Gioconda. »Dein Ding, das hat ja nur gestunken und gezischt!«
»Ich hab an meinem damals fast drei Tage gearbeitet«, sagte Ane-Maria. »Er war rot und hatte weiße Streifen.«
»Ist er auch durch unser Tal geflogen?« fragte ich.
»Nein, Chas. Über Tawitk. Aaron und Ruth und David haben ihn gesehen. Und er wäre fast bis Oochaadooch gekommen. Cheegoon hat ein paar Papierfetzen im Schnee gefunden.«
»Dann habt ihr heute zum ersten Mal einen gesehen?«
»Zum viertenmal«, sagte Don Jesús.
»Sie lassen immer zwei oder drei gleichzeitig fliegen«, erklärte Encarnación.
»Immer in der Neujahrsnacht?«
»Ja«, sagte Ane-Maria. »Wenn der Wind nicht zu stark ist.«
»Kommt, Kinderchen«, meinte Doña Gioconda. »Gehen wir hinein. Wir haben das neue Jahr gesehen.«

Einige Tage später ritten wir nach Tawitk; Ane-Maria, um Dagny das Gitarrespielen beizubringen und von ihr das Klavierspielen zu erlernen; ich, um in Aarons Werkstatt mitzuarbeiten. Das alte Buch über das Wagnerhandwerk steckte in meiner Satteltasche.
Da es fast eine Woche lang nicht geschneit hatte, war der Schnee

nicht allzu tief. Zudem hatte ein einzelner Reiter mit einem unbeladenen Packpferd – Ane-Maria vermochte das aus den Hufspuren abzulesen – für uns einen schmalen Weg gebahnt, so daß Sinda und Atlatl sich nur mäßig anzustrengen brauchten.

Die Wände der Klamm waren stellenweise dick mit wasserklarem, blasigem Eis überzogen. Aus den Schrunden, Rissen und Spalten im Fels hingen Eiszapfen herab. Viele waren glatt und spitz, andere gerippt, manche endeten statt in einer Spitze in mehreren, nach unten hin immer kleiner werdenden Kugeln; einer glich einer breiten, gläsernen Hundezunge, und einer, der größte von allen, war gedreht wie ein Korkenzieher und besaß anstelle einer Spitze eine dicke, ovale Platte, die wie ein Stempel aussah und dicht über dem grünen Wasser des Baches hing.

Der Hügel, auf dem Aarons Weizen gestanden hatte, lag fußtief unter lockerem Schnee. Eine Bärenspur kreuzte unseren Weg und lief auf den Zedernhain zu unserer Linken hin.

Todor war gerade dabei, Mist aus dem Stall zu fahren.

»Ja, das gibt's doch nicht!« rief er, als es ihm beim ersten Anlauf mißlang, mit der Schubkarre die Bohlenrampe hinaufzukommen, die von der Stalltür zum Misthaufen gelegt war.

»Ja, das muß doch nun!« rief er, wenn er oben anlangte, mit Schwung den dampfenden Mist auskippte, die Schubkarre wendete und halb laufend, halb rutschend die Rampe hinab wieder im Stall verschwand.

Ruth öffnete uns die Tür.

»Sie friert immer an der Schwelle fest«, sagte sie. »Ihr müßt sie anheben und ziehen. Dann geht es. Kommt herein. Wißt ihr schon, daß Nora tot ist?«

»Nora Newosed? Wann ist sie gestorben?« fragte ich.

»Vorgestern. Endlich hat der Herr ein Einsehen gehabt. Und was glaubt ihr, was sie zuletzt noch zu Leona gesagt hat?«

»Sag es uns, Mutter Ruth!« bat Ane-Maria.

»›Jetzt mußt du aber auch den Jakob heiraten!‹ Das hat sie gesagt. Ist das nicht merkwürdig? Wie hat sie wissen können, daß Leona ihretwegen die Heirat Jahr um Jahr hinausgeschoben hat? Niemand hat in ihrer Gegenwart davon gesprochen – das ist gewiß. Der Herr muß ihr den Gedanken eingegeben haben.«

»Leona und Jakob sind seit neunzehn Jahren verlobt«, sagte Ane-Maria zu mir.

Wir hängten unsere Pelzjacken an den Kleiderrechen, zogen unsere Stiefel aus und betraten die Stube. Ruth stellte Lindenblütentee, Brot und Butter vor uns auf den Tisch.

»Mit Segen!« sagte sie. »Eßt und trinkt. Dagny kommt wohl erst am Nachmittag.«

»Was macht David?« fragte ich, während ich uns eingoß.

»Wenn er nicht Bäume schlägt, dann zieht er Holz. Und wenn er nicht Holz zieht, dann fährt er Bretter heran, aus Malegawate. Für seine Scheune. Ich denke, heute fährt er Bretter. Die Schlittenbahn ist gut.«

»Wann wird Nora begraben?« fragte ich, als wir mit unserem Imbiß fertig waren.

»Erst, wenn es wärmer wird«, sagte Ane-Maria. »Vielleicht erst im Frühling. Jetzt ist die Erde gefroren.«

»Was geschieht bis zum Frühling mit denen, die im Winter sterben?« fragte ich.

»Wir legen sie in eine Schneehöhle«, sagte Ruth, »so daß sie vor Tieren und vor der Sonne geschützt sind.«

»Und Memajuokun? Bleibt er in der Nähe?«

»Solange du nicht begraben bist, bleibt er in der Nähe«, erwiderte Ane-Maria.

»Hat Nora sich einen Platz auf der Insel ausgesucht?«

»Du meinst auf der Insel im Ashmutogun?« fragte Ruth. »Nein, Chas. Oochaadooch, Malegawate und Tawitk haben ihren Begräbnisplatz am Meer, an der Bucht von Manan. Nora wird es dort gefallen. Sie hat immer sofort gemerkt, wenn jemand in ihrem Zimmer das Fenster geschlossen hat. Sie wollte ständig das Meer hören. Auch im Winter.«

Die Tür wurde vom Flur her geöffnet. Eine kräftige junge Frau mit schmalem Kinn, dunkelblauen Augen und braunem Haar, das in ein rotes Tuch eingebunden war, stand vor der Schwelle.

»Die Krummhorn hat sich wieder das Euter erkältet«, sagte sie rasch und bestimmt. »Kann ich heißes Wasser haben?«

»Das ist unsere Deborah«, sagte Ruth. »Deborah, das hier ist Chas Meary.«

Ich stand auf, und Deborah reichte mir eine große, rauhe Hand.
»Ich hab dich und Ephraim schon beim Erntefest gesehen«, sagte
ich. »Wo habt ihr denn eure beiden Buben? Es ist so ruhig.«
»Ha, das fällt sogar dir auf, obgleich du sie gar nicht kennst! In der
Schule sind sie. Über Weihnachten waren sie drei Tage hier. Der
Lärm liegt noch in der Luft. Nicht wahr?«
»Das hat meine Mutter auch manchmal behauptet«, sagte ich.
»Ja? So siehst du aber nicht aus. Sagt, habt ihr vielleicht in der Neu-
jahrsnacht einen grünen oder blauen Ballon fliegen sehen?«
»Sowohl als auch«, meinte Ane-Maria. »Er hatte blaue und grüne
Streifen.«
»Also doch!« rief Deborah, und ein Lächeln ließ ihr Kinn und ihren
Mund viel breiter erscheinen, als sie waren.
»Da werden sich die beiden sehr freuen«, fuhr sie fort. »Vor allem
Jochanaan. Adam hat ihm nämlich weisgemacht, der Ballon würde
nur drei oder vier Meilen weit kommen. Wie hoch war er denn,
Ane-Maria?«
»Zwei-, dreihundert Fuß? Was meinst du, Chas?«
»Mindestens. Über dem See ist er noch gestiegen. Die Svanssons ha-
ben ihn wahrscheinlich auch sehen können.«
Deborah nickte und nahm von Ruth einen dampfenden Holzeimer
und einen Packen Leinentücher in Empfang.
»Ich will es ihnen schreiben«, sagte sie. »Aber jetzt muß ich laufen.
Bis später!«
Dagny kam kurz vor dem Mittagessen und zog sich danach mit
Ane-Maria in das dunkel getäfelte Musikzimmer zurück, dessen ge-
mauerter Ofen vom Flur her beheizt wurde. Aaron, Ephraim und
ich gingen zur Werkstatt hinauf. Ich legte mein Buch auf ein freies
Fensterbrett. Ephraim bemerkte es und nahm es zur Hand.
»Ja so was!« rief er, indem er zu blättern begann. »Wo hat das denn
gesteckt?«
»In Tagunas Bücherei«, sagte ich.
»Stimmt! Jetzt erinnere ich mich. Damals, als Taguna von Hof zu
Hof ritt und Bücher einsammelte, war ich fast noch ein Kind.«
Er ließ das Buch mit sanftem Knall zuklappen und schlug mit dem
Handrücken gegen den Deckel.
»Das ist gut!« sagte er. »Aber« – und er schaute mich mit seinen tief-

blauen Augen an – »es ist wie immer bei diesen Büchern. Das Wichtigste steht nicht drin.« Er legte das Buch aufs Fensterbrett. »Die Handbewegungen, zum Beispiel. Die kann dir keiner beschreiben, Chas. Die muß dir jemand zeigen.«

Er wandte sich an Aaron.

»Was meinst du, Vater?« sagte er. »Bringen wir die Sägerei hinter uns?«

Aaron nahm den Hut ab, hängte ihn an einen Holznagel und nickte. Wir schnitten auf der Bandsäge eine große Anzahl von Faßdauben aus Eichenholz. Zwei von uns hatten mit dem Sägen zu tun. Der dritte ließ die Dauben über die Abrichte laufen und stapelte sie unter den Werkbänken auf. Danach wechselten wir das Sägeband gegen ein schmaleres mit feinerer Zahnung und schnitten fünf Dutzend eschene Radspeichen zu.

»So«, sagte Ephraim und legte einen Armvoll der Speichenrohlinge auf die Werkbank neben der Bandsäge. »Die kannst du schon putzen. Glattschneiden.«

Er setzte zwei Spitzenhaken in die Bank, spannte zwischen sie einen Rohling ein, nahm ein mittelgroßes Ziehmesser von der Wand und zeigte mir, was ich zu tun hatte.

»Ganz einfach«, sagte er. »Wir beide stemmen inzwischen die unteren Zapfen aus.«

Das Glattschneiden der vier Seiten war wirklich ganz einfach. Ich brauchte nur darauf zu achten, wie die Holzfasern verliefen, und mußte in deren Richtung das Messer flach übers Holz ziehen. Dann waren die Kanten zu brechen. Ephraim hatte es mir vorgemacht. Doch was ihm so leicht von der Hand ging, mißlang mir. Statt eine Richtung zu schneiden, blieb mir das Messer schräg im Holz stecken.

Ich holte mein Buch und hatte bald die Abbildung gefunden, die ich suchte. Es war ganz einfach. Ich mußte das Messer nur herumdrehen. Ich legte das Buch offen auf die Werkbank, hielt das Ziehmesser mit der Fase nach unten und setzte es an.

Irgend etwas war nicht in Ordnung.

Zwar blieb die Schneide nun nicht mehr stecken. Doch was ich zustande brachte, war keine glatt geschwungene Rundung; es war eine Folge kleiner Stufen und sah eher genagt als geschnitten aus.

»Ephraim!« rief ich. »Dieses Ziehmesser ist mit der Wagendeichsel getauft!«

Er blickte von seiner Arbeit auf und grinste.

»Schon gut«, sagte ich. »Es liegt an mir. Zeig mir, wie ich es machen muß.«

Er stand auf, nahm das Messer und brach nacheinander alle vier Kanten an dem eingespannten Rohling. Dann hielt er das Messer über eine der Rundungen, die mir nicht hatten gelingen wollen, drehte es mit einer flinken Bewegung aus den Handgelenken und machte einen glatt geschwungen Schnitt.

»Siehst du?« sagte er, indem er mir die Drehbewegung noch einmal langsam vormachte.

»Ich sehe«, sagte ich. »Wenn es rund werden soll, darf ich das Messer nicht geradeaus führen. Darauf hätte ich von selber kommen können.«

»Bist du aber nicht! Keiner kommt von selber drauf. Hinsehen! Nachmachen!« Er klappte das Buch zu. »Nichts für ungut!« sagte er und ging an seine Arbeit zurück.

Als es dunkelte, fegten wir die Späne zusammen und räumten das Werkzeug auf. Ehe wir die Werkstatt verließen, warf Ephraim noch einige Schaufeln Sand auf die Glut im Ofen und schloß die Luftklappe.

Aus dem Musikzimmer war eine zögernde Tonleiter im Baß zu vernehmen; danach, weniger zögernd, eine im Diskant. Dann erklangen sie beide zusammen.

Ich hob die Hand zu der Klinke.

»Der Himmel behüte dich«, sagte Ephraim gedehnt. »Willst du es dir mit beiden verderben?«

Zum Abendessen gab es Kartoffeln, geschmortes Elchfleisch und mit Speckwürfeln und Kümmel gedünstetes Weißkraut. Obgleich Dagny, Ane-Maria und Deborah den Tisch deckten und die Schüsseln aufstellten, war es Ruth, die als letzte Platz nahm.

Nach dem Tischgebet, während die Schüsseln reihum gingen, wandte sie sich an Dagny.

»Nimm es mir nicht übel, Kind«, sagte sie. »Aber was ißt dein Mann, wenn er nach Hause kommt?«

»Er wird in Malegawate essen, Mutter«, sagte Dagny. »Ich bin mit ihm bis zum Wegkreuz geritten. Dort wollen wir uns übermorgen, wenn er zurückkommt, wieder treffen.«

»Holt er Bretter?« fragte Ane-Maria.

»Ja, das auch. Außerdem wollen sie Balken sägen, solang der Bach noch reichlich Wasser führt.«

»Ihr solltet einen kürzeren Weg nach Malegawate haben«, sagte Ephraim.

»Ja, es ist ein arger Umweg«, meinte Dagny. »Das ist wahr. Aber so bald werden wir keine Zeit haben zum Wegebauen.«

»Es wäre schade um das gute Land«, erwiderte Aaron mit leise bebender Stimme.

»Erlen und Weiden, so weit du sehen kannst!« sagte Ephraim.

»Aber nicht mehr lange«, sagte Aaron.

Todor aß schweigend. Erst als alle fertig waren, legte er die Hände in den Schoß und richtete seine lohfarbenen Augen auf Dagny, die ihm gegenübersaß. »Musik?« fragte er.

»Mhm, ja«, sagte Dagny. »Bald!«

Sie erhob sich und füllte einen Eimer mit heißem Wasser und ging mit Ane-Maria in den Stall, um der Kuh mit dem erkälteten Euter noch einmal warme Umschläge zu machen. Deborah und ich wuschen das Geschirr ab und fragten einander nach unseren Kindern aus.

»All die Jahre ohne Mutter?« sagte Deborah, nahm mir das nasse Geschirrtuch aus der Hand und gab mir ein trockenes. »Wie ist das gegangen? Aber jetzt hast du die Richtige gefunden. Ane-Maria ist ein Muttertier.«

»Obwohl sie so oft Blödsinn macht?« entgegnete ich und nahm den tropfenden Teller entgegen, den sie mir hinhielt.

»Blödsinn? Ach, du meinst die Theateranfälle, die sie manchmal bekommt? Aber das haben die Kinder doch gerade gern. Unsere Buben beten sie deswegen an. Sagen wir: auch deswegen. Weißt du, ich kann das nicht so. Mein Vater sagt, ich bin wie ein Feldwebel. Gibt es drüben bei euch noch Feldwebel?«

»Und ob. Meine Eltern haben einen zum Nachbarn. Sommers sitzen sie oft unter den Bäumen und freuen sich daran, wie er seine Familie bei der Gartenarbeit befehligt.«

Draußen im Flur polterte es. Todor lud einen Armvoll Brennholz ab.

»Die Dielen!« murmelte Ruth und schüttelte den Kopf.

»Laß ihn doch, Mutter«, sagte Deborah. »Er ist ein Mann. Ohne Lärm hat er keine Freude an der Arbeit. Und die Dielen werden uns alle überleben.«

Ein wenig später fanden sich alle im Musikzimmer ein. Ane-Maria hatte ihr grünes Kleid angezogen und setzte sich neben mich; als Dagny zu spielen begann, legte sie ihren Kopf an meinen Oberarm.

»Beethoven?« flüsterte ich ihr zu. »Oder Brahms?«

»Mozart«, flüsterte sie und schaute mich aus schmalen Augen an.

»Im Ernst?«

»Bestimmt!«

Todor, dessen Füße in dicken grauen Wollstrümpfen steckten, stand hinter Dagny. Brandrote Haarsträhnen, mit Grau gestreift, hingen über seine mißgestalteten Ohren herab. Sein Gesicht mit der zarten Nase wirkte sehr schmal und schimmerte golden im Kerzenlicht. Seine Augen folgten Dagnys Händen über die Tasten.

Der Nachklang des letzten Tons verstummte. Dagny erhob sich, nickte Todor zu, lehnte sich mit der Hüfte an den Flügel und legte die Hände auf den Deckel.

Todor tat zwei unsichere, schläfrige Schritte, einen nach vorn und einen nach links, und ließ sich mit einem Plumps auf dem Klavierstuhl nieder. Er hob die rechte Hand, schlug einen Ton an und lauschte mit schräggelegtem Kopf. Dann hob er auch die linke und begann, dasselbe Stücke zu spielen, das wir eben von Dagny gehört hatten. Während er spielte, wiegte er sich hin und her, so wie Oneeda sich am Springbrunnen gewiegt hatte.

Ich schloß die Augen.

Dagny war es, die ich spielen hörte. Jeder Ton, jede Phrase, selbst Anschlag und Klangfarbe waren genau wie beim erstenmal. Doch als das Stück zu Ende war und ich die Augen aufschlug, war es Todor, den ich auf dem Klavierstuhl erblickte. Seine Hände hingen locker zwischen den Knien herab, sein Mund war erschlafft, seine Augen zwinkerten trübe. Dagny berührte ihn leicht an der Schulter; da stand er auf, schüttelte sich, ging unsicheren Schrittes auf Aaron zu und setzte sich zwischen ihn und Deborah.

»Das war unheimlich«, sagte ich leise zu Ane-Maria.

Fältchen erschienen auf ihren Nasenflügeln.

»So? Weißt du, was geschieht, wenn Dagny einmal einen Fehler macht?«

»Ich kann es mir denken. Todor spielt ihn nach. Nicht wahr?«

Sie nickte und rieb ihre Wange an meinem Arm.

»Es ist unheimlich«, wiederholte ich. »Es ist, als ob… als ob es nicht Todor wäre, der spielt. Als ob Dagny durch ihn spielen würde. Verstehst du?«

»O ja! Ich hab dasselbe zu Spider gesagt, als er einmal hier war. Weißt du, was er mir geantwortet hat?«

»Sag es mir.«

»Spider hat gesagt, daß ich nur die Hälfte sehe. Daß da ein Kreislauf ist zwischen den beiden. Ohne Todor würde Dagny nicht so spielen können, hat er gesagt.«

»Hat er das genauer erklärt?«

»Wozu? Ich hab ihn verstanden. Und jetzt will ich etwas spielen!«

Sie erhob sich.

»Auf dem Klavier?« sagte ich. »Schon?«

Sie summte vier nah beieinanderliegende Töne. Die beiden mittleren waren gleich, und die Tonfolge erinnerte mich an einen Kanon von Mozart.

»Hm«, sagte ich. »A-F-F-E?«

»Chas! Du kannst es hören?«

»Ich hab bloß geraten.«

»Ah! Dann ist es gut.«

Es ging auf Mitternacht, als Dagny mir meine Kammer zeigte. Sie lag über der Stube. Das Fenster stand offen.

»Wir schlafen nebenan«, sagte Dagny. »Du darfst nicht schnarchen.«

»Ich schnarche nie«, sagte ich. »Schlaf gut!«

Auf dem Bett wölbten sich die Federkissen wie verschneite Hügel.

Am nächsten Tag waren Ephraim und ich mit dem Putzen der Radspeichen beschäftigt; Aaron hobelte die Faßdauben, paßte sie aneinander und versah jede einzelne am oberen Ende mit einem Buchstaben und einer Zahl. Alle Dauben mit demselben Buchstaben gehörten zu einem Faß; die Zahlen würden uns dabei helfen, die Dauben in der richtigen Reihenfolge aneinanderzufügen.

Tags darauf begleiteten Ane-Maria und ich Dagny zu ihrem neuen

Haus. Es war kalt, sonnig und windstill. Das Grün der Tannen, Fichten, Kiefern und Zedern wechselte mit den braunen, grauen, schwarzen und weißen Stämmen und Zweigen der kahlen Laubbäume. Wir kamen an einem alten Felssturz vorbei. Die roten Sandsteintrümmer, einige so groß wie eine Scheune, lagen bis an den Weg heran. Eine halbe Stunde weiter überquerten wir auf einer Holzbrücke den Bach Amkooik; Dagny sagte mir, daß er so hieß, weil er in seinem Unterlauf seichte, schlammige Seen und Sümpfe bildete. Bald darauf sahen wir ein Wegkreuz. Es mußte sehr alt sein. Vom Antlitz des Heiligen war nur ein narbig verwittertes Oval übriggeblieben.

»Rechts geht es zur Landstraße und dann weiter nach Oochaadooch«, erklärte Ane-Maria. »Im Sommer, wenn die Eschen Laub tragen, ist das ein schattiger Weg.«

»David muß schon daheim sein. Die Schlittenspuren sind von heute.«

Als wir eintrafen, hatte David gerade begonnen, die Bretter vom Schlitten zu laden. Wir halfen ihm, während Dagny ins Haus ging, um zu kochen.

»Wißt ihr, wen ich auf der Landstraße getroffen habe?« fragte David. »Ein Stück vor der Kreuzung, an der es links nach Oochaadooch und rechts zu uns her geht?«

»Da du Oochaadooch erwähnst, muß es Piero gewesen sein«, erwiderte ich.

»Stimmt! Er kommt jetzt öfter zu Zachary und arbeitet mit ihm. In Sigurds Werkstatt gibt es nur wenig zu tun, und Sigurd ist viel unterwegs.«

»Hufeisen erneuern?«

»Das auch, Chas. Und Kufen beschlagen, Bremskrallen auswechseln, neue Kettenglieder einsetzen, Keile ausschmieden –, was er eben auf der Feldschmiede machen kann. Bei der Kälte wird alles Eisen spröde und bricht leicht.«

Am frühen Nachmittag kamen wir nach Hause. Don Jesús und ich hackten bis zum Dunkelwerden Holz. Nach dem Essen rief Encarnación uns alle in den Hof hinaus. Meergrüne Lichtbüschel, die wie Seetang aussahen, wehten über den Himmel, zuckten, tasteten hin und her. Ein fahlweißer Strahl, wie der Lichtfinger eines

Leuchtfeuers, wanderte langsam zwischen ihnen durch, verfärbte sich bläulich, zitterte und erlosch. Dann entrollte sich ein durchscheinend bräunliches Band, streckte sich, schlug bebende Wellen, wuchs zu uns herab, bis es einem wehenden Vorhang glich, der sich von oben her nach und nach mit flüssigem rubinrotem Leuchten durchtränkte.

Mit einem Schlag zerriß der rote Vorhang. Die grünen Büschel zerflatterten. Die Sterne waren wieder da. Nur im Norden lag noch ein schimmernder Hügel aus grauem Licht, lag dort eine lange Weile, bis auch er flackerte und erlosch.

Die Wochen, die nun kamen und gingen, verbrachten Ane-Maria und ich zu gleichen Teilen daheim und in Tawitk.

Als wir das nächste Mal zu Wiebes kamen, fanden wir dort Kiri vor. Piero hatte ihr zu ihrem vierzehnten Geburtstag eine Gitarre geschenkt; er hatte selber neue Saiten aufgezogen, nachdem Baquaha den gebrochenen Steg ersetzt hatte. Kiri und Dagny waren sich bereits einig geworden, gemeinsam zu lernen.

»Chas!« sagte Ane-Maria zu mir. »Hast du nicht einmal die abuela gefragt, wie es kommt, daß hier kaum etwas lange geheim bleibt?«

»Doch, das hab ich. Wieso? Hast du eine neue Erklärung?«

»Nein. Aber ein Beispiel. Ein anschauliches Beispiel, wie Pater Erasmus immer sagt. Wenn Dagny hier in Tawitk ist, was weißt du dann?«

»Daß sie Gitarre spielen lernt. Und du Klavierspielen.«

»Ochse! Ich meine, was weißt du dann von David?«

»Daß er sich mit ihr gestritten hat?«

»Doppelochse! Du weißt, daß er entweder im Wald ist oder in Malegawate. Jetzt Kiri. Wenn Kiri hier ist, was weißt du dann von Piero?«

»Daß er sicher nicht in Oochaadooch ist. Jetzt bin ich dran mit Fragen. Wenn ich hier bin, was wissen dann alle?«

Sie schob meine Hand zur Seite. »Daß ich dich heiraten werde! Zieh die Stielaugen ein! Willst du sie dir verbrühen? Der Tee ist heiß!«

In der Werkstatt sägten wir die Felgen aus, sechs Teile für jedes Rad, putzten sie und drechselten dann die Naben aus abgelagertem, gelbem Birkenholz. Piero nahm die ersten sechs mit. Sigurd würde auf jede vier eiserne Ringe aufziehen und in der Woche darauf die Naben zurückbringen. Dann würden wir die rechteckigen Löcher für die Zapfen der Speichen ausstemmen.

Einige Tage lang hatten wir Föhnwetter, wie ich es aus meiner bayerischen Heimat kannte. Nur an den Nordhängen blieb etwas Schnee liegen. Wege und Pfade waren knöcheltief mit zähem, braunrotem Schlamm bedeckt. Nach jedem Ritt wuschen wir die Hufe unserer Pferde mit warmem Wasser und entfernten die Steine und Holzreste. Eines Morgens erwachte ich davon, daß der warme Wind nicht mehr um die Traufen jaulte. Die Wälder standen schweigend da. Die Sonne schien durch das Fenster meiner Kammer. Zu Mittag wurde es kalt. Noch bevor die Sonne unterging, war der Schlamm auf den Wegen beinhart gefroren. Am Morgen darauf lag ein Fuß hoch Schnee. Und es schneite weiter. Es schneite drei Tage lang.

In der zweiten Woche im Mond der Schneeblindheit brachte Bruder Fujiyama Adam und Jochanaan mit; er wollte sie auf dem Rückweg von Matane wieder mitnehmen. Ane-Maria und ich mußten den Buben helfen, ein Dutzend Schneemänner zu bauen, sechs auf jeder Seite des Gartenwegs. Jochanaan benannte sie nach den Aposteln; Adam jedoch erklärte, es seien Soldaten. Nachdem es ihm buchstäblich über Nacht gelungen war, seinen Bruder zu dieser Ansicht zu bekehren, verbrachte ich einen ganzen Vormittag damit, den Schneemännern mit Hilfe alter Stoffetzen, zerrissener Strohhüte, mit Holzprügeln und Fichtenzapfen, die Schnurrbärte darstellten, das Aussehen bayerischer Feldwebel zu verleihen. Einen halben Tag und eine lange Nacht lang bewachten die zwölf uns getreulich. Dann kam ein warmer Wind auf; die Sonne brannte vom blauweiß gefleckten Himmel, und vor diesem zweifachen Angriff ließ die soldatische Haltung unserer Feldwebel rasch nach. Ein paar Stunden lang harrten sie noch aus, vornübergesunken, triefend, ihrer Kappen und Schnurrbärte beraubt. Gegen Mittag brachen sie zusammen, und am Abend hatten sie sich in ihre eigenen namenlosen Grabhügel verwandelt.

Während einer Mahlzeit kamen wir auf den Luftballon zu sprechen, der in der Neujahrsnacht über uns hinweggeflogen war. Nachdem sich die Buben vergewissert hatten, daß es tatsächlich der ihre gewesen sein mußte, wandte Adam sich an Ane-Maria.

»Wie ist er geflogen?« fragte er. »Das wollen wir genau wissen!«

»Zuerst haben wir gedacht, der Mond geht auf«, sagte Ane-Maria. »Dann hat Chas die Monde am Himmel gezählt. Dann hat er gesagt: Das kann nicht der Mond sein! Zwei Monde gibt es nicht!«

»Gibt es wohl!« sagte Jochanaan. »Bruder Yamamoto hat uns vor zwei Wochen durch das goldene Rohr auf dem Turm schauen lassen. Da hab ich eine Erde gesehen, die heißt Jupiter. Die hat ganz viele Monde. Mindestens dreieinhalb.«

»Sei still!« sagte Adam. »Laß sie erzählen!«

»Also der Mond war es nicht«, fuhr Ane-Maria fort. »Dann ist das Ding näher gekommen. Wir haben die blauen und grünen Streifen gesehen. Zwei Streifen waren schief zusammengeklebt.«

»Das war sicher ich«, sagte Jochanaan.

»Natürlich warst du das!« sagte Adam. »Du hast nicht aufgepaßt. Du hast dauernd am Kleister geleckt. Jetzt laß sie erzählen!«

»Ja«, fuhr Ane-Maria fort, »da haben wir gewußt, das ist euer Luftballon. Er ist ganz hoch oben dahergeflogen, doch dann ist er auf einmal heruntergesunken. Wir erschraken und dachten, jetzt fällt er in den See. Er ist aber nicht in den See gefallen, sondern weitergeflogen. Er war immer noch drei- oder viermal so hoch wie euer Haus. Er ist näher und näher gekommen. Und dann haben wir gesehen, warum er fast heruntergefallen wäre.«

»Ein paar Kerzen waren ausgegangen«, sagte Adam.

»Nein«, sagte Ane-Maria, »die brannten alle noch. Zwei Vögel, ein *kwemoos* und ein *wawa*, hatten sich auf den Luftballon gesetzt und ihn heruntergedrückt.«

»Aber die Seetaucher und die Gänse sind doch alle im Süden?« widersprach Jochanaan.

»Das hab ich auch gemeint«, sagte Ane-Maria. »Aber die beiden saßen da oben auf dem Luftballon, hielten sich mit ihren Patschfüßen fest und schauten zu uns herunter. Vielleicht hatten sie sich verirrt? Vielleicht hatte jemand sie gefüttert, und sie waren zu spät losgeflogen? Und dann haben sie den Luftballon gesehen und sich gedacht: Wundervoll! Da ruhen wir uns eine Weile drauf aus!«

»Vollkommen begreiflich«, sagte Adam. »Und weiter?«

773

»Als der Ballon über uns war, fing der *kwemoos* zu lachen an.«
»Wie hat er gelacht?« fragte Jochanaan. »Mach es nach!«
Ane-Maria holte Luft und lachte los, wild, spöttisch triumphierend.
Die Flurtür öffnete sich einen Spalt weit, und Ruth Wiebe spähte
mit besorgtem Gesicht herein. Ich gab ihr mit einer Handbewegung
zu verstehen, daß alles in Ordnung sei, und sie zog sich kopfschüt-
telnd wieder zurück.
»Worüber hat er wohl gelacht?« fragte Adam.
»Das wollte der *wawa* auch wissen«, sagte Ane-Maria. »Er hat den
Hals lang ausgestreckt, den *kwemoos* mit dem Schnabel am Flügel
gezupft und ihn gefragt: ›Wa-wa-wa? Wa-wa-wa?‹ Aber der *kwemoos* hat nur weitergelacht, und der Ballon ist weitergeflogen, und
nach einer Weile hörte der *kwemoos* zu lachen auf, und der *wawa*
stellte keine Fragen mehr.«
»Wie weit weg sind sie da gewesen?« fragte Jochanaan.
»Siebenhundertsiebenundsiebzig Flügelschläge weit. Wir haben ihnen nachgeschaut. Nach einer Weile konnten wir sie nicht mehr sehen, nur noch den Ballon. Ungefähr über Tagunas Insel hat er dann
auf einmal einen Sprung nach oben getan.« Sie legte den Kopf
zurück gegen die Wandvertäfelung, zog die Unterlippe zwischen die
Zähne und sah die beiden Buben an.
»Er war erleichtert«, sagte Jochanaan.
»Eine schwere Last war von ihm genommen«, sagte Adam.
Ane-Maria nickte ihnen zu. »Das haben wir uns auch gedacht«,
sagte sie. »Die Vögel hatten sich genug ausgeruht und sind weiter-
geflogen. Ich möchte wissen, was sie ihren Eltern und Geschwistern
erzählen werden, wenn sie im Süden mit ihnen zusammentreffen.
Nächstes Frühjahr will ich sie danach fragen.«
»Wirst du sie denn erkennen?« fragte Jochanaan.
»O ja! Der *kwemoos* hatte eine abgebrochene Schwanzfeder und der
wawa einen runden weißen Fleck am rechten Fuß.«
Jochanaan bohrte mit dem Mittelfinger, um den er einen Zipfel sei-
nes Taschentuchs gewickelt hatte, gedankenverloren in der Nase.
»Der Bär brummt schon!« sagte Deborah. »Gleich kommt er heraus!«
Jochanaan zog rasch den Finger aus der Nase.

Nach fünf Tagen kehrte Bruder Fujiyama aus Matane zurück. Er kam am Abend und blieb über Nacht. Am Morgen gingen Ephraim und ich hinaus, um seinen Schlitten ins Freie zu schieben und die Pferde anzuspannen. Dabei fanden wir die Spur eines Reiters. Er war den Weg gekommen, der westwärts zur Landstraße führte, und zweimal außerhalb des Gartenzauns um das Haus geritten. An einer Stelle, neben dem Bienenhaus, war der Schnee bis aufs Erdreich zerwühlt, als habe das Pferd vor etwas gescheut und sich herumgeworfen. Der Reiter war in seiner eigenen Spur fortgeritten und hatte nichts hinterlassen, kein Zeichen, keine Botschaft, nur die Hufspuren seines Pferdes. Niemand von uns hatte ihn gehört.

Bruder Fujiyama schlug den Weg nach Banoskek ein. Ich warf dem Schlitten einen Schneeball nach. Ephraim winkte mit beiden Armen, Deborah mit ihrem roten Kopftuch. Ane-Maria lachte noch einmal ein Seetaucherlachen. Der Schlitten verschwand hinter einer Wegbiegung. Noch lange war das Schellengeläut zu hören.

In Seven Persons war das Eis auf dem See endlich dick genug zum Schlittschuhlaufen. Joshua, Oonigun, Kagwit, die beiden Mädchen und ich liefen weit auf den See hinaus und jagten einander um die beiden Inseln herum. Kesik und Abit tobten uns voraus, tobten hinter uns her. In der Bucht unter der roten Sandsteinklippe lag eine dünne Schicht Wasser auf dem Eis. Als Oonigun versuchte, Joshua zu fangen, stolperte dieser über Kesik und fiel der Länge nach hin. Wir trockneten seine Kleider über Tagunas Herd, buken Waffeln, tranken Tee dazu und machten uns erst in der Dunkelheit auf den Heimweg.

In der Woche darauf, während Ane-Maria und ich wieder in Tawitk waren, barst das Eis an mehreren Stellen unter dem Ansturm eines warmen Südwindes. Taguna, die sich bei Amos und Sara aufgehalten hatte, konnte nicht auf die Insel zurück. Sie war froh, Abit mitgenommen zu haben, richtete sich für die nächsten Tage in meiner Hütte ein, taute den Wasserhahn auf, den ich vergessen hatte abzudrehen, und stopfte mir meine Socken. Am vierten Tag hatte sich die Eisdecke wieder geschlossen, und Magun ging mit Taguna zur Insel zurück.

In Aarons Werkstatt konnten wir mehrere Tage hindurch die Maschinen nicht benutzen, weil der vereiste Bach zu wenig Wasser führte, doch gab es genug Handarbeit. Wir spannten die fertigen Naben in den Radstock und trieben mit dem Holzhammer die Speichen in die ausgestemmten Löcher. Ein verstellbarer, seitlich am Radstock angebrachter Tastarm diente dazu, die Speichen genau auszurichten. Als nächstes schnitten wir mit dem Zapfenschneider runde Zapfen an die äußeren Enden der Speichen, paßten die Felgenteile auf und verbanden sie miteinander. Nun mußten wir die Felgen noch mit dem Ziehmesser putzen.

Ich stand vom Radstock auf, spannte das Rad aus, dem jetzt nur noch der eiserne Reifen fehlte, und rollte es bis an die rückwärtige Wand der Werkstatt und zurück.

»Hört sich ja ganz echt an«, sagte ich.

»Na!« sagte Ephraim gedehnt. »Du platzt ja vor Stolz!«

»Es ist ja auch mein erstes Rad!«

»Wenn Sigurd vorbeikommt, geben wir ihm die Räder mit, damit er die Reifen aufzieht.«

»Könnten wir ihm die Räder nicht bringen?«

»Du kannst es gar nicht erwarten, was? Wenn du erst einmal auf fünfzig oder hundert Räder zurückblicken kannst, wirst du schon ruhiger werden.«

Die Tage wurden wärmer, doch die Nächte blieben kalt und sternklar. Einmal hörten wir Wölfe heulen. Der Mond war noch nicht aufgegangen, und das langgezogene Ahu-uh-uh-uuh-uuuh erklang abwechselnd von den Hügeln her, durch die der Bach floß, und aus der Ebene, die sich von Tawitk bis zu den Buchten von Manan und Memramcook hinzog.

»Es ist ganz anders als in den Büchern«, sagte ich.

»Hörst du es zum erstenmal?« fragte Ane-Maria.

»Ja. In den Büchern steht, daß es traurig klingt. Schwermütig. Unheimlich.«

»Und wie hört es sich für dich an?«

»Fremdartig. Und zufrieden, glaub ich.«

Ane-Maria nickte. »Die Wölfe singen. Für uns klingt es fremd, weil wir keine Wölfe sind. Finden die Menschen drüben das unheimlich?«

»Manche. Sind das zwei Rudel?«

»Wahrscheinlich nicht, Chas. Ich denke, sie gehören zu ein und demselben Rudel. Sie verabreden sich.«

Zu Mittag des nächsten Tages kam Kiri auf ihrer Stute Niminiama, einer Schwester von Dagnys Loki. Sie brachte ihre Gitarre mit. Als sie das Pferd in den Stall geführt hatte und im Flur ihren schwarz-weiß gewürfelten Umhang auf den Kleiderrechen hängte, sah ich, daß sie darunter eine neue braungelbe Lederjacke trug, an der mir die Elchhornknöpfe auffielen. Jeder war mit einer von spitzen Strahlen umzüngelten schwarzen Sonne geschmückt.
»Pieros Werk?« fragte ich.
»Die Jacke hat mir Sureeba geschneidert. Die Knöpfe sind von Piero. Die Sonnen hat er mit einem heißen Eisen eingebrannt. Es muß schrecklich gestunken haben! Es sind vierzehn Knöpfe!«
»Das versteht sich. Du siehst aber zwei oder drei Jahre älter aus.«
»Wirklich?« Sie seufzte. »Das hilft uns nichts, Chas. Taguna hat leider aufgeschrieben, wann ich geboren bin.«
Als ich nach dem Essen mit Aaron und Ephraim das Haus verließ, um zur Werkstatt hinaufzugehen, hörten wir aus dem Musikzimmer die Gitarren der Mädchen, und als wir einige Stunden später in der beginnenden Dunkelheit zurückkamen, spielten sie immer noch. Bald nach dem Abendessen machte sich Kiri auf den Heimweg. Ephraim holte ein Bündel dünner Schablonen aus Zedernholz vom Dachboden herunter. Sie waren die Muster für die Teile eines schweren Fuhrschlittens. Aaron und Ephraim erklärten mir, wie sie zusammengehörten, wie wir sie miteinander verbinden würden und welche Beschläge Sigurd für uns anfertigen mußte.
Zu Beginn der letzten Woche im Mond der Schneeblindheit holte Sigurd die fertigen Wagenräder ab. Zwölf waren es inzwischen geworden, ein wahrhaft rundes Dutzend, wie Ephraim sagte, und drei von ihnen hatte ich allein angefertigt.
Zwei Pferde brauchten neue Eisen. Mehrere Mistkratzer und Kotkrücken sowie ein paar andere Geräte waren auszuschmieden und neu zu härten, und so hatte Sigurd bis kurz vor Mittag zu tun. Aaron und ich kamen aus der Werkstatt, als Ephraim und Sigurd gerade die Feldesse auf den Schlitten hoben.
»Uff!« stöhnte Ephraim und rieb sich mit einer Handvoll Schnee

den Ruß von den Fingern. »Wir danken dir, Sigurd! Aber jetzt komm herein und iß etwas mit uns. Wir haben saure Fettheringe!« Sigurd drehte den Kopf zur Seite und spuckte durch seine Zahnlücke aus. »Danke«, sagte er. »Ich hab keinen Hunger.«

»Nein?« meinte Ephraim. »Schade! Überleg es dir. Sie zergehen dir im Mund. Und die Kartoffeln haben sich gut gehalten.«

»Danke«, sagte Sigurd, wandte sich ab und schritt auf seinen Schlitten zu.

»Dann eben nicht!« sagte Ephraim, bückte sich, griff mit beiden Händen in den Schnee, formte einen Ball und warf. Der Ball traf Sigurd zwischen den Schultern.

Sigurd blieb stehen wie festgefroren. Dann drehte er sich langsam um. Sein Gesicht war weiß geworden, nur unter den Backenknochen traten braune Flecken hervor, wie ungewöhnlich große Sommersprossen.

»Nimm dich in acht, Ephraim Giesbrecht!« sagte er leise, aber unüberhörbar.

Ephraim stand breitbeinig da, die Arme locker herunterhängend, die Hände geöffnet; den Hut hatte er weit aus der Stirn geschoben. Vor den Gesichtern der beiden Männer stiegen graue Atemwölkchen ins dünne Sonnenlicht.

»Da ist Schnee genug«, sagte Ephraim schließlich. »Schmeiß mir einen Schneeball zu. Meinetwegen zwei. Dann komm essen!«

Sigurd schwieg. Er wischte sich mit der Hand übers Gesicht, drehte sich ruckartig um und ging zu seinem Schlitten. Ein fahlgrüner wollener Fäustling fiel aus seiner Jackentasche in den Schnee. Ich ging hin und hob ihn auf.

»Hier«, sagte ich. »Das ist wohl deiner.«

Sigurd nahm den Fäustling, streifte ihn über seine rechte Hand, stieg auf den Kutschsitz, ergriff Zügel und Peitsche und versetzte dem Handpferd einen klatschenden Hieb über die linke Bauchseite. Das Tier stieß ein scharfes Schnauben aus und sprang mit der Hinterhand ein wenig hoch. Wo der Peitschenstiel es getroffen hatte, zeigte sich ein dunkler Striemen auf dem Fell. Dann zogen beide Pferde an. Die Schellen bimmelten, und der Schlitten fuhr davon. Hinter der Brücke bog er rechts ab.

»Die spinnen, die Schweden!« sagte Ephraim.

778

»Laß das David nicht hören«, meinte Aaron.

»Das wird kaum nötig sein, Vater. Denk an die Sense.«

»War Sigurd heute die ganze Zeit so?« fragte ich.

»Bei der Arbeit?« fragte Ephraim. »Aber nein. Im Gegenteil. Mir schien, er war müde. Er hat immer wieder gegähnt.«

»Er ist eben viel unterwegs«, sagte Aaron.

Die Haustür öffnete sich.

»Essen!« rief Deborah. »Ist Sigurd schon abgefahren?«

»Und wie!« rief Ephraim.

Die mit Zwiebeln und Senfkörnern in Essig eingelegten Heringe schmeckten so gut, daß ich mir ein zweites Mal von ihnen nahm. Beim Essen berichtete Ephraim, was sich zwischen ihm und Sigurd zugetragen hatte.

»Er hat getrunken!« sagte Ruth und sah Ephraim an.

»Ich hab nichts gerochen, Mutter. Da lagen ein paar Flaschen auf seinem Schlitten, aber die waren voll, und das Wachs an den Stopfen war ganz.«

»Seltsam!«

»Besser, wir verschweigen Dagny die Geschichte.«

»Aber warum denn?« fragte Aaron.

»Sie wird ihn doch nur verteidigen, Vater. Das tut sie immer.«

»Und was tust du, wenn jemand ein falsches Wort über deinen Bruder sagt?«

Deborah stach ihre Gabel in einen Hering und zog ihn auf ihren Teller. »Eben, Vater! Ein falsches Wort! Da liegt der Unterschied!« Sie schnitt einen Bissen von ihrem Fisch ab und steckte ihn in den Mund. Schweigend aßen wir weiter.

»Chas!« sagte Ane-Maria nach einer Weile. »Würdest du es merken, wenn ich dir etwas verschweige?«

»Ja!«

»Und dann? Würdest du dir Gedanken machen?«

»Mhm!«

»Sie hat recht, Kind«, sagte Ruth, nahm eine Flosse, die von Deborahs Tellerrand auf den Tisch gefallen war, und legte sie auf den Rand ihres eigenen Tellers.

»Ich weiß«, fuhr Deborah fort. »Aber ich hab auch recht. Ihr könnt es Dagny ja erzählen, wenn sie morgen kommt. Ich sage nichts.«

Als wir wieder vors Haus traten, lag im Süden dunkelgrau eine flache Nebelschicht über den Hügeln. Später sah ich aus dem Fenster der Werkstatt, wie der Nebel zäh die Hänge herabfloß, sich in kahlen Wipfeln verfing und in jeder Bodensenke niederließ. Als wir nach getaner Arbeit in der frühen Dämmerung zum Haus hinuntergingen, war der Nebel zur Ruhe gekommen. Er hatte eine dumpfe Wärme mitgebracht, die nach Schlamm, schmelzendem Schnee, Herdrauch und faulendem Laub roch.

Am Morgen war der Frost zurückgekehrt. Das Tropfen von Dächern und Bäumen hatte aufgehört. Als Dagny kam, war der Nebel immer noch da. Auch drei Tage danach, als wir Dagny heimbegleiteten und nach Seven Persons weiterritten, war er nicht gewichen. An Bäumen und Sträuchern waren fingerlange Rauhreifkristalle erblüht.

Zu Hause fand ich einen Brief vor. Der Umschlag aus faserigem, grünem Papier trug ein unleserliches Siegel. Ich zündete mir eine Pfeife an und schnitt ihn auf.

»Von wem ist er?« fragte Doña Gioconda. »Lies vor, Carlos!«

Der Umschlag enthielt nur einen Bogen aus dem gleichen grünen Papier. Ich faltete ihn auseinander.

»Er ist vor fünfeinhalb Wochen in Borinquen abgeschickt worden,« sagte ich. »Wo liegt denn das?«

»Das ist die Insel östlich von Hispaniola«, antwortete Don Jesús. »Früher hieß sie Puerto Rico.«

»Und noch früher hat sie genauso geheißen wie heute«, sagte Doña Gioconda. »Wer schreibt dir?«

»Kevin Aylwyn. Er ist Steuermann auf dem Schiff, mit dem ich gekommen bin. Was tut er in Borinquen?«

»Carlos!« rief Doña Gioconda. »Lies endlich, und wir alle werden es erfahren!«

»*Lieber, geehrter Mr. Meary*«, begann ich.

Encarnación gab ein tiefes Glucksen von sich. Doña Pilar warf ihr einen Blick zu, und sie hielt sich die Hand vor den Mund.

»*Lieber, geehrter Mr. Meary*«, begann ich noch einmal. »*Die kriegerischen Unruhen haben sich bis an die Golfküste ausgebreitet. Wir waren nicht in der Lage, aus Bâton Rouge auszulaufen, und mußten unser*

Schiff aufgeben, ohne Gewißheit über das Geschick Kapitän Vascos erlangt zu haben.
Es ist Kapitän Landahl, Eigentümer und Schiffsführer des dänischen Schoners Cairina, in dessen Auftrag ich Euch schreibe. Mit Gottes Hilfe und günstigem Wetter hoffen wir, am Morgen des 25. März Kap Sable an Backbord zu haben und später an diesem Tag in Peggy's Cove vor Anker zu gehen. Dort gedenken wir bis zum 6. April zu liegen, an welchem Tag wir mit ablaufendem Wasser Segel setzen und vorerst nach Erin gehen wollen. Wir hoffen, Euch mit an Bord zu haben.
Lieber geehrter Mr. Meary, Kapitän Landahl läßt sich Euch empfehlen. Mir ist es ein Vergnügen, ihm darin zu folgen.
Kevin Aylwyn, Erster Steuermann, Cairina – Esbjerg.«
»Gib einmal!« sagte Ane-Maria, und ich reichte ihr den Bogen.
»Redet der auch so, wie er schreibt?« fragte Encarnación mit zusammengezogenen Augenbrauen.
Ich mußte lachen.
»Ganz und gar nicht«, entgegnete ich. »Aylwyn redet wie du und ich.«
»April«, sagte Ane-Maria. »Ist das der Mond der fremden Gänse?«
Ich nickte.
»Das ist bald.«
Doña Gioconda legte ihre kleine Hand auf Ane-Marias Arm.
»Er kommt wieder, niña!«
»Bâton Rouge«, sagte Don Jesús. »Liegt das nicht in Mississippi?«
»Doch«, sagte Ane-Maria. »Es liegt dort, wo der Fluß in den Golf mündet.«
»Ah!« sagte Doña Gioconda. »Jetzt versteh ich das mit den kriegerischen Unruhen. Das ist Tlaxcal Coyotl!«
»Ich wüßte gern, was dort vorgeht«, sagte Don Jesús. »Schade, daß Aylwyn nicht mehr darüber geschrieben hat.«
»Er wird mir alles erzählen«, meinte ich. »Und er wird viele irische Lieder singen.«
»Die möchte ich hören«, sagte Ane-Maria. »Hast du dir welche von seinen Liedern gemerkt?«
»Nur eins: Fuighfidh mise 'n baile seo.« Ich summte ihr die Melodie vor.
»Nach dem Essen!« sagte Doña Pilar. »Jetzt macht den Tisch frei!«

Der Nebel blieb bis in die ersten Tage des Mondes, in dem die Bären erwachen; nicht nur in Seven Persons, nicht nur in Oonamaagik, sondern überall in Megumaage. Wir hörten es von Brian Hannahan, von Mond de Marais und von Pater Erasmus.

Erasmus brachte uns noch eine andere Nachricht. Er und Spiridion hatten eines Morgens Bruder Martinus ertrunken aufgefunden. Er hatte mit dem Gesicht nach unten im Becken der Meeresvenus gelegen, die den Kopf, die Schultern, die Arme und die Brüste einer Frau, doch den Hinterleib einer Robbe besaß. Nur seine eigenen Fußspuren führten zum Becken hin. Die Leiche war ins Eis eingefroren und ließ sich nur mit großer Mühe daraus befreien.

Das lag zehn Tage zurück.

»Es ist möglich«, sagte ich, »daß ein Mensch in zwei oder drei Zoll tiefem Wasser ertrinkt. Aber ...«

»Sprich es nicht aus!« unterbrach mich Erasmus. »Wir glauben, daß sein Herz ihn im Stich gelassen hat.«

»Das hat es«, sagte ich. »So oder so.«

Wir schwiegen.

»Hat sich eigentlich der Bericht seines Vaters wieder gefunden?« sagte ich dann. »Oder ist es Martinus gelungen, ihn wiederherzustellen?«

»Er hat sich nicht gefunden, Chas. Martinus hat ihn wiederhergestellt und ergänzt. Doch dann hat er ihn verbrannt.«

»Verbrannt? Ist das sicher?«

»Martinus selber hat es mir gesagt, als wir uns zum letztenmal sahen.«

»Was hat er noch gesagt?«

»›Gute Nacht!‹ Das war alles.«

Er reichte mir beide Hände.

»Dir wünsche ich eine gute Reise«, sagte er. »Sehen wir uns im nächsten Jahr um diese Zeit?«

»Mit Gottes Hilfe und günstigem Wetter früher«, antwortete ich. »Vielleicht bin ich schon zum Erntefest zurück.«

Als wir uns wieder auf den Weg nach Tawitk machten, hatte sich der Nebel weit in die Hügel zurückgezogen. Die Sonne schien. Amos belud den kleineren seiner beiden Schlitten mit Weizensäcken, und wir spannten Sinda und Atlatl ein. Wir wollten das Ge-

treide in Aarons Mühle mahlen und Mehl und Kleie mit zurückbringen. Da der Pfad durch die Penobscot-Hügel und durch die
Klamm für unsere Fuhre zu schmal war, nahmen wir den längeren
Weg, der uns ein Stück weit das Tal hinunter und dann am Steinbruch in der Nähe des Wasserfalls von Soonakadde sowie an Davids
und Dagnys Anwesen vorbei nach Tawitk führte.

Es taute.

Weder David noch Dagny waren zu Hause. Unter den Traufen des
Hauses häufte sich nasser, schmutziger Schnee. Hinter den geschlossenen Fenstern leuchteten rote Vorhänge.

Wider Erwarten trafen wir Dagny auch in Tawitk nicht an. Ephraim
und ich fuhren den Schlitten zur Mühle hoch und zogen die Säcke
in deren oberes Stockwerk hinauf, wo sich der Fülltrichter für das
Mahlwerk befand. Der Bach war angeschwollen. Er floß auf weite
Strecken über seiner Eisdecke und führte Schneematsch und Eisschollen mit sich.

»Wasser ist genug da«, sagte Ephraim. »Ich wage es aber nicht, die
Mühle jetzt anlaufen zu lassen.«

»Würde das Rad Schaden nehmen?« fragte ich.

»Kaum. Aber es würde ungleichmäßig laufen, verstehst du? Das Eis
und der Schnee stauen sich im Einlauf. Dann lösen sie sich, und es
gibt einen Ruck. Da könnte im Getriebe eine Stange oder ein
Rädchen brechen. Das ist uns schon einmal geschehen.«

Wir versorgten die Pferde. Als wir den Schlitten einstellten, vernahmen wir von jenseits des Baches den klatschenden Hufschlag von
Pferden, das Aufspritzen nassen Schnees, sahen das Rot von Dagnys
Umhang, das Braungelb von Kiris neuer Jacke, und gleich darauf ritten sie über die Brücke und stiegen bei uns ab. Ephraim und Kiri
führten die Pferde zum Stall, indes Dagny und ich zum Haus gingen.

»Wir sind mit dem Schlitten gekommen«, sagte ich. »Wo hast du gesteckt?«

»Ich hab David ein Stück begleitet«, sagte sie. »Dann ist uns Kiri begegnet, und wir sind zusammen hergeritten. Weißt du schon – von
Martinus?«

»Ich hab dich dasselbe fragen wollen. Was denkst du, Dagny: War es
ein Unglück?«

783

»Aber Chas! Was soll es denn sonst gewesen sein. Er wird ein schwaches Herz gehabt haben.«

»Möglich. Aber was hat er bei der Robbenfrau gesucht? Nachts? Im Winter?«

»Du hast ihn nicht gekannt. Er war bei jedem Wetter im Garten zu finden. Und zu jeder Stunde. Ich hab ihn oft gesehen.«

»Hast du ihn auch einmal auf den Rand eines Beckens klettern sehen?«

»Nein. Du bist ein schrecklicher Mensch, Chas! Aber du hast recht. Er muß auf den Beckenrand gestiegen sein, sonst hätte er nicht so daliegen können, wie Spider und Erasmus ihn gefunden haben. Nur, was können wir daraus schließen? Nichts! Es gibt hundert Gründe, aus denen jemand auf den Rand eines Wasserbeckens steigen kann. Harmlose Gründe!«

»Richtig. Und die plötzliche Anstrengung, die Kälte. Vielleicht hatte er schlaflose Nächte hinter sich, und sein Herz hat versagt.«

»Ja, Chas. Lassen wir es dabei.«

»Aber der Bericht, Dagny. Er hat den Bericht verbrannt.«

Wir blieben vor dem Gartentor stehen. Ein Wind hatte sich von Norden her aufgemacht und wehte Dagnys Haar, auf dem ein seidengrauer Schimmer lag, um ihr Gesicht.

»Hast du niemals etwas verbrannt, was du geschrieben hast?« fragte sie.

»Er war außer sich, als der Bericht verschwunden war. Erinnerst du dich? Er hat sich die Mühe gemacht, ihn neu zu schreiben, Wort für Wort, wie er ihn im Kopf hatte. Er hat ihn sogar ergänzt. Und das alles nur, um ihn zu vernichten?«

»Es kann nichts Gutes in dem Bericht gestanden haben«, sagte sie.

»Darin sind wir uns einig.«

»Ja? Dann versetz dich doch in seine Lage. Ich glaube, sein Vater hat von etwas berichtet, was er erlebt oder getan hat. Es muß etwas Schreckliches gewesen sein, das dem Leben von Martinus eine andere Richtung gegeben hat. Es muß ein Teil von seinem Leben geworden sein, Chas. Dann verschwindet der Bericht. Martinus setzt sich hin, stellt den Bericht wieder her, vervollständigt ihn. Er braucht diesen Bericht. Er ist ein Stück von ihm selbst.«

»Weshalb verbrennt er ihn dann, Dagny?«

»Weil er erkannt hat, daß er ihn nun nicht mehr braucht.«

Sie drückte die Klinke des Gartentors hinunter. Als sie sah, daß ich mich nicht rührte, hielt sie inne.

»Was ist?« fragte sie.

»Du weißt, was er zum Schluß noch zu Erasmus gesagt hat?«

»Er hat ihm gute Nacht gewünscht. Was findest du dabei?«

»Es klingt für mich, als hätte er sagen wollen: Ich bin müde. Lebensmüde. Ich will nicht mehr.«

Sie nahm die Hand von der Klinke und legte sie auf meine Schulter.

»Du hast Martinus nur ein paar Tage gesehen«, sagte sie, »und kennst ihn besser, als ich dachte. Es sähe ihm ähnlich, das so zu sagen. Aber ich glaube, er wollte Erasmus einfach eine gute Nacht wünschen. Lassen wir es dabei!«

Sie lächelte, zog die Hand zurück und öffnete das Gartentor.

Nach dem Essen hatte der Wind zugenommen. Er blies in heftigen Stößen aus Nordost. Auf dem Weg zur Werkstatt hielten Aaron und Ephraim ihre Hüte fest, sonst wären sie ihnen davongeflogen. Am Nachmittag begann es zu schneien. Der Schnee rauschte auf den Schindeln und schlug mit trockenem Gezisch an die Fensterscheiben. Obwohl das untere Drittel des Ofenrohrs kirschrot glühte, wollte es in dem großen Raum nicht recht warm werden. Ephraim und ich schnitzten Axtstiele. Aaron arbeitete an einem neuen Gewehrschaft aus Nußbaumholz, um den Chinoi ihn gebeten hatte. Er schliff ihn, polierte ihn und rieb ihn zum Schluß mit einem in Leinöl getränkten Lappen ein.

Der Pfad zum Haus hinunter war kaum noch zu erkennen. Wir nahmen Aaron in die Mitte. An manchen Stellen versanken wir fast bis zu den Knien im grauen Geriesel. Schneewirbel zogen in Reihen heran, wie geisterhafte Gestalten, die einander an den Händen fassen.

»Die drei Weisen aus dem Morgenland!« sagte Deborah, die uns im Hausflur entgegenkam. »Klopft euch ab, bevor es auftaut!«

»Zu Befehl!« erwiderte Ephraim.

Aus der Stube kam der warme Geruch von Erbsensuppe mit Rauchfleisch. Bei Tisch sprachen wir von den Frühjahrsarbeiten, von der Seehundjagd, davon, wie David seine Scheune und seinen Stall einrichten wollte, und von meiner bevorstehenden Abreise. Kiri erzählte, daß Piero früh am nächsten Nachmittag nach Oochaadooch kommen würde und daß er dabei war, unter Zacharys Anleitung silberne Ohrringe für sie anzufertigen. Ane-Maria und Dagny unterhielten sich über ein schwieriges Webmuster; dabei zeichneten sie mit den Löffeln Linien in die dicke Erbsensuppe, die vergingen, bevor ich aus ihnen klug werden konnte. Ruth schüttelte den Kopf und lächelte.

Aaron erzählte mit bebender Stimme vom Jahr ohne Winter.

»Um diese Zeit«, sagte er, »hingen die Weidenbüsche und die Erlen voller Kätzchen. Die Kühe kamen nur noch abends in den Stall. Wir hätten mit der Aussaat anfangen können, haben uns aber nicht getraut. Ruth war gescheiter. Sie hat den Garten angepflanzt.«

Ruth nickte.

Deborah ging noch einmal hinaus, um nach einer Kuh zu schauen, die bald kalben sollte.

»Es schneit nicht mehr«, berichtete sie, als sie zurückkam. »Aber es windet. Und wie! Und der Mond scheint.«

»Oh!« sagte Kiri. »Dann will ich jetzt reiten, bevor es wieder zu schneien anfängt.«

»Bleib hier, Kind!« sagte Ruth. »Horch, wie es bläst. Dein Pferd wird in den Schneewehen steckenbleiben.«

»Niminiama? O nein! Die paar Schneewehen im Wald machen ihr nichts. Und sonst ist der Weg überall freigeweht. Außerdem ist es hell!«

Dagny, Ane-Maria, Ephraim und ich folgten ihr in den Flur. Sie zog ihre braungelbe Jacke an, schloß die Knöpfe mit den schwarzen Sonnen und fuhr in ihre Pelzstiefel.

»Wo hast du deinen Umhang?« fragte ich. »Hier hängt er nicht.«

»Den hab ich zu Hause gelassen«, sagte sie. »Es war so warm.«

»Ich hole dein Pferd«, sagte Ephraim.

Als er hinaustrat, fegte ein Schwall eiskalter Luft in den Flur und eine Fahne feinkörnigen Schnees wehte raschelnd über die Dielen.

»Du spinnst!« sagte Ane-Maria. »Wenn du so reitest, können sie dich daheim an den Herd lehnen, zum Auftauen.«

»Da!« sagte ich und hielt Kiri meinen Umhang hin. »Ich brauche ihn hier nicht!«

»Du hast schreckliche Einfälle, Chas«, sagte Dagny. »Deiner ist ihr doch viel zu weit. Gib ihr meinen, der paßt!«

Ich hängte meinen Umhang an den Kleiderrechen, nahm Dagnys mohnroten herunter und reichte ihn Kiri.

Nach einer Weile vernahmen wir draußen Niminiamas tiefes Wiehern und traten vors Haus. Die Böen hatten nachgelassen. Der Wind blies gleichmäßiger und kräftiger; der Schnee floß in Wellen vor ihm davon. Der Vollmond, glänzend wie Quecksilber, flog zwischen dünnen zerrissenen Wolken dahin. Der Himmel war fahlgrün.

Niminiama hielt den Kopf gesenkt und scharrte mit dem Vorderhuf. Kiri stieg in den Sattel und setzte sich zurecht. Ihr Haar wehte. Sie stülpte sich die Kapuze über und zog an der Schnur, bis nur noch Nase und Augen zu sehen waren.

»Grüß Piero von uns!« rief ich.

»Bring uns deine Ohrringe mit!« rief Ane-Maria. »Wir möchten sie sehen!«

»Die werden bis übermorgen nicht fertig!« antwortete Kiri. »Sechs werden es. Drei für rechts, drei für links!«

Sie nahm die Zügel und tätschelte Niminiamas Hals. Die Stute setzte sich in Bewegung. Kurz vor der Brücke, wo weniger Schnee lag, begann sie zögernd zu traben. Wir schauten den beiden nach, bis wir sie an der ersten Wegbiegung aus den Augen verloren. Dagnys Umhang war bis zuletzt zu sehen. Im Mondlicht hatte er ein dunkleres, nahezu violettes Rot angenommen.

»Brrr!« machte Ane-Maria und schob die Hände in die Ärmel ihres Kleides.

Ich legte den Arm um sie, und wir gingen zum Haus. »Würdest du auch drei Stunden weit reiten, nur um mich zu treffen? Bei diesem Wind?«

Sie lachte. »Kiri reitet nach Hause. Es ist Piero, der zu ihr kommt. Viereinhalb Stunden weit!«

»Ich bin zu dir um die halbe Welt gekommen!«

»Mhm!« Sie rieb ihren Kopf an meiner Schulter.

Ich öffnete die Haustür mit der linken Hand.

Wir gingen spät zu Bett. Aaron und ich waren die letzten in der Stube. Das Endspiel unserer Schachpartie hatte sich lange hingezogen. Ich versuchte, zu einem Patt zu kommen, als Aaron mich mit einem Turmschach zwang, seinem verbliebenen Bauern den Weg auf das Umwandlungsfeld freizugeben. Drei Züge später hatte er mich mattgesetzt.

Gegen Morgen erwachte ich. Das erste graue Licht fiel durch das Fenster; draußen war es still. Der Wind mußte sich vor längerer Zeit gelegt haben. Ich lauschte. Dann hörte ich ein gedämpftes Stampfen. Es kam näher, hielt inne, begann von neuem, entfernte sich. Ich stand auf. Eine Diele knarrte unter meinen Füßen, als ich zum Fenster ging und es öffnete. Nun konnte ich das Geräusch deutlich hören. Jemand ritt ums Haus.
Ich war halbwegs die Treppe hinab, als draußen jemand kräftig gegen die Haustür schlug.
»Ho!« rief ich. »Ich bin schon da!«
Ich drückte die Klinke hinunter, doch die Tür war an der Schwelle festgefroren. Erst nachdem ich sie angehoben und ein paarmal gegen ihren unteren Rand getreten hatte, ließ sie sich öffnen.
»Zachary!« sagte ich. »Die Tür war nicht verriegelt, nur angefroren. Komm herein!«
»Ist Kiri bei euch?« fragte er.
»Nein. Sie ist gestern nach Hause geritten. Es muß eine Stunde nach dem Abendessen gewesen sein.«
»Wir haben gedacht, sie ist über Nacht bei euch geblieben. Es stürmte so sehr. Später hörte Sureeba ein Pferd wiehern, und wir haben Niminiama gefunden. Sie stand vor dem Stall. Als sie mich sah, kam sie zu mir. Sie hat gehinkt. An der Hinterhand fehlte ihr ein Eisen.«
»Wann war das, Zachary?«
»Wird bald drei Stunden her sein.«
Sein krauses, grauweißes Haar drang auf allen Seiten unter der zweispitzigen Mütze hervor. Sein breiter weißer Bart war eisverkrustet.
»Wir werden sie suchen, Zachary«, sagte ich. »Irgendwo muß sie sein. Bring dein Pferd in den Stall. Ich wecke die anderen.«
Er nickte. »Ich will den Pferden Hafer geben.«
»Tu das. Und dann komm herein. Wir müssen auch etwas essen.«
Deborah hatte schon Feuer im Herd, als Zachary in die Stube trat.
»Ich hab ihr gesagt, sie soll hierbleiben«, sagte Ruth zu ihm. »Aber

788

du weißt ja, wie sie ist. Setz dich! Hier!« Sie drückte ihm einen Becher mit heißer Milch in die Hand. Auf dem Tisch standen Brot und Butter.

Ephraim und ich aßen im Stehen.

»Das Pferd ist gestolpert und hat sie abgeworfen«, sagte Ephraim.

»So wird es gewesen sein.«

Von Zacharys Bart tropfte Wasser.

»Sie wird zu David gegangen sein«, meinte Deborah. »Wer will noch Milch? Trinkt sie, solange sie heiß ist!«

»Hast du Spuren gesehen«, fragte ich.

Zachary schüttelte den Kopf.

»Ich hab fest geschlafen«, sagte Ane-Maria. »Weiß einer von euch, wann der Wind aufgehört hat?«

»Kurz nach Mitternacht, Kind«, sagte Aaron. »Der Mond schien nicht mehr in unser Fenster.«

»Hat Niminiama schon einmal ihren Reiter abgeworfen?« fragte Dagny.

Zachary schüttelte den Kopf.

Ephraim stellte seinen leeren Becher auf den Tisch. »Komm, Chas! Wir holen die Pferde.«

Die Sonne war noch hinter den Hügeln, als wir über die Brücke ritten und nach rechts abbogen. Zachary voraus, hinter ihm Ephraim, dann Dagny, ich und Ane-Maria. Der Schnee war kaum einen Fuß tief. Ich kniff die Augen zusammen vor dem weißen Licht. Der kahle Buchenwald blieb hinter uns zurück. Eine frische Elchspur kreuzte unseren Weg, lief zwischen Tannen und Lärchen zum Bach hin; und dort stand auch der Elch, eine Kuh, drei oder vier Jahre alt, und trank, wo ein Wirbel das Wasser eisfrei gehalten hatte.

»Brrr!« machte Ane-Maria. »Mir würden die Zähne weh tun!«

Wir ritten einen Hügel hinauf. Der Wald wurde dichter, der Schnee tiefer. Schneewehen lagen quer über dem Weg. Einige reichten unseren Pferden bis zur Brust.

Am Ausgang des Waldes hatte der Wind eine alte Zeder gefällt. Ihr Wipfel lag am Wegrand. Weit hangabwärts stand der braunrote, gesplitterte Stumpf; dicke, an den Enden eingerollte Rindenstreifen hingen reglos von ihm herab.

»Die alte *kakskoose*«, sagte Ephraim. »Da sind wir als Kinder oft hinaufgeklettert.«

Nun ging es schräg einen nach Westen geneigten Hang hinunter. Auf weite Strecken war der Weg freigeweht und hart gefroren und klang hell unter den Hufen der Pferde. Am Fuß des Hügels durchritten wir einen ausgedehnten Ahornwald. Einige Krähen strichen ab und ließen sich ein Stück weiter wieder auf kahlen Zweigen nieder. Als wir aus dem Ahornwald hinausritten, sahen wir auf der geraden Wegstrecke vor uns einen Reiter auf einem hellen Pferd, der uns rasch entgegenkam.

»David«, sagte Dagny einige Augenblicke später. »Er will zu uns.«

»Gott sei Dank!« sagte Zachary.

»Deborah hat recht gehabt«, sagte Ephraim.

David zog die Zügel an und brachte sein Pferd schräg vor uns zum Stehen.

»Ich hab dich erst nicht erkannt, Dagny«, sagte er. »Wo hast du deinen Umhang gelassen?« Er schob sich eine Haarsträhne aus dem Gesicht. Sie fiel gleich wieder zurück. »Wie schaut ihr denn drein?« fragte er dann.

»Wie geht's Kiri?« fragte Zachary Pierce. »Sie hat sich doch nicht weh getan? Wann ist sie zu dir gekommen?«

Davids Pferd tänzelte einige Schritte auf Dagny zu.

Er zog die Zügel an und hielt sie straff. »Zu mir?« fragte er. »Wie kommst du denn darauf? Ich will Dagny abholen. Uns ist die Kurbelstange vom Sägegatter gebrochen. Chinoi wird sie heute zu Sigurd bringen. Ohne sie können wir nicht sägen, und …« Er verstummte und sah uns der Reihe nach an.

»Kiri ist gestern abend von Tawitk weggeritten«, sagte Zachary. »Irgendwann in der Nacht ist Niminiama zu uns gekommen. Allein. Wir haben gehofft, daß Kiri bei dir ist.«

»Nein!« sagte David und schüttelte langsam den Kopf. »Nein!«

»Hast du Spuren gesehen?« fragte Ephraim.

»Nur die eine, die von Oochaadooch her kommt. Aber ich hab auch nicht auf Spuren geachtet.«

»Dann müssen wir das jetzt tun«, sagte Ane-Maria. »Wo, Zachary?«

»Von hier bis zum Wegkreuz. Dann von dort bis zu David. Dann vom Wegkreuz bis zu uns nach Oochaadooch.«

Ephraim nickte. »Chas, David und Dagny suchen rechts vom Weg, Zachary, Ane-Maria und ich links. Haltet euch zwanzig Schritte auseinander. Nicht weiter.«

Die Pferde sanken tief ein, mitunter bis zum Bauch; einmal rutschte Dagny in einen Graben, mußte absteigen und ein Stück neben Loki her durch den Schnee waten. Auf der anderen Seite des Weges gerieten Zachary, Ephraim und Ane-Maria in ein kleines Waldstück. Sie durchsuchten es gründlich und blieben dadurch ein paar hundert Schritte hinter uns zurück. Auf unserer Seite des Weges ging es leicht bergan. Hier lag der Schnee kaum fußhoch. Grasbüschel und Rosenranken sahen überall hervor. Wir ritten im langsamen Schritt. Auf dem Kamm des Hügels drehte ich mich nach den drei anderen um. Keiner von ihnen winkte, keiner rief.

Ungefähr eine Meile vor uns leuchteten die Sandsteintrümmer des alten Felssturzes hellrot in der aufgehenden Sonne. Weiter rechts sah ich den Weg nach Oochaadooch, der auf einem Damm verlief. Jenseits des Damms reihten sich sieben oder acht größere und viele kleinere Seen. Der Wind hatte das Eis blankgefegt; schwarz schimmerte es an den Ufern, grünlich zur Mitte hin. Oochaadooch, Malegawate und die Bucht von Manan lagen im Küstennebel verborgen.

Es ging bergab. Bald lag der Weg wieder auf gleicher Höhe mit uns. Der Schnee wurde tiefer.

»Da!« rief Dagny. »Links von dir, David!«

Sie ritten aufeinander zu. Ich folgte Dagny. Wir stiegen ab. Ein Eckchen braunen Leders mit einigen Fellresten daran sah aus dem Schnee hervor. Wir hockten uns nieder und gruben es mit den Händen aus. Ein leeres, zerrissenes Hosenbein kam zutage; dann das andere. Schließlich zog David den Ärmel einer schwarzen Tuchjacke ein Stück weit aus dem Schnee.

»Laß!« sagte Dagny. »Es ist nur Jeremias.«

»Wer?« fragte ich.

»Jeremias, Chas. Eine Vogelscheuche, die Adam und Jochanaan im Frühjahr aufgestellt haben. Die anderen haben sie eingesammelt, nur Jeremias konnten sie nicht mehr finden. Er wird wohl umgefallen sein.«

Wir stiegen auf und ritten weiter. Der Hang senkte sich kaum merk-

791

lich nach Südwesten, dorthin, wo der Bach Amkooik floß. Die Schneewehen verliefen in gleicher Richtung wie der Weg, waren drei bis vier Fuß hoch und lagen zehn bis zwanzig Schritte auseinander. Bläulich funkelten sie in der Sonne.

Die ersten roten Felstrümmer auf der anderen Seite des Weges waren noch ungefähr hundert Schritte entfernt, als ich vor mir eine Spur sah. Im selben Augenblick hörten wir David etwas rufen. Wir hielten an und saßen ab.

»Ein Pferd«, rief David. »Es ist zum Weg nach Oochaadooch hin gelaufen. Seht ihr das auch?«

»Ja!« rief ich.

Im verharschten Schnee zwischen den Schneewehen waren die Hufspuren ein wenig verwischt. Wir folgten ihnen siebzig oder achtzig Schritte weit. Dann wurden die Schneewälle niedriger und niedriger; der Schnee zwischen ihnen wurde tiefer. Die Spuren wurden undeutlicher und verloren sich schließlich ganz.

»Ho!« rief Ephraim vom Weg her. »Habt ihr was?«

»Kommt her!« rief Dagny.

Zachary, Ephraim und Ane-Maria ließen ihre Pferde zurück und kamen zu uns.

Zachary wandte sich an Ane-Maria: »Die Spur ist keinen Tag alt, nicht wahr? Das Pferd ist galoppiert. Kannst du sagen, ob es einen Reiter gehabt hat?«

Sie hockte sich hin und strich mit den bloßen Fingern über einen der Hufabdrücke. Die Oberfläche war glatt und fest.

Ane-Maria stand auf.

»Nein, Zachary«, sagte sie. »Das kann ich nicht. Ich kann nicht einmal sehen, ob das Pferd alle vier Eisen gehabt hat. Aber ich glaube, es ist die Spur von Niminiama. Wo sie hingelaufen ist, wissen wir. Wo sie hergekommen ist, sehen wir. Wir müssen zwischen den Felsen suchen.«

»Ja, wir müssen um jeden einzelnen herumgehen«, sagte David. »Wo fangen wir an? Hier, wo die Spur herkommt?«

»Warum nicht?« erwiderte Ephraim. »Sucht ihr drei auf der rechten Seite. Wir suchen links, wie bisher.«

Der Schnee reichte mir bis zu den Knien. Vor den dem Wind zugewandten Seiten der Felstrümmer, Felsbrocken und scheunengroßen

Felsblöcke hatte er sich noch höher aufgehäuft und verbarg Büsche, in denen sich unsere Füße leicht verfingen. Die Sonne schien warm und glänzte auf den Eisgebilden, die aus Gesteinsspalten quollen. Nachdem ich um die ersten beiden Felsblöcke hangauf und hangab herumgewatet war, ohne etwas zu finden, zog ich meinen Umhang von den Schultern und hängte ihn über einen Wacholderbusch unweit des Weges.

»Ho!« rief Ephraim in der Ferne. »Komm her!«

Zachary war schon bei ihm. Sie standen neben einem etwa dreißig Fuß hohen Felsblock, der an der Leeseite schräg abgebrochen war, so daß die Sandsteinschichten eine steile Treppe mit ungleich hohen Stufen bildeten.

»Was habt ihr?« fragte ich.

Ephraim deutete mit dem Kinn auf den Fuß des Felsens.

»Siehst du es?« fragte er.

Geröll lag am Fuß des Felsens. Vom Regen abgespülter Sand hatte sich zu einem niedrigen Wall gehäuft, der gefroren war. Dann sah ich plötzlich, was Ephraim meinte: Auf dem verharschten Schnee lagen Sand und Gesteinsbrocken. An einer Stelle zog sich eine rote Sandfahne mehrere Schritte vom Felsen weg in die Richtung, in die der Wind geblasen hatte.

»Da ist jemand hinaufgeklettert«, sagte ich. »Habt ihr schon nachgeschaut?«

»Ich war oben«, sagte Ephraim. »Himbeeren. Ein paar Birken. Krüppelkiefern. Sonst nichts.«

Ane-Maria kam. Auch sie hatte sich ihres Umhangs entledigt. Rasch stieg sie die Stufen hinauf. Steinchen rieselten herab.

»Nichts!« rief sie von oben, kletterte wieder herunter und sprang in den Schnee.

»Was kann Kiri dort oben gewollt haben?« fragte sie. »Habt ihr hier rundherum alles abgesucht?«

Ephraim und Zachary nickten.

David und Dagny kamen, und wir suchten überall dort, wo noch keiner von uns Fußspuren hinterlassen hatte. Wir suchten gemeinsam, nicht weiter als zehn Schritte voneinander entfernt. Der Hang war steil. Wir waren fast oben, dort, wo die Sandsteinwand begann, als Zachary sich bückte, mit der Hand im Schnee grub, einen Gegenstand herauszog und ihn schüttelte. Es war ein fahlgrüner wollener Fäustling. Er drehte ihn um. Auf der Innenseite befand sich ein glatter, glänzender roter Fleck, wie von auseinandergelaufenem Siegellack. Zachary faßte den Fäustling nun auch mit der anderen Hand. Der Fleck bekam Risse. Ein paar lackrote Splitter blätterten ab und fielen in den Schnee.

»Den kenne ich doch«, sagte Ephraim. »Du auch, Chas.«

Er blinzelte ins gleißende Licht. Schweiß tropfte von seiner Stirn.

»Gib her, Zachary!« sagte Ane-Maria und ergriff den Fäustling. Zachary ließ ihn los. Ane-Maria rollte ihn zusammen, stülpte ihn ein und schob ihn in ihre Pelzjacke.

Dagny wandte sich ab, warf ihren Zopf über die Schulter zurück und stieg weiter den Hang hinauf, schaute nach rechts, schüttelte den Kopf, machte zwei oder drei kleine Schritte und setzte sich langsam seitlich in den Schnee.

David lief zu ihr hin, rutschte aus, fiel der Länge nach zu Boden, rappelte sich wieder auf, kniete neben Dagny nieder und legte den Arm um sie. Wir liefen ihm nach. Ephraim hatte Zachary an der Hand gepackt.

»Da!« sagte Dagny tonlos. Sie hatte die Hand unters Kinn gehoben und deutete mit zwei Fingern auf einen riesigen flachen Sandsteinklotz, dessen rechte Flanke im vollen Sonnenlicht lag.

»Da!« wiederholte sie. »Da! Da! Da!«

David legte ihr die Hand auf den Mund.

Dort, wo der Sandsteinfelsen aus dem Schatten ins Sonnenlicht ragte, leuchtete ein mohnroter Fleck.

Zachary, Ephraim, Ane-Maria und ich wateten durch den Schnee hinüber.

»Laßt mich erst«, sagte ich.

Vorsichtig schob ich mit den Handkanten den Schnee zur Seite. Der Umhang fühlte sich warm an in der Sonne. Oberhalb des linken Schulterblatts fand ich ein Loch. Mein Zeigefinger paßte bis zum ersten Glied hindurch. An den Rändern des Lochs waren die Wollfasern zu hellbraunen Kügelchen geschmolzen.

Nun wühlten und kratzten wir alle vier, warfen den Schnee hinter uns, und dann drehten wir Kiri um. Ihr Gesicht war von einer Maske aus Eis und körnigem Schnee bedeckt. An der rechten

Bauchseite, zwischen Rippenbogen und Hüftgelenk, war die Kugel ausgetreten und hatte ein faustgroßes Loch gerissen.

Ephraim hielt die Luft an und stöhnte.

»Die Kugel ist von links oben nach rechts unten gegangen«, sagte ich heiser. »Er muß oben auf dem Felsen gewartet haben. Sie hat nichts gespürt. Sie war tot, bevor sie vom Pferd gefallen ist.«

»Auch ein Trost!« sagte Ephraim leise und verbissen.

»O ja!« fauchte Ane-Maria ihn an. »Natürlich ist das ein Trost! Meinst du denn, es brächte sie zurück, wenn sie sich Stunden und Stunden hier gequält hätte? Allein?« Tiefe Fältchen hatten sich in ihre Nasenflügel gekerbt, und zwischen ihren Schneidezähnen spritzte Speichel hervor.

»Herr Jesus!« sagte Ephraim leise. »Laß mich am Leben! Du weißt doch, was ich hab sagen wollen.«

Ane-Maria schloß die Augen und nickte.

Zachary hatte seine Hände auf Kiris Gesicht gelegt.

Schritte knirschten hinter uns; Schnee rieselte. Ephraim, Ane-Maria und ich drehten uns um. Dagny und David waren herangekommen. Dagny sah mich an und bewegte lautlos die Lippen. Ich nickte.

»Beim erstenmal hat er mich verfehlt«, sagte sie. Ihre Stimme war rauh und zitterte. »Beim erstenmal hat er mich verfehlt. Und jetzt hat er Kiri getroffen. An meiner Stelle. Mich hat er gemeint. Ich sollte hier liegen. Ich. Ich. Ich!«

David drehte sich nach ihr um. Dagny verstummte und zog die Unterlippe zwischen die Zähne.

»Ich war es, die ihr den Umhang gab«, sagte sie nach einer Weile. »Ich bin schuld.«

Sie brach in die Knie und schlang ihre Arme um Davids Beine.

Eine lange Weile war nichts zu hören als Dagnys Schluchzen und ein eintöniges Gemurmel, das von Zacharys Lippen kam. Dann ließ Dagny David los, nahm eine Handvoll Schnee und rieb sich damit das Gesicht ab. Ihr Zopf war aufgegangen; ihr Haar hing wirr ums Gesicht. An den Spitzen war es naß.

Ane-Maria rutschte auf den Knien zu ihr hin und packte sie an den Schultern. »Hörst du mich?« fragte sie. »Dagny?«

Dagny nickte.

»Du hast ihr den Umhang gegeben, damit sie auf dem Heimweg

nicht erfriert«, sagte Ane-Maria. »Niemand von uns hat geahnt, daß dein Bruder hier warten würde. Auf dich.«

»Ja«, flüsterte Dagny, »auf mich, ja. Er hat mich haben wollen... Als er endlich begriffen hat, daß er mich niemals bekommen würde, hat er hier auf mich gewartet. Warum habe ich ihr nur meinen Umhang gegeben? Chas hat ihr seinen geben wollen. Hätte ich ihn gelassen, wäre heute ein schöner Tag.«

»Warum?« rief Ane-Maria leise und schüttelte Dagnys Schultern. »Warum? Weil wir alle das tun, was die Götter wollen. Sie lassen uns Schreckliches tun, und wir verstehen sie nicht. Aber wenn sie uns Gutes tun lassen, wenn sie uns eine Freude bereiten, verstehen wir sie immer. Warum sind wir so? Ich weiß es nicht!«

»Ich bin am Leben«, sagte Dagny. »Auf mich hat er hier gewartet. Mich hat er töten wollen. Es ist ungerecht.«

»Nein, Dagny, es ist nicht ungerecht! Es ist nicht gerecht. Was es ist, weiß ich nicht. Es gab viele Menschen vor Kiri, denen es auch so ergangen ist. Die für andere gestorben sind. Denk an Abrahams Widder. Denk an Jesus. Denk an den Grünen Xuong. Steh auf! Wir müssen den Schlitten holen!«

»Zachary«, sagte Ephraim, »bleibst du hier, bis wir mit dem Schlitten kommen?«

Zachary fuhr sich mit der nassen Hand über Stirn und Augen und legte sie wieder neben die andere auf Kiris Gesicht.

»Ja«, antwortete er. »Ja. Ich warte. Die Sonne scheint so warm.«

Er senkte den Kopf und begann wieder sein eintöniges Gemurmel.

»Mein Schlitten steht in Malegawate vor der Sägemühle«, sagte David. »Wir müssen einen anderen nehmen.«

»Unseren«, sagte Ane-Maria. »Ich meine, den von Amos.« Sie faßte Ephraim und mich am Ärmel und hielt uns zurück, bis David und Dagny ein Stück voraus waren.

»Du kommst mit uns«, bat sie Ephraim. »Wir lassen Dagny bei Deborah. Sie wird schon etwas für sie zu tun haben. Dann holen wir Kiri mit dem Schlitten und bringen sie nach Oochaadooch.«

»Dort trefft ihr Piero«, erwiderte ich.

»Heilige Yémanjá! Davor hab ich Angst. Aber du kannst nicht mitkommen, Chas. Ihr müßt nach Troldhaugen, nach Mushamuch. Du und David.«

»Ich kann allein reiten.«

»Ausgeschlossen! Es müssen zwei sein. Hier, nimm das da mit!«
Sie gab mir den fahlgrünen Wollfäustling. Ich schob ihn in meine
Jackentasche.

Dann starrten wir auf unsere Hände. Das gefrorene Blut war aufge-
taut; beide hatten wir Flecken auf den Handflächen und an den Fingern, hellrote, lebendige Blutflecken.

Ane-Maria berührte das Blut mit den Lippen, bückte sich, und
wusch es im Schnee ab. Ich tat es ihr nach.

Wir holten Ephraim ein und nach einer Weile auch David und
Dagny.

Unsere Pferde standen alle sechs nah beieinander auf dem Weg, die
Hälse nach Südwesten gereckt, obgleich kein Wind ging.

»Blut«, sagte Ephraim langsam. »Sie riechen das Blut, das über den
kommen wird, der es vergossen hat.«

»Amen«, sagte David.

Wir banden Zacharys Pferd an den Wacholderbusch, auf dem ich
meinen Umhang zurückgelassen hatte. Dann ritten wir los; David
und ich nach Mushamuch, die anderen drei nach Tawitk.

Weder David noch ich sprachen ein Wort, bevor wir zu seinem
Haus kamen, hinter dessen Fensterchen die roten Vorhänge zugezogen waren.

»Soll ich die Büchse mitnehmen?« fragte er.

»Nein«, sagte ich. »Wir wollen mit ihm reden.«

»Zweifelst du noch?«

»Nein, David. Aber sicher bin ich mir auch nicht.«

»Wir werden ihn nicht antreffen. Wirst du dann sicher sein?«

»Wir werden sehen. Was glaubst du, David: Ist es wahr, daß er Inga
genommen hat, weil sie Dagny ähnlich war?«

»Strange Goose hat damals so etwas gesagt. Und Taguna, ja, sie
auch. Ich hab es nicht verstanden, Chas. Für mich sind die beiden
grundverschieden.«

»Daß er so an Dagny hing: Fing das damals an, als sein Bruder
starb?«

»Mag sein. Weißt du, ich hab nie in ihn hineinschauen können. Er
war einer, der sich abseits hielt. Die anderen ja auch – Björn, Agneta.
Auch die beiden Kinder.«

»Und Dagny? Sie auch?«

Er lachte auf. »Das hab ich mich vor ein paar Monaten selbst gefragt. Zum erstenmal.«

»Wann hast du dich das gefragt?«

»Beim Erntefest.«

»Und?«

»Ja, ich glaube, sie hielt sich auch etwas abseits. Bei ihr ist es die Musik.«

Die Sonne stand noch hoch, als wir durch das Gartentor in dem Zaun ritten, der die Weiden und Wälder von Mushamuch nach der Landstraße hin abschloß.

Neben dem langgestreckten Schafstall standen zwei Reihen hölzerner Raufen, aus denen, dicht aneinandergedrängt, die Schafe fraßen. Der Schnee war zertrampelt und braungelb verfärbt. Es roch nach Dung, schweißiger Wolle und Heu. Wir hörten das helle Blöken der Lämmer und das dunkle, lockende Brummen der Muttertiere.

Aus dem Schornstein des Wohnhauses stieg schwarzer Rauch.

Agneta Svansson öffnete uns die Tür. Ihr weißes Haar war straff nach hinten gezogen und zu einem dicken Knoten aufgesteckt. Sie hielt sich sehr gerade; ihre dunklen Augen sprangen von mir zu David und zurück zu mir.

»Daß du uns einmal besuchst, Chas!« sagte sie mit rauher, lebhafter Stimme. »David ist auch ein seltener Gast geworden, seit er geheiratet hat. Kommt herein!«

Sie trat zur Seite.

»Wir müssen noch weiter, Agneta«, sagte ich. »Wir sind nur auf ein Wort mit Sigurd gekommen. Ist er zu Hause?«

»Sigurd? Er ist in aller Früh fortgeritten. Inga wird wissen, wohin. Sie bringt gerade Björn etwas zu essen. Er flickt den Zaun zwischen dem See und dem Eichenwäldchen. Was wollt ihr denn mit Sigurd besprechen?«

»Ist er öfter bei Nacht unterwegs gewesen?« fragte David. »Ich meine, in den letzten Wochen?«

»Du weißt so gut wie ich, daß er viel zu tun hat«, erwiderte Agneta.

»Was ist los? Was wollt ihr von ihm?«

»Es ist ein Unglück geschehen«, sagte ich.

»Ein Unglück? Wem?« Sie ließ die Tür los und trat auf die steinerne
Schwelle.
»Jemand hat Kiri Pierce erschossen«, sagte David.
»Kiri?« Sie verschränkte die Arme über der Brust und schüttelte den
Kopf. »Aber das ist Wahnsinn! Das ist unmöglich! Alle haben Kiri
gern gehabt. Wer sollte so etwas tun?«
Sie blickte von David zu mir und wieder zu David. »Wo habt ihr sie
gefunden?«
»In dem Felssturz zwischen meinem Hof und dem meiner Eltern«,
sagte David. »Zachary ist bei ihr geblieben.«
Agnetas Arme sanken herab. »Es ist also wahr: Aber wie… wie…«
Sie verstummte, verschränkte mehrmals hintereinander ihre Finger
und riß sie gleich wieder auseinander. Dann blickte sie auf und
schaute auf einen Punkt zwischen David und mir. »Kommt herein!«
sagte sie entschieden. »Wartet hier, bis er nach Hause kommt. Dann
könnt ihr es ihm selbst erzählen.«
»Wir danken dir, Mutter Agneta«, erwiderte David, »aber wir müssen weiter.«
Sie trat einen Schritt vor und ergriff Pirmins Zügel. »Bleibt! Wartet
auf ihn! Redet mit ihm!«
»Wir können nicht warten«, meinte ich. »Kiri trug Dagnys roten Umhang, als sie erschossen wurde. Sag ihm das. Und gib ihm das hier!«
Ich zog den fahlgrünen Wollfäustling aus meiner Jackentasche,
stülpte ihn um, schüttelte ihn aus und hielt ihn ihr entgegen. Durch
meine Körperwärme war das Blut zu einem rostbraunen Fleck getrocknet. Agneta starrte ihn an. Sie ließ Pirmins Zügel fahren. Ihre
Lippen begannen zu beben; sie ballte die rechte Hand zur Faust und
preßte sie unters Kinn. Die linke streckte sie mit gespreizten Fingern langsam nach dem Fäustling aus. Ich ließ ihn los. Agneta fing
ihn auf, knüllte ihn zusammen und preßte ihn gegen ihre Brust.
»Wo?« fragte sie leise und hob das Gesicht.
»Ein paar Schritte von Kiri entfernt«, antwortete David. »Zachary
hat ihn gefunden.«
Agneta rieb den Fäustling zwischen ihren Händen und bewegte
dazu den Kopf in einem langsamen Nicken auf und ab.
»Blut zu Blut zu Blut«, sagte sie eintönig. »Es geht weiter. Ja, es geht
weiter.«

Hinter ihr regte sich etwas. In den dämmrigen Flur hinein hatte sich die Stubentür geöffnet; ein schmales Bubengesicht lugte durch den Spalt. Hellblaue Augen sahen mich an, zwinkerten, wandten sich ab. Die Tür ging lautlos zu.

Agneta war verstummt.

»Verzeih uns. Wir müssen jetzt weiter.«

»Möge Gott euch trösten«, sagte David leise und schob sich eine Haarsträhne aus der Stirn. »Ich kann es nicht.«

Agneta gab keine Antwort.

Wir trieben unsere Pferde an und ritten davon. Die Mutterschafe fraßen an ihren Raufen. Die Lämmer drängten sich unter ihre Bäuche und stießen mit ihren Schnauzen nach den vollen Eutern.

Als wir durch das Birkenwäldchen ritten, hörten wir von weitem jemanden Shenandoah singen. Ich meinte Chinois Stimme zu erkennen; gleich darauf erblickten wir ihn. Er schob gerade das Gartentor auf und sang dabei:

»The white man loved an Indian maiden,
A-way, you rolling river.
With notions his canoe was laden;
A-way, I'm bound a-way
'Cross the wide Missouri.«

Er brach ab, als wir herankamen, lehnte sich gegen das Tor und schlug mit der Hand den Takt auf das glattgewetzte Holz. Draußen vor dem Tor stand ein einspänniger Schlitten. Am Sitz lehnten, mit Stricken festgebunden, die beiden Teile der gebrochenen Kurbelstange.

»So ein warmer Tag«, sagte Chinoi. »Und so kalte Gesichter. Mann! Ihr müßt mehr singen! Was ist?«

David sagte ihm, was war.

Chinoi nahm mit einer Hand die Mütze vom Kopf und brachte mit der anderen seine krausen Locken noch mehr durcheinander.

»O Mann, Gott!« rief er.

»Bring das Ding da zur Schmiede«, sagte David.

»Wenn Sigurd nicht da ist? Und Piero ist auch nicht da. Dem bin ich vor zwei Stunden begegnet. Er hat gesungen.«

»Bring das Ding zur Schmiede«, wiederholte David. »Laß den

Schlitten dort stehen. Du mußt zu Marianne Amrahner reiten.
Kann sein, daß die Mutter Okooda dort ist. Wenn nicht, wird Marianne Michel zu ihr schicken. Sie muß wissen, was geschehen ist.«
Chinoi nickte und setzte seine Mütze auf. »Und die anderen? So?
Sureeba? Amos? Wer sagt es ihnen?«
»Wir« erwiderte David. »Wenn sie es nicht schon wissen.«
»Danke.« Chinoi machte ein paar lange Schritte auf seinen Schlitten
zu, blieb dann stehen und drehte sich noch einmal um. »Wir nehmen alle Boote aus dem Wasser. Wir lassen kein Schiff hinaus. Es
gibt eine Jagd. Ich gehe mit.« Er stieg in seinen Schlitten, setzte sich
neben die Kurbelstange und fuhr grußlos an uns vorbei.
Ich stieg ab und schloß das Tor.
Wir ritten nebeneinander die Landstraße hinauf. Die Luft war still
und kalt, aber die Nachmittagssonne lag warm im Gesicht und auf
den Händen. Jenseits der kleinen Brücke über den Maligeak, wo der
Weg nach Seven Persons abzweigte, hielten wir an.
»Reitest du zu Taguna?« fragte David.
Ich nickte. »Aber zuerst reite ich bei Amos und Sara vorbei. Und
du?«
»Erst nach Malegawate. Von dort nach Oochaadooch. Querfeldein.
Das ist kürzer.«
»Piero wird auch mitwollen«, meinte ich. »Auf die Jagd.«
»Das wird nicht gehen, Chas.«
»Weshalb nicht? Er wird darauf bestehen!«
»Du kennst ihn besser als ich. Haben sie einander etwas versprochen – er und Kiri?«
»Vielleicht.«
David schob eine Haarsträhne unter seine Mütze. »Taguna wird ihn
auf der Versammlung danach fragen. Wenn sie einander etwas versprochen haben, sind sie verwandt. Dann darf er an der Jagd nicht
teilnehmen.«
»Dann gehe ich für ihn! Sag ihm das! Attali!«

SPUREN

Endlich fand ich mein Taschentuch und bohrte mir den Heustaub
aus der Nase. Hier unten, hinter dem Heuwall, den wir entlang der
Wände aufgeschichtet hatten, war es gemütlich. Weiter oben blies
der Wind in kurzen, unregelmäßigen Stößen durch die Lücken zwi-
schen den Balken. Neben mir raschelte es; jemand hustete, prustete
und spuckte.
»*Tegegiskuk, 'nsees*«, sagte ich. Es ist ein kalter Tag, mein älterer Bru-
der.
Das Heu raschelte.
»*Teleak telooen, uchkeen*«, antwortete Arwaqs heisere Stimme.
»*Teglamsuk!*« Es ist wahr, was du sagst, mein jüngerer Bruder. Es
bläst kalt!
»*Tame wettuk?*« fragte ich. Woher kommt der Wind?
Das Heu raschelte stärker.
»Tonton!« rief Arwaq. »Tonton! *Tame wettuk?*«
Ein Schatten bewegte sich vor der Luke in der Wand der Heuhütte,
wuchs, verdunkelte das graue Viereck.
»*Okwotunook wettuk*«, sagte die sanfte Stimme von Tonton Sixhiboux. »*Lok teglamsuk.*« Er weht von Norden. Sehr kalt.
Dies war der vierte Tag. Drei Tage hindurch waren wir nun geritten: nördlich an Banoskek vorbei in weitem Bogen auf Memramcook zu; um den immergrünen Wald herum, der die Stelle bezeichnete, wo einst die alte Siedlung von Memramcook gestanden
hatte; in weitem Bogen die Bucht von Memramcook entlang; vorbei an der Stelle, wo sie mit der Bucht von Manan eins wurde. Auf-
getürmtes Packeis füllte die Buchten aus, ein Irrgarten weiß
gleißenden Lichts, graugrüner, blaugrüner, schwarzgrüner Schatten.
Wir hatten Oochaadooch umritten, hatten uns in weitem Bogen
nach Südosten gewandt, die Landstraße überquert; Schlackschnee
hatte unter den Hufen unserer Pferde aufgespritzt, Asphaltbrocken

waren davongepoltert. Wir hatten den Hügel umritten, an dessen westlicher Flanke der Felssturz lag, in dem wir Kiri gefunden hatten. Von weitem hatten wir Davids Haus erblickt, aus dessen Schornstein kein Rauch kam. Wir waren beim Wasserfall von Soonakadde gewesen, hatten den Steinbruch abgesucht, waren in weit ausschwingendem Bogen nach Malegawate gelangt, hatten es umritten und dann, wie in den Nächten zuvor, vier oder fünf Stunden geschlafen.

Wir hatten nichts gefunden, außer der frischen Spur, die das Pferd von Pater Erasmus auf dem Weg nach Oochaadooch hinterlassen hatte.

Sigurd Svansson blieb verschwunden. »Wie der Bär in seiner Höhle«, hatte Tonton gesagt.

Ich tastete nach meinem Umhang, fand ihn schließlich, kroch durch das Heu, das nach Thymian roch, zur Luke hin, kletterte hinaus, schlug meinen Umhang gegen die Balkenwand, um ihn vom Heu zu befreien, und warf ihn mir um die Schultern. Der Wind war kalt und feucht. Im Osten, dort, wo Seven Persons lag, sickerte graues Licht herauf.

Tonton Sixhiboux hockte mit angezogenen Beinen an der Balkenwand und blies in einen Kometen. Nombori Tassembé stand neben ihm, seine Pfeife zwischen den Zähnen; wenn er an ihr zog, leuchtete sein schwarzes Gesicht rötlich auf.

»Nur in deinem Kometen war noch Glut, Chas«, sagte Tonton sanft. »Ein guter Komet. Jetzt will ich gehen und die anderen füllen.«

Er stieß sich mit dem Rücken von der Wand ab, stand auf und blies noch einmal in meinen Kometen. Die miteinander ringenden schwarzen Bären, die auf seinem roten Stirnband eingestickt waren, glommen auf und erloschen.

»Sind wir hier schon in eurem Jagdgebiet?« fragte ich.

Tonton nickte.

»Ja«, sagte Nombori aus dem Mundwinkel heraus. »Wir sind in Matane.« Er streckte den Fuß aus und deutete mit der Stiefelspitze nach dem breiten, fast eisfreien Bach im Talgrund. »Dort ist die Grenze. Du hast es gar nicht bemerkt, was?«

»Wie heißt der Bach?« fragte ich.

»So wie ich«, sagte Tonton. »Sixhiboux.«

»Es ist der Bach, der die Sägemühle in Malegawate treibt«, sagte David von der Luke her.

»Weck Arwaq auf«, sagte ich. »Er ist wieder eingeschlafen. Wo steckt Chinoi?«

»Bei den Pferden«, erwiderte Tonton. »Hinter der Hütte ist ein bißchen Holz. Da bei den Bäumen liegt mehr. Ich bin bald zurück.« Der überfrorene Schnee raschelte unter seinen weichen Sohlen. Aus der Heuhütte hörte ich Arwaqs heisere, verschlafene Stimme.

»Ruft mich, wenn das Feuer brennt!« murmelte er.

»Alter Schlafsack!« sagte David. »Raus jetzt! Wir kriegen Schnee!« Wir brieten Speck und Eier, rösteten Brot und tranken sehr viel heißen Tee.

»Ich kann mich schon riechen«, sagte ich, während wir aßen. »Geht euch das auch so?«

Sie nickten.

David spuckte eine Schwarte ins Feuer. Sie krümmte sich, qualmte und flammte auf.

»Wenn ich heimkomme«, meinte er, »setz ich mich in einen Zuber mit heißem Wasser, und Dagny bürstet mir den Rücken. Ah!«

»Mit einer Hand?« fragte Tonton und zwinkerte ihn an.

»Wieso – mit einer Hand?«

»Mit der anderen muß sie sich ja die Nase zuhalten!« sagte Tonton, stopfte Speck und Ei in den Mund und nickte.

»Du bist ja bloß neidisch. Heirate du mal erst. Dann kannst du mitreden.«

»Wißt ihr was?« sagte Chinoi.

»Nichts wissen wir«, antwortete David. »Außer du sagst es uns.«

»Gut. Ich sag es euch: Ich möchte einmal in so einer Flugmaschine sitzen.«

»Dann bist du dümmer, als ich gedacht hab«, entgegnete Nombori. »Urbain Didier war mit meiner Schwester verheiratet. Er hat in dem Ding gesessen. Jetzt ist meine Schwester Witwe. Weiß Sumara, wie dumm du bist?«

»Deswegen hat sie ihn doch geheiratet«, sagte Arwaq. »Warum möchtest du in einer Flugmaschine sitzen, Chinoi?«

Chinoi grinste. »Mann! Ich hätte Lust, uns von oben zu sehen. Unsere Spur. Wie sieht die wohl von oben aus?«

»Wie das da.« Tonton legte sanft seine Hand auf das Muster, das mit rot, blau und grün eingefärbten Stachelschweinborsten in meinen Umhang gestickt war.

»Mann! Auch noch bunt! Und euch fehlt der Mut, so was anzuschauen. Zu schade!« Chinoi begann leise zu singen.

»Blackbird singin' in the dark of night,
Take these broken wings and learn to fly …«

»Schluß!« sagte ich. »Sonst fesseln wir dich und binden dir den Mund zu und hängen dich an den Baum da!«

»Wer will noch Tee?« fragte David und ergriff die verbeulte Kanne. Alle hielten ihm ihre Becher hin.

»Was meint ihr?« sagte ich. »Kann er aufs Festland entkommen sein?«

Nombori sah mich an und fuhr sich mit der Zungenspitze über die Zähne. »Durch die Eismühle?« fragte er. »Du hast doch mit eigenen Augen gesehen, was da los ist, wenn die Flut hereinkommt. Und wenn das Wasser abläuft, ist es ebenso, Chas. Eher noch schlimmer.« Er zog an seiner Pfeife.

»Ich weiß nur von zweien, die es versucht haben«, meinte Tonton. »Der eine ist tot, der andere bin ich.«

»Das ist wahr«, erwiderte Arwaq. »Aber du lebst nur, weil Niscaminou dich an den Haaren herübergetragen hat.«

»Du erinnerst dich gut«, sagte Tonton. »An jenem Tag stand die Sonne am Himmel. *Kwaa!*«

Es war heller geworden. Über den Hügeln im Osten hatten sich die Wolken blaßbraun verfärbt. Einzelne große Schneeflocken sanken herab und verzischten in der Glut.

Wir packten, löschten die Glutreste mit Schnee und brachen auf. Unser Weg führte uns ein schmales Tal entlang, das sich nach Süden hin allmählich krümmte.

Arwaq ritt voraus. Wir hielten uns nah an den Waldrändern; wenn wir offenes Weideland überquerten, geschah es im Schutz der Hecken.

»Tonton«, fragte ich, »kommt es vor, daß der Gejagte auf die Jäger schießt?«

»Es ist schon vorgekommen, ja«, sagte Tonton. »Aber es ist sehr un-

klug. Er verrät, wo er sich befindet. Und er ist allein. Wir sind sechs.«
»Arwaq scheint zu denken, daß Sigurd sehr unklug sein könnte.«
Er lächelte. »Du hast richtig gesehen.«
»Denkst du wie Arwaq?«
Er schob die Unterlippe vor und blies Schnee aus seinem Bart.
»Nein. Sigurd will uns entkommen. Es könnte ihm gelingen.«
»Wie?«
»Indem er tut, was wir nicht erwarten.«
»Das ist schwer.«
»Das ist leicht, Chas. Wir haben gedacht, wir kennen ihn, weil er mit
uns aufgewachsen ist. Wir haben uns geirrt. Er ist wie ein Fremder.
Keiner von uns hielt es für möglich, daß es Sigurd war, der auf euch
geschossen hat.«
»Damals, als Piero und ich mit den Mädchen aus Signiukt zurück-
kamen?«
»Ja.«
»Woher willst du wissen, daß er es war?«
»Von euch. Und von Sigurd.«
»Du sprichst in Rätseln, Tonton.«
»Warte! Dagny ist damals vorausgeritten, nicht wahr? Hinter ihr
kam Piero. Der Schuß ging zwischen den beiden in die Felswand. So
war es doch?«
Ich nickte.
»Er kam von der anderen Seite der Schlucht. Sigurd hatte sich schon
lange geärgert, daß seine Büchse ein wenig nach rechts schoß. Das
hat mir Piero erzählt.«
»Mir auch. Wir haben uns beide nichts dabei gedacht. Wann bist du
darauf gekommen, wie alles zusammenhängt?«
Er lachte und wischte den Schnee fort, der sich auf die Mähne sei-
nes Pferdes gelegt hatte. »Gerade eben! Als du mich fragtest, ob Si-
gurd auf uns schießen würde.«
»Er hätte damals nur ein wenig mehr nach links halten müssen.«
»Er war aufgeregt. Du schießt nicht jeden Tag auf deine eigene
Schwester.«
David lenkte sein Pferd zwischen uns, und wir duckten uns alle drei
gleichzeitig unter dem tiefhängenden Ast einer Fichte.
»Versteht ihr das?« fragte er. »Daß Sigurd Dagny töten wollte? Ei-

gentlich hätte er doch mich töten müssen. Hat ihm dazu der Mut gefehlt?«

»Bestimmt nicht«, erwiderte Tonton sanft. »Mut hat Sigurd genug. Doch warum hätte er dich töten sollen, David? Alles wäre geblieben wie vorher. Er hätte sie nicht bekommen.«

»Nein, das hätte er nicht.«

Eine Weile danach hielt Arwaq an. Wir ritten zu ihm hin. Der Schnee raschelte und knisterte in den Fichten.

»Wir wollen Erland fragen, ob er etwas gesehen hat«, sagte er. »Wer kommt mit?«

»Ich«, antwortete David.

Die beiden verschwanden im windstillen Schneetreiben den Hang hinauf. Wir stiegen ab, füllten unsere Kometen nach und brannten unsere Pfeifen an. Die Pferde fraßen Schnee.

Es dauerte lange, bis Arwaq und David zurückkehrten.

»Na?« sagte Nombori, ohne seine Pfeife aus dem Mund zu nehmen.

»Er hat nichts gesehen und nichts gehört«, erzählte David.

»Kein Wunder, Mann!« meinte Chinoi.

»Wie meinst du das?« fragte ich.

Chinoi summte noch ein paar Takte, ehe er mir antwortete. »Erland Baard ist der Sohn von Agnetas Schwester. Selbst wenn er etwas gesehen hat, hat er nichts gesehen.«

»Du meinst, daß Sigurds Verwandte ihm helfen?«

»Aber ja. Seine Sippe. Seine Freunde. Er hat wenige Freunde, Chas, aber eine große Sippe.«

Eine Weile ritten wir schweigend dahin. Das Schneetreiben schien nachzulassen.

»Du bist doch mit Kiri verwandt?« fragte ich dann.

»Bin ich«, erwiderte Chinoi. »Sie ist die Tochter von So, und So ist meine Schwester.«

»Wie kommt es dann, daß du bei der Jagd dabeisein darfst und Piero nicht?«

»Das hat dich wohl den ganzen Tag gequält? Du hättest gleich fragen sollen. Es ist einfach: Wäre Kiri meine Tochter, meine Mutter, meine Schwester oder meine Frau, dann würde statt mir ein anderer neben dir reiten.«

»Kiri war noch nicht Pieros Frau!«

808

»Doch! Du hast gehört, wie Taguna ihn gefragt hat, ob sie einander etwas versprochen haben. Und Piero hat gesagt: ›Ja. Heimlich.‹ Sie war seine Frau, Chas.«

Das Schneetreiben ließ nun rasch nach. Bald lag die Krümmung des Tals hinter uns. Der Himmel lichtete sich. Zwei hohe Hügel erhoben sich am Ende des Tals. Aus ihren verschneiten Wäldern ragten Granitfelsen auf; Felsbänder, Schrunden, Absätze und Geröllhalden standen schwarz hervor.

»Das sind ja richtige Berge«, sagte ich.

Nombori lachte, ohne die Pfeife aus den Zähnen zu lassen. »Die höchsten in Megumaage. Der da rechts heißt Morne Puy. Der andere Morne Trois Pitons.«

Aus einem Seitental führte ein Fahrweg heraus, von kahlen Laubbäumen und Buschwerk eingefaßt. Tonton, der an der Spitze ritt, hielt auf ihn zu; wir folgten ihm, und bald ritten wir auf dem Weg dahin. In seiner Mitte verlief eine zwei oder drei Tage alte Schlittenspur. Rechts von uns floß zwischen dicken Eisrändern grün ein Bach.

Wir hielten eine kurze Rast.

Anderthalb oder zwei Stunden später, es mußte um die Mittagszeit sein, hielten Tonton und David plötzlich ihre Pferde an.

Rechts von uns kam aus dem flach dahinströmenden Wasser die frische, klar in den Schnee geprägte Spur eines Pferdes heraus, überquerte den Weg, führte schräg den Hang hinauf in die gleiche Richtung, in der wir unterwegs waren, und verlor sich zwischen den Bäumen.

Arwaq sah mich an. »Drei Stunden«, sagte er rasch und heiser. »Kann sein, der Schneefall hat hier früher aufgehört. Sagen wir vier. Vier Stunden Vorsprung. Wir teilen uns!«

Er ritt mit Nombori und Chinoi der Spur nach. David, Tonton und ich folgten weiter dem Fahrweg.

Wir fanden keine weitere Spur. Der Himmel lichtete sich mehr und mehr, und die Sonne kam heraus. Der Schnee gleißte. Morne Puy und Morne Trois Pitons rückten allmählich näher. Die Schatten wuchsen.

Am späten Nachmittag hörten wir hinter einer Biegung des Wegs ein Pferd wiehern, gleich darauf ein zweites.

Arwaq, Nombori und Chinoi erwarteten uns neben einer Brücke, unter der von links her ein kleiner Bach hindurchrauschte. Sie hatten ein Feuer gemacht.

»Wer will heißen Tee?« fragte Nombori.

»Gleich«, antwortete David. »Was macht ihr hier?«

»Auf euch warten«, sagte Arwaq. »Die Spur endet weit droben in dem Bach da. Er ist im Bachbett heruntergeritten.«

»Wo führt die Spur in den Bach hinein?« fragte Tonton.

»An einer ziemlich flachen Stelle. Einige Lärchen stehen dort.«

»Habt ihr zwei Höhlen gesehen? Eine, in der du kaum stehen kannst, und eine große, die oben spitz zuläuft?«

Arwaq nickte.

»Gut!« sagte Tonton. »Dann habt ihr recht. Ein kleines Stück weiter oben ist ein Wasserfall. Er müßte eine Katze reiten, um da hinaufzukommen.«

Wir tranken unseren Tee, löschten das Feuer und brachen auf.

Kurz vor Sonnenuntergang fanden wir die Spur wieder. Vom rechten Ufer des Bachs führte sie geradewegs einen sanft geneigten Wiesenhang hinauf. Morne Puy und Morne Trois Pitons hingen dunkel über uns; dunkel und steil – viel steiler, als sie aus der Ferne gewirkt hatten. Wir durchquerten den Bach und stiegen ab. Arwaq und Tonton hockten sich neben der Fährte in den Schnee.

»Zwei Stunden, was?« sagte Tonton.

»Kann sein, nur eine«, erwiderte Arwaq. »Eigenartig.«

»Findest du? Schau: hier! Und hier! Und dort! Sein Pferd kann die Füße kaum noch heben. Es ist müde.«

»Unsere sind auch nicht mehr frisch«, sagte David.

»Trotzdem haben wir aufgeholt«, sagte Chinoi.

»Jetzt darf es nicht schneien«, sagte Nombori. »Dann holen wir ihn ein.«

Arwaq stand auf und schnupperte die Luft. »Es wird nicht schneien. Kommt!«

Wir ritten die kurze Dämmerung durch und in die Nacht hinein. Im Schein der Sterne und im Widerschein des Schnees war die Spur klar zu sehen. Es wurde kalt.

Tonton deutete zur Milchstraße hinauf. »Chas, ist es wahr, daß dort oben lauter Sonnen sind?«

»Ja, Tonton. Manche sind wie unsere Sonne. Manche sind kleiner. Andere sind tausendmal größer.«

»Gibt es auch Erden dort oben?«

»Ich glaube schon. Sehen kann sie niemand. Es ist zu weit.«

»Wenn es Erden gibt«, sagte er nach einer Weile, »gibt es auf denen auch Tiere? Oder Menschen?«

»Ich glaube es.«

»Sind sie so wie die Tiere und Menschen bei uns?«

»Ich glaube, nein.«

»Gibt es nur den einen Langen Weg?«

»Es gibt viele Lange Wege, Tonton.«

»Viele? Dann … dann könnte, wenn wir gestorben sind, Memajuokun von einer Erde zu einer anderen Erde wandern und dort wiedergeboren werden?«

»Sicher. Weshalb fragst du?«

»Ich denke über Sigurd nach.«

Der abnehmende Mond stieg aus den Wäldern hinter uns, um gleich darauf hinter den Felsen des Morne Puy zu verschwinden. Gegen Mitternacht kamen wir zu einer kleinen Heuhütte. Die Spur führte zu der offenen Luke hin. Der Schnee war zertrampelt. Heureste lagen umher.

»Er hat sein Pferd gefüttert«, sagte David. »Das sollten wir auch tun.«

»Gut«, meinte Arwaq. »Wir haben auch noch Hafer.« Er untersuchte die Spur, die von der Luke den Hang hinab in ein weites, flaches Tal führte. »Eine Stunde ist er vor uns«, sagte er, als er aufstand.

Im Talgrund endete die Spur an einem Bach. Wir mußten uns aufteilen. David, Arwaq und ich ritten bachauf-, Tonton, Chinoi und Nombori bachabwärts. Etwa eine Stunde später sahen wir den winzigen, roten Schein eines Feuers. Dreimal nacheinander verdunkelte er sich für so lange, wie man brauchte, um bis zwanzig zu zählen. Die anderen hatten die Spur wiedergefunden. Wir kehrten um. In der dritten Morgenstunde trafen wir sie am Rand eines erlenbestandenen Sumpfgebietes, in das mehrere Elchfährten hineinführten. Wir tranken Tee und ließen die Pferde am Bach saufen.

Die Spur führte uns nun wieder näher zum Morne Puy hin. Es war bitterkalt. Wieder und wieder wischte ich mir Reif aus dem Bart.

Die Sterne schienen blasser. Eine Eule strich vor uns ab, lautlos und schwarz. Dann sahen wir zwischen den Stämmen hindurch eine Lichtung, auf der eine Heuhütte stand.

Wir stiegen ab, verteilten uns und gingen langsam auf die Hütte zu. Ein Pferd schnaubte. Ich bewegte mich ein paar Schritte nach links, auf David zu. Da sah ich das Pferd. Es stand abgesattelt vor der Heuluke und fraß.

»Thor!« flüsterte David.

Die anderen kamen zu uns.

»Nur die eine Luke!« flüsterte Nombori zwischen den Zähnen.

Wieder schnaubte das Pferd, stampfte auf und schüttelte den Kopf.

Tonton trat einen Schritt vor.

»Komm heraus«, sagte er sanft und deutlich. »Wir haben dich. Wir sind sechs.«

In der Heuhütte raschelte es. Ein Paar Beine in Pelzstiefeln und Fellhosen schwangen sich über den Rand der Luke. Ich sah das blasse Oval eines Gesichts. Zwei blasse Hände umfaßten den Balken am Rand der Luke. Eine schmale Gestalt stieß sich ab und sprang herab in den festgetretenen Schnee. Sie war schmaler und kleiner als Sigurd Svansson.

»Dagny«, rief David. Seine Stimme war heiser.

Dagny schwieg. Sie stand aufrecht vor der Balkenwand, zog einen schwarzweiß gewürfelten Umhang vor der Brust zusammen und warf mit einer raschen Handbewegung ihren Zopf nach hinten.

»Was machst du hier?« fragte David.

Dagny schwieg. Das Pferd fraß und schnaubte.

»Dagny!« sagte David. »Um Gottes willen! Was...« Er brach ab, versuchte sich zu räuspern, hustete.

»Du hast uns irregeführt?« fragte Chinoi, nahm seine Mütze vom Kopf, drehte sie zwischen den Händen und setzte sie schief wieder auf.

»Es sieht so aus«, sagte Tonton sanft und ruhig.

David wischte sich mit der Hand übers Gesicht und wandte langsam den Kopf hin und her. Im Osten war es hell geworden. Hinter uns, im Wald, wieherte Atlatl.

»Am besten, du bringst sie nach Hause, David«, sagte Arwaq. »Mit uns kommen kann sie nicht.«

David tat einen Schritt auf Dagny zu, stolperte, blieb stehen und hob das Kinn. »Nach Hause?« sagte er. »Ja. Das wird das beste sein.« Er drehte sich auf der Stelle herum, bis er uns gegenüberstand. Seine Sohlen knirschten im Schnee.

»Wo treffe ich euch wieder?« fragte er leise und klar. »Wann?«

»Übermorgen«, sagte Arwaq. »Wenn die Sonne am höchsten steht. dort, wo Maligeak aus dem See Ashmutogun fließt.«

»Ich werde dort sein!« sagte David.

»Ist das wirklich Thor?« fragte ich und deutete auf das Pferd, das immer noch fraß. Oder ist es Loki?«

»Loki«, sagte Dagny rauh.

»Sie haben dieselbe Mutter«, sagte David, »und sind am selben Tag geboren.«

Noch ehe Loki gesattelt war, hatten Nombori und Chinoi ein Feuer zustande gebracht, dessen Rauch hinter David und Dagny herzog, als die beiden in den Buchenwald hineinritten. Bald konnten wir sie nur noch hören. Dann verklang auch der Hufschlag.

Es war nun ganz hell. Der Himmel hatte die Farbe entrahmter Milch.

»Schnee!« sagte Arwaq und biß in ein Hühnerbein. »Viel Schnee!«

»Ich möchte schlafen«, sagte Chinoi.

»Schlaf auf deinem Pferd«, erwiderte Nombori. »Das wird dich am Singen hindern.«

»Er soll ruhig singen«, meinte Tonton. »Das hält wach.«

»Rauchen auch«, entgegnete Nombori. »Da! Versuch mal meinen Tabak!«

»Weshalb willst du nach Osten zurück, Arwaq?« fragte ich. »Weil Dagny uns nach Westen gelockt hat?«

Er kaute und nickte.

»Was, wenn Dagny das geplant hat?« Arwaq schluckte und begann, den Knochen sauber zu nagen.

»Wie meinst du das?« fragte er.

»Ich meine, daß sie uns nach Westen gelockt hat, damit wir denken, Sigurd sei nach Osten geritten. In Wirklichkeit ist er aber auch nach Westen unterwegs.«

Arwaq schüttelte den Kopf.

»Jetzt willst du zu schlau sein«, sagte Tonton.

»Glaubst du?«

»Ja. In die Bucht von Manan kommt kein Schiff hinein. Aber an der Ostküste, in Chezzetcook, liegt ein schwedisches Schiff.«
»Im Eis!« sagte ich.
»Ja!« sagte Tonton. »Noch!«
»Wir reiten nach Osten«, sagte Arwaq mit vollem Mund.

Am Morgen des übernächsten Tages ließen wir die ausgedehnten dunklen Wälder im Norden von Mushamuch hinter uns. Arwaq, dessen Pferd am frischesten war, ritt weit voraus. Manchmal verloren wir ihn im dünnen Schneetreiben für längere Zeit aus den Augen. Der Damm, auf dem die Landstraße verlief, tauchte vor uns auf. Seine Böschung war tief verweht. In Arwaqs Spur arbeiteten sich die Pferde schräg zur Straße hoch. Als ich sie überquerte, erblickte ich einen haltenden Langholzschlitten mit sechs braunen Pferden davor. Auf dem Kutschbock sah ich zwei in Umhänge und Decken eingepackte Gestalten, sah ein dunkles und ein helleres Gesicht. Dann stemmte Atlatl die Beine ein, und ich legte mich weit im Sattel zurück, während er den steilen Abhang hinabrutschte.
Wir ritten durch einen Bestand junger Ahorne und Birken, zwischen denen verkohlte Baumstrünke aus dem Schnee ragten.
»Hast du die beiden auf dem Schlitten erkannt, Chas?« rief Nombori hinter mir.
»Nein!«
»Das waren Paak Keskoolkaaset und seine Frau, Nimnogun. Hast du ihre Gesichter gesehen?«
»Flüchtig!«
»Du kriegst einen Beutel Tabak von mir, wenn du errätst, was die beiden gedacht haben!«
»Das muß ich nicht raten, Nombori. Das weiß ich.«
»Na?«
»Sie haben gedacht, daß es Arwaq ist, hinter dem wir her sind.«
»Woher weißt du das?«
»Erzähl ich dir später!«
Etwa anderthalb Stunden vor Mittag querten wir den Hang, von dem vor siebzig Jahren der Bergsturz niedergegangen war, das Tal des Maligeak aufgefüllt und ihn zu einem See angestaut hatte. Das

Schneetreiben hatte aufgehört. Wind kam über den See und blies uns den Schnee von den Kiefern herab ins Gesicht.
Wir rasteten inmitten der Felstrümmer, tränkten und fütterten die Pferde und machten ein Feuer, um Tee aufzubrühen.
»War das nicht hier, wo ihr den alten Bären getötet habt?« fragte Chinoi. »Den, der fast keine Zähne mehr hatte?«
Arwaq nickte und wies mit seinem angebissenen Schmalzbrot auf das südliche Ufer des Sees.
»Da drüben war das«, sagte er. »Er lag in seiner Höhle, halb verhungert. Nicht einmal das Fell war zu etwas gut.«
»Ist die Höhle immer noch leer?«
»Jetzt nicht mehr.«
»Seit wann?«
»Seit dem letzten Herbst. Ein junger Bär ist eingezogen. Drei Jahre ist er alt. Seit dem vorigen Frühling hab ich ihn immer wieder in der Nähe der Höhle gesehen. Ich hab gewußt, was er will. Aber er hat sich nie hineingetraut. Erst einen Tag vor dem ersten Schnee.«
Er gab die Teekanne an Tonton weiter, der zwischen ihm und mir vor dem Feuer hockte.
»Weshalb hat er sich nicht in die Höhle getraut?« fragte ich. »Sie war doch leer.«
»Er hat sich Zeit genommen«, sagte Arwaq. »Er wollte keine Prügel kriegen. Er wollte ganz sicher sein, daß wirklich kein anderer Bär in der Höhle war.«
Ich hörte nur halb hin. Tontons Becher war voll, randvoll, doch Tonton goß weiter, und der dampfende Tee floß über seine fettigen Finger und tropfte auf seine Fellstiefel. Plötzlich schnaubte Tonton, stellte die Kanne neben sich, nahm rasch den Becher in die freie Hand und kühlte die andere im Schnee.
»Nochmal!« sagte er sanft. »Sag das noch mal, Arwaq!«
Arwaq verdrehte die Augen zum Himmel. Dann wiederholte er sehr langsam, was er gesagt hatte.
Tonton besah seine Hand, wischte sie an seiner Jacke ab, blies in seinen Tee und schlürfte vorsichtig. »Die leere Höhle!« sagte er. »Ja! Wenn David kommt, sollten wir gemeinsam zu seinem Haus reiten.«
»Hm«, erwiderte Arwaq. »Vor drei Tagen hast du gesagt, Sigurd wird etwas tun, was wir nicht erwarten. Das könnte es sein.«

Nombori rückte seine Pfeife in den Mundwinkel.

»Wenn er sich in Davids Haus versteckt hält, dann hat David ihn inzwischen gefunden. Er hat Dagny nach Tawitk gebracht. Der Weg von dort nach hier führt an seinem Haus vorbei.«

»Schau dich um«, sagte Chinoi, der ihm gegenüber auf der anderen Seite des Feuers hockte.

Nombori, Tonton und ich drehten uns gleichzeitig um. David kam in unserer Spur den Hang herabgeritten.

»Wo kommst denn du her?« rief ich. »Wo ist Dagny?«

Er gab keine Antwort. Steif und müde stieg er aus dem Sattel. Chinoi ergriff Pirmin am Halfter und führte ihn zu den anderen Pferden. Ich reichte David meinen Becher. Er trank ihn aus.

»In Mushamuch ist sie«, sagte er. »Loki war am Ende. Sie hätte Ingas Pferd haben können, aber das wollte sie nicht. ›Ich will zu Hause bleiben!‹ hat sie gesagt.«

»Und du hast sie dortgelassen?« fragte ich.

»Piero hat in der Werkstatt gearbeitet«, sagte er. »Piero wird auf sie aufpassen. Ihr wird nichts geschehen.«

Er hockte sich ans Feuer und nahm das dicke Schmalzbrot entgegen, das Arwaq ihm hinhielt.

Wir erzählten ihm, was Tonton vorgeschlagen hatte. David kaute, die Augen halb geschlossen, und hörte zu.

»Ja«, sagte er schließlich und strich sich eine Haarsträhne aus der Stirn. »Ihr habt recht. Dort könnte er sein.«

Er gab mir meinen Becher zurück, stand auf und schob mit den Füßen Schnee ins Feuer, das dampfend und zischend verlosch.

»Reiten wir!« sagte er.

»David!« sagte Arwaq heiser. »Du wirst nicht hineingehen!«

»Ich werde nicht hineingehen«, erwiderte David. »Reiten wir!«

Der Schnee auf dem Weg war fast zwei Fuß tief. Wir ließen den Pferden die Zügel. Der Steinbruch war verweht. Die Sonne schien blaß durch den Dunst und warf verwaschene Schatten vor uns hin. Eine Stunde hinter dem Steinbruch schwenkten wir nach rechts vom Weg ab, ritten ein Stück ostwärts und dann in weit geschwungenem Bogen erst nach Norden und dann nach Westen, bis wir in dem Eschenwäldchen anlangten, in dem sich Davids Quelle befand. Wir stiegen ab.

Das Haus lag unterhalb von uns. Kein Rauch kam aus dem Schornstein. Der Erdwall, der entstanden war, als wir den Graben der Wasserleitung zugeschüttet hatten, war unter der Schneedecke deutlich zu erkennen. Ich roch den Schweiß der Pferde, meinen eigenen Schweiß, den der anderen. Es war vollkommen still.

»Wer geht hinein?« fragte Tonton Sixhiboux.

Niemand antwortete.

Ich hörte das Atmen der Pferde.

»Ich gehe«, sagte ich.

»Gut«, meinte Arwaq nach einer Weile. »Nimm dein Messer. Drinnen wirst du keine Zeit haben.«

Der Schnee reichte uns bis über die Knie. Schwerfällig stapften wir die Wasserleitung entlang auf das Haus zu. Die roten Vorhänge waren zugezogen.

»Schau!« sagte Arwaq neben mir. »Der Schornstein!«

Über dem Schornstein flimmerte die Luft.

David bekam einen Hustenanfall, preßte beide Hände vor den Mund, um das Geräusch zu ersticken, und setzte sich zusammengekrümmt in den Schnee. Sein Gesicht lief dunkel an. Er keuchte und würgte.

Nombori packte ihn an der Schulter. »Bleib hier!« flüsterte er.

Meine rechte Hand umklammerte den Messergriff. Wir standen vor der Haustür. Ich öffnete sie mit der linken Hand und trat in den Flur. Die Stubentür war angelehnt. Ich schob sie auf. Hellrotes Dämmerlicht füllte die Stube. Die Schatten der Fensterkreuze lagen schwarz auf den Vorhängen. Ich hörte mich atmen. Die Tür zum Schlafzimmer war geschlossen. Meine linke Hand drückte die Klinke nieder und schob. Etwas scharrte an der anderen Seite der Tür entlang. Ich schob sie weiter auf. Mit hellem Krachen fiel ein schwerer Gegenstand auf die Dielen. Ein Gewehr.

Sigurd Svansson fuhr vom Bett hoch. Ich stieg mit einem Fuß über das Gewehr hinweg und blieb stehen. Der Messergriff in meiner Hand fühlte sich heiß an. Sigurd saß vornübergebeugt auf dem Bettrand. Er gähnte. Wo sein Kopf geruht hatte, lag zusammengerollt Dagnys mit blauen Blättermustern bedrucktes Leinenkleid.

»Du also«, sagte er gähnend. »Ich hatte David erwartet.«

»Du solltest fort sein«, entgegnete ich.

Er gähnte. Neben seinen Füßen stand ein Weinkrug.

»Du solltest fort sein«, wiederholte ich, »in Chezzetcook. Dagny hat uns weit nach Westen gelockt. Du hattest Zeit.«

Seine hellblauen Augen sahen an mir vorbei.

»So?« sagte er. »Das hat sie für mich getan? Schade. Zu spät. Schade um Kiri.«

Er gähnte, bückte sich nach dem Krug, hob ihn hoch, setzte ihn an die Lippen und trank. Sein Adamsapfel ging auf und nieder. Er setzte den Krug ab, blickte rasch hinein und warf ihn nach mir. Ich duckte mich. Mein Fuß stieß an das Gewehr. Hinter mir in der Stube zersplitterte der Krug. Sigurd sprang auf mich zu.

ANKWAASE

Wir saßen auf Lattenbänken entlang der Wände des kreisrunden, kaum fünf Fuß hohen Gewölbes. Trockene Hitze strahlte von den Steinen aus, die in einer mit Kies und Sand gefüllten Grube lagen. Auf einer Schaufel brachte Waiting Raven den letzten Stein und ließ ihn zu den anderen hinabkollern. Dann kroch er durch den Eingang, faßte mit der Hand hinter sich und rollte den elchledernen Vorhang herab. Es wurde dunkel. Tiefrot glühten die Steine.

Es dauerte eine Weile, bis ich die Gesichter der anderen wieder unterscheiden konnte. Waiting Raven hatte seinen Platz in unserer Mitte eingenommen, dem Eingang gegenüber. Vor seinen Füßen stand ein mit Wasser gefüllter Holzeimer, neben ihm lag eine flache Schale.

Die glühenden Steine knackten.

»Ho!« sagte Waiting Raven.

»Ho!« antworteten wir.

Waiting Raven beugte sich vor, nahm die Schale, tauchte sie in den Eimer, hob sie mit einem Ruck bis an die Knie, mit einem Ruck bis an die Brust, mit einem Ruck vors Gesicht. Dann beugte er sich abermals vor und goß das Wasser von oben auf die glühenden Steine in der Grube.

Es knallte, fauchte und zischte. Dampf schoß hoch, prallte vom Gewölbe ab und hüllte uns ein. Ich fühlte die ersten Schweißtropfen auf der Stirn. Unten in den Dampfschwaden glühten die Steine. Nochmals ein Guß. Es fauchte und zischte. In Rinnsalen kroch mir der Schweiß über Stirn, Rücken und Brust. Heißer Dampf drang mir in Mund und Nase und füllte meine Lungen. Ich konnte die anderen nicht mehr sehen. Inmitten der Schwärze wallte und brodelte es tiefrot.

Noch ein Guß. Der Schweiß rann mir in Bächen vom Körper, und die Bäche vereinigten sich zu einem Strom. Wogen glühheißen

Dampfes brandeten um mich auf. Keuchend stieß ich den Dampf aus den Lungen. Ich vergaß das Einatmen; dick und heiß und mächtig, wie ein lebendes Wesen, preßte sich mir der Dampf in Mund und Nase und die Kehle hinunter in die schmerzenden Lungen. In der Tiefe der Grube schwebte wie ein Gestirn eine schwarzrot siedende Kugel.

Jemand stöhnte.

»Wir wollen zu den Göttern reden«, sagte Waiting Raven. Seine Stimme klang von weit her, dumpf, erschöpft von der langen Reise durch ein raumloses, zeitloses, mit brodelndem Dampf ausgefülltes glühendes All.

»Herr«, begann David leise und keuchend, »Herr, vergib mir den Zorn, der mir zu groß war, dem ich erlegen bin, dem du gewachsen bist, Herr; nimm den Zorn von mir, Herr, nimm ihn entgegen, forme ihn, knete ihn, Herr, bilde ihn um zu deiner zornigen Gnade; laß deine zornige Gnade zuteil werden, Herr, uns allen zuteil werden; vor allem aber dem, Herr, den wir getötet haben, der mein Bruder war, der …«

Tontons sanfte Stimme fiel ein, die heisere Stimme Arwaqs, der Singsang Chinois. Mein Murmeln mischte sich mit dem von Nombori, und in unser Redegewirr fielen wie dunkle Trommelschläge die eintönigen, von weit her kommenden Worte Waiting Ravens.

Schweiß rann mir beißend in die Augen. Schweiß rann mir bitter in den Mund. Schweiß rann mir von Brust und Rücken und Beinen und floß hinab in die Grube und wurde zu Dampf. Dampf legte sich um mich wie eine gewaltige schwarze Faust, hielt mich, drückte mich, drückte die Rede aus mir hervor; und was ich redete, fand Gehör.

Langsam begann das glühende All sich um mich zu drehen. Das schwarzrote Gestirn schwebte nicht länger reglos in der Tiefe der Grube. Es wuchs und schrumpfte, wuchs und schrumpfte im Takt der eintönigen dunklen Worte Waiting Ravens; wuchs und füllte sich mit Glut; schrumpfte und trieb rotes Dunkel durch uns hindurch.

Rascher und rascher kreiste das All. Das Pulsen des schwarzroten Gestirns schwoll an, wuchs zu einem Flackern, wurde schwarz, war Schwarz.

»Yémanjá!« rief jemand von überall her in dem schwarzen Raum. Danach war es für eine sehr lange Zeit still.

Ein Rascheln. Ein trockenes, sprödes Schaben. Der elchlederne Vorhang wurde hochgerollt. Licht fiel herein. Ein blaßgrauer Dampfwirbel erhob sich wie eine erwachende Schlange, strich am Gewölbe entlang, duckte sich, fand die Öffnung und strömte hinaus. Ich kroch als letzter durch den gewölbten Ausgang und richtete mich auf. Vor den Trommeln war auf dem gestampften Lehmboden eine viereckige Fläche mit einem Muster aus roter Felderde und schwarzer Walderde bestreut. Von den Wänden herab schauten die Masken mich an.

Durch die Tür in der Nordwand des Langhauses lief ich hinter den anderen her, hinaus in die schneidende Helligkeit, und wir bewarfen einander mit dem feinkörnigen Pulverschnee, der in der vergangenen Nacht gefallen war. Chinoi tanzte nackt und schwarz im Kreis herum. Nombori stellte ihm ein Bein, und er fiel der Länge nach in eine Schneewehe.

»Mann!« rief er. »Das tut gut!«

Waiting Raven kicherte und wandte sich zu mir. »Wie war es, Kwemoos?«

»Die Hitze hat mir die Haut abgezogen.«

Er nickte und kicherte. »So muß es sein! Jetzt ziehen wir uns an. Danach wollen wir das Bündel der sehr vielen Jahre öffnen, die heilige Pfeife herausnehmen und sie miteinander rauchen. Jeder von uns wird dem Bündel etwas von seinem Tabak geben, und wir werden es wieder verschließen. Und dann, dann werden wir nach vorne gehen und essen, was die Frauen für uns zubereitet haben. Damit wir wieder Menschen werden!«

Nach dem Essen fuhren Taguna, Ane-Maria und ich zur Insel hinüber. Nahezu alles Eis war vor dem Wind zum südlichen Ufer des Sees getrieben. Wir mußten nur zwei oder drei größeren Schollen ausweichen. Auf einer hockte ein Rabe und fraß an den Überresten eines Schneehasen.

»Du hast die Linien noch im Gesicht, mit denen Waiting Raven dich bemalt hat«, meinte Taguna. »Willst du mit ihnen schlafen gehen?«

»Bis zum Schlafengehen ist noch Zeit«, antwortete ich.

821

»Hehe!« erwiderte Taguna. »Du möchtest nur, daß wir sie recht lange anschauen!«

Ane-Maria und ich verbrachten einige Zeit im Bücherzimmer. An der Wand hing das Bild, auf dem in heftigen, beherrschten Krümmungen die tiefgrüne Flamme einer Zypresse in den dunkelblauen Morgenhimmel züngelte, an dem inmitten kreisender Lichthöfe gelbrot der Mond und zwei Sterne standen. Wir schrieben und schrieben in das Tagebuch.

Danach saßen wir in Tagunas Stube und betrachteten die Bilder, die Strange Goose hinterlassen hatte: Die Bleistiftzeichnungen von Ameisen, Käfern, Spinnen, Stachelschweinen, Enten, Gänsen und Schwänen; die Kohleskizzen der Nemaloos-Hügel mit dem burgunderroten Farbfleck eines aufrecht sitzenden Bären; die Federzeichnung, welche die zerstörten Hütten von Memramcook im Regen zeigte; die düstere, in allen Einzelheiten ausgeführte Darstellung der neunundzwanzig Gepfählten am Strand von Memramcook; ein Ölbild von Taguna mit dem siebenjährigen Mooin, dem eine halbwüchsige Wildgans auf den Knien saß; eins von Oneeda am Springbrunnen, über einen beinahe fertigen roten Korb mit gelb und grünem Muster geneigt; und eines von Oneeda und Oonamee an ihrem fünften Geburtstag: Sie knieten in ihren braunen Lederkleidern in einer Laubhütte vor einem Feuer. Rote Stirnbänder hielten ihr schwarzes Haar zurück. Über dem lichtgrünen Dach der Laubhütte züngelte graublau der Rauch in den strohgelben Abendhimmel. Aus dem Hintergrund blickte zwischen Zedern das zimtbraune Angesicht des Wasserfalls von Soonakadde.

»Worüber grübelst du nach, Kwemoos?« fragte Taguna. »Oder sind es nur die Linien in deinem Gesicht, die dich so nachdenklich aussehen lassen?«

»Ich schaue das Bild an«, sagte ich. »Da: wie dick er die Farbe aufträgt. Und hier, diese Wirbel – mir ist, als könnte ich die Bäume und die Sträucher wachsen sehen. Er malt anders als der Maler, dessen Bild drüben im Bücherzimmer hängt, und doch wieder ganz ähnlich. Ich weiß nicht, wie ich es sagen soll.«

»Weißt du was? Er hat einmal gesagt, vielleicht ist die Seele des Holländers in ihm wiedergekehrt. Er hat gelacht, als er das sagte.«

Wir kamen in tiefer Dunkelheit nach Hause. Es schneite. Vor der Haustür saßen Tia und Huanaco. Ane-Maria wollte sie hineinlassen; doch sie mauzten verdrossen und blieben sitzen.

»Wahrscheinlich haben sie wieder etwas ins Haus geschleppt«, sagte Ane-Maria,»und die abuela hat sie verbannt. Du sollst dich draußen abklopfen, Chas! Nicht hier im Flur!«

»Carlos!« rief Doña Gioconda aus, als ich in die Stube trat. »Oder muß ich dich jetzt Kwemoos nennen?«

»Das weißt du auch schon?«

»Ah ja! Ihr wart sieben Tage in den Wäldern. Denkst du, wir haben die ganze Zeit gefaulenzt? Wo habt ihr denn gesteckt?«

»Beim Wasserfall. Wo denn sonst?«

»Beim Mund?«

»Aber gewiß, Mamá«, sagte Doña Pilar. »Dort kommt Wasser aus dem Felsen, das noch keine Pflanze, kein Tier und keinen Menschen berührt hat.«

»Das ist wahr«, erwiderte Doña Gioconda. »Ohne Essen kann der Mensch es eine Weile aushalten. Ohne Trinken nicht. Was habt ihr denn gegessen, Carlos?«

»Kwemoos!« rief ich. »Morgen kannst du wieder Carlos sagen. Am ersten Tag haben wir gar nichts gegessen. Am zweiten Tag haben wir Erlen und Birken geschält und das Innere der Rinde gekocht. Viel haben wir nicht gegessen. Am dritten Tag dann schon mehr. Soll ich weitererzählen?«

»Nein!« sagte Doña Gioconda. »Du machst mich hungrig!«

»Dein Freund war hier«, meinte Don Jesús.

»Wann? Heute?«

»Ja. Am Nachmittag.«

»Und ihr habt ihn nicht zu uns auf die Insel geschickt?«

»Er hatte es eilig«, sagte Doña Gioconda. »Er hat viel zu tun.«

Ich nickte. »Und Dagny?«

Doña Pilar stellte zwei Schüsseln auf den Tisch. »Die ist immer noch bei ihren Eltern. Wir fürchten, sie ist verrückt geworden.«

»Dann sitzt David jetzt allein in seinem Haus?«

»Ja«, antwortete Don Jesús. »Aber morgen wird er wieder arbeiten können. Piero hat die Säge in Malegawate zum Laufen gebracht.«

»Er kam vorbei, um mir das hier zu bringen«, sagte Doña Gioconda und legte ein Messer vor mich hin. »Es ist für euren Sohn.«
Ich hob das Messer auf. Die leicht geschwungene Klinge war scharf und fein poliert. Das vordere Drittel ihres Rückens war mit Sägezähnen versehen. Das aus Horn gefertigte Heft war für meine Hand zu klein. Auf den Seiten hatte Piero fliegende Seetaucher eingebrannt.
»Es ist scharf«, stellte Encarnación fest. »Soll ich dir eine Scheide dafür machen?«
»Das wäre lieb von dir«, sagte ich. »Es eilt aber nicht. Ich lasse das Messer hier, Marys Puppengeschirr auch. Dann kann ich den Kindern sagen, daß hier Überraschungen auf sie warten.«
»Auf dich werden auch welche warten!« dröhnte Doña Gioconda.
Ane-Maria runzelte die Nase, und Doña Gioconda sagte nichts weiter.
Doña Pilar setzte noch zwei Schüsseln in die Mitte des Tisches. »Ich hab mehr gekocht als sonst. Du mußt viel essen, Kwemoos. Deine Kleider gehen ohne dich umher.«
»Ja«, sagte Encarnación. »Es ist ein unheimlicher Anblick.«
Ich sah, daß um ihren Hals jetzt zwei Lederbeutelchen hingen. Ane-Maria folgte meinem Blick.
»In ein paar Wochen kann ich mich an dir rächen«, sagte sie zu ihrer Schwester.
»Wofür denn?« fragte Encarnación.
»Für Greensleeves! Erinnere dich!«
Wir setzten uns zu Tisch. Erst spät in der Nacht ging ich durch den Schnee ins Waschhaus, um mir die ockerroten Linien vom Gesicht zu reiben.
Während der nächsten acht Tage war ich mit Ane-Maria unterwegs, um allen Siedlungen, die zum Clan von Seven Persons gehörten, einen Besuch abzustatten und mich gleichzeitig zu verabschieden.
In Banoskek sprach ich lange mit Ankoowa Kobetak; ich erzählte ihr von Oonamee und mir, von unseren Kindern, unserem Alltag und von der Nacht, in der er geendet hatte. Oneeda bekam ich nicht zu Gesicht. Ane-Maria jedoch war fast den ganzen Nachmittag lang bei ihr in dem Raum, der an der Nordseite der sechseckigen, mit Schilf gedeckten Hütte für sie abgeteilt war.

Die Sonne schien warm über der Bucht von Memramcook, in der sich Packeis türmte. Wir versuchten, die Stelle wiederzufinden, an der vor mehr als achtzig Jahren jene Photographie von Peter und Mary Long Cloud mit ihren drei Kindern aufgenommen worden war – *Long Cloud on a cloudless Sunday*. Es gelang uns nicht. Zu weit war das Meer ins Land vorgedrungen, zu sehr hatte die Strandlinie sich verändert. Die Jahreszeit, der Schnee und die riesenhaften Eisschollen, die sich am Strand übereinanderschoben wie gestrandete Schiffe, taten das ihre, unser Vorhaben zu vereiteln.

Hinter Oochaadooch ritten wir die Bucht von Manan entlang. Es war um die Zeit der auflaufenden Flut, und wir vernahmen das Tosen, Schieben, Bersten und Mahlen des Eises. Über der Bucht reichte eine hohe, schieferblaue Wolkenbank nach Süden, so weit wir blicken konnten. Graue Strähnen fallenden Schnees hingen aus ihr herab. Dort, wo die frühe Sonne sie traf, schimmerten die Farben des Regenbogens in ihnen auf.

Wieder mußte ich die Jagd von Anfang bis Ende schildern. Danach legte Arihina Koyamenya ihre leichte, trockene Hand auf meine Schulter.

»Was hatte er vor, Chas?« fragte sie. Ihre flinke Vogelstimme klang hell und ungeduldig. »Er wollte mich angreifen, Mutter Arihina«, sagte ich, »Was sonst?«

»Mir scheint, er wollte ein Ende machen und ist dir ins Messer gelaufen«, sagte sie.

»Das mag sein. Ich weiß es nicht. Es ging alles so rasch. Ich kam nicht zum Nachdenken. Und was ich jetzt denke, hinterher – kommt das der Wahrheit näher?«

»Doch!« sagte Zachary. »So ist es oft. Hinterher denken wir nach über das, was wir getan haben – und das führt manchmal dazu, daß wir es nicht wieder tun. Ihm hat es leid getan, nicht wahr? Das hat er doch gesagt.«

»Ja, Zachary. Das hat er zuletzt noch gesagt.«

»Das ist gut«, sagte So, und die silbernen Ringe in ihren Ohren schlugen klingend aneinander.

Am nächsten Tag taute es. Die Sägemühle in Malegawate lag auf einer Insel inmitten des braun angeschwollenen Sixhiboux. Von weitem hörten wir das rasche, klatschende Geräusch des Wasserrades und das langsamere, helle Gezisch, mit dem das Sägegatter auf und niederfuhr. Baquaha, Chinoi und David sägten Zedernbretter; sie hatten Tücher vor Mund und Nase gebunden. Der duftende Staub zog ins Freie hinaus und legte sich hellbraun auf den Schnee.

»Bleibt da nicht stehen!« rief David uns zu. »Von dem Staub bekommt ihr einen Husten, der ein Jahr lang nicht weggeht!«

Baquaha zeigte und erklärte uns Getriebe und Kurbelantrieb des Sägegatters, das Sigurd Svansson zusammengebaut hatte.

»Was, wenn wieder etwas zerbricht?« fragte Ane-Maria. »Wer wird es in Ordnung bringen?«

»Das wüßten wir auch gerne«, sagte Baquaha. »Piero versteht sich darauf. Er will aber fort.«

»Immer noch?« fragte ich.

»Er will noch bleiben, bis sich jemand gefunden hat, der die Werkstatt weiterführt«, meinte Ane-Maria. »Aber höchstens bis zum Herbst.«

Am Abend nach dem Essen rückte Baquaha auf seiner Bank ein wenig zur Seite, damit ich das Bild seines Vaters Maguaie besser sehen konnte.

»Strange Goose hat ihn gemalt«, sagte er. »Erkennst du ihn?«

»Ja, das ist er«, erwiderte ich. »Als ich ihn sah, war er vielleicht ein paar Jahre älter.«

»Fünf«, sagte Baquaha. »Fünf Jahre älter ist er geworden.«

Dichter, nasser Schnee fiel, als wir nach Mushamuch kamen. Im Stall blökten die Schafe. Der Schornstein rauchte. Niemand öffnete uns die Tür. Die Schmiede war verlassen, die Esse kalt. Wir wollten schon gehen, da entdeckte Ane-Maria die Botschaft, die Piero mit einem Nagel in den Ruß auf dem Kupferblech der Rauchhaube geritzt hatte.

Bei Amrahners, stand da in zollhohen Buchstaben. *Wir sehen uns noch. Tanti auguri!*

»Wenigstens Dagny hätte herauskommen können«, meinte Ane-Maria auf dem Heimritt.

»Wärst du allein gekommen, hätte sie es vielleicht getan«, antwortete ich.

»Ich war aber nicht allein! Du bist ein schrecklicher Mensch, Chas!«

»Ich weiß.«

Naß und müde kamen wir zu Hause an. Es schneite die Nacht hindurch. Gegen Morgen begann es von Süden zu stürmen. Schneewirbel wanderten in langen Reihen über den See und den Hang auf unseren Hof zu. Es stürmte bis zum Abend und tief in die Nacht hinein; in der Frühe erwachte ich von der warmen Luft, die durch das offene Fenster in mein Zimmer hereinwehte, vom Rieseln in den Dachrinnen und vom Pochen fallender Tropfen.

Es war Nachmittag, und ich war im Stall damit beschäftigt, Atlatl zu striegeln und zu bürsten, da erschien Don Jesús mit zwei Schaufeln unter dem Arm in der Tür.

»Hilfst du mir, Carlos?« fragte er. »Da sind ein paar Schneewehen, die wir durchstechen müssen. Sie haben den Bach gestaut. Auf dem Acker und auf den Wiesen steht überall Wasser.«

Bis in die Dämmerung hinein waren wir an der Arbeit. Dann konnten wir sehen, wie das Wasser langsam sank. Der Bach war braunrot von der Erde, die er mit sich in den See hinausführte.

Mein Jahr in Seven Persons ging zu Ende.

Augenblicke rieselten hinab und trieben davon. Stunden bröckelten weg und wurden davongeschwemmt. Tage brachen ab wie Erdschollen und wurden fortgerissen.

Dann reiste ich.

Es war der letzte Tag des Monds, in dem die Bären erwachen. Ich hatte meine Hütte ausgeräumt und alle Dinge, die ich nicht mitnehmen wollte oder die nicht mehr in meinen Seesack paßten, im Wandschrank des Gästezimmers bei Don Jesús untergebracht. Das Buch des Abtes Alkuin hatte ich auf den Tisch gelegt. Tagsüber hatten wir Tauwetter gehabt; in den Nächten hatte es gefroren. Schnee war keiner mehr gefallen. Es wäre schwierig geworden, mit einem Schlitten durchzukommen, und so hatte Mond de Marais das zweispännige Wägelchen mitgebracht, das Nicolae Istrate gehörte.

Alle waren da: Taguna und Magun; Arwaq mit Atagali, Oonigun und Kagwit; Doña Gioconda, Don Jesús mit Doña Pilar, Encarnación und Ane-Maria; Amos mit Sara und der kleinen Nilgiri. Nur Joshua hatte nicht kommen können – das Tal von Signiukt war ein-

827

geschneit. David war erschienen, um sich noch einmal von mir zu verabschieden, und war dann weitergeritten zu seinen Eltern.

Ich umarmte sie alle, einen nach dem anderen. Als ich Sara umarmte, erwachte Nilgiri für einen Augenblick, sah mir mit erstaunten dunklen Augen ins Gesicht und schlief wieder ein.

Sara hatte mir etwas in die Hand gedrückt. Es war eine Frauengestalt aus Nußbaumholz mit einem Kind im Arm. Sie saß auf einem Pferd, das aus Lindenholz geschnitzt war. Das winzige Bildwerk war kaum so hoch, wie mein kleiner Finger lang war.

»Joshua hat es für dich gemacht, als er das letzte Mal zu Hause war«, sagte sie.

Doña Pilar hatte ihren olivbraunen Filzhut tiefer in die Stirn gerückt. »Nächste Woche zapfen wir die Ahorne an«, sagte sie. »Schade, daß du nicht dabei bist, Carlos!«

»Warum schaust du so traurig?« fragte mich Taguna. »Glaubst du, ich werde nicht mehr dasein, wenn du wiederkommst? Da irrst du dich. Ich will meine Urenkel sehen. Und bring Oonamees Kleider mit!«

Magun zog mich zum Gartenzaun, vor dem ein Haufen schmutzigen Schnees in der Sonne taute, und grub ein Wort in den Schnee: ANKWAASE.

»Gib gut auf dich acht, heißt das«, sagte Ane-Maria.

Wir standen beide neben dem Wägelchen und hielten einander umarmt; die Lederbeutelchen, die wir um den Hals trugen, preßten sich aufeinander.

»Was ist?« fragte sie, als wir uns voneinander lösten und an den Händen hielten. »Was grinst du so, Chas?«

»Hm!« sagte ich. »Unsere *teomulk* haben sich eben gegeneinander gedrückt. Für einen Augenblick dachte ich, du hättest drei Brüste.«

Sie lachte, rasch und tief, und Fältchen erschienen auf ihren Nasenflügeln. »Wer weiß!« meinte sie. »Das könnte doch einmal ganz nützlich sein!«

»Du mußt Atlatl reiten«, sagte ich. »Er wird sonst fett.«

Sie nickte.

»Ihr solltet öfter nach Knud und Aagot schauen«, fuhr ich fort.

Sie nickte.

»Ja, noch was! Oben im Zimmer hab ich ein Hemd liegenlassen, das muß in die Wäsche.«

Sie schüttelte den Kopf. »Das bleibt dreckig, bis du wiederkommst. Es wird mich daran erinnern, wie du riechst.«

Ich küßte noch einmal ihren Mund, ihre Haare, die nach Zedernnadeln rochen, und ihre Augen. Dann stieg ich auf den Kutschbock und setzte mich neben Mond de Marais. Hinter uns lag mein Seesack neben einer Kiste und einem blankgeschabten Ledersack, die beide Mond de Marais gehörten.

Ane-Maria reichte mir ein kleines, in Rehleder gewickeltes Päckchen herauf.

»Das kannst du dir später anschauen«, sagte sie. »Ich bin es. Oneeda hat es neulich für mich gemalt. *Ankwaase*, Chas!«

»*Ankwaase*, Ane-Maria!« antwortete ich.

Und dann fuhren wir.

Der festgefahrene Schnee auf dem Weg hatte sich in Eis verwandelt, das nun, da es zu tauen begann, besonders schlüpfrig wurde. Unser Wägelchen rutschte in den Schlittenspuren hin und her. Als wir zu dem Wald kamen, in dem die Tierschädel hingen, blickte ich unwillkürlich nach links. Sechzig oder siebzig Schritte entfernt sah ich zwischen den Bäumen einen Mann auf Schneeschuhen gemächlich den Hang hinunterschreiten. Er war nicht größer als ich, hatte breite Schultern, lange Arme und einen großen, eckigen Kopf. Weiße Haare hingen bis fast auf die Schultern herab. Er war ganz in Leder gekleidet; seine Füße steckten in kniehohen weichen Stiefeln. Auch Mond de Marais hatte den Kopf nach ihm gewandt.

»Wer ist das, Waiting Raven?« fragte ich.

»Bon Dieu, Chas!« sagte er. »Woher soll ich das wissen? Selbst die Vögel erkennen einander am Gesicht und wissen nicht, wen sie vor sich haben, wenn einer von ihnen den Schnabel untern Flügel steckt. Nagalwig könnte es sein. Nedooas Bruder. Der Schwager von Baquaha, du weißt. Er möchte seit langem einen jungen Wolf erlegen. Aber warum sucht er dann hier? Drüben, am anderen Ufer, dort weiß ich zwei Höhlen.«

»Er wird zum Landungssteg gehen und ein Kanu nehmen«, sagte ich.

»Ja, so wird es sein. Darf ich einmal sehen, was Sara dir gegeben hat?
Oder ist es ein Geheimnis?«
Ich lachte. »Nein, ganz und gar nicht. Joshua hat es geschnitzt.« Ich
holte die kleine Figur aus meiner Jackentasche und gab sie ihm.
Mond de Marais betrachtete sie und kicherte. »Gut! Gut hat er das
gemacht! Zweierlei Holz, und du kannst nicht sehen, wie die Frau
und das Pferd miteinander verbunden sind. Sedna ist das!«
Er gab mir die Figur zurück. Ich behielt sie in der Hand; nur der
Kopf des Pferdes und der Kopf der Frau schauten zwischen meinen
Fingern hervor.
»Sedna?« fragte ich. »Ich hielt es für Yémanjá.«
»Die beiden sind ein und dieselben, Chas. Die Inuit, die von Fleisch
und Fischen leben, nennen sie Sedna. Weit drüben im Westen, an
dem anderen Meer, wo die Menschen Kwakwala sprechen, heißt sie
Tsonoqua. Sie hat gewiß mehr als hundert Namen.«
Es ging bergab. Mond de Marais drehte die Bremse zu.
»Wer ist die Frau mit dem Robbenschwanz?« fragte ich. »Ich meine,
die im Garten in Signiukt.«
»Das ist Sedna«. Mond de Marais schob seine Mütze aus der Stirn.
»Weißt du, wie sie ins Meer gekommen ist?«
»Nein, Waiting Raven. Erzähl!«
»Das war so«, begann er. »Sedna lebte allein mit ihrem Vater. Eines
Tages war der Vater auf der Jagd. Sedna war am Bach und wusch
Wäsche. Da kam ein Albatros, packte sie und flog mit ihr zu seiner
Insel. Dort hat er sich dann in einen Menschen verwandelt und
Sedna geheiratet.
Nach einer Weile, es können Monate oder Jahre gewesen sein, kam
Sednas Vater in seinem Fellkanu angepaddelt. Er wollte Sedna be-
freien. Der Albatros war nicht da, und Sedna folgte ihrem Vater. Auf
dem Meer hat der Albatros sie eingeholt. Er war zornig, und er war
sehr groß. Seine Flügel haben den Himmel verdunkelt. Er hat mit
seinen Flügeln die Luft geschlagen und das Meer aufgewühlt, und
das Fellkanu drohte umzuschlagen. Da hat der Vater Sedna ins
Meer geworfen.
Sedna wollte nicht untergehen. Sie wollte ins Kanu zurück und
klammerte sich mit beiden Händen am Rand fest. Da nahm der
Vater sein Messer und schnitt die vorderen Glieder ihrer Finger ab.

Sie fielen ins Meer und verwandelten sich in Seehunde. Aber Sedna hat das Kanu nicht losgelassen. Da schnitt der Vater die übrigen Glieder ihrer Finger ab; aus denen wurden Walrosse.

Doch Sedna klammerte sich immer noch am Rand des Kanus fest. Da hat der Vater auch ihre Hände abgeschnitten; die Hände fielen ins Wasser und wurden Wale. Und Sedna ist auf den Grund des Meers gesunken. Dort lebt sie. Sie ist die Mutter von allem, was im Wasser lebt und was auf dem Wasser lebt. So ist das gewesen!«

Mond de Marais zog Pfeife und Tabaksbeutel hervor und begann, die Pfeife zu füllen. Die kleine Figur lag warm in meiner Hand.

»Kennen die Brüder in Signiukt diese Geschichte?« fragte ich, nachdem Mond de Marais seine Pfeife angebrannt hatte.

»Ich hab sie ihnen nicht erzählt«, sagte er. »Und von ihnen hat mich keiner gefragt.«

»Willst du sie ihnen erzählen? Sobald du einem von ihnen begegnest? Oder ist es eine geheime Geschichte?«

»O nein! Die ist nicht geheim. Ich will sie ihnen gern erzählen, wenn du meinst, sie kennen sie nicht. Du denkst an Martinus. Nicht wahr?«

Ich nickte. »Weißt du etwas über Martinus? Oder über seinen Vater?«

»Nur über seinen Vater, Chas. Es ist lange her. Ich war nicht dabei. Es heißt, er ist im Winter gekommen, in einem kleinen Segelboot. Er war allein, und er hat mit Menschen gesprochen, die niemand sehen konnte. Das ist alles, was ich weiß.«

Er gab mir die Zügel, und ich schob die Holzfigur wieder in meine Jackentasche.

»Hast du Piero noch einmal gesehen?« fragte Mond de Marais, als rechts von der Landstraße der Zaun begann, dessen Zickzacklinie die Wälder und Weiden von Mushamuch abgrenzte.

»Nein«, sagte ich. »Ich wollte dich ohnehin fragen, ob es dir recht ist, wenn wir kurz bei ihm vorbeifahren. Vielleicht treffen wir ihn in der Werkstatt.«

Mond de Marais kicherte. »Ob es mir recht ist! Jetzt redest du wieder genauso wie vor einem Jahr, Chas Meary. Weshalb?«

Ich gab ihm die Zügel und kramte meine Pfeife hervor. »Ich denke an die Menschen, mit denen ich bald wieder zusammensein werde. Die reden alle so.«

Die Räder rollten über die schneefreie, feuchte Straßendecke und holperten manchmal durch Schlaglöcher, vor denen die Pferde von selbst ihren Trab verlangsamten.

Von weitem sahen wir ein dunkles Pferd vor dem Gattertor stehen. Auf dem Tor saß eine Gestalt mit hellem Haar. Gleich darauf sprang Piero zu Boden, bestieg sein Pferd und ritt auf die Landstraße heraus. Er wartete, bis wir herangekommen waren, und ritt dann neben dem Wägelchen her. Sein Haar stand nach allen Seiten von seinem Kopf ab; die Falte über seiner Nase bildete eine Schattenlinie.

»Du bist schwer zu finden dieser Tage«, sagte ich. »Reitest du Loki oder Thor?«

Er lächelte, und für einen kurzen Augenblick verschwand der Schatten über seiner Nase. »Das ist Thor«, antwortete er. »Loki ist fort. Dagny ist heute morgen zu David geritten.«

»Sie wird ein leeres Haus vorfinden! David war bei uns. Er wollte nach Tawitk und dann nach Malegawate.«

»Was macht das, Chas? Er wird sich freuen, wenn er morgen abend heimkommt. Ecco!«

»Stimmt. Sag, kannst du Dagny verstehen?«

»Weshalb sie bei ihren Eltern geblieben ist, nachdem... nach der Jagd? Und weshalb sie heute zu David zurückgeht? Nein, da kann ich nur raten. Gesagt hat sie nichts. Aber ich hab ihr Gesicht gesehen. Ich glaube, sie hat gemerkt, daß sie schwanger ist.«

»Ja. Das mag sein. Sie hat gemerkt, sie ist schwanger, und das hat sie aufgeweckt. Ane-Maria und ich waren vor ein paar Tagen in Mushamuch. Sie haben uns nicht hereingebeten. Aber deine Botschaft in der Schmiede haben wir gefunden. Ob sie mir die Schuld geben und uns deshalb nicht eingelassen haben?«

»Dir nicht mehr als allen anderen, Chas.« Er fuhr sich mit der Hand durch die Haare, und ich nickte. »Ich finde, wir haben recht gehandelt«, sagte er nach einer Weile. »Und du?«

»Es war gerecht«, erwiderte ich. »Aber ich muß an Inga denken. Und an die Kinder.«

»Die Kinder brauchen einen Vater«, sagte er. »Inga wird gewiß wieder heiraten. Weißt du, was ich glaube?«

»Ja, Gatto. Du glaubst, daß sie dich haben möchte und das nicht erst seit gestern oder vorgestern. Stimmt's?«

»Ja. Aber daraus wird nichts. Im Herbst gehe ich fort. Ferenc Gácsér will mich auf seiner *Parramatta* mitnehmen zu den Inseln der langen weißen Wolken, nach Neuseeland.«

»Willst du dort bleiben?«

»Nein. In anderthalb Jahren bin ich wieder in Sizilien.«

»Du kommst niemals wieder nach Megumaage, Gatto?«

»Doch. Später. In sechs Jahren oder in sieben. Wer weiß. Ich möchte euch wiedersehen – dich und die Deine. Weißt du, Kiri und ich haben einmal davon gesprochen, was wir tun wollen, wenn einem von uns etwas zustößt. Wir haben ausgemacht, daß der, den es trifft, zurückkommt – wieder auf die Welt kommt, meine ich. Wir haben einen Platz verabredet, wo wir uns finden werden.«

»Wo, Gatto?«

»Am Wasserfall von Soonakadde.«

Er reichte mir seine linke Hand, und ich ergriff sie und hielt sie eine lange Weile, während das Wägelchen weiterrollte und Thor neben ihm dahintrabte. Dann zog Piero seine Hand zurück.

»Wir sehen uns wieder«, sagte er. »Tanti auguri, Chas.«

»Wir sehen uns wieder«, erwiderte ich. »*Ankwaase*, Gatto!«

Er zügelte sein Pferd und blieb hinter uns zurück. Ich drehte mich um, sah ihn Thor wenden und davonreiten; und dann, er war schon weit entfernt, eine kleine dunkle Gestalt mit hellem Haar auf einem dunklen Pferd, drehte auch er sich noch einmal um und winkte, und ich winkte zurück.

»Er hat Mut«, sagte Mond de Marais. »Er hätte es selber getan, wenn er gedurft hätte. Bereust du, daß wir es getan haben?«

»Nein, Waiting Raven. Ich wünschte nur, es wäre nicht nötig gewesen.«

»Ah ja! aber es wird immer wieder einmal nötig sein, Chas. Solange es Menschen gibt. Besser sind wir nicht.«

Wir blieben über Nacht bei Marianne und Michel Amrahner. Am nächsten Tag bog Mond de Marais nach einigen Meilen Fahrt von der Landstraße ab.

»Nimmst du einen kürzeren Weg?« fragte ich.

»Viel kürzer ist er nicht«, sagte Mond de Marais. »Aber er führt durch das Hochland. Das kennst du noch nicht.«

Um die Mittagszeit sah ich weit im Nordwesten zwei Felshügel in der Sonne glänzen. Erst später, als sie fast genau im Norden lagen, erkannte ich sie.

»Morne Puy«, sagte ich. »Und Morne Trois Pitons.«

Mond de Marais nickte.

Wir fuhren durch die Ruinen einer kleinen Stadt. Die Grundmauern und die Überreste von Wänden und Dächern waren zwischen den wuchernden Büschen und Bäumen kaum noch zu erkennen. von der Backsteinkirche standen noch eine windschiefe Seitenwand und der halbe Turm. Am Ausgang der Ortschaft erhoben sich in langer Reihe Betongebäude, teils miteinander verbunden, teils ineinandergeschachtelt. Viele waren fensterlos, und bei allen waren die flachen Dächer eingestürzt.

»Das sieht ganz aus wie bei uns drüben«, sagte ich.

»Ja?« sagte Mond de Marais. »Habt ihr viele solche großen Häuser?«

»Viele. Die meisten stehen leer und verfallen, wie dieses hier. In manchen waren früher Märkte, wo man alles kaufen konnte. In anderen waren Fabriken. Dort haben die Menschen gearbeitet. In einigen arbeiten sie immer noch.«

»Ohne Fenster? Wozu ist das gut?«

»Das kann ich dir nicht sagen, Waiting Raven.«

Eine oder zwei Stunden später hielten wir bei einem kleinen Gasthaus, in dem Mond de Marais eine Nachricht zu überbringen hatte. Ich blieb draußen und vertrat mir die Beine. In der Sonne war es warm, doch der Schlamm auf dem Weg war gefroren. Jenseits eines Streifens Jungwald scharrten einige Büffel nach vorjährigem Gras. Krähen hatten sich zu ihnen gesellt.

Es dauerte ziemlich lange, bis Mond de Marais zurückkehrte. Wir zogen die Decken von den Rücken der Pferde, rollten sie ein, stiegen auf und fuhren weiter. Mond de Marais kicherte vor sich hin.

»Was ist?« fragte ich. »Vor einem Jahr hast du auch so gelacht. Erinnerst du dich?«

Er nickte und wischte sich mit dem Handrücken über Mund und Nase. »Ich erinnere mich, ja. Aber ich hab damals nicht über dich gelacht, glaub mir!«

»Worüber denn?«

»Nun, die einen nennen es Zufall. Andere nennen es die Fügung Gottes. Ich denke, daß die Götter sich unterhalten. Daß sie spielen. Darüber muß ich lachen. Ich glaube, die Götter lachen auch.« Er zog seine Pfeife aus der Tasche.

»Worüber lachen sie?«

»Über unsere Gesichter. Über die Gesichter, die wir ziehen, wenn es ihnen gelungen ist, uns zu überraschen. Im letzten Jahr haben sie dich mit der Jagd überrascht. Heute ist ihnen etwas anderes eingefallen.«

Er stopfte seine Pfeife und brachte sie mit einem glimmenden Span aus seinem Kometen zum Brennen. Dann wies er mit dem Daumen rückwärts über seine Schulter.

»Dort in dem Gasthaus«, sagte er, »sitzt ein kleiner Mann. Er ist über neunzig Jahre alt. Er ist schwarz, hat noch ziemlich viele Zähne, trinkt Wein und raucht. Er heißt Mémé Lafontant. Du bis ihm schon begegnet.«

»Ich?«

»Ja, du! Du kennst ihn nicht, aber du bist ihm schon begegnet.«

»Du mußt dich täuschen. Ich hab ihn nie gesehen.«

»Wart's ab! Mémé ist mit dem Schiff, das auf dich wartet, von der Insel Hispaniola gekommen. Dort hat er die vergangenen achtzig Jahre verbracht. Aber vorher, da lebte er mit seinen Eltern und mit sieben Geschwistern in der großen Stadt am Strom oben in Kebec. Du weißt, welche Stadt ich meine?«

»Ja. Du brauchst ihren Namen nicht zu nennen.«

»Bon. Dann kam die Seuche. Mémé war allein. Keine Eltern mehr, keine Geschwister, keine Freunde. Da hat er einen Zug gestohlen, einen ganzen Zug, und ist mit ihm losgefahren. Nach Süden …« Er brach ab und schaute mich aus den Augenwinkeln an.

»Ich glaube, ich verstehe«, sagte ich. »Nach einigen Stunden ist ihm ein anderer Zug begegnet. Auf demselben Gleis. Nicht wahr?«

Mond de Marais nickte, stieß beide Fäuste gegeneinander und schnalzte mit den Lippen. Die Pferde wandten die Köpfe.

»Seither«, fuhr er fort, »hat Mémé sich gefragt, was aus dem Menschen geworden ist, der den anderen Zug gefahren hat. Achtzig Jahre lang ist ihm das nicht aus dem Kopf gegangen. Letztes Jahr hat ihm dann ein Seemann von Strange Goose erzählt. Und nun hat Mémé sich auf den Weg gemacht. Er sitzt dort im Gasthaus, trinkt Wein, raucht und erzählt, wie sehr er sich darauf freut, mit Strange Goose zu plaudern.«

»Hast du ihm gesagt, daß Strange Goose tot ist?«

»Bon Dieu! Willst du den Göttern ihren Spaß verderben? Und den Menschen dazu? Er wird mit Taguna schwatzen. Sie wird ihm vorlesen, was Strange Goose aufgeschrieben hat, und danach wird sie aufschreiben, was Mémé ihr erzählt. Und die Geschichte wird weiterleben. Glaubst du nicht?«

»Doch. Du hast recht. Mir tut es nur leid, daß Mémé nicht ein Jahr früher gekommen ist.«

Mond de Marais schüttelte den Kopf und zog an seiner Pfeife. »Strange Goose wird schon erfahren, daß er gekommen ist.«

Das Hochland war voller Sümpfe und flacher, schilfiger Seen, in deren Eisdecke das Schmelzwasser gewundene Rinnen gegraben hatte. Einige Enten waren schon zurückgekehrt, schwammen und tauchten in den Rinnsalen oder standen auf dem trüben, löcherigen Eis, einen Fuß ins Gefieder gezogen, die Schnäbel unter den Flügeln. Kiefern und Birken herrschten vor; die wenigen Ahorne hatten kurze, knorrige Stämme und runde, weit verästelte Kronen. Aus der Ferne sahen sie fast wie Kopfweiden aus. Nur an schattigen Stellen lag noch Schnee, dort jedoch war er tief, auch auf dem Weg, wo er mehrmals fast bis an die Achsen unseres Wägelchens reichte. Schwarze Granitbrocken lagen in den Wäldern verstreut.

Das nächste Gasthaus erreichten wir kurz nach Einbruch der Dunkelheit. Wir waren die einzigen Gäste. Zwei Kinder, ein Bub und ein Mädchen, spielten auf den Dielen mit ihrer Büffelherde. Die Büffel waren Fichtenzapfen.

Wir aßen. Dann schob Mond de Marais seinen Teller von sich fort.

»Du wolltest mir noch von Titania und Oberon erzählen, Chas.«

»Und du mir von deiner Mutter und deinem Onkel«, erwiderte ich.

»Du bist der Jüngere«, sagte Mond de Marais. »Du fängst an!«

Drei weitere Tage waren wir unterwegs.

Am letzten Tag senkte sich das Hochland allmählich zur Küste hin. Den Vormittag hindurch regnete es. Ein kalter Nordwind blies uns in den Rücken. Zu Mittag hörte der Regen auf, und die Sonne kam heraus. Hinter uns, über dem Hochland, stand in regloser Helligkeit eine hohe Nebelwand, über der tiefgraue geballte Wolken ruhten.

Unter uns lag ein trogförmiges Tal. An seinen Hängen, in die das Wasser tiefe Schrunden gespült hatte, wuchs kein Baum, kein Strauch; selten einmal ein graugelber Grasfleck. Der Talgrund erinnerte mich an einen Sumpf, aber ich sah kein Schilf, keinen einzigen Vogel und auch sonst kein Tier; und als sich unser Weg tiefer ins Tal hinabsenkte, wehte von dem schwarzen Morast ein kalter, widerwärtiger Geruch zu uns her.

»Im Sommer riechst du es deutlicher«, sagte Mond de Marais. »Hierhin haben sie damals die Abfälle aus der Stadt und aus den Fabriken gebracht. Vor dreißig Jahren hättest du es riechen müssen. Selbst in kalten Wintern blieb hier kein Schnee liegen. Das ganze Tal hat gedampft. Manchmal hat der Morast ganz von allein zu brennen angefangen. Was haben sie bei euch mit den Abfällen aus den Städten gemacht?«

»Sie haben sie begraben. Wenn ein Tal voll war, haben sie oben Erde aufgeschüttet und Wälder gepflanzt, Häuser gebaut.«

»Und unten drunter? Sah es da so aus wie hier?«

»Wahrscheinlich. Niemand konnte es sehen. Es war ja mit Erdreich zugedeckt. Aber das Wasser verdarb.«

»Hier auch, Chas! Im Umkreis von zehn, fünfzehn Meilen. Und es breitet sich aus, immer noch. Trink das Wasser, und du wirst krank. Gieß deine Kohlköpfe damit, und sie verfaulen und fallen um. Nicht einmal Wäsche waschen kannst du damit.«

»Wann habt ihr das bemerkt?«

»Das weiß ich noch genau. Sechsundzwanzig Jahre ist es her. Alle Menschen, die hier gelebt haben, sind fortgezogen. Auch die Tiere.«

»Wie viele solche Täler gibt es?«

»Solche, die das Wasser vergiften? Fast fünfzig. Und bei euch?«

»Ich weiß nicht. Hunderte. Tausende. Bei uns haben ja viel mehr Menschen gelebt als in Megumaage.«

Fast eine Stunde fuhren wir an dem Tal entlang. Dann bog der Weg nach Südwesten, und es ging durch schüttere Kiefernwälder bergab. Viele Kiefern hatten verdorrte Kronen. Die Oberfläche der Tümpel war mit einer schwärzlichen Haut bedeckt, der Kies an den Ufern der Bäche von einer schleimig glänzenden Schicht überzogen.

Später fuhren wir durch Laubwälder. Zweimal sahen wir Elchkühe mit langbeinigen, ungelenken Kälbern; einmal von weitem einen Bären, der aufrecht am Stamm einer Espe stand und seine Krallen in die Rinde grub. Dann blieben die Wälder zurück, und weit draußen in der Sonne lag das lichtgraue Meer. Zwei oder drei Meilen vor uns erhoben sich die braunschwarzen Blockhütten von Peggy's Cove. Über einem Dach ragten drei schwarze Mastspitzen in den wasserblauen Himmel.

»Kehrst du gleich wieder um?« fragte ich.

Mond de Marais nahm seine Mütze ab und kratzte sich am Kopf.

»Ich will noch einen Tag in den Ruinen an der Bucht von Chebookt stöbern«, sagte er. »Piero hat zwar genug zu tun, aber vielleicht finde ich das eine oder andere, was er gebrauchen kann.« Er setzte die Mütze auf und kramte in den Taschen nach seiner Pfeife. »Zum Erntemond willst du zurück sein?«

»Ja. Ich schreibe euch. Holst du mich ab?«

»Jemand wird dich abholen, ja. Hast du deine Sedna noch?«

»Yémanjá?« Ich klopfte auf meine Jackentasche. »Freilich!«

Er kicherte. »La Sainte Marie de la Mer. Gib gut auf sie acht!«

Vom Meer her schrien die Möwen.

Vor dem Gasthaus wendete Mond de Marais das Gefährt und hielt. Ich stieg ab, hob meinen Seesack auf die Schulter und reichte Mond de Marais, der auf dem Kutschbock sitzen geblieben war, die Hand.

»Bon Dieu!« sagte er. »Das war ein langes Jahr! Mögen alle deine Jahre so lang sein. *Ankwaase*, Kwemoos!«

»*Ankwaase*, Waiting Raven!« erwiderte ich.

Ich schaute dem Wagen nach, solange ich ihn sehen konnte. Dann ging ich durch den von der Nachmittagssonne aufgeweichten Schlamm auf die drei Mastspitzen zu. Die Luft roch nach Jod und nach Salz. Die Möwen schrien.

NO TENGO MAS QUE DARTE

Sie war etwas über hundert Fuß lang und schwarz gestrichen und lag mit dem Bug nach Westen an einem Bohlensteg vertäut, von dem eine Gangplanke zu ihrem Heck hinaufführte. Ich blieb unter dem Bug stehen. Die fußhohen Messingbuchstaben des Namens glänzten in der Sonne. Der Vogelkopf mit dem breiten, nach vorne flach zulaufenden Schnabel war naturgetreu bemalt; die Federn schwarz, mit einem schmalen weißen Streifen am Scheitel; der Schnabel oben in hellem Kirschrot, das zu den Seiten hin heller wurde; die Schnabelkanten elfenbeinweiß; das Auge schwarz mit tiefbraunem Ring und einem weißen Lichtfleck in der Pupille.

»Ein echtes Kunstwerk, was?« sagte eine heitere Stimme über mir. Ich hob den Kopf. »Sieh einer an! Mr. Aylwyn!«

»Mr. Meary! Ich hab Euch erst für einen Eingeborenen gehalten!«

»Ich dachte, Ihr würdet draußen ankern«, sagte ich. »Habt Ihr die ganze Zeit hier gelegen?«

»Bei den Gezeiten? Wir liegen seit drei Stunden hier.«

»Wann seid Ihr gekommen?«

»Vor vier Tagen.«

»Habt Ihr schon geladen?«

»Gewiß! Sobald der Alte zurück ist, können wir segeln.«

»Ihr habt nur noch auf mich gewartet?«

»Nur noch auf Euch, Mr. Meary. Aber kommt doch herauf!«

Ich schritt die Planke hoch, stellte meinen Seesack ab, und wir schüttelten einander die Hände.

»Was ist aus Kapitän Vasco geworden?« fragte ich und holte meine Pfeife heraus.

»Ihr habt meinen Brief also erhalten? Ich weiß nicht, was aus dem Kapitän geworden ist, Mr. Meary. Er ging in Bâton Rouge an Land, um mit einem Untersheriff zu verhandeln. Die Mannschaft erhielt

Landurlaub. Nur drei Mann blieben auf dem Schiff – Paddy, Bogdan und ich.«

»Was hattet Ihr geladen? Waffen?«

»Auch Waffen, ja. Da ist nichts Ungesetzliches dabei.«

»Ich weiß, Mr. Aylwyn. Aber Ihr schriebt von Krieg.«

Er nickte. Ich reichte ihm meinen Tabaksbeutel. Er nahm ihn, besah ihn, bevor er ihn öffnete, und besah auch meine Pfeife.

»Volkskunst?« sagte er. »Gefällt mir. Soviel Zeit hätte ich auch gern. So was kriegt man bloß hin, wenn man sich Zeit nimmt.«

»So ist es«, erwiderte ich. »Wißt Ihr, Mr. Aylwyn, wer dort unten gegen wen kämpft?«

Er schob seine Mütze aus der Stirn und verzog den Mund. »Niemand weiß das. Die einen sagen, die Indianer haben die Sheriffs angegriffen. Andere behaupten, es war umgekehrt. Paddy glaubt, die Schwarzen machen Revolution. Viel Schießerei, vor allem nachts. Brände. Gestank. Gerüchte.« Er stopfte seine Pfeife.

»Wie lange habt Ihr gewartet, bis Ihr Euch davongemacht habt?« fragte ich.

Er zog ein Schwefelholz aus der Brusttasche, strich es am Schanzkleid an und setzte seinen Tabak in Glut.

»Elf Tage«, sagte er. »Keiner von den anderen ist zurückgekehrt. Am elften Tag sind Paddy und ich in die Stadt gegangen. In der Ferne hörten wir noch Schießereien. In der Stadt war niemand. Ich meine, kein lebender Mensch. In der Nacht haben dann ein paar Gestalten versucht, aufs Schiff zu kommen. Wir haben sie vertrieben. Danach haben wir beraten, was wir tun sollen. Auslaufen kam nicht in Betracht. Zu dritt hätten wir das Schiff nicht einmal den Fluß hinunter gekriegt. In der Frühe war Nebel. Da sagten wir uns, den schickt Gott, und nahmen eins von den Booten.«

»Sind Paddy und Bogdan auch hier?«

»Die sind auch hier, ja. Wir haben Glück gehabt. Dickes irisches Glück!«

»Irisches und polnisches!«

»Serbisches, Mr. Meary! Wie ist es Euch ergangen? Ihr seid doch gewiß einmal auf der Jagd gewesen. Habt Ihr einen Bären erwischt?«

»Wir waren mehrmals auf der Jagd, Mr. Aylwyn. Einen Bären haben mir die Götter nicht beschert. Dafür ein Wildschwein. Und ein paar Moorhühner.«

»Keine Gänse?«

»Gänse? Viele. Die sind aber alle weitergeflogen.«

»Ihr habt sie verfehlt? Stimmt's, daß die Leute hier nur mit Pfeil und Bogen jagen?«

»Nicht nur. Auch mit der Armbrust. Wir haben sogar Gewehre.«

»Gute?«

»Sehr gute. Habt Ihr in Bâton Rouge Flugmaschinen gesehen, Mr. Aylwyn?«

»Nur wenige, Mr. Meary. Zum Schluß gar keine mehr. Ah! dort kommt unser Alter!«

Er wies mit der Pfeife den Weg hinauf, der zwischen den glattgewaschenen Granitfelsen vom Ufer der Bucht zu den Blockhütten von Peggy's Cove führte. Ein schlanker, dunkel gekleideter Mann in schweren Schaftstiefeln betrat den Bohlensteg, schritt das Schiff entlang und stieg die Gangplanke herauf. Unter den linken Arm hatte er eine verblichene weiße Mütze geklemmt. Er trat auf uns zu und blieb stehen. Ein schwarzer Bart um einen kleinen, roten Mund, ein bleiches Gesicht. Fahlbraune Augen blickten mich an.

»Yann Landahl«, sagte er kurz, aber verbindlich. »Schiffsführer. Ihr seid gewiß Mr. Meary?«

»Chas Meary«, sagte ich. »Guten Tag, Kapitän Landahl!«

Wir schüttelten einander die Hand. Er setzte seine Mütze auf, rückte sie in die Stirn und wandte sich an Aylwyn.

»Dann wollen wir mal!« Seine Stimme klang nachdenklich. »Laßt vorne loten, bis wir über die Barre sind, Mr. Aylwyn. Keine Leuchtfeuer! Keine Seezeichen! Zustände hier wie im alten Schweden!«

»Kurs, Sir?« fragte Aylwyn.

»Sie ist ganz die Eure, Mr. Aylwyn!« entgegnete Kapitän Landahl. »Entscheidet Ihr das!«

Er legte mir eine kräftige, bleiche Hand auf den Arm. »Bitte mit mir zu kommen, Mr. Meary! Nehmt Eure Siebensachen gleich mit. Ihr werdet bei mir hausen. Ich höre, Ihr habt ein Jahr unter den Söhnen und Töchtern des Landes verbracht. Da werdet Ihr manches zu erzählen haben. Uns beiden soll die Zeit nicht lang werden!«

»Gewiß nicht, Kapitän!« erwiderte ich, nahm meinen Seesack auf und folgte Landahl den schmalen Niedergang hinab, in dem es nach Kiefernholz und Teer roch. Oben an Deck schrillte eine Pfeife. Als ich die Kajüte betrat, deren Tür der Kapitän für mich offenhielt, trampelten oben Schritte, Stimmen erklangen, Gelächter wurde laut.

»Nehmt Platz, Mr. Meary. Rum?«

»Gerne!«

Ich setzte mich in einen der vier Sessel, die um den quadratischen Eichentisch standen. Sitzpolster, Rückenlehnen und Armstützen waren mit rotem Samt bezogen.

»Camagüey!« erklärte Kapitän Landahl und stellte ein zu drei Vierteln gefülltes Glas vor mich hin. »Nicht sehr alt, aber schon recht trinkbar. Euer Wohl!«

»Euer Wohl, Kapitän!«

Wir holten unsere Pfeifen hervor. Als ich die meine gestopft hatte, schob er eine längliche Blechschachtel mit Zündhölzern über den Tisch.

»Wäre Euch die Koje an Backbord recht?« fragte er.

»Selbstverständlich«, entgegnete ich. »Ich schlafe auf beiden Seiten gleich gut.«

»Ihr seid zu beneiden, Mr. Meary!«

Ein Tau schlug dumpf aufs Deck; weit vorne wurde mit schurrendem Geräusch ein Segel hochgezogen; die Kette, welche vom Steuerrad zum Ruder führte, klickerte eine Weile lang und verstummte; ein Segel schlug im Wind und füllte sich dann mit weichem Knall. Zwischendurch hörten wir die knappen Befehle Mr. Aylwyns und ab und zu den Schrei einer Möwe ganz nah oder weit in der Ferne. Nun ging ein sanftes Beben durch den Schiffskörper. Tief unter uns begann Wasser zu strudeln. Die Öllampe über dem Tisch schwang in ihrer kardanischen Aufhängung ein wenig auf mich zu.

Kapitän Landahl nickte und nahm die Pfeife aus dem Mund. »Ihr seid ja bereits mit Aylwyn gefahren, Mr. Meary«, sagte er. »Was haltet Ihr von ihm?«

»Viel«, erwiderte ich. »Er wird es gewiß zum Kapitän bringen.«

»Und früher, als er hofft, Mr. Meary! Dies ist meine letzte Fahrt auf der *Cairina*. Vom Herbst an wird Aylwyn hier in diesem Sessel sitzen.«

»Ihr wollt Euch von der Seefahrt zurückziehen, Kapitän?«
Die schweren Lider über den fahlbraunen Augen zwinkerten. »Bewahre! Ich will einige Monate an Land bleiben. Dann gedenke ich ein zweites Schiff zu erwerben. Ich will jedoch nicht mehr bei jeder Fahrt an Bord sein. Geld ist angenehm, aber man muß sich auch einmal Zeit nehmen. Das habt Ihr eher begriffen als ich, Mr. Meary. Obgleich Ihr jünger seid.«
Draußen an den Bordwänden wusch die See vorbei, aufrauschend, nachlassend, und im gleichen Rhythmus begannen sich Bug und Heck sacht zu heben und zu senken.
Kapitän Landahl stützte die Ellbogen auf den Tisch und ließ sein Kinn auf den Fäusten ruhen. »Und Ihr, Mr. Meary?« sagte er. »Ihr seid gewiß froh, die Wildnis hinter Euch zu lassen?«
Ich drückte mit dem Daumen den Tabak in meiner Pfeife zusammen. »Ich werde daheim meine Siebensachen packen und stehenden Fußes in die Wildnis zurückkehren. Am liebsten mit Euch, Kapitän. Oder mit Aylwyn.«
»So? Was habt Ihr vor, wenn ich fragen darf? Handel?«
Ich schüttelte den Kopf. »Ich werde heiraten.«
»Heiraten? Ihr seid zu beneiden! Sicherlich eine Dame aus unseren Kreisen?«
Ich nickte.
Er nahm seine Mütze ab und legte sie auf den Tisch.
»Freut mich«, sagte er. »Freut mich aufrichtig. Nichts gegen die Töchter des Landes, ob schwarz, ob braun. Tüchtige Mädchen. Brave Mädchen. Viele ganz außerordentlich hübsch! Doch was unsereiner braucht, Mr. Meary, ein Mann wie Ihr, ein Mann wie ich, das ist – ja: Bildung! Kultur! Klaviermusik! Was meint Ihr dazu?«
»Ich stimme vollkommen mit Euch überein, Kapitän. Ihr selbst seid nicht verheiratet, wenn ich mir erlauben darf, danach zu fragen?«
Seine fahlbraunen Augen leuchteten. »Noch nicht! Mir hat es stets an der Zeit gefehlt – nein, ich habe vielmehr verabsäumt, mir die Zeit zu nehmen. Doch das wird nun anders. Darf ich nachschenken?«
»Ich bitte darum!«
Wir tranken einander zu. Die straffe, bleiche Haut seines Gesichts hatte sich unterhalb der Backenknochen ein wenig gerötet.

843

»Ist es eine bestimmte Dame, an die Ihr denkt, Kapitän Landahl?«
fragte ich.

»Jawohl, mein Freund. Eine bestimmte Dame. Seit langem. Ich habe
vorgesorgt. Das Stadthaus in Esbjerg hat mein seliger Vater mir hinterlassen. Durch meine eigene Tätigkeit ist ein Landbesitz hinzuge-
kommen. Und dann habe ich ... Nein, das muß ich Euch zeigen, das
läßt sich nicht beschreiben!«

Er erhob sich und ging festen Schrittes zur Koje an der Steuerbord-
seite, zog eine Schublade auf, griff zielsicher hinein und kehrte mit
einer kleinen schwarzen Schatulle in der Hand zum Tisch zurück.
Er ließ ihren Deckel aufspringen und stellte sie vor mich auf den
Tisch. Die Schatulle war mit grünem Samt ausgeschlagen, der in der
Mitte einen Schlitz besaß. In dem Schlitz steckte ein Ring: ein Menschenarm aus Gold, zu einem Kreis gebogen. Die winzige Hand, an
deren Fingern sogar die Nägel zu erkennen waren, hielt ein Herz aus
Rubin.

»No tengo mas que darte«, sagte ich vor mich hin. »Mehr kann ich
dir nicht geben.«

»Ihr kennt die Inschrift, ohne sie gelesen zu haben!« rief der Kapitän
aus. »Wie geht das zu, mein Freund?«

Ich drückte den Deckel zu und gab ihm die Schatulle zurück. Er
nahm sie, steckte sie in seine linke Brusttasche, ging zu seinem Sessel und ließ sich nieder.

»Ich habe irgendwo eine alte Photographie gesehen«, erwiderte ich.
»Aus dem vorigen Jahrhundert. Aber der Ring ist bedeutend älter.
Eine wundervolle Arbeit, Kapitän. Die Dame, deren Hand sie
schmücken wird, ist zu beneiden.«

»Meint Ihr?« Seine Stimme klang dunkel und nachdenklich.

»Ich bin mir dessen gewiß! Trete ich Euch zu nahe, wenn ich frage,
wie Ihr an den Ring gekommen seid?«

»Nicht doch« sagte er. »Weshalb? Weshalb solltet Ihr nicht fragen?
Es ist eine jener merkwürdigen Geschichten, wie sie unsereinem
immer wieder einmal begegnen. Ich sollte mir die Zeit nehmen, etliche von ihnen aufzuschreiben. Darf ich nachschenken?«

Ich nickte. Wir tranken einander zu.

»Laßt mich sehen«, sagte er, setzte sein Glas nieder und wischte sich
über den kleinen, roten Mund. »Diesen Herbst werden es zehn

Jahre. Es war hier, in Peggy's Cove. Keine Leuchtfeuer! Keine Seezeichen! Wir luden Felle. Ich bekleidete damals auf der *Cairina* dieselbe Stellung, die heute Aylwyn innehat. Kapitän Vasco war an
Land. Es war Abend. Es regnete. Da rempelte einer der Männer auf
der Gangplanke mit einem Fellballen dieses Mädchen an, versehentlich. Sie fiel ins Wasser. Sie war so ähnlich gekleidet wie Ihr, Mr.
Meary. Eine Indianerin. Graue Augen. Muß ein bißchen europäi-
sches Blut gehabt haben. Hübsch. Jung: achtzehn, neunzehn Jahre.
Ich brachte sie hier herein, gab ihr trockene Sachen und heißen Tee.
Sie wollte mit.«
»Weshalb, Kapitän? Wißt Ihr das?«
»Mir schien, sie hatte Angst. Doch ich kann mich irren. Das Men-
schenherz ist unergründlich, Mr. Meary. Wie der Abgrund, über
dem wir jetzt dahinfahren. Wo war ich stehengeblieben? Ja: sie
wollte mit. Geld hatte sie keins. Sie hatte diesen Ring.« Er klopfte
mit seiner kräftigen, bleichen Hand gegen seine Brusttasche. »Ich
nahm ihn als Bezahlung für die Überfahrt und gab ihr zwanzig
Goldstücke heraus. Würdet Ihr das für angemessen erachten?«
»Mancher andere«, sagte ich, »hätte den Ring eingesteckt und es dabei bewenden lassen.«
»Jawohl, Mr. Meary. Doch das lag mir fern. Zudem hatte ich meine
Pläne, schon damals. Der Ring kam mir gerade recht. Ich wollte ihn
redlich erworben haben.«
»Wo habt Ihr das Mädchen an Land gesetzt?« fragte ich nach einer
Weile.
»In Spanien. Vigo. Unterwegs haben wir ihr meine Kammer einge-
räumt. Ich selber habe hier geschlafen.« Er wies mit seiner Pfeife
nach der Koje auf der Backbordseite, vor der mein Seesack stand.
»Ihr wißt nicht, was in Vigo aus dem Mädchen geworden ist?« fragte
ich.
»Nein, Mr. Meary. Aber die ist nicht untergegangen. Tüchtig war sie.
Zäh. Eine Tochter des Landes.« Er kratzte mit einem silbernen Pfei-
fenbesteck seine Pfeife aus und begann, sie mit frischem Tabak zu
füllen.
»Erinnert Ihr Euch an ihren Namen?«
»Naomi«, erwiderte er sofort. »Muß aus einer christlichen Familie
gewesen sein. Naomi Asogoomaq.« Er brannte seine Pfeife an und

schob mir die Schwefelhölzer und seinen Tabaksbeutel zu. »Versucht einmal den hier, Mr. Meary. Batavia. Schwer, aber würzig.«
»Gerne«, sagte ich und stand auf. »Ein wenig später. Ich darf Euch doch auf einige Augenblicke verlassen?«
»Wollt Ihr einen letzten Blick auf die Wildnis werfen? Tut das! Nehmt Euch Zeit! Luigi wird Euch Bescheid geben, ehe er das Essen auftischt!«
Ich stieg den Niedergang hinauf. Das Schiff lag nach Backbord über. Die ochsenblutroten Segel waren straff mit Wind gefüllt. Weißes Sprühwasser sprang ab und zu über den Bug empor und glitzerte in der Sonne. Aylwyn stand beim Schanzkleid und rauchte, die Mütze tief ins Gesicht gezogen.
Er wandte sich um. »So ist es! Das mag sie, die alte Ente, wenn es so bläst. Kreuzseen mag sie weniger. Da fängt sie zu watscheln an!«
»Das muß auch mal sein«, entgegnete ich und schaute zum Heck. Die weiße Doppelspur des Kielwassers hinter uns war pfeilgerade. Die Nebelwand, die noch vor wenigen Stunden hinter Mond de Marais und mir gestanden hatte, war nach Süden vorgerückt und reichte bis aufs Meer hinab. Megumaage war nicht mehr zu sehen. Oben auf der Nebelwand ruhten geballte Wolken, braunrot in der untergehenden Sonne.

***